U0801520

红色印记221

（上）

青海原子城纪念馆　编

中国原子能出版社

图书在版编目（CIP）数据

红色印记 221：上下册/青海原子城纪念馆编．
—北京：中国原子能出版社，2023. 3

ISBN 978-7-5221-3343-0

Ⅰ. ①红…　Ⅱ. ①青…　Ⅲ. ①核能工业-工业企业-
工厂史-中国　Ⅳ. ①F426. 23

中国国家版本馆 CIP 数据核字（2024）第 039266 号

红色印记 221（上下册）

出版发行　中国原子能出版社（北京市海淀区阜成路 43 号　100048）
责任编辑　王　朋　张一岫
装帧设计　侯怡璇
责任校对　冯莲凤
责任印制　赵　明
印　　刷　北京中科印刷有限公司
经　　销　全国新华书店
开　　本　787 mm×1092 mm　1/16
印　　张　31. 25
字　　数　465 千字
版　　次　2023 年 3 月第 1 版　2023 年 3 月第 1 次印刷
定　　价　80. 00 元（上下册）

发行电话：010-68452845

序

在青海湖北岸的金银滩，有座被世人称为“原子城”的草原之城，她是20世纪50年代中国第一个核武器研制基地（221），现在是海北藏族自治州首府西海镇。这是座功勋之城，中国第一颗原子弹和氢弹诞生在这里，到处充满着共和国的红色记忆；是“两弹”精神摇篮，伟大的“两弹一星”精神发源地之一，到处留存着新中国拓荒者的家国情怀和深刻记忆。

1955年1月15日，面对美帝国主义的核讹诈与核威胁，党中央和毛泽东高瞻远瞩、审时度势，毅然决然作出了关系新中国前途命运、关系新中国国防大计、关系新中国长远发展的伟大战略决策：发展核工业、研制核武器。1958年5月31日，中共中央总书记邓小平批准核工业“四厂三矿”选点方案。1958年7月中旬，中央批准在青海金银滩建设核武器研制基地，代号“221”。自此，神奇浪漫的金银滩成为中国第一个核武器研制、试验和生产基地。1170平方公里的神秘禁区，便与新中国的和平与安宁、繁荣与振兴紧紧地联系在了一起。世居金银滩的1279户牧民，听从号召，远迁他乡，为国防建设作出重大贡献。1958年11月16日，基地正式开工建设，至1964年6月基本建成。

原子城关系中国人民的利益，也关系世界人民的利益，倾注了毛泽东、周恩来等新中国领导人的心血，邓小平、胡耀邦、赵紫阳、薄一波、李富春、刘澜涛等曾视察221核武器研制基地，聂荣臻元帅、罗瑞卿大将、张爱萍上将、宋任穷上将、赵尔陆上将、刘西尧少将、伍绍祖少将等曾到基地调研指导。刘杰、李觉、吴际霖、郭英会等“两弹”工程组织领导者同王淦昌、彭桓武、郭永怀、邓稼先、朱光亚、陈能宽、程开甲、周光召、于敏和胡思得、胡仁宇、傅依备、黄祖洽、唐孝威、宋家树、张兴钤、王方定等共和国科技拓荒者，与数万名科技工作者、技术工人、干部职工和人民解放军、警卫部队指战员等创业者、守卫者奋战在风雪高原，头顶蓝天、脚踏草原，筚路蓝缕、玉汝于成，攻克原子弹、氢弹等尖端科学技术难关，生产出多种型号战略核武器，装备部队到处留下了他们的奋斗遗迹，留下了跨越时代的思想财富和精神宝藏。

1987 年 6 月 24 日，根据国际环境变化，我国政府为全面禁止和销毁核武器、维护世界和平以适应社会主义现代化建设的战略转移，国务院、中央军委作出撤销核工业部青海国营二二一厂的决定。1994 年 6 月 15 日，国营二二一厂正式移交海北藏族自治州。1995 年 5 月 15 日，新华社向全世界宣告：中国第一个核武器研制基地已全面退役。自此，这里成为世界上第一个自主退役、化剑为犁的核武器研制基地。

原子城，成就了中国的“两弹”伟业，是我国核武器发展首先立功的地方，是中华民族为之骄傲、挺起脊梁的地方，是几代人艰苦奋斗、奉献青春乃至生命的见证。

原子城，开创了中国尖端国防科学技术的辉煌，是我国科技自主创新的典范，是中华民族实现独立自主、创新发展的精神高地，是实现中华民族伟大复兴的动力。

原子城，使新中国在很短的时间加入到了世界核俱乐部，并在较短时间内实现了武器化过程，为打破核大国的核垄断、粉碎核大国的核企图，保卫国家安全、维护世界和平作出了重大历史性贡献。

我们要永远记住原子城的历史足印：1964年10月16日，我国第一颗原子弹爆炸试验成功；1966年10月27日，我国第一颗装有核弹头的地地导弹爆炸试验成功；1967年6月17日，我国第一颗氢弹空爆试验成功。这是中国人民在攀登现代科技高峰的征途中创造的非凡的人间奇迹。

我们要永远铭记原子城孕育的伟大“两弹一星”精神：热爱祖国、无私奉献，自力更生、艰苦奋斗，大力协同、勇于登攀。这一精神，是中国人民在二十世纪为中华民族创造的宝贵精神财富，是中华民族伟大复兴不朽的精神支柱。

中国原子城，将永远铭刻在共和国的历史丰碑上！原子城铸就者，是永远不能忘却的家国记忆！

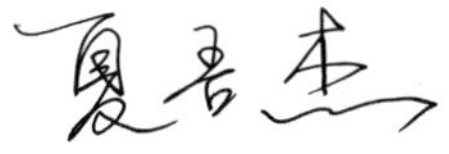

目录 CONTENTS

上 册

讲 述

记 忆

下 册

访 忆

纪　念

讲　述

艰辛起步的我国“两弹”事业

聂荣臻

1956 年至 1966 年，中央让我分管全国的科学技术工作。这十年，虽然同我几十年戎马生涯比起来，时间短一些，但这是在和平环境中进行的另一种形式的紧张战斗，给我留下了深刻印象。

建国以后，当我们还在医治战争创伤的时候，世界上一些主要的大国已经实现了现代化，进入了所谓“原子时代”和“喷气时代”。更重要的是，我们已经有了抗美援朝战争的感受，技术装备落后，使我们吃了许多亏。而且当时还面临着一场新的侵略战争的威胁，而这场战争将是钢铁与技术的较量。帝国主义敢欺负我们，就是因为我们落后。为了摆脱被动局面，我们就得尽快地前进，这就需要大力发展科学技术。

前进，并且要赶上和超过我们的对手，这就是中国人民的唯一出路，否则我们就将永远被人家欺负。我当时是怀着这样一种紧迫感，决心抓好这项工作的。

我们面临的困难

解放初期，我国科学研究事业的家底非常薄弱。全国科学研究机构包括社会科学研究机构在内，大约 40 个，研究人员只有 650 余人。1949 年 11 月，在接收原中央研究院和北平研究院的基础上，成立了中国科学院，但只有研究机构 22 个，研究人员 200 多人。按那时常说的 4. 5 亿人口算，全国科研机构、科研人员与总人口的平均比例是，每 1125 万人口中只有一个科研机构，每 70 万人口中只有一名科研人员。而且，所缺的学科和门类也很多，空白和缺门太多了。旧中国留下来的科学研究力量十分可怜，只有一些农业、地质、生物、社会科学等方面的小型研究所，即使这样，有些还是爱国科学家在极其困难的条件下努力兴办起来的。房屋、仪器设备以及资金等都非常缺乏，很难独立地开展研究工作。至于国民经济和国防需要的重要学科和现代化的一些科学研究工作，可以说基本是空白的。毛泽东同志说我们是一张白纸，这句话用来形容旧中国的科学技术状况，也是很形象、很恰当的。这就是半封建半殖民地旧中国留下的全部科学"遗产"，我们发展科学事业就只有这么一个起点。1956 年我接受这项工作的时候，新中国已经走过了七个年头的路程。由于党和国家对科学事业的重视，周恩来、李富春、陈毅等同志的正确领导和广大科学技术工作者的勤奋努力，经过三年经济恢复时期和第一个五年计划时期的建设，我们的科学技术事业有了一定的发展，已经初具规模。研究人员已由 1949 年新中国成立时的几百人发展到 9000 多人，研究机构由 40 多个发展到 380 多个，学科门类有所增多。为恢复、发展生产和建设一批重点项目，我们的科学工作者和广大工农群众、技术人员相结合，解决了若干技术难题，还进行了地质勘探、资源调查等工作，在理论科学方面也有了某些进展。1956 年，结合编制国民经济长远发展规划，生产建设的各个方面提出了大量课题，有待加强科学研究来加以解决。党中央对科学研究给予了很大的重视，采取了一系列发展科学技术的重要措施。1956 年 1 月，中央召开了知识分子问题会议，毛泽东、周恩来同志亲临讲话，指出知识分子的绝大部分已经是工人阶级的一部分，号召全党努力学习科学知识，同党外知识分子团结一致，为迅速赶上世界科学先进水平而奋斗。接着就成立科学规划委员会，组织制定《十二年科学技术发展远景规划》。

1956 年 4 月，航空工业委员会，提出了发展尖端武器的初步设想。可以说，1956 年这一年科学技术领域是一片蓬勃发展的景象，是我国科学事业开始发展的最关键的一年，我们的任务就是在这个基础上继续前进。

当然这些进展还不可能从根本上改变我国科学技术的落后面貌。七年来在科学技术上的进步，只是围绕着经济恢复和生产建设开展了某些研究工作，严格讲，它是属于配合性的。那些系统的、突破性的和独创性的研究工作，特别是一些科学技术的新领域，我们都还没有涉足。

“居安思危，有备无患”，这是一句古训。朝鲜战争停战以后，经常引起我们不安的是，在军事技术方面远远落后于我们当时的敌人。如何逐步改变这种状况，这是我们经常思考的问题。随着现代科学技术的迅速发展，这个问题也越来越突出了。我们国家强大，不可能靠购买武器来支撑国防，尤其从科学发展的趋势来看，技术越发展，保密性也越强，别人即使给一些东西，也只能是性能很差的技术，唯一的出路只有尽可能吸取国外先进成果，走自己研制的道路。坚持自力更生为主、争取外援为辅的方针，对国防科技工业具有特别重要的意义。当时我对一些搞国防科研的同志说：“谁也不可能把最先进的东西交给别人，这一点不但应该作为我们思考问题的出发点，而且应该成为我们制定国防科研方针、政策、任务的依据。”

1954 年，我分管军工和军队武器装备工作后，为了摸清家底，我曾到西南调查，尤其是到了昆明、重庆等被称之为国民党军工基地的地方。在重庆，我看到那里只有一些破窑洞，说不上是什么军工厂。到了昆明，那里的光学仪器工厂也只能搞些低倍率望远镜，连瞄准镜都不能生产。在重庆、昆明，我亲身感受到了科学技术落后的状况。

当然，建国以后，我们建设了一些常规武器兵工厂，而且具有一定的规模。但是只有常规武器还不能保障我国的安全，何况我们当时能生产的常规武器，在性能、品种上也大大落后于技术先进国家。正如列宁所说：“一支军队不准备掌握敌人已经拥有或可能拥有的一切武器、一切斗争手段和方法，谁都会认为这种行为是愚蠢的甚至是犯罪的。”（《列宁选集》第 4 卷第 249 页）在当代，我们必须发展包括导弹、原子弹在内的各种尖端武器。

我经常在思考：中国人民多少年来都是在一种矛盾的状态中痛苦地挣扎着，这就是一方面地大物博，人口众多，另一方面统治者腐败无能，科学技术又极端落后。从鸦片战争到新中国成立，其间列强入侵，领土被瓜分，军阀混战，使中国成为一个百年沉疴的病人，被称为

“东亚病夫”。新中国的成立，已经为科学技术的发展开辟了光明的前景，不能容许这种落后状态再继续下去了。

诚然，要在一个短时间内，从无到有地把这些基础建立起来，是相当困难的。但是，人总是要有点精神的。中国人民在中国共产党领导下，经过 28 年的艰苦斗争，终于推翻了三座大山，建立了中华人民共和国，人民当家做了主人，这就为建设现代化强国开辟了道路。我们必定能够再奋斗几十年，赶上和超过世界上工业先进的国家，使中华民族成为世界民族之林中强大的一员。我对我国科学技术事业的光辉灿烂前景，毫不怀疑，充满信心。

组织队伍

1956 年，我们首先组建了导弹研究院。当时值得庆幸的是，在这方面我国有一批高水平的科学家，像钱学森、任新民、屠守锷、蔡金涛、梁守槃、黄纬禄、庄逢甘、吴朔平、姚桐斌等同志，他们很快集中到了导弹研究院，由他们指导，开展工作，少走了弯路。导弹研究院成立以后，由于党中央、国务院、中央军委的高度重视，有关部门的大力支持，各种技术人才和先进设备源源不断地向该院集中。只经过一年多的时间，就已经初具规模，有了一支人数众多的队伍，其中技术人员占绝大部分。下面成立若干分院，不仅研究战略导弹，而且研究各种战术导弹。先从仿制苏联援助的一些导弹入手，逐渐过渡到我国自行研究设计，做了大量的工作，取得了很好的成绩。导弹研究院以后演变为七机部，即后来的航天工业部。研究的导弹型号方面陆续做了若干调整。

原子能及其配套的生产和研究机构，由宋任穷同志负责。先从勘探、冶炼铀矿资源和建立试验性小型反应堆入手，既研究原子能和平利用，同时探索研制原子弹的途径。在此基础上，不久就成立了原子能研究设计院。原子能方面我们也有一批高水平的科学家，像钱三强、王淦昌、朱光亚、郭永怀、彭桓武、邓稼先、陈能宽、程开甲、王承书、张沛霖等同志。在他们的技术指导下，我国原子能科研进展也很快。原子能研究一开始就是由二机部即后来核工业部抓总的。国防科工委成立后，原子能方面的研究工作由国防科工委统一领导。

还有一大批优秀的中青年设计师和工程师参加到这条战线上来，他们对我国导弹、原子弹事业的发展也作出了巨大的贡献，大量的实际工作是由他们完成的。

在研制导弹、原子弹过程中，我们越来越感到“两弹”是近代各种科学技术成果的高度结晶。“两弹”的复杂性几乎牵涉到国民经济所有的生产部门和技术领域，所有研究工作要想由研究院自己完全包下来是根本不可能的，必须组织全国大协作才行。于是，我们一面大力建设导弹研究院和原子能研究院的关键性研究试验手段，一面将大量课题分配到中国科学院、各工业部门与各地方的研究机构和高等院校，请他们配合研究，提供成果，同时给以保障条件，这就带动了一大批学科，推动了我国科研事业的发展。

在研制“两弹”的同时，我们就着手建设原子弹试验基地和导弹试验基地。随着国防科研事业的发展，我们又建设了一批尖端和常规武器的试验基地，以及若干测量、观测跟踪基地或台站。建设这批基地和台站需要大量的测试、检验和观察、跟踪等设备，还有许多特殊要求的建筑设施。这方面的困难也是很大的，有些不亚于“两弹”研制中所碰到的难题。解决这些难题，除了购买少量的关键设备以外，大量的也是靠全国大协作的方式研究解决的，这又带动了一大批学科。这些试验基地和台站，大多建立在荒无人烟或人烟稀少的地区，那里气候恶劣，交通不便，自然条件很差。我们从军队抽调了大批优秀的指战员，包括一些领导干部、各类工程技术人员、行政和政工干部，开赴这些异常艰苦的地区。他们在戈壁沙漠、海岛滩涂、荒山野岭或茫茫草原上安营扎寨，与科学技术人员、建筑工人等一起，克服了种种困难，艰苦创业，硬是把这些基地、台站按期建成了。在这些基地上，我们多次成功地进行了导弹、原子弹、氢弹、卫星和其他武器装备的试验，有力地配合了国防科研工作的进行。我去过一些试验基地，耳闻目睹了他们吃大苦、耐大劳、创业维艰的感人事迹。至今，许多同志已经在基地艰苦奋斗20多年，这是难能可贵的。在研制导弹、原子弹、氢弹、卫星和其他武器装备所取得的成就中，同样凝聚着基地同志们的心血。像对广大科学技术工作者一样，人民将铭记和感谢他们的宝贵贡献。

在研究导弹、原子弹过程中，我们还大力发展了电子学方面的研究。因为大量的遥测、遥控、自动控制、精密仪器仪表等都离不开电子设备。这在当时是我们的薄弱环节，单靠协作来解决大量的电子设备是难以做到的。因此，我们成立了电子设备研究院。后来又发现许多电子设备过不了关，是卡在电子元件、器件上，因此又成立了电子元件、器件研究院。电子学方面的研究成果，对“两弹”的研制成功起了很大的作用。而且电子学研究院还为其他军工部门和民用工业部门提供了一批科研成果。

因为集中力量搞“两弹”进展得比较快，所以我们决定，军队成立航空研究院、舰船研究院，以及其他武器装备研究院。这些，也同样取得了较好的效果。

回想组建科研机构的整个过程，我认为在当时我国大量的科学研究工作，尤其是像导弹、原子弹、现代高性能飞机和舰艇、复杂的电子设备等完全处于空白状态的情况下，在机构建设上我们采取集中力量，形成拳头的做法是正确的。实践证明，这样做，能够较快地摸清情况，开展工作，组织协作，攻破难关，取得研究成果。有鉴于这方面的成功经验，1967年10月，我曾建议把国防科研方面的研究力量进一步组织起来，成立18个研究院。我当时想，这样做不但力量可以集中，而且处在“文化大革命”极其动乱的情况下，还可以使这方面的科研工作和科技人员因此得到必要的保护。这个建议曾得到毛泽东、周恩来同志的批准。但处在当时林彪、“四人帮”横行的动乱时期，在批判我的所谓“大科研主义”情况下，筹备工作被迫停顿，以后有些院建成了，有些则不了了之，实在可惜。

在组织队伍的过程中，我们始终得到了中央领导同志，特别是周恩来同志和各部门的大力支持。举例来说，1956 年 6 月，为了组建导弹研究院，我们召开了一次会议，请教育部、机械工业部、冶金部、化工部、铁道部等单位的负责同志参加，共同商讨抽调技术或教学骨干到导弹研究院工作的问题，大家都非常支持，表示要谁就给谁，很令人鼓舞。过了几天，我将需要商调的 380 名中高级技术人员的名单报送给周恩来总理，他看后对我说："你们所需要的干部同各部门商调就可以了。"就这样，干部很快就调齐了。许多单位，我们要调他的教学或技术骨干，甚至连调令、介绍信等都还没有送到，打个电话，人就报到了。各部门的领导同志总是要什么人就给什么人，一般不说二话，广大科技人员就更是朝令夕到，以承担国防方面的技术攻关任务为荣。这种同心协力组建我国科研队伍的精神，实在令人感动。

总体来说，要组织好科技队伍，我们的体会是：首先要规划好一批重点院校的学科专业，使科学研究需要的人才能源源不断地按计划得到补充。其次，对科技人员应该尽可能做到学以致用，人尽其才，避免人才的浪费。同时，要执行正确的知识分子政策，在思想上、生活上都要关心帮助科技人员，解决他们的实际困难，促进他们的进步。在专业工作方面，要虚心倾听科技工作者的意见，发挥他们的专长，使他们能专心致志、心情舒畅地做好科研工作。

苦战攻关

到 60 年代初，在科学技术战线上，我们取得了许多成就，但也碰到了三年自然灾害、政策上的失误和赫鲁晓夫领导集团停止一切援助所带来的巨大困难。

面对困难，科研事业特别是以导弹、原子弹为主要标志的国防尖端项目是"下马"还是"上马"的问题，形成了尖锐的矛盾。有些人认为困难太多、太大，国防尖端技术发展应该放慢速度。还有少数同志甚至提出停止搞尖端技术，说什么用在这方面的钱太多了，影响了国民经济其他部门的发展。他们主张我们只搞飞机和常规装备，不搞导弹、原子弹等尖端武器。

对我来说，态度一直是明确的，为了摆脱我国一个多世纪以来受帝国主义欺凌压迫的局面，我们应该发展以导弹、原子弹为标志的尖端武器，以便在我国遭受帝国主义核武器袭击时，有起码的还击手段。同时，通过制定十二年科学规划和前一段研制尖端武器的实践，我们已经深感“两弹”是现代科学技术的结晶，坚持搞“两弹”还可以带动我国许多现代科学技术向前发展。所以，我们不应该“下马”，应该攻关，这就是我当时坚定不移的信念。

1961 年 7 月，在北戴河召开了国防工业会议，贺龙同志和我都参加了。在那个会上，对“两弹”是“上马”还是“下马”的问题展开了热烈的讨论。

正在这时，毛泽东同志让秘书从杭州给我打电话，传达了他在看到我的两份报告后的指示，大意是：中国的工业技术水平比日本差得很远，我们应采取什么方针，值得好好研究一下。8 月份他将亲自找我们谈一次。

毛泽东同志的这一指示，以及我们根据指示所进行的研究结果，成为解决这一争论的契机。我们的国防尖端科研工作坚持下来了，并且迅速地取得成果。

在接到毛泽东同志的指示后，我立即召集正在北戴河参加会议的国防科委、导弹研究院、二机部的同志进行研究，分析了当时我国尖端技术的基本状况。我们的国防尖端技术在 1958 年以前还是片空白，这是有目共睹的事实。可是到 1961 年，仅仅 3 年的时间，已经有了一个长足的发展。拿导弹来说，我们已经有了自己的近程地地导弹，正在自行设计中远程地地导弹，并且进行了若干关键部件的研究试验工作。在尖端科学技术队伍方面，导弹研究院已经拥有大学毕业以上的专业技术干部好几千人。在研究试验的技术设备上，经国内制造和国外进口，已经可以保证满足自行研制近中程导弹的基本需要。原子弹方面，二机部大学毕业以上的专业技术干部也已经有几千人。我们已经查明的原料储量，可以满足第一套金属铀冶炼设备生产的需要。从选矿到原子武器装配的一系列工厂中，大部分设备已经具备，几个短缺的关键设备也已经在国内安排试制，待这一套建设项目完成后，我们就可以自己制造原子弹了。在原子弹研究设计方面，二机部集中一批科学家已经摸索了一段时间，找到了一些关键的技术问题，并且有的已经突破，有的正在攻关。我们的目标是尽量争取不迟于 1963 年把原子弹初步设计方案拿出来。

总之，大家觉得我国的国防尖端技术，只要坚持攻关，加上政策、措施得当，争取三五年或更长一些时间得到突破是完全有可能的。经过讨论分析，到会同志对坚持攻关都充满了信心。当我们说明了这些基本情况以后，参加国防工业会议的同志很受鼓舞，决心配合科研部门一起攻关。

我们把坚决上马的决心和理由报告了中央。毛泽东、周恩来等中央领导同志同意了我们的意见。陈毅同志甚至表示，脱了裤子当也要把我国的尖端武器搞上去。他还多次对我风趣地说，我这个外交部长腰杆现在还不太硬。中央领导同志的决心和陈老总的鲜明态度，对我们是个很大的鼓舞。

决定上马了，怎么办？经过反复研究，我们在调整科技政策和知识分子政策的同时，确定首先要缩短战线，突出重点，否则战线太长，各方面的力量都将难以负担，就会欲速不达。

于是，我们在研制武器装备方面，确定了一条“缩短战线、任务排队、确保重点”的方针。具体安排是：在科研与生产的关系方面，以科研为主；在尖端与常规的关系方面，以尖端为主；在导弹方面，以自行设计的中远程地地导弹为主，争取 3 年左右突破中程，5 年或更长一些时间突破远程。对防空导弹，因为当时台湾国民党的 U-2 飞机经常到大陆进行侦察活动，飞行高度达两万米，只有防空导弹能对付它，所以对防空导弹也决定投入一定力量，但排在第二位。原子能方面，集中解决核燃料生产基地的建设和原子弹的研究、设计、试制，争取在 4

年左右的时间内，把原子弹设计制造出来。在确保“两弹”及其配套设备的前提下，再按空军、海军和陆军大型装备的顺序安排科研任务。当时我们向各单位提出要照顾这个大局，我向他们打比方说，这好比过河，大家都想过，但桥就那么宽，谁先谁后，得排排队，否则一拥而上，就谁也过不去。经过说服，大家都能顾全大局，为重点让路，这是我们攻关取得胜利的一个重要原因。

这里需要说明一下，以上武器装备的研制顺序，是在当时的特定条件下确定的，一是为了攻关，哪个薄弱和复杂，就先上哪个；二是急于解决各军兵种主要装备有和没有的矛盾。现在情况已经有了变化。陆军历来是我军战斗力的基础，在武器装备研制方面，陆军进一步现代化的需要，应该予以优先考虑。

我们的措施之二是继续坚持攻新型原材料、精密仪器仪表和大型设备关，这件事我们抓得比较早。

1959 年，我们就开始考虑，在武器装备科学研究方面，薄弱环节究竟在哪里？结论是：新型原材料、精密仪器仪表和大型设备这方面当时都过不了关，是我们发展尖端技术的主要障碍。因为现代高性能的武器装备，尤其是导弹、原子弹、高性能飞机等，对新型原材料的要求是很高的。如果没有各种耐高温材料、高能燃料，许多性能不同的特种材料、精密合金、半导体材料、稀有金属元素、人工晶体、超纯物质、稀有气体等新型材料，不仅“两弹”本身和许多零部件以及配套设备过不了关，而且军工、民用的大量电子元器件、精密仪器仪表等研制项目也都过不了关。我当时常对身边工作的同志说：“一家人过日子，少不得柴米油盐酱醋茶，这叫‘开门七件事’，依我看，新型原材料、精密仪器仪表和大型设备，就是办国防工业和尖端科学的柴米油盐酱醋茶”，后来这句话就传开了。从那时起，“开门七件事”就成了大抓新型原材料、精密仪器仪表和大型设备的代用语了。一句话，我们如果不把以上三个方面搞上去，国防科学技术研究就会打不开局面。

当时原材料方面的大体状况是，金属材料数量上发展快而品种规格发展慢，非金属材料则在数量和品种方面都较薄弱。同时，生产新型原材料的设备缺乏，有许多技术还没有掌握。从化工材料来看，1958 年我国生产的塑料只相当美国产量的 1%、英国的 25%，而且大多是些老品种。

当时大家曾考虑，像我们这样的国家，在现有的技术基础上，能不能扩大品种和规格，以达到满足国内需要的水平？讨论的结果认为，只要我们重视，计划安排得当，这些问题是可以逐步得到解决的。

据资料记载，世界上几个主要工业国家，在第二次世界大战爆发前后的钢产量并不太高。日本是 530 万吨，法国是 790 万吨，美国是 1300 多万吨，德国是 1740 多万吨，苏联是 1770 多万吨。到 1944 年战时动员工业生产达到高峰，日本也才只有 680 多万吨。这些数字有的比我们 1959 年时的产量还低，但他们那时已能大量制造军舰、潜艇、飞机、坦克等许多相当高级的军事装备。原因就是金属材料与非金属材料品种规格比较齐全，普通钢与合金钢的比例大体适应。

我国所处的情况不同，不能完全与之相比，但我们是个大国，应该在自力更生为主、争取外援为辅的方针下，在国家工业化的基础上逐步建立起一个完整的国防工业体系。各种军事装备，力争逐步实现自己设计、自己研制和生产。为了实现这个目标，随着国民经济的发展，应当重视原材料工业方面所存在的矛盾，并着手加以解决。所以，早在 1959 年 7 月，我就向毛泽东同志和党中央建议，在原材料方面，我们应当及早拟订发展品种，提高质量，使金属和非金属材料都得到妥善安排的规划。否则，单纯数量上的增长不仅不能适应国防方面的需要，而且也不能适应工业现代化的需要。在管理体制上，我建议金属材料由冶金部归总，非金属材料由化工部归总，统一筹划。中央同意了我的建议。

在具体要求上，我们希望在三五年内逐步扩大稀有元素的生产，增加优质合金钢的比重（当时主要产钢国的合金钢占钢产量的比重是 8%～10%，我们则大大低于这个比例）。特别要研究和掌握各种耐高温、高强度和具有某些特殊性能合金钢的生产技术。这些看起来虽然是从国防需要出发的，但和整个国民经济的发展有着密切的联系，而且前者必须建立在后者的基础上。正如毛泽东同志1958年在《第二个五年计划指标》上批示所说的那样：没有现代化的工业，哪有现代化的国防？

我们认识到问题的严重性和紧迫性以后，确有一种火烧眉毛的感觉。我把这些想法向军委的同志们谈过多次。1959年11月，我们邀请有关部门的负责同志开会，研究新型原材料的生产试制问题。与会同志一致认为：新技术材料各国大都首先用于国防尖端，然后才在国民经济中普遍使用，因此材料越新，机密性越强，我们就越难得到国外的技术援助，只能下决心自己搞。

那次会议初步议定了两点：

由国家科委和国防科委组织一个新技术材料小组，成员由计委、经委、冶金、一机、化工、建工、石油、轻工、中国科学院等各部门掌管新技术工作的负责人组成。小组的工作范围是：从提出新材料要求、安排科学研究、中间工厂试制到工业化生产为止。当前解决新型原材料问题的关键，在于尽快纳入国民经济计划，在计划中排上队，以便尽快研究、试制或生产。

会后，我将新型原材料方面存在的问题和解决意见，向中央书记处作了报告，书记处的同志都支持解决新材料问题，同意我们的报告，要我们放手去干。中央的指示对大家鼓舞很大，不久，经中央批准，新材料小组就成立起来，开始工作。为了达到尽快过关的目标，当时就抓紧组织有关的各工业部和科研单位磋商，拟定了研制和生产基地建设方案，并向各单位提出了约5600种新材料的生产或研究试制任务。大家都热烈支持，展开了猛攻新型原材料关的紧张战斗。

进行新材料攻关的效果是非常明显的。1965年4月到7月，我们做了一次全面检查。五六年来，我国试制成功的新型金属材料、新型无机非金属材料、新型化工材料共1.28万多项。品种上可以满足导弹、原子弹、航空、舰艇、无线电方面科研和生产需要的90%以上。许多过去靠进口的新型材料，基本上能够自己解决了，为新型材料立足国内打下了一定基础。如喷气飞机用的高温合金，有的已正常生产，有的即将投入生产。电子设备、仪器、仪表需用的精密合金从无到有，建立了生产基地，当时也已经能满足科研和生产的初步需要。

在合金钢方面，列入国家标准的200多个品种已经大多能够生产，稀有金属的研究生产也取得了很好的成绩。更重要的是经过攻关，初步建立了立足于我国资源条件和使用条件的合金钢系列。

仪器仪表方面，经中央批准，我们责成国家科委、一机部负责抓总，组织有关单位进行会战，也一步步突破难关，基本上满足了导弹、原子弹研究和军工、民用部门的需要。这里值得一提的是，在解决光学精密机械方面的问题时，长春光学精密机械研究所在所长王大珩同志领导下，做出了很大贡献，还有杭州浙江大学也在这方面做出了较大的贡献。

攻关过程中，我们在解决设备和材料问题时，在金属材料规格上，经常碰到几个“特”字号的问题，如特大、特厚、特宽、特薄、特细等材料，成为我们搞“两弹”和其他科研工作的卡壳问题之一。刘少奇同志很关心这个问题，曾在中央会议上多次问过我这方面的情况。为了解决这几个“特”字号的问题，我们提出建议后，1961年5月，中央向一机部下达了研制各种大吨位的锻压机和各种大规格的冷热轧机等九大设备的指示。九大设备原计划1968年完成，到1967年检查，大约完成了总工作量的70%～80%，关键是卡在大电机、大电炉等配套电器设备上。由于十年内乱，九大设备的研制，许多项目拖延下来了。

在攻关过程中，为了加强对“两弹”研究试验工作的领导和更好地组织全国大协作，1962年11月，刘少奇同志在一次中央会议上宣布，成立以周恩来同志为首的中央十五人专门委员会，由各有关方面的负责同志参加。在这次会上，还传达了毛泽东同志关于要“大力协同做好这件工作”的指示。专委成员之一的张爱萍同志很快向国防科研系统传达了中央的这一重要决定，使大家受到很大鼓舞。专委成立后，每次重要的“两弹”试验和存在的问题，都要开会研究，听取汇报，使“两弹”的研制工作在领导方面有了进一步加强。

为了贯彻毛泽东同志“要大力协同”的重要指示，在科研方面，则明确提出了科研攻关的 5 个方面军，即国防研究机构、中国科学院、工业部门、高等院校和地方研究机构，要大力协同，互相支援。特别是要求地方有关科研部门协助国防科研部门突破以导弹、原子弹为代表的尖端武器关。在张劲夫同志领导下，中国科学院做出了突出贡献，他们成立了个新技术局，专门负责组织科学院各部门更密切地配合国防尖端武器的攻关。

我们还组织二机部和七机部对口协作，以解决“两弹”相关的问题。

经过几年的艰苦攻关，我们先是成功地试验了自己研制的若干种导弹、火箭武器，以后又试验了原子弹、氢弹。1964 年 10 月 16 日，我国爆炸了第一颗原子弹，这是一个激动人心的时刻。这次试验是由张爱萍同志在现场组织指挥的。当时集中了几百名科学技术人员和几千名勤务保障人员，在戈壁滩上夜以继日地紧张战斗，克服了许多困难，反复演练，完成了极其复杂的试验准备工作。试验当天，我同周恩来同志在北京一直守在电话机旁，和在前方的张爱萍同志始终保持着联系。根据前方传来的情况，我们把“零时”（即原子弹爆炸的准确时间）确定为当天 15 时。当“零时”到来，听到我国第一颗原子弹爆炸成功的喜讯，大家都非常高兴。第二天，在人民大会堂召开了第二届人大常委第 127 次会议，听取原子弹爆炸成功的汇报，有关方面的领导同志和科学家列席会议。当周恩来同志在会上宣布这一喜讯时，大家热泪盈眶，长时间地响起了暴风雨般的掌声，热烈庆祝我国首次核试验成功的伟大胜利，欢呼中国人民依靠自己的能力制造的原子弹试验成功！帝国主义的核垄断、核讹诈政策破产了！企图使中国人民屈服某种压力的指望落空了！这是中国共产党自力更生路线的伟大胜利，也是中国人民有志气、有能力的最好说明。当时大家激动的心情，至今令人难以忘怀。

1966 年 10 月 25 日，我第一次到基地现场主持核试验，就是“两弹”结合的试验，把原子弹装在导弹上进行真刀真枪的发射试验，要冒很大的风险。万一核导弹在发射现场爆炸，或发射后中间掉下来，或偏离弹着区，都将造成不堪设想的后果。但我深信，我们的科学家、工程技术人员和基地工作的同志，都具有高度的负责精神，我们这方面的研究设计工作做得很扎实，我国自行研制的中程导弹，具有良好的可靠性，发射成功率很高。再说，为了使我国的导弹能真正成为具有强大作战威力的武器，必须进行实弹结合试验。经过反复研究，进行了各种细致的论证和检验，报经周恩来同志和中央批准后，决定进行这次试验。为了鼓舞同志们的信心和使各项工作真正做到万无一失，我决心到现场主持这次试验。我先到了导弹试验发射基地，在发射架下面和控制室里详细地听了专家们的汇报，10 月 27 日，目睹了我国第一枚导弹核武器准时发射成功。发射后，我又赶到原子弹试验基地，观看了导弹核武器准确命中目标区和核爆炸后的情况和结果，我为我们这样一个长期落后的国家终于掌握了这种尖端武器而欣慰和自豪。

我第三次主持试验，是 1967 年 6 月 17 日的氢弹试验。这次试验，按原定计划，成功地爆炸了我国的第一颗氢弹。由拥有原子弹到爆炸氢弹，美国用了 7 年，苏联用了 4 年，而我们只用了不到 3 年的时间，比他们都要快。

通过几次到现场组织试验，使我进一步体会到了组织全国大协作的重要性。制造和试验“两弹”，技术上极其复杂，所有工业部门都承担了多少不等的任务，在任何一个环节上出了问题，都会造成失败，使国家蒙受巨大的损失。

我们在组织全国大协作方面是比较顺利和成功的。那个时候，各工业部门、中国科学院和高等院校，特别是各研究机构，只要分配给任务，就高兴得很，引以为荣，所以“两弹”上用的一些东西，很快就研制出来了。

党中央对尖端攻关的项目，给予了很大的支持，在物资上优先供应。中央还批准，必要的时候可以用中央军委特别公函的形式，派人直接向有关单位下达某项任务，以确保完成。在财政上也是如此，虽然当时国家财政十分困难，但每年仍拨出一笔专款，用于新材料的研究。以后随着研究工作的不断进展，也不断增加，保证了攻关的顺利进行。

事实证明，通过攻关，不但各单位、各部门帮助了“两弹”过关，而且通过“两弹”过关，也带动了国民经济建设中大批新型原材料、仪器仪表和大型设备的发展，带动了许多新的生产部门和新兴学科的建立和发展。

丰硕的成果和新的起点

1956 年，周总理亲自主持制定了《一九五六——一九六七年科学技术发展远景规划纲要》。这就是新中国科技发展史上有重大影响、起奠基作用的“十二年科学规划”。规划提出了 57 个重要项目，研究课题 600 多个，其中重点任务 12 项。

1963 年，我们对十二年科学规划的执行情况进行了检查，57 个主要项目已经完成了 50 项，可以说基本上完成了。国防科研方面的攻关任务，也已经有了一个良好的开端，有的导弹已研制成功，大部分项目正顺利进行。在此基础上，国家科委、国防科委又分别制定了 1963—1972 年的十年科学规划。其中国防方面的规划随着工作的进展，又经过了数次修订，这可以说是我国科研工作的一个新的起点。

当时制定新的十年科学规划，总的目标就是要赶上 60 年代世界先进的科学技术水平。国防方面在继续研制尖端武器的同时，强调了常规武器在补缺配套的基础上，逐步赶上外国同类武器的先进水平。民用方面强调了要使农业、工业现代化，建立自己的先进工业体系，填补重点基础学科、基础技术的空白。在这 10 年中，进一步建立起强大的又红又专的科学技术队伍来。

由于有了比较符合当时实际情况的正确政策，有了恰当的规划和有力的措施，我国科学技术的进展，直到“文化大革命”以前，是比较顺利的，成果也是明显的。

军工方面，到1966年我们共爆炸了5颗原子弹，其中一颗是两弹（导弹、原子弹）结合的试验。1967年氢弹试验成功。导弹方面已经有了自行设计的中程地地导弹、远程地地导弹。卫星的研究设计工作也已经打好了基础。我们还研究设计成功了多种型号的地空、空空、岸舰等导弹，以及许多常规武器装备。在帝国主义封锁和赫鲁晓夫领导集团卡我们的情况下，我国的国防科研和国防工业不但没有被窒息瘫痪，相反，能够独立自主地继续发展。

民用科研方面，这几年除了密切配合军工攻关以外，还为国民经济的发展提供了大批科研成果，也配合工业部门研制出许多高精尖设备。如各种电子计算机、电子显微镜、射电望远镜、高速照相机、能精确授时的原子钟、1.25万吨的自由锻造水压机、30万千瓦双水内冷发电机，还有各种新型原材料、电子元器件、精密机床和仪器仪表、新冶炼技术、矿产资源的调查和综合利用等项目。到“文化大革命”开始的时候，我国已经有能力自行设计建造像攀枝花钢铁基地、第二汽车制造厂、成昆铁路、万吨级远洋轮、大型煤矿、大型水电站、火电站、重型机械厂等工厂矿山及其成套设备。农业方面完成了全国耕地的土壤普查，改良土壤和各种合理施肥的试验，病虫害的防治，改良品种和增产试验，治沙、治碱措施试验等许多科研项目对黄河、长江、黄淮海平原等特定地域的开发，制定了治理规划，进行了资源调查等。基础理论研究方面在数论、计算数学、基本粒子、核物理、化学射电天文学、地学、生物学等领域，都做出了一些受到国际科技界重视，水平比较先进的成果，比如生物学方面1965年我国在世界上第一个人工合成牛胰岛素，为祖国争得了荣誉。

大批军用和民用科研成果的不断涌现，说明我们所走的道路是正确的，这是党中央的正确领导，广大科技工作者的努力，和各行各业支援科研攻关的结果。但这些经验，只是在当时特定的条件下取得的。今天条件变了，当然只能采用那些现在仍然适用的经验，要研究新情况、新问题，总结新经验，决不能生搬硬套、墨守成规。

回顾那10年的科研工作，我们也有若干较大的失误和缺点：如大跃进中的浮夸风和高指标；由于认识上的不一致而不断出现的分散主义现象；在强调群众运动的时候，有时违背科研工作的规律；科研体制因长期争论不休影响体制的稳定；知识分子政策经常受到这样那样的冲击等。这些失误和缺点都影响了我们科学研究工作取得更大的成就，今天仍然值得我们注意。

从1966年下半年开始，进入“文化大革命”的十年动乱时期，林彪、“四人帮”对科研工作进行了严重的破坏。广大知识分子（尤其是那些科研骨干）和领导干部遭受迫害，科研秩序被打乱，设备遭破坏，科研规划和计划被迫中断，使我们白白地丧失了许多宝贵的时间，同世界先进科学水平已经缩小的差距又扩大了，实在令人痛心。更有甚者，林彪、“四人帮”一伙经常无理取闹，故意推迟一些已经成功的项目。如人造地球卫星，我们原安排于1968年春天完成一切发射准备，但他们以有人要在卫星上放毛泽东同志的像（这既增加了技术上的困难也没有必要）还有争论为借口，硬是推迟到1970年才发射，然后就吹嘘，这是所谓“中央文革”正确领导所取得的胜利成果。粉碎了“四人帮”，十年动乱结束，为科研工作重新走上正轨铺平了道路。在新的历史时期我衷心祝愿广大科学工作者，取得更新更大的成就，为祖国四化建设的美好事业贡献自己的智慧和力量！

（节选自《聂荣臻回忆录》，1986年3月，标题为编者所加）

回顾与寄语

张爱萍

我国国防科学技术事业和国防工业从无到有，不断发展，取得了举世瞩目的辉煌成就。

在党中央、国务院和中央军委正确决策与领导下，我们已经建立起了较完整的国防科技和军工生产体系；培养造就了一支思想觉悟高、专业技术较强的科技和管理队伍；不但基本解决了从常规的陆海空军武器装备到战略核导弹和航天技术产品的自行研制和生产问题，而且取得了不少举世瞩目的重大科技成果。我们为民族争了气，为国家争了光，我们大大增强了国防力量，为遏制侵略战争和促进国家科技进步，作出了不可磨灭的重大贡献！

回首往事，我既为我们事业所取得的巨大成绩而祝贺，也深感这些成就的来之不易。

几十年来，我们的事业走过了一条既光辉又艰辛曲折的发展道路。

1956 年年初，由周恩来总理和陈毅副总理（后改由聂荣臻副总理）主持，着手制定国家十二年科学技术发展规划。当时，主管军委工作的彭德怀副主席决策，军事科学技术研究工作由总参谋部主管，并指定我参与国防科技工作。我记得当时彭总强调了研制武器装备的国有化、现代化的必要性与重要性，并告诫我们要吸取在朝鲜战争中武器落后的教训。我国的国防科研工作，从此开始了。

当时，虽然由于党中央的重视，我国国防工业及科研工作开始进行了，但管理分散，力量不集中。在总参谋部装备计划部设有科学技术研究处，主管常规武器工业部所属的各研制单位。与此同时，为发展地地导弹武器，成立了国防部航空工业委员会。原子弹的研制工作，则一直由主管核工业的第二机械工业部负责。

为适应发展的需要，于 1958 年 10 月将国防部航空工业委员会和总参谋部装备计划部科研处合并，组成以聂荣臻副主席为首的军委国防科学技术委员会，除直辖导弹、航空、舰船、电子等科研院外，并对原来分散属各国防工业部和各军兵种的国防科研工作，实施统一组织领导、统一规划、统一管理，使国防科学技术事业开始走上健康发展的道路。

这是我国国防科技发展历程上的第一个重要阶段。

国防科技发展历程上的第二个重要阶段，是 1959 年 9 月之后的一段时期。苏联单方面撕毁技术协定、撤走全部专家，给刚刚走上轨道的我国国防科技事业，特别是对正在研制中的原子弹，造成了巨大损失和严重困难。当时有人认为，原子弹技术高深莫测，仅仅依靠我国尚不发达的工业和落后的科学技术力量，而没有苏联的援助，原子弹是难以造成的。有些外国尤其是苏联，断定我们“20 年后也搞不出原子弹”。在我们中央决策机关也引起了一场是“上马”还是“下马”之争。

于是，党中央和中央军委决定派我和刘西尧同志与刘杰同志一起深入到第二机械工业部所属的厂矿、科研、生产等单位进行调查研究，考察采矿、冶炼、生产的设备和研究、设计等方面已经具备的条件与存在的困难，特别是必须解决和可能解决的问题及措施。经科技专家、技术人员和各级领导共同研究，认为我国的原子能工业和技术已经有了一定的基础，只要党中央直接领导设立专门领导机构，集中全国有关各方的力量进行技术攻关、设备制造和材料生产等工作，统一组织，密切协同，便可能在 1964 年研制成功并炸响比美国在广岛投掷的技术更先进、威力更大的原子弹。

党中央决定独立自主、自力更生研制原子弹，并根据我们的调查报告和二机部根据调查报告拟制的研制计划，成立了以周恩来总理为首的中共中央十五人专门委员会（后改称中共中央专门委员会，简称中央专委），对核武器和导弹、航天等尖端科技工业实施统一的强有力的领导。在中央专委的直接领导下，全国党政军民大协作，有关各方均集中主要力量，克服各种困难，攻破科技难关。结果，我国不但按预定计划在 1964 年 10 月 16 日炸响了第一颗原子弹，而且先后研制成功近程导弹和中程地地核导弹。常规武器的自行研制工作也有了新的进展。整个国防科技与工业得到了迅速发展。所有这一切，更加激发了国防科技战线全体同志及全国人民独立自主、自力更生、奋发图强的爱国主义精神，也进一步增强了国防力量，扩大了国际影响，大大提高了我国的国际地位。

我国国防科技发展历程上的第三个重要阶段，是 1965 年开始的一段时期。1965 年，把原属国防科委建制的四个研究院分属于有关国防工业部建制。这是由于研究单位不仅不能直接与生产单位结合，而且缺乏试制能力，其结果是造成了研究设计、试制和生产相互脱节。研究单位由于没有试制能力，研究出来的东西无法试制，国防工业部门只能从产品设备中抽出部分必需设备组成试制单位，或由某些成品生产车间兼负试制任务。各国防工业部由于当时生产任务不足，完全可能承担。但是，又出现了生产单位把试制当成额外负担，而科研部门则因要求助于人而感到不便的矛盾，这就给技术抓总和技术协调带来很多困难。虽然经过协调，问题暂时得到了缓解，但由于建制不同的关系，矛盾仍然存在，而且随着科研任务不断发展和试制项目的不断增多，矛盾变得越来越突出。

为了解决这个矛盾，经多次酝酿，反复研究，认为应像核工业部和生产陆军武器的兵器工业部一样，统一领导抓好研究、试制和生产任务，把研究、试制、生产结合为一体。于是经党中央、国务院和中央军委批准，于 1965 年将国防科委所属的第五研究院扩充一部分生产力量后成立七机部；第六研究院、第七研究院和第十研究院分属有关各国防工业部统一建制领导。

但在“文革”期间，又出现过多次反复。如 1967 年国防科委执行军事管制，并进行组织改组，将国防工业部的研究院重属国防科委建制，并发展成 18 个研究院（包括中国科学院新技术局所属各所和民用工业部的某些研究院）。1969 年，又将部分研究院交总后勤部、空军、海军分别建制。1970 年又在“部院结合、厂所挂钩”的组织形式下，将有关研究院重新分属各国防工业部实际上仍分属各工业部统一建制、领导。核工业部和航天工业部的研制和生产，归中央军委国防科委领导，其余责任属国务院国防工业办公室（办公室有一段时间曾归中央军委国防工业领导小组领导）。

粉碎“四人帮”后，这种科研、试制、生产一体化的体制，在中央军委装备委员会统一领导下，得到进一步巩固和发展。1982 年，更进一步将国防科委和国防工办合并成立了属国务院、中央军委双重领导的国防科学技术工业委员会，实现了组织建制和研究、试制、生产工作的统一组织领导。由此加速了武器装备现代化的发展进程。

如果说从 1956 年到 1958 年国防科委成立，是国防科技事业的奠基阶段的话，那么从 1958 年到“文革”前夕就是它的发展阶段。在这个阶段，我们研制成功了原子弹、氢弹，近程、中程地地导弹。飞机和地空、空空导弹以及陆军武器的研制也取得了新的成绩。

在“文化大革命”的 10 年中，林彪、“四人帮”的帮派造成全国内乱，国防科技与国防工业同全国一样，也遭到了帮派的严重破坏。到处拉帮结派，打内战，帮派横行，把整个国防科技和国防工业搞得组织混乱，科研和生产基本或全部停顿。最严重的是研制导弹和航天技术的七机部和国防科委。这样，使我们正在独立自主、自力更生，迎头赶上国防科技工业发达国家的前进步伐遭到严重挫折，使我们本来落后的国防科技工业工作停滞、倒退了三十年。这是何等惨痛的教训！

尽管 1975 年进行全面整顿，科研、试制、试验与工业生产得到了初步恢复，特别是各式地地导弹（含远程和核潜艇导弹）、返回式探测、通信卫星和核武器的研制又重整旗鼓，并获得第一次地下核试验、返回式探测卫星发射和回收的重大成功。但是，好景不长。正当国防科技工业战线起死回生，重整旗鼓，排除艰险，奋勇前进时，“四人帮”又突然于 1975 年末掀起了“反击右倾翻案风”的恶浪，把邓小平同志领导的全国整顿工作诬为“右倾翻案”。“文革”中的乱批乱斗的帮派乌云狂风重新袭来，把我国刚刚出现的生机完全吹倒扼杀，国防科技与工业战线也重陷混乱之中，各项工作又遭到破坏。

狂风乌云总是急袭急过，恶人的命终难长久。清风总会吹散乌云，正气定能压倒邪气！1976年10月，忽如一夜春风来，革命者终于粉碎了乱国祸命的“四人帮”。祖国重建光明重上康庄大道。我国国防科技工业战线也重上阳关大道！

自1977年后，在党中央、国务院、中央军委的正确领导下，在1975年初步整顿的基础上，拨乱反正，全面整顿，加强集中统一领导，统一规划，统一组织管理，同心协力，使整个国防科技工业战线精神焕发，走上了生气勃勃、稳步发展的健康轨道。在不到10年的时期中，国防科技工业战线在“缩短战线，突出重点，狠抓科研，加速更新”的整顿方针下，我国成功地向太平洋发射了洲际导弹；导弹核潜艇研制成功；在由液体转向发展固体火箭（即“大打固体之仗”）的转变过程中，成功地发射了潜地导弹和固体地地核导弹；一箭三星和地球静止轨道实用通信广播卫星的成功发射及定点，以及返回式探测、地质、气象卫星的研制、发射，也相继获得成功。与此同时，先后建设成完整的导弹、卫星和各种常规武器的试验发射基地。此外，在核武器，新歼击机、轰炸机、导弹快艇、驱逐舰、常规潜艇、陆军火炮、坦克等重型武器，以及武器的自动化、电子技术诸多方面，均有了新的发展，取得了新的成就，并且正向高科技领域发展。所有这一切，大大提高了我军武器装备的现代化水平。现在我们已有能力承担国外卫星的发射和研制。

自1982年以后，国防科技工业战线根据时局和发展国防经济建设的需要，逐步向军民结合的体制进行大转变，将国防科技与工业战线的科技与设施等优势，为国民经济建服务，以加速国防经济建设的发展。同时，也在新材料、新工艺、新技术等科学技术的发展上，起到了一定程度的促进作用。

几十年来，我国国防科技与工业战线走过了一条艰难复杂的道路。而这些成绩的取得都证明：在建国初期经济极度困难科学和技术与工业十分落后，敌国及某些外国的封锁禁运的极端困难情况下，党中央、国务院和中央军委高瞻远瞩，不失时机地集中最大可能的力量，独立自主、自力更生地发展我国的国防科技与工业，加强国防实力，是何等伟大而英明的战略决策！我们对反对核讹诈，提高我国的国际地位，稳定世界局势，保障世界和平所作出的重大贡献，也雄辩地证明：有人说发展国防科技与工业，特别是尖端科技，把国家搞穷了，是多么荒谬而可笑啊！这也可算是几十年来最重要的历史经验。

回顾过去，正视现实，展望将来，我们岂能忘记或抛弃我们重要的历史经验？我以为，国防科技与工业战线的重要经验或优良传统是值得长期继承发扬的，主要是：

一、无论何时，都应保持警惕，反对和平麻痹的思想和政策。即使是“太平盛世”，也不应“刀枪入库，马放南山”，也要“居安思危”。古云“无敌国外患者，国恒亡”嘛！何况当前世界并不太平，世界上小仗不断，我国周围也并不安定。尽管今后较长时期内大战打不起来，但也只是暂时而不稳定的和平时期。现在许多先进的国家，特别是苏、美，还在加紧发展空间武器。《人民日报》1987 年 5 月 31 日的社论《认真抓好经常性的党的建设》说：“我们今天党的建设……而是在‘无敌国外患’的和平环境下进行的。”显然，这种思想是荒谬有害的！狗是打不完的，疯狗更是时时有之，叫花子任何时候都应该有根打狗棒。当然，那种随时处在临战状态的观点和做法，是极端错误而有害于国家经济建设的。但发展必需的先进武器还是不应放松，我国理应成为民富国富的强国。

二、发扬为民为国的无私奉献精神。我们国防科技工业战线的同志，都具有为中华民族奋起、为国防力量的强大不计个人名利，含辛茹苦，呕心沥血，埋头苦干，默默奉献自己全部聪明才智的崇高思想品德。他们有的为了研制新武器而致伤致残，有的甚至献出了宝贵的生命。正如《祖国不会忘记》影片中所记述的那些不很完整的事迹一样，他们的业绩罕为世人所知，他们是国家和民族的精英。他们那些崇高的品德和无私奉献的可贵精神，是值得我们中华民族永远发扬的，特别是在当前发展商品经济的时代，尽管发展科学技术是为了提高生产力、发展商品经济，但我们的人格，不应也成为商品去等价交换。“拜金主义”是可耻可悲的，具有高尚品德者应记取“勿逐名利自蒙耻，善辨伪真羞奴颜”的自省警言。

三、坚持独立自主、自力更生为主，外援为辅和狠抓科研、加速更新的方针。发展国防科学技术，要从我国国情和实际情况出发，依靠自己的力量，研制适合我国战略战术、地理、气象等情况的各种武器装备。引进技术，以促进自己的发展，是完全必要的、正确的。但是，不集中全力发展我国的先进技术，而完全依赖引进外国先进技术和成套设备乃至现成武器装备，必然永远落后，依附于人，而成为附庸国。尤其是依靠国家富起来再向先进国家买武器，那更是危险的绝路。

因此，国防科技工业战线，应在引进外国先进技术的可能条件下，“缩短战线、突出重点、狠抓科研、加速更新”，主要依靠自己的力量发展我国国防科技工业。

四、统一领导，统一组织管理，同心同德，大力协同。在统一领导、统一规划下，统一组织全国国防科技工业和全国有关科研和工业部门的力量，互相协作，联合攻关，是自力更生发展国防科技事业的必由之路，是现代化、社会化、大科研、大生产的客观要求，也是社会主义优越性的具体体现。我们历来就是靠这个顾全大局、大力协同的好传统。过去是、现在是，将来仍然是要靠统一领导，统一组织下的大力协同才能取得重大成就。这是既有统一的组织领导，又有自觉的互相协同的组织方法，它不同于那种所谓“横向联合”的自由协同组织方法。我们已把长期形成的“文人相轻、同行相斥”的陋习改变为“文人相亲、同行相扶持”的美德，应永远发扬下去。一切各自为政，损人利己，唯利是图，互相排斥的恶习必然难成大事，甚至一事无成。

在此基础上，应坚持我们多年来摸索出的一整套行之有效的方法，如坚持两条指挥线、严格研制程序、严密岗位责任制，以及双岗乃至三岗检查制的质量保障体系等。其中最重要的是坚持总设计师系统和行政管理系统两大制度。只要这两个系统分工负责又互相服从，达到统一行动，就必然达到周恩来总理生前直接主持研制第一颗原子弹时要求的“严肃认真、周到细致、稳妥可靠、万无一失”。

回顾过去，展望未来，国防科技工业战线的全体同志，应以我们开创事业时那样的无私奉献和奋发图强精神，以敢于超越先进国家的坚强决心和豪迈气概，勇于改革，善于创新，在国防科学技术与工业的发展上不断取得新成绩，为国防现代化，为确保祖国独立安全，维护世界和平，不断作出更大的贡献。

（原载《回顾与展望》）

中国科学院与“两弹一星”

张劲夫

一

毛泽东确立积极防御战略

1956 年初至 1967 年 1 月，我在中国科学院任党组书记和副院长。早在 50 年代中期，党中央和毛泽东主席就做出了要研制原子弹的决策。根据当时的国际形势，毛主席决定，为了防御，中国也要搞原子弹。我们不首先进攻别人，但不是消极防御，而是积极防御。这是毛主席一贯的战略思想。研制原子弹，当时总的方针是自力更生为主，争取外援为辅。要靠自己研制，同时，要争取外援。那时候中苏关系比较好，我们想争取苏联给我们一些援助。但这是争取援助，而不是搞合作、搞共有。也就是说，搞原子弹的科研单位、工厂各种设备与技术都是中国自己的。我理解这就是中央当时搞原子弹的方针，是毛主席高瞻远瞩确立的积极防御的战略方针。

科学院接受党中央下达的任务

中央决定以自力更生为主研制原子弹，这件事太重要了。后来又决定自力更生为主研制导弹和自行研制人造卫星，统称“两弹一星”。原子弹和氢弹是二机部负责，导弹是国防部五院（后来的七机部）负责。毛主席对原子弹研制有一个批示：“要大力协同做好这件工作。”中国科学院就是按照中央确定的“大力协同”和“三家拧成一股绳”的精神，主要承担原子弹和导弹研制中一系列关键性的科学和技术任务，包括理论分析、科学试验、方案设计、研制以至批量制造所需的各种特殊新型材料、元件、仪器、设备等。至于人造卫星，则从构思到建议，都是由中国科学院提出，先后两次上马（1958 年、1965 年）。经以周总理为主任、罗瑞卿为秘书长，具体领导这项工作的中央专门委员会批准后，在国防科委的统一组织下，由中国科学院负责整个系统的技术抓总，并负责研制卫星本体，七机部负责运载工具，科学院和四机部共同负责地面测控系统。

科学院对党中央下达的“两弹一星”任务非常重视，党组决定由我负责，并由裴丽生副院长具体抓“两弹一星”研究工作的安排落实。当时，中国科学院为了落实“两弹一星”的研制任务，把管理机构分为两个口：一个是计划局，管不承担国防任务的单位；另一个是新技术局，管承担国防任务的单位。参加“两弹一星”研制任务的科学研究人员占全院科研人员的三分之二。谷羽是新技术局局长，宋政是副局长，陆绶观是处长，帮助谷羽工作。那时，新技术局除了项目所的经费、器材优先得到保证以外，还有很多非标准设备可以安排到各产业部门协助加工制造。我们的研究室、实验基地用的非标准设备，由科学院研究所设计，由各有关产业部门按时制成，保证质量。由国防科委统一管这方面的工作，派军代表驻厂监督，提出设计的研究所也可以派员驻厂监督。

自力更生为主，争取外援为辅

我们搞原子弹，怎样贯彻自力更生为主、争取外援为辅的方针？自力更生为主，就是主要靠我国自己的力量开展科研。当时研究核科学与核技术的力量主要集中在中国科学院原子能研究所，还有一些分散在中国科学院的 20 多个研究所和其他部门的研究机构与大专院校。争取外援为辅，主要是苏联答应帮助我们在北京建一个 7000 千瓦的实验性原子能反应堆。这个反应堆全部归我们管。此外，在另一个地方建一个浓缩铀工厂。

制造原子弹的原料是铀-235。一天，毛主席找到地质学家李四光，他当时是地质部部长，也是中国科学院副院长。毛主席问：“中国有没有造原子弹用的铀矿石?”李四光说:“有!但是,一般的天然铀矿石,能作为原子弹原料的成分只含千分之几。”要从矿石里把这千分之几的铀提出来,再浓缩成为原子弹的原料,最重要的是要搞浓缩铀工厂。

宋任穷到科学院搬兵

为了搞原子弹,中央专门成立了二机部,宋任穷任部长。我到科学院工作后的一天,宋大哥打电话说要到我家拜访我。因为搞原子弹,主要靠科学院原子能研究所,为了工作的方便,中央决定把这个所整建制交给二机部,但是对外还叫中国科学院原子能研究所,名义上由科学院和二机部双重领导。由于研制原子弹的任务繁重,科研力量不够,于是对任务作了分解,除了原子能所承担较大一块任务外,很多重要任务还要由科学院的各研究所来承担。原子能所整建制转到二机部后,骨干力量还不够,还要科学院支持,我们又从其他所调给他们一批科技骨干。

宋大哥光顾寒舍,就是要来谈科学院怎么支持二机部的。他紧紧握住我的手说:“劲夫,这个事太重要了,你要帮助哇!”我说:“没有问题,这是中央的任务,是国家的任务,也是科学院的任务,我把原子能研究所全部交给你。另外,科学院其他各研究所凡是能承担二机部的研究任务的,我们都无条件地承担。如果骨干不够,还需要调一些人去,我们再想办法。譬如,邓稼先是从美国留学回来,是科学院数理化学部的学术秘书。吴有训副院长兼数理化学部的主任,日常工作就靠邓稼先负责,这个同志你要我也给你。”

原子能所“出嫁”不离家

科学院原子能所 1956 年建在中关村,是当时中关村建筑最好的楼。原子能所交给二机部以后,由苏联援助建实验性原子能反应堆。原子能所分为两部分,大部分人迁到实验性原子能反应堆那里。当时科学院搞原子能的有两个姓杨的科学家:一个杨承宗,从法国留学回来的;一个杨澄中,从英国留学回来的。为了区别,我们叫他们“法杨”“英杨”。

"法杨"是搞放射化学的，当时放射化学很关键。我们最重要的措施是把杨承宗等一批科学家调到原子能所原子能反应堆那里去。"英杨"杨澄中留在科学院兰州近代物理所负责配合原子能所的工作。还有从大学调去的化学家汪德熙也到了二机部。

支持钱三强点将调兵

宋任穷来访以后，钱三强从苏联访问回来了。钱三强没调二机部以前，当过科学院的学术秘书长。科学院代表团第一次访问苏联，他是代表团团长。钱三强是著名核物理学家，他访问苏联回来就很快找到我。他来的时候气鼓鼓的，说："张副院长，我对你有意见!"我说："什么意见?"他说："对你们的科学规划有意见，你们搞了个'四项紧急措施'，怎么没有原子能措施? 这是非常重要的事情啊，你怎么没有搞哇!"

我说："三强，原子能的事，是搞原子弹哪。这是国家最绝密的大事，是毛主席过问的大事啊！另外要搞绝密的单独规划。"他当时最关心的是想从科学院调些人去，怕我们不重视，不愿意给人。我说："只要我们能做到的，尽量支持你，你这个原子能研究是中央任务，是第一位的任务，'四项紧急措施'是为你服务的啊!"

我这一讲，他说："我懂了，我懂了。"

钱三强说："我还想从科学院调几个人。"我问："哪几个人?"他说："我还要更多的人。因为还要成立核武器研究所搞设计。另外，还要搞电子显微镜的人，仪器要大大加强，才能承担原子弹研制任务。"当时，搞电子显微镜的，科学院只有李四光的女儿李林。三强说："我想调李林。"李林当时在上海冶金陶瓷所，掌握一台电子显微镜。我说："李林我可以给你，我另外培养搞电子显微镜的，先为你服务。问题是我还要把她的家庭工作做好，不然夫妻俩分开，不好嘛。"三强又要求调科学院的学术秘书邓稼先同志去，后来，稼先同志在原子弹与氢弹的研制中起了很大作用。另外，科学院的院刊编辑汪容到原子能所理论组彭桓武那里，搞核物理理论研究，又将王承书调到二机部，她工作很出色，做出了重要贡献。

后来，三强说，我还想要些人，最重要的是要沈阳金属所的副所长张沛霖，我也同意他带一批人去了。张沛霖的功劳是把铀变成金属。氟化铀原来是气体，要把它变成反应堆元件需做大量的工作，这是沈阳金属所承担的；张沛霖对金属锆有研究，他后来当了总工程师。我当时对三强说，你有任务尽量让我们各所承担。这之后的第二年、第三年，我都请三强同志和副院长裴丽生同志专门到各个所一项一项地检查二机部研究工作的落实情况。

三强后来又找我说，科研任务还需要很多仪器，特别是光学仪器，例如高速摄影，还要调科学院的一些人去。我说这个问题要和长春光机所王大珩先生商量，他是所长。后来决定让副所长龚祖同带一批科技人员到西安建立西安光机分所，主要为二机部的工作服务。因为二机部好多工作单位在西北一带，要什么仪器，提出来让西安光机所研究制造，比较方便。后来在全国成立了好几个光机分所，对“两弹一星”的研制成功起的作用很大。三强提出的要求，我们科学院几乎全部答应了。

攻克“三大技术难关”

搞原子弹，最重要的问题是浓缩铀的提炼问题，矿石里能提出的天然铀同位素铀-235 含量只有千分之几。此外，铀的提炼也很重要。所以，化学方面的科研任务很重。当时科学院有四个最知名的化学研究所都由优秀科学家担任所长，号称“四大家族”：一个是上海有机所庄长恭老先生；一个是长春应化所的吴学周先生；还有北京化学所的柳大纲先生。此外，大连化学物理所也是非常强的，那里有张大煜先生。我对王强说，科学院几个化学所承担你的任务，让哪个所承担什么任务你提出来，我们都选最好的人为你做工作。

当时上海有机所只有研究力量没有生产力量，不能够提供产品。我到科学院以后，让各所建立小工厂，上海市委还送给我们若干小厂，给研究所当实验工厂。而且，还选最好的老师傅。我从铁道部吕正操部长那里请来了许多老工人，很不错。我们需要的仪器设备不自己搞不行。要建立研究室，要研制设备。另外，还有很多非标准设备，科研人员设计图纸，让工厂做才行。我在北京中关村专召开老工人会，我说你们是金手艺，手是金的，能做出好多好东西！老工人听了非常高兴。另外，从部队技术兵种的复员兵中，选了数千名有技术的战士当工人，他们起了很大作用。

1960 年，苏联单方面撕毁协议撤退专家。当时受影响最大的是浓缩铀厂，关键材料苏联不给了，整个厂就停顿了。最紧迫的关键技术问题有三个：

第一是氟油。科学院以上海有机化学所为主，其他所配合，终于研究出来自己的氟油，并把上海一个小厂要了过来。这个厂有个工人当厂长叫杨庆年，很能干。他不但配合研究室把氟油研制出来了，而且在他的厂生产，保证了供应。这个厂的总工程师顾子恺也有贡献。当时，石油部还不能生产一些特种油品和石化产品，就靠上海有机所生产。氟油我们自己能够供应，浓缩铀厂的机器就又能运转了。当时边伯明当所党委书记，人不错，很开明。

第二是“真空阀门”。没有“真空阀门”，原子弹的气体原料就不能一步一步浓缩，然后把铀-235 浓缩起来。“真空阀门”的外援也断了。科学院的上海冶金陶瓷所，当时已经分成两个所：一个是冶金所，吴自良任副所长；另一个是把陶瓷研究部分改为硅酸盐所，严东生任所长。还有沈阳金属研究所最强的科学家李薰、师昌绪，再有张沛霖副所长。我们科学院主要依靠上海冶金所、沈阳金属所已经先开展研究。在上海冶金所集中力量攻这个关，搞“真空阀门”。结果这个关攻破了！攻克这个项目，除科学院金属所、冶金所外，还有复旦大学、上海有条件的工厂等。这样，我们的浓缩铀厂才能生产。这时宋任穷调走了，刘杰同志当二机部部长。他一见我的面，双手紧紧地握着我的手说：“感谢你呀！我的工厂能生产了！”这项成果在原子弹爆炸成功以后得了特等奖。所幸的是这些我们早就开展了研究，是钱三强出的题目，出题目很重要。

第三是高能炸药。原子弹怎么引爆？需要引爆装置。普通炸药不行，要高能炸药。科学院大连化学物理研究所，到甘肃建立一个分所，主要搞高能炸药，专家主要有于永忠等。有了高能炸药才能做高能的引爆。上海有机化学所的黄耀曾带着一些人支援。还有五机部的一个所，也有人参加。他们合作又把高能炸药研制出来了。

最后，是我们中国第一颗原子弹爆炸的现场观测，主要是科学院地球物理研究所、力学所、物理所、声学所、光机所等承担的任务，与核试验基地研究所共同商定各个类型的 15 项测量技术方案，都是我们自己制造的仪器，各所派技术骨干到现场参加核爆试验，全部按时完成了任务。还有其他所，在现场做了很多试验，当时其他部门也参加做试验，但大部分现场实验和观测是科学院完成的。

钱三强功不可没

我国研制原子弹和氢弹，三强起了重要作用，功不可没。早在 1960 年，原子能所就成立了“中子物理领导小组”，由所长钱三强主持，组织黄祖洽、于敏等开始做基础研究，为后来的氢弹研制做准备。研制氢弹工作主要是于敏他们做的，方案是于敏提的，也得过大奖，但题目是刘杰与三强商量后提出的。原子弹爆炸以后还要搞氢弹，而中国从原子弹到氢弹只有两年零八个月。1964 年爆炸了原子弹，1967 年就爆炸了氢弹。有人总认为三强自己没参加具体的研究工作，我则认为如果没有他做学术组织工作，如果不是他十分内行地及早提出这些方案与课题，你怎么赶上和超过别人。当然，原子弹和氢弹的设计主要靠二机部核武器研究所的出色工作，使我们中国从原子弹到氢弹的过程，在全世界来讲，也是时间最短的。二机部是制造核武器的主管部门，除从科学院调去原子能所和提到的几位专家外，还有从高等院校调去的朱光亚、周光召等专家，他们也做出了重要贡献。

在原子弹研制过程中钱三强最感谢的就是科学院提供的计算机，对二机部帮助很大。所以，我当时说如果没有“四项紧急措施”、没有那几项最重要的技术配合，单独搞原子弹是不行的。我们科学院早在1958年8月1日就研制成功第一台计算机。要我去讲话，我给它一个提法，叫做“有了——中国有了计算机了！”第一台计算机是电子管的，是最低级最原始的，一秒钟才运算几十次，但总算有了嘛。接着，我们研制第二台，1959年9月，104机出来了，也是电子管的，每秒一万次，当时就起了很大作用，主要为二机部核武器研究所服务。这个所是搞设计的，那个计算量太大了，没有这个计算机，几年也算不出来。再过一段，第二代计算机出来了，晶体管的，科学院半导体所搞的。从美国回来搞半导体材料的林兰英，和科学家王守武、工程师王守觉两兄弟，是他们做的工作。第二代计算机，每秒数十万次，为氢弹的研制做了贡献。

钱三强去世后我写了一篇文章纪念他，特别怀念他做了许多学术组织工作，比如说要科学院各个所来配合承担任务，你选什么任务，他能提出题目来，请你承担，他懂，他在法国跟着约里奥-居里做研究工作，发现过原子核三分裂现象，组织能力也比较强。他人很直爽，有意见就提。

此外，原子弹爆炸试验数据的采集，科学院也做了很多工作。那个试验主要是在空旷无人的地方进行，可以试验他的破坏力。中国科学院有好多所，都派人参加试验了。

二

钱学森为国献宏猷

钱学森是世界气体力学大师冯·卡门最好的学生，还有郭永怀、林家翘都是冯·卡门最优秀的学生。我国火箭喷气技术即导弹技术的建立，是钱学森先生首先提出来的。我们成立力学所，请他当所长，后来我是他的入党介绍人。他参加了十二年科学规划工作，担任综合组组长，作过一个很精彩的关于核聚变问题的学术报告，为科学规划的制定出了许多好主意，特别是他亲自起草和制定的关于火箭喷气技术的建立，实际就是导弹技术的发展计划，我看了很受鼓舞。郭沫若院长看后更是诗兴大发，欣然挥毫，题诗一首："赠钱学森——大火无心天外流，望楼几见月当头。太平洋上风涛险，西子湖畔数风流。冲破藩篱归故国，参加规划献宏猷。从兹十二年间事，跨箭相期天际游。"

钱学森任科学院新成立的力学所所长以后，迅速聚集了好多优秀科学家。我们在中关村建起了力学所大楼。因为空气动力学要搞风洞实验，中央拨出500吨钢板供力学所建风洞。

当时，陈赓大将担任哈尔滨军工学院院长，专门向钱学森请教关于导弹问题。钱学森说："我是要建议我们国家搞导弹，这是很重要的军事武器，将来一定要大发展！"这个建议送到中央以后，周总理很重视。当时，彭德怀当国防部长，周总理让他邀请在北京的几位元帅，对钱学森搞导弹的建议进行讨论。周总理的工作方法很好，请元帅们提意见，所有参加讨论的元帅都赞成。很快，中央决定我们国家要搞导弹。这时就正式在国防部下面成立第五院，把钱学森调去当国防部五院院长。另外做组织工作的，再调总参通讯部部长王诤同志当副院长，调刘有光当政委。

科学院请缨探路

中央决定由国防部五院负责研制导弹。从各方面调人，主要是从科学院调，许多重要研制任务也要科学院来承担。当时，导弹研制也是按照中央自力更生为主，争取外援为辅的方针办。我们一方面尽可能争取得到苏联一些援助，但另一方面，立脚点还是我们自己干。

那时，搞导弹是以五院为主负责研制。他们建立了若干相应研制机构。要从各方面调人，主要从科学院调一批科学家去。当时，我建议两条腿走路，一方面，我们参与五院搞；另一方面，科学院自己也搞。我们科学院搞探路工作，先走一步，为五院服务。我这个建议聂帅同意了。科学院自己也搞导弹研究，因为当时主要的人才在科学院，我们除了调走一些骨干到五院以外，科学院在这方面的研究所很多，综合能力很强。因此，中国决定搞导弹是两条腿：一个是五院，这是主管部门专门干这个事，国家大力支持；一个是科学院，也搞研究，搞探索工作，也有实验基地。

郭永怀雪中送炭

在中央决定搞导弹之后，钱学森的师弟郭永怀，在面对优越的科研和生活条件与祖国需要何去何从的时候，他选择了祖国的需要。为了避免遇到美国当局制造的麻烦，他在和学生们聚会的篝火旁，掏出十几年写成的没有公开发表的书稿，一叠一叠地丢进火里，烧成灰烬，令在场的学生惊呆了。他的夫人李教授当时也感到可惜。郭永怀教授带着对祖国的赤胆忠心，也带着非凡的力学和应用数学的复合智慧，携全家回到了祖国。中央很重视，毛主席亲自接见他。科学院安排他和钱学森一起工作，任力学所副所长。

发射导弹，需要有发射基地。钱学森提出，搞导弹主要看你火箭用什么燃料，火箭的燃料很重要。钱学森说一定要搞新的高能燃料。科学院要把科研重点放在开发自己的高能燃料上，这样火箭才能做得大，射得远。

每一种高能燃料研制出来后都要试烧，要试车，火箭的发动机、尾巴的喷管均要试验。我和钱学森商定，让科学院力学所承担这个任务，需要选一个实验基地，当时民航局给了我们一架专机，在北京上空转了几圈，我和钱学森坐在飞机上往下看，看了几遍就选定京郊山区的一片林地里面，成立力学所二部，由林鸿荪负责。林鸿荪是钱学森在美国大学教书时的学生，也回国到力学所工作。另外，让化学所与他们配套，也成立了化学所二部，主要研制高能燃料。同时科学院还有好几个研究所也研究高能燃料，特别是大连化学物理所，是搞石油煤炭研究的，业务上比较接近，过去叫石油研究所。另外，长春应用化学研究所、上海有机化学所，这些所都接受了任务，研究开发中国的高能燃料。上海和大连在山区也搞了实验基地。因为钱学森、郭永怀他们有这方面的专长，实验基地的主要实验方向是先试验液氧，要把氧气变成液体，它需要低温。科学院在中关村建立了一座气体站，可以集中相当数量的氧气、氢气。既供应民用，也供应科研使用。科学院物理所洪朝生负责的低温实验室，专门研究低温，把温度降低，氧气就变成液体燃料了。首先用液氧，需把温度降到零下 180 摄氏度左右。但推力大的是液氢，可制成液氢的难度就大了。需要把温度降到零下 250 摄氏度左右，氢气才能液化。而且，氢气还容易爆炸。

科学院主要任务是搞高能燃料的。当时，各方面的协作关系都很好。有的燃料毒性很大，我们每次实验都要请防化兵，带着防毒工具，把工作人员都武装起来。高能燃料是导弹一个关键所在。科学院当时承担的是最重要的任务，就是做高能燃料的研究开发，提供给五院。

中国导弹发射成功

新的高能燃料研制成功之后，五院先用这个燃料设计发动机。力学所二部由林鸿荪主持，在山区基地建成了两个不同量级的液氧、液氢火箭发动机试车台。做了 100 多次发动机台架试验，取得了成功。以后，按国防科委要求，全部试验资料和数据转交给七机部。这一重大成果对他们研制远程火箭起了很大作用。林鸿荪研究员为我国火箭技术的建立和发展做出了重大贡献。林鸿荪他们每次燃料试验都有仪器测试、记录，有数据，提供设计单位设计。我们主要靠自己，我国第一枚导弹就在 1960 年搞成了！

1960 年，我国的第一枚导弹的发射成功，也凝结着工程兵的功劳。工程兵派出 4 万工兵，用了两年的时间，在西北的沙漠里建起了规模相当大的发射基地，基地通火车，里边还有飞机场。这是要花很大人力物力财力的。发射的时候，我们去了现场。聂荣臻元帅身体不好，是坐火车去的；我和张爱萍是坐飞机去的。当时我们三个人都在现场，看第一枚导弹发射情况。这是比较近距离的导弹，发射取得了圆满成功！张爱萍情不自禁地跳起来，拥抱钱学森。它的意义正如聂荣臻元帅在祝词中所说的：我国第一枚导弹在中国的土地上发射成功，开创了我军武器装备的新纪元！

钱学森指点新目标

我国第一枚导弹的射程太短，更不能用来发射原子弹、氢弹。钱学森又提出，一定要进一步地搞高能燃料，加大它的推力、速度。新的高能燃料主要是液氢，它的推力大，导弹的温度相对也高了，这就需要科学院再研究耐高温的材料。远程导弹分成几级，自动控制问题也必须解决好，科学院又为此成立了自动化研究所。火箭里面还要有小型计算机，叫弹上微型计算机，用来控制那一节火箭什么时候脱离开来。要研制小型的计算机，任务交给刚回国的年轻科学家黄敞负责，他是搞大规模集成电路的，我们要搞第三代计算机，他先在北京做一段工作，然后到大后方去。后方选点是计算机所所长阎沛霖去的，选在陕西省的一个山沟里，建立起计算机研究基地。我们把大规模的研究力量派到那边去。罗瑞卿同志亲自确定导弹里面的小计算机由科学院研制。

导弹方面，科学院主要配合研制出高能燃料，液氧和液氢以及固体高能燃料，研制出耐高温材料。首先进行小型实验，取得科研成果后，提供给五院。科学院协助五院研制和解决了导弹上的自动控制问题。我们电子所搞了远程雷达。导弹发射场的光学仪器，不仅要能跟踪导弹到高空，而且能快速摄影，把发射过程都拍摄下来。这一任务，主要是由长春光机所负责。另外，导弹通过地球表面的空气层要燃烧起来，所以整个弹体，包括弹头都要有高温材料。发射的几节火箭，到了一定时候要脱开，把烧完的那节丢掉。总之，研制导弹还有好多问题，要科学院各个所分工承担协同解决。另外科学院自己也在搞试验，做高温材料、高能燃料，尽量让导弹推力大一点，发射得远一点。

科学院搞小型导弹

按照两条腿走路的方针，科学院也搞火箭。科学院先搞了一个气象火箭，研究气象问题，我们有好几个研究所配合搞气象卫星。另外中央专委下达任务让研究超低空导弹，这种导弹正在试验并取得重大进展时“文革”开始，科学院的这部分宝贵技术资料包括实物全部交给了三机部。

为了自己搞导弹，科学院建立了好几个基地，主要基地在上海。高温材料有的用化学材料，有几个所搞出来了。化学材料耐高温，也得用试车台，通过试验取得数据。因为我们经费有限，只能搞简易的。在某地建了发射基地，可以试验发射气象火箭。这时候科学院吸收了一批解放军到期要退役的技术兵、雷达兵、坦克兵，参加发射基地、试车台基地、试验基地和工厂的建设。我们科学院在北京成立了最好的科学仪器厂，在上海也成立了科学仪器厂。后来，为了加强五院的力量，科学院继钱学森所长到五院之后，又让怀柔力学所二部的一部分人去加强五院，还从其他所调一些人去。以后，五院改成七机部。科学院为了搞小型火箭，我们和上海市委合作，还在上海成立了机电设计院，专家是王希季、杨南生，从北京科仪厂去了一个厂长。另外，上海市委动员了好多工程师到我们设计院，主要靠上海的力量，在上海搞。在那里建立了一个工厂，生产超低空火箭、气象火箭。上海有机电设计院设计，有试车台基地，有生产基地，有重要研究所，有好多工厂，可以把特殊产品生产出来。

北京科学仪器厂配备了200名大学生，可以生产电子显微镜、电子探针仪，许多相当先进的科学仪器我们都能够自己生产出来，武装我们各研究所，还供应国内其他一些单位，水平很高。科学院参加导弹研制工作的好多单位配合五院，也调了一些人接受了一些重要和关键的研制任务。科学院尽量搞些新的，探一些新路子，供五院、后来是七机部采用，为他们自力更生发展导弹技术创造条件。

两弹结合

1965 年我国第二颗原子弹试爆是用飞机载着投的，但最终要靠导弹发射原子弹。因此，发展到一定程度，就出现了两弹结合的问题，在导弹上装原子弹，特别是氢弹头。这项工作很关键的问题是要有高能炸药，就是弹头不能太重了，太重就发射不远。要发射得远，弹头要有重量最高限度。科学院大连化学物理研究所在甘肃专门建立了一个分所，与五机部一个所协作，专门研究高能炸药。经过不断的地面试验，最后把高能炸药的关攻破了，能够使我们的导弹带上原子弹、氢弹，发射得很远很远，成为战略火箭，就是带有核弹头的战略导弹。当然是一步一步来的，一步一步探索，一步一步研究，一步一步开发成功。关于导弹，因为“文化大革命”中钱学森得到了保护，总起来讲发展得比较好一些。郭永怀带着力学所二部到国防部门，对发展我国的军事高技术建立了卓越的功绩。后来，他乘坐的飞机失事，因公牺牲，这是我国科学技术界，特别是国防高技术界的重大损失。郭永怀同志是一位很好的科学家。

三

搞卫星赵九章最积极

中国要搞人造卫星，是科学院首先提出来的。1958 年就有科学家提出：“上天、入地、下海”。入地就是要向地球的深层次挖掘，开发新的资源。下海就是利用海洋资源，以及用科学方法加强我国海防。汪德昭是声呐发明者法国郎之万的学生，就对加强海防提出了建议。他在核爆炸次声测试方面也有贡献。那个时候我们的声学研究由电子所马大猷先生带领的声学室在搞。电子所所长顾德欢原来是浙江省副省长，大学物理系毕业的，他要求到科学院来。1957 年苏联第一颗人造地球卫星上天，走在了美国之前。美国人把苏联卫星上天的那天，宣布为国耻日。我们中国也要搞人造卫星，科学院的科学家们都比较积极，其中最积极的是地球物理所所长赵九章先生，他对科学院提出第一个卫星方案起到了重要的促进作用。

中央政治局拨巨款支持

1958 年，我国科学家提出我们也要搞人造卫星。我把科学家这个意见反映到在武昌召开的党中央全会，我当时是候补中央委员参加了会议。中央政治局开会研究，同意以科学院为主搞人造地球卫星，并且批准拨专款 2 亿元人民币。科学院也不能一家独办，我们组织各方面协作，把有关单位组织起来。当时为了搞卫星，又成立了“581 组”和三个设计院。这个地方是 12 年科学规划提出“四项紧急措施”时，周总理特批给我们的，后来力学所大楼和其他研究所大楼建成了，那个房子就空出来了。我们又在那里成立了 581 设计院。

卫星要上天，需要做很多工作。其中很难的一件事，就是所有装在卫星上面的仪器，要在地面上建一个基地，造成高空真空环境，仪器在这个地方运转先试验好；送生物上天，也要在地面模拟设备里边试验好。所以，最重要的是要在北京北郊建立高空模拟实验设备，就是卫星上天以后仪器怎样运转，在地面真空的条件下所有的仪器、生物等，都要先进行实验。再加上卫星本身搞什么仪器等。我记得第一个方案，计划在 1959 年国庆 10 周年发射。

三年经济困难发射计划延期

由于 3 年经济困难，小平同志、陈云同志对我说：卫星还要搞，但是要推后一点，因为国家经济困难。后来，推迟到 1970 年人造卫星上天。以前管“两弹”的中央专委，后来让我参加中央专委的工作，负责卫星的研制，把人造卫星搞成。第一个卫星是科学试验卫星，卫星在天空转的时候能够播放《东方红》乐曲。以后又制定新的卫星计划：搞通信卫星、气象卫星等。

中央专委决定，卫星任务由科学院承担，卫星本身主要是科学院研制的。科学院也组织有关部门配合。研究工作中需要搞许多非标准设备。比如，地面模拟真空实验设备，要有关部门帮助做出来，我们在地面上才能试验，而且在真空条件下试验。我们科学院在北京建立了科学仪器厂，作为人造卫星的总装厂，而当时我们科学院的外汇有限，我们花外汇购买的好设备都放在科仪厂。他们能做好多东西。我们研制卫星，不断有进展，地面设施一个一个地建立起来了。特别是三年困难时期过后，我们自动化所电子所，搞卫星控制，能连续通信，这些工作都有重大进展。可是，正当科学院的卫星研制基本完成的时候，发生了“文化大革命”。科学院卫星研制任务交给国防部门了，具体交给了七机部，就是现在的航天工业总公司。1970 年 4 月 24 日第一颗人造卫星发射成功，实际上是交到国防部门不久的事情。要把这个历史说清楚，这是科学院那么多人的心血凝成的，特别是科学家和工程技术人员，包括很多技术工人，他们的历史功绩不能埋没！

三年经济困难过后，正是在科学院卫星研制工作各个方面都有了进展，有了突破，基本成功的时候，“文化大革命”起来了。陈伯达伙同“四人帮”夺了我的权。在那场内乱中，科学院卫星研制工作和机构并入了国防部门。中国科技大学搬到合肥去，原来是“全院办校、所系结合”，结果大学搬走，不好“结合”了。一些科学家和管理专家，如赵九章先生，力学所的高级研究员林鸿荪，院政策局局长汪志华等，都受到残酷迫害。十分令人痛心！如果不是“文化大革命”，科学院的贡献会更大，我们国家的科学技术发展会更快、更好。

应该永远记住这段历史

中国科学院在党中央的领导下参加“两弹一星”的研制，是在很特殊的时代背景下进行的。五六十年代，新中国成立不久，中国的工业化正在发展，我们的国力不强，科研力量不强，条件很艰苦，是真正的白手起家，是真正的创业。可是，我们有党的坚强领导，有中央的正确方针、政策，我们靠的是一批从国外回来的有高度爱国心的科学家，又靠他们带出一批年轻的科学家，他们靠的是一种崇高的精神，一种为了祖国富强而献身的精神，他们是“两弹一星”的真正功臣。除了我前面提到的一批我印象很深的科学家以外，还有一些科学家在不同领域做出了贡献，有的还是很重要的贡献。例如原子能所的著名物理学家王淦昌，物理学家彭桓武、朱洪元，科学院的数学家关肇直和冯康，红外物理专家汤定元、匡定波，王大珩的大弟子、光学专家唐九华，上海有机所的黄维垣，我国计算技术的创始人之一、计算所的王正，钱学森的大弟子、力学所的郑哲敏，卫星总体组负责人、地球物理所的钱骥，电子所卫星地面测控系统的负责人、后来当了国防科工委科技委常任委员、顾问的陈芳允，力学所的闵桂荣，后来当了空间技术研究院长，工程力学所的刘恢先，长沙矿冶所的周行建，高能所的陆祖荫，自动化所的陆元九、杨嘉墀、屠善澄等。

我作为我国研制“两弹一星”的历史见证人之一，我能够在这里提到的人必是挂一漏万。我提议，让我们一起对为中国的“两弹一星”事业做出贡献的所有科学家、科研人员、工程技术人员、管理工作者、工人和解放军指战员致敬！向为了这一伟大事业而献身的同志表示深切的怀念与哀悼！

请历史记住他们！

（新华社北京 1999 年 5 月 5 日电）

老一辈革命家关心中国原子核科学发展

钱三强

希望从这里萌生

1949年，是中国历史上一个极不平凡的年头。我有幸亲身经历了那不平凡的日子。按我当时的感觉，周围的一切似乎在一刹那之间都发生了变化。变化之大和突然，简直让非身临其境者无法确信。

1949年3月的一天，人民解放军和平进入北平城不到两个月，我忽然接到通知，要我参加代表团去巴黎出席保卫世界和平大会。团长是我少年时就崇敬而从未见过面的郭沫若。

代表团里还有各界知名人士，如马寅初、张奚若、许德珩、钱俊瑞、翦伯赞、田汉、洪深、丁玲、许广平、徐悲鸿、萧三、程砚秋、李德全、裴文中、戈宝权等。我想这是我向各方面专家、前辈学习的一个难得的好机会。

不过，我作为一名自然科学工作者，也还应该有自己业务方面的一份责任。于是想到这次去巴黎会见到我的老师约里奥-居里先生。如果请他帮助订购些原子核科学研究的必要仪器设备资料，穿过封锁运回来，正是极好机会。可是转念一想，外汇拿得出来吗？我抱着成与不成试试看的心理，把以上想法当面跟一位组团的联系人提出，并且说了大约要20万美元的数额。

此后三天未见信息。我心中忐忑不安。我埋怨自己书生气太重，不识时务，不懂国情。战争还没有停息，刚解放的城市百废待举，农村要生产救灾，国家经济状况何等困难！怎么可能在这种时候拨出外汇购买科学仪器呢！这不是完全脱离实际的非分之想么？

第四天，接到一个电话，要我到中南海去。有关什么事，没有说。

在中南海，等待我的是中共中央统战部部长李维汉。他热情招呼之后，便说：“三强，你的那个建议，中央研究过了，认为很好。清查了国库，还有一部分美金，有这个力量，决定给予支持。估计一次用不了你提的全部款项，因此，在代表团的款项内，先拨出 5 万美元供你使用。”还说：“你是代表团成员，和代表团秘书长刘宁一又熟悉，用款时，你们商量着办就成了。”

此时此刻，我心如潮涌，眼前一片模糊……

当我得到那笔用于发展原子核科学的美元现钞时，喜悦之余，感慨万千。因为这些美元散发出一股霉味，显然是刚从潮湿的库洞中取出来的，不晓得战乱之中它曾有过多少火与血的经历！今天却把它交给了一位普通科学工作者。这一事实使我自己都无法想象。

由此往前不到半年，就是 1948 年下半年，也是在这个北平城，我曾经为了适当集中一下国内原子核科学研究力量，几番奔走呼号，可是每回都是扫兴而返。

当初我任教于清华大学，就首先找到校长梅贻琦。梅校长表示赞成我的建议，但无能为力。他说：“你的意见何尝不对，现在是各立门户，各自为政，谁能顾得上这些呢！”

接着，我又去登北平大学校长胡适的门。胡先生与我父亲多有交往，五四时期曾经轮流编辑过《新青年》。1945 年，我从法国到英国学习核乳胶技术，在伦敦见过胡，他还积极动员我回国。他现在既是名校长，又是可与最高层通话的要人，也许他比梅贻琦的作用大。在我讲明来意后，他摇了摇头，感叹道：“门户之见，根深蒂固。北平有几摊，南京还有一摊，几个方面的人拢在一起，目前的情势下不易办得到。还是各尽其力吧。”

最后，我找到北平研究院副院长李书华，希望把北平的有关力量先联合起来，加强协作。他的回答是：“在一定时期开开学术讨论会是可以的，其他恐怕难以办得到。”

几经碰壁，希望成为泡影。我苦思着，辗转反侧，夜不能寐。一个多世纪以来，中华民族落后挨打，遭蹂躏，受侵略，能够简单归咎于经济穷困，没有能力发展事业吗？能够说是中国缺乏仁人志士和中国人智力低下吗？自然不是。造成这种历史屈辱的根蒂，在于历代当政者愚昧、腐败、无能！

而眼下这些新的当政者，完全是另一种情况了。尽管 5 万美元对于发展原子核科学所需，不是过大的要求，然而，他们的远见卓识和治国安邦之道，一举之中昭然天下，让人信服，给人希望。

最高决策

中国古代科学技术有举世公认的辉煌成就。可是到了近代，中国科学技术却大大落后了，而许多新兴学科，特别是实验性很强的如原子核科学等，几乎是空白。1949 年以前，虽然北平研究院有个原子学研究所，中央研究院物理研究所也没有核物理部分，但是论其当时的工作条件、人员情况真可以说是徒有其名。以北平研究院原子学研究所为例，全所只有 5 个人，除了我当时兼任所长还有研究员何泽慧和彭桓武教授，此外有一名助理员、一名事务员。所址一部分在东城根一处四合院内。当局每月拨给的全部经费，只够买十几只真空管；室内空空荡荡，仪器设备奇缺，我们只好骑着自行车大街小巷跑旧货摊、废品站。我们曾经从天桥拍卖行买回一台旧车床，自己制作一些简单仪器。

据我所知，1949 年以前，中国的其他科学领域也都如此，都是科学家个人凭着为国家富强的热情和献身科学的精神，在经费拮据、人员不足、手段落后、社会变乱无常的困难条件下，自发地做些力所能及的工作，因而长期形成中国科学研究的两大致命弱点：一是缺乏计划性，谁也没有长期准备；二是彼此缺乏了解，互不联系，难于进行集体合作。

1949 年 11 月，中国科学院成立后，在政府的有力支持下，立即着手改变以往的状况，使科学能够真正服务于国家的工业、农业、国防建设、保健和人民的文化生活。周总理特别指示，要发展新兴学科，如原子核科学、实验生物学等。不久，第一个名副其实的原子核科学研究机构——中国科学院近代物理研究所（后改名为原子能研究所），在原北平研究院原子学研究所和中研院物理研究所原子核物理部分的基础上建立了，先是吴有训兼任所长，我任副所长；一年后，我任所长，王淦昌、彭桓武任副所长。研究内容包括：实验原子核物理、放射化学、宇宙线研究、理论物理、电子学等。仅两年时间，一大批有造诣、有理想、有实干精神的原子核科学家，从美国、英国、法国、德国、东欧和国内有关大学、研究单位纷纷来到这里，真可谓群贤毕至，少长咸集，组成了中国原子核科学的研究团队。经费、条件情况也大有改观，仅1950年，由于周恩来总理的关怀，政府在财力非常困难的情况下，仍然按预算拨给中国科学院人民币287.2万元，而原子核科学得到了重点支持。

然而就整体而言，到底基础薄弱，物质条件尚差，还有外部封锁………中国原子核科学事业，如何根据自己的国情国力发展，确实需要有一个正确的决策。

1955年1月14日，我和地质学家李四光同时被召到周总理办公室，在座的还有薄一波和地质部副部长刘杰。周总理先请李四光讲我国铀矿资源勘探情况，接着由我介绍原子核科学技术研究状况。周总理全神贯注听了我们的每一句话，并且洞察问题的关键，详细询问了原子反应堆、原子弹的基本原理，以及发展这项事业的必要条件等。然后他告诉我们明天毛主席和中央其他领导要听取这方面的情况，你们做点准备，简明扼要，可以带点铀矿石和简单仪器作点现场演示。

第二天，我和李四光等按时到达中南海的一间会议室，里边已经围坐着许多熟悉的领导人，有毛泽东、刘少奇、周恩来、邓小平、彭真、李富春、薄一波等。

这是一次专门研究发展我国原子能的中共中央书记处扩大会议。

毛泽东主席主持会议，开宗明义：今天，我们这些人当小学生，就原子能有关问题，请你们来上一课。

李四光拿出一小块黄黑色的铀矿标本，说明铀矿资源与发展原子能的密切关系。我国 1954 年上半年，第一次在广西发现了铀矿资源。

领导人一个一个传着看铀矿标本，对它那神话般的巨大能量感到新奇。

我汇报了几个主要国家原子弹发展的概况和我国近几年做的工作，为了加深直观印象，我把带去的自己制造的盖革计数器放在会议桌上，把铀矿石装进口袋里，然后从桌旁走过，计数器发出嘎嘎的响声，这时全场的人都笑了起来。有的领导人兴趣正浓，还亲自作了试验；有人提出这样那样的回题，询问国内国外的情况，气氛十分活跃。

毛主席点燃一支烟，开始作总结性讲话：我们的国家，现在已经知道有铀矿，进一步勘探，一定会找到更多的铀矿。我们也训练了一些人，科学研究也有了一定的基础，创造了一定条件。过去几年，其他事情很多，还来不及抓这件事。这件事总是要抓的。现在到时候了，该抓了。只要排上日程，认真抓一下，一定可以搞起来。你们看怎么样呢？

毛主席看了看大家，接着强调说：现在苏联对我们有援助，我们一定要搞好。我们自己干，也一定能干好！我们只要有人，又有资源，什么奇迹都可以创造出来。

会议一致对大力发展原子能表示了极大兴趣和决心。

毛主席突然语气一转，以哲学家的见解向我提出关于原子的内部结构问题：

原子核是由中子和质子组成的吗？

是这样。我随口回答。

那质子、中子又是由什么东西组成的呢？

他的问题并不离奇，要回答准确却使我作难。只好照实说。这个问题正在探索中。根据现在研究的成果，质子、中子是构成原子核的基本粒子。所谓基本粒子，就是最小的，不可再分的。

毛主席略加思考，然后说我看不见得。从哲学的观点来看，物质是无限可分的。质子中子电子，也应该是可分的，一分为二，对立统一嘛！不过，现在实验条件不具备，将来会证明是可分的。你们信不信？你们不信，反正我信。

这是一个预言，是一位政治家的哲学预言。

事有凑巧。就在同年晚些时候美国科学家塞格勒、恰勃林等，发表了他们的研究成果：用具有62亿电子伏能量的质子轰击铜靶，首先发现反质子，同时发现一种不带电、自旋相反的中子，即反中子。

到了吃饭时间，大家从会议室来到餐厅，摆有三桌饭菜，一桌六样普通的菜，多带辣味。我同毛主席在一桌，坐在他的对面；他左边是彭真，右边是李四光。李四光改用湖北话同毛主席交谈，无拘无束，十分开心。

最后，毛主席举起酒杯站起来，大声说：为我国原子能事业的发展，大家共同干杯！

我们中国的原子核科学家一直是幸运的。国家最高层不单有果断的决策，实行决策的条件、措施也都在周总理的运筹之中。

初时，技术力量不够，周总理亲自决定从在苏联和东欧的留学生中抽调300余名专业接近的学生转学与原子能有关的专业；他批准在北京大学建立技术物理系，从全国各大学物理系抽调一批学生转来专攻原子核科学。不久，清华大学工程物理系也应运而生。周总理及时提醒我们，要注意做好宣传工作，特别是向各级领导作宣传。于是中国科学院组织了北京的有关专家，组成原子能科学技术宣传团，到各地进行科普讲座；出版了《原子能通俗讲话》，发行20万份……就这样，许多办不到的事办成了，难以出现的奇迹出现了。

严峻考验

50年代末60年代初，天灾人祸同时重重地撞击着中国大地。对于中国的原子能事业来说，那是一个卡脖子的年代。

当我们自身的教训还没有来得及总结、清理，标榜“无私援助”的“老大哥”却在这时真的变了心。

1959年6月20日苏共中央来信，拒绝提供原子弹教学模型和有关技术资料。1960年七八月，苏联又单方面终止两国签订的国防新技术协定，撤走全部专家，甚至连一张纸片都不留下，还讥讽说：“离开外界的帮助，中国20年也搞不出原子弹，就守着这堆废铜烂铁吧。”

作为一个有爱国心的知识分子，此时此刻的心情是什么滋味！我很清楚，这对于中国原子核科学事业，以至于中国历史，将意味着什么。前面有道道难关，而只要有一道攻克不下，千军万马都会搁浅。真是这样的话，造成经济损失且不说，中华民族的自立精神将又一次受到莫大创伤。

其实，两年前即1958年5月16日，毛泽东曾在第二机械工业部(即原来的核工业部）的一个报告上批示：尊重苏联同志，刻苦虚心学习。但又一定要破除迷信，打倒贾桂，贾桂是谁也看不起的。京剧《法门寺》中的贾桂，奴颜婢膝，别人让他坐，他说站惯了。在以往的中国，不乏其人，不乏其事，因此世界列强可以为所欲为，欺辱中国，藐视中国人。

但是，历史的进步是客观存在。中国已经改朝换代了，尊严和骨气，再也不是埋在地层深处的矿物。

为此，中共中央决定自己动手，从头做起，准备用8年时间，拿出自己的原子弹！毛泽东1960年7月18日在北戴河会议上再次发出号召：要下决心搞尖端技术。赫鲁晓夫不给我们尖端技术，极好；如果给了，这个账是很难算的。

疾风识劲草，岁寒知松柏。在正确的决策之下，原子能战线上的科学技术人员、领导干部和工人、解放军，不论男女老少，个个精神抖擞，依靠自己的力量发展核科学的伟大事业。

为了记住那个撕毁合同的日子，我国第一颗原子弹的工程代号，定为“596”。

以王淦昌、彭桓武、郭永怀、朱光亚、邓稼先为首的一批理论与实验物理的优秀科学家，从中国科学院和高等学校调到核武器的研究机构，直接承担起各个环节上的攻坚任务。

苏联专家撤走后，周光召立即把在苏联杜布纳联合原子核研究所工作的部分中国专家召集到一起，进行讨论：离开外国人的帮助，中国依靠自己的力量能不能研制成原子弹？回答是肯定的。20 多位学者联名向国内写信："请缨"回国参战。周光召回国后任核武器研究所理论部副主任，邓稼先为主任。

人马调齐，工作配套，各路研制进展神速。

中国科学院计算技术研究所研制成我国第一台大型通用计算机-109 丙机，成功地承担了第一颗原子弹内爆分析和计算工作。

原子能研究所及时组织了于敏、黄祖洽等青年理论物理学家，在进行原子弹研制的同时，开展了氢弹原理的预研工作；核武器研制进入决定阶段后，于敏、黄祖洽等 30 余人合并到核武器研究所，加快了氢弹研制的速度，创造出了从原子弹到氢弹进程上的奇迹！

所有这些工作的成功，都离不开周恩来和聂荣臻的直接领导与指挥，离不开全国上下左右大力协同的奋斗精神。

真是"山重水复疑无路，柳暗花明又一村。"遮盖在中国大地上的乌云吹散了，心头的疑团解开了，曾经以为是艰难困苦的关头，却成了中国人干得最欢、最带劲、最舒坦的"黄金时代"。道理就是这样简单明白：受制于人的地方越少，获得的东西就越多。

当 1964 年 10 月 16 日我国西部上空腾升起第一朵蘑菇云的时候，有些外国人还不以为然，以为只不过是一个低水平的玩意儿，直到他们对大气中的飘浮物进行分析后，才感到惊讶。

仅仅间隔 2 年 8 个月，我国第一颗氢弹爆炸了，成为世界上从原子弹到氢弹发展最快的国家。这回又有人说啦："中国人真神！"其实也不神，正确的理解应该是，中国人并不笨。外国人能够做到的，中国人经过努力，也能够做到！

（原载《人民日报》海外版）

关于“两弹一星” 与伟人的一些回忆

钱学森

感谢党、国家、人民和军队对我的表彰。在我们国家，干成“两弹一星”这样一件伟大的事业，首先要归功于党的正确决策。毛主席、周总理等老一辈革命家是非常有远见的，他们看准了这件事，在那么困难的条件下敢于作出这个决定，是很了不起的。

当时我向中央写关于导弹研制工作的建议，是受到周总理的鼓励和支持的。我们搞十二年科学规划，将导弹列为重点项目和紧急措施，也是在周总理、聂老总的亲自领导下完成的。

新中国建立之初，世界上几个大国已进入所谓的“原子时代”。美国常常拿核武器威胁我们。为了新中国的独立自主和长治久安，党中央高瞻远瞩，审时度势，果断决定一定要搞出我们自己的原子弹、导弹。以后又提出我们也要搞人造卫星。当时我们新中国成立不久，经济建设刚刚起步，各方面都很困难，那时我们连汽车都没有造出来，还能搞导弹？所以当时并不具备搞“两弹”的条件，说“白手起家”一点都不假。开始我们想争取苏联的援助，但他们后来不给了。这就逼着我们自己干，没有条件就创造条件。党把全国的力量都动员起来了。事实证明，只要充分发挥中国人聪明才智，就没有克服不了的困难。比如当时我们的通信手段非常落后，一搞大型试验，就要占用全国一半以上的通信线路，邮电部只好关闭大部分通信用户，把线路调归试验使用。为了保证试验任务的组织指挥畅通无阻，不出任何差错，把全国的民兵都调动起来守卫电线杆，一个民兵看管两个电线杆，确保万无一失。没有党的组织领导，这种事情谁能办得成？

周恩来总理和聂荣臻元帅是这项事业的直接领导者、组织者和指挥者，他们表现了极高的组织能力和领导艺术。

周总理是具体负责“两弹一星”工作的中央专门委员会的负责人。按照毛主席的批示精神，“两弹一星”不仅仅是核和航天两个部门的事，要组织全国各有关单位、部门大力协同。科学院是我们国家科学技术力量的大本营，他们对“两弹一星”事业是做出了巨大贡献的。其他如大型机械设备是机械部做的；一些特殊的材料，包括金属的和非金属的，是由冶金部、化工部和纺织部提供的；一些重要的电子仪器和元器件是电子部、邮电部完成的。当然，国家综合部门，像国家计委、国家经委和财政部等，也是将“两弹一星”列为重中之重，全力给予保证的。有一次中央专委开会，最后说到经费问题，周总理立即对李先念同志说：“先念同志，请你高抬贵手。”李先念把手举得高高地说：“对于‘两弹一星’，我的手始终是抬得高高的。”像以上这些高层次的组织协调工作，都是周总理亲自出面做的。而各部门、各单位对于“两弹一星”的任务也都是不讲条件、全力以赴地保证完成。像这样的大协作，也只有我们社会主义国家，在中国共产党的领导之下才能办到。

周总理严谨细致、平易近人的民主作风令我们敬佩不已。有关“两弹一星”的重大决策，都由中央专委开会决定。而每次中央专委开会，周总理都细心听取每个人的汇报。他的记忆力极好，一些复杂的技术数据，听完汇报他都能记住。如果下次汇报有出入，他会追问什么原因。在做出重大决策之前，周总理总要听取每个人的意见。由于他充分发扬了民主，所以他总能集中大家的智慧，做出正确的决策。周总理在主持“两弹一星”工作中，是执行党的民主集中制的楷模和典范。周总理根据这项事业的特点提出的“三高”要求，即“高度的政治思想性、高度的科学计划性、高度的组织纪律性，”以及“严肃认真、周到细致、稳妥可靠、万无一失”的工作作风、是我们当年取得成功的法宝，任何时候都不能丢掉。

聂荣臻同志在周总理的领导下，具体组织“两弹一星”事业。聂老总虽军旅出身，但作风却十分民主而又平易近人。他尊重科学家的意见，关心科学家的生活，为科学家们创造条件，保证科研攻关的顺利进行。聂老总对科技人员的关怀真可谓无微不至。从大的方面说，由他主持制定的科研工作十四条，充分落实了知识分子政策，大大调动了科研人员的积极性；他还号召各级党政后勤人员都要为科研工作服务，为科研人员服务。他说，他自己就是一个服务员。所以，只要我们在工作中遇到困难，反映到聂老总那里，他总是想方设法帮助解决。这些困难包括一些大的方针、方向性问题的确定，重大项目的决策，人员的调配落实，机构的组织建设，以及一些物质、设备的调拨等等。从小的方面说，像对我个人生活的照顾、住房的安排、警卫和医疗卫生工作的部署等等，聂老总都亲自过问。至今我仍住在老房子里不愿搬家，因为它是聂老总亲自分配给我的，它常常使我想起当年的科研工作，想起聂老总对我的关怀。

凡是当年参与“两弹一星”事业创建的老科学家和科技人员都对聂老总的关怀深有体会。特别是 60 年代初的三年自然灾害期间，由于生活困难，吃不饱肚子，又要坚持科研攻关，不少人患了浮肿病。聂老总看到这种情况，心急如焚。他亲自出面，给各军区打电话，要他们支援“两弹”研制工作。于是从各军区调来了一批黄豆、带鱼、猪肉和羊肉等，分给科技人员，以渡过难关。可贵的是，当时直接负责调拨分发的行政后勤人员却一口也不吃。所以尽管当时大家都很困难，却能团结一心，勒紧裤带，白天奋力工作，晚上加班加点。前不久我们纪念了聂老总诞辰 100 周年，大家都怀着崇高的敬意，深切怀念他老人家。

当时在周总理、聂老总的领导下，各方面工作组织得非常严密。人员组织是按军事化的要求，结合研制工作特点进行的。从总体到各分系统，再到各部件、器材等，层层分解，层层组织，每项具体工作都有人负责。改革开放以后，有些美国专家来访问，他们看到我们的工作组织管理得如此严密细致，大为赞叹。

我的意见归纳起来就是：一切成就归于党，归于集体。至于我个人，作为一名共产党员，我只是按照党的要求，做了自己该做的工作，仅此而已。

（原载《光明日报》）

艰辛的岁月，时代的使命

于 敏

一

时代的使命，社会发展的需要往往决定一个人的人生道路和命运。正当我对基础科学研究满怀兴趣，希望乘风破浪、有所发现和建树的时候，1961年1月的一天，钱三强先生把我叫到他的办公室，非常严肃和秘密地告诉我，希望我参加氢弹理论的预先研究。这是我始料不及的事情。钱先生与我的这次谈话，改变、决定了我此后的人生道路。

我的青少年时代是抗日战争时期，在沦陷区天津度过的。日本鬼子的横行霸道、亡国奴的屈辱生活给我留下深刻的惨痛印象，至今仍历历在目。民族忧患的意识，使我在青少年时代就立下了学科学、爱科学，从事科学研究，报效祖国，振兴中华的志向。但是，我的性格内向，喜欢宁静，从大学开始就喜欢基础科学研究，对应用研究不太感兴趣，比较适合从事小科学研究，不宜从事大科学研究；更从来没有想过，要去从事诸如研制氢弹这样一类大系统科学工程的工作。现在我们国家要强国富民，要搞原子弹、氢弹，防御外来侵略，这是一个历史性的任务，也是我实现夙愿，报效祖国的机会。俗话说，“国家兴亡，匹夫有责”，无国就无家，更何来个人的兴趣、志向和名誉？新中国刚刚成立不久，就受到西方反华势力的战争威胁，像我国这样贫弱的一个大国，如果没有自己的核力量，就不可能真正地独立，巍然屹立在世界之林。正像毛主席说的：“中国要有原子弹，在今天的世界上，我们要不受人欺侮，就不能没有这个东西。”我国当时正处于遭受天灾人祸，苏联撤走专家，国民经济非常困难的时期，中央仍下决心要坚持搞原子弹和氢弹。钱三强先生在这个时候找我，要我参加研究，我深知这件事情的重要性。面对这样重大的题目，我不能有另一种选择。一个人的名字，早晚是要消失的。“留取丹心照汗青”，能把微薄的力量融进祖国现代化建设之中，我也就可以自慰了。正是这种很朴素的爱国主义和民族主义精神，促使我经过一番短暂的思想斗争以后，接受了这项沉重的使命，全力以赴参加这个工作了。

当时，我曾经想过，等突破氢弹原理，我国自己有了氢弹以后，再回去搞基础科学研究。但是，世事难料，事不由人，一干就是 40 年，我几乎一生都从事我国的核武器研制事业了。

二

60 年代初，是我国集中力量突破原子弹的关键时期。当时的二机部部长刘杰、副部长钱三强想，氢弹比原子弹在科学技术上要复杂得多，突破原子弹以后，氢弹要快上，就要早做准备，早做预先研究。这也是他们很重要的意见。但是，当时研制核武器的大本营二机部研究院，正在全力以赴地突破原子弹。为了不分散研究院的精力，他们就把氢弹的预先研究安排在原子能研究所。1960 年 12 月，钱三强先生首先组织黄祖洽、何祚庥带领一批年轻人成立了一个小组，为了保密，代号叫“中子物理研究小组”，开展氢弹的基础研究。一个月以后，我也正式参加了这个小组的工作。先后参加这个小组工作的人大概有 40 个左右，这是一个很好的小组。当时的条件很艰苦，但是大家齐心协力，思想很活跃，奋发图强，埋头苦干，非常富于奉献精神。设计核武器有三个要素：原理、材料和构型。它的基础是核武器物理。氢弹要以原子弹做基础，但是无论原理、材料和结构都要比原子弹复杂得多。当时二机部决定成立这个小组，开展氢弹预先研究，我认为确实是非常富有远见的。

热核燃烧，在高温高密度等离子体状态下，集流体场、辐射场、中子场和核反应场于一体，形成一个很复杂的综合场，交互作用瞬息万变，有关现象和物理规律非常复杂。要研究这些现象和规律，电子计算机是必不可少的研究工具。那时，我国只有一台每秒 1 万次的 104 电子管电子计算机，主要的机时要保证主战场，给研究院使用。我们每个星期只能用十几个小时。这么小的计算机，每周只有十几个小时，用来研究热核材料燃烧的有关现象和规律谈何容易！但是我们就是靠这个小机器，每周的这十几个小时，通过全组科研人员 4 年左右时间的团结协作和共同努力，对有关的物理问题经过深思熟虑，充分论证后，进行了重点计算，并对计算结果的每个数据做了由表面现象到物理实质的系统的、细致的理论研究和分析，解决了一系列基础性的问题。当时，提倡学习毛主席的《矛盾论》《实践论》。我们以“外因是变化的条件，内因是变化的根据，外因通过内因而起作用”作为指导思想，研究了高温高密度等离子体状态下的许多基本物理现象和规律，诸如各种形式能量的相互转换、耗损。输运和弛豫过程，各类波的产生发展和相互作用，热核材料点火和燃烧的规律等等，得到了许多有关热核燃烧的内因和外因的重要现象和规律。同时，我们还对氢弹的原理做了一些初步探索，提出了一些可能的技术途径并建立了相应的模型。实践证明，这个小组当时所做的这些工作是后来突破氢弹一些必不可少的基础。现在回想起来，我对那个小组对那段时间的非常有意义而又颇有成果的工作还充满感情，非常怀念。

三

1964 年 10 月 16 日，我国第一颗原子弹爆炸成功。紧接着，主要的工作就转入氢弹的突破。毛主席指示：“原子弹要有，氢弹也要快。”周恩来总理明确下达任务，要尽快研制氢弹。为加强氢弹理论研究，1965 年 1 月，二机部决定把原子能所这个小组的 30 多个人调入研究院，与主战场汇合，一起突破氢弹。当时彭桓武先生任研究院的副院长，主管理论部的业务工作。邓稼先任理论部主任，我任副主任。研究院这支理论队伍在彭桓武副院长和邓稼先主任的领导下，通过突破原子弹的锻炼，已经成长为一支学术民主、实事求是、思想活跃、无私奉献、非常有战斗力的队伍。那时，我们已经掌握了原子弹，又通过预先研究对热核材料和热核燃烧的有关现象和规律获得了一些重要的认识，这样就为突破氢弹奠定了比较好的基础。当时，大家多路探索，或日夜奋战在计算机房，或在办公室加班加点，每到晚上，科研大楼灯火辉煌。大家发扬学术民主，畅所欲言，百家争鸣，通过一个个的学术报告会，提出了许多各式各样的突破氢弹的设想和途径，其中有许多很好的意见。但是，氢弹毕竟是非常复杂的系统，一条条的途径被提出来，经过仔细的讨论、计算和分析，又一条条地放弃了，山穷水尽疑无路是当时常有的感觉。但是面对困难，大家的积极性仍然非常高涨，充满“攻城不怕坚，攻书莫畏难；科学有险阻，苦战能过关”的激情。

1965 年 9 月底，理论部领导决定大部分人力继续留在北京探索突破氢弹的途径，另外由我带领理论部 13 室 1 个组的年轻人到上海去，利用 J501 机器，完成加强型原子弹优化设计的任务。加强型原子弹虽然含有热核材料，但是热核燃烧不充分，只起加强原子弹威力的辅助作用，它不是氢弹。这次到上海去的任务是进行优化设计，尽可能通过热核材料的加强，达到提高原子弹威力的目的。当时我们国家有两台最好的计算机，一台在北京，代号为 119 的电子计算机，每秒 5 万次；一台 J501，也是每秒 5 万次，在上海华东计算机所。这两台计算机当时在突破氢弹的过程中起了非常重要的作用。13 室的同志跟理论部其他室的同志一样，非常踏实肯干，朝气蓬勃，富有青春活力。到上海以后，他们很快就解决了计算方法中存在的问题，改编和研制了大型计算程序，对加强型原子弹做了大量的系统的计算。更为重要的是，在此基础上我们对计算结果进行了深入细致的系统的分析。通过对计算结果由表面现象到物理实质的规律分析，我们终于找到了热核材料充分燃烧的关键所在。10 月下旬，我向在上海出差的全体同志做了系列的“氢弹原理设想”的学术报告，引起了大家的很大兴趣，普遍认为通过这个阶段的工作，我们牵住了“牛鼻子”，抓到了热核材料充分燃烧的本质的东西。后来我们抓住这个关键，试算了两个模型，果然得到很好的结果。

当时群情激昂，气氛非常热烈，决定在完成原来的加强型原子弹优化设计任务的同时，加班加点，开辟另外一条战线，探索突破氢弹的技术途径。当时虽然掌握了突破氢弹的关键所在，但是要创造热核材料充分燃烧的条件，还是相当困难的事情。因为原子弹有巨大的多方面的破坏作用，是很难驾驭和控制的。这时，得益于过去对热核燃烧内因和外因有关现象的基础研究，利用掌握的规律，通过大量的探索分析，多方面的计算，反复的讨论，终于控制住原子弹的破坏因素，采取精巧的结构创造出热核材料燃烧的条件。大家前后在上海连续奋战了 100 个日日夜夜，终于形成了一套从原理到结构的基本完整的理论方案。这是充满激情和艰辛的一段岁月，也是每一位参加这段工作的科研人员难以忘怀的岁月！

消息传到北京，邓稼先同志立即赶到上海当时大家的工资都很低，老邓的工资略高一些，大家都把他当成“财神爷”。一见老邓，大家都欢呼雀跃，我也要他请客犒劳大家。老邓详细了解情况后，立即把上海发现的有关物理现象、规律和突破氢弹原理的方案带回到北京。北京的同志也同样为之非常振奋。

邓稼先同志是一个接近群众的非常优秀的科学组织管理工作者，也是一位严肃认真的实干家。他组织北京具有各方面专长的同志对这个方案进行了反复的讨论，做了很好的补充，使方案得到了进一步的改善。但是，到此为止，这个方案还是理论的东西，要付诸实施，还必须在实验室进行实验，想办法解决几个关键技术问题也就是当时必须克服的技术难点。同时还要解决许多工程问题，包括解决材料的生产验装置的制造装配，以及实验装置的制造装配，以及冷实验与热试验的测试等方面的一系列问题。为此，二机部和研究院的领导把理论部的同志召到研究院基地，与各方面的专家一起对方案涉及到的各方面问题进行了仔细的讨论。通过突破原子弹和对热核材料生产以及加工工艺的预先研究，研究院不但在理论方面，而且在实验有战斗力的队伍。经过各方面专家反反复复的讨论，大家一致认为这个方案是优越的，可行的。于是，当时在基地领导工作的二机部副部长刘西尧同志当即做出决定，以新方案为主，加强型作为候补方案。大家都同意这个决定，二机部党组很快也批准了这个决定。事实证明，这个决定非常重要，非常正确，大大地加快了新方案的进展。1966 年初，实验部制定了爆轰模拟试验方案，进行了一系列爆轰模拟试验研究，并进行了大型爆轰模拟试验，研究解决了引爆弹的关键技术问题。理论研究设计人员，根据当时的计算机条件发展了计算方法，编制了相应的计算程序，确定了小当量氢弹原理试验物理设计的具体方案和热测试要求。与原子弹的试验装置相比，氢弹原理试验装置的结构要复杂得多，有些部件形状奇特，给工程设计和加工增加了困难。为了争取时间，攻克技术难点，理论、实验、设计和生产四个方面的科技人员密切合作，加强交流，群策群力，汇聚一起共同磋商和及时解决有关技术问题，按时完成了试验装置的加工制造任务，从而保证我国赶在研究院受到“文化大革命”的干扰之前，于 1966 年 12 月 28 日就完成了氢弹原理试验。在我国核武器发展史上，这是一次很关键的试验。通过这次试验，我们掌握了氢弹原理。当确认几个关键物理量的测试结果数据与理论预估一致时，试验现场一片欢腾。

试验结束后，亲自在现场指挥的聂荣臻元帅，立即召集有关方面的专家和有关人员部署下一步的工作，决定乘胜前进，抓紧时机，于 1967 年 6 月做全当量试验。中央立即批准了这个决定。通过大家的努力，1967 年 2 月理论部完成了氢弹的理论设计。1967 年 4 月，在空军训练基地进行了弹道特性试验，达到了预期要求。1967 年 5 月，基地和西北核试验场全部完成了第一颗氢弹装置的制造、环境试验和有关热核试验前的测试准备工作。随后，第一颗氢弹装置就被运往试验场。

四

从突破原子弹到突破氢弹，我国用了 2 年零 8 个月的时间，美国人用了 7 年零 4 个月，英国用了 4 年零 7 个月，苏联用了 4 年，法国用了 8 年零 6 个月，我国的速度是世界上最快的。我国突破原子弹的速度也是令世界震惊的。原子弹的突破是在建国 15 年时候。建国初期，中国的核科学一片空白，几乎毫无基础。中央虽然很早就重视核科学这一类尖端科学技术，在 1956 全国科学技术十二年发展规划中把核科学技术列为重中之重，但是我们的力量毕竟是很薄弱的。核武器是集科学、技术和工程于一体的大系统科学工程。以我国当时的国力来说，要完成这么重大的科学工程，当然是十分困难的，但是，我们不仅以令世界震惊的速度研制成功了原子弹和氢弹，而且奠定了持续发展提高核武器性能的坚实基础，突破中子弹技术，取得了一次又一次的重大进展。原因何在？我认为最根本的是遵循毛主席“要大力协同做好这件工作”的指示，发挥了社会主义集中力量办大事这一优越性，在研制过程中始终坚持的“独立自主，自力更生”的方针。显然，如果当初没有全国各有关方面的大力协同，是搞不出核武器来的。同时，也因为在科学技术上，我们摸索和发展了一条符合国情的、科学的和行之有效的技术路线。

中央一开始就明确，搞核武器要走“独立自主，自力更生”的道路。高技术，特别是国防高技术是买不来的，必须依靠自己的力量，正因为我们有这样的指导思想，在“独立自主，自力更生”路线的指引下，充分发挥社会主义多方大力协同、集中力量办大事的优越性，不但很快突破了原子弹和氢弹，而且把根子扎得很深，具备了持续发展的能力。根深才能叶茂，源远自然流长。在突破原子弹和氢弹以后，我国又在核武器的发展上取得了举世瞩目的进展，掌握了中子弹技术。美国和苏联做了上千次热核试验，法国也做了 200 多次热核试验，我国总共只做了 46 次，在核武器设计方面就达到了国际先进水平。持续发展的能力如此之强，令世人称奇，根本原因也是因为我们坚持了“独立自主，自力更生”的方针，依靠自己，奠定了核武器研制的坚实基础。

从科学技术的角度来看，主要是因为我们采取了一条正确的技术路线。具体表现在以下三个方面：

第一，中央明确制定了我国发展核武器的方针，即有限目标，先进技术。我国的国防战略是积极防御的战略。所以，在突破原子弹以后，我国政府就郑重宣布，中国发展核武器完全是为了自卫，我国承诺不首先使用核武器的义务，不用核武器进行威胁，也不对无核武器国家和无核武器地区使用核武器。我国的战略方针跟美国是完全不同的。美国的战略是全面进攻性的，核武器也是进攻性的，要求核武器的性能多种多样化，能完成各种各样的作战任务。因此他们要研制很多的型号，以便满足他们的战略战术需要。美国从开始到现在已经研制过 70 多种型号。我们的战略是积极防御战略，为了打破大国的核垄断和核讹诈，在国防科工委、二机部的坚强领导下，采取有限目标，突出重点，研制几个重点型号的方针。但是，为了满足部队的战略需要，方便部队，我们必须集中力量，少花钱，办实事，力求采用先进的设计思想，先进的技术——从战略需要出发，以研制大幅度小型化、高比威力的核武器作为我们的技术核心，逐步缩短与核大国的差距。同时，在总的目标指引下，随着认识的逐步深入和技术的不断发展，我们把每个阶段的分目标也搞得非常明确，这样就有利于缩短战线，集中力量打歼灭战，一个个突破技术难关。

第二，在技术途径的选择上我们是非常谨慎的，因为每一条技术途径如果要付诸实现，都要付出巨大的人力和物力。所以，在技术途径上要力求做到不走弯路或少走弯路。为此，我们始终注意创造一个宽松的环境，活跃大家的思想，发扬研究院在突破原子弹时期就形成的学术民主气氛，充分发挥具有各方面专长的专家的作用和研究院这支无私奉献、团结协作、以大局为重的有战斗力的队伍群体的作用，集思广益，大胆创新，从而避免了走弯路的风险。我们充分利用计算机模拟实验平台，对每条技术途径都经过大量的反复的数值模拟，由表及里，从现象到本质，进行系统、深入细致的物理分析，从不同的角度研究它们的优缺点；同时由此及彼，对各条技术途径的优缺点和发展前途进行反复比较，权衡利弊，择优选用。因此，在原国防科工委和二机部的领导下，可以说我们选择的技术途径基本上一直是正确的、科学的，这就保证了我们又好又省地达到了既定目标。

第三，将复杂的物理和技术问题进行分解，狠抓物理和技术关键。在每个阶段技术途径选定以后，对关键的物理和技术问题，我们总是遵循周总理“严肃认真、周到细致、稳妥可靠、万无一失”的教导，充分发挥实验室硬件平台和计算机软件平台以及深入细致的物理分析这三种科学手段相辅相成的作用，过细地做工作，决不放过任何一个隐患。周总理指示的这16个字一直是我们工作的指导方针。研究院的同志形成了一种共识：凡是能在实验室解决的问题，决不带到热试验上去解决。每次热试验，所要解决的问题都是必须通过热试验才能解决的。试验前，我们对各方面的物理因素。通过计算机的模拟和实验室的冷实验都已进行了反复的考核，对那些必须通过热试验解决的问题，总是经过反复推敲，力求恰当地掌握它的“度”，努力做到既留有一定的余量，以便确保试验成功又不致保守，技术落后，使试验收效小。因此，我国热核试验的成功率是非常高的。每经几次试验，我们就能做到技术上有所突破，就能上一个新的台阶；经过几个台阶，几个阶段，只通过46次试验就达到了现在这样高的水平。

五

回顾我国研制核武器的历程，我内心充满感慨。研究院这支无私奉献，久经锻炼，富于开拓进取精神的队伍，在中央的英明决策和原国防科工委与二机部的坚强领导下，在全国大力支援下，坚持我国“独立自主，自力更生”的方针，群策群力，努力拼搏，发挥集体的聪明才智，努力创新，完全靠我国自己的力量攻克了核武器的秘密，走出了一条符合中国国情和中国战略需要的有自己特色的研制核武器的道路，这是何等艰难的历程，何等辉煌的业绩啊！

回忆我国首次氢弹试验

张蕴钰

1966年12月28日，在中央军委副主席聂荣臻的亲自主持下，我国以塔爆方式成功地进行了一次氢弹原理性试验，即减当量氢弹试验。这是继首次原子弹试验和导弹核武器试验之后，我国国防现代化建设的又一重大突破，标志着我国的核武器发展进入了一个崭新的阶段。

为了总结这次试验的经验，部署首次氢弹试验任务，1966年12月30日和31日，军委副主席聂荣臻在核试验基地招待所召开了专家座谈会。参加会议的有王淦昌、彭桓武、朱光亚、陈能宽、程开甲、钱学森、于敏、周光召、方正知等各方面专家。国防科委副主任张震寰、第二机械工业部副部长李觉，基地副政委和我，也出席了这次会议。会议认为，氢弹原理性试验，无论从原理、结构，还是从测量数据及实际结果，都获得了圆满的成功。我们已经掌握了氢弹的理论，解决了氢弹试验的关键技术。会上，朱光亚向聂帅汇报了首次氢弹试验的具体方案，时间定在1967年9月，聂帅当即表示同意。会议最后要求各方面的工作均按此计划进行。

根据这次会议精神，1967年1月2日，基地召开氢弹试验工作会议，研究制订试验的具体计划，决定在6月20日前做好试验的一切准备，待命试验。由于当时正处于“文化大革命”动乱之中，基地也受到一定影响。根据当时的实际情况，2月16日国防科委电示基地，这次试验不另成立试验党委，由基地党委组织领导。国防科委张震寰副主任、二机部李觉副部长参加试验的领导工作。在张震寰副主任和李觉副部长的直接领导下，基地根据二机部核武器研究院提出的技术要求，着手拟制各种技术方案，设计试验工程，检修仪器设备，准备物资器材，开始了氢弹试验的全面准备。不久，由于氢弹研制速度加快，中央专委又决定将试验提前到第二季度进行。由此，基地的各项准备工作加快了步伐。

当时工程保障任务很繁重，尽管国防科委确定要“充分利用已有的永备工程，不再修建大的工程”，但场区除了原有的10个永备工号和几十项大型效应工程以外，还需建设工程327项。这些工程包括第一期测试工程、第二期装配厂房改造和坑道式厂房的建设。工程设计过去由专门部门负责，这次由我们自己承担。我和张副司令员一起，跑遍了场区的各个角落，整日为试验工程的选点、定点而奔波。担任场区施工任务的工程保障部队，刚刚完成了氢弹原理性试验的各种任务，本该撤场休息，但新的任务又迫在眉睫。因此，部队没有撤场，又投入了新的战斗。当时正值深冬季节，戈壁滩上的气候十分寒冷。狂风卷着地面的沙石漫天飞舞，不时发出令人颤栗的号叫。然而，战士们个个精神饱满，干得热火朝天。大家都有一个共同的心愿，就是早日看见氢弹的蘑菇云升起。

就这样，部队如期完成了第一期测试工程和第二期装配厂房改造及坑道式装配厂房等任务。

在试验工程准备工作进行的同时，各种测试项目的准备工作也在加紧进行。这次试验安排测试项目32个，测量仪器设备493台（套）。为获得准确、可靠的测量数据，在沿用飞机穿云取样的同时，增加了两个新的项目。一是将首次使用固体火箭取样。二是将采用雷达跟踪。这是研究所的科技人员在机关和友邻单位的支持帮助下，经过日夜奋战，刻苦攻关取得的新成果。由于氢弹爆炸威力大，控制和测试距离也随之增大，原有的控制系统已不能满足新的测量要求，需要研制新的测控系统。研究所的忻贤杰带领控制研究室的科技人员，自行设计研制了灵敏可靠、能远距离测控的第二代控制设备。这个新型控制设备，原计划6个月完成，结果两个半月就完成了。这期间他们从未休过星期天，每天加班到深夜。现场安装调试一般需要20天时间，他们9天就完成任务。

全当量氢弹试验爆点高，杀伤破坏区域和放射性沉降范围大，这对各项保障工作提出了更高的要求。气象上要求确保烟云径迹可能到达的我国西北、东北、华东的十多个省区在试验期间无降水，还要注意到烟云出境后不给邻国带来危害。基地气象部门在总参气象局气象室、兰州军区空军气象处等有关单位的大力协助下，对场外广大地区降水情况进行了调研，收集了大量资料，并从中分析出规律，经过慎之又慎、细之又细的分析，提出了适合试验的日期。通信保障分队重新研制和改进了主要通信设备，对重要通信枢纽采取了防护措施，保证试验中通信联络畅通无阻。基地制定并下发了场区安全边界及特定点的防护要求、场区安全防护规定和参观戒严规定，并制定了紧急转移方案和发生触地爆炸的处置办法。遵照上级指示，近区由基地派出工作人员到居民点组织安全防护工作，远区由兰州军区抽调防护分队、卫生医疗队到敦煌地区待命，以应付意外情况。总参、国防科委会同有关单位调动了备用的火车皮、汽车；在敦煌附近的重点地区做好转移居民的准备工作。

1967 年 3 月 1 日，基地在试验场区开设了指挥所。军内外 28 个参试单位的 6000 余名技术和保障人员，从 4 月下旬开始陆续进入现场开展准备工作。

这次试验安排效应试验 137 项，效应物 1877 件。各有关单位遵照周总理关于“一次试验、全面收效”的指示，在试验场区建起了各种效应工程，布放了各种效应物。

担负空投氢弹任务的空军徐克江机组加紧了空投训练。他们总结了于福海等机组以往空投核弹的经验，投模拟弹 14 次，弹着点都在预定靶标的允许范围内。为了保证安全，使飞机在投弹后有足够的时间飞离危险区，第三机械工业部的有关专家研制了挂弹用的减速伞。

5 月 30 日，聂帅电示基地：氢弹试验已进入紧张阶段，各项准备工作务必周到细致，要慎之又慎、细之又细，万万不可疏忽大意。要千方百计地保证试验的成功和人员的安全。鉴于氢弹原理性试验的经验，一定要充分估计到这次试验的特点和可能出现的问题，做好各项预案，切实搞好场地警戒、剂量侦察和监督等工作。

根据聂帅指示，全场进行了一次查缺补漏工作。

6 月 5 日，正式试验用的氢弹在西北核武器研制基地最后加工完毕，6 月 8 日运抵基地。经检查，各部件技术状况良好。6 月上旬，在站级联试的基础上，进行了全场联试，全面检查了现场准备工作，重点检查了机、伞、弹的情况，氢弹试验的全部准备工作基本就绪。

6 月 11 日，基地向聂帅、国防科委报告了这次试验准备工作的详细情况，请示在 6 月 13 日进行全场综合预演。

第二天，国防科委来电传达了当天上午周总理在中央专委会上所作的指示。周总理公布了毛主席 1958 年 6 月 21 日关于要搞原子弹、氢弹的指示，强调指出：这次热核试验，将要实现毛主席对发展我国核武器事业的英明预言和伟大号召，要在全场广泛深入地宣传教育。必须认识这次试验新的特点，并认真严肃对待，绝不能粗心大意，工作应精益求精。总理还告诉大家：聂副主席将赴现场亲自领导这次试验。

6 月 13 日，基地进行了全场综合预演，轰-6 型飞机空投了一枚不带核装料、有引爆控制系统的“冷”弹。经过综合预演，全面检查了各重要部位的可靠程度，使各作业点人员进一步熟练了技术操作程序。

6 月 16 日，聂帅来到了核试验场区，亲自主持这次试验。我们向聂帅建议，正式试验“零时”定在 17 日上午 8 时整，聂帅表示同意我们的建议。晚上，聂帅住到场区的开屏村。这里离指挥所约 30 公里。

第二天早晨 7 时，天刚刚亮，聂帅乘车来到指挥所。这天天气很好，一片晴朗，仅在靶场上空飘浮着一片卷云，确是试验的难得好天。试验场上，一切准备就绪，人们都怀着激动的心情，等待着即将发生的一切。

这时的军用机场，更是笼罩着一种紧张而繁忙的气氛。轰-6 型飞机静静地停在机坪上，机长、领航员和地面指挥员，都在做起飞前的准备工作。场站站长和政委亲自带领场站人员在机场周围担任警戒任务。同志们个个情绪高昂，都认为眼下自己所从事的工作是最光荣的工作，现在到了为党、为人民施展自己聪明才智的时候了。一切准备就绪，只等飞机起飞时间的到来。

上午8时，担任空投任务的空军徐克江机组，驾驶轰-6型飞机从机场按时起飞，开始了氢弹空投试验。飞机到达靶标上空开始投弹时，由于驾驶员心情紧张，弹未能投下。机组人员请求再投一次，指挥员发出“要沉着，不要紧张”的口令，徐克江驾着飞机，平稳地绕场一周。8时20分再次投弹，氢弹脱钩，降落伞按程序正常开伞，带着氢弹在预定高度爆炸。碧蓝的天空立即出现强烈闪光，随后形成核爆炸火球；火球熄灭后，形成迅速上升并向四周扩展的草帽状放射性云团，徐徐与地面被吸起的尘柱相接，形成蘑菇云。

由于爆炸震波受到大气层的反射折回地面，形成冲击波远区聚焦，在距爆点400多公里处都能听到连续不断的爆炸声。在爆点以西250多公里处还能看到闪光火球和清晰壮观的蘑菇云，爆点以东420公里处也看到了火球，门窗受到震动。

望着眼前的壮观景象，大家激动得欢呼起来。凭经验和直觉，试验成功了！这时各种速报数据源源不断地向指挥所传来，我即向聂帅作了汇报。爆后2分钟，发射取样火箭，并出动歼-6型飞机取样，取得了供分析氢弹参数用的放射性微粒样品。当聂帅得知这次试验当量时，非常高兴，连声说：“够了，够了。”

通过已经进行的氢弹试验，可以看出：核武器作为一个巨大的威慑力量，在世界的军事、政治格局中起着十分重要的作用。它既可成为某些国家推行霸权主义的工具，也可成为爱好和平国家和人民维护和平的盾牌。中国掌握了核武器，可以对世界和平做出更大贡献。

（选自《回忆史料》，收入本书时做了删节）

我国“两弹”研制决策过程追记

刘西尧

1958年中苏关系恶化，1959年6月12日苏联单方面撕毁中苏两国签订的国防新技术协定，拒绝向我国提供制造核武器的技术援助。1960年7月16日，苏联政府照会我国政府，撤回在中国的全部专家，所有这些丝毫没有吓倒中国共产党人和站起来了的中国人民。赤胆忠心、博学善思的中国科学技术专家们，其中许多带头人都是从海外归来的赤子，他们满怀保卫和建设伟大的社会主义新中国的激情，和全中国各族人民一道，不信邪，不怕压，坚信自己的力量和智慧，继承中国工农红军“天欲堕，赖以柱其间”的革命英雄主义，坚定地继续前进了。

事情总是一分为二的。建国初期苏联和东欧各国对我国的援助，对我国的现代化建设，包括国防尖端技术的发展，起了不可磨灭的作用。但是，他们把我们卡得很紧，一片过滤膜掉在地上，也要用吸铁石把它吸走，怕我们拿去仿制。断援后，他们的人都走了，不但打掉了我们在一定程度上还存在的依赖心理和行为，也使我们可以放开手脚干了。

苏联拒援，聂荣臻提出研制新型材料的任务，毛泽东批示说：“是一个重要建议，应当予以处理。”

1959年聂荣臻副总理向国家科委提出了研制苏联拒援的国防尖端所需新技术原料和材料，简称为新型材料的任务。为此，把原来主管国防军工协作任务的国家科委一局改为新材料局，章竞三任局长，由我分管，从此我跨入了国防科研领域。为了解决国防尖端的配套所需，根据国务院和中央军委的指示，还先后成立了三个协调小组，一个是由国家计委、国家科委、一机部、三机部、物资部组成的材料、设备五人小组；一个是由五院即导弹研究设计院、科学院、国家科委组成的导弹研制协调小组；再一个是由二机部、科学院、国家科委组成的核武器研制的协调小组，三个小组都由我代表国家科委参加。

1959 年 7 月，毛主席对聂荣臻副总理关于组织各有关部门研制新型材料的建议作了“是一个重要建议，应当予以处理”的批示。中共中央在批转这一文件时再次指出，国防工业和尖端技术的发展一定要立足于本国原料、材料的基础上，必须下决心不失时机地解决这一问题。

1960 年邓小平主持中央书记处会议，听取了聂荣臻和我关于研制新型材料的汇报，当场批准成立新型材料国家专案，正式组成由国家科委牵头的新技术材料小组，统筹安排、协调解决新型材料研制中的问题。会后，李富春、薄一波副总理，国家计委程子华副主任多次亲自过问、审查、落实。原来我们提了一百多个中间试验、试制项目，当时正值三年困难时期，从中选出了最急需的 96 个项目正式立案。由于各有关部门的重视和有关专家、工程技术员与生产单位的努力，这 96 个项目都如期保质保量地建成投产，拿出了合格的产品。

新型材料研制任务为什么能那样顺利的完成，我体会除了中央的高度重视外，还有如下几点：一是使用部门与研制部门密切协作，在确定技术指标时，既考虑需要，又考虑可能，双方专家经常在一起研究商讨，制定既先进又是在当时条件下能实现的指标，一步达不到的，分步骤进行。凡是这样做的，都较快地取得成功；反之，个别项目，因使用部门要求过高、过急，走了较大弯路。二是在安排研究试制的同时，就安排中间生产；能利用现有工厂的，就在现有工厂中，加一个流程或车间，需要大量生产时，再另作安排，这样既省又快。三是各有关部门都成立了专管这一工作的机构，指定了专门的负责人领导，督促并协调工作中出现的问题。冶金部是刘彬、陆达、李东英，化工部是李苏、陶涛，建材部是祁峻，石油部是侯祥麟，科学院是裴丽生、谷羽，电子部是王世光、何华生，一机部是陶亨咸、张树楠，还有轻工、纺织部，负责人的名字我忘记了。四是参加这一工作的全体人员的高度爱国热忱和忘我的工作。时值三年困难时期，粮食定量很低，而这些研究试验工作，有许多都需昼夜不停地进行，值夜班的同志就白天睡觉，把仅有的一点粮食定量留在夜间工作时吃。

随着新型材料和国防尖端的研制，新技术元器件、仪器仪表和各种配套的大中小型设备的研制也提上了议事日程，这些就是聂荣臻副总理所说的研制国防尖端所必需的“开门七件事”。国家科委又会同一机部、四机部等作了安排，并由沈鸿牵头，自行设计出我们在研制新型材料中提出的“九大设备”。“开门七件事”的顺利进行不仅满足了当时我国国防尖端研制、试验的及时需要，而且为以后我国自力更生地建设三线提供了必要的基础，把我国整个工业水平提到了一个新的高度。不足之处是我们对整个电子元器件，特别是半导体，虽然也注意到了、但是没有提到开辟科技和工业新时代的高度予以重视，起步并不晚，却未能跟上世界的步伐，被甩在了后面。

陈毅说：“脱了裤子当掉，也要把它们（原子弹）搞上去。”二机部工作表明：两三年内爆炸第一颗原子弹是可能的。

苏联断援后，我国导弹、原子弹的研制工作及有关建设一直没有停。从当时的国际形势考虑，正如副总理兼外交部长陈毅元帅所说的那样，“脱了裤子当掉，也要把它们搞上去”，否则他这个外交部长的腰杆子就不硬。当然，这是对我国不管有多大困难也要下决心把核武器搞出来的形容语。因为没有这个吓人的东西，人家就看不起我们，我中华人民共和国的国威就难以大振。问题是我国正值三年困难时期，在经济实力上能否承受，在科学技术上有没有能力？这是不能不认真考虑的问题。实践证明，我国搞核武器并没有影响我国经济的恢复和发展，我们在这方面所花的钱和核大国相比，是微乎其微的，我们进行核试验的次数也是最少的。

1961 年夏，聂荣臻副总理把我和国防科委计划局的同志找到北戴河，那时我已兼任国防科委副主任。他要我们起草了一个导弹要继续上马给中央的报告。他的意见受到毛主席的重视和支持。

1961 年 10 月，聂荣臻副总理根据中央军委的意见，又派张爱萍和我在当时的二机部部长刘杰等的陪同下，到二机部所属主要单位去调查研究，我国能否自力更生地制造出原子弹？什么时候可以爆炸我国的第一颗原子弹？这是我第一次直接接触核武器研制的核心机密。

我们一行在湖南，看了两个矿山，其中一个已经开始出铀矿，一个即将投产，都是地下井采。我们还看了苏联援建的水冶厂，已基本建成。这是我这个祖籍湖南长沙的湖南人第一次到湖南。我们顺路到了毛泽东的韶山故居、刘少奇的花明村故居。回长沙夜渡湘江时，橘子洲头万家灯火，我不禁默念起毛泽东的“中流击水，浪遏飞舟”的词句，更增加了一定要让我国早日爆炸自己的原子弹的豪情壮志。

在西北先看了一个浓缩铀厂。大跃进期间，毛泽东为推动该厂早日建成投产，发出了“四海之内皆兄弟，一定要把苏联同志看作自己人”的指示，极大地鼓舞了帮助我国建设该厂的苏联专家，他们在我们职工的影响下，一起鼓足干劲加油干，积极地向他们的政府催要设备材料。到苏联政府撤退专家时，该厂的主要设备、材料已基本到齐，只要再解决一点零配件，就可以开工生产，为我们赢得了时间。大跃进期间，该厂有的同志想改动某些工艺，当时的二机部部长宋任穷不同意，向毛主席请示，毛主席发出了“先学楷书，后写草书”的指示，不但使该厂没有受到大跃进中歪风的影响，也使二机部事业始终沿着客观科学规律的正确轨道前进。

我们到选在地处青海高原的原子弹研制基地了解情况时，李觉、赵敬璞、吴际霖等正在海拔 3200 米的地方头顶青天，脚踏草原，夜以继日地开始建设。他们以身作则，艰苦奋斗，被职工誉为“青天”。我们的第一颗原子弹、第一颗氢弹都是在那里先后制造出来的。后来我填了一首怀念那里的词《忆江南·银滩颂》：“高原雪，六月降银滩。篷帐连营来玉璞，迷津屡渡跨关山，举世另颜看。”

在那个基地开始建设以前，二机部就在北京附近简易的棚里开始了原子弹的研制，我们奉命去了解时，他们已经掌握了制造原子航弹的基本原理，正在进行一系列部件的试制、试验工作，只剩下一个技术关键问题，正从两个途径研制中，且专家们认为这两个途径都有成功的把握。我凭自己懂得的一点科技知识判断，也同意这个看法。以前，苏联曾答应给我们一个原子弹的模型，后来变了卦，他们派来的专家，在他们政府的严格控制下 ，什么也不敢讲，我们的同志给他取了个外号，叫“哑巴和尚”。但是，出于革命的友谊，他对我们倒不是毫无帮助的。

经过近一个月的仔细调查研究，我们得出结论，经过二机部和有关各方面同志们几年的努力，核工业建设和原子弹的研制都有了较大的进展，只要进一步抓紧时间，加强组织协调技术攻关，安排好所需的配套件的研制、供应，两三年内，即在 1964 年，实现我国第一颗原子弹的爆炸是可能的。二机部的同志也是按这个目标安排的，但是在给中央写报告时，他们为了留有余地，建议写三四年内实现第一颗原子弹的爆炸。我们认为第一颗原子弹的爆炸，宜早不宜迟，应该尽可能抓紧时间，抓紧工作，力争早日爆炸，因此坚持写了两三年。我们相信，只要抓紧，是可能的，这样就以我和张爱萍两个人的名义于 1961 年 11 月 14 日上报中央军委和周总理。张爱萍把这个报告送了一份给邓小平总书记，邓阅后，在重要的地方打了杠，呈送给了毛主席。

此行，二机部的工作给我以两点深刻印象。一是“土洋结合”，全民找矿虽然造成了浪费，但为核武器研制提前提供了铀矿，再即前面所提到的，他们不等基地建成即提前在简易棚子里搞原子弹研制，以及“土”法上马搞铀矿水冶提取二氧化铀等，都为我国早日爆炸原子弹赢得了时间；二是他们的全体职工，包括一些卓越的科学技术专家，为了社会主义祖国不再受帝国主义欺侮，隐姓埋名，艰苦奋斗的高度爱国主义、无私奉献的精神，是永远值得炎黄子孙尊敬、铭记和学习的。

我们回北京后，正值流行甲型肝炎，张爱萍和我都因转胺酶偏高住进了三〇一医院。秋天恢复工作后，我又奉命给二机部和核武器试验基地增调高级科学技术专家。主要是从一些大专院校选拔，没有完全按当时仿照苏联定的从事国防尖端机密人员条件的规定，主要看是否有真才实学和本人的政治表现，不在出身、社会关系以及是否党员等问题上苛求，实践证明这样做是对的。

我还再次和张爱萍一起先后向中共中央东北局、华东局作了汇报，在具体落实二机部所需的关键配套件等的研制供应方面得到了他们的大力支持。上海的工业技术基础再次显示出了潜力，几个关键的原材料都是上海的研究单位和工厂协力做出来的。有一个气压密封配件，东德援建的新厂做不出来，却在上海一个弄堂工厂试制成功了。我对上海是有感情的，因为我是在那里找到党的，搞国防科技有不少难题是在上海解决的。因此填了一首《清平乐·忆松江》："苏州河畔，北斗终寻见。匆返钟山催雾散，初识风云雷电。重来地赤天红，春光普照吴淞。树大根深叶茂，新花郁郁葱葱。"

在此期间，还参与了编制发展国防尖端的补充规划，那时十二年科学技术远景规划已经提前完成，国家已开始作新的科学技术十年规划。由于国防科研与国防工业在日常工作中经常发生矛盾，中央让张爱萍和我都兼任了国防工办副主任，张是管装备的副总参谋长，也兼了国防科委副主任，以便于协调军队装备与其科研、生产中的问题。邓小平又专门召开中央书记处会议，进一步采取组织措施来协调双方日常发生的矛盾。

为了解决国防科研和国防生产的矛盾，张爱萍曾提出国防科委与国防工办合并的意见，"文革"中受到批判。1971 年，我再进国防科委时，又提了这个意见，1974 年又受到批判。十一届三中全会后，在邓小平同志领导下终于实现了国防科委与国防工办的合并，即现在的国防科工委。

周恩来先提出"三高"要求，后又指示："一次试验，全面收效"，"稳妥可靠，万无一失"。

八届十中全会后，二机部党组向中央上报了在 1964 年，不迟于

1965 年上半年实现第一颗原子弹爆炸的两年规划。罗瑞卿副总理兼总参谋长审阅后附了一个报告，提出力争在 1964 年实现规划的要求，并根据刘少奇的建议，提出成立以周恩来总理为首的原子能十五人专门委员会，以加强领导，保证这一规划的顺利完成。1962 年 11 月 3 日，毛泽东主席批示："很好，照办。要大力协同做好这件工作。"1965 年原子能十五人专门委员会改为管两弹，即既管原子弹又管导弹，参加人员也扩大了，办事机构仍设在国防工办。

1963 年年初，二机部党组的两年规划经中央批准后不久，刘杰去广州从化休养，二机部有的同志认为"两年规划"，不可能如期实现，在京党组同志反映到中央。为了弄清情况，落实"两年规划"，周恩来总理和贺龙、聂荣臻、罗瑞卿三位副总理商定，由我负责组织国防科委、国防工办联合检查组到二机部检查并帮助解决有关两年规划中存在问题。

我们联合检查组接受任务后，先在北京与各方面的专家和负责同志谈话并仔细了解了在京各单位情况，认为 1961 年张爱萍和我向中央军委所作报告中的观点仍然是符合实际的，二机部提出的两年规划是可以如期实现的。当时，核燃料生产加工已无不可解决的技术问题，前面讲过的原子弹研制中的一个技术关键，也已选定方案，在试制中。我们就调查了解的情况写了书面简报，并向总理和聂荣臻、罗瑞卿副总理作了口头汇报。周总理在听取汇报后，向二机部提出了在工作中"要有高度的政治思想性，高度的科学计划性，高度的组织纪律性"的要求，后来我们把这三点要求简称为"三高指示"。我和刘杰谈话时，刘杰建议派一位较强的干部到二机部任第一副部长、党组第一副书记以加强二机部的领导，我将他的建议向总理作了汇报，并推荐了两位同志。

汇报后，联合检查组于 1963 年 3 月分两路到二机部南、北两片的主要单位去进一步了解情况，落实问题。我先到南面，然后到兰州，拟再去青海，回头再到玉门。刚到兰州，接到先去玉门的检查组同志发给我并报总理的电报称，按苏联工程建设经验推算出来的"绝对工期"

计算，玉门厂不能按“两年规划”要求如期拿出产品。我见报后，立即回电并报总理：“我即去玉门，查明情况后再报”。到玉门后，我把有关人员都请来，大家展开了热烈的讨论。以玉门厂厂长周秩为首的多数同志认为苏联所谓的“绝对工期”并不绝对，是可以打破的。经过他们仔细陈述和现场实地考察，大家统一了认识，肯定“两年规划”中的要求，在玉门厂也和其他单位一样，只要认真抓紧落实，是可以如期实现的。我把这一结论立即电报了总理并专委。至此，北京、戈壁关于“两年规划”能否如期实现疑云都驱散了，剩下来的，就是按“两年规划”倒排的日期扎扎实实的工作了。回到北京，周总理找我谈话说，当初派我组织联合检查组去二机部，就已决定把我留在那里，不另选他人，我当即表示服从。聂荣臻副总理曾问我，抓原子弹，是去二机部直接抓好，还是留在国防科委好，我说，还是去二机部好，于是中央免去了我在国防科委、国防工办、国家科委的三个副主任兼职，任命我到二机部任副部长。

1964 年 6 月，刘杰在草原电告不带核燃料的原子弹模拟装置试验成功，有关原子弹爆炸的最后一个技术问题解决了，这是北京房山原子能研究所的一个重要贡献。这样，我们就开始了进行第一颗原子弹爆炸试验的直接准备。

我国试制的第一颗原子弹，是一个静爆装置。我们决定把它放在一百米高的钢制塔架上进行试验。为了防止万一，试制了两颗弹，一是防止加工装配及零件上出现差错，二是防止科学家们经过计算指出的，在原子弹爆炸时可能出现的千分之三的过早点火。为此，1964 年 8 月，张爱萍和我受命，开始了紧张的试验准备工作，一是检查试验弹的制造，二是检查试验场区的各项准备工作。我们多次往返于北京、青海、新疆之间。

核试验基地机关离核试验现场有四百多公里，早饭后出发，在二百公里处的食宿站甘草泉吃中饭，到试验现场正好赶上吃晚饭。我们第一次去时，在马兰的试验基地的机关已经建设好；试验现场还正在抢建，到现场都是露天搭帐篷宿食，后来有了两间石头修成的房子。戈壁滩空气特别干燥，每天要喝大量的水，那水和吃的副食品、大米都是用汽车从几百公里外的铁路线上拉去。尽管喝了很多的水，但是没有汗，也很少小便，小手帕洗后甩甩就干了，水分都通过皮肤、空气很快就挥发掉了。我们经常于回基地司令部途中看到戈壁蜃楼，时间大多在下午傍晚。

我们在那里主要忙三件事：一是布置建筑安装爆炸原子弹的钢塔。二是建设地下指挥所、地面指挥所以及爆心附近的直升机降落场。那时，基地附近已经有了可以降落“伊尔 14”的飞机场，后来又扩建成可以起飞、降落“图 16”的机场了。三是遵照周总理“一次试验，全面收效”的指示，组织安排各有关单位，包括各军兵种及民防送去原子弹爆炸效应试验的装备、生物（狗和白老鼠）及民防建筑等。

为了保证第一次核试验的成功，周总理先后发出了“严肃认真，周到细致，稳妥可靠，万无一失”，“一丝不苟”的指示。张爱萍与我将试验场区的准备工作检查完毕后，又飞到西宁，乘火车去草原，即有名的金银滩中的银滩。在那里，我们一个工序一个工序地看，有的工序就陪着操作人员从头到尾看加工及部件装配，后来又看了总装配。这个单位的重要工序加工、装配、测试都是高等级的技术工人或大学毕业生，我们还检查了保密通信网。在这里加工装配好的核弹，是装配好，检查合格后再拆开，由专车运往试验场地，再用直升机运往试验现场，在那里再装配好，检查后再吊上塔顶。

原子弹爆炸了，事先起草好的我国政府声明，却一直等到外电报道后，毛主席才批准发表。

爆炸第一颗原子弹的准备工作一切就绪，张爱萍和我回到北京向总理和专委汇报后，总理把我留下问我，假若暂不试验行不行？我说估计没有问题，肯定可以实现核爆炸，但是为了研制氢弹，还得先爆炸原子弹，弄清我们的原子弹的 TNT 当量才行。总理为什么要提出这个问题？

众所周知，当时的国际形势对我国是险恶的，霸权主义者扬言，中国若进行核试验，他们就要摧毁我们的核设施、核基地。中央专委经多次研究，提出了两个方案，一个是早试；另一个是晚试，先抓紧三线建设，待机再试。凡遇重大问题，提出两个或更多的方案，供中央决策，这是我党的例行做法。经反复考虑，从战略上进行认真分析后，毛泽东说，原子弹是吓人的，不一定用，既然是吓人的，就要早响。中央果断地选择了早试的方案。

中央作了早试的决定后，我们建议国庆节进行，中央没有同意，要我们在十月十五日到二十日间选择适当的时间进行。在回试验基地前的专委会上，贺龙元帅连问两声“你们能保证响吗？”刘杰和我都没有吭声。从会议室出来，张爱萍对我说，你们这些部长怎么不吭声，我没有答话，只笑了笑。心想，我们的原子弹虽然肯定是研制成功了，但是谁能保证在试验瞬间不出现万一呢？就是在这次会上，周总理向我们说，对这次试验要严格保密，万一不成功，让外国人知道了，风险会更大。他接着说：“凡是和试验无关的人员都不能让他们知道，包括你们的妻子儿女。”邓颖超是他的妻子，中央委员，因为她和核事业没有关系，所以他没有对她讲。回到现场后，张爱萍把总理的讲话原原本本地向参试人员进行了传达，使大家深受教育。由于保密工作做得好，事前一点风声也没有泄露出去。那时超级大国的侦察工具还只有 U-2 飞机，飞到江西就被我空军拦击回去了，还曾被我国新试制出来的地空导弹打下来一架。因此，当我国原子弹首次试验成功，原子弹爆炸的威力及放射物，分别经地震波和高空烟云传出去时，全世界大吃一惊。

根据试验场区气象预测，经中央批准，定于 10 月 16 日北京时间下午 3 时进行试验。10 月 14 日赫鲁晓夫下台，完全是巧合。原子弹装配好，吊上塔顶后，张爱萍和我等大部分人员退出场地。张爱萍等返回地面指挥所，我在离爆心几十公里处的路口指挥撤退。基地司令张蕴钰、核武器研究院院长李觉、副院长吴际霖、朱光亚等，在现场指挥陈常宜等插完雷管后才撤离，李觉下到地下指挥所。他们都撤离警戒线后，我再次检查了地下指挥所并将启动钥匙交给了在那里的张震寰，然后回到地面指挥所。在地面指挥所每人戴上一副黑眼镜，以防光辐射伤害眼睛。韩云娣按动电钮，九、八、七、六、五、四、三、二、一，北京时间下午3时整，一道巨光，一声巨响，蘑菇云冉冉升起。从巨光的强度和蘑菇云的形象中，我判断是原子爆炸，叫了一声“是核爆炸!”张爱萍拿着电话机正在和北京通话，北京也听到了我的叫声连问：“是不是核爆炸?”我回头问了问王淦昌，他点了点头，我放心了。当时吴际霖、朱光亚因为走岔了路，都还没有回到指挥所。按原定部署，取样飞机已经过我们上空直插蘑菇云。北京来电话，毛主席、党中央要我们拿出确系实现了核爆炸的证据。以程开甲为所长的核试验基地研究所的有关人员开始了紧张的分析、化验工作。两小时后张爱萍和我等六人穿上防护服，坐直升机到了爆心上空，只见钢架像面条样歪歪曲曲地躺在地上。

经过对各种测试结果的仔细分析，16日19时30分张爱萍向总理再次报告，我国确实实现了核爆炸，经计算，爆炸威力在两万吨TNT当量以上。此时，日本已发出我国进行了原子弹爆炸的消息，他们是从地震波和高空烟云放射性含量的测量中判断出来的，高空放射性烟云出我国国境，是首先经过日本的。周总理向正在人民大会堂排练演出《东方红》的人员、观众宣布了这一消息，全场欢声雷动。

在准备爆炸原子弹期间，周总理就已起草好了我国政府声明、新闻公报、中央通知，于10月14日19时报给了毛主席和中央各同志。毛主席一直等到外电发出我国进行了原子弹爆炸消息后，才批准发出。从这里可以看出毛主席对重大战略问题的非凡魄力和认真谨慎态度。我国政府在正式声明和新闻公报中郑重宣布，中国在任何时候，任何情况下都不会首先使用核武器，并建议召开世界各国政府首脑会议，讨论全面禁止和彻底销毁核武器问题。当晚，我们在试验基地会了餐，朱光亚等能喝酒的同志喝得酩酊大醉。第二天晚上基地的文工团演出了张爱萍参与编导的《孔雀春雷》。

塔试成功后，我们又紧张地做准备空投试验的工作。张爱萍和我又一同指挥了两次空投原子弹的试验。早在 1963 年 12 月，中央专委鉴于原子弹、中近程地地导弹的研制已取得重大进展，美、英、苏三国签订部分核禁试条约后出现的国际形势，决定核武器要以发展导弹核弹头为主。1964 年 6 月，刘杰从青海草原向中央汇报原子弹技术过关后不久，七月初，周总理就派他主管国防的秘书周家鼎到二机部向我传达加快进行原子弹小型化的指示。我国经过小型化原子弹的空投试验后，1966 年 10 月 25 日，在聂荣臻副总理亲自指挥下，成功地在我国国土上进行了一次带有原子弹头的导弹发射，我国自制的导弹准确地把原子弹头送到了预定地点爆炸。

我们进行原子弹试验，每次选择风向，都是让低空烟云首先经过我国上空东去，这样核爆炸烟云飘出国境时已经稀释，使外国人不会受到超剂量的污染。在核试验区附近的敦煌等地，一开始就布置了临试前将人口、牲畜等转移和必要的防护。由于地面风向经常变化，每次试验，都要两小时了解一次气象情况。第一次空投试验，飞机已挂上弹待命起飞，气象预报，场区地面风突然转向，爆炸后，烟云有可能从新疆首先进入邻邦。总理命令我们待风向变化后再试，这样我们只好让飞机挂弹待命，等了 8 天后才试。

在这 8 天中，我去看望了二机部在新疆的一个地质队。吉普车走了一天才到达那里，一路都是戈壁、沙漠，只是中午时刻在一条小河边遇到一户人家，一老一小。到那个地质队后，他们把库存的一点食品都拿出来表示欢迎之情。没有大碗就用洗脸盆装菜，做了四菜一汤，主食是一位维吾尔族的老汉做的新疆称作“馕”的大饼。我在试验现场还和张震寰一同到了孔雀河边，那是一个干枯了的河，河两旁的大树多已枯死，春夏有一点水，但是苦的。张震寰过了河，到了“不灭楼兰誓不还”的楼兰遗址，发现了许多红绸子包着的大小不一的骷髅头。我回京后专门请教过郭沫若，他也不清楚是怎么一回事。8 天无事，大家就到处捡贝壳，那里原来是海底。九院去那里参试的同志捡了个最大的完整的贝化石，我要来带回北京送给了总理，总理问我需不需要留着考古用，我说不需要，他说："那我就处理了。"我估计大概送给毛主席了。

攻氢弹，一开始就瞄准高水平；接受专家意见，"二步曲"一举成功。

第一颗原子弹试验成功，周总理立即指示要加快氢弹的研制。有关氢弹，除房山的原子能研究所1960年就开始了热核聚变的理论研究，积累了一些数据外，其他一点资料也没有。二机部党组决定把该所研究热核聚变理论的黄祖洽、于敏等同志的小组集中到核武器研究院以邓稼先为首的在北京的理论设计部，他们在突破氢弹原理中作出了重要贡献。核武器研究院理论设计部除邓稼先外还有秦元勋、周光召、周毓林等一批物理数学专家，核武器研究院副院长彭桓武也是搞理论的，长期在理论设计部和他们一起工作。

"射人先射马，擒贼先擒王"，做事要先抓龙头。二机部是核事业的龙头，搞核武器研究院是龙头，理论设计部又是核武器研究院的龙头，要研制氢弹，要在理论设计上首先突破才行。因此，我们首先把重点放在核武器研究院的理论设计部，也就是邓稼先、于敏他们那里。同志们形象地把这个想法、做法称为"龙头三次方"。当时，为了完成航弹的制造和小型化的设计试制，核武器研究院领导很忙，要到草原去，就把核武器研究院主管技术的副院长朱光亚留了下来和彭桓武、邓稼先等一起探索氢弹原理。

首先从哪里抓起的问题解决，其次就要解决研制出个什么样氢弹的问题。在开始抓氢弹时，二机部党组提出了"两手准备，保证低水平的，争取高水平"的方针。当时有两种意见，一种是先搞低水平的，再搞高水平的；另一种是，一开始就瞄准高水平，前者保险可以做出来，但是不能不上导弹的弹头。

经过反复研究，我们一致认为，低的方案虽然唾手可得，但不仅不能装上导弹头，形成真正的威慑力量，而且高低方案之间，无内在联系，实现了低的方案后，还得从头再去攻高的方案，这样既延误时间，又浪费人力、物力、财力。高的方案虽然需要我们花点时间去探索，但它是外国人已经实现了的东西，不存在什么还没有突破的科学技术问题，只是我们还没有掌握。专家们坚信，外国人能够做出来的事，我们也一定能够做出来。正在这时，周总理又向我们发出了学习毛泽东的实践论、矛盾论，以辩证唯物主义思想为指导，加快氢弹研制的指示。中央和中央专委的思想，核弹就是要上导弹头，我们都是知道的。于是大家一致下定决心，为我们研制的第一颗氢弹确定了一个目标，当量要达到和超过一百万吨 TNT，重量不得超过一吨，简称为一一〇〇 。尽管在此期间，有的同志有些担心怕“欲速不达”，大家也毫不动摇。

目标定了，理论设计部的同志就从分析氢弹爆炸的内因，即热核爆炸的内部机理和外因，即热核爆炸的外部条件入手以寻找引起热核爆炸的途径。当时，我国有中国科学院自制的两台十万次的计算机，一台在北京，一台在上海，上海那台运行比较稳定，用户也较少，可以给我们较多的计算时间。最近，理论部的同志告诉我，西方搞氢弹时，尚无这样高水平的计算机，这也是我国氢弹搞得快的一个原因。我们兵分两路，由于敏带了些同志到上海，这样在北京、上海两地同时攻关，通过专用的保密电话，互通信息，共同探讨。开始提出的两个设想，上计算机计算后都否定了，随后北京、上海都酝酿着新的设想。于敏等在上海先走一步，按新的设想提出了具体方案，邓稼先也到了上海，他们一道把完整的氢弹理论设计方案，上计算机计算。

1965 年底，我在草原，接到邓稼先从上海打去的电话，说他们理论设计方案在计算机上已经验证可行，要求立即付诸实施，我表示同意。在征得在北京的刘杰的同意后，即请九院领导召集全院有关专家和领导的会议，讨论实施方案；会上除个别同志有疑虑外，都表示赞成，对实施中的技术难题，进行了认真的讨论研究，作出了具体的产品设计方案；其中一个关键性的技术难题，是由在草原的实验部的同志解决的。为实现这一方案，决定组织三次核试验：第一次是检查热核材料性能，验证我们对热核材料性能的理论计算是否与实际符合；第二次是验证理论设计是否可行，即我们是否真正掌握了氢弹原理，这实际上就是一次氢弹试验，只是热核材料装料少，当量小而已；第三次则是全当量的氢弹试验。为了实现这三次试验，我们调整了组织，组织了一支跨核武器研究院下属各部门，以陈常宜为组长的精干突击力量。

三次试验都按预定计划成功地实现了。进行这些试验时，我已经离开二机部当了周总理的联络员。1966 年 12 月 28 日，氢弹原理试验成功，晚上周总理把刘杰和我找到西华厅，还备了饭菜和酒表示祝贺。二机部造反派到了国务院西门，扬言要打倒刘杰和我，并把矛头指向周总理。周总理闻讯拿起酒杯风趣地说："他们（指造反派）要打倒我，我引为光荣。"随即吟起了毛主席的诗句："不管风吹浪打，胜似闲庭信步"，以鼓励我们要经得起"风吹浪打"，随后又说："今夜得宽余，喝酒吧！"我国仅仅用了两年七个月的时间，就从爆炸第一颗原子弹跳到了爆炸能装上导弹头的氢弹，不但赶在法国前面爆炸了氢弹，而且成为世界上从原子弹到氢弹所用时间最短、水平提高最快、试验次数最少的国家，使我们的热核爆炸试验一起步就比美苏起步时高一头，再一次迈出了迎头赶上的重要一步，实现了中央以尽可能少的试验，达到尽可能高的水平的要求。

氢弹的研制完全是我们自己的创作。原子弹设计计算中有一个关键问题，也是我们自己的同志周光召解决的。关于氢弹，后来参加过氢弹研制工作的同志见到我时，都说 1965 年当机立断很重要。美国人约翰·W·刘易斯、薛理泰来华时要见我，我没有见。在他们写的《中国原子弹的制造》一书上，写了一句："在他（指我）的领导下，氢弹计划取得了迅速发展。"是邓稼先的夫人许鹿希看见后打电话告诉我的。这大概是核武器研究院或国防科委的一些同志讲出去的。至于他在文中引用的一些有关氢弹研究的话，都是从我应核工业部之邀，为纪念核工业部成立 30 周年登在 1985 年 11 月 3 日《光明日报》上的一篇文章中摘录的。因此，我要在这里说说我之所以能当机立断的原因：我多少懂得点科学，而且原子弹的成功，使我增强了信心，我对热核聚变原理不是一无所知，加之，在理论设计部攻氢弹期间，我又经常去他们那里，听他们讨论（那时我是坐的一辆坐了18年的红“奔驰”，理论设计部的同志们一见那车就知道我去了）。所以我对理论设计部的攻关情况心中有数，否则，哪能一接电话就下决心呢！还是毛泽东说得对，情况明，决心大，方法对”。氢弹研制之所以能够取得较快的进展，还是应该归功于：在毛泽东思想指导下，专家同志们的努力。

1966年3月31日，邓小平、薄一波视察了在青海的核弹研制基地和在甘肃的某厂。去前通知我们不要搞欢迎场面，那时我在研制基地，两处都是我陪同视察。考虑到那里的职工长期奋战在高原、戈壁，中央领导同志去了，不让他们见见，不好交代；因此，两处都组织了夹道欢迎。为了不打扰这些单位，小平等都是在火车上吃饭；上午听汇报，下午看，然后我们送他们上火车，在火车中吃顿便饭，饭后下车，等火车开动后，我们再回去。在研制基地小平还高兴地题了词，薄一波见到研制基地的车间中贴了“一不怕苦，二不怕死”的标语后说：这样的车间应该贴“安全第一”“质量第二”的标语，我们觉得这话很对，就改了；没有想到“文化大革命”中竟被有的造反派说成是反对“一不怕苦，二不怕死”的革命精神。

从1963年到1966年“文化大革命”开始前，我在青海研制基地先后呆了一年左右的时间。那里海拔3200米，由于空气稀薄缺氧，晚上睡觉，似睡非睡；开始时没有高压锅，米饭馒头都是夹生的，为了开胃，我每次去，都要带两瓶最辣的小辣椒。可是那里的职工，包括王淦昌、朱光亚等一大批著名的科学技术专家却长年隐姓埋名地在那里披肝沥胆、艰苦奋斗：山重水复总有路，“无声”岁岁把峰攀。他们爱国主义的献身精神，永远值得我们歌颂，永远是一切有报国之志的青年学习的榜样。

事后方知时间贵。如果不是1964年就爆炸了第一颗原子弹，1965年底就突破了氢弹原理并紧锣密鼓地实现三步曲，“文化大革命”到来，何时可以爆炸氢弹，就很难设想了。概括这段历程，有如下几点体会：

首先是，要有预见，动手早。党中央是1954年下决心搞原子能的，说快，从开始到爆炸氢弹也花了13年时间。“人无远见，必有近忧”，搞现代化没有远见是不行的。

其次是，要把自力更生和力争外援辩证地统一起来。现代科学技术是从西方先发展起来的，搞现代化不学习西方先进的东西，不抓住机遇力争外援是不行的。要迎头赶上，就要尽可能在世界已经达到的水平上起步，认真吸取外国一切对我有益的东西。但是，力争外援，决不是依赖外国。就核事业来讲，中央在力争苏联援助的同时，就下了几着要棋：一是争取了一大批留学西方的海外赤子归来；二是开展了自己的地质勘探工作，寻找我国自己铀矿；三是建立了以钱三强为所长，集中了一批杰出的核科学技术专家的北京原子能研究所，这个所在核科研和培养高级人才有很大的贡献；四是在一些高等院校开设了原子能专业，源源不断地为这一事业输送人才。没有这些自力更生的要着，苏联断援后，我国的核弹研制是不可能进展那么快的。

第三是，我们真正做到了在战略上藐视、战术上重视。在战略上我们是高起点，敢跳跃。原子弹研制，我们一开始就搞航弹，原子弹试验一成功，我们就研制能上导弹头的氢弹，在战术上是严肃认真周到细致一丝不苟。这些使核弹取得迅速进展的指导思想和具体实践，充分体现了敢闯与稳妥的统一。

第四，是要用先进的哲学思想来指导我们的科学技术实践，也就是把先进的哲学思想和现代的先进科学技术手段结合起来，以探明物质变化的本质，掌握其发生、发展的客观规律。

第五，是集中力量，大力协同。中央集中了一大批既有高度爱国主义觉悟，又有广博渊深科学技术知识的专家、学者，并有效地组织了各有关部门、有关单位之间的大力协同，对核事业的成功起了决定性的作用。这些杰出的专家学者们和各有关部门及单位，各自在不同的领域、不同的时间里作出了不同的杰出贡献。我在本文里提到的，只是其中的几位。

我国核武器事业的成功，是一曲毛泽东思想的凯歌；是站起来了的中国人民演出的一支威武雄壮的交响乐；是在中国共产党中央的直接领导和指挥下，在国防现代化领域打的一场干脆、利落的歼灭战。

（原载《炎黄春秋》）

我国核武器的研制历程

李　觉

我国核武器研制机构组建于1958年初，我有幸长期参与主持这方面的工作，和同志们一道，完成了党和人民交给的任务。

50年代中后期，我国核工业建设全面展开，核武器研制事业便提到党中央、国务院的议事日程。此后不久，三机部（1958年改称二机部）报请中央批准成立九局，由我任局长，吴际霖、郭英会任副局长，负责筹建研究原子弹构造的设计院（代号“221”）、生产和装配原子弹的工厂、试验原子武器的靶场、储存原子弹的仓库等工程项目。

第九局成立伊始，从部机关选调了几位干部，租借了西苑旅社几间房，着手考虑1958年的全面工作。我们局里几位负责人商量，试验场和仓库，是统帅部管的事，还是由军队管为好。宋任穷部长同意这个意见。1958年春，我随同宋部长到军委副主席、国防部长彭德怀住处汇报，彭总表示同意，要我们找总参谋长黄克诚办。黄总长很干脆，立批照办。从此，试验场和仓库这两个项目就由总参谋部、后由国防科委来负责了。在设备及科技力量的调配方面，我们尽力配合支援。

同年3月，组成选厂小组。因是绝密的军事禁区，占地又大，除水、电、交通等一般条件外，还必须有利战备和尽量少移民。这些条件，只有西北地区才可能具备，故此，在地图上初步圈定了几个地方，紧接着去实地考察。经过几个月的奔波，二机部领导审查并报中央批准，厂址初步确定下来。

“221”选定在青海的金银滩，占地1100余平方公里，西临青海湖，是水草丰茂、人迹罕见的盆地，平均海拔3200米，高寒缺氧，无霜期很短，没有铁路和公路相通。在这样一个地方搞建设，是很困难的。二机部党组很关心。青海省委也很支持，委派副省长薛克明负责，组成由省人委、计委、公安等有关部门负责人参加的小组，协助办理和解决移民、地方建材、生活供应、劳动力和警卫等问题。为方便工作，我被增补为青海省委常委。在建筑工业部的支持下，从西北工程局和兰州第9设备安装公司选调部分职工，加上青海省支援的河南省支边青年数千人，组成104建筑公司和103安装公司4处，担负“221”建设，从1958年11日开始施工。第九局组建“221”筹建处，实行现场领导。

苏共中央“59·6”来信，表明苏联不给中国研制原子弹的一切技术资料。周总理代表党中央明确指示，不理他那一套，下决心自己研制原子弹。经中央批准，我们从全国选调了105名高、中级科技人员以及大批大中专毕业生研究生留学生，于1960年初，在第九所组建了理论、试验、设计生产4个部，决心用自己的力量开展原子弹研制工作。5月1日前，在北京郊区工程兵试验场，打响了爆轰试验的第一炮，开始了艰难的探索。经过一段时间的摸索，根据工作实际，撤销了第九所4个部的建制，组成9个室，其中6个室分别从理论物理、爆炸物理、中子物理、金属物理、自动控制、弹体弹道等方面进行探索，学术秘书室做协调工作，其他两个室为“221”基建服务。为加强科研领导力量，1961年初，中央抽调著名科学家王淦昌、彭桓武、郭永怀到九所，与先期到所的朱光亚、程开甲，各自主持一个方面的科研工作，何泽慧参加第一颗原子弹攻关初期的有关科研项目的指导工作。由此，组织机构逐步健全，人员不断充实，科研工作首先在北京全面开展起来。

“221”基建开始十分困难，施工设计和建筑施工在摸索中进行，又遇到三年经济困难，每人每月22斤混合粉，几钱油，又没有蔬菜，不少人得了浮肿病。中央对“221”职工很关心，调来了一批黄豆。青海省给了一批牛羊。我们又组织了农副业队，狩猎打鱼，种植青稞、土豆，并要求干部以身作则。局党委书记赵敬璞和局里其他领导与职工同甘共苦，终于战胜了困难，站稳了脚跟，迎来了1963年国家经济形势的好转。

九所的科研攻关，由于大家在为国争光争气的爱国主义精神激励下，党政干部和科技人员团结协作、锐意进取，以及部内外单位的紧密合作，进展比较顺利。到 1962 年下半年，内爆型原子弹重大技术难关相继攻克，中子源也明确了主攻方向。同年 9 月，刘杰部长找我和吴际霖询问科研攻关及“221”基建情况，明确指示核武器研制要加快进行，争取在 1964 年最迟 1965 年初要进行第一颗原子弹爆炸试验。按照刘杰提出的进度要求，我们对科研和基建进行了详尽而又周密的安排，力争 1964 年第三季度进行国家试验。1962 年 11 月，党中央成立了以周恩来总理为主任的中共中央十五人专门委员会。从此，核武器研制与试验在中央专委的直接组织领导下，加快了进程。在国防工办郑汉涛、刘柏罗等组织下，建工部、铁道部、交通部、水利电力部、邮电部、工程兵的施工队伍陆续开赴风雪高原，和原有的施工力量，各自负责一方面的工程建设任务。为打好总体战，成立了“221”基建总指挥部。1963 年 4 月，“221”工程全面开工，百里草原出现蔚为壮观的抢建场面。随着“221”基地建设的展开，第九所的科技人员和局领导机关陆续向这里转移，工程建成一项，投入使用一项。这时，经中央批准调来的 127 名高、中级科技干部陆续报到，同时选调了一批转业军官做各级党政工作，千军万马汇集草原，展开第一颗原子弹攻关的最后决战。为适应需要，机构又做了调整，撤销了第九所 9 个室的建制，又恢复了 4 个部，其中生产部、设计部、实验部进入“221”，组成为“221”设计分院，理论部暂留北京。同时，遵照中央专委的指示，参照大庆油田的经验，在青海省委的领导下，成立青海省驻矿区办事处，建立健全了公、检、法、商业、粮食、邮电、银行等部门，“221”成为政企合一的事业单位。

“221”基建与科研交叉进行，面对着数万人的施工队伍和科技队伍，千百项科技攻关与工程项目，组织领导是一项十分复杂的系统工程。在党的领导下，各级干部殚精竭虑、尽职尽责，科技人员和工人废寝忘食，不计名利得失，单位之间先人后己、团结协作，保证了各项工作紧张而有秩序地全面开展。1963 年底，赢得了全球聚合爆轰出中子试验成功的重大胜利，表明最后一个重大难关被攻克。紧接着原子弹装置结构，重要零部件选型、试验、生产，准备热试验等工作争分夺秒地进行。1964 年 6 月 6 日，在“221”六厂区进行 1∶1 尺寸的爆轰试验，除了活性材料用代用品外，其他都是真材料。这是对第一颗原子弹的理论和结构设计、试验队伍和测试手段等的全面考核。同预想的一样，试验完全成功，参试人员欢欣雀跃。按照这次试验的结构，研制了两发真产品，一发训练弹。

此后，我又前往核试验场，参加热试验现场指挥部的工作（总指挥为张爱萍副总长，刘西尧任副总指挥），吴际霖押运产品随专列行动，王淦昌、彭桓武、郭永怀、李信、朱光亚以及陈能宽、邓稼先、龙文光等人也前往试验现场，各自负责一方面的工作。经过各方面紧张准备，1964 年 10 月 14 日，凝集各方面心血和全国人民心愿的第一颗原子弹吊装到 102 米铁塔顶部。16 日晨插好雷管，接通塔上电源后，我与大家一起撤离爆心，等待零时的到来。16 日 15 时 15 分，蘑菇云在荒漠上腾空而起，试验成功了，全国上下一片欢腾，在国际上也引起了巨大反响。

1964 年 3 月 2 日，二机部党组批准成立核武器研究院，任命我为院长。

第一颗原子弹试验成功后不久，核武器研究院全面规划核武器的下一步发展，提出一方面加快原子弹武器化，另一方面尽快突破氢弹技术。周恩来总理主持中央专委会研究，原则同意这个规划。由于我国第一颗原子弹的研制工作一开始就力求建立在比较高的技术水平上和注意武器化的问题，因此，武器化的进程比较快。

1965 年 5 月 14 日，第一颗航弹热试验成功，紧接着 1966 年 10 月 27 日，两弹结合全射程试验成功。

氢弹与原子弹相比，是一个阶段性的飞跃，技术更为复杂。因此掌握它就更为艰难。但我们已有原子弹攻关的成功经验，有了一支意气风发、技术精湛、忠于职守的队伍，研究、试验、生产等有了一定基础，热核材料工业也初步建立了起来。并且，我们在理论部把第一颗原子弹的理论方案确定之后，即抽出一部分力量开始了氢弹的理论探索。在此之前，原子能的部分科技人员在钱三强的领导下，遵照二机部的指示，就氢弹热核材料的性能及反应机理做过探索性研究。1965 年 1 月经二机部批准，将这部分科研力量调到了九院理论部，两股力量合并，全面开始了氢弹理论攻关。

从何下手呢？我们采用了以往的经验：一是对科技干部特别是学术带头人，在政治上信任，工作上支持，生活上关心，使他们免除后顾之忧，一心扑在事业上；二是发扬学术民主，充分发挥集体的智慧；三是多路探索，看准方向再拍板定案。1965 年初，核武器研究院制定了突破氢弹的规划，提出从原理、结构、材料等方面多路探索，1967 年突破氢弹技术，1968 年拿出百万吨级产品；为早日取得热核反应的实测数据，安排一次含有热核材料的原子弹试验。这个规划报经中央专委批准实施。

在首次核试验成功的鼓舞下，科研人员的积极性、创造性进一步高涨，夜以继日多方探索，反复研讨，1965 年 8 月集中到两种理论模型，明确了氢弹的主攻方向。紧接着理论部的部分科研人员去上海进行数学模拟计算，从中找到了一种新方案。部、院领导和专家对此进行了认真研究，决定采取两手准备，以新模型作为主攻方向，安排一次原理性热试验，同时安排氢航弹试验。此计划报经中央专委会批准。

1966 年 5 月 9 日，含有热核材料的原子弹试验成功。同年 12 月 28 日，氢弹原理性试验成功。这次试验为按新方案突破氢弹奠定了基础，大大加快了突破氢弹技术的步伐。1967 年 5 月，核武器研究院研制成首次氢弹核爆炸试验所需的产品，陆续运往试验场。中央专委会指定试验由国防科委试验基地党委负责。试验前夕，周总理又委派聂荣臻副总理到现场亲自指挥。1967 年 6 月 17 日，轰-6 飞机带着第一颗氢弹直插蓝天，但由于驾驶人员心情过于紧张，当飞机飞到预定上空投弹时，弹舱未能打开。遂立即报告周恩来总理，周总理果断决定再投。飞机再次飞到投影点上空，准确地打开弹舱，弹体在降落伞的牵动下徐徐下降，在预定高度爆炸成功。这次试验比原定计划提前了一年，赶在了法国的前面，使我国成为第 4 个掌握氢弹技术的国家。

1987 年 6 月 24 日，国务院办公厅与军委办公厅联合下文，批准撤点销号。至此，为核武器研制与发展作出过重大贡献的二二一厂，完成了它的历史使命。

80 年代，中子弹原理试验又获得成功，标志着我国在掌握中子弹技术上取得了重大突破。我国核武器研制工作，提高到了一个新的水平。

（选自《回忆史料》）

记 忆

甘愿为祖国“放炮仗”

——访“两弹一星”功勋奖章获得者陈能宽

杜文林

“如果我有什么不幸，你要想得开。当年我们抛弃洋房、轿车，带着儿女回国，正是为了干一番事业，让祖国富强！”

——陈能宽

1945年7月16日5点30分，在美国新墨西哥州阿拉莫多尔军事基地，升腾了人类历史上第一朵蘑菇云。19年后的1964年10月16日15时，年轻的新中国独立自主、自力更生，在新疆罗布泊成功爆炸第一颗原子弹。一位刚步入中年的科学家亲眼目睹了这一壮观景象，激动不已，情不自禁地拿出怀中的笔记本，记下“东方巨响”几个字和一句话的感想：神州日月增光！

就是他，改写了中国核武器定型方法的历史，创造了有别于世界有核国家的实验方法——冷实验。在中国原子弹、氢弹的研制中，他组织并参加了爆轰物理、炸药工艺、特殊材料冶金、核技术等有关学科领域的研究工作，组织并参加了聚合爆轰波人工热核反应研究以及核装置球面同步起爆的方案制定和研究，在较短时间内攻克了技术难关。他一贯倡导技术民主，自主创新，与中国优秀的科学家群体通力合作，为我国两弹爆炸成功作出了重要贡献。1986年获得国家对原子弹突破和武器化、氢弹突破及武器化的最高奖赏。他，就是著名金属物理学家、中国科学院院士、“两弹一星”功勋奖章获得者——陈能宽。

2011年6月，我们在北京拜访曾在221基地生活过的“两弹”元勋、两院院士及老干部、老职工时，偶然遇到了现年88岁的陈能宽老先生，并到他家进行了拜访。

“回祖国去，我们不能做无本之木。”

6 月 15 日，按照安排，我们前去拜访张兴铃院士。说来真巧，我们到张兴铃院士家楼单元门时看见了一位老人，他在老伴的搀扶下蹒跚地向单元门走来，我们猜想这肯定是位科学家（小区内居住的基本都是九院的人），冒昧地询问老人旁边紧随的一位姑娘，她说是陈能宽老先生，搀扶的老妇人就是裴明丽教授。我们赶紧迎上去，扶住陈老先生，并告诉他我们是从青海 221 基地来的，陈老明白了我们的来意。陈老先生住在五楼，我们扶他进电梯。

在电梯里，我们扶着陈老苍老的身躯，搀着颤抖的手臂，内心惊奇而激动，心里暗自在问：这就是为我国核工业奉献一生的大科学家陈能宽老先生吗？

那是 1947 年，唐山交通大学的毕业生陈能宽携带年轻的妻子，告别了深爱的祖国，远赴美国求学。在美国洛杉矶海关楼，陈能宽和妻子在办理入境手续，正要在证件上签字，美国警察忽然大摇其头，大声嚷道：“NO！NO！NO！”警察让陈能宽夫妇按手印，并羞辱“你们支那人没有签字的权利”。陈能宽明白了一切，深感屈辱，一个没有独立主权国家的公民，只能算是个“二等公民”。

陈能宽 1923 年 5 月出生于湖南省慈利县江垭镇一个山沟里，和他的同龄人一样，在青少年时代饱尝了民族危亡的耻辱。他拼命学习，希望有朝一日能用自己的知识报效祖国。1939 年初中毕业后，他以最高总分考取有奖学金的长沙内迁沅陵的雅礼中学。高中期间，他的英语和理科成绩都很好，1942 年以优异成绩被保送入交通大学唐山工学院（即唐山交通大学）矿冶工程系学习。1946 年大学毕业后，到天津炼钢厂当分析员。那年，留学考试刚好恢复，他和妻子裴明丽（唐山交大土木系毕业）通过自费考试，抱着“救我中华”的热切愿望，于 1947 年漂越重洋到美国深造。

当时科罗拉多大学、华盛顿大学、耶鲁大学都录取了他，他选择了耶鲁大学物理冶金工程专业。只用 3 年时间就获得了硕士和博士学位。而立之年，他已是哈更斯大学讲师、威斯汀豪斯研究所研究员。还有三个可爱的孩子，一辆漂亮的小轿车和一个温暖的家……这些已是足以扎根美国的坚实基础了。正当陈能宽的事业和声望如旭日东升的时候，他坚决要求回国，实现他报效祖国的夙愿。

其实在美期间，他经常与进步学生联系，1949 年被选为留美科学工作者协会第一届干事、留美科协学术小组联络人和耶鲁区会的负责人，为动员留美人员回国做了大量工作。陈能宽多次受到美国移民局官员的盘问，并对他施加压力。在压力下，陈能宽更积极参加许多留美华人爱国联谊活动。

有一天，陈能宽在校园里漫步时遇到抢劫，他反手一横将拿刀的歹徒推倒在地，制服了歹徒。他气愤地一口气跑回家中，激动地对妻子和孩子说："回祖国去，我们不能做无本之木!"当年，曾经向往到美国专攻土木建筑工程、一心梦想建造高楼大厦的妻子裴明丽完全理解他的丈夫，她含泪点头："等翅膀硬了，我们就飞回去。"直到 1955 年秋，中美两国在日内瓦达成"交换平民及留学生"协议，他才真正有了归国的希望。有些美国朋友对他急于回到贫穷落后的中国感到不解，他说：新中国是我的祖国，我没有理由不爱她。这种诚挚的爱，就像是被爱神之箭射中了一样，是非爱不可的，正如鲁迅的诗句所说："我是'灵台无计逃神矢'呀!"他的耶鲁大学同学、霍普金斯大学教授麦登执意挽留："你一走，我将失去一位优秀的合作者。美国也将失去一个特殊的人才。美国的科研和生活条件这么好，你非走不可吗？新中国那样穷困!"陈能宽对他说："我们国家有句俗话'子不嫌母丑，狗不嫌家贫'，正因为新生的祖国还那样贫困，就更需要我们去建设她。"1955 年 11 月 25 日，陈能宽带着全家大小乘威尔逊总统号轮船，从旧金山经檀香山、日本、菲律宾、香港，于 12 月 16 日抵达深圳，回到祖国的怀抱。

"敢于从事危险作业，这是一个核武器研制者起码的素质!"我们

小心搀扶着陈老先生到了他家里，让他坐在了紧靠书桌前的一把椅子上，拿着我们送上的原子城纪念馆折页，详细看着折页中的内容，专心致志，似乎想起了那段难忘的经历……

1956年起，陈老先后到中国科学院应用物理研究所（后改名物理所）和中国科学院金属所任研究员。尽管各方面条件都十分艰苦，但他感到“给自己做事的幸福”。周恩来总理在中南海会见留学回国学者时，高兴地对他们说：“你们这么年轻，回来给祖国做事太好了。”

1960年夏季的一天，陈老奉命调到二机部。“陈能宽同志，调你到二机部九所来是想请你参加一项重要的国家机密工作，我们国家要研制一种“新产品”，我们想让你负责爆轰物理工作……”这是李觉将军和钱三强、朱光亚等专家同他首次会面的一席话，使陈老立刻猜中了“新产品”的含义，立即说道：“噢，是不是让我参加原子弹的研制工作？你们是不是调错人了，我是搞金属物理的，可从来没有搞过原子弹。”在场的人解释道：“调你来没有弄错。我们中国人谁也没有研制过原子弹。人家说我们中国人10年、20年也休想把原子弹造出来，我们应当有志气。”随后，他被任命为九所第二研究室主任，从事“原子能在国防中的应用”研究，也就是“两弹”研究。那时，陈老只有37岁。从此，他隐姓埋名，销声匿迹达25年之久。

新的职责要求使陈老必须放弃原先的金属物理学专业，转为原子弹爆轰专业。虽然这个领域对他来说还算不上一张白纸，但也十分陌生。陈老曾在一期专访节目中回忆说：“我连炸药是什么东西都没看到过，什么叫炸药，什么叫做黑素金，什么是TNT都不知道，根本不知道什么叫雷管，都没碰到过。而我们室里面有过去从矿山调下来的，有从事过普通常规武器和手榴弹的，他们就比我经验多一点，是我的老师。当时的口号是自力更生过技术关，能者为师互相学习。但这不光是口号，当时大家就这样做。”就这样，陈老边学边做，带领一群年轻的队伍开始了原子弹研制中的“爆轰”物理实验。1960年4月28日，在北京远郊古长城下的17号工地打响了爆轰物理试验的第一炮。

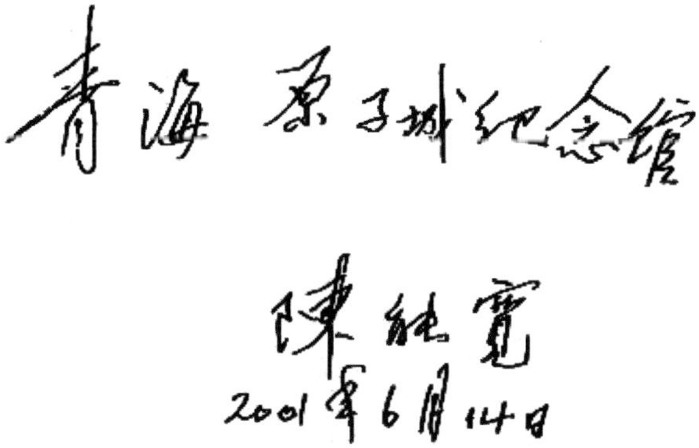

起步是艰难的。当时，正值“三年经济困难”时期。陈老这位曾在美国高等学府和大公司享有优厚待遇的科学家，和大家一样，主动向党组织请求：“为了与全国人民共渡难关，我们诚恳地希望降低粮食定量，减少工资收入，并保证不影响科技攻关步伐。”他同广大职工一样，喝稀面片汤，勒紧裤腰带，不论酷暑严寒，奋战“沙场”。常常是一天下来，筋疲力尽，但夜间仍然坚持主持分析讨论。

工作是艰苦的。当时，为爆轰实验提供炸药部件的工程师张寿齐回忆时说：“熔炸药用的蒸气锅炉是在护国寺买的一个普通的茶水炉，熔药桶是从工程兵那借来的，用马粪纸做的药模代替了金属药模，用人工搅拌代替了机械搅拌，靠这些土办法浇铸出第一批炸药部件。”作为实验队队长，陈老经常和技术人员一道，冒着雾腾腾的粉尘和蒸气浇铸炸药部件。蒸气熔化的炸药，气味难闻，而且有毒，但越是这样的时候，越需要尽快搅拌，这样炸药部件才能密度均匀。他们轮流作业，大汗淋漓，但没有一句怨言。

多年的科学积累和刻苦钻研，使他很快进入了爆轰物理的前沿，并逐步开拓了中国的爆轰物理专业，在化工技术、聚合爆轰设计技术、增压技术、材料状态方程和相应实验测试技术等多方面取得了重大突破。1963 年，陈老率领他年轻的攻关队伍随大队人马来到 221 基地，进行原子弹爆炸前的大型爆轰试验。临走时，陈老回到家里，对妻子裴明丽说：“我要走了，你不是看过电影《昆仑山上一棵草》吗？我要到那样的地方去……”妻子并不知道陈老在什么地方，对她来说，只是一个信箱号码，从一个信箱“走”到另一个信箱。其实，陈老和同伴们何尝不知道他们经常面临的危险和艰辛，他在给妻子的信中写道：“如果我有什么不幸，你要想得开。当年我们抛弃洋房、轿车，带着儿女回国，正是为了干一番事业，让祖国富强。”这时，刚到“不惑之年”的陈老已被任命为实验部主任和4个技术委员会中“冷实验”技术委员会的副主任。1964年2月，陈老被任命为二机部九院副院长。

陈老回忆说，那个时候我们都要到青海去。年纪大的也好，年纪轻的也好都有妻室儿女，但是说走就走。大家写诗写词相互鼓励，有一首陆游的诗：死去元知万事空，但悲不见九州同，王师北定中原日，家祭无忘告乃翁。当时我就想了一首诗：八百年前陆放翁，一身甘愿九州同，华当野渡精神爽，万里西行一起龙。

到221基地，陈老带领着爆轰队伍，接连不断地进行实验。为了加快研制进程，陈老提出了一个大胆的想法，他带领团队创造了有别于当时世界有核国家的新试验方法——冷试验。陈老解释说：“冷实验是个代名词，跟热实验相比它是冷的。热呢，我们这所谓热那是有核反应的，很热很热，几百万度上千万度的温度。冷呢一般都使用炸药，那意义还是很大的，可以借用材料，都是热实验。中国哪有那么多铀啊、钚啊，可以起裂变反应的。”

爆轰实验，美国人称作“逗龙尾巴的游戏”，而中国的科学家们却喜欢说是“放炮仗”，是一项非常危险的工作。陈老常说：“敢于从事危险作业，这是一个核武器研制者起码的素质。”在他的领导下，1963年11月20日和1964年6月6日，相继取得了我国第一颗原子弹爆轰试验具有决定性意义的胜利。1964年秋，中国第一颗原子弹通过专列运送到了马兰核试验基地。1964年10月16日14时59分40秒，罗布泊试验基地强光一闪，火球迸放，随着隆隆的巨响，巨大的蘑菇云腾空而起。陈老回忆说：“1964年，我国爆炸了第一颗原子弹。我在现场参加试验，亲眼看到，伴随着春雷般的巨响和急剧升腾的蘑菇云，参试人员纵情鼓掌、热泪盈眶。我过去翻阅过原子弹爆炸时的图片，但在实际中接触到这盖世的声色时，竟情不自禁地拿出怀中的笔记本，即兴写下了：‘东方巨响，大漠天苍，云似蘑菇腾地长，人伴春雷鼓掌’几个大字。”

第一颗原子弹爆炸成功后，陈老立刻开始了原子弹的武器化和氢弹的研制攻关。氢弹原理试验、第一颗氢弹空爆试验以及后来多次核试验中，他都在试验现场，是核装置的技术负责人之一。“两弹”突破后，陈老继续参与了我国大部分核试验方案的制订、组织领导与实施工作。从20世纪70年代开始，他集中精力参与到核试验爆炸方式的转变工作，即从空爆、地爆逐步转向平洞和竖井试验，为我国核武器研制技术上一个新的台阶奠定了基础。

“两弹”研制到后来高新技术的探索，他觉得能够为国家献身是值得的，为此感到欣慰自豪，并留有诗句：不辞沉默铸坚甲，甘献年华逐紫烟，心事浩茫终不悔，春雷作伴国尊严！”如今，陈老已年过八旬。从他学者风度中，很难看出是“玩”过雷管、炸药的人。考虑到陈老的身体，我们的拜访很短暂，衷心祝愿陈老身体安康，晚年幸福！

（2011年6月）

炫目太阳的设计者

——访“两弹一星”功勋奖章获得者于敏

杜文林

“作为一个年轻的大国，中国不能没有自己的核力量，否则就不能有真正的独立。我自幼对民族所受欺压有切肤之痛，为了祖国的安全，我愿意为国家和民族的事业贡献自己的一切。”

——于敏

1967年6月17日8时20分，随着一声巨响，新疆罗布泊上空出现两个太阳，左边的太阳光亮柔和，像似火盘，右边的“太阳”光芒强烈，像似火球。这蔚为壮观的景象，撼人心魄。这颗眩目的人造“太阳”，是中国第一颗氢弹爆炸试验成功形成的巨大火球，它的光亮比1000个真正的太阳还亮。

44年前眩目的“太阳”，我们虽然没有亲眼目睹，但从经历者的讲述、各类文字的描述，让我们真切地感受到那颗“太阳”让中华民族心花怒放，激情昂然。那么这个眩目的人造“太阳”是谁设计的呢？

他，就是在1999年9月18日在表彰为研制“两弹一星”作出突出贡献的科技专家大会上，第一个被授予“两弹一星功勋奖章”，并代表科学家发言的著名核物理学家、中国科学院院士于敏。经与中国工程物理研究院和北京第九研究所的协助联系，我们有幸在他家拜访了现年已85岁高龄的于敏老先生。

神秘的“国产土专家一号”

今年6月14日，我们怀着无比激动的心情来到于敏老先生家，轻轻敲响了他家的门。大概过了半分钟，门开了，里面站着一位戴着深度眼镜、手握拐杖的老先生，我们立刻迎上去紧紧握住他的手，这就是于老。看着他稀疏的银色白发、满脸的皱纹轨迹，还有那双镜片后面深邃的眼睛，握着于老他那双纤细而有劲的手，一股崇敬之情油然而生，急切想知道这个传奇人物的神秘历史……

于老是个神秘人物，曾经“隐身”三十年之久，直到 1988 年他的名字才得以解禁。由于保密的原因，连他的妻子都说：“没想到老于是搞这么高级的秘密工作的。”在被解密的 1998 年，新华社《瞭望》周刊发表了关于于老的人物通讯，标题是《设计中国氢弹的人》；中国共产党原中央顾问委员会常委、国务委员张劲夫在《请历史记住他们——关于中国科学院与“两弹一星”的回忆》中提到“研制氢弹工作主要是于敏他们做的，方案是于敏提的，也得过大奖”；在《中国军事百科全书——核武器分册》中，于敏的条目下写着：“在氢弹原理突破中起了关键作用”。

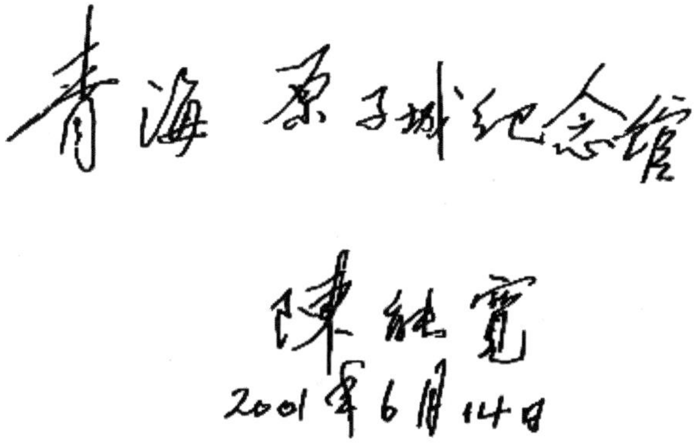

在氢弹原理研究中，于老解决了热核武器物理中一系列基础问题，提出了从原理到构形基本完整的设想，从中起了关键作用。由于他在氢弹原理研究方面的卓越贡献，诺贝尔奖得主、核物理学家玻尔曾访华时，同于敏晤面，称赞于老是“一个出类拔萃的人”，是“中国的氢弹之父”。但他本人一再反对这种称呼。西方习惯将理论突破中起重大作用的人称为“××之父”，于老认为“××之父”的称呼不科学，说：“核武器的研制是集科学、技术、工程于一体的大科学系统，需要多种学科，多方面的力量才取得现在的成绩，我只是起了一定的作用，氢弹又不能有好几个‘父亲’。”

1926 年 8 月 16 日，于敏出生于河北省宁河县芦台镇（今属天津市）。于敏的青少年时代是在抗日战争时期的沦陷区度过的，童年亡国奴的屈辱生活给他留下惨痛的记忆。他以各门功课成绩第一毕业于天津耀华中学。毕业前夕，父亲失业，在同学父亲的资助下，1944 年于敏考进了北大工学院机电系，1946 年转到理学院物理系，并将自己的专业方向定为理论物理。1949 年本科毕业考取了张宗遂先生的研究生。张先生病后，胡宁教授担负起指导之责。在两位先生的教导下，1951 年以优异的成绩毕业后，到中科院近代物理所从事“原子核理论”研究。于敏曾说：青年人选择职业和专业方向，首先要选择国家急需的。每个人的前途和命运都与国家的兴衰紧密地联系在一起，才会有所作为，才会是一个无愧于祖国和民族的人。”于敏先后与合作者办了多期原子弹理论培训班，与杨立明教授合著的《原子核理论讲义》，是我国第一部原子核理论专著。

创造的神话般奇迹

于老请我们进家，家里就他一个人，觉得老人有点寂寞。我们询问了于老的身体状况，并介绍了原子城现在建设情况，将原子城纪念馆宣传折页送给他。于老拿着折页，仔细端看折页上面的照片、文字，神情凝重，回忆起了那段艰难的岁月……

早在原子弹研制工作紧张进行着的时候，我国第一颗氢弹的理论研究已经开始。1960 年 12 月，成立了一个由黄祖洽为组长的“轻核理论组”，开始秘密进行热核材料性能和热核反应研究。

1961 年 1 月，中央专委根据氢弹预研工作的进展情况，要求原子弹炸响后，在“三五”计划期间解决氢弹的“有无”问题。1961 年 1 月 12 日，钱三强找到于敏，开门见山地说：“组织上打算让你参加核原理研究。”时年 34 岁、已经在国内原子核理论研究领域开创性研究、取得出色成就的于敏，做梦也没有想到领导会让他参加氢弹理论研究工作。一开始他感到脑子有点发蒙，以为自己听错了。当他很快明白过来，知道这是组织上的决定要他去参加氢弹理论的预先研究后，他的心中矛盾了起来，但民族的忧患意识和朴素的爱国主义思想，促使他在听了钱老的动员后，毅然从基础研究转向氢弹的研制。他的一位老同事曾说：“这次从基础研究转向氢弹研究工作，对于敏个人而言，是很大的损失，违背了他的爱好。于敏生性喜欢做基础研究，比较自由，当时已经很有成绩，而核武器研究任务性重，集体性强，意味着放弃光明的学术前途，隐姓埋名长年奔波。”于老后来说：“这次改变决定了我的一生。童年亡国奴的屈辱生活给我留下惨痛的记忆，中华民族不欺负旁人，也不能受旁人欺负，核武器是一种保障手段，这种民族情感是我的精神动力。”核武器是一种保障国家安全的手段。作为一个年轻的大国，中国不能没有自己的核力量，我愿为国家和民族的事业献出自己的一切。”

氢弹是核聚变武器，比核裂变产生巨大能量的原子弹威力更大更猛。按专家的解释，氢弹是利用原子弹爆炸的能量点燃氘、氚等轻核的自持聚变反应，瞬间释放巨大能量的核武器。这当然要比原子弹的研制更复杂，更困难。于老受命后便隐姓埋名，全身心投入到工作当中。就在这一年的 1 月，于老率领 30 多位年轻人从中科院原子能所调到核武器研究院（九院）工作，他被任命为理论部副主任，邓稼先是理论部主任。

加入氢弹研究行列后，于老经常奔波在北京的研究室和 221 基地之间，与邓稼先、周光召、黄祖洽、周毓麟等专家和科研人员多路对氢弹原理进行探索。于老没有出过国，在研制核武器的权威物理学家中，他是唯一一个未曾留过学的人。彭桓武院士说：“于敏的工作完全是靠自己，没有老师，因为国内当时没有人熟悉原子核理论，他是开创性的。”钱三强称：“于敏的工作，填补了我国原子核理论的空白”。于老几乎从一张白纸开始，他拼命学习，拼命地汲取国外的信息，在当时遭受重重封锁的情况下，进行复杂的理论探索。当时，国内仅有每秒万次的 104 电子管计算机，并且 95%的时间分配给有关原子弹的计算，只剩下 5%的时间留给于敏负责的氢弹设计。工作组人手一把计算尺，日夜轮换地计算。四年中，于老同黄祖洽等科技人员提出研究成果报告 69 篇，对氢弹的许多基本现象和规律有了深刻的认识。

1964 年秋天，我国第一颗原子弹爆炸成功后，刘杰向周恩来、彭真、李富春汇报氢弹情况时说："3 年到 5 年才能爆炸氢弹。"周恩来说："3 年到 5 年，太慢了，要快。"

1965 年 1 月 23 日，毛泽东在听取国家计委关于经济建设长远规划设想的汇报时指出：敌人有的，我们要有，敌人没有的，我们也要有，原子弹要有，氢弹也要快，管他什么国，管他什么弹，原子弹、氢弹我们都要超过。

1965 年 9 月，于老受命带领第 13 室 4 个组的科研人员赴上海华东计算所用 J501 机对加强型原子弹模型进行优化设计。1965 年底，于老提出氢弹理论设想新方案，即："利用原子弹作为'扳机'来引爆'被扳机'的两级氢弹。"于老总结经验，带领科技人员又计算了一批模型，发现了热核材料自持燃烧的关键，解决了氢弹原理方案的重要课题，新方案经过三次核试验获得成功，氢弹原理得以突破。于老高兴地说："我们到底牵住了'牛鼻子'！"

他当即给北京的邓稼先打了一个耐人寻味的电话。为了保密，于老使用的是只有他们才能听懂的隐语，暗指氢弹理论研究有了突破。"我们几个人去打了一次猎……打上了一只松鼠。"邓稼先听出是好消息："你们美美地吃了一餐野味？""不，现在还不能把它煮熟……要留做标本。……但我们有新奇的发现，它身体结构特别，需要做进一步的解剖研究，可是……我们人手不够。""好，我立即赶到你那里去。"年底，于老开始从事核武器理论研究，在氢弹原理研究中提出了从原理到构形基本完整的设想，解决了热核武器大量关键性的理论问题，并在平均场独立粒子方面做出了令人瞩目的成绩。

1967 年 6 月 5 日，一列看似普通的旅客列车载着在 221 基地完成制作、总装、联测的我国第一颗氢弹，运往新疆乌鲁木齐。

1967 年 6 月 17 日 8 时 20 分，空军飞行员徐克江驾驶载有氢弹的飞机进入罗布泊空投区打开机舱，氢弹携着降落伞从空中急速落下，只听一声巨响，一道强烈的闪光过后，传来滚滚的雷鸣声……红色烟尘向空中急剧翻卷，愈来愈大，火球也愈来愈红，新疆罗布泊上空出现两个太阳。我国第一颗氢弹空爆试验成功，成为世界上第四个掌握氢弹技术的国家。

于老在 1999 年 9 月 18 日表彰大会上代表科学家发言时说："从突破原子弹到突破氢弹，我国只用了 2 年 8 个月，美国用了 7 年 4 个月，苏联用了 4 年，法国用了 8 年 6 个月，我国的速度是世界上最快的。"人民大会堂里响起了经久不息的掌声。于老在回忆氢弹研制过程时说："我国氢弹研制工作之所以能那么快赶在法国人的前面，首先是党中央及时做出果断决策；其次，我们在氢弹研制的技术路线上选择了一条适合我国国情的科研路线；另一方面，我们的科研组织管理工作也做得非常出色；要特别指出的是，我们有一支素质很好的实验技术队伍和测试人员。当时理论设计方案很快确定之后，实验工作立即就跟上去。那时，假如理论设计出来了，而实验和组织管理等工作赶不上去，'文化大革命'一起来，氢弹就不会那么快。"

在长达 40 多年的科研工作中，于老与死神擦肩而过至少还有两次。1969 年 1 月，他和同事一起踏上了去往西南的专列。因为临时加车，有站就停有车就让，车速很慢。有时在深山峡谷中一停就是好几个小时。挤在没有厕所的大闷罐车厢内，休息不好，加上胃病发作，整整四天四夜，差点把他折磨死。1973 年，由于在 221 基地连续工作多时，在返回北京的列车上他开始便血，回到北京后被立即送进了北京医学院第三附属医院检查，在急诊室输液时，于老又一次休克在病床上……

于老从 1960 年开始从事核武器理论研究，1965 年调入二机部第九研究院先后任科技委副主任、高级科学顾问等职，为我国氢弹研制成功立下特殊功绩。之后，长期领导并参与核武器的理论研究、设计，解决了大量关键性的理论问题。1988 年，于敏从中国工程物理研究院副院长的岗位上正式退下，还一直关心着中国的核技术和这一领域的最新动向，如今还担任中国工程物理研究院的顾问。于老在接受一家媒体采访时认为，现在的核武器又进入了一个新的时期和新的历史阶段。它有两个明显的特点：一是某些核大国的核战略有了根本性的改变。过去是威慑性的，现在则在考虑将核武器从威慑变为实战；二是某些核大国加紧研究反导系统，并开始部署，使得核武器对它没有威慑性。防御了对方的威慑，就成为新的垄断。于老说："我们当初是为了打破核垄断才研制核武器的。对此，如何保持我们的威慑能力，要引起足够的重视。如果丧失了我们的威慑能力，我们就退回到了上世纪 50 年代，就要受到核讹诈。但我们不能搞核竞赛，不能被一些经济强国拖垮。我们要用创新的符合我国国情的方法，打破垄断，以保持我们的威慑力。"

拜访是短暂的。临告别时，于老在门口询问原子城的教育情况，他强调说："教育很重要，一定要办好教育！"话语中透射出晚年的他对教育的期望和嘱托。我们衷心祝愿于老身体安康，延年益寿。

（2011 年 6 月）

一生致力于核武器事业

——访中国工程院院士胡思得

周广静

20世纪60年代，新疆罗布泊两声巨响，震惊世界，中国强音传遍五洲，对我国的国际地位、综合实力产生重大影响，特别是“两弹”伟业对现代高科技的兴起发挥了重要影响。6月13日，我们在中国工程物理研究院北京第九研究所采访了一生致力于“两弹”研究，被誉为邓稼先的继任者的著名核物理学家、中国工程院院士、中国工程物理研究院原院长胡思得，认识的人都称他为“胡院长”。

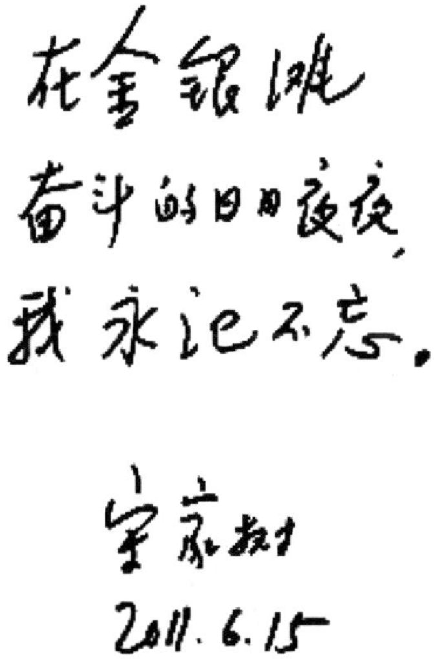

现年75岁的胡思得，1958年从上海复旦大学物理系毕业后，分配到第二机械工业部第九研究院。之后，他奔赴西北高原，投身国家重大科技项目攻关，在状态方程研究中做出重大成绩，为核武器设计提供了必要参数，受到彭桓武、邓稼先等著名科学家的赏识。他先后被任命为科研组副组长、组长，1963 年起又担任研究室副主任，期间他参加了多种核武器的理论设计。面对国外对我国严格保密封锁，国内又无现成技术参考资料可查的严峻条件，胡思得带领一批年轻人，经过反复运算、试验，克服重重困难，终于按时完成了上级下达的各项攻关任务，创造性地解决了多项关键技术问题，为我国核科学事业的发展作出了贡献。

1984 年，胡思得开始担任研究所副所长，并出任某核武器型号理论设计的主要负责人，主持制定理论设计方案，参与国家大型试验的设计、论证和分析，解决了一系列关键技术问题。与此同时，他还组织力量参与新型号的研制攻关，从理论与实践相结合的角度，提出了许多重要见解，对突破关键技术起到了重要作用。此外，他还领导了多种近区物理测试项目的理论设计，将其开创性地用于地下核试验，并取得成功，为深化核武器物理规律的认识，开拓近区物理测试作出了积极贡献。1994 年任中国工程物理研究院院长，1995 年当选为中国工程院能源与矿业工程学部院士。

221 基地的生活

采访一开始，胡院长就说起了在 221 基地的生活。胡院长回忆说，我是 1963 年 10 月到青海 221 基地的，也就是第一颗原子弹设计完成后，理论部工作小组把原子弹的设计模型带到 221 基地，跟生产和试验联系，发现和沟通解决在生产和试验过程中的问题。那时各方面条件好了一些，基地的黄楼快建起来了。当时，李觉局长下了一道命令："黄楼建好之后让科研人员和一线工人先住进去，所有的干部继续住帐篷。"领导的表态极大地鼓舞了科研人员和一线工人的士气和斗志，大家的劲头很足，都想把原子弹尽快造出来。我感觉，当时基地的人一是精神乐观。第一批到达基地的人员虽然生活很艰苦，住帐篷、住干打垒，气候冷、风沙大，吃的青稞窝窝头很硬，米饭半生不熟，面条粘糊糊的，但从不叫苦，以苦为乐，精神乐观，每天都跑步上班。二是任务很紧。当时，美国发现221基地后决心要摧毁。我们得知情况后，一大部分人转移到了湟源，在借的小学内继续搞科研，一部分人留在厂里，白天坚持生产，下班后进行防空演习，形势很紧张，但大家没害怕，没有退缩。湟源的一个教室里面住20多个人，生活工作都在里面，直到原子弹爆炸后才回到221基地。

“三结合”与学术民主

在谈起我国第一颗原子弹、氢弹在较短时间内取得重大突破，核武器事业快速发展时，胡院长认为，当时采取的“三结合”方针与学术民主发挥了重要作用。

“三结合”的工作方针，用胡院长的话解释就是理论、试验、生产三结合，领导干部、技术人员、一线工人三结合，科研专家、技术人员、生产工人三结合。胡院长谈到，理论设计完成后，到车间去生产、搞试验。在生产、试验过程中大家一起讨论，相互反馈问题，分析怎么改进。比如，原子弹的部件加工要求和瑞士的钟表一样精细。理论设计的人就要把制造、加工的部件给生产工人们讲清楚，让工人们明白为什么要这么精细，不精细带给的后果等。再说试验，也要把试验所需的东西、要求、达到的效果也要给搞试验的技术人员讲清楚，让他们明白，怎样的试验是合格的，成功的，“三结合”的工作方针是一条很成功的经验。

胡院长认为，学术民主，一方面当时从各方面抽调的专家对新的任务都很陌生，另一方面当时处于学术领导地位的专家，都不耻下问。因此，从一开始，在科研群体中就比较自然地形成了一种能畅所欲言、平等讨论、教学相长、十分有利于创新的学术气氛，在我国核武器研制过程中发挥了重要作用。

胡院长解释说：“学术民主说直了就是不同意见的争执，共同讨论，共同分析，共同改进。”胡院长举例子说：“当时，苏联专家给二机部领导进行科技扫盲，拿原子弹教学模型给领导们作讲解，主要讲什么叫原子弹，里面和外面的大体构造等，讲了一些物理量的指标。理论设计部的总负责人邓稼先当时考虑：如果设计我们的原子弹，最好把苏联专家讲过的例子弄明白，把教学模型先吸收消化。如果把苏联专家说的物理量指标算对了，设计原子弹心中就有把握了。之后，邓稼先带着我和个别的大学生开始算，自己立方程、自己选参数、自己编程序、自己找计算方法。开始算时，结果还好，与苏联专家讲得差不多。当算到一个关键数据时，我们算的数据和苏联专家的数据差一倍。这时大家就开始讨论，物理学家、力学家、数学家从各自的专业角度对结果进行审议，提出不同的分析和质疑。那时，靠手摇计算机计算，算一次上万个数据，人员三班倒，把算的数据写在一个大的坐标上。算完大家再讨论，这样前前后后搞了九次。最后，著名科学家周光召证明苏联专家的数据是错的，打掉了这个拦路虎。”

胡院长具体细谈，当时，无论是从各方面调来的科技专家，还是刚从学校毕业的青年人，没有一个搞过原子弹。大家都在讨论，辩论进行得也很激烈，有时甚至争得面红耳赤，每个人的智慧和创造性都被高度激发出来。这种讨论有时要持续好几天，一直进行到所有的差异都得到解决或做出合理的解释为止。我们刚毕业的“小萝卜头”和大专家一起讨论，大家一起计算。专家之间的意见也不一致，争得比我们厉害。但争执的不是谁对谁错，是对问题的看法，根据自己熟悉的情况提出看法，共同研究、共同分析，提出改进意见，再着手计算。这种风气特别表现在氢弹原理攻关中，意见很不一致，理论跟理论、试验跟试验、生产跟生产，理论跟试验、试验跟生产、理论跟生产相互争论，当然这种争论只是学术性的争论。当时，举行了许多次学术讨论会，人们不断评论，不断改进，夜以继日地在计算机上进行计算，寻找规律，七嘴八舌地就走向了真理。群体的智慧，激发了专家们的灵感，终于，于敏同志率领的几十个人的小分队，率先形成了一套基本完整的物理方案，迈出了攻克氢弹原理的重要一步。

胡院长认为，学术争论是一种重要的现象，不断争论推进了学术的前进。胡院长回忆说："我去青海之前，我们的领导周光召找我谈话，他说：'一个有作为的科学家，对待理论和试验的联系时，不仅仅是确定理论的正确与否，更要善于抓住理论和试验不一样的地方，这样无非两个可能，一个发现理论错了，改进和突破，要么发现试验错了，理论去指导试验。'这是我终生难忘的一句话，对我今后的工作也起到重要作用。"

胡院长说："在'两弹'设计、试验、研制过程中，最大的困难首先就是一点都不懂。抽调的各方面专家没有一个搞过原子弹，没有标准、没有参照对象，国外数据很保密，基本资料、基本数据都没有，像小平同志讲得'我们是摸着石头过河'；其次是没有科研条件。当时，青海基地还没建起来，借地方当作炮场做试验。试验要用炸药，王老都自己拿着棍子在脸盆里搅拌，用马粪纸做模型，当时是有条件要上，没有条件也要上；其三是生活条件很苦。当时北京三天两头经常停电，冬天没暖气，大冷天还得学习，看资料。最苦的就是苏联专家每天唬我们，说模型、资料就过来了，要我们建好房子，配好设备。这些我们都自己干。房子装修完了，说墙体白色不行，下面要红的，还要划条线，我们就按他们的要求重新粉刷。又说马路不行，必须是水泥路，我们连夜铺。后来才搞清楚，苏联没给资料和模型，所以我国的第一颗原子弹叫'争气弹'。"胡院长还谈到了邓稼先每天晚上爬铁丝网回家、于敏带病坚持上班等老科学家们身上表现出的科技奉献精神和无私无畏的情怀。

2007 年 8 月，胡院长怀着激动的心情，重回阔别了 30 多年的金银滩。当回忆起在 221 基地艰苦奋斗的情景，他感慨万分。胡院长先后到爆轰试验场和原图书馆二楼的中国第一个核武器研制基地展厅，仔细查看并了解相关情况。返回后的一个月，他致信朱光亚院士，说明爱国主义教育基地应正确地、真实地宣传两弹精神，使人们从历史中受到教育。他还建议有关部门抓紧时间，走访一些还健在的老同志，使二二一厂的爱国主义教育基地办得更充实、更有教育意义。已是 83 岁高龄的朱光亚院士收到胡院长的信后，两度致信时任中共中央政治局常委、国家副主席的曾庆红，阐述在 221 基地修建全国爱国主义教育示范基地纪念馆的必须性和紧迫性。此事可以看出，胡院长对 221 基地的深厚感情。同时，也反映出胡院长对利用基地开展爱国主义教育，传承“两弹一星”精神工作的重视。

如今，身为中国工程物理研究院高级科学技术顾问、中国战略研究中心主任的胡院长，还继续着他的事业，继续为国家的核武器事业奉献着自己的智慧和力量，我们衷心祝愿胡院长身体安康，为国谋智。采访结束时，胡院长为原子城纪念馆题词：“两弹精神，永放光芒!”他还表示：“今年争取再到青海 221 基地看看，带九院的后辈们接受爱国主义教育。”

（2011 年 6 月）

草原上的点滴回忆

——访中国科学院院士胡仁宇

马清芳

胡仁宇，我国著名物理学家，中国科学院院士。1956年赴苏联科学院列别捷夫物理研究所攻读研究生。1958年回国到第二机械工业部北京第九研究所，历任研究室副主任、实验部副主任、副所长、副院长、院长、中国工程物理研究院高级科学顾问等职，主要从事实验核物理、等离子体物理、加速器、反应堆物理的研究，在核参数测量方面取得成功，为中国核武器事业的发展作出了重要贡献。

2014年8月和9月，我们在北京走访时两次见到了胡仁宇院士。从他的点滴回忆中，我们了解到了当时我国发展核武器的历史背景和研制的艰辛过程。

一

据公开资料介绍，1948年胡仁宇以优异的成绩考上了清华大学物理系；1952年毕业后被选入中国科学院近代物理所工作。由于他专业基础知识扎实，又善于钻研，被爱才若渴的钱三强、何泽慧等老一辈科学家视为难得的“好苗子”，并加以重点培养。1956年9月，胡仁宇被选派赴苏联科学院列别捷夫物理研究所攻读研究生，从事光致轻核反应的研究。他的导师是世界闻名的物理学家契仑柯夫。

1958年，由于中国急需人才，他提前回国，随后被钱三强教授推荐到一个新组建的国家核心保密单位从事国防尖端科学研究。他接受的第一项任务就是负责组建加速器与中子物理实验室，这项工作，直接关系到中国第一颗原子弹能否如期研制成功。他带领一批刚毕业的大学生克服种种困难，利用极其简陋的设施，用比外国人更短的时间取得了一大批科研成果，出色地研制成功了中子发生器，建立了快中子物理实验室。20 世纪 60 年代初，为利用核爆回收微尘样品来诊断核装置爆炸的性能，胡仁宇提出通过测定样品中裂变碎片、铀和超铀同位素相对原子数来定当量和中子能量范围的方法，利用各种指示剂元素的中子反应产物的放射性测量来确定装置爆炸时不同能区的中子数的方法等。他和同事们组织了一支理论化学分析、物理测量密切结合的队伍，建立了配套的仪器和设备，通过大量的预先冷实验，克服了多个科学技术难题，掌握了相关技术。

二

第一次见面时，我们给他简要介绍中国第一个核武器研制基地旧址保护与建设情况，重点介绍了原子城纪念馆在发挥爱国主义教育作用方面的情况。胡仁宇院士回忆起了刚到草原的情况，他说，时间过去太长了，有的事情也记不太清楚了。我第一次到青海是 1963 年 8 月，那个时候是青海最好的一个季节，金银滩大草原上很美，给我的印象是很好的。但天气昼夜温差比较大，因为那时候比较年轻，我对高原反应不是很强烈，所以没有什么特殊的感觉。第一次去就开了 10 天左右的会，后来去的时间比较长，是 1964 年的 4 月份一直到 1970 年的 10 月，这几年我一直在那里，其他人是 1963 年的 3、4 月去的，我晚去了一年。因为我去得比较晚，生活供应比较好，我一直在七厂区工作，我老伴是 1965 年的秋天去的，在那里工作了五六年。

胡院士说，那个时代对生活没有什么高的要求，221 在前期很艰苦的，就是 1959 年我们的同事，尤其是搞基建的，那几年是相当困难的，粮食蔬菜供应不够，气压很低，饭也做不熟等。到 1963 年以后情况就改善了，但还是有一部分人住在地窝子里。2005 年我去青海开会，在 221 基地里面待了两三个小时，因为时间短没来得及去各个厂区。

胡院士说，我有个感触，我觉得原子弹是一个非常大的系统工程，当时搞确实不容易。中国那个时候的科学也好、技术也好、工业也好，基础跟现在差别太大，不能用现在的水平来衡量那个时候有多大困难。所以在作动员会的时候，专门提出来，叫做白手起家，土法上马，艰苦奋斗。我就觉得研制零部件，需要许多的学科，许多的工种，需要大家齐心协力，万众一心。我现在回忆起来，那时没有一个人由于自己的事情拖工作的后腿，包括文化大革命那个时候都是万众一心。实际上现在看，我们确实走了一条中国特色的道路，走得快的原因是有所为有所不为。在技术途径的选择上很巧妙，这点应该说发挥了所有科学家、技术专家的聪明才智，是大家畅所欲言，百家争鸣情况下搞出来的。我感觉如果原子弹、氢弹不在百花齐放，百家争鸣的情况下来搞，在这么短时间里搞出来是不可能的。

胡仁宇前后参加过 6 次国家核试验，并且每次试验都亲临条件十分艰苦的现场。1964 年 10 月 16 日，中国研制的第一颗原子弹爆炸成功，作为科研室负责人的胡仁宇，亲自参加了这次试验，并担任了作业队其中一个小组的指挥。他和他的同事们研制的核心部件，成功地装配在第一颗原子弹上。此后，他又转入氢弹技术的实验工作，担任了实验室副主任的职务，在当时部级的负责人中，他是最年轻的一个。1984 年、1988 年两次评为国家级有突出贡献的中青年专家，作为主要完成者之一，1982 年以来获国家自然科学奖一等奖、国家发明二等奖、部委级科技进步奖等多项奖项，1986 年、1989 年先后获国家科技进步奖、特等奖。

家国情怀铸就人生辉煌路

——访中国工程院院士杜祥琬

马清芳

2020年10月，时隔9年后，在梓潼“两弹”城举办的第二届科学家精神研讨会上，我有幸再次见到了杜祥琬院士并对他进行了专访。值得一提的是，杜老在得知我们来自青海原子城纪念馆时，主动提到了他在2011年专程到我馆捐赠实物的事迹，在仔细询问了纪念馆近几年的发展情况后，对我们说：“谢谢你们，建了一个这么好的纪念馆，对于传承‘两弹一星’精神，弘扬科学家精神，让人们知道当年的历史，很有必要，也很有意义。”

杜老虽然已经82岁了，但依然精神矍烁、神采奕奕，身着一套笔挺的藏蓝色西装，系着灰色条纹领带，步履健拔，思路清晰。在与我们的对话中，老人的思绪回到60多年前，那些有关青春岁月里的抉择、奋斗、理想、荣誉，历经半个多世纪的流转，向我们娓娓道来。

从小立志报效祖国

1938年4月29日，杜老出生于河南南阳镇平县石佛寺镇，石佛寺是玉雕的发源地，父亲杜孟模反复琢磨推敲，为他取名“祥琬”，意为“弄璋之喜”，寄予儿子将来有玉一样的品德。杜老出生时，时逢战乱。杜老的童年是在抗击日寇、颠沛流离、兵荒马乱的生活中度过的。直到现在，他依然清晰地记得母亲在夏天的夜晚教他们吟唱的抗日歌曲，讲述的吕梁英雄儿女的故事，这些都在他幼小的心灵里播下革命和爱国的种子。正是童年颠沛流离的经历，使他树立了报国的理想并为之奋斗，心里根植下对于国家、民族厚重的家国情怀。

20世纪50年代，美国曾不止一次对新中国发出核威胁，扬言要对中国动用核武器，在这种历史背景下，杜老在 1959 年赴苏联莫斯科工程物理学院留学。这是苏联最重要的一所从事原子能研究教育的学府，高深的学术氛围、严谨的治学要求，促使他更加勤奋学习，这也为他回国从事氢弹理论研究工作奠定了坚实的基础。杜老说：“我在毕业论文答辩前一天遇到了一件让我终身印象深刻的事。那天午饭时，一位坐在我旁边的苏联同学问我：‘杜，你在这里学原子核物理，回中国之后能干什么呢？’我当时意识到在这位同学的脑海里，中国人还是留辫子、小脚女人的形象。于是反问他：‘那你毕业以后干嘛？’这位同学说他毕业以后肯定要进‘信箱’，所谓‘信箱’就是做保密工作。”这位苏联同学当时的口气让杜老的心里极不舒服，也让他陷入了思考。而正是那天晚上，每晚播放到 12 点钟的莫斯科电台，播出了一条惊人的消息：中国成功爆炸了第一颗原子弹。第二天《真理报》也刊登了这条消息。一大早，杜老还没有走进答辩教室，就和迎面冲来的那位苏联同学撞了个满怀，这位同学兴奋地对他说：“杜，祝贺你！我知道你回去可以干嘛了！”讲到这里，杜老顿了顿，意味深长地说道：“从这个小事儿中我们就知道，祖国的任何一个进步，在海外都会产生强烈的反响。我也是在那时深刻认识到，无论是个人还是国家，要获得尊重，自立自强是唯一出路。”

参加氢弹原理试验备感光荣

1964 年 10 月，从莫斯科工程物理学院毕业回国后的杜老被安排到高等教育部报到，随后又在第二机械工业部进行了为期三个月的学习，主要是为了了解当时核工业的发展形势。这时期，我国已经成功爆炸了第一颗原子弹，而他主要从事氢弹理论研究和主持中国核试验诊断理论、核武器中子学系统性、创新性研究。

1965 年 2 月 25 日，春节刚过，杜老就被分配到了二机部。听说分配方案是周总理亲自审批的，他受到了极大的鼓舞，感受到这是党和祖国对他个人的殷殷期望。他在日记中郑重地写下这样一段话：“我们的任务光荣而艰巨，党要求我们挑担子、出成果，这是革命、建设两副担子，要用两个肩膀挑起来，要赶世界的先进水平，为祖国和世界革命人民争气。”

二机部就是第二机械工业部，前身是1956年11月16日成立的第三机械工业部，1958年2月11日改名为二机部，主管中国核工业的建设和发展工作。杜老分配到二机部第九研究院理论研究部，当时的主任是邓稼先，第一副主任是周光召，还有于敏、黄祖洽、周毓麟等多位副主任。他被分配到理论部一室，刚开始主要做情报调研和分析工作，到新华社、《真理报》等报刊杂志搜集关于氢弹研制的信息。当时的国际形势复杂多变，法国爆炸原子弹之后，抓紧研究氢弹。而我国已经在研制原子弹的同时，同步进行第一颗氢弹的理论研究工作。当时，周总理指示：要把氢弹的理论研究放在首要位置。杜老回忆说：“当时能够参加氢弹理论研究，我备感光荣。这么多年来，我们国家受尽了帝国主义的欺负，我们一定要研制出自己的核武器，一定要改变我国的国际地位。”也就是从那时起，杜老认为自己的命运和祖国的发展、民族的振兴紧紧联系在一起，在时代使命的召唤下，他在核武器事业战线上默默奉献、努力奋斗，奏响了奋斗的青春之歌。

“我参加工作很年轻，但像于敏、王淦昌等老一辈科学家严谨科学、默默奉献、自由民主的工作作风，宽广的胸怀和境界，都深深影响着我。”说到这里，杜老还给我们分享了一件有关于敏院士的事情。1966年，在突破氢弹原理之后，要先做一次氢弹原理试验。当时，于敏院士也去了，在计算机计算的过程中，于敏院士一眼就看出计算机测出的物理量不对，当时上海华东计算所的同志们都很吃惊，并最终确定这是因为晶体管破坏导致的问题。杜老说：“这是件很小的事情，但我为什么能记到今天呢？因为这个故事生动地体现了于敏院士深厚的物理功底和清晰的物理概念，我立志要成为像他那样的科学工作者。”

杜老还说：“其实早在苏联留学时，王淦昌就是我学习的榜样。”他在苏联一部新闻纪录片里看到自尊心极强的苏联人在毕恭毕敬地听王淦昌教授讲话，这对他留下了难以磨灭的印象。而且王淦昌回国后隐姓埋名，爱国奉献的事迹对他触动更大，这也是他坚持搞科研的最大动力。有时候，他觉得干不动了，没戏了，但一想起王老，就一刻都不敢偷懒。王淦昌1988年病逝后，杜老怀着深深的敬意，一气呵成写出了悼文《科学泰斗，良师益友——深切悼念王淦昌先生》，以此来深切缅怀王老。

后来，杜老主持了中国核试验诊断理论、核武器中子学的系统性、创新性研究，解决了大量中子学物理问题，提出并研究了多种测试项目；由他组织的对核武器中子物理学精确化的研究，得到了数套高精确度的新参数，这使中国核试验诊断理论在与试验结合的过程中得到全面系统的发展，为新一代核武器的设计与试验成功提供了重要保证，也使我国这一创新高科技领域进入世界先进行列；他还承担了中国“863”计划的激光研究项目，将“863”激光技术主题调整到符合国家实际需要和科技发展的轨道上来，开创了中国强激光和强微波技术的可持续发展；在有关物理规律和关键技术研究中获重要成果，使中国氧碘化学激光等新型强激光技术跨入世界先进行列。

国家的需要就是我的专业

当我们问及杜老四次改变专业的原因时，他笑了笑说：“这不是改变专业，而是转换阵地。不是自己想转换，而是组织的安排，工作的需要。如果想要我只干一件事，那就是我想把核武器事业搞到底。”

1959年，在核物理学家钱三强的主持下，国家选派30名大学生到苏联莫斯科工程物理学院攻读原子能专业，原本想学天文学的杜老被选中赴苏留学，从此，国家的需要促使他将目光从宏大辽阔的宇宙转向细小精微的核物理领域；后来组织安排他到工程院做副院长，工作内容、性质发生了变化，但他坚持在工程院干了八年的副院长；1987年，又被调到国家气候变化专家委员会当主任，从中子物理研究转向研究激光科学，一做就是二十年，耄耋之年再跨双碳领域。

“这些都是国家要我做什么，我就坚决服从去做什么。”他谦虚的说。当时有人问他的专业转换问题，他说了一句非常感动的话：“国家的需要，就是我的专业。”这看似平实的话语，实则蕴含着简单的道理，照射出了那一代核物理人为实现国家的强大而抱有的信心和决心！

两次放弃提升职务机会

杜老非常注重理论研究，两次放弃了提升职务的机会。1975 年，他在九院工作的时候，担任所规划组副组长，所长是周光召，副所长是于敏。周光召当时提出让他当副所长，他一听说这件事，就明确提出自己只想做具体的研究工作，不想当领导，还找关系好的同事给周光召说情。最后在重建中子物理室时，他被任命为主任，虽然这个活儿并不轻松，但是他任劳任怨，一干就是九年。

第二次放弃职务提升机会是在 1987 年邓稼先去世以后，新任九院院长胡仁宇想让他到九院工作，杜老听说核工业部已经起草好任命书后着急了，因为当时“863”计划已经开始了，需要他全力以赴投入。为此，他还专门跑到核工业部找到王淦昌，把这事给王老说了，王老也支持他搞研究。在选择面前，他再一次放弃职务提升的机会，在基层做学术时间又整整延长了 7 年。几十年来，他就是凭着这股执着的精神，孜孜不倦地一心扑在核科学事业上，潜心研究。后来，他还专门花很多功夫调研中国科技界存在的各类问题，针对科技制度改革问题，提了很多具体的建议。

我们的专访在轻松愉快的氛围中进行了一个多小时，但是我们都意犹未尽，不时地向他提问题。结束时，杜老也对我们给予了一些工作上的建议。望着他远去的背影，重新打量这位为我国氢弹研制做出贡献的老人，回想起他专程到纪念馆捐赠实物和书籍的场景；体味着他讲述的一个个深受启发的故事；重温他对事业一以贯之的敬重和持之以恒的热爱，我的心头立刻涌上一股激动和感恩。就像杜老说的那样，我们的工作很有意义，无论是在任何年代，都会有不同的人选择不同的价值观。

中国的第一代原子人选择为国奉献，成就了理想和事业，而在价值观多元、各种利益诱惑纷呈的当今社会，同样还会有一批年轻人选择默默奉献，选择崇高理想。原子城承载的就是这样一种价值观和精神理念，这将激励着我们做出正确的选择，怀抱梦想又脚踏实地，在无比广阔的舞台上施展才华、实现梦想。

难忘青海

——访中国科学院院士唐孝威

周广静

唐孝威，祖籍江苏太仓，1931 年出生于江苏省无锡市，1952 年毕业于清华大学物理系。他先后在中国科学院近代物理研究所、二机部原子能研究所、核工业部九院等单位工作。现为浙江大学教授、博士生导师，北京大学兼职教授。1980 年，当选为中国科学院数学物理学部委员（院士）。

2017 年 3 月 23 日，唐孝威院士主动约见在浙江大学宣讲的青海原子城纪念馆“两弹一星”精神宣讲团成员。经过精心准备，我们在浙江大学校史馆专访了唐孝威院士。在浙大自主研发且在“两弹”事业中发挥重要作用的高速扫描相机前，唐孝威院士与大家亲切座谈，当他观看到宣讲团成员为他专门制作的反映原子城发展变迁的图文资料后，唐院士激动万分，打开了话匣子，向大家讲述了在青海 221 基地工作的难忘经历。

60 年代初期，唐孝威工作重心转到国防科研领域，具体从事我国第一颗原子弹和第一颗氢弹中所需的核测试以及核探测器的研制工作。从 60 年代初到 70 年代，他领导的研究室在青海 221 基地艰苦创业，在原子弹中子点火、核试验近区测试和氢弹原理实验等方面进行了大量的科学研究工作。在 1963 年突破原子弹技术时，他领导的实验组在爆轰试验场进行测试，是确证中子点火技术成功的第一人；在 1966 年突破氢弹技术时，他领导的实验组在核试验现场进行测试，是判断并证实我国氢弹原理的第一人。

唐院士回忆，他是 1963 年至 1971 年到青海 221 基地工作的，当时主要负责爆轰模拟实验，尤其对六厂区记忆深刻。每天上班坐着敞篷卡车从十八甲区行车十几公里到达各个工号，最让他记忆犹新的是核基地在 1963 年底通过一系列冷实验观测到中子，基本确定我国掌握原子弹技术，这对 1964 年 6 月 6 日 1∶1 模拟爆轰实验乃至 10 月 16 日的“596”试验成功起着至关重要的作用。

86 岁高龄的唐院士对“青海老家来人”满怀热情，他忘不了青海草原、忘不了掩体车间、忘不了观测室里的警报、忘不了试验场的每一次炮响、忘不了在青海基地过年、忘不了和王淦昌一起在职工俱乐部看电影——当大家问起在青海的生活时，他却答道：“去问我老伴儿吧，她记得比较清楚，她是师范生，以前在基地幼儿园当园长。”大家邀唐院士和老伴儿一起回青海看看，唐院士说：“恐怕是回不了了，我们住在杭州，哪儿都去不了了，你们把以前的这些事情讲给年轻人听吧，编成书，让他们不要忘记。”

科学报国圆宏愿

——访中国科学院院士张兴钤

杜文林

求学之路的艰难，未能使他放弃；回国过程的艰辛，未能使他动摇；青海高原的艰苦，未能使他退缩。他就是把毕生的精力奉献给党、奉献给祖国，奉献给我国核武器事业的著名金属物理学家、中国科学院院士张兴钤。

6 月 14 日，我们到张老家拜访了他。张老曾参与组织领导了核材料、爆轰物理、核测试等方面的实验研究，多次参与组织检验核装置设计性能的国家大型试验测试工作，提供了判定核武器性能的重要数据，为发展我国的核武器事业作出了重要贡献。

一进门，张老紧紧握住我们的手说："见到'老家'的人很激动、很高兴，欢迎你们。"虽说张老已 90 岁高龄，但精神饱满，精力充沛，身体矫健，行动自如。他请我们坐下后，迫不及待地询问 221 基地（西海镇）的情况。张老的热情让我们很感动，看着眼前这位为国家、为民族作出卓越贡献的科学家，让我们陷入了深思，也许从张老一生的心酸和荣耀中发现或者体会出科技代表的爱国情操和科研精神。

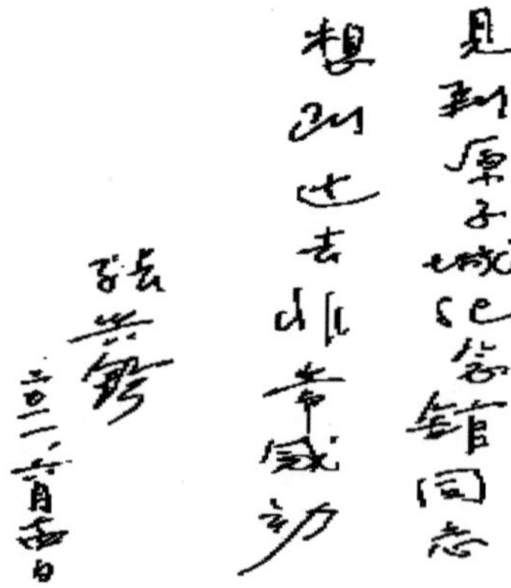

一

张兴铃1921年10月16日出生于河北武邑。孩子时的他，家庭的没落培养了他坚强、拼搏的毅力。张兴铃是家中7个孩子中因成绩较优而上学的。在叔父的接济下，他于14岁时初中毕业。因家庭无力供养，未读高中就进入天津河北工业学院高职部机工科学习。

当“12·9”爱国学生运动席卷全国时，他放下了手中的书本，加入声势浩大的运动中，为祖国的命运呐喊。1936年夏，张兴铃辍学离开天津，南下上海，考入了江苏省立上海中学。1937年秋，日军攻占上海，年轻的张兴铃与两名同学一起投奔陕北。途经武汉时他报考了大学，武汉沦陷后，张老又开始了流亡之旅，辗转抵达长沙时，才知自己已经被武汉大学矿冶系录取。

大学期间，张兴铃在努力完成学业的同时，加入了中国共产党的外围组织“抗战问题研究会”，1940年初春加入中国共产党。1942年，张兴铃从武汉大学毕业并获得学士学位后，分配到四川綦江电化冶炼厂工作。本着科学救国的宏愿，张兴铃于1945年考取公费留学，1947年赴美踏上了求学之路。1949年获得理工学院物理冶金硕士学位。1949年2月，他获得了麻省理工学院的奖学金，师从高温合金专家格兰特教授，从事蠕变机理研究。1952年获麻省理工学院物理冶金博士学位。

蠕变是指材料在负荷和温度同时作用下，其应变随时间变化的行为。在格兰特教授的指导下，张兴铃建立了蠕变在位观察和测量技术，揭示了几种机制（尤其是晶粒间界的行为）对合金塑性、断裂和强度的关系，撰写了6篇论文。他的论文在学术界引起了很大反响，此后在有关高温强度、断裂理论、合金的超塑性以及组织对高温合金力学性能影响的论文中，这些成果被广泛引用。数十年之后，在北京的一次学术会议上，当一位日本专家得知张兴铃身份后激动不已，紧握住他的手，连声说：张先生，正是拜读你在麻省理工学院的论文后，我才选择了晶粒间界研究！

二

1952年，取得博士学位的张兴钤已有了如日中天的事业。优越的科研条件、舒适的生活以及导师格兰特恳切的挽留，都没能动摇他归国的决心。面对导师不解的目光，张兴钤平静地说：您有您的祖国，而我也有我的祖国！”40年后的1972年，格兰特教授应邀来华，与张兴钤以长城为背景合影时，真切地理解到了当初张兴钤一心回国的真实原因。

当时的美国政府并不希望这些知识精英学成归国，特别是朝鲜战争的爆发，他们制造种种理由横加阻拦，后来干脆下令严禁学理工的中国留学生回国。强烈的报国信念始终激励着张兴钤，他秘密参加了新泽西州一个基督教青年会夏令营地的聚会。在会上，他与李恒德、师昌绪、陈能宽、林正仙等人分析了国际局势，决定一方面想办法骗过移民局，转道加拿大或欧洲国家回国，另一方面，尽力做好与美国政府进行正面斗争的准备。然而，他们晚了一步，美国已将他们的情况通报了加拿大，加拿大海关不准他们入境。

为了争取回国，在张兴钤、李恒德、师昌绪等人的组织下，留学生们两次集体给周总理写信，表达了不畏惧美国政府迫害、坚决要求回国的意愿，并先后通过印度大使馆等渠道将信送到了周总理的手中。1954年5月，在日内瓦国际会议上，这些信件成了中国政府抗议美国无理扣押中国留学生的重要证据。同年7月，留学生们再次在波士顿青年会夏令营聚会，讨论决定了回国斗争所采取的步骤。一方面，做好向联合国控诉的准备，另一方面，集体向美国总统艾森豪威尔写信，明确要求回国，并将公开信送各大报社发表。8月，致美国总统的公开信发表，随即引起了美国媒体的注意，美国政府扣留中国留学生的消息传遍全世界。迫于国际舆论的压力，美国政府取消了阻止中国留学生回国的禁令。1955年6月，张兴钤踏上了归国的旅途，终于回到祖国怀抱。

当时的新中国百废待兴，非常看重归国学子的才识和才能，有关部门直接将他们分到了教育部。当部里同志征询张兴钤对工作分配的意见时，他的回答很简洁：“哪里需要，我就到哪里!”作为一个国际蠕变研究领域取得过开创性成果的学者，张兴钤丝毫没有考虑过担任教授一职会离开曾为自己带来国际声誉的科研工作，而是愉快地接受了分配，来到了北京钢铁学院（后改名为北京科技大学）任教，与柯俊教授等同事一起，创设了新中国第一个金属物理专业。与青年老师合作编写的《金属和合金力学性质》一书，是当时唯一用现代知识和理论扼要阐明金属和合金力学性质的专著。

三

1963 年初，为了炸响中国的原子弹，中央决定从全国各地区、各部门选调为数众多的技术骨干参加青海草原上的大会战。1963 年 7 月，在教学中渐入佳境，被弟子们与其他三名归国学者一起并称“四大名旦”的张兴钤，作为科技骨干奉中央调令，离开北京，来到了条件艰苦的青海高原，担任实验部副主任，直接参加到核武器的研制中。

高原气候恶劣，生活条件艰苦，张老并没有在意，他急于掌握与核爆试验相关的核物理、爆轰物理、放射化学、光学测试等理论和技术。在张老任实验部副主任、主任以及后来上调分院担任副总工程师期间，组织领导核材料、爆轰物理、核测试等方面的实验研究。他与同志们一道，克服了重重困难，在极短时间内掌握了大量关键技术，胜利地完成了爆轰物理实验。后来，他又参与领导了缩小尺寸的聚合爆轰试验，取得了对爆轰规律较完整的认识，这次试验的成功实质上是原子弹突破过程中的里程碑。

1964 年 10 月 16 日，我国第一颗原子弹成功爆炸。张老却没有跟随大部队一起到试验基地，亲眼目睹这一激奋人心的场景。在当时复杂的国际形势下，为了避免敌对势力的破坏，他服从安排，留在草原上，参加了重要的技术资料和试验设备的疏散工作，当转移到青海某县城时，张老还险些感染上鼠疫。

首次核试验成功后，根据中央领导的批示，在加快原子弹武器化的同时，我国的核武器研究转向了对氢弹的探索。根据理论人员的探索，张老与同事们一道，制订出爆轰模拟实验方案，并进行了一系列小型实验，通过上百次爆轰物理实验研究，解决了引爆弹设计中的关键问题，从而为确定引爆弹的理论设计方案提供了重要的技术依据。1967 年 6 月 17 日，中国第一颗氢弹爆炸成功，与第一颗原子弹爆炸试验成功相距仅两年零八个月，同世界其他国家相比，这个速度是最快的。张老与其他同志一道，作为两弹研究队伍中的先进代表在人民大会堂受到了中央领导的接见。

如今，身为中国工程物理研究院博士研究生导师。中国核学会材料分会第二届理事长的张老还在奔忙着。“见到原子城纪念馆同志，想到过去非常感动!”这句题词是张老见到“老家人”的感动，更是表达着对 221 基地的深切怀念之情。当我们邀请他在身体允许的情况下到基地、参观纪念馆时，他愉快地答应：“一定要去。”张老的老伴激动地说：“老张 1963 年从大学里面调走后，我们分居了十八年，当时根本不通信，不知道他在那里，也不知道在做什么，他上海的爸爸都不知道他是做什么工作。”我们在这里祝张老和他老伴青春常在，为国家、为人民作出更多贡献!

（2011 年 6 月）

核心车间的关键人物

——访中国科学院院士宋家树

马清芳

在221基地，第一生产部102车间是基地最核心、最重要的车间。1964年3月底，作为技术攻关负责人之一的他奉命赶赴221基地，在102车间工作长达8年时间，参加了我国第一颗原子弹、氢弹关键核部件的技术攻关，为发展我国核技术作出了重要贡献。他就是著名的金属物理学家、材料学家、中国科学院院士宋家树。6月15日，我们在他家专访了现年79岁、已两鬓飞霜的宋老。

一

宋老见到我们有些激动，说见到“老家”来人感到很亲切。知道我们的来意后，宋老回忆起了他的一生，特别是让无数人永生难忘、奉献无悔青春的221基地。

在金银滩
奋斗的日日夜夜
我永记不忘。

宋家树
2011.6.15

宋家树1932年3月21日出生于湖南，祖籍安徽舒城县。由于抗日战争时期时局动荡不安，宋家树的少年时代是在颠沛流离中度过，他随父母在湖南、湖北、重庆、河南、上海、江苏等省市不停地迁徙，小学、中学很难在一个地方完整地读完，直到1949年南京解放才安定下来，并以高中二年级同等学历考取了南京大学心理学系。读了一年后，他觉得不太适应那里的环境，个性很强的他当即就弃学回家。1950年，他又考上大连工学院（现在的大连理工学院），学习理论物理专业。1952年全国大学院系调整，物理系并入位于吉林长春的东北人民大学（现吉林大学），朱光亚当时是宋家树的老师。1954年从东北人民大学毕业后，宋家树留在该校执教。1956年，宋家树被选为苏联专家莫洛佐夫的研究生，学习金属物理专业。

1958年研究生毕业仍留校任教，后成为物理系金属物理教研室主任，组织教研室开展材料强度、耐热性、高温合金和摩擦磨损等方面的研究，取得了较好的成果，在国内材料物理界受到一定的重视，也为今后从事核材料研究奠定了基础。1960年4月，由于在学校执教表现突出，在学术上屡有创见，准备调往第二机械工业部北京第九研究所，参加中国核武器研制攻关工作。朱光亚问宋家树到底想搞理论物理还是金属物理，宋家树说我服从分配，你需要我干什么我就干什么。朱光亚最后决定让他搞材料，当时搞核材料的人很少。

1960年初，宋家树调入北京第九研究所，开始进入了核材料应用研究的崭新领域。在当时的条件下，不要说这方面国内的研究是一片空白，就连核材料的模样他也没有见过。担任组长的宋家树望着不知如何下手的同志们说："不知道核材料的性能不用怕，我们从头做起，一个数据一个数据地测嘛！"首先理清工作头绪，借鉴其他材料性质的研究办法，设计出研究方案。宋家树从物理原理出发对核材料、核部件的性能和工艺进行研究，开展浓缩铀试验，确定了核材料部件成型的工艺路线，并通过高浓铀及钚的中子本底计算、核材料杂质控制原则的建立，以及精炼、铸造、坩埚过程动力学分析，验证了多种加工方法，为关键部件的制造打下了科学基础。

二

谈到221基地的记忆，宋老特别激动。他说“永生难忘。”

1964年3月底，大批科研人员奔赴221基地，参加草原大会战。宋老回忆说：“当时国家要求科学工作者到大西北去搞研究，把核武器制造出来，壮大国力。西北环境艰苦，户口也要从北京转走，但那时五六百位科学家争先恐后地申请过去，没有一个人说不愿意。”宋老说：“我正式到金银滩是1964年3月底。这个时间我记得很清楚，因为1964年3月17日是我第二个儿子出生。当时妻子正要分娩，我请了几天假，留下等孩子出生。小孩生下几天，最多10天我就奔赴青海。”为了尽快炸响我国第一颗原子弹，宋老顾不上照顾妻子、儿子，放下出生不到10天的儿子赶到了金银滩。

到221基地后，宋老担任第一生产部102车间副主任。102车间是个很特殊的车间，是当时基地为数不多的几个关键车间之一。宋老解释说，102车间负责原子弹及氢弹核心——核材料部件的研制、核部件成型加工及装配，并承担核材料研究、中子源制备等重要任务。宋老作为主要技术负责人之一，与广大科技人员和工人共同努力，解决了许多极其复杂的实验与工艺问题，最终研制生产出合格产品，对于中国第一颗原子弹、氢弹按计划爆炸，发挥了重要的保障作用。

1964年10月，102车间在攻克了核材料部件一系列技术难关之后，以最快速度把第一颗原子弹的各种核部件装配完成，化作一声震撼寰宇的惊雷。宋老回忆说：“青海的生活异常艰苦，海拔3200米的高原，空气稀薄，氧含量比正常情况下少三分之一，上楼就会气喘吁吁，水烧到80度就开了。当时在青海也没米饭吃，一般就吃青稞面。后来是从部队给我们拨了一批黄豆。记忆比较深刻的是9月份我们的工作基本完成了，9月份组装到新疆罗布泊试验成功，举国欢腾。我当时在基地，接到贺电后，当时大家都特别高兴，还相邀一起去喝酒呢。虽说这是各方面大力协同的结果，但我们这个车间作了一定的贡献。”

当原子弹的蘑菇状烟云还没有散去，核工业部副部长刘西尧给了宋老一句话：“给你一年时间，把热核材料部件搞出来。”宋老又带着他的攻关小组经过缜密论证，认为可能有 3 种方法解决热核材料加工中的成型问题。攻关组争执使用哪种方法，宋老提出 3 种方法同时推进。结果证明，当初讨论中认为最难的途径，却成为最切合实际的方法，无论是加工工艺还是加工质量都最为理想，为热核材料的加工赢得了宝贵的时间。随后，针对热核材料机械加工中突现的安全与质量问题，宋老带领车间安全组通过在多次燃烧、爆炸实验和往手套箱中加注不同气体对手套箱进行改进。为了解决氢材料加工的特性，又巧妙地为热核材料配置一整套与加工和装配环节相关的质量保障措施，热核部件成型工艺、机械加工、防潮涂层等一个个技术难关被攻破。经过一年的攻关，攻关组基本掌握了热核材料的性能、加工工艺，加工的部件满足了设计要求，生产出合格的热核材料部件。1966 年 12 月氢弹原理实验成功，实现了氢弹原理的突破。

宋老深情地说：“在 102 车间的八年时间，从我个人讲，非常值得怀念。第一，我们是这个事业的开端，给人的记忆是特别深刻。第二，草原是我终生难忘的地方，当时我 32 岁，可以说成长在草原。”当我们问宋老研究加工具有放射性的核材料、核部件时是否害怕？宋老坚定地说不害怕。他解释了主要原因：一是专心致志地工作。时间紧、任务重，谁都不想拖后腿，有序推进工作。除了礼拜天有点时间到草原上转转，其他时间大家都在车间里。二是严谨的科学态度。技术人员进车间按指定程序作准备工作，科学地处理工作中遇到的困难和问题。

三

宋老也谈到了在 221 基地旧址兴建爱国主义教育基地的事宜。2005 年，时任国家副主席的曾庆红视察原子城，在参观中国第一个核武器研制基地展厅时就对陪同的人说展览规模有点小，是不是可以扩充一下，要不要征求一下朱光亚主任（曾任国防科工委科学技术委员会主任，展厅中有朱光亚院士的照片）的意见?

回到北京不久，中组部召开了一个座谈会，特邀朱光亚主任和宋老参加。宋老首先介绍了原221基地的一些情况和撤厂时的情况。当时有人提出：“根据当前国际上的反映，如果我们搞一个比较大的核武器展览馆或是教育中心，影响是不是不太好?”宋老回答：我个人看来，应该是没有什么问题。其一，仅仅作为爱国主义教育，而且我国政府的立场是非常清楚的，就是不首先使用核武器，一贯坚持最终彻底销毁核武器。其二，美国和俄罗斯都有这样的展览馆。美国在诺克斯维尔附近的城市有一个公开的展览馆，里面陈列的就是美国最早研制的核武器。俄罗斯的一个研究院也有个核武器展览馆，一般人都可以看。曾庆红副主席赶快让人把这两个名字记了下来，在最后讲话时表示支持建教育基地。

1986年，宋老调回北京时，他家儿子都22岁了。为了祖国的军事科技，宋老将一生中最美好的时光，贡献在了大西北的热土之上。有记者问“做研究是不是很苦”时，宋老说：“其实科学研究这一行，要是钻进去了还是很有意思的。个人前途与国家前途密不可分，只要你从事的工作是国家和人民所需要的，这一生就不会白过。”

专访结束时，宋老兴致勃勃地为纪念馆题词：“在金银滩奋斗的日日夜夜，我永远不忘!”

（2011年6月）

精神原子弹

——访中国工程院院士傅依备

马清芳

傅依备，我国著名的放射化学专家、中国工程院院士，长期从事放射化学与放射化工的教学和研究工作，研究成功了多种放射化学的测试方法，对我国的核武器事业作出了重要贡献。

1953 年，傅依备从四川化工学院化学系毕业。1955 年留学苏联，1960 年获列宁格勒苏维埃工学院化学副博士学位，同年回国。担任清华大学讲师，1963 年调二机部第九研究所工作，曾任第九研究设计院二所所长和院科技委副主任，现任中国工程物理研究院（原九院）研究员、院专家委员会委员、博士生导师、四川大学原子分子工程所所长。先后获得国家级发明、科技进步等奖 4 项，部委级科技进步奖 14 项，中国工程物理研究院预研基金科技成果奖 12 项，2003 年获何梁何利科技奖。1986 年获得国家级有突出贡献中青年专家称号，1989 年被国务院授予全国先进工作者称号，2001 年当选为中国工程院院士。

2014 年 9 月，我们在北京见到了傅依备院士，我们向他介绍原子城纪念馆的情况时，他对我们的展示陈列内容提出意见建议。

傅院士开门见山地说，首先对于搞这个教育基地，以我个人立场上讲，我觉得很好，很有必要。对我们国家来说，当时在那么艰苦的条件下，国家的经济基础、技术水平、工业水平都很落后的情况，在青海金银滩把第一颗原子弹造出来，是很了不起的一件事。我觉得从国家来说，应该有展示和揭露整个历史过程的地方或纪念馆，对后代的教育、振兴国民的精神是非常重要的，这是第一点。第二点在内容主题上，第一是历史抉择很重要。当时，国家做出这么一个决策很了不起，这个彰显了老一代革命家的伟大和国家的战略眼光。因为我们国家当时很穷，刚建国，百废待兴，工业水平很低，科学水平很低，人才很缺乏，在这么个情况下，做这么个决策，非常了不起。现在看来这个决策非常重要，没有这个决策就没有我们国家的“两弹一星”，没有核武器就没有强大的国防，就不可能有中华人民共和国在国际上的地位，所以要把这个作为重点。第二是艰苦创业很重要。要说透讲透，包括 1958 年的建厂，我们没有体会，那个时候建筑工人包括技术人员，是非常苦的，1959 年国家正处困难时期，又加上青海是比较落后的，困难上加困难，他们建房修路，十分辛苦。现在去的人感觉不到，因为青海大变样，2000 年我去青海的时候觉得完全变了，西宁成为一个现代城市了，现在很多人去青海，到金银滩，就当成一个游览的地方，作为一个感受草原风光的地方，很难感受到那时候艰苦的环境。以前的老基地，现在也不是边远很荒凉之地了，是一个很好的地方，人口也不多，空气也很干净、清新，现在国家也发达了，距离慢慢拉平，尽管还有差异，但差异已经很小了，比过去小多了，因为大家都在进步、提升。所以，你不介绍它，人们就感觉不到，更想不到我们国家的“两弹”和核武器是在什么环境下创造出来的，这部分也很重要，特别是建筑工人那部分，要好好挖掘一下。

傅院士回忆起他到草原的前后情况。他说：我第一次去是 1964 年 4 月份，去之前国防科委第一副主任张爱萍来给我们作动员。作动员时没有一个人提出来不愿意去，都觉得我们是战士，我们要作战，我们的前方就在青海。当时研究搞原子弹，搞核武器，在内地是不可能的，只有到偏辟的地方。我们也知道像美国人也选在偏远的地方，建在西北部的内华达州，也是一个大沙漠。当时他们整个国家经济水平高，交通、航空、通信都很发达，尽管在偏远的地方，和我们不一样。我们不仅是偏僻落后，而且交通、通信也很不方便，到偏远的地方去，当时家属不能带，有孩子的人不能去，后来慢慢去了一些，当时主要考虑住宿的问题，而且生活环境，教育更不用说。

傅院士说，我去的时候胡仁宇是我们的领导。当时去的时候，突然接到一个电报要我去大连解决一起矛盾，因为当时设计部门和加工部门关系紧张，相互不配合，搞不下去，要我去协调一下。4 月份的时候，我们想不到大连海滨那么冷，也没空调，也没暖气，很冷，当时加工的工人师傅白天三班倒，晚上加班，搞得很晚。我在大连待了一二十天问题解决了，设计部门和加工部门协调好了，很快把技术问题解决了，后来我就回北京，到北京之后就去青海了。

傅院士接着说，当时准备去青海的时候，我的腿有点痛，后来疼痛愈加厉害，真是归心似箭，我一定要赶快走，不走圆不了参与核爆炸的梦。我是坐火车走的，当时跟我在一起的还有一个人，这个人就是魏进喜。当时我们一起工作的，他照顾我上了火车，座位是硬卧，经过两天两夜，腿痛的越来越厉害，根本就不能走路了，生活难自理了。我到了西宁以后，单位马上派人来，用一个卡车，把我送到西宁招待所，送到招待所以后，马翔副院长在西宁，说这个样子怎么能去 221，把我送到西宁市人民医院，医生就诊了半天，检查不出来什么病。理化手术、X 光都做了，医生说没办法，治不了。当时马院长决定，不行了送北京，送回去对我来说是很难受的事情，但是没办法，马院长非常照顾我，专门给我批了一个软卧，当时软卧不是一般人都住，不像现在一样。后来送到北京，到骨科医院，是全国最有名的骨科医院，也是诊治半天，拍 X 光，能做的检查全部检查完了，医生说，你这个病检查不出来，可能是发病的初期，等到这个病发到很严重了，才能反映出来，才能检查，要在家里呆一个月以后再回来。没办法，回到家以后，怎么办呐，痛得厉害，到北京中医院去扎针灸，一个多星期，一点作用也没有。最后扎了一个月，没有一点作用，后来我爱人的姑妈介绍，北京军区医院 261 医院专门治骨科，效果很好。我就在那里扎针，后来慢慢有所好转，住了几个月，到了 10 月份，实验部胡仁宇给我来了个电报，我们都知道 1964 年 10 月 16 日原子弹爆炸，让我赶快回来，我接到电报非常高兴，我还可以发挥作用，又坐上火车，到西宁，接我去了二二一厂。到了之后，在七厂工作，七厂离生活区有一段距离，上班要坐班车，当时领导考虑坐班车不方便，干脆住在七厂。

傅院士深有感触地说，我现在讲一下当时的感受，当时条件很艰苦，10 月份去的时候下雪，气压很低，又干燥，非常不习惯。不习惯最重要的反应就是睡觉，睡觉睡不好；再一个吃饭不习惯，主要是没有高压锅，馒头蒸不熟，馒头一捏就成死疙瘩，米饭吃起来像沙子一样，不熟，夹生的。另外，那时的住宿条件很糟，因为我们试验部都是科研人员，其他厂房的如一、二、三厂主要是以工人为主，他们条件比我们差，我们住的黄楼。现在的黄楼还在，上次我去的时候专门看了一下，管理的比较好，像新的一样，比较漂亮，外面还有雕塑，我当时带着爱人去了，她说这个地方挺好的嘛，根本想不到那个时候的艰苦。后来几年，我们栽树，树很难活，现在树长得很好，我觉得看到了奇迹了；气候也有很大的变化，现在看起来也不觉得是一个很苦的地方，不仅心里想是苦的地方，去了以后感受的也是个苦的地方，现在去完全打破了这种障碍和看法，现在环境很好，大家不会想到那是个艰苦的地方，介绍当时艰苦的环境是很有必要的，否则人家不会理解。当时去之后，连办公桌都没有，我们去的时候包装的行李箱子，大的木箱子就是办公桌，小的箱子就是凳子。就是这个条件，真是有条件要上没有条件也上，这句话不是夸大，确确实实这样的。我现在想，我觉得可能没人想到这些事，没人了解这些事，甚至有些人不可思议，你们怎么这么干。但当时就是这么个环境，过去就那个条件，要把原子弹造出来，就这么个精神，就靠精神把原子弹造出来了，我觉得纪念馆要把这个精神展示出来，向后人介绍，我觉得应该有这样的启示，这点很重要。

在核试验基地的岁月

——访中国核试验基地原司令员马国惠将军

杜文林　周广静　王致玲

2014年6月，我们在北京走访原221基地老职工时，通过介绍，见到了曾任新疆马兰核试验基地司令员的马国惠少将。马司令见到我们格外亲切，问长问短，很平易近人。

从技术员干起

“青海修建的原子城纪念馆非常有意义，我早就听说了，但是一直没机会去看一看，受受教育。”“我先做一下自我介绍，我是哈军工第八期学员，1960年入伍，1965年毕业，后分配到核试验基地，在马兰基地工作了33年。从第三次核试验开始，到1996年7月29日最后一次试验完成，参与了核试验的全过程。”马司令性格豁达，心直口快。

现年73岁的马国惠司令员，1960年7月，毕业于哈尔滨第十四中学，被学校保送至哈尔滨中国人民解放军军事工程学院（简称“哈军工”）。1965年从“哈军工”毕业后，进入新疆罗布泊的核试验基地，从事核试验任务，直接参加了原理爆炸试验，他主要负责光充量的测量工作。先后担任核试验基地副司令员、司令员（即现场副指挥长、指挥长），全面负责核试验的现场组织指挥工作。

马司令自参加工作，是从一个学员晋升为司令员，从技术员晋升为将军，从中不难看出马司令辉煌的人生经历和为国家、为我国的核武器试验作出的重要贡献。他曾任国防科委第21试验研究所技术员，1977年任国防科委第21试验研究室副主任、助理研究员、研究所科技处副处长、处长、副参谋长、参谋长，副司令员。1988年被授予大校军衔，1993年任国防科工委第21试验训练司令员，1994年晋升少将军衔，

1997 年任国防科工委副参谋长，1999 年任总装后勤部部长，2001 年退役。

艰难岁月

马司令一开始就谈到了我们国家开展核试验的紧迫性和必要性。他指出，我们国家 20 世纪 50 年代为了抗衡美苏的核讹诈、核威慑、核垄断，党中央、毛主席英明决策，决定要制造原子弹，开展核试验，1958 年 6 月组建了中国核试验基地，从 1964 年 10 月到 1996 年 7 月共进行了 45 次核试验。核试验的圆满成功，证明中国有了核武器。我们有了核武器，打破了美苏的核垄断、核威慑，壮了国威，扬了军威，增强了国防实力，改变了世界战略格局。这一点，充分体现了我们 20 世纪六七十年代“两弹一星”的历史地位和作用。

马司令回忆说，我应该说是同学里面比较幸运的。1965 年 9 月份毕业分到 21 基地研究所，在第二研究室搞光学测量，在戈壁滩上工作了 30 多个年头，对新疆非常有感情，对新疆我们称之为第二故乡啊！从事核试验特别是早期核试验，当时我们满腔热情，能够分配到核试验基地搞尖端技术，觉得非常高兴，也觉得非常光荣、非常荣耀的。但是，到马兰看到的情况和想象的完全不一样，核试验现场确实很艰苦。自然环境很恶劣，八百里瀚海无人烟，天上无飞鸟，地上不长草，风吹石头跑，夏天地表温度可以到六七十度，空气温度四十几度，冬天温度降到零下二十几度。像第一次核试验时条件确实很艰苦，喝的水特别苦特别咸，刚去的人吃了以后拉肚子，说老实话大便都是黑的，时间长了能适应一点。

马司令接着说，那个风吹起来确实很硬，吹到脸上很疼。住的那个帐篷条件比较差，一个大帐篷住十几个甚至二十多个人，小帐篷里面也住六七八个人，也很挤。吃的东西都是从外边运进去的，那时野生动物肉啊，什么海带粉条黄豆这些东西比较多，但新鲜蔬菜很少。那时蔬菜从吐鲁番拉进厂区，青菜一天不是烂了就是干了，运进去的菜吃不到一半就烂了干了。戈壁滩环境很艰苦，工作也特别紧张，平时安装调试设备没有正常上下班，那时坐济阳牌卡车上下班。那个小洋牌的车时速也就四十五公里左右，在搓板路上行驶癫得特厉害，有的上班远的像我们都四五十公里，回到帐篷都不太想吃饭。我们当时早晨坐大仰板车，中午基地派车送饭。因为路途远，中午能吃上热饭能喝上热汤，那后勤保障就很不容易了。搞后勤的也非常不容易，光我们一个研究所用的汽车就是一个连队，上班送水送饭。那时取水时，在孔雀河边挖一个池子让水渗出来，完了往水车上抽，一直到70年代以后我们才弄了甜水，但那个水也是比较咸的，但比河水要好得多。

马司令说起了试验厂区的情况。他说，核试验面积很大，为什么搞核试验禁区呢？因为核试验本身是一种大型的科学实验，是一种极具破坏性的、有放射性污染，对人有害。我们当时非常重视核污染的问题，不能贻害子孙万代，所以在核试验禁区一般人是不能进入的，防止出现事故。另外也出于保密，保密也是为了安全。

马司令谈到研制基地与实验基地的关系。他指出，221基地是我国最早的产品研制单位，21基地是核试验基地，这两个是密不可分的。核试验是核武器研制的重要组成部分，是必不可少的，一定要到现场试验才能解决问题。核爆炸这个过程尽管理论上可以计算，计算机也可以模拟，但是它绝对没法代替一比一核试验。只有进行现场试验，我们才能知道核爆炸现象的物理过程、爆炸威力等数据。221基地是绝密的，也是不对外公开的，而且那里条件相当艰苦，我有一半的同学都在那里工作过。

马兰精神

马司令激动地谈起了马兰精神。我们那时把自己称为“马兰人”。马兰人在50多年的奋斗历程中总结出了马兰精神。最早是在1989年基地组建30周年时，总结了“艰苦奋斗，无私奉献”的马兰精神。1999年9月18日表彰为“两弹一星”有突出贡献的23名元勋时，江泽民主席也讲了“两弹一星”精神。马兰精神的最新表述是：“热爱祖国、忠诚使命，艰苦奋斗、无私奉献，积极创新、勇攀高峰”，“两弹一星”精神是：“热爱祖国、无私奉献，自力更生、艰苦奋斗，大力协同、勇于登攀”。马兰精神是“两弹一星”的重要组成部分。

马司令指出，马兰精神的产生，是50多年来一代代马兰人在核试验场经过艰苦努力形成的，马兰精神有其非常丰富的内涵，马兰精神是我们中华民族传统美德的发扬光大，也是顽强意志的充分体现，更是集体智慧的完美结晶，同时也是科技管理的光辉典范。我们要学习马兰精神、“两弹一星”精神，在当今的形势下，还是有很多现实意义的。对六七十年代的核试验，邓小平有过论述：“如果六十年代以来，中国没有原子弹、氢弹，没有发射卫星，中国就不能叫有重要影响的大国，就没有现在的国际地位。”确实，“两弹一星”对中国的国际地位、国防实力，特别是对整个世界战略格局，起到了至关重要的作用。

见证者的记述

——访原二机部办公厅主任李鹰翔

周广静

李鹰翔，1931 年出生于上海，1948 年参加革命。1958 年调入第二机械工业部，历任部长秘书、秘书处长、办公厅副主任、主任兼部新闻发言人、核工业报社社长、核工业发展研究中心主任，1994 年离休。离休后曾任中国尖端技术与产业管理研究会副会长、中国地区开发会副会长、“两弹一星” 历史研究会资深顾问。

当我们翻开中国核事业兴起与发展的历史书卷，就会发现我国核武器工程刚起步时有一些开创历史和统领全局的重要节点。李鹰翔于 20 世纪 50 年代进入核工业部门，在领导者身边和决策辅助部门工作多年，接触和参与了许多当时严格保密的文件资料、文稿起草、会议会务及机关事务；与很多领导者、科学家、工程专家打过交道，到过不少核工程、核基地、核研究机构和核工厂矿山。他亲身经历和见证了我国核工业体系建立决策和实施的全过程，离休后还笔耕不辍，撰写我国核工业发展史籍，为我们提供了大量详实可靠的历史材料和参考书籍。

2014 年 6 月，我们前往北京专门走访了李鹰翔主任。时年 83 岁的李主任戴着深度近视眼镜，身体矫健，一看就是个做学问的人。李主任是 1958 年二机部刚刚成立时调到那里工作的，他向我们详细讲述了我国第一颗原子弹、氢弹及核武器研制的决策及实施过程，使一幕幕远去的历史生动又真实的展现在我们眼前。特别是 221 基地创建前，一些统管原子能事业领导机构的决策成立和队伍组建，他更是如数家珍地向我们一一道来，重新梳理了我国核事业发展的重要节点和历史脉络。

原子能事业统管机构的由来与沿革

李主任首先介绍了我国原子能事业统管机构的由来与沿革。

1955 年 1 月 15 日，是共和国历史上具有特殊意义的一天。这天下午，毛主席在中南海主持召开中共中央书记处扩大会议，做出了建立和发展我国原子能事业的战略决策。这是一个历史起点的标志，从此开始了我国核工业建设和核武器研制的艰辛而伟大的秘密历程。为了实施这一战略决策，中央指定国务院第一副总理陈云、中央军委副主席聂荣臻、国务院第三办公室主任薄一波组成三人小组，负责指导原子能事业的发展工作。同年 5 月 5 日，中央决定调地质部党组书记、常务副部长刘杰任国务院第三办公室副主任，负责组织原子能事业的筹建工作。在此期间，随着中苏两国政府关于原子能的“地质协定”和“科研协定”的签订及相关工作的开展，经国务院批准，先后成立了地质部三局和国家建委建筑技术局，分别负责铀资源勘查和以苏联提供的实验堆、加速器为主要装备的科研基地建设。地质部三局和国家建委建筑技术局也是掩护名称，实际工作都归属于国务院第三办公室领导。

随着原子能事业的逐步展开，对原子能事业整体怎么管理？采取怎样的管理体制？建立怎样的管理机构？这些问题就提到了中央领导的议事日程上。1955 年 5 月 7 日，刘杰和时任中国科学院近代物理研究所所长的钱三强在向中央呈报关于与苏联谈判签订原子能科研协定的情况时建议：“为了更有效地组织原子能事业的建立和发展，最好在国务院领导下成立原子能委员会或类似机构，指定科学院、高校部、一机部、二机部（这时的二机部是国务院统管军事的部门）、重工业部、地质部、公安部、总参谋部等派人参加，对上述各项工作，统一规划，分工进行，密切配合协作。负责具体工作的各部门设立专门机构或指定专人进行工作。委员会下设办事机构，除直接管理原子堆和加速器的建设和使用外，并与科学院共同管理物理研究工作；配合高教部进行建立核专业与培训人才的工作；与各有关部门进行协作工业的筹划；组织科技干部归队和有关人员调配的工作；并统一进行保卫工作和制订保密条例等。”

周总理在考虑了刘杰和钱三强的意见后，于 1956 年 4 月 11 日致信毛主席并报党中央。中央政治局于 12 日讨论批准拟成立和平利用原子能委员会，直属国务院，陈云任主任，郭沫若、李富春、李四光、宋任穷任副主任，刘杰任秘书长。随后以原子能委员会的名义开展工作，具体工作仍有国务院三办专门工作小组负责。5 月 19 日，三办正式通知："总理指示：宋任穷担任和平利用原子能委员会副主任，先行到职。关于国务院设立和平利用原子能委员会的事，另将提交全国人民代表大会常务委员会决定。"

此时，刘杰率领中国代表团正在莫斯科同苏联代表团进行工业援助的谈判，向苏方征询了对原子能工业组织管理的意见，苏方介绍了苏联和平利用原子能总局的管理体制和机构设立情况。刘杰向周总理作了汇报，并进一步提出在原子能委员会下设原子能事业部的建议。周总理征求了薄一波、宋任穷、张劲夫等人的意见，最后一致赞同减少层次，提高效率，还是成立原子能事业部为好，而不再设立原子能委员会。7 月 28 日，周总理向毛主席党中央报告，根据中国国情，参照苏联的经验，建议设立原子能事业部。经毛主席同意，1956 年 11 月 16 日，这个方案提请第一届全国人大常委会第 51 次会议审议通过。为保密起见，定名为第三机械工业部。当时考虑管理不能过分集中，三机部主要管铀地质勘查、铀浓缩厂、反应堆和后处理厂等工作，其他工作如铀矿开采与选冶、天然金属铀生产、核专业设备仪器制造、工业设计与建筑安装等相关协作工业，采取"统一规划、分散经营、密切协作、加快速度"的原则，分别由煤炭部、冶金部、化工部、建工部、一机部等设立专门机构，按照机密单位进行管理。后来在实践中各部门都深感工作不便，经国务院同意，1958 年以后又将有关部门的机构、人员、职能陆续归到二机部（三机部改名而来），二机部就成为全国原子能事业的统管部门，这个名称一直沿用到 1982 年改为核工业部为止。

核武器研制和核工业建设是一个庞大的系统工程，1982年以前具体组织实施这个工程的是第二机械工业部。从国家全局来说，二机部是个执行机构，如同军队体制中的作战部，负责全面指挥的，则是以周恩来总理为主任的中央15人专门委员会。1962年10月，我国原子弹研制即将进入决战阶段，二机部党组提出，争取1964年最迟1965年上半年进行原子弹爆炸试验，并向中央政治局常委做了汇报。汇报中当讲到原子弹技术靠一个部门很难完成，需要全国各个方面配合时，刘少奇同志立即表示："各方面配合很重要，中央要搞个专门委员会，以加强这方面的领导和协调。现在就搞，不然1964年没有希望。你们提个方案和名单，报中央批准。看来这件事要请总理出面才行。"随后中央军委秘书长兼总参谋长罗瑞卿向中央写了报告，报告说："最近，二机部在分析了各方面的条件以后提出要力争在1964年爆炸第一颗原子弹，为实现这一目标，建议在中央直接领导下成立一个专门委员会，加强对原子能工业的领导。根据少奇同志指示，我们考虑最好总理总抓，贺龙、富春、先念、一波、定一、荣臻、瑞卿、赵尔陆、张爱萍、王鹤寿、刘杰、孙志远、段君毅、高扬等同志参加，组成这个委员会。"时任中共中央总书记的邓小平于1962年11月2日批阅："拟同意，送主席、刘、周、朱核阅。"11月3日，毛泽东主席在罗瑞卿的报告上批了15个字："很好。照办。要大力协同做好这件工作。"毛主席批示无疑是一道总动员令，动员全党、全军、全国人民齐心协力，为实现1964年爆炸第一颗原子弹而努力奋斗。同年11月17日，中央专委正式宣布成立。

中央专委成立后，1962年11月29日召开第二次会议，在审定专委办公室职责条例时，周总理指出：专委"是权利机构，是政策领导"，"具体工作要靠你们（指当时二机部刘杰等领导）来做，专委主要帮助解决你们解决不了的困难。"这就把中央专委机构的性质和任务讲得很清楚。那天会上，总理还把当时调到专委工作的原冶金部钢铁司司长刘柏罗、原一机部局长李光、赖坚和原化工部局长宋良甫等工作人员，介绍给专委委员，并对工作人员说："你们都是从高级岗位上调来的首长，现在要动手动脚，是首长又是脚长，权利最小也最大。你们个人没有任何权利，但问题一经专委决定，你们检查执行权利又最大。要善于和各个方面协商，要口勤（电话、交谈、报告）、手勤（动手、动脑写东西）、脚勤（深入、调查、拜访）。”这也成了专委办公室工作人员的基本职责和工作作风。在总理亲自主持下，中央专委和全体工作人员，围绕“实现1964年爆炸第一颗原子弹”和全面推进核武器研制和核工业建设，做了大量工作，帮助二机部解决了一系列难题。尤其是组织和协调全国各方面力量，支援原子能事业，使核武器研制和核工业建设呈现出势如破竹、节节胜利的局面。总理共主持召开了40多次专委会议和若干次专委小会，讨论解决了几百个问题。从方针政策、基本原则的提出到专门机构的组建、领导干部和专业人员的配备，以及全面的思想政治建设；从规划计划的酝酿和审定重大关键项目的攻关、协调到每次大型试验的部署、检查和指导，周总理都倾注了大量的心血和智慧，为我国的核事业作出了永不磨灭的重大贡献。

中国核工业队伍的组建

李主任强调我国核科技队伍来自五湖四海。

1955年1月，中央作出了创建核工业的战略决策，但实施这一战略决策的重大难题是缺乏核专业科技人才。新中国成立时，全国核科技人员只有10来个人，中国科学院近代物理所（原子能研究所的前身）成立一年后，才聚集了30多人，大都是从欧美等国家留学归来的博士、硕士等研究人员。为了组建科技队伍，当时采取了三项措施。一是继续吸收国外留学人员回国工作。经过中美两国政府多次谈判，美国终于取消了不准中国留学生离开的禁令。1955年后，又有几十名留学美国的核科技人员，陆续回国投身于核科学研究事业。二是由中央下令从国内各部门、各省市领导机关、研究所、工厂和高等院校抽调一批专业相近、水平较高的科技人员，改行参加原子能事业建设。三是由高教部负责抽调230名留苏学生改学核科学与核工程专业知识；从国内各大学物理系抽调100名品学兼优的三年级学生，集中到北京大学改学核物理和放射化学专业知识。与此同时，把1955年接收的20个专业104名大学生，安排到中科院物理所等10个研究单位实习培训。1956年又吸收应届大学毕业生196人，在分配工作之前，组成北京大学技术干部培训班，补学原子能专业知识。这三部分科技力量加上近代物理研究所的研究人员，构成了我国核工业创建初期的科技队伍。他们中有学术造诣高深，蜚声国内外的老科学家，有科技知识渊博、工程经验丰富的老专家，有品学兼优、勤奋肯干、年富力强的新中国自己培养的年轻科技人员。1960年，苏联撤走专家后，在中央的支持下，又从各部门和各地方抽调了两批中高级科技骨干，并逐年接收应届大学毕业生，进一步壮大了核科技队伍，适应了核工业自力更生发展的需要。这些科技人员中的许多人后来成为核工业各单位的科技领导骨干和卓有成就的科技专家。据不完全统计，有70人被选为科学院和工程院院士，朱光亚和周光召两人成为国家领导人。

为了加强核工业建设的领导和管理，在组建科技队伍的同时，中央还多次下通知从部队、机关、工厂、学校抽调党政领导干部，到二机部机关和基层单位工作。在选拔干部时，首要条件是政治可靠、身体健康、初中以上文化水平。对担任领导岗位的干部还有级别的要求，处级干部要求13级以上，年龄在35岁以下；科技干部要求17级以上，年龄在30岁以下。按当时党政干部级别配置，17级以上干部相当于县委书记或县长，而核工业一个大型企业就要配置几十名17级以上的干部，可见核工业干部队伍的层次之高、阵营之强。

核工业队伍中人数最多、比例最大的是工人队伍。按当时的要求，调来的工人70%是党、团员，而且都是四级以上技工，有好几位是全国和地方的劳动模范。他们不仅政治素质好，而且技艺高超，经验丰富，在研制、试验和技术攻关中起到了重要作用。另外，还有两部分工人，一部分是成建制划拨过来的，如建筑安装和机械制造工人；另一部分是吸收退伍军人和民工，他们也都是在核工业建设和发展中的重要力量。

这是一只来自五湖四海的核工业队伍。组建这样一支队伍，从中央到各部门、各地方都十分重视。而这支队伍历尽艰辛铸就的辉煌业绩也将永远留在共和国的史册上。

青海贡献情难忘

李主任说，基地领导与科学家的吃苦在前的带头作用，让人敬佩，令人感动，也最终铸就了我国的核事业辉煌。

作为千万个核事业开创者之一，李主任也有很多难忘的事情和经历。作为二机部部长刘杰同志的秘书，他曾多次陪同刘杰同志前往青海221基地。李主任回忆说："我第一次到青海是1963年8月。当时对青海的第一印象很好，因为正好是8月份，草原的景色很美，可住了两三天居然下雪了，觉得很纳闷儿，因为当时北京是盛夏，穿的衣服少，李觉将军还找了军大衣给我穿。青海基地由于海拔高，饭煮不熟，水烧不开，晚上睡觉也有反应，我们一些同志长期在青海艰苦奋斗，所以我对他们更是由衷的敬佩。""在基地长期工作的有很多大科学和科技精英，当时基地还没有全部建成，只有部分厂区和几栋黄楼刚建起来。全面负责基地生产建设的李觉将军就决定党政干部全部住在帐篷里，让科技人员先住楼房。领导干部吃苦在前、冲锋一线的作风给所有人都留下了深刻的印象，这种榜样的力量也时刻体现在核基地攻关生产的每一个环节。"李主任接着说。

据李主任回忆，刘杰部长就是这次来青海221基地时，将研制第一颗原子弹的代号定名为"596"的。中共中央于1959年6月20日收到赫鲁晓夫信，拒绝按照协议提供原子弹的模型。虽然赫鲁晓夫承诺两年以后再说，但宋任穷部长和刘杰部长都意识到这实际上已经拒绝向我们提供帮助。刘杰部长来到基地，看到大家艰苦奋斗攻关生产的情况后，就和李觉、吴际霖商量，将第一颗原子弹的研制工程定名为"596"，以此来激励大家奋发图强，自力更生研制原子弹。221基地建成后，工作条件虽然艰苦，面临很多困难，但为了实现"两年规划"，刘杰部长对研制原子弹的整个产业链的每一个环节抓得都很紧很细，无论是人还是事，每一个细小的环节都亲自抓，遇到困难想尽办法也要克服，使得“两年规划”每个环节每个步骤都环环相扣，终于在1964年10月底圆满地完成了“596”工程。

让李主任非常难忘的，还有很多在青海221基地长期工作的大科学家，王淦昌就是其中一位。王淦昌是我国核科学和核武器研制的开拓者和奠基者之一，取得了多项令世界瞩目的科学成就。1960年，当王淦昌发现了反西格玛负超子正誉满全球的时候，领导却要求他改变研究方向，参与自力更生研制核武器，他毫不犹豫地立即表示：“我愿以身许国。”鉴于研制核武器是国家最高机密，要求工作人员绝对保密，断绝一切海外联系，王淦昌在国际上特别有声望，为了隐姓埋名，他将自己的名字改为“王京”。从此，王淦昌为了祖国的核事业奔波在青海221基地和新疆核试验场。当时王老在青海工作时已经五十多岁了，在科学家当中他是最年长的。这位享誉世界的大科学家从此在国际科学界神秘消失，他以“王京”的身份，在青海高原和新疆大漠工作、生活了长达17年之久，调回北京时已经是年逾70岁的老人了。在核基地，王老从未介意过工作和生活条件的艰苦，怀着满腔热血，全身心地投入到核事业当中。

李主任说：“王老的故事最多，他在工作上始终以大局和整体利益为重，从不计较、从不怕吃苦。”当初有些技术方案，会产生不同的意见，比如炸药成型就有两种方案，陈能宽是一种，王淦昌是一种，在这两种方案比较当中，王淦昌的方案从技术上更先进，但当时条件不完全具备，而陈能宽方案从条件上更成熟，这两套方案比较当中，两者必须取其一。1964年爆炸原子弹的时间已经定了，为了保证万无一失，王老就从大局出发，放弃了自己的方案，把自己的成果往后推，采取了条件更成熟、更容易做到、更有把握的陈能宽方案。生活中王老也很平易近人，对晚辈无论学生、下属科技人员和身边工作人员都像对待自己的朋友那样关怀备至，所以在大家心目中王老是最可亲可敬可爱的科学家。李主任深有体会地说："他在核科学领域的卓越成就和巨大功绩，以及他热爱祖国的真挚情感和奉献精神，和他为人的崇高品德和思想情操，总是令人永远难忘。"

177 办公室的日日夜夜

李主任指出，177 办公室第一时间听到了原子弹成功爆炸的喜讯。

李主任说，他直接参与的很重要也很神秘的工作是在 177 办公室度过的。177 办公室是中央决定进行首次核试验后，为了做好北京与核基地的联络工作，由二机部和国防科委联合组织的一个临时工作机构，作为首次核试验的信息枢纽，负责与核试验现场密切联系，上传下达，及时、准确地向中央首长及军内外有关部门报告情况、传递信息，并向试验现场传达中央领导的有关批示和指示，这个办公室历时只有一个月，可流经它的信息在当时是国家顶级机密，外界一无所知。177 办公室由刘杰直接领导，二机部和国防科委派人参加，有包括刘杰部长秘书李鹰翔在内的 5 人组成，地点设在二机部办公大楼 2 层 5 号房。为了保密需要，给房间的门窗都钉上了两层毯子，使外界看不到里面的工作情况，也听不到里面的说话声音，总参通讯兵部给配备了与核试验现场通话的带有载波机的电话，同时架设了与周恩来总理、贺龙、聂荣臻、罗瑞卿等首长办公室之间的直通专线和手摇电话单机。这个办公室对外全封闭，全天候 24 小时连续工作，有一套严格的保密制度，同前后方重要通话都要复述并记录在值班日志，传送文件都要坐小车两人同行，通话行文涉及原子弹和试验行动的都要用密语，当时报经首次核试验现场总指挥张爱萍审定的密语是：供试验用的原子弹为"老邱"，原子弹装配为"穿衣"，原子弹在装配间为"住下房"，原子弹在塔上工作间为"住上房"，原子弹接插雷管为"梳辫子"，试验现场气象为"血压"，原子弹起爆时间为"零时"。

177 办公室于 1964 年 9 月 28 日开始与首次核试验委员会办公室（代号 20）通话，传递的第一个重要信息是供试验用的原子弹的运输情况。9 月 26 日下午 2 点 24 分，原子弹由副厂长吴际霖和武装警卫护运，从青海 221 基地专用铁路线上小火车发车起运，途径西宁、兰州、哈密等站，于 10 月 2 日上午 9 时 38 分安全到达乌鲁木齐。运送原子弹的火车为一级专列（国家最高领导人级专列）运行，采取严密的安全保卫保密措施，沿途都有公安干警警戒，到了两省交界处，负责护送的两省公安厅厅长还要办理安全运输交接手续。沿线铁路检车的铁锤一律换成铜锤，以免产生火花；机车使用的煤都用筛子精心筛选，防止混入雷管之类的爆炸物；专列经过时，横跨铁路上空的高压线暂时停电。原子弹运到乌鲁木齐后，于 10 月 3 日、4 日先由改装后的伊尔-12 飞机分三架次运抵罗布泊核试验基地的开屏，然后再由直升机送到试验场靶心铁塔底下。原子弹的铀-235 部件和中子源，另由改装后的伊尔-14 飞机直接经兰州、酒泉送到开屏，在铁塔下装配间与弹体装置进行总装。

回忆起在 177 办公室等待原子弹爆炸成功的电话时，李主任至今都难掩心中的激动：“大家都在等下午三点钟的那个时间，感觉呼吸都要停止了，就等着这个电话。前方第一个打来电话的是张爱萍，办公厅主任张汉周接到电话时因为太紧张，一下子电话都没抓住，刘杰部长当时抓起来接听了张爱萍的电话。因为在这之前总理有指示，不管情况怎样，让张爱萍直接给总理通知电话，所以张爱萍跟 177 办公室报告的同时也第一时间向总理进行了报告。”时间已经过去五十年了，李主任至今回忆起来在 177 办公室完成首次核试验信息联络的任务时依然十分激动、十分兴奋，这段经历必将成为他永远难忘的记忆。

李主任的期望

李主任回忆，他最近一次来青海是 2010 年。参观完原子城纪念馆后他觉得很振奋，内容很充实，再现了当时的历史情况。李主任说，青海原子城纪念馆是在我国第一个核武器研制基地旧址建立起来的、全面系统介绍我国核武器研制发展历史与成就的专题纪念馆，它现在是青海的一个亮点，海北州是一个值得骄傲的地方，为共和国的核事业作了很大的贡献。原子城纪念馆是记录和反映历史，传承弘扬历史精神文化的一种很好的方式。建馆以来，在省和州领导的关怀和支持下，纪念馆同志做了大量卓有成效的工作，已吸引了150多万观众前来参观，成为青海省最具影响力的爱国主义教育基地、国防教育示范基地和红色旅游经典景区，在介绍核武器研制历史成就、宣传“两弹一星”精神、普及核科学技术和核武器知识等方面，发挥了重要的作用。

李主任最后意味深长地说：“历史是一种文化，没有历史就没有文化；历史是一种智慧，总结历史经验教训，就能形成丰富的智慧；历史是一种情感，一段时间的共同战斗生活，联接成的记忆和感情，将弥久难忘。”他希望原子城纪念馆除了办好展览之外，能发展成研究、研讨的基地。通过召开研究会议、组织学术活动等方式完善纪念馆教育功能，扩大影响力，成为文化和历史的载体，在宣传我国核工业历史和弘扬“两弹一星”精神与核工业精神方面，发挥更大的作用，让观众铭记历史，传承历史精神，为实现中华民族伟大复兴的中国梦多作贡献。

王老的许国誓言

——访“两弹一星”功勋奖章获得者王淦昌之女王遵明

杜文林　王致玲

王淦昌，知道他的人都亲切地称他为王老，都知道他有句名言：我愿以身许国。王老是世界著名核物理学家、中国核科学的奠基人和开拓者之一，曾参与中国原子弹、氢弹原理突破及核武器研制的试验研究和组织领导，是中国核武器研制的主要奠基人之一。由于他对中国科学技术事业和国防建设的卓越贡献，曾荣获两项国家自然科学一等奖、一项国家科学技术进步特等奖等多项重要奖励。王淦昌为人谦逊，生前曾多次告诫身边工作人员，不要把自己誉为“两弹之父”，这个成绩归功于集体、归功于国家和人民，他多次说过：“要做科学家，不要当科学官。”

2014年6月11日，我们如约走进了王淦昌的女儿王遵明的家。家里只有王遵明和她的老伴，她女儿一家在国外定居。两位老人很热情也很健谈，在与他们的谈话中给我们还原了一个真实的王淦昌。

据王遵明介绍，其实王老的一生充满了坎坷与挑战。王老于1907年出生在江苏常熟，4岁的时候父亲去世，13岁时母亲又离开了人间，他就在外婆家生活，外婆供他上学读书，18岁时考入清华大学，26岁时获得德国柏林大学博士学位。经过自己一步步的艰辛努力，最终成为了世界上有着一定影响的著名科学家。

1956年，王淦昌作为在苏中国留学生代表赴苏联杜布钠联合原子研究所工作，期间，他从4万张底片中找到了一个产生反西格玛负超子的事例，发现了超子的反粒子——反西格玛负超子，受到了世界物理学届的高度评价。1972年，美籍物理学家、诺贝尔物理学奖获得者杨振宁回国访问时曾对周总理说：“联合原子核所这台加速器上所做的唯一值得称道的工作，就是王淦昌先生及其小组对反西格玛负超子的发现。”

王遵明回忆说，王老在生活中是一个很不会照顾自己的人，他的眼里只有工作，对吃什么穿什么都不关心，每次去西北出差时都是妈妈给他收拾好行李，什么日用品、薄的厚的衣服，他统统不管，拿起行李箱就走人。他甚至连厨房门都没进过，家务更是什么都不会。当时去苏联的时候，就怕他不会照顾自己，周总理还特别安排了妈妈去苏联照顾。回国后，每次从青海221基地回来时，妈妈就到菜市场买鱼买肉，说王淦昌年纪大了给补点营养，改善改善生活。

王遵明说，其实我父亲对家人和学生相比，更关心学生。他有一个学生叫王乃彦，患眼睛视网膜脱落病，他急得不得了，亲自到医院找大夫询问情况，找有名的大夫给他治病；还有一名学生叫丁大周，是一个非常有才的人，在苏联的时候，反西格玛负超子研究中就有丁大周，业务能力也非常好，王淦昌特别欣赏他，一看他身体不好，也急得不得了，做器官移植手术，那个时候器官移植是很难的，不像现在，我父亲就给北京市市长彭真写信，换了两次肾。之后，丁大周对我父亲特别感激，说他的第二次生命就是王淦昌给的。我父亲就是这样，不管是谁有什么事求他，只要他能做的，绝对帮忙，不管你是领导、学生还是一般人。他的同事、学生们都觉得他人特别好，都说平易近人，如果父亲不在家，家里来电话找父亲，家里人都会记好，回来后父亲逐一给他们回电话。有一次来电话，家里人觉得一般人就算了，没告诉他，后来他知道了，特别生气，他说怎么可以这样呢？人家来电话不管事大事小，你就应该记下来，他平时就是这样一个人。

王遵明说，在工作上我父亲是一个非常严谨的人，他的脑子里都是工作，别的什么都没有。他常说：“我不需要什么人事观，我觉得那是浪费时间，我的精力就是搞业务。所以他先后辞去二机部副部长和原子能科学研究院院长的职务，一心搞科研。”我父亲从苏联杜布钠联合原子研究所回来后，被任命为核武器研究院副院长，在这期间，他又成功地领导了中国前三次地下核试验。

王遵明回忆说，1961 年，我父亲去青海基地时已经 54 岁了，在严重缺氧的高原上，他废寝忘食，夜以继日地工作，身体渐渐支持不住了。同志们要求他："王老，你歇歇，让我们去跑吧！"但是，有高度责任感的王老，仍坚持要亲自到科研生产第一线去。他说："任务那么紧，项目那么多，有一项赶不上进度，就会影响试验。"后来，因为缺氧气喘，实在跑不动了，就在办公室接上氧气袋，坚持工作。他亲自深入车间，和工人同志们谈心，到职工宿舍，耐心地做思想工作。科技人员和工人师傅的实干精神，支持着王淦昌满怀信心地去完成试验任务。

王遵明回忆说，原子弹爆炸成功后他就考虑一个问题，怎么样军转民，接下来怎么办？因为中国是能源非常缺乏的国家，而煤里会提炼出很多东西来，烧掉能源太浪费了，而且污染环境，所以他提出要搞核电。当时核电发生问题了，很多人害怕核电，说这个太不安全了，但我父亲说："只要注意安全，不会有问题，你要把壳做得非常好，那个东西才不会出来。"而且提出来要自力更生，买来的东西他认为不是最好的，他就要自己搞，所以国家筹建秦山核电站时，他就提出来要自己搞，不要拿国外的。我父亲说，我们和国外是个合作关系，不是把人家的东西拿过来，那我们科学技术怎么发展？他特别烦这一条。从此，他对核电就抓住不放了，率领考察团出去考察，利用出差开会的机会作报告、给有关杂志写文章，广泛地宣传核电。

"我愿以身许国"，他用自己毕生的精力践行了对国家许下的誓言。在 70 年的科研生涯中，他奋力攀登，取得了多项令世界瞩目的科学成就，为世界、为国家、为中华民族作出了卓越的贡献，历史不会忘记，党和人民不会忘记。

回忆我的父亲

——访“两弹一星”功勋奖章获得者朱光亚之子朱明远

杜文林　王致玲

朱光亚是我国著名的核物理学家，中国科学院学部委员、中国工程院院长、两弹一星功勋奖章获得者，是新中国核科学事业特别是“两弹”事业的元勋和主要科学技术领导人之一，是中国科技事业特别是国防科技战线的一位卓越组织领导者，是一位才识与品行双馨的杰出科学家。

在骄阳似火的六月，我们专程到北京走访为研制我国第一颗原子弹和氢弹作出突出贡献的科学家及他们的子女，了解当时在221基地奋斗过的老专家老职工和科技工作人员所走过的“秘密征程”。2014年6月10日，我们事先与朱光亚之子朱明远先生作了约定。早10时，他准时来到酒店，将我们接到了中国人民解放军总装备部大院，跟着朱明远先生踏进了“两弹一星”元勋朱光亚的家。

一走进正门，看到的是一副长3米的23位“两弹一星”元勋“以身许国图”，让我们内心一振，崇敬之情油然而生。客厅的家具和摆设都非常的简单，就是几张沙发、几张茶几和一个书柜，正墙中央是朱光亚先生的一张照片，照片两边是一副对联，上联是“立德立功两弹一星震寰宇”，下联是“爱党爱国三山五岳仰功勋”。书柜里陈列着许多珍贵的书籍，还有几张朱光亚不同时期的照片，整个客厅给人的感觉即简明又庄严。朱明远先生大概介绍了家庭情况后，就开始给我们讲述他父亲的故事，聊了许多朱光亚背后一些我们所不知道的故事。

朱明远介绍说，朱光亚是一个做事非常认真细致的人，这一点对他们的影响是非常大。朱明远小时候是一个非常粗心的人，常常被朱光亚称为“马大哈”，但父亲身上那种认真细致的气质潜移默化的影响了他，等他走到工作岗位上时，是单位里出了名的认真细致。朱光亚先生没有像有些家长那样在教育上制定什么方式方法，从来都是以身作则来影响孩子们。在生活上他是一个很不挑剔的人，穿什么、吃什么都不是从不关心，在他办公室里放置的办公用品，都是20世纪六七十年代用过的，大家都说他是一个比较恋旧的人，他用过的东西一直不换，直到不能用为止。比如说他就特别喜欢用那种最老的刮胡刀，后来家人觉得他岁数大了，就给他换了一个自动的，但他一直都没用过。在工作上他却是一个一丝不苟的人，他对自己的要求非常的严格，认真制定每天的工作计划，也为此常常加班加点。如果今天的任务没有完成的话，加班加到第二天也要完成，他常说不能因为今天的工作而耽误明天的事。

朱明远说，父亲小时候是一个非常活泼开朗的人，性格非常直爽，有什么说什么，亲戚朋友都喜欢他。但到五六十年代的时候父亲突然就不说话了，在家里也很少说话，家人跟他说话时，他也只是笑笑、点点头，不参与到谈话中。但那个时期他却喜欢上了唱歌，并且只唱一首歌，那就是《在那遥远的地方》，那个时候只要父亲有短暂的时间待在家里，都会陪着孩子们说说话、聊聊天。有时候还会亲自下厨做一道地道的湖北菜，他常常往返于北京和核武器研制基地，一走就是几个月，他每次回家基本上都是在深夜，我们第二天醒来后，才发现父亲回家了。走的最长的一次是一年半，那个时候我从内蒙回到北京，到家时已经是凌晨三点了，父亲一直没睡，在家等着我们，一进门才发现父亲头发也白了、人也瘦了，突然之间眼泪止不住往下流。

朱明远回忆说，父亲对自己要求非常严格，他不张扬个人，对自己的成就和贡献从来只字不提，在有关国防科技历史的文献中，都有他撰写的文章，但字里行间他都只谈别人和集体，从不谈自己，他经常谦虚地说："核武器研制是一项综合性很强的系统工程，需要有多种专业的高水平科学家与工程技术人员通力协作。"1996年10月，父亲荣获"何梁何利科学技术成就奖"，奖金为100万元港币，颁奖的头一天，他就对身边的同志说要把奖金全部捐出去，作为中国工程科技基金，在捐出了100万元港币之后，父亲又反复叮嘱周围的人不要把这件事张扬出去。所以，在很长一段时间里，即便是在中国工程院的院士中，也很少有人知道我父亲捐款这件事，社会上就更是没人知道了。

朱明远说，我父亲对中国第一个核武器基地有着非常深厚的感情，到晚年都十分关注基地退役后的情况。2005 年 8 月 11 日，中组部有关领导到总装备部看望我父亲，并开会了解 221 基地的情况。在宋家树院士向大家做具体介绍时，中组部问到建立核武器方面的纪念馆会不会产生国际影响，我父亲予以反驳："美俄都有类似的博物馆，相比他们，我国的核政策是自卫防御性的，这座纪念馆我们更有必要建。"

原来 2005 年 8 月 7 日，时任中共中央政治局常委、中央书记处书记、国家副主席曾庆红视察了 221 基地，并参观了第一个核武器研制基地展览馆，提出展览规模过小，回到北京后中组部按照曾庆红副主席指示，询问了我父亲朱光亚和理论物理学家周光召两人的意见。

据朱明远先生讲，对于在我国第一个核武器研制基地旧址建设爱国主义教育基地，朱光亚非常重视和关心。2005 年在与中组部同志谈过此事后，他亲自致信给领导，表明了自己的观点，并做了详细的阐述。2007 年他又给领导写了一封信，说明了在基地旧址建设爱国主义教育基地的深远教育意义和存在的相关问题。在朱光亚的关心和支持下，2009 年 5 月 26 日，终于在中国第一个核武器研制基地旧址修建了青海原子城纪念馆。

采访结束时，朱明远先生还主动请他的母亲许慧君老人跟我们见面。许慧君是在警卫和朱先生的搀扶下走进了客厅，老人非常的和蔼，虽然已经是 80 多岁的高龄了，但精神还是很不错的，思路也非常清楚。当她听说我们是从青海基地来的时候，很高兴的跟我们一一握了手，并和我们合影，最后还在题名薄上留下了自己的名字。看着老人离开的背影，一种说不清的感情涌上了心头，眼泪也止不住的往下流……

在结束采访后，朱明远先生表现出了对 221 基地那种特殊的情怀。他表示 2014 年 7 月一定要寻着父亲的足迹，到父亲曾经奋斗过的地方看一看、走一走，去了解父亲当年的艰辛，去真正了解和感受父亲工作和生活过的地方！

记忆中的科学家

——警卫员任银乐谈“两弹”元勋王淦昌与朱光亚

杜文林

20 世纪四五十年代，全国成千上万名科研专家、技术工人特别是一批优秀的科学家心怀祖国、义无返顾，服从祖国需要，来到金银滩草原，隐姓埋名，埋头苦干，集智攻关，求实创新，克服难以想象的艰难险阻，为中国的核事业奉献终生，唱响了一曲曲可歌可泣的壮歌。核物理学家王淦昌生前警卫员任银乐老先生回忆起在 221 基地的经历，回忆起在王淦昌、朱光亚身边工作时的情景，记忆犹新，情不自禁，感慨万千。

现年 73 岁的任银乐老先生，于 1939 年 5 月 20 日出生在河南省濮阳市清丰县。1959 年 6 月，刚 20 出头的他以贫下中农身份，作为支边青年来到 221 基地，被分配到基地保卫部。直到 1973 年年初离开基地，在基地工作生活了 14 年。2013 年 6 月 23 日，任银乐同夫人刘青素、儿子任亚明离别 40 年后重返金银滩，追寻 221 基地的记忆。见到任老的第一感觉就是亲切，与他迎面握手时，我告诉他：“欢迎你们回家!”任老激动地对我说：“哎呀，太激动了。这里变化真大，太美了，街区比原先大多了，建筑也很漂亮！真好!”任老虽已古稀有余，但他身体安康，精神抖擞。任老先生指着原先住的房子的方位，告诉我工作过的地方时，特别激动，热泪盈眶。他激动地对我说：“刚来时整个基地就十几个帐篷，没什么建筑，我们住在了麻匹寺。”任老对 221 基地的工作和生活经历记忆犹新，恍如昨日，向我们讲述了 221 基地创业时期的艰难历程，特别是在王淦昌、朱光亚两位核物理学家身边工作时的点滴故事。

党和国家历来十分重视对高科技人员的安全保卫工作，尤其是科学家，对他们的安全保卫工作也是国家的最高机密，外人知道甚少。据了解，当时要求三位科学家不能同乘一辆汽车，科学家无特殊情况不能乘坐飞机（当时飞机安全系数很低），每位科学家身边时刻都有警卫员陪伴，负责科学家的安全。

任老回忆，1959 年 6 月，二机部九局局长李觉亲自安排，挑选了近 40 名精干的青年同志去甘肃省兰州市交际处（友谊饭店）实习、培训，担负对苏联专家的接待、服务和安全保卫工作，任老就是其中一位。1961 年上半年苏联专家撤走后，他们于 12 月初回到 221 基地。任老被分配到基地保卫部三科，担负着基地警卫和生产保卫任务。1962 年初，在基地建设期间，一直集中于北京攻克原子弹理论设计的科研人员，先行进驻基地。著名物理学家王淦昌、彭桓武，力学专家郭永怀等科学家也离别妻儿，来到高原，开始“草原大会战”。

任老回忆，当科学家们来到 221 基地时，为了保证科学家们的安全，负责基地建设的二机部九局局长李觉亲自安排，组建了 10 多人组成的保卫队伍。任老回忆说，有一天，李觉局长在百忙中参加了他们保卫队的工作会。在会上，李觉局长首先传达了周总理的指示：“王淦昌同志是我们中国人民的‘宝贵财富’，我国核事业的希望。现在我把他交给你们，请你们把王淦昌同志保护好，尽力使王老生活好、工作好，有一点差错，向全国人民不好交代。”李觉局长接着又讲了警卫工作的重要性及具体工作部署。最后，李觉局长还语重心长地同保卫队人员说：“你们的工作很重要啊！再大的困难，也要把王老保护好，不能出半点差错，不然我们向周总理不好交代，向全国人民不好交代。你们不仅是保卫员，也是随身保密员和生活秘书。”

科学家是一个国家的宝贵财富，更是民族的希望。任何国家都想方设法用最高规格保证他的安全。任老说，自保卫队成立后，各级领导都十分重视，对科学家的安全工作制定并实行了严密而有效的保安措施，为科学家们创造了安全的工作生活环境。任老说，我们所做的一切都不引人注意，可付出的辛勤劳动，是不可低估的，有的同志还献出了自己的生命。

在王老身边的日子

王淦昌是我国核武器研制的主要奠基人之一，参与了中国原子弹、氢弹原理突破及核武器研制的试验研究和组织领导。任老回忆说：“从1963年至1981年，我在王老身边工作了18年，王老为了我国核事业的发展，他老人家不知疲倦、无私奉献、忘我工作的精神，给我留下了深刻的印象。”任老讲述了在王老身边的日子，体现出一位伟大科学家崇高的思想、朴素的生活和忘我的工作精神！

王老平易近人，生活上要求和大家一样。对于一个警卫员来说，时刻关心的就是科学家的生活工作情况。任老回忆，建厂初期的221基地，副食供应远远比不上内地，像青菜、茄子、白菜当时都是从广东、西安、兰州等地用火车运来的，不论科学家还是一般职工都吃同样的。生活管理人员及炊事员想办法，尽力满足王老生活上的需要，经常征求王老的意见，王老总是两句话：“蛮好的，谢谢你们。”后来，王老每次去食堂吃饭，总要先到食堂看看炊事员，对他们说几句话：“你们辛苦了，我吃得很好，谢谢你们，不要只为我一个人，我要和大家一样，不要搞特殊。”任老说：“王老在生活、工作中经常关心别人，照顾大家，这样的事迹太多太多，我们都很尊敬他。”

任老工作认真，要求紧张而有序。在理论攻关、试验时期，为了抢时间，科研人员经常加班加点，特别是理论科研专家身先士卒、忘我工作的精神，深深地感染着每位科研人员。任老回忆说：“有一次，产品总装时出了点问题，科技人员一连几天都在开会、研讨，王老每天晚上都很晚才休息。有一天，已是深夜11点左右，王老在宿舍里走来走去地想问题，后来叫开了值班室的门，王老说：马上要去×××车间看看。’当我给车队的打电话时，司机已回家休息，看到王老着急的样子，我马上到家属楼找到了司机。司机一听是王老用车，立即起床开车去了，司机还跟我开玩笑说‘王老在玩命呀！’只用了10多分钟时间，王老就来到车间，原来车间职工也正在加班。王老在车间负责同志的陪同下，了解加班所做的工作，王老很满意地称赞技术师傅们不怕苦、不怕累，勤奋工作的干劲。不知不觉，时间已过深夜 1 点多钟，我走到王老身边，劝他回去休息，可王老一点困意也没有，在车间里走来走去。后来，车间负责同志不知从什么地方找来一张行军床，还有两床军用毯子。可能王老太累了，没经大家说，就躺在行军床上睡着了。“王老亲临现场指导工作，大家很受鼓舞。”任老说，这样的事迹很多，数也数不完，讲也讲不完。

王老以身作则，严格遵守保密纪律。我国的核事业，自始至终都有一个严格的《保密守则》，到 221 基地的人都要接受严格的保密教育。任老说：“我们作为首长身边工作的同志，更不例外，因为我们接触的机密多，而且有不少机会接触到核心机密。那时我们除去本人严格遵守保密规定外，还要协助首长做好文件、技术资料、工作手册的妥善保管工作。”任老回忆说，我在王老身边工作的时间里，深感王老对保密工作十分重视，多少年来从未出现过差错。王老在办公室和宿舍，凡是他用过的废纸，从来都不乱丢，都集中一块，让我去烧掉。外出开会或工作，在结束时总要把自己随身携带的文件、技术资料、工作手册等认真清查好，本人携带或交给我保管时才离开，从不马虎。

任老讲述了这样一件事情。记得有一次，×××国家试验任务前夕，产品马上就要出厂了，可准备工作存在问题。几天来，有关领导和科技人员白天、晚上都在开会讨论，王老更是忙得不可开交，一天只能休息三四个小时，筋疲力尽，人消瘦了，眼睛熬红了，说话声音也哑了，我很担心王老的身体。有一天，我劝王老午饭后休息一会。这个时候，朱光亚副院长来了，两人互相问候后，立即又讨论起上午开会未完的问题。两人讨论中时有争论，有时争论得还很激烈。当时，我不知道发生了什么事，又担心王老的血压增高，就以打开水为由去看个究竟。当我突然出现在他们面前时，两位科学家都格外震惊，稍停了片刻，立即用外语对话，继续争论，我意识到两位科学家正在讨论工作，就马上退出了房间。我知道，他们为了使国家试验做到万无一失，他们之间经常发生必要的争论，而且争论的问题往往都属于核心机密。他们的保密方式，深深地影响了我，我暗下决心，尽力做好本职工作，间接地为我国核事业多出力，多作贡献。

在朱院长身边工作

1963 年初，一直集中在北京攻克原子弹理论设计的科研生产人员，陆续迁往研制基地。那时科研时间特别紧张，参加大会战的人们喊出了“有条件要上，没有条件创造条件也要上”的口号“为国争气，为国争光”，人们是这样喊的，也是这样干的。

任老回忆说，记得在二二一厂，要进行重要试验，产品出厂前的各项准备工作都在紧张而有序地进行着。多天来朱光亚副院长（时任二机部第九研究院副院长）等科学家都在开会、讨论，并亲临现场指导工作，每天都工作 10 个多小时。有一天，朱院长晚上工作到十二点才睡觉（科学家的宿舍在我们值班室楼上，有什么我们都能及时知道）。凌晨 1 时 40 分左右，朱院长宿舍的电话突然响起来了，听得出事情很急，在电话里讲了约一个小时，最后我听到朱院长说：“好，好，我马上准备。”我预计朱院长一定有急事要办，马上穿好衣服跑上了二楼，可能院长也听到了动静，开门一看是我在门前，很是高兴，立即把我请进宿舍，对我说明天有急事速去北京，并具体安排了在天明之前必须做好的几件事情。等我把交代的事情办好回到宿舍时，已是凌晨 5 时 10 分，朱院长已经起床了。我汇报交代的事情办好时，朱院长很满意。

任老回忆说，我们的小车到达西宁飞机场时，正好国防科委派来的飞机在西宁机场上空盘旋着陆。我们一行 3 人（同去的还有一人）在机场稍作休息，就登上飞机，8 时 40 分起飞。我知道朱院长很累，经和机长商量，我把床铺好，让朱院长睡觉了。约 3 个多小时，专机着陆在北京西郊机场，接机车辆早已等候。一出机场，朱院长看了一下手表，指示：“现在离开会的时间只有一个小时，下午 2 时准时开会，直接去国防科委开会，中午饭在路上顺便买点。”下午2时，朱院长准时参加了国防科工委召开的会议。因工作需要，科委一位参谋通知我们车子不要开走。我们只好在科委办公大楼前等待，我在车里睡了一个下午。下午下班的时间早已过去，会议还在继续，我们只好等。下午7时过了，才临时休息，开会的领导们都到临近街上随便吃了点，说晚上9时继续开会。到了深夜12点时，还没有散会的意思，因我有点累，在车上又睡着了。当司机叫醒我时已是凌晨3时10分，我马上做好回招待所的准备，这时朱院长疾步走到我身边，向我交代：把提包和文件包让我保管好，回九院招待所。其他的事就不让我再过问了。

任老回忆，当朱院长等乘坐的车子开出科委大门时，科委一位参谋告诉我：“周总理要接见他们，首长们去向周总理汇报工作。”参谋还说要保密。去北京第四天，我又随朱院长乘科委的专机去了新疆基地，记得当时同机去基地的还有李觉副部长。

任老回忆说，让他这一生最难忘的，就是押运“596”产品去新疆基地。“很幸运执行了这次任务，我特别兴奋也特别高兴，我一生也忘不了，过去和现在都感到光荣、自豪。”任老激动地说：“那次押运‘596’产品的任务本来没有我。当时‘596’产品装好火车，准备运往新疆基地，保卫部的大部分同志都被分配到各个执勤点执行安全保卫任务。我和张仁贵同志分配到了火车站，火车站气氛很紧张，很肃静。火车马上就要启动了，那时有人在火车上叫我：小任，小任，快来……我跑步到列车边上，说时迟，那时快，二二一厂保卫部部长甄子州一把就把我拉上了火车，对我说：缺一个人，让你去出差。我说我什么也没带，连个洗脸用具都没拿。部长说不要紧，到了再买吧。”这次专列是国家级最高元首的警卫规格，那时的警卫工作从中央、公安部、铁道部、省（自治区）公安厅很重视，解放军、武警、地方民兵都参与警卫任务。在列车上，张世昌处长给我讲：“‘596’产品的押运任务在中国是第一次，当时的火车、航空、汽车都没有运输的经验。这次运输，是公安部、铁道部、各地公安厅、解放军等领导多次研究、请示中央才决定的。押运人员的人选条件都是党员、干部、科级以上的，标准很高，有严格的组织纪律和保密要求。人员选定后，经厂党委审查批准，再报上级审批。”

任老说，我幸运是因为我参加了这次押运任务，按当时的条件，我是达不到标准的，因为我既不是党员，也不是干部，更谈不上科级以上。所以我说很幸运，为执行这次任务而感到光荣、自豪！

杨承宗先生和李佩教授事迹叙说

——访中国科学院原党组副书记郭传杰

杜文林　姚丽彬

2019 年 4 月 4 日，是“两弹一星”元勋郭永怀先生诞辰 110 周年纪念日。借参加郭永怀先生诞辰纪念活动之际，我们在山东荣成专访了中国科学院原党组副书记、中国科学技术大学原党委书记郭传杰院士。郭院士回忆了与我国放射化学奠基人杨承宗先生、郭永怀爱人李佩先生生前接触时，对他们举世无双的爱国之心、报国之举的无限敬仰与真切感动。

杨承宗先生——“没有勋章的功臣”

杨承宗是我国放射化学奠基人，对中国核科技事业的发展和高素质人才的造就作出许多开拓性、创新性的贡献。当年我国第一颗原子弹成功爆炸后，为了奖励作出特殊贡献的科技人员，二机部为全体受奖人员晋升一级工资，杨承宗因为人事关系在中国科技大学而不能享受。他的同事、学生戴上了共和国勋章，当了院士，但功勋卓越的杨承宗却只能是一位“没有勋章的功臣”。

据郭传杰讲，他跟杨先生是在 2001 年后开始接触。当时中关村部分建筑准备改造，他经常去杨先生家，接触并慢慢熟悉了他，也了解了不少关于他的事情。

郭传杰院士回忆了杨先生的功绩。杨先生从不谈自己做过的事情，我国第一颗原子弹用的铀原料，是他带领学生搞出来的，我问过他这件事，他却不说。有一次我问他，你为国家作了这么大贡献，但什么荣誉也没有，心里是不是不舒服？他当时愣看着我，过了一会儿说：“要说最早的时候，一点儿没有也不可能，但是那个情绪很快就过去了，觉得这个事情只要有人做了就行了，至于谁做那都无所谓。”他是这样看待这个问题的，后来，96 岁的杨先生对这个问题，给我补充：“你看看，我还占便宜了。如果在很早的时候有了这个荣誉那个荣誉，说不定我身体还没有现在这么好；如果那些个事情我没沾上，我老是耿耿于怀，心里面不舒服，我可能早死了。”他这样的心态，作为晚辈的我们对他更加敬仰。我每年都要去看他一两次，也问过他平常在家里都做些什么？他的生活非常有规律，每天早晨起来听广播，他坚持听法文广播，国际上好多事情，我们还不知道，他已经知道了。听完广播后，他要做一套自己编的操，然后就开始一天的学习工作，退休后，就在家里写一些东西。

郭传杰院士讲了杨先生当年回国的事情。杨先生是唯一在居里实验室跟随伊莲娜·居里进修放射化学的中国人，1951 年 6 月他获博士学位后，要回国参与新中国建设。小居里夫人的丈夫、当时国际和平运动委员会的主席约里奥请他吃饭，让他给毛泽东主席带个口信：“你回去转告毛泽东，要反对原子弹，你们必须自己拥有原子弹。原子弹不是那么可怕的，原子弹的原理也不是美国人发明的。你们也有自己的科学家。”同时还带回了 10 克居里夫人亲手制备的国际镭标准，碳酸钡镭的标准源成为日后中国开展铀矿探测唯一标准计量实物。这些事情我问过他，他不怎么讲，他的意思，过去他做过的事情没必要再提。

郭传杰院士还讲了杨先生创建我国第一所自费大学的事迹。20 世纪 80 年代初，安徽高校招收学生数量有限，很多分数差一点的学生上不了大学，对此他感触很深。1978 年杨承宗被任命为中国科技大学副校长，后任安徽省第六、七届人大常委会副主任、安徽省科协主席。在此期间，他深思熟虑，多方奔走，创办了新中国第一所自费走读大学——合肥联合大学，并任校长。合肥联合大学为国家培养了很多实用方面的人才，这方面对他的报道很多，为纪念他办校的功绩，在学校修建了杨先生的塑像，杨先生在推动教育体制改革方面，作了开创性贡献，帮助了许多普通家庭的孩子圆了大学梦。因为他退休的单位是中国科技大学，而我当时正好负责学校离退休人员的事情，我经常对离退休局的局长说，我们一定要去多看看这样的老同志，像杨先生这样的人，为了保护镭的提氡设备，不顾危险，迎着射线走上前去，果断、妥善地处理好了破损的装置，为新中国制备出第一个中子源。但他的右眼却因为超剂量的辐射而受了伤，最后彻底失明，左眼视力也大幅弱化，他实实在在地作了那么多贡献，没有光环荣誉，但我们一定要经常关心他，更应该看重他。

杨先生是否到过青海221基地，在基地工作和生活过？郭传杰院士表示无法求证，因为杨先生从不谈自己的过去和做过的事情，家里人也很少知道他的事业。都是别人讲或通过新闻报道才了解的，郭传杰院士希望我们多宣传杨承宗先生的家国情怀和他为新中国放射化学方面作出的突出贡献，特别在中国核事业方面的功勋事迹。

李佩先生——“中科院最美的玫瑰”

李佩是著名语言学家，中国早期回国专家，“两弹一星”元勋郭永怀先生的夫人，曾长期担任中国科学技术大学和中国科学院大学英语教授。

郭传杰院士是李佩夫人的学生，他回忆了与李佩相识相知的过程：“1981年至1983年，我在美国康奈尔大学化学系作访问学者，回国之前，在美国就听到过李佩和郭先生的事情，因为他们都曾在美国康奈尔大学学习，后任教。在康奈尔大学，李佩先生是我的英语老师，但我不知道她和郭永怀先生的关系，回国后，我到李佩家里去看她。因李佩先生的家离我单位很近，我经常去，后来就熟悉了。当然，科大好些事情我到她家做调研，她给了很多意见，好多事她都与我商量。记得2007年，当时我在上海分院开会，接到李佩先生打来的电话。她问我：‘传杰你在哪儿？’我说：‘在上海分院开会’，她说过一会儿再给你说，我说没关系，有什么事儿现在可以说。因为我知道，李佩先生没事不会给我打电话，打电话一定是要紧的事，李佩先生说她上星期在北京大学第三医院住了差不多一个月的院，在病床上想了些事儿，感觉她这个年龄说不定哪天就走了。她说家里有点钱，找个学校的人来拿一下，我说让管学生的副书记去拿，那年李佩教授89岁高龄，她向科大‘郭永怀奖学金’捐款30万元，之前，她也向中科院力学研究所捐款30万元，作为‘郭永怀奖学金’。她的举动感人至深，自己家里面什么东西都没有，可是她还有几十万块钱，最后全部捐给了学生。”

郭院士还讲了李佩爱人郭永怀先生。郭院士说郭永怀是创办中国科学技术大学的主要倡导人之一，他与钱学森教授共同组织创办了中科大化学物理系、力学和机械工程系。自科大1958年诞生伊始，至1968年因公牺牲的十年间，郭永怀教授曾亲自担任中科大化学物理系主任，亲自编写教材，亲自为学生主讲基础与专业课程。

说到对李佩先生的印象，郭院士说：“后来跟她接触久了，熟悉了，有事情就给她打电话，征求意见，我觉得她对国家的事情很有情怀。”有人说她是“带刺的玫瑰”，玫瑰本身很高尚，为什么她要带刺呢？郭院士讲：她不管谁分管事情，只要是科学院的事情或者听其他老同志说的问题，她就会主动给院里打电话，单刀直入，没有任何客气。她越是这样，我们就越是理解和敬重，她提出的问题，我们该解决就解决；她理解有偏差的，我们给她解释，她表示接受和理解，非常讲道理，非常讲理性。有一次，我悄悄地问她：“李先生，从世俗的角度来说，您家的事情是非常不幸的，中年丧夫、晚年丧子，您真受得了吗？”她没说什么。在她去世之前，2015年她生日的时候，我和我爱人一起去看望她，李先生从来不过生日，我知道她喜欢喝咖啡，就带咖啡去看望她，其实平常去基本不带什么东西。她当时问我：“你怎么知道我的生日，我从来不过生日啊。”在她99岁生日的时候，我们在力学所给她过生日，把蛋糕送到医院给她，她很激动。郭传杰最后感叹地说：“因为走动频繁，时时关心李先生，许多人认为我是李佩先生的亲属，但遗憾的是我不是。”

在参加郭永怀先生诞辰110周年时，北京医院原党委书记、郭永怀侄子郭普远，中国科学院研究生院原党委书记颜基义，中国科学院科技翻译工作者协会秘书长李伟格，中国科学院科技政策与管理科学研究所研究员、郭永怀助手顾淑林为青海原子城纪念馆题词，希望在全社会广泛传播郭永怀先生的家国情怀和牺牲精神，传播李佩先生怀瑾佩瑜、师表后继的高贵品德和激励精神，激发民族情感，凝聚发展力量。

父亲的百岁人生

——访放射化学家杨承宗子女杨家建、杨家翔

杜文林

杨承宗是新中国的放射化学奠基人，是世界上大名鼎鼎的女科学家、诺贝尔奖得主——伊莱娜·居里夫人的高足，由钱三强先生专门从法国请回来，为原子弹研制作出了重要贡献。她的很多同事、弟子蜚声国内外，尤其为了“两弹一星”的特殊贡献而戴上了共和国勋章，但他却什么都没有。对此，他总是付之一笑：“事情做出来就好，别的什么都不要去想。”

2014 年 6 月，我们专程前往北京，走访了杨承宗教授之子杨家建、之女杨家翔，了解他们父亲为新中国的核事业作出的卓越贡献。在家，我们首先见到了杨家翔及她的爱人，她给人的第一感觉，和我想象的科学家们的儿女形象完全不一样——齐耳短发，精瘦的身体，拄着拐杖，一个普普通通的家庭妇女。但人显得很精神，很热情，她害怕天热，所以早早地为我们准备了茶水，她爱人还为我们准备了一些关于杨承宗先生的书籍和报纸。看到我们架起了摄像机，两位老人显得有些拘谨，杨家翔推辞说他就在旁边坐着，让老伴给我们说，而杨家翔说，先生说得比自己好，让先生来说。从他们相互推让中也可以看出两人生活了一辈子的默契，最后两人都终于坐在了摄像机前，把我们带到了杨承宗先生的世界里。

在党中央确定研制“两弹一星”的计划后，中国科学院动员了当时几乎全部相关科研力量的精华，承担“两弹一星”的前期基础性和关键技术的研究任务。杨承宗与许多科学家一起，踏上了“秘密征程”。

回国让杨承宗兴奋得夜不能寐

1951年6月21日，杨承宗刚刚通过博士论文答辩，获得巴黎大学理学博士学位，就接到了钱三强欢迎他回国的信函，同时托人给他带去了5千美元，请他代购一些仪器设备。对此，杨承宗兴奋得夜不能寐。

就在回国之前，杨承宗曾接到法国国家科学研究中心的聘书，除了说明继续聘任两年外，还特别说明："年薪为555350法郎，另加补贴。"这在当年可是一笔相当可观的收入。但是对杨承宗来说，没有什么比建设新中国更有吸引力的了。虽然明知回到祖国后，他的工资只是每月1000斤小米，但他仍婉言谢绝了法国研究机构的聘请。这个时候他的导师小居里夫人就跟他说"你回国前居里先生想见见你"。他当时很高兴，因为居里先生是钱三强先生的导师，居里夫人是杨承宗先生的导师，杨承宗如约而至，先谈了一些学术问题，法国人讲话非常的生动、非常的热情，照杨承宗先生说他说话经常挥动左臂，说希特勒经常挥动右臂，居里先生经常挥动左臂，后来就是做了这么一个动作，"听说你要回国，你回去以后请你转告毛泽东，要保卫世界和平，要反对原子弹，就必须自己拥有原子弹。原子弹不是那么可怕的，原子弹的原理也不是美国人发明的。你们有自己的科学家。比如说钱呀（钱三强）、你呀（杨承宗）、钱的夫人、王呀就指的这些科学家。"同时，通过居里夫妇的帮助，他得到了10克碳酸钡镭的标准源和一台测量辐射用的100进位的计数器，这些都是原子能科学研究的利器，当时不能随便购买得到的。

1951年10月，杨承宗带着十几箱资料和器材，历经曲折，从香港回国。他安排好工作，就去苏州接妻子和儿女，当妻子拿出一大叠欠债单放在他面前时，他愣住了，他没有想到自己在法国时，家中生活竟如此困难。怎么办？他没有向组织索要那笔被他挪用的"私款"，而是把自己心爱的蔡斯牌照相机和欧米茄手表变卖了，只是从此之后的近40年里，这位业余摄影爱好者竟再没有钱买一台像样的照相机。

杨承宗回国后向钱三强所长汇报了弗雷德里克·约里奥·居里让他带话给毛主席。钱三强却收敛了笑容，郑重地对他说："我要向毛主席和周总理汇报。这是非常机密的大事，我们对谁都不要说，哪怕是我们的妻子，也不要讲。"钱三强把约里奥·居里的话报告了党和国家领导人。后来，中央又专门派人找杨承宗核实了约里奥·居里的口信，并且再一次强调了这件事的保密性，杨承宗是个心直口快的人，可是这件事他却一直守口如瓶。30 年以后，时任原子能研究所的党委书记李毅，专门带着秘书，到合肥找到杨承宗先生了解有关原子能研究所的发展情况，因为他们要写原子能研究所的所史，他们在合肥在待了两三天，跟杨承宗促膝谈心。这时话匣子一打开，杨承宗先生就把这件事披露出来了，李毅同志非常重视这件事情，回来后向钱三强先生做了核对。所以他才把这件事披露出来，众多媒体报道了这件事。

杨承宗先生高贵的人格

其实，当年杨承宗在回国的途中遭受了被他称之为终生难忘的"胯下之辱"。那是 1951 年秋，新中国刚刚成立不久，杨承宗在法国学成归国，离开巴黎后，因为有诺贝尔奖获得者、导师约里奥·居里夫人的关照及其助手布歇兹的护送，"行李"一路免检。他带着这些"违禁品"顺利地登上了归国的轮船"马赛"号，由于当时法国没有直通中国的航线，只能先抵达香港才能转到大陆，而此时的香港属英国管辖，对刚刚成立的新中国非常敌视，港英当局不让中国人踏上这片本属于中国的土地。

杨承宗并不知道这些，当"马赛"号抵达香港后，他正准备搬运行李下船，忽然听到广播，通知他与另外几个中国留学生留在船上"听候关照"。杨承宗很担心自己携带的设备被扣，一直守着不敢离开，过了不久，来了几个英国警察，拎起他的提包命令道："跟我们走!"不由分说便把他和另几个中国留学生带上了一艘飘扬着"米"字旗的巡逻艇，他们被集中到甲板上，强制坐下，杨承宗刚刚好坐在最前端，此时，天空雾气蒙蒙，气氛非常的压抑、紧张。英警绕船而立，杨承宗抬起头，正巧，一个英国警察叉开双腿站在他前面，荷枪昂立，他透过英警不可一世的皮靴恰恰望到被英国掠去的香港的画面。巡逻艇摇曳着前行，一阵屈辱感顿时袭上心头，杨承宗默默地取出相机，按下快门，拍下了这一屈辱。

还有一件事也充分表现出了杨承宗先生高贵的人格。抗战以前的北平协和医院，为了医疗的需要，曾由中美“庚款”资助，向美国买了507毫克镭，密封在一个玻璃系统的容器里，镭的容器外加保险柜封闭、锁牢。可恨的是，这个玻璃系统在抗战时就被日本人敲坏了。日本人又把那个连接破裂玻璃管的橡皮管子通到上边放空，上边是楼，是病房，住着不知多少不知厉害的病人。

医院的主管人员急得团团转，这时杨承宗听说后，义不容辞的带着两个学生和一位玻璃工师傅赶往了医院。他推开那间放置镭的地下室房门，凭着一个镭学研究者的眼光和敏锐的臭氧感觉，他清楚地意识到，这里污染严重，非常危险。一般在这种情况下都应该穿特制的防护服，戴特制的工作帽、手套和口罩，还应穿上胶鞋，但这一切防护用具，这儿都没有，其实，那时别的地方也都没有。

杨承宗没有让年轻的没有经验的女学生去接触最危险的那个贮藏镭的保险柜，他考虑到她们未来的长久的工作和生活。在最后关头，他打开保险柜，代替玻璃工的吹气工作，他思维敏捷，动作迅疾，处理果断得当，加水密封，做好要做的一切，一举成功。那复杂的玻璃系统修复好了，镭的魔力被牢固地封闭，协和医院的病房安全了，住在楼上的病人安全了，杨承宗似乎也是好好地离去。但是，谁也没有注意，他的右眼已受到超剂量的照射，10年以后，白内障网膜剥离，失明了，他似乎没有过多的抱怨、苦恼。

为我国核事业作出重要贡献

1961年4月，二机部部长刘杰把杨承宗安排到二机部第五研究所

(铀矿选冶研究所) 任副所长，主持业务工作，以顶替刚刚撤走的苏联专家。在了解了五所的一些真实情况后，杨承宗没接到正式调令前，便立即去五所工作。从 1961 年到 1964 年间，杨承宗带领五所平均年龄不足 30 岁的年轻科技队伍，艰苦奋斗、勇于创新，创造了中国核工业史上一个又一个奇迹。他们自己动手，建成了一座铀冶炼生产实验厂，在我国第一批铀水冶工厂尚未建成的情况下，经过三年多的日夜苦战，纯化处理了重铀酸铵，生产出足够数量的核纯二氧化铀和四氟化铀。与此同时，还开展了铀产品中 20 多种微量杂质元素的分析测试方法的研究，建立起一整套金属铀的质量检验方法。在他们取得的几十项高精尖的科研成果中，有几项可把铀的生产流程大大缩减，纯化程度大大提高，不仅为国家节约了大量资金、人力和物力，更重要的是赢得了宝贵的时间。1964 年 10 月 16 日我国第一颗原子弹成功爆炸，其中凝聚有杨承宗和他领导的科研队伍所付出的心血，以及他们所作出的贡献。

杨承宗一生都致力于我国放射化学的研究，为我国培养了大批国家急需的人才，2011 年 5 月 27 日上午 8 点 45 分，这位新中国放射化学奠基人、中国科大建校元勋、原副校长、中国科大放射化学和辐射化学系首任系主任杨承宗先生，因病医治无效，在北京逝世，享年 100 岁。

红色印记 221

（下）

青海原子城纪念馆　编

中国原子能出版社

图书在版编目（CIP）数据

红色印记 221：上下册/青海原子城纪念馆编．
—北京：中国原子能出版社，2023. 3

ISBN 978-7-5221-3343-0

Ⅰ. ①红…　Ⅱ. ①青…　Ⅲ. ①核能工业-工业企业-工厂史-中国　Ⅳ. ①F426. 23

中国国家版本馆 CIP 数据核字（2024）第 039266 号

红色印记 221（上下册）

出版发行　中国原子能出版社（北京市海淀区阜成路 43 号　100048）
责任编辑　王　朋　张一岫
装帧设计　侯怡璇
责任校对　冯莲凤
责任印制　赵　明
印　　刷　北京中科印刷有限公司
经　　销　全国新华书店
开　　本　787 mm×1092 mm　1/16
印　　张　31. 25
字　　数　465 千字
版　　次　2023 年 3 月第 1 版　2023 年 3 月第 1 次印刷
定　　价　80. 00 元（上下册）

发行电话：010-68452845

序

在青海湖北岸的金银滩，有座被世人称为“原子城”的草原之城，她是20世纪50年代中国第一个核武器研制基地（221），现在是海北藏族自治州首府西海镇。这是座功勋之城，中国第一颗原子弹和氢弹诞生在这里，到处充满着共和国的红色记忆；是“两弹”精神摇篮，伟大的“两弹一星”精神发源地之一，到处留存着新中国拓荒者的家国情怀和深刻记忆。

1955年1月15日，面对美帝国主义的核讹诈与核威胁，党中央和毛泽东高瞻远瞩、审时度势，毅然决然作出了关系新中国前途命运、关系新中国国防大计、关系新中国长远发展的伟大战略决策：发展核工业、研制核武器。1958年5月31日，中共中央总书记邓小平批准核工业“四厂三矿”选点方案。1958年7月中旬，中央批准在青海金银滩建设核武器研制基地，代号“221”。自此，神奇浪漫的金银滩成为中国第一个核武器研制、试验和生产基地。1170平方公里的神秘禁区，便与新中国的和平与安宁、繁荣与振兴紧紧地联系在了一起。世居金银滩的1279户牧民，听从号召，远迁他乡，为国防建设作出重大贡献。1958年11月16日，基地正式开工建设，至1964年6月基本建成。

原子城关系中国人民的利益，也关系世界人民的利益，倾注了毛泽东、周恩来等新中国领导人的心血，邓小平、胡耀邦、赵紫阳、薄一波、李富春、刘澜涛等曾视察221核武器研制基地，聂荣臻元帅、罗瑞卿大将、张爱萍上将、宋任穷上将、赵尔陆上将、刘西尧少将、伍绍祖少将等曾到基地调研指导。刘杰、李觉、吴际霖、郭英会等“两弹”工程组织领导者同王淦昌、彭桓武、郭永怀、邓稼先、朱光亚、陈能宽、程开甲、周光召、于敏和胡思得、胡仁宇、傅依备、黄祖洽、唐孝威、宋家树、张兴钤、王方定等共和国科技拓荒者，与数万名科技工作者、技术工人、干部职工和人民解放军、警卫部队指战员等创业者、守卫者奋战在风雪高原，头顶蓝天、脚踏草原，筚路蓝缕、玉汝于成，攻克原子弹、氢弹等尖端科学技术难关，生产出多种型号战略核武器，装备部队到处留下了他们的奋斗遗迹，留下了跨越时代的思想财富和精神宝藏。

1987 年 6 月 24 日，根据国际环境变化，我国政府为全面禁止和销毁核武器、维护世界和平以适应社会主义现代化建设的战略转移，国务院、中央军委作出撤销核工业部青海国营二二一厂的决定。1994 年 6 月 15 日，国营二二一厂正式移交海北藏族自治州。1995 年 5 月 15 日，新华社向全世界宣告：中国第一个核武器研制基地已全面退役。自此，这里成为世界上第一个自主退役、化剑为犁的核武器研制基地。

原子城，成就了中国的“两弹”伟业，是我国核武器发展首先立功的地方，是中华民族为之骄傲、挺起脊梁的地方，是几代人艰苦奋斗、奉献青春乃至生命的见证。

原子城，开创了中国尖端国防科学技术的辉煌，是我国科技自主创新的典范，是中华民族实现独立自主、创新发展的精神高地，是实现中华民族伟大复兴的动力。

原子城，使新中国在很短的时间加入到了世界核俱乐部，并在较短时间内实现了武器化过程，为打破核大国的核垄断、粉碎核大国的核企图，保卫国家安全、维护世界和平作出了重大历史性贡献。

我们要永远记住原子城的历史足印：1964 年 10 月 16 日，我国第一颗原子弹爆炸试验成功；1966 年 10 月 27 日，我国第一颗装有核弹头的地地导弹爆炸试验成功；1967 年 6 月 17 日，我国第一颗氢弹空爆试验成功。这是中国人民在攀登现代科技高峰的征途中创造的非凡的人间奇迹。

我们要永远铭记原子城孕育的伟大“两弹一星”精神：热爱祖国、无私奉献，自力更生、艰苦奋斗，大力协同、勇于登攀。这一精神，是中国人民在二十世纪为中华民族创造的宝贵精神财富，是中华民族伟大复兴不朽的精神支柱。

中国原子城，将永远铭刻在共和国的历史丰碑上！原子城铸就者，是永远不能忘却的家国记忆！

目录
CONTENTS

下册

访忆

纪　念

访 忆

草原攻关的记忆

——访原国营二二一厂厂长王菁珩

杜文林　张海花

草原大会战，是原221基地每位科研人员难以忘记的记忆。草原会战研制出了中国的第一颗原子弹，实现了中国科技事业的腾飞。在我国第一颗原子弹爆炸成功50周年来临之际，2014年9月16日，我们在北京参加了二九联谊会102分会组织的座谈会，原二二一厂厂长王菁珩在发言时回忆了102车间在596任务中的重要作用。

王厂长回忆说，1963年年初，当时中央军委副秘书长张爱萍将军，在铁道干校召开九所的动员大会，他满怀豪情地说："现在是春风已度玉门关，你们将亲手放飞我国第一颗原子弹。"同志们正如科学家王淦昌所说：我愿以身许国，我们这些同志放弃了城市优越的条件，远离亲人，义无反顾，奔赴气候环境恶劣的青藏高原——金银滩草原，开始原子弹攻关的大会战。

王厂长介绍说，102车间是在原北京九所四室的基础上，在221基地组建的。我是1963年年底参加筹建102车间工作，它是基地唯一核材料工艺研制和生产单位，第一颗原子弹研制中，主要承担了原子弹从中心到惰层核材料的研制和装配。当时印象最深刻的是我们的何文钊主任（第一生产部副主任兼车间主任），对我们102车间同志提出了两条很高的要求：第一是核材料车间要像医院手术室那样整齐、卫生，这点对重材料的加工来说非常重要；第二是进入车间工作的同志每测量一个数据、每加工一刀都要对人民负责。当时领导说的话，我们都记在心里，以领导的要求严格要求自己。

王厂长说，为了让"596"早日试验成功，使命感和责任性把来自五湖四海的人凝聚在一起，形成了一种敢于担当、勇于创新、善打硬仗的团队精神。当时九所四室虽然做了核材料加工的前期准备工作，但真正的加工产品，那是在 221 基地 102 车间。当时我们遇到的第一个最大问题，因为我国第一颗原子弹装置反射层是一个铀-238 簿壳材料，而且有天窗口，里面还有槽，所以加工难度是比较大。首先是变形，很难控制产品的精度，如果产品超差，那是很严重的事故，在加工时遇到了三大困难：一是高原缺氧；二是切屑燃烧；三是工号通排风设备的噪声。

王厂长介绍说，我们的工人师傅大多是从哈尔滨、沈阳、上海、武汉等城市调来的，都是四级以上的工人，有很多同志都是部省市的劳模。当时参加的工人和技术人员有 30 多人，在我们精加工时，王淦昌、郭永怀、朱光亚、陈能宽、龙文光、张兴钤等科学家经常来我们车间，一是为大家壮胆，看望我们工人师傅；另外是现场指导。我记得，有一次为了解决加工变形的问题，当时我们采用土办法，准备采取工艺补偿措施，我们给陈能宽讲了我们的想法，他支持我们，说你们就这么干，虽然当时领导就那么一句话，但对于我们这些第一次加工核部件的人来说确实壮了胆。为了解决变形的问题，反复的加工，内球面外球面反复加工，每加工一个数据，都要三次测量，工人师傅测量、检查员复查、跟班的技术员现场测量，测量以后确实同意了，才转为下一道工序，而且现场技术人员进行现场计算，要分析余量。

王厂长说，正当我们整个工作进展比较顺利的时候，1964 年 6 月 13 日下午 4 时许，临近下班的时候，我当时正在 24 号工号里面，仅剩下包兴良机组在擦机库，准备下班。就在这时，北边装卸厅突然失火，是库房同志将当日切屑倒装入桶时，铀屑摩擦产生火花引燃切屑，我们赶忙拉开大厅北门，2 米多高的熊熊大火把大门紧紧封死，我们调头奔向四号大厅，打破消防窗玻璃，爬了出去奔向火场救火，火场已聚集 20 多人，正用滑石粉扑火，火势得到控制，院、厂、部、车间领导和消防车赶到现场，用沙子将大火扑灭，大火烧掉了 60 公斤天然铀切屑。领导查看了现场，安排救火人员前往医院工卫科住院检查，稍作诊治，马上投入工号清理。我们对工号进行清理，墙壁由房屋修建处负责铲掉墙上的墙皮，一大组和一工艺组负责清理现场，设备和地面以及排风通气的管道，当时没有人说二话，都争着抢着干，有的同志登上梯子卸下将近一米的通风管道；有的钻入管道内去污擦洗；有的攀上鼓风机平台擦洗设备；有的系上安全带在高空钢房梁上清洗，直到剂量合格为止。当时，大家都发扬一不怕苦、二不怕死的精神，没有一个同志推卸责任，都是主动请战参加清理工作。车间成立安全组，谢建源为组长，在宋家树副主任指导下，对铀屑燃烧机理、贮存方法进行反复实验研究，终于找到既安全又经济简便的方法，取代了苏联铀屑贮存方法。

王厂长说，经过一个多月的奋战，工号恢复了往日生机，铀核部件进入最后加工。为解决薄壳另件变形，李宪洲、巩云书、魏景春、谢继业等机组，在精加工内型面中采取补偿办法，把另件变形控制在另件要求的精度内；包兴良、杨金元、张有志外型面机组，采取双向控制，克服重型机床冷却液致使机床导轨爬行，保证了壁厚的均匀。由于第一次核爆原子弹采取投篮机构，另件开有天窗孔，组长张家厚设计了一种测量装置，保证开有天窗孔另件与盖子外型面的高度一致。钱镜清机组加工出某部件优质产品。三大组在511铸造车间铸造四号部件毛坯，512车间加工出成品，邹振伦、王文玉师傅作为技术员在腾空的办公室地上铺上棉毯，精心刮配出合格的四号部件。强烈的使命感和高度的责任感，理论、设计、生产和工人、技术人员、领导干部两个三结合，工人师傅的精湛技术，两套部件圆满完成，后来在产品的装配当中，邹振伦、严文楼、袁寅、吴连启师傅完成了铀活性材料与中子源产品装配。

王厂长回忆说，后来院成立了第九作业队，有222人组成，我们车间有张家厚、邹振伦作为队员前往罗布泊核试验基地，参加国家的第一次核试验。1964年10月16日下午3时，一道强烈闪光划破长空，一个巨大向上翻滚的蘑菇云染红了半壁天空，一声巨响，响彻了中国960万平方公里大地，震撼了全世界。当时试验工作队都穿着灰色工作服，头戴灰色帽，欢呼跳跃，扔衣抛帽，高呼“我国原子弹爆炸成功了”。

王厂长激动地说，发明火药的文明古国的炎黄子孙，用原子弹的巨响，重塑了中国在世界的形象。从此，改变了中国的命运，也改变了世界的格局。当时何文钊、邹振伦师傅代表车间，赴北京受到周恩来、聂荣臻等党和国家领导人的接见和宴请。说实话，当时全国发了号外，但在221基地很平静。我到北京，国防科工局的同志问我，原子弹爆炸的那天你们在干什么？我说“我们该干什么就干什么”。因为当时在221基地，有很多的单位并不知道第一颗原子弹是在221研制、组装出厂的，总装出厂的时间是1964年9月26日，当时我们虽然没有庆贺，但为了表示我们加工完成任务，102工艺组到红星饭店吃了一顿，当时红星饭店云集了一批从上海、天津来的厨师，张家厚、查幼良、沈绍严、洪声钰还有我去吃的饭，还品尝了4.7元一瓶的茅台酒，是“草原特供”。

王厂长动情地说，我认为神圣的核事业是阳光、是雨露，滋润了我们的人格，净化了人们的心灵，我们把美好的青春年华，献给了中国的核事业，我们曾经是这棵大树上的一片叶子，为这棵机体输送了养分，也受到这棵大树的支撑，能在阳光下闪烁，而这棵大树上的小枝——102车间，在为我国核武器事业的拼搏中，塑造了一种昂扬锐气，蓬勃朝气，甘于奉献，尊重科学，富于创新，敢干担当的团队精神。一位记者采访一位从北京来到草原的创业者：你们从北京、上海大城市来到这里工作几十年后悔不后悔？这位同志说：没有什么后悔的，事业的成功就是最大的欣慰，虽然我们物质财富并不富有，但我们的精神财富是富有的。

草原人的财富

——访原国营二二一厂党委书记张秀恒

杜文林　周光静　王致玲

张秀恒，1964 年 7 月毕业于东北林学院机械系（现东北林业大学），同年 8 月赴 221 基地工作，在核基地先后担任生产部技术员，二分厂车间副主任、支部书记，三分厂党委书记，二二一厂党委书记，在青海工作 30 年。1993 年核基地退役后，调任核工业部 221 调整办公室副主任。

2014 年 6 月，为纪念我国第一颗原子弹爆炸成功 50 周年，了解当年那些不为人知的故事，我们前往北京走访曾在 221 基地工作和生活过的老干部老职工，让他们回忆那段激情燃烧的岁月……

第一次见到张秀恒书记，这位 73 岁高龄的老干部神采奕奕，身材高大挺直、发型一丝不苟、谈吐谦逊有礼。不知是不是因为张秀恒书记长期在青海工作生活的缘故，总觉得他身上有着西北汉子的豁达与热情。闲谈间，我们得知张秀恒书记是 60 年代当之无愧的“天之骄子”，是东北林学院机械系毕业的高材生，于是以这个线索为开端，我们记录起了他的一生经历。

忠孝难两全

张书记首先回忆起了他到二机部工作的前后经历。张书记说：“1964 年 7 月，大学毕业典礼会结束后，机械系党总支书记找我谈话，说根据工作需要，组织需要你到第二机械工业部工作，这个工作是艰苦的，要去我们国家的西北某工厂，你有什么想法，愿意不愿意？我当时毫不犹豫地表态‘没问题’。当时我在想，国家培养我们上了大学，还有助学金，所以毕业后祖国的需要就是我的志愿，没有二话，再艰苦也要去!”

张书记这样回忆着当时的心情，同时他也面露惭愧地道出了毕业分配的一个插曲：“因为我是家里的独生子，毕业分配时北京林业机械研究所也指定让我去，所以父母不同意我离家太远，更何况还不知去向。我父亲就到学校找系主任，要求学校考虑到我们家庭的实际情况，让我留下工作。但我态度很坚决，还是要去！我不停地做家里的工作：到大西北去是报效祖国，并且去的地方还是个保密单位，这表明组织对我们全家都很信任，没有二话，我一定要按我的意见去办!”通过反复地劝说，最后张书记的父母拗不过儿子还是同意了。临行前，父母给张秀恒做了一双大棉鞋，棉鞋里还特别的装了辣椒和大蒜，希望以此保暖和辟邪。

唯一的孩子将要不知去向，却不能阻拦，只知道要去艰苦的地方工作，甚至连艰苦的地方在哪儿都不知道，心里该有多少担忧、不舍和牵挂啊，一双特制的棉鞋所表达的是父母不求孩子多么飞黄腾达，仅仅是最简单的平安！平安！再平安！可谁能想到这一去就是整整三十年，每年只有一次探亲假，甚至连父母最后一面都没能得见，能给父母的孝心就只有一些物质上的帮助，而在情感上、精神上却给父母和张书记自己留下了无尽的思念和遗憾。

对于这些事情，张秀恒书记是不想多讲的，他们这批 221 人的共同的特点就是不愿意讲自己，更愿意说集体。但我们知道，作为家中的独子，几十年与父母相隔千里，不能常伴左右，心里一定充满了不能言说的亏欠。虽然我们不忍心触碰伤心之事，但实在太想将这些无名英雄的故事发掘出来，一追问起父母，张秀恒书记极力控制和掩饰着自己的感情不想让我们看见他的眼泪。他哽咽着说：“1987 年，父亲去世，当时正赶上 221 撤厂，是个关键时期，父亲突然就走了，我只能拜托我的堂兄弟处理后事。母亲去世时，我也没能回去。父母在经济上很宽裕，但在尽忠尽孝方面，我很欠缺。对于父母，现在回想起来比较遗憾……”

张书记再也说不出一句话，这位未能在父母膝下尽孝的老干部不禁掩面而泣，现场突然很安静。几分钟过后，这位年逾古稀的老者只是摆了摆手，轻轻的说：“中国有句古话，男儿有泪不轻弹——”无声的泪水让我们在场所有的人都为之动容，也让我们读到了老221人想对父母尽孝的拳拳之心和尽忠祖国核事业的不悔之义。

“干打垒”里的情谊

张书记也回忆了当年在金银滩工作生活的情景。1964年8月，张秀恒和同班同学的爱人一起被分配到金银滩草原，据张书记回忆，仅在1964年、1965年两年期间，进驻核基地的大学毕业生就有800多人。刚分到221基地的大学生都有一年的实习期，张书记被分配二分厂，跟着工人师傅学习机械维修。当时221基地已初具规模，相当一部分的厂房、生活设施已基本就绪，但因为人多，除了大学生还有生产工人、建设工人，住宿比较困难。刚去的时候，大家都和先前进驻草原的建设大军挤住在帐篷里，于是，青海湖北侧的这片高寒草原也让所有人饱受了大西北条件的艰苦和气候的恶劣，提起刚到金银滩草原的情景，张书记依然记忆犹新：“刚到草原的时候，觉得很美丽，可早晚温差比较大，天气变化也很快，经常狂风暴雨、风沙又多。大家住在帐篷里，晚上非常冷，温度都在零下，帐篷里气温很低，早上起来被窝上不仅有一层霜，还盖着一层黄沙，连洗脸水都冻成了冰……”可就是这样的帐篷也为数不多，于是就有了很多221人至今都难以忘怀的、草原上就地取材的“干打垒”土房。建厂初期，大部分人都住过几年的“干打垒”。

在钢筋混凝土建筑林立的现代森林，“干打垒”这个词是多么的陌生和遥远，当我们再次回想这种在西北干旱地区最简易的泥土筑墙方法时，它已然被印拓上了“艰苦创业”的时代符号。221基地的“干打垒”和西北农村常见的土院墙不太一样，当时不管是建设人员还是生产人员都自己上山割红柳条，然后把土排成行就地干打垒，再用红柳条做顶棚，就盖成了核基地第一批的干打垒土房，可这样的住房里没有取暖设施，于是大家就向草原上的牧民同胞学习，拣来牛粪点燃后御寒，可草原的夏季太短暂，简易的“干打垒”难御风寒，于是大家又发明了“半地下的干打垒”，就是地下挖一半，上面打点墙盖一半，顶棚再铺上红柳条，就形成了221基地特有的半地下宿舍。为了更加保暖，所有的“干打垒”都面向太阳而建，大家称这种特殊的半地下土房为“向阳沟”。张书记和妻子在“向阳沟”里住了2年，第一个孩子就是在“向阳沟”中出生的。在干打垒土房中，张书记一家度过了最困难的时期，也正是在最艰难的时候，张书记体会到了221基地亲如一家的兄弟情义。刚投入工作后不久，张书记的妻子怀孕了，就在此时他又收到母亲病危的电报，张书记当时还在三分厂跟着工人师傅实习，工作万万不能耽误。张书记自己也坦言，当时自己很年轻，生活上从没面临过这么大的困难，心里的压力非常大，住在张书记对面干打垒里的老工人石郑江看出了这个年轻大学生的心事，细心的问道：小张啊，最近我看你心情不对，有什么难处，怎么回事儿啊？工人师傅的关心让张秀恒倒出了心中的苦闷。得知情况后，石郑江师傅马上说：“你家里爱人的事交给我和我老伴儿，她的生活我们来关照，我们一定照顾好，你赶快回去，不要想多！”考虑到张书记刚大学毕业，回家给母亲看病要花钱，当天晚上石郑江师傅还送去了300元钱。

张秀恒书记至今都很感慨，他说那是他生活上最难忘的事儿。当时的那个年代，300元钱可不是一笔小数目啊，可亲可敬的工人师傅毫不犹豫的向他伸出了亲人般的手，不仅如此，因为张书记夫妇这对年轻的小夫妻对“生孩子”毫无经验，也多亏了石郑江老两口的照顾才得以渡过难关，不管是送医院、照顾产妇、还是帮忙带孩子，都是石郑江两口儿一手包办的。张书记说，这些都体现了221人亲如一家的互相关心，互相照顾，这种兄弟般的情谊、战友般情怀，他永远不会忘记。

通过张书记一家初来221基地的经历，我们如同看到了广大221人最真实的生活缩影：毅然离开环境优越的内地，含泪告别无限惦念的亲人，饱尝生活艰辛困扰的洗礼，却始终怀揣着团结一心干事业的无悔执着。张书记说：“虽然大家都遇到了很多困难，可没有一个人抱怨说我后悔、我简直太亏了。想法就一个，国家需要我，把我放在这儿，那就要发光发热。”干打垒中流淌着核基地的艰苦岁月，也凝结了草原人“艰苦创业、无私忘我”的干打垒精神。

“草原人”的财富

据张书记回忆：“当时来到221基地的人员，都是国家从个个岗位挑选的一些政治过关、素质过硬，个个方面都出类拔萃的人才。就连技术工人都必须是四级工以上。可不管大家来自哪儿，到了221基地都称自己是草原人，每个草原人都自豪的说：“就没有草原人干不成的事儿！”

张书记来到221基地，也是一步一步从基层进步的，开始在车间当技术骨干，后来从车间主任到分厂党委书记，最后担任221基地总厂党委书记。从技术到管理，让张书记体会最深的是：党组织思想政治工作的重要性和草原人为事业奉献的高度责任感。张书记任三分厂党委书记的时候，有两位老工人用自己的行动，深深的教育和影响着这位后来长期做思想政治工作的党员干部……

张书记回忆，三分厂为了适应产品的需要，要将一个模具车间进行扩建。其中有一位名叫陈冲的老同志，是1959年就到厂的老党员，搞建设、搞技术他都是一把好手，老陈是沈阳人，从1959年调到草原一直到退休，都是一个人在核基地生活，家人在祖国的最东面，自己在祖国的最西面，每年一次的探亲假让他和家人一年当中只能团聚一次。老陈一心扑在工作上，顾不上照顾自己的身体，所以三分厂模具车间扩建的时候老陈的身体很不好，经常生病。张书记很心疼他，劝他回家探亲，顺便好好休息，这让老陈很着急：“不行！我现在可不能回，现在正是搞建设的时候，模具车间完不成扩建就会影响生产，我哪怕搬一块儿砖、涂一墙泥，也要把这个厂建好在回去！”老陈同志这么说就真这么做，拖着带病的身体一直坚持到厂房建好才停止工作，老陈同志退休时张书记嘱咐他一定要好好休息，好好和家人团圆。

老陈的回答让张书记字字难忘，句句在心：我现在什么都不想了，但有一天见到马克思，马克思问我，老陈啊，你想干点儿啥？我会毫不犹豫地讲：我还回221干核事业！张书记讲这个故事的时候，老陈同志已经不在世了，可我们在场的每个人都用心记住了“陈冲”这个名字，记住了这个朴实无华却久久在心中绚丽绽放的故事。

每个草原人心中都有一份自豪感，但这份自豪不是因为自己，而是为集体成就的事业。核武器从研制到生产再到最后的试验成功，是每一位草原人齐心协力团结奋进的结果，是成千上万人的工作汇集起来才铸就的两弹辉煌。

张书记介绍说，三分厂还有一位叫于德发的技术工人，在他身上就集中体现了这一点。老于在三分厂的铸造车间工作，核武器部件里有一个很重要的铸件对技术要求条件非常高，无论是铸造的质量、密度和机械强度，都有非常严的要求，由于这个重要部件是合金材料，想要拿出优秀的产品就得过铸造这一关。老于家住在乙区，由于保密需要，职工在甲区工作，家属在乙区生活，为了不耽误时间，拿出合格的产品，老于把被褥搬到了车间，带着一帮技术干部和生产工人吃住车间，废寝忘食，直到完成这个重要部件的铸造攻关和产品生产，老于才搬回家。这种爱厂如家，敢打硬仗，能打胜仗的精神，体现在每一个攻关环节和每一位草原人身上。

221基地从1959年建厂到退役，经历了36年，包括张书记在内的草原人，也用自己人生岁月里最美好的三十余载，细数着中国第一个核武器研制基地的风雨变迁和辉煌成就。在他们身上“两弹一星”精神是那么的鲜活和生动，我们不仅受到了教育，仿佛还有一股巨大的洪流正重塑着我们的人生观和价值观。

采访结束时，张书记向我们亮出了草原人的财富，那便是草原人的八种精神：“一是艰苦奋斗的创业精神，二是大公无私的奉献精神，三是爱厂如家的主人翁精神，四是团结友爱的协作精神，五是奋发图强的自立精神，六是敢打硬仗的拼搏精神，七是严肃认真的求实精神，八是开拓进取的创新精神。”这八种精神，是对“两弹一星”精神的诠释，是孕育诞生在 221 基地和草原人身上的民族财富。而每一位草原人就如同汇聚成河的涓涓细流，足以让流淌在金银滩的光辉岁月之河奔涌向前。

二二一厂的忠诚卫士

——访原国营二二一厂党委书记刁有珠

杜文林　张海花

“作为一名保卫干部，当被保卫对象交付予你的时候，你的肩上就担负着神圣的使命，为了保卫对象的安全将不惜生命，这就是保卫人员的神圣职责。在保卫核武基地的工作中体会就更加深刻、更加具体、更加触及灵魂。”这是原国营二二一厂党委书记刁有珠在金银滩草原工作的真情表白。

35 岁到草原，56 岁离开草原。在长达 21 年的时间里，刁有珠负责冷爆试验、产品总装及核材料加工、浇注炸药、电雷管试验、控制系统调试、机械应力试验、生产运输、核材料的有关试验等方面的保卫保密安全工作。今年 6 月 13 日，在北京拜访曾在 221 基地生活和工作过的老干部、科研专家时，我们首先见到了现年 82 岁的刁有珠老先生，并在应物中心进行了专访。虽说刁老年事已高，但除了稍微有点耳鸣外身体很好，他还告诉我们他喜欢钓鱼，还结识了不少“鱼友”。

1964 年 4 月 28 日，对于刁有珠是个难忘的日子。已在大连做了十几年经济保卫工作的他被单位口头通知到二机部九院报到。报到时又通知 5 月 4 日去西北地区，到一个国防企业去工作。时日，刁有珠与同事们登上了直达西宁的火车。那时的火车很慢，两天半才到西宁，当天就到胜利路 196 号（221 厂驻西宁的办事处）报到。5 月 8 日，刁有珠一行向位于金银滩上的神秘工厂进发。他回忆说：“我们到五号哨位时哨所警卫哨兵认真地检查了大家的临时证件。到厂后我被分到第一生产部 301 车间参加跟班熟悉生产、保卫生产，还签了一份保密责任书，若违反了责任书规定的条款就要受严厉处罚，甚至追究刑事责任。”

经过半个多月的学习，刁有珠也渐渐熟悉了工作。221 基地是国家的最高机密，安全保密要求非常严格。刁老说，从事这个保密事业对外不能讲所有涉及机密的问题，比如说二二一厂就是搞原子弹的这个话在当时算泄密。一切都要按照代号来通信，如果违反按照纪律处罚。221厂的保密工作有三大原则：一是对外不能说，二是内部间互相不议论，三是本组间可以互相交流研究商量，但也不是并非外界猜测的那样神秘。当时的通信流程，全厂是统一的西宁市500信箱，各个分厂机关有分信箱，写完信后必须经上级组织的批准审查，对信件的要求是不允许有具体地址，统一青海矿区，还要求信中不得涉及任何工作方面的情况。但是一些职工由于害怕泄露机密，也不敢与外界过多联系。工作上，科技人员每天使用过的工作日志放在绝密包内下午下班前要交到保密室，第二天上班前再取出，由于工作到位，没有因未交包而发生过泄密事件。

刁老讲述了1964年在北京发生的一起泄密事件：王淦昌到新疆试验基地，一个警卫员给她的恋爱对象写信说我现在要陪着王淦昌到新疆搞试验去，这件事情被女朋友报告，返回到北京，他被处理做了检讨，在当时来说泄露了专家的行动路线和行动目的，所以严肃处理，劳动教养两年。据刁老讲，也发生过重大的泄密事件，场外试验处的一名干部带着非常重要的计划出差办事，在火车的厕所里把计划丢失了，但没有造成什么后果。

担当绝密科研生产保卫工作的责任很重。刁老说，因为他所接触的多为机密，他的工作记事本上从不记任务项目、日期和数字，全靠大脑记。对所听到的一切和看到的一切要守口如瓶，加之他们从事的是危险性大的工作，原材料从进厂到进入每道工序，都严格执行工艺规程、技术安全操作规则。作为保卫部负责人，他不仅自己要模范遵守执行，还有责任协助安全部门宣传、教育、检查、监督每个人。如进入炸药工号和总装车间不得穿产生静电的皮、毛衣服，必须手握一次铜棒消除静电，不能穿可能产生火花的鞋，不准带打火机、火柴等。

刁老还谈到了郭永怀遇难的事。他解释说：“以前的报道有点失误。我是在二二一厂送的他，那个警卫员是我们处的小牟。小牟当时是从北京送郭老到 221 的。郭老要回北京时，小牟恰好要结婚，就派了另一名警卫员。当时有几条规定：第一，确定你警卫的专家不准离开身边；第二，任何紧急情况宁愿牺牲自己也要保护专家；第三，生活上要完全照顾好。”

说起最难忘的事，刁老回忆切割炸药是他一生中最难忘的。那是 1977 年的夏天，对原子弹备用炸药球重新进行功能试验，把一人高的药球割开。这是一个相当艰巨的任务，也是一项非常危险的工作，要保证在锯割时不能爆炸。如果响了，后果不堪设想。对程序和工艺要求很严格，参加操作的人员第一要求大胆，第二要求认真。刁老以保卫部长身份参加，负责安全保卫工作。刁老激动地说：“操作大厅共有五个人，组织试验的总体室主任黄祖荫、二分厂技术科副科长李学诗，二分厂挑选的两位经验丰富的操作员刘志义和张克林，还有我。工程师刘书鹤等在监视器控制台进行监控。刘志义和张克林把大药球固定在架子上，用铜锯进行锯割。操作现场一点声音都没有，大家就听拉锯的声音，那个时候做好了随时可能有牺牲的准备。时间持续了将近两个小时，终于把药球割开。当时我觉得自己就受了很大的震撼，在国家和党的事业面前，所有的科技工作者一心扑在科研事业上，将自己的生命安全置之度外。”

刁老回忆起了另外一个难忘的场景，李觉部长坐镇现场插雷管。刁老说，每一次插雷管，不论在研制基地或者新疆试验基地，只要他人在，他必须在现场坐镇。“我们是后来人，我后来当过厂领导，我当保卫部长的时候就继承他的这个工作作风。每逢有插雷管任务时，在最危险的装配车间，所有的厂领导都必须在场，作为负责科研生产的副部长我也都在现场。目的很简单，就是给操作人员镇定心态，保证万无一失，这是李觉给我们留下的一个特别好的优良传统。”刁老接着说，这种传统，对于稳定职工的心情非常重要，如果哪个领导不在场，便会视为失职。看到平时自己敬重的领导镇静自如地坐在旁边，插雷管的同志如同吃下定心丸似的，工作起来便冷静沉着。

刁老回忆第三个最令他感动的就是221人的吃苦耐劳精神。刁老回忆说，我是没经过1958年到1962年最苦阶段。但在221工作来说，第一是生活很苦，住帐篷、吃青稞不习惯，尤其气候、水土不服，高原反应胸闷头疼。第二文化生活比较单调，除了看书学习工作之外，没有其他文化娱乐活动。尤其是单身生活不那么好过，我就属于单身，即便是有家庭的还有两地分居21年的情况，他们都是一年见一次面。为了解决单身男青年婚姻问题，组织上从北京和上海调来两批女知青来基地工作。

“金银滩是我的第二故乡！保卫221基地安全是我的神圣职责，是我一生的骄傲！”刁老的这句题词，道出了221人对金银滩草原的无限怀念，以及曾对二二一厂工作的无怨无悔。刁老说：“虽然金银滩海拔高，氧气少，但我们在那里生活了20多年，一生为核工业、为国家作贡献，感觉非常幸福。直到现在还特别向往草原，向往金银滩！”

给原子弹装"眼睛"

——访原 221 基地副总工程师吴景云

姚丽彬

从 1965 年到 1993 年，吴景云长达 28 年的时间里，转战在 221 基地和北京（设计部）之间，主持设计了我国第一代导弹核武器战斗部用无线电引用××机，给原子弹装上了"眼睛"，为国家、为民族奉献了青春年华。6 月 17 日，经有关单位的联系，我们在北京秀园小区拜访了已年过八旬的吴景云老先生。

吴景云是 1953 年国家保送去苏联留学，1959 年毕业于莫斯科航空学院无线电系，获无线电工程硕士。1960 年初回国，被分配到核工业部第九研究所设计部 15 室 4 组工作，任副组长、工程师，具体任无线电引信课题组负责人。无线电引信，俗称雷达引信，是利用无线电波觉察目标，以获取引爆信息确定引爆时机。它在战术导弹和战略导弹中均被广泛应用。专业人士戏称给原子弹装"眼睛"。1960 年，吴景云与陈泽任、孙朝宗、董淑兰、刘论诗、薛念祖、汪时慰等同志一道设计研制出了第一个无线电引信××机，主要用于核弹头突破性试验和航弹武器化。

吴老回忆说，1963 年，我们组负责研制用于东风二号导弹核武器核战斗部的引控系统，要求引控系统的各个组件都要小型化，特别是无线引信尤其要小型化，同时还要满足"东风三号"火箭的发射、飞行、再入大气层的环境条件。由于当时缺乏无线电引信方面的关键技术资料，特别是有关天线安装以及回波绕射等问题，不知如何解决。当时正值党中央号召大兴调研之风，为此，设计部及 15 室领导责成他负责调研工作，以备为核战斗部用无线电引信及其配套天线的设计打好基础。此时，正值大批科研人员到 221 基地参加草原大会战，朱光亚点名要他留北京搞无线电引信及其配套天线的设计工作，并责成选留部分技术骨干，协助参加设计、研制工作，研制成功后再到二二一厂去生产。为此，他和路荣先、杨德秀等几位同志，查阅大量有关资料，访问专家、教授后，主持设计成功第一代导弹核武器战斗部用无线电引用××机，并顺利通过鉴定。

吴老继续回忆，1965 年，××机正式样机研制成功后，为了证实它是否符合设计要求，回波强度和精度是否满足设计指标，7 月至 9 月在河南新乡空军机场进行了为期三个月的核战斗部用无线电引信的“机载飞行试验”，取得圆满成功。试验后，我向朱光亚副所长做了口头汇报。根据朱光亚的指示，我代表试验领导小组写了《新乡机载飞行试验技术总结》报告。后来我们得到美国“SANDER”公司的类似试验的一份报告，该公司花了 3 年的时间，取得的试验结果和我们取得的数据基本一样。特别是我们还获得了发射功率与测试高度平方成正比的规律，后来设计的无线电引信，均采用这一宝贵的实测数据引入通用计算公式计算所需高度。之后，××机参加了 1967 年的东风二号导弹核武器的实弹飞行试验，成功后，该机及“××”引控系统定型，批量生产后交付部队使用，性能良好。1985 年××机及其配套牛鼻子天线获国家级发明奖。1965 年 10 月之后我参加了无线电引信用××机的研制工作，转战在北京和青海基地之间。

吴老说：“1965 年初到青海 221 基地，负责第一代导弹核武器弹头控制系统最核心组件——无线电引信的设计研制。我们把无线电引信系统装在核武器上，叫做给原子弹装‘眼睛’。我主持为第一颗原子弹爆炸装置设计无线电引信，到后来第一代近程导弹再到中远程导弹的无线电引信都是我们设计完成的。”

吴老深情地说：“献了青春献终身，献了终身献子孙，这是当时那批人奉献精神的真实写照。我的三个孩子都是 221 基地长大的，金银滩是我们的第二故乡，到现在我们都认为自己是那里的人，我们都叫‘老家’，永远忘不了 221 基地！”

“梳辫子” 的英雄们

——访原国营二二一厂研究员级高级工程师叶钧道

姚丽彬

时间定格在1964年10月16日，人们都知道新疆罗布泊上空的晴天惊雷震动寰宇，响彻云霄，但不为人知的是这声惊雷在最高等级的绝密状态下进行的，代号“投篮”，其内容是要把铀和雷管与原子弹装配。当时为了保密，规定出一些暗语或代号，如原子弹为老邱，原子弹装配为穿衣，原子弹在装配间为住下房，原子弹在塔上密闭工作间为住上房，气象的密语为血压，原子弹启爆的时间为零时。

插雷管是整个试验的最后一道程序，也是最危险的一道关口，更是成败的关键，既要保证安全又要保证质量。插接雷管的密语为“梳辫子”。2011年6月21日下午，我们在北京塔院小区职工俱乐部专访了当时“梳辫子”的英雄、原二二一厂技术研究部副主任叶钧道。已是80高龄的叶老给我们讲述了“梳辫子”的过程。专访开始，叶老的第一句话：“老一辈的革命传统要传承下去，这是我的一个愿望。”

一

今年是中国共产党成立90周年，作为一名老共产党员，叶老最大的感想是：中国继续要发展，必须坚持共产党的领导，才能使我们的国家更加强大；我们国家离开了共产党的领导，不可能走到今天，也不可能有未来。

叶老首先讲起了221基地精神，说起了原子城纪念馆。2009年5月26日，原子城纪念馆正式开馆时叶老受邀参加了开馆仪式，并参观了纪念馆。他认为纪念馆展列的都是最基本的东西，内容上可以更丰富、更生动，不应该停留在现在的水平。叶老强调，原子弹的成功爆炸，不是一两个人干成的，是成千上万人兢兢业业为这个事业奉献力量的结果。这些人的奉献精神，是教育的源泉，教育意义更大。

他说：老科学家、前一辈的光辉事迹，对我们这一代有很大影响。我们这代继承下来的传统影响下一代，下一代再去传承，把传统传承发扬下去，让青年人都知道我们国家的艰难曲折的历史，让他们明白现在安定团结的环境、幸福美好的生活，不是天上掉下来的，中国成为世界上数一数二的强国是我们的革命先辈和前辈兢兢业业创造的。现在我们这辈人的平均年龄到了 75 岁，大多数老同志不在了，以后再找这一辈的人就找不到了。要下大功夫来办，把这件事办好。叶老强调，原子城纪念馆作为全国爱国主义教育基地，也是一个重要的名片，要把 221 基地精神传承下去，发挥爱国主义教育功能。

叶老激动地说：近百年来，中国受耻辱、贫穷的历史，是经过党领导中国人民 90 年的浴血奋战才得来的，来之确实不容易。中国的革命不但是对中国人民带来了幸福，将来对世界人民创造幸福的生活也是一个重要的保证，国际意义比革命意义还要大，开辟了人类一个新的发展道路。因此，我作为一名共产党员很光荣。

二

叶老 1931 年 7 月 27 日出生于陕西户县。1956 年当时的西北局挑选保送了 100 个高中生到东北工学院学习，学习后作为骨干建设大西北。100 个优秀高中生中其中就有叶老，在 5 年学习期间主攻有色金属压力加工专业。毕业后，叶老作为中国第一批大学生被选调到中国科学院数学研究所（后改为力学研究所）工作。在知名专家的教导下叶老研究弹性力学，并取得了好的成绩。

1957 年反右派的时候，叶老在石家庄劳动了 8 个月时间，得到了劳动模范的荣誉称号，这对他今后的工作影响很大。劳动结束后，又回到力学研究所。1960 年研究所通知叶老到二机部九院报到。叶老回忆说，报到的时候，朱光亚问我：“学什么的？”我说：“学的是力学。”

我问："调我来干什么工作?"朱光亚当时很为难，说："调你来搞原子能的研究。"我又问："是军用还是民用?"当时我没有正式报名，害怕泄密，朱光亚很为难。想了半天说是军用。我当时一听很惊讶，说："军用不就是搞原子弹嘛!"我说："原子弹苏联有了，我们不是很友好么，苏联有了原子弹不就是我们有了原子弹么，我们还研究它干什么?"那时还不知道苏联变化的情况。后来，朱光亚又问我："你以后搞什么专业?"我说："组织上让我搞什么专业我就搞什么专业，不要管我原来的专业。"后来我就搞爆轰物理研究，做原子弹爆炸过程中的一系列爆轰试验。

1960 年至 1963 年，叶老带着方案队在北京 17 号工地工作了三年，共同设计了 5 个具体试验方案，共做爆轰试验 200 余次，主要进行飞层结构的研究、飞层会不会发生层裂以及如何防止层裂、飞层对不规则冲击波的整型作用、飞层在空中习行的速度规律、飞层在运动中泰勒界面不稳定性的研究，取得了大量第一手的试验数据和宝贵资料，为理论设计提供了可靠的数据。1963 年 4 月 3 日，叶老随大批人员转移到了青海 221 基地，开始着手准备大型试验任务。叶老回忆说，刚到的时候，青海的天气非常冷。在海晏下火车时，风雪交加，看见的就是几间平房和大片的帐篷，给人的第一感觉就是非常艰苦。但当时觉悟很高，认为来就是吃苦的，因此也很快适应了那里的生活。

我国的第一颗原子弹采用"内爆"型。所谓"内爆"是将大量炸药起爆的能量压向内心，产生高温、高压，使内心的核材料产生裂变，释放出大量核能。但当时的困难和问题在于炸药起爆后，能量并不是完全向内心压缩，而是向四周扩散，就无法实现核裂变。解决这一重大技术难关，应当是如何使炸药同步起爆、能量聚焦，科学家把这一技术问题叫做同步聚焦。到 221 基地之后，叶老团队负责的是大型实验的模拟实验，任场地试验总指挥。叶老带领他的团队，根据在北京研究、试验的基础和科学家的理论计算，经过无数次的计算、试验，从小型到中型再到大型，从局部到整体，一步一步的试下去，最后实现了炸药起爆的能量完全压向内心，同步聚焦技术难关成功突破。据叶老讲：能不能得到理论上要求的时间，这个时间非常短，以微秒计，百万分之一秒，要求、精度非常高。

1964 年 6 月 6 日，叶老在六场区 610 工号指挥完成了 1∶1 尺寸的冷试验，这是一次核爆炸试验前的综合检查，除了核装料不是核活性材料外，其他都是核爆炸试验时要用的实物。这次试验的成功，证明我国已经掌握了原子弹原理。1964 年 7 月 30 日，叶老带着试验部的队伍到了试验基地。102 米高的铁塔已经竖立在试验场。塔上共 8 名工作人员，队长陈长宜，叶老是副队长，主要的任务，第一是把核装置从塔下吊到塔上，放在合适的位置上安装好。第二是对核装置进行保温。第三是给原子弹插接雷管。

雷管最怕的是静电，静电容易引起雷管爆炸。叶老从北京就开始插雷管，从小型试验到后来做大型试验的时候，都由他负责插雷管。叶老回忆说，第一次国家试验（原子弹）的时候，正式插雷管是四个人，陈长宜、我和其他两位同志。插雷管要保证两个问题，第一是安全，第二是质量。安全、质量都摆在首要位置。在安全方面，我们穿的、戴的都是棉制品，头上戴帽子，进门摸铜制接地棒，消除身上静电，运作非常慢，操作程序非常严格。在质量方面，最关键的是雷管要插到底，否则就是半爆或非爆、晚爆或早爆，这就影响到试验的成败。雷管插到位时有个弹簧一卡，会发出“咔”声音。一个人插雷管时，大家都要听，插完后相互检查，最后由陈能宽检查一遍。然后，把手印擦掉量尺寸、拧紧固定，尔后在责任书签上自己的名字。

几十个雷管，叶老他们从 10 月 16 日早晨 7 点多开始插到 11 点，插了 3 个半小时。经过反复检查无异常情况后，走下铁塔，撤到总指挥部。下午 3 时，原子弹爆炸试验取得成功。叶老说：“在评奖时，给我评了一等奖，发了 20 元奖金。”

三

插雷管是很危险的工作。只要掌握了要领，应该说是没有什么危险性的，但也有意外。叶老讲述了在221基地做试验时发生的意外。有次，雷管插接完成后，人刚撤到工房边时，外面打雷，引爆了雷管爆炸，但没有造成人身伤亡。还有一次在抽雷管的时候产生静电，引起爆炸，炸掉了一个人的四根指头。除雷管外，核材料、核部件组装也非常危险，因为有放射性。叶老说，在一次核材料试验完成清理场地时，把“脏东西”放在筐子里，用吊车吊走时，吊车司机害怕，坐在车里不吊。我们都穿了防护服，我摇手吊车司机吊，他摆手意思不吊。后来我到他身边问“为什么不吊？”“你们都戴的防毒面具，身上穿的防护服，就发给我一个口罩，我害怕”，他说。后来，实在没办法了，把我的防护服全部脱掉，也把防毒面具拿掉。我说：“我坐在你的旁边，你看行不行？”吊车司机说“那行”，然后就开车吊走了。回到宿舍，我在洗澡的时候，满身红点，也不痒，没什么反应。过了一段时间没了。

叶老回忆说，为了消除大家的恐惧感，我们邀请王淦昌到我们组给大家讲课。王老说：“核材料不可怕，要注意防护就行了。我是搞核物理试验的人，搞了一辈子放射性材料，不是生了6个孩子吗？也没见到什么畸形的，所以大家不要害怕，不要恐惧，但大家要科学地防护，注意就行了。”我至今还记得王老讲的课。

第一次国家试验完成之后，朱光亚调叶钧道到场外处，专门搞国家试验，参加了氢弹试验、第三次国家试验。1966年12月，准备要做氢弹装置爆炸试验时叶老差点掉了性命。叶老回忆说，一天半夜时分，领导打电话让我处理什么事，我叫司机赶快走，司机迷迷糊糊地开着吉普车。走到半路上，车走不了了。下去一看，一个前轮掉了。半夜戈壁滩一片漆黑，后来没办法就去找轮子，50米之外把轮子找回来了，装上再走。幸运的是沙子里车没翻，等于捡了条命吧。叶老说：“氢弹的直接试验我没参加，但我在哈密车站下车休息时看到了两个太阳，氢弹形成的太阳比宇宙太阳还要亮，一个白一个红。两弹结合试验，我也没直接参加，但我看见导弹在空中飞行时像只白燕子。”

叶老的经历给年轻一代的启示：为什么我们老一辈能在如此艰苦条

件下短时间内创造奇迹，主要是传承了中华民族自强不息的精神和国家利益高于一切的崇高信仰，有了这种精神才能在世界民族之林立于不败之地。

我国第一颗原子弹爆炸试验时，塔上“梳辫子”的 8 位英雄 7 位健在，1 位已离开人世。我们想说的是健在的英雄身体安康、生活幸福，离开的英雄一路走好，祖国不会忘记你们，人民不会忘记你们。这八位英雄是：

陈常宜，参加首次核试验时 36 岁，1997 年在北京退休。

叶钧道，参加首次核试验时 33 岁，1991 年从青海退休。

张振忠，参加首次核试验时 23 岁，2000 年从绵阳退休。

李火继，参加首次核试验时 26 岁，1998 年在绵阳退休。

潘馨，参加首次核试验时 37 岁，1985 年在绵阳退休。

贾浩，参加首次核试验时 26 岁，1998 年在绵阳退休。

朱建士，参加首次核试验时 28 岁，1995 年当选中国工程院院士。

李仲春，参加首次核试验时 34 岁，1990 年在绵阳离休，2008 年去世。

在中国首次核试验中，共有 5058 名工作人员参加，最幸运的就是这 8 位，他们在原子弹塔架上留下了绝无仅有的合影。

（2011 年 6 月）

难忘的“草原大会战”

——访研究员级高级工程师谢建源

杜文林　张海花

谢建源，1963年毕业于清华大学工程化学系，后分配到二机部北京第九研究所工作。1964年3月，随大批科研专家到金银滩参加“草原大会战”。“文化大革命”后参与某型号核装置的定型、生产和交付等工作。1978年调二机部九局，1985年任核工业部军工局型号处处长，具体管理核武器型号的研制、定型、生产和产品交付任务。1996年评定并聘为研究员级高级工程师，任221离退休人员管理局办公室主任，1998年底退休。1980年至1998年任中国核学会核材料分会副秘书长。

2014年6月，我们在北京应用物理与数学分析研究中心见到了谢老。时年76岁的他平易近人，对人热情，对自己所从事的核材料领域具有较高的研究水平。他详细回忆了1964年3月至1967年7月间，在221基地亲自参与我国第一枚原子弹与氢弹的研制、生产“会战”时的经历，描绘了他具体负责的危险工作场景。

几乎错过“草原会战”的机遇

1963年，谢老从清华大学工程化学系毕业被分配到二机部北京第九研究所工作。当时不知道这个研究所研究啥，也不知道在哪儿，报到证上注明，让他九月初到北京永定门外的一家客栈报到，等待再一次政审。十一前夕，谢老被分到四室一组。领导他们的是留苏副博士杜工，由于杜工的前瞻性，预知在钚的科研生产中会产生大量固体、液体等“废料”，需要回收处理，为此提前安排人来做这方面的准备工作。

1964年年初，全所在铁道干校礼堂召开了动员大会，二机部九局局长李觉慷慨激昂地动员，号召到“前方”去，到“草原会战”去！

大家纷纷以不同方式（大字报、决心书等）表决心，响应号召，到艰苦的地方去，完成光荣的历史使命，群情激奋。春节过后就陆续开始往“草原”转移，此时组长宋工通知谢老参加四室第一批先遣队到去“草原会战”，虽然觉得有些突然，但是参加会战强烈的愿望能得到满足，心中十分欣喜！

谢老回忆说，先遣队有20多人，任务是为“大队人马”到草原打前站，做些前期的准备工作，其中十来人押运器材设备，随货车前往，另外十来人乘客车到西宁，那时火车从北京到西宁需要40多个小时。我们于3月初抵达西宁，那天正遇上刮大风，飞沙走石。火车晚上到站，从基地下来接我们的沈绍严浑身沙尘，满脸灰土，我们都不认得他了。随后，我们乘坐一辆吉普车前往杨家庄，一路颠簸好似筛煤球似的，从帆布蓬缝隙往外瞧，一片漆黑什么也看不见，只听见风在呼啸，心里嘀咕这是到了什么“鬼”地方，恶劣的天气给我们来了个“下马威”。第二天起来却是晴朗的好天气，中午食堂还有羊排供应，心里嘀咕似乎西北不像想象的那么苦。在西宁等了两三天后，才来车接我们上草原。到了基地，只见蓝天白云一片大草原，一棵树也没有。刚上草原只是觉得气有些不够用，上楼时心“怦怦”地跳。草原海拔约为3200米，空气稀薄，含氧量仅为内地的70%左右。最令人烦恼的，是因为气压低，煮出的米饭面条夹生，蒸出的馒头发黏，而且是越嚼越黏，难以下咽。幸好基地有自己的火力发电厂，电力较为充足，每个办公室都可用电炉，我们就把烤馒头作为主食了，此后似乎落下“病根”，见到再好的馒头都没食欲。

谢老说，到了草原，生活待遇提高了不少，每人发了四大件：棉帽、棉大衣、大头鞋和毛毡。帽子和大头鞋折成人民币发给大家，棉大衣是蓝色的“棉猴”，这几乎成了“厂服”，西宁街头常有穿“棉猴”的踪影。“棉猴”还救了我一次，那是在1967年3月初，我探亲回厂到西宁，晚上八九点到达，原来按规定厂“小楼”办事处有班车接站，我到车站广场找班车，正遇上抓当时西宁的造反派“8·18战士”，因天黑看不清我误入了“包围圈”，幸好有人拉了我一把，说正在抓“8·18”，你还不躲开，大概是他看我穿着“厂服”，不可能是西宁的造反派，我也再不敢找班车了，只好在候车室坐到天亮，等候开往海晏的火车，荷枪实弹的军人在候车室内来回巡视、盘查、抓人，但是对我们穿“厂服”的，却没有为难。

谢老说，到了草原，到基地工资待遇也大幅提高，我每月收入有162.75元。每个月几乎发的都是连号的人民币新钞票。钱很多，但没有心思花，即使想花，在草原上也花不出去，几乎每家都攒有较多人民币新钞票。

谢老回忆说，大队人马来到之前，我们当“力工”打杂。一厂区102车间基建尚未完工，还没交付使用，而“596”任务中4号部件还没有突破技术关。为及时开始4号部件研制，领导决定先借用十厂区的几间实验室，我们打扫清理实验室，对运来仪器设备拆箱、清洁、安装就位，等着大队人马一到就可投入试验。1964年4月初，车间主任何文钊通知我们去404厂实习的手续已经办妥了，让我们仍按原定的计划到404厂实习，我们收拾行装离开草原。“会战”似乎再次与我无缘。

在原子弹攻关时解决了一个大难题

谢老回忆说，想当年我们可以说是全身心投入到完成任务中，没有上下班，双职工都分别住在单身宿舍，每天早上醒来穿好衣服即步行到一厂区102车间，在车间洗漱后到食堂买二两稀饭，吃烤馒头片，然后立即投入工作。中餐、晚餐根据实验情况，抽出2至3人一起拿着大锅把饭菜打回来，大家再分别或一起就餐。每个人月初都把发的保健票、自己买的食堂饭票放在我办公桌的右边小抽屉，谁去食堂打饭谁自取。晚上基本都留在办公室查资料，处理试验数据或学外文等。我们办公室在三楼，而宋家树副主任有一段时间要“守着”某特材，也暂住在三楼的另一头尚未启用的实验室中。他经常到办公室来听汇报试验结果，帮助分析总结，指出下一步试验方法，还在其他方面给我们释疑，我们受益匪浅。晚上十点后大家三五成群边说边笑步行回宿舍睡觉，这样的生活周而复始，似乎没人觉得单调，现在回想起来更是觉得那些日子过得很踏实、很愉快、很有意义。1964 年 10 月 16 日我国进行了首次原子弹试验，试验获得圆满成功，它标志着我国已经掌握了自行研制原子弹的能力，并能实施核试验，是中国核武器发展史上的第一个里程碑。16 日中国西北一声惊雷，同时期赫鲁晓夫下台，大家戏说是中国的原子弹把他轰下台的。

军工出身的炸药专家

——访原国营二二一厂第二生产部副主任孙维昌

周广静

陈能宽曾说："敢于从事危险作业，这是一个核武器研制者起码的素质!"原二二一厂第二生产部，是整个厂区最关键也是最危险的分厂之一，主要负责高能炸药的研制、浇铸和炸药部件的生产、试验。当时，陈能宽任爆轰物理研究室主任，我们今天要讲述的孙维昌任爆轰物理研究室副主任。孙老一辈子和炸药打交道，完成了一项项国家交给的重大任务，为我国核武器事业作出突出贡献。

2011 年 6 月 14 日，根据中国工程物理研究院和北京第九研究所的安排，我们采访了现年 80 岁的孙老。

孙老是部队培养出来的专家。念了六年书，1946 年参加工作，第二年参加国民党学习班学习火工品的制造，1950 年入党，在军工企业研制引信爆炸的火帽（在炮弹的头部，有撞针和引信，引信里装有非常容易爆炸的起爆药。引信连接着炮弹内炸药的主体。当炮弹落地之后，由于冲撞地面或者命中目标时产生了反作用力，撞针会被打到引信的火帽上，而起爆药是经不住撞针这么一撞的——起爆药会爆炸，而引信一爆，炮弹内的主装药也就被点燃了……）。1956 年孙老被调到炮弹装药装备车间当主任，主要给炮弹装药。1958 年孙老又被调到分厂第一作业区当副主任，时年 27 岁，管生产工作。1960 年调往第二机械工业部北京第九研究所，开始从事炸药部件和炸药元件的研制、试验和生产工作。

一

炸药是起爆原子弹第一能源，能否保证炸药部件质量是关系原子弹成功的关键之一。1960 年 3 月，当时 29 岁的孙维昌调到二机部北京九所，任爆轰物理研究室副主任。

4 月，孙维昌带领第一批部分科研人员到北京十七号工地爆轰试验场做爆轰实验和研制炸药部件生产准备工作。孙老回忆说，我们刚到试验场的时候，宋任穷部长从苏联回来，到招待所看我们，他说靠苏联是靠不住了，中苏关系破裂了，我们要自己搞。当时试验场还没有完全建成。单独建试验厂时间长、投资大，为了争取时间，我们借用某工程兵试验厂一顶军用帐篷作为研制炸药部件工房，没有米哈伊洛夫熔化炸药锅，就用车间焊结夹层有色金属筒代替，没有辅助器具就从新街口商店买回来铝锅、铝勺、铝盆代替。

4 月 28 日，孙老他们用牛皮纸捲成圆筒代替金属模具浇铸成第一批药柱打响第一炮。在王淦昌和陈能宽指导下，经过科研人员和技术工人反复试验，突破工艺技术难关，研制出用于原子弹的合格炸药部件和炸药元件，从理论和实践基础上掌握了起爆原子弹爆炸的原理和内部规律以及所应用的主要材料，通过试验掌握了原子弹内部结构设计及相关的工程设计，为进行大型试验奠定了可靠基础。

二

1963 年 2 月，孙老转移来到了 221 基地，准备 1∶2 和 1∶1 大型冷试验。孙老回忆说，我到青海是比较早的，当时青海很困难，也很贫苦，吃的是青稞馍、豌豆面、蚕豆面，白面定量，咸菜从外地运来，蔬菜根本吃不到。最困难的时候，吃不饱是正常的。像我们这些科研人员每月还能分到两桶罐头，每月单独给一个红本去领。最头疼的是经常停电，停电就停水，停水食堂就关门，只能把面发给大家自己想办法。水好办，到河沟打。可面领回来，有的不会做，就炒着吃。孙老说“我记得最清楚的是我去的第一年，正好是 1962 年春天。我带着技术员到二分厂，住在刚刚建的那个办公楼，没通电、没通水，也没暖气，在走廊里生了个大炉子取暖，晚上睡觉把脑袋蒙得严严的，早上起来还有狼。”

孙老带领他的团队，在二分厂日夜进行着他们的工作。孙老回忆，二分厂在投产前，锅炉房要试试锅炉压力。锅炉是用蒸气溶化炸药的，没有锅炉没法生产。两吨容量的锅炉，有水才能试压，当时又没通水，为创造科研生产条件，提前做好准备，孙老发动大家从河沟里用脸盆、用桶提水，硬是把两吨的锅炉装满了。那时大家劲头很足，不等不靠，都在抢时间争速度，能往前提就往前提。同时科学严谨地坚持每道工序，如锯炸药要用铜锯，不能用黑色金属；进车间要消除静电，必须触摸铜具引线；搬运要轻拿轻放，运作要缓慢等。孙老讲，当时在二分厂炸药工艺方面，在国内他们创造了四个领先。一是精密柱装混合炸药工艺技术，二是精密压装工艺技术，三是炸药的精密加工切削，四是炸药部件的质量和检测技术。四项领先，为新中国的核事业作出突出贡献，也为今后的发展打下基础。

孙老还讲述了在二分厂工作的经历。浇铸炸药是件非常危险又非常困苦的工作。浇铸炸药时，为保证炸药质量，车间内温度特别高。科研人员和技术工人穿的都是单衣，还满身大汗。那时候装药是土办法，锅是大熔药锅，人工进行搅拌，空气中苯的浓度严重超标，人脸是黄的，嘴里是苦的，对人的健康影响很大。大家都知道苯对人体有害，但为了搞第一颗原子弹，一不怕苦，二不怕死，没有叫苦的，更没有说我不想干的。

孙老回忆说，除了六厂区以外，二分厂离场部最远。他一个礼拜要去两次十厂区货运站，离二分厂有二三十里，去查验设备、货物等。那时没有汽车，他都是走过去又走回来，累了就到草原躺躺，看看百灵鸟飞，虽然身体浮肿了，但没有怨言，还挺高兴，挺乐观。孙老清楚的记得在 1962 年春节除夕晚上，也是他们刚到二二一厂一个多月的时候，先前到的工程兵们听说他们是从北京来的，给他们送土豆。他们围着碳火盆吃烧土豆，一边唱歌，过了一个难忘的除夕之夜。

孙老现在住的小区叫塔院，也有个别名叫“寡妇院”。孙老解释说，当时我们知道在造原子弹，但严格的保密制度不准说，对家里人也不能讲。塔院的男同志基本都去青海草原了，家属全丢在了北京，所以叫“寡妇院”。孙老回忆，当时调查组到东北调我的时候，准备两地分居，但是我爱人很支持我。后来我到草原，当时我在北京有四个小孩，她一直在北京带四个小孩，没有怨言。孙老认为，两地分居那时都应该的，心甘情愿，组织让我到哪我就到哪，从来没有讲过价钱，没叫过苦，没有发牢骚，没有怨言，一辈子都这样。

孙老还特别提到了青海省对 221 基地的支持和贡献。第一，在筹建过程中全力支持，协调解决了许多困难和问题。第二，移民是青海省做出的最大努力，半年时间就把周围的藏族群众全部迁走。第三，在生活上全力帮助，无偿拨给二二一厂两万头牛羊，全力供应副食品、蔬菜等。

“不干则已，要干就干好。”这是孙老的最大性格。这种性格也造就了他的成功。二十天假，他提前十五天回去。后来孙老到了四川，历任院三所所长、书记，后任中国工程物理研究院副书记，为新中国的核事业奉献了毕生的精力。

（2011 年 6 月）

感恩永怀　感谢有你

——访郭永怀的学生毛鸿羽

王秀娟　郑　榕

2020 年 10 月 16 日是我国第一颗原子弹爆炸成功 56 周年纪念日，在山东荣成，曾为原子弹爆炸作出卓越贡献的著名科学家、“两弹一星”元勋郭永怀的故居正式对外开放，也就是在这一天，我们与郭先生的学生毛鸿羽老人相遇。岁月如梭，载满了过往，在老人的娓娓道来中，这段难忘的师生情、点点滴滴都将在遗忘中被重新拾起。

毛鸿羽老人曾是中科大 59 级的学生。在 1958 年，国家为了培养尖端国防科技人才，专门成立了中国科学技术大学，学生们的基础课和专业课都是由当时国内最好的专家、教授担任。郭永怀也就是在这个时候迎来了一生中又一重要的身份，成为中科大首届化学物理系的系主任，课堂上有本科生、有研究生，大家无一例外都称郭永怀为先生。他瘦瘦的，带个鸭舌帽，毛鸿羽老人开心地回忆道：“我们私底下都称郭先生‘细长体’，我是在大三第一学年成为先生的学生，那时候他的严格和严厉远近驰名，因此大家都对先生有些惧怕，他对所有的学生很少表扬，而多是直言不讳的批评。”

“您还能记得清楚郭先生第一次给你们授课时的情景吗？”面对我的提问，毛鸿羽老人的话匣子一下子被打开，“‘边界层理论’这门课是在中科院力学所大楼北面二层半的阶梯大教室里开讲的，除了中科大力学系 58、59 级一专业的同学，还有力学所的年轻老师及国防部老五院的尉级军官，各类学生济济一堂。每星期两次课，每次两个学时，中间休息 15 分钟”。老人讲到这里转身拿出身后的手机给我翻看了一张照片：“就是这本《边界层理论讲义》，20 世纪 60 年代初，国内没有‘边界层理论’这个领域的中文书籍，虽然当时最热门的‘放卫星’‘再入大气层’等任务都十分急需这方面的气动知识，但未见到这方面的中文专著和课程。郭先生的学问博大精深、且高瞻远瞩，他将国外这方面的研究资料浓缩成两本讲义（第二册讲义是在第一册快学完时才下发的），进行了系统、深入的讲解。这样，我们的气动知识便有了质的飞跃：从理想气体空气动力学跨越到粘性流体力学。从而为我们到大五要学的《高速气流传热（烧蚀理论）》、《稀薄气体动力学》等高速气动力学等课程打下了必要的理论基础。郭先生是最早将‘边界层理论’引入、介绍到国内的专家。”

“郭先生对理论的假设条件、物理概念都会详尽地讲解，然后做方程的量级分析，最后是严格的表达与结论等。在课下，当我们经过冗长的数学推导和演算（当时没有计算机、计算器，而计算尺也只能读到小数点后两位，因此总是要手算），得到了与讲义上完全一致的结果而感到由衷高兴的同时，更感到这本讲义真是字字珠玑、闪闪发光！那里的公式、符号、数据、曲线都是正确无误，中文的解释又是那么精炼，准确到每个标点符号。”

我饶有兴致地问道：“那郭先生的课堂氛围肯定很严肃吧?”，老人噗嗤一笑并说道：“没错，我只见过郭先生笑过两次。一次是在介绍新来的辅导老师，因为这个老师来自内蒙，有个少数民族的名字，叫作‘呼合奥德’，但郭先生称她为‘呼和浩特’，说完之后，先生不好意思地笑着低下头，我们大家也都被这个叫法逗笑了。还有就是在 1963 年元旦前夕的一次课间休息时，同学们都去自由地放松了，他也回到了位于力学所大楼二层的办公室小歇一下。作为课代表，我稍后敲门进去，看到他根本不是在休息，而是正在聚精会神地看着讲义，极度深入地思考着其中的问题。他背后的书架上，放满了英文书籍！我向他呈交了 59 级一专业同学送给他的贺年片。他从座椅上站起，接过贺年片、仔细地看了贺词，微笑并很高兴地用带有山东腔口音的普通话说：‘谢谢啦！’”。

随后，老人又讲到如今力学所已将郭先生当初的办公室，改为了纪念室。在纪念室里，还有一张郭先生请求上级批准他捐款给学生的申请报告。循着老人的思路，我没有进行提问，而是想到：可能在郭先生的眼中，这些在艰苦的条件下投身科研的年轻人正是国家的未来，他们的事业需要几代人投入青春，投入生命，他们也许不会看到成功的那一天，但是工作必须从他们开始。所以，先生平时不表扬，但他却在最关键的时候关怀着学生。

在郭永怀纪念馆中有这样一句话：郭永怀是一位具有远见卓识的科学家，也是一位优秀的教育家。他甘当“铺路石子”，为培养人才殚精竭虑。他无私奉献，勤奋终生；实事求是，质朴正直；严以律己，淡泊名利，深受尊敬。“铺路石子”这四个字毛鸿羽老人也多次提及到，他说：“从先生的教导中，我意识到，先生并不刻意要求我们成为飞黄腾达的‘龙’，而是叮嘱我们做踏实干活的‘牛’，为国家科学事业做铺路的石子”，正是这种一脉相承的信念指引着毛鸿羽老人这一新生的一代共同凝聚成一股惊人的爆发力，用“两弹一星”挺起了中华民族的脊梁。

由于郭先生在“边界层理论”课上的知识传授和教育，毛鸿羽老人和同学们毕业后被分配到航天一、二、三、五、十院及总装气动、发射基地、高等院校及各科研单位工作，大家在各自的岗位上，都做出了很好的成绩。曾经的青春少年们，如今都已经满头白发，他们不仅为祖国的科学事业奉献了青春，更为未来培养了一代又一代的人才。

情不知所起，一往而深；恩何止滴水，永怀难忘。今天的我何其幸运能够和郭永怀教授的亲授弟子毛鸿羽老人一起以无限的情思感恩先生，重温先生以有限的能力再现了一个时代的绝代风华，并深刻感知什么才是一个民族，无论什么时代都需要的永恒精神，那就是——无私奉献，以身许国。

吾心归处是故乡

——访原国营二二一厂保卫部工人田俊明

王秀娟

岁月匆匆山野青，红尘难掩儿女情。无论是春夏秋冬的更迭，还是岁月风霜的涂抹，总有一些耄耋老人，在残缺砖瓦与断壁残垣中寻找着青春的记忆。

一九五八年三月的一天，春寒料峭，河南项城县的一所中学里，上千名学生参加了学校组织的动员大会。大会上校领导的讲话，让当时正值十七岁的田俊明印象尤为深刻："到祖国最需要的地方去，到祖国最艰苦的地方去。"没有人刻意询问要去哪里，更没有人打听那里苦不苦、累不累，只晓得这是一项光荣的使命，到边疆去参加祖国建设。4500多名学生积极响应号召，经过政审、纪律教育、生活必需品发放这几项节点后编入104公司，正式踏上西行的列车。

从郑州坐火车出发历时三天两夜后抵达第一站——兰州。当时，兰州到西宁还未通火车再加上仅有的一条公路被冲毁，所以，他们一行人先在建兰饭店住了十来天。对于出生在一个小山坳，一直盼望着走出去能有一番广阔天地施展才能的田俊明来讲，这座西北省会城市给他留下的印象永远都不会随着岁月的流逝而模糊。他们在建兰饭店得到了极高的待遇，饭菜荤素搭配，学习空闲外还能去五龙亭等地方转转，但舒适的生活条件也让田俊明等人心里泛起了嘀咕："难道这里就是所谓的'祖国最艰苦的地方吗'?"

过了几天，他们就接到了要去青海的通知。早晨七点钟到傍晚七点钟，整整12个小时的路途让田俊明真正见识了大西北恶劣的自然条件。同在兰州的所见所感不同，这里独有的荒凉和落后让他们的心理落差渐渐大了起来，更让他们没有想到的是，在青藏高原搞核工程建设，还要面对饥寒交迫的生存挑战。

在西宁杨家庄修整了两天后，他们正式踏上了此行的目的地——金银滩。早晨八点多，21 辆卡车队伍浩浩荡荡开进了草原。初到草原，高海拔的恶劣气候毫不客气地以它特有的寒冷方式考验着热血沸腾的年轻人。呼啸的寒风如一把寒光闪闪的刀子，在封存盛夏记忆的草原挥舞，茫茫大地飘零着草的断枝碎叶，那些青春灿烂的笑容，也被沉重的呼吸夺走了。车在麻匹寺门口停下，院子里空荡荡的，有的同志问："我们晚上睡哪啊？"带队的营长用手指了指说："你们这个连，就住在这边的羊圈里吧。"低矮的羊圈里，满地羊粪蛋，墙的四周更是堆满了粪便，牛羊毛在空中飘来飘去，房顶只用木棒和柳枝简单地搭了一下，上面糊了一层泥，但到处都是窟窿，没门没窗，四面漏风。有些女同志哪里见过这阵势，"嘤嘤嘤"地哭了起来，胆大一点的忍不住叫起来："这里太脏太臭，我不住，你们骗人，我要回家。"营长一听这话着急了："现在我们已经来了，要走是不可能的，连车也没有，这么大的草原，你能往哪走？"正在这时，指挥部送饭的车来了，大伙儿也饿了快七八个小时了，都争先恐后地吃起来。

63 年后，田俊明在讲述这一段经历时淡然地说："我当时虽觉得艰苦，但也没有萌生要走的念头。我出生在农村，家里的条件也好不到哪里去。何况是自己写申请要来的，中途打退堂鼓岂不是丢自己的脸，组织上高度信任我，当初连政审都给我免了，我不仅不能走，还要动员大家都留下来。"等大家吃完饭，稍作休息，田俊明就和其他同志们找来铁铲、镐头、箩筐、扫把等，一筐一筐地抬走粪便，又把墙上的粪便通通铲光。夜幕降临，没有电灯，没有烛光，铺上各自带的被盖，大家就准备休息了。半夜刮起了大风，用草席做成的"门"早已不堪一击，只好几个人挤在一起，用被子将头埋起来，蜷缩成团，互相取暖，就这样度过了在草原的第一个夜晚。

经过几天的劳动和整顿，大伙儿的情绪都已经平复，为了让大家在尽可能短的时间内适应新环境，指挥部下达了一项新任务：上驻地附近的山上砍柳枝（当地人叫“鞭麻”）储备柴火。接受任务后，田俊明和大家每天往返10多公里去山上劳动。由于山势很高，积雪又深，稍有不慎就会掉到山洞里，所以他们只能在半山腰上边歇息边劳作。即便这样，大家的手磨破了，脚磨烂了，背柳枝的肩被压的红肿流血，但在当时生活物资极度匮乏的情况下，一切都要自力更生，所以，没有一个人叫苦叫累而且越干越有劲。

1959年阳春三月，基地的基本建设进展速度很快，田俊明所在的104公司，白天在荒芜的大草原上搭起工棚开始修路，做各种各样的建厂准备工作，晚上集中进行保密教育。难忘那无数个露宿荒原的寒夜，难忘那晨光中覆盖草原的冬雪，更难忘头顶那片浩瀚的星空，对于一位不到20岁的青年来说，这样的经历是他人生中最重要的历练，也深深影响了田俊明之后的人生道路选择。从1958年到1962年夏，在没有任何外援的情况下，像田俊明这样的年轻建设者们经过几多不眠不休的春秋最终完成任务，使221基地各车间相继交付使用。田俊明老人后期被分配在保卫部工作，用他的话来讲：“保卫部就是保卫设备安全和保卫人员安全”，他们在厂党委领导下，执行保卫科研生产的任务，落实上级各项保密规定，在科研生产重要工号和重点部件跟班检查不安全漏洞，从而确保科研生产的安全。直到1995年二二一厂退役，老人因为女儿的关系被安置在了合肥。

此去多年，我们经常会用这样的话来形容飞逝的时光。离开草原后，田俊明一直没有再回草原，闲暇之余，他几乎每天都会翻看一本老相册，用这样的方式寻找自己青春的印记。作为倾听者，我忘不了他在忆往昔时谈笑风生的样子，我也更确信，这段惊心动魄的过往虽在他们心中沉淀，但埋在心中的火种却永远不会熄灭。

平凡的工作 不平凡的人生

——访原国营二二一厂商业局老干部徐步霄

张寿川

心有所信，方能远行。一个人为了祖国的事业而奋斗，不惜流血牺牲，靠的是一种信念，为的是一种理想。徐步霄，就是这样的人。

1956 年 10 月 1 日，年仅 17 岁的徐步霄在老家山西经过政审后分配到青海省饮食服务公司工作。个人生涯中的第一份工作让徐老格外珍惜和感恩，在公司财务科培训一年后，他开始担任公司财务科的出纳员，因出色的工作表现，多次被评为“先进工作者”。

1958 年 9 月的一天，单位领导找他谈话，说是国家一个保密单位特地到公司来了解他的情况，让他做好心理准备并嘱咐只给 20 天的时间来办理调动手续和移交工作。今年已是 80 多岁的徐老怎么都不会想到，是时代的大潮，把他们这批刚刚参加工作的年轻人，推到了中国核事业发展的最前沿。

据老人回忆，他们一行八人乘坐的是一台货车，因为货车没有座，他们只能挤在车厢里，颠簸了两个半小时才到海晏县，到达厂区后被安排住在海晏县商业局. 放眼望去，这里四周只有一片开阔的大草原，吃住哪是一个苦字能形容得了的？但一想到自己是调入国家保密单位工作，心情十分激动。再者，本身就是农村出身，有吃苦的能力，徐老相信自己能够克服所有困难，一心只想着立即投身工作。

在二二一厂 36 年的岁月里，徐老一直从事的是商业财会工作，1984 年提升为财务科长，1986 年通过自学考试晋升为会计师。36 年的时光在岁月的长河中算不上久远，但对于一个人来说，那一定是包含了他的黄金岁月。谈起让徐老终生难忘的事情，他脱口而出：“1960 年 3 月 27 日，我光荣地加入中国共产党。我庆幸自己能在早期就参与到国家核事业的大军中，在金银滩草原上，在艰苦而恶劣的气候环境里干出了今天的事业，为党和国家的核事业献出了绵薄之力。”

徐老还对我们谈起了二二一厂建厂初期艰苦创业的故事。建厂初期，国家还很贫穷，各种物资十分紧张。建厂原则是：先生产后生活，一切要为生产让路。在组织的大力动员和号召下，全厂干部职工都以党和国家的事业为重，生活上的困难都是自己想办法来克服。帐篷紧张就利用废弃的牛羊圈改造成住房，或是利用朝阳的坡地改造。徐老在讲述这一段经历时淡然地说：“大家在坚硬的冻土地上挖窑洞，上面搭上柳条，再铺上油毡纸，这就算不错的房子了，里面砌上火墙取暖。那时候年轻，也没有感觉有多艰苦。”吃的是当地生产的青稞面、谷子面，大米、白面很少，尤其是在三年自然灾害时期，干部们每月的 24 斤定粮还要捐出两斤来支援灾区，根本就吃不饱，蔬菜副食品奇缺，只能吃一点咸菜和白菜汤来调味，90%的职工都患有很严重的浮肿病，走路都很困难。在这样艰苦的条件下，却没有一个人想着要找组织来解决问题。大家抽时间上山挖野萝卜、采蘑菇、摘野菜、捞小鱼，咬紧牙关艰苦度日。筹建总指挥部党委坚决贯彻毛主席“对尖端武器的研制工作，仍要抓紧进行，不能放松下马。”的指示精神，一手抓科研，一手抓生活，在抓生活方面开始搞生产自救，各单位主动开始发动职工开荒种地，同时组建了农、林、牧、副、渔等专业队来专门搞副业。

从 1963 年开始，随着大批科技人员、专业人才和干部调入厂里，徐老所在的商业局所承担的后勤保障任务更繁重了，在上海、北京、广州、浙江、西安、兰州、四川、新疆等地都成立了专职采购站，直接从国家一级站批发调运商品。肉蛋类从四川万达直调；鱼虾类海产品从浙江舟山、广东汕头直调；蔬菜从上海、广州、兰州、西宁等产地直调；瓜果从新疆、甘肃、青海产地直调；各种商品供应非常充足，保障了广大职工和驻厂部队的生活需求，有力地支持了厂内的科研生产。

二二一厂退役后徐老被安置在了合肥，他的晚年生活一直在为解决二二一厂离、退休职工的待遇问题而奔波。当一切尘埃落定，徐老激动地说："党中央非常关怀我们，从根本上解决了我们的生活问题，解决了我们的后顾之忧，使我们能快乐地安度晚年。我们要感谢党和国家对我们的关爱。"

在谈话的最后，老人说道，自己已是耄耋之年，但脑海里总是会浮现初上草原时的情景。我想，那过去时光里的点点滴滴都已浸透在老人的生命中，为了国家不惜一切的精神气质已经融入他的血脉当中。万里归来年愈少，自己是多么渴望成为一名如徐老一样永葆年轻之心、不忘初心的人啊！

无悔的选择

———访原二二一厂材料供应处老职工董殿举

王致玲

新中国成立以来，无数普普通通的中国人怀揣着对国家的忠诚、对社会的理想，响应号召、离开故土，远赴他乡支援各项工业建设，从此故土变异乡，异乡成家乡。那些隐没在宏大叙事中的小人物的故事，值得被铭记。董殿举老人正是其中的一位，他曾在原二二一厂材料供应处工作过，2018 年 7 月份，董老在女儿的陪同下，再度回到既陌生又熟悉的金银滩草原，看了看曾经工作过的仓库，看了看曾经的家。

董老是一名有着 47 年党龄的老党员，他生于 1935 年 1 月 16 日。1959 年 10 月，经过严格的政治审查，董老来到 221 基地参加建设大会战，是基地第一批基建工人。他说："在那个特殊的年代，能参加草原大会战，这是莫大的光荣。"可现实中比他们想象的要艰苦，在海拔三千多米高寒草原，董老他们面对的最大困难就是气候，感觉胸口老有东西堵着，喘不过气，头晕晕乎乎，差不多一个月后才适应。

初上草原，基地各项设施为零，生活条件异常艰苦。据董老回忆，当时他们住的是牛羊圈，吃的是青稞面，并且每月定量 38 斤，根本吃不饱，吃不饱的时候就上山挖野菜，蔬菜供应也奇缺，饮用水全部来源于旁边的小河沟。有时运气好，也会抓到一两只草原上的野兔，权当打打牙祭。后来生活好点时能买到毛巾了，就拿毛巾到牧民帐篷里，跟牧民换点牛羊肉吃，改善生活。晚上睡觉是老大难的问题，零下 30 多度的气温，需要穿着衣服睡。第一批到基地女同志特别少，有的刚刚十七八岁，住在牛羊圈里，一到晚上就能听到狼叫声，女同志们害怕得不行，男同志们就拿着铁锨在羊圈外站岗，给女同志们些许的安全感。

当时基地大会战，共有两万多的建筑工人和工程兵指战员参加建设，为了便于分工协调，组建了104公司、103安装公司。从早上7点到晚上10点，每天工作10多个小时，艰苦的环境和高强度的工作无时不刻不在考验着他们。当时厂里要求他们“安下心、扎下根、开花结果献青春”。那时候，董老觉得自己是共青团员，要听党的话跟党走，虽然每天很辛苦，但觉得很踏实，因为心中有信仰，脚下有力量。董老回忆说：“那时候草原上的风沙特别大，一刮风能见度不足50米，风停了厂房里全是土。他们在草原上盖厂房、修铁路、筑公路，没有原材料就自己动手烧砖，特别是冬天施工的时候，冻土层得有一米厚，施工时先在地上烤一堆火，地面烤化了用炸药把土层炸开了再施工，大家穿着军大衣，一出汗，军大衣上全是冰，就这样差不多干了五年，建成了发电厂、各分厂也初具规模了。”1963年，以王淦昌、邓稼先为首的科研专家和技术人员陆续来到基地，开展了核武器研制攻坚战。

当我们谈及董老的家庭时，董老满怀愧疚之情。董老共有姊妹三个，他排行老三，单身的时候三年可以回一次老家，成家后每年可以回去一次，家里的事他从来没有照顾过，都是哥哥姐姐在照顾父母，董老只能从经济上给予支持。他说：“在草原上待了33年，觉得草原上最难忘的是221人为国争光，特别是在今天，传承这种不怕苦不怕累的精神尤其可贵。”

1995年，根据国家战略调整，二二一厂完成了历史使命正式退役。退役之时，干部职工自愿选择安置点，董老选择安置到安徽合肥，与董老一起安置到合肥的总共有571户2000多人，到合肥后，他们还是发挥草原精神，相互照顾，相互帮忙。如今，董老也会给社区的邻居、学校的师生讲述在草原上艰苦奋斗的故事，那一切对董老来说，仿佛历历在目。

时隔26年再回到奋战过的草原，董老心里有一种难言的酸楚，看到海北州把原子城建设成新兴高原红色小镇，内心充满了欣慰。专访之余，我陪董老参观了原子城纪念馆，老人看着一张张照片，眼里全是对自己所从事事业的追忆和深情，把青春留在高原，他们无怨无悔。

最后，董老动情的说："如果再给一次选择的机会，我还是会选择草原，因为草原的事业不一样，那是为国争光。"人生的道路，做出第一次选择并不难，难能可贵的是同样的道路做出第二次的选择。选择吃苦就是选择收获，选择奉献就是选择高尚成为了董老永恒的信条。如今，在金银滩草原上，董老他们的事迹已化作丰碑，被世人永远传颂和铭记。

完成使命是最大的光荣

——访原二二一厂二分厂老职工王遂德

王致玲

在安徽省合肥市团安新村，住着一群老人，他们和所有的老人一样含饴弄孙，安享晚年。但就是他们，曾经奋战在位于青海草原深处的二二一厂，见证了我国核事业的发展，几乎他们每个人身上都有着一段不平凡的故事。带着深深的崇敬之情，2021 年 4 月 15 日，我有幸专访了已是耄耋之年的王遂德，聆听了属于他的“221 故事”。

1959 年，作为一名 54 师 163 团的工程兵战士，王老参与了二二一厂的前期建设。1963 年，完成基础建设之后，二二一厂从全国各地招录的各类技术人才开始陆续入驻，此次招录人员有的是按照厂里所需来自各行各业的工人，有的是部队转业军人，有的是支援边疆的青年学生。就是在这时候，王遂德就地转业成为二二一厂的一名正式职工。

进厂后，严格的保密制度让王老记忆犹新，王老回忆说：“首先是划分严格的工种和保密级别，原则上是就算对自己的配偶、儿女和父母等都要保密，不知道的决不能问。选择从事这项工作人员是极其严密的，只要一经入选，户口、粮油关系等一切手续都由组织统一办理安排。老院长王淦昌因为保密要求，被对象误解。我们职工中因工作忙耽误婚期的很多。甚至有恋人或夫妻相互保密却在此不期而遇被传为‘有缘千里来相会’的佳话。”

保密的程度如此之高，以至于王老清楚地记得，当第一颗原子弹 1964 年 10 月 16 日在新疆罗布泊爆炸成功的消息传至二二一厂的时候，大部分人竟然才知道如此威力巨大的核武器就是在他们厂里制造和总装的。从事原子弹核心部分总装任务的王老所在的车间工作内容更是达到绝密程度。王老说：“当时就是在同一个车间工作的人也显得很神秘，我们车间分三个小组，各组之间也互相保密，在一个大厅内互相遮挡起来，不准相互观看。”王老在金银滩三十多年，都没去过其他厂区，可以想象当时的保密制度有多严格。那时候休息了就回海晏，当时生活比较单调，只能看看电影、聊聊天、下下棋，去的最多的地方就是草原。当时二分厂西面有条河，可以在河里钓鱼，在草原上捡蘑菇，日子倒也过得惬意。

除了保密要求外，王老所在的工种更接受了复杂的安全教育。他的主要工作是把各分厂的产品零部件运到总车间进行检查、清洗、擦拭等环节，再将此类零部件组装成整体。这些零部件有炸药件、放射性部件、金属部件，不能让人受到伤害，更不能对产品有任何磕碰划痕，产品质量安全显得特别重要。

据王老回忆，第一颗原子弹的产品装配好后，相关人员也坐飞机去了新疆，确保产品到人也要到，保证把产品装到塔上进行塔爆，王老他们装完后就撤到位于罗布泊地窝子的监控室，看蘑菇云升腾情况，那一瞬间感觉是人生中最珍贵、最美妙、最激动的时刻。之后，王老也参加了第一次氢弹试验。1967 年氢弹爆炸，王老他们班组去了十多个人乘坐飞机到罗布泊，氢弹爆炸后看到蘑菇云特别激动，氢弹威力巨大，试验十分成功，所有人都特别高兴。从马兰回青海先坐在卡车里，他们的双脚被冻得硬邦邦的，但每个人的心里都是热血沸腾，脸上洋溢着幸福的笑容。

在基地工作的经历中，令王老印象最深的事情，是一次试验失败后的情景。当时大家心情都不好，饭也吃不下，觉也睡不着，情绪非常低落。王淦昌、郭永怀都到车间和大家一起查找原因，朱光亚专门给大家做思想动员工作。那时候是奉献精神支撑着大家搞尖端技术，大家思想一致、目标一致，心往一处想，劲往一处使，从不计较个人得失，成就了伟大的事业，挺起了中华民族的脊梁。

“安下心，扎下根，开花结果，奉献青春。”王老的一句话语，道出了曾经奋战在金银滩草原上的所有建设者和科研人员的共同心声。21

岁就进入二二一厂的王老，在那里一待就是 30 年。尽管有着非常严密的保护措施，由于常年接触放射性物质，他的身体还是受到了一些影响。“我选择了这份工作，当然也愿意承受它带给我的伤害，一切是为了国家的事业。”在王老家里，“献身国防科技事业”、“核试验成功二十周年”等纪念章被放在盒子里并摆放在家里最显眼的地方。诸如许多职工参加过草原大会战的老人一样，王遂德老人的故事，或许不像“两弹”元勋一样广为人知，但他们身上蕴含的精神将长存，成为激励我们继续前行的力量。

追逐他们的脚步

——访原国营二二一厂老干部刁银兴

刘永斌

2021 年 10 月，踏着浓浓的秋意，我和同事们又一次开启了专访原国营二二一厂老干部、老职工的行程。每一段旅程，每一次聆听，都在我的生命中留下深深烙印，不知哪一天它就会从心灵的角落中蹦出，让你热泪盈眶，久久不能平息。而今天我们要采访的刁银兴老人，是一位参加过抗美援朝战争，又肩负了中国第一个核武器研制基地保卫工作的传奇人物。我们无比珍惜这次会面，因为聆听他，耳边仿佛还回响着冲锋的号角；看到他，仿佛回到了那个满是硝烟和战火的年代；感受他，则又一次拨动埋藏于内心深处的那根琴弦。

初次见面，刁老给我留下了深刻印象。虽说已 93 岁高龄，但依然精神奕奕，沧桑离索的白发下面，可以看到被岁月刻画出的道道痕迹，依稀还可以看到那原本年轻时棱角分明的面庞，魁伟的身躯如今随着岁月已经有了一丝佝偻，唯一不变的是那坚毅的眼神中放射出的丝丝战意。泛黄的志愿军军服上挂满了军功章，这是对他一生戎马、保家卫国最好的褒奖。

“雄赳赳，气昂昂，跨过鸭绿江，保和平，卫祖国，就是保家乡。”这句伴着志愿军战士们远征的歌词，是贯穿刁银兴老人回忆朝鲜战场出现频率最多的词汇。在和他的交流中，我们遇到了很大的困难：那就是战争留下的创伤以及岁月的侵蚀，导致老人的听力严重下降，彼此交流要靠在耳边大声重复地问同一个问题或由老伴儿或儿子转述。老人向我们展示着闪光的勋章、泛黄的证书，回忆那感人的场面：英勇的志愿军战士们，有的顶着敌机的狂轰滥炸救伤员，有的负伤不下火线，有的忍饥受冻绝不退缩……一个个感人的瞬间，一个个英雄的壮举，都令我们敬佩。让我们更感动的是尽管他的身体布满了 17 处枪伤，但他在讲述这段我们认为最为悲壮的经历时总是带着笑容，只要提起当年浴血奋战的往事，他总会不由地提高嗓音和大家讲述胜利时的喜悦，仿佛是一份快乐的传递。

1958 年 8 月，身负二级伤残的刁银兴从南充荣军学校毕业后，遵照国家将四川军校抗美援朝战后的残疾军人统一到青海支边的安排，踏上了远赴西北高原的火车。就这样，他的后半生就与青海结下了不解之缘。

当时已在青海师范大学工作的刁银兴遇到了人生中第二次改变命运的机会。由于当时青海省公安厅要招五十名干部，让他负责审查在校人员档案，可其中有一条规定让他望而却步：二等残疾的人不在考虑之内。五十人的名额还差三个，当时他鼓起勇气问："我是上过抗美援朝战场的二等残疾军人，但我身体很好，上了战场一样扛枪杀敌，我补充一个行不行？"招干负责人被他的直率和勇气感动了，在上报领导之后得到了肯定的答复。初上高原的刁银兴面对严寒、疾病，还有偶尔出现的土匪袭击，感到自己肩上的担子不轻。不但要筹建保卫部，负责保密、保卫工作，还要给从河南内黄县招来的 400 多名支边青年们上课，讲述保卫工作基本内容以及青海地区特殊的民族风俗。从 1958 年初上高原到 1985 年退休，在基地工作近 30 年的时间里，刁银兴始终恪守不计较个人得失，工作尽职尽责的原则。即使是在动荡的年代，自己被调往拖拉机厂劳动的 6 年时间里，也从未动摇过自己的信念。回厂后不管是否有个人恩怨，在别人遇到困难时，也倾尽全力帮助。

在一堆泛黄的奖状当中，我们突然翻出了一些特殊的纸片，毫不起眼、随随便便的夹杂在一本奖状的折页中。细心的同志马上发出了惊呼，这是三张特殊的收据，是刁银兴老人在中国共产党成立 90 周年、95 周年和 100 周年时向组织缴纳的两万元特殊党费的收据。当我看到这些纸片时，下意识的环顾了这间陈设简单到极致的屋子：一组沙发，一台电视，一套桌椅，还有一墙的荣誉。"我想感谢党和国家的培养，让我从一名无知青年成长为一名有信仰、有追求的共产党员，让我从贫困穷苦家庭走出来，拥有如今儿孙同堂的美满生活。作为一位老党员，我希望通过缴纳‘特殊党费’来表达感恩之情。”在说这话的时候，他竟草草地收拾了起来，将收据放回原处。我们在一些影视作品中常看到这样的场景：一名革命烈士在牺牲前，用颤抖的手从怀里掏出包裹严密的几块大洋，以虚弱的声音对身边的战友说：“这是我的全部积蓄，请替我交给组织，当作我的最后一次党费。”自己甚至还嘲笑过这样老套的片段，但当你倾听了刁老的童年是饱经旧社会苦难，父亲因无法忍受地主的欺压和剥削，在严寒的腊月割颈自杀的故事后，你才会慢慢理解他的举动，理解那些在革命战争时期，生活再困难的党员，哪怕拎上几个鸡蛋，也要将缴纳党费这项义务摆在第一位的举动。这两万元特殊党费饱含他对国家和人民的无限深情，折射出一颗炽热的爱党之心。只有度过漫漫黑夜的人才更能感受白天阳光的明媚灿烂，也才有了“我是一名普通的共产党员，不可能做出惊天动地的大事，但是党在我成长的每一个阶段，就像一盏明灯指引我前进，我要尽己所能，贡献自己的力量”，这样质朴而热烈的心声。

在你的脑海里，是否还存留着对这一段文字的记忆？“谁是我们最可爱的人呢？我们的战士，我感到他们是最可爱的人。”当我们真正与这些最可爱的人交谈的时候，听到一个个鲜活的故事的时候，才会深深地被他们的精神所震撼，被他们坚定的意志所折服。

临行前，刁老执意要送我们出门，看着他一身戎装却在细雨中显得单薄孤寂的身影，我们早已不能自已，强忍着的泪花夺眶而出：还有什么理由让我们不更加努力地活着，还有什么能让我们停下脚步不去追寻。目之所及，皆是远方，就让我们继续探寻他们的足迹，试着让故事继续，呼吸着他们赐予的自由，看着他们想看的世界。

难忘金银滩情怀

——访原国营二二一厂交通运输处职工董志勇

马雨歆

今年 4 月 14 日，我在安徽合肥走访了原二二一厂交通运输处职工董志勇。现年已 86 岁高龄的董老虽是满头银发，但思维敏捷，讲话条理清晰，说到他与二二一厂结缘的始末，更是侃侃而谈。

为核事业作贡献

董老出生于 1935 年。23 岁那年，他跟着第一批建设大军奔赴金银滩草原，在基地的交通运输处担任货车司机，负责运输重要材料。这是极其危险的一项工作。老人回忆，在一次运输重要材料的途中，因路况差，那些材料又不能受任何一点碰撞或者挤压，运输工作没办法继续进行。任务紧急，这让他犯了难。情急之下，他想到了一个办法，把装有材料的箱子放在自己的腿上，当遇到颠簸时，他就踮起脚尖，尽量不让箱子受到碰撞。赶了整整一天的路，到基地，老人的双腿已经完全麻木，根本动弹不得，还是在一起的同事将他背回了宿舍。

二十岁刚刚出头的董老，离开家乡，扎根高原，收获了爱情，他们把自己的青春献给了核事业。直到撤厂时，董志勇和三个子女才回到了老家，定居在合肥，一直过着安静恬淡的平凡生活。回首那段往事，他也只是寥寥数语，他说：“能从事这项工作，不仅是我，还有我的家人，我们都很有成就感。”

怒放的精神花朵

1958 年 11 月 16 日，老人初到金银滩，无论是生活上的艰难，亦或是精神上的富有，他说自己会永远铭记这一天。老人回忆了在基地的生活：在海拔 3000 多米的高原上，开水只能烧到 80 多度，煮饭从来都是半生不熟，一年的平均气温在零摄氏度以下，伴随他们的只有常年不停歇的风雪和冰雹。每人每天的食物都是定量的，根本就吃不饱，加之气候不适应，多数人都得了高原疾病，甚至有好多人失去了宝贵生命。为了扭转局面，大家想办法捕鱼来改善生活，抓到鱼把五脏六腑清理干净，晒在户外自然风干，饿的时候就可以吃。情况好转后，厂里会给他们每人多发两斤青稞和两斤蚕豆，过年过节，再多发一斤面粉，大家都高兴极了。

据老人讲，除了日常工作外，职工们的文化生活特别丰富。每当周日休息的时候，电影院就会露天播放电影，大家聚集在电影院前，一起其乐融融地看电影。他们自己还会经常举行文艺演出，董老说："如今的生活与五十多年前大不相同了，物质丰富，应有尽有，我们不愁吃也不愁穿了，生活过得舒坦幸福，但我仍记惦着在草原上吃大锅饭的日子，那些日子是我永远都不会忘记的。"

工作未动　保密先行

据董老回忆，当时 221 基地的保密制度特别严格，一有规章制度，二有保密教育，每次业务会上还会有提醒。在设计部办公楼前有警卫站岗，任何工作资料都不可以带回家。从门口到每个车间，都需要通行证。"不该问的不问，不该说的不说，不该看的不看"，这是最基本的保密原则，工作性质和内容不能告诉任何人，哪怕是自己的家人。一旦违反规定，后果非常严重。董老还讲，因为保密，有人被对象误解而分手了；有的夫妻相互之间保密，分头奔赴青海，却在基地不期而遇；也有个别职工恋爱时因为泄露了工作性质、地点等，而受到了严重的处罚，甚至被判刑。厂区内凡是保密的区域，四周都有围墙，墙上拉着电网，四角都有嘹望哨。1990 年，第一批人员在离厂前，还上了最后一堂"保密课"。

直到现在，老人的保密意识还很强烈，在我采访他的时候，他不停地问我这些东西是否解密，能不能公开……

“草原人”的回忆

董老很喜悦地给我讲述了自己在基地结婚时候的场景。他说：“现在的年轻人结婚既复杂，又不易：有的没有房子不嫁，有的要有车才结婚，有的要举行豪华婚礼，大操大办，动辄宴请几十桌酒席，有的要有大型车队前呼后拥、浩浩荡荡，招摇过市。那排场，那阵式，真是无法用言语来形容。结婚是人生的大事，每个人都希望把自己的婚事办得既喜庆又隆重热闹，这是人之常情。但在当年 221 特殊条件和环境下，我和如今许多年轻人的婚礼相比，让人想不到的简单：男女一起到厂民政局办理结婚登记。领取结婚证后，请同事们吃顿饭，就算是完成了终身大事。可即使是这样简单的婚礼，谁都没有心生抱怨。”

几十年过去了，每当看到年轻人结婚的场景，老人总是免不了回想起自己在二二一厂结婚的事，简单的婚礼是他一生中最大的喜事，也是他和爱人幸福美满一生的开始。

原子城的守护者

董老说：“自己能够参加草原大会战，是他这辈子最光荣和最值得骄傲的事情。”他说着这句话，激动地流下了眼泪。看着眼前这位老人，我陷入了深思。当年，初来基地的他们风华正茂，意气风发，和我现在年龄相当。他们顶风冒雪一路征程，为祖国的核事业奉献了全部。如今虽已离开了工作岗位，但是仍然心系国家的发展，心系核工业事业，密切关注着基地旧址的开发利用。因为身体原因，董老一直没有机会能回到草原。现在，每当全家人聚在一起回忆那段在 221 基地的岁月时，心里不仅充满了怀念，还会涌起一种莫名的冲动，仿佛内心深处那个熟悉的家还坐落在遥远的金银滩草原上。

草原上的第一个春节

——访原二二一厂总厂工会文艺干事仇华荣

马晓程

1955 年 1 月，党中央、毛主席作出了创立和发展我国原子能事业的重大决策，并选定在我州海晏县境内的金银滩创建我国第一个核武器研制基地。命令发出，万名建设大军进驻草原，拉开了我国核工业发展的序幕……为了活跃文化生活，鼓舞士气，振奋精神，每逢节日，基地组织丰富多彩的文艺活动，让远离家乡、远离亲人的他们，在草原过别样的节日，享受别样的喜悦。

现年 70 岁的仇华荣，是当时到基地的唯一一个搞文艺创作和节目编导的。1959 年 1 月，就在 221 基地建设开始不到半年时，仇老就来到了基地，时年 19 岁。

今年 9 月，我们专程前往四川绵阳科技城看望她。见到我们，仇老高兴之余显得格外亲切，称呼我们是“老家”的人。从神情仪表、言谈举止可以看出她老人家性格爽朗，神色轻盈，毫不掩饰。见了“老家”的人，自然就说开了“老家”的事。

一

仇老原本是河北怀来文艺大学的学员，1959 年初到北京向中国文联汇报演出。演出刚结束，就随中央各部委抽调人员前往青海、到 221 基地。据老人回忆，当时抽调的人员都是先报名、后筛选，挑选的都是党团员、家庭成分好、单位表现突出的。当时她是青年社会主义建设积极分子又是劳动模范，自然就被选中。她说，和她一块前往青海的有 100 多人，大多是党政人员和技术人员，搞文艺的就她一个。出发前，她们在北京接受了保密教育，要求不该问的不问，不该说的不说，连自己的家里人都不能说去哪里、做什么，只是说调到西北工作。

1959 年，兰新铁路还没有通车。仇老她们到兰州换乘卡车，走了一天的路才到西宁。很快，仇老被分配到厂机关工会工作。老人激动地说："当时我才 19 岁，在草原过的 20 岁生日。到西宁的时候，差 20 多天就要到春节了。不知道是看了我的档案，还是看到我天天坚持练功，领导让我组织一台节目，说这是基地建设开始后的第一个春节，要让大家过一个喜庆、快乐的春节，这样大家才能不想家，才能安心建设。当时去的青年特别多、觉悟也高，组织节目让谁来就谁来，我负责组织编排。当时从总厂机关挑选了 20 多名青年，利用半个月的时间，就在西宁排了一台节目，到春节时赴厂区巡回演出。"

二

仇老回忆，来金银滩之前，她曾看过一部名叫《金银滩》的电影。电影画面中的金银滩很美，绿色的草原上盛开着五颜六色的野花，青山、绿水，风景迷人。到了金银滩，却发现不是那样的，没有像绿地毯一样的草场和雪白的羊群，也没有美丽的藏族姑娘，更听不到那高亢的藏族民歌和百灵鸟的欢叫。光秃秃的草原上只有一些干枯草和几条冰冻的小溪，远处隐约可见一些小棚似的建筑。仇老深情地说："虽然冬季的金银滩天气寒冷，飞沙走石，不过，冬日的草原很空旷、辽阔、寂静，是一种很特别的景。"

仇老说："我们从西宁到金银滩那天，天气特别冷，演出队的同志'全副武装'，身上穿着棉袄、裹着毛毡，脚上穿着大头鞋，头上戴着大皮帽，嘴上捂着厚厚的口罩，只露着两只眼睛。因为是第一次去草原，大家都很兴奋、很激动。坐在卡车车厢里，唱着《我们是红色青年》的歌曲，有说有笑。大概走了一个多小时，大家都不吱声，因为冻得张不了口，手脚都冻麻了，眼睫毛结了霜。走了三个多小时，叫一个麻匹寺的寺院我们下的车。"

麻匹寺是演出队第一站演出的地方。据仇老介绍，先头进驻基地的建设人员，在麻匹寺院里用泥土和油毡纸盖了一个干打垒的小四合院，一部分同志在这里居住和办公，也算是整个建设基地条件最好的地方。“那时草原上生活非常艰苦，大多数同志住的是帐篷，点的是煤油灯，烧的是牛粪，听不到广播，看不到电影，更不用说看戏了。一听说演出队要来慰问演出，各厂区的同志冒着严寒来到寺院，整整齐齐排坐在四合院中。”老人回忆说。

“那晚是除夕夜，来观看演出的人特别多，密密麻麻。支边青年、工程兵给我们搭了一个木板台子，挂了几盏煤油灯，我们就在上面演。”仇老激动地说：“那天演出的节目很多，当时我唱的是郭兰英的《眼看红军出征北上》，跳的舞蹈是《我们是红色青年》，演出的还有器乐合奏、相声等节目。记得那天晚上特别冷，气温零下十几度，出口气就像从嘴里冒烟似的。由于大家热情高，演出时间很长，只要观众想听，我们就唱，想看，我们就跳。不过，也把我们冻得够呛。”

三

演出队的精彩演出，让刚到基地的同志们过了一个愉快的除夕。仇老回忆，厂里为了照顾他们，都被安排到寺庙里住，寺庙里比干打垒暖和。躺在床上，大家都睡不着，因为是除夕，大家思念远方的亲人，有的躲在被窝里偷偷地哭。不知何时，大家迷迷糊糊地睡着了……

“大家起来吃饺子”，高师傅把我们喊醒了。仇老兴奋地说起了她们在除夕夜吃饺子的情形：“高师傅快 60 岁了，是个技术高超的水暖工，人们都喊她‘高八级’。他身材矮胖，对人总是笑，使人感到特别亲切。按照北方人的习俗，除夕晚上到了 12 点家家都要吃饺子，所以，高师傅给我们送来了饺子。饺子很大，像包子那么大。高师傅怕我们冻着，让我们呆在被窝里，把一碗一碗的饺子送到我们跟前，我们既高兴又难受，端着碗，眼睛都湿润了……”

当时，基地正在建设中，各方面条件都很差。仇老回忆说：“第二天，演出队又到一个羊场去演出，在羊圈里铺上油毡纸演出，人们围坐在羊圈里观看。演出结束后，我们就住在了那个地方，七八个女子挤在一起，睡在厚厚的柳条上面，盖着新被子很舒服，没感觉到冷。但早晨起来，大家的头发、睫毛上都结了白霜。”

有了仇老，有了演出队，基地建设者的精神文化生活很丰富。据仇老回忆说：“之后的每年逢节，厂机关都要组织编排节目，以生产部、试验部、设计部、矿办、医院等厂部为单位，每个单位演一台节目。演出队为主角，各单位节目穿插演出，自娱自乐。1964 年影剧院建成后，在影剧院组织活动。当时我们工会有两个乐队、歌舞队、京剧队、豫剧队、话剧队、曲艺队 7 个队，参加的人很多，话剧都是大型话剧，像《南海长城》《千万不要忘记》，但都不是专业的。不过青年人喜欢参加，我们负责组织，哪个文艺队排练，我们跟着去看、辅导。基地学校刚建成的时候，因为没有专业老师，我还兼职当音乐老师。”

四

仇老还回忆起了在 221 基地的艰苦生活。她说：“困难时期，演出队的人员饿着肚子跳舞、演出。当时生活很困难，连青稞面都很少有，多是用谷子面、咸菜做成的汤，喝了以后出现浮肿。为了渡过难关，我们自己开荒种地，种土豆、大白菜、小油菜，一边拉犁一边唱歌，很热闹的。”

1965 年 9 月，仇老随大批搬迁人员到了四川绵阳，继续着她的工作。仇老说：“在 221 基地时，不能创作、表演一切反映基地、基地使命的节目。1984 年，我国的核事业才揭开面纱。院机关在绵阳科技城组织了一次反映核事业的文艺汇演，我创作的《春雷颂》就反映我国第一颗原子弹研制、爆炸的历程，共有《大气探测》《一声春雷》等四场。演出后，反映很强烈。张爱萍、朱光亚等批示说，‘专业团体没有创作的，你们做到了。’”

1994 年，仇老从中国工程物理研究院退休。退休后的她一直没闲着，先在该院老年职工大学任音乐教师，后又任该院文工团副团长兼编导，至目前还在干着自己的“老本行”。

2002 年 7 月，仇老回到阔别了 30 多年的“老家”，寻找过去的遗迹。老人激动地说：“现在的‘老家’变化很大，我们过去住的地窝地、干打垒已没有，新建了许多楼房，街道很干净也很漂亮。记得我们刚到基地时，年年栽树，却是一年青、二年黄、三年见阎王。如今，到处绿树成荫，鲜花盛开。”

仇老最后饱含深情地说：“‘老家’是我魂牵梦萦的地方，对金银滩草原有着特殊的感情。在我的有生之年，永远不会忘记在金银滩的日日夜夜，不会忘记草原上过的第一个春节！”

家国情怀铸魂　满腔热血铸剑

——访原国营二二一厂职工董庆东

石玉婷

三月的高原寒气依旧，3 月 16 日，借着喜迎建党 100 周年的契机，迎着春的脚步，承载着充实自己、提升形象，充分发挥爱国主义教育基地功能的使命，我和同事一行 6 人一路驶向绵阳，拜访曾在 221 基地工作过的老一辈科学家。此次专访，让还未步入讲解实践阶段的我受益匪浅，对讲解词的理解从句词本身渗透到了情感层面，对于“221”人，有了别样的感悟。

初见董庆东老人，倍觉和蔼可亲，采访前的担忧顿失。虽已是耄耋之年，头发花白，但老人依旧精神抖擞。听到我们要做专访，老人说：“很多内容过去都已经多次讲过，不知从何说起。自己曾因在纪念馆筹建阶段参加过部分内容的策划研讨，所以格外关注纪念馆的每一步成长，从很多媒体报道中了解到纪念馆后续发展很好，希望越做越好。”

董老是河北唐山人，出生于 1937 年。1959 年 9 月，四川大学物理系毕业后分配至北京第九研究所第二研究室，主要从事材料动高压状态方程参数测试、内爆流体动力学试验研究工作。1963 年 3 月，随单位从北京转移到青海 221 基地实验部第二研究室工作。在去 221 基地的半年前，老人的女友在四川医学院口腔系刚读完大三。为了让他安心参加草原大会战，她毅然决然到北京选择跟他完婚，作为对他事业的一种支持。后来他爱人大学毕业后跟随董庆东老人来到了青海，在西宁南大街的青海省公安厅所属“红十字医院”工作，两人的家安在西宁。老人说：“当时每周六坐火车从海晏到西宁，星期一再返回海晏。由于当时条件所限，火车要坐 4 个小时，虽然‘舟车劳顿’，但那时年轻，并没有觉得辛苦。”说到这里，老人会心一笑，情真意切地说：“真的非常感谢我的老伴儿当时对我的理解支持，现在想起来仍然觉得暖心。”

谈及工作，老人说：“1960 年到 1961 年生活条件十分困难，到 1962 年才开始有好转的迹象。1960 年前后，国家三年自然灾害期间，各类物资非常匮乏，好多项目停滞。但 221 基地的工作却在有条不紊进行着，那全是靠国家优先发展核武器的决心和意志的支撑。虽然当时国家十分困难，可是对基地不论是从经费还是在生活上，都有额外补助，不时会拨些黄豆、牛羊等救济物资以渡难关。国家意志的作用是巨大的，由于大家亲身感到国家的重视与支持，年轻人把事业看得至高无上，有责任感、使命感，具有克服困难的良好心态。所以转战青海，投身国防事业，大家都是一门心思、义无反顾。”

谈及生死，老人平静地说，我们这些人都是死里逃生出来的。在 221 基地工作时，主要跟敏感危险的火工品、炸药、放射性化学材料打交道。但危险的事总要有人干，无人畏缩，每个人将生死置之度外。老人特别提及规章制度和操作规程。老人说：“当时只要完全按规章制度和操作规程办事，就是安全的。我们还算比较幸运，没有发生过任何事故”。在工作中令老人记忆犹新的是一次事故调查，有位同志在选派调查人员时说：“我去吧。”接着另一个同志说：“你别去，我去，我妻子是大学毕业生，工资相对高一点，如果我有什么意外，她还可以把两个孩子拉扯大。”一件小事，足以看出当时人与人之间情感的淳厚。

专访过程中，老人提到了邓稼先，说邓先生一生忠厚朴实，只要你接触他，就会对他心悦诚服，外界对先生的新闻报道毫不夸张。接着老人回忆了一件亲身经历的往事：“1985 年 9 月，邓稼先院长患直肠癌，住在解放军 301 总医院。我随院领导到北京出差，顺道去看望并向邓院汇报一些工作。到病房时，他正在修改一份他和于敏共同起草向中央递送的关于‘加快核试验进程’的报告书，席间他还向前来看望的院领导认真的交代了定稿和尽快递交中央事宜。”

专访接近尾声的时候，董老一再强调，作为一名讲解员，一定要完全搞明白什么是“核武器”，还特别提醒我们宣传的所有英雄事迹，都要落脚到映射颂扬那个时代的精神，那就是国家对尽快发展核武器的坚强决心和意志，人民对建设强大国家的殷切期盼。

专访中，老人的一个令人动容的细节，让我记忆深刻：在写建党百年寄语时，写错了一个标点符号，老人执意纠正了过来。我想，也正是因为老一辈人这种严谨、一丝不苟的科学态度，才成就了“两弹一星”伟业，而这种科学精神，也足以影响后来者开拓进取，不断创新。老一辈人在有形的土地上创造了无形的宝贵精神。忆苦思甜，今天的和平安宁来之不易，作为新时代的年轻人，更应当珍惜当下的生活，作为一个红色传承人，更应肩负起自己的担当和使命，更好的以脚下这片土地为载体，讲好红色故事，赓续红色血脉。

“记忆传承，铸牢国防基石，办好原子城纪念馆”，是董庆东老人在建党 100 周年之际，留给纪念馆的题词，老人也表示在身体条件允许的情况下，希望可以再回“老家”看看。虽然，岁月的年轮在老人的脸上刻下了印记，但我们也衷心祝愿董庆东老人身体康健，安享晚年。

我只是个普普通通的医生

——访原国营二二一厂职工医院医生谢仲铨

郑　榕

2020年4月12日，伴着和煦的春风，我们一行4人来到位于上海市浦东新区上钢社区的“两弹一星”爱国主义教育基地，在这里见到了谢仲铨老人。在与我们的交谈中，谢老回忆着在金银滩草原上激情奋战的岁月，一段段难忘的记忆也把我们拉回到那个遥远的年代。

1958年，国家为了全面提高人民文化素质、文化水平，大力兴办中专学校，提倡“生产大跃进，文化紧紧跟”。那个时候的青海，是个比较落后的地方，为了提高办校质量，他们就到上海招生。当时有一个最吸引人的条件是去了以后包吃包住，所以家境很困难的谢老没有想太多就踊跃报了名。与他同批次来到青海的学生共有2000多名，全部被分配到不同的学校，17岁的谢仲铨被分配到了青海卫生职业技术学校。1962年初，刚刚毕业的谢老就被分配到221基地职工医院，从事医务工作。意气风发的青春年代，谢老由衷感慨：“自己这一辈子很幸运，全班20多人只有自己被分配到了221基地。”

谢老回忆说：“列车西行，四个多小时抵达青海湖旁的海晏站。那天，风沙特别大，气温很低，我们在车站等了一个多小时，才坐上医院人事科长开的一辆解放牌大货车。卡车从3号哨所进去，沿着泥沙公路前进，绕了一大圈才到了厂区。我们坐在车上向外望去，只见四周群山中有一块荒凉平坦的大草地，向前远眺，在一个高丘小坡上隐隐约约有几幢房子。汽车开得很快，前面的影子越来越大，越来越清晰。不一会儿车子在一幢楼前停下，大家都很惊讶但又不敢吱声。张科长把我们领到一楼一间六人合用的宿舍兼办公室里，只交待了一句话，说这里就是我们以后生活工作的场所。”

刚到医院的谢老被分配进了小儿科，一共有二十几个医护人员，其中医生、药剂师各四名，大多数都是女性，算上谢老只有两名男同志。医疗器械也很简单，要做手术还得点燃煤油灯、打开手电筒；消毒的时候，要把河里的冰块搬回来，烧着牛粪，拉风箱，用高压消毒锅给医疗器械消毒。看着如此简陋的医院，谢老一颗火热的心一下子凉到了谷底。

老人回忆：那时候草原上的条件特别艰苦，有时飞沙走石，天气干燥寒冷，一年四季穿的都是棉袄。一个人每个月22斤粮食（青稞面），每天的标准只有八两，对于二十来岁、一米八的小伙子来说，根本不够吃，肚子饿得咕咕叫，甚至头晕眼花，当时有句顺口溜“每天四个牛眼睛，生活虽苦有干劲”。这样的生活条件在病房里也不例外，经常停电，如果又碰上抢救做手术，都是全体人员出动，大家都手持蜡烛来照明。一停电，食堂都做不了饭，就发面粉让大家自己动手做，没有炉子，加之自己又不会做，急得团团转，只想哭。

老人讲，为了改善生活，科室的所有同事自己动手、开荒种地，搞起了生产自救。小儿科就在离医院一里路开外找了一块荒地种上胡萝卜和土豆，每天除了值班就去翻地、除草。没有肥料，就用土块搭起一个窑，做烧肥，女同志去拾牛粪，男同志就挖土块垒土窑，把牛粪放进去烧，然后把烧好的牛粪敲碎，当作肥料。通过大家的辛勤劳动，悉心照料，最后获得大丰收，种出来的土豆大一点的有一斤左右重。沐浴在春日阳光里的青年人满身洋溢着干事业的激情，生活虽然很苦、很枯燥，但大家会想出各种办法来打发业余时间。看看露天电影、跳跳舞，会乐器的人搞搞乐器，艰难和乐观成为这个年代最亮眼的底色。

1963年元旦刚过，谢老就接到派他到新的家属基地卫生所工作（杨家庄）的通知。这个家属基地是由原石油学校校舍改建的，在西宁东郊，离市中心约两公里，是一个很偏僻的地方，大概有800户人家，每家平均三四口人，都是些妇女和孩子，男同志大多都在厂里上班。

谢老回忆：“第一次接生的事就发生在这个家属基地。那天正好赶上“三八”妇女节，所有女同志放假去看电影，男同志们留下值班。下午四点左右，一位妇女急急忙忙来到卫生所，说自己的邻居马上要生了，来不及送医院。看着那位妇女焦急的样子，我脑子嗡的一声，心里七上八下，自己从来没有接生过，该怎么办呢？但自己又是医生，去还是不去，进退两难。可就在这时，那位妇女一个劲儿地催我拿主意，情急之下我拿起简单的医疗工具就跟着她去了。一进屋，便看见产妇坐在一个大木盆上，我一看就急了，这样会把孩子碰坏的，于是马上叫产妇上床。可具体该如何处理，心里也没底。就在这时，那位妇女提醒我卫生所里有一位产科护士，可以把她请来。我如得了救星，立即把她请来当参谋。在她的指导下，我学着开始接生。因为是第一次没有经验，两只手怎么也使不上劲，紧张的满头大汗。正在我手忙脚乱的时候，突然听到“哇呜”一声，孩子的哭声打破了屋内的寂静，大家欢呼了起来，我喜悦的心情就如同得到上级的奖励一样。你们可以想想，在那么艰苦的环境下安全接生一个孩子，就像在一穷二白的艰苦条件下要成功造出一件新产品一样的责任重大。在之后的工作中，我又先后接生了十多个小生命，有顺产有难产，但都是成功，没有失败。

在采访过程中，谢老说：“在 221 基地，一辈子不出事，就是最幸运的事。”在每一次的医疗救助中，他都谨慎小心。有一次，一位护士因为大意，造成了医疗事故，最后还受到了处分。虽然这件事情和谢老没有直接的关系，但还是对他产生了影响，于是，谢老要求调回原来的工作单位。1964 年 8 月，谢老回到了基地职工医院。

谢老回忆，二二一厂职工医院当时已经竣工，医院的科室、机关也都组建完成，从北京护校、上海护校、南京护校、无锡护校、常州护校先后陆陆续续分来了一批大学生，人员也充足了起来。后来，院领导又派谢老到四分厂工作，原因是四分厂小孩子比较多，再加上没有小儿科大夫，就这样，谢老在四分厂待了十几年。1978 年，又因工作调整，谢老再次回到基地医院，直到 1992 年离开基地，回到上海。

整个采访过程中，谢老说得最多是“我只是一个普普通通的医生，没有去过前线，这 30 年一直在后勤岗位上做着自己份内的事情。我一心想的是一定要把这份工作干好，要对得起自己拿的这份工资。现在让我来回忆这段经历，我只能说自己很幸运，能参与这样一项伟大的事业，感到无比自豪。如果再让我选择一次，我还会选择我的事业，选择治病救人，选择去草原。”

现年近八旬的谢老一直利用自己的一技之长为居民服务。有人找他帮忙，总是有求必应，哪怕是深更半夜也毫无怨言。他还担任居委委员、居民区老年协会理事、计生协会理事、党小组长、医疗保健志愿者、青松岭读书小组负责人、老年活动室值班员……身兼十多项工作，样样认真负责，一丝不苟，几乎年年荣获街道党工委或党总支授予的“优秀（先进）共产党员”称号。时光总是在无声无息地流淌着，谢老一直在用行动诠释着“两弹一星”精神。

采访结束之时，老人仍不忘叮嘱：“希望‘两弹一星’精神在年轻一代的事业中发扬光大。”年华终将老去，他们用青春的誓言雕刻了时光，也用实际行动感召着我们讲好他们的故事。

四位女大学生的故事（上篇）

杜文林

一次偶然的机会，我们和照片中的一位女青年相遇。之后，我们通过寻访，找到了其他三位。得知她们四位分别叫罗惠英、余锡君、王兰娣、范德娟，出生于上海。清纯、年少的她们在优越的成长环境中，憧憬着自己的青春梦想和美好未来。

然而，一项特殊的使命，改变了她们人生最初的梦想。为了民族利益、国家需要，她们离开城市，告别亲人，义无反顾地来到当年被称为“禁中之禁”的金银滩，头顶蓝天、脚踏草原，凭着青年人勤学、肯干，刻苦、上进，勇于拼搏、甘于奉献的特有品质，秘密投身到了祖国核事业建设当中。

偶然相遇

2009 年 7 月，已花甲有余的罗惠英老人在女儿、女婿的陪同下，重返 221 基地，寻访曾经工作、生活过的踪迹。在原子城，当她看到昔日神秘禁区发生的巨大变化，心情激昂，感慨万千。然而让她万万没有想到的是，在参观刚刚兴建的青海原子城国家级爱国主义教育示范基地纪念馆时看到了自己的身影，久远的身影。在纪念馆艰苦创业厅发现了那张在原 221 基地留下的特殊照片。她很兴奋、很激动，指着照片中的自己告诉女儿、女婿：“这就是我。”还不断惊奇地发问：这张照片从何而来，自己都不记得了。因为那张照片是她们刚到原 221 基地时照的，距现在有 46 年。当初，她自己也没留下这张照片。惊喜之余，为了记住那段特殊回忆、留念那张特殊的照片，罗老想在照片前留个影，不料被馆内工作人员阻止。按照纪念馆纪律，在馆内是不容许拍照的，这是为了保护展板展示效果及各种展示设备。老人激动地对工作人员解释，照片中的其中一位就是她。不期而遇、短暂相叙，我们初步了解到了她们在原 221 基地工作、生活的经历，得知照片的来历。

据了解，罗老四位的照片，是在筹建纪念馆时中国工程物理研究院从曾在原 221 基地工作、生活过的老职工手中征集的，是照片中的余锡君提供的。征集过程中费了很大周折，怕承担责任。因为当时原 221 基地是禁区，保密纪律非常严格，区内绝对不容许私自拍照。经详细解释、仔细说明后，她一再申明不承担任何责任时才提供的。

之前，我们只知道这张照片很特殊，是在中国第一个核武器研制基地留下的唯一一张私人照片，来历极不寻常。许多前来参观的游客包括各级领导、社会各界人士都十分关心四位老人的过去以及现在的生活情况，要求我们尽力寻访。

那么这张照片是怎样来的呢，是在什么情形下留下的照片，从中发生了怎样的故事？

专访组几经周折，四处寻访，通过罗老的牵线搭桥，很快找到了照片中的其他人，终于揭开了照片的谜底。那么照片是怎样来的呢，我们先从她们的成长、生活经历说起。因为这张照片与她们的特殊身份、特殊工作紧密相关。

远离亲人

罗老她们四位原本是上海第十女子中学高三学生。正值花季、雨季的她们，心中充满梦想，准备考取大学继续学习、深造，实现自己的理想。但一切来得很突然，高中未毕业的她们来不及考虑、来不及回味，就被秘密调往陕西宝鸡某军工厂。

据四位老人回忆，她们高中快毕业的时候，被抽调到陕西宝鸡某军工厂的。据说当时抽调了 100 多位家庭历史清白、家庭成分好、各方面表现突出的学生。据王兰娣老人回忆，当时学校搞勤工俭学活动。有一天晚上，学校通知她们到学校会议室开会，要求准备一个星期，保送她们到某大学学习。1958 年 10 月 4 日，抽调的所有同学到了陕西宝鸡某军工厂，在该厂职工业余大学机械班和无线电班学习的同时，投入紧张而又神秘的工作。后来，她们分析才得知，当时抽调她们到宝鸡某军工厂，就是为了西北核武器研究院即221基地准备的。因为她们宝鸡的军工厂是一个保密单位，刚到厂时厂领导对她们进行了严格的保密教育，要求她们不该问的不问，不该说的不说，对家里人、亲友都不能讲做什么工作。

余锡君老人回忆说，她们在厂里读了5年大学，刚去的前两年是脱产学习，后三年边工作边学习，基本上是白天工作，晚上上课。因为工作紧张，晚上上完课还要加班，每天想着工作、学习，一门心思钻研业务、提高技能，来不及想自己，打算自己的未来。

1963年6月，她们四位又被秘密调往青海的某基地，她们又到了一个更为保密的地方。到了青海，到了221基地，她们还不知道将为祖国的核事业贡献青春和智慧。据老人们回忆，当时厂领导来动员时说：你们要到一个比原厂更保密的单位，是经过严格挑选的，一般人不能去。到了那里有专家带你们，你们的技术业务会进步得更快。还说：现在中国有7亿人口，全世界有30亿人口，你们到那里工作，任务艰巨、责任重大，你们一肩挑着7亿中国人的担子，一肩挑着全世界30亿人的担子，希望你们为了民族利益，服从国家需要，肩负重担，奋发图强，努力完成交给你们的任务。

余锡君老人说："当时动员时，同事中有部分人在去与不去的选择上犹豫不决。因为有的已有对象，有的已经结婚，有的已经当了妈妈。而我单身一人，与其让领导来动员我，还不如自己主动打报告去。当初，大概我也是厂里唯一一个打报告要求去的。当时没什么想法，就想着远一点怕啥，我已经离上海很远了，再远一点无所谓，再说，这也是国家的需要，我也觉得能去很幸运。"

余老笑着又说："其实，当初国家调女青年到221基地，有两个目的，一个是基地建设的需要。草原会战初期，基地缺乏器材技术人员，器材供应不上，许多项目无法进行。另一个目的是基地前期抽调的人员多为男青年，调女青年到基地，就是想解决青年人的婚姻问题。当时从宝鸡调往 221 基地的，百分之九十五是女同志，而且都是未婚青年。我们四个当时都二十出头。”

四位女大学生的故事（下篇）

金银滩、原子城，让她们永生难忘。因为她们把人生最美的时刻留在了金银滩，把心怀祖国、无私奉献，自力更生、勇于拼搏的精神留在了原子城，参与了中国核工业创立发展的艰难历程，见证了中国蘑菇云的升起……

初到基地

1963 年夏，罗老她们和其他抽调人员乘坐火车从宝鸡出发，到西宁后转到海晏。一路上拉着窗帘，不让外看，她们意识到又到了一个更为神秘的地方，心想将担负的任务更加艰巨、更加特殊。

六月的金银滩，是一年最美的季节。绿草如茵、繁花似锦的草原，让初到草原的她们心旷神怡。然而，长期居住、生活在城市的她们，没想到到了草原，面临的第一个困难是适应当地环境、气候和改变生活习惯。她们刚到基地，草原上没什么建筑，没有楼房、瓦房，大家都住帐篷。当时的宗旨是先生产后生活，生活很简单，吃饭、办公、睡觉都在帐篷里。

据她们回忆，金银滩气候干燥，每天吹风，水很生硬，喝了肚子胀。一年四季都要穿毛衣毛裤，睡觉时冷得不能脱衣服，早晨起来还要生炉子，烧水取暖，吃的是青稞面馍，还有面条、玉米糊糊，米饭、蔬菜很少。当时由于缺蔬菜，加之气候干燥，大家的嘴唇经常干裂出血。罗惠英老人回忆说："记得我第一次吃青稞面馍，吃不惯，就把半个扔掉了，结果领导知道了，狠狠地批评了一顿，说你们吃窝窝头，好多人还吃不到。领导的批评，使我内疚了好一阵子。由于住在帐篷，屋内阴冷、潮湿，我得了急性风湿性心肌炎，当时因为工作任务紧，就简单治疗了一下，没有根除病根，结果到现在还经常发作。"

冬季的金银滩风雪交加，气候寒冷，更让她们受不了。据余锡君老人回忆说："我们住的帐篷是棉帐篷，但破烂不保温。本来帐篷四边用土压住、避风，可是土是冻住的，取不上，压不住帐篷的边边角角，四处漏风。睡觉时穿着棉袄，裹着大衣。后来，我们搬到了地下窝棚。窝棚里虽说是烧得火墙，但没有柴，火墙经常烧不起来，冷得要命。由于火墙烧不起来，烧不了热水，经常没法洗脸、洗脚。还好，工作紧张，大家也顾及不了那么多。"余锡君老人还讲，在工作紧张的同时，还要给自己挖防空掩体，进行防空演练，以防空袭。

特殊照片

金银滩当时是我国"禁中之禁"的地方，保密制度非常严格，出入办公地点都要出示特别通行证，不能告诉家人具体的地方、搞什么工作，私人不能有照相机，更不能拍照。那么她们那张神秘的照片从何而来？

到基地，她们四位很快被分配到总厂机关器材处，同住一个帐篷。罗惠英和余锡君负责基建器材、各类试验设备管理，范德娟和王兰娣负责化工器材、各种化学试剂管理，总的任务是根据需求列计划，到全国各地定购。

说起基地留的照片，余锡君老人激动地说："当时按规定，在厂区是不能拍照的，而且私人不容许有照相机。当时我在基建材料处，有一次一批货物到了专用线，发现一台设备破损，运回原厂要求退还。总厂机关政治部派人对设备破损的程度拍照。来拍照时，我们四个人就求他们给我们照张相，因为当时我们工作的地方不是很特殊，他们最后同意给我们拍了这张照片。当时就洗了一张，我一直放在自己的相薄里，没敢拿出来。当时给我们拍照的人再三要求不能让别人知道，更不能让领导知道，不容许寄出去，不容许给亲人看。直到 1998 年中国工程物理研究院筹建科技馆，我才提供的。"

王兰娣老人指着照片说："这张照片是我们刚到基地不久拍的。那天下着雨，我们在外面打扫卫生，正好碰到厂机关政治部的人，就极力求给我们四个留个影。你看，照片中我们四个都穿着雨鞋，身后就是我们居住的帐篷。我们四个是上海的同学，一起到宝鸡又一起到的金银滩，而且都在总厂机关工作，住一个帐篷，感情很深。”

王老接着说：“当时保密非常严格，三天两头宣传，说厂区内的一把土都不能带出去。如果带出去，特工一测试就知道在里面搞什么。我们经常外出定购物资，要求对谁都绝对不能说是干什么的，在什么地方工作，更不要说拍照片了。照片洗出来后，我们把照片压在自己的相册中，除了我们四个、拍照片的人之外，没一个人知道照片的事。对于当时的保密政策来说，拍照片是不应该的，违反了纪律，但那时我们很年轻，拍照是年轻女孩子的喜好。同时，在远离亲人、远离家乡的地方拍张照片很难得。所以，现在看这张照片的确珍贵而不寻常。”

余锡君老人还谈到了在基地工作的点滴。老人回忆说：“我们刚到基地，就分配了具体的工作，没有培训、没人带学，自己摸索干。6 月份到基地，9 月份就被派往北京出差，向主管部门上报材料清单，参加各种订货会，到有关工厂定购产品。”老人激动地说：“当时我们拿着中央的批文，到有关工厂催要设备、器材，觉得底气很足。我们要求的东西不给也得给、给也得给，而且规定你是 12 月份交货的，我 6 月份要用你就得交，也要把我们要的东西先生产出来。现在想起来，当时真的很神气。”

无怨无悔

回忆 221 基地的经历，在原 221 基地的日日夜夜里，令她们最感动的是领导的关心和同志们之间团结、互帮的友好关系，令她们最难忘的是所有人员团结一心、忘我工作的精神，令她们最激动的是原子弹成功爆炸时的喜悦之情。

王兰娣老人回忆说：“当时我们的处长对我们说：国家需要的是‘大同’，我们不同的工作是‘小异’，成‘小异’求‘大同’，所以，当时就本着这样一种思想，对个人利益考虑得少，对国家要求考虑得多。我最难忘的是大家加班加点，领导和员工都围成一圈，研究探讨工作。”

当时她们到军工企业、到原221基地的时候，严格的保密制度使她们养成了不闻不问的保密习惯，不知道基地搞什么，只知道工作。1964年10月16日我国第一颗原子弹爆炸时，她们既激动又兴奋，激动的是中国成功爆炸了原子弹，兴奋的是她们参与这项光荣而伟大的事业。

说起原子弹爆炸时的心情，四位老人格外激动，因为那时才知道，她们就为研制中国的原子弹而工作，有幸参与了这一伟大而光荣的事业。罗惠英老人回忆，当时她在上海出差，从广播里听到原子弹爆炸的消息后非常激动。得知就她工作的221基地研制了原子弹时，她感到无比兴奋，觉得很骄傲。她认为当时国家挑选到了她，很幸运。“原子弹爆炸的第二天，知道我们基地研制的原子弹爆炸成功，我既紧张又兴奋。当时不知道原子弹是什么样，只知道国家搞这个相当不容易。后来，我们一起工作的同事，借了一本《现在可以说了》的书，写的是广岛原子弹爆炸的情况，那时候才知道原子弹是怎么回事。觉得国家太不容易，中国很了不起。”余锡君老人激动地说。王兰娣老人说：“不是每个人都能参与这项事业，我参与了，出了一份力，感到幸运，虽然很苦，但心中很甜，无怨无悔。”

当听说原221基地旧址成为国家级爱国主义教育示范基地时，她们共同表达一个心声：我们没有辜负国家的期望，国家也没有忘记我们！

我国第一颗原子弹成功爆炸后，她们不同时期离开了221基地，离开了奉献青春年华的金银滩。之后，她们服从国家需要，走上了不同的工作岗位，踏上了不同的人生旅途。她们把人生最美的青春留在了金银滩，留在了中国核事业发展的丰碑上，人民不会忘记，祖国不会忘记！

罗惠英，现年67岁，居住在上海。1963年6月到原221基地，1970年10月调往陕西宝鸡某军工厂，1994年退休。

余锡君，现年68岁，居住在四川绵阳。1963年6月到原221基地，

1965 年 8 月调往四川绵阳某研究基地，1996 年退休。

王兰娣，现年 70 岁，居住在陕西西安。1963 年 6 月到原 221 基地，1967 年调往陕西西安导航研究所，1995 年退休。

范德娟，现年 67 岁，居住在江苏苏州。1963 年 6 月到原 221 基地，1966 年调往江苏苏州热工研究所。

“草原会战” 的见证者

杜文林

“我们把参加草原会战，看成是一生最大的光荣。”“当年真有那么一股劲，就像上前线一样，从战出征，辞老别幼，亲人送行。北京站依依离别情，没有一个人掉眼泪，只有一腔报国的热血激荡心头。”

陈俊祥，1933 年出生于四川广安，1951 年 2 月参加抗美援朝，1963 年毕业于哈尔滨军事工程学院，从事核物理研究。1964 年春，随大批科研人员赴 221 基地，参加“草原大会战”。谈起当年在 221 基地的经历，已是两鬓白发的老人神情激昂，情绪激动，说起“草原会战”，更是感慨万千。

今年 9 月，我们专程前往四川绵阳科技城看望已是古稀之年的陈老，听他讲述在金银滩时的经历，感受他参加“草原会战”的激情。

现年 76 岁的陈老虽说已是满头银发，但身体硬朗，思路敏捷，说话利落。谈起我国原子弹、氢弹的研制历程，犹如昨日一般，历历在目。

陈老回忆说，朝鲜战争结束后，陈赓大将从朝鲜归来，就跟毛主席讲：朝鲜战争虽然打胜了，但是战士伤亡很大，军队武器、技术还很落后，建议成立军事工程学院，专门搞军事技术研究如飞机、大炮、军舰、坦克等。1952 年 3 月，党中央、中央军委批准创办中国人民解放军军事工程学院，1953 年 9 月 1 日学院建成开班，陈赓为第一任院长兼政委。因校址在哈尔滨，故称哈尔滨军事工程学院。1959 年学院扩大院系，新增导弹系和原子工程系，主要搞导弹核武器，陈老为原子工程系第一期学员。1963 年，陈老从哈尔滨军事工程学院毕业后，被分配到一个特殊的科研机构——北京第九研究所（中国工程物理研究院前身）秘密参与原子弹的研制工作。

一

1959年6月苏联背信弃义，终止对我国的核援助。为了尽快造出“争气弹”，党中央决定争取在1964年、最迟在1965年上半年爆炸我国第一颗原子弹。

1963年3月，我国自行设计的原子弹理论设计方案完成后，转入221基地全面试验、验证，对每个理论参数、运算数据千百次的测试，反复计算，反复试验，保证做到每个参数、数据万无一失。中央专委把各项任务加以分解，分系统、分方面、分层次，具体推算各个环节所需要的时间和工作进程，最后列出计划进度表，定人、定时、定任务、定措施，要各个单位层层落实这个计划，并要求各方面都来支援。由于时间紧、任务重，中央专委从全国抽调大批基建工程、理论设计、试验测试、安全保卫、后勤保障等方面的人员，汇集在金银滩1170平方公里的神秘禁区，同舟共济、大力协作，团结一心、集体攻关，共同为我国第一颗原子弹的成功爆炸作全面的准备，这就是“草原大会战”。1964年春，陈老随大批科研人员奉命来到221基地，成为“草原会战”的一名战斗员。

“我们把参加草原会战，看成是一生最大的光荣。”陈老饱含深情地说，“当年真有那么一股劲，就像上前线一样，从战出征，辞老别幼，亲人送行。北京站依依离别情，没有一个人掉眼泪，只有一腔报国的热血激荡心头。”

陈老回忆说，抽调人员起程前往金银滩时，时任中央军委副秘书长的张爱萍将军作了一次别开生面的动员讲话。他是一位将军又是一位诗人，很了解知识分子的情感，要求大家把辽阔的大西北、青海装在胸怀中，寓意以宽阔的胸襟立大志、求大同、讲奉献，不计得失、不为名利，为民族利益、国家安宁贡献智慧和力量。他还将最喜欢的王昌龄的《从军行》奉送给大家：“青海长云暗雪山，孤城遥望玉门关，黄沙百战穿金甲，不破楼兰终不还。”陈老兴奋地说：“张爱萍将军的话音刚落，全场一片热烈掌声，我们的局长李觉将军激动得站了起来，大声呼喊‘走呵！到前方去！’全场热血沸腾，掌声雷鸣。”

二

对“草原会战”的回忆，陈老还特别提到了九次运算和氢弹理论设计过程。陈老回忆说，1958 年 7 月的一天，苏联政府派出核武器专家讲授原子弹的有关知识，只准二机部和九局领导参加。讲课时，苏联专家看到大家做笔记，就立即停下说不许记笔记，否则就不讲。宋任穷部长立即说：我是部长，这事我负责，会后把笔记本一律收回，要求大家不要再记录了。因为参加会议的领导不懂核物理原理，就在本子上零散地记了些数据，其中有一个 300 大气压的数据。邓稼先带领几十名科学家和大学生一起讨论，对苏联专家留下的基础数据进行复算。科研人员凭借四台手摇计算机，一天三班倒、日夜连轴转，计算反复进行了九次，计算用纸装了一麻袋又一麻袋，花了近一年的时间，计算结果还是与苏联专家的数据不符。1960 年从杜布纳联合核子研究所归国的我国著名理论物理学家周光召用热力学的“最大功原理”判定记录的数据有误，依据我国科研人员计算的数据进行试验测试，最终在 1964 年成功爆炸了我国第一颗原子弹。

原子弹爆炸后，中央又命令加快氢弹的研制。据陈老讲，原子弹爆炸后科学家还没来得及认真总结，完全消化技术，中央马上下令搞氢弹。因为 1958 年毛主席预言：搞一点原子弹、氢弹，有十年功夫是完全可能的。周恩来指示 1965、1966、1967 三年搞出氢弹，如果搞不出来，毛主席的话就不能实现，就说中国人争不了那口气。氢弹是另一套原理，彭桓武、周光召、于敏等科学家把毛主席说的话作为最高指示，同科研专家、大学生一起探讨研究，发挥大家的聪明才智。担任理论部主任的邓稼先有一天在外文报刊上看到一条消息，说法国准备 1967 年底试验氢弹。邓稼先告诉大家，法国要在 1967 年底爆炸氢弹，他们如果成功，就是老四；我们如果赶不过他们，只好当小五了。我为这件事着急，想请大家出个主意，加一把油，早日搞出我们的氢弹方案，“力争赶上法国，超过法国！”，成为氢弹研制系统和核试验、研制基地的集体宣告，成为当时最令人奋进的口号。不论是科学泰斗还是技术人员，大家齐心协力，集体研究，终于在 1966 年 12 月 28 日氢弹原理试验取得成功，离第一颗原子弹试验仅有两年两个月。

草原会战，各项工作要求很严格，任何工作都精益求精。现年 55 岁的宋宝江，作为职工子弟 1963 年到基地，参加草原会战，他的工作是浇铸炸药，是一项十分危险的工作。宋老回忆说，当时他的工作是按照技术员的配料单，按比例配药。先把炸药放在熬锅，然后加附着材料，搅成糊糊，最后铸成一个大半球。浇铸完成后保温，放一晚上看裂不裂。第二天修补后，送到 X 光机室进行测试，看炸药均不均匀，有没有气泡，温度是不是一致。如果达不到要求，重新做。因为工作条件简陋，浇铸一个半球很不容易。工作室内温度在 40 摄氏度左右，工作时只穿工作服，戴四个口罩，一天洗两次澡，炸药味道很大。从工作室出来，衣服、口罩都是黄的，都是炸药，手上、脚底板都是黄色的炸药。宋老说：“虽然浇铸炸药很危险，但我们不害怕，因为工作紧张，来不及害怕，每天想着多做几个半球。”

三

陈老还回忆了在原 221 基地工作、生活的经历。他说：让他最难忘的是李觉将军说过的一句话。

陈老是 1964 年冬天到 221 基地。当时厂房、楼房并没有完全建成，大部分人员住在地下窝棚和帐篷内，建好一幢楼住进去一部分。作为基地建设负责人的李觉将军下了一道命令：“把新建的楼房让给科研人员，干部一律住帐篷。”当时李觉将军就让警卫把背包搬到帐篷里去，说我们就在帐篷里办公，后来行政干部全部搬到帐篷里住。这让科研人员们精神大振。陈老到 221 基地后，在七厂区搞核物理试验。他说金银滩很冷，一天 24 小时穿着棉袄、大头鞋，戴着防冻帽，吃的主要是白菜、土豆，再就是馒头。陈俊祥老人说：“因为基地海拔高、气压低，馒头蒸不熟，很难吃。但有个好处，剩下的放在窗台上被风干，第二天、第三天不坏，倒点开水一泡还能吃。”

陈老在金银滩神秘地工作了 6 年，见证了我国第一颗原子弹、氢弹的研制历程和成功爆炸。1970 年，陈老离开金银滩，被秘密调往某研究基地继续进行着紧张而又神秘的工作。1995 年，陈老从中国工程物理研究院退休。已是古稀之年的他，至今还协助科研院所作跨学科的重大项目。1999 年、2000 年分别参加中国工程物理研究院“两弹”精神宣讲团和解放军总装备部“弘扬‘两弹一星’精神”宣讲团，多次在北京、上海、长沙、武汉、成都等地作《我国核武器发展之路》《铸国防基石、做民族脊梁》的报告，用自己的亲身经历讲述我国“两弹”研制的艰难历程和在 221 基地的日日月月，用激情传播、弘扬伟大的“两弹”精神。

四

谈起 221 基地对国家最大的贡献，陈老认为是原子弹、氢弹的突破。他说：“我国‘两弹’的理论突破，是 1963 年至 1964 年草原大会战的结果。原子弹攻关，没有在 221 基地的试验，谁也不敢轻言会成功。因为原子弹究竟是一个什么的东西，谁也说不清楚。当时到草原的人就叫参加草原会战，为国家造‘争气弹’进行最后一战。当时是备战和科学试验同时进行。”陈老接着说：“原子弹爆炸为中国人争了口气，因为那时中国很穷、很困难，连一辆汽车都造不出来，在苏联领导人的讥讽中造出了原子弹。氢弹爆炸为中国人争了光，中国人在党中央、国务院和中央军委、中央专委的统帅和领导下，依靠人民群众、依靠科学家，在很短的时间里搞出了氢弹，震惊了世界。自此，外国人才看得起中国的科学界、科学家。”

氢弹的爆炸不仅震惊政治界，也震惊了学术界。从第一颗原子弹到氢弹，美国用了七年多，苏联用了四年多，英国用了四年半，法国用了八年半，而中国只用了两个零八个月。这个速度发展之快，中国创造了世界之最。法新社当时的报道说："中国人民爆炸热核炸弹所取得的惊人成就，再次使全世界专家感到吃惊。惊奇的是中国人取得这个成就的惊人速度。中国在核方面的成就，使世界震惊不已。"三句话接连发出五个惊叹。陈老激动地说："原子弹爆炸之后，没有外国科学家要求来中国，同我国的科学家进行学术讨论。氢弹爆炸之后，外国科学家很吃惊，说中国的科学家很聪明、很厉害，在原子弹爆炸之后的两年多时间里就把氢弹搞出来了，创造了原子弹到氢弹研制速度最快的世界之最。他们纷纷要求来中国访问，同我国的科学家进行学术探讨和交流。"

陈老最后用一句话总结出了"两弹"精神的深刻内涵：我国的第一颗原子弹、氢弹是在我国国民经济极度困难、物资极度匮乏的条件下，凭着中国人的坚定信念、坚强毅力和拼搏精神，集中全国的人力、物力，发挥社会主义集中办大事的优越性，同心同德，集体攻关，取得成功，显示出了中华民族不畏艰险、勇往直前，不屈不挠、敢拼敢闯的战斗精神。

（2009 年 9 月）

今生无悔的选择

——访原国营二二一厂老干部

杜文林

陶瑞滨，现年 80 岁，1964 年 3 月到二二一厂保卫部，1997 年 2 月回上海，曾任二二一厂保卫部部长、矿区公安局长。

王钰德，现年 73 岁，1964 年初到二二一厂，1992 年离厂，曾任二二一厂技术研究部设计室主任。

许震贵，现年 69 岁，1964 年到二二一厂，1992 年离厂，曾在二二一厂二分厂任技术员、工程师、质管科科长。

周玉英，现年 67 岁，1972 年到海晏县，在矿区一中任教师，1992 年退休回沪。

来时风华正茂，走时白发苍苍，为了祖国的核武器事业，默默奉献的英雄们用青春和生命谱写了一首首赞歌。然而说起最初的选择，他们都感到无怨无悔，并为祖国今天的强大而骄傲自豪。

距我国第一颗原子弹和氢弹爆炸成功，40 多年过去了。2012 年 11 月 5 日，在青海原子城（海北）“两弹一星”精神宣讲团赴沪宣讲期间，我们专程参观了位于上海市浦东新区上钢社区“两弹一星”爱国主义教育基地，在那里我们认识了许震贵、陶瑞滨、王钰德、周玉英 4 位老人。自 2002 年基地展馆开馆以来，他们已在这里免费当解说员十年了，作为追忆那段光荣的历史，也为了追忆自己曾经在那里留下的足迹，向人们展示那段艰苦卓绝、可歌可泣的创业史。

优美的自然风光，只属于金银滩草原短暂的夏季，更多的时候，221 基地的技术人员和工人却承受着艰苦的生产生活条件，他们多年如一日在这片草原深处承受着与亲人的别离，承受荒芜和寂寥。因为原子弹的研制属于国家最高机密之一，因此，核武器研制基地一整套自成系统的公安、粮食、商业、邮电、学校、医院等随之建起，以后与外界隔离了 30 多年的“小社会”就这样在这里形成。

陶瑞滨老人回忆说，1964 年 2 月从上海公安局调到 221 基地，一直担任保卫工作直到基地退役。当时，他已成家，有两个两三岁的孩子，生活才刚刚开始。组织上到公安系统联系调干，选中了他。来到基地，他担任了实验部保卫工作，周围都是专家、学者。给他影响最深的是著名核物理学家王淦昌。王淦昌常常坐在卡车上沿一条泥泞的路到试验现场。到了晚上还披着大衣，计算各种数据。这么著名的专家、这么多优秀的知识分子都为了核武器事业奋斗，有的人每天步行十几里上班，陶瑞滨感动了。母亲病逝，他没有回去。父亲去世时，他已开赴原子弹爆炸试验场，根本不可能和外界有通信联系，“连鸟都飞不进来”是当时保卫工作的真实写照。陶瑞滨老人说，之所以有这样严格的保密措施，是因为每一个国家都把核武器当作最高的机密。从国际环境来说，美国、苏联不希望我国发展核武器。当初王淦昌他们就是改名换姓，隐姓埋名来到金银滩草原，秘密开展核武器研制工作。同时，台湾国民党政府秘密搜集情报，想方设法阻止我们开展核武器研制，当时只能把每一个厂区写上代号，不直呼其名，广大科研人员只能根据工作需要去自己的办公地，其他地方一概不能去。初入厂区，就进行了严格的保密教育，以“不准看的不要看，不准去的地方不要去，不准讲的不要讲”等“八条”深入人心，模范遵守。基地人对外写信不准透露地址和工作，当时的大学生来到青海，不准对家人说要干什么工作，几乎完全和家人失去了应有的联系和沟通，就这样几十年如一日，扎根高原，奉献青春。

毕业于清华大学并投入当年建设的王钰德，从自己亲身经历出发，谈了在那个激情燃烧的岁月里，青年一代为祖国强盛做出的无私奉献以及无怨无悔的感受。她回忆说，1963 年毕业后分到二机部九所任技术员，这一年时任副部长的钱三强等就给他们开动员大会，动员他们到青海去、到高原去，说要到一个非常艰苦的地方，要他们作好充分的思想准备。“对我来说，我从小在上海长大，又在北京上的学，一直生活在大城市，去青海对我来说环境变化特别大，一定会有很多不便。3 月到了青海以后，感到环境相当恶劣，高原缺氧，天寒地冻，风沙弥漫，但在‘把楼房让给科技人员’的号召下，我们没有住帐篷，这让我们很感动。可一个小房间里 8 人住一起，生活条件相当艰苦。”

王钰德老人感慨地说，虽说当时生活上艰苦，但大家的精神非常好，因为心中有信念，作为一名大学生，能为国家的国防尖端事业贡献一份自己的力量还是感到非常自豪和光荣。“我觉得那时候大家以吃苦为光荣，所以也没觉得怎么苦，但工作的确是相当累，那时压力真的很大。1964 年搞出原子弹，1966 年邓小平同志来我们这里，说我们一定要赶在法国前搞出氢弹，压力很大。我们一天就是除了上班没有其他活动，到了晚上办公室都是灯火通明。晚上九点多有班车拉我们回家，司机猛按喇叭，但大家都舍不得下班，因为工作太忙了。因为第二天还要上班，领导催促我们赶快下班。在他们的催促下，我们才依依不舍地走下工作岗位，下班路上经常看到狼在路边出没。”

回忆起当时的工作和生活，老人依然显得很激动：“现在想起来，真是一段很值得回忆的经历，那是我们永远忘不了的一段生活。取得那么大的成功，最大的褒奖就是给我们包一顿饺子，可大家没有任何怨言，都在非常自愿地在努力工作着。因为每个人身上都有一种强烈的民族责任感和使命感，落后就要挨打，我们只有一个梦，那就是强国梦，我们的职责就是要为国家奉献，做个自豪的中国人!”

许震贵老人曾任原二二一厂二分厂质管科科长，说起那段亲历的艰苦奋斗史，他依然心潮澎湃：“根据国际形势的需要，到 1992 年时国营二二一厂大批工作人员都离开了，我们 40 户 80 人就在上海市浦东新区上钢社区定居下来。”

谈起如今的幸福生活，老人感到很欣慰：“2002 年，上钢社区党工委、办事处发现我们这些老同志曾从事过原子弹和氢弹的研制工作，就请王钰德等 3 位同志给他们上党课，认为这个题材对激励后人和社区发展有很大的意义。后来他们花费大量的人力、物力、财力修建了 15 平方米的展览馆，得到方方面面的认可，参观的人络绎不绝。很多人认为这个展览馆有必要扩大，有利于精神文明方面的宣传和教育下一代。到 2003 年，他们把展览馆规模扩大至 100 平方米，动员我们把具有纪念意义和历史价值的物品收集起来作为展品。街道党工委花钱、腾地方建成了现在的‘两弹一星’爱国主义教育基地展馆。目前基地展馆已建成 10 年了，接待海内外各方面游客近 5 万人次。”

无私的付出，换来接踵而至的荣誉。展览馆被浦东新区区政府授予“两弹一星”爱国主义教育基地，被浦东新区宣传部授予“青少年教育基地”，被浦东新区组织部命名为“党史教育基地”，继续传播着“两弹一星”精神，继承着爱国主义教育思想。老人由衷地说：“改革开放以后，人们的收入多了，工作条件好得多了，而艰苦奋斗的精神却少了，我们建这样一个展馆就是要用爱国主义来教育下一代怎样为国家贡献力量。”

“十年了，我们当了 10 年的义务讲解员，陶瑞滨老人都 80 岁了还在为游客讲解，这就是我们心中永远的梦想！”许震贵老人告诉我们，每个星期二是展馆公众开放日，方方面面的人都可以来参观。同时，也有预约参观，十年来没有耽误过一场参观活动。虽然展馆占地面积小，但它的影响力日益扩大，如今“两弹一星”精神在世人心中得到升华，而他们依旧无怨无悔地发挥着余热！

周玉英老人给人的印象很感性。在我们参观 221 展馆期间，她反复说着对那片故土的特殊情感：“看到你们就像看到我的亲人，看到当年我的那些学生，我一直挥之不去对他们无限的思念！”老人告诉我们，她曾在矿区一中当了 20 年的教师。

老人回忆说，当时很多孩子是跟随他们的父母到了金银滩草原，其中也有牧民和海晏县机关的孩子，矿区一中就像一个民族中学。我跟孩子们的感情特别深。对于当时的保密工作，老人的印象很深：“因为我们不接触科研工作，不该知道的不去问，我们只想把孩子教育好，教育他们如何做人，如何学好科学文化知识，一心想着把孩子们送到高一等的学校接受教育。当时我比那些孩子大不了几岁，我就像是他们的姐姐一样，很疼爱他们，关心他们，让他们的父母安心地工作。”

采访结束了，老人们仍不忘叮嘱：“最想告诉后人的一句话就是永远铭记伟大的‘两弹一星’精神，希望这种精神在年轻一代的事业中发扬光大！”

齐鲁大地上的“草原人”

杜文林　姚丽彬

今年是新中国成立70周年、青海解放70周年，也是青海原子城纪念馆开馆10周年。为回顾“两弹”研制光辉历程，挖掘原子城红色故事，展现新中国建设重大成就，传承原子城红色基因，弘扬“两弹一星”精神，2019年4月3日至10日，我们怀着无比崇敬的心情远赴山东，走访看望曾在原221基地战斗创业过的老干部老职工，给他们带去海北人民的良好祝愿，向他们介绍海北的发展和原子城保护与建设情况，并详细了解了他们当年参与基地建设和奋斗创业的情景。虽然步入耄耋之年，但他们对金银滩有着美好的记忆，说起自己在草原的工作生活点滴，思绪万千、激动不已。

阳春三月，齐鲁大地柳绿花红，莺歌燕舞，呈现出一片生机勃勃的景象。在威海、烟台和青岛、淄博，我们先后走访了原国营二二一厂一分厂104车间技术工人李德安、二分厂工程师杨守良、二分厂理化分析师魏世杰和总厂宣传部副部长张德祥、二分厂技术工人王兴清、四分厂党委书记刘宗周、矿区公安局干部任吉尧。他们见到我们很亲切，十分关心221基地旧址的保护利用与开发建设，也很向往有生之年能再次到221基地走走看看，回忆当年“草原会战”的情景。

“难忘草原情”“发挥两弹精神，传承红色基因”。这是他们对草原的无限眷恋之情和寄予我们的希望。老人们的年龄均在80岁左右，但清晰记得草原的事情，他们给我们讲述了当年参与“两弹”研制和在221基地工作生活的点滴事迹。

杨守良：记忆最深刻的是邓小平同志视察221基地。见到他，非常激动，遗憾的是没跟他握个手。

现年 81 岁的杨守良，1964 年从西安交通大学毕业后，分配到 221 基地，在二分厂 202 车间从事绘图和电气工作，1992 年退休。二分厂主要负责高能炸药生产和总体装配工作，据杨老回忆，1964 年从学校毕业，先到西宁杨家庄待分配 2 个月，待分配实际上就是进厂前的最后一次审查，进厂头一年参加劳动锻炼。结束后，分到二分厂 229 车间，搞炸药加工，主要是把粉末状的炸药加热融化，然后浇铸成型，如药饼、药柱、药球。我们把成型后的炸药再加工，用压机，把炸药饼子压成塔形状，然后切割成半圆。到后来，因我懂电路，让我负责改造标准金属切割机床，主要把成型炸药切割成半圆。1983 年，我提干到分厂任副主任工程师，主要负责二分厂的电力安全。1984 年调往二二一厂驻烟台办事处，负责办事处工作，1992 年退休。杨老还说，她老伴原来在一分厂 103 车间工作，是机械加工程序员，是长春光学精密机械学院毕业的，1975 年到的基地。

说起印象最深刻的事情，杨老激动地给我们讲起了 1966 年 3 月 30 日邓小平视察 221 基地的情境。杨老说，在邓小平同志来之前的一个礼拜，我们就知道了有中央领导来厂视察工作，但又不知道是谁，大概提前两天，才知道来的人是邓小平。当时厂里的要求是：不许打横幅欢迎，不许张贴标语，不许随便说话。原来决定要去 215 车间和我们 229 车间的，我的任务是同另外一个同事给领导换工衣、换工鞋和倒茶水，我们俩一切都准备好了，不知道谁说了一声："首长时间不够，来不了 229，想看的去 215 车间去。"大家拔腿就跑，跑到机修 205 车间前时，看到邓小平从车间出来，我们就停下来了。当时非常激动，但遗憾的是不能握手，也不能喊口号。

任吉尧：现在想起来觉得很荣幸，参与押运我国第一颗氢弹到试验基地，还乘飞机进入爆炸烟云采集数据，为国家作了贡献。

现年 89 岁的任吉尧，1959 年 3 月从山东烟台部队转业到 221 基地，负责基地押运警卫工作。1959 年到 1964 年之间，任老主要负责各分厂之间的产品押运，让他倍感荣幸的是参与了我国第一颗氢弹的押运。"不该看的不能看，不该问的不能问，不该说的不能说。”这是任吉尧到221基地警卫部学到的首条纪律。如今老人说起当时的纪律，仍然烂熟于心，他说：“在押运前，不准和外界联系，更不能与家里通信，单位里只说出差。”任老对护送氢弹记忆犹新：押运氢弹的专列为一级专列。1967年的一个夜晚，专列从221基地出发，沿途所有人都不得下车，随时汇报相关情况。把专列护送到新疆后，接着再护送汽车和飞机，把东西押运到基地爆炸点。1967年6月17日，氢弹爆炸后，任老与其他技术人员坐在飞机上搜集数据。任老说，看见爆炸的烟云，都不知道自己押运的是氢弹。任老说：“押运都按部队程序进行，非常严格。押运时不能窜车厢，做什么的互相不能说，不该看的不看，不该说的不说，不该问的不问，把工作情况记在心里，尽量不用保密本。”“当时，我们运送产品到试验基地的这些人，叫参试人员，到基地不能说新疆，只说西部地区，因为西部地区面积广。回家时，不允许带哈密瓜、葡萄干等，怕泄密。保密非常严格，押运任务复杂，而且非常的辛苦。”任老接着说。

任老参加过多次重要押运任务。他说，从1959年到221基地直到1985年退休，全国除了台湾和西藏没有去过，其他地方他都参与过押送，想起无数次的押运经历，老人感慨万千。任老回忆，由于221基地押运的东西特殊保密，原本十几个小时就能到达的地方，经常经过半个月的时间才能抵达。由于工作的保密性，在闷罐火车里负责押运警卫，不能下车，吃喝拉撒全在车上，夜晚又冷又饿，最令人受不了的是，由于那个年代物资缺乏，短粮短水的情况经常发生。任老激动地说：“现在想起来觉得很荣幸，参与押运我国第一颗氢弹，还乘飞机进入爆炸烟云采集数据，为国家作了贡献。”

魏世杰：前半生搞科研，后半生照顾家人，这个世界上没有不能克服的困难。我热爱快乐生活，也热爱苦难生活。

现年78岁的魏世杰1964年从山东大学物理系毕业后，分配到221基地，在二分厂负责炸药部件的加工，1996年退休。魏老还记得分配时的情景：“系办主任把我和另一个同学叫到办公室，很神秘地告诉我们，要分配我们去从事一项很重要的秘密工作，要我们做好心理准备。后来，我们就到了青海，那时我 23 岁。”“刚到 221 基地，每个人要克服几个难关，第一个要克服高原的气候，高原缺氧，走路不能快，晚上会憋醒，吃的饭半生不熟。第二个和家人通信不能多说，哪里上班不能说，涉及保密的更不能说。第三个与同宿舍的人也不能多说，互相不能打听工作。”魏老回忆说。

1990 年，魏老调回青岛，原以为可以颐养天年，享受天伦之乐，谁知家人接连生病，屋漏偏逢连夜雨，家庭困境接踵而至。先是发现儿子天生智力残障，女儿大学毕业后患上精神分裂症，老伴卧病在床，面对家庭的变故，魏老坚强地挺了起来，每天忙里忙外，悉心照料重病亲人。照料亲人之余，魏老专心写作，曾在《科幻世界》发表科幻小说《星际之恋》、《洗手》等作品，出版长篇小说《隐姓埋名的人》、《东方蘑菇云》及《禁地青春》。《禁地青春》还被改编拍成了电视剧《青海花儿》，如今，《禁地青春 2》完稿后，魏老又开始写微型科幻小说。

魏老评价自己：“我是一个捣鼓过二十几年核武器，写过一些科普作品，还发表过一本小说《禁地青春》的倒霉老头儿。”“前半生我搞科研，后半生照顾我的家人，这个世界上没有不能克服的困难，我觉得一个人一生中能够给社会留下一点东西，我觉得我这一生活的还是很有意义。”魏老在送给我们的《禁地青春 2》上题词：“热爱苦难生活，也热爱快乐生活。”

张德祥：221 基地于 1964 年开办了第一张报纸，叫《红源报》，不定期出版。“文革”期间停刊，1974 年 4 月复刊，改名《草原工人报》，每周一期为周刊，直到撤厂停刊时，共出版 500 多期，在恢复 221 基地正常秩序，批判二赵罪行，团结广大群众方面，起到了很重要的作用。

张德祥，原核工业部 221 基地党委宣传部副部长、基地报社总编辑。1953 年从西安邮电学校毕业后，分配到北京电报局工作。1958 年调往青海，1964 年 1 月到 221 基地从事电信工作。1973 年先后任原二二一厂报社总编辑、宣传部副部长，1994 年退休定居淄博，现任淄博诗词学会副会长、《柳泉诗词》主编。从1964年进厂直到1993年基地退役搬迁，张德祥见证了研制基地发展的全过程。退休后，在淄博机关单位和中小学开展“追寻221核弹英雄的足迹”主题探究活动，讲述二二一厂建厂到退役的历史使命，讲述那段鲜为人知的激情岁月和爱国奉献的感人故事。2012年评为二二一局“感动221十佳老人”，2013年评为“淄博市第四届十佳模范老人”。

现年82岁的张德祥，说起当年在基地的情景显得非常激动。张老重点回忆了基地宣传和报纸出版工作。221基地于1964年开办第一张党委机关报，叫《红源报》，有稿子就编排，不定期出版。“文革”时，因发表《谈革命激情》一文被停刊。随着“文革”接近尾声，1973年北京第二次会议，批判“二赵”罪行，梁步庭作为中央联络组组长回到基地，抚慰民心，恢复秩序，同时提出恢复厂党委机关报。梁步庭同志很重视报纸的出版，让张老重新组织人员开始复刊，要求半年时间筹备，半年时间出报。1974年4月，厂党委机关报正式复刊，改名叫《草原工人报》。“我们抽了4个大学生、1个高中生、1个勤杂人员，不到一个月时间报纸就出版了。梁步庭组长和赵振清副组长看到出版的第一期报纸，从招待所小跑步到编辑部、印刷厂慰问编辑人员和印刷工人，他们没想到，报纸办得很像样。”张老激动地说。“《草原工人报》定期出版，每周一期，我们自己排版制版，在二二一厂印刷厂印刷。直到撤厂停刊时，共出版500多期，在恢复221基地正常秩序，批判二赵罪行，团结广大群众方面，起到了很重要的作用。”

王兴清：1959年正是基地建设时期，我们一方面帮助土建，另一方面学习炸药知识。各方面条件虽然比较艰苦，但大家的干劲很高。

现年83岁的王兴清，1959年3月从某炮兵部队转业到221基地，在二分厂从事熔药工作27年，直到1986年退休。“我原来在沈阳一个炮弹厂装炮弹，后调221基地。最初想学汽车驾驶什么的，但组织把我分配到二分厂，服从组织安排到了二分厂。当时也不知道二分厂是做什么的，刚到基地，正是建设时期，我们一方面帮助土建，另一方面学习炸药知识。记得二分厂锅炉房建好后，组织我们在锅炉里装水，就到水沟里去用桶挑、用盆端，来回跑，挑了好长时间才将锅炉装满；虽然比较艰苦，但大家的干劲很高，”王老回忆。王老接着说：“我们去的时候，基地全都是帐篷，晚上睡觉很冷，有时冷的没法入睡，就熬到天亮。吃饭，一顿只有两个青稞馍馍，吃不饱，去挖野菜，洗干净了充饥，好多同志出现了浮肿的情况。后来我在201车间搞火工，工作是把TNT和黑索金的固体熔化成液体，浇铸成球体，每天熔化好几百斤，工作量很大，因为炸药毒性强，嘴里经常是‘苦’味。”

刘宗周：那时候青稞面很少，吃的最多的是谷子面。说谷子面差不多就是糠皮，吃了拉的都是蛋蛋，有时还拉不下来，用棍子抠，很难受。

现年84岁的刘宗周，1956年8月从沈阳机械制造学校毕业后，分配到沈阳汽轮机厂工作。1959年3月调往221基地，在四分厂工作，1994年退休。他对进221基地和在四分厂安装设备的经历记忆犹新：我们先坐火车到兰州，后坐汽车到基地，进厂的时候，条件非常艰苦。刚开始住帐篷，后来住的是地窝子，风沙大，天气冷。口粮是每人每月28斤粮，一年也没有什么油，也没有什么菜，早上吃的基本是野菜，有时还能喝上青稞和谷子面的糊糊。当时，青稞供应也挺紧张，根本就吃不上面，那时最多的是酱油膏，掰一块煮，撒点青稞面，就当早饭吃，馒头也是搞分配的，早晨2个，中午2个，晚上2个。刘老谈起了自己的工作：“四分厂也就是电厂，是221基地的自备电厂，分大小两个电厂。刚去的时候，大电厂刚开始搞土建；小电厂正在安装设备，小电厂装机1500千瓦。当时有2台200千瓦的柴油发电机，一台用来保障小电厂安装设备用电，另外一台保障生活用电。因为我是学焊接的，在电焊班当班长，负责小电厂设备安装焊接工作。1963年5月1日小电厂正式发电，发电那天，当时的海晏县委书记和县长都来了。”

刘老激动地说：“海晏县委书记和县长到厂里，让食堂做饭招待。正好那天小电厂发电，机器运转需要用电，发电机发的电不够用，本来定的是4点开饭，到了6点才开饭，炒的菜是土豆丝，就这一个菜。那天我早晨吃了 2 个小馒头，中午是水冲的酱油膏，晚上又吃得晚，当时饿昏了。同事们把我抬到屋里，出一身汗，好长时间才缓过来。小电厂发电以后，大电厂安装也就差不多了，整个基地就通上了电。”“1963 年下半年，我们的生活条件就好多了。那时候，周总理对我们基地也比较关心，生活条件一下从地上升到天上了：新疆的水果、天津的大白菜、山东的大葱、四川的猪肉、北京上海的生活日用品，东西非常丰富，条件特别好还特便宜，黄花鱼、带鱼、虾仁等。那时候，221 基地是十一类地区，工资比内地高，还有保密费，也叫事业费，生产车间 18 块，咱们四分厂 13 块，生活就很好了。”刘老最后说。

李德安：草原的冬季经常是飞沙走石，自然条件比较恶劣，晚上出来方便的时候，经常会听到狼叫，大风经常把帐篷吹翻。

现年 81 岁的李德安，1959 年从部队转业到 221 基地，先分配到电厂做耐压试验工作，后到一分厂 104 车间负责无线电装配，主要是维修和使用各方面的电子设备。“刚到基地时，住的是帐篷，一直住到 1965 年。草原的冬季经常是飞沙走石，自然条件比较恶劣，晚上出来方便的时候，经常会听到狼叫，大风经常把帐篷吹翻。当时生活上比较艰苦，上山挖野菜煮着吃，很多人的脸都浮肿，管理员从内地采购了一批烂白菜叶子，晒干后准备用来喂牲口，结果后面生活艰苦，缺口粮，就用来熬汤，熬好的汤上面飘的全都是白色的小虫子，就这也得喝，饿得没办法，馒头二两 1 个，根本吃不饱，经常还用酱油兑水充饥。”李老回忆刚到基地的生活。

李老谈起了自己的工作：那时不像现在这么先进，用的都是电子管。我具体负责电子仪器，全厂的电子仪器像试管器、标准电压、频率这些东西都是我负责修理和鉴定。鉴定的数据，最后也成了国家的标准，一直到 1985 年退休，在厂里工作了 27 年。当时保密制度非常严格，回家探亲时和家人朋友都不能提 221，只能说国营综合机械厂，现在回想起来，虽然当时条件苦，但说苦的人很少，大家成天就想着上班，想着把工作干好，其他的什么都不想。

不能忘却的纪念

——访安徽合肥安置点老职工

肖全良

自1995年中国第一个核武器研制基地全面退役以来，安徽合肥是自愿接受、集中安置原二二一厂职工最多的地方，共安置职工500户696人。2018年的4月，青海原子城纪念馆组员赴安徽合肥，在三里庵街道西园新村、五里墩街道团安村小区，走访了数名来自原二二一厂年逾古稀的历史功臣，倾听他们诉说那段神秘艰辛而又激情燃烧的岁月。

那里的一草一本、一砖一瓦、行走的足迹都铸成了对草原怀念的心结，永远值得我们去铭记

任铁安，1957年3月出生，1974年12月进厂，原二二一厂交通运输处职工，现二二一局合肥管理处退休职工。

当我们走进西园新村，竟然看到了卖“青海酿皮”的小摊位，打听得知，摊位的主人也是原二二一厂退休老职工，叫任铁安，而且大有来头。任老曾荣获“全国边陲优秀儿女奖章”“省级劳动模范”称号，并且两次被共青团中央授予“新长征突击手”。因这小小的酿皮摊，能够有幸接触到任老，也是机缘巧合。初见任老，脸上满是岁月的痕迹。任老腼腆，不善言辞，在我们再三请求下，任老讲述了他在二二一厂工作的经历。

据任老回忆，20世纪60年代，他随父母由河南来到青海二二一厂，1964年至1972年，在二二一厂九一中学、矿区二中就读至初中毕业，1974年12月响应党的号召，到青海省民和县官亭公社下乡，历时八个月接受贫下中农的再教育，在那里光荣地加入了中国共产主义青年团，1975年由二二一厂招工参加工作，分配在二二一厂交通运输处汽车队。

任老说，记得刚参加工作，上班报到后的第一堂课，便是安全、保密教育，不该说的不说，不该问的不问……这是进二二一厂的最基本的常识，是要严格遵守的纪律，违反条例会受到严厉的处分。尤其是他所在的车队，作为驾驶员，他要和厂里各个分厂打交道，拉运各种产品出入各厂区，所以保密工作更加重要。通过一年培训，1976 年他拿到了正式驾驶证，在交运处货车队八班工作，由于工作突出，多次被评为厂级先进，在政治上、业务上都有了较强的基础。之后凭借过人的业务素质，被挑选作为驾驶班成员，负责运输核工业生产原材料。

1978 年，任老从货车队调入客车队产品运输班，并驾驶保管几台车，需要哪台出哪台，工作多，辐射剂量也高，从事专门为核武器服务的运输工作。任老驾驶的第一台车，代号 24－1，是一台雷管专用车，因特殊的用途，要求车辆状况须良好，每天都要严格检查接地线是否牢固可靠，驾驶的过程中，要保证匀速行驶，时速 10 公里/小时。据任老回忆，每小时 10 公里车速是很难掌握的，只能用发动机的怠速和油门的微妙配合，不能颠簸，不能抖动，不能超车，不能会车，且前后有武装押运，否则后果不堪设想。任老驾驶的第二台车，代号 605（俗称大肚子车），专门拉运炸药，驾驶条件要求也非常严格，与雷管车差不多。任老驾驶的第三台车，是全自动调控调温保温车，专门拉运由二二一厂组装后入八二库房交付的产品。任老驾驶的第四台车，是一台 CA30 翻斗车，专门在六厂区 656、610 工号爆轰实验后清理爆轰场地的专用车。每次爆炸实验后，任老都需要穿着防护服（白大褂、白裤、手套、口罩），随清理人员进场清理，一车车拉至深坑掩埋，辐射剂量大。清理结束后，由消防车对车辆冲洗，再进行检测，任老便进入专门的洗澡车内冲洗换衣，喝柠檬酸解辐射。任老说，工作中虽紧张、谨慎，但也很好地完成了“596”“118”等多次爆轰实验拉运清理任务，说不紧张也不现实，但工作起来真是一丝不苟。每次清理完爆轰场地后，任老全身都起红疙瘩，就像麻疹一样，但那时候真是一心只想着干工作，没有怨言，别无他想。

作为一名普通的运输司机，任老在 221 基地工作奋斗了 20 多年，把青春献给了祖国的国防事业，从他深邃的目光中，我们依旧能够感受到作为 221 人的光荣与自豪。如今，任老对二二一、对金银滩的感情随着时间的流逝而更加浓缩，那里的一草一本、一砖一瓦、行走的足迹都铸成了他对草原怀念的心结，永远值得我们去铭记。

神秘的 221 人

——安徽合肥安置点老干部老职工访谈纪实

杜文林

深秋十月，虽说青藏高原已是冰天雪地，但在南方的安徽却是绿意盎然。2015 年 10 月 28 日，在原国营二二厂厂长王菁珩、中国核工业二二一离退休人员管理局副局长刘玉春的热心帮助、积极协调下，陪同我们来到了素有“三国故地、包拯家乡”美誉的安徽合肥，来到蜀山区合作化北路团安新村小区，看望在这里安享晚年的原国营二二一厂老干部老职工。

安徽合肥是自愿接受、集中安置原二二一厂职工最多的地方，共安置职工 500 户 696 人。可以说，也为我们国家的国防事业作出了贡献。在合肥学院，我们走访了原二二厂工会主席侯廷骝，侯老还发挥余热，用自己战斗不息的亲身经历，为大学生作思想政治教育工作。位于合肥市蜀山区合作化北路的团安新村小区，是一个集中安置点，共安置职工 343 户 380 人。走进小区，在区活动广场和小区单元楼门前，大批白发苍苍的老人，有的在下棋、有的在打扑克、有的在散步、有的在闲聊，生活十分安逸。看到王厂长和刘局长，大家都围过来握手致敬，嘘寒问暖，王厂长介绍我们是从青海海北来的，听到青海老家来人了，大家都来和我们握手，知道他们曾战斗和奉献过的地方已成为全国爱国主义教育示范基地，修建了纪念馆时，大家都非常激动，说国家没有忘记他们，时至今日，他们最怀念的地方还是金银滩，茶余饭后谈论最多的也是他们曾无怨无悔创业的 221。

在管理处会议室，原二二一厂副厂长任春泽、二分厂保卫科科长王应祥、二分厂工程师尹成耀、一分厂研究员级高级工程师李国强、三分厂高级工程师宋伦、一分厂工程师李富学、二分厂高级工程师肖志忠、一分厂102车间高级工程师王来运，回忆在221基地建设、创业的历程，他们用一生的感慨，诉说对国家贡献的智慧和力量。

任春泽："保密到什么程度呢？可以用一句话来形容，就是'鸡犬之声相闻、老死不相往来'。"

现年73岁的任春泽，1965年从西安交通大学机械制造工艺专业毕业后，抽调到221基地的最后一批大学生。在西宁经过一年施教后，1966年10月份进厂，分配到二分厂207车间，做电气工和技术员，后调二分厂技术科科长，1985年到总厂任副厂长，负责生产科研。

在二分厂工作时，任老从事弹头的总装，他给我们讲述了在总装车间的保密工作。他回忆说："总装车间保密性很强，当时车间有三个组，我是组装组，还有一个元件组和一个内球组。元件组和内球组工作是部件，我这个组负责组装。保密到什么程度呢？可以用一句话来形容，就是'鸡犬之声相闻、老死不相往来'。总装三个组，互相之间的具体结构不知道，而技术资料的保密更严格，在我进厂之前，二厂部主任肖光都被门卫挡在外面不让进，想想都觉得不可思议，但那时厂里的保密制度就是这么严格。当时，221基地叫国营综合机械厂，对外还有一个代号，掩护名称叫青海矿区，当时基地有一万多人，但是知道造原子弹的没有几个，大家都在自觉地遵守铁一样的纪律：不该说的绝对不说，不该问的绝对不问，不该知道的绝对不能知道。"

侯廷骝："回想起那一段激情难忘的岁月，我觉得两弹成功，它是民族精神的一部交响乐章。乐章的每一个音符都表达了我们国人那种不甘落后、勇攀高峰的拼搏奋斗精神。"

现年 79 岁的侯老，1959 年 8 月从北京大学原子能系放射化学毕业后，被分配到北京九所。1964 年 3 月，随大批科技人员赴 221 基地参加草原大会战，从事质谱同位素丰度的测定和高纯度核材料中超微量杂质的化学—光谱法分析。历任三分厂物理化学实验室主任、青海矿区电视大学校长、职工教育处副处长、厂工会主席。获一项部级科技进步三等奖。

侯老精气神很足，说话掷地有声：“我是原来二二一厂的工会主席，1959 年 8 月大学毕业后分配到北京核武器研究所工作。苏联 1960 年撤退全部专家后，二机部党委就提出自力更生研究我们自己的原子弹。苏联专家撤退，完全靠我们自己研制原子弹，用了 4 年时间突破技术难关，1963 年在完成技术攻关以后，部党组组织草原会战，我们就到了青海，进行紧张的试验。最后在 1964 年 10 月 16 日下午 3 时，在新疆罗布泊爆炸了我国第一颗原子弹，但我们没有就此停步，用 2 年 8 个月研制了氢弹。所以，‘两弹’成功确实振奋了全国人民的豪情壮志。”

侯老感慨地说：“回想起那一段激情难忘的岁月，我觉得‘两弹’成功，它是民族精神的一部交响乐章，乐章的每一个音符都表达了我们国人那种不甘落后、勇攀高峰的拼搏奋斗精神。我离开青海 22 年了，每当听到《天堂》的歌声，还有青海高原的歌声，情不自禁激发我对青海这边热土无限的怀念，因为我们把自己人生最美好的青春年华献给了这片热土。现在我 80 岁了，非常怀念青海人民，怀念和我们同甘共苦的战友。1993 年我调入合肥市联合大学任纪委书记，转行从事教育工作，在 4 所高校讲课，有 3 万多学生，退休后的 2006 年，我受聘任合肥学院机关工委常务副主任。这十来年，我又做关工委的工作，习近平总书记指出：‘青年是祖国的未来’，我们退下来的老同志要关心青年的成长进步。所以，我利用业余时间编写讲稿、作报告，10 年我做了 140 场专题报告，写了很多文章，被评为全国教育系统机关工委先进个人。我觉得我们的一生是奋斗的一生，虽然我们离开二二一厂到了地方，但还要继续发扬 221 人的创业精神，在新岗位上进行新创业，续写人生新篇章。在和青年们接触过程中，我也呼吸着青年人的朝气，我感觉自己做了一份很有意义的工作。我希望，我们这些老同志，把我们过去所经历的、所看到的、所想到的都能写下来传给下一代人，这也是我们作为老同志的一种社会责任。”

李富学：“苏联毁约后，在没有现成资料、图纸等情况下，我们自己设计，多次试验，研制出了符合要求的电雷管，并用于我国第一颗原子弹、氢弹，取得成功。”

现年 81 岁高龄的李富学，是专门学火药、炸药专业的高材生。1959 年 3 月，李富学从第五机械工业部调往第二机械工业部北京第九研究所，开始从事原子弹、氢弹电雷管的研制。

雷管是决定原子弹、氢弹试验能不能完全成功的关键部件。原子弹、氢弹所装配的是结构、工艺要求极高的电雷管，当时国内根本就没有。国外由于当时受到美国、苏联等国家严格的封锁，甚至连有关的情报资料也拿不到，这项技术难题，就是李富学及他们组攻破的。1959 年 3 月，李老被二机部专门派专人到厂里经过审查后，调到北京第九研究所。李老回忆说：“我们当时去的那一批人要查四代人，就是社会关系、家庭关系，在政治上绝对要可靠。到北京后，说有苏联专家直接带我们去苏联学习原子弹的资料、制造工艺，我们组共 3 个人：一个搞电，一个工程师，专门搞陶瓷，我是学火炸药的。记得到 6 月份，有消息说，赫鲁晓夫不让我们到苏联学习原子弹的制造工艺，后来才知道，我们国家与苏联闹翻了，把已经去苏联的一些器材专业的技术人员、核心人员都给回国了，国家当时提出来，自力更生、奋发图强，自己搞。”

李老回忆说：“当时，王淦昌和朱光亚让我们三个人成立一个小组，要求研制电雷管。当时通过有关部门了解以及情报部门细察，国内没有符合要求的电雷管，一般常规武器用的电雷管无法满足要求。后来了解到有一个煤矿单位在研制毫秒级的电雷管，我们去考察，他们研制的体积特别大，结构也不符合要求。国外，当时封锁很厉害，尤其是高科技情报资料，王淦昌副所长从苏联回来，他提供了一个研制方向，看看能不能可以用火花式这样结构的电雷管，因为这种电雷管点火比较快。我们本着初步的结构，就在北京第九研究所一个地下车间先搞设想方案、画图纸，因为条件实在是差，没办法持续研究，经过所领导与北京工业部联系协商，同意我们小组在北京工业学院继续工作。白天我们上专业课，晚上搞一些实验，因为北工有雷管撬，还有一些一般用的电火头、起爆药、锰炸药。所以，在那做的试验比地下车间做的有很大收获。”

李老接着讲：在北京工业学院呆了将近两年的时间，从 1959 年下半年开始一直到 1962 年年初。在 1962 年 9 月份，我们试制的雷管达不到要求。在这种情况下，我们自己装压雷管，然后进行起爆实验，初步摸索到它的基本结构：它的起爆速度快，而且点火能力强，因为北工是教学机构，它的原材料不像工厂里那么多，大型搞实验的场地也不行。后来，经过和兵器工业部的联系，说是西安地区新建了一个火工品生产厂，他们主要是搞一些军用雷管、工业雷管，而且他们厂还可以直接生产敏感性特别强、很容易起爆的锰炸药。经过调查，制造精度也可以，西安离青海基地也比较近，最终确定在西安。

李老讲，10 月初我们从北京转移到那个厂，厂里给我们腾工房，配备仪器，还配备了 20 多个技术人员和技工，我们就在那连夜干，根据编制的操作规程、技术要求，分组做实验。大概到 1962 年年底，我们到北京反复再试，在初试过程当中，当时草原基地还没建好，实验条件达不到要求，我们在北京 17 号工地做爆轰试验，后回到西安厂大批量生产再实验。这时候，草原上的一些办公楼基本都盖好，王淦昌和朱光亚也到了草原，让我从西安带实验部件到厂里，根据王老和朱院长提出的要求再改进，最终符合标准。我为什么提到这点呢？你别看它是一个小的雷管，但你要把它按标准做成，达到要求是很不容易的。

王来运：“我一生干的这些事可以说是值得骄傲的。我们的付出不仅仅指是 221 人，还有我们国家现在在世界上的话语权，用一句话来说就是‘精神’。”

王老快人快语：我是 1962 年到的北京九所，1964 年到二二一厂，在一分厂 102 车间工作，直到 1979 年开始搞核设施退役处理。主要的工作就是研究核材料、铀材料的加工和装配。1973 年，我在车间负责整个铀材料的加工、装配。到 1990 年让我负责核设施退役处理，我这一生的工作是搞核材料、铀材料。1991 年调到合肥化工厂负责热电、维修工作，任党支部书记，1999 年正式退休。

王老感慨地说：我总结我一生的工作都牵扯到核事业了，做核事业第一批加工、成型、装配、防护这一整套的工作。现在我们国家在世界上也算是一个大国了，既是经济大国，又是核大国。我一生干的这些事可以说是值得骄傲的。我们的付出不仅仅为的是我们 211 人，还有我们国家现在在世界上的话语权，用一句话来说就是“精神”。

宋伦：“我热爱技术工作，对技术精益求精。奋斗一生，为国争光，无怨无悔！”

现年 80 岁的宋老，1958 年从重庆第一机器制造学校毕业后分配到武汉锅炉厂工作。1959 年 2 月被选抽到二机部，后到二二一厂一直从事技术工作。宋老说："我热爱技术工作，对技术精益求精。奋斗一生，为国争光，无怨无悔。"

据宋老回忆，他是 1959 年 3 月 8 号到的西宁，在西宁纺织机械厂工作，因为青海工业落后，国家抽调技术人员进行支援。1959 年 9 月，他又回到北京，在九局电厂办事处负责协调北京电力设计院电厂设计工作。后回到二二一厂，在三分厂任技术科科长，负责球面部件加工及技术工作，培养技术人才。宋老激动地说："我要感谢当地政府和当地群众，当时我们去的那个地方叫海北州，当地的牧民并不知道我们是干嘛的。气候不好，条件又很艰苦，青海省政府、海晏县政府很支持我们，从物质上帮助我们，原子弹、氢弹能研制成功，与他们的支持是分不开的。"

李国强："我这辈子整个青春都献给了核事业，用现在的话说，就是感到非常自豪。感觉是无悔的，过得非常充实。"

现年 77 岁的李老，1960 年从成都电学工程学院毕业后，留校当副教授。后来因为苏联专家撤走，国家急需人才的补给，从全国各个大学抽调教师，把李老抽到了二机部九所。李老回忆过去，感慨万千："总的来讲，我这辈子整个青春都献给了核事业，用现在的话说，就是感到非常自豪。

感觉是无悔的，过得非常充实。我参加过第一次核试验、氢弹试验、融合材料的试验以及空投试验、地面爆炸试验，参加过很多次的导弹飞行试验。我觉得我这辈子，在这个事业里面，谈不上贡献，至少出了力了。”

尹成耀：“‘两弹’的研制成功，一个是领导重视，再一个是全体职工的努力，奉献精神，还有全国的支持。”

现年 74 岁的尹老，1964 年从安徽省蚌埠机器制造学校毕业后，于 7 月来到 221 基地，被分配在第二生产部 207 车间，主要的工作是编制核武器的装配工艺规程，还主持参与第一代核武器的退役处置工作，并获得部级科技进步奖。

尹老开门见山，“两弹”之所以研制成功，一个是国家领导的重视，是中央 15 人专门委员会的领导，另一个就是全体职工的努力。不管是做后勤的，还是做辅助工作的，大家拼命干，一种坚定的信念引领着大家，每一个人在不同的岗位上默默奉献。还有，就是离不开全国人民的支持。听说二厂有个设备，当时全国只有两台，是从国外“挖”来的，一台就调给了 221。尹老回忆，1987 年中央下文决定撤厂，撤厂过程中，一边撤厂、一边还在生产，厂里一方面组织人到处调研，与地方政府商谈，安排职工；一方面坚持照常工作，继续生产，大家的素质和觉悟是很高的，恪守职责。

肖志忠：“我们当时不讲条件，不讲报酬，大家就是拼命地干，响应总理的号召，要为国家争气，这种精神鼓舞着我们。”

现年 79 岁的肖老，1960 年毕业于北京理工学院（现在的北京理工

大学）。同年 9 月毕业分配到北京第九研究所，1963 年初，随大批科研人员来到 221 基地，参加草原大会战，在二分厂负责炸药工艺研究，历任二分厂 202 车间技术组组长、二分厂技术科科长兼机关科支部书记，曾获国家发明奖四等奖两项，部级科技进步奖五项，高级工程师，1992 年 5 月退休。

肖老回忆说："我们班共两个专业，毕业后一部分到了二机部，也就是北京第九研究所，有 20 个。报到后，先进行保密教育，要求对我们从事的事业要严格保密。而后，我们在农场劳动了一个月，回来后就分配到 17 号工地。那时候，北京 17 号工地是我们国家最早的一个核试验基地，我们在那里建了一个简易的工房，用于基础研究，对王淦昌和陈能宽提出的方案进行论证。那时候我们国家高能炸药还很少，就从国外引进了一些黑索金，还有 TNT（常规炸药）。王淦昌负责炸药方面的工作，经常到工地去查看，跟我们一起干，一起讨论，而后，我们成立了一个小组，专门研究综合颗粒，在大家的努力下，研制出了最好的配方，我们特意给它取了个名字叫装控制理论，我们在 17 号工地干了两年，最终完成了原子弹的基础理论工作。"

肖老讲，1963 年初，肖老随大队人马到青海参加草原会战。没有房子，住的是干打垒；每天工作很忙，天天搞实验，我们研制的炸药很快"出锅"，对第一颗原子弹研制立了汗马功劳。后来，由于国家的需要，氢弹研制还要更高级的炸药，朱光亚组织相关部门专门攻克炸药关，仅用了两年，就制成了高能炸药，很大程度上加速了我国第一个氢弹的研制。

肖老最后说，我一直在二分厂工作。说到危险性，我们就是搞危险工作的，如果细心的话，也不是很危险，我们的炸药生产有自己的一套制度，先是让技术人员搞实验，成功了后再教技工，技工学会了后一起生产。我个人从学校到二二一厂，一直搞炸药生产，为了这项事业，我们这一生也献出了很多，炸药是很重要的部件，况且高能炸药也是我们搞成功的，牺牲了不少同志。我觉得，我们还活着是一种幸运，原子弹、氢弹的成功研制，更多的是一种精神支撑，这种精神是艰苦奋斗的精神。当时不讲条件，不讲报酬，响应总理的号召，要为国家争气，大家就是拼命地干。现在基地建了纪念馆，我感到很高兴，应该把这种精神发扬光大，使我们的国家更强大，更富裕。

王应祥："当时那个精神状态，就是一切为了生产，一切为了科研，一切为了任务。"

现年76岁的王应祥，从1964年6月6日到北京九所报到、1965年1月到二二一厂后，就一直负责安全保卫工作，直到1993年12月退休。王老一生的工作就是安全保卫。安全保卫是保密单位最重要、最关键的工作之一，直接关系到科研事业的成败。王老到九所报到后，在保卫科负责安全保卫，1965年1月到二二一厂政治保卫处，在二分厂任保卫科长。

王老回忆说："当时二分厂的警卫、生产保卫、保密都是我管的。在厂区警卫方面，海晏县群众做出了不少的牺牲，比如在安全保卫方面，海晏县公安局就协助我们，有时与牧民发生纠纷，海北州的领导还亲自去调解处理。有一次，发生了盗马案，当时情形很紧张，因为在厂区发生盗窃案，那是天大的事情，连周总理亲自过问这件事情。最终，这个案子由海晏县公安局侦破，在核事业这方面，海北州和海晏县也作出了自己的贡献，建厂时牧民搬迁，给基地留下大批牛羊等。"

王老也谈到了一些相关的保密制度。他说："当时的原则就是，工作需要你介入，工作不需要时，你再大的领导也不能介入。原二二一厂的副厂长王志刚是二分厂的，一分厂的大门他不能进。出入证件也不给他办。”“当时，221 基地保密是最严格的。从技术保密讲，白天工作使用的笔记本，晚上下班后，都要装到公文包送到保密室，而且保密本都是按编号记号的，缺一页都不行，你领多少最后就要交多少。最后，撤厂的时候这些东西都处理了，从始至终的要求是很严的。生产方面，我们也参与比较多，为生产安全做前期工作，以防出现失误，任何产品都要经过我们检查，然后送到该送到的地方，这其实是一项很危险的工作。

王老最后激动地讲，虽然工作很危险，但大家为了工作什么都不顾，上班都是玩命地干工作。当时也没有什么活动，也没有休息日，每天活动的地方，基本上就是食堂、宿舍、办公室，但大家什么都不要求，当时那个精神状态，就是一切为了生产，一切为了科研，一切为了任务。

221 印记

——老干部、老职工及子女专访录

杜文林

“221”是个普通的数字，曾让新中国关注；金银滩是块美丽的草原，让很多人魂牵梦萦。在全国上下庆祝中国共产党成立 90 周年之际，6 月中旬，在北京离退休职工居住地、河北廊坊某军工厂我们拜访了 8 位老干部、老职工和 3 位职工子女，让他们回忆“221”，讲述金银滩的故事。从他们的回忆、讲述中去了解“221”，了解“草原人”。

这 8 位老干部、老职工是原二二一厂宣传部部长、某军工厂党委书记赵东辉，原二二一厂党委办公室秘书科长、某军工厂党委副书记王建春，原二二一厂技术研究部环境试验室主任、某军工厂原总工程师、副厂长刘书鹤，原二二一厂二分厂技术员、第一颗原子弹总装组人员黄克骥，原二二一厂交运处工人、第一颗原子弹吊装操作员朱振奎，原二二一厂二分厂厂长、技术研究部主任、基地副总工程师吴文明，原 221 基地质量管理处工程师、二二一厂中心计量室副主任、青海矿区计量局副局长、青海省电子协会副秘书长张志芳。

“技术是无止境的，干到老，学到老。”

刘书鹤，1941 年 1 月 23 日出生，现年 70 岁。1964 年 9 月到 221 基地，参加草原大会战。1991 年调往河北廊坊某军工厂，任总工程师、副厂长、技术顾问，在金银滩工作 27 年，2002 年退休。

1964 年 7 月，刘书鹤从哈尔滨工业大学毕业。毕业时给他们班的四个学员包括刘老每人一张报到片，上面写着“第九研究设计院”，报到地点是青海省西宁市西宁大厦 212 房间。1964 年 9 月年轻气盛的刘书鹤和同校的 83 位同学，怀着极强的好奇心和激动的心情，坐火车来到西宁胜利路招待所，几天后到杨家庄集中，后到湟源劳动实习。实习完，刘书鹤被分到二分厂当电工。一年后，调到设计部 16 室做场内外试验，经常往返于青海和新疆、甘肃之间，主要负责对即将装备部队的武器型号从研制、生产、交付到部队使用所遇到各种环境，进行综合试验，试验合格后交付部队。这种环境包括高温、低温、潮热等自然环境，风速、太阳暴晒等气候环境，还有火车、飞机、轮船运输当中遇到的震动、冲击、噪声等力学环境。1987 年三线建设时，刘书鹤任环境试验室主任。1964 年到 1991 年的刘老和老伴在二二一厂工作了 27 年。

27 年，刘老共参加了 44 次爆轰试验和核试验。他说：我非常幸运地赶上了国家的大事。当时，技术水平不一定很高，但思想很过硬，从来不说不会、不敢。技术是无止境的，干到老，学到老。”是什么让刘老过硬的思想？刘老解释说：第一，对所从事的事业非常热爱。现在有人说我们傻，但我们觉得不傻，我们觉得这是祖国和人民对我们的信任。我们从来没有说自已没学过或者其他原因推托，接触工作后就对所从事的专业努力学，学着干。带的师傅们要求也高，教我们看什么书，重点学什么，逼着你学。二是生活简单。8 个人住 14 平方米的一个房间，每天唯一的事就是看书、学习。虽然高原缺氧，但生活过得愉快。草原人相互关心，比亲人更亲，人与人之间没有心眼。大家一心想着工作的事，想着任务。每年过年单位会餐，规定每家拿两个菜，放在一块大伙一块用。虽然很多菜是重样的，但大家特别高兴。刘老激动地说：“我觉得这段没白活，如果让我再选择一回，我还选择我的事业，选择去草原，永不后悔。”让刘老记忆特别深刻的是，有次从 221 基地出发，押运零部件到马兰，驾驶飞机的是中国第一代女飞行员，觉得很新奇，也很佩服。

“虽说当时生活非常苦，但对事业无比热爱！”

赵东辉，1939 年 8 月 5 日出生，现年 72 岁。1959 年春到金银滩，先后在二二一厂保卫部、宣传部、党校工作，护卫第一颗原子弹从 221

基地运出。1991 年调往河北廊坊某军工队，任厂党委书记，2000 年退休。

1958 年 7 月中旬，时任中共中央总书记的邓小平同志代表中央，批准了第二机械工业部上报的在青海省海晏县建设西北核武器研制基地的报告。筹建开始的第二年春，时年 20 岁的赵老随部队到了金银滩，在警卫团当警卫员，做警卫测绘。后负责接送居住在兰州的苏联专家。1964 年，转业到二二一厂，在保卫部警卫科当科员，主要负责重要产品部件押运。

“部队到金滩，安营起炊烟，狂风帐篷起，伞兵降天边。”这是赵老对当时草原天气的形象描述，也是他们的亲身经历。赵老回忆说，当时征兵时，考虑到青海草原的气候条件，从气候条件较相似的河北承德征兵，我就是这批兵。当时我们到草原时一无所有，茫茫一片大草原，一刮风，飞沙走石。下汽车后，大家开始支帐篷，炊师起火做饭。正扎帐篷时，一阵狂风把帐篷掀了起来，把帐篷刮到空中，就像把伞。气候非常恶劣，生活条件也非常苦。最困难的时候，部队减粮，主要靠打猎。当时，黄羊、野牛非常多，我们也打得最多。用汽车拉回来后，分给各厂区，体现了军民鱼水情。

1964 年转业时，赵老转业到厂里，每天穿着黄大衣，和其他战士搬运产品，有时困的时候与“产品”睡在一起。押运第一颗原子弹时，赵老和其他战士一样站岗，守护新中国的第一枚原子弹。赵老激动地说：“虽说当时生活非常苦，但对事业热爱。我们对金银滩的感情特别深，把金银滩草原都称为‘老家’。许多重返草原的老头、老太太，到厂区找当初住的地方、工作的地方，并放声大哭，旁边看见的人不理解。”

“百米铁塔穿云天，手推核弹到塔前。”

黄克骥，1936 年 3 月 13 日出生，现年 75 岁。1964 年 5 月到 221 基地，参加草原大会战，参加第一次国家核核试验，装配了我国第一颗原子弹，1993 年从河北廊坊某军工厂退休。

1959 年 5 月，黄克骥从沈阳重型机器厂调入第二机械工作部，在沈阳飞机厂实习一年后，1960 年调入九院。1964 年 5 月，时年 28 岁的黄老随大批科研人员到达 221 基地。刚到基地，就分配到总装车间开始装第一颗原子弹的部件。因为到 9 月，就前往新疆罗布泊试验基地，准备进行第一次国家核试验。

有一张摄于试验塔前四人推罐的照片，照片中个子较高的就是黄老。黄老先到二分厂 207 车间做炸药部件总装，后到 203 车间组装原子弹部件，之后赴新疆罗布泊地下组装车间进行最后总装。黄老回忆说："在组装原子弹时，不是想象的那样紧张，装原子弹没什么特别，零部件到车间后，按命令照工序组装。到 9 月整个组装前，我们组织练兵，组装的部件、工序都掌握了。"

1964 年 9 月，黄老和其他人员到试验基地地下车间进行整体组装，到试验前一天开始关键部件的装配。从上午开始装，到下午 5 点多钟。装配完毕后，报告周总理。根据指示，黄老和朱深林（班长）、关景原、陆振生把装有核弹的特殊桶罐推到塔前。黄老回忆说："我们装完后，吊运工人把弹吊出去，放在小车上，我们再推到试验塔前，交给吊装组的人员。"当蘑菇云升起的时候，躲在试验场山坡背后的他们，急忙爬上山梁，兴奋地高呼："百米铁塔穿云天，手推核弹到塔前。满怀豪情舒正气，专心只等神火燃，一声春雷震寰宇，戈壁升起蘑菇团，欢呼跳跃流喜泪，成功载入青史篇。"这是黄老最大的感受。

黄老认为，我国第一颗原子弹的成功爆炸，主要归于四个方面：一是有一个好的领导班子，从中央到部委、从厂到分厂有好的政治思想过硬的职工队伍；二是有一支好的技术干部队伍，包括技术领导和技术过硬的队伍；三是有一支好的工人队伍，技术过硬，奉献精神极强；四是有一支好的后勤队伍，全力提供保障。这四点就形成 221 基地的创业精神。

让黄老深受感动的就是领导的关心。1966 年 9 月初，黄老他们工作队前往甘肃酒泉发射基地，参加我国首颗原子弹与导弹结合试验。在试验场区，李觉将军同工人们同吃同住。黄老记得中秋节那天，他们在执行总装一发合练的产品。吃晚饭的时候，李觉告诉黄老他们不要喝酒。晚上他们完成任务，回来休息时李觉进屋，怀里揣着一瓶酒，塞给黄老，让他们庆贺庆贺。望着李觉将军离去的背景，黄老激动地流下了眼泪。

“那一吊就是历史的一吊！”

朱振奎：1933 年 9 月 12 日出生，现年 78 岁。1958 年 7 月 17 日到金银滩草原，参加第一次国家核试验，吊运了我国第一颗原子弹，1985 年从河北廊坊某军工厂退休。

朱老见到我们，在讲述过去的岁月时，激动地流下了眼泪。他说他在电视里经常看到青海草原、想到“老家”，心情就特别激动。

朱老原本是名解放军战士。1958 年，公安部到各大军区审查选挑战士。在石家庄审查时，选准了朱老和同班的三个战士。各大军区审查选挑的人员前往山西太原市委党校集中，然后经包头、银川，最后到达甘肃兰州，在七里 104 公司吊装队工作。1958 年 7 月 14 日，时年 25 岁的朱老他们就到了金银滩草原。

朱老回忆说，那个时候不叫二二一厂，叫国营综合机械厂。草原条件艰苦，每天飞沙走石，天气干燥又冷，一年四季穿棉袄。当时吃青稞、谷子面，就这些也不多给。每天打饭时就希望勺子伸得深一些，饭得多一点。草原上有旱獭，谁都不敢吃；河里面有湟鱼，守护的人说那是神，谁都不敢捞，干等着饿。朱老说：那时候的人就有吃苦耐劳的精神，一心想着给毛主席、给人民作贡献。作为吊运工人，无论如何不能给人民造成损失，要 100%的保证不出事。1962 年，朱老从吊装队调到试验部，到了六场区。朱老说六场区每个工号都有他的脚步。

1964 年 10 月 14 日凌晨 3 时，这个日子朱老记得很清楚。他说他当时 28 岁，把第一颗原子弹从总装车间吊到了推车上。那一吊就是历史的一吊。朱老回忆，当时李觉院长问我有没有把握？我说有把握。看似平常的工作，一紧张出事了，那就不得了，毕竟是原子弹啊！朱老讲述了当时的工作情景：试验场地下车间有两个房间，第一颗原子弹在一个房间总装完成后，用手拉铁链的吊葫芦调运到平板车上，然后推到另一个房间。这个房间屋顶是块铁板，打开铁板，把吊车吊钩伸下去挂上吊出来，再放到推车上推到铁塔前。朱老说完成作业后，从车上下来时腿直打颤。

朱老激动流泪地说："我是个没文化的人，是部队把我培养成对国家有用的人。在吊钩上没出过一件事情。我是要饭长大的，知道小时候要饭不容易，多亏了共产党，感谢毛主席救了我！"

"珍贵的历史，永恒的记忆！"

王建春：1947 年 2 月 18 日出生，现年 64 岁。1970 年 2 月 18 日工作分配来到金银滩草原，1991 年调往河北廊坊某军工厂任党委副书记、纪委书记、工会主席，2007 年 2 月退休。

王老 1970 年 2 月 18 日从中央广播电视大学毕业后，来到金银滩草原，先后任二二一厂组织部科员、政治部秘书科副科长、党委办公室秘书、科长。在中国第一颗原子弹爆炸 30 周年的时候，完整地总结了二二一厂的历史，提炼出 221 人的精神文化。

"老基地和新基地息息相关、心心相连。你们抓住这个机会，留下活的影像资料，我觉得是件很有意义的事情。"在采访时王老深情地对我们说。在青海原子城纪念馆实物征集方面，王老主动帮我们征集，把某军工厂退役的设备整理、登记、造册，做了大量的工作。王老表示做这些事，他觉得很荣幸。

王老说，中国第一个核武器研制基地，它的历史已经过去了，从第一颗原子弹试验到现在快五十年了。在我国第一颗原子弹成功爆炸 30 周年的时候，我查阅了当时一些珍贵的第一手资料，走访了近百名科学家、工程技术人员、老工人和领导干部，五易其稿，把这段历史总结出来，总结这段历史体现的精神文化。这种精神文化是在艰难困苦中孕育而成，是环境造就的、是时代造就的。纪念馆要把这段珍贵历史、精神文化集中起来，继承发扬光大，为造就共和国的一代又一代的新人发挥更大的作用。

“现在让我还去干这个事情，继续干，无怨无悔。”

张明学：1945 年 7 月 8 日出生，现年 66 岁。1965 年 8 月工作分配来到金银滩草原，在草原工作了 26 年，1991 年调往河北廊坊某军工厂，2005 年退休。

“看到你们，非常亲切!”这是张老说的第一句话。张老说他第一颗原子弹试验没赶上，但赶上了第一颗氢弹试验，觉得很荣幸。张老总结说：我们的事业在当时那么复杂的国际政治环境下，国内那么困难的条件下能够很快地取得成功，有很多原因，很多专家进行了分析：一个是领导的重视，从毛主席到周总理，中央政治局很多领导抓这件事情，体现了领导的重视。另一个是举全国之力，当时 20 多个省市、26 个部委的通力协作，全国一盘棋，抽调了大批国内外知名专家、技术骨干、优秀工人，还有从全国重点院校分配去的毕业生。

1965 年，张老从哈尔滨一个中等专业学校毕业后分配到二二一厂，在三分厂 301 铸造车间技术组，负责全厂工艺装备及配件、备件的生产，还承担设备维修等。张老把工作分配到二二一厂认为特别荣幸，为国家做了一点事，尽了一点力，非常的满足，非常的自豪。

张老说：“对 221 的感情，一个是事业上的感情。我放大了二二一厂的概貌照片，每天都看，心里特别激动。现在让我去干这个事情，继续干，无怨无悔。二是对草原的感情。人的一生是短暂的，也就几十年，但感触最深、留给我深刻记忆的是 221 基地那段生活工作经历。院子里老同志们在一起散步时，聊的都是 221 的事情。”张老还举了两个例子，一个说他们厂电视开通的时候，没有青海台，张老亲自打电话，到廊坊电视台，要求他们播青海台。另一个就是张老现在用的手机密码、银行存折密码等 6 个密码数字里面都有 221。

张老还凭记忆，描述了一张原二二一厂厂区概貌平面图。他说：“对二二一厂，这一辈子忘不了，可以说是记在心里，融化在血液中。”

“青海省、海北州对基地给予全力支持！”

吴文明：1931 年出生，现年 80 岁。1961 年 7 月到草原，在二分厂做炸药部件的生产，在基地工作 32 年，1993 年 7 月退休。

吴老先后任基地二分厂厂长、技术研究部主任、基地副总工程师等职，是有突出贡献的专家。吴老对 221 基地最深刻的记忆是青海省、海北州对基地的全力支持。吴老回忆说，当时，青海省和海北州对我们厂的支持那是没法比的。有了青海省和海北州的支持，我们的事业才一步一步取得成功。海北州把金滩、银滩那么好的草原让给国家，做核武器研制基地，可以说做出了重大牺牲。从基地建设、创业到具体的科研、生产，以及工作、生活方面给了我们全力的支持，使我们国家这项伟大的事业取得辉煌的成果。我们对草原的感情特别深，念念不忘，有很多老同志到海北州去看一看。由于我年龄、身体的原因，没有回去过，但我很想念那里的山、那里的水和那里的人。在那里工作那么多年，感情很深厚，是不能忘掉的。如果有机会，我一定会去海北州看看，看看老地方、看看海北州的人民。将来国家越来越强大，听说“大美青海”各方面发展很快，我们也很高兴，看到环青海湖国际公路自行车比赛、各大旅行社的旅行团去参观，搞得比较活跃，我们看到后很欣慰。

“想念金银滩，想念第二故乡！”

张志芳，1940 年 6 月出生，现年 71 岁。1964 年 8 月到 221 基地，1989 年请张爱萍将军为“中国第一个核武器研制基地”纪念碑题写碑名，1997 年 8 月退休，在基地工作 33 年。

张老先后任原 221 基地质量管理处工程师、二二一厂中心计量室副主任，青海矿区计量局副局长、青海省电子协会副秘书长、第二炮兵技术装备部工厂管理局助理员等职。张老用一个例子讲述了老干部、老职工对原 221 基地的感情。听说青海玉树遭受地震后，连夜自发捐款，说青海是我们的第二故乡，家乡地震了，我们要尽一份心、出一份力。正好当时，我们小区的两位同志在外地旅游，在电视上看到这个消息后，就打长途电话到小区党支部，说我们在外地，我们回不去，但青海地震了，要表示我们的一份爱心。第二天，在信封上写上青海 221 人，把钱寄到了青海。这种感情就是我们在基地生活了三四十年，得到青海各族群众的无私帮助、无畏不至的关怀和照顾，特别生活方面如出行、生病、副食品供应等，给予特别的照顾。草原在哪里，青海人民在哪里，在我们心里，心里的感情是说不出来的感情。想念我们的金银滩，想念我们的第二故乡。

“子承父业，很幸运也很光荣！”

吴宁：现年 26 岁，河北廊坊某军工厂技术员，二二一厂第三代子女，继续着父辈的事业。“我是 1985 年出生在金银滩草原，1991 年到河北廊坊。对青海二二一厂有着非常深刻的印象，蓝天白云，到处弥漫着草的芳香，还有油菜花的芳香，就和诗歌里写的那样‘高山跑马白云川，要找凤凰到银滩。’我感觉是一种纯粹美、真美，还有人美，表现在精神美和内涵美。当时我的祖辈，还有我的父辈，在二二一厂奉献过青春，在那里努力、奋斗，在那里勇于创新、勇于开拓，发挥了‘两弹一星’精神，我希望我能将这种精神永远传承下去。”

杨玲：现年 26 岁，河北廊坊某军工厂技术员，二二一厂第三代子女，继续着父辈的事业。我是 1985 年生在金银滩草原，到四五岁时离开草原，1990 年到河北廊坊。小时候对青海的印象或者感想，一个是神秘，再一个就是神圣。由于年龄太小，没有太多的记忆。有一些模糊的记忆是父母经常带我到深山、草原玩耍，感觉非常辽阔，是一种与世隔绝、世外桃源的感觉。来到廊坊，父母经常讲起曾经奋斗过的地方，我能感觉他们在那里流过汗、流过泪，在那里付出了太多的情感，像我妈妈讲起她曾在基地商店工作，搬运东西时不论货物有多重，都是自己干。妈妈说只要大家团结在一起，都很开心或欣慰。我就想，一种什么力量促使他们无怨无悔去干那份工作？我很想回到我出生、生长的地方去看一看。2009 年，有机会返回到了草原。我们去找曾经住的家、父母工作过的工厂，有一种回家的感觉。到草原、到基地，我的第一感受和感触是很神圣，你站在那里的感觉就好像愿意为这里付出，愿意为这里努力。和叔叔阿姨讲在草原生活的点点滴滴的时候，真是我们这些年轻人学习的地方，也是我们努力的方向，给我们鼓舞很深。我作为二二一厂的职工子女，继续从事父辈的工作，觉得非常的荣幸。我非常欣赏我们厂团结、拼搏、奉献的企业精神，我一向认为只要大家团结在一起，什么样的工作就能干好。我们工厂有这种向心力，我们一定会努力工作。说到这儿，还有一件事让我记忆很深刻，就是老厂搬到新址时，新厂还没有建起来，设备不齐备，听妈妈讲大家团结在一起，一点一滴地把工厂建立起来，包括老厂长带领着员工亲自穿电缆、走线路。这让我觉得我很幸福也很幸运，为厂奉献我的力量感觉非常的开心，感谢工厂给我这样的机会。”

张威：现年 37 岁，河北廊坊某军工厂车间副主任，221 基地第三代子女，继续着父辈的事业。“作为青海矿区出生、成长的从事核武器事业的第三代人，在基地工作了 16 年。从 1991 年‘下山’到现在有 20 年了。2009 年，厂组织我们故地重游，到那里还看到了熟悉的地方。今年 20 年的同学聚会，又遇到了从小长大的朋友。回忆起点点滴滴，我感觉金银滩草原是个特别纯真、干净的地方，我们的童年、少年都留在了那里，对那里非常崇敬。子承父业，我又加入了国防科技事业的队伍，我们家三代人为国防事业作贡献，很光荣。我到河北廊坊是改革开放时期，在内地又上了几年学。1996 年到厂里工作，接触到了厂里的老职工，企业的价值观和文化深深地影响了我，我本身就有一种认同感，因为我是青海矿区长大的孩子。我所在的单位三分之二的职工是从老厂来的，他们的一言一行、一举一动和那种纯朴、待人真诚，对工作和事业的深深眷恋，对从事的事业特别自豪，对在青海工作过的经历总是津津乐道，也是这种自豪感也深深地鼓舞着我们。受到这种企业文化的影响，年轻人一波一波成长起来，继承了良好的企业文化和老军工的光荣传统，这是我们今天探讨二二一厂的文化，包括高原军工人那种艰苦朴素创业、不讲条件、奉献在先时必须领会的精神，也是新时代的年轻人更应该学习的地方。”

（2011 年 6 月）

金银滩是我“老家”

——访原国营二二一厂技术研究部科技图书馆馆员韩威

杜文林　周广静　王致玲

有一群人称自己为草原人，他们在风华正茂时来到青海草原，离开已是华发满头的老人。他们把美好的青春都献给了我国的核事业，献给了国家。这群草原人，她们从事着英雄的事业，却从来没把自己看做是英雄，她们应该是真正的英雄！问起他们到草原来后悔吗？回答依然是不后悔，为了中国的核事业草原人永远无怨无悔。

2014 年 6 月，我们到达北京专访曾经在 221 基地工作过的老职工时，一位非常热情的老太太迎接了我们，她就是原 221 基地技术研究部科技图书馆馆员韩威。如今年过花甲的韩老，是“两弹一星”历史研究会理事、二九联谊会 221 分会秘书长，认识她的人都叫她韩秘书长。她每天除了正常的工作以外，就写一些诗词、文章等来回忆那段让她永生难忘的光荣岁月……

现年 67 岁的韩老，是 1963 年 3 月随全国的攻关队伍到 221 基地。刚到时金银滩带给她的记忆是地域辽阔，水草丰美，但气候恶劣，飞沙走石。长期居住、生活在城市的她，面临的第一个考验就是适应当地环境和气候，几个人挤在帐篷里，每天轮着生炉子，吃的是青稞馒头或包谷面糊，觉得生活很苦。当时由于缺副食品，没有蔬菜和水果足量供应，有的也不新鲜，加之气候干燥，大家的嘴唇经常干裂出血。由于住在帐篷，屋内阴冷、潮湿，后来很多人都得了急性风湿性心肌炎。

韩老说，虽然当时的条件艰苦，却丝毫没有动摇我们工作的热情，大家每天唱着歌在草原上生产、建设，慢慢就习惯了，我们自称草原人，以草原人为荣。由于严格的保密制度，也由于生活条件所限，我们大部分人都是单独一人到 221 基地。20 年、30 年，大家抛家舍业，远离亲人，每年只有一个月的探亲假，30 年的时间和家人一起团聚的日子不到 30 个月。

韩老动情地说，那个年代是真正意义上的激情年代，让人血脉偾张的年代，努力工作成为一种自觉、一种习惯、一种自然态，无需人去督促、去教育，这是核事业人的精神积累、沉淀、凝聚，这是无比宝贵的精神财富。年轻人在一起，工作时一丝不苟，休息时也会好好的放松一下。有时周末会去草原捡蘑菇。有一次有几个同志去捡蘑菇时，不知不觉走到了七厂区的山顶上，被值勤的战士发现后扣在了警卫团。他们把事情的经过，详细说了一遍，还是不放人，最后是领导把他们领回去的。

韩老在草原上工作了 30 年，她说最难忘、最激动的事就是在草原上见到了邓小平总书记。她回忆说，1966 年 3 月 30 日，我早晨刚到办公室，我们的老处长就把我叫到他办公室，说下午邓小平总书记要到我们厂视察，让我和王永莲作为科研生产处的代表去欢迎邓小平总书记，参加与小平的合影留念，我们真是高兴极了。下午 1 点多钟，厂办公大楼通往电影院的道路两旁已经有序地站满了夹道欢迎的职工，我们参加照相的职工代表也早早的排列在电影院前的台阶上，台阶前面摆好了一排椅子，大家兴奋地等特着。

韩老接着说，下午 3 点左右，在青海省领导、刘西尧副部长和二二一厂厂领导的陪同下，小平身着黑色长呢大衣，神采奕奕地微笑着穿过激动的人群，来到广场前。小平同志先是向大家亲切的招手致意，和前排的职工握手，接下来又和早就在那里的荆立喜等 6 名厂级劳动模范代表逐一握手，然后又向我们这些排好队伍等待与他一起照相的职工代表招手致意，之后才转过身与大家合影。合影完毕，在厂领导的陪同下，小平视察了二二一厂的一分厂、二分厂、七厂区等几个重要分厂，最后小平还为二二一厂题词："高举毛泽东思想的伟大红旗，遵照毛主席指引的方向，奋勇前进——别人已经做到的事，我们要做到；别人没有做到的事，我们也一定要做到。"这段题词，是小平同志对 221 人寄予的信任和希望，也是对 221 人的鼓舞和激励，221 人永远铭记这段题词，努力工作，没辜负小平同志的期望。

韩老最后说，我从 1963 年至 1993 年在 221 基地技术研究部情报室工作，在金银滩草原上工作生活了整整 30 年，几乎经历了 221 基地存在的全部历程。我经历了“两弹”研制成功的激动和喜悦，经历了 60 年代的艰苦生活，经历了文革时期的动乱，经历了太多……对于 221 人在那个年代为研制生产“两弹”所付出的青春、热血和汗水、泪水，所付出的艰苦卓绝的努力是永远忘不了的。

像韩威这样的草原人，她们从事着英雄的事业，却从来没把自己看做是英雄，她们应该是真正的英雄！中国工程物理研究院原副院长、中国科协党组书记高潮曾经说过这样的话：“一个伟大的事业，必定会造就一些精英，会造就出一批领军人物，这些人星光熠熠，他们会得到社会的认可，工人、干部、技术人员，他们默默无闻，我们不应该忘记他们。”韩威只是广大科技工作者当中最普通的一员，正是他们用自己的青春、热血为共和国的核事业作出了不可磨灭的贡献，更是中国核武器发展史上最珍贵的永恒记忆！

韩老离开 221 基地 20 多年。在这 20 多年里，她 3 次回到了金银滩，当她再次踏上金银滩，站在熟悉的草原时，眼泪止不住的往下流，她说不出这是一种什么样的心情，但可以看出，她对这片土地有着特殊的感情。她常说，金银滩是我的“老家”，是我终生难忘的地方。

祖国的需要是我的第一志愿

——访原国营二二一厂职工唐长荣

李成娟

得知被调往青海221基地的时候，当时就有人劝他不要去，说那个地方不仅偏远而且环境艰苦，但老人一心想的却是：祖国需要我在哪我就到哪，需要我干什么我就干什么。1963年春天，还是单身的唐长荣只收拾了简单的行李，跟随陈能宽带领的科研队伍从北京出发。出发前，还聆听了张爱萍将军的动员讲话，让他热血沸腾，更加坚定了前往青海221基地的决心。具体的动员内容老人已经记不清楚，但是那句张爱萍将军引用的诗“西出阳关有故人”却深深地印在了老人的脑海里。即使不知道自己具体要去哪里？要干什么？一切都是未知的，但是这句诗让老人对将要去的地方充满了期待。

老人回忆，他们一行200多人，从北京乘火车出发，经包头、兰州，几天几夜之后到达了西宁。只在西宁招待所休整了一晚上，第二天就前往了金银滩。3月份的金银滩冰雪还未消融，风像刀子一样的刮得脸生疼，气候干燥，嘴唇上裂了很多细细的口子，还不停的流鼻血。还好，他适应力很强，没几天就习惯了。那时候，基地的基础设施已经建好，他是单身，就被分配到二分厂的车间居住。那时候，大家开玩笑地说：以二分厂为界，把东边叫“东伯利亚”，西边叫“西伯利亚”。

用生命与炸药共舞

唐长荣被分配到九院二分厂201车间工作，这个车间很大，是进行高能炸药熬制、浇注的车间，危险性自然也大。和他一起分来的还有130多人，全是男同志。炸药的熬制，对车间的温度和湿度都有严格的要求，冬天室外温度零下16摄氏度，室内温度却高达三四十摄氏度，跟夏天似的，又热又闷。

组装球的工艺需要大量的炸药，那时要组装一个几百公斤的大球需要 50 多个人，必须在一个小时内完成。程序上，先要将 1 吨重的炸药全部融化，融化之后结成板块，后将板块敲碎再融化，融化之后再进行下一步的浇注操作。因为当时条件有限，只能选用产生大量炸药蒸汽的注装法，在一个只有 30 多平方的厅内将 15 个搅拌桶一字排开，熔化大批量的炸药。每个搅拌桶前 3 名工人，两人手持船桨一样的硬木棍，轮番搅拌锅内的炸药，另外一个人拿着温度计测量，负责数据的记录。数据记录就是唐长荣的工作。唐老说："当时，采样、搅拌、浇注、上百种轧品、组合球等程序都是靠手工完成。当时，防护设备也很有限，大家只能靠多戴两层口罩进行防护。时间长了，操作人员的脸是黄的，嘴里是苦的，但是没有一个人说不想干的，大家一心想着尽快造出'争气弹'，根本顾不上考虑其他的。那时候，大家都是不讲条件的连轴转，没有礼拜天。当时刘杰部长、李觉副部长看到这种艰苦的工作环境、危险的工作性质，立马拍板，给每位工作人员发放糖和茶叶，增强保健。"

唐老说："高能炸药除对身体的伤害外，还有爆炸的危险，二分厂就出了一次爆炸事故。在压装炸药的过程中，炸药掉落地面而发生爆炸，有 4 名工作人员被炸去世。那时候，大家都很年轻，其中有一位同志，组织准了休假，第二天就要到新疆结婚，坚持站好最后一班岗，进去再没有出来。还有一位，出事的时候孩子只有三个月。"说到这里老人满含热泪，他说他特别想回青海祭奠一下他去世的战友，但是自身患有很严重的肺气肿，不能去青海，只能隔空在心里凭吊，这也是他此生最大的遗憾。

事业传承

唐长荣在 33 岁时，经人介绍认识了他的妻子，是江苏无锡人，当时在西宁铁路站工作。老人说，刚确定恋爱关系的时候，女朋友来看他。即便是在铁路工作，坐火车也只能到海晏，不能到厂区。由于严格的保密制度，老人并没有告诉她具体工作的地方，还有联系方式。女朋友到了海晏，多方打听，结果查无此人，以为他是骗子，差点分手。

老人说，九院搬迁至绵阳后，所里需要一名会计，老伴为了他辞去工作，应聘到绵阳，唐老也因患有眼疾，调离青海来到902，从此他们告别了聚少离多的日子。三个孩子相继出生，大儿子从小受到父母的耳濡目染，继承父亲事业，在所里从事科研工作。最让老人骄傲的是他的孙子，毕业于新加坡南洋理工大学，硕士学位，拒绝华为等公司的邀请，坚决到中国工程物理研究院工作，下个月正式就职。

老人虽然退休，但一心想的是尽可能做点事。退休后他被返聘到科协，当了两年的副会长兼秘书长，后又任老年大学的常务副校长，一干就是九年。现年87岁高龄的他，每天坚持读书、看新闻。心态积极乐观，常说比起故去的战友，已经很幸福了。

专访结束时，应我们的邀请，在建党100周年之际，65年党龄的唐老给我们留下“永远铭记党的教导，继承优良传统，为党的事业奋斗终身”的题词。爱国、奉献，已深深植入他们这批人的骨子里。

最美老人陈幼玲

张海花

2021 年 3 月 16 日，在绵阳科学城九龙宾馆一楼会客室，我们如约见到了陈幼玲老人。花格子上衣、灰色裤子、斜跨紫色帆布包，虽耄耋之年，却仍是鹤发童颜、神采奕奕，这是陈阿姨留给我的第一印象。

陈阿姨，原名叫陈幼玲，1956 年考入北京航空航天大学导弹总体设计专业，1961 年毕业后，分配到二机部北京九所总体部十六室担任技术员。这个全组不到三十人的团队中，却汇聚了各方英才。他们中有的人基础扎实、设计能力强；有的人力学工程分析很专业；有的人组织、协调能力很强，但大家都有一个共同的特点：对艰苦的生活从不叫苦、不叫累。陈老说："最让我感到愉快的时刻就是接受分配工作的时候，我认为，自己只要接受了，就一定会圆满完成任务，并从其中获得巨大的成就感"。

1963 年底，党中央决定将集中在北京的专业科研队伍分两批迁往青海 221 核基地，陈阿姨所在的十六室全体人员接到命令后即刻奔赴大草原。在青海，为了保障新中国第一颗核航弹试验成功，十六室在原航弹基础上审定了最佳航弹外形方案后，再完善了核航弹总体结构设计，并成功完成了首次带炸药、特材及点火系统的全弹振动试验。1965 年，中国第一颗机载核航弹成功核爆后，中央专委批准所有人员集中力量突破氢弹研制。就在这时，设计部突然接到了一项绝密任务：将氢弹设计成一颗可供飞机携带和投掷的航弹，保证第一颗氢弹以空爆方式实现爆炸。

这个不同寻常的任务，却把陈幼玲她们给难住了。氢弹的体积、重量和威力巨大，为使投弹飞机安全脱离，避过冲击波和光辐射的威胁，设计团队最终提出了用降落伞来投弹的方案，并确定使用当时最大的飞机轰–6 来担任这次责任重大的空投任务，如果试验成功，就意味着新中国的第一颗氢弹不仅仅是一个试验装置，已经接近武器化了。

1967 年 6 月，轰–6 飞机正在进行核试验前的配重弹投弹训练，而此时，陈幼玲一行人带着分装好的零部件来到马兰基地开始进行氢弹总装。正当大家高高兴兴地按照程序要总装的时候，靶场传来消息："不好了，伞破了，试验弹都砸到地里头去了。"这次事故引起了基地领导的高度重视，相关工作人员在现场仔细调查并分析事故原因。经过缜密论证，大家一致认为，降落伞被撕裂的主要原因是伞衣的强度不够，应重新加强，同时规定了更加严格的控制影响伞衣强度的装配环节。而这时距离氢弹试爆只剩下两周时间，所有人没日没夜地反复模拟试验以确保万无一失。

1967 年 6 月 17 日，中国第一颗全当量氢弹被装上飞机，飞上蓝天，陈幼玲紧盯着这架"雄鹰"飞越上空，直奔靶区，1、2、3……规定的 20 分钟到了，但没有听到响声，大家的心都提到了嗓子眼，紧张地互相询问原因。事后才知道，驾驶员由于过度紧张，竟忘记了打开弹舱门。再接周总理指示后，飞机又按原线路进行了第二次盘旋，到达预定地点后投放了氢弹，命中靶标。陈老说："直到现在，我都难忘当时激动的心情，我心里充满了喜悦，嘴里不停地喊着：'爆了！爆了！'，望着天空壮观的景象，觉得我们中国人无比伟大。我们热泪盈眶，相互祝贺，轻松喜笑地在停机坪上计算着爆炸声传到的时间，一边看着手表，一边数着时间，几分钟后，沉闷的"隆隆"雷爆声如期而至，在机场上空往返回荡，试验成功了！"

和众多"两弹一星"科研工作者一样，陈阿姨默默奋斗，一干就是一辈子。她说："我干了一辈子的设计，一辈子都没歇过，心里想的就是一定要做出'争气弹'。"几十年来，她主持了多项科研项目，获得的荣誉不计其数，给国家培养了很多新生国防科研人才。退休后，陈阿姨热心公益，资助贫困学生；参加社区党员志愿者服务，还当起了"两弹一星"宣讲员，用自己的亲身经历为人们讲述着那一段永不磨灭的国家记忆。2002 年，她被返聘到原单位，协助研究所年轻人开展相关学术活动。

2017 年，陈阿姨的老伴患了帕金森综合症，陈阿姨将自己的主要精力放在照顾爱人上，给老伴喂饭洗身，每天往返于家和医院。当老伴进入 ICU 后，陈阿姨每天都在医院里陪着他。她说：“他叫孙福绵，我俩同班同学，毕业后就结婚了，一起工作，一起上草原，他比我大三岁，我们是一辈子的战友，我为他写了一本书，把他的一生都写了下来，他写的字、他唱的歌、他的工作、他的生活，我都一一记录了下来。”

前半生为国奉献，无怨无悔；后半生为爱守护，不离不弃。发善心、行善举，一心只想为国家奉献所有，她就是最美老人——陈幼玲。

草原寄深情

——访原国营二二一厂实验部职工孙顺进

张海花

“回想自己的一生，我对自己的选择无怨无悔，今天我们有这样的幸福生活，要珍惜要感恩，要爱党爱国，始终铭记我是中国人，始终相信只要跟着中国共产党，任何事情都能干，并且能干得非常好。”这是2021年10月18日我们在绵阳科技城见到83岁老人孙顺进时他所说的一段话。

20世纪60年代初，按照九院所需专业要求，孙顺进进入哈尔滨军事工程学院，学习爆炸物理。毕业后，按照组织规定，先到北京，到北京第一个任务就是让所有学员脱军装，因为在学校的时候，大家穿的都是军装，脱了军装在北京等了一个月，1963年是青海核基地草原大会战的关键时期，急需用人，这时孙顺进一行人接到的命令要去草原搞大会战。草原在哪儿？去干什么？没人知道也没人问，但从学这个专业的时候所有人心里想的是：让我们去哪儿我们就去哪儿，绝对服从国家分配，为国家牺牲一切。

可一到海晏，恶劣的天气就给年轻人们来了一个下马威，孙老回忆说：“到达海晏车站后，一下车组织安排了一辆闷罐车来接我们。坑坑洼洼的，我们坐在闷罐车的车厢里面的棚子里，没开几步，所有的黄土、黄沙就灌满了整个车棚，谁也看不见谁，所以一去就给我们来了一个下马威，当时心里有些许失落，心想这个地方怎么这么荒凉。”

孙老到达青海时，正值最冷的时候。11月份的高原寒风凛冽、风雪弥漫，虽说条件比建厂初期有所改善，但也只有四幢黄楼可以住人，作为基地总负责人的李觉将军带头住在帐篷，专门把黄楼腾出来让孙老这些科技工作者住，一个房间里面住十几个人，上下铺，条件艰苦，但很乐观，革命人永远是年轻这句歌词便是当时最真实的写照。1961 年第一颗原子弹理论试验在北京 17 号工地进行，但做不了大型试验，1963 年搬迁至青海草原定型，在卓原上定型成功了，才能到核基地去做核试验，这是非常关键的。孙顺进被分配到试验部，专门做爆炸试验，天天和炸药打交道。

在青海核基地，为了完善已经做好的起爆元件，在六厂区进行现场试验工作。孙老回忆说："六厂区最大的工号是 608、614，整个产品真正定型是在 614。1964 年 6 月份这一年，我们几乎天天都跑场地，天天在做爆炸试验，最后整个产品不带核材料的冷试验就在 614 做，做完了理论设计后，才运到试验专区。让我印象最深的是当时在做试验过程中有些炸药要放在工号过夜，必须要有人值班，要通风。有一次我为了保持炸药恒温，我们两个人在 608 值班，那天我扁桃体发炎，夜里发高烧 40 多度，但不能有丝毫马虎大意，我一直坚持到第二天早晨八点才去医院，那时在我们心中产品比生命还重要啊。"据孙老介绍，爆轰物理学家陈能宽那时也在六厂，担任室主任，后来为试验部主任。陈能宽一直和一线的技术人员一起工作，他严谨的工作作风和为人谦逊态度让大家印象深刻。为让早日炸响"争气弹"，所有人加班加点、没日没夜的抢时间、争速度。空闲时间，大家用手摇计算机、算盘进行"计算比赛"，一分钟多少次，看谁算得又准又快。这种比赛既能提高业务水平又能营造愉快的工作氛围，同事之间关系融洽，学术自由民主，领导身先士卒，这为中国核事业的发展及核武器研制成功提供了有力保证，青海老家也成为了所有参与这项伟大事业的 221 人的终身眷恋之地。

核事业的参与者、缔造者，他们用毕生心血，肩挑家国大计，扎扎实实地用个体努力一砖一瓦地撑起了民族复兴的宏大叙事。对于祖国、对于事业，他们无愧于心，但对于家庭、对于父母，他们深感愧疚。在问到孙顺进老人对父母尽孝、对孩子教育问题时，滔滔不绝的他良久不语，老人只哽咽地只说了一句话："我们家三个小孩，他们出生时我都不在身边。"但谈到最初的选择时老人说："我们为国家而选择了专业，能参加这个事业，我们自己感到很光荣，即便条件再艰苦也没有一个人打退堂鼓，没有人因为累和苦而想回家，即使家里不知道我在哪里，在干什么，但那时国家、事业就是我们的坚定信念。”他还寄语年轻人：“现在的年轻人一定要清楚，不管走到天涯海角，你们的根是在中国，一个人一辈子做成一件事不容易，一个国家只要团结一心，就没有干不成的事。现在条件这么好，年轻人更应该为国家作出更大的贡献，需要年轻人干的事还很多，现在只是时间问题，年轻人大有可为。”

收获在金银滩

——访原国营二二一厂技术员赵福春

张海花

金银滩曾是我国的“最高机密”，有一群神秘的人物为了“最高机密”而奉献青春、智慧甚至生命。2014 年 9 月 16 日，在我国第一颗原子弹爆炸成功 50 周年来临之际，我们应邀参加了原 221 基地一分厂 102 车间组织的座谈会，一起回忆在金银滩的点滴往事。

年过花甲的赵福春，原是一厂区 102 车间的技术员，他在金银滩收获了事业、收获了爱情，草原大会战，成就了他一生光荣的事业。他回忆说：“1964 年 8 月我从哈尔滨工业大学毕业，分配到 221 基地。未参加社教运动（原先规定到农村搞一年的社会主义教育），直接进厂到 107 车间参加劳动锻炼。107 车间当时叫技术处，主要搞器材供应，科研生产需要什么材料，报到我这儿来，我汇总后报到厂器材供应处，申请、装运回来，再分发到使用办公的地方去。这个工作做了不到一年，要搞热核材料装置试验，厂里把分配去的大学生全部从劳动锻炼岗位抽回来，参加这项工作。”

赵老回忆说，我被分配到物理性能组，这个组有搞力学性能试验的，有搞金属腐蚀试验的，有搞高分子化学试验的。当时我们组主要搞热核材料的防腐蚀，因为热核材料它化学活性比较强，容易在大气当中被潮解，为什么要潮解，潮解动力学是什么，怎样来预防或是延缓速度，具体负责此项工作。107 车间后来与 102 合并，编号 61 组，六大组第一小组，六大组的组长是宋家树，61 小组的组长是朱日章，现在已经过世了，他是留苏的博士，是我的老师，从苏联回来后没有回学校，被分配到二机部。

赵老介绍了他们当时搞热核材料保护的过程。他说，搞热核材料保护，是几代人搞出来的，热核材料化学活性比较强，因为大气当中含有水份，潮解要变形，变形以后体积发生变化，核性能随之发生变化，通过工艺，把它保护起来，延长它在大气中存放的时间。我们当时分析研究，一个从被腐蚀的原理，看能不能自身来解决，另外一个就是找保护涂层，车间给了我们5个月期限，要求把热核材料的保护方法解决掉。102车间领导在61组开了个会，专门来布置热核材料的腐蚀与保护的研究，这个会的内容叫热核材料腐蚀与保护，作为全组的集体攻关项目。

赵老指出，集体攻关不是现在提出来的，当时就有，就是把搞放射性材料、物理、金属材料、有机化工等专业的研究人员组织在一起，发挥各领域优势，集体攻关，因为时间紧，车间要求我们从当时有的材料中找，主要为两类：油脂软膜类、油漆硬膜类。当时我们调研了100多种材料，去上海、天津、四川等地的工厂车间，寻找与热核材料既不发生化学反应，又能实施保护的材料，在近90种涂料当中选出了三种，经性能对比确定了一种进行加速试验，经过长期储存试验，最终确定为热核材料用涂层，后来也有人称为是第一代涂料。第一代涂料保证了热核材料的长期保存，但搞第一次地下核试验，地下环境潮湿度比地面潮湿高，对涂层提出了更高的要求。我们组又研制出一种半硬膜，比较软，属于油脂类的、可以加工、防污性能好的涂料，适应了核武器化产品储存，有人把它称为第二代涂料。这两代涂料各有各的优缺点，油漆类涂层保护效果不完全理想，半硬膜类保护膜强度不是很强，容易被破坏，后来我们自主研发了一种叫PC涂料，是高分子合成的，这种叫第三代涂料。我的具体工作也就是研发保护热核材料的涂料。

赵老说，我干了这些工作，最大的体会是必须时刻学习和接受新的知识。当时没有可用的专业知识，一切从零开始，107车间当时都是新分配毕业的大学生，都未婚单身。车间一楼是试验室，二楼是办公室，那时，晚上九点之前大家在办公室看书学习，自己看自己的，有的学习外文，有的在搞翻译，有的学习要用到的知识，就这样，大家通过勤奋的学习，为今后的工作储备了很多知识。

金银滩草原赋予了赵福春美好的爱情，这是他的第二大收获。赵老回忆说，我们在青海工作时被分配在一个组，她比我早去青海一年，她是老红军的后代，1963 年参加工作，1964 年上的草原。我是 1964 年 8 月毕业直接分配到青海的，走的时候非常紧张，动员时说我们要参加大会战，具体干什么不太清楚，在干部科进行保密宣誓，一人一个保密包，那时候刚参加工作，胆子也小，都牢牢记住了，连自己的父母都不知道，我在哪里工作。

赵老的老伴动情地说，我和老赵是 1969 年结的婚。当时四室的领导到我家里去做工作，说这个工作多么多么重要。当时我父母就想，到那都是干革命，直接告诉我去。我父母都是老红军，父亲是红一方面军的，经过长征的老红军，母亲是红四方面军的，他们从小参加革命顾不了家，只知道那儿需要就去那儿。

赵老回忆说，虽然说我们在青海草原生活环境苦一点，但大家非常乐观。刘杰部长曾说二二一厂的人情非常温暖，到北京虽然大家谁也不认识谁，但有什么困难相互帮助，还是一个大集体。后来，车间年轻人结婚的越来越多，筒子楼改成了宿舍，每家的电炉子都放在门口，谁家做什么饭都清清楚楚。有一个好处就是大家可以互相交流，南方人学北方人做饭，北方人学南方人做饭，大家都非常和谐融洽，所以现在有什么聚会大家都会来，都像亲人一样。

赵老在美丽的金银滩草原收获了事业、收获了爱情，对草原有着特殊的情感，一辈子都难以忘怀。

金子般闪耀的记忆

——访原 221 基地设计部老职工商顺昌

马惠琴

商顺昌（拍摄于 2021 年 10 月 18 日绵阳科学技术馆）

1964 年 10 月 16 日，我国第一颗原子弹爆炸成功！

2021 年 10 月 18 日，跨越 57 年的光阴，在四川绵阳科学科技馆的二楼会议室，我们见到了已是耄耋之年的共和国第一代核工业人——商顺昌老人。

时光荏苒，飞逝而过。从青海来到四川已有几十个年头。可二二一厂的一草一木，生活过的点点滴滴都印在商顺昌老人的脑海，挥之不去，记忆犹新，往事如烟。那段岁月并不遥远，仿佛就在昨天……

从北京到青海

商顺昌，1937 年出生，祖籍河北，毕业于北京科技大学飞行仪表传感器专业。1962 年底，已经毕业留校的商老，意外地接到了一纸调令。因为所学专业的特殊性，负责抽调干部的工作人员立马抽走了他的档案。从此，商老的人生便与核武器结下了渊源。就这样，在九院的研究所，商老开始了新的工作。

1964 年，正在河北保定家中探亲的他，突然收到一封紧急电报，“即刻回单位”，此时商老心中已然明白，研究室要搬家了。

相比其他早期到青海基地的开拓者，1964 年，商老到 221 基地时，这里的生产生活条件改善了许多。在筒子楼宿舍里，上下铺住有六七个人，这样的住宿条件在当时来说已经算是不错的了。商老清晰的记得，每年在宿舍楼前都会种一排树，但是年年种，年年死，根本存活不了。他记忆最深的，是每天从总厂到一分厂的那一条土路，一到冬天下雪，湿滑崎岖无比，有一天，商老晚上加完班一个人回去，没有路灯漆黑一片，下了大坡就被一辆架子车撞倒了，胳膊骨折打着石膏还坚持去上班。

每天都供应的青稞面让商老这些来自大城市的青年人感到苦恼，吃少了吃不饱，吃多了不消化，吃了胃难受，高海拔的气候，缺氧、干燥，夜夜都睡不好。但没有一个人想要离开，心中只有一个想法，就是要把核武器搞成，草原大会战的日日夜夜，成为了他们永难忘怀的人生考验。

从北京到青海，像商老这样的一大批“天之骄子”唱着歌，吟着诗从繁华都市来到高原荒漠，环境恶劣，条件艰苦，但可爱的年轻人们用实际行动听从着党的召唤，到祖国最需要的地方去，去磨炼自己的意志，在艰苦中成长，在实践中蜕变！

一定要成功

商老从事的工作，与核武器控制系统有关，当我们谈及他复杂的工作时，商老形象的用手榴弹给我们打比方，他说：“手榴弹握在手中，只要不掀盖、不拉弦，它的安全性很高。核弹的安全控制系统就复杂多了，特别是在存放、运输过程中存在着很大的风险，更别说在空中，飞机身处各种复杂电机环境过程中，在伴有雷电等不确定气象环境下的运载，包括着陆时会出现摩擦等各方面都要有周全的考虑，需要有人专门去研究各种环境、各种条件下核弹的安全控制方法。”

虽然第一颗原子弹塔爆试验的没有用到商老他们研发的部件，但那个时候他们已经提前做好了空爆的相关准备，用商老的话来说宁可备而不用，不能用而无备。草原大会战时，大家白天晚上不分昼夜地工作，所有人都憋了一口气，一定要成功！当时已经是党员的商老和同事们相互鼓劲：有人在威胁我们，我们要不要还击？既然做了核弹，就要震住人家，不然怎么办？

中国自主研制核武器的道路在面临重重技术困难和物资匮乏的同时，也在美苏等大国的虎视眈眈下面存在着一定的风险。曾经有一段时间，商老所在的科室紧急撤离到湟源县，每个科室每个组都分散到不同的地方，严格的保密制度下每个组承担着不同的工作任务，互不打听，私下互不联络。

1967 年，是商老一生中最难以忘怀的一年，他在现场参加了氢弹爆炸试验。据商老回忆，在一个小型会议室里，陈能宽与程开甲问他，你负责的那一部分有问题没有，能不能保证成功？年轻的他当时非常紧张，两位领导真切地说：“就是怕你紧张，我们才单独叫你来，只是问问你的想法，用不用我们来决定，不用紧张，大胆说，出了事我们负责。”听到这句话时，商老才定下心来，将自己工作的过程和新产品的试验测试结果进行了详细汇报，并且表态说产品可以满足此次试爆的整体要求。这时，陈能宽与程开甲非常高兴，当即说：“那就决定了，不要其他备份了，就用你们的这个部件。”

回顾当时的场景，商顺昌感慨地说：“别人我不知道，但我当时的那个紧张，在蘑菇云升起的时候都没法放松，直至爆炸成功后通过数据得知自己负责的部件精准度等各方面参数都挺好时，我才高兴起来。氢弹的成功爆炸说明我们负责的部件在技术上有了新的突破。”这样的成果对当时像商顺昌他们这些刚刚走出大学校门，只有二十几岁的年轻的科技工作者来说确实是莫大的鼓舞，增强了他们的自主钻研的自信心！

艰苦的生活条件、恶劣的自然环境下这群以事业为重的年轻人们以苦为乐，坚韧不拔，攻克了一道道技术难关。他们的信念只有一个：“一定要成功”。试验成功后，由于严格的保密规定，很多参与这项事业的人都不知道自己发挥了怎样的作用。商老也是如此，没有和任何人分享过成功的喜悦，到后来，他的一位好友得知商老也参与过核武器研制工作时，流下了眼泪，我想那是他们的青春，他们的热爱，因为那浓浓的家国情怀而流下的热泪。

当之无愧的“偶像”

商老的母亲病危之时，在太原工作的爱人带着孩子回去看母亲，家人问及商老怎么没来，妻子回答说：“我也找不到他。”当时确实是这样的，想给商老发封电报，都不知道该往哪里发。一直没能在身边陪伴妻子孩子，未能尽孝，是商老心中最深的愧疚与遗憾，但家人的理解与支持又让他倍感欣慰。

在华西医科大学求学的外孙女，在她硕士毕业论文后记中有这样一段话：“我小的时候特别羡慕我姥爷，姥爷是老一辈的科学家，我就想做一个姥爷那样的科学家。”商老没有想到外孙女的崇拜对象竟然会是自己，自己在孩子心中的形象竟然这么高大。笑着给我们讲述这件事情的他，内心无比安慰，自己所奋斗的那些岁月在这一刻都是值得的。在得知中国共产党人的精神谱系中包括“两弹一星”精神后，商顺昌更为自己的人生经历感到无比自豪。

如果不去追溯历史和认真聆听，像商老这样为让我们获得更多幸福和尊严的人，他们的牺牲与奉献一直这样的默默无闻，不为大多数人所知。当年的风华少年如今已满头银髮，回想起当年升腾的蘑菇云，那场景在他的心目中永远留存着、升腾着。伟大的“两弹一星”精神，商老他们是参与者和缔造者，他们永远闪耀在共和国的星河里！

102 车间的回忆

——访原九院建筑设计分院职工尚林盛

张海花

10 月 16 日，对于中国来说，永远是值得铭记、值得纪念的一天。57 年前的 10 月 16 日，无数天之骄子雀跃狂欢，他们用自己的智慧、青春乃至生命书写“祖国大论文”。当第一朵蘑菇烟云腾空而起的时候，中华民族的自豪感自信心随之冉冉升起。“干惊天动地事，做隐姓埋名人”的他们是民族的骄傲、祖国的荣光。

2021 年 10 月 16 日，第二届科学家精神论坛在四川“两弹一星”干部学院举行。在那里，我们见到了中国工程物理研究院原副院长尚林盛，他向我们讲述了自己在青海“老家”的难忘经历。

1964 年 7 月，尚林盛大学毕业后分配到青海基地，主要从事工业厂房设计。后分配到第一生产部 102 车间实习。102 车间是核武器研制的一个重要车间，主要从事放射材料和热核材料的加工、装配，安全要求特别高，保密要求特别严。

尚老回忆说：“1964 年 10 月，工业建筑设计分院派我、漆守银到 102 车间第一工艺组去实习。当时的工艺组组长是张家厚、副组长是查幼良，组内有王菁珩、鞠庆融、常修贵、江以业等 10 余人。组长张家厚事业心强，办事利索，为人耿直，发表意见直言不讳，从不违心说话，是一碰就炸的火爆脾气；查幼良为人憨厚、稳健、言谈幽默、性格柔中有刚。虽然两人性格差异较大，但配合得很好。王菁珩是又红又专的典型，是我们学习的榜样。这个组是一个团结、战斗的集体。我刚毕业走向工作岗位，就来到这样这样一个集体，感到很荣幸”。

尚老说，102 车间第一工艺组负责重材料工艺、轻材料工艺及装配工艺，一大组负责重材料和轻材料加工和装配。由于保密原因，实习只限于第一工艺组，其余组不能进入，更不能打听。那时，我的实习任务就是了解重材料加工工艺、流程、设备各方面的情况。那时 102 车间已经在原子弹核材料加工方面摸索出一套办法，如重材料部件工艺方案、加工参数、润滑冷却、安全防火等。102 车间加工核部件的机床是苏联的设备。核材料有放射性，产品加工精度、光洁度要求很高，加工中每测量一个数据，必须进行三方面的复查、核准，首先是加工师傅测量，随后是跟班技术员测量，最后是检查员复查，三方测量无误后才转到下一道工序。每一个工艺参数和加工量的确定，也是三方商定的，不是一个人说了算。机长提出下一道工序，需说明切削量是多少，进刀量多少，机床的转速是多少，需技术员认可才可加工。在加工最后一刀的时候，车间主任必须在场，直至完成全部工序。师傅在操作时，我的任务一是看师傅加工所用的加工参数、流程、工艺等。车间工人师傅对产品的安全和质量视如生命，像精心雕刻一件玉器一样认真负责。二是空余时间，用镊子捡碎切屑，把切屑收集起来回收。没有加工任务时，学习有关核材料知识，了解加工工艺、夹具、工装，看苏联机床的说明书等。

安全、质量是第一。让尚林盛老人印象最深刻的就是每次开工前，车间副主任刘成发都要进行简短的动员，讲安全、讲质量，讲要注意的问题。人员进入工号，进行生产准备，工作做得很细很严格，机床、量具、工装吊具进行检修和鉴定。同时，磨刀师傅也要准备好加工的刀具，还要准备一个切屑桶，收集碎切屑。

尚老说，由于 102 车间加工接触放射性物质，容易受到辐射，国家给予保健补贴，可见国家和单位对职工非常的关怀、爱护。102 车间不仅科研成果累累，为国家核武器事业作出重大贡献，还为国家培养了很多的人才，有院士 2 人，院级领导多人，还有调到其他单部门和岗位的人员都成了骨干和带头人。

尚老回忆起在 102 车间的往事时，感慨万千，他说：“我在 102 车间实习大概半年多，时间虽短，但收获满满，不仅学到了放射性材料的一些基本知识、加工工艺、使用设备、安全防护知识等，还亲眼见证了干部、技术人员、工人师傅为做出合格产品，不怕苦、不怕累、不怕放射对身体的伤害，精益求精、团结协作的精神。他们不计得失的品质、无私奉献的精神，对初参加工作的我深受感动和教育，终身受益匪浅。”

时光荏苒，白驹过隙，尚老离开 102 车间已经 46 年了。回首往事，老人心情激动，思绪万千，仿佛回到了金银滩，回到了那个激发燃烧的年代……

坚守过的 102 车间

——访原国营二二一厂一分厂技师忻福祥

郑 榕

初见忻福祥老人，是在 2021 年 4 月 14 日上午，78 岁的他精神矍铄，依然是一张孩子般俊朗的面容。忻老见到我们说是“老家”来人了，感到很亲切，在与他的促膝长谈中，我们一起回到了那段激情飞扬的艰苦岁月。

1964 年 7 月，毕业于上海电力技工学校的忻老，由于在校期间学习成绩优异，政治思想觉悟高而被分配到大西北。但班主任考虑到他身体单薄，体质较差，遂向校长提出了换人请求。但忻老郑重地说：“我同意去，我家有兄弟五人，应该有人去支援大西北的建设。”并对班主任保证：“父母的思想工作由我来做。”

1964 年 8 月下旬，怀揣一腔报国情的忻老离开上海正式进入二二一厂，被分配在一分厂 102 车间一组。从参加工作到基地撤点销号，忻老一直坚守在 102 车间。

102 车间在我国核武器研制、试验、生产过程中具有举足轻重的地位，是当时基地为数不多的几个关键车间之一，主要负责核材料部件的加工，而加工核材料部件所用到的都是些放射性材料，产生的辐射对人的身体伤害很大，所以，安全防护至关重要。据忻老回忆，所有工作人员在进入操作车间前，必须经过严格的安全保卫检查，工人师傅和技术人员首先要进行“全副武装”，换上衬衣、衬裤、绒衣、绒裤、工作服、白大褂、双层口罩、防护眼镜、细沙手套、乳胶手套、线手套，全部整装后才能进入生产区。忻老还说，他们刚到基地，第一件事情就是集中接受保密教育。所以，那个时候，他根本不敢去打听自己的单位到底是造枪还是造炮的。直到 1965 年，跟着师傅加工核材料部件时，才知道

221基地就是核武器研制、生产基地。当然，这一秘密事业只能他自己知道，既不能告知家人，也不能向学校的领导和老师们汇报。

1965年，102车间开始筹建热核材料机械加工组，忻老被选为首批组员。“当时一共有八人参加，这八人中大部分是高级工，只有我是二级工，但大家都推荐我当主操手，我感到很骄傲。”忻老回忆道。

刚成立的新班组有一大堆问题亟待解决。首先是轻材料，这种材料的形状与糖、盐的结晶体差不多，压制成型后脆性很大，稍微不注意就会碰掉一块，并且它的化学活性很强，粉尘易爆易吸潮，不能在空气中长时间暴露，更不能在潮湿环境中进行处理加工。因此，加工车床要用特殊的密封箱罩上，部件必须在充满氩气保护下的密封箱内才能加工。既看不清也摸不着，操作难度可想而知。

有一次，为了生产任务的需要，忻老直接钻到手套箱内装卸部件，由于手套箱内氧含量极低，加上在里面待的时间过长，忻老晕了过去，在旁的工友看到后，直接将他拖出来，抬到车间外的草地上，在室外流通的空气中，他才慢慢苏醒过来，执意回到了工作岗位上。“我已经为核事业死过了一回了”，忻老在回忆这段经历时开玩笑地说。

由于加工的产品形状为特殊的几何形状，配备的机床设备是液压仿形车床和球面车床。这些车床不是常规设备，班组内的师傅也都没有操作过。面对新材料、新设备、新工艺，没有任何成熟的经验可以借鉴。当时，在102车间首先要攻克热核材料成型、机械加工、涂层等技术难关。虽然困难很多，各班组的师傅们与车间领导及技术人员集思广益，群策群力，解决和克服了所有困难。

忻老虽然只是一个二级工，但是专业技术娴熟，业务能力特别强。他说道：“1966年3月30日，邓小平同志来视察二二一厂，当年正是研制氢弹的关键时期，邓小平同志到102车间参观、视察了轻材料压制、加工、涂层和车间装配等工作。我很幸运，代表轻材料加工组为视察组演示了加工产品部件（用的是试验品，但与正式产品相同）的工作流程。当时，首长走到我旁边时，我心里非常紧张，眼睛一直盯着旋转的产品，生怕出现一点闪失。这时，首长突然开口对我讲了一句话，由于‘隆隆’的机床声，我根本没有听清楚，但我从首长充满深情的眼神中完全读懂了其中的含义，这是首长在鼓励我啊！随同小平同志来参观的还有薄一波副总理、西北局刘澜涛、青海省委书记杨植林、省长王昭等人。自己第一次见到这么多首长，心中由衷觉得无比激动与兴奋。”

1987 年，根据党中央和国务院的战略决策，二二一厂要归还给地方使用。为了恢复草原生态及确保人们的生命健康，撤点销号后必须对整个厂区进行清污工作，由于牦牛沟地区曾堆放了大量的铀切屑，所以那里就成为重点区域。忻老回忆：“自己有幸参与了牦牛沟的清污工作，成为清污队员中的一份子。虽然这是一项很危险的工作，但我们最终交出了一份胜利的答卷，身体尽管受到了一定的损伤，但我们无怨无悔。”

采访快结束时，忻老告诉我家中还保存了一些以前使用过的证件，可以赠与我们。在忻老的盛情邀请下，我去了他家，家中的内部陈设很简单，只摆放了几件陈旧的家具，虽然很朴素但却很温馨。

一进门，忻老就朝屋里喊道：“快出来看，老家来人了。”这时，阳台上的一位老人战战兢兢地站了起来，并朝我走了过来：““姑娘，你是从哪里来的？”当我告诉她自己来自海晏后，老人眼眶顿时湿润了起来，拉着我的手连连说道：“那我们就是老乡中的老乡啊。”忻老向我介绍这位老人是他的爱人，名叫张爱青，是原二二一厂百货商店的营业员。寒暄了一阵后，张阿姨又问我：“姑娘，你是哪里人啊？”我惊诧地看向忻老，忻老赶紧作出了解释，原来张阿姨得了老年痴呆，说过的事情转瞬就忘。可就是这样一位什么都记不住的老人，却依然能清晰地说出当年在金银滩的那些往事，依然记得自己是草原人。

时光荏苒，几十年过去了，他们头发花白，脸上留下了岁月的痕迹。但一项伟大的事业曾将他们的命运紧紧地联系在一起，无论岁月流逝、任凭聚散分离，他们对金银滩草原那份难以割舍的情怀却永远不会磨灭。

永远铭记的岁月

——访中国工程物理研究院四所研究员田翠英

石玉婷

田翠英，1939年12月生人，山东省莱阳市人，1965年毕业于中国科技大学，毕业后分配到青海高原的国营二二一厂工作，主要从事核测试工作（测试爆炸成功与否），1965年到九院四所工作，职称为研究员，1969年底搬迁至四川的两弹城总体部后一直从事核武器总体工程、抗辐射加固、核武器安全论证等工作。1975年搬迁到绵阳科学城四所工作，2000年退休。

2021年3月15日，为了获取翔实的口述史料，更好地弘扬“两弹一星”精神，同事一行6人来到四川绵阳，对二二一厂老职工田翠英做了一次专访。专访伊始，田翠英老人听到我们是从青海金银滩原子城来的，亲切的称呼我们为“老家人”。

“献了青春献终身，献了终身献子孙”，是对221基地核武器研制者最真实的写照，以前对于这句话没有过多的感触，这次专访田翠英老人让我对这句话有了一次再认知和再解读。老人提及221基地是两弹诞生的地方，新疆的戈壁滩是两弹成长的摇篮，老一代九院人，跋涉在高原和戈壁滩之间，工作条件、生活条件极度艰难的情况下，爱国奉献的精神充分展现！让她最内疚的是，六七十年代，参加场外试验，一般都需连续出差三个月左右，无暇照顾孩子，为了不影响全局，她经常加班加点到深夜12点，毫无怨言。在没有计算机的年代，靠手工劳动突破两弹是何等的艰难，可想而知！记得靠计算尺、算盘和四位数学用表，计算一个核弹头的重量重心转动惯量需要一个月的时间，后来手摇计算机一个星期即可完成，而现在有了计算机，只需几分钟便可完成。工作任务如此繁重，无暇照顾子女，当时山沟里师资力量较为薄弱，孩子缺乏良好的教育，以至于影响孩子现在的就业。老人家说：曾经请成都的老师给孩子们补课，老师惊讶地感叹道：万万没想到在这山沟里竟然藏了这么多高校毕业的高级知识分子，更没想到的是他们的子女竟然这么“孤陋寡闻”，补课的难度太大。

老人还给我们讲了一个在现代人听来“难以置信”的事：在孩子十岁的时候，带孩子回了一趟郑州，到动物园里，孩子第一次看到猴子时激动的跳起来并说：“妈妈我们不回四川了！就在郑州吧”！何以至此呢？老人说十几岁以前没有出过山沟的孩子比比皆是。说到这里的时候，老人一度哽咽，我问道：“您现在想来觉得后悔吗”？老人说，尽管现在孩子因为学历问题就业比较困难，但孩子毫无怨言，而自己也因为为祖国的核事业作了贡献而感到自豪，无怨无悔。我们可能很难想象老人内心对于孩子的亏欠有多少，但她为国奉献、不计得失的这种精神永远值得我们学习。

田翠英老人高中、大学的第一门外语是俄语，英语在大学是第二门外语，只学了 72 个学时，参加工作后又自学了英语。所以当组织上将一份英文的绝密文件交付给老人翻译时，老人毅然决然地接受了任务。看文件时要在梓潼两弹城办公大楼二楼的一间办公室看，老人将文件翻译成中文，翻译完后被派到北京远望宾馆向朱光亚及航天部、二十一基地、21 所、九院有关领导和专家汇报。午饭后，大家建议留一张影，田翠英老人原本站在最后一排，科工委钱委员、李局长把她拉到前排，照片出来后一看，老人成了照片的“C 位”。

我问老人，在 221 基地期间印象最深刻的一件事是什么，老人不加思索地回答道，是爱人朱彦汕病危后死里逃生、重获第二次生命的经历。1967 年 12 月初，就在二人新婚第七天，爱人朱彦汕奉命从青海二二一厂到北京，又从北京到南昌 320 厂外协加工航弹壳体，作为技术人员的他一直坚持到次年五月份仍未完工。当时处于“文化大革命”非常时期，“武斗”“停工”，加工任务一拖再拖，国家试验的“零时”已定，一切工作迫在眉睫。为了赶上工作进程，朱彦汕跟几位年龄较大的

田翠英前往北京汇报工作时在远望宾馆门口合影

工人一起下车间。由于当时加工大尺寸的壳体采用的是新技术，技术关键需反复试验，一一突破。5 月初，制作工件的仪器出了故障送去车间维修，需要等几天，为争取时间，他们只好“土法上马”用一张纸壳做了一个漏斗，他左手拿着一根塑料管，右手扶着自制的纸漏斗，工人师傅则用杯子往塑料管子中注炸药粉，抢时间制作导爆索。万万没想到，第二天朱彦汕就病来如山倒，发烧、呕吐、恶心，随即住进了 320 厂的职工医院，后经化验确诊为“尿毒症合并肾功能衰竭”。医院给家属下发了病危通知书。就这样，在死亡率高达 95%的疾病的威胁下，经过某军队医院长达 12 天的抢救，老伴终于脱险。回想起这段经历，老人一直将病情好转归功于上级领导的关怀以及医院的军医们齐心协力、救死扶伤。

老人说：“回味走过的历程，回味 20 世纪六七十年代的工作和生活，人们有的只是虔诚、纯真，为了任务再苦再累都没有怨言，任何情况下，任何人接受任务都是痛痛快快，心甘情愿，发自内心，毫不掺假地为祖国作贡献。从北京到草原，从东海之滨到新疆戈壁滩，东西南北

在浙江大学和唐孝威院士的合影

中，都留有艰辛的足迹和血汗：为铸核盾、顶风冒寒、瓢饮食箪！回首往事，我们可以自豪的说，没有‘虚度’，为了“两弹”，我们献了青春献终身，献了终身献子孙！老一代九院人付出的心血和汗水已汇入国防事业的历史长河。”

习近平总书记指出：“今天我们回顾历史，不是为了从成功中寻求慰藉，更不是为了躺在功劳簿上，为回避今天面临的困难和问题寻找借口，而是为了总结历史经验，把握历史规律，增强开拓前进的勇气和力量。”在呕心沥血的奋斗中，一批批老一辈科学家献出了毕生的精力，用无悔的人生凝固成一尊尊永恒的雕像，铸就一座座精神丰碑。他们留给我们的精神财富，再现了当时激情燃烧、艰苦卓绝的岁月，而伟大的两弹事业所蕴含的两弹文化也将薪火相传，激励新一代人砥砺前行。

空投第一颗氢弹的英雄

——访空军飞行员徐克江

裴淑琴　张海花

时间定格在1967年6月17日8时20分，新疆罗布泊上空出现两个太阳，中国以神话般的速度成功爆炸第一颗氢弹，继美、苏、英之后，成为世界上第四个拥有氢弹的国家，赶在了法国的前面，世界为之震惊。

40多年过去了，当时执行代号为××任务、驾驶轰-6甲飞机进行氢弹空投的机长、现年83岁高龄的徐克江回忆起当时的情景记忆犹新，激动万分。2011年7月13日，几经周折，我们在古城西安某空军干休所，拜访了年已古稀的徐克江老人。虽说年事已高，但徐老精神充沛、神采奕奕，热情地握着我们的手诚恳而谦虚地说："我是一名普通的飞行员，没什么可采访的。"

徐克江1928年出生于山东掖县，在辽宁长大。1947年入伍，曾参加过辽沈战役、平津战役。1959年，已驾驶过东2飞机和轰5飞机的徐克江，又派往苏联学习，改装轰6飞机，回国后从事飞行工作30年，1980年停飞。1967年6月17日，执行空投我国第一颗氢弹任务时徐克江39岁，任某大队政委。徐老很少谈对自己空投试验我国第一颗氢弹的经历，一是基于当时保密的严格要求；二是他从来就没有把自己当作什么英雄和功臣；三是恪守当年老首长的教诲："记在脑子里，烂在肚子里，上不能告诉父母，下不能告诉妻儿"。

随着时代的变迁，空投试验第一颗氢弹逐步解密，看到报纸、电视报道的片断，徐老也激动地回忆起当时的经历。中国第一颗空投试验担负投弹任务最开始确定的是徐老的机组和张文德机组两个机组，他们充分认识到执行这次任务的重大意义，深感机组的责任重大，他们训练极为刻苦认真。到1966年6月10日，两个机组在核试验场区共飞行训练35架次，投弹35枚，投弹成绩弹着点都在距靶心1000米范围内，且绝大部分都投在了500米范围内。经空军研究最后确定，徐克江机组为正式执行投氢弹任务的机组，张文德机组为预备机组。徐老说：当时接到空投任务时很激动，因为美国第一次空投的原子弹威力是2万多吨TNT当量，咱们国家第一个空投的原子弹也是2万多吨TNT当量。但氢弹的爆炸威力比原子弹大得多，所以我们执行这个任务，心情不一般，始终感到骄傲、自豪和光荣。”

6月17日4时，天还没亮，徐克江、张文德两个机组的人员起床到机场。天刚破晓，7时20分许，代号726的徐克江（第一飞行员、机长），带领第二飞行员王庚臣，第一领航员（即投弹员）孙福长、第二领航员（即控制雷达员）杨志贤、设计员袁成小（现改名袁发永）、通信员梁占河共6人登上“轰六甲”—21号飞机，执行空投试验我国第一颗氢弹的任务，向核试验场区方向飞去。8时前，徐克江机组驾驶726号轰-6甲飞机飞到靶标上空。

按照氢弹试验中制定的精确工作程序规定，飞机飞到核试验靶场上空，围绕上空飞行第一圈为检查仪器、观察地形、心理准备等；飞行第二圈，操作各种程序，将氢弹投下。飞机绕过靶心上空飞过一圈，指挥所的喇叭里传出口令：注意了！第二圈将要投弹。参试的所有人员屏住呼吸、观察着投弹的一瞬间。但看着飞机飞过第二圈，毫无动静，怎么回事？氢弹的爆炸“零时”确定为8时整，当飞机进入最后读秒阶段，所有领航员、通讯员、射击员根据分工不同全面展开工作，打开投弹总开关、接通氢弹电源、打开自动投弹器、打开弹舱。不料，就在那最后一秒到来时，第一领航员急促地报告：弹未投下。徐克江的心不禁咯噔一下，机组成员的心情也都一下子紧张起来。这时，第一领航员立即关掉所有轰炸开关，却从中发现自动投弹器的开关原本就未打开，这正是氢弹未能投下的直接原因。

飞机拐弯飞走，徐克江机组向地面指挥员请求再一次绕圈飞行进入靶标上空投弹。空军地面指挥员发出口令：“重飞！要沉着，不要紧张！”同时将这一情况向白云岗指挥所作了报告。聂帅听到报告后当即答复：“可以！”轰-6甲飞机平稳地再次飞到靶标上空。同时，指挥所从喇叭里发出口令：我们的责任是对人民负责，同意再飞一圈，我们的责任是对人民负责……当时，指挥所重复发出这样的口令，无疑是要稳定飞行员的情绪，减轻他们的心理压力。但是当时就我们而言，心已提到了嗓子眼，人们的心理承受力，恐怕已到了极限。

时间接近8时20分，飞机飞到第三圈，投弹。操作员重新调整状态，沉稳的依次打开总开关、氢弹电源、自动投弹器，氢弹脱离飞机，按照预定轨道缓慢下降，降落伞按程序正常开伞。8时20分，氢弹在距靶心315米、距地面2960米的高度爆炸。这时，碧蓝的天空出现强烈闪光，天空中出现两个太阳，一个自然的太阳，一个人造的太阳，两个太阳在蓝天上高挂。随后，一朵非常壮观的蘑菇云形成。

徐克江机组顺利地投下了我国第一颗氢弹，空爆成功！至此，我国自行研制的第一颗氢弹宣告爆炸成功。其爆炸威力，相当于美国当年投到日本广岛那颗原子弹的150多倍。这次试验是中国继第一颗原子弹爆炸成功后，在核武器发展方面的又一次飞跃，实现了核爆用于实战，标志着中国核武器的发展进入了一个新阶段。

空投试验结束后，聂荣臻元帅接见了机组全体成员。1967年6月20日，空军部队给徐克江机组记了集体一等功。徐老激动地说：“我能成为飞行员，能有机会参加空投试验任务，全靠共产党。一名合格的空军需要有一定的文化修养和基本素质，但因我小时候家里穷，只念了六年书，文化程度不高。到部队后，是党和部队精心培育了我。新中国成立后，组织上又把我调到了空军部队，把我培养成为了一名飞行员，还让我参加了这样光荣而伟大的事情。”

在徐老的心中，自己的一切都要感谢党的培育和信任。他说：“如果没有党的培养，不可能有我的今天，也不可能成为一名光荣的飞行员。当年机组执行完空投试验任务后，党给予了我们很多的荣誉。我还代表机组参加了为研制‘两弹一星’作出突出贡献的科技专家表彰大会，登上了天安门，观看了50年国庆典礼。所以，我要真诚的感谢党，感谢空军部队，我永远不会忘记共产党，没有共产党就没有新中国，没有新中国也就没有我。”

说起家，说起陪伴他一生的妻子，徐老特别激动，说自己很愧疚。徐老说：“我老伴那时候很辛苦，她跟着作为飞行员的我没有享过一点儿福。那时候按规定，允许飞行员每星期六回家一次，但我工作任务多，经常飞行，所以每年回家的次数很少。家里上有老母亲，下有三个孩子，老伴自己还得上班，家里洗衣、做饭、教育孩子、侍奉老人等一切事情，都是她一个人操心。母亲年纪大了，时常生病，我根本顾不上，都是她照顾。三个孩子从小到大，我都没有抱过他们，都是妻子一人照看长大的。我能安心工作，能够圆满完成组织交给的飞行任务，离不开老伴的支持和她对家的默默奉献，在我的军功章上，有她的一半。”徐老激动地说：“我这一辈子，第一感谢培养我成长的党组织，第二感谢陪伴我一生的老伴。可以说是两个革命伴侣帮助我、支持我。”

徐老说他和一起执行空投任务的机组其他人员时有联系，或通电话或聚会，他们分别住在东北、上海、山东等地。我们从徐老那里记录下了机组其他人员具体地址和联系方式。徐老不失幽默地与我们开起了玩笑：“知道一条信息值多少钱啊，今天你们可赚大喽！”

最后，徐老为青海原子城纪念馆题词：“为祖国伟大的事业服务，是我义不容辞的责任。完成组织交给的任务是我军人神圣的职责，能参与这项伟大的事业，我无比的自豪和骄傲！”

今天，不少人都称徐老为老英雄、老功臣。面对巨大成绩和荣誉，徐老依然保持着一颗平常心。他平静地说：“如果说自己这一生中最辉煌的一件事，那就是空投了我国自行研制成功的第一颗氢弹，把徐克江机组与祖国紧紧联系在了一起。但真正的英雄和功臣，是那些为‘两弹’研制成功而终年默默奉献在科研岗位上的专家和工程技术人员，是那些为保障试验成功常年战斗在荒凉戈壁滩上的我军将士。”

（2011 年 7 月）

响彻罗布泊的声音

——访我国第一颗氢弹爆炸“零前”报时员石明媚

杜文林

十月的北京秋风瑟瑟，寒气袭人。2015 年 10 月 28 日，在“两弹一星”历史研究会秘书长张岭、办公室主任韩圣品、研究室主任袁陶萍的热心帮助下，陪我们找到了在我国第一颗氢弹爆炸“零前”报时员石明媚。她在影片《东方巨响》里清脆宏亮、扣人心弦的倒计时声响彻罗布泊，给华夏子孙留下了提振精神的珍贵记忆。

现年 72 岁的石明媚出生于上海市，共有兄弟姐妹八个，她排行老六。1958 年夏，未参加初中升高中考试的她，直升本校上海市向新女子中学就读。当年 11 月，经上海市教育局批准，允许陕西省宝鸡市几个国防无线电厂在上海部分中学在校生中招工，在石明媚就读的上海市向新女子中学选拔了 8 名学生，其中就有她。石明媚老人讲，当时她被选上感到特别光荣，但是父母担心她年龄小，才 15 岁，去大西北不放心。但她看到大哥 18 岁参加抗美援朝，大姐去了汉口同济医院、二姐去了长春一汽，在外地都挺好，觉得自己应该出去闯一闯，于是就决定去了宝鸡。

石明媚去的工厂是新建的一家保密单位，各科室车间都有苏联专家指导工作。石明媚老人介绍，师傅都是从北京无线电几个老厂调来的，一部分技术骨干刚培训回来，徒弟清一色都是从上海招来的。前几批招来的都是社会青年，后来为提高素质，招的都是在校生，后来才知道，我是赶上了是被招的最后一批。到厂的第一年，按计划我们进了厂办中专学习，学习很紧张，学习不到一年，由于生产任务重，厂里缺人，突然决定我们停止学习，全部分配到科室车间参加工作。我被分配到保密程度最高的总装车间新产品工段，拿特殊工作证经过两道门卫出入工段。石明媚老人笑着说："总装车间是工厂的核心部门，能在总装车间工作是党组织对我的信任，由于我装配技术掌握得比较快，一年后我就被调到电气调试组学习产品调试。产品很保密，只知道产品代号，不知道产品名称，更不知道是哪种武器上的仪器。工厂保密守则规定，不该问的不问，不该看的不看，所以在厂工作了三年，也不知道生产的仪器是什么，是干什么用的。"

在厂里当了三年工人后，石明媚的命运发生了一次突变，从一名工人一下子变成了一名军人。老人回忆说："1961 年 8 月，我们盼望已久的转正考试即将开始，这次考试通过可以由徒工升为师傅，定为二级工，月工资 36 元。正当大家都在全力以赴地复习功课，迎接学徒转正考试的关键时刻，传来了国防科工委第二十一基地到宝鸡市来招兵的消息。我们厂被列入招兵单位，全宝鸡市招 20 个女兵。消息传开，震动很大，大家议论纷纷。""由于我的三个哥哥都是军人，大哥在总参二部，二哥和三哥都在海军研究所工作，所以当听到这个消息后，决定放弃转正，报名参军，希望能从此改变自己的命运。结果如愿以偿，全厂共有 6 名女工被批准应征入伍，我是其中之一，当时我非常高兴，马上就写信把这个好消息告诉了父母"，老人接着说。

石明媚离开了工作三年的工厂，脱了工作服换上了新军装，踏上了她人生的新征途。她回忆说，当时，男兵乘闷罐车，女兵受照顾，乘的是硬座车，部队的地点是保密的，火车一直往西开，过了兰州还向西开，车窗外越来越荒凉，坐了四天四夜的火车终于到达吐鲁番车站（地名叫大河沿）。一下车就给我们这些新兵来了个下马威，让我们尝到了戈壁滩风沙的威力，狂风大作一夜，吓得我们几个女兵都不敢睡觉。第二天一大早，我们就爬上解放牌大卡车，汽车在高低不平的"搓板路"上开了整整一天，才到达位于博斯腾畔的基地牧场。

石老接着讲，基地三部作业队队长和教导员来迎接我们，队长指着一片空地对我们说："一班住这儿，二班住那儿。"大家都傻了，心里想地上连一间房子都没有，怎么住啊？队长笑着说："我们地上没房子，可地下房子多得很。”原来基地挖了许多地窝子，办公和住宿都在地下，老同志都称自己是：“地下工作者”。地窝子没有窗户，只有几块小小的玻璃能透进点儿微弱的光线，没有电灯，一个小墨水瓶拖着一根棉线倒点煤油就是唯一的光源，挖地窝子时留下的长方形土炕就是床，用土坯和木块搭成脸盆架。

石老回忆了当兵的生活：专业培训开始后，大家在正课时间投入紧张的学习，而在业余时间就积极做过冬准备。因为新疆冬天很冷，最冷可达零下二十多摄氏度，地窝子里要砌火墙才能过冬。在老同志的帮助下，火墙砌好了，后面艰巨的任务是要准备充足的燃料，当时没有煤，要靠大家到戈壁滩上去捡枯死的灌木枝，去拾牛粪晒干（基地牧场养了一群牛），男的都用肩挑，女的就用军用背包绳捆好背。记得有一次我真是使出了吃奶的劲，最多一次才背了 50 斤，几天直不起腰来，经过大家的努力，每个地窝子前面堆起几座小山一样的干树枝和干牛粪，终于确保能顺利过冬了。但是，好景不长，刚培训几个月，由于三年困难时期和中印边境发生局部战争，核试验事业被迫放慢速度，我们的培训也停止了，三部作业队解散，人员分散处理，大部分男兵和中专毕业生都调往南疆军区各部队。她们六个女兵，3 个分到气象局，3 个留在三部机关，她被分到政工科，何逸梅分到资料室，陈明珠分到财务科。到政工科后向老同志学习，从事文档方面的工作，业余时间她们 3 个女兵在一起抓紧时间学习数理化，梦想着退伍后再去求学。不久，石老的命运再一次发生了重要变化。

1962 年底，留守新疆的三部人员搬迁到北京小西天，再后来搬迁到通县县城内保安胡同 1 号的一座神秘军营里。1963 年 7 月，国防科委二十一所正式成立，二十一所的任务就是研究核爆炸测试技术和方法，并执行国家核试验任务，责任是重大的，任务是艰巨的。军营西北角有两座灰色二层小楼，前一座是政治部和科技处的办公楼，后一座是后勤部办公楼。石老说她被分配到所政治部宣传科担任广播员，同时协助宣传干事做些宣传方面的工作。石老自豪地说：“业余时间，我仍坚持学习。科长姚重石对我很关心，他了解我的经历，鼓励我工作、学习两不误，并表示有机会会推荐我去室里学技术。听了他的鼓励，心里暖洋洋的，并激励了我的上进心。”

1965 年 2 月的一天，科里通知石明媚调到四室工作，石老讲，当时她很高兴，但高兴之余心里忐忑不安。室里都是大中专生，都是干部，而自己是一个没有文凭的女兵，工作能否适应？同志关系能否处好？这一切顾虑到室后都被打消了。四室领导把她分配到主控组报时对讲小组工作，老同志热情主动地帮助她熟悉业务，有问必答耐心地讲解，而她也是虚心地学习、认真细致地工作，业余时间针对性地学习专业知识，并把以前在工厂掌握的电气装配和调试的技术和方法应用到工作中。她参加了对讲报时设备的研制、调试，并参加场区联试，确保主控站与被控站之间指挥口令畅通及设备维修等技术保障工作。

石老讲述了她担任“零前”报时员的经历：1964 年第一次核试验时，担任主控站“零前”报时员的是四室史工程师，他浑厚有力的男中音响彻全场、全中国，现在我们在电视上有时还可以看到他当时报时的形象和风采。由于她的普通话标准，字正腔圆，声音洪亮，所领导决定从第二次核试验开始，由她担任主控站“零前”报时员。石老说：“我深深懂得这是组织对我的极大信任，我深感责任重大，下决心要沉着冷静、圆满地完成这光荣的任务。”

石老激动地讲，1965 年 5 月 14 日，她第一次坐在了主控站报时员的岗位上。报时员的岗位既平凡又关键，平凡的是只要遵照指挥程序看着航空钟报几个数字，关键的是这些数字牵动着核试验场区指挥员、操作员、远方参试人员、现场参观人员等厂区所有人员的神经，不允许出任何差错。虽然自己的决心下了，但在“零前”两小时待命阶段，她就感到心越跳越快，脸发烫，手脚冰凉，她很快意识到自己开始紧张了。为了缓解过度紧张的情绪，她一会搓搓手，一会擦擦脸，一会深吸几口气，提醒自己千万要沉着冷静，坚信自己一定能完成任务，慢慢地，紧张情绪被完成任务的使命感压下去了，“零前”30 分开始，她的情绪终于稳定下来。“首长和同志们！首长和同志们！请戴上耳塞和防护镜！请戴上耳塞和防护镜！”她提醒所有参观者。“脱钩！”她简捷地告诉大家，原子弹已经脱离飞机弹舱，爆炸即将发生。“10、9、8……”她铿锵有力地开始10秒钟倒计时。“起爆！”随后就出现了强烈的闪光、通红的火球、壮丽的蘑菇云。当她冲出工号看时，强烈的闪光和通红的火球早都消失了，她只看到了顶天立地的蘑菇云。

由于石老报时准确、声音清晰洪亮，圆满地完成了第二次核试验暨首次空爆试验的报时任务，荣立了三等功。之后，在1966年5月进行的第三次核试验中、在1966年10月进行的导弹核武器试验中、在1966年12月的第二次塔爆中、在1967年6月进行的第一次氢弹试验中，石老都担任了现场报时员。在她的一生中，共执行8次核试验任务，立了3次三等功。

石老最后感慨地说：尽管是很普通的参试人员，为了我国的核试验，为了打破核讹诈，年轻的一代也作出了自己的贡献，终身的荣耀。从电视上每次看到自己的时候，心里就特别特别的激动，能够加入到这项事业很荣幸。在那个时代，都是忘我工作的精神，忘我奉献的精神在支持着大家，现在，她们老战友也会聚聚，谈到过去的岁月都是让人永远不能忘怀。看到战友们特别亲切，都是在艰苦环境里互相帮助，共患难的战友，现在都七老八十了，能见一次是一次。

至死不渝的初心与使命

——访原国营二二一厂职工陆才安、张瑶珍

马惠琴

2021年4月12日上午，我试着给曾在221基地一分厂工作的陆才安老人打了一通电话，想要过去跟他见个面。在做过简单的沟通和说明后，陆老师决定还是他过来找我，说我对上海不熟悉。下午，我收到了陆老师发来的信息："明天上午11点前到你处，中午在附近请你们来沪的四位老师吃饭，你们有忌口的吗？我们是上海的主人，理当我们请，不要客气了！"

弹指回首间，我想起2020年9月陆老和他爱人来原子城，参加"传承'两弹一星'精神青年英才论坛"时我们曾有一面之缘。记忆中的他们精神矍铄，神采奕奕，这次能再次见面，喜悦之情溢于言表。我们如约见面，欢快的气氛溢满了房间。寒暄之后的话题，自然是从陆老和他爱人的工作和生活谈起。

参加国家核试验

陆老回忆道，这次试验采用水平投弹方式，由轰六甲轰炸机来完成。1971年12月一天的夜晚，我们带着简单的行李，从二二一厂火车站乘坐以军列名义报请国家备案的专列正式出发。专列所经桥梁、隧道都能看见部队和民兵巡逻，车内同样戒备森严，需要停靠时，站台临时戒严，任何无关人员不得靠近；每到各站，所有人不能下车，列车一路绿灯，最终到达新疆大河沿站（即吐鲁番站）。

"凌晨到站后大家肩扛手抬，把一些地测仪器设备抬上了早已等候多时的大卡车。三九寒天大家互相依靠，抱团取暖。行驶在几百公里的搓板路上，又要翻越天山，大伙都苦不堪言。""途经乌斯塔拉，终于

到达马兰基地的西林营地。简陋的土坯房，搭着大通铺，靠火墙取暖，吃水极其困难。我们几人穿着统一配发的黑色羊皮衣、皮裤，头戴黑皮帽，被其他人称为‘黑乌鸦’。当时，战士们都心知肚明：‘黑乌鸦’来了，就要‘下弹’了。”老人激动地说。

“正式试验前一天的清晨，我搭乘空军伊尔—12 型运输机，从马兰机场到达开坪机场。该机场极简陋，我在靶区地下隐蔽工号里架设好地测设备仪器后，乘坐卡车原路返回。当时，新疆的气温在零下 37℃，虽全副武装但也抵御不了严寒的冰冻，足足七个多小时才到营地，而我也早已被冻成了冰棍，双脚不能动弹，后来落下了风湿性关节炎的病根。第二天一早，在机场边 5 公里处新盖了一间简易厂房，虽是陋室，却是我厂试验前组装、检查产品的技术阵地。核弹在这里检查测试合格后，才能允许出厂运到机场，由飞机挂弹起飞，进行空投核爆试验。也就是在这一天，时任国防科委副主任的朱光亚进入厂房检查工作。”陆老继续说。

我问陆老：“见到朱光亚的那一刻应该特别激动吧?”陆老笑了，他笑起来的时候，刚好窗外一阵风吹了进来，恰好吹动了他心中的涟漪。

意外遇惊险

1971 年 12 月 30 日上午 10 时，我国进行了一次氢弹小型化扳机核试验。执行投弹任务的是我国新一代强五甲飞机。

陆老说，那天我正好在试验场。飞机带弹起飞，在靶区中心三次投弹都没有成功。经请示周总理，同意飞行员飞回机场的请求。带弹着落是很危险的，经中央同意后，迅速疏散了马兰机场周边人员以及机场上的其他飞机。当飞机平安着落的消息传来后，大家悬着的心才放下，在场参试人员，都激动地流下了热泪，大家躲过了一劫，又一次经受住了生与死的考验。一周后，在参试人员的共同努力下，试验故障被成功排除后，飞行员杨国祥又带弹重上蓝天，1972 年 1 月 4 日圆满完成了投弹，取得了核试验的又一次巨大成功。

参加贮存试验

陆老介绍，这次试验是在原二炮的发射阵地上进行。按照我国核武器贮存的现有条件，按军用标准和技术要求，在对检验合格的核弹头进行运输、分解、组装、测试后，对产品进行一段时间贮存后再次分解、组合测试，以获取核弹头在实战状态中的实际情况和科学依据。这次试验工作量大、参试人员来回奔波次数多，但大家都毫无怨言，按要求上交了各自的分析报告，圆满完成了组织交付的国家试验任务。

忆往事，陆老说："参加国家多次核武器的试验工作，这是祖国和人民对自己的信任；将自己的青春年华无私地奉献给了国家核事业，我们无怨无悔。"

陆老的爱人张瑶珍在基地一分厂检查科工作，1969 年与陆老喜结良缘。1983 年转至军务科，1984 年调回上海。张阿姨说："当时没有浪漫的求婚和结婚仪式，两人报组织批准后就领了结婚证。新婚不久，我就怀孕了，第一次怀孕最需要家人尤其是母亲的安慰。但是基地保密制度严格，来青海前并没有让家人知道我的工作地点和工作内容，而且家里也没有电话，直接写'我怀孕了'又很难为情，那怎样才能让家里人知道自己怀孕了呢？"

"221 基地特殊的工作性质，寄钱回家成了大部分职工每个月的惯例。我细心一想：汇款单的汇款附言不是允许简短写几个字吗？于是我在汇款单附言中写到：我想吃话梅糖。"张阿姨接着说。

"我想吃话梅糖"短短六个字，也让我顿时愣住了，这六个字在脑海里重复不停。我在感叹张阿姨聪明的同时，心中不由得一阵震颤，这短短六字深刻传递了三重信息：一是我很好，身体很健康，工作顺利，不用担心我；二是我怀孕了；三是我很想家。

陆老现场听完张阿姨的讲述后惊呼："这事儿你怎么从来没有说起过，我也是第一次知道啊！"

两位老人退休后，在几十个国家留下了他们的足迹。2019 年 3 月，在澳大利亚黄金海岸，陆老在当地一个教堂，单膝跪地将一束娇艳欲滴的玫瑰花献给了与他风雨相伴 50 年的爱人，以弥补当初结婚时没能举办婚礼留下的遗憾，陆老用这样的方式来表达自己的心意。

陆老还给我们展示了一张照片，是一张墓地照。看我们不解，他解释道："我和你们张阿姨连墓地都买好了，在浙江安吉，风景很美，是我俩自己挑的。"听到这话，我又拿起照片仔细地看起来。"和平、使命、无私 、奉献"，墓碑上的这八个字，触动了我灵魂。这八个字诠释了他们的一生，是他们奋斗在 221 的初心与使命，而在他们百年之后，这八个字的墓志铭，表明了他们至死不渝的初心与使命。

回程的路上，我一直回味着和他们相聚的时光。此时，陆老又给我发来了一张他当年前往 221 基地时，在上海车站站台上与家人拍下的合影，照片中 19 岁的陆老安面带微笑，眼中满是憧憬。

更登什姐的“宝贝”

——访原青海省人民政府矿区办事处国营牧场牧工更登什姐

张海花

更登什姐是原青海省人民政府矿区办事处国营牧场的一名牧工，全心全意为厂放牧，为基地的建设作出贡献，多次获得厂“先进工作者”奖状。这些奖状是她努力工作的褒奖，也是她精心呵护的“宝贝”。

2021年12月22日，经前期联系和约定，我们专程到更登什姐家看望慰问，并详细了解她的生平经历。现年80岁的更登什姐老人因患骨质增生导致身体欠佳，但她依然精神抖擞，思路清晰。据老人介绍，她家世代是海晏地区达玉部落的牧工，为牧主、头人、千户放牧。新中国成立后，在党的领导下，她家有了自己的草场和牛羊，过上了主人翁的生活。但好景不长，父亲去世，她母亲带着她姊妹两个艰难生活。那时姐妹两个很小，不记得父亲的样子。1958年10月，为了国防基地建设，她家周围的邻居都搬迁走了，只留下了贫下中农的她们几家。

1963年，她和丈夫被原青海省人民政府矿区办事处国营牧场招工，成为牧场的牧工，为厂放牛放羊，原本连基本生活都不能维持的家境，不仅享受到了厂里的各种福利，每月还能领到工资，她家的生活从此发生了根本性变化。身份的变化，使她精神上也发生改变，更登什姐说：那时自己才22岁，她从不言苦、从不说累，生产目标任务永远是第一个完成。共生过5个孩子的她，为了工作，一次月子都没坐过，总觉得自己身上有使不完的劲。让她最骄傲的是，由于生产努力、表现优秀，她和丈夫的入党申请顺利通过厂党委的审核，很快成为一名光荣的共产党员。

直到牧场退役，老两口兢兢业业为牧场干了一辈子，也获得了很多荣誉。老人说，由于冬夏牧场转场，家里人口多，奖状丢了很多，留下来的也不多。虽说更登什姐珍藏在家里“宝贝”所剩无几，但每一张都用精致相框装裱悬挂在墙上。这些证书是老人对自己火热青春最美好的回忆，也是为国防事业作出贡献的见证。老人知道我们此行目的后，她把两张自己和丈夫的“先进工作者”奖状捐献给我们，并说：“以后，我的所有证书、奖状都捐给你们。”作为一名老党员，老人寄语年轻人，现在国家这么好，一定要珍惜、要感恩、听党话、跟党走。

纪　念

记住那个年代　记住那些人

——中国核武器研制纪实

彭继超

在中国共产党的百年史册中，“两弹一星”是一页最辉煌的篇章。

中国的第一朵蘑菇云是1964年10月16日在罗布泊荒原上腾起的。直到今天，那伟大的瞬间所爆发的巨大震波仍然在人们心中回响。

邓小平说：“如果六十年代以来中国没有原子弹、氢弹，没有发射卫星，中国就不能叫有重要影响的大国，就没有现在这样的国际地位，这些东西反映一个民族的能力，也是一个民族一个国家兴旺发达的标志。”

1992年春，邓小平又一次动情地说起“两弹一星”：“大家要记住那个年代，钱学森、李四光、钱三强那一批老科学家，在那么困难的条件下，把‘两弹一星’和好多高科技搞起来……”

的确，我们应该记住那个年代，记住那些埋头苦干的民族英雄。

朝鲜战争中，美军曾建议对我国使用原子弹；毛泽东说，要想不受人家欺侮，就不能没有这个东西；钱三强和李四光在中南海讲解原子能；李觉奉命组建核武器研制基地。

1945年8月，日本广岛和长崎的核浩劫给人类留下了永久的噩梦。

从战争废墟中站起来的新中国需要建设，渴望和平。然而，侵略者又把战火燃到了鸭绿江畔。狂妄的美军并没有取得胜利，便挥起了核威胁的大棒。美国军官曾建议对中国“考虑使用小型原子弹和核大炮……”并于1953年春天以前把装有原子弹的导弹运到冲绳岛。

严酷的现实使新中国不得不考虑铸造自己的核盾牌。毛泽东说：“在今天的世界上，要想不受人家欺侮，就不能没有这个东西。”1955

年 1 月 15 日，周恩来约请物理学家钱三强和地质学家李四光地质部副部长、党组书记刘杰来到中南海怀仁堂。毛泽东、刘少奇、周恩来、邓小平、彭真、李富春、薄一波等早已在此等候。毛泽东说：“今天，我们这些人来当小学生，就原子能有关问题，请你们来上一课。”

李四光拿出一小块黄黑色的铀矿标本，讲述了铀矿资源与原子能的关系。钱三强汇报了几个国家原子能发展概况和我国近几年做的工作。

共和国的领导人一个一个传看着标本，感到很新奇。钱三强把盖革计数器放在桌子上，把铀矿石装进口袋里，然后从桌旁走过，计数器便发出“嘎、嘎、嘎”的响声，这一下全场都笑了起来。

毛泽东说：“我们国家现在已知道有铀矿，进一步勘探，一定会找到更多的铀矿来。我们也训练了一些人，科学研究也有了一定的基础，创造了一定的条件。这件事总是要抓的。现在到时候了，该抓了。只要排上日程，认真抓一下，一定可以搞起来。”

吃饭时，毛泽东和李四光、钱三强坐在同一张桌子上。毛泽东举起酒杯站起来，大声说：“为我国原子能事业的发展，大家共同干杯！”中国核武器研制的历史，从此拉开序幕。

1957 年夏，西藏军区副司令员兼参谋长李觉少将来到北京养病。不久，国防科委副主任陈庚大将来看望他，笑着对他说：“老李，你好好休养，过几天部队准备欢送你。”

几天后，李觉坐到了第三机械工业部（后改为二机部）宋任穷部长的办公室里。宋部长用平稳的语调说：“调你来，是党中央决定的，准备让你来搞原子弹。”李觉心头一震，似乎不相信自己的耳朵。他接触过成千上万的子弹、炮弹和手榴弹，可从未想到过搞原子弹呀！

宋部长看出了李觉的担心，鼓励他说：“党是信任你的，你也从未辜负过党的期望。”

李觉的心头热了。1958 年，他开始筹建核武器研制基地的工作。三个月后，来自全国各部队的两千多名转业干部和战士、七千多名民工和两千多名建筑工人组成的施工大军，顶风冒雪，昼夜不停地向中国西部进发。

数以千计的大学毕业生、留学生以及刚从国外归来的专家学者，离开人城市，进军原子弹研制的行列。

聂荣臻前往莫斯科谈判；苏联撤走 233 名核专家；中国决定自己动手 8 年搞出原子弹；代号“596”；一大批科学家突然失踪。

中国第一颗原子弹代号“596”。这是 1959 年 6 月的数字记法，它包含了令人愤慨和奋发的故事。

1957 年 9 月，聂荣臻元帅、陈庚大将和宋任穷前往莫斯科。经过多次谈判，10 月 15 日，中苏双方签定了国防新技术协定。根据协定，苏联将向中国提供原子弹模型及有关资料，还将卖给用于加工和浓缩的工业设备，提供足够的六氟化铀，以供兰州气体扩散厂的创建。

为了早日得到原子弹技术，在李觉和吴际霖、郭英会领导下，迅速组建了一支科研队伍，并日夜抢修了储存原子弹模型、资料和有关设备的仓库等。但原子弹的模型始终没有运来，直到 1959 年 6 月，苏联政府单方面撕毁了协议，随即，撤走了在中国核工业系统工作的 233 名苏联专家。

消息传到北戴河，正在那里开会的毛泽东主席说：“要下决心搞尖端技术，赫鲁晓夫不给我们尖端技术，极好，如果给了，这个账是很难还的。”

1959 年 7 月，周恩来在庐山会议期间向宋任穷传达了中央的决策：自己动手，从头摸起，准备用八年时间搞出自己的原子弹。就在这个月，朱光亚调任核武器研究所副所长；随后王淦昌、彭桓武、郭永怀三位科学家也投身于这一神圣的事业；在这光荣的行列中还有程开甲、邓稼先、陈能宽、周光召、于敏、龙文光等一大批优秀的专家和技术骨干。

一颗颗璀璨的明星从自己所拥有的那片天空突然失踪，但他们在另一处聚集在一起，结成了一个辉煌的星团。每颗星都在这里燃烧着，奉献着，把光和热献给那个崇高的目标，那个为祖国创造太阳的壮丽事业。

这是中国驾驭核火的一代精英，一代元勋，是中国铸造核盾牌的集体英雄、集体功臣。

朱光亚说我们都要从头学起；彭桓武说这事总要有人做；王淦昌说愿以身许国；郭永怀在烈火中紧抱公文包；邓稼先他们的演算纸达几十麻袋；何泽慧指导研制中子源装料。

在北京的一间办公室里，我采访过朱光亚。这位已担任中国科协主席、国防科工委科技委主任的科学家，讲述了中国核事业起步的艰难和创业的艰辛：

“当时，主要的困难就是资料很少，可以说几乎没有什么资料。我们调来的人就算是骨干，也有一个熟悉的过程，也要学，不学不行……”

在核武器研究机构采访中，我们了解到彭桓武这样一个故事：这位1938年去英国留学，十年中获得过两个博士学位，成为第一个在英国取得教授职称的中国人。回国后，在这秘密的核事业中默默工作了几十年，献出了一生中最美好的时光。

当有记者问到他为什么回国，一向十分随和的彭桓武却表现出一种少有的激动：“不！我没有理由回答你的问题。你的问题应该换一种问法，那就是作为一个中国人，有什么理由不回到自己的祖国，并为她的富强贡献自己的一份力量呢？我有责任，利用自己的所学之长，来关心她，建设她，使她强盛起来，不再受人欺负！”当有人问他为何来搞原子弹，他认为这是一件非常自然的事情：“这件事总要有人来做，国家需要我来，我就来了。”彭桓武担任了第四技术委员会主任，负责中子点火装置的理论研究和设计，朱光亚担任副主任。在北京郊区一座树荫掩映的灰楼里，彭桓武指导那些年轻的科技人员研究、计算；在青海高原的金银滩，彭桓武参与指导核爆前的重要爆轰试验；在罗布泊的核试验基地，他洒下了心血与汗水；在他身边，成长出一批批年轻的科技专家。几十年后，他主持的科研成果荣获了国家自然科学一等奖，彭桓武的名字被列在几名获奖者的首位。当研究所所长送来唯一的一枚金质奖章时，他执意不收，说："这是集体的功勋，不应由我个人独享。"

20世纪60年代初，二机部部长刘杰和副部长钱三强约请王淦昌，告诉他党中央决定让他参加核武器研制工作。这位发现反西格玛负超子的科学家毫不犹豫："我愿以身许国！"

从此，王淦昌的名字在国际物理学界消失了，核武器研制队伍中有了一位化名"王京"的领导者和学术带头人。他被任命为第二技术委员会主任，负责非核部件的试验。

在长城脚下的爆轰物理试验场，王淦昌带着许多年轻人天天与炸药、雷管打交道。风沙弥漫，常常是没做完试验，人就变成了土人。王淦昌还为固体炸药工艺和新型炸药的研制以及射线测试和脉冲中子测试等日夜操劳，指导解决了一系列难题。

一年以后，年近花甲的王淦昌又带人来到青海高原，在高原缺氧、呼吸困难、吃不下饭、睡不好觉的艰苦环境中，他仍日夜坚持工作，对每项技术，每个数据严格把关，一丝不苟，为第一颗原子弹的成功付出了心血。当1964年10月16日那朵蘑菇云升起时，他的学生、同事含着热泪蜂拥而上将他围住，他皱纹深深的脸慢慢绽开一丝笑纹，讷讷地说："真有趣……"

在采访中，我看到了这样一张照片：1992年11月，王淦昌、朱光亚、彭桓武、陈能宽、程开甲等科学家来到大西南的一座科学城，回到了曾经朝夕相处的战友们中间，他们的笑容是那么亲切，那么愉快。

但是，人们永远不能看到力学专家郭永怀的笑容了。他已化作一尊凝重的雕像，默默地站立在北京中国科学院力学所的绿树丛中。

在郭永怀的文集中，文稿只收集到1957年。他在祖国需要时义无反顾地回国，投身到原子弹研制中。他放弃了多年的业余爱好，把从美国带回的两箱唱片全部送给了中央人民广播电台；把整整三大本邮票也送给了邮政总局；他十分爱好摄影，后来也顾不上了……

郭永怀负责核武器的力学部分和武器化，被任命为第三技术委员会主任。他组织大家对核装置的结构力学、结构强度、压力分布等进行具体的研究计算，指导各种试验。

1968 年 12 月 5 日，因飞机失事郭永怀永远离开了我们。在那无情的烈火中，他仍然紧紧抱着那个装有核武器资料的皮包。周恩来立即命令有关部门，要彻底查清事故原因。钱学森十分沉痛地说："一个生命，有智慧的人，一位世界知名的力学家离开了人世，生和死，就那么十秒钟！"

那是我们国家最艰难的岁月，邓稼先和他的同事们开始了艰苦的理论攻关。他们最先进的运算工具只是一台乌拉尔计算机，大量的数据主要靠手摇计算机和计算尺，甚至用算盘来运算。后来人们都知道陈景润演算的那几麻袋稿纸，很难想象，邓稼先他们演算的稿纸竟装了几十麻袋，堆了满满一大间仓库。胡思得等 4 名青年科技人员，经过 180 多个日日夜夜的艰苦努力，建立了包括高、低压等整个压力范围内的状态方程，为原子弹的总体力学计算提供了依据。

原子能研究所那个临时搭起的简陋工棚里，在物理学家何泽慧的指导下，王方定小组的青年科技人员经过了几百次试验，研制出了点火中子源装料。与此同时，青海高原核武器研制基地的基本建设也在抓紧进行……

邓小平、聂荣臻关怀"驯火人"；中央专委调动 26 个部委 20 个省市和 900 个单位支援核弹研制；周光召计算成功率大于 99.99%；周恩来在《东方红》演出后宣布第一颗原子弹爆炸成功。

中国核武器研制于 1959 年开始后，正值三年严重的自然灾害和苏联索债，科技人员、工人、干部和部队官兵都面临着饥饿的严重威胁。在一本大事记上，我看到一组这样的数字：1960 年，221 核武器研制基地因饥饿浮肿者达 570 人，北京研究所浮肿者有 79 人。

党中央关注着“驯火人”的生活和健康，邓小平在中央书记处会议上说，五院、二机部的科研人员待遇要高些，工资要高些，生活要安排好些，由李富春同志挂帅，统一考虑解决人力、物力、财力。

聂荣臻在医院得知科技人员的困难情况，深感不安，他用个人名义向各大军区“募捐”，请他们尽快设法解决。

于是，全军全国又一次勒紧腰带，节衣缩食，把各种食品送到国防科研第一线。四面八方支援的物资中，有青海牧民送来的牛羊和少先队员寄来的粮票，有山西的土豆和东北的高粱米……

1962 年 11 月 3 日，毛泽东在国防工办主任罗瑞卿关于成立专门机构、加强对原子能事业的领导、争取 1964 年炸响第一颗原子弹的报告上指示：“很好，照办。要大力协同做好这件工作。”

11 月 17 日，刘少奇主持政治局扩大会议，决定成立以周恩来为主任、由 7 名副总理和 7 名部长级干部参加的 15 人中央专门委员会。在中央专委的领导下，围绕第一颗原子弹攻关项目，开始了一场全国范围的大会战。中国科学院、冶金部、化工部、机械部、航空部和电子部等 26 个部委、20 个省市自治区、900 多家工厂科研机构、大专院校参加了攻关大会战。

1964 年秋，各路大军会师罗布泊试验场。1964 年 10 月 15 日，在原子弹爆炸的前夕，一份急电从罗布泊发到北京，说突然发现了一种材料中的杂质超过了原来的设计要求。当晚，北京雷雨交加，一辆小汽车飞速驶进核武器研究所，在理论部大楼前，车还未停稳，刘杰就推开车门匆匆上楼。他找到周光召、黄祖洽和秦元勋，迫不及待地说：“场区出现新情况。周总理要求重新计算一下成功的概率，八个小时内给我结果。”

刘杰又匆匆离去。他相信周光召他们能完成这项特殊的任务。早在原子弹理论攻关的九次运算遇到难点的时候，从杜布纳原子核研究所归国的周光召来到理论设计室任副主任。他仔细分析了九次计算的结果，从理论上证明了运算结果的正确性。

成功概率计算在争分夺秒地进行。复核结果与计算结果完全一致。10月16日上午，一份计算报告呈到周恩来面前："经计算，我国第一颗原子弹爆炸试验的失败率小于万分之一。"

10月16日晚，人民大会堂灯火辉煌，正在演出大型革命舞蹈史诗《东方红》，周光召他们也被邀请前往观看。《东方红》演出结束，毛泽东微笑着向坐在身边的周恩来小声说了几句话。之后，周恩来送别毛泽东，登上舞台，向万余名观众宣布："告诉大家一个特大喜讯，今天下午3时，我国成功地爆炸了第一颗原子弹！"顿时全场欢声雷动。

中国的氢弹爆炸赶在了法国之前，毛泽东说给赫鲁晓夫发个一吨重的勋章；"国产专家一号"于敏说自己只是个卒子；陈能宽登上了托举氢弹原理试验的百米铁塔；聂荣臻说300万吨，够了。

1967年6月17日8时20分，罗布泊地平线上同时升起了两颗太阳。我国第一颗空投氢弹爆炸成功。

7月7日，毛泽东在北京接见军训会议代表时兴奋地说："两年零八个月搞出氢弹，我们的发展速度超过了美国、苏联和英国。现在在世界上是第四位，我们搞原子弹、导弹有很大成绩，这是赫鲁晓夫帮忙的结果，撤走专家，逼我们走自己的路。要发给他一个一吨重的勋章。"

中国的氢弹爆炸赶在了法国前面。据说，法国总统戴高乐召见有关人员，发了一顿无名之火。

对于西方来说，中国如此神速地爆炸了氢弹，这似乎是一个不解之谜。

早在1960年12月，第一颗原子弹的科研攻关刚刚开始的时候，钱三强就根据刘杰的部署，组织黄祖洽、于敏等组成轻核理论组，着手对氢弹原理进行探索研究。

这对于被称为"中国国产专家一号"的于敏来说，是又一次改行。

1951年，于敏从北京大学分配到原子能研究所。他接受的第一个任务就是改变自己追求几年的"量子场论"的研究，从头学起去搞原子核理论。十年寒窗，于敏发表专著和论文 20 多篇。钱三强说："他填补了我国原子核理论的空白。"

从一个基础性很强的科研领域，突然转到氢弹原理这个应用性很强的领域，于敏很快就显示了新的才华。

一次，国外刊物报道了一种新的截面，这个截面的数据非常理想，大家都很感兴趣。但要重复这个实验，不仅需要几百万元人民币，还要花两三年的时间。于敏苦苦思索了两天，作了详细的分析，得出了结论。他对同事们说："无论如何也达不到这么个截面，而且任何其他反应截面都达不到这个数。我们根本没必要用那么多人力、物力和时间去重复这个实验。"过了一段时间，外刊又报道，有实验证明那个报道是假的。

于敏和同事们在 4 年中提出研究成果报告 69 篇，对氢弹有了更深的认识。

与此同时，1963 年 9 月，核武器研究所的部分科技人员围绕设计含热核材料的原子弹，开始了氢弹设计理论的探索。一天，周光召作了一次关于氢弹的报告，他抱来一大堆书刊，有的印载了美、苏核导弹的外形照片。他分析了这些核导弹的外型分类，认为原子弹与氢弹在结构上有很大差别，也可能在原理上相应会有质的不同。

1963 年，在第一颗原子弹理论设计完成后，两支理论设计队伍汇合在核武器研究所，迅速投入氢弹研制。他们充分发扬技术民主，群策群力，集体攻关。1965 年 2 月，在朱光亚、彭桓武主持下，邓稼先、周光召等人制定了突破氢弹原理的工作大纲。

1965 年 9 月，于敏带领一支小分队赶赴上海计算所，抓紧计算了一批模型。经过分析研究，获得热核材料燃烧规律的重要成果。但这种模型重量大、比威力低、聚变比低，不符合当量的要求。接着，于敏在总结经验的基础上，作了详细分析和系列报告，科技人员又计算了一批模型，发现了热核材料自持燃烧的关键，解决了氢弹原理方案这一重要课题。他们奋战了 100 天。于敏说："我们到底牵住了牛鼻子！"

喜讯传到理论部，邓稼先第二天就飞到上海。他一下飞机就直奔机房，兴奋得像个大孩子。

20 多年后，当人们问于敏是怎样攻克氢弹原理的，于敏回答：“研究氢弹原理的是一批科学工作者，参加设计、实验的人就更多了。要说攻关，是集体攻关，我只是其中一个卒子。”

在研制氢弹的日子里，陈能宽比以往更加繁忙。这位曾在长城脚下组织过几千次爆轰试验的科学家，1964 年 2 月担任了副院长，他感到肩上的担子更加沉重。

在青海高原，他没有多少时间去散步、写诗或打球。他像计算机一样一点一滴地安排每天的时间，而大量的不可预料的工作又突如其来地冲进他的每个白天和夜晚。

整个氢弹试验装置的理论设计方案提交给设计和制造部门的时候，已是 1966 年 10 月中旬。要在两个来月中完成武器设计和加工制造，困难是可想而知的。

设计部门各室、各小组反复计算、设计比较、优选；生产部门各车间班组反复试制、改进工艺，提高了质量。陈能宽指挥、协调、拍板的各项工作紧锣密鼓并一丝不乱地进行。1966 年 12 月初，第一颗氢弹试验装置完成总装。

12 月 10 日，人们对这个装置进行又一次复查时，在一个主要部件上发现了质量问题。

周恩来得知此事，派刘杰立即乘专机飞往青海检查处理。经多次现场分析和查看，发现部件上有一条用放大镜才能看见的擦痕。

刘杰与专家们研究后确认，这个部件仍可以使用，不会对爆炸试验产生影响。氢弹试验装置如期运往罗布泊。为确保氢弹原理试验成功，王淦昌和实验部副主任胡仁宇指导测试人员认真制定了测试方案，对探测仪器、传输系统和记录仪器反复调试、考核和标定，做好了各项准备工作。

1966 年 12 月 28 日凌晨，陈能宽与李觉等来到托举氢弹装置的铁塔下，安装启爆雷管的重要工序即将进行。陈能宽随同操作人员李植举、邵乃林、钱云富、李祖卿等登上百米铁塔，安插启爆氢弹的雷管。

陈能宽从衣袋中拿出装有钥匙的信封对大家摇了摇：“你们放心吧！启爆开关的钥匙就在我这里。”

12 月 28 日 12 时，氢弹设计原理试验获得完全成功，各类数据达到了设计要求。

12 月 30 日，聂荣臻元帅在罗布泊召开专家座谈会，部署了全当量氢弹试验任务。

1967 年 6 月 16 日，聂帅又一次来到罗布泊，亲自主持我国第一颗氢弹试验。

他听取了李觉副部长和国防科委秘书长张震寰、试验基地司令员张蕴钰、空军副司令员袁学凯的汇报，决定氢弹爆炸的零时为 17 日上午 8 时。

17 日早晨 7 时，聂帅驱车来到距爆心 55 公里的试验指挥所。

上午 8 时整，从马兰机场起飞的空军徐克江机组，驾驶 726 号轰-6 飞机，以时速 850 公里的速度到达靶标上空投弹。由于投弹手心情紧张，又要背诵毛主席语录，操作中漏掉了一个动作，氢弹没能投下。

北京中南海西华厅，周恩来已从电话中得知这一情况，随即指示罗布泊指挥所：“请告诉飞行员，要沉着冷静，不要紧张。”

机长徐克江要求再次投弹。地面指挥员在口令中转达了周总理的指示。

飞机平稳地再次飞到靶标上空投弹。8 时 20 分，氢弹在距地面 2960 米的空中爆炸。

顿时，一个巨大的火球出现在天空，强烈的光芒把地平线上正在升起的太阳映衬得好似一点烛光。

望着翻滚升腾的巨大蘑菇云，聂荣臻元帅自言自语道：“300 万吨，够了，够了！”

核试验逐步转入地下；张爱萍重返核试验场；气体取样组四进

沾染区；王淦昌激动得见人就握手。

早在 1964 年我国第一颗原子弹爆炸之前，周恩来曾指示：将来的核试验要逐步转入地下，并对此做了部署。

1969 年 9 月 23 日，我国成功地进行了首次地下平洞核试验。

1975 年 10 月 27 日清晨，我国在罗布泊进行第二次平洞核试验。

一声低沉的轰鸣之后，在地动山摇的震颤中，国防科委主任张爱萍上将望着山梁上腾起的黄尘，随口诵出了这样的诗句："红日升，南山狮吼虎熊惊……"

老将军激动的心情溢于言表。前不久，一位老中医刚为他接好"文革"中被迫害致残的左腿。他拄着陈毅元帅夫人张茜送他的手杖，重新回到国防科技第一线，再次来到罗布泊核试验场。

这位曾经担任第一颗原子弹试验现场总指挥的将军，对这一事业、这个地方有着特殊的感情。早在 1956 年身为副总参谋长的张爱萍便与核武器结下了不解之缘。

在北京那间简朴的会客室里，张爱萍将军对我说："1956 年国家要制订科学技术发展规划，那个时候是周总理主持，陈老总具体负责，陈老总到外交部后是聂帅负责。记得周总理还对我说，原来规划里没有国防科技的内容，现在增加一部分，因此要你也来参加。"

为了一次次核试验的成功，人们已经记不清将军有多少次来到罗布泊试验场和青海研制基地，来到科技人员中间……

在这次地下核试验的庆功会上，张爱萍一定要亲自见一见取样组的全体同志。他一个一个地同大家握手，说："听说你们四进四出沾染区取样品，好样的！"

地爆零后 5 分钟，取样组飞车直奔核爆炸的洞口。24 分钟后，他们到达其中一个取样间，这时取样间的放射性剂量已到每小时几十伦琴，两分钟后，取样间门外的剂量高达每小时 180 伦琴。在场人员傅依备、胡广木、常炳离、丁厚本、陈玉山 5 人所受剂量已经超过允许标准。作业队副队长傅依备及基地高才生同志立即报告指挥部，指挥部命令所有人员马上撤回。

张震寰、朱光亚、王淦昌、赵敬璞和试验基地的领导、作业队领导都在指挥部的帐篷里等候取样组归来。

听了取样组的汇报，会议室出现了短暂的沉默。朱光亚紧锁双眉沉思，赵敬璞用手轻轻叩击着桌子……

王淦昌比别人更加焦急，搓着双手走来走去，忽然停下来说：“我要进洞取样，一定要把气体样品拿回来！否则我怎么向总理交代、向人民交代!”

大家都理解王老的心情。

朱光亚忙说：“那怎么行？你要是取样，我们都要去坐牢。”

傅依备和第一批取样的同志都要求第二次取样，当天下午 6 时再次进场，结果又失败了。

当夜 12 时，丁厚本、张其林等第三次进场，仍然没有取回样品。

第二天，朱光亚、王淦昌等来到现场，在洞口紧急研究决定采取一切防护措施，在确保安全的前提下，再次组织人员进洞取样。第四次取样人员名单是：翟国良、叶全成、李怀曾、陈玉山、郑开璋、胡泽春。其中没有丁厚本。

领导说：“丁厚本同志，你不能去了，你已经严重超剂量，昨天夜里你又偷着去，已经有人告了你的状。”许多同志纷纷帮着说情，丁厚本却没吭声。

出发了，汽车快速驰向洞口。这时人们才发现，丁厚本不知何时“混”上了汽车，穿着一件“偷”来的特大号防护服，捂着大口罩，悄悄坐在卡车的后角。

来到洞口，山上塌方的石头仍然不停地向下滚动，放射性污染仍然严重。丁厚本说：“老胡，你在外面看着，我和老叶进去探路。”傅依备拉着丁厚本说：“老丁，你在外边看着，还是我进去。”丁厚本不肯留下，拉着叶全成冲进洞内。紧接着，翟国良、李怀曾也跟了进去。

洞里很黑，越往里走放射性剂量越高。他们抬着钢瓶，钻进预备洞口，终于找到两瓶气体样品。

取样组迅速返回，郑开璋和丁厚本没顾上洗消，立即随车将样品送到化验室。经化验分析，气体样品符合要求。成功了！消息传开，整个试验场区一片沸腾。

王淦昌来到取样组，大家一阵欢呼，把他团团围住。王老激动得不能自已，一个接一个地和大家握手，连声说："太感谢你们了！太感谢你们了！"

王老一连和大家握了三遍手，才匆匆走出帐篷到别处去致谢，凡遇到人，他就上前握手。

蘑菇云从罗布泊永远消失。

从 1981 年开始，我国的核试验已完全转入地下。

1986 年 3 月，我国政府郑重宣布：中国已多年未进行大气层核试验，今后也不再进行大气层核试验。

蘑菇云在中国消失了，罗布泊上空将永远是一片纯净的蓝天。为了进行核武器新的原理试验，提高试验技术，从蘑菇云下走过来的核武器研制队伍正默默地在新的征途上艰难地行进。他们的事业不像亚运会、奥运会那样引人注目，也不像亚星、澳星那样宏伟壮观，他们的工作已不像昨天那样轰轰烈烈，那样激动人心。

核爆炸那瞬间的辉煌已成为看不见的辉煌，人们只能从荒凉大漠中那一块块写着"永久沾染区"的牌子上知道地层深处发生过的事情。

这里没有纪念碑。

他们也不需要纪念碑。

对于他们来说，今天和昨天似乎是一样的，一样的艰苦奋斗，忘我拼搏；一样的集体攻关，勇于创新；一样的默默无闻，兢兢业业。周恩来制定的"严肃认真、周到细致、稳妥可靠、万无一失"的 16 字方针仍然像昨天那样用石头在作业现场摆着，在每个人心里记着，各级领导仍然像老一代领导者那样走遍每一座营房、每一个工号。

在核武器研制基地的采访中，我看到这样一组数字：从 1945 年至今，美国已进行 900 多次核试验；苏联也进行 700 多次；而我国从 1964 年到 1996 年共进行 45 次核试验（其中大气层 23 次，地下 22 次），但研制经费仅有美国的百分之几。

同时我也看到这样几个数字：一个研究室一年来加班 1300 多个小时，每人每小时加班费为 0.3 元。给我印象更深的却是这里流行的谚语："我为事业献青春，献了青春献终身，献了终身献子孙"。这是几代科技人员人生路程的写照，这更是一种庄严承诺，一种悲壮的誓言，一种发自肺腑的奉献之歌。

阳光、空气、水，是一切生命存在的三大要素，事业的特殊需要却使他们连这些基本的东西也不能完全拥有。青海高原有阳光、水，但空气稀薄；罗布泊试验场有阳光、空气，但缺少水；大西南的山谷中有空气、有水而缺少阳光……

有人积劳成疾，恋恋不舍地离开了工作岗位；有人英年早逝过早地耗尽了生命。

吴际霖——核武器研制队伍的一位优秀的组织和领导者倒下了，高能炸药专家钱晋教授倒下了。在"文革"动乱的岁月中，他们满怀悲愤地离开了人世。

邓稼先倒下了。这位为核武器发展献出毕生精力的科学家去世时年仅 62 岁，直到他辞世前的几个月，世人才从报纸上知道他的名字。

宋大本倒下了。这位在核裂变点火技术方面有贡献的科学家 51 岁英年早逝，去世前的 4 个月，他仍然带病出差云南、四川、上海等地，奔波了 81 天。

不仅是科技人员，不仅是第一线的奉献者，在这支悲壮的队伍背后，跟随着一支同样悲壮的庞大队伍——他们的父母、妻子和儿女。在科技人员忘我攻关时，他们的亲人正默默地承受和忍耐着生活中的困难和艰辛。

某研究室主任邵乃林，这位曾登上百米铁塔为第一颗氢弹安插雷管的研究员，在 20 世纪 90 年代的爆轰试验中，几十组实验他每次都到场，亲自处理了上万个数据。

但当时他家中 5 口人中竟有 4 口人在待岗待业，同时还赡养着长年卧病在床的 80 多岁的父亲；青年工人郭继春，钻研了一身好手艺，能加工公差仅 0.01 毫米的关键零件，从 1990 年 5 月到 1992 年 9 月他完成合格产品 2657 套，但岳母去世也没能回去看上一眼……

还有一个令人久久难忘的故事。1992 年，执行任务中一位年仅 45 岁的工人向珍和突然因病去世。他的妻子程国秀赶到实验场，告诉领导不要任何照顾，不要分散领导的精力，别误了国家大事。她仅请求领导“帮助查清楚，珍和借了多少出差费，哪些同志托他在新疆捎东西带了多少钱，我再难也要想法还清。”

在北京领导机关举行的核武器研制先进事迹报告会上，许多听众流了眼泪。

我们应该流泪，当我们为祖国的核盾牌自豪的时候，我们应该记住这些普普通通的奉献者。

一段轰轰烈烈的历史，画上了一个精彩的休止符。一个崇高的目标，一个美好的梦想。

在人造卫星从太空拍摄的照片上，罗布泊的形象很像一只巨大的耳朵，一个没画完的圆。

自从 1964 年这里爆响了我国的第一颗原子弹，罗布泊就以那一声声惊天巨响成为中华民族振兴的象征，成为一个举世瞩目的地方。

1996 年夏，当人们的目光纷纷投向亚特兰大，投向第二十六届奥运会那激烈角逐的时候，茫茫太空一颗颗神秘的“眼睛”正紧盯着罗布泊。

这里，即将进行一次新的核试验。

这已经不是秘密。

1996 年 6 月 8 日，在成功地进行了一次核试验的当天，中国外交部声明，9 月份前我国还将进行一次核试验，之后将实行暂停核试验。

这次事先宣布的核试验，牵动着无数人的心。

许多为我国核试验作出过重要贡献的老专家、老领导应邀来到新疆马兰，来到核试验场，再亲眼看看他们为之倾注半生心血的地方。

杨承宗教授来了，二机部老部长刘杰来了，中国科学院院士、钱三强的夫人何泽慧先生来了……

许多参加过第一颗原子弹试验的老同志，主动要求来现场参加暂停前的最后一次试验。这些从蘑菇云下走过来的人们心里都揣着一个共同的心愿，给自己奋斗了几十年的事业和人生亲手画上一个完美的圆。

1996 年 7 月 29 日上午，随着大山的一声轰鸣，我国一次核试验圆满成功。

1996 年 7 月 29 日，也正是日内瓦禁核试谈判复会的日子，我们上午试验的时刻是西方 7 月 28 日的夜晚，我们终于赶在“禁核试条约”谈判复会之前，胜利完成了核试验任务。

这一天，我国政府庄严宣布：“从 1964 年 10 月 16 日第一次核试验起，经过三十多年的努力，中国现已建立起一支精干、有效的核自卫力量。中国广大工人、科技工作者、中国人民解放军指战员以及所有从事国防建设的工作人员，在极端困难的情况下，发扬自力更生、奋发图强的精神，不怕牺牲、艰苦奋斗，为研制和发展我国的核武器，建立了不朽的历史功勋……”

这一天，我国政府郑重声明：从 1996 年 7 月 30 日起，中国将实行暂停核试验。

一段轰轰烈烈的历史，画上了一个精彩的休止符。

在我国第一颗原子弹爆炸成功的那天，周总理曾严正声明：“中国政府一贯主张全面禁止和彻底销毁核武器，中国进行核试验，发展核武器，是被迫而为的，中国掌握核武器，完全是为了防御……我们深信，核武器是人制造的，人一定能消灭核武器。”

这是一个崇高的目标，一个美好的梦想。总有一天，原子弹会在地球上彻底消失，人类将享有永久的和平。那时候，“核”这个字眼在人们的心目中将不再是灾难和恐怖，而是温暖与光明。

功垂青史

——记核物理学家钱三强

彭继超

仰望科学的天空，在中国核科学的璀璨星座中，有一颗明亮的星星。

钱三强，一个在中国知识分子心目中闪耀的名字。

1992 年春，中国改革开放的总设计师邓小平在南巡讲话中又一次讲起“两弹一星”，这位当时已经 88 岁的老人动情地说：“我们要感谢科技工作者为国家做出的贡献和争得的荣誉。大家要记住那个年代，钱学森、李四光、钱三强那一批老科学家，在那么困难的条件下，把“两弹一星”和好多高科技搞起来……”

1998 年 9 月 18 日，中共中央、国务院、中央军委隆重举行表彰为研制“两弹一星”作出突出贡献的科技专家大会，并授予 23 名包括钱三强在内的科技专家“两弹一星功勋奖章”。江泽民总书记在大会上满怀深情地说：“我们要永远记住那火热的战斗岁月……”

的确，我们应该记住那个年代，应该记住那些为国争光的科学家，应该记住钱三强。

约里奥·居里夫妇说：在那些到我们实验室来并由我们指导的同一代科学家中，他最为优秀。

在人类文明的历史上，中华民族曾走在世界的前列；直到十五世纪以前，中国的科学技术在世界上保持了千年的领先地位。

当现代科学技术在西方蓬勃发展的时候，古老的东方大地也并不是一片空白。

早在二十世纪 20 年代，一批批中国青年知识分子赴西欧、北美求学，在世界著名的物理学家和核科学家的直接指导下，在核科学领域接受了严格的训练，并开始了实验和理论研究工作，取得了一项举世公认的成就。

钱三强，浙江省湖州人，1913 年生，1936 年毕业于清华大学物理系。

1937 年，24 岁的钱三强考取中法教育基金委员会公费赴法国巴黎大学镭学研究所居里实验室作研究生，师从伊莱娜·居里。1939 年，钱三强与导师合作，参加铀和钍受中子打击后产生镧同位素 β 射线能谱的研究工作。伊莱娜准备研究裂变碎片 β 射线能谱，钱三强负责云室的操作与测量工作。

1940 年，钱三强在伊莱娜·居里指导下，完成了 α 粒子同质子碰撞的研究工作，以此为题的博士论文获得通过，获得博士学位。1945 年，钱三强受导师之命，赴英国布利斯托大学学习核乳胶技术，师从鲍威尔。这个冬天，钱三强学成回到巴黎，协助伊莱娜与约里奥的研究工作。1946 年，钱三强、何泽慧赴英国剑桥大学参加基本粒子会议，两位年轻博士关于乳胶记录中子打击铀核的报告引起他们的注意，特别是报告中所展示的图片，如分岔点上发出的细长、浅淡径迹令人百思不解。回到巴黎，钱三强得到约里奥·居里夫妇的积极支持，带领两位法国研究生和何泽慧一起，进行夜以继日的研究工作，终于从精确的统计数字中发现：在中子撞击铀原子核发生裂变时，每三百次出现一次这种新奇现象。1946 年 12 月 9 日，经约里奥推荐，钱三强领导的科研小组在法国科学院《通报》上公布了三分裂变的研究结果，并附有历史意义的五张核乳胶照片。随后，何泽慧又发现其中有裂变为四个碎片的痕迹。经过大量实验，终于证明四分裂现象也有规律，大约一万个裂变中会出现一次。在约里奥指点下，在 1946 年 12 月 23 日首次公布四分裂照片，并附有详细的测量计算。他们经过努力，向人们展示裂变现象研究的新境界，那就是：原子核在中子打击下，不仅可以分裂为二，还可以分裂为三乃至四。分裂为三的可能性，较分裂为二者小三百倍。分裂为四分之一可能性，较分裂为二者小约一万倍；三分裂所放出的能量，较二分裂稍强，四分裂所放出之能量，较二分裂弱。

1947 年 2 月，钱三强、何泽慧在美国《物理评论》上发表论文，第一次对三分裂和四分裂作出明确结论，同年 3 月 31 日，钱三强应邀在法国科学院作了题为《论铀的三分裂机制》的报告。

今天，钱三强三分裂理论为世人公认，已成为裂变物理一个重要分支。这一为中华民族争得荣耀的划时代的研究成果，使人们对核分裂的认识向前推进了一大步，在国际物理学发展史上写下了极为光彩的一页。钱三强的导师约里奥·居里当年曾将他们的成果在巴黎召开的世界科学工作者大会上宣布：

“在我们的实验室，正在进行一项重要的工作，它本来是由英国的科学工作者开始，由我们的实验室做了更多的工作，已证明铀核分裂的新方式—— 三分裂和四分裂。对这新发现，我们的研究人员做了顽强的细致的工作，我们将遵守科技界的准则和传统，立即发表研究论文。它的国际性，可以由作者的国籍来说明。它是由两个中国青年科学家钱三强和何泽慧，两个法国青年科学研究人员沙斯戴勒和维聂隆共同努力取得的。我们反对某些国家把基础科学列入保密范围，这对世界科学发展是很不利的。”

约里奥·居里讲话的第二天，法国《人道报》《人民报》《时代》、中国的《大公报》《新民报》均作了详细的报道。有家报纸的标题是：《中国的“居里”夫妇：发现了原子核分裂法》，副标题是“为原子研究开辟新天地，物理学大师均誉不绝口”。

为了表彰钱三强的科研成就，法国科学院 1946 年底曾向他颁发了亨利·德巴微奖金。1947 年夏，法国国家科学研究中心在 1944 年任命他为研究员后，又晋升他为研究导师（法国科研学衔分 4 个等级，即教授级的研究主任，副教授级的研究导师，讲师级的研究员和助教级的研究助理）。钱三强的勤奋、才智和严谨的科学态度赢得了约里奥·居里夫妇的好评与同伴们的钦佩。

当时，在留法人员中，得到这样重要学术地位的中国人，只有钱三强一个人。

1947 年底，约里奥教授把三分裂与四分裂的研究成果写在了实验室年度报告的首条位置。

第二年春天，钱三强找到中共驻欧洲的负责人刘宁一和孟雨同志，向他们表示了要回祖国的心愿。

“祖国的解放大约还需要两三年时间。”在卢森堡公园一条长凳上，刘宁一对钱三强说：“蒋家王朝就要垮台了。你们回到国内，先到北方一个大学待下来，培养一批学生，准备迎接解放。新中国诞生后，你们是大有作为的！”

钱三强把自己要回国的打算告诉了导师。

约里奥教授听后不禁愣了一下，说道：“您回去之后上哪儿呢？”

钱三强知道他是法国共产党员，便直率地说：“回北方去。”那时，他已接到严济慈教授和清华大学叶企荪教授要他回国组建研究机构和参加教学的来信。

听了学生的回答，对中国解放战争形势分外关注的约里奥教授很满意：“很好！我要是你的话，也会作出这样的决定！”

话别时，约里奥·居里夫人语重心长地说：“我们俩（指与约里奥教授）经常讲，‘要为科学服务，科学要为人民服务，’希望你把这两句话带回去吧！”

回国前夕，钱三强的两位导师——约里奥·居里夫妇签署了一份评语。他们写道：“……他对科学事业满腔热忱，并且聪慧有创见。我们可以不夸张地说，在那些到我们实验室来并由我们指导工作的同代人当中，他最为优秀……钱先生还是一位优秀的组织工作者，在精神、科学与技术方面，他具备研究机构领导者应有的各种品德。”

1948 年 5 月，钱三强和何泽慧抱着刚满半岁的女儿祖玄，带着丰硕的科研成果和报效祖国的热忱，带着约里奥·居里夫妇的殷殷嘱托和难忘的记忆，由地中海登船，返回 10 年来魂牵梦绕的祖国。

1949 年 1 月 13 日，北平宣告和平解放。钱三强情不自禁地骑上自行车，飞快地到了长安街，置身于载歌载舞的人群中……

刚解放没几天，北平军管会主任叶剑英同志就派人与钱三强取得了联系。

当钱三强高兴地来到军管会驻地时，负责接管文教单位的周场、钱俊瑞等同志亲切地会见了他。周扬对钱三强说："你的情况，党组织都知道，欢迎你和我们一起工作。"

几天以后，钱三强接到了一个不寻常的通知：党组织决定让他参加新中国派出的第一个代表团，到法国巴黎出席世界和平大会。代表团团长，就是后来任中国科学院院长的著名学者郭沫若。

1949 年 10 月 1 日。中华人民共和国开国大典在雄伟的天安门广场隆重举行。

已经担任全国政协委员和全国民主青年联合会副主席的钱三强，应邀登上了天安门城楼，与党和国家领导人、各界知名人士一起参加了开国大典。

中华人民共和国诞生一个月后，中国科学院成立了。钱三强被任命为中国科学院计划局副局长，兼近代物理所副所长，所长是吴有训教授。不久，吴教授就任中国科学院副院长，近代物理所所长职务由钱三强担任。

屹立在世界东方的新中国为钱三强提供了广阔的舞台。钱三强说："我们这一代从事科学工作的人，多少年来，一腔热情渴望着为祖国的强盛而施展抱负。然而，只是到了新中国诞生，受到中国共产党的启发教育和信任，才真正实现了自己的宿愿。"

毛泽东举起酒杯站起来，大声说：为我国原子能事业的发展，大家共同干杯。

1955 年 1 月 14 日，中南海，西花厅。

周恩来主持召开一个小型的会议。参加这次会议的有国务院副总理薄一波，地质部部长、科学院副院长李四光，物理研究所所长钱三强，地质部副部长刘杰。

周恩来先请李四光汇报了铀矿的勘查情况，然后请钱三强介绍原子核科学研究的状况。他详细地询问了原子反应堆、原子弹的原理和发展这项事业的必备条件。

“毛主席要听取这方面情况的汇报，明天你们还到这儿来。”周恩来最后安排说：“要做点准备，简明扼要，把问题说清楚。地质部可以带矿石，三强可以带简便的仪器作汇报表演。”

李四光、钱三强等人按时来到丰泽园。

这是一次专门研究发展我国原子能事业的中央书记处扩大会议，刘少奇、周恩来、彭真、邓小平、李富春、薄一波等中央领导人参加了会议。

毛泽东主持会议：“今天，我们这些人当小学生，就原子能的有关问题请你们来上一课…… ”

李四光取出了黄黑色的铀矿石，说明铀矿资源与发展原子能的密切关系和勘察发现铀矿石的有关情况。

中央领导人一个一个传看铀矿石标本，感到很新奇。

钱三强汇报了全世界核物理的研究和发展概况，和我国这几年的准备工作，他把探测仪放在桌面上，又把小块放射源放在口袋里，然后从桌旁走过，探测仪便立刻发出“嘎嘎……”的轻微的响声。这时大家都高兴地笑起来。有的兴趣正浓，也接过来试了一试，也发出了同样的响声。有的领导提出这样那样的问题，气氛十分活跃。

当钱三强讲到攻破原子核发生链式反应所引起的震动，以及核物理研究成果将对整个社会发展所引起的巨大推动作用，更加引起了与会者的注意。

毛泽东主席说：“我们国家，现在已经知道有铀矿，进一步勘探一定会找出更多的铀矿来。解放以来，我们也训练了一些人，科学研究也有了一定的基础，创造了一定的条件。过去几年其他事情多，来不及抓这件事。”

毛主席思考着，强调说：“这件事总是要抓的。现在是时候了，该抓了。只要排上日程，认真抓一下，一定可以搞起来。”

毛主席看着大家，接着说：“你们看怎么样，现在苏联对我们援助，我们一定要搞好！我们自己干，也一定能干好，我们只要有人，又有资源，什么奇迹都可以创造出来！”

大家一致拥护毛主席的意见，对发展原子能事业表示了极大的决心。毛主席突然话题一转，向钱三强提出了原子内部的结构问题：

“原子核是由中子和质子组成的吗？”

“是这样。”

“质子、中子又是什么东西组成的呢？”

钱三强一时答不出话来。会议以前，尽管他曾有所准备，但是，毛泽东所提出的这个问题，是从来没有人研究过的，也是从来没有人提过的。

“原子”这个词在古希腊语中意思是不可分的。

钱三强如实回答说：“根据现在科学研究的最新成果，只知道质子、中子是构成原子核的基本粒子。基本粒子，也就是最小的，不可分的。”

“他们是不可分吗？”

“现在的研究，是这样。能不能分，还没有被认识。”

毛主席思考着说：“我看不见得。”他带着商量的口气说：“从哲学的观点来看，物质是无限可分的。质子、中子、电子，也应该是可分的。一分为二，对立的统一嘛！不过，现在实验条件不具备，将来会证明是可分的。你们信不信？”

钱三强静静地听着，大家也都静静地听着、思索着。

“你们不信，反正我信。”毛主席微笑着，抽着烟，在认真地谈着他最感兴趣的哲学问题……

吃饭的时候到了，大家来到餐厅，餐厅里摆了三桌饭菜。

毛主席坐在钱三强这一桌，他的右边是彭真，左边是李四光，钱三强坐在他的对面。

“三强的父亲，是钱玄同。”彭真对毛主席介绍说。

毛主席微笑着点点头。

“钱玄同是北大的教授，主席那时也在北大，见过面没有?”

“知道，但是没有见过面。”毛主席微笑着回答了彭真。接着对钱三强说：“最近我看了一本书，有你父亲写的文章，《新学伪经考》序。”

“父亲写这本书时，我在读高中，听他说过。他写这篇序，很认真，下了不少功夫。”

“钱先生在他的文章里，批评了他的老师章太炎。”

钱三强记得，爸爸与章太炎的关系是很好的，很尊重这位教师。在这篇序里，爸爸是怎样反驳这位教师的，钱三强并不太清楚。

“《新学伪经考》，是康有为的著作。他说许多古书都是经过后人篡改过的。章太炎对这本书有反对意见。”毛泽东解释说，“钱先生为这本书作了长序。这篇文章代表他对经学今文古文问题的成熟见解。他在文章中提出：总而言之，我们今后解经，应该实事求是，而绝对破除‘师说’‘家法’……钱先生就在这篇长序里，反驳了他的教师章太炎。有这种勇气，这是很不易的!

开始上菜了。毛主席平时滴酒不沾，这次却特意斟了一杯红葡萄酒。

毛主席站起身来，举起酒杯大声说：为我国原子能事业的发展，大家共同干杯!

从此，我国原子能事业的发展拉开帷幕。

钱三强说：艰难困苦的关头，却成了中国人干得最欢、最带劲、最舒坦的黄金时代

1955 年初党中央决定，利用苏联提供的援助，建设自己的原子能工业。

1958 年 9 月 27 日，苏联援助建设的反应堆和加速器正式移交使用，在现场举行了隆重的移交典礼，陈毅副总理剪彩，聂荣臻元帅和郭沫若讲话，中外来宾 1000 多人。从此，中国有了一个综合性的原子科学技术研究基地。该基地由中国科学院物理研究所更名为中国科学院原子能研究所，仍属中科院和二机部双重领导，以二机部为主，钱三强任所长。基地汇集了一批科技人才，何泽慧、赵忠尧、王淦昌、彭桓武、朱光亚等著名核科学家，以及刘少奇的儿子刘允斌、彭湃的儿子彭士禄、李四光的女儿李林，都在这里工作。这个基地在我国原子能事业建设和发展中，特别是对于原子能科技骨干的培养，起到了“老母鸡”的作用。

应该说，在我国原子能事业起步阶段，苏联曾给了一些有益的帮助。

可是，当这种友谊和援助要以损害中国的主权尊严为条件的时候，破裂就不可避免地发生了。

1958 年 7 月 31 日赫鲁晓夫来华，再次提出建立长波电台和联合舰队的建议，显示出要在军事上控制中国的企图，遭到毛泽东的严辞拒绝。毛泽东说，我们再也不想让任何人利用我们的国土来达到他们自己的目的。

随之而来的是，苏联政府以种种借口拖延中苏《国防新技术协定》的执行。

1960 年 7 月 16 日，苏联政府照会中国政府，要撤回在华工作的全部专家。

到 8 月 23 日，在核工业系统工作的 233 名专家全部撤走，一些重大科研项目半途停顿，一些厂矿停工停产，一些正在建设的工程被迫下马……

针对赫鲁晓夫的背信弃义，毛泽东在北戴河气愤地说：“要下决心搞尖端技术。赫鲁晓夫不给我们尖端技术，极好！如果给了，这个账是很难还的。”

周恩来总理坚定地表示:“我们中华民族是有骨气的民族，是有智慧的民族，没有什么力量能压服我们，也没有什么事情会难住我们。”

1960年8月9日，二机部向所属单位发出《为在在我国原子能事业中彻底实行自力更生的方针而奋斗》的电报。指出:今后我部的事业完全由我们自己干。因此在思想上、组织上和行动上迅速适应新的变化，必须抛弃一切依赖思想。

1961年7月16日，中共中央发出《关于加强原子能工业建设若干问题的决定》，指出:为了自力更生突破原子能技术，加速我国原子能工业的建设，中央认为有必要进一步缩短战线，集中力量，加强有关方面对原子能工业的支援。身为二机部副部长兼中国科学院副秘书长和原子能研究所所长的钱三强承担着各有关技术协作项目具体组织领导工作。

钱三强说:“作为一个有爱国心的知识分子，此时此刻的心情是什么滋味!我很清楚，这对于中国原子核科学事业，以至于中国历史，将意味着什么。前面有道道难关，而只要有一道攻克不下，千军万马都会受阻。真是这样的话，造成经济损失且不说，中华民族的自立精神将又一次受到莫大的创伤。……但是，历史的进步是客观存在的。中国已经改朝换代了。尊严和骨气，再也不是埋在地层深处的矿物。”

他贯彻部党组的决定，除继续致力于原子能研究所的学科建设外，开始调整所内科技力量为二机部的一线任务服务。为解决当时正在建设的气体扩散工厂首批六氟化铀供料，他组织了生产工艺攻关，为扩散机的核心元件分离膜安排了预研。他在原来已经在院内为原子弹和核潜艇的研制布好点的基础上，又安排了一批为氢弹设计所需的理论和实验课。还安排了核武器所需的轻重核材料制备的工艺研究，以及为核工业服务的辐射防护研究等。

钱三强亲自组织了原子弹点火中子源的研制。

一天晚上，钱三强找到所里的一位年轻化学工程师王方定。

“研究原子弹的点火装置，需要我们支援，时间紧、担子重，所里决定调你去参加。”一见面钱三强直截了当地向小王布置了任务。

王方定禁不住一阵紧张，深感这副担子太重了。然而，他从所长那期待和信任的目光中得到了鼓舞，增强了勇气。

“你看，”钱三强指着放在办公桌上的一个容器，深情地说，“这是我1948年从法国带回来的一点放射性废渣原料，放了十几年了，一直舍不得用。现在交给你，你们好好搞，快点搞出来！

王方定小组的青年科技工作者没有辜负所长的期望。他们在钱三强夫人何泽慧教授等老科学家的具体指点下，把生命安危置之度外，终于以数百次的化学实验，赢来了最后的成功。

钱三强除了组织攻关和协作外，当核工业系统到处需要科技骨干时，他顾全大局，把所里最优秀的人才输送出去。特别是在核武器所筹建阶段，由于他知人善任，亲自提名推荐了一批各专业的学科带头人。

邓稼先、朱光亚、王淦昌、彭桓武、周光召、忻贤杰、陆祖荫、吕敏、于敏、黄祖洽、唐孝威、何祚庥等著名科学家和技术骨干先后调到核武器研究所和核试验研究所。当后来部党组织决定成立一批专业的研究所和工厂时，原子能研究所又不失时机地将有关研究室、组成建制地调出去，成为新建所和工厂的基础力量。

从1959年至1965年7月，原子能研究所调给外单位的科学技术人员共计914人，其中正副研究员、技术员712人。与此同时，还为部内兄弟单位培训了1706名科学技术干部；加上1958年以来为高等院校等单位培训的1185名科学技术人员，为全国各省市培训的976名放射性同位素应用人员，共输送和培训了4781名科学技术人员。这些人员中的多数都成为“两弹”攻关和核科研中的中坚力量。在原子能研究所，钱三强曾不止一次地讲：“要顾全大局，打破本位主义思想……舍得把最好、最顶用的人用到最需要、最关键的地方去，不分是你的还是我的。这样既解决了急需，为国家作出贡献，又能使人员交流，人才成长。好的人才输送出去了年经些的就很快的自然成长起来了。就像割韭菜一样，一茬接着一茬……”曾有人说过：在中国研制“两弹”的悲壮进军中，原子能研究所是“满门忠孝”。

1958 年深秋。钱三强找到邓稼先：“小邓，我们要放个‘大炮仗’，这是国家绝密的事情，想请你参加，你看怎么样？”说完，他又严肃地说：“这可是光荣的任务啊！”

面对如此艰巨、光荣、关系重大的事情，一时间，“娃娃博士”不免有些惶恐地说：“研究原子弹！我行吗？”

“能行。你就和大家一起干吧！这是祖国对你的信任。这件事关系到国家的安危……相信你能干好的！”钱三强拍着他年轻的肩膀说。

从此，邓稼先义无反顾地投身于原子弹、氢弹的研制事业，直至生命的最后一息，成为著名的“两弹元勋”。

1959 年 9 月的一天，钱三强在中国驻苏使馆人员的陪同下来到莫斯科杜布纳联合核子研究所，向在这里工作的中国人员通报了苏联毁约的消息。

正在杜布纳工作的周光召、吕敏、何祚庥等二十几名中国专家，立即向国内写信请缨回国参战，他们表示：作为新中国培养的一代科学家，我们随时听从祖国的召唤！

回国后，周光召到九所理论部任第一副主任；何祚庥投入到氢弹理论探索，吕敏成为核试验测试事业的一名开拓者。

后来，钱三强在人大常委会开会时对著名语言学家吕淑湘说：我那时把你的儿子吕敏搞到新疆去了，这么多年也没有回来。已在核试验场工作了二十几年的吕敏得知后，给钱三强写信表示：这个事情我不后悔，总算是给国家干了点实际有用的事，知识分子能有这个机会是不容易的。

1961 年 4 月，钱三强同二机部部长刘杰一起邀王淦昌谈话，请他参加原子弹研制工作，这位发现反西格玛负超子的著名科学家斩钉截铁地说：“我愿以身许国。”成为攻关队伍中一位化名王京的技术带头人。

1961 年春的一天，钱三强把王承书请到自己的办公室，神色严峻而庄重：“你愿意隐姓埋名一辈子吗？”

这位从美国归来的女科学家似乎预感到了什么，“我愿意!”她严肃地答道。

“那好！你去搞核扩散，把那里的理论搞起来。”钱三强详细地介绍扩散厂的严峻形势，明确指出理论研究工作要为扩散厂上马铺路搭桥。

王承书悄然无声地从物理学界消失了。她与同事们一起顽强攻关，终于在1964年生产出了高浓铀合格产品。

在苦战攻关的关键时刻，党和国家领导人多次到工厂和研制试验基地视察；各级领导干部纷纷深入生产、科研第一线。

1962年春节，国务院在人民大会堂宴请一千多名科学家，请他们吃顿肉，补充点营养。钱三强和钱学森就坐在周总理身边。

这年春天的广州会议，周恩来、陈毅为知识分子“脱帽加冕”，脱掉资产阶级知识分子之帽，加上劳动人民知识分子之冕，给广大科技人员带来极大的振奋和鼓舞。

会议结束那天，陶铸代表中南局和广东省举行了盛大的招待会，来自全科技界、教育界、文艺界的代表欢聚一堂。会前，聂荣臻特别指定了竺可桢和钱三强在会上代表科技界发言。

当时，钱三强49岁，正在组织原子弹、氢弹攻关。由于工作特殊，他把握不住哪些该讲，哪些不该讲。正当钱三强在认真掂量的时候，聂荣臻亲切地鼓励他说：“你在发言中，可以讲一讲大家关心的原子能工作，要放开了讲。”

当钱三强站起来讲话的时候，立刻引起了人们的关注。钱三强在介绍有关科技攻关的情况之后，激动地宣布：

“我国原子弹的总体设计已经开始走上了轨道!”

“我国将在预定的时间里爆炸第一颗原子弹!”

话音刚落，全场立刻爆发出热烈的掌声。

钱三强后来回忆说：“所有这些工作的成功，都离不开周恩来和聂荣臻的直接领导与指挥，离不开全国上下大力协同的奋斗精神。真是

‘山重水复疑无路，柳暗花明又一村’。遮盖在中国大地上的乌云吹散了，心头的疑团解开了；曾经以为是艰难困苦的关头，却成了中国人民的干得最欢、最带劲、最舒坦的黄金时代。”

张劲夫说：钱三强功不可没

1967 年 6 月 17 日，罗布泊地平线上同时升起了两个太阳。我国第一颗氢弹爆炸成功。

中国在第一颗原子弹爆炸后，只用了两年零八个月的时间就爆炸百万吨级的氢弹，令世界震惊不已。对于西方说，这好像是一个不解之谜。

这是 1960 年 12 月的一个早晨。

钱三强的办公室里，来了一位 30 岁的年轻人。他叫黄祖洽，是原子弹研究所第四研究室的一个组长。

钱三强用信任的目光看着这位 1950 年就已加入中国共产党的青年物理学家，平静语气是透着几分严肃：

“小黄，今天叫你来，是要告诉你部党组的一个重要决定，为了早日掌握氢弹技术，我们要组织一个轻核理论小组，先行一步，对氢弹的作用原理和各种物理过程，可行的结构进行探索、研究。现在，我们只能靠自己啦。”

黄祖洽专注地听着钱先生的叮嘱，不由得挺起了胸膛。

钱三强又特意叮嘱说：“你原来那个组叫 47 组，这个轻核物理组就叫 470 组吧，要特别注意保密。”

在钱三强的组织下，一群年轻的科技工作者，悄悄地开始了氢弹技术的理论探索。

氢弹是利用原子弹爆炸的能量点燃氘、氚等轻核的自持聚变反应，瞬间释放巨大能量的核武器。又称聚变弹或热核弹。氢弹的杀伤破坏因素与原子弹相同，但其威力可大得多。原子弹的威力通常为几百至几万吨梯恩梯当量，氢弹的威力则可大至几千万吨梯恩梯当量。

1942 年，美国科学家在研制原子弹过程中，推断原子弹爆炸提供的能量有可能激发大规模的核聚变反应，并想以此来制造一种威力比原子弹更大的超级核弹。10 年后，1952 年 11 月 1 日，美国进行了世界上首次氢弹原理试验，试验代号为“迈克”。试验装置以液态氘作热核装料，爆炸威力在 1000 万吨梯恩梯当量左右。但该装置连同液氘冷却系统重约 65 吨，不能作为武器使用。

苏联宣布于 1953 年 8 月 12 日进行了氢弹试验。试验装置中第一次使用了氘化锂作热核装料，因而重量、体积相对较小，有可能用飞机或导弹来投放。

美、苏为了显示核威慑力量，在 50 年代和 60 年代初期，曾研制过一些威力高达几千万吨梯恩梯当量的热核装置。20 世纪 60 年代中期，大型氢弹的比威力已达到了很高的水平。美国 1962 年开始部署的“大力神”洲际弹道导弹，弹头重约 3700 千克，威力 900 万吨梯恩梯当量，比威力达 2400 万吨梯恩梯当量/千克。苏联在 1965 年部署的 SS09 洲际弹道导弹，弹头重约 6100 千克，威力近 2000 万吨梯恩梯当量，比威力约 3300 万吨梯恩梯当量/千克。

两个超级大国一直把氢弹技术作为核威胁的主要手段而严加保密，直到 1979 年美国人莫兰德发表了《氢弹的秘密》一文后，人们对氢弹的奥妙才略知一二。而这篇文章在当时还曾被美国政府作为一起泄密事件。

如果说，我国原子弹的理论设计还有苏联专家讲的一点原理性知识起了一些引路作用的话，而氢弹技术当时则完全是一片空白。

1961 年年初，于敏、何祚庥等加入了氢弹探索者的行列。

一切都要从头开始。这些年轻的探索者出发的阵地只是最基本的物理学原理，他们手中的主要兵器只是一张书桌、一把计算尺和一块黑板，他们最大的优势是有一颗颗火热的心和一个个不知疲倦的大脑。就凭着这些，他们顽强地拼搏着，探索着、一步又一步地向前推进。

探索者队伍不断扩大，最多时曾达 40 多人。这期间，钱三强又委派黄祖洽兼任九所理论部的部分工作。钱三强说：“这里的情况你可以带到那边去，但那边的情况不能带到这里来。”因此，同志们称黄祖洽是个“半导体”。紧张的工作、连续的失眠使黄祖洽得了高血压和疲劳综合症。但直到今天这位年逾古稀的教授对当年的生活仍充满了怀念之情。在采访中，他满怀激情地对我说：“如果你要问我那些年工作是不是太苦了，是太辛苦了，但我觉得，如果要我在去做的话，我还是情愿去做的。”

一篇又一篇的论文交到钱三强手里，一个又一个未知的山头被绞尽脑汁、呕心沥血的科学勇士攻克。四年中，黄祖洽、于敏和同志们提出研究成果报告69篇，对氢弹的许多基本现象和规律有了更深的认识。

1965年1月，毛泽东在听取国家计委关于远景规划的汇报时指出：“原子弹要有，氢弹也要快。”

就在这个月，黄祖洽、于敏等30多名年轻的科技人员调入核武器研究所，同彭桓武、邓稼先、周光召等理论研究人员一起，汇聚成一支强有力的科研攻关队伍。

1965年2月，在朱光亚、彭桓武主持下，邓稼先、周光召等人制定了突破氢弹原理的工作大纲。

1965年9月，于敏率领一批科研人员在上海华东计算所连续奋战了两个多月，他们终于发现了氢弹实现自持聚变反应的关键物理因素和方法，实现了氢弹原理的突破。

1966年12月28日，氢弹原理试验成功，这表明我国氢弹研制中的关键科学技术问题已获得解决。

历史已经证明，氢弹理论探索先行一步是钱三强、刘杰的一着妙棋，为尽快突破氢弹技术打下了基础，赢得了时间。

在采访中，当我向刘杰部长问起为什么在原子弹尚未突破时就想到了要抓氢弹的理论探索，刘杰回答说：“我在和专家的接触中，知道原子弹和氢弹是不同的，有很大的差别，也知道美国在比基尼爆炸的氢弹有那么大的个头，但当时对氢弹的基本原理还不清楚，就和钱三强同志谈这个问题，是不是可以从理论上先做一些工作，考虑先做一些基本的探讨，在这个基础上再下决心。钱三强同志在这个问题上下了很大功夫，做了大量的组织工作进行研究，起了很重要的作用。”。

中国科学院原党组书记张劲夫说：“钱三强功不可没，1964 年爆炸了原子弹，1967 年就爆炸了氢弹。这个科研理论方案和课题是三强很早就提出来的。有人总认为三强自己没参加具体的研究工作，我却认为，如果没有他做学术组织工作，如果不是他十分内行地及早提出这些方案与课题，那么你怎么赶上和超过别人。”

“面对我们的骨灰，高尚的人将洒下热泪”

1993 年 10 月 16 日，是钱三强诞辰 80 周年。这天，也是我国第一颗原子弹爆炸 29 周年。

1993 年 10 月 11 日上午，350 多名科学家、知名人士隆重聚会在中国原子能科学院，举行纪念钱三强八十诞辰报告会暨《钱三强论文选集》首发式和钱三强教授铜像揭幕仪式。

一年前的 6 月 28 日，钱三强那颗太沉太累的心脏已经停止了跳动。

1992 年 5 月 29 日，在聂荣臻元帅逝世一个月之际，首都科技界举行纪念聂帅座谈会。头天夜里，钱三强准备发言稿至凌晨两点。他以“科技工作者的知心领导人”为题发言时，回忆往事，心情激动，听者无不动容。

由于劳累和心情激动，钱三强已发作过两次的心肌梗塞当夜再次复发。住院后，6 月 27 日深夜发生心力衰竭，于 6 月 28 日逝世。

令人稍感欣慰的是，在钱三强住院期间，邓小平同志的南巡谈话已传到北京，何祚庥院士到病床前告诉了钱三强。

核工业部的首任部长、84 岁高龄的宋任穷同志前来亲自为钱三强铜像揭幕，表达了一位老将军对这位杰出科学家的缅怀和尊重。宋任穷在回忆中说：“钱三强同志是著名核物理学家，重原子核三分裂与四分裂的发现者。1948 年回国后，一直积极推动核科学研究事业。他在我国原子能事业的创建与发展中，有独特的贡献。在普及原子能科学知识，培养推荐科学技术人才，建立综合性核科研基地，引进和吸收外来技术，组织领导重大科技攻关和科技协作等方面，做了大量工作，起到了别人所起不到的作用。”

中国科协主席朱光亚，中国科学院院长周光召，核工业总公司总经理蒋心雄，中国原子能科学院院长朱祖训等钱三强的同事、学生在发言中深情地怀念钱老的卓越贡献和崇高品质：

“三强同志是世界闻名的、杰出的核物理学家，是我国原子能科学技术事业卓越的创始人和开拓者……我国原子能科技事业能够在一穷二白的基础上，以较快的步伐走向繁荣昌盛，成为我国科学技术发展史上的奇葩，光彩照人，震惊世界，三强同志在其中做出了极其重要的贡献，这一功勋是永世不可磨灭的。”

“我们有一个共同的认识：在科学界，钱先生是我们这个时代的代表，同时，他又是我们这个时代的楷模，他那坦荡顾大局的心怀，勇挑重担的气魄，杰出的组织才能，甘为人梯的精神，谦逊朴实的作风和他那只讲奉献不求索取的高风亮节，永远是我们学习的榜样，我们将永远怀念他。”

“三强同志具有浓厚的爱国主义精神，他的科学视野极其广泛。他不仅是我国科学技术事业一位卓越的组织者领导者和实干家，而且是我国科技界一位著名的社会活动家。”

朱光亚动情地说：“我同今天在座的许多同志一样，曾长期在三强同志的领导下工作，亲身聆听和感受到他的教诲。我个人 1955 年从长春调回北京（三强同志那时叫我‘归队’），几十年来一直在他的领导、指引和帮助下，受到他很大教益……”

周光召把他主编的《钱三强论文选集》赠发给参加仪式的科学家们和负责同志，他说：“今天使我们联想很多，尤其我们许多作为他的学生和晚辈的人，曾经接受到钱老的培养和关怀，回顾以往，我们的心情更是难以平静。”

中国科学院院士彭桓武用发自内心的诗句概述了钱三强对我国科技事业的巨大贡献，表达了怀念之情：

八宝灵堂送别哀，徐行无语思低徊。
人民站起新时代，科学还需指点才。
遍国贤才不断求，知人善任预为谋。
顺从需要多方面，组织科研一统筹。
各路英雄齐会战，八方协作善为媒。
喜传捷报春雷响，请进花厅酒一杯。
科学为人民幸福，“核能”促世界和平。
忠心遵照党领导，服务竭诚终此生。

作为钱三强的一位相处几十年、相知很深的老朋友，彭桓武先生感慨地说：“在科学家中，三强入党较早，当时形势要求他在组织领导工作与个人科研工作之间进行选择。正像他 1982 年接见记者说：我想借用马克思的一句话来与青年们共勉。马克思说：‘如果我们选择了最能为人类福利而劳动的职业，我们就不会为他的重负所压倒，因为这是为全人类所做的牺牲；那时我们感到的不是一点点自私而可怜的欢乐，我们的幸福将属于千万人，我们的事业并不是显赫一时，但将永远存在，而面对我们的骨灰，高尚的人将洒下热泪。’我想正是这些信念，使他选择了前者，忠心遵照党的领导，热情积极地工作，在党领导和科学家之间架起了很好的桥梁，使许多科学家和大批青年的创造性得到发挥，直到取得集体的胜利。”

钱三强一如他生前那样谦虚而坦荡地微笑着，在绿树和鲜花丛中微笑着，无悔的笑容凝固成一尊历史的雕像。

回忆张爱萍将军为221核基地纪念碑题词始末

张志芳

仿佛梦境一般，重回曾经奋斗的地方，站在“中国第一核武器研制基地”纪念碑前，我仰望碑文，回想当年恭请张爱萍将军题词的经过和张老对二二一的关怀，心情久久不能平静，往事历历在目。

“中国第一个核武器研制基地”纪念碑在青海省海晏县海拔3200米的金银滩草原上耸立，这里在未解密之前是被称为二二一厂的绝密地区，军中儒将张爱萍将军在碑上的题词苍劲中透出俊秀，辉映着远处群山的皑皑白雪，庄严肃穆，记录着当年在这里默默无闻、艰苦创业的人们和那些掩藏在心底的秘密。

1989年王菁珩厂长把请张老为纪念碑题词的任务交给我实属偶然但又必然，我接受任务既感到困难重重也感到责无旁贷，应该去努力争取，因为我的岗位很特殊。

1988年，基地为满足常年在此艰苦奋斗的广大人员（含驻厂部队指战员）的心愿，二二一厂领导研究后决定在撤厂时要启用自有资金建设一座可做永久纪念的标志性建筑，安排李纯荣（原工会主席）等人进行主体设计。与此同时，派人来京和我见面，传达厂领导意图，要我设法请到张爱萍的墨宝（题写碑文），并嘱此事一定要保密，要尽快办好。

张爱萍将军曾任国防科委主任、中国人民解放军副总参谋长、中央军委副秘书长，在20世纪50年代核事业策划、221基地选址、核弹试验现场指挥等诸多重大事件中亲力亲为，在60年代多次到基地检查指导工作，对基地非常熟悉，深有感情。但是，以我的身份想见他是很难的。

巧的是，张老之子张翔此时正在二炮任职，经常要来参加有关综合仪器厂筹建工作的会议，研究工作，听取二二一厂方面的情况汇报，我也参加二炮其他企业化工厂的会议，我们经常在会议上见面。我们虽然也在一起出差或开会，但是直接提出要求未免有些唐突。于是，我把自己的想法向薛增安（时任二炮某部副部长兼总工程师）报告，请他在适当时机向张翔请求帮助，转交我以二二一厂的名义写给张老的信。几天后接到薛增安的电话说，张翔已表示“张老一般情况不允许家庭成员接转此事”，但考虑到二二一厂的特殊情况，同意把张老秘书的电话交给我，让我直接和其联系（张翔副司令对二二一厂的这一巨大帮助是非常关键的，我在几年后一次会议上才有机会当面表示感谢）。于是，我以二二一厂全体职工的名义给张爱萍将军，简要汇报二二一厂的撤厂安置进展情况，表达对张老的敬意，并请张老为二二一厂纪念碑题词，下款签署了我的姓名和在京联系电话。此信简单扼要，只写了一页纸，按邓德江秘书的要求，我把信送到军委办公厅。一段时间以后，我以为首长很忙，无暇顾及此事之时，却突然接到军委办公厅邓秘书的电话说“张老看到你的信很高兴，让你报告一下二二一厂撤厂安置的进展情况，我转达给他。并把题词内容告诉我。”我在电话里立刻简要报告了安置工作进展状况。因时间紧迫，通信条件简陋，不能、也不便从工厂办公室跑到三里河军工局用保密电话和厂内联系，我只能立即擅作决定，建议题词“中国第一个核武器研制基地”恭请张老参考，并敬请张老确定改写更合适的题词。我当时的想法是：在中国大地，221 基地确实是最早最先秘密建成投入使用，建立卓越功勋的，当年九院也是从这个基地（青海省海晏县金银滩大草原）按国家战略部署成建制转移搬迁至“三线”地区的；这里是我国第一颗原子弹、第一颗氢弹的诞生地，是国家级核试验的实验装置的诞生地；当年这里是二机部为核弹研制大会战的最前线，曾聚集着理论部、设计部、实验生产部等诸多部门和单位，进行着从理论研究到结构设计、系统设计和制造工艺研究与设计的工作，进行了批量生产武器化产品核弹头并送交部队，中华人民共和国成立后才过上好日子，这都是中国共产党毛主席给的。所以我对党和毛主席感情特别深，没有党和毛主席就没有我们的今天，我永远不会忘记毛主席的恩情。

我的乡亲王淦昌

王振浩

第一次听到王淦昌的名字，是我刚走出校门不久。

那时，我看到有一本支塘公社文化站编印的《支塘小志》，书中记载："枫塘湾王崇植留美回国后，任开滦煤矿总工程师；王畿道留学德国柏林大学，获德国医学博士；王淦昌留美（后来知道也是留学德国柏林大学）系原子物理，现任中国原子物理研究所副所长，在原子物理学有重大发现，现为世界上当代有名的物理学家。"王淦昌的祖宅和我家近在咫尺，而我之前对这些名望极大的乡亲却所知寥寥，只是听长辈们说："王家是名门望族，有好几位念了书之后都在外面做大事情。"这段记载引起了我探访家乡著名文化人士的兴趣。

1964 年，我国第一颗原子弹爆炸成功。当这个特大新闻传遍大江南北之后，我曾一度猜想：我们村里的大科学家王淦昌，他是我国很有名的原子物理学家，会不会也参与了这项研制工作？向乡亲们打听，可谁也不知道。

直至 1985 年，我在《中国文化报》上看到了《中国文化名人——王淦昌》的报道，才确切地获得一个令人亢奋的消息，那就是在参与研究、试验核武器的主要人物中，果真有王淦昌的名字。"王淦昌，真的是王淦昌！他是从我们支塘镇枫塘村这片热土上走出去的乡亲！""家乡竟然出了个造原子弹的杰出人才！这样的读书人真正了不起啊！"人们奔走相告，感到无比骄傲和荣耀。

从此，我就很想知道有关王淦昌更多的故事。

1987 年 10 月，我冒昧给王老写了一封信，大意是恳请他能不能在百忙之中将自己献身科学、为国家作出突出贡献的事迹材料提供一些给我。信寄出后，我忽然觉得有些后悔，心想：王老的工作一定十分繁忙，让他写回忆材料，岂不是干扰了他的工作？我不该给人家添事！谁知十多天后，就收到了王淦昌秘书种培基写的回信，种秘书在信中说："你给王淦昌同志的来信收到了，王老很谦虚，认为自己是一个普通的科学家，不愿过多地回忆过去，他有兴趣的是如何为祖国做更多的事。"信虽很简短，但言语中充满热情、真挚，让人意想不到的是，种秘书还随信寄来一本《王淦昌和他的科学贡献》，书中都是王老的同事和学生为庆贺王淦昌先生八十华诞所写的回忆文章，他们大多对王老有较深的了解，详细讲述了与王老相处共事的亲身经历，从不同侧面反映了王老的科学贡献和为人品德。无论是诺贝尔物理学奖获得者李政道、杨振宁，还是如周培源、周光召等这些我国科技界泰斗，字里行间都洋溢着对王老的无比敬重之意。收到这样一份珍贵的资料，我如获至宝，兴奋不已。

读完这本书后，王淦昌高大的形象矗立在我心中，我要为他写故事的想法与日俱增。不久，我采访了王氏家族中一位叫王丽英的长辈，在她的讲述中，我了解到 1947 年王淦昌回乡探亲时一段鲜为人知的故事。

1946 年春，当时在浙江大学物理系任教的王淦昌准备回老家支塘镇枫塘湾探亲访友。途经上海时，顺便找到了在上海明珠电池厂当老板的侄儿王养廉，叔侄相见，格外亲热，彼此互叙阔别之情，无不感慨万千。其间，侄儿王养廉见叔父一身青布长衫，衣着如此简朴，不免惋惜地叹道："叔父，你从小在外求学，生活坎坷清贫，到上海来办厂吧，别再去做那寒碜的教书匠了。"王淦昌听后不禁哑然一笑说："办厂？我心里头没那个谱，也没那份兴趣。""要不然，你回家继承祖业，那二百多亩收租田经管好，也不愁没有厚禄的了。"王淦昌听后只是连连摇头，默不作声，他同侄儿显然是话不投机。少顷，王淦昌坦诚地对侄儿说："养廉，说实话，我在外已经这么多年，对家中的产业早已不放在心上。不过，经你刚才这么一提醒，我倒想请你一同回老家去办一件事情。""办什么事？"侄儿王养廉迷惑地问。"我打算这次回家除了探亲外，准备处理一下家产。"王淦昌没有将自己的想法和盘托出。

次日，王淦昌同侄儿回到家乡枫塘湾。一踏上阔别多年的故土，便挨家逐户拜访相邻长辈和幼时的好友。在与亲邻友好的闲聊中，特别关心的是家乡子弟的读书情况。当他了解到附近原来的一所私立小学因缺乏办学经费而被迫停办后，感到十分痛心。他动情地对众乡亲们说：“小孩子不读书怎么行呢？我来想办法尽快在枫塘湾重新把学堂办起来。”王淦昌办学心切，立即同侄儿请来附近的教书先生王福承，一起商量办学事宜。当王先生谈到校舍和办学经费的困难时，王淦昌就毅然表示：“把我所有的‘义庄’房子全部改建校舍，将我家收租田交来的租米充作办学经费。”王淦昌为了让家乡的孩子们早日能有读书的机会，他毫不吝惜父辈传给他的家产，他又请来木匠，把家中所有剩余的门板、木材拿出来，连日连夜赶制课桌、座凳。不几日，校舍和课堂设施一应俱全。枫塘小学重新创办起来的好消息一传开来，孩子们雀跃般奔走相告，顿时，三五里外入学者纷至沓来，王淦昌还特别让王福承校长宣布：“凡穷困孩子入学，一律免收学费”。

我迫不及待地把这个故事变成文字后，还将稿件寄给王老审阅。他的秘书接到我的稿件后，在回信中说：“来信和《小传》王老都看过，作了部分更正，他非常感谢你，并为此耽误你许多宝贵时间而深表歉意。王老他总是不愿意因为个人的事而占用别人的时间。他常说：‘节约节支，还要节时间。他晚年更爱惜时间，更感觉时间的宝贵……’”读到这样的回信，我顿生敬畏。为了不打扰王老，以后我便改成曲线联系，一直与秘书保持通信。

1992年，王老应邀参加常熟（徐六泾）电厂奠基仪式。这次，他决定顺道回趟老家来探亲。那天下午4点，我听到这消息，心想这是一次近距离目睹王老风采的好机会，我提前下班，一路赶过去，来到枫塘村办公室一看，嚯，老家的乡亲们早已将办公室外场地围得水泄不通。乡亲们都踮起脚争相看看王淦昌究竟长得啥样子，都想听听他会询问点啥事情？我好不容易挤进人圈，才看清了王老的面庞和他与乡亲们亲切交谈时的笑容。只见王老一坐下来就连连询问着小时候的玩伴和亲友，他一边挥动双手比划双刀剁肉状一边说："那个叫宗根兴的大厨手艺很了不起，记得他曾经到苏州马咏斋、南京总统府做过主厨""还有枫塘小学教书的王先生身体好不好呀？"……怀旧的话匣子一打开，王老侃侃而谈，对童年往事记忆犹新。当听说他妻子吴月琴的弟媳卧病在床，便说要去看望一下，村里特地准备好的水果和茶水也顾不上吃一口，就起身走出办公室。一群人也跟着他们往不远处的那户亲戚家去看热闹，我没有跟过去，坐在村办公室等他们回来。大约过了十多分钟，王老从小舅家回来就匆匆上车与乡亲们挥手告别。这时，我忽然发现王老的两位亲戚呆呆地目送着王老远去的汽车，脸上似乎挂着些许不悦。我便悄声问一位亲戚的家人："王淦昌到你们家探望你婆婆，好像你们家都不太高兴？""别提了！王淦昌这人学问白多，却没有一点亲戚情份！按理说王淦昌是至亲，这次特地来探望，别说买几只香蕉苹果，捎一些礼品什么的，就叫他多聊一会儿家常，说说知心话都不肯，屁股也没坐热就走了，你说他这人怎么连乡下人最普通的礼数都不懂呢？这种人脑子里根本就没有亲眷朋友！"听罢，我无言以对。她越说越来气，接着又说道："两年前，我丈夫专程去北京找过王淦昌，想请他出面跟常熟市里的领导打个招呼，扶持村里办个稳妥点的企业，让自己也好沾一点光。谁知王淦昌一听就直截了当对他说：'听说你是生产队里的队长，又是复员军人、共产党员，你应该全心全意当好队长，带领好村上的乡亲们把农业生产搞上去。'我丈夫是个没文化的老实人，一听王淦昌的口气，知道求他帮忙办企业是嘴上抹石灰——白说了，就再也不吭声了。他见我丈夫不接腔，顿了一会又说：'要不，你回去负责建办一家饭店或者菜馆也蛮好的，我琢磨你和队上有几个祖传的厨子手艺都不错，干这行你们最拿手……'我丈夫听到这里，忍不住苦笑起来，心想：我这趟去京城总算见识了至亲的一片"真情"，帮我出了这么个"好主意"！我丈夫从北京回来就将事情经过一五一十地告诉了我们，我们也明白王淦昌是个做大事的人，他哪有心思过问乡下那些鸡毛小事。"凤娥姐的释然，我也同感。王老的脑子里是挤不进这种琐事的，他把时间当作生命，哪有闲心去做别的事情呢。

谁知两年后，我忍不住又一次去“劳驾”王老，这一次是恳求他为我们文化站准备出版的一本征文集题写书名，记得那是 1994 年 8 月 11 日发的信，两个月后，我惊喜地收到了王老的亲笔回信及题写的书名。他在信中回复：王振浩同志：您好！接得 8 月 11 日的来信，以事务繁多，不及奉复及时，甚以为歉，望乞鉴宥。兹遵嘱：奉上“闪光的历程”五个字，拙劣万分，无法改进。若尚有用，乞笑纳之。专此敬复，并请秋安！

王淦昌谨上

1994 年 10 月 15 日于北京

王老不负所托，如约奉上他老人家在百忙中题写的书名，并在简短的回函中还为没有及时奉复而特致歉意，让我深深感受到王老为人的热诚和谦和，他对故乡真是一往情深啊！谁知，当我将书稿全部编成后，却因出版费得不到解决而致使该书“胎死腹中”。这件憾事犹如在我心中压着一块石头，久久难以释怀，真是枉费了王老的一片诚意和辛勤付出，那一阵子，我一直觉得像负了债似的，实实在在愧对王老呀！

1998 年 12 月，从北京传来王老逝世的噩耗，从此，科技界陨落了一颗闪光的巨星，故乡人痛失了一位骄人的文贤。此刻，除了深深的怀念，积聚在我心头的王淦昌情结再次涌动，催化成一股更强烈的创作欲望。一首《王淦昌颂》就这样诞生了：你是一位科学的巨人/以身许国进行了毕生的求索/不怕山高路遥/不怕急流暗礁/迎着艰险勇往直前/用智慧和汗水换来中华的骄傲/啊，王淦昌/你的爱国热情光照史册/将永远在我们心中燃烧/你如一首动人的歌谣/业精于勤高扬成后学的基调/引来满园春色/引来桃李芬芳/迎着朝阳求真探奥/以勤劳和奋进争当时代的英豪/啊，王淦昌/你的科学精神百代师表/将永远在我们的心中闪耀。

郭永怀传略

戴世强

简介：郭永怀，男，汉族，1909年4月4日出生于山东荣成，籍贯山东荣成。卓越的力学家、应用数学家。1935年从北京大学物理系毕业并留校任助教。1938年在西南联合大学半工半读。1940年赴加拿大多伦多大学应用数学系学习，1941年获硕士学位并转赴美国加州理工学院航空工程系学习，1945年获博士学位。1946年在美国康奈尔大学航空工程研究生院任副教授、教授。1956年11月携夫人李佩、女儿一道回国，在中国科学院力学研究所任研究员，并历任力学研究所副所长、二机部第九研究院副院长，以及中国科学技术大学化学物理系主任、中国力学学会常务理事、《力学学报》主编、中国航空学会副理事长等职。1957年当选为数理化学部学部委员（院士）。还曾当选为第二届全国政协委员，第二、三届全国人民代表大会代表。毕生致力于空气动力学研究，在跨声速流动领域做出了举世瞩目的开创性工作，提出了“下临界马赫数”概念，发展了PLK方法。是我国近代力学事业的组织者和奠基者之一，推动了我国独立自主研制导弹、卫星的进程，也是我国核武器研制单位的主要技术负责人之一，从而获得了“两弹一星”功勋奖章。此外，在发展高超声速空气动力学、电磁流体力学以及爆炸力学等新兴的力学学科方面，在培养青年科技人才方面亦作出了杰出的贡献。1968年12月5日19时不幸以身殉职，终年59岁，随即被追认为烈士。

一、好学上进，奋力攻关，为祖国的科学事业贡献终身

1909年4月4日，郭永怀在山东荣成县滕家乡西滩郭家村出生。其父郭文吉略通文墨，1922年，在父亲的支持鼓励下，郭永怀离家来到石岛镇，就读于明德小学。由于奋发好学，1926年他以优异成绩在高小毕业并考取了青岛大学附属中学公费生。1929年初中毕业，随后他只身乘船来到天津，于9月考入南开大学预科理工班。由于该班课程大部分由教授担任，所选用的教材也多是英文原版书，因而预科班学生的实际水平要高于普通高中。两年的预科学习使郭永怀打下了坚实的数理基础，为他以后专门从事力学理论研究创造了条件。而且，郭永怀和同宿舍中几个家境贫寒、志同道合的年轻人发起成立了一个读书会——微社。1931年7月，郭永怀预科毕业并顺利进入本科学习，尽管当时学理科没有多少出路，连日后的“饭碗”都难找，但他还是以数学上的专长知识和对光学的浓厚兴趣，选择了物理学。转入本科后，他投入顾静薇教授的门下，成了她唯一的一位物理专业学生。郭永怀良好的数学基础和孜孜不倦的求学精神深得顾静薇赏识，她为他单独开课，使他在学业上有很大长进，并鼓励他到北京大学物理系饶毓泰主任那里去深造。1933年9月，郭永怀如愿以偿进入了北京大学物理系，插班在三年级学习。在北大求学期间，郭永怀从不放弃任何学习新知识的机会，他对物理系的所有课程都认真听讲、仔细钻研，包括国内首次开设的量子力学，甚至还选修了大气物理学。优良的学习环境，使他扎扎实实地掌握了各门知识，在1935年毕业时，在全班30个学生中，郭永怀的总成绩名列前茅。

郭永怀本科毕业后，留做饶毓泰的助教和研究生。但不久“卢沟桥事变”爆发，郭永怀只能回到山东威海的威海卫中学执教数学和物理。1938年5月底前后，郭永怀辗转来到西南联合大学，在昆明度过了两年半工半读的生活。国难当头，更增强了青年郭永怀科学救国的信念。为此，他放弃了专修光学的夙愿，立志改学航空工程，从学习周培

源教授开设的《流体力学》课程开始，自愿开始和周培源一起从事湍流理论研究。1938 年夏，中英庚款留学生委员会举办第七届留学生招生考试，郭永怀报考了航空工程专业并被录取。然而好事多磨，正当留学生一行聚集香港准备从海路前往英国时，欧战爆发了，英国对德宣战而无法接纳中国留学生，他们只好返回各自的学校。1940 年 1 月，英国政府同意将这批学生转到英联邦成员国学习，留学生们到上海集合并准备前往加拿大。但在上船后拿到护照时才发现上面竟有日本领事的签证，留学生向英代办提出强烈抗议，英代办以取消留学资格相要挟，但留学生不为所动，一个个毅然走下即将启航的轮船。几经交涉之后，直到当年 8 月，他们第三次接到通知在上海集合，再度出发，终于成行。就这样，郭永怀开始了长达 16 年的留学生涯。

1940 年 9 月，郭永怀、钱伟长、林家翘等一行来到加拿大的多伦多大学，他进入应用数学系，由系主任辛格（J. L. Synge）教授亲自指导，只用了半年多的时间就完成了学位论文《可压缩粘性流体在直管中的流动》，并获得硕士学位。对中国留学生的优异成绩和取得的出色成果，辛格教授大为赞叹："想不到中国竟有这样出色的人才，他们是我一生中很少遇到的优秀青年学者。" 1941 年 5 月，经中英庚款委员会同意，郭永怀来到美国西部的加州帕萨迪那，进入加州理工学院（CIT），求教于当代航空大师冯·卡门（Von·Karman）。冯·卡门由于工作异常繁忙就推荐已经晋升为副教授的钱学森协助他指导郭永怀的论文研究。从此，郭永怀全力以赴投入工作，除了和同胞们一道进行学术讨论和假日共同聚会外，几乎断绝了一切娱乐活动，四年半的时间只看过半场电影。1945 年，他完成了《跨声速流动的不连续解》的出色论文，并获得博士学位。随即，他留在古根汉姆航空实验室（GALCIT）做研究工作，继续从事跨声速空气动力学研究，又完成并发表了几篇学术论文。在康奈尔大学（Cornell University）创建航空工程研究生院的西尔斯教授（W. R. Sears），作为冯·卡门的大弟子，深知这些研究成果的分量和研究者的功力，1946 年 10 月，他盛情聘请郭永怀前去任副教授，并共同主持该研究生院工作。

创建美国 Cornell 大学航空工程研究生院的五员大将

从左至由第 2 位起：郭永怀，J. Wild，W. R. Sear，A. Kantrowitz，Reparbili

1948 年春，郭永怀和李佩女士在纽约州的依萨卡结婚。李佩当时正在康奈尔大学工业与劳工关系学院学习工商管理，她与郭永怀结识于昆明的西南联大。李佩从 1951 年开始在康奈尔大学教授中文，郭永怀则于 1955 年晋升为终生聘用的正教授。在康奈尔大学，郭永怀一方面继续从事跨声速理论的研究，另一方面把主要精力放在粘性流体力学、高超声速空气动力学的研究上，并在应用数学上取得了突出成就。他提出一种奇异摄动法，被命名为 PLK 方法。以后，PLK 方法得到了广泛应用，著名力学家莱特希尔、谷一郎教授专门来信邀请郭永怀前去讲学，康奈尔大学的十年，是郭永怀成果丰硕的十年，他的科学研究处于黄金时期。正在此刻，他做出了出乎人们意料的回国决定。其实，在他受聘于康奈尔大学时，就向校方表明：“我来贵校是暂时的，将来在适当的时候就要离开。”他在是否申请接触机密资料的表格栏中填了个“否”字，对于让他申请加入美国籍的来信一概置之不理。新中国成立前夕，郭永怀参加了留美中国科学工作者协会康奈尔分会，经常把活跃分子请到家中，热烈讨论祖国的命运和未来。郭永怀对于台湾说客更是严辞拒绝："我们早就决定回大陆了。"钱学森 1955 年回国，并亲笔来信欢迎他到力学所工作，郭永怀从 1956 年夏天便开始筹备回国，行前，在航空工程研究生院举办的野餐会上，他把自己十余年积累的厚厚手稿投入篝火里全部焚尽，以示归心似箭的初衷和永不改变的决心。

1956 年 10 月下旬，郭永怀和夫人李佩乘上了开往祖国的"克里弗兰总统"号轮船，并于 1956 年 11 月初回到了阔别多年的祖国，进入了中国科学院力学研究所。当他在北京见到多年的知己钱学森时，素来沉静的郭永怀兴奋地说："想不到建国七年就发生了这么大的变化，是我们干一番事业的时候了。"不久后的一天晚上，周恩来总理在中南海怀仁堂与科学家们共商科学大计时，钱学森向总理介绍了刚从美国回来的郭永怀，周总理高兴地说："你回来得正是时候，有什么想法吗？"郭永怀十分激动，久久说不出话来，当总理请他坐下时才从肺腑里迸出一句话："我想的是尽快投入工作，我要工作。"几天之后，郭永怀就来到了力学研究所。在力学研究所，他开始担任所学术秘书职务，随即被任命为副所长。从此，他把全部热情和精力都倾注到我国力学科学和尖端技术的研究事业上了。郭永怀回国后立即投身到《12 年科学技术发展远景规划》的制定工作中，他担任力学专业组副组长。郭永怀和周培源、钱学森、钱伟长、沈元等一道，规划了我国高等院校力学专业设置，制定了力学学科的近期发展规划和远期奋斗目标，开拓了一些有重要意义的新领域，使我国近代力学科学技术从起步时就有一个很高的起点。力学所在初创时期是一个规模很小的研究单位，郭永怀来到所里后，为建设和发展力学研究所付出了极大的努力，使力学所很快发展起来并迅速成为全国力学研究的中心。

遵循钱学森和郭永怀的学术思想，力学所在其发展的几十年历程中，坚持在不断开拓新的学科领域的同时，始终把主要力量放在解决国民经济和国家安全有关的中长期的、综合性重大力学问题上。1960 年年初，第二机械工业部第九研究院开始了原子弹技术的研究与探索，经钱学森推荐，郭永怀作为工程力学方面的技术负责人，于 5 月调到九院，后来还兼任了副院长。自此以后，他一直率领相关的研究队伍为我国的“两弹一星”事业作贡献。1964 年以后，郭永怀作为国防科委空气动力学专业组成员，参与制定了全国空气动力学实验的规划、提出有关空气动力学发展的重大技术措施的建议、协调风洞实验任务和组织空气动力学的学术交流等多项工作。从 1967 年开始，作为筹备组技术工作的负责人，郭永怀协同钱学森为国防科委空气动力研究院的建制规划了一幅宏伟蓝图，奠定了空气动力研究与发展中心建设发展的基础。此外，郭永怀一直担任中国力学学会的常务理事、《力学学报》的主编、中国航空学会副理事长和中国科学技术大学化学物理系主任等职，为发展我国的近代力学事业作出了卓越贡献。

1968 年 10 月，郭永怀赴西北草原进行我国第一颗热核弹头发射试验前的准备工作。准备工作结束后，他于 12 月 5 日从兰州乘飞机回京，当飞机在北京的机场降落时，发生了事故，郭永怀不幸以身殉职，终年 59 岁，随即被追认为烈士。

221 爆轰试验场的纪念墙（左起第 4 位为郭永怀）

1999年9月18日，在共和国庆祝建国50周年之际，中共中央、国务院、中央军委决定表彰为研制“两弹一星”作出突出贡献的科技专家，并授予他们“两弹一星”功勋奖章，郭永怀是其中唯一的已获得烈士称号的科学家。中央决定指出：“这23位科技专家是人民共和国的功臣，是老一辈科技工作者的杰出代表，是新一代科技工作者的光辉榜样。”

郭永怀获“两弹一星功勋”奖章

二、跨声速流场的研究取得举世瞩目的成绩

20世纪30年代，活塞式飞机已达到了相当完善的程度并近乎达到该机种的极限，它们在俯冲阶段的飞行速度已接近声速。当时，航空技术的大问题是突破“声障”进入超声速飞行，研究跨声速流场成为一个重要课题。因为当飞机的飞行速度接近声速时，会发生阻力剧增、升力骤降、航舵失灵、甚至机翼、机身剧烈抖振等问题，有时甚至失去操纵或解体，导致机毁人亡。突破声障成了当时工程界和科学界共同奋斗的目标。力学家在研究这一奇特的现象时，发现在翼面上产生激波是气动特性恶化的主要原因，因此研究翼型绕流出现的激波现象成了当时跨

声速领域研究的关键科学问题。

郭永怀的博士论文《跨声速流动的不连续解》就是专门研究这个课题的，但要在理论上解决这一课题绝不是一件轻而易举的事，因为支配流体运动规律的数学方程是兼有椭圆型、双曲线型特性的非线性混合型方程，而且空气不可压缩的近似假设已不能精确反映出实际飞行中的气体特征。非线性、混合型、可压缩与不连续这些难点交织在一起，更使问题变得异常复杂困难。当郭永怀选定这个难题并向冯·卡门教授提出时，这位热情的航空大师非常高兴，十分钦佩这个年轻人的胆略和勇气，他逢人便说："郭正在作一个最难的课题，我们不要用零碎事情打扰他。"郭永怀全力以赴投入工作，在这篇博士论文和其后发表的几篇学术论文中，从理论上证明了：对于某一给定的外形，在均匀的可压缩理想气体来流中，当来流马赫数达到一定值时，物体附近的最大流速达到局部声速，此时的来流马赫数为"下临界马赫数"。当来流马赫数再增高时，物体附近出现超声速流场，但数学解仍然存在，若来流马赫数继续增高，数学解会突然不可能，即没有连续解了，此时的来流马赫数则为"上临界马赫数"。由于出现激波是影响机翼绕流特性的主要因素，所以真正有意义的是"上临界马赫数"而不是以前人们注意的"下临界马赫数"，这是一个重大发现。然而，风洞实验表明，应该在理论上出现光滑的连续解时，这种解却往往被带有激波的流动所取代，显然，解释理论与实际的矛盾对于避免或推迟激波发生是十分必要的。郭永怀的研究证明了：对于薄翼，在流动的加速区，这种光滑的连续流动是稳定的；在减速区，这种光滑的连续流动不稳定，可能在低于上临界马赫数（它一般都高于下临界马赫数）时出现激波；而且，厚度效应主要以物面的斜率体现出来。所以，只要超声速区出现在物体的平直部分，理论依然成立。这一项研究不仅解决了理论同实验的矛盾，也成为高效气动外型设计的先驱性工作。

在康奈尔大学，郭永怀对跨声速空气动力学提出了一个新课题：既然超出上临界马赫数后不可能有连续解，在流场的超声速区就要出现激波，而激波的形状和位置是受附面层影响的，因此必须研究激波与附面层的相互作用。这个问题比上临界马赫数问题更难，连数学方法都得另辟新途径，这就是 PLK 方法中 Kuo（郭）的来源，它便是所谓的奇异摄动法。这项工作是郭永怀的又一重大贡献。他将庞加勒（H. Poincare）的参数摄动法和莱特希尔（J. M. Lighthill）的坐标摄动法推广应用于边界层，消除了高阶奇性并使物理问题近似解一致有效。PLK 方法提出以后，得到了广泛应用，郭永怀还将该方法应用于高超声速流动，研究了沿平板的高超声速粘性绕流、普朗特数对平板高超声速粘性绕流的影响、高超声速粘性流动中的离解效应等问题，其中许多都是开创性的工作。

三、呕心沥血，为我国“两弹一星”事业献身

1957 年 10 月 4 日，苏联发射成功世界第一颗人造卫星，震动了全世界，在我国科技界也引起强烈反响。10 月 13 日，中国科学院、中华全国自然科学专门学会联合会、中华全国科学技术普及学会组织召开了“关于苏联发射成功第一颗人造卫星的座谈会”，郭永怀在大会上发言：“我觉得这件事是在进入原子能（时代）以后的第二件大事，对整个人类都有影响。人类一向是在二度空间活动的动物，现在有了人造卫星的成就，就如爬高有了梯子一样，以后去宇宙活动已经不是梦想，可以实现了。”然后，他以从国外获得的资料，就发射人造卫星的运载工具及其推力、火箭发动机的推进剂、卫星进入轨道的姿态控制、苏联同西方国家火箭技术的比较等具体技术问题作了分析介绍，并发表了自己的观点。1958 年，郭永怀参与制定力学所的科研规划时，就和所里其他领导共同提出研制人造卫星的倡议。

1958 年 5 月 17 日，毛泽东主席在中共八届二次会议上提出：“我们也要搞人造卫星。”中国科学院把研制人造卫星列为 1958 年的第一号重点任务（即 581 任务），并组建了三个设计院。其中第一设计院是以力学所为主建立的，郭永怀任院长。尽管由于与当时国力不相符的原

因，581任务目标在1959年时候调整为研制探空火箭，但它仍不失为我国航天事业的发端而被载入史册。1961年4月12日，苏联宇航员尤里·加加林首次进入太空，这对我国又是一次极大的促进，中国科学院举办了“星际航行座谈会”，此后的三年时间里，共召开了12次专门会议，为我国逐步进入航天大国行列进行了有益的探索。郭永怀参加了历次会议的讨论，以他在空气动力学、气体热力学以及数学、物理学方面的专长，提出过许多重要见解和主张。1961年10月，在星际航行座谈会的第四次会议上，郭永怀做了《宇宙飞船的回地问题》的中心报告，重点讨论了宇宙飞船安全再入大气层、顺利降落回收等问题。他从理论上定量分析计算了飞船再入段的空气阻力减速、气动加热、回地轨道的设计和烧蚀防热等重要问题。他还指出未来的宇宙飞船可以设计成有翼的形式以便利用空气产生必要的升力，并主张研究优化转移变轨的方案。

1965年，随着我国战略导弹事业的顺利进行，研制和发射人造地球卫星的任务再次提到议事日程上来，581任务演化为651任务。中国科学院在钱学森和郭永怀的参与下，以力学所为基础，成立了人造卫星设计院。力学所抽调十二室和分部的研究骨干，成立651室，承担人造卫星本体设计任务；同时，在十一室，安排了回地式卫星（即返回式卫星）方案及气动设计的调研工作。后来由于体制的调整，中国科学院人造卫星设计院整体转入第七机械工业部，改称空间技术研究院，然而相关工作为我国研制人造卫星的事业打下了良好的基础。郭永怀高瞻远瞩的见解和亲力亲为的工作，充分表明他不愧是我国航天事业的开拓者之一。

1959年6月，第二机械工业部遵照中央确定的方针，开始独立自主进行原子弹技术的研究与探索工作。由于这项任务里面涉及许多工程力学问题，二机部副部长钱三强约见钱学森，请他推荐从事这方面工作的技术负责人人选，钱学森说：“我看郭永怀完全可以胜任！他学术上造诣很深，而且作风正派，工作扎实，现在又担任力学所副所长。”钱三强在向上级汇报后，亲自找到郭永怀，郭永怀表示：“这个工作我虽没搞过，但经过努力，我想还是可以的。”这样，郭永怀于 1960 年 5 月来到九所，后来还兼任了副院长，负责与力学有关的技术问题。他在解决我国核武器研制进展每个阶段出现的关键性问题中，作出了独特的贡献，包括：

（1）原子弹。对于引爆方式，郭永怀提出了“争取高的，准备低的”的方针，以较为高级的“内爆法”作为主攻方向，同时为稳妥起见，也探索较为低级的“枪法”。他提出了几种可供选择的计算内爆过程的方法并亲自采用特征线法计算炸药爆轰波，还给科技人员讲授爆炸物理学并组织大家翻译当时仅能见到的一本俄文书《爆轰学》。为取得第一手资料，他鼓励设计人员参加爆轰试验，自己也经常与王淦昌等老科学家深入现场，有时要在零下 25 度的环境里风餐露宿，甚至钻进帐篷里和技术人员一道搅拌炸药。当时负责爆轰物理试验的青年科学家陈能宽提出了爆轰试验的新方案，他从力学角度进行了理论估算，大胆地支持了这一方案并使之得以实施。他还和龙文光一起指导设计部的科技人员进行了不同试验装置的结构设计，使得整个爆轰试验得以顺利进行。经过 21 个月的艰苦工作，1964 年 10 月 16 日 15 时（技术上称“零时”），我国第一颗原子弹装置爆炸试验取得圆满成功。

（2）核航弹。对于弹体结构，郭永怀关于薄壳结构和通用核航弹的见解对核武器的轻型化、实践化和系列化起到了指导作用。核航弹的气动外形有独特的技术要求，它必须要有很好的增阻特性，以保证飞机在投放过程中保持稳定并能及时安全脱离危险区。对这些难题，他不仅给予悉心的指导，还亲自参与外形和飞行弹道的理论计算工作。为了确保核试验的安全，他提出了“安全论证”的课题，特别关注核弹引信的可靠性和有效性问题，而且对弹上静压孔布局、管路汇流系统和引信误差计算都一一提出具体意见，对计算数据都一一进行核对。在他的直接关心和指导下，专门从事环境试验的研究所建立起来，配备了一整套大型、精密的、测试范围较广的核武器试验设备，包括冲击、噪声、振动、过载、温度、湿度、霉菌、盐雾的组合试验设备，还研制成功可测试数百重力加速度的大型离心机、可完成核航弹的整机结构振动试验设备等。1965 年 5 月 14 日，一架经过改装的轰炸机携带我国第一枚核航弹起飞了。在预定高度上，核航弹投向预定靶标，在预定高度上，核航弹实现了核爆炸。这次试验的成功使我国有了初步可用于实战的核武器。

（3）氢弹。我国第一颗氢弹采用空投方式，困难和危险都很大，这给空气动力学带来了新的课题。郭永怀利用 1966 年 1 月 17 日美国 B-52轰炸机在西班牙上空和加油机相撞时所携带的四枚氢弹（没有引爆装置）坠落在地的照片，分析了其增阻、增稳以及边界层性能，随后又开展了风洞试验，为氢弹的气动外形设计奠定了基础。指导完成了伞—弹组合体的双体弹道问题的计算。此外，他多次向负责结构设计的人员指出："作为原理试验弹采用金属铸件结构是可以的，但要达到实用化，必须搞轻型的薄壳结构。"这个主张付诸实施后，结构重量降低了 20%以上。1967 年 6 月 17 日，我国第一颗氢弹爆炸试验成功，这一历史性壮举震惊了世界。

（4）核导弹。核导弹与航弹相比，体积和重量要大幅度减小，对环境条件的要求也更加苛刻，包括噪声环境。郭永怀早在 1964 年就提出了要开展随机振动和噪声动态试验研究，他说："噪声试验是核弹武器化，特别是洲际导弹再入时必过的一关。声致疲劳试验也很重要，这方面工作国外已经搞了，而我们还没有开展，应该特别抓一抓，把这项试验搞起来，为以后的发展做准备。"他对试验设备、试验参数十分关心，当他听说高压气源有困难时，便以商量的口气说："你们没有见过风洞试验用的气源吗？国内有，你们去看看，会有启发的。"在他的关心和指导以及中国科学院专家的帮助下，噪声试验设备终于有了着落。由于当时国产设备只能模拟正弦振动环境，无法模拟真实核武器所处的随机振动环境，技术人员向郭永怀请示能否进口时，他肯定地说："这是技术引进，应该的。"随即在设备单上签了字。后来，有关设备的进口，解决了核弹头的随机振动试验问题。1966 年 10 月 27 日，我国成功地进行了“东风二号甲”导弹核武器试验。总之，郭永怀对我国核武器研制的贡献是多方面的，他还和朱光亚一起组织了有关发展海军核武器、反潜核武器及战术飞机机载核武器的调研，并提出了开展反潜核武器的水中爆炸力学、水洞试验、出入水弹道、特殊外形的水动力等研究的建议。

1968 年 10 月，郭永怀赴西北草原进行我国第一颗热核弹头发射试验前的准备工作。准备工作结束后，12 月 5 日郭永怀从兰州乘飞机回京，不幸以身殉职。张爱萍将军在参加力学所郭永怀牺牲 20 周年纪念活动时，深情回忆道：“郭永怀同志逝世时，我没有机会参加他的追悼会，当时林彪、‘四人帮’把我关在监狱里。我是在仅有的一张《人民日报》上看到他的逝世消息的，我想他是不是在西北试验场牺牲的呢？但我却不敢相信，因为按我们过去的规定，凡是危险性的试验，不管室内、室外，科学家都要离开现场。”可是，在创业初期，郭永怀亲自参加了我国第一个塔爆原子弹装置和氢弹的爆炸试验，目睹了爆炸时的壮丽奇观。

1964 年年初，国防科委成立了空气动力学专业组（即第 16 专业组），专业组由钱学森、郭永怀、沈元等国内 15 位著名空气动力学家组成。随后，郭永怀和其他成员一道组织了全国风洞群建设规划的论证并提出了风洞建设建议，进行了重点型号气动分析会诊工作，讨论了我国空气动力学研究队伍建设问题，并就一些新领域的工作进行了讨论。1967 年 3 月，聂荣臻在《关于国防科研体制调整改组方案的报告》中，建议成立 18 个研究院，得到了中共中央的批准。

第十七研究院（即空气动力研究院）的筹备组组长为钱学森，副组长为郭永怀、严文祥，郭永怀负责技术工作。郭永怀以他丰富的学识和深邃的思想，提出了许多重要建议和主张，为空气动力研究院的建设作出了贡献：（1）空气动力学的主要服务对象是航空和航天事业，在我国航空和航天事业刚刚起步之时，迫切需要空气动力学理论指导的特点尤为突出。(2) 空气动力学研究要形成国家层次的中心。集中有限的人力、物力和财力，统一规划、统一组织实施，乃是一个快、好、省的办法。这个中心可以同时为教学、科研、设计和生产服务。(3) 空气动力研究院应具有鲜明的特色，一是速度、尺寸、品种和功能配套互补；二是符合我国的国情；三是近、中、远期相结合；四是研究手段应实现理论研究、实验研究和模型自由飞相结合。(4) 在风洞建设上，除了要求达到低、高、超高速配套外，应该重点搞高速、超高速实验风洞，瞄准第一和第二宇宙速度。基于上述思想，钱学森和郭永怀为第17研究院的建制规划了一幅宏伟蓝图，包括各个专业研究所的设置、辅助设施、人员配备，以及具体的技术途径和各种实验设备，使研究院具有空气动力学研究的“全天候”能力。郭永怀还强调指出，十七院应独立于型号研究院之外，对先进的飞行器（如飞机、火箭）的气动布局有重大的发言权。通过空气动力学研究，及时提出新概念、新建议，为具体的型号总体设计作出贡献。这无疑是很有见地的。此外，他坚持要建立搞基础研究的理论研究所，明确指出：六所（理论所）虽可暂缓一下，但不能不建。更令人不能忘怀的是，1968年10月，在他要离开北京赴西北草原筹划导弹核武器试验的前一天，郭永怀还来到17院筹备组，要求起草一份关于高空模拟试车台和十七院进行统一规划的报告。同时他告诉大家，他要出差了，报告等他参试回来后再一起讨论。没想到这次会面竟成了永诀。目前，在第十七院基础上建成的中国空气动力研究与发展中心已成为同时拥有风洞试验、模型飞行试验和计算空气动力学等三种技术手段的实验研究基地。作为一个开拓者和奠基人，郭永怀在这项重大建设工作中，具有不可磨灭的功绩。

四、殚精竭虑，奠基新中国近代力学事业

中国科学院力学研究所正式成立于1956年1月16日，它是新中国近代力学事业的重要基地。1957年郭永怀来到所里工作后，一直是力学所的主要学术领导人，他首先关注研究所的学科设置、研究领域和方

向任务，根据学科发展和国家需求设置了激波管组、等离子体动力学组等新的课题组，倡导了爆炸力学等新领域研究工作的开展。1958 年他和钱学森等人一起提出了力学所主攻“上天、入地、下海、工农业生产中的重大问题”四大方面，着手研制人造卫星，发展宇宙航行动力学、爆破与火钻技术、水动力学，开辟为三峡建设等国民经济服务的研究领域。特别是 1958 年 8 月，力学所正式成立的“上天设计院”承担了人造卫星总体气动设计和运载火箭研制任务，郭永怀任院长。他还兼任力学所一室主任，从事与航天相关的研究工作，当时一室下设高温气体、燃烧风洞、机翼理论和固体力学等四个研究组。

1959 年一室撤销后组建十一室（即空气动力学研究室），郭永怀和林同骥等高级研究人员详细讨论了力学所气动研究的短、中、长期目标，研究方向则包括基础理论性探索、实验性研究和工程服务性研究等方面，拟定要建成从低速风洞、超声速风洞、激波风洞、电弧放电风洞、稀薄气体风洞到弹道靶（F1-F7）的设备群，这个总体研究布局充分体现了他们的雄心和胆略。1961 年，为贯彻中央“调整，巩固，充实，提高”八字方针，上述计划有所压缩调整，为了适应新的情况，钱学森和郭永怀提议力学所的航天预研工作与国防部五院设计研制部门建立接力式协作关系，组织了 101-105 任务，具体到气动研究部分，则是开展导弹空气动力学和气动热力学问题研究，重点是烧蚀防热问题。通过这类预研性、探索性和开创性工作，为我国航天事业的持续发展提供了支撑。

为了开展高超声速空气动力学实验研究，郭永怀始终如一地大抓高超声速实验设备的研制工作并提出了符合我国国情的建议，早在 1957 年他就提出：“看来我们也将研制航天飞行器，为此，高超声速流实验是必不可少的。我国资金电力不足，不可能走美国靠常规加热高超声速风洞的道路。即便有了这种大型风洞，由于受材料性能的限制，所能达到的气体加热温度极限仍不能满足回地环境模拟的要求。我们应及早探索新途径，利用激波加热这可能是一种有前途的办法，如果能在十年内获得成功，对我国的航天事业将是非常有用的。”他曾多次强调：“要少花钱，用简单设备作高水平的研究。”

在郭永怀的关怀下，十一室逐年发展扩大，到1964年已设置了七个研究组，郭永怀直接指导其中的激波管和激波风洞实验研究组、湍流边界层研究组。他对于湍流研究情有独钟，在指导相关工作时强调年轻人阅读有关剪切结构等方面文献、专著，曾对湍流组的呼和敖德说：“我们不要走前人走过的路，要仔细分析实验的结果和数据，看看能不能走出一条新的路来。”对于烧蚀防热研究，郭永怀积极倡导开展烧蚀机理研究，在工作十分繁忙情况下，曾抽出整个上午时间专门听取魏叔如关于高硅氧玻璃纤维增强塑料烧蚀理论的工作汇报。他还大力支持吴承康在力学所自主建设920kW电弧加热器和相应的测试系统，利用电弧等离子体亚声速射流对飞行器驻点的受热情况进行了上百次模拟试验。这样，力学所为我国中程导弹的研制成功，特别是在突破“热障”方面，提供了重要的科学依据。几十年来，力学研究所一直按照郭永怀的设想，利用激波管、激波风洞和电弧设备为解决我国洲际导弹和返回式卫星中的气动热、气动力关键问题作出了重要贡献。

1964年2月，毛泽东主席在接见中国科学院副院长竺可桢、李四光和力学所所长钱学森时，谈到反导弹问题时他说：“有矛必有盾，搞少数人有饭吃，专门研究这个问题。五年不行十年，十年不行十五年，总要搞出来的。”1965年2月，国防科委召开了反导弹防御系统会议，确定由中国科学院、国防部五院和二机部共同承担。根据分工原则，中国科学院围绕导弹在飞行中产生的物理现象开展基本理论研究。6月，郭永怀向科学院党组提交了关于××项目十年规划的报告，他指出：“为了使我们的弹道导弹不为敌人防御武器所摧毁，使我们自己的弹头能突破敌人的防御，我们就必须开展研究，为设计新型弹头提供技术资料，这种研究也同时为我们拦截敌人的弹道导弹创造了一部分重要的基础。”他还进一步说明：“防御导弹与防御飞机一样，重要的是及早发现和准确跟踪目标，只有做到这一步，才能最有效地发挥截击武器的威力。近十年来，国外对弹头飞行的物理现象已经进行了不少工作，但是由于这些现象的复杂性，问题还远未解决，我们必须在这个基础上，大力开展这方面的工作。”

关于具体任务，他写道：“针对弹头在中段和再入段所产生的电波与弹体作用，电波与等离子体的交互作用，高温气体的性质和光辐射以及运动的特征现象开展研究，作为第一步目标。为此可先从五个方面进行工作，即高温气体的性质及辐射的研究；电磁波的传播及微波技术的研究；等离子体基本性质的研究；高空物理研究；气体动力学及电磁流体力学研究。配合理论工作的开展，应积极开展实验研究，现在还没有的实验室应积极筹建或扩建。”报告中一共列出了五个中心问题共 21 个课题。力学所是××任务的抓总单位，郭永怀则是××工程总体组组长，他身体力行，亲自领导电弧风洞、弹道靶和高温激波管等实验设备的筹建工作，以满足再入物理现象研究的需要。“文革”以后，由于体制和任务的调整，××项目和力学所从事该项目的研究队伍一并移交给七机部。然而，郭永怀开创的再入大气层物理现象和识别突防研究，已经证明是远见卓识的，并为 20 世纪 90 年代我国第二代战略导弹研制突破“黑障”奠定了基础。

1964 年夏，中国科学院以地球物理研究所赵九章和力学所郭永怀为首成立了制定我国第一颗人造卫星方案的技术领导小组。按照郭永怀的安排，眭璞如等人进行了卫星结构、重量及其与运载工具接口、对运载能力要求方面调研分析。1965 年中央批准科学院《关于发展我国人造卫星工作规划》的报告，1966 年 1 月，力学所成立 651 室，承担卫星本体结构设计及试验、温度控制及热试验等任务。力学所十一室吴承康还组织了侦察卫星回收方案研究工作，通过调研与分析计算，给出了轨道选择、姿态控制、反推火箭发射、下降轨道、再入大气层气动力与外形、烧蚀防热以及近地回收等诸方面的考虑，特别是关于下降轨道、再入气动力和防热等几部分的方案十分细致具体。为我国人造卫星的成功发射、回收打下了良好的基础。

1965年春，中央专委决定，由中国科学院负责，短期内研制出小型超低空地对空导弹，支援越南抗美斗争，副院长张劲夫指定郭永怀负责研究由单兵携带的反飞机地空导弹的可能性。5月4日，在五机部机械科学研究院召开的专门讨论会上确认了该项任务的代号，随后中央专委正式批准其列入国家重点武器研制计划，力学所作为总体单位承担导弹总体设计、发动机和发射系统的研制、空气动力及强度的分析与试验等任务。

当时，能够找到的唯一参考资料是英国《简氏年鉴》上刊登的一张美国正在研制的“红眼睛”超小型地空导弹的照片，要研制这类“红外导引、主动寻的”的超小型地空导弹并且确保士兵在发射时安全可靠，困难是很大的。但是，在总设计师郭永怀的率领下，力学所怀柔分部的科技人员和院内外单位通力合作，只用了半年时间，就取得了一系列重大突破：研制成功高比冲的推进剂并通过多次热试车；高性能固体火箭发动机达到了第一期设计要求；研制出新型号的合金钢，解决了这种钢材的加工和焊接工艺；研制成功新的耐烧蚀喷管和发动机内壁防热涂层；研制成功背负式发射装置；成功地进行了气动分析计算；研制成功超小型红外引导头，填补了国内空白；控制机构达到了设计要求。1965年12月底，541试验弹在北京怀柔基地小型发射场进行了第一次发射试验，接着又进行了数次发射，检验了发射系统的可靠性，发动机系统的工作特征、弹体的稳定性和结构的可靠性，结果均令人满意。

在试验弹成功发射的基础上，1966年3—4月和7—8月，××型弹在国防科委20基地的国家靶场进行了第一、第二两个阶段的飞行试验，肯定了发动机、发射装置以及气动力、结构设计方案的可行性。遗憾的是，“文化大革命”的到来使研制工作未能进行下去。然而，这种速度至今仍令人惊奇，有关资料转到航空部门后，为我国空空导弹的研制提供了有益的借鉴。作为总设计师，郭永怀的贡献和铸就的精神则是留给后来人取之不尽的财富。

郭永怀在力学所积极倡导开展新兴力学学科的研究，并开拓了几个有重要发展前途的新领域，诸如高超声速空气动力学、电磁流体力学和爆炸力学。

郭永怀在力学所亲自筹划建立了电磁流体力学研究组，以后又发展成为研究室。1961 年电磁流体研究组开始工作时，他将几个不同专业的研究人员召集到一起，谈道："为什么要搞电磁流体力学呢？主要有三个方面的原因：第一，人类将来势必要从受控核聚变反应中取得大量能源，而研究高温等离子体、磁流体理论乃是研究受控热核反应的基础；第二，航天器再入返回大气层时，也会碰到气体电离、磁流体力学问题；第三，可以通过磁流体发电方式，直接获取能源。"关于受控热核反应研究，郭永怀最关心的是加热和等离子体不稳定问题。他认为可以通过在磁压作用下柱形激波的收缩，达到中心反射后获得最高的温度，并力图将气体动力学的戈德莱相似解的研究成果推广到磁流体力学中来。尽管当时物理学家是从寻找合适的磁场位形的角度来研究不稳定问题，郭永怀则建议研究瑞利-泰勒界面不稳定问题。磁流体直接发电是一项解决未来能源问题的重要课题，当时国外搞得比较多的是直流发电试验装置，郭永怀则提议：我们不仅在搞直流发电装置，而且要探索交流的。力学所磁流体力学组开始了以液态金属为工质的三相交流发电器的研究，用两年时间建立了国内第一个液态金属回路，与当时国外的实验几乎同步。郭永怀还提出利用电磁离心方法分离同位素的新颖想法。这是由于电磁力加速电离气体可以达到很高的旋转速度，从而改善分离性能，而且可用一台小型设备代替庞大的气体扩散工厂，将为原子能事业提供强有力的后盾，这个设想在当时是很先进的，在郭永怀的大力支持和具体指导下，力学所这支电磁流体研究队伍成为我国电磁流体力学和等离子体物理研究领域的中坚力量。

爆炸力学这门新兴学科也是在郭永怀的倡导和关心下逐步建立和发展起来的。20 世纪 50 年代末，他就亲自过问并在力学所组织了一支研究队伍，陆续开展了爆破筑坝、爆炸深耕、平地堆山等一系列开创性工作。60 年代初期，他倡议制定了我国第一个全国性的有关爆炸力学的规划，同时还是我国核防护工程的创始人之一以及工程兵原子防护工程研究所的奠基人之一。在力学所从事大爆破课题研究的初期，由于难度大、野外工作条件艰苦，不少人存在畏难情绪，为使大家深刻理解爆炸力学在我国国民经济建设的重要性，他打开中国地图，对从事这项工作的年轻同志解释说："你们看，我国的高原和丘陵地带占有多大的比例！要建设就要用炸药，如果我们能使炸药的爆炸效力提高百分之几，就能为国家节省多少人力物力啊！"并鼓励年轻人一方面坚持深入实践、一方面扎实学好一本书。他多次参加爆破组的学术讨论，亲临南水定向爆破筑坝的施爆现场，亲自在科学院学部会议上介绍爆炸深耕进展，亲自带着郑哲敏到国防科委洽谈与核爆有关的 21 号任务。在他的记事本中，爆炸力学的各项任务课题始终占着重要地位，郭永怀对长江三峡大坝安全防护、爆炸成型研究、成昆铁路建设等工作提出了多项重要意见。"文化大革命"前夕，他向聂荣臻同志汇报了采用定向爆破方法修筑工事的设想，通过与工程兵的合作，力学所完成了国防科委下达的"平地定向爆破筑山"任务。由于郭永怀的精心指导和不懈努力，爆炸力学研究室迅速成长起来。多年来完成了爆炸成型、定向爆破、穿甲破甲等多方面重大任务，取得了优异的成绩，为我国的经济建设和国防安全作出了积极贡献。

郭永怀不仅是一位优秀的科学家，也是一位出色的科研组织者。他认为科研部门应当有相对独立的科研计划，包括近、中、远期各个阶段的计划，作到近期有安排、中期有准备、远期有目标，科研计划要循序渐进地持续进行，使研究工作有继承性。同时，他还十分强调制定科研规划应有明确的服务方向，科研成果要不断地反馈到生产实践中去。他主持力学所科研工作十余年，一直体现了这种思想。郭永怀对选择科研课题的重要指导思想是：（1）要瞄准当时科技发展的前沿；（2）要与国民经济的发展结合起来；（3）要重视基础性研究；（4）要强调为国防建设服务。他不主张做小题目，写小文章，更反对在"文章缝里"找课题做。郭永怀极为重视并大力提倡开展基础研究，他认为"基础研究是科学研究的基础，没有基础研究，科学技术的现代化就要落空。”并多次在各种场合谈道：“一旦生产上提出需要，基础研究就会变成巨大的生产力。”他还用半导体、火箭和喷气技术的发展历史来说明这个问题。“大跃进”时期，社会上出现了片面强调科研必须为生产服务，从而忽视基础研究的倾向。针对这一情况，郭永怀在 1959 年春为力学所作年度计划时，写下了《研究工作与工程技术工作如何衔接》的短文。他指出：“理论研究与工程技术工作有区别，也应有交叉。一个研究机构不能是设计院，然而在一定范围内又要执行设计院的任务；它离不开设计院，但不能包括设计院，如果这样做，研究机构势必十分庞大；那样既没有必要，也不可能。”他对流行的两种说法进行了分析，一种是认为理论研究与设计可以分开独立、分段地进行；一种是认为研究是为生产服务的，因此研究的目的在于实现某一具体任务。他指出，第一种说法势必脱离实际，第二种说法只在某些特殊场合是对的，一般说来是不对的。

依据郭永怀的观点，力学所作为一个研究单位，应以理论研究为主，同时强调为工程实际服务，但决不能变成一个设计部门。郭永怀本人主要从事理论分析研究，但十分重视和强调实验研究。他认为科学研究有两种手段，即理论研究和实验研究。理论研究是就工程实验中所遇到的问题进行理论上的分析探讨，以寻求解决的途径和方法，得出有规律性的东西。实验研究一方面用于检验一种新的理论、新的思想；另一方面还在于通过实验来发现新的现象，揭示新规律，探索新方法。这两种研究手段是相互联系、相互依赖、相互补充、相互验证的。因此，理论研究和实验研究具有同等重要的地位，不能偏向任何一方，也不能把实验简单地看作是试验或验证。在这个思想指导下，力学所一贯强调理论和实验工作并重，并形成了一系列有创新构思的实验装置，从事各类机理性和应用性探索研究。

郭永怀多年主持力学所科研业务管理工作，从学科设置、方向选定、任务安排、人员配备、学术活动一直到实验室建设，事无巨细，都是亲自筹划实施的。甚至当力学所的主楼建成后，他亲自指挥搬家，在大楼门口贴上“告示”：注意不要损坏家具，小心不要碰坏墙壁！对于重大研究课题和重要实验装置的上马，郭永怀都是亲自组织论证的。研究室主任每隔一两个月就要向他汇报工作，而且由课题组长补充，从理论、方案、模型、计算推导到实验验证都要涉及，常常要求站在黑板前一面讲述一面板书，他也经常站在黑板前和大家讨论。多年来，力学所每个办公室都设置着一块黑板供学术讨论使用，就是郭永怀的意见。郭永怀曾任力学所图书委员会主任委员多年，从馆室设计、图书分类、灯光布置一直到订书计划，他都事必躬亲，并把增订外文期刊的工作统一抓起来，避免了重复和浪费，使力学所图书馆很快成为全科学院最好的图书馆之一。在他担任《力学学报》主编期间，他亲自制定规则、挑选编辑、审阅稿件、修改文章，使《力学学报》一开始就有个高起点，很快成为我国最好的学术刊物之一。

郭永怀从返回祖国到壮烈献身的 12 年间，对力学所全局的建设和发展，乃至我国近代力学事业都作出了卓越贡献。钱学森曾说：“郭永怀同志归国后，奋力工作，是中国科学院力学所的主要学术领导人。他做的要比我多得多。”

五、刚正不阿，彰显一代大师风范

郭永怀为我国的力学事业，也为人类的航空航天事业贡献了毕生精力。他的学术成就是每个力学工作者、每个中国人引以为豪的，他的高尚品德更是每个力学工作者、每个中国人永远学习的榜样。正如钱学森所评价的：“我认为郭永怀同志是一位优秀的应用力学家，他把力学理论和火热的改造客观世界的革命运动结合起来了。其实这不只是应用力学的特点，也是一切技术科学所共有的，一方面是精深的理论，另一方面是火样的斗争，是冷与热的结合，是理论与实践的结合。这里没有胆小鬼的藏身处，也没有私心重的活动地，这里需要的是真才实学和献身精神。郭永怀同志的崇高品德就在这里！由于郭永怀同志的这些贡献，我想人民是感谢他的。”

郭永怀严于律己，注重实干，不务虚名。他一心扑在工作上，十二年如一日，他从不休星期天和节假日，从不午睡；他不论寒冬酷暑，总是徒步上班、早出晚归，除了行政工作外，他每天都要抽出时间埋头书案，查阅大量文献资料；在个人生活上则简单朴素，他的钢笔从中学时代用起直到牺牲，毛巾总要破得不能用时才换掉；他把从美国带回的电冰箱、电风扇、电动计算器都交给公家使用，把稿酬作为党费上交。1959年，郭永怀带领柳春图去参加罗马尼亚布加勒斯特国际力学会议，回国时和柳春图商量：现在国家外汇紧张，把剩余的都上缴，好不好？“文化大革命”期间，他把自己唯一的女儿送去吉林插队。

郭永怀从不计较个人名利得失，对培养后辈却不遗余力。尽管他的工作十分繁重，只要是不出差，每周末他都是步行到所里和研究生、课题组的年轻学子讨论工作。只要有时间，他总是乐于参加研究室基层的科研活动，而且常常利用工作间隙到实验室去。郭永怀还给他的学生一种“特权”：只要有学术问题向他请教，什么时候都可以。凡有年轻人找他时，他都立即放下手里的工作，认真回答所有的问题。张涵信是他的一名研究生，在将研究结果写成论文投送给《力学学报》时，论文署名有郭永怀，他把自己的名字勾掉并说道：“我从回国之日起，已把个人科研上的得失置之度外，我认为不署名有利于青年人增强独立工作的意识，有利于他们迅速成长。”

此外，郭永怀对年轻人的生活同样是关怀备至。1962年春，郭永怀和研究助手温功碧谈完业务工作后，亲切问道：“什么时候结婚呀？结婚时不要忘记告诉我啊！”当得知婚期已确定时又笑着问：“结婚后仍separation（分居）？”婚礼那天，他很早就到场了，还和前来参加婚礼的周培源开玩笑：“我们力学所的女儿嫁到你们北大，我们是亲家了。”1967年，640-5工程工作会议在总参招待所召开，魏叔如必须参加但爱人正好从外地来探亲，郭永怀得知后就说：“你不要住会议招待所了，你就搭我的车早出晚归吧。”还不忘开句玩笑：“探亲假一年才

12天，开会占去3~4天，‘牛郎织女’相会的时间就更少啦!”的确，人们通常都认为郭永怀是一位十分严肃、沉默寡言的学者，其实他是一个热爱生活、幽默风趣的长者。郭永怀曾在中国科学技术大学近代力学系开讲《边界层理论》，在介绍辅导老师呼和敖德时，对学生们说：“她的蒙古族名字很长，呼和敖德就是一级近似，而呼和是零级近似。”他还风趣地补充道：“至于二级近似，我也搞不清楚。”这番话引来哄堂大笑，然而这个生动形象的比喻使学生们理解了专业术语并牢记终生。

在动荡年代里，郭永怀的无私无畏、高风亮节、刚正不阿的人格魅力就像一缕阳光激励着人们。1957年，钱伟长受到不公正待遇，很多人唯恐避之不及，但时任《力学学报》主编的郭永怀仍不断委托钱伟长做审稿工作。曾有一位名牌大学教授的论文经钱伟长审阅后发现了1个关键错误，该教授竟提出“左派教授的文章不许右派教授审查”的要求，郭永怀则义正词严地说：“我们相信钱伟长的意见是正确的，这和左、右无关”，从而公正地解决了这一无理的纷争。1966年，“文化大革命”风暴卷席大地，在一次力学所批斗大会上，“造反派”决议将田泽普永远开除出党并要求每个党委委员上台表态，有15名委员迫于形势表示拥护造反派决议，最后郭永怀在台上说道：“我想，我们的党章还没有废除吧！我记得党章上规定，要开除党员，应该经过基层党支部讨论、层层审批后才能做出决定，我们总该按党章办事吧!”话音一落，会场响起一片掌声。1967年“一月风暴”来临时，柳春图被造反派批判并开除党籍，以大字报形式公布在主楼大厅里，郭永怀正好在大厅中与柳春图相遇便叫住他，拍着柳春图的肩膀说：“抬起头来，挺起胸，别听他们的瞎胡闹。”柳春图顿时热泪盈眶。而郭永怀在得知林鸿荪被冲击后就让他住在自己家中，不仅百般开导劝慰还派人找来睦璞如，并告之说：“林鸿荪现住在我家，情绪很不好。听他说你俩关系不错，他还是听得进你说的话，你找时间和他多谈谈，他现在不是对前途失去信心，主要是失去尊严，面子上下不来，他对这个很在乎的，这方面多开导开导!”然而，随着运动的推进，林鸿荪被隔离了，就在得知郭永怀逝世消息的第三天自杀身亡。

1968 年 10 月，郭永怀赴西北草原进行我国第一颗热核弹头发射试验前的准备工作，准备工作结束后于 12 月 5 日从兰州乘飞机回京。当飞机在北京的机场降落时，发生了事故，就在飞机失事起火的那一瞬间，郭永怀以火一般的爱国心、科学家特有的冷静与机智，以自己宝贵的生命为代价，用血肉之躯在熊熊烈火和重要文件之间构筑起一道烧不透的墙，把所有文件完整地保留了下来。郭永怀以如此壮烈的行动彰显了大师的风范，他的精神永存！

力学所院内郭永怀纪念塑像

生平年表：

1909 年 4 月	出生于山东省荣成县西滩郭家村
1929 年 9 月	考入南开大学预科理工班学习
1933 年 9 月	进入北京大学物理系学习光学
1935 年 7 月	北京大学毕业，留任助教
1937 年 9 月	回山东威海卫中学任教
1938 年 4 月	在西南联大学习流体力学兼任助教
1940 年 9 月	在加拿大多伦多大学应用数学系学习

1941 年 5 月	获硕士学位，赴美国加州理工学院航空工程系学习
1945 年	获博士学位，留美国加州理工学院工作
1946 年 10 月	赴美国康乃尔大学任副教授，参与创办航空工程研究生院
1956 年 11 月	回到祖国，任力学所研究员、所学术秘书
1957 年 5 月	当选为数理化学部学部委员
1958 年 1 月	任《力学学报》主编
1958 年 4 月	任力学研究所副所长
1958 年 9 月	任中国科学技术大学化学物理系主任
1960 年 5 月	任二机部北京第九研究所副所长
1961 年 10 月	参加中国科学院举办的星际航行座谈会并做中心发言
1964 年 3 月	领导再入物理现象的研究工作
1965 年 1 月	参与领导人造卫星设计院的工作，任中国航空学会副理事长
1965 年 3 月	任二机部第九研究设计院副院长
1965 年 6 月	任超低空地对空导弹项目总设计师
1966 年 5 月	译作《流体力学概论》（普朗特著）正式出版
1967 年 7 月	任国防科委空气动力研究院筹备组副组长
1968 年 12 月 5 日	因飞机失事不幸牺牲
1968 年 12 月 25 日	中华人民共和国内务部授予郭永怀烈士称号
1999 年 9 月 18 日	中共中央、国务院、中央军委追授予“两弹一星”功勋奖章

郭永怀先生的教导

毛鸿羽

《边界层理论讲义》是郭永怀先生在1962年为中国科学技术大学力学与力学工程系高速空气动力学专业（一专业）58、59级学生编写的教材，他还亲自给学生们授课和讲解这份教材。

由于58级同学是中科大的首届学生，他们的基础课和专业课都是由当时国内最好的专家、教授担任的，力学系的任课老师和教育计划都是由钱学森系主任聘请和制定的。这些任课老师的讲授内容既系统、深入又有着前沿性，最重要的课程包括钱先生的《火箭技术概论》、郭先生的《边界层理论讲义》等几门专业基础课，则是让我们59级的同学与58级的一起听。因此，在我们成长的关键时刻，及时沐浴到了大师教育的阳光和雨露。

20世纪60年代初，国内没有“边界层理论”这个领域的中文书籍，虽然当时最热门的“放卫星”“再入大气层”等是十分急需的知识，但未见到这方面的中文专著和课程。郭先生的学问博大精深、见解高瞻远瞩，他将国外这方面的研究资料浓缩成两本讲义（第二册讲义是在第一册快学完时才下发的），进行了系统、深入地讲解。这样，我们的气动知识便有了质的飞跃：从理想气体空气动力学跨越到粘性流体力学，从而为我们到大五要学的《高速气流传热（烧蚀理论）》《稀薄气体动力学》等课程打下了必要的理论基础。郭先生是最早将“边界层理论”引入、介绍到国内的专家。

55年光阴过去了，郭先生讲授边界层理论课程的情景仍历历在目：这门课是在中科院力学所大楼北面二层半的阶梯大教室里开讲的，除了中科大力学系58、59级一专业的同学，还有力学所的年轻老师及国防部老五院的尉级军官，各类学生济济一堂。每星期两次课，每次两个学时，中间休息 15 分钟。

郭先生对理论的假设条件、物理概念都会详尽地讲解，然后做方程的量级分析，最后才是严格的表达与结论。在课下，当我们经过冗长的数学推导和演算（当时没有计算机、计算器，而计算尺也只能读到小数点后两位，因此总是要手算），得到了与讲义上完全一致的结果而感到由衷高兴的同时，更感到这本讲义真是字字珠玑、闪闪发光。里面的公式、符号、数据、曲线都是准确无误，中文的解释又是那么精炼，准确到每个标点符号。在庆祝科大建校 50 周年和纪念郭先生牺牲 40 周年之际，郭先生的《边界层理论讲义》经中科大力学系正式付印出版，堪称经典。

郭先生衣着简朴，总是穿着普通的中山装给我们上课，严格、细致、谆谆教导，但从未表扬过学生一句。表面上不苟言笑的他实际上是极其平易近人的。1963 年元旦前夕的一次课间休息时，同学们都去自由地放松了，他也回到了位于力学所大楼二层的办公室小歇一下。作为课代表，我稍后敲门进去，见到他根本不是在休息，而是正在聚精会神地看着讲义，极度深入地思考着其中的问题。他背后的书架上，放满了英文书籍。我向他呈交了 59 级一专业同学送给他的贺卡，他从座椅上站起，接过贺卡、仔细地看了贺词，微笑并很高兴地用带有山东腔口音的普通话说："谢谢啦！"

现在，力学所已将郭先生当初的办公室改为纪念室了。里边除了展示着郭先生使用和阅读过的一些书籍外，更有一本郭先生在上面写满了数学公式（场论、矢量运算等）的手册，是放在口袋里自用的。这表明，郭先生的点滴时间，都被用来学习和工作。在纪念室里还有一张郭先生请求上级批准他捐款给学生的申请报告。郭先生就是这样，对自己的时间、金钱严格要求和节省，却慷慨无私地帮助和指导学生。

郭先生的大爱激励和指导我毕业后分到航天部门，从事海防导弹的气动设计工作。我一直告诫自己：不求"有功"，但求"无过"，导弹设计中千万不能犯错误，否则太对不起郭先生和中科大老师的教导，将无地自容。郭先生是从分子运动论、连续介质、宏观运动、力学建模、方程求解这样的系列走下来，一丝不苟地严谨教导着我们，所以我对海防导弹的外形设计、性能计算、风洞实验（模型设计、加工安装、数据处理）的每一个步骤都不敢懈怠，都是按照郭先生的教导认真做好每一个细节。因此，这些年来，我基本上没有拖型号总体设计的后腿，按时完成任务，并且给出省钱和优化的气动方案。

总之，郭先生的边界层理论课程，让我们受益终生。中科大 5907 级一专业分到航天部门及总装气动、发射基地的同学有：孙毅俊、赵福祥、游雄、吴烽、闻兴元、印家坤、陈瑜、余儒君、刘章喜、王仁伯等。还有一些在高等院校、科研单位的同学也从事着预研的基础研究工作，他们是卞於中、殷新春、徐文灿、孙菽芬、张沛商、林国华、姜怀铎、马文驹、王柏懿、赵国英等。由于郭先生在边界层理论课上的知识传授和教育，大家在各自的岗位上，都做出了很好的成绩。我们作为郭先生的亲授弟子，要不断擦亮心灵的镜子，反射郭先生的光辉，照亮前进的道路，甘心做一颗铺路的石子，帮助年轻人成长！

房子顶棚坍塌的前后

宋庆芳

1968年11月左右，为贯彻“五七”指示，要求自己报名（实际早已内定）去“五七”干校。首先公布的名单里全厂有数百家被列入到“五七”干校“劳动锻炼”，拟去河南驻马店、陕西眉县等农场。我们第一生产部的一厂区就有70多家，我们家就是其中之一，被选去的都是所谓家庭和社会关系有问题的。

通知下来后，我们集中参加了近半个月的“培训”（就是天天开会务虚，要求端正思想，高高兴兴地去干校）。当时，我们也没有太多的想法，去就去吧！过了几天，说要减少去干校的人数，就把我家留下来了。刚回车间上班一个星期，第一生产部政治处领导又无可奈何地告诉我们，总厂主要领导、“斗批改”办公室的马主任亲自点名，你们夫妇两个还是要去驻马店干校。我们一头雾水，不明就里。我们夫妇俩人就是一般的职工，家庭社会关系并不复杂，又多次政审过，在车间的工作表现和人缘关系都不错，还是“五好职工”，对总厂领导亲自点名要我们再次去“劳动锻炼”，有些想不明白，心里多少有点委屈。

既是领导的决定，那也只有服从了。我们被编入某连第三排，老伴老陈还被任为“排长”，主要是负责30多人的再学习培训和督促协助办理户粮关系迁移和干校的搬家装车等。

又经过短时的培训，临近出发时间，各家各户自行办理户粮关系转移手续，分发一些包装材料，互相帮忙打包。那时将近春节，我们就要出发赶到干校去过年。我们家打成大小20多件行装，等候装上火车的那一天。可就在搬家装火车的前一天下午，车间领导私下通知我们，因需要又有几十家留下不去干校了，我家又是其中之一。但要我们不要告诉其他人，还要老陈安排好组织好其他十多家的行李装车。

第二天上午10点开始，我们互相帮助，按顺序挨家搬运行李装上火车。到下午近天黑了，把15户人家的行李全装上了火车，同志们说最后该装“排长”家的行李了。这时，老陈才歉疚又激动地告诉他们(不是因为不去干校而激动，而是对他们有了依依不舍之情)，领导刚通知我家不去干校了，明天不能陪你们上火车，但我一定去送送你们。他们也都有点茫然，不知道是为什么。

装车后，已天黑了，回到家里我们简单地打开行李，铺好床，算是重新又把家安顿下了。第二天早饭后，我去矿区派出所、粮站重新办理落户、粮关系手续。老陈由于几天来的劳累，又受点风寒，这天早上起来有点发热头疼，但他还是去上班（当时年轻，小痛小病不算什么。而且有几次他烧到39度也照样去上班，病假条全在他的抽屉里)。

中午下班，老陈高高兴兴地提着由班组买的整筐橘子回家。推开门，他就傻了眼，刚才的高兴劲儿全没了，家里房子的顶棚全掉下来了！我正坐在床边生闷气，不满地对他说：“你就知道上班。”当时，我们住的是破烂不堪的土屋（可以说仅能挡风遮雨)，内壁和顶棚都是用旧报纸糊的，潮气大些就会脱落，房子又小，烧开水都在小房间里。那天我临走时，把满水壶的水放在电炉上，合上电闸去办户粮关系，老陈去上班时，水还没开他也没在意，结果闯了祸。我办事回来，只见满屋水汽腾腾，顶棚全塌下来了，墙壁上糊的纸也全脱落了，水壶也烧漏了底，一片狼藉。

当时，真是又气又急，但只能怪我们自己太不小心了。我们抓紧时间收拾，一边打糨糊，一边找旧报纸，重新糊，水壶也只能换个壶底。忙碌了一番，我们又恢复了往常的紧张工作和平凡生活。

想想当时的情景，那时的我们是多么单纯和朴实啊，尽管有难心事、有委屈，都会自我解决。按现在的话，就是我们都有颗“平常心”去看待“不平常事”，结果事事平常。其实，这是我们许许多多“两弹”人共有的特点，因为我们知道自己的责任，我们从事的是国家的、民族的和世界热爱和平人民的利益所在的事业，与此相比，个人的利益、困难、委屈算得了什么？

在青藏高原上努力工作、生活三十多个春秋，我们没有后悔，也没有更多的要求。

偶然相遇才相识

王长荣

我是中国第一个核武器研制基地国营二二一厂技术研究部设计科的一名科研人员，吴景云是国营二二一厂副总工程师，我们俩都是在20世纪60年代初期，由北京第九研究所迁入金银滩大草原——中国第一个核武器研制基地的。

我于20世纪60年代第一个春天，结束了十几年的学生时代的学习生活，被分配到二机部北京第九研究所。它坐落在北京市花园路3号，在报到时看起来很不起眼，不像单位，门面很小，院落不大，但大门口有全副武装的解放军战士在站岗守卫，要凭证件进入，显得格外庄重和神秘。大门朝西，一进大门向里走看到左侧有一幢不高的灰色办公楼，再往里走有两栋红砖盖的办公楼，南北面对面的耸立着。我分配在二室七组工作，办公室就在北面这栋楼里，是搞电子学测试的，研究电测技术，改进测试方法。当时的室领导是：陈能宽、苏耀光、钱晋等人，组长是韩康奇、胡德新。而吴景云在五室工作，他的办公室就在对面的办公楼里。

到组里上班第一天，领导的第一句话是：暂时在北京，以后往前方转移。由于保密，前方在哪里也不说，对新来的同志进行工作保密交底，一句话："我们是搞原子弹的。"然后进行保密教育，有很多规章制度、清规戒律、保密守则等等，都要无条件遵守和执行，如果违反要受到国家法律的制裁，保密工作慎之又慎。

那时我们都是单身，吴景云虽然已婚，但家属还没有调到身边，我们都住在花园路塔院的单身宿舍里，同在一个食堂里就餐。

我和吴景云都是北方人，而且在海城是住在一个大院里的老乡，在这个大院里住有十余户人家，除我们俩家外，其余几户都姓陈，所以也号称陈家大院。在老家我和吴景云是不认识的，因为他常年在外读书，后来又到苏联留学，很少回家，偶尔回去待上几天，也难得见面。

吴景云的夫人是陈家姑娘，所以吴景云就是陈家女婿，虽然没见过面但都知道陈家女婿很厉害，是苏联留学生。同院里的人，经常在饭后、茶余闲谈之时，常常提起吴景云，大家都以崇拜的眼光议论着："陈家女婿很有出息，将来回国时肯定是个大人物，至少也是个县级以上领导干部……"。吴景云回国后也到了科研单位，即北京第九研究所，因为保密，陈家大院里的人都知道，我们俩都在北京工作，却不知道是在一个单位工作。

在一次偶然的机会，那是在 1963 年春节回家探亲，因为我晕车厉害，我一个同学李桂兰和吴景云在一个科室工作，在回家探亲的前几天，她说她室里有位同事，家也住在海城，你俩一路同行是个伴，约了时间我们见了面，见面时我问吴景云：你是海城哪里的？他说：我是海城黎明街的，我说我也是海城黎明街的，我又问你是黎明街几组的？他说是黎明街二组的，我说我也是黎明街二组的。这时，我才恍然大悟，啊！你就是我们院经常议论的，有出息的苏联留学生啊。

我们虽然没见过面，但和他的家属及其子女都很熟悉，我们一路乘车回到海城。他儿子吴寄学和我弟弟，都早已在车站等候多时，他们俩是童年的伙伴，经常在一起玩耍，由于保密在这天接站时，他们都彼此站的较远，我们下车走出站台后，他们才走到一起，他们也恍然大悟，惊讶地说："原来你们在一个单位工作呀！"

由此可见，我们的家属也在为我们的事业严守着机密。事后甚至到今天，我时常在想，如果没有这一次的偶然相遇，恐怕在以后的这几十年工作中，永远不会知道我们既是同事又是一个院的老乡。

向产品管理科的师傅们致敬

陈栋标

二二一厂生产计划处有生产科、计划科、七厂管理科、还有个产品管理科。产品管理科是专门负责运输（搬运、押运），以及“特材”部件、外协大部件等的接受，还有部分半成品“特材”部件和部分出厂前的部件的储存保管等，还有产品的包装等。看似是科研生产的辅助工作，但却是十分重要的，关系到产品完整、安全、有效。

产品管理科有十多位师傅，他们基本上都是当过兵。进厂时，个个是身强力壮，他们的工作条件艰苦，常是重体力劳动。这样，必须是身体棒棒的，才能扛得住。

他们分别负责的库房（在七厂区、二厂区、五厂区、184 库等处），都在离基地总厂区比较偏远的地方。尤其是七厂区海拔高度比总厂区要高 300~500 米，工作、生活条件差，师傅们上下班就是坐四面透风的篷车，除了 7 月至 9 月草原上大部分时间早晚都很冷，冬天更不用说，室外的温度常在零下 20 摄氏度以下，卡车行驶中坐在篷车上更冷。我记得有一次，坐篷车去西宁执行任务，车到了下巴台，我已是全身冻僵麻木，先是脚趾疼痛难忍，在车上使劲蹦跳也无济于事，似乎都晕过去了，到了西宁后过了几个小时才缓过来。可产品管理科的师傅们常年累月都是坐四面透风的篷车上下班的！他们的办公室和监管的库房设施都很差，除了通风不好，处在供暖的远端，室外温度很低或靠个小炉子补充供暖；他们都住在乙区即海晏县城，早上要很早乘厂内火车到总厂区，再从总厂区乘篷车去七厂区或其他库房上班；中午饭都是家里带来的简单饭菜，在办公室的电炉上加热吃，下午下班回到家里已经很晚了，天天如此，真是辛苦！

库房是要 24 小时值班的，夜间也是要数次查看库内的温湿度做好记录。要在核部件间迂回走动查看，多少有些核辐射，他们不在乎这些，坚守工作岗位，认真操作。产品管理科的师傅们，还要经常出差，去兄弟厂或协作厂接受核部件等，或押送产品试验产品或交付产品去试验基地，产品接收。虽是专用火车皮，但不是军用专列，常与一般火车混编，每次出差都在十天半个月或更长时间，在火车上吃、住，随车监护车上的“产品”、检查产品固定是否松动，保证产品绝对“安全”。火车沿途停靠站时，也只能在车厢门口站一站，不能到站台上放松散步。

1990 年 5 月，我从质量管理处调到生产计划处工作，才真正了解产品管理师傅们的工作、生活情况，工作实在艰苦。但他们未提什么条件，30 多年中就是这样默默地辛勤工作。我曾跟他们一起出过差，接收核部件；一起检查库房里的核部件，他们对工作是那么认真负责，一丝不苟，起到产品卫士作用，他们真的把产品当成自己的孩子一样精心呵护。

是啊，我们草原人不管在哪个岗位上，都是“在奋斗、在吃苦、在奉献”，我们“以苦为荣，以苦为乐”，因为我们想到的是能为核事业的发展，为国防事业的发展出点力，是值得！“两弹”的成功，凝聚着核工业战线广大职工的辛劳和血汗！他们让我们牢记，值得我们尊敬！

追忆　怀念　圆梦

刘智财

每个人都会做梦，每个人都有自己的梦想，然而当亿万人都在做同一个梦，对中国来说，那就是中华强国梦，从事核工业的人是怎样做强国梦的呢？回顾以往，追忆点滴，方知圆梦就是奉献！

一个好笑却也难以回答的问题

第一次出差，是在 1965 年 9 月，我在结束一年的见习期（参加青海省湟中县、湟源县农村“社教”运动）到二二一厂报到，在生产计划处计划科上班不到一周，即随哈军工毕业的师兄夏忠同志、保卫部一名保卫干事一同去出差。

在某厂，我算是他们厂产品的接收方，是二二一厂的代表。其实，当时我对二二一厂也不了解、不熟悉，对厂内各部门之间关系和产品衔接，产品性能和最终产品也不清楚，加之严格的保密规定的约束，不知道也不敢问，有时也不知道该不该问。可眼前，我的任务是清楚的，那就是按照图纸和技术条件要求，拿回合格的产品。在长达四五个月的时间里，我参加了核部件从投料、熔炼、浇注、脱模、机加工、探伤、检验、试装配等全过程，也和这些车间领导、技术员、调度、加工师傅、检验人员混熟了，他们也不“排外”了，有什么话，想说就说，想问就问。他们告诉我，去年给你们厂加工这样的产品时，进入加工车间亲临现场的领导都是局级领导干部，今年怎么就是你这样的小年轻干部！说到这里，我也不知道。他们说的大概是指去年第一颗原子弹使用的部件吧！后来说话也越来越随意了，突然有位加工师傅问我：“咱们国家第一颗原子弹是不是从苏联买的？”他这一问，在场的几个人眼睛盯着我，我哪里知道！再说，我就是知道一星半点，也说不清楚。还有，原子弹是什么样，我也没有见过。包括二二一厂厂内各单位如何分工、衔接、总成，我根本就不知道，我无法回答这样的问题。但我又觉得好笑，这不明摆着的吗？去年你们加工检验产品时，来了那么多领导干部，你还问第一颗原子弹是不是中国制造的，买别人的？这个看似好笑，却又难以明确回答的问题，多少年来一直留在我的脑海里。我想，当时在场的师傅们都知道，但不一定都清楚，广播里、报纸上报道的中国爆炸了第一颗原子弹打破了美帝、苏修的核垄断、核威胁和核讹诈！成为有核国家，实现了强国梦！中国成功爆炸了第一颗原子弹，我们都在为此付出，付出劳动、付出心血、付出青春、付出健康、付出一切。我们只知道自己所干的这一段、这一件，大家多么想知道自己付出的这一切和原子弹爆炸之间清楚而明确的联系。然而，由于种种原因和有关规定，没有哪位领导或哪个部门会明确告知你，你加工的这一件、这一段在核试验中起到什么样的作用和效力。他们在我面前问第一颗原子弹是不是买别人的，实际上是想知道二二一厂拿回他们加工的产品，通过国家试验是怎么成功的！是从侧面来验证和肯定他们的付出和奉献，可惜当时的我，什么也不知道、什么也不清楚，和他们一样，和千千万万核工业战线的人员一样，我们都在默默奉献、勤奋努力，为实现核大国核强国的中华梦而不惜一切！只不过，这场梦有时来得如此强烈、如此急促、如此突然，人们自己都不敢相信自己的耳朵和眼睛了。

在与狼共舞的日子里

1963 年 7 月 25 日，美、英、苏三国在莫斯科签订了《关于禁止在大气层、外层空间和水下进行核试验的条约》，这个条约的实质是为了对付中国，是企图禁止中国进行核试验，发展核武器。1969 年 4 月，我和王风庭同志受原 102 车间苏桂余主任通知接受新任务，有关任务本身和材料性能、部件的技术要求将由王淦昌副院长亲自布置。在厂办公大楼 3 楼会议室，我有幸第一次聆听王副院长的授课和当面布置任务，怀着满腔的激情，我们欣然接受了此任务。

材料的振实成型工艺，先从某材料开始，探索不同粒度、不同料比、不同振动参数的振实结果，从而达到最佳密度值。由于轻材料的特殊性，特别是材料具有强亲和力和强渗透性，振实成型工作不仅必须在密封的手套箱内进行，而且为防止不测，最后的成型工艺将在六场区 615 工号进行，这样，就必须对原 615 工号内的通风、加温系统和设备改造、安装等，进行一系列的准备工作。此间，为了抓紧时间，我们几乎天天到 615 工号现场，而且是天不亮就去，很晚才回到车间、宿舍。

有一天，天刚蒙蒙亮，我们乘坐的上班汽车（就是解放牌卡车）已经到了六场区，不知谁说了声："看狼!"可不是，就在六场区主干道拐向 615 工号公路不远处的草地上，距离我们汽车也就十米远处，有两只大灰狼正虎视眈眈地盯着我们。草原上的夏天，早晚还是挺冷的，我们每个人都穿着棉大衣，戴着棉帽子，依偎在卡车前部。狼看着我们，我们看着狼，并没有特别感到害怕，因为我们有好几个人，且卡车上又放着一些干活的工具，铁锹之类，汽车开过去，狼也没有动，我们自然也就不去理它了。

在用某材料进行工艺探索成功，设备改装、厂房改造基本完成之后，我们决定到某厂去装材料。由于另一位主操作人员的爱人从内地到草原来探亲，这样，到某厂装料就只能是我一个人。带着很大的压力，我上路了。

在某厂，我参与了某材料的合成、破碎，研磨、过筛、分级、称量、装填的全过程。而且，有时就是我自已在操作，特别是最后装料导人我们带去的引料筒时，我和该厂一名工程师蹲在手套箱后面的下方，紧张而有序地操作着。这时的我，几乎忘却了一切，只希望按我们的分级、料比顺序装入，待运回厂内后，安装在我们的振动台上，经过已确定的振动参数、振幅、频率和时间，正好达到我们的要求，不多不少。尽管我们做了点备份带上，但希望最好不用开封、不用添加、也不用取出，那该是多么好呀!

回到二二一厂，9 月初，我们在 615 工号顺利完成振实工作，准备清洗、胶封时，王副院长亲临我们简陋的工作间，走过来问问这、问问那，他关心加工件，更关心同志，要求我们再给他演示一下。在看着我们将部件胶封，清洗，从手套箱中取出装箱后才满意离去。这以后，在一年多的时间里，我再也没有接触过王副院长。有一天，我刚从 102 车间向外走，王副院长从门外进入车间，不期相遇。他看到我，马上问："刘智财，你忙什么？"这时的我，不是马上回答他老人家的话，而是被他的平易近人的为人和记忆力深深地打动。

1969 年 9 月 23 日零时 15 分，我国在西部核试验场成功地进行了第一次地下核试验。经过对试验数据的鉴定分析，引爆自动控制系统准确无误，爆炸威力符合设计要求，爆炸试验没有产生"放枪""冒顶""自封"，没有发生核泄漏。至此，我国的核试验由大气层试验发展到了地下核试验，上了一个新台阶，核技术发展迈进了新的技术领域。

"明天礼拜天，你们几个就不用来了，好好休息一下，我年龄大了，已经 50 多岁了，无所谓，你们还年轻！"

40 多年前的几句话，至今，仍萦绕在我的脑海里、记忆中。这是原 102 车间王铸主任在一个星期六下班前给张良翰、赵福春和我说的，那是在为轻材料部件涂层攻关阶段几个人对话中的一段。

二二一厂是我国的第一个核武器研制基地，中国的第一颗原子弹在这里研制成功，第一颗氢弹在这里诞生，第一颗导弹核武器的弹头在这里整装出厂。根据国家的需要，二二一厂在研发核武器、承担多次多项国家大型试验的基础上，同时组织了多型号的战略核武器的批量生产任务。和科研试制阶段不同，批量生产对产品提出了更高的技术要求。产品质量、加工成型工艺、操作使用性能、储存性能等都大大不同于研制阶段，如部件的镀层防腐性能，轻材料部件的保护，储存性能等都需要在批量生产中解决。某厂有关科研人员就为部件能安全拿出手套箱，工人师傅可以在手套箱之外手捧进行装配，不知耗费了多少心血，进行过多次试验才取得成功。同样，20 世纪 70 年代初期，对轻材料部件的涂层攻关也到了关键时刻。当时，我所在 102 车间就承担了这个研究课题，车间主任王铸同志身先士卒、吃住都在车间，组织张良翰、赵福春和我等几个人参加试验。有一次，为了对以石蜡为基的涂层的耐低温性能进行测试，需要一台制冷设备，我们就从车间已废弃的旧设备中找到一台老式冰箱，几人从各方面寻找有关说明书和资料，逐一对照、研究、试图启动它。就在研究准备灌注冷液氟利昂时，说明书上注明，若管路不畅或操作不当，或有些部件有隐患，会发生爆炸，这一警告曾令我们关注和重视，但试验还得继续下去。第二天就是星期日，这就出现了星期六下班前王铸主任对我们几个人说的那几句话。在下班回总厂宿舍的路上，我们几个越想越觉得不对劲。老主任说，他年龄大了，无所谓，他也才 50 多岁，我们几人 30 多一点，显然老主任怕万一有个危险，他要独担风险，那怎么成？第二天，虽然是个休息日，可我们几人还是按时来到车间，和老主任一起做试验。当年，我们的科技人员，无论是老知识分子，还是年轻技术人员，无论是领导，还是一般工作人员，工作起来，就是这样的默契、这样的不顾一切、这样的无私奉献。为了实现自己的梦想，实现大家为之奉献的强国梦，什么都可以豁出去！

转眼之间，事情已经过去了 40 年，想起来，好像又在昨天。我怀念那战斗般的岁月，怀念一起战斗的领导、同事和好友。怀念曾为核工业的强盛，为国家的强盛而辛勤奉献的核事业战线上的战友们！人生是短暂的，回忆往事，我们无私奉献，激情报国，无悔无怨。

永留心间的那片草原

卢文燕

我曾生活在221基地，后分散在各地的同学同事发小，身上都有一个与众不同的印记，它从特殊的历史而来，在青海那片高地孕育，深烙于我们的肌肤！这个词就是“核二代”，它是一个固定的名词，专属于我们！

六十年追忆，对人的生命来说，都已算漫长，那绚烂的瞬间，那震惊的撼响，又怎能遗忘？它是一个标志，定格在历史中，意义注定不同寻常！一个奇迹，一种格局，铸就了两代人，改变了整个世界，成就了一个国家！

我们的国家就是从那时起，在世界上有了发声权。中国人，在联合国的席位上仰天畅快大笑，并从此走向繁荣富强。

“两弹”辉煌，国防强大，祖国昌盛，有这样一批人功不可没，他们叫做“221”人，他们隐秘于草原深处，是第一代核试验人……

历史的回放镜头是这样的：他们可以风餐露宿，可以以帐篷、地窝子、干打垒为栖身之所，他们可以以肌体抗衡高原的恶劣气候，甚至可以因放射物污染而缩短生命……但是，他们不可以没有理想，不可以没有信念，不可以没有创业，更不可以没有祖国！他们在最艰苦的地方创造出最不可思议的奇迹，用最柔软的真情，造出最坚硬的守护，每一次都惊天动地，每一次都震惊世界。他们自己却隐姓埋名，无声无息，深居草原 ，无荣无份，无怨无悔。

他们哪一个是出自这荒芜之地呢？他们的故乡是松密的东北，是平原的城市，是江南的水乡……但不久，他们就毅然把这里当成了故乡，变成了家园，植根于此，孕育了一方热土，孕育了一座原子城，更孕育了自己的后代。

忆往昔，目之于前，国家之强大，可谓繁华盛景。可曾经是盛世起点的221却悄然退役了，那些创业的有着惊人背景的功臣们，已然白首。他们都在哪里呢？生活得好吗？结果是，怆然间泪流满面！他们亦或散落在繁华之下的城市或乡村的角落里，亦或被安置在一个或几个既不是家乡故土，又不是家园的陌生地方，过着清贫的生活；他们是无名英雄，他们甘当无名英雄，他们没有抱怨，也从不后悔；他们正在像雨水落入大地，落红化作泥土般地一点一点消失着；他们在等待着集体幻化成一朵红色的蘑菇云，飘浮在历史的记忆中，任凭后人去评说！

我的心很痛，是一种悲壮，但我更自豪。无论历史与现实怎样，无论这段隐秘的传奇如何，对于我们，都只有继承，继承那份独有的人格！

六十年是一个甲子，很漫长，漫长在濡沫传承的过程中，漫长在岁月里。我常恍惚地追忆，有时，我的目光会重叠在母亲混浊的目光里，那里有青海湖翡翠似的水，有昆仑山系盖着雪的支脉，有时青时黄响着风的草原……有时，我的目光又会叠进父亲那坚毅清澈明朗的目光里，一分厂，二分厂，三分厂，动力车间，七厂大桥，草原上家里的饭菜，带云纹的父亲亲手做的沙发，目光过处如手，再温柔的滑过抚摸，满是眷恋。

这种叠加分不出年龄，也不知谁是谁的，它们混在一起，收入眼底，又流入心间，汇成一首动人的岁月之歌。但我知道这里最清晰眷恋的目光其实是父亲的，他过早的将生命交付于这片高原。性格的过于执着，工作环境的特殊，早期的艰苦创业，让高原上的有些生命无法与时间平行，高原心脏病，肺气肿，骨骼风湿，无一不在施虐，52岁的父亲，正值壮年，就化作了一尊无名的雪山。雪山下，是更多的核二代在草原上出生了，生命的延续，就是如此的坚强，像极了高原上的河谷山脉！

六十年一个甲子，是很漫长，漫长在新老更替，也漫长在两次大迁徙里。

喜欢称“221”是一个族群，他们有一个根系，多少年来已深深扎在高原。然而，他们在家国面前，总是以国为先，把时间、家庭和生命都无条件地交给祖国，甚至拔出根系。第一次大迁徙是为了扬国威而肩负重任，义无反顾地上高原，利剑出鞘，惊鬼泣神。第二次大迁徙是为了祖国的腾飞，是为了还一片祥和洁净的草原，而为国减压分忧，化剑为犁，青锋入鞘，全部下山。第一次正值青壮年，一待便是 30 多年。第二次已是灰发跟白发，面对的是不知去向的茫然。高原上的那片草原干干净净，无一丝纤尘，无一滴核漏，她把西海映衬的那般蔚蓝。美丽的金银滩从有到无，又从无到有，回归在青海的版图上。

六十年一个甲子，真的很漫长，漫长到，“核二代”，也已是两鬓斑白，开始回忆往事。初上高原，我刚刚一岁，两个姐姐一个五岁一个三岁，弟弟就出生在高原。我那在东边关外生活的满族奶奶，倒上三遍火车，也要上高原，因为她的儿子在这里，她的大孙子出生在这里。

可以说，六十甲子中，我的前半段，全部生活在封闭的草原上，托儿所，幼儿园，小学，初中，高中，甚至大学。大学毕业后又回到草原工作，直到就任 221 党委宣传部《草原工人报》的主编。这份报纸，记录了草原人的历程和他们的生活，今天，它静静地躺在展览馆里，虽不再发行，依然能传达着代号“221”的诸多信息。

下山那年，我将近 30 岁，在一个陌生的地方，一切都要从零开始。然而高原人最不怕的就是试验和开拓，近 30 年的历练，第一代草原人精神品格的输入，高海拔大山大水的滋养，已没有什么是拿不起、放不下的。

六十年，一个甲子，真的漫长，但即便和那片高原已经分离了又一个 30 年，依然做不到真正的分离。就像风筝，飞得再远再高，总有一根线，牢牢地拴在青海湖畔，拴在金银滩，心和灵魂便是那候鸟，年年祈盼上高原！

六十年的过往，青春迁徙上高原，白发迁徙下高原的第一代，80 多岁，90 多岁了，100 多岁了。去年，“集结号”又一次吹响了，我的至亲，89 岁的老母亲归队了，越来越多的老战士已归队或正在归队，天上的队伍越来越壮大，在这支队伍里，有邓稼先、钱三强、郭永怀、王淦昌、于敏……也有更多像我的父亲母亲这样，为祖国的国防安全，为了和平而深居高原隐姓埋名的人。

父母终于团聚了，玉皇山顶，两棺相拥，礼成之时，天上落下太阳雨，我仰头让温柔的雨珠透过松枝抚摸脸庞，泪水和雨水和着阳光一起尽情流淌，不是悲伤，而是喜极而泣，心被无数浪潮拍打而过，太多太多的过往思绪一下都奔出了，释放了释然了。我想，他们两个一定是互相挽着，依偎着，傍山面海，眼睛穿过时空，望向那片草原，欣慰而又满足。

六十年，真的很漫长，漫长到我这个“核二代”的岁数也正好是一个甲子了，也要退休了。青海人都喜欢在成都、温江买房子，东北人都喜欢在海南三亚买房子，我却毫不犹豫地在西宁买了房子，终于可以有时间细细品赏青藏高原的大美，终于可以有时间感受那曾经不太在意的日出和日落，这是我最愿意做也最想做的事情。

今天，对父母的情感，感知他们，于我已像珍藏一壶老酒般，它是用高山雪莲，寒地青稞，三江源水酿制出的纯酿，日久而弥香，只要闻上一口，便已沁入骨髓！他们那一代人的经历，他们那独有的如今已稀缺的高贵精神，像雪山般神圣，像圣湖般明洁，是我们必须保留和传承的经典。

“核二代”的我们更像是信使，连接高原和任何一个可以来去的地方，引领三代人寻找的目光，握住四代人稚嫩的小手，为他们讲述先辈们的艰辛和辉煌。

无论我们在哪里，我们都有了传承的纽带，我们都有了共同的根系，它不仅在高原上生根发芽，也在任何有足迹的地方。第一代人的经历，第二代人的经历，还有三代、四代，经过历史的透析，都会打上清晰的印迹。

所以，无论如何，那片草原，都将永留心间。

我光荣于我们的父辈，我自豪于我们的父辈。

归 途

曹小云

爸爸，不知道为什么特别想念您和我妈，经常会梦到小时候我们在221生活的场景。所以我决定，今年无论如何也要回一趟老家，来了却我多年的心愿。出发前的两周，我全部的话题只有一个，那就是“归乡之旅”。

由于一直处于极度亢奋的情绪，导致那些天几乎是半失眠状态。昨夜也是，三点入睡，六点起床。终于踏上回家的路。一路白杨摇曳，一路追着云儿跑。我不停地说笑着，生怕稍一停顿，极力遏制的情绪会倾泻而出。

远远的，视野里出现几个大字：“东大滩水库”。一下子，我整个人便安静下来，努力搜寻着周围熟悉的亲切的景物。站上水库台阶的那一刻，泪水瞬间滑落，一边大喊着“我回来了”，一边跑到水边……

多少年过去，它一直静静地在那里，不曾消失，不曾改变。静静地，只是静静地站在那里。听着湖水拍打岸边的声音，任由泪水顺着脸颊滑落，滴落在衣衫，滴落在水里……

记忆像正放映的电影一样，一点点的闪过。

爸爸，海晏县城已不是原来的样子了。这里，很多原有的东西早已不复存在。除了已经被认定为文物而保护起来的我们的家，以及门前屋后原本就在的被拓宽和休整的主路外，已然找不到旧时模样。

临行前，还有人说：“你回去后一定会失望的。”我肯定地说：“不会”。

爸爸，曾经我们生活和学习过的地方，它也需要随着时代的发展而发展，随着岁月的更替而更加繁荣，就像我们目前生活的城市，从原来的破旧变得繁华整洁，我们在接受着它改变的同时，也希望它越来越好一样。

所以，我欣然地接受着它的变化，不曾失望。其实，真正留下的，是我们的记忆。

不去想，也不去管它现在变成什么样子，无论是否繁华，无论是否精彩，无论怎么变，它都是我们曾经的家，是我们深深热爱的土地。

爸爸，当我踏入原子城纪念馆的那一瞬间，一直以来的自豪感又油然而生，眼前的一切让我开始想念您。而后，跟随着那个动听的声音，听她说你们的故事，我在故事里寻找您的影子。爸爸，敬爱的爸爸，您知道吗，在这一刻，在一个个故事里面，我才真正懂得你们当年所背负的。这里，有你们的青春和热血，有用生命谱写下的不朽乐章，你们是祖国的功臣，是我的骄傲！爸爸，我为自己是核二代，是 221 人而自豪！原子城，是我永远的故乡，是我无法割舍也无法忘怀的家！

一枚奖章背后的故事

李成乾

我叫李成乾，来自浙江大学机械工程学院，是浙江大学“党史青年行”马兰精神暑期社会实践团的一员，同时也是浙江大学“马兰精神”学生宣讲团成员。今天，我想给大家分享一枚奖章背后的故事。

我家中有一枚特殊的奖章，它是中国第一颗原子弹爆炸五十周年纪念章。它的主人是原国营二二一厂的工作人员——苏金有，也就是我的外公。2014 年 10 月 16 日，在中国第一颗原子弹爆炸成功五十周年之际，中国核工业二二一局将它发到了我的外公手中。

60 多年前，年仅 22 岁的外公还是解放军某部工程营的一位年轻士兵，听从党和国家的号召，离开家乡河南来到了青海金银滩，投身于中国的核事业，参与中国第一个核武器研制基地的建设与后勤保障工作。由于保密要求，从全国各地来到这里工作的人们上不禀父母，下不告子女，外公自己在来之前甚至都不清楚工作的内容和职责。就算在厂内，工作人员相互之间也不清楚对方的工作。据外公说，二二一厂的职工当时是“一问三不知”——问你干什么的，不知道；问你在哪里干活，不知道；问你住在哪里，不知道。

刚到厂区的前几年，由于生活条件的限制，包括外公在内的大部分工作人员的家属还无法随同职工在厂区长期居住，聚少离多的日子成为常态。年轻的外公在 221 厂车站送别已经怀孕的外婆回河南老家时，给尚在腹中的孩子，也就是我的母亲取名为“恋青”，意为“怀恋、热爱青海的这片热土”，作为他们在这个特殊时期和地点的爱情见证。这是属于那个年代的人们热爱祖国、无私奉献的浪漫爱情。直到后来厂区条件有所改善，外公一家才在青海团聚。

1987 年，国务院、中央军委作出撤销青海二二一厂的决定后，基地开始对核设施进行彻底的无害化特殊处理，厂区工作人员也陆续搬离。而外公在岗位上坚守到了最后一刻，于 1993 年作为最后一批撤离的工作人员，离开了这个他工作奋斗了 32 年，贡献了全部青春的地方。

我从小就听母亲讲述她小时候在二二一厂生活的故事，而关于那里的工作，因为保密的原因，外公很少向我们提及，他给我的关于这片金银滩的印象，就是这枚奖章。上学后从书本中学习到中国第一颗原子弹爆炸所带来的重大意义，就更加敬佩外公那一代人以及他们所从事的伟大事业。他们默默无闻的付出，不但换来了我们如今的幸福生活，更给我们带来了宝贵的精神财富。

今天，我们再次走进金银滩草原，感受“两弹一星”精神，以史为鉴，能增强开拓前进的勇气和力量。面向未来，我会将个人理想与国家需要联系在一起，承担起我们这一代人的使命和担当。

青山不老　浩气长存

陈俊祥

九院人常说“草原献青春，大山献儿孙，涪城河畔献终生。”回忆我的过去，青春是快乐的，中年是鏖过的，老来是幸福的。草原驰骋破两弹，摇旗呐喊战犹酣。一马平川难抗罴，靠山隐蔽大搬迁。巴山剑寨险，一干二十年，苦去甜来艳阳天。

1969年，我参加二二一厂最后一次国家热试验，9月底完成任务后直接从新疆场地回重庆探亲，不到两周时间就被厂内急电召回。回厂一看，形势特别凶猛，二赵（赵启明、赵登程）奉命“清队破案”，大部分科技骨干在劫难逃。一年过去了，战备搬迁告急，上方命令一个月之内要把二二一厂部分人员和设备搬进四川大三线。没有结论的专案对象，全都押解到902地区继续审查，我就是这样从青海被押送过来的。

1970年，天苍野茫岁月寒，留将热血祭青山。闷罐车东去不知站？到了马灯才几天。“马灯”是一所驻地的公社名，这个公社僻静偏壤，人烟稀少，连赶场的集市都没有。年底到了马灯继续搞政治运动。过一年，铁窗惊闻“九・一三”；过两年，平反昭雪进大山。为了克服经济困难，上级号召“军民结合，二次创业”。在这大山沟里，谁要说草原苦，我说不如山沟苦。草原上一个人吃饱了全家不挨饿，山沟里老婆孩子一起拖。上班围着仪器转，下班围着锅台转。星期天赶场买鸡蛋，一上午要跑30里远；下午劈柴、挑水、浇菜园；孩子没处上学，上山打鸟，下河抓鱼，搞不好晚上就发高烧，父母眼泪花花，只有抱着孩子坐等天明后再颠簸到50公里以外的梓潼汉江医院才能看病。

大三线，山、散、洞，可防原子弹，但是科研太艰难。一所去二所，剑阁到安县，讨论两小时，卡车跑三天。生活困难可克服，科研慢了怎么办？还是张爱萍将军最了解我们，他说刺巴林里飞不出凤凰，一定要来看一看。1983年5月19日，张将军真的来了。我很幸运，亲自向他作了汇报，留下了这张珍贵的照片。照片背景只是一片茂密的森林，一般人看不出什么名堂，我们经历过的人一瞧，那密林深处有一缕淡淡的硝烟，其实是一条很深很窄的沟，沿山是一圈国有林带，沟底原有一些农户，现如今他们都迁走了，保护国有林就成为我们的责任。国有林带就是我们的天然屏障，在金银滩，我们看惯了升腾的爆轰云朵，也不觉得浓烈的刺鼻臭味，到西沟做实验，却是沟外不见云，沟内不见烟，路人不觉臭，这就是当年选择西沟做爆轰场地的匠心所在。实验现场不许拍照，这一张是特许拍摄的，它是西沟对国防贡献的历史见证，也是张将军向国务院建议九院布局调整、建设绵阳科学城的见证，照片中“双手捧球”的姿势，正是张将军在向我们询问小型化实验的进展情况。

回忆当年，记忆犹新。还记得，省长杨析综陪同张将军来西沟视察，正是5月花季，杨省长当场夸奖我们这里“山清水秀，鸟语花香，好美啊!”我心一惊，这么美还能搬出去吗？后来，我在汇报时鼓起勇气向他说：“杨省长，你只说对了一半，这里是‘山清水不秀，人杰地不灵’！我们每年要抗两个月旱，一个多月没有水喝，这两年，我们打了十几口井都没出水。在马灯河边我们打了一口直径五米的大口井，把河床都钻透了也没有找到清水，现在还摆在那里成了历史遗迹。到这儿来的都是英雄好汉，这些老家伙是不会走的，扎根三线，与贫下中农同甘共苦，连儿女户口都迁过来献给了大山。可是新来的大学生报到后就要走，刺巴林里留不住凤凰，我们的事业后继无人啊!”我这是老老实实地向领导说出了自己的心里话。

在剑门西沟丛林那里我们整整度过了20个春秋，说来心酸也心甜，在这里，我们劈荆开路，包沙垒墙，搭起了一座座隐蔽的工号；在这里，我们打井引泉，掏河筑堰，为职工备上一杯清凉的饮水；在这里，我们挖鱼塘，修猪圈，办起了“五七”农场，为科技人员准备一口节日的美餐。赤日炎炎，我们到“白虎洞”纳凉；北风飕飕，我们在“原始森林”巡逻，山背的脊梁上，我们栽下几百个界桩，留下了步步勘测的脚印。

西沟之深，深藏了我们科技人员的钻研精神。西沟之大，大展了我们一代人的宏图美梦，攻克了极其复杂的技术难关。回忆当年“三线隐蔽二十载，长空挥鞭超八千”，“二十年来勇攀后，二代轻舟已过桥”，说的就是我们在这里搞出了能打到苏修莫斯科的核武器，这些成绩来之不易啊，是在极其艰难的条件下拼搏出来的。曾记得有个星期天，从新疆经北京到梓潼院部传给一所一道赶制一根特殊电缆的口令时，我们立即跑遍梓潼、江油，以及五所、十所、器材处等单位，连夜奔忙通宵达旦。“靠山隐蔽扎大营”，靠的是腿长心里宽。张将军听了汇报十分高兴，特地为一所题词“惊雷一声，威震海天”，八个闪闪发光的大字，鼓舞着我们奋勇向前。

正是张将军和省领导了解到这里不宜于科研“扎大营”的情况，才下决心进行布局调整，才有了“839”工程建设。记得张将军视察后在梓潼院部礼堂作报告说：“你们这个902地区也太分散了，就像羊拉屎一样，稀稀拉拉拉了一大片。好比‘鸡肋’，食之无肉，弃之有味。怎么办？要改造，要调整。你们要到绵阳去，像牛拉屎一样拉它一大堆，集中起来建个科学城，那才赶得上别人嘛！”我们听了好高兴啊！陈能宽副院长情不自禁地吟诵：“将军三击鼓，勇士出祁连。今朝一席话，蜀道破难关（将军三击鼓，是指张爱萍将军用三首唐诗动员我们上青海高原）。”1983年8月21日，李英杰书记和陈能宽副院长带领我们到绵阳勘察新基地。那天风雨交加，陈能宽副院长却一路兴致勃勃，中午小憩即兴抒怀：“年逾半百踏黄泥，风骤雨急仍笑嬉。无奈巴山羊遗矢，甘为雏凤觅高栖。”这些脍炙人口的绝句，让我们至今难忘。“无奈巴山羊遗矢”，就是指张爱萍将军讲的“就像羊拉屎”那一段话。

我们在从分散到集中的征途上，感受太深了，印象太深了。可以说，没有当年“青山留核魂，哪有今日涪江科学城”。1990年，我们一所是第一个进入绵阳科学城的研究所。在科学城，我们建起了二级轻气炮、大型闪光机和室内爆炸塔等现代化实验设施，筹建了国家级重点实验室——冲击波物理与爆轰物理重点实验室。但是，我们没有放弃西沟，没有埋没西沟，有许多特殊的实验仍然要到那里去做。前几年，我再回西沟看了看，那里更加郁郁葱葱，更加欣欣向荣，实验工号更多了，仪器设备更先进了。沥青路面大轿车，林荫花香阳光美，去做实验好比到了农家乐，更令我惊讶的是当年那个养鱼塘，而今变成了一座现代化的水下爆炸试验场。

剑寨晓峰残月，涪城阳光辉映；事业兴旺发达，国威越来越盛。科学城第一个国家级重点实验室验收之后我就退休了。但是退而未休，院长要我参与编写“971 规划”“神光Ⅲ可行性论证”、筹建科技馆，书记要我参加编写《院史》、宣传“两弹精神”，经福谦院士要我协助他编写科技丛书、管理国家自然科学基金重点项目，这一来一刻也没有闲着，尤其是宣讲“两弹精神”，已成为我的终身责任和义务。

1999 年 5 月，我南斯拉夫大使馆突然遭到美国轰炸，全国人民愤怒填膺，北京的大学生们集群结队到美国大使馆前示威抗议。这时，美国国会又抛出了“考克斯报告”，扬言中国偷了他们的中子弹和核武器小型化技术，在美国掀起一股反华热流，试图诋毁中国人民的反美浪潮。鉴于这种形势，党中央、国务院、中央军委决定，选在 9 月 18 日这一天，在人民大会堂表彰 23 位“两弹一星”功勋专家。

在此前两天，全国政协副主席朱光亚（原九院主管技术的副院长）就通知九院，你们赶快派人出去讲讲，我们是如何自力更生搞出核武器的，要不然现在党政机关和各单位都是年轻人当家，他们不知道我们当年艰苦奋斗的情况，反倒信了考克斯的恶毒谎言。当时九院立即派出朱建士、董海山、李取希和我即赴北京，表彰大会第二天 9 月 19 日我们即赴清华大学开讲“两弹精神”，第一次就受到全校师生的热烈欢迎和高度赞扬，接着又在北京各大院校进行了宣讲。第二年，总装备部组织弘扬“两弹一星”精神宣讲团，我作为该团成员到解放军各大院校和基地宣讲了九院人为两弹无私奉献的奋斗精神，此后，我正式成为一名宣传“两弹”精神的义务宣讲员。

难以忘却的金银滩

刘　敏

20 世纪 50 年代，曾有一部名叫《金银滩》的电影，它讲述的内容为两个藏族部族争抢草场的故事，而该片的外景地就在青海省海晏县北部的金银滩草原。

1958 年，当确定在金银滩建设中国第一个核武器研制基地后，电影《金银滩》就被封存起来，因为该电影中有很多画面都反映了该地的地理地貌，这是不能公开展示的。根据保密规定，确定基地代号为“221”，对外则公开称“国营综合机械厂”。

1965 年春节刚过，室里通知我们要调到“221”去工作。那个年代，组织让你到哪里，你就得无条件服从。当时的调动与现在的情况不同，就是你不仅要在那儿工作，而且户籍也要迁至青海，要知道户口一迁出，要再迁回北京简直不可能。当时九院的年轻人较多，有的正在谈恋爱，听说要去青海，有的女友就提出分手。我虽已结婚，没有这些问题，但我的孩子刚生下来，要带到青海高原适应那里的气候、环境也是问题，况且孩子只有两个月大，还在上海外婆家。

室里规定我于 2 月 27 日离京，于 3 月 2 日到青海西宁报到，地点是西宁市胜利路 196 号，那儿是青海国营综合机械厂接待站。当我妻子与孩子从上海回到北京时，已经是 2 月 20 日了。因为要上班，只好将孩子托给我们室郑书记的爱人带着，我们则要将办公室有关用品装箱统一启运，晚上在家整理个人物品、行李。2 月 27 日是我室部分同事先行离京的日子，我妻子随后一批同事离京，当我将乘大轿车离开时，我到郑书记家再看一眼我那刚出生三个月的孩子，他正在熟睡，我轻轻地吻了一下他的额头，祝福他好好成长。我的这一行动，使在一旁的郑国峰书记的爱人流下了眼泪，并歪过头去，我立刻转身匆匆地离开那里，以免自己也会伤感。

傍晚，我们大家在北京站登上了西行的火车。我记得与我同去 221 基地的人有姚礼屏，他是从苏联回国的副博士，还有我室的王正明、陈福民、金建明与五室的苏文科等。

1965 年 3 月 2 日，我们到了设于青海西宁的接待站，经那里人事和保卫部门的审查与联系，其他同事都较快地获准到 221 基地了，我与陈福民等人则继续等待分配。利用这点空闲时间，我们几个人就去四处转转，看看西宁到底是什么样子。当时的西宁市并不繁华，主要的街道就是横贯东西的一条大街，火车站附近有一座稍高点的楼房称为“西宁大厦”，东大街上最著名的建筑就是那座清真大寺，城内南北向的一条大街与东大街交汇处有一座大楼，那是当时最大的百货公司——大十字百货公司。办事处旁有一个叫“西宁浴池”的澡堂子，还有一家较好的汉民饭馆。由于离京时十分匆忙，来不及洗澡，到了西宁后，西宁浴池就成为我们洗热水澡的地方。但我们初到西宁，不知道在这海拔 2200 多米的高原上洗澡是有讲究的，结果我与陈福民在泡热水池时因为缺氧，双双晕倒在地，被服务员扶到凉快的地方休息后，人才慢慢清醒过来。

我们被正式通知要在 3 月 7 日赶到 221 基地报到。当火车从海拔 2200 多米的西宁驶过湟源爬到 3000 米附近的巴燕站时，我们有了一点高原反应，到达海晏站时，当地海拔已经是 3270 米了，可奇怪的是，我们反而没什么感觉了，也许是这里湿度大一点的原因吧。下车后，我们需要换乘 221 基地专用列车才可以到达目的地，但这列漂亮崭新的列车是不售票的，每车车厢的门口站着一个验票员，据说是保卫部的工作人员，他们仔细检查我们在办事处拿到的那张通行证后，才准予我们登车。

三月的青海高原，从车窗向外望，到处是枯黄色，这里不长树，据说种下去不久就死了，远处山上白皑皑的积雪从山顶一直拖到山脚。到达总厂时，有人早已等候并将我们的行李搬到卡车上运到驻地。

当时基地还没建设完，我们不论是已婚还是未婚，都要男女分开在集体宿舍里过单身生活。楼里的厕所尚未完工，要想方便就得走到楼前挖好的旱厕所去，这种露天厕所仅用席了四面围了一下，特别不方便。每间宿舍摆放着四个上下铺的单人床，住八个人，幸亏我们的行李少，否则就更挤了。那个年代，不管工人、刚来的大学生还是资历老一些的技术人员，都不分职位高低的住在一起，大家来自五湖四海，经历与思维都不一样，生活习惯也不一样，但是工作目的是一致的，因此，相处尚可。

在院人事部门办完一切手续后，我与陈福民仍去设计部上班。基地有许多分厂，每个分厂又有若干个科研与生产部门，一分厂设计部大楼又叫 105 大楼，它的设施很全，也很漂亮，与北京的一些科研单位的办公大楼相比也是毫不逊色。我被暂时分到其中的五室六组工作，但由于对那些电器与自动控制组件十分生疏，因此，我得从头学起，贺联奎先生是这个组的负责人之一，他十分认真地帮我熟悉有关气压引信的结构与传感器组成等，让我在短时间内迅速得到了进步，我非常感谢他。

永萦江山　怀志九霄

王柏懿

按照我们中国人的习俗，清明是和故去的亲人沟通交流的时刻。所以，今天我们相聚一起，举行郭先生、李先生的合葬仪式，祝福这对天人相隔49年之久的伉俪、还有他们的女儿在天堂里团圆，追念两位先生在世时的高风亮节，是十分有意义的。

记得李先生曾经建议过，把力学所每年纪念郭先生的活动从忌日举办改在诞辰日。我以为，这体现了她对人生的达观态度：少一些悲伤的情怀，多一份奋发的精神。我希望，今天以及以后，我们就以这种情态来纪念两位先生。

由于时间的关系，在这里，我不想复述两位先生的丰功伟绩，只想告慰他们：你们为国为民、鞠躬尽瘁的精神，已经深深植根在后辈学子的心里。

作为中科大力学系59级的学生，我和同学们感受过郭先生讲授《边界层理论》的严谨风格，也享受过李先生教授英文课的阳光风采。五十多年过去了，我们同学仍然深情回忆说：先生那“高尚的品质，至洁的灵魂，永远是我们的指路明灯”。

作为一直在力学所工作的一员，我多年和十一室的同事们一起从事郭先生亲手规划的6405任务，为他献身的航天、国防事业贡献了一份力量。

的确，先生永远是我们30后、40后这一辈学子心中的大爱。当然，更令人欣慰的是，两位先生的精神与风范，也在80后、90后的年轻人中间生根发芽了。

2001年退休之后，我较多接触了李先生组织的“中关村大讲坛”，还曾经要求我的一名研究生参加这项活动以接受教育，毕业后他去南方工作了。在听到李先生逝世消息的当天，他给我发来一条长长的微信，题目是《忆李佩先生》。在那里，他回忆了参加“大讲坛”活动的情景和收获，其中提到一件小事。他是这样说的：第一次我跟李先生表达我愿意帮她在年轻学生中宣传报告时，她说：“那好啊，以后我每周四给你送报告内容。”我当时就呆住了，什么叫没架子？这种一句话能让郑哲敏院士马上不再说话的大师夫人，一句话就能请动所有院士做一场免费报告的知识哲人，一个耄耋老人！却要在冬天的每周四给我这样一个小人物送报告内容，这也行？以上是他的原文。是啊，这就是李先生的人格魅力。每一个和李先生接触过的人，都会被这种魅力所感染。

记得，我还见到过李先生给万钢的一封回信的手迹。那时，万钢是上海同济大学的校长，他们准备把新创办的“航天航空与力学学院”冠以郭永怀的名字。但是李先生谢绝了这个提议，回信中有一句话令我无法忘怀，她写道：“郭永怀生前是个默默耕耘的学者，过高的荣誉似乎不符合他的志愿。”是啊，李先生的做法以及她对郭先生的评介，体现了他们高贵而纯真的品格。两位先生这种虚怀若谷的风范，值得我们永远尊敬和学习。

最后，我想说，作为力学所的退休人员，我们都珍惜和两位先生曾经有过交往的经历。所以，一年前，我们所老同志成立诗社时就把它定名为“咏怀诗社”，来表达我们对老所长的思念。昨天清明时节，为了纪念今天的合葬仪式，我填了一曲《蝶恋花》，献给两位先生：

木李失君四秩玖，
君会娇妻，今在重霄九。
泪眼清明相执手，
却说巨变君知否？

长空“天宫”星宿候，
环月“嫦娥”，展袖翩跹舞。
借问“神舟”何处去？
并肩笑指飞寰宇。

现在，两位先生把他们的遗骨留在了力学所大院，永远陪伴、永远鼓励我们不断前进。所以，我期望正在力学所工作的学子们，继承他们热爱祖国、献身事业的精神，让钱学森和郭永怀亲手缔造的力学所再度辉煌！我以为，这才是对他们的最好纪念。

郭先生、李先生的风范永存！

（2017 年 4 月）

金银滩工作生活片段

韩　威

20 世纪 60 年代初，在西宁市大街上陆续出现了很多身着蓝色长棉大衣、头戴护耳棉帽、脚蹬高腰皮靴的内地人，这些人的统一着装引起了路人的注目与好奇：他们就是根据国家需要，从全国各地的名牌大学、院校分配来的应届大学毕业生，从全国各地重点企业、各大部委调来的优秀技术人员和高级别技术工人、管理干部。这些人到西宁后分别入住在西宁饭店、西宁大厦等处，数天后全部迁至西宁的杨家庄，那是 221 最早的宿舍区，二二一厂当时对外的掩护名称是国营综合机械厂，杨家庄的住房是清一色的一排排砖土结构的小平房，取暖是土火炉和火墙。在这里，所有人员都将接受进厂前的第一次保密教育，接到通知到厂里各自的工作部门。

美丽的金银滩大草原沸腾了，一场研制试验我国第一颗原子弹的大会战开始了。在那物质极度匮乏的年代，人们忍受饥寒不怕艰苦，每天超负荷的工作，昼夜加班加点。我国著名科学家王淦昌、彭桓武、郭永怀、朱光亚、邓稼先、陈能宽等人率领整个科研生产队伍，在李觉将军、吴际霖副书记的带领下，艰苦创业，努力进行技术攻关。

在研制第一颗原子弹期间，张爱萍将军六上祁连山，亲赴海拔 3500 米的 221 基地指导场地试验工作，并在第一颗原子弹试爆之前的 1964 年 6 月份，在 221 基地六厂区进行的一次冷试验取得成功后，写下了一首充满激情的诗作，“草原儿女多奇志——赠朱光亚”。

诗中充满豪情的写到：“祁连雪峰耸入云，草原儿女多奇志。炼丹修道沥肝胆，应世而出惊世闻。”

60 年代初，到草原、工作环境虽然艰苦，但人们都充满激情，充满朝气，充满对生活的热爱广大科技工作者，在紧张的工作、生产之余，他们会抓紧时间读书学习，也会抓紧时间享受青春、享受生活。在几座小红楼前的空地上搭起了篮球架子，有不少人去打篮球，看打球，后来各单位、科室自发组织球队，互相比赛，看的人也特别多，大家为各自的球队呼喊、加油、助威。在有限的空地上还举办了两次机关运动会，各项冠军的奖品就是一支圆珠笔一个笔记本，可是大家兴致都极高。为活跃职工生活，在设计部食堂外的空场上还放映过多次露天电影，这些都是繁忙的工作之余最美好的时光和回忆。

科室之间年终有工作总结、互相讲评，互相之间开展批评与自我批评，每次这样的会后，让你感到的都是与人为善，会后气氛依然会很和谐。老同志们——所谓的老同志也就是三十多岁，参加工作早几年，对年轻的初入社会刚参加工作的同志，也是处处关心帮助。工作上认真传帮带，生活上非常关心，怕年轻人想家，在那么困难的条件下，经常请我们到家里去做些力所能及的简单饭菜，让大家热热闹闹的聚一下。记得有一次，一个大姐请我们五个女孩子到家里去吃饺子，因为锅小人多，一顿饺子从上午 9 点吃到下午 2 点。草原生活艰苦，物资匮乏，星期天，大家经常一起逛草原。美丽的草原上各色野花盛开，充满魅力，我们常常流连忘返。傍晚返回时，带着采摘回来的蘑菇，买上一个清蒸猪肉罐头，加上一点点青菜，炖上一锅，然后大家在一起聚餐。

回首往事，常常浮现在我们脑海里，呈现出当时那种生动的画面，同志间互相留下的温暖情谊，人与人之间那种和谐关系，成了我们永远的记忆。20 世纪 60 年代末，很多同志就已经调到四川。但直到现在，这些老同志都还互相保持联系，逢年过节都会互致问候。这就是核事业人的真挚感情，现在很多人已经老去，有的人已经永远的走了，真诚地盼望健在的老同志晚年幸福，身体安康。

我国第一个核武器研制基地艰苦创业的光辉历程

徐步霄

20 世纪 40 年代，王洛宾在金银滩草原采风一曲《在那遥远的地方》，从青海湖传遍全国，风靡世界。50 年代末，著名导演凌子风执导的电影《金银滩》讲述了藏族农奴翻身得解放的故事，传遍祖国的大江南北。

新中国成立后，百废待兴。面对西方核讹诈、核威胁的严峻形势，1955 年，党中央高瞻远瞩、审时度势，毅然作出研制核武器的战略决策。1958 年，中央决定成立三机部九局（核武器局）负责 221 基地的建设及核武器研制生产，调西藏军区副司令员兼参谋长李觉少将任局长。吴际霖副局长带领国内相关专家和苏联援华专家一行 20 人，风风火火，踏遍祖国西北、西南等边远地区考察，最终在青海选址确定了金银滩草原。选址理由是金银滩四面环山，人口稀少，地域宽阔，有利居民搬迁，而且地处内陆，荒芜闭塞，更有利于保密和保卫工作。保密地域圈地 1176 平方公里，后缩减至 573 平方公里，分布着十几个厂区和生活区，担负着不同的科研生产和生活后勤保障任务。

1958 年 7 月中旬，中共中央总书记邓小平批准了 221 核武器研制基地的选址报告。

基地选定后，开始在全国各地企事业单位、大中专院校选拔厂内所需工人、干部和科技人员。当时要求条件高，审查非常严格，最基本的要求是保证在政治上绝对可靠，被选拔的人员要身体健康，历史清楚、思想进步、政治觉悟高，同时要做到热爱祖国、热爱事业，知识水平高、业务技术水平过得硬、家庭及社会关系清白，只有这样才能达到合格标准。

1958 年建厂初期，从兰州建筑工程局选拔 1200 多名职工和 2000 余名解放军指战员连同 6400 多名河南省支援边疆青年组成了二机部 104 建筑公司和 103 安装公司四处，青海省支援的 120 多名工作人员主要负责日常生活供应及后勤保障。

凡选入进厂的工人、干部、科研技术人员，都首先必须经过保密教育，合格通过后才能上岗工作。按照各自的工作性质和级别分为一级、二级、三级三个保密级别，原则上规定知道的不能说，就连自己的配偶、儿女、父母、亲戚、朋友都不能告知自己在哪里工作，在干什么，不知道的绝不反问。由于保密教育深入人心，以致我国第一颗原子弹在 1964 年 10 月 16 日 15 时在新疆罗布泊爆炸成功的这一消息传到基地时，大多数人竟然才知道，如此威力巨大的核武器就是在 221 基地研制总装的。

221 基地地处海拔 3500 米的青海高原，那里高寒缺氧、日常温差达 22 度，常年风沙不断，风力可达 6 至 8 级，经常出现沙尘暴，草原上比较舒适的时间只有六、七、八三个月，在 1958 年建厂初期乃至三年自然灾害期间，头顶青天，脚踏草原，吃和住的条件都异常艰苦。

建厂初期，各种物资都很紧张。建厂原则是“先生产后生活”“科研任务为第一己任，生活排在第二位”，全厂干部职工都以党和国家的利益为重，想尽办法克服生活上的困难。帐篷紧张就利用废弃的牛羊圈改造成住房，还利用朝阳的坡地挖出一人多深的方坑，搭起架子，顶棚铺上从山上拾来的灌木条，低处垒起土坯，简易房就这样建成，这才解决了住房紧张的困难。

筹建总指挥部党委坚决贯彻毛主席“尖端武器的研制工作仍应抓紧进行，不能下马”的指示精神，一手抓科研、一手抓生活。在抓生活方面搞自救，各单位都发动群众垦荒种青稞、油菜、土豆，同时组建了农副处，农、林、牧、副、渔组织了专业队专门搞副业。国防科委主任聂荣臻得知西北几个基地的困难后，报告了周总理，周总理亲自到军委会议上筹措数百万斤黄豆、罐头、酱菜支援基地度过暂时困难，青海省政府也拨来 2 万多头牛羊组建了牧场。从 1963 年开始，随着大批各工种、各行各业专业人才、干部陆续调入厂内，国家对应的标准提升为一级供应，后勤保障任务更加繁重，矿区商业局逐步扩大机构人员，在上海、北京、广东、浙江、西安、江苏、辽宁、山西、山东、河北、河南、四川、新疆、兰州及西宁等省市都成立了专职采购站，直接从一级批发部门调用商品、水果和蔬菜，商业部下发给基地420余万元的流动资金，用于商品流转，如肉从四川万达县直调，鱼、虾等海产品从浙江舟山、广东汕头直调，蔬菜从上海、广州、兰州、西宁等产地直调，瓜果从新疆、甘肃、青海各产地直调，各种商品供应非常充足，参与有害作业的一线工作人员，还可以享受保健食品。商业局各部门工作人员达770多人，除18厂生活区，乙区生活区几个商店外，各分厂所在地都设有小分店，既保障了厂内广大职工的生活需求，同时又有力地支持厂内的科研生产。

1959年苏联单方面撕毁合同，撤走了全部在华援建专家，拿走了图纸，不再提供精密先进设备。面对如此艰难的形势，党中央在精神上鼓舞我们，在生活上关怀、爱护我们。全厂专家学者、科技人员、领导干部、各行各业广大职工肩负核事业使命，上下团结一致，攻克着技术上的一个个难关，克服着生活上的艰苦，在全国人民的大力协同支援下，经过六年奋战，终于在1964年10月16日15时成功爆炸了我国第一颗原子弹，那个激动人心的时刻难以用语言来表达。经过2年8个月的奋斗，1967年6月17日，中国第一颗氢弹成功爆炸。从原子弹到氢弹，美国人用了7年4个月，苏联人用了4年，英国人用了4年7个月，而我们中国人只用了2年8个月的时间。这就充分说明在党中央的英明领导下，新中国有能力、有志气跻身国际行列，中华民族挺起了自己的脊梁，终于可以扬眉吐气，屹立在了世界的东方。

草原基地创业初期的艰苦岁月

李　凯

我是一名普通工人，今年 80 岁了，1948 年参加革命，1952 年转业到工厂当了一名电工。1959 年到草原参加基地建设，到 1983 年退休，经历了二二一厂从建厂到撤厂的全部过程。如今，每每回想起建厂初期在金银滩草原的艰难岁月，就会想起那些为核基地建设默默奉献的人们。当年他们正值青春年华，是祖国的一声召唤，让他们告别了亲人，奔赴青海高原艰苦创业。如今他们已耄耋之年，个个步履蹒跚。我感觉到有必要把我亲身经历的建厂初期的艰难困苦写出来，让后人知道前辈创业的艰难。

二二一厂建厂初期工作和生活上的艰难，后人是无法想象的。我国 1949 年才建国，当时国家还是一穷二白，正像毛主席说的是一张白纸。在这种条件下要在荒凉的草原上建设核基地是多么艰难啊。但是我们在党中央毛主席领导下终于把原子弹和氢弹造出来了，大长了中国人民的志气。

我是 1959 年 4 月份调到二二一厂的，当时人员调动很神秘。首先要把你的三代调查清楚，看看有没有历史问题。然后是单位组织上找我谈话。组织上找我说："要调你去西北工作，你有什么要求？" 20 世纪 50 年代的人思想积极、上进心很强，感到这是组织上对自己的信任。我马上就表态服从组织的调动，我说："我是一个共产党员，党员就是哪里艰苦就到那里去。调动工作怎么能和组织讲价钱，我什么要求也没有。"组织对我的表态很满意，说从现在起你就不要上班了，做一些准备工作，回老家看看父母，安排一下家里的事情，准备出发。当时我知道西北比较艰苦，平时在报纸上看到一些介绍西北住帐篷的情况。我打行李时就拿了两床被子，怕住帐篷冷以做备用。

过了十多天，二机部负责人员调动的一位姓孙的同志来找我谈话，告诉我说：“调你去兰州工作，那里的环境很艰苦，你要有思想准备。”我说：“没有问题，我已经准备好了。我知道那地方冷，带了两床被子准备住帐篷。”孙同志说：“你有思想准备很好。”当时从丹东一同调往西北的有两个人，孙同志让我负责把两人档案带给报到处。报道的地址是兰州友谊饭店西二楼。

告别了妻子和1岁的孩子，我们两人出发了，从丹东坐了一天一夜的火车到了北京。在前门老火车站下了车，换车去兰州。到兰州下车赶到兰州友谊饭店报到，我们被安排在兰州西站建兰饭店住下。我问什么时候上班，那个年代的人思想积极、工作热情高。负责接待的同志说：“还没有到工作的地方还要往西走，你们先住下到兰州市里看一看，什么时候走会通知你们的。”在建兰饭店住了几天我就着急了，又去问什么时候能走，接待处的同志说：“你们不要着急，什么时候走会去通知你们的。”我们又等了四五天，来人通知我们说，明天要走一批人，你们愿意走可以一起走。

第二天和我们一起走的共九人，由陈英带队坐长途汽车去西宁。当时西宁还没通火车（1959年国庆节才通火车）。汽车离开兰州后向西顺着黄河边在盘山道上前进，越往西走越荒凉。从车上往外看，一路上山是光秃秃的，没有树也没有草。漫天是灰蒙蒙的，刮风时吹起沙石打得汽车和玻璃啪啪响。看着外边的环境我心有感触，随口说道：西北高原风沙大，刮起满天飞黄沙，大风刮的满脸土，刮的山头光秃秃。我来西北决心大，不怕风大和土沙，发奋创建新天地，建好我们的新国家。下午三四点钟，我们总算来到了西宁市。车里有人说西宁市到了，我问西宁在哪？他说这就是西宁市。我往外一看右边是土墙，左边是黄土坡，这就是西宁市啊？车从东门外往南拐，汽车站当时在南门外，就是几间小土房。我们下车后，陈英和办事处联系，来了一辆车把我们拉到小楼（办事处）。

当时西宁市就只有西大街的建筑还像个样，在省政府、市政府、班禅驻西宁办事处驻地附近有一个民族商店、一个百货商店和一个副食店。周围都是小土房。西城门还有一个城门洞，西门口外坡下有一条河从南向北流入湟水河。河上有一个简易木桥，桥身和桥基都是园木架起来的。

报到后把我们送到西山湾人事局第二招待所，招待所周围是土打的围墙，院里盖了几排小土房，我们就在这住下。每人发一套行李和一个帆布木架的行军床。

说到“小楼”这个221人都知道的名字，但许多人并不知道他的来历。那时小楼门前是一条土路，从西宁向西去往马坊、多巴、湟源、海晏的车都要从这条路上经过。路两边没什么建筑，很荒凉。路东头有个石油学校，往西有几间小土房，再往西一直到小桥都是空地。这一片就只有筹建处在这建的这幢临街三层小楼（后楼是以后盖的）。一时没来得及砌围墙，许多准备运往厂里的帐篷、铺板都堆在楼后边的空地上。小楼的北边是一个大陡坡下面是湟水河，土路南边是个大上坡。因为这一片就这么一幢楼房，虽说没有门牌号，但很好辨认。大家到西宁办事处去办事的，一说去小楼谁都明白，就这样一来二去就叫开了。

那一时期正是来西办（厂区驻西宁办事处）报到的人最集中的时候，主要是三大部分：一是1958年11月，由河南省清丰、内黄、项城县来的首批年轻人。当时叫支边青年，人数也最多，有500多人，已先期进厂了，住在马匹寺，是金银滩一个千户的庄园。二二一厂定址金银滩后，世袭生活在这里的牧民迁往他乡，留下了这片相当规模的院落。应该说他们是221基地建设的第一批建设者，虽说都没有什么专业技术，但是在基地建设初期没有任何机械设备的情况下，一些体力活他们干的最多，出力也最多。二是一批部队转业来的退伍军人，当时叫军工，人数也不少。基地一时没有居住条件，进不去。就在小楼西面扎了一片帐篷暂时让他们住了下来。三是从全国各地调来的干部和技术工人。大多住在西山湾人事局第二招待所。这三部分人就是建厂初期的主力。

当时西北地区条件很艰苦，很多基本生活条件都不具备，与内地相比反差太大。听说厂子还要往西走，荒凉程度可以想象，因而思想情绪也不稳定。为了稳定队伍，西办在人事局招待所成立了培训科解决思想问题。当时培训科只有四五个人，在招待所里住的人又多，培训科的人忙不过来，就找一些思想进步和情绪稳定的人帮助他们做思想工作。那段时间我们协助培训科做了许多思想工作，非常难得。再后来报到的工人多了，一时又进不了厂，因为厂区不具备生活条件，都进去了给厂区造成生活压力。就把这批人先分配到西宁各个工厂培训，所谓的培训就是怕没事干容易闹事、惹是生非。当时西宁地区还是比较落后，各个工厂技术工人都很少，一般多是二三级技术工人，我厂来的这些技术工人均是四级工以上，进入西宁各工厂后成为骨干技术力量。到 7 月份后，在西宁各个工厂实习的技术工人才抽回来，陆陆续续进厂。

6–7 月间二机部宋任穷部长和刘杰副部长来基地视察，了解到前一段时间出现的思想波动等情况。特别安排在西宁市轻工局俱乐部召开大会，在西宁的人全都去了。他号召大家稳定情绪安心工作。把基地今后的前景做了展望。宋部长在会上说：“我长征时就从这南边经过的，你们现在的困难比我们长征时要好得多了。前人栽树后人乘凉嘛？你们都很年轻自己栽树自己乘凉嘛、先苦后甜嘛？没有苦中苦哪来甜中甜。”在这会上宋部长还对协助培训科做思想工作的几位同志点名口头表扬，他说“李凯同志协助培训科做思想工作就很好，我们到这里就是要吃苦的嘛。大家都这样想这样做问题不就没了嘛。”

又过了些日子，我们也要进厂了。那天早上，我们近二十人在小楼后院乘一辆客车去海晏进厂，当时基地对外的名称叫青海机械厂。西宁去海晏的路也不好走，车到湟源后就开得更慢了，中午才到海晏。

车到海晏县我一看还没有内地的镇大。当时海晏县就有一条南北不到两公里长的一条土路。只有县政府、县委和筹建处是瓦房，其余都是小土房。车顺着这唯一的土路开到最北头向西拐，东面第一个大院是县政府，第二个大院是县委，第三个大院就是筹建处。再往西就是空地了。县政府、县委和筹建处四面围墙，墙角都修了炮楼。

我们在筹建处下车吃了午饭，下午进厂，那时高炮师还没进厂。汽车在去青海湖的路和进厂区的路交叉口旁的哨所停下接受检查。这是五号哨所当时的位置（就在高炮师师部后面，后来哨所先是从岔道口撤到三角城最后搬到现在五号哨所的位置一直到撤厂）。这条通往厂区的土路，在当时就是一条省级公路了，原先由西宁、湟源去往刚察方向都是走这条路，二二一厂建厂后这条路只能厂内使用，去往刚察方向则从海晏县前面岔道改道了。

这条土路在建厂初期发挥了重要的作用，前期基地建设所需的各种物资都是从这条土路运进厂里的。可以说这条路就是二二一厂艰苦创业的开始。以后随着基地建设和发展，由工程兵修建的二级公路告别了尘土飞扬的年代。极大的方便了厂区的工作和生活。这条土路后来也不用了，人们渐渐地把它淡忘了。1963 年以后到草原的人就更不知道还有过这样一条土路，以及它为初期草原建设所发挥的作用。偶尔在闲暇之余去草地走走，会路过这条路。每次看见它都会勾起创业时期艰苦岁月的回忆。

我们分在水电队的都在加工厂位置下了车，当时水电队都是刚来的电工、水暖工、电气焊工、钳工、还有部分车工。暂时都住在加工厂火车站那沟底下，初到草原时，那可真叫草原，天苍苍野茫茫什么建筑也没有，头上是蓝天一片，脚下是茫茫的大草原。野兔子乱窜。没有一砖一瓦，放眼望去都是一片一片的帐篷，一片帐篷就是一个单位。渐渐地，进厂的人多了，帐篷也不够用了，一个班最多时十七八个人住一顶帐篷。大家都放不开褥子，两张铺板睡三个人。当时大家最关心的事就是什么时候能开工建设。

人到草原了马上组织搞基础建设，先是组建了一个建筑公司叫 24 公司。公司下分四个工区。一工区负责十八厂区（即总厂区）基本建设，二工区负责二分厂工地建设。三工区负责一分厂工地建设。四工区负责三分厂工地建设。当时搞建筑的技术工人很少，工地上重体力活都是河南支边青年干的。这部分人通过二二一厂的基础建设都成了熟练的技术工人。20世纪60年代初又成立了二三建筑公司，随着草原基地建设的逐步完善，二三建筑公司承接了其他工作。

大批建设人员到厂后遇到的第一个大问题就是生活用水问题。整个十八厂区是人员居住最集中的地方，却没有水源。向西七八公里在林场南边有一条河。但是因为落差的原因无法引水。向东离一分厂10多公里，翻两个山包也有一条河。水量不大也都不适合引水使用。

经过勘察地形，最终在水厂西面湟水河的上游处找到了适合的位置。那时河水的流量很大，高度落差也很十分理想，但距离也最远。大家都下河捡石头，用石块拦腰垒起一个河坝以提高水位，在河边挖水渠利用自然落差把水向南引，沿着二分厂西坡过电厂西侧一直向南，绕过医院南边的土坡，到警卫团南边向东，从小青海湖南面再向北拐到水电队驻地挖一个大坑，存放引来的水。这条水渠全长有十几公里。十八厂区的人全都出动了，来自河南的支边青年出力最多。这条主干渠修好后。各个单位根据需要又修了许多支渠，就这样解决了一时的生活用水问题。后来一分厂和加工厂驻地也是用这个方法挖的水渠解决引水问题。

草原入冬早，上冻后这条渠也不能用了。生活用水又成了问题。只能去河里刨冰块，用草包袋装回来用脸盆在炉子上烤化了用。当时是三年困难时期生活物资匮乏，每个人的洗脸盆都是一盆多用，洗脸、洗脚、烧水都用它，有时还用来和面。

刚踏上草原，90%的人准备不足，都没带餐具。草原上那时还没有商店，无处购买。食堂早上做稀粥，没有餐具也打不成。我来时带了一个饭盒，是路上装食品的，派上了用场。为了早上能喝上稀饭，大家都自己想办法。盛稀饭的餐具五花八门，有手艺巧的在食堂拿个搪瓷盘子回来，把边上的瓷打掉，跟暖瓶铁壳装在一起打饭用。张长俊是长春汽车学校毕业分来的技术员，在交运处上班，没有餐具他就捡了一个油壶，用工地的沙子把油污擦干净，当餐具用。

那时正是基地初建时期，火车也没通。草原上什么都没有，生活问题只能靠各单位自己解决，国家给草原拨了一批汽车，是从朝鲜战场退下来的苏制简易嘎斯车，车门是胶合板的，车棚都是帆布的。还都忙着从西宁往厂里抢运建设物资，生活问题根本顾不上。

做饭没有烧的，大家就去草原上捡牛粪，后来牛粪都捡光了，就去西边团宝山脚下打条子烧火。每人规定 45 斤，回来还要过称，从水电队驻地到团宝山根有 30 多里地，高原缺氧走不动，要走 3 个多小时，往返就是大半天。打条子没有工具就靠双手往下劈，饿了吃带去的凉馒头，渴了喝山沟里的水。后来为了提高工作效率，干脆一部分人把帐篷带去，住在山上只管劈条子，另一部分人负责往回挑。大家都自觉完成了任务。

那时厂里没有粮站，买粮食只能去海晏县，也没有任何运输工具，每次去买粮只好多派人去海晏县往回扛，一人一袋 50 斤，往返 20 多公里。走不动就歇一歇，大家都没有怨言。

随着基地建设的需要，便于住在海晏县的筹建处与厂区施工现场的联系，需要架设一条临时通信线路。这项任务交给了水电队，要求一周内完成。水电队内、外线师傅一起出动在十几公里的线路上一字排开。30 公尺一棵线杆，上午挖完坑，下午两人扛一棵线杆往线路上送。最远的从十八厂区扛到海晏县筹建处，再栽好。第二天就开始上杆架设线路，当时工具也紧缺，一个班只发了一把钳子，其他什么工具都没有。大家积极想办法完成任务，没有锤子去河边捡石头当锤子用，就这样只用了三天时间就把通讯线路架起来了。这条线路投入运行后极大的方便了工作。在建厂初期发挥了很大的作用。在这之后，为了方便住在麻匹寺职工和厂区的联系，用同样的办法又架设了厂区到麻匹寺的通讯线路。

我到草原不久得了阑尾炎，堵一个拉货的汽车去医院。那时医院在窑厂南边，是一个过去百户牧主的院落（百户、千户是牧主富有、权力和身份的象征，麻匹寺是一个千户的院落，是银滩最大的头领）。院子不大有一个二层小土楼，楼上是办公室楼下是手术室，墙上用报纸糊着的，院墙外南边盖了几排土房做病房。当时外科主任是付尚荣，给我做了检查后说，草原条件差，交通不方便，一旦急性发作就来不及了。我建议你把阑尾做掉比较安全。你不要怕，这是个小手术。当时的主刀是外科主治大夫陈长贵，助手是于素梅。他告诉我：你是草原第一例阑尾手术病人。难忘的是手术做了一半不知什么原因停电了，手术室护士于淑文打着手电筒，医生坚持做完了手术。当时条件虽然艰苦，医疗设施简陋，但是医务人员工作十分认真负责，手术很成功。我那时也年轻，身体恢复得很快，不久就上班了。当时二二一厂来的医生大部分是沈阳医大的，护士是北京护校的。这批人后来都是医院的主力。

那时整个十八厂区用电就靠一台大功率柴油发电机组，安装在总厂粮店那个位置。随着各项工程的陆续开工建设。这台发电机组渐渐的不够用了。为了保证基地施工进度和将来科研生产的用电需求，上级决定动工建设大电厂。

1959 年 9 月份，大电厂开始破土动工，那时的动工仪式很简单，筹建处主任李信宣布：大电厂动工开始。没有剪彩，也没有鞭炮，李信主任挖了第一锹土，基地最大的单体工程项目——火力发电厂就开始动工了。当电厂主厂房建到 12 米标高时，工程停了下来。因为基础施工均是混凝土框架结构，施工所用的机械用电量很大，现有的发电机容量不够用，只好把工程暂时停了下来。

为了保证大电厂的顺利进行，上级决定先建小电厂（即后来的备用电厂)。当时的口号是：要想让“大龙”（大电厂）飞上天，首先得让“小龙”（小电厂）先飞上天。为了加快工程的进度，由几个单位共同来完成这项工程。

我们水电队担当“龙爪”工程，负责冷却循环管道的加工和挖沟。我们水电队也分成了四个分队，全力配合一、二、三、四工区的工作。我分在四分队，工作在三分厂。当时工程物资很缺，冷却水所需的大口径管道厂区根本没有，又不能耽误了工期。我们根据现有的条件和材料，自己加工大口径管道。没有卷管机，我们就土法上马，自制简易卷管机。用三根粗管子当滚轴，装在自制的架子上，用一根粗木棒插在滚轴上，靠人力搬动滚轴转动，把板材卷成管状，把对接缝焊接起来。这样靠大家的努力。管道一节一节生产出来了。

下一步就是挖沟下管道了。当时正是 12 月，草原上的冬天十分寒冷，草地冻得很坚硬，只能一点一点地刨，进度较慢。那时我们的驻地搬到了三分厂。为了提前完成任务，不让工期在我们手里耽误。我们早起晚回，每天往返在电厂和三分厂住地之间。

电厂就要竣工了，又开始向三分厂架设高压线路。这项任务也是由水电队承担。全体职工不分内外线，一起协助工作，分组分片包干赶工程。我们班负责三分厂厂区内的高压线架设。没有汽车，也没有吊装设备，全靠人拉肩扛。为了能按时完成任务，我带领全班同志，确定线路走向位置，先挖坑，再运杆。草原的土层下是黏土和石头，又硬又黏，高压线杆规定坑深是 1. 2 米，费了不少力气。从加工厂把线杆运到三分厂更是困难重重。当时这些树杆都是从内地新砍伐下来的落叶松，运过来时枝杈树叶还是绿的，又湿又重。高压线杆是 12 米长，一棵杆有 300 多斤。领导对我们说：运输设备你们就别想了，自己想办法吧。当时真没什么办法，只能靠人抬。大草原上没有路，坑坑洼洼，走在高处的人压得直不起腰来，走在低处的使不上劲。深一脚浅一脚，加上三年困难时期吃不饱，高原缺氧，八个人抬一根杆，异常艰难。一天紧紧张张干下来，只能抬两根线杆到指定位置。就这样同志们无怨无悔，按时完成了高压线的架设任务。

在草原基地的初始建设这几年，正赶上三年自然灾害。由此造成的物资供应紧张。最先在草原体现出来，那时期体力劳动繁重，粮食供应紧张，又没有副食补充。在食堂吃饭是按工种定量供应。最高的定量是一顿饭三个青稞馍馍，还有定量是两个和一个半的。我们电工班定量高些，一天九个青稞馍馍。每顿饭拿餐证去领三个馍馍也没有菜，有的人一边往宿舍走一边吃，人还没走到宿舍三个馍馍就吃完了。因为没有副食，干的又是体力活，三个馍馍根本吃不饱。山东籍军工梁师傅身高一米八，身材魁梧有力气，浓浓的胶东口音，声如洪钟，标准的山东大汉。他为人淳朴热情，工作中谁有干不动的力气活都会喊梁师傅帮忙，他原本饭量就比常人大许多。在这种定量供应情况下，更是饥饿难耐。为了填饱肚子，从食堂领回三个青稞馍后在工地上捡些废木头，用三块砖架个简易炉灶，洗脸盆打上水烧开，将馍馍掰碎放到里面煮开，这样连水带馍喝下去，当时觉得肚子饱了，可撑不了多久又饿了。那时期梁师傅吃了不少苦。大家粮食也都不够吃，没法接济他。在那种条件下谁能给一个馒头吃，能让人记一辈子。

为了解决饥饱的问题，大家积极想办法，搞生产自救。各大小单位在业余时间开荒种地。金银滩草原地处海拔 3200 米以上，高原地区气候变化无常，早晚温差很大，中午高温在 30℃，到了晚上气温就降到零度以下了。一年只有三个月植物生长期，树木在六月份才见新芽。五一节我去西宁，厂区的树木还在冬眠，走到湟源树已经出叶了，到了西宁杏树花已经落了，小杏比黄豆还大了。当时大家在开垦的荒地上种下了小青菜、油菜、土豆。遇到霜期少时，还能收获一些，土豆还是主要食物呢。有了这三种菜，解决了部分副食问题。还有大部分同志利用下班时间，到草原上捡蘑菇，挖野菜。记得有一次冬天下雪了，晚上有人去小路上下了 30 多个套子，第二天大早去收了 17 只野兔子。大家高兴地找了一口大锅煮了一锅兔子肉，还请周围其他同志一起改善了一次伙食。这是在草原生活美好的回忆。

高原寒冷，入冬早，取暖成了大问题。建设者们都住在帐篷、土房里，无任何取暖设备，到了晚上睡觉时把棉衣都盖在头上，早上起床被子和棉衣上都是一层霜。小电厂完工后为了保证供电正常运行，汽车都组织去热水煤矿拉煤了，职工取暖问题根本顾不上。为了想办法取暖，小电厂运行后，有人发现烧过的煤灰颜色很黑，估计是高原缺氧煤的燃烧不充分，有不少没有完全燃烧的煤渣可以利用。大家就去小电厂拉煤灰，回来再和点黏土晒干后，自己盘个炉子取暖。

那时从草原回家探亲很困难，从厂区到西宁没有班车，交通都是靠自己想办法，火车货运通到西杏园后，许多建设物资都卸在转运站（西钢附近）。交运处每天都有汽车去拉建设物资。当时交运处在 5 号哨所南面山沟里。从十八厂区到交运处有 20 多里地都是自己走着去，若是带点行李走到交运处就疲惫不堪了。我住在二分厂时回家探亲要先从二分厂走到三分厂住一宿。那时路况也不好，经常出危险，司机都不愿意拉。有时候只能背着行李走 3 个小时到三分厂。

1961 年底在二分厂西北面的水厂已经打出了几眼深井，最东面的两口井可以往十八厂区供水了。但是从水厂往总厂的输水管道工程还没有开工。要先挖管沟再铺设管道。挖沟是工作量最大的活，那时挖沟全靠人力。筹建处给各个单位分配任务，大单位多分，小单位少分，我们水电队分的位置在小学校西北角到 16 号楼这一段。这时已是天寒地冻，大家又吃不饱没力气，都很疲劳，进度就慢了。有一天我们正在沟底下刨土，李觉局长和他的秘书来了，他披了一件黄料子大衣，很客气地说：老师傅们在挖沟啊，我们跟他打招呼。他脱掉大衣仍在土堆上，下到沟里说我刨几下，他的秘书赶紧要拿土堆上的大衣，他没让拿，接过工人手里的镐头就干了起来。那时他已经五十来岁了。草原的土质是黏土加石头很费劲，刨了一会就气喘嘘嘘地对大家说："现在国家困难，大家都吃不饱，慢慢干吧，能干多少就干多少，不要太累了。"当时大家听着心里热乎乎的，觉得领导能理解工人的饥苦，很受感动，干得更有劲了。

供水管道投入使用后，十八厂区的用水问题彻底解决了。小电厂试运行了没多久，就开始满负荷运行。基地许多工程项目陆续展开了。

电厂也恢复施工了，土建施工打混凝土时，需要我们电工配合下电线管，排了三个班跟班作业，当时我是五班班长，班里十六七个人只有五名技术工人。一个是下线工谭师傅，一个是电钳工宋师傅，一个从南京熊猫无线电厂来的收音机变压器框架工周师傅，还有一个是技校生，都称电工，但都没干过安装，其余都是军工了，更看不懂施工图纸。技校生讲两次就会了，其他三个人就有差距了，我看完图纸再在黑板上画图，讲明白了再分派活。干的中间遇到问题就来问我。埋管要用弯管器，当时没有，上建施工又不能等。他们绑完钢筋下管就得跟上。没有弯管器，就在电线杆上捆上铁丝，把管弯出来。克服了许多困难配合土建完成任务。施工紧张的时候土建三班倒，我们电工也跟班作业，平时就吃不饱，三班倒劳动强度又大，饿得眼睛冒金星。倒班给加班费不管饭，大家都说不要钱能吃顿饭就行，当时能给一顿饭吃是唯一的奢求。

1962 年底大电厂即将投入运行。为保证发电用水，水厂要尽快供水，总厂那时到处都在施工，用水量很大，几口深水井工作还不稳定，却要满负荷运行，需要有经验的电工值班。组织上希望我去。当时在二分厂东墙外盖了一栋土房做水厂宿舍，离水厂泵站有七八里路。要三班倒值班，每班两个人。水厂那个位置很偏，周围什么建筑都没有了。人际罕见，常有狼群出没，但水草丰美。那时地下水位还很高。每班巡井时，都要穿高腰水靴趟水检查。夜班经常听到狼叫，现场也没有值班室，就躲在泵房墙角守着直到天亮。

就在这样艰苦的环境下，经过创业者的努力，克服了生活上的重重困难，艰难的度过了三年自然灾害，保证了基地建设任务的顺利进行。特别是听到苏联逼债，大家都很气愤，说我们人穷志不短，勒紧裤腰带，不但要把债还上，还要把基地建设好。

大电厂运行后整个二二一厂区供电状况彻底改善了。许多基地配套的生产、生活工程紧急开工建设。白天一片繁忙、夜晚灯火通明，几天不见就变样了，那个时候是基地建设最有成就的时期。基地的各处警卫部队也都部署完成，每到夜晚，厂区和周围山上高炮师的探照灯照亮夜空，把基地的天空汇织成一张大网。各处部队营房驻地经常上映露天电影，丰富了基地的业余生活。

随着配套工程的全面开工渐渐的电力又有些紧张了，为此国家又调来了第十三列车发电站，驻扎在电厂西边的铁路上，和大电厂并网输送电力。解决了电力紧张的问题。一直到 1967 年厂内建设基本完工后才撤走。

为了配合厂内建设用电量的需要，厂内电网在全厂配备了六个临时变电所。1 号变电所在总厂粮店那个位置；2 号变电所在加工厂下坡处；3 号变电所在一分厂；4 号变电所在三分厂；5 号变电所在科技图书馆西北角上；6 号变电所在窑厂；当时都是小土房，条件虽然简陋，在建厂初期和科研、生产期间，它们发挥了重要作用，一直到 1967 年才逐渐撤掉。

鉴于草原施工建设力量的局限，为了加快基地建设速度，国家又调来了工程兵部队参加基地建设，师部设在总厂小学校西边。他们有施工经验，设备齐全。推土机、拖拉机、铲土机、吊车这些在今天看来寻常的设备，在那时已是大型设备了。他们完成了基地许多大型土方工程。二分厂各车间后面高大的防爆墙、海晏县城乙区通往总厂的道路，从厂区生活区通往各分厂、各工号所有的柏油公路、桥梁都是他们建设的。他们严细认真、严格按作业工程标准施工。由他们承建的全部施工项目均按标准验收通过，也经受了岁月的考验。初到草原他们也遇到了许多困难。在修筑二分厂到六厂的柏油道路时遇着了一大片沼泽地，那时草原地下水位高，低洼处都是一片一片的沼泽。人和牛羊走在上面还行，可是为了修出路基，需要推土机在沼泽上先把草皮推开，草地、泥地承受不了推土机的重量，推土机陷进沼泽里了。为了把推土机拖出来，前后两台拖拉机都陷进去了，最后调来了吊车，站在坚硬的土地上，吊钩接着长长的钢丝绳一点一点把三台设备拖了出来。在修筑电厂正门南面那条柏油路时，也是因为遇到了沼泽地，前后填了一百多车卵石才把路基垫出来。在修筑六号哨到九厂这段柏油路时，他们劈山填沟，工程设备发挥了巨大的作用，极大地提高了效率。在修筑警卫团东侧的大下坡这段公路时，为了垫路基竟挖出了小“青海湖”。这是人工的力量不可想象的。

站在警卫团高地向东望去，能看到在九厂东面的山坡上，工程兵战士用鹅卵石，摆出了八个大字“艰苦奋斗 发奋图强”又用白灰刷上。

每个字有十多平米大。正是那个时期基地建设者们的精神写照。

1963年以后基地建设逐渐完工，生产、生活设施逐渐配套齐全了。一排排宿舍楼、家属楼拔地而起，建设者们告别了帐篷、地窝棚、干打垒，住进了干净明亮的楼房，供电、供水、供暖基本上走上了正轨。道路建设也接近完工，各方面的条件都有了很大的改善。不久厂内也通上了火车，大量的科研生产仪器设备由铁路直接运到各分厂卸车。随着国家经济状况好转，在中央的直接关怀下，生活条件迅速改善，也开始有副食品供应了。基地建设困难的日子总算过去了。在北京等地焦急等待的大批科技人员和科学家匆匆地赶赴高原。理论部、设计部、试验部相继成立。一、二、三分厂陆续投产。开始了二二一厂科研生产的黄金时期。通往实验厂区的公路上各种车辆来来往往，从试验厂区传来的炮声，参试人员忙碌的身影，预示着科研生产的顺利进行，那是金银滩草原最让人怀念的时候。

水厂工作了两年运行正常了，大电厂已投入正常运行了，科研生产全面启动。保证全厂的供电运行是大电厂的主要工作。1963年4、5月份，领导又找我谈话，把我调回电厂三供车间做供电调度。

1967年，三分厂因生产需要又建了一个高压变电所。4班倒共计18个人，领导找我谈话：539高压变电所是个重要单位。支部决定派一个支委去工作，经组织决定让你去负责变电所的工作。考虑到组织有困难，我服从决定去539变电所工作。当时家还住在总厂，每天早上去晚上回来，跑了两年。

1978年二二一厂搞工程扩建，主要工程有：一分厂微波室，二分厂的内三千工程，三分厂增建四个厂房和一个氩气车间和一个小学校，总厂新建一所中学，增盖26栋住宅楼。大电厂到海晏县新建一条高压线路和西宁电网联网。把我又调到基建处施工管理科，做甲方现场施工管理工作。这个科下设土建组、水暖组、电气组。在基建处最苦的一项工作就是这条高压线路，都是野外工作。施工队是西宁水电队，甲方电气组就三个人，一个女同志于红秋，另一个青年小姚是电厂值班电工，现场施工都没干过。每天下工地都要给他讲明白才行。女同志去野外工作不方便，因而这项工程主要是由我来负责。从 10 月到 12 月每天都在现场，野外作业风又大，每天一身土。线路从 5 号哨所进厂转过鸽子山一直往西延伸，从林场西边向北与电厂变电站相接。全长大约 30 公里。

在基建处期间由我负责施工管理的工号有一分厂微波室、二分厂内三千工号和三分厂试爆车间等。

1979 年二二一厂成立技工学校，我又调到技校做实习老师，一直干到退休。

我 1959 年调到二二一厂，一直工作到 1983 年退休。是一名普通工人，没什么文化，没有发明创造，没有科研成果。像许多同行一样，在平凡的岗位上默默地工作着，但是这一生能和祖国的核事业联系在一起，能为祖国的国防事业献出自己的力量，把青春和汗水献给这块神秘的土地，感到很光荣。虽说吃了一些苦，但我无怨无悔。有一种精神鼓励着我，我感到很充实。我们这一代人是从旧社会过来的，都受过吃不饱穿不暖的苦。解放后才过上好日子。这都是共产党毛主席给的。所以我对党和毛主席感情特别深。没有党和毛主席就没有我们今天。我永远不会忘记毛主席的恩情。

我现在 80 岁了，还能享受国家的退休工资。想想和我一起参军的战友，随部队从东北打到海南岛，有好多人牺牲了，和这些战友比，我很知足。以上是我在基地创业时期的部分回忆，时隔多年了，有些时间、地点可能有出入。望知情者给予指正。

（2012 年 6 月于廊坊）

为核事业作贡献

王生华

在建国 70 周年之际，有幸回顾往事，感慨万千，现就青春献给核事业做一简单的回顾。

1963 年 2 月，我 24 岁就从西安低压开关厂（现改为微电机厂）调至青海国营综合机械厂（后改为二二一厂）工作。当时都知道青海高原缺氧、风沙大、气候恶劣，同志们和家人都不同意我去。那时的我作为一个有六年工龄、三年多党龄的热血青年，除了兴奋、梦想，什么困难都不怕，一心只想去大西北干一番事业，去实现自己的入党誓言。

3 月 23 日，我和我的同伴来到西宁，住在西宁大厦。4 月 1 日到厂，我被分配到三分厂。当时的劳资科长韩国绪安排我到检查科上班，我很不高兴，因为我在学校学的专业、在工厂干的都是工模具，来到这里却让我干检查工作，我不愿意！作为一个年轻人工作没几年，又没什么经验，怎么去检查别人干的零部件。我希望到车间去工作、去学习，发挥我的长处。韩科长让我回去考虑考虑，一周后看我还不表态，就通知我到 513（后改为 303）车间报到。一听到车间，我立刻跑去报到了。到了车间我被分配到钳工一组，上班后给我的第一印象就是这里干的工作就是大杂烩：铆焊、钣金、支架、刮削、研磨等等；工模具很少，而且大都是铝合金材料，没干过，干的又都是研制产品，种类多、数量少，没有什么专用设备和工卡量具，精度高，任务急，在工作中碰到的问题很多。这一切我看在眼里，记在心里，暗暗下决心用我的特长去克服它。就这样边干边学习，发挥我工模具的特长，根据需要动脑筋、想办法搞一些小改小革，特别是一些多用工卡具，一具多用，成本又低，另外，在现有设备上挖潜，只有这样才能满足科研生产的现状。30 年来，我一如既往地干到退休，现就工作中几件事简单介绍一下：

一、小小刀具解决大问题

在生产的产品中，真空胶皮密封垫圈比较多，还有真空吸盘上用的真空胶皮圈，要求安全性更高，这些都是非标准件，不能外购，需要我们自己加工，大家就用刀子、剪刀，割的割、剪的剪，干的很不规则，速度又慢，更重要的是保证不了质量，还浪费了不少材料。我一看就有了想法，搞一副切割刀具，放在现有设备钻床上肯定行，而且又快又好。我当时想起了划规，把划规的两个尖角变成两把尖刀，把尖刀装载在一个横杆上，来回移动，根据真空胶皮圈的内外尺寸，调整尖刀横杆装在立杆上，再将立杆卡在钻床卡头上，问题解决了。我高兴地马上找材料、画草图。几天后，刀架做好了，但刀片是关键，要搞两个极锋利又不易打断的尖刀，什么样的好呢？我经过了四五次的实验，克服了尖刀锋利强度，尖刀与真空胶皮摩擦力的各种问题。在实验中又解决了刀架的问题，加工起来又快又安全。日后，工程师宋伦同志搞了一副大的刀具，放在摇臂钻上，解决了真空吸盘上的各种大的密封圈的加工。从此，我们加工各种不同型号的真空胶皮圈的问题解决了，提高工效 20 多倍，保证了质量，节约了原材料。

二、一台钻具加工多种螺栓孔

在加工活节螺栓上销孔时数量多，型号不一，又要一个一个划线、冲眼，然后上床子钻孔，又慢又不安全，而且容易钻偏，造成废品。我想能否在钻床上搞一台卡具，这样钻孔又快又好又安全，但卡具做什么样的呢？用车床卡盘太慢，螺栓小又不好装卡，不可行；搞一台用偏心轮快速装卡的多用钻具一定好，将钻夹具固定在钻床工作台上，对准钻床钻卡头的中心，这样两个中心同轴，钻孔时一定不会偏心，又不用划线工序。另外，有偏心轮的快速装卡，一定提高效率。我有信心了，开始琢磨草图，又和工程师孟凡儒一起商量，他看了后讲：行，我帮你计算一下偏心轮尺寸。图纸画好后一个多月，活结螺栓多用钻夹具完成了，经使用完全符合我的设想，从此我们加工各种型号的这种零件，不用一个个划线，又快又安全，保证了质量，提高了工效 10 多倍。

三、多用卡栏简便、安全又实用

卡栏是钳工工作中不可缺少的常用卡具，我刚到二二一厂，看到的就是 C 型卡栏，使用范围小又不牢靠，工作中用得比较多。这里生产批量少、种类多，急需一种活动范围比较大，使用轻便的卡栏。我就发挥了我工磨具的特长：自己画图，自己下料，在机械加工的配合下，加工两块同样的方钢，一块上面加工两个螺孔，另一块上面加工一个光孔，一个盲孔；再加工两个同样的螺栓，将两块方钢组装起来。一套活动卡栏的样品出来后，车间马上下达任务，加工了 20 多组用于科研生产。

四、直滚机上加工锥筒

某战斗部壳体组件任务下到车间后，要求根据现有设备边试制边生产，任务很紧。当时我们也没有合适的设备，在直滚滚板机上加工锥筒行吗？板料又厚又硬没干过怎么办？带着这些问题我们召开了老工人、技术人员、领导三结合会议研究讨论。最后决定先投产，在工作现场带着问题边干边研究解决，就这样攻坚 118 战斗部壳体组件的战斗开始了。我们车间当时大多是青年同志，特别对钣金活干得不多，于是我就决定和同志们一起干。我把行李搬到车间，一步不离跟着壳体走，白天、晚上吃住在车间。工作一开始，我就决定把手工卷板的办法用上，在下料时将展开料的大小头的弧面上各分为 12 个等份，将大小头的对应号画一直线，卷筒时将展开料放在直滚滚板机的两个下滚轮上，将展开料的直线放在两滚轮的中心线上与滚板机同轴。开始工作了，开机时首先将展开料小头的上滚慢慢落下压住板料，再看滚子两头的斜度和壳体的锥度差多少，进行微调，差不多后开始左右小范围的滚动，不能太大，否则筒体滚出来就扭了。滚两下将上滚升起，移动板料找好下一条对应线，以同样的方法进行滚压，这样滚压出来的比较对称，不容易扭。但在工作中碰到的困难比我们预料的多得多，板料厚、压力不匀，都会带来很多麻烦，就这样将 12 个直线点压一遍，从中发现新的问题。这样一遍遍地卷压，一次次调整上滚轮的高度，直到锥筒滚好两对接口上下左右的缝隙。贴和好后将对接口点焊成一体，在上床子第二次滚压、找缺，直到可以焊接对接口。对接口的焊接也是难题，焊好后去 X 光透视，焊缝有气孔或卡渣都要铲开重焊，直到合格（不过当时我们有焊工工程师宋床芳同志的现场指导，有焊接技术过硬的袁建军师傅，这一关比较顺利）。然后送热处理进行处理，消除内应力，回来后再进行矫形，这时锥筒就不能上床子滚压了，只有钳工用 12 磅的大锤和大小 R 样板进行，非常累；在高原缺氧的情况下，打几下就要停一下，呼吸太困难了；可同志们从没有叫过苦，就这样一个个的壳体加工出来了，那时大家的内心不知有多高兴，无法形容。壳体卷好了，下一步机加工难度能有多大呢？我跟着壳体到了立车，立车加工完焊口后，又回到钳焊焊接法栏，二次回到立车加工法栏，要求平面度很严格，第一个筒体加工完后在床上检查合格，但一下床却超差了 0. 002 mm，这时不能再二次上床子了。林日坤工程师找我问怎么办，我讲只有用笨办法解决。我找来了单刀刀片，一点一点刮超差部分。检查员跟着打表，直到符合图纸要求。经过大家的共同努力，攻克一个又一个的难关，圆满的完成了任务。1989 年，我们获得核工业总公司部级科技进步三等奖并颁发证书。

我和我的战友们在高原缺氧、气候恶劣、肚子又吃不饱的情况下，谁也不叫一声苦，工作中任劳任怨，苦干、实干、巧干，完成了党交给我们的各项科研任务。近 30 年来，我搞小改小革提合理化建议 30 多项。走上领导岗位后，我不习惯坐办公室，继续坚持到车间和同志们一起赶任务，忙的时候，我就把行李搬到车间和大家同吃、同住、同劳动，共同加班加点，保质保量地完成了上级下达的各项科研任务，并响应核工业党组在全系统提出的保军转民的号召，完成了大量的民品任务，得到党组织和同志们的认可。近 30 年来被评为分厂、总厂级先进生产者、工作者、劳模 20 多次，奖励晋级两次，1986 年被评为青海省端正党风先进个人。我们 303 车间也连续几年被评为优秀。

核电机组系统设备

异常缺陷“病历库”

第一册

福建福清核电有限公司　编

中国原子能出版社
China Atomic Energy Press

图书在版编目(CIP)数据

核电机组系统设备异常缺陷“病历库” / 福建福清核电有限公司编. — 北京 : 中国原子能出版社, 2020.7
ISBN 978-7-5221-0618-2

Ⅰ. ①核… Ⅱ. ①福… Ⅲ. ①核电站-发电机组-电气设备-检修 Ⅳ. ①TM623.7

中国版本图书馆 CIP 数据核字(2020)第 101274 号

核电机组系统设备异常缺陷“病历库”(第一册)

出版发行 中国原子能出版社(北京市海淀区阜成路 43 号 100048)
策划编辑 王 丹 高树超
责任编辑 高树超
责任校对 冯莲凤
责任印制 潘玉玲
装帧设计 赵 杰
印　　刷 河北文盛印刷有限公司
开　　本 787 mm×1092 mm 1/16
印　　张 29
字　　数 650 千字
版　　次 2020 年 7 月第 1 版 2020 年 7 月第 1 次印刷
书　　号 ISBN 978-7-5221-0618-2
定　　价 698. 00 元(全三册)

发行电话：010-68452845

编　委　会

序 言

核能作为我国能源的重要组成部分，其发展事关国家能源战略安全。中国核能行业协会发布的《我国三代核电发展战略价值研究报告》指出，无论从三代核能发展的政治战略价值分析、社会生态价值分析，还是经济战略价值分析，核能都是构建清洁低碳、多轮驱动的能源供应体系的一种必然选择。为了占领核能发展的制高点，不断改进核电的安全性，提升核电的经济性，世界各国核能创新的步伐没有停歇，正在加快推进先进核能技术的开发，竞相占领创新发展制高点。

核能发展需要有远谋，更需要有作为。自主创新，抢占核能发展的制高点，是引领世界核能发展的关键，是中国从核能大国转向核能强国的核心所在。

讲核电发展，首先就是要讲核电的安全。没有安全为基础，核电发展就是“无源之水，无本之木”。筑牢核安全基石、确保核电安全是国家对核能行业的使命要求，也是核能行业共同的政治责任和社会责任。

如何提高核电的安全性，呵护核电安全运行？设备可靠性管理在核电提升核安全水平，提高机组能力因子，降低生产成本，持续改进整体业绩中起着非常重要的作用。并在实践中得到验证和高度认可。设备可靠性管理的创新无疑可以为保障设备的安全可靠运行、推动核电的安全提供持续的动力。

创新从何而来？创新应该来源于积累！

福清核电 1~4 号机组已投运数年，在设备可靠性管理方面，积累了丰富的设备异常缺陷处理案例、经验和技术资料。《旧唐书·魏徵传》李世民曰：“夫以铜为镜，可以正衣冠；以史为镜，可以知兴替；以人为镜，可以明得失。”这些设备异常缺陷处理数据都能成为我们机组系统设备异常缺陷处理的“镜子”，也能成为我们设备可靠性管理创新的基石，打开我们领引核电设备可靠性管理的大门。

作为守卫核电机组安全的核电运行人，我们始终践行着“做一名具有高度责任心的核电运行人”，思考着设备可靠性管理的提升，思考着如何去利用好这一面面的“镜子”。机组系统设备与人身体器官的类比性，让医疗体系的“病历”给了我们启发。让我们从医疗系统“病历”的角度出发，思考核电机组系统设备异常缺陷(故障)处理，于是我们考虑构建机组系统设备异常缺陷“病历库”，来对机组上系统设备异常缺陷的处理数据信息进行科学的管理。

“病历”在医疗系统诞生由来已久，远超核电的发展历史，在医疗行业其科学性和实际应用价值毋庸置疑。将医疗系统的“病历”概念和先进的管理方法引入核电，当前全世界范围内尚无先例，对于我们是挑战也是创新。核电机组与人有类比性，医疗行业和核电行业也有类比性，但核电有核电的特殊性，医疗也有其特殊性，因此我们需要谨慎借鉴和仔细研究，而不是一味照搬。

构建机组系统设备异常缺陷“病历库”，并不是为了标新立异而去又弄一个新名字的旧管理方法，来增大我们核电工作人员的负担，而是要构建机组系统设备异常缺陷处理科学的管理体系，要为我们机组系统设备异常缺陷处理带来方便，提高我们工作的效率和生产效益，提高我们设备可靠性管理水平，提高我们的安全保障。“病历库”的构建以处理机组系统设备异常缺陷为导向，不同于我们以往的技术报告、经验反馈、良好实践、偏差快报等，“病历库”关注设备异常缺陷处理的全过程，关联整个系统、整个机组的全范围，涉及各消缺相关的专业的全员，贯穿设备异常缺陷处理的始终。

基于此，我们在此书中阐述当前阶段在实现构建核电机组系统设备异常缺陷“病历库”体系过程中的实践工作成果。同时国务院印发的《新一代人工智能发展规划》中明确提出要建立混合增强智能支撑平台，建立“支撑核电安全运营的智能保障平台”。我们借鉴和吸收医疗电子病历体系先进的科学管理方法和使用经验，也进行了前瞻性的规划研究工作，拟构建核电机组系统设备“病历库”软件平台，规划利用数据库技术和数据挖掘(包括神网络法、关联规则法、决策树法等)等人工智能技术开发核电的“病历库”软件系统，以抢抓人工智能发展的重大战略机遇，构筑我国核电领域人工智能发展的先发优势。

核电机组系统设备“病历库”软件平台主要实现以下两大目标：1)构建核电机组系统设备“病历库”大数据。构建系统设备的“病症库”大数据、“运维处方库”大数据、“运维专家库”大数据、“源项关联分析(源项库)”全域大数据；2)实现设备异常缺陷处理的人工智能技术应用。实现自动识别和确诊系统设备的异常缺陷，自动运行干预行动操作票和维修消缺行动操作票自动生成功能。利用“病历库”的大数据和人工智能，应用到核电运维领域的日常和大修期间设备异常缺陷处理的数据录入、查询、分类、归纳、统计分析、风险源项关联分析、干预行动和消缺行动制定等工作中，应用到核电运维领域的定期试验、设备切换、预防维修、技术改造创新等工作的风险源项关联分析、预防措施制定、事故预想、决策支持等方面，继而提高核电各专业协同作战的水平，提高核电运维工作效率，提高设备故障处理的及时性和有效性，进而提升设备可靠性管理水平，实现建立起我国”支撑核电安全运营的智能保障平台”的远大愿景。

核工业是高科技战略产业，在面临新一轮人工智能发展的重大战略机遇期，建设创新型国家和世界科技强国过程中，要继续发扬“两弹一星”精神，勇于登攀，奋发进取，加快实现我国由核大国向核强国跨越。核电系统设备异常缺陷“病历库”体系的构建，可以使福清核电在中国乃至在全世界范围内，首次在核电领域采用“病历库”的概念和科学的“病历”管理体系，进而切实的做到从“实战”中总结应用到“实战”中去，提升运维人员在设备故障处理时“协同作战”的水平，提高我国核电设备可靠性管理水平，抢占核能发展制高点，引领世界核能发展，走出一条中国特色的核能发展之路。

前　言

构建机组系统设备异常缺陷“病历库”，我们运行部门主要分三步走：第一步由运行二处组织策划“病历库”的编制方案，组织运行值人员按系统分类收集整理1~4号机组系统设备异常缺陷处理相关的运行异常反馈邮件和专业oncall反馈邮件、值长日报和维修日报、运行一处和运行二处内部经验反馈等数据资料，并安排操纵员和高级操纵员编写机组各工艺系统的“病历库”，组织值长和副值长对“病历库”内容进行审校。将“病历库”作为机组系统设备故障时诊断与采取干预措施的重要参考资料信息，同时构建起处理异常缺陷的知识体系，来提升操纵员的基本功。

第二步由运行一处组织在“病历库”基础上，依托福清核电启明星计划项目，组织操纵员和高级操纵员对典型病历进行研究分析，提炼和优化运行控制干预方案，并将成果优化到运行规程程序中，根据病历研究分析结果，对机组巡检数据进行全面优化，对系统健康评价和精细化巡检进行全面优化。

第三步由运行二处组织“病历库”平台软件的开发策划和研究工作，通过构建“病历库”软件平台来科学的管理机组系统设备异常缺陷的处理数据，构建起机组系统设备异常缺陷处理的大数据，继而打开核电设备故障人工智能化处理的大门，将“病历库”平台软件中的“运维处方库”“运维专家库”“机组系统设备源项关联分析数据库”应用到我们核电机组日常定期试验、定期切换、设备预维工作、设备隔离检修工作、设备故障处理等等运维工作中去。

本书作为构建核电系统设备异常缺陷“病历库”的第一步，着力于收集整理机组系统设备异常缺陷处理数据资料，编制《核电系统设备异常缺陷“病历库”》，阐述核电系统设备异常缺陷“病历库”的目的意义、构建方法，规划“病历库”软件平台的功能模块设计和逻辑流程。

本书在公司领导和处室领导贾玉强等同志的安排规划下，由运行二处一值负责编写。在运行二处一值值长的带领和组织下，从2018年开始，历经约半年时间，我们按系统分类收集整理了福清核电1~4号机组系统设备异常缺陷处理相关的运行异常反馈邮件和专业oncall反馈邮件、值长日报和维修日报、运行一处和运行二处内部经验反馈等数据资料。

2019年年初根据安排，处室领导杨东升、董恩兴副处长、陈路标高级值长指导我们编写了《核电机组系统设备异常缺陷“病历库”编制策划书》，我们规划了编制计划、人员分工，设计了“病历卡”模板，制定了“病历卡”编写规范。

策划完成后，运行二处一值在值长和副值长带领下，组织操纵员和高级操纵员立即着手开始了机组系统设备“病历库”的编写工作。编制过程中，我们翻阅了收集资料中的运行异常反馈邮件和专业oncall反馈邮件、值长日报和维修日报、运行一处和运行二处内部经验反馈、运行周报、核安全周报等大量数据资料，同时查看了EAM和ECM

系统中大量维修完工报告、工作分析报告，查找了大量运行日志数据信息，研究了模拟图、逻辑图、技术报告、系统设备运维手册等资料，力求编制的每个设备异常缺陷对应的“病历卡”信息，具有更实用更全面更有效应用价值。历经大半年时间，大家投入了极大的热情和大量休息时间，全身心地投入到这一意义重大富有创新的“病历库”编制工作中，终于成稿。

全书共分三册，包括综述和其他六个章节，其中综述由谷铁同志编写，其余第二章到第七章为各系统“病历库”章节，该部分由运行一值的操纵员和高级操纵员及副值长负责编写，具体分工如表1所示。

表1　人员系统分工表

编写人员	负责系统
谷　铁	ABP、ACO、ADG、AGM、APA、CFI、DEG、DEL、KCS、KIC、KCP、KRT、RGL、VVP、RPE、AVC、LSS、GPA、RIC、LLS、SIT、LAA、GSE、CTE、GGR、LHP、LHQ、LHA、RAZ、RAM、SAP、PTR、CEX、GSY、GRE、SEC、SEN、RPN、SEL
姚嘉俊	AHP、APG、RCV、REN、STR
石亿虎	APD、ARE、DVN、GSS、RCP、RIS、RPN、RPR、SRI
高鹏威	CVI、DVC、DVL、DVK、GCT、GSY、LHP、LHQ
石兴强	ATE、GRE、GRH、GRV、SIR、SEL
胡松辉	ASG、CET、CGR、GFR、GHE、GST、SAR
朱克勤	EAS、8TEG、8TEP、8TEU、TER、ASG
林赐彦	8SRE、8TEG、8TEP、8TEU、ETY、RRI、RRA、RCV、LBA、SAR
张美强	DVE、DVF、DVG、DVH、DVI、DVS、RRM、DVL
杨少东	JDT、JPT、JPU、JPD、JPI、JPL、JPP、JPV、KKO、RRI
陈金龙	SAP、SEN、SER、RRM、RAZ
唐　杰	LGA、LGB、LGD、LHA、LHB、LKR
王　敏	LKC、LKD、LKE、LKF、LKG、LKH、LKJ、LKP、LKQ、LKR、CFI
游志泽	CRF、LBJ
高文超	REA、REN
向　阳	LCB

2019年06月中旬，我们完成各工艺系统的“病历库”编制后，开始进行统稿校核，7月初《核电机组系统设备异常缺陷“病历库”》的初稿终于完成。而后在运行二处一值高文超值长的组织和支持下，我们开始了《核电机组系统设备异常缺陷“病历库”》的升版和审稿工作。组织了运行二处和运行一处的值长、副值长历经一个季度，对一百多个系统，近千页稿件进行了审查，同时组织了值内操纵员进行修改升版(见表2)。

表2　审核人员分工

章　节	审核人员
第二章　一回路主要系统及其辅助系统“病历库”	高文超、谷铁、王伟、高云飞、吴锦财
第三章　二回路主要系统及其辅助系统“病历库”	常亚飞、王立、姚嘉俊、徐海龙
第四章　三回路主要系统及其辅助系统“病历库”	谷铁、向阳
第五章　BOP系统及消防相关系统“病历库”	向阳
第六章　仪控相关系统“病历库”	宁宇
第七章　电气相关系统“病历库”	宁宇、谷铁、韩鋆龙
章　节	升版人员
第二章　一回路主要系统及其辅助系统“病历库”	谷铁、林赐彦、石亿虎、王敏、游志泽
第三章　二回路主要系统及其辅助系统“病历库”	高文超、谷铁、朱克勤、张美强、石兴强、唐杰
第四章　三回路主要系统及其辅助系统“病历库”	向阳、杨少东
第五章　BOP系统及消防相关系统“病历库”	向阳、高鹏威、杨少东
第六章　仪控相关系统“病历库”	姚嘉俊、高鹏威、胡松辉
第七章　电气相关系统“病历库”	姚嘉俊、胡松辉

最终《核电机组系统设备异常缺陷“病历库”》的成稿总共囊括机组上110多个系统的“病历库”，达1200多页，总计175万多字。在此感谢各位编写人员和审稿人员的辛勤付出，也感谢在编写过程中各位处室领导的大力支持和热心指导。

《核电机组系统设备异常缺陷“病历库”》编写时间短、量大、难度高，限于作者知识水平有限，编写的过程中难免存在疏漏和不妥之处，欢迎读者批评指正，以使之不断完善。

声　明

本书中“病历”二字为对“异常缺陷处理过程数据信息”的类比而来。将机组和人类比，将系统设备与人体系统器官类比，把机组系统设备的异常缺陷与人身体器官的病变类比，进而将运维人员处理机组系统设备异常缺陷的历程数据和医生医治病人的病历类比。因此请勿对《核电机组系统设备异常缺陷“病历库”》全书中的“病历”二字进行过度解读，以免造成不必要的误会和中伤。

本书中所有系统“病历库”中所涉及的“病历卡”，由运行人员搜集福清核电机组系统设备异常缺陷案例编制而成，部分举例案例来自其他核电，编写过程中存在加工的成分，难免与实际事实存在不一致的情况，因此所有内容仅供工作学习参考，所有“病历卡”案例内容均不得当作事实成为任何纠纷的依据。

目 录

第一章　综　述

1.1 构建机组系统设备“病历库”的背景目的

构建机组系统设备“病历库”的背景目的

(1)系统报警规程中报警卡具有现实的需要优化和补充的空间

当前核电机组系统设备出现异常缺陷、故障报警时，运行人员处理异常缺陷时一般参考报警规程中对应的报警卡。然而报报警规程是参考设计人员提供的报警手册编制，因此报警卡中信息与现实中的设备异常缺陷可能会存在设计与实际的偏差，且报警卡并不能囊括系统设备所有的异常缺陷或是报警情况。因此使用报警卡处理系统设备的异常缺陷可能会有一定的局限性和不实用性，存在对利用报警卡处理设备异常缺陷的方式进行优化和补充的空间。

(2)机组系统设备异常缺陷和人身体器官病变的类比性

通过从运行角度思考提高设备可靠性管理水平，把机组当人，把系统和设备当人体系统器官，把机组系统设备的异常缺陷事件当人身体器官的病例，把运行和维修人员处理机组系统设备异常缺陷的历程当医生医治病人的病历，收集机组设备异常缺陷干预处理历史信息即相当于汇总整理病人病历信息，分析提炼机组设备异常缺陷干预处理历史信息相当于分析病人病历，优化机组设备异常缺陷干预处理方案则相当于优化病人病情医治方案。

(3)医疗体系病历管理先进经验的可借鉴性

“病历”是医务人员对患者疾病的发生、发展、转归，进行检查、诊断、治疗等医疗活动过程的记录，也是对采集到的资料加以归纳、整理、综合分析，按规定的格式和要求书写的患者医疗健康档案。“病历”既是临床实践工作的总结，又是探索疾病规律的科学依据。通过吸收医学行业病历体系的先进管理和使用经验，应用到核电设备可靠性管理工作中，“核电机组系统设备异常缺陷‘病历库’”亦可将核电机组上设备异常缺陷的处理进行科学规范管理。

(4)机组运行历史经验数据的可利用性

福清核电 1~4 号机组已投运数年，运行及各维修专业在处理系统设备异常缺陷时，存在大量的历史经验数据信息，但这些数据信息大部分未得到有效分析和整理，更未得到有效的利用。而这些处理系统设备异常缺陷时的“实战”经验数据信息，是可以更好的应用到后续处理机组系统设备异常缺陷的“实战”中，因此构建机组系统设备异常缺陷“病历库”具备可操作性。

(5)机组系统设备可靠性管理提升的需要

中国核电设备可靠性管理体系在运行领域涉及：设备操作、定期试验、设备巡查、设备停复役、缺陷申报等，SPV 设备管理缓解策略分析中要求运行领域：通过改变运行方式、调整运行巡检或试验频度、运行行政管理等手段防止 SPV 设备故障导致停堆停机发生。公司 365 经营管理体系中“5 大管理提升”指出“设备可靠性”管理方面：着力提升设备可靠性管理体系。

在此背景下，“核电机组系统设备异常缺陷‘病历库’”的构建从运行角度思考提高设备可靠性管理水平，基于机组上系统设备运行过程中真实发生的异常缺陷，从总结“实战(异常缺陷处理经验)”来应用于“实战(未来设备异常缺陷的处理)”，对于后续机组系统设备运行过程中出现异常缺陷具有“实战”指导意义，有助于构建我们运行领域设备可靠性管理体系和提升设备可靠性管理水平。

(6)数据库技术和数据挖掘等人工智能技术的可利用性

当前数据库技术和数据挖掘等人工智能技术高速发展，在各行各业得到广泛的应用，极大地促进了生产。核电机组系统设备异常缺陷的处理产生大量极富利用价值的经验数据。随着机组运行时间的积累，这些海量的数据可以利用数据库技术来实现分类录入、搜索查询、统计等，可以构建起设备“病历”大数据。利用这些大数据，通过数据挖掘技术来实现设备“病历”数据的归纳分析、关联分析、决策支持等，进而实现机组系统设备异常缺陷(故障)的自动识别、确诊和故障原因分析，自动生成运行干预行动操作票(处方)和维修消缺行动操作票(处方)等功能。

1.2 构建机组系统设备"病历库"的意义

"病历库"的编制以处理机组系统设备异常缺陷为导向，不同于运行人员所编写的技术报告、经验反馈、良好实践、偏差快报等，"病历卡"关注设备异常缺陷处理的全过程，内容信息涉及设备异常缺陷处理相关的各专业。

构建机组系统设备异常缺陷"病历库"，是总结分析运行和维修专业的"实战"，以便应用到未来的"实战"，为未来干预处理机组设备"病情"提供方便，通过与"病历库"实例中的"病症"现象特征比对，以便运行人员快速了解"病情"的轻重缓急，同时参考"病历库""对症下药"，采取及时有效的干预措施，避免必须采取或需要采取的干预措施未执行或是未及时执行，导致异常缺陷恶化的情况出现。因此构建"病历库"具有以下实际的应用意义：

(1)减少机组"非计划停机停堆"风险，提高机组运行可靠性

通过构建机组系统设备异常缺陷"病历库"，来提升机组系统设备可靠性管理水平，使得机组上系统设备的重要异常缺陷、重要设备的异常缺陷能够得到及时有效的干预处理或是缓解，避免设备异常停运或损坏，避免设备降级，避免系统出现瞬态，进而引起停机停堆事件的发生。通过丰富"病历库"，使用好"病历库"，来确保机组安全可靠运行，减少机组"非计划停机停堆"的发生，提高机组运行可靠性。

(2)提高运行人员的实战技能(提升操纵员基本功)和工作效率

从处理异常缺陷事件的"实战"中总结经验应用到后续设备异常缺陷处理的"实战"中。"病历库"的资料信息，可以让运行人员面对设备异常缺陷时，针对类似的异常缺陷，参照历史的"病历"信息相关的处理措施，直接采取类似的措施，提高干预缺陷异常的速度和效率。

例如原来针对 RGL 系统控制棒双保持故障、电源卡件等故障的处理，副值长发出运行异常反馈可能需要 0.5 h，现场人员核实异常可能需要 15 min，操纵员采取一系列的干预措施(包括填 WR、发送异常反馈邮件等)可能需要 40 min 左右，且可能采取的干预措施不完善——可能未去现场核实 RGL 系统的哪个 AR 柜上哪个模块故障灯亮，未核实 AR 箱对应的棒组。通过使用 RGL 系统"病历库"收集整理的类似"病历"以及总结作为参考，运行人员可以将以上干预行动控制在 10 min 内完成，并核实清楚现场 RGL 的 AR 机柜哪个模块故障灯亮，对应哪个控制棒组，这有助于维修专业最快时间内获取完整的故障现象信息，以便准备好处理方案和核取备件，也有助于运行人员采取针对性的控制干预行动——RGL 系统设备异常缺陷处理总结了 RGL 报警出现后，处理思路：

①查看报警卡，根据报警卡执行 I RGL 001 规程将 G 棒和或 R 棒组切手动；

②检查 4RGL 各 KIC 画面，检查出现的故障 KS 灯情况信息；

③主控检查棒位(达到棒位 AP、要求棒位 DP、测量棒位 MP)、一回路温度、核功率等各项参数是否存在变化；

④安排就地检查具体的RGL机柜报警信息并反馈仪控（控制棒组和AR箱对照见表1.2.1），以便仪控做好故障处理的准备工作。

⑤若出现控制棒卡棒，副值长执行《FQ3/4-RGL-I-002 控制棒卡棒应急预案》指导操纵员按照《FQ3/4-RGL-I-001 控制棒系统故障规程》执行相关操作。卡棒相关技术知识可参考教材《手把手教你校棒》。

⑥若机组20% Pn功率下出现控制棒双保持故障，可以参考《FQ3/4-OP00-TD-16002/17001 3/4号机组控制棒动作闭锁应急预案》，进行机组状态控制；

⑦在R棒和G棒置于手动后，加强对二回路负荷监控，避免有可能引起机组负荷变化、温度变化的工作开展，必要时可以通过硼化来进行控制反应性的上涨。如当前机组STR出力，需要尽量避免有大量用蒸汽的操作进而引起RGL温度的变化。

表1.2.1 控制棒组和就地RGL系统AR箱对照表

控制棒组	对应的棒控电源机柜
SA1	RGL011AR
SA2	RGL012AR
SB1	RGL013AR
SB2	RGL014AR
SC	RGL015AR
SD1	RGL025AR
SD2	RGL026AR
R1	RGL016AR
R2	RGL017AR
N2-1	RGL018AR
N2-2	RGL019AR
N1-1	RGL020AR
N1-2	RGL021AR
G2-1	RGL022AR
G2-2	RGL023AR
G1	RGL024AR

通过对系统设备异常缺陷“病历”的收集整理，类比分析和总结，可以让运行人员在遇到类似异常缺陷时，快速参考采取正确的响应干预缓解措施，提高机组运行人员对设备异常缺陷干预处理的及时性和有效性。同时“病历库”也构建了处理异常缺陷的知识体系，供运行人员参考学习，有利于提升操纵员的基本功。

(3)通过提高机组系统设备“病历”管理水平，来提高设备可靠性管理水平

通过丰富完善“病历”信息库，去发现哪些系统设备会易出现、常出现何种异常缺陷，会产生怎样的风险和后果，需要采取何种干预缓解措施。通过“病历”去提炼处理缺陷异常的最佳运行控制方案、隔离检修方案，为管理机组的“医生护士”们干预处理机组设备“病情”提供方便，可以快速了解“病情”的轻重缓急，通过设备“病症”现象特征比对，参考“病历库”进行“对症下药”，采取及时有效的干预措施，避免必须采取或需要采取的干预措施未执行或是未及时执行，导致异常缺陷恶化的情况出现。

通过分析设备异常缺陷、故障发生的频率和频次以及严重程度，优化运行干预控制方案，如优化巡检项目和频次，优化检修方案，优化隔离方案。

(4)减少知识性失误

“病历库”中大量的设备异常缺陷信息，有助于运行人员在面对机组异常缺陷时，查阅“病历库”，对比分析采取有效的干预措施，避免因运行人员经验不足或是知识盲点而造成采取错误的或无效的干预措施。

(5)节省人力物力成本

在机组设备出现重要的异常缺陷或故障时，一般当班值会发起“oncall”流程，即将维修人员从福清市区紧急联系进厂处理该异常缺陷。每次进厂班车来回行驶约 100 km，人力费用和来回车费用约 300 元。这样发起“oncall”的异常缺陷几乎每天都有发生。通过构建“病历库”平台，利用好“病历卡”中的“风险或后果”项目，提升运行人员风险分析的能力，能更清晰全面的分析异常缺陷的风险，明确异常缺陷的紧急性和严重程度，针对不紧急的异常缺陷，可以不发起“oncall”处理流程，针对状态类的异常缺陷可以避免发起“oncall”处理流程。

这样将可以大大减少了非必要性“oncall”，对于可以参照历史运行经验处理的缺陷，可以直接按历史方式处理，即节约了时间成本，也减少了不必要的人力以及财务成本。

(6)依托“病历库”信息的平台，开展运行控制优化、技术创新、管理创新等工作

“病历库”整理大量系统设备异常缺陷(病历)信息，可以对系统设备的异常缺陷进行统计对比分析。针对“病历库”中故障率高、故障风险后果严重的设备问题，列出课题清单，指明研究方向和目标，组织技术人员进行攻关，开展技术改造、创新研究工作，以提高设备的可靠性。针对“病历库”中有效的良好实践和经验反馈信息，开展设备运行优化研究工作，开展程序、规程、操作票优化工作。

运维控制优化案例：例如通过 ABP 系统“病历库”中整理分析的 ABP 系统 19 项紧

急工单中，其中限位故障相关的缺陷占了 8 项，占比率约 42%。而且 1 号机组曾因出现过因限位开关相关的工作导致机组出现瞬态的情况发生——“1ABP503VL 接线和控制回路检查工作，触发 1ABP503VL 非全开限位信号，导致机组产生瞬态”。通过对 ABP 系统“病历库”中的“病历卡”进行统计分析，可知以下阀门存在逻辑联锁动作：①1 号、2 号低加水侧进出口阀 ABP101/102/201/202VL 任意一个未全开时，1 号、2 号低加旁路阀 ABP008VL 将保护全开；②3 号、4 号低加水侧进出口阀 ABP501/502/503/504VL 任意一个未全开时，3 号、4 号低加旁路阀 ABP011VL 将保护全开。因此在机组正常功率运行时，涉及 ABP 系统以上阀门的运行操作或是维修工作，如果存在可能触发阀门出现非全开限位时，均可能引起机组出现瞬态，在日常运行控制和设备维修工作开展时，均需要避免此类风险的出现，采取必要的预防措施和优化手段。

可进行技术改造的案例：又例如通过 APA 系统“病历库”中整理分析的 APA 泵入口电动阀 APA100VL(200VL 或 300VL)的异常缺陷，可知从 2016 年至今，1～4 号机组多次出现 APA 泵入口电动阀 APA100VL(200VL 或 300VL)阀门限位开关相关的异常缺陷，因 APA 泵入口电动阀关闭将直接触发 APA 跳闸信号，故在正常功率运行时，当泵入口阀门出现限位故障的情况时，如果泵处于运行，一般为避免故障恶化出现入口阀门关限位触发引起运行的主给水泵跳闸，进而引起机组出现瞬态甚至停机停堆的情况，采取对故障主给水泵入口电动阀门断电，使得阀门失电全开，但该措施存在一定的风险，当该主给水泵的给水管道出现破口时，无法及时通过关闭主给水泵入口阀隔离破口点。考虑到主给水泵入口电动阀关触发主给水泵跳闸信号为单一信号跳泵逻辑，且主给水泵电动入口阀门限位开关故障多发，因此限位开关探头扰动引起主给水泵误跳闸的风险是存在的且有极大发生概率的，真实发生时将给主给水泵运行安全和机组核安全带来挑战。因此可以考虑针对该控制逻辑进行技术改造。技改为给水泵入口电动阀全关与给水前置泵进口压低相与后跳泵，真实的给水泵入口阀门关闭势必会引起前置泵入口压力低的情况出现，这样可以避免给水前置泵进口阀门关限位误触发引起给水泵跳闸。如果给水泵入口阀门真实关闭，给水前置泵入口压力表故障而未显示压力低，此时主给水泵将由“给水泵运行且转速大于 3950 r/min，延迟 20 s，给水泵出口压力低(<4.5 MPa.g)”信号来联锁跳闸主给水泵，来确保主给水泵的运行安全。

(7)提高核电运行和各专业协同作战水平

通过“病历库”中整理的专业处理反馈信息，例如完工报告中的开工条件、隔离需求、原因分析等信息，有助于运行人员了解维修专业处理异常缺陷的故障原因分析、维修工作过程、隔离需求等信息，在遇到类似异常缺陷时，主控操纵员和隔离经理可以查阅参考“病历库”，提前熟悉处理该异常缺陷时维修工作负责人可能的隔离需求、开工条件，提前做好响应的准备，有助于提升运行人员和维修人员在缺陷处理时配合的效率和有效性。同时也可以提高运行人员分析故障原因，采取有效干预措施的能力，避免预判故障原因失误，而耽误异常缺陷的处理，导致大量人力物力损失，引入安全风险的情况。

(8) 为核电人工智能做大数据准备

通过开发“病历库”软件平台，不断增加机组设备异常缺陷及其处理信息到“病历库”中，构建起核电机组系统设备异常缺陷的“病历库”大数据，开展基于设备“病历”大数据的人工智能化研究，进而为核电机组系统设备故障自动提供分析和解决方案，为实现核电人工智能化处理机组系统设备异常缺陷做铺垫。

1.3 构建机组系统设备异常缺陷“病历库”的方法

1.3.1 “病历库”的设计和编制方法

（1）“病历卡”模板的设计

机组系统设备重要异常缺陷产生时，运行发送的“机组异常反馈”邮件以及维修专业响应 oncall 的“异常处理反馈”邮件，以及各专业对“值长关注项”的反馈，通常涉及：异常缺陷名称、发生时间、缺陷现象、存在的风险、运行已采取的措施、建议后续行动、原因分析、处理措施、经验反馈等。

“病历卡”依照“机组异常反馈”邮件以及“异常处理反馈”邮件、值长日报、维修日报中异常缺陷处理项目信息，设置有以下项目：1）异常缺陷名称；2）发生时间；3）机组状态；4）异常缺陷现象；5）风险或潜在后果；6）干预行动；7）原因分析；8）消缺行动；10）相关知识；11）参考资料信息；12）编者。见表 1.3.1。

表 1.3.1 “病历卡”模板

异常缺陷名称	4APA302PO 转速控制由自动切手动后转速迅速下降
发生时间	2017 年 09 月 09 日中班
机组状态	RP 模式，电功率 887 MW
异常缺陷现象	4 号机组执行《FQ4-APA-C-004 主给水泵 C 切换至主给水泵 A 运行（不降负荷）操作票》，20:47:44 操纵员将 4APA302PO 转速控制器 4APA003KU 由自动切至手动时，4APA302PO 转速在 10 s 内由 4126 r/min 快速降低至 613 r/min，与切手动后泵转速预期响应不符，且造成蒸发器液位波动
风险或潜在后果	1）给水泵 C 转速和电流、出口压力大幅波动，对泵运行产生不利影响； 2）引起水汽压差、ARE 给水流量、SG 水位的波动
干预行动	已采取的行动措施： 1）主控关注 SG 水位波动情况，必要时干预控制； 2）切换到 4APA102PO 运行正常后，将 4APA302PO 手动停运； 3）安排现场检查 4APA302PO 就地转速控制柜上是否存在异常报警，未见明显异常； 4）oncall 仪控检查处理
原因分析	勺管位置反馈器的隔离卡件故障，送往手动 PLC 控制器的勺管位置指令偏低，导致切手动后出现勺管下插，勺管下插导致转速快速下降

续表

消缺行动	仪控处理反馈： 处理进展：经排查4APA302PO勺管位置反馈器的隔离卡件故障，已完成隔离卡件更换，运行完成手动/自动三次切换试验，转速无异常波动。 原因分析：勺管位置反馈器的隔离卡件故障，送往手动PLC控制器的勺管位置指令偏低，导致切手动后出现勺管下插，勺管下插导致转速快速下降。 处理措施： 1)排查转速控制执行机构24 V供电回路正常；排查转速控制执行机构位置传感器回路正常；排查转速设定值回路正常；对勺管进行离线校验，指令与反馈偏差满足要求； 2)通过KIC下发动作指令的方式对勺管动作情况进行验证，结果正常； 3)通过主控改变手/自动模式，排查勺管控制信号选择器，功能正常； 4)排查勺管位置反馈器的信号隔离分配卡件，发现送往手动控制器的信号回路明显低于隔离卡件输入值，且通过几次测量，验证隔离卡件信号输出有一定随机性，判断隔离卡件故障； 5)维修二处与设备管理处紧急推动备件领用，并进行备件更换，更换后主控进行3次泵的自动/手动切换，泵转速无异常，符合要求	
相关知识	电动主给水泵转速控制相关的故障触发时，勺管动作情况： 1)勺管位置传感器BALLUFF供电回路掉电时，失电后勺管降至0%，恢复供电后勺管将恢复到设定值； 2)执行机构VESH失去24 VDC，勺管位置下插至0%； 3)执行机构VESH失去转速设定值(4~20 mA，两线制)信号+端，勺管位置下插至0%；失去转速设定值(4~20 mA)信号−端(GND，为公共端)，勺管位置保持当前位置； 4)勺管位置传感器BALLUFF失去位置反馈(4~20 mA，两线制)信号+端，勺管位置下插至0%；失去位置反馈(4~20 mA)信号−端(GND，为公共端)，勺管位置保持当前位置	
参考资料信息	维修二处仪控：《4APA302PO在自动切手动后转速迅速下降分析报告》、oncall反馈——4APA302PO在自动切手动后转速由4126 r/min快速降低至613 r/min； 运行二处：4号机异常反馈——4APA302PO停运过程中，转速控制器置手动后转速突降； WR/WOT：00288425/00703124-01(紧急工单)	
编　　者	运行二处一值：谷铁	时间：2019年01月10日

（2）“病历卡”编制素材来源

“病历卡”中数据信息来源于：运行异常反馈邮件、维修专业 oncall 处理反馈邮件、运行一处/二处值长日报和维修一处/二处维修日报(如值长关注项内容、重要工作反馈等)、维修完工报告、运行一处/二处内部经验反馈、运行一处/二处运行事件报告、运行一处/二处运行周报、eSOMS 运行日志等资料中涉及系统设备异常缺陷处理信息。

（3）“病历库”的编制

通过收集整理的运行异常反馈、oncall 处理反馈邮件、值长日报和维修日报、维修完工报告、运行经验反馈等资料中涉及系统设备异常缺陷处理信息，系统设备异常缺陷处理总结：思路、类比分析、处理异常缺陷常用的程序等资料，针对机组某一系统设备的异常缺陷及其处理信息(病历)，按表 1.3.1“病历卡”模板，整理编写相应异常缺陷各项目信息，形成该设备异常缺陷的“病历卡”。

具体编写方式如下：

1)异常缺陷名称

即“病历”名称，来源于当班值副值长的运行异常反馈邮件、运行内部经验反馈、值长日报/维修日报的值长关注项目、维修完工报告的工作缺陷描述等。

2)发生时间

可以通过 WR 填写时间、值长日报、运行内部经验反馈、ESOMS 日志信息中获知异常缺陷发生的时间，异常缺陷发生的时间信息，也有利于后续查阅当时 ESOMS 日志中该异常缺陷的相关信息，也有利于分析统计故障发生的频率、频次等信息。通过分析缺陷发生的频率/频次，可以优化运行巡检项目和频次。

3)机组状态

可以通过值长日报中的机组状态、运行内部经验反馈、ESOMS 日志中的参数列表、运行事件报告中的机组状态等项目中获得与设备异常缺陷发生相关的机组状态背景信息。不同的机组状态下，异常缺陷处理干预的也可能存在差异。

4)异常缺陷现象

异常缺陷的现象可以从 ESOMS 日志、运行内部经验反馈、WR 的缺陷描述、运行异常反馈邮件、值长日报中“过去 24 h 机组主要异常及事件”项目中获得。现象信息的整理收录用于后续出现类似异常缺陷时，运行人员可以比对故障现象，参照采取与“病历卡”中类似的行动和处理措施。

5)风险或潜在后果

风险或潜在后果信息可以从 ESOMS 日志、运行内部经验反馈、运行异常反馈邮件以及查阅逻辑图/模拟图分析等资料获得。有利于提高运行人员风险分析的水平，随着数据库的不断丰富，针对类似异常缺陷时，风险分析更加全面更加完善，当出现类似异常缺陷时，有利于运行人员快速了解异常缺陷的风险/后果，了解异常缺陷的严重性、紧急性，有利于采取相应的安措控制好风险。

6）干预行动

①运行已采取行动

可以通过从 ESOMS 日志、值长日报、运行异常反馈邮件、运行内部经验反馈中获得相关信息。该项目信息可用于后续遇到类似异常缺陷时，对比参考采取类似缓解措施行动，通过丰富数据库，针对某一类异常缺陷需要采取的行动越来越丰富、越来越精准有效，使得后续遇到的类似异常缺陷时，不遗漏重要的干预措施。也避免分析不到位、不及时，未采取及时有效的干预措施出现，使得干预手段精准、有效、快速。

②运行建议后续行动

该项目编制时可以从 ESOMS 日志、值长日报、运行异常反馈邮件、运行内部经验反馈中获得部分信息。如建议维修准备维修方案和核实备件等，建议运行现场加强某些参数的巡检。便于运行人员熟悉针对异常缺陷需要采取哪些有用的、必要的后续行动，来缓解异常缺陷带来的影响，提醒专业接下来需要配合采取什么样的行动。

7）原因分析

该项目的编制可以通过维修专业 oncall 处理反馈邮件、维修日报/值长日报中专业反馈、运行内部经验反馈、维修完工报告等处获得故障原因分析的信息。有利于后续出现类似现象的异常缺陷时，比对分析可能的故障原因，采取类似的干预行动措施。提高运行人员对比分析故障原因和采取有效干预措施的能力。

8）消缺行动

专业处理反馈项目的编制是对照维修专业 oncall 处理反馈邮件、值长日报/维修日报中值长关注项的专业反馈信息、维修完工报告中的工作过程/检修步骤/故障原因分析、核安全报告中安工反馈建议信息等进行整理编写的。通过“病历库”中整理的专业处理反馈信息，有助于运行人员了解故障原因、处理过程、隔离需求等信息，有助于提升运行人员和维修人员在缺陷处理时配合的效率和有效性。同时也可以提高运行人员对比分析故障原因，采取有效干预措施的能力，避免预判故障原因失误，而耽误故障的处理，导致大量人力物力损失，引入安全风险的情况。

9）相关知识

该项目包括经验内容和相关的技术知识点，经验反馈内容来源于运行内部经验反馈、专业 oncall 处理反馈邮件、编者归纳总结经验等。通过提取异常缺陷处理的经验反馈，便于后续学习和利用经验反馈。

相关知识点主要来源于运行异常反馈的邮件、编者通过查阅技术资料整理的与异常缺陷处理相关的知识点。便于理解处理异常缺陷分析风险、分析原因和采取正确的措施。

10）参考资料信息

该项目收集整理处理异常缺陷过程中其他有用的参考资料信息，例如 WR/WOT 信息、工作许可证信息、其他类似异常缺陷案例信息等。

WR/WOT 信息可用于后续类似故障时，直接从 EAM 复制历史 WR 直接生成新的 WR，便于修改提交新 WR，提高效率。WOT 信息可以用于查询历史工作许可证信息，针对类似异常缺陷时，可以参考进行隔离指令预置，提高出票效率，避免时间紧急出票时遗漏相关重要安措或是重要风险提醒。

11)编者

项目涉及每张“病历卡”都带有编写者信息，用于建立设备异常缺陷处理相关的运维人员信息链接，将设备故障处理信息与运维专家信息建立关联，后续“病历库”软件开发后也会将设备异常缺陷处理的运维人员信息整合进去，构建起核电系统设备故障处理与运维专家库的紧密关联。使得在设备异常缺陷再次发生时，让最有经验的运维专家来发挥和采取最及时最有效最优的处理措施。

1.3.2 “病历库”平台软件的设计

核电机组系统设备“病历库”软件平台借鉴医疗电子病历科学的管理方法，吸收医疗电子病历体系的先进管理和使用经验，利用数据库技术和数据挖掘(包括神网络法、关联规则法、决策树法等)等人工智能技术开发软件系统，核电机组系统设备“病历库”软件平台主要实现以下两大目标：

(1)构建核电机组系统设备“病历库”大数据

通过“病历库平台管理软件”，对设备异常缺陷处理全过程进行科学的管理。将设备异常缺陷现象，整理优化成系统设备的“病症库”大数据。将运行和维修部门处理故障的干预行动措施，构建成设备异常缺陷处理的“处方”，形成“运维处方库”大数据。将处理设备异常缺陷的运维专家与设备异常缺陷关联起来，继而形成“运维专家库”大数据。将运维人员针对设备异常缺陷的风险分析、原因分析，优化形成设备“源项关联分析”，继而生成系统的“源项关联分析”和机组的“源项关联分析(源项库)”全域大数据。

利用设备的“病历库”大数据、“运维处方库”大数据、“运维专家库”大数据、机组系统设备“源项关联分析(源项库)”大数据，可方便的应用到核电运维领域的日常和大修期间工作设备异常缺陷处理数据的录入、查询、分类、归纳、统计分析、风险源项关联分析、运行干预行动和维修消缺行动的决策支持等等，同时可以将大数据应用到核电运行和维修日常和大修的预防性维修、定期试验、定期切换等等工作中的风险分析和预防措施的制定等方面，提高设备可靠性管理水平。

(2)设备异常缺陷处理的人工智能技术应用

实现自动识别和确诊系统设备的异常缺陷，自动运行干预行动操作票和维修消缺行动操作票自动生成功能。

利用“病历库”大数据，通过关键字的设置，将人工智能技术应用到大数据的优化整合中。继而利用“病历库平台管理软件”其中的“病症库”大数据，自动识别和确诊系统设备的异常缺陷。利用“病历库平台管理软件”其中的“运维处方库”大数据，自动生成用于处理设备异常缺陷的运行干预行动操作票和维修消缺行动操作票。而“病历库平台管理软件”的“源项关联分析”全域大数据，可用于设备运维工作中的事故预想、风险分析、原因分析、预防措施制定等等。提高设备异常缺陷处理各专业协同作战的水平，提高设备故障处理的及时性和有效性，进而提升设备可靠性管理水平。

因此“病历库”软件平台规划设计以下功能模块：

(1)编制和审批“病历卡”模块

该软件模块的功能开发由数据库技术来实现。

实现在机组机组上出现系统设备的异常缺陷后，在“病历库”软件系统中可以填写该异常对应的“病历卡”，包括故障名称、故障现象、发生时间、运行采取的干预行动、建议行动、关键字、相关知识点、经验反馈、参考资料等，并选择负责该异常缺陷处理的专业，经值长或副值长审批后，转到负责该异常缺陷处理的专业，若存在缺陷处理转移其他专业的情况，“病历库”软件可以操作转发给最终负责专业，由最终负责处理好该异常缺陷的专业进行开发该“病历卡”，填写该“病历卡”检修需求信息、采取的处理措施、故障原因分析、关键字、相关知识点、经验反馈、参考资料等，在异常缺陷最终处理好后，由最终负责处理的专业班组组长或是刻字对专业填写的该“病历卡”内容进行审批，最终经“病历卡”发起处室(如运行部门)确认并生效该“病历卡”。每张“病历卡”生效后，默认可以自动向设定的邮件组自动发送邮件，也可以选择和添加向那些人员自动发送邮件，或选择不发邮件。

通过“病历卡”的编制，将设备异常缺陷的处理信息与运维专家信息紧密联系起来，构建起核电系统设备故障处理的运维专家库，使得在设备异常缺陷再次发生时，通过软件的检索功能，让最有经验的运维专家来发挥和采取最及时最有效最优的处理措施。

“病历卡”的编制支持插入图片，支持复制粘贴，支持审批、生效、退回、返回修改和再生效。

(2)自动归类和统计、检索/查询功能

该软件模块的功能开发由数据库技术来实现。

“病历卡”按关键字(异常缺陷的设备、受影响的重要设备等)进行自动归类和统计，第一层按系统进行自动柜内，“病历卡”中发生故障的系统设备属于某一系统，则自动归类到该系统，如果该“病历卡”的关键字存在两个系统，则自动复制“病历卡”归到两个系统中。经归类统计，设置重复缺陷报警阈值，自动反馈设备异常缺陷的重复率及其共性点和差异点，以便于分析研究。通过统计功能可以通过输入关键字，查询某一状态下，某一时间段，某一系统设备发生某一类异常缺陷的次数，以便参考分析和总结整理。

通过输入关键字，可进行“病历卡”的检索、查询，方便获取历史“病历卡”信息，方便对设备的可靠性进行评价，方便参考历史“病历卡”进行异常缺陷的干预和处理。

(3)自动生成检查行动功能

该软件模块的功能开发由数据挖掘技术的神经网络算法、关联规则法和遗传算法、决策树法来实现。

当输入故障现象的关键字后，系统能自动显示该故障现象相关联的其他可能存在故障现象，供运行人员参考进行检查确认故障。

(4)故障原因分析功能

该软件模块的功能开发由数据挖掘技术的神经网络算法、关联规则法和遗传算法、决策树法来实现。

通过输入系统设备关键字(九位码、报警卡号等)、设备异常缺陷的故障现象信息、机组状态背景信息，自动给出初步的故障原因分析结论，方便运行和维修人员参考进行故障原因分析，以方便运行人员采取更有效的针对干预措施。

(5)干预处理措施自动生成功能

该软件模块的功能开发由数据挖掘技术的神经网络算法、关联规则法和遗传算法、决策树法来实现。

通过输入系统设备关键字(九位码、报警卡号等)、设备异常缺陷的故障现象信息、机组状态背景信息，自动根据生成干预处理措施簇，为运行和维修人员采取干预行动提供参考。

(6)故障处理操作票生成功能

该软件模块的功能开发由数据挖掘技术来实现。

通过“自动归类和统计功能”，对一些经常出现的、重要设备、重要异常缺陷进行总结整理和归纳分析，编制这些典型的异常缺陷的“干预处理措施簇”成“处方”。

根据故障现象确认故障情况后，通过手动选择需要采取的检查行动和干预处理措施，转化生成该故障缺陷处理的操作票，打印执行该操作票。

(7)设备源项关联分析自动生成功能

该软件模块的功能开发由数据挖掘技术的神经网络算法、关联规则法和遗传算法、决策树法来实现。

通过累积“病历库”中设备故障的风险分析数据，建立设备故障的源项关联分析数据，通过输入设备代码、故障现象、状态背景等信息，自动生成设备故障的源项关联分析结果。以便用于系统设备的日常运维工作。

(8)数据导出和转化模块

该软件模块的功能开发由数据库技术来实现。

用于“病历卡”数据信息的数据导出和转化成PDF文件，例如按系统搜集“病历卡”后，点击数据导出可以查看导出的该系统所有“病历卡”文件，并可以转化成PDF文件进行打印。

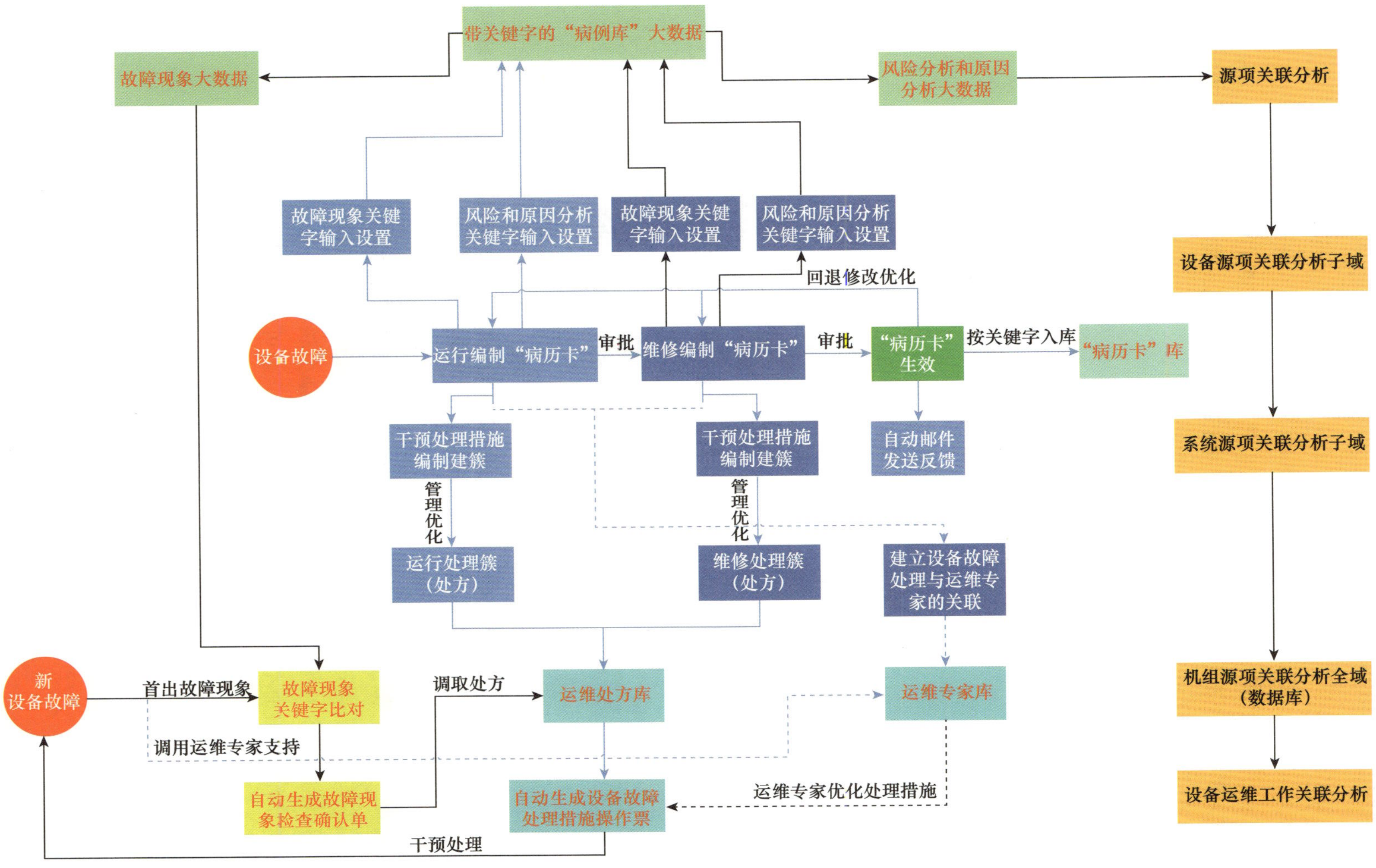

图1.3.1　病历库平台软件流程示意

“病历库”平台软件流程设计见图 1.3.1，功能流程说明如下：

设备出现重要异常缺陷(故障)时，运行人员通过在“病历库”平台软件中，编写该故障的“病历卡”，将设备故障名称、故障现象、发生时间、机组状态背景信息、风险分析、运行原因分析、运行干预处理措施、建议采取的后续行动等编写输入，并设置好关键字，如故障设备的系统名称、设备九位码、故障现象(报警卡名称、关键参数变化情况等)等，然后运行部门审批传递该“病历卡”。

设备故障处理的维修专业接收到传递的“病历卡”后，根据故障处理最终结果，编制该“病历卡”设备故障的故障现象、原因分析、检修处理措施、处理结果、优化建议等信息，同样编制的过程中设置关键字，编制完成后经部门审批进行传递。

系统设备工程师收到该系统设备的“病历卡”后进行审批确认生效该“病历卡”，平台自动发送“病历卡”生效的邮件，并按系统名称、设备九位码等关键字收录“病历库”中。

“病历库”平台软件通过运维部门在编制“病历卡”过程设置的关键字以及管理优化，将运行和维修部门处理故障的干预措施，整理设置成“处方”，形成“运维处方库”，同时在编制“病历卡”的过程中通过关键字构建起设备故障与运行维修专家的关联，继而形成“运维专家库”，同时“病历库”中的故障现象和原因分析、风险分析均可以形成大数据库。

当机组系统设备出现新的故障时，通过设备故障的“首出故障现象”输入“病历库”平台软件中进行关键字比对，继而自动生成该设备故障现象检查确认单，由于检查确认故障和搜集故障数据信息，同时运行人员可以通过初步的故障确认信息，调用“处方”库内相应的“处方”自动生成故障处理干预行动操作票，用于运行采取干预行动。当然维修人员亦可调用“处方”库内对应专业的“处方”，采取相应的干预行动。同时可以根据设备故障的“运维专家库”数据信息，联系最具权威的运维专家支持该设备故障的处理，以便采取最及时、最有效、最优化的干预措施。

利用“病历库”平台软件，将运维部门与设备故障紧密地关联起来，运行需要维修配合采取的措施和建议，维修部门需要运行部门配合采取的行动信息均可整合到“病历卡”中，继而提高运维部门的“协同作战”效率。

随着“病历库”数据量的递增，可以更清晰的明确设备的风险源项，进而勾勒出设备的源项关联分析图(详情见后续“源项关联分析”章节)，通过设备的源项关联分析图，可以构建系统的源项关联分析图，系统的源项关联分析图可以构建机组的全域源项关联分析图，进而不仅可应用到设备故障处理，也可应用到机组日常运维工作的方方面面。

1.4 从“病历库”到运行工作习惯(方法)与反惯性思维的培养

1.4.1 培养良好的工作习惯(方法)

一个好的习惯可以在一定程度上弥补运行人员知识技能上的不足，减少人因失误的发生。鼓励值内兄弟们针对偏差、经验反馈等总结套路或工作方法。

如何培养良好的工作习惯(方法)呢?(见图 1.4.1)

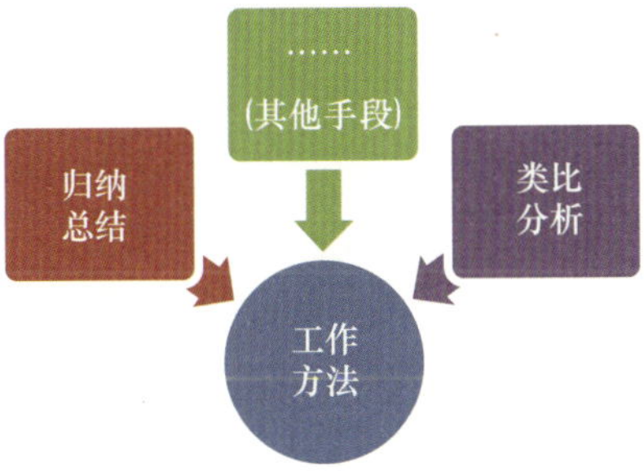

图 1.4.1 工作方法的形成

工作学习中多归纳总结整理类似异常缺陷、经验反馈、事件偏差、良好实践，去类比分析和获取共性的点！提炼和验证这些共性的点，然后成为你工作中的“公式”“定律”“工作方法论”——方法，甚至一个团队的文化！

坚持成习惯！习惯成自然！自然成文化！

以下介绍通过一些案例来总结提炼工作方法：

(1)系统大负荷设备投退的工作方法

示例 1：1APG001RF 充水排气时导致反应堆水刺和乏燃料水池短暂丧失冷却

2015 年 03 月 22 日凌晨，某核电 1 号机组处于首次大修 RCS 模式(换料冷停堆模式)装料阶段，1RRA001PO 运行，1RRI003PO 运行带 A 列独立用户，1RRI004PO 运行带 B 列及公共负荷。在对 1APG001RF 的 RRI 侧充水排气期间，因运行人员开启 1APG001RF 的 RRI 侧出口阀门 1RRI156VN 过大，且主控干预不当，先后引起 1RRI002BA/001BA 出现低低水位。事件导致 1 号机组装料期间 1RRA 两台泵短时停运，反应堆水池失去冷却 6 min，乏燃料水池失去 1RRI 冷却 17 min。

示例 2：1PTR001RF 解隔离后的充水排气引起 1RRI002BA 液位下降

2016 年 12 月 28 日，某核电 1 号机执行 1PTR001RF 解隔离后的充水排气并将 1PTR001RF 由单独运行转串联运行，由于开启进水阀 1RRI199VN 进行充水排气时操作不到，导致设冷水系统头箱 1RRI002BA 液位快速下降，出现低液位报警，立即安排现场将 1RRI199VN 完全关闭，设冷头箱液位开始上涨，瞬态结束。

示例 3：2RRI001BA 液位异常降低

2016 年 10 月 26 日早班，某核电工作负责人开展 2RRI011VN 预防性维修后试验的工作，由于 2RRA001RF 的 RRI 侧未充水，开启 2RRI011VN 时，引起 RRI 系统 A 列波动箱液位低报警。

示例 4：常规岛设备冷却水系统换热器充水排气操作不当，引起发电机冷氢温度高跳闸

2019 年 06 月 26 日，某核电站 4 号机组满功率运行。常规岛设备冷却水系统泵 40PGB11/13AP001 处于运行状态，热交换器 40PGB11/12AC001 投入运行状态，热交换器 40PGB13AC001 处于隔离状态。在进行换热器 40PGB13AC001 充水过程中，现场操作阀门充水时开启过快，引起 PGB 系统压力快速降低，两台运行的常规岛设备冷却水系统泵根据入口压力低于 0.15 MPa 保护停运。备用泵也因为入口压力低没有启动允许，未能启动，PGB 系统停运造成发电机失去冷却水，最终发电机因冷氢温度高于 53 ℃延时 30 s 触发保护停机。

示例 5：RRI 系统负荷 DEG 冷冻机跳闸，引起主泵高压冷却器设冷侧电动隔离阀自动关闭

2017 年 02 月 10 日，早班执行 3DEG101GF 切换到 301GF 运行操作，因冬春季，3DEG 热负荷相对低，按操作票先停运 3DEG101GF，再启动 3DEG301GF。停运 3DEG101GF 时，3RRI105VN 关闭，3RRI021MD 流量瞬间由 2174 m^3/h 降至 1700 m^3/h，导致主泵高压冷却器设冷侧流量表 3RRI151MD/153MD/155MD 流量升高，3RRI151MD 流量增至 35 m^3/h(在冬春季时，RRI 系统的热负荷较小，主泵高压冷却器设冷水侧冷却水流量大，可能会接近 35 m^3/h 的情况)，导致 3RRI225VN 自动关闭。堆操立即将 3RRI225VN 打手动开启，之后 3DEG301GF 投运。3RRI021MD/151MD/153MD/155MD 流量恢复正常，堆操将 3RRI225VN 重新打回自动。

示例 6：RRI 设冷水流量波动，引起 3RRI155VN 控制波动，导致一回路温度波动

2019 年 12 月 8 日夜班 7:15—7:30 左右，某核电 3 号机组主控解除 3PW38998(RRI 系统 BOSS 焊缝返修，需中断乏池冷却)，重新投运 3PTR001RF 和 002RF 设冷侧时，设冷 A 列流量 3RRI001MD 由 1650 m^3/h 上升到 2050 m^3/h，由于设冷水流量波动，对下泄热交换器设冷水调阀 3RRI155VN 控制产生扰动，使得阀门频繁，引起下泄流温度表 3RCV002MT 从 7:30 左右开始出现持续的周期性的波动，由于下泄温度的变化将影响下泄回路上的除盐床对硼的吸收效率，进而引起一回路温度波动。

示例 7：CRF001PO 和 RCP001PO 启动，引起 6.6 kV 母线电压下降导致柴油机启动

2017 年 4 月 25 日，N1GSY001JA 检修完成，主变送电后需将 1 号机厂用电由辅变切至主变。N1LGA/LGB/LHA 切至主变供电后，二回路操纵员按照 S 程序点击 N1CRF001KG 发出启动 N1CRF001PO 指令(指令发出后 N1CGR003MO 自动启动，N1CRF001PO 延时 10 min 启动)，随后一回路操纵员确认启动主泵前提条件满足后启动 N1RCP001PO，因 N1RCP001PO 转动惯量大，启动时间持续约 25 s，在此期间 N1CRF001PO 启动 10 min 延时已到并自动启动，两台泵启动过程中导致 N1LHA 电压拉低(最低为 5.244 kV)，N1LHP 柴油机自动启动。

示例 8：启动 LGF 下游负荷 APA 泵，触发 AVC 减磁闭锁

2018 年 05 月 12 日，执行 1APA202PO 切换至 1APA302PO 操作时，因夜班 1LGF 压力原本较低，在进行 1APA202/302PO 之间相互切换时，由于两台泵均由 LGF 母线供电，在启动备用泵瞬间导致母线 LGF 母线电压大幅下降，触发 1AVC006KA：AVC 增磁闭锁和 1AVC007KA：AVC 减磁闭锁，电压波动瞬态结束，电压恢复正常后，1AVC006KA 报警自动消失，但 1AVC007KA 并未自动消失，通过维修电气人员强制复归后报警消失。

示例 9：LKT/LKR 母线电压波动，出现 GSY 风机跳闸

2015 年 3 月 3 日中班，电功率 1000 MW(配合 2 号主变复役)，借此功率平台，配合仪控处理 1ACO208VL、1ACO108VL 阀位反馈与其要求值不一致缺陷。维修工作结束后，主控启动 1ACO302PO，造成其上游电源 1LKT001TB 母线电压降低约 4 V，1GSY 风机控制柜内电压继电器动作，进而导致 1GSY 风机全停，1GSY001/002/003MT 温度上升，其中 1GSY003MT 最高升至 51.1 ℃。后现场人员复位报警后，就地启动风机后运行正常，1GSY001/002/003MT 温度回归正常。

某核电 101 大修期间启动 1RCP001PO/002PO/003PO 时，引起 1LKT/1LKR 母线电压均降低到 340 V，进而导致 1GSY 风机跳闸。

总结：通过上述示例 7~9 可知，启动供电母线下游大的转动设备时，需要注意对母线电压及母线下游其他负荷的影响。

通过上述示例 1~6 可知，常规岛闭式冷却水系统(SRI)和核岛设备冷却水系统(RRI)分别为常规岛和核岛众多重要用户冷却器提供冷却水。当进行系统下游用户设备投退(尤其大负荷用户)、系统管道充水、启停泵等操作可能引起冷却水流量、压力和水箱液位变化，冷却水流量的波动可能对其下游负荷产生影响，冷却水压力的波动可能将危及冷却水泵运行安全。

1)针对 RRI 系统充水排气经验总结

因 RRI 系统头箱容积小，缓冲能力小，尤其对管道直径较大的 RRI 支管进行充水排气、投运 RRI 大用户时，可能引起 RRI 头箱液位迅速下降，危及设冷泵运行安全，进而危急 RRI 重要用户运行的安全(如主泵、乏池冷却、DEL 冷冻机、RRA 热冷却器等)。故进行 RRI 支管的充水、投运 RRI 大用户的工作时务必确认管道大小，确认风险，开阀缓慢进行或是开一小开度进行充水。

RRI 以下大用户的热交换器充水排气风险很大：

①RRA001RF/002RF；

②APG001RF；

③EAS001RF/002RF；

④TEP 和 TEU 的冷却器；

⑤PTR001RF/002RF。

2)针对 SRI 系统充水排气经验总结

当对 SRI 系统管道直径较大的支管进行充水排气、投运其大用户时，可能引起 SRI 头箱液位迅速下降，导致冷却水流量大幅波动，可能将危急 SRI 重要用户运行的安全

（如主给水泵、发电机氢气冷却器、GGR 热交换器等）。故进行 SRI 支管的充水、投运 SRI 大用户的工作时务必确认管道大小，确认风险，开阀缓慢进行或是开一小开度进行充水。

SRI 以下大用户的热交换器充水排气风险很大：

①GGR 润滑油冷却器；

②发电机氢气冷却器；

③发电机母线冷却器；

④主给水泵轴密封冷却器和油冷却器。

系统大负荷设备投退的工作方法总结：核电机组系统上进行大负荷设备的投退工作时，务必注意大负荷设备的投退对该系统正常运行及其该系统其他负荷设备的运行产生干扰影响，需采取有效的缓解措施。

（2）流体传输的工作方法

示例 1：GSS 水箱补水时，蒸汽返流引起汽锤

2016 年 10 月 8 日，某核电机组在汽机冲转并网过程中，发现 3GSS102BA 液位异常下降，主控安排现场打开补水阀 3SER225VD 进行补水，但此时 GSS 罐体压力高于 SER 水压，进而导致开阀补水时 GSS 罐体内高温高压的蒸汽进入 SER 补水管道，发生冷凝，产生了汽锤现象，致使沿线管道剧烈振动。关闭补水阀后，由于阀门内漏，下游管线温度升高，产生间歇性汽锤振动。检查发现 3GSS 疏水罐 SER 补水阀 3SER221/223/224/226VD 阀门外漏，就地压力表 3SER203LP 的仪表指针脱落，仪表阀被震松漏水。

示例 2：GSS 水箱补水时，蒸汽返流引起汽锤

2019 年 6 月 9 日，某核电汽机冲转前，由于 1GSS102BA 疏水阀内漏导致罐体液位偏低，主控安排现场执行《1 号机组汽轮机冲转前 GSS 疏水箱和高加液位调整运行操作票》在对 1GSS102BA 补水时，蒸汽进入 0SER 管道造成汽锤，进而引起 0SER 管道剧烈振动，膨胀节 0SER901JD 因管道移位而损坏产生破裂喷水，0SER 流量增加至 300 m^3/h 左右，危及 0SER 下游负荷运行安全（1/2 号机组凝汽器补水、SEC 和 CRF 泵应急备用轴封水等丧失）。

示例 3：2SEC004PO 泵坑水淹

2015 年 05 月 08 日夜班，在 2CFI B 列鼓网除锈工作结束后，运行人员将 2SEC 系统 A、B 列改为正常分列运行模式（2SEC101VE 和 2SEC102VE 开启，2SEC103VE 和 2SEC104VE 关闭），然后打开管道疏水阀 2SEC106VE 将海水排空，再充入 2SEP 淡水。现操全开 2SEC106VE（由于标牌挂反，实际打开的是 2SEC032VE，见图 1.4.2）后返回泵坑地面，见地坑液位上涨较快，立即在就地控制柜上先后手动启动地坑排水泵 2SEO106PO、2SEO104PO 进行排水。但地坑液位仍快速上涨，疏水阀 2SEC106VE（实际为 2SEC032VE）被完全淹没，不可能返回地坑关闭该阀，于是汇报主控室，主控室立即组织切换、停运、断电、隔离、排水等操作，处理过程中地坑满水后水位持续上涨，最高涨至 2SEC004PO 电机中部。事件导致 2SEC004PO 电机和 2CFI104PO 电机、地坑

泵 2SEO104PO 和 2SEO106PO 控制箱、地坑风机 2DWS002ZV 和 2DWS004ZV 控制箱、泵坑中照明灯等带电设备被淹。

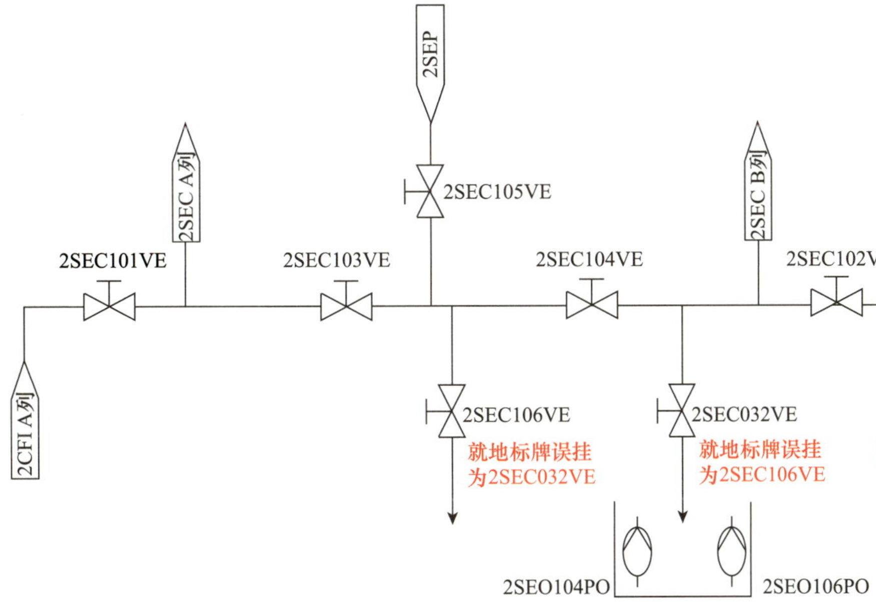

图 1.4.2 标牌挂反示意图

示例 4：中压安注箱补氮时，由于中压氮气管网压力低，导致氮气返流，安注箱压力下降

2017 年 4 月 3 日，某核电 3 机组处于功率运行模式(核功率水平 76.3%FP，电功率 837 MWe)，4 号机组处于热态功能试验阶段。当班值发现 3RIS001BA(3 号机组 1 号中压安注箱)的氮气压力接近程序要求的补氮定值(4.34 MPa.a)，于是执行 3RIS001BA 补氮操作。然而因当时 4 号机组正在执行 4RIS001BA 充氮操作，4RIS001BA 当时的压力只有 1.02 MPa.g，引起给 3、4 号机中压安注箱上游的中压氮气管网压力很低。因此当对 3RIS001BA 进行补氮前，其上游用于补氮的氮气管网内压力比 3RIS001BA 罐体内压力低得多，当开阀补氮时，引起了 3RIS001BA 内压力下降，进而导致 3RIS001BA 压力低于运行技术规范要求的定值(4.275 MPa.a)，造成一台中压安注箱不可用，产生非预期第一组事件。

示例 5：执行液氮罐充注操作时，因返流导致 RAZ 管网进水

2017 年 6 月 9 日，某核电 4 号机处于调试启动阶段，根据主线要求使用 RAZ 低压管网氮气开展 1 号蒸汽发生器鼓氮操作。期间专工组织 3 号机现场开展 8SGZ801EV 进行液氮充注工作，在进行低压氮气管网上游减压站的切换工作恢复 RAZ 低压供气时，导致低压氮气管网短时失压，引起 SG 内的水返流进入低压氮气管网，当班值立即停止了鼓氮操作，并组织对低压氮气管网进行疏水操作。

流体传输工作方法总结：

①实施流体传输[如充水(排水)或充气(排气)等]操作时，务必注意核实流体传输

时的上下游压力，需要采取适当措施平衡上下游压力。同时需要缓慢的小开度开启阀门进行流体传输，每次开度调节后，需待系统参数稳定和设备无异常后方可再次调节阀门开度。

若下游罐体压力大于供水或供气母管压力(或者上游供气供水母管压力不足)将会引起水气倒流，若上游流体压力比下游大很多，可能引起喷溅，例如管道排水时适当缓开疏水阀进行泄压避免喷溅，例如罐体疏水时，若无排气阀，可能导致罐体内压力小于下游大气压，进而可能引起罐体被大气压瘪变形，或是无法排尽排出水。

在进行改变流体传输的上游系统的压力前，务必确认对流体传输的下游系统所产生的影响，避免返流情况发生。

②流体传输时注意介质类型，注意防止产生爆炸或是发生反应，或是引起污染(放射性污染、化学污染等)。避免含氧废气排入含氢废启管线或是罐体内，避免含放射性的废水排入非放射性水箱或是地坑中。

③流体传输时，注意下游的接收条件。例如接收容量，地坑泵是否可用，疏水漏斗下游阀是否开启等，疏水时需要关注下游疏水罐或坑的液位，以便及时切换接收罐避免罐满溢，或是关注疏水坑内的地坑泵是否及时启动防止坑满溢。

(3)工作中需跟踪项目的工作方法

示例1：2014年5月20日中班，某核电机组调试启动阶段，当班值执行DEL充水排气和启动操作，按照S规程在线时，成功启动1DEL001PO/001GF后，因其他工作干扰，交接班时遗漏DVL冷却器的冷冻水尚未恢复的信息，导致DVL冷却器的冷冻水一直未供应，直到第二天中班值发现此问题，恢复至正常在线，DVL通风温度才恢复正常。

示例2：2017年11月25—30日，配合维修工作0SGZ817VZ安全阀校验工作，运行关闭了0SGZ608VZ(0SGZ602CO出口阀门，初始状态为开启)，由于该信息未有效交接和记录，导致0SGZ608VZ阀门一直处于关闭，解除隔离恢复在线时状态未得到恢复。30日启动膜压机时发现高压氮气储罐压力上涨缓慢，检查后发现0SGZ608VZ未开启。

示例3：2018年3月4日，根据运工指令执行APA定期试验时，按规程中要求开启1APA100/200/300VL以便可以在试验位启动1APA102/202/302PO开展试验。试验结束后，根据规程内容恢复了仪控的强制信号和1AGM101/201/301PO的状态，由于定期试验规程中没有恢复阀门状态的步骤，导致未恢复1APA100/200/300VL初始状态。

工作中需跟踪项目的工作方法总结：

将当班期间需要跟踪的项目“操作票化”，每一项需要跟踪的项目后面设置一个需跟踪执行的方框“[　]”，提醒自己或是下一值接班人员注意，每完成一项在[　]中划圈划杠，针对跟踪频度高时间短的项目，必要时需要设置闹钟进行提醒。

例如针对打印的ESOMS日志中要求下值完成的项目，每一项目后面备注[　]，每完成一项在[　]中画圈划杠。上一值也可以针对需要下一值跟踪的项目在日志后面备注[　]，这样下一值可以对跟踪项目按操作票执行跟踪。

好的习惯养成可以有效地避免跟踪项目被遗漏，避免重要事项被遗忘、大修主线延误等情况发生。

(4)恢复气动阀中性点的工作方法

示例1：在执行解隔离恢复汽动泵供汽阀门ASG138VV、ASG137VV中性点位置时，因气动阀ASG138VV、ASG137VV为失气开阀门，在恢复3ASG138VV、3ASG137VV中性点前，需要先开气动阀ASG138VV、ASG137VV的供气小阀供上压空，再恢复ASG138VV、ASG137VV的中性点，以避免阀门意外开启导致汽动泵误启动。

示例2：在解隔离恢复安喷热交换器设冷侧供水阀门RRI035VN中性点时，因气动阀RRI035VN为失气开阀门，若此时RRI系统A列处于运行，在恢复RRI035VN中性点前，需要先开气动阀RRI035VN的供气小阀供上压空，再恢复RRI035VN的中性点，否则可能引起正在运行的RRI泵超流量。

恢复气动阀中性点的工作方法总结：

在恢复气动阀中性点位置时，需要采取手段避免恢复中性点的时候，阀门动作引起非预期的风险。

(5)系统设备处于"非正常、不可长期稳定运行"的状态时的工作方法

示例1：正常功率运行时，1DVE系统正常投运，蓄电池间排风机1DVE005ZV/006ZV处于运行状态，当1DVE005ZV隔离检修时，蓄电池通风处于"非正常、不可长期稳定运行的状态"，丧失一台排风机，需要按照技术规范采取缓解措施，开启两列排风机间的联通阀，以确保两系列的最小排风量，监视和控制蓄电池房间温度在要求范围内等措施。

示例2：正常功率运行期间，8DVN系统正常通风处于投运状态(两台送风机、两台排风机投运)，当开展检修工作，使用限制条件将DVN全停(停运所有正常送排风机)，导致DVN系统的正常送排风机通风功能丧失，是一个"非正常、不可长期稳定运行"的状态。需要按技术规范中限制条件的要求，采取相应的措施：核辅助厂房有碘风险的场所排风系统投运；烟囱空气流速大于4 m/s；禁止可能导致废气排放的运行操作；禁止燃料操作。

针对受影响的功能，需要采取以下缓解措施：

①DVN全停期间，RIS高浓硼酸回路因通风丧失的原因，回路温度将上升，RIS021BA液位可能上升，当液位上升到1.20 m时，将触发高报警以及触发RIS206VP和RIS208VP关闭没劲儿导致高浓硼酸回路再循环泵不可用，需要加强监视，必要时需要通过排放或是安排化学抽取硼酸降低液位。高浓硼酸回路的泵轴承温度将上升，为增加散热，需将RIS021PO/022PO保温盒适当扒开。

②DVN全停期间，上充泵房丧失正常通风，应急通风DVH风机需启动给上充泵通风，并加强关注房间温度。

③因DVN为DEG的大用户，当DVN全停时，使得3/4DEG负荷降低，尤其冬季DEG冷冻机可能由于冷冻水温度低休眠，因此需要及时关注、调整DEG导叶开度。

④DVN全停时，进行CVI排气口的切换可能导致CVI汽水分离罐液位波动，切换时需保持密切关注。将CVI排气切换至大气后，需关注3/4KRT007MA的运行情况，当3/4KRT007MA不可用时，及时将CVI排气切回DVN。

⑤DVN 正常送排风机停运时，化学取样间无法维持负压，需通知化学不能进行相关的取样分析工作。

⑥DVN 全停期间，为满足限制条件要求，需要特别注意烟囱风速，避免影响烟囱风速的工作开展（例如影响 DVK 风机、DVH 风机、DVN007ZV/008ZV 风机运行的工作，旁通 DVN 烟囱通道的开门工作）。现场进出开关 DVN 通风管路上的防火门时，务必注意避免大开大关或是长时间开门，进而导致烟囱风量被分流的情况出现。不宜进行 DVK 风机切换，避免 DVK 风机停运后，DVN 烟囱风速低于 4 m/s。

示例 3：8SVA 正常运行时，8KRT505MA、505PO 处于投运，当 8KRT505PO 故障不可用时，对于 8SVA 疏水回收回路来说，是一个“非正常、不可长期稳定运行”的状态，使得 8SVA001BA 内疏水的放射性监测受影响，8SVA001BA 内的疏水不能直接排放到 3/4STR 除氧器中，为缓解 8SVA001BA 的液位上升，需要开启疏水阀将 8SVA001BA 内的疏水排向 8RPE001PS，最终进入 8TEU003/004BA。因排水增加三废的负担，需要尽快恢复 8KRT505PO 的可用。

系统设备处于“非正常、不可长期稳定运行”的状态时的工作方法总结：

系统设备处于“非正常不可长期稳定运行的状态”，针对系统设备功能受影响的部分，务必注意采取有效的缓解措施（例如建立趋势组、加强巡检、投入备用等），或是将系统设备置于可长期稳定运行的状态。缓解措施的采取可以参考技术规范、S 规程和 I 规程。

（6）行政隔离牌摘牌后重新挂回的工作方法

务必核实是否当前机组状态需要实施该行政隔离，即确认该行政隔离实施条件与当前状态是否相符，防止误实施行政隔离挂牌。

（7）控制棒双保持故障报警时的工作方法

RGL 出现双保持故障报警时，注意控制好一回路温度，不要进行可能引起一回路温度和负荷变化的操作，例如尽量不要在可能引起机组负荷变化的设备上开展高风险工作。

（8）凝结水泵相关工作方法

进行可能引起 CEX 泵出口母管压力变化的操作前，需要考虑对 ATE 净凝水泵的影响。

（9）REA 手动补给的工作方法

REA 手动补给时，当水量 REA003QD 数值达到设定值 REA002KU 时，补水泵将跳闸，当硼酸量 REA401QD 达到设定值 REA404KU 时，硼酸泵将跳闸。若在 REA 手动补给（如提高容控箱水位）时，未按操作票执行，水量设置过小，或是硼酸量设置过小。当水量达到设定值时，水泵跳闸，或是当硼酸量达到设定值时，硼酸泵跳闸，导致手动补给只有硼酸泵或是只有水泵单独运行，将导致误硼化或是误稀释的情况出现。

……

好的习惯或是方法套路，可以将机组套路到你的路上，避免你被机组陷阱给套路！

1.4.2 培养反惯性思维

良好的工作习惯(方法)从我们工作和学习中总结经验而来，可以为我们后续的学习工作解决实际问题提供经验指导，少走弯路。

但是我们的工作习惯(或是方法套路)是否适用我们工作中遇到的所有情况?是否会成为工作中的思维定势?

任何事物都有两面性，任何事物都是作为矛盾统一体而存在的，矛盾是事物发展的源泉和动力。方法套路有它的好处，也有它的坏处，因此我们需要用辩证的观点来看待工作习惯(方法)的培养。在培养工作习惯(方法)的同时，我们还需要培养反惯性思维!(见图1.4.3)

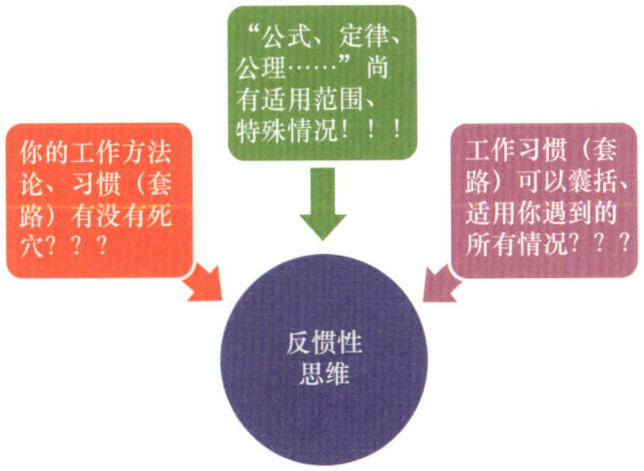

图1.4.3 为何需要反惯性思维?

如何培养反惯性思维?

多问一句"为什么"，多想一次"还有没有更好的办法"，学会从不同的角度思考问题。通过从反常识、反惰性、反主观、反从众、反定式、反依赖六个方面来培养我们的反惯性思维，见图1.4.4。

图1.4.4 反惯性思维的六元素(1)

反常识	反依赖	反惰性	反定式	反从众	反主观
·用辩证的思考得出结论	·学会独立思考	·用求知的思考过滤信息	·用创新的思考突破惯性	·从集体思考中跳出来	·坚持实事求是而非经验主义、教条主义

图 1.4.4　反惯性思维的六元素(2)

(1)反习惯性违章

违章是指违反安全工作规程的不良作业传统和工作习惯，它是诱发事故的土壤和温床。习惯性违章，是一种常见的违章行为，习惯性违章行为的人凭着老经验、旧习惯，知道行为或作业存在问题，但是为了图省事，工作时想怎样就怎样，时间久了，就会变成一种无意识的错误，进而造成各类事故；造成违章者对安全生产产生麻痹和侥幸心理，条件具备时就会出现违章现象；影响周围的人，更容易产生不良的行为习惯方式，致使安全生产工程质量等出现事故，甚至危及更多的生命。

日常工作中我们需要多对照偏差、状态报告、人因警示等材料中的案例，反思自身存在哪些不良习惯行为、不适宜的老经验？日常工作中针对习惯性违章现象进行整理和宣贯教育、采取反制措施，有助于纠正和避免习惯性违章事件的发生。

例如在控制区内工作习惯性地用手擦汗、推眼镜，均有可能导致头部辐射污染，控制区工作累了习惯性的席地而坐，这些均是习惯性的违章。

(2)反惯性思维在技术规范控制中的应用

1)惯性思维的 IO 控制

①只重记录 IO 而不重 IO 采取的措施；

②先执行 IO 工作再记录再采取措施；

③只关注明确产生 IO 的工作而不关注可能导致产生 IO 的工作；

如果开展预期 IO 的工作(参数 IO 的定期试验、维修工作等)时，按惯性思维去先记录 IO，然后再去采取措施，有可能导致 IO 数目超或是要求采取的措施无法实施，而导致违反技术规范的事件产生。

2)反惯性思维的 IO 控制

①先核实 IO 要求采取的措施是否可行、可满足，再去执行产生 IO 的工作。

②对于技术规范条款中，涉及采取的措施“被破坏”，提前预告哪些限制条件或是 IO 不能产生。

③先核实确认当前机组 IO 数量限制，在满足数量限制要求后再去执行产生 IO 的工作。

④疑“罪”从有，对于存在很大风险引起设备不可用(例如产生第一组事件、导致 IO 数量超限)的工作，保守决策，开展这些可能产生 IO 工作时，进行 IO 的预记录来实现预告警(例如在 ESOMS 日志中记录：××××工作可能产生第×组 IO，要求采取的措施

有：××××，我们日常工作中的“LSS 参数修改”工作就是按 IO1 控制，与其他 IO1 工作错开），工作顺利未出现异常后，再消除预记录解除预告警。

3）反惯性思维的 IO 控制应用

示例 1：维修工作负责人执行 3VVP 安全阀压力整定定期试验，试验不合格，产生第一组 IO：VVP4，但工作负责人未将该情况通知主控室，造成该 IO 未被记录。该 IO1 持续期间，开展超技术规范试验（T 3 RPA 025 试验）和计划性第一组 IO 工作（3RPN013/023MA 高压饱和曲线绘制），导致违反技术规范。

反惯性思维 IO 控制：考虑到维修工作负责人执行 3VVP 安全阀压力整定定期试验，存在试验不合格产生第一组 IO 的可能，针对此可能产生 IO 的工作，在 ESOMS 日志中进行预记录提醒：“3VVP 安全阀压力整定定期试验如果不合格，可能产生 IO1：VVP4”，通过对 IO 进行预记录来实现预告警。这样在开展超技术规范试验（T 3 RPA 025 试验）和计划性第一组 IO 工作（3RPN013/023MA 高压饱和曲线绘制）前，必须将这些存在地雷（预告警）先排除，才能开展工作，这样可以有效地避免类似事件的发生。

示例 2：2016 年 1 月 13 日 1:00，某核电 4 号机组在维修停堆模式（MCS）一回路微开口状态，按计划执行 T4EIE001（安全壳喷淋和 B 阶段隔离综合试验规程）试验，试验期间发现 4EAS013VB 在关闭后由于热继保护动作导致阀门电动头开关跳闸。

13:43 至 14:00，工作负责人持工作票就地用试验合开关阀门两次，在 4EAS013VB 未在关闭位置且主控室不能控制的情况下产生维修停堆模式（MCS）下 EPP2 的第一组 IO 事件；该工作的 IO 信息隔离经理已标注在工作许可证上，但未汇报值长。主控在许可开工时，也未关注到工作许可证上标注的 IO 信息，导致该重要信息传递失效。

13:46 分，主控按计划执行定期试验 T4RIS001（安全注入和安全壳隔离阶段 A 的综合试验）；16:54 分，试验结束。由于在机组存在第一组 IO 的情况下执行了超规范的定期试验，违反运行技术规范要求。

反惯性思维 IO 控制：主控在按计划执行超技术规范的定期试验前，应核查和询问主控和隔离经理确认当前是否存在第一组 IO 的工作，再确认第一组 IO 工作完成后，才可开展超技术规范的定期试验，才能避免出现违反技术规范的运行事件发生。

示例 3：RP 模式下的 KRT1、KRT2 要求采取的措施其中有一条：禁止所有的废气排放；如果当前机组正在开展 ETY 或是 TEG 的气体排放，此时又有 KRT017MA/021MA 相关的隔离检修工作需要开展，如果按惯性思维：先记录 IO 后再采取措施，先实施 KRT017MA/021MA 相关的隔离检修工作，产生了 KRT1 或 KRT2，采取 IO 的措施时，就已经违反了技术规范。

反惯性思维 IO 控制：当有 KRT017MA/021MA 相关的隔离检修工作需要开展时，先核实 RP 模式下的 KRT1、KRT2 要求采取的措施，当查看到要求采取的措施有“禁止所有的废气排放”时，确认当前两机组是否有 ETY 或是 TEG 的气体排放。如果有废气排放，则考虑暂停实施 KRT017MA/021MA 相关的隔离检修工作，或是暂停废气排放，这样就不会出现违反技术规范的情况。

示例 4：技术规范中限制条件和 IO 条款要求采取的措施中有多处“禁止燃料操作”的要求，如果当前有燃料操作，先开展并记录了限制条件或是 IO1 或是 IO2 的工作，再去按要求采取措施时，就会出现当下正在进行燃料操作，所开展的工作已经违反了技术规范。

反惯性思维 IO 控制：如果正在进行燃料操作，相当于某些限制条件或是 IO1 或 IO2 要求采取的措施“被破坏”。通过整理当前模式涉及要求采取“停止/禁止燃料操作”的条款的限制条件或是 IO1 或 IO2，提前预告这些限制条件、IO1、IO2 相关的工作不要开展，进而有效进行燃料操作期间 IO 工作的控制。

示例 5：RP 模式中，当一台 JPP 泵不可用，JP * 1 中要求采取的措施：在线两台机组的 JPP 连通管，检修必须在 14 天内完成。如果存在交叉工作，一个机组已有导致无法在线两台机组的 JPP 联通管道的阀门的工作，另一个机组开展隔离对一台 JPP 泵进行断电，记录 JP * 1，然后再去执行采取措施时，发现已无法在线两台机组的 JPP 联通管道，那么久已经违反技术规范。

反惯性思维的 IO 控制：当需要开展导致 JPP 泵不可用的工作时，先去核实确认可以在线开启两台机组的 JPP 联通管道，可行后，再去开展导致 JPP 泵不可用的工作。这样可以有效避免类似的交叉作业引起的违反技术规范事件发生。

示例 6：2017 年 12 月 28 日凌晨，某核电 301 大修装料前提条件检查已完毕，具备装料条件，即将进入 RCS 模式，3 号机组电辅泵、汽动泵对接焊焊缝缺陷返修处理射线探伤负责人电话要求根据探伤许可证（WOT：782022-01）对 3KRT008MA、3KRT009MA 进行闭锁，当班值经过核实确认，在 RCS 模式下，直接闭锁 3KRT009MA 会产生 EBA 和 ETY 的第一组 IO，导致运行事件发生，后和主线计划沟通，停止 ASG 焊缝探伤以便进行装料，而后完善安措并由计划安排至 29 日凌晨停止装料后再探伤。

示例 7：2018 年 2 月 5 日，某核电 1 号机组处于 MCS 模式，因 R 厂房执行探伤，工作人员要求闭锁 1KRT009MA。运行人员查阅技术规范后发现，当 KRT009 因工作需闭锁时（KRT 系统的第 2 组 IO），在“所采取的措施”中有一条是：执行 EBA 和/或 ETY 相应事件的技术规范。在 EBA 系统的 IO 描述：安全壳内放射性高的隔离装置不可用且 EBA 安全壳隔离阀处于开启状态，为第 1 组 IO。由于此时 EBA 投运，若按照工作人员要求闭锁 1KRT009MA，会人为产生第一组 IO：EBA1，导致产生运行事件。

综上所述，在日常工作中使用“反惯性思维的 IO 控制”方法，去避免违反技术规范的事件发生是非常有效和必要的。

1.4.3 从“病历库”到工作习惯的培养和反惯性思维的培养

“病历库”收集了大量的机组系统设备重要异常缺陷处理数据信息，可以为我们总结经验套路、工作方法论提供数据平台。

通过对“病历库”中同一系统设备类似的异常缺陷、不同系统设备同类型的异常缺陷数据信息进行归纳总结和类比分析，获得的某些共同点/共性，可以成为优化我们处理方案、优化我们的操作票和巡检本甚至优化我们的管理程序的科学依据，也可以用来培养我们的工作方法套路，养成好的工作习惯。获得的某些不同点或是差异，可以引起我们的深思，时常深挖这些特殊的点，可以锻炼我们的反惯性思维，能让我们逃脱经验主义、教条主义的坑，避免在机组日常工作中落入陷阱中。从“病历库”中吸取养分，来培养我们的工作习惯(方法套路)和反惯性思维，进而构筑机组安全生产的“防护墙”，见图 1.4.5。

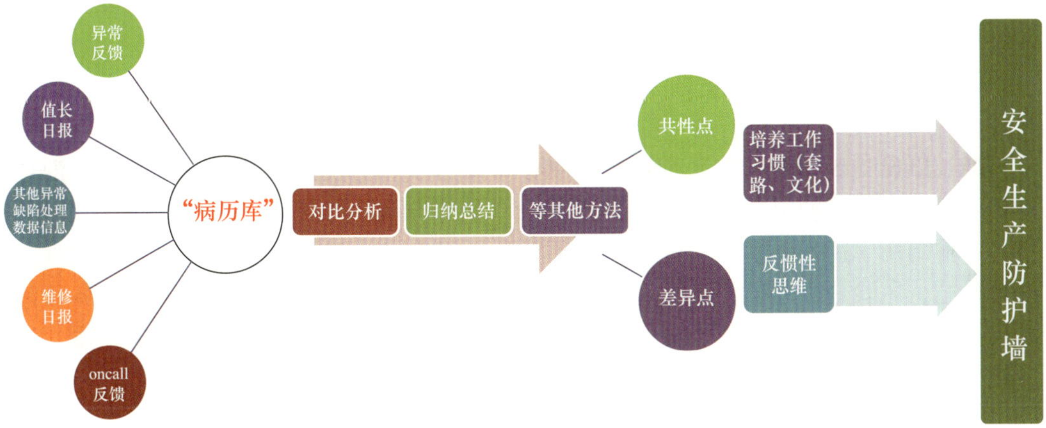

图 1.4.5 由“病历库”构建机组安全生产防护墙

1.5 从“病历库”到源项关联分析法

核电机组系统设备的异常缺陷(故障)源于各种风险源项所致，设备的故障也产生各种风险源项去影响机组的其他系统或其他设备的运行。

关联分析是通过“病历库”数据平台发现存在于大量数据中设备故障与源项间的关联性或相关性或因果关联，进而探索设备异常缺陷或故障的科学规律。

通过以设备故障为风险源项的汇集中心和输出原点，设备故障的原因来源于源项的输入，设备故障的风险产生自源项的输出。将源项输入用于设备故障的原因分析，将源项输出用于设备故障的风险分析。原因分析用于设备故障检修时采取有针对性的处理措施，风险分析用于设备故障干预时采取有针对性的防护安措，以消除设备故障源头及其带来的风险影响。原因分析和风险分析有如设备故障消缺“天平”的两端，缺一则设备故障的源项无法得到有效“平衡”(清除)，见图 1.5.1。

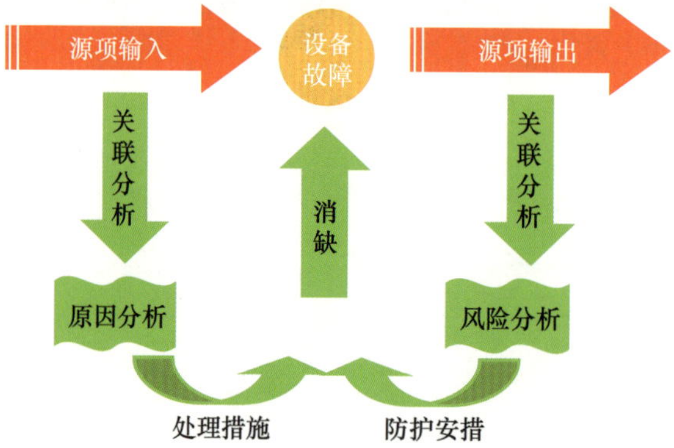

图 1.5.1 源项关联分析——天平分析法

按设备故障的处理与相关维修专业的关联关系，对核电机组上的风险源项进行分门别类，依系统设备工艺流程上的关联(包括系统设备功能上的关联)、联锁动作上的关联、空间布置上的关联等关系进行链式推进分析，以便于更有目的性更清晰的对设备故障进行分析，进而清楚的勾勒出核电机组系统设备异常缺陷风险源项的关联关系。

当然机组上系统设备的源项关联分析，不仅仅用于设备故障时进行原因分析和风险分析，在开展设备的相关的日常预防性维修工作、试验等工作时，也可以假设设备出现各种可能的故障，利用源项关联分析方法进行风险源项的分析，开展事故预想和采取必要的防护措施。

将上述源项关联分析的方法用于核电机组系统设备的异常缺陷的分析处理，通过积累各设备源项关联分析图，构建起工艺系统的源项关联分析图，通过积累各系统的源项关联分析图，进而可以构建起核电机组全域的源项关联分析图，即通过子域源项关联分析图，构建全域源项关联分析图(见图 1.5.2)。核电机组全域的源项关联分析图，可以应用到核电生产方方面面的风险源项识别分析和干预。

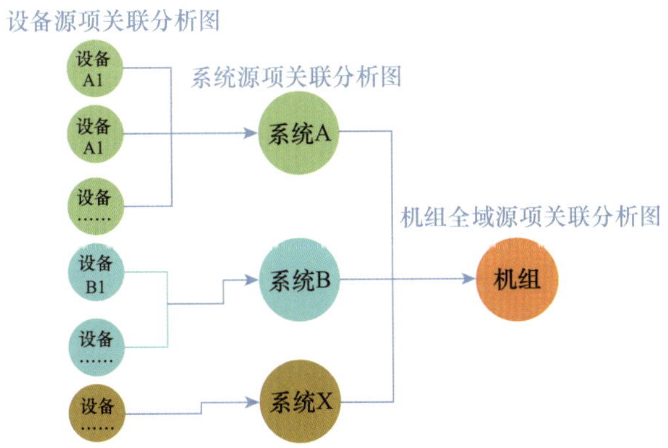

图 1.5.2 机组全域源项关联分析

1.5.1 风险源项的分类

参考核电系统设备故障处理的专业分工或关联关系，可将机组上的风险源项大致分为以下几类：

①化学类源项：化学污染、加水引起稀释、氧含量超标、氢爆、酸碱腐蚀、结垢等等；

②仪控类源项：仪控逻辑联动、报警触发等，

③电气类源项：失电、电压电流波动、联锁跳闸、触电等；

④辐射类源项：内外照射、放射性污染等；

⑤机械热工类源项：水汽两相流、水锤、汽锤、憋压爆管、超压安全阀动作、溢流、跑冒滴漏、形成负压、冷源丧失、液位变化、温度变化、压力变化等等能动源项，振动过高、轴承磨损、泵汽蚀、膨胀变形等；

⑥堆物理类源项：反应性变化、氙震荡等；

⑦工业安全类源项：转动设备伤人、高温高压烫伤、冻伤、高处坠落、缺氧窒息、中毒、腐蚀、触电等等；

⑧核安全类源项：产生技术规范第一组/第二组事件、违反技术规范、QSR 设备不可用、停机停堆甩负荷、RPR 保护、威胁核安全三大目标等等。

⑨人因失误源项：人员误动误碰设备，跳步执行规程等人因失误引入的风险源项。

当然也可以按其他的分类方法对机组上的风险源项进行分类，以下通过示例对上所述的分类进行单项的源项关联分析，由于设备故障的具体故障原因主要由维修专业负责分析，而设备故障产生的风险影响，是需要运行人员及时采取有效的干预缓解行动(防护安措)，所以以下分析以“源项输出”的风险分析为主。

(1)机械热工类源项关联分析

示例 1：热交换器 APG001RF 设冷侧充水排气的机械热工类源项关联分析

APG001RF 作为核岛设备冷却水系统 RRI 的大负荷的热交换器，其设冷侧的充水排气操作风险很大。因 RRI 系统头箱容积小，缓冲能力小，头箱补水管径为 60.3 mm，而 APG001RF 设冷侧管径 219.1 mm，因此 APG001RF 设冷侧充水排气时，可能引起

RRI 头箱液位迅速下降，影响设冷泵运行，危急 RRI 系统设备运行安全，进而危急 RRI 重要用户运行的安全(如主泵、乏池冷却、DEL 冷冻机等)。故进行该充水排气工作时务必确保缓慢开阀进行充水，保持对 RRI 系统相应设冷头箱液位的持续监视。

示例 2：3AGM003VN 气动执行机构与阀杆脱开引入的机械热工类源项关联分析

2018 年 8 月 6 日，主控巡盘发现主给水泵 3APA302PO 工作油温比给定值高 5 ℃(定值为 75 ℃)，主给水泵工作油冷却器流量调节阀 3AGM003VN 已全开，检查发现 3AGM003VN 气动执行机构与阀杆脱开。3AGM003VN 气动执行机构与阀杆脱开，导致工作油冷却器设冷侧流量明显降低(工作油冷却器 SRI 流量进行超声测量，结果显示：处于运行的 1 号主给水泵工作油冷却器 SRI 流量为 154 m^3/h；3 号主给水泵工作油冷却器 SRI 流量为 37 m^3/h)，冷却水流量的降低使得工作油得不到有效的冷却而温度上升，因润滑油和工作油位于同一油箱，将威胁 3 号主给水泵组轴承冷却润滑安全，若异常恶化时将可能导致液力耦合器损坏，3 号主给水泵跳闸，进而引起机组甩负荷产生大的瞬态。

(2)化学类源项关联分析

示例 1：启动 8ASG 除氧器给 8REA 水箱制水时，向 ASG001BA 引入的化学源项关联分析

制水排向 8REA001BA/002BA 水箱前，SED 水经 8ASG 除氧器制出的 pH≈7 的水冲洗管道，冲洗水排向 ASG 水箱，引入了 ASG001BA 水箱 pH 值下降的风险。

示例 2：SRI001VD 开阀向 SRI001BA 补水引入的化学源项关联分析

SRI001VD 来的 SER 补水无磷酸三钠，将引起 SRI 系统回路的磷酸三钠浓度下降，引入了可能导致 SRI 系统磷酸三钠含量低于技术规范要求的风险。

示例 3：EAS125VR、EAS126VR 内漏引入的化学源项关联分析

EAS125VR、EAS126VR 内漏，将导致 PTR001BA 内的硼酸进入 EAS001BA，引入了导致 EAS001BA 氢氧化钠溶液被中和、被污染的风险。

示例 4：热交换器 APG001RF 设冷侧充水排气的化学源项关联分析

APG001RF 作为核岛设备冷却水系统 RRI 的大负荷的热交换器，其设冷侧的充水排气将引起设冷头箱液位下降，进而引起核岛除盐水系统 SED 来的补水阀门开启补入大量的除盐水，继而引入化学源项——引起 RRI 系统内阻垢剂磷酸三钠含量的下降，RRI 系统的各热交换器有更容易结垢的风险，因此需要反馈化学加药调整 RRI 系统内阻垢剂磷酸三钠在化学技术规范要求的范围内。

(3)堆物理类源项关联分析

示例 1：8SVA001PO/002PO 向 STR 除氧器排水的堆物理类源项关联分析

2017 年 9 月 17 日，某核电 4 号机满功率运行时，反应堆热功率由 2882 MWt 上升到 2891 MWt，最终经排查发现该期间，4STR002VV 开度在 16%(3/4 号机组 8SVA 系统由 4STR 系统出力)，4STR015VV 开度高达 65%。初始 4STR002VV 为 3% 开度，4STR015VV 为 0% 开度。通过分析发现由于 8SVA001BA 疏水切换至 4STR001DZ，

8SVA001BA 冷凝水罐液位上涨导致 8SVA001/002PO 疏水泵启动，将冷水注入 4STR001DZ 中引起除氧器水温下降，压力下降，引起 4STR015VV 开度逐渐增加以增加除氧器压力。4STR015VV 阀门开度增加，造成 8SVA 管网用汽量增加，压力下降，4STR002VV 自动开大，使 4VVP 蒸汽用量增加，从而导致反应堆热功率增加，增加量约 9 MW。8SVA001/002PO 停运后，冷水停止注入，除氧器压力回升，4STR015VV 逐渐关闭，8SVA 用汽量下降，4STR002VV 逐渐关小恢复初始开度，4VVP 蒸汽量降低，反应堆热功率下降，恢复到初始热功率水平。

源项关联分析：经查看报警灯，发现 8SVA001PO/002PO 同时间段有启动情况，接收 8SVA001PO/002PO 疏水相关联的 4STR 系统的除氧器，因 8SVA001PO/002PO 启动将 8SVA001BA 内的冷凝水注入，除氧器压力和温度的下降，关联开大除氧器加热蒸汽阀门 4STR015VV，而 4STR015VV 大幅开大关联着 8SVA 辅助蒸汽压力下降，8SVA 辅助蒸汽压力下降联锁关联 4STR002VV 开大，4STR002VV 开大关联主蒸汽流量的增大，进而向反应堆引入正反应性，引起热功率增加。

综上所述，当 3/4STR 运行时，8SVA001PO/002PO 启动存在向运行的 STR 系统引入正反应性的堆物理类源项。

示例 2：满功率运行时，执行 T1APD 001 启动给水泵定期启动试验规程的堆物理类源项分析

机组满功率运行时，APD 泵处于停运备用状态，由于 APD 泵无暖泵管线，APD 泵所处的启动给水管道内水为冷水，若不对 APD 泵和所在管线进行暖泵暖管操作，直接执行启动给水泵定期启动试验，将导致管道和泵体内的冷水注入除氧器内，进而由运行的主给水泵将冷水注入蒸汽发生器内，引起一回路温度降低，继而向堆芯引入正反应性。

综上所述，满功率运行时，启动给水泵定期启动试验存在引入正反应性的堆物理类源项，因此试验前需要进行暖泵暖管操作来规避这种风险。

(4) 仪控类源项关联分析

示例：1ATE414LN 的仪控类源项分析

2014 年 11 月 7 日，某核电 1ATE 现场操作员接主控室机操指令对 0SEL001BA 加入硫酸，进行中和。现场 2 名操作员来到酸碱储存间 1MP303 房间，从 1ATE413CW 酸计量箱中接取硫酸过程中，发现该计量箱磁翻板液位计下部法兰处有连续线状泄漏，现场操作员立即关闭液位计下部根阀 1ATE4135VR，并将液位计排污阀打开，将液位计中的硫酸排至中和池，然后搬运硫酸溶液桶离开 1MP303。期间未将 1ATE413CW 的补酸阀 1ATE4104VR 打到手动位置，液位计中硫酸排空后，使得液位计低液位信号触发，联锁补酸阀 1ATE4104VR 自动开启持续向酸计量箱 1ATE413CW 补酸，导致溢流，计量箱上部呼吸器 1ATE413AD 内装硅胶失效，部分管道、阀门、计量箱表面轻度腐蚀，1MP303 房间部分地面受损，见图 1.5.3。

图 1.5.3　1ATE414LN 联动开启补酸阀引起的漏酸示意图

综上所述，1ATE414LN 异常时可能产生仪控类源项(逻辑联动)，液位计低液位信号触发时，联锁补酸阀 1ATE4104VR 自动开启持续向酸计量箱 1ATE413CW 补酸，当然也酸的引入也引入了化学类源项。

(5)电气类源项关联分析

示例 1：CRF001PO 和 RCP001PO 启动，引起 6.6 kV 母线电压下降导致柴油机启动

2017 年 4 月 25 日，N1GSY001JA 检修完成，主变送电后需将 1 号机组厂用电由辅变切至主变。N1LGA/LGB/LHA 切至主变供电后，二回路操纵员按照 S 程序点击 N1CRF001KG 发出启动 N1CRF001PO 指令(指令发出后 N1CGR003MO 自动启动，N1CRF001PO 延时 10 min 启动)，随后一回路操纵员确认启动主泵前提条件满足后启动 N1RCP001PO，因 N1RCP001PO 转动惯量大，启动时间持续约 25 s，在此期间 N1CRF001PO 启动 10 min 延时已到并自动启动，两台泵启动过程中导致 N1LHA 电压拉低(最低为 5.244 kV)，N1LHP 柴油机自动启动。

示例 2：启动 LGF 下游负荷 APA 泵，触发 AVC 减磁闭锁

2018 年 5 月 12 日，执行 1APA202PO 切换至 1APA302PO 操作时，因夜班 1LGF 压力原本较低，在进行 1APA202/302PO 之间相互切换时，由于两台泵均由 LGF 母线供电，在启动备用泵瞬间导致母线 LGF 母线电压大幅下降，触发 1AVC006KA：AVC 增磁闭锁和 1AVC007KA：AVC 减磁闭锁，电压波动瞬态结束，电压恢复正常后，1AVC006KA 报警自动消失，但 1AVC007KA 并未自动消失，通过维修电气人员强制复归后报警消失。

示例 3：LKT/LKR 母线电压波动，出现 GSY 风机跳闸

2015 年 3 月 3 日中班，电功率 1000 MW(配合 2 号主变复役)，借此功率平台，配合仪控处理 1ACO208VL、1ACO108VL 阀位反馈与其要求值不一致缺陷。维修工作结束后，主控启动 1ACO302PO，造成其上游电源 1LKT001TB 母线电压降低约 4 V，1GSY 风机控制柜内电压继电器动作，进而导致 1GSY 风机全停，1GSY001/002/003MT 温度上升，其中 1GSY003MT 最高升至 51.1 ℃。后现场人员复位报警后，就地启动风机后运行正常，1GSY001/002/003MT 温度回归正常。

通过示例描述，可知启动大负荷设备时，有存在引起母线电压波动的电气类风险源项。针对这种电气类风险源项，如前述工作方法套路总结所述：启动供电母线下游大的转动设备时，需要注意对母线电压及母线下游其他负荷的影响，并采取有效的防护措施，如及时查看并消除影响、避免交叉作业等等。

(6)核安全类源项关联分析

示例1：KRT009MA 取样管路上滤纸更换引入的核安全类源项

RP 模式时，开展 KRT009MA(监测安全壳内惰性气体的活度)取样管路上的滤纸更换工作时，由于 KRT009MA 只有一个取样支路，滤纸就安装在这个取样支路上，更换滤纸时要停运取样泵，将会导致仪表不可用，产生第二组 IO：KRT8。

综上所述，该工作产生核安全类源项，产生第二组 IO：KRT8，在工作开展期间采取需要按照技术规范要求，实施要求采取的措施(如停止所有的 ETY 排放和确认这一系统隔离等)。从流程图上可知滤纸布置在 KRT009MA 取样管路上，在 KRT009MA 及其取样泵的上游，因此滤纸更换的风险源项是通过工艺流程上的关联进行传递的。

示例2：DVN 全停时，RIS021BA 因通风丧失，温度液位上升引入的核安全类源项

RP 模式时，当开展 DVN 全停(停运所有正常送排风机)相关的工作时，RIS021BA 所在房间温度将因失去通风而上升，RIS021BA 内的硼酸温度将升高，液位也将上升，若 RIS021BA 原本液位就较高，当 RIS021BA 液位(RIS031LN2-2)上升到 1.20 m 时，将触发高报警以及联锁 RIS206VP 和 RIS208VP 动作关闭，进而导致高浓硼酸回路两台再循环泵的循环功能丧失不可用，进而产生第一组 IO：RIS8。

综上所述，DVN 全停时，RIS021BA 因通风丧失，温度液位上升，存在仪控类源项(RIS031LN2-2 上升到 1.20 m 时，将触发高报警以及联锁 RIS206VP 和 RIS208VP 关闭)，进而产生的核安全类源项：产生 IO1(RIS8)。可知 DVN 全停的风险源项是通过 DVN 为 RIS021BA 提供通风的工艺流程上的关联进行传递的。

(7)工业安全类源项关联分析

示例1：汽机调节油泄漏引入的工业安全类源项

2018 年 10 月 2 日，某核电 4 号机组大修后重新并网升功率过程中，发现 4GSE124MP 引压管线接头处存在线状喷油，喷出的抗燃油从钢格栅漏到 GSS 本体的保温层中，由于油量较大，保温层全部被浸透。虽然汽机调节油为抗燃油，但由于油浸入 GSS 保温层中，接触到高温设备，同时外部包裹有保温层，影响散热，导致抗燃油被持续加热，也同样存在火灾风险，对保温层进行拆换时发现最内侧保温层由于温度较高发生一定程度的阴燃。膦酸酯型抗燃油存在一定的毒性，需要做好防护。

综上所述，可知汽机调节油泄漏引入的工业安全类源项有火灾风险、中毒风险。

示例2：辅助给水系统(ASG)汽动泵试验引入的工业安全类源项

2018 年 6 月 6 日，某核电执行汽动泵 4ASG004PO 试验时，4 号机龙门架刚好有人员在工作，泵启动后的高温蒸汽随着风吹向龙门架处喷窜，使龙门架处工作人员受到惊吓，且窜出的高温蒸汽会使龙门架处附件温度高，有人员烫伤风险。

综上所述，汽动泵启动试验时存在引入高温蒸汽烫伤的工业安全类源项，试验启泵前需确认龙门架处无人工作，防止泵启动后蒸汽窜出有人员烫伤的风险。可知这个风险源项是通过 4ASG004PO 排气口与龙门架空间位置靠近的关联性进行传递的。

（8）辐射类源项关联分析

辐射类源项比较好识别，一般辐射防护专业针对各房间区域辐射剂量情况有划分绿区、黄区、橙区、红区进行标识管理，现场也可以查询控制区内的热点情况，同时还可以通过佩戴的便携式仪表进行监测。需要特别说明的是，非放射性系统和放射性系统、低放射性和高放射性的边界阀门内漏、误开或是热交换器传热管破裂时，将产生放射性污染、放射性释放等等辐射类源项。

1.5.2 源项关联分析的表示方法

（1）链式递进关联分析

以设备故障为源项输入的汇集点，往上依据系统设备工艺流程上的关联（包括系统设备功能上的关联）、联锁动作上的关联、空间布置上的关联等关系，进行链式递推分析设备故障的原因，直到原因被排除或直到原因被确认。以设备故障为源项输出的出发点，往下依据系统设备工艺流程上的关联（包括系统设备功能上的关联）、联锁动作上的关联、空间布置上的关联等关系，进行链式递推分析设备故障的风险影响，直到风险得到有效的屏障防护。

如图 1.5.4 所示，通过链式递进关联分析，设备故障源项输入排查直到确认故障原因为源项 a1 输入导致产生源项 a 进而引起设备故障，源项 a2、源项 b 被排除。设备故障源项输出产生的风险影响，直到其中源项 B 的风险被排除，源项 A 和源项 C 引发的源项 C1 被采取有效屏障防护。

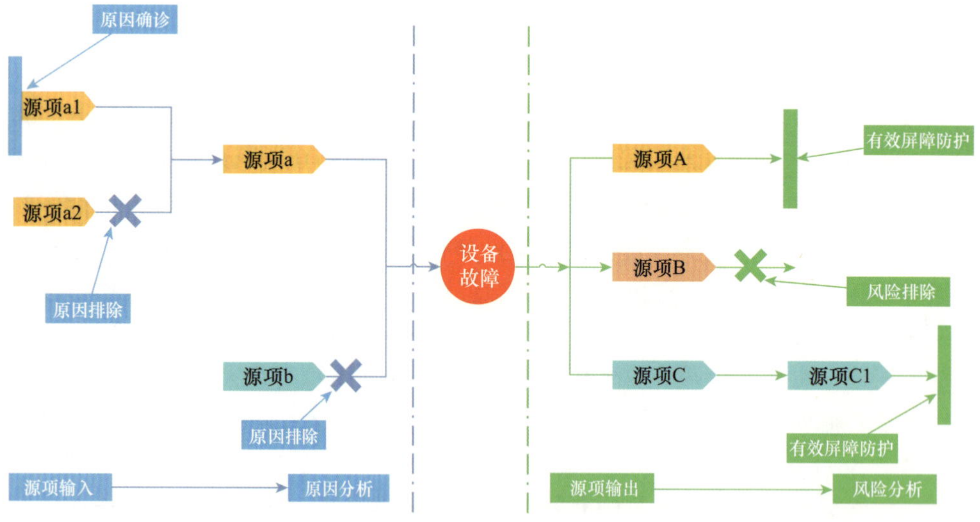

图 1.5.4 链式递进分析示意图

示例：3SAT203PU 大量漏气引起 3CRF001PO 投用的气封处存在海水泄漏的源项关联分析

以 3CRF001PO 气封漏水为源项输入的汇集点，根据工艺流程上的关联，气封漏水可能的初级源项输入：①气封失气；②气封破损。

气封是否失气可以通过查看气封上游的供气压力检查判断，气封是否破损可以通过机械人员检查判断。气封失气原因可根据工艺流程上的关联，检查气封管路上的供气阀门在线是否存在异常，供气管线及其阀门是否存在漏气，或检查上游 8SAT 管网是否失压，通过检查 8SAT401BA 的压力是否正常。8SAT 管网若失压，可以检查 8SAT 管网是否存在泄漏(如管网疏水排气阀门被误开、安全阀误动作等)，或检查 8SAT 管网上游是否失压。根据工艺流程上的关联，8SAT 管网的上游为 3/4SAT。若 8SAT 管网上游 3/4SAT 存在失压情况，可以检查 3/4SAT002VA 是否自动关闭，若自动关闭，则检查 3/4SAT 管网(疏水排气阀是否存在泄漏、安全阀是否误动作等)是否存在泄漏，若 3/4SAT002VA 存在未自动关闭的情况，检查上游 3/4SAT 的压空管网压力是否正常。通过上述源项关联分析(递进分析流程如图 1.5.5 所示)，可以将 3SAT203PU 大量漏气的源项包括进去，通过对源项输入的排查可以找到故障的原因。

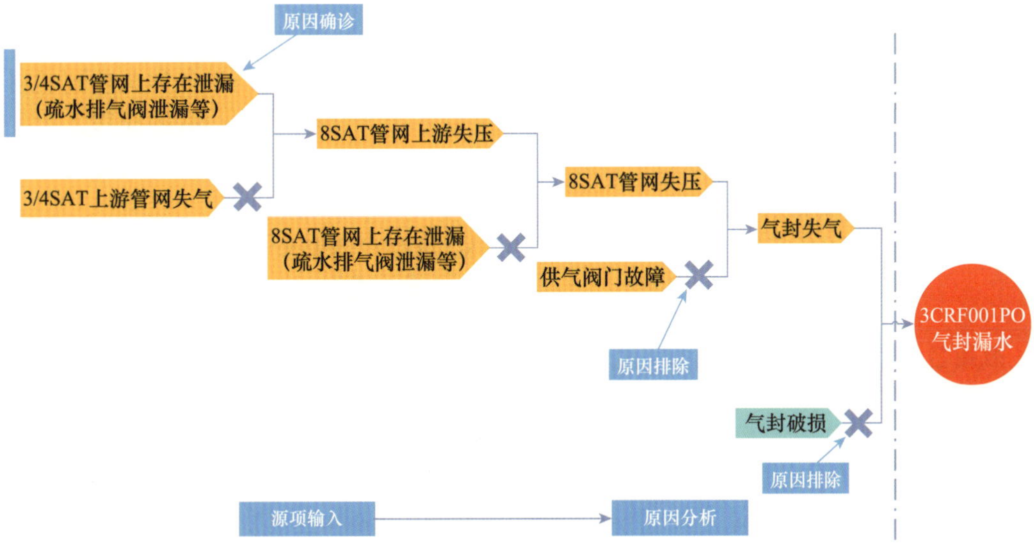

图 1.5.5 循泵气封漏水源项输入链式递进分析示意图

以 3CRF001PO 气封漏水为源项输出的原点，根据工艺流程上的关联，可知循泵气封上布置有机械密封(水封)，再往上有下导轴承油箱，下方布置有顶盖排水泵。气封漏水产生可能的初级源项输出：①循泵顶盖被海水淹没；②海水中可能存在沙子、盐分等杂质，海水的进入可能导致循泵密封损坏腐蚀；③海水的进入和上升可能淹没下导轴承油箱，引起油箱进水等。针对上述风险影响，需要采取的防护措施：①确保顶盖排水泵可用和是否满足泄漏的排放能力，必要时增加临时排水泵；②核实循泵水封是否可用，尽快投运水封，利用水封对密封进行冲洗和防止海水漏入，在气封失压的缺陷可以尽快消除时，也可尽快恢复气封的可用。如果海水没有上升到下导轴承油箱，则油箱进水的风险可以消除；③联系维修专业检查气封损坏情况和评估海水的进入对循泵密封的损害情况。通过上述源项关联分析(分析流程如图 1.5.6 所示)，可以将气封漏入海水的源项包括进去，逐项对源项采取有效的防护措施。

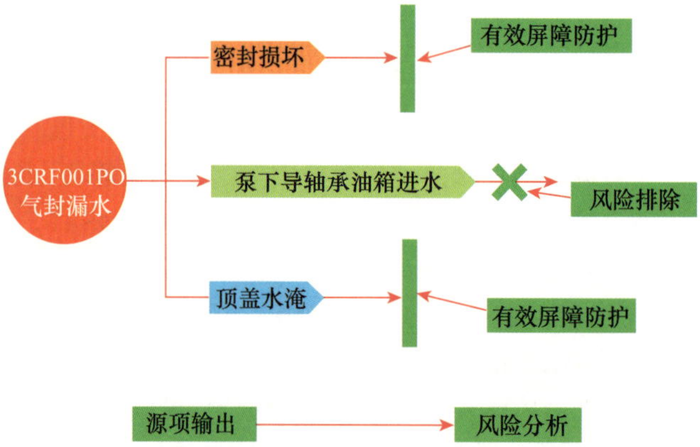

图 1.5.6 循泵气封漏水源项输出链式递进分析示意图

(2)源项关联分析表

在确认故障设备及其情景后(或假设故障设备、假设情景)，列举各类源项到表格中，依据系统设备工艺流程上的关联(包括系统设备功能上的关联)、联锁动作上的关联、空间布置上的关联等，逐项进行分析，将故障设备的源项关联分析及其防护措施(屏障)清晰的展现在表格中。

示例 1：3SEK009VT 故障无法打开时，3SEK2 坑存在热来水

表 1.5.1 3SEK009VT 故障源项关联分析表

故障名称和情景	3SEK009VT 故障无法打开时，3SEK2 坑存在热来水	
源项关联分析		
源项关联分析项目	源项输出	防护措施(屏障)
化学类源项	N/A	N/A
仪控类源项	1)3SEK009VT 在热水导致 SEK2 坑温度上升到 50 ℃，3SEK009-VT 无法自动打开； 2)3SEK2 坑内热水产生的蒸汽触发消防探头误报火警，当两个火警探头触发火警时，存在以下联锁：	

续 表

仪控类源项	①联锁该区域的雨淋阀(如雨淋阀 3JPT049VT 等)动作打开，雨淋阀后管线充水，进而引起消防管网水压降低，进而可能联锁启动 JPP 泵； ②联锁自动关闭 3 号机组的 3DVE081VE 和 3DVE082VE 以及 4 号机组的 4DVE073VAF(设计上考虑避免 MX 火灾向电气厂房蔓延)	1)尝试手动打开进行冷却； 2)尝试手动慢开 3CEX017VL 进行降温； 3)尝试开 SEK2 坑上游的 3SEK 集水槽上的 3SER 冷却水阀
电气类源项	N/A	N/A
辐射类源项	N/A	N/A
机械热工类源项	1)SEK2 坑内的热水得不到冷却，将产生大量蒸汽，进而引起 SEK2 坑上方消防探头触发火警，联锁雨淋阀动作，联锁该区域的雨淋阀(如雨淋阀 3JPT049VT 等)动作打开，雨淋阀后管线充水，进而引起消防管网水压降低，可能联锁启动 JPP 泵，若蒸汽温度高引起喷淋头内波泡破裂，将引起喷淋，区域内设备有被水淋的风险； 2)火警引起风机 3DVE007ZV 进出口阀自动关闭、4DVE010ZV 和 4DVE012ZV 的入口风阀自动关闭，风机 3DVE007ZV 及 4DVE 系统 B 列风机存在无风量运行而损坏的风险； 3)随着热水排入引起的液位上涨，SEK2 坑的泵自动启动后，将向 8SEL 水箱传输液体，大量的热水排入 8SEL 水箱时，可能导致 8QB 厂房出现蒸汽的情况，同时水箱也有满溢的风险	1)如仪控类源项所采取的措施，对蒸汽采取冷却降温，及时复位火警，复位雨淋阀，恢复停运 JPP 泵； 2)及时停运 DVE 风机，避免低流量或无流量运行损坏，在火警复位后，及时恢复 DVE 系统正常运行； 3)关注 8SEL 接收水箱的水位，及时切换接收水箱。可启动 4SEL2 坑水泵向 8SEL 水箱注入冷水进行降温

续 表

堆物理类源项	N/A	N/A
工业安全类源项	SEK2 坑内的热水得不到冷却，将产生大量蒸汽，有人员烫伤的风险	拉好警示带，避免人员误入，区域内开展工作做好防烫防护
核安全类源项	火警触发 3DVE081VE 和 3DVE-082VE 以及 4 号机的 4DVE-073VAF 动作，分别导致 L310 房间设备为 8LCD/8LBG 蓄电池、4DVE 系统 B 列电缆层通风丧失，分别导致 3 号机产生 IO2：DVE2，4 号机组产生 IO2：DVE1	3、4 号机组记录 IO，并执行技术规范要求采取的措施
关联性说明		
工艺流程上的关联性	1）3SEK009VT 用于对非含油废水放射性废液冷却池（3SEK2 坑）热来水进行冷却； 2）3SEK009VT 的上游为 3SEP 来水，下游为 3SEK2 坑； 3）3SEK2 坑下游为 8SEL 接收水箱	
逻辑联动上的关联性	1）当非含油废水放射性废液冷却池（3SEK2 坑）温度大于 50 ℃，3SEK009VT 开启；小于 40 ℃，则关闭； 2）3SEK2 坑内热水产生的蒸汽可能触发消防探头误报火警，当两个火警探头触发火警时，存在以下联锁： ①联锁该区域的雨淋阀（如雨淋阀 3JPT049VT 等）动作打开，雨淋阀后管线充水，进而引起消防管网水压降低，进而可能联锁启动 JPP 泵； ②联锁自动关闭 3 号机组的 3DVE081VE 和 3DVE082VE 以及 4 号机组的 4DVE073VAF	
空间位置上的关联性	3SEK2 坑位于 3MX-7.5 m，坑上方布置有消防探头	

示例 2：APA 暖泵管线上多级节流孔板 3APA1031DI 故障

表 1.5.2　多级节流孔板 3APA1031DI 故障源项关联分析表

故障名称和情景	3APA302PO 处于备用，暖泵管线投运，其上多级节流孔板 3APA1031DI 故障(RP 模式，满功率)	
源项关联分析		
源项关联分析项目	源项输出	防护措施(屏障)
化学类源项	N/A	N/A
仪控类源项	1)3APA1031DI 故障损坏，可能将导致暖泵水压力异常上升，进而引起主给水泵反转，触发反转信号： ①反转信号将导致主给水泵出口阀 3APA313VL 自动关闭； ②反转信号触发主给水泵电动润滑油泵自动启动信号； ③反转信号将导致主给水泵无启动允许信号； 2) 暖泵水压力异常上升，可能引起安全阀动作，高温高压蒸汽泄漏，将引起常规岛火警触发，进而联动雨淋阀动作，常规岛火警也将联锁自动关闭 3 号机组的 3DVE081VE 和 3DVE082VE 以及 4 号机组的 4DVE073VAF，继而产生 DVE 系统的第二组事件 IO2	1)安排现场隔离主给水泵暖泵管线； 2)若反转信号已触发，在隔离暖泵管线，主给水泵转速恢复正常后，恢复打开主给水泵出口阀 3APA313VL，现场复位泵反转信号，按《主给水泵 C(3APA302PO)置备用状态操作票》将 3APA302PO 恢复热备用状态； 3)若出现联锁自动关 3/4DVE 系统阀门，及时复位火警，恢复 DVE 系统正常运行，否则及时停运相应的风机
电气类源项	N/A	N/A
辐射类源项	N/A	N/A
机械热工类源项	3APA1031DI 故障损坏，可能将导致暖泵水压力异常上升，有可能导致前置泵入口安全阀动作，导致高温高压水泄漏	隔离主给水泵暖泵管线后，主控关注主给水泵中压管道和入口的压力变化趋势，确认前置泵入口安全阀处无高温高压水泄漏
堆物理类源项	N/A	N/A

续 表

故障名称和情景	3APA302PO 处于备用，暖泵管线投运，其上多级节流孔板 3APA1031DI 故障(RP 模式，满功率)	
工业安全类源项	3APA1031DI 故障损坏，可能将导致暖泵水压力异常上升，安全阀可能动作引起高温高压蒸汽泄漏，存在高温烫伤风险，附件设备存在高温高压损伤风险	1)现场及时隔离暖泵管线，终止蒸汽泄漏，同时拉警示带，防止人员误入； 2)对于出现的受高温高压蒸汽损伤的设备进行检修
核安全类源项	N/A	N/A
关联性说明		
工艺流程上的关联性	3APA1031DI 为 3APA302PO 暖泵管线上的多级节流降压孔板，对从主给水泵出口母管取来的高温高压暖泵水进行降压后，进入主给水泵组的前置泵和压力级泵，经主给水管道进入除氧器	
逻辑联动上的关联性	1)主给水泵反转信号参与的控制逻辑： ①反转信号触发主给水泵出口阀 3APA313VL 自动关闭； ②反转信号触发主给水泵电动润滑油泵自动启动信号； ③反转信号为主给水泵启动允许信号之一 2)3APA 泵组 C 区域内热水产生的蒸汽可能触发消防探头误报火警，当两个火警探头触发火警时，存在以下联锁： ①联锁该区域的雨淋阀(如雨淋阀 3JPT030VT 等)动作打开，雨淋阀后管线充水，进而引起消防管网水压降低，进而可能联锁启动 JPP 泵； ②联锁自动关闭 3 号机的 3DVE081VE 和 3DVE082VE 以及 4 号机的 4DVE073VAF	
空间位置上的关联性	主给水泵组区域存在布置有消防探头	

1.6 从“熵增原理”和“耗散结构理论”角度看设备故障及其处理

1.6.1 熵增原理

热力学第二定律关于熵的统计物理学意义：熵是系统中微观粒子无规则运动的混乱程度的量度。

信息论之父香龙将熵的概念引入信息论，用以表示系统的不确定性、稳定程度和信息量。熵用来描述一个系统的混乱度，熵越大，系统内混乱程度越大。简单地说，熵是描述一个系统的无序程度的变量，越有序则熵越小，越无序熵就越大。这样，就可以利用熵与有序度的关系，用物理量熵来描述系统演化的方向。

熵增加原理的统计意义指出：孤立系统中发生的不可逆过程总是朝着混乱度增加的方向进行的。系统自发的过程都是不可逆过程，都会从有序到无序的过程，这就是熵增原理。

在一个封闭的系统里，熵总是增大的，一直大到不能再大的程度。这时，系统内部达到一种完全均匀的热动平衡的状态，不会再发生任何变化(即熵寂)，除非外界对系统提供新的能量。一个孤立系统不可能朝低熵的状态发展，即不会变得有序。因此熵增是世界上一切事物发展的自然规律。

封闭系统终究是要熵死的，没有活力的封闭系统必将灭亡。

如何对抗熵增?

薛定谔在《生命是什么》提出负熵的概念。一个生命有机体在不断产生熵，或者可以说在增加正熵，并逐渐趋近与最大熵的危险状态，即死亡。要摆脱死亡，要活着，唯一的办法就是从环境中不断吸取负熵。一个生命体就是靠负熵为生，或者说，新陈代谢的本质就在于让生命体成功消除了当它活着时不得不产生的全部的熵。

1.6.2 耗散结构理论

耗散结构理论指出：一个远离平衡的开放系统，通过不断地与外界进行物质、能量和信息交换，从周围环境中引入负熵流，以抵消系统熵的增加，由于内部各子系统之间存在非线性相互作用，在系统内部某个参量的变化达到一定的阈值时，通过涨落，使系统发生突变即非平衡相变，从原来的无序状态转变为一种在时间、空间或功能上的有序状态，这种在远离平衡的非线性区形成的新的稳定的宏观有序结构，由于需要不断与外界交换物质、能量或信息才能维持，因此称之为耗散结构。

根据耗散结构理论，事物发展过程，是一个不断形成新的耗散结构的过程。耗散结构形成必需的内外条件为：

①系统必须开放，与外界进行物质、能量和信息交换以引入负熵流；

②远离平衡态；

③非线性相互作用，内部各元素之间存在非线性协同作用和相干效应；

④涨落现象，系统存在涨落，在外界参量控制下达到某一临界值，使系统远离平衡态，形成新的耗散结构。

耗散结构理论以开放系统为研究对象，着重阐明开放系统如何从无序走向有序的过程。耗散结构理论是研究耗散结构的性质及其形成、稳定和演变规律的科学。

(1)远离平衡态

远离平衡态指系统内可测的物理性质极不均匀的状态。远离平衡态是相对于平衡态和近平衡态而言的，这一状态下系统的热力学行为与用最小熵产生原理所预言的行为相比，可能颇为不同，甚至实际上完全相反，正如耗散结构理论所指出的，系统将走向一个高熵产生的、宏观上有序的状态。

1)近平衡态

近平衡态是指系统处于离平衡态不远的线性区，它遵守昂萨格倒易关系和最小熵产生原理。前者可表述为：$L_{ij}=L_{ji}$，即只要和不可逆过程 i 相应的流 J_i 受到不可逆过程 j 的力 X_j 的影响，那么，流 J_i 也会通过相等的系数 L_{ij} 受到力 X_i 的影响。后者意味着，当给定的边界条件阻止系统达到热力学平衡态(即零熵产生)时，系统就落入最小耗散(即最小熵产生)的态。

2)平衡态

平衡态是指系统各处可测的宏观物理性质均匀(从而系统内部没有宏观不可逆过程)的状态。

远离平衡，即不能任由系统向平衡发展，趋向熵寂自灭。例如核电机组系统不能无外界物质、能量、信息的交换，系统设备运行不能长时间没人管，无人员巡检，无人员进行检修维护，设备老化损坏不能没新备件的更换，核燃料的燃耗不能没新燃料的更替，余热不能没有冷源的导出。

(2)非线性作用

如果系统内子系统之间存在着并非一一对应、而是随机进行的相互作用，则可认为这些子系统间存在着非线性相互作用。

系统产生耗散结构的内部动力学机制，正是子系统间的非线性相互作用。在临界点处，非线性机制放大微涨落为巨涨落，使热力学分支失稳，在控制参数越过临界点时，非线性机制对涨落产生抑制作用，使系统稳定到新的耗散结构分支上。

(3)开放系统

开放系统是指与外界环境存在物质、能量、信息交换的系统。例如，核电机组系统就是一个开放系统：不断有物料进出，设备的维修更换，人员的进出，电力与电网的输入输出，技术知识和经验信息的传递等等。

根据热力学第二定律可知，孤立系统绝不会出现耗散结构。因为随着时间累积，孤立系统的熵将不断增加并达到极大值，使系统达到最无序的平衡态。

对于与外界有能量和物质交换的开放系统，其熵的改变 dS 有两部分组成：一是系统内部的不可逆过程所引起的熵的增加 d_iS；另一部分是系统与外界交换物质和能量交换所产生的熵变，称为系统的熵流 d_eS，即有：

$$dS = d_iS + d_eS$$

热力学第二定律指出系统内的熵产生非负，即 $d_iS \geqslant 0$（可逆过程熵增为零，不可逆过程熵增为正）。

然而外界给系统注入的熵 d_eS 可为正、零或负，这要根据系统与其外界的相互作用而定。在 $d_eS<0$ 的情况下，只要从外界吸入的这个负熵流足够强，除了可以抵消掉系统内部的熵增量 d_iS，在一定外界参量控制下，当 $|d_eS|>d_iS$ 时，还能使系统的总熵增量 dS 为负，系统的总熵 S 就会减小，有序度不断提高，从而使系统进入相对有序的状态，最后稳定在比平衡态的熵总值更低的新的有序状态，形成耗散结构。

对于开放系统来说，系统可以通过自发的对称破缺从无序进入有序的耗散结构状态。

耗散结构理论认为，"开放"是所有系统向有序发展的必要条件。如一个企业只有开放才能获得发展，这种开放不仅是输出产品，输入原料，而且涉及人才、技术和管理等方面。不断引进人才和技术，不断更新设备，才能使企业充满生机和活力。又例如核电机组系统只有开放才能实现安全生产，机组的余热需要外界不断提供冷源，汽轮发电机产的电需要向电网输送，反应堆内核燃料的然耗需要获得新燃料的补充，机组系统设备的故障需要运维人员的干预处理和维护，外界经验技术反馈有助于设备可靠性的提升等。

（4）涨落

系统的实际运行状态与理论的统计反映状态是有差异的，它们之间的偏差现象称涨落。

一个由大量子系统组成的系统，其可测的宏观量是众多子系统的统计平均效应的反映。但系统在每一时刻的实际测度并不都精确地处于这些平均值上，而是或多或少有些偏差，这些偏差就叫涨落，涨落是偶然的、杂乱无章的、随机的。

在正常情况下，由于热力学系统相对于其子系统来说非常大，这时涨落相对于平均值是很小的，即使偶尔有大的涨落也会立即耗散掉，系统总要回到平均值附近，这些涨落不会对宏观的实际测量产生影响，因而可以被忽略掉。然而，在临界点（即所谓阈值）附近，情况就大不相同了，这时涨落可能不自生自灭，而是被不稳定的系统放大，最后促使系统达到新的宏观态。

当在临界点处系统内部的长程关联作用产生相干运动时，反映系统动力学机制的非线性方程具有多重解的可能性，自然地提出了在不同结果之间进行选择的问题，在这里瞬间的涨落和扰动造成的偶然性将支配这种选择方式，所以普里戈金提出涨落导致有序的论断，它明确地说明了在非平衡系统具有了形成有序结构的宏观条件后，涨落对实现某种序所起的决定作用。

（5）突变

在系统临界点附近控制参数的微小改变导致系统状态明显的大幅度变化的现象，

叫做突变。

阈值即临界值对系统性质的变化有着根本的意义。在控制参数越过临界值时，原来的热力学分支失去了稳定性，同时产生了新的稳定的耗散结构分支，在这一过程中系统从热力学混沌状态转变为有序的耗散结构状态，其间微小的涨落起到了关键的作用。这种耗散结构的出现都是以这种临界点附近的突变方式实现的。

从开放系统的角度看，突变是使系统从无序混乱走向有序井然的关键。当开放系统内部某个参量的变化达到一定阈值时，它就可能从原来无序的混乱状态，转变为一种在时间上、空间上和功能上的有序状态，即耗散结构。

1.6.3 熵增理论和耗散结构对核电机组安全生产的启发

如果核能发电机组系统为一个孤立系统，本身与外界无物质、能量等交换，其必然自发地将朝着混乱度增加的方向进行，熵由低到高，走向混乱。核电机组系统设备的熵增产生于系统设备内部的各种矛盾中，这些矛盾冲突不断地产生熵，并让熵不断增加，即机组系统设备的混乱度是自发不断增加的。

机组系统设备由于老化、耗损等等原因，其异常缺陷(故障)会自发的越来越多。因此熵是机组系统设备不稳定的源头，熵的不断增加必然会导致机组系统设备出现异常缺陷故障，自发的从有序走向无序。例如机组系统设备振动引起的磨损、设备腐蚀锈蚀产生的缺陷等等“混乱程度”增加，如果没有外界物质、能量的输入(如人员检修维护，使用备件物质进行更换等)，最终熵增将导致设备故障的出现。设备故障的出现也将进一步的使得系统内混乱度的增加，使得熵增加。例如阀门在运行过程中因腐蚀等缺陷外漏，引起工艺系统管道内有序的蒸汽泄漏成无序，使得工艺系统的混乱程度增大，使工艺系统的熵增大。又如主蒸汽系统(VVP)管道阀门等设备约束着高温高压蒸汽，使蒸汽在系统内部有序的流动，高温高压蒸汽流动冲击冲蚀系统内管道阀门等设备，且产生有害的振动。蒸汽的高温高压和冲击对VVP系统设备的危害和VVP系统设备对蒸汽的约束，是存在工艺系统VVP中的矛盾，矛盾冲突不断地产生熵，并让熵不断增加，当VVP系统无外界没有外界物质、能量的输入(如人员巡检，检修维护，大修时使用备件物质进行更换等等)，势必将出现设备损坏、蒸汽泄漏等混乱程度自发增加的情况。

因此机组系统设备异常缺陷的出现是存在一定的系统内部自发的自然规律，设备异常缺陷的发生将引起机组系统总熵的增加，混乱程度的增加。熵增理论为我们指出了核电机组系统设备出现异常缺陷(故障)的发生的内部机理和规律，耗散结构理论为处理核电机组系统设备异常缺陷(故障)提供了理论依据和实践的正当性。

生命都是需要新陈代谢的，都是开放的系统，因此也都是典型的耗散结构。显而易见，核电机组是一个开放系统，典型的耗散结构。因此可以将核电机组视为一个生命整体，从核电安全生产运行的战略高度研究解决熵增问题。

以安全生产为中心分析机组熵增，构建耗散结构模型，如图1.6.1所示，机组上的熵增来源于设备自身老化和运行磨损等，也来源与机组上工作的组织和个人，组织技术创新技术改造乏力，流程僵化，例如该及时得到处理的机组异常缺陷因流程僵化或未得到及时优化运行方式或是技术改造而消除产生熵增，个人责任心缺失无使命感，发现的异常觉得无所谓，视而不见、听而不闻，不汇报不处理等等。构建机组耗散结构，可以从组织建设、文化建设、设备可靠性提高等方面出发采取措施，如运行高度责任心建设、操纵员基本功提升、五型班组建设、构建机组系统设备异常缺陷病历库等等。通过耗散结构的构建，吸收外界有用的物质、能量和信息，吐故纳新、舍弃糟粕，使得机组趋向有序。

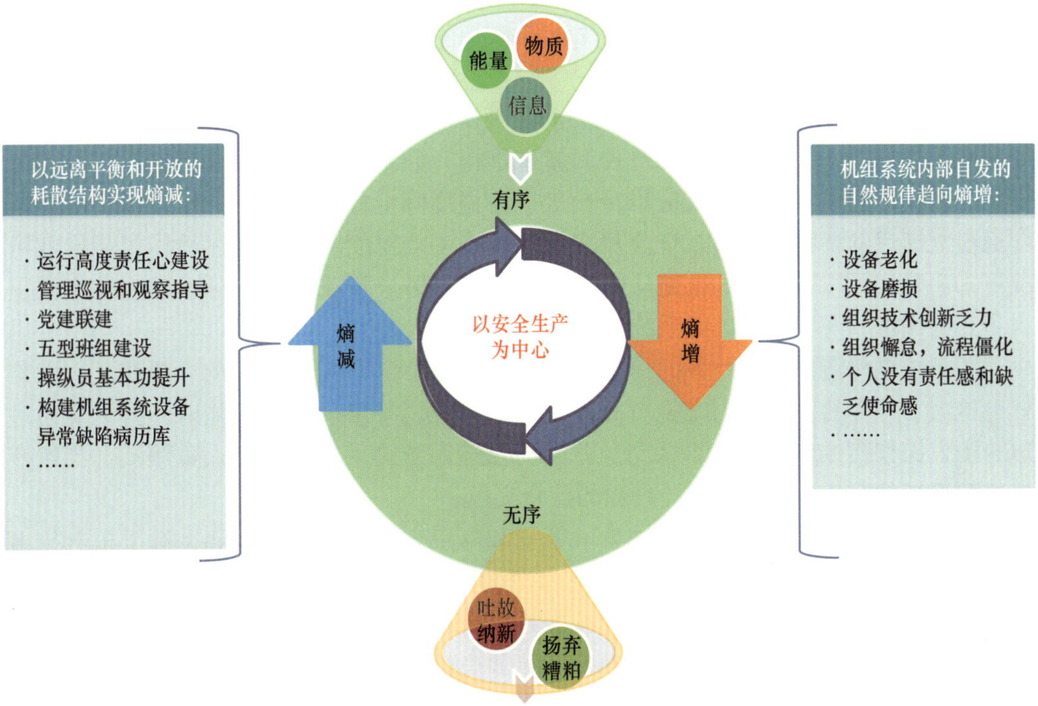

图 1.6.1　以安全生产为中心的机组耗散结构模型

(1)引入负熵抑制熵增

核电机组系统作为一个开放系统，典型的耗散结构。必须开放，与外界进行物质、能量和信息交换以引入负熵流。核电机组正常功率稳定运行时，大量子系统熵变相互弥补和抵消，保证了机组系统总的宏观状态显现稳定性，即确保安全生产的连续性，而这种稳定性需要不断的耗散物质、能量和信息来维持。

其实当前我们核电运行中的某些管理控制方法就是在实践着“引入负熵抑制熵增”，执行《运行技术规范》要求从根本上来说就是“引入负熵抑制熵增”的具体实践。从技术规范条款可以看出，当安全相关系统设备故障不可用时，《运行技术规范》中要求采取的措施中指出的后撤时间及干预措施，就是从外界引入物资、能量交换，引入负熵流，来抵消系统内部设备故障不可用产生的熵增。

例如，《运行技术规范》中 RP 模式下，事件 DVE2(蓄电池房间通风和加热器部分或全部不可用），要求所采取措施指出：①监督和控制蓄电池房间内的温度保持在10 ℃和40 ℃之间；②如果一台排风机故障，打开两列之间的手动旁通阀使得两列互为备用；③如果现场确认房间温度<10 ℃，则认为房间内的蓄电池不可用，执行相应的技术规范；④检修必须在一个月内完成。从上述措施条款可以看出，这就是要求从外界输入人力、物力来采取措施，通过外部人员和物力的干预（如加强巡检频次，增加临时风机等措施）来监督控制蓄电池房间的温度，当一台排风机故障时，通过打开列间联通阀，由另一列风机来为故障列提供排风，等等这些措施，都是用来抑制蓄电池房间通风和加热器故障不可用产生的熵增，避免蓄电池房间温度不断增加，影响蓄电池运行安全，危及直流供电母线安全，避免风险源项不断地产生和发出，实现引入负熵流，降低系统混乱程度。

另外《反应性管理》指出：引入正的反应性决不是处理不稳定的电厂状态的适当途径。在瞬态情况下，试图通过提升控制棒来维持一回路冷却剂平均温度的做法是不保守的。由于二回路瞬态导致反应堆冷却剂平均温度降低的情况下，主控操纵员不能试图通过立即启动稀释或提棒来恢复反应堆冷却剂平均温度。因为上述动作可能导致情况更加恶化。可以看出，这也是从熵增角度触发，引入正反应性，对于反应堆来说引入了正的熵增，对于处理机组系统异常瞬态是不利的。

关于核电机组系统与外界的信息交换，很显然操纵员通过DCS的人机交互，就是核电机组与外界的一种信息交换方式。当机组系统设备出现异常缺陷时，操纵员通过DCS下发操作指令来控制机组状态，就是向机组系统输入信息，引入负熵流。当然核电经验反馈的交流也是典型的与外界的信息交换。

显而易见核电机组与外界的物质、能量和信息交换以引入负熵流，对于核电机组系统安全生产很重要。当核电机组系统与外界进行物质、能量、信息交换发生障碍，系统内正熵增加，有序性遭到破坏，积累到一定的阈值，经涨落触发，就会从有序变为无序，这就是异常缺陷（故障）的发生。异常缺陷（故障）的处理实际上是通过强化输入负熵流，防止输入正熵，并促进机组系统“远离平衡”以达到系统熵增为负或正熵不大的低熵有序状态，从而消除机组系统的异常缺陷（故障）。

核电机组系统设备“病历库”平台的构建在于提供开放的平台，汇集众人智慧处理机组系统设备的异常缺陷，促进运维等各专业数据信息共享，提升协同作战效率。

（2）控制熵增的最大方向，远离平衡态

熵增的最大方向，就是混乱程度发展最大的方向，也是系统趋于平衡态的方向，也是源项发展最多最严重的方向。分析和控制设备故障源项输入、输出的最大方向，使机组系统远离平衡态，影响核电机组安全生产价值的源项既是熵增的最大方向，核电机组核安全的三大目标：①反应性控制；②堆芯冷却；③放射性包容。因此机组系统设备故障影响这三大安全目标的源项就是熵增的最大方向。

例如，对于蒸汽发生器传热管破裂的SGTR事故，一回路的水通过传热管进入蒸汽发生器二次侧，一回路的水趋向与二回路水的交融平衡，其熵增的最大方向就是突破放射性包容的放射性释放。因此执行事故规程时其中：隔离故障蒸汽发生器；平衡一回路与故障蒸汽发生器压差等控制放射性释放的关键步骤就是抑制熵增的最大方向。

又例如，常规岛闭式冷却水系统 SRI 热交换器传热管破裂，系统内的 SRI 冷却水流向海水侧，趋向与海水的平衡。系统熵增的最大方向就时 SRI 冷却水的流失，冷却水流失最大的风险源项 SRI 负荷丧失冷却水。控制熵增的最大方向可以先将运行热交换器切换到备用热交换器，然后隔离故障热交换器，抑制 SRI 冷却水的流失，对 SRI 头箱补水也是控制熵增最大方向的手段。由于冷却水的流失和补入了 SER 水，使得闭式冷却水回路的磷酸三钠含量降低，使得系统管道结垢风险增加，这不是熵增的最大方向。

构建核电机组系统“病历库”，积累各设备源项关联分析，构建起工艺系统的源项关联分析，由机组各子系统的源项关联分析，进而可以构建起核电机组全域的源项关联分析。即通过子域源项关联分析，构建整个核电机组的全域源项关联分析，对于研究分析和识别机组系统设备故障熵增的最大方向有极大的应用意义，研究分析开放系统中耦合参数的联合熵，探索引起系统熵增的关键参数，有助于及时有效的引入负熵流抑制熵增的最大方向。

(3)关注和控制涨落，防止突变

开放系统中的涨落，是核电机组系统不稳定的根源，要使机组系统稳定、高效、安全的运行，必须对相应的因素进行控制。

核电机组系统是一个动力系统，随着时间的变化，系统的安全状态是动态变化的。根据耗散结构状态的分岔现象，我们可以看出核电机组系统的安全状况的演化规律是：起初系统是处于安全状态，随时间的推移以及系统的涨落，系统到达一个突变的临界点。这时有两种可能：其一，在没有外界参量的作用下(或外界参量保持不变的情况下)，将导致故障的发生；其二，外界参量进行及时的控制、调节，使机组系统向熵值更低、更安全的状态转化。最后机组系统在更加安全的状态下运行，开始新一轮的演化。根据以上分析，对故障进行控制的最佳时间应当在分岔出现以前，即在机组系统故障发生临界点出现以前。

这从理论上说明了：对控制故障发生而言，故障预防是极为重要、有效的方法，是确保生产安全的重中之重。

通过构建核电机组系统设备“病历库”大数据，研究和分析“病历库”中机组系统设备故障发生的机理，探索涨落和突变的临界点的规律及系统内部各元素之间存在非线性协同作用和相干效应。可以实现有效的故障预防，有助于避免涨落产生突变引起的瞬态。

第二章　一回路主要系统及其辅助系统“病历库”

2.1 核岛冷冻水系统(DEG)

2.1.1　4DEG301GF 冷却水流量开关 4DEG303SP 低报无法消除问题处理

异常缺陷名称	4DEG301GF 冷却水流量开关 4DEG303SP 低报无法消除
发生时间	2018 年 03 月 13 日早班
机组状态	RP 模式，满功率
异常缺陷现象	4DEG301GF 在 4RRI 设冷水流通情况下触发冷却水断水保护
风险或潜在后果	导致 4DEG301GF 故障不可用，产生 IO2：DEG1
干预行动	已采取的行动措施： 1)记录 4RRI963VN 初始开度，并将其全开，未能消除报警； 2)oncall 仪控检查处理； 3)缺陷消除后，恢复 4RRI963VN 到初始开度
原因分析	1)冷却水流量开关 4DEG303SP 损坏，冷却水流量达到最大(差压约有 160 kPa)情况下依然低报(27 kPa)依然存在。仪表无法正常动作； 2)经分析当前 4DEG303SP 在设冷水阀关闭的情况下，依然未出现低报，原因为设冷水阀关闭后，4DEG303SP 蒸发器前后压力依然不均匀，导致 4DEG303SP 正负取压口压力不相等(存在差压)
消缺行动	仪控处理反馈： 1)处理进展：仪控已完成对 4DEG303SP 备件更换，备件经校验合格。但在冷却水阀 4DEG305VN 关闭情况下，投用 4DEG303SP 时，仪表低报立即消除。将 4DEG305VN 进行一次开启关闭后，4DEG303SP 状态未发生翻转，一直未出现低报； 2)缺陷描述：4DEG301GF 冷却水流量开关 4DEG303SP 低报无法消除；

续　表

消缺行动	3)处理措施： ①对 4DEG303SP 进行通道检查，确认通道响应正常； ②对 4DEG303SP 进行更换备件工作，备件已校验合格，当前已将备件更换投用。更换备件后，投用 4DEG303SP，低报立即消除； 4)原因分析： ①4DEG303SP 损坏，冷却水流量达到最大(差压约有160 kPa)情况下依然低报(27 kPa)依然存在。仪表无法正常动作； ②经分析当前 4DEG303SP 在设冷水阀关闭的情况下，依然未出现低报，原因为设冷水阀关闭后，4DEG303SP 蒸发器前后压力依然不均匀，导致 4DEG303SP 正负取压口压力不相等(存在差压)； 5)结论：经观察两天确认 4DEG303SP 未出现低报。根据对比福清 1、2 号机组 DEG 同类压力开关的工作情况，发现当前开关选型存在缺陷，冷却水压力过大导致仪表微动开关过动作卡涩，维修一处已提出 ECR：006237 进行仪表换型，该 ECR 已通过上会审批，待寻求到合适型号的仪表后统一更换	
相关知识	DEG 冷冻机上装的水量差压控制器只起断水保护开关作用，不能测量和控制水流量； DEG 冷冻机组冷冻水侧断水保护整定值为 35 kPa； DEG 冷冻机组冷却水侧断水保护整定值为 27 kPa	
参考资料信息	维修二处仪控：“oncall 反馈—— 4DEG301GF 冷却水流量开关 4DEG303SP 低报无法消除问题处理反馈”； 维修二处维修日报 20180314； WR/WOT：00360302/00870425-01(紧急工单)	
编　者	运行二处一值：谷铁	时间：2019 年 02 月 11 日

2.1.2　启动 1DEG201GF 时显示“冷却水断流”，1DEG201GF 无法启动

异常缺陷名称	启动 1DEG201GF 时显示“冷却水断流”，1DEG201GF 无法启动
发生时间	2017 年 12 月 21 日夜班
机组状态	RP 模式，满功率
异常缺陷现象	夜班执行《FQ1-LHP-C-008　1LHP 启动前设备切换》时，启动 1DEG201GF 时显示“冷却水断流”，导致 1DEG201GF 无法启动
风险或潜在后果	导致 1DEG201GF 无法启动，产生 IO2：DEG1

续 表

干预行动	已采取的行动措施： 1)安排现场检查1DEG201CS(冷冻机冷凝器)设冷侧阀门在线未见异常； 2)oncall仪控检查处理
原因分析	对仪表进行校验，发现定值往负偏，怀疑是RRI设冷水流量有点偏低，导致1RRI205VN打开后1DEG201CS前后差压不满足要求
消缺行动	仪控处理反馈： 1)检修措施及步骤： ①将1DEG203SP退出投运状态； ②对1DEG203SP进行校验，发现定值负偏，并对仪表进行调整，调整后校验合格； ③恢复仪表到初始状态，并投运仪表； ④投运后1DEG203SP显示正常； ⑤启动1DEG201GF，对1DEG203SP进行验证，1DEG203SP功能正常。 2)故障原因分析：对仪表进行校验，发现定值往负偏，怀疑是RRI设冷水流量有点偏低，导致1RRI205VN打开后1DEG201CS前后差压不满足要求
相关知识	DEG冷冻机上装的水量差压控制器只起断水保护开关作用，不能测量和控制水流量； DEG冷冻机组冷冻水侧断水保护整定值为35 kPa； DEG冷冻机组冷却水侧断水保护整定值为27 kPa
参考资料信息	维修一处电气：完工报告《FQ1-MA03-RCWO-00788969/01 启动1DEG201GF时显示“冷却水断流”，1DEG201GF无法启动》； WR/WOT：00324266/00788969-01(紧急工单)
编　　者	运行二处一值：谷铁　　时间：2019年02月11日

2.1.3　4DEG003PO 振动高导致不可用

异常缺陷名称	4DEG003PO振动高导致不可用
发生时间	2019年09月28日早班
机组状态	RP模式，满功率
异常缺陷现象	启动4DEG003PO时，驱动端振动高达10 mm/s，超出限值

续　表

风险或潜在后果	导致 4DEG003PO 不可用，影响 4DEG301GF 的可用性，产生 IO2：DEG1	
干预行动	已采取的行动措施： 1)停运 4DEG003PO，切换到 4DEG002PO 运行； 2)联系机械检查处理	
原因分析	泵轴螺纹段、驱动端轴承锁紧螺母有磨损，导致轴承内圈发生位移，引起振动高	
消缺行动	机械处理反馈： 1)检修措施和处理结果：前期完成泵驱动端轴承更换、前支腿调整，维修后试验最大振动值 3.8 mm/s，轴承温度正常，无异音。后通过再次解体检查，检修过程中发现叶轮动不平衡量较大，同时发现轴承有磨损，完成更换及装配，维修后试验合格，振动最大值为 1.4 mm/s； 2)设备可用性评价：泵运行正常，设备可用； 3)故障原因分析：泵轴螺纹段、驱动端轴承锁紧螺母有磨损，导致轴承内圈发生位移，引起振动高	
相关知识	DEG001-003PO 振动标准值，按照《FQY-DEG-EOMM-0043、4DEG001-003PO 冷冻水泵运维手册》要求，对应国标文件 JB/TT 8097—1999，DEG 泵转速 2950 r/min，中心高处于>225～550 mm 区间，选择 B 级，对应 4.5 mm/s，故振动标准值为 4.5 mm/s	
参考资料信息	3、4 号机组值长日报(2019 年 10 月 07 日—2019 年 10 月 22 日) WR/WOT：01364539-01(紧急工单)、01370366-01(计划工单)	
编　　者	运行二处一值：谷铁	时间：2019 年 02 月 11 日

2.1.4　3DEG 冷冻机切换过程中导致 3RRI225VN 关闭

异常缺陷名称	3DEG 冷冻机切换过程中导致 3RRI225VN 关闭
发生时间	2017 年 02 月 10 日早班
机组状态	RP 模式，电功率 836 MW

续 表

异常缺陷现象	执行 FQ3-DEG-C-001 将 DEG 冷冻机由 3DEG101GF 切换到 3DEG301GF 单台运行时，切换过程中专工反馈当前机组热负荷较低，若按操作票先启动冷冻机组 3DEG301GF 再停运冷冻机组 3DEG101GF，将会由于冷冻水出口温度低导致冷冻机导致冷冻机组停运。故建议先停运 3DEG101GF，再启动 3DEG301GF。14: 30 分主控停运 3DEG101GF 后点击 3DEG102KG-STOP，3RRI105VN 关闭，3RRI021MD 流量瞬间由 2174 m^3/h 降至 1700 m^3/h，导致 3RRI151MD/153MD/155MD 流量升高。3RRI151MD 流量增至 35 m^3/h，导致 3RRI225VN 自动关闭	
风险或潜在后果	导致主泵高压冷却器短时丧失冷却水，若未能及时开启，存在导致轴封注入水温度高引起主泵跳闸的风险	
干预行动	已采取的行动措施： 1）堆操立即将 3RRI225VN 打手动开启； 2）3DEG301GF 投运，3RRI021MD/151MD/153MD/155MD 流量恢复正常，堆操将 3RRI225VN 重新打回自动； 3）对 DEG 冷冻机切换操作票进行升版，增加该风险分析和注意事项	
原因分析	3DEG101GF 停运时，引起 3RRI105VN 关闭，设冷水流量下降，主泵高压冷却器设冷水入口压力上升，使得通过的流量增大超过 35 m^3/h，导致 3RRI225VN 自动关闭	
消缺行动	运行处理反馈： 1）操纵员将 3RRI225VN 打手动开启，冷冻机切换后恢复 3RRI225VN 重新打回自动； 2）升版 DEG 冷冻机切换操作票，增加该风险分析和注意事项	
相关知识	冬季因 RRI 部分用户负荷小（例如 RRI155VN 开度比夏季小等），会导致机组主泵高压冷却器设冷侧水流量比夏季大，更容易接近冷却器设冷水隔离阀动作定值； 若 RRI 系统存在引起设冷水流量波动的操作（如 DEG 冷冻机切换操作、DEG 意外跳闸、试验导致 RRI 泵启动等），都可能导致主泵高压冷却器设冷侧流量大于 35 m^3/h，进而导致 RRI225VN/226VN/227VN 关闭	
参考资料信息	运行二处：《运行二处内部经验反馈——3DEG 冷冻机切换过程中导致 3RRI225VN 关闭经验反馈》	
编　　者	运行二处一值：谷铁	时间：2019 年 02 月 11 日

2.1.5 4DEG201GF 供油压差低

异常缺陷名称	4DEG201GF 供油压差低
发生时间	2018 年 4 月 30 日夜班—5 月 1 日夜班
机组状态	RP 模式，满功率，4DEG301GF 因检修工作隔离不可用
异常缺陷现象	2018 年 4 月 30 日夜班 4 号主控出现 4DEG002KA 201GF 冷水机组综合故障报警，就地查看 201GF 供油压差低(125 kPa)，复位后报警消失； 2018 年 4 月 30 日中班，主控触发三次 4DEG201GF 供油压差低，就地检查压差约 134 kPa； 2018 年 5 月 1 日夜班，4 号主控重新报 4DEG002KA 201GF 冷水机组综合故障报警，报警无法复位
风险或潜在后果	存在跳冷冻机的风险。而此时 4DEG301GF 存在隔离，若 4DEG101GF 再出现故障不可用，将导致 EVC/EVR 缺少冷源，产生非预期的 IO，引起机组后撤的风险出现
干预行动	已采取的行动措施： 主控 oncall 机械人员处理此缺陷，经分析并关小冷冻机组供油泵出口再循环调节阀 4DEG202VH 开度，提升供油压差(调节后到 172 kPa)，经复位后报警消失； 4DEG201GF 调节前后对比见图 1 和图 2，调整前供油压差为 120 kPa，调整后供油压差为 172 kPa。 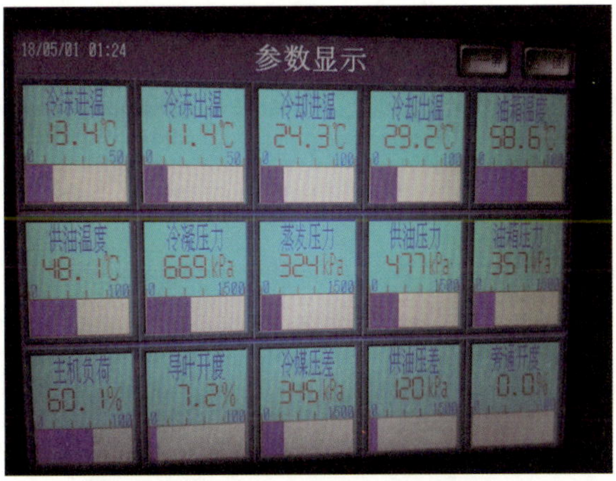 **图 1 调整前 4DEG201GF 参数显示**

续 表

干预行动	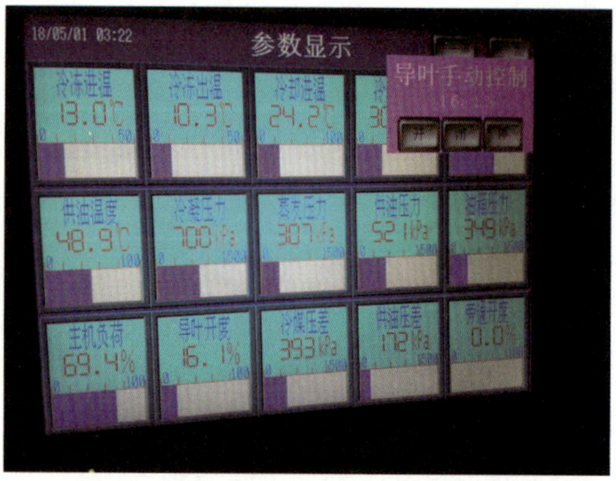 **图 2　调整后 4DEG201GF 参数显示**
原因分析	产生供油压差低报警原因： 1）4DEG201GF 的油压调节阀 4DEG202VH 初始设定的开度较大，使得供油压力偏小，之前未触发供油压差低报警是因为，4DEG201GF 导叶开度较大蒸发压力较低，油压差实际值比低报警值稍大； 2）当时 4DEG201/101GF 同时运行时，4DEG201GF 导叶因异常缺陷被放在手动且导叶开度较小。随着环境温度上升，冷却水温度上升，DEG 冷冻机负荷越来越大，冷冻水温度也存在上升，使得 4DEG201GF 当时蒸发压力较高（达 324 kPa），引起供油压差下降，使得报警触发
消缺行动	机械处理反馈： 1）工作过程：缓慢调节 4DEG201GF 油的压差截止阀 4DEG202VH，使供油压差至 170 kPa，并进行观察 1 h，供油压差始终在 170 kPa上下、10 kPa 范围内正常波动； 2）故障原因分析：①由于导叶手动开度过小，出水温度高，蒸发压力高，导致供油压差低；②原供油压力偏低
相关知识	1）冷冻机组供油压差：油泵供油压力与油箱（正常启动之后混入制冷剂，受蒸发压力的影响）压差，冷冻机组正常运行时，供油压差正常约为 0.12~0.25 MPa，超出范围需要对油压进行调整。如果供油压力太高，可能造成跑油，供油压力太低，可能导致主电动机、压缩机各轴承得不到足够的冷却润滑。油压差低于 80 kPa 冷冻机组将报警停机，油压差低于 120 kPa 冷冻机组报警，油压差高于 250 kPa 报警停机；

续　表

相关知识	2）油泵供油压力控制：油泵出口管线上有一再循环管线将油导回到油箱，循环管线上设有一个调节阀（4DEG201GF 对应为 4DEG202VH），一旦油压超过系统预先设定的压力，它将自动将供油的一部分回收到油箱，保证供油压力稳定； 3）供油压差调节方法： ①调节油泵出口油压改变供油压差：如供油压差低，则可以关小调节阀减少回收油量，达到提升供油压力而增大供油压差的目的。反之则开大调节阀开度； ②调节油箱压力改变供油压差：因制冷剂混入，因此油箱压力受蒸发压力的影响，关小导叶开度增加蒸发压力，将导致供油压差变小。反之开大导叶开度将使供油压差变大。另可以通过调节设冷水阀门开度，改变冷媒介质温度，进而影响蒸发器压力，来改变调节供油压差。例如：2018 年 4 月 22 日主控 KIC 闪发 4DEG201GF 冷水机组综合报警，现场检查为 A01 供油压差低报警出现，通过手动调节调节设冷水阀 4RRI962VN 门开大 5% 开度。报警未再出现。 此次 4DEG201GF 供油压差低报警，现场检查 4RRI962VN 已处于全开状态，无调节的裕量，故通过调整 4DEG202VH 来调节油压； 4）相关经验： ①DEG 冷冻机组出现供油压差异常报警，联系机械专业人员检查油压调节阀开度，对比正常运行冷冻机组适当调整油压调节阀开度。也可以核查冷冻机设冷侧阀门 RRI961VN/962VN/963VN 的开度，比对正常冷冻机相应阀门的开度，适当的调整阀门开度，恢复供油压差正常； ②DEG 冷冻机组正常情况需将导叶放自动，若放手动需要均衡两台冷冻机组负荷，使两台冷冻机组导叶均不至于开过大或者过小。如果两台冷冻机组自动运行过程中出现一台机组因冷冻出温低进入暂停模式（最终将导致跳机），则冷冻机组负荷小可考虑的单台冷冻机组运行，以保证导叶开度适中蒸发压力正常。导叶放手动时调整开度，保证冷冻出温接近整定值（10 ℃），避免两台运行冷冻机组的冷冻出温相差过大	
参考资料信息	运行二处：《运行二处内部经验反馈——4DEG201GF 供油压差低处理经验反馈》； WR/WOT：00381651/00910127-01（紧急工单）	
编　　者	运行二处一值：谷铁	时间：2019 年 02 月 11 日

2.1.6 3DEG101/201/301GF 连续停运

<table>
<tr><td>异常缺陷名称</td><td>3DEG101/201/301GF 连续停运</td></tr>
<tr><td>发生时间</td><td>2016 年 11 月 09 日中班</td></tr>
<tr><td>机组状态</td><td>RP 模式，满功率</td></tr>
<tr><td>异常缺陷现象</td><td>中班 21:40，3DEG201GF 停运；当班值于 22:01，启动 3DEG101GF；22:19，启动 3DEG201GF；22:35，3DEG201GF 再次停运；当班值于 22:49，现场启动 3DEG301GF；启动后 22:55，3DEG301GF 停运；22:58，3DEG101GF 再次停运；23:03，现场重新启动 3DEG101GF</td></tr>
<tr><td>风险或潜在后果</td><td>导致 DEG 冷冻机停运，影响 DEG 系统的可靠性</td></tr>
<tr><td>干预行动</td><td>已采取的行动措施：
组织专业分析和处理故障</td></tr>
<tr><td>原因分析</td><td>1）3DEG301GF 停运原因为该冷冻机组的冷媒蒸发压力过低触发停机信号，造成 3DEG301GF 蒸发压力低跳闸的原因为，冷冻出温过低，冷冻机组负荷过小；
2）当冷冻机组的冷冻出温冷冻出温<暂停温度（8 ℃）且导叶开度<20%时，系统会进入暂停状态</td></tr>
<tr><td>消缺行动</td><td>仪控处理反馈：
1）原因分析：
经仪控人员现场检查分析，造成 3DEG101/201/301GF 停止运行的原因主要有两种：
①根据现场报警日志，可确认 3DEG301GF 停运原因为该冷冻机组的冷媒蒸发压力过低触发停机信号。报警日志画面，见图 1。
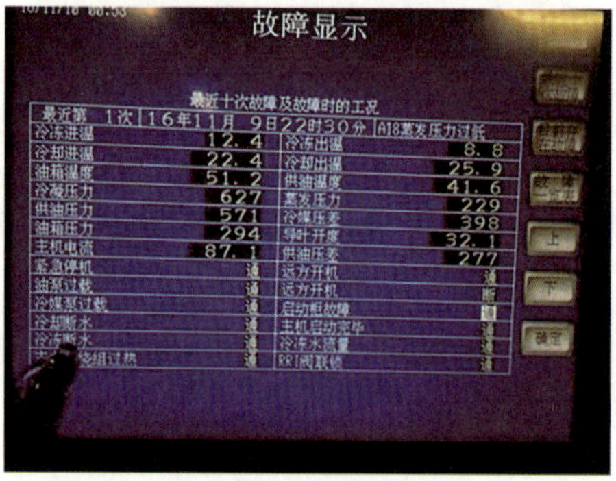

图 1 报警日志画面</td></tr>
</table>

续　表

<table>
<tr>
<td>消缺行动</td>
<td>
经过现场分析，造成 3DEG301GF 蒸发压力低跳闸的原因为，冷冻出温过低，冷冻机组负荷过小，触发报警时冷冻出温仅 8. 8 ℃。
②3DEG101GF/201GF 实际未产生跳闸，根据厂家提供的冷冻机组控制系统逻辑图分析确认，现场情况为冷冻机组的冷冻出温低于 8 ℃，导致冷冻机组进入暂停模式，当冷冻出温<暂停温度(8 ℃)其导叶开度<20%时，系统会进入暂停模式，当冷冻出温>恢复温度(15 ℃)时，系统自动启动，再次运行；
根据现场的报警日志，发现在 3DEG201GF 第一次跳闸后的约 10 min后，出现冷却断水和 RRI 阀联锁报警(见图 2)，此时冷冻出温为 15. 1 ℃
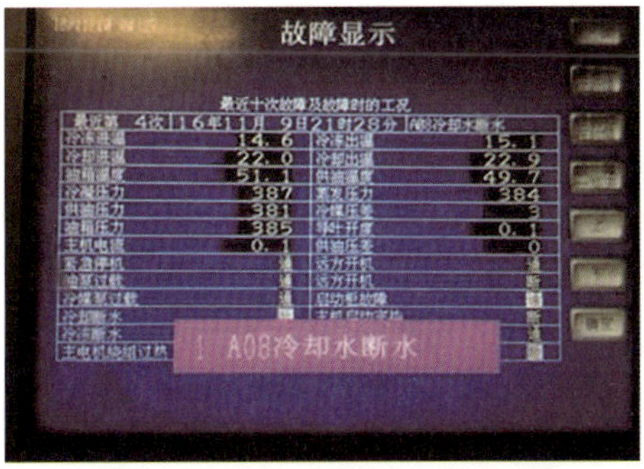

图 2　冷却水断水报警(11 月 9 日)
在 2016 年 11 月 10 日，4: 33 时，主控收到 3DEG002KA 报警，此时 3DEG201GF 无人为启动操作，经仪控和运行在现场查看报警日志，此时再次出现冷却断水和 RRI 阀联锁报警(见图 3)；
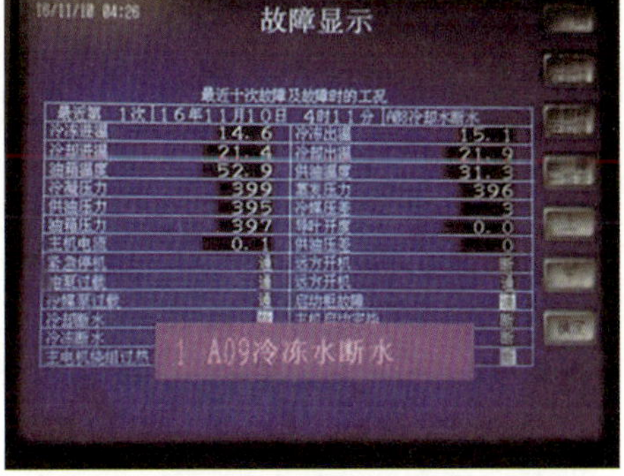

图 3　冷却水断水报警(11 月 10 日)
</td>
</tr>
</table>

续 表

消缺行动	综上所述，当冷冻机组的冷冻出温冷冻出温<暂停温度(8 ℃)且导叶开度<20%时，系统会进入暂停状态，该状态非故障状态，故不会出现报警。而当冷冻出温>恢复温度(15 ℃)时，系统自动启动，但现场受制于3DEG105/205VN在冷冻机停运90 s后关闭(系统暂停对于DCS与主机停运信号一致，逻辑中并未涉及单独状态表征系统暂停)，故在冷冻出温>恢复温度(15 ℃)时，就地PLC系统内启动逻辑触发，在判断启动条件时因3DEG105/205VN关闭，触发冷却断水和RRI阀联锁报警。 2)缺陷评价： 此缺陷非设备故障导致，而是由于近期天气转冷，冷冻机组负荷过低，在导叶开度较小时(<20%)，冷冻出温即可达到需求温度(10 ℃)甚至更小至暂停温度(8 ℃)。 3)缺陷处理进展： 维修与运行人员沟通，需运行、维修双方共同加强检查，保证冷冻机组工作在较为适宜的状态(冷冻出温不宜过低)； 冷冻机组设冷水供给阀(3DEG105/205/305VN)内部逻辑存在不合理之处，在冷冻机组暂停后90 s后关闭(冷冻机组暂停后再次启动至少需要等待900 s即15 min) 4)制约因素和后续计划： ①咨询厂家对于冷冻机组暂停运行的设计初衷，由设备管理处评估此设计是否为必要设计； ②针对3DEG105/205/305VN内部逻辑设计不合理之处发起设计澄清，得到设计回复后对阀门逻辑进行优化。 5)处理措施： 经运行、维修、设备管理一起就DEG跳闸问题进行了讨论，明确了以下事项，请知悉： ①DEG冷冻水出口温度低于8 ℃进入停机模式，是设备正常功能，但是停机后无法自动重新启动，需手动启动，属于设计问题，通过触发技改流程解决； ②当前技改未实现前，需加强就地巡检，确保就地显示屏上冷却水出温不低于8 ℃，温度低时及时调节导叶开度，尽量避免DEG进入停机模式； ③运行生效DEG进入停机后重新启动的操作票，以便发现休眠停机后，执行典操； ④导叶调节性能差，无法放自动问题，维修负责联系厂家尽快处理；

续　表

消缺行动	⑤当前季节气温较低，运行保持一台 DEG 冷冻机组运行即可，两台同时运行容易导致温度过低进入停机模式。 6）运行控制优化（冬季）： 每班巡检 3 次 DEC 系统就地冷冻水出口温度，发现温度低于 9 ℃时反馈主控调节导叶开度，保证就地冷冻水出口温度在 10 ℃左右。 背景：DEG 冷冻水出口温度低于 8 ℃会进入停机模式，停机后无法自动启动，需加强关注，尽量避免进入停机模式
相关知识	1）当单台冷冻机组的冷冻出温<8 ℃（主控显示的 3DEG002MT 温度约比单台冷冻出温高 2 ℃（此为经验值））且导叶开度<20%时，对应冷冻机组会进入休眠模式，该状态非故障状态，故就地屏幕上不会立即出现报警； 2）3DEG105/205/305VN 冷却水阀门在对应冷冻机休眠后延迟 90 s 关闭，当单台冷冻出温>15 ℃时触发冷却断水保护； 3）冷冻机组若发生休眠，由于自保护功能需 15 min 后才能重启
参考资料信息	维修二处仪控：“针对 3DEG101/201/301GF 连续跳闸的缺陷分析”
编　　者	运行二处一值：谷铁　　　时间：2019 年 02 月 13 日

2.1.7　3DEG 冷冻机冷却水断水保护触发导致跳闸

异常缺陷名称	3DEG 冷冻机冷却水断水保护触发导致跳闸
发生时间	2016 年 04 月 27 日夜班
机组状态	MCS 模式（一回路水位：10.3 m；压力：大气压）
异常缺陷现象	06:56 主控出现“3DEG100KA 循环泵上游冷冻水温度高”报警，现场查看 3DEG301GF 已跳闸，显示“冷却水断水”。现场尝试再次启动，但 3DEG301GF 启动后再次显示“冷却水断水”跳闸。主控下令启动 3DEG201GF，但启动后控制屏显示冷却水通断为“断”导致冷冻机组无法启动
风险或潜在后果	DEG 冷却的核岛相关通风系统的厂房温度上升且湿度升高

续 表

干预行动	已采取的行动措施： 1)现场检查冷冻机设冷侧在线未见异常； 2)启动核岛设备冷却水系统B列的另一台泵，启动后3DEG203SP实测压差从约14 kPa上升至约27 kPa，断水报警已经消除，3DEG201GF恢复可用	
原因分析	核岛设备冷却水系统(RRI)B列只有一台设冷泵带公共列和投运的RRA热交换器，导致DEG的RRI流量不够，该流量通过压差表3DEG203/303SP触发断水跳机	
消缺行动	运行处理反馈： 考虑到余排系统RRA已投运，核岛设备冷却水系统B列只有一台泵运行，可能导致DEG的RRI流量不够。于是启动核岛设备冷却水系统B列的另一台泵，启动后3DEG203SP实测压差从约14 kPa上升至约27 kPa，断水报警已经消除，3DEG201GF恢复可用	
相关知识	余排投运后，带公共用户的RRI列一般需要启动两台RRI泵，以确保各用户有足够的冷却水流量	
参考资料信息	2016年04月27日—28日 ESOMS日志	
编　　者	运行二处一值：谷铁	时间：2019年02月13日

2.1.8 停运1DEG101GF后主控触发1DEG001KA(101GF冷冻机组综合故障)报警

异常缺陷名称	停运1DEG101GF后主控触发1DEG001KA(101GF冷冻机组综合故障)报警
发生时间	2018年04月11日夜班
机组状态	RP模式，满功率
异常缺陷现象	执行FQ1-LHP-C-008需要停运1DEG101GF。当班值根据典操对1DEG101GF执行停运操作，当现场停运1DEG101GF后，主控出现报警：1DEG001KA(101GF冷水机组综合故障)，现场反馈1DEG101GF就地控制屏上无任何故障报警显示
风险或潜在后果	导致报警1DEG001KA(101GF冷冻机组综合故障)触发

续　表

干预行动	已采取的行动措施： 1）要求现场检查 1DEG101GF 控制屏内是否有异常报警； 2）同时要求电气现场在 1DGE101GF 上游电源开关处检查有无异常报警； 3）得到现场反馈均无异常后，要求现场检查 1DEG105VN 关限位是否触发，并拍摄现场照片； 4）结合现场照片以及逻辑分析，怀疑 1DEG105VN 关限位未正常触发，导致触发报警，oncall 仪控检查处理； 5）仪控检查发现 1DEG105VN 关限位松动，已进行处理	
原因分析	1DEG105VN 关限位开关松动	
消缺行动	仪控处理反馈： 1）原因分析：1DEG105VN 关限位松动； 2）处理过程： ①现场确认设备后召开工前会，开工前通知主控； ②对关限位开关通道检查，确认 1DEG105VN 关限位松动； ③对关限位开关重新进行安装紧固，消除报警	
相关知识	1DEG001KA（101GF 冷水机组综合故障）触发逻辑： 1）1DEG105VN 在关闭命令（1DEG102KG 在“OFF”）发出后，1DEG105VN 非全关；或 1DEG101CO 非正常停机（如 1DEG101CO 供给电源丧失），延迟 2 min 钟触发报警； 2）冷水机组上的保护装置跳闸触发 1DEG101CO 故障	
参考资料信息	运行一处：《运行一处内部经验反馈——快速通道—停运 1DEG101GF 后主控触发 1DEG001KA （101GF 冷冻机组综合故障）报警分析及处理的经验反馈》； 维修一处仪控：EAM 中工单 00896979-01 的完工报告； WR/WOT：00373027/00896979-01（紧急工单），工作许可证：1PT13938（检查调整 1DEG105VN 的限位开关）	
编　　者	运行二处一值：谷铁	时间：2019 年 02 月 11 日

2.1.9　3DEG201GF 异常停运导致主泵高压冷却器设冷水阀门因流量高自动关闭

异常缺陷名称	3DEG201GF 异常停运导致主泵高压冷却器设冷水阀门因流量高自动关闭

续 表

发生时间	2017 年 03 月 27 日中班
机组状态	RP 模式，电功率 836 MWe
异常缺陷现象	17:01 时主控突然闪发 3RRI031KA（3RCP001PO 高压冷却器冷却水流量高）和触发 3RRI051KA（3RCP001PO 高压冷却器流量低报警），堆操当即查看 RCP 系统画面，发现 3RRI225VN 自动关闭。机操立即查看 RRI 系统画面，发现 3RRI 总流量和公共用户流量分别约 1800 m^3/h 和 1600 m^3/h，较之前巡检降低约 400 m^3/h。通过检查公共用户，发现 3DEG201GF 已跳闸。 在异常出现 13 min 后，现场将 3DEG301GF 启动恢复冷冻水供应，期间 3DEG 下游用户 3EVC 最高温度上涨到了 59.9 ℃，3DEG 下游其他用户系统温度保持平稳
风险或潜在后果	导致 1 号主泵高压冷却器设冷水侧电动隔离阀自动关闭，若不及时开启，将会导致主泵轴封水得不到冷却，主泵因轴封注入水温度高跳闸，轴封存在因温度高损坏的风险
干预行动	已采取的行动措施： 1）立即将 3RRI225VN 手动打开； 2）立即安排现场人员紧急启动 3DEG301GF 恢复核岛冷冻水供应； 3）主控密切监视 DEG 用户的温度，特别是 3EVC 的温度变化情况； 4）DEG 恢复正常后，主控重新将主泵高压冷却器设冷隔离阀 3RRI225VN 恢复自动
原因分析	1）3DEG201GF 跳闸导致 3DEG205VN 自动关闭，使得核岛设备冷却水系统 RRI 的公共用户中其他用户设冷水流量上升，主泵高压冷却器流量上升达到 35 m^3/h 自动关闭 3RRI225VN； 2）3DEG201GF 跳闸原因初步怀疑为蒸发压力低所致
消缺行动	机械处理反馈： 1）故障描述：3DEG201GF 蒸发压力偏低； 2）检查结果：经检查发现冷媒液位低，导致制冷剂量不足； 3）处理措施：对 3DEG201GF 进行在线补充制冷剂，补充完成后确认冷冻机蒸发压力等各项运行参数正常

续　表

相关知识	冬季春季等环境气温低的季节，因 RRI 部分用户负荷小(例如 RRI155VN 开度比夏季小等)，会导致机组主泵高压冷却器设冷侧水流量比夏季大，更容易接近冷却器设冷水隔离阀动作定值。 若 RRI 系统存在引起设冷水流量波动的操作(如 DEG 冷冻机切换操作、DEG 意外跳闸、试验导致 RRI 泵启动等)，都可能导致主泵高压冷却器设冷侧流量大于 35 m^3/h，进而导致 RRI225VN/226VN/227VN 关闭	
参考资料信息	运行二处：《运行二处内部经验反馈——3DEG201GF 异常停运的处理过程反馈》； 维修二处机械：EAM 中工单 00537637-01 的完工报告； WR/WOT：00226807/00537637-01	
编　　者	运行二处一值：谷铁	时间：2019 年 02 月 13 日

2.1.10　2DEG305VN 阀门现场开启后，冷冻机控制屏上显示冷却水断水

异常缺陷名称	2DEG305VN 阀门现场开启后，冷冻机控制屏上显示冷却水断水
发生时间	2017 年 11 月 08 日夜班
机组状态	RP 模式，电功率 444 MWe
异常缺陷现象	夜班执行 FQ2-DEG-C-001 DEG 冷冻机组手动切换操作票，将 2DEG101GF 切至 2DEG301GF 运行。启动 2DEG301GF 时，冷冻机控制屏上显示冷却水断水报警，导致 2DEG301GF 无法启动
风险或潜在后果	冷冻机控制屏上显示冷却水断水报警，导致 2DEG301GF 无法启动不可用，产生随机 IO2：DEG1
干预行动	已采取的行动措施： 1)暂停冷冻机切换操作，维持正常运行的冷冻机运行； 2)安排现场检查 2DEG301GF 冷却水(设冷侧)在线，未见异常； 3)oncall 仪控检查处理
原因分析	冷却水流量差压开关 2DEG303SP 仪表本体内的顶针位移，导致仪表定值漂移

续 表

消缺行动	仪控处理反馈： 1)检修措施及步骤： ①通过查询图纸和现场控制面板上，判断故障原因为2DEG303SP产生； ②对2DEG303SP进行检查，发现仪表本体内的顶针产生了偏移，手动恢复顶针的位置，并固定； ③对2DEG303SP进行校验，经过调整后，仪表校验合格； ④请运行人员启动2DEG301GF，2DEG303SP显示正常； 2)故障原因分析：2DEG303SP仪表本体内的顶针位移，导致仪表定值漂移	
相关知识	DEG冷冻机上装的水量差压控制器只起断水保护开关作用，不能测量和控制水流量。 DEG冷冻机组冷冻水侧断水保护整定值为35 kPa； DEG冷冻机组冷却水侧断水保护整定值为27 kPa	
参考资料信息	维修一处仪控：完工报告《FQ2-MA03-RCWO-00746909/01 2DEG305VN阀门现场开启后，冷冻机控制屏上显示冷却水断，请检查》； WR/WOT：00308452/00746909-01(紧急工单)	
编　　者	运行二处一值：谷铁	时间：2019年02月15日

2.1.11 2DEG101GF闪发综合故障报警

异常缺陷名称	2DEG101GF闪发综合故障报警
发生时间	2017年10月31日中班
机组状态	NS/SG模式
异常缺陷现象	主控触发3次2DEG101GF综合故障报警，现场检查为蒸发压力低报警
风险或潜在后果	导致2DEG101GF综合故障报警闪发，存在冷冻机跳闸的风险
干预行动	已采取的行动措施： 1)安排现场检查确认为冷冻机蒸发压力低报警，现场蒸发压力约253 kPa，要求现场加强监视蒸发压力，若存在下降趋势及时反馈； 2)oncall机械检查处理

续　表

原因分析	冷冻机冷媒不足	
消缺行动	机械处理反馈： 1)工作过程： ①连接制冷剂钢瓶与机组充注阀； ②开启阀门进行冷媒充注 5 瓶； ③确认冷冻机蒸发压力正常，冷冻机运行正常； 2)故障原因分析：冷媒不足	
相关知识	DEG 制冷机组正常运行时，蒸发压力参数范围为 250～390 kPa。蒸发器压力过低停运定值为 238 kPa	
参考资料信息	维修一处机械：完工报告《FQ2-MA01-RCWO-00743196/01 2DEG 101GF 闪发蒸发压力低报警》； WR/WOT：00305970/00743196(紧急工单)； 其他类似异常缺陷： 1)2017 年 11 月 1 日紧急工作“1DEG301GF 触发综合故障报警，现场检查蒸发压力低”(WR/WOT：306540/00743387-01)； 故障原因分析：冷媒不足； 详情请见完工报告：《FQ1-MA01-RCWO-00743387/01 1DEG301GF 触发综合故障报警，现场检查蒸发压力低，需添加冷媒》； 2)2017 年 9 月 15 日紧急工作“主控触发 1DEG004KA(DEG301GF 冷冻水机组故障)报警，现场检查为蒸发压力低导致”(WR/WOT：00290075/00707656-01)； 故障原因分析：1DEG301GF 蒸发压力偏低，需补充制冷剂； 详情请见完工报告：《FQ1-MA01-RCWO-00707656/01 主控触发 1DEG004KA(DEG301GF 冷冻水机组故障)报警，现场检查为蒸发压力低导致》	
编　　者	运行二处一值：谷铁	时间：2019 年 02 月 15 日

2.1.12　1DEG001PO 启动后，1DEG105VN 已开启，但是 1DEG101GF 显示冷却水断水无法启动

异常缺陷名称	1DEG001PO 启动后，1DEG105VN 已开启，但是 1DEG101GF 显示冷却水断水无法启动
发生时间	2017 年 11 月 24 日中班

续 表

机组状态	RP 模式，满功率	
异常缺陷现象	执行 FQ1-DEG-C-001 DEG 冷冻机组手动切换操作票，计划将 1DEG301GF 切至 1DEG101GF，1DEG001PO 启动后，1DEG105VN 已开启，由于 1DEG101GF 冷却断水显示断，无法启动 1DEG101GF	
风险或潜在后果	导致 1DEG101GF 不可用，产生随机性质的第二组 IO：DEG1	
干预行动	已采取的行动措施： 1）安排现场检查确认 1DEG101GF 冷却水侧（设冷水侧）阀门在线，未见异常； 2）oncall 仪控检查处理	
原因分析	lDEG103SP 定值漂移	
消缺行动	仪控处理反馈： 1）检修措施及步骤： ①现场核实缺陷为 1DEG103SP 故障触发冷却水断水； ②对 1DEG103SP 进行检查校验，发现仪表定值漂移； ③对仪表定值进行调整校验，仪表校验合格； ④恢复仪表至初始状态，1DEG103SP 在 1DEG101GF 控制面板上显示正常； ⑤请运行人员启动 1DEG101GF，运行正常，工作结束； 2）故障原因分析：lDEG103SP 定值漂移	
相关知识	DEG 冷冻机上装的水量差压控制器只起断水保护开关作用，不能测量和控制水流量； DEG 冷冻机组冷冻水侧断水保护整定值为 35 kPa； DEG 冷冻机组冷却水侧断水保护整定值为 27 kPa	
参考资料信息	维修一处仪控：完工报告《FQ1-MA03-RCWO-00762479/01 1DEG001PO 启动后，1DEG105VN 已开启，但是 1DEG101GF 显示冷却水断，需仪控检查》； WR/WOT：00314299/00762479-01（紧急工单）	
编　　者	运行二处一值：谷铁	时间：2019 年 02 月 15 日

2.1.13　冷却水流量差压计 2DEG203SP 误触发导致 2DEG201GF 无法启动

异常缺陷名称	2DEG203SP 误触发导致 2DEG201GF 无法启动
发生时间	2017 年 12 月 15 日中班
机组状态	RP 模式，满功率
异常缺陷现象	在执行 2DEG201GF 启动过程时，在 2DEG205VN 打开后，仍显示冷却水断水故障，导致 2DEG201GF 无法启动
风险或潜在后果	导致 2DEG201GF 无法启动，产生随机的 IO2：DEG1
干预行动	已采取的行动措施： 1）安排现场检查确认 2DEG201GF 冷却水侧（设冷水侧）阀门在线，未见异常； 2）oncall 仪控检查处理
原因分析	2DEG203SP 定值漂移，系统压力低导致 2DEG203SP 不能消报
消缺行动	仪控处理反馈： 1）检修措施及步骤： ①对 2DEG203SP 进检行校验，发现 2DEG203SP 顶针偏移，复位后重新校验，经调整后校验合格； ②对 2DEG203SP 进行通道检查，通道正常； ③投表后发现就地面板上仍然显示冷却水断，与主控沟通后启动 2DEG201GF，启动过程中检查 2DEG205VN 限位与主控显示一致； ④测量启动 2DEG201GF 时系统压力，2DEG203SP 正压侧为 100~110 kPa，负压侧为 78~88 kPa，怀疑系统压力低于 2DEG203SP 恢复值（2DEG203SP 定值为低报 30 kPa，恢复值为 34 kPa），无法消除报警导致就地面板上一直显示冷却水断； ⑤主控加大冷却水流量后，报警消除，就地面板显示冷却水通，2DEG201GF 正常启动。 2）故障原因分析：2DEG203SP 定值漂移，系统压力低导致 2DEG203SP 不能消报

续　表

相关知识	DEG 冷冻机上装的水量差压控制器只起断水保护开关作用，不能测量和控制水流量。 DEG 冷冻机组冷冻水侧断水保护整定值为 35 kPa； DEG 冷冻机组冷却水侧断水保护整定值为 27 kPa（低报定值为 30 kPa，产生报警，过低报定值为 27 kPa，触发故障停机）
参考资料信息	维修一处仪控：完工报告《FQ2-MA03-RCWO-00780772/01 2DEG203SP 误触发导致 2DEG201GF 无法启动》； WR/WOT：00322092/ 00780772-01（紧急工单）； 维修日报：每日重要维修工作及值长关注项反馈(2017 年 12 月 16 日)； ESOMS 日志
编　　者	运行二处一值：谷铁　　　时间：2019 年 02 月 15 日

2.1.14　4DEG303SP 在 4DEG301GF 冷却水断水时未触发冷却水断水保护报警

异常缺陷名称	4DEG303SP 在 4DEG301GF 冷却水断水时未触发冷却水断水保护报警
发生时间	2018 年 03 月 13 日中班
机组状态	RP 模式，满功率
异常缺陷现象	4DEG301GF 在 RRI 设冷水流通情况下触发冷却水断水保护。仪控开紧急票更换 4DEG303SP 后，冷却水断水保护消失，IO 已消除。但是在无设冷水流通的情况下，冷却水断水保护信号无法触发
风险或潜在后果	可能导致冷冻机组在失去设冷水情况下无法正确触发保护停机，进而导致冷冻机组损坏
干预行动	已采取的行动措施： 1）现场检查确认 4DEG305VN 关闭情况下，冷却水断水信号无法触发； 2）oncall 仪控检查处理
原因分析	仪表定值存在漂移，仪表定值调整需在 730 kPa 静压基础上进行调整，大气压力情况下调整定值会存在漂移

续　表

消缺行动	仪控处理反馈： 1）工作过程： ①检查 4DEG305VN 已关闭，4RRI943VN 打开状态，4RRI963VN 开度为 4 格； ②检查控制屏上冷却水断流信号当前状态：通； ③关闭 4DEG303SP 仪表阀，拆除仪表接线，将 4DEG303SP 仪表拆除； ④对 4DEG303SP 进行校验，定值存在漂移，重新调整后恢复仪表状态； ⑤安装 2 块精密压力表测量关阀状态下管道压力，正压侧：0.7359 MPa，负压侧：0.7358 MPa； ⑥经分析仪表存在 730 kPa 静压，仪表调整需要在静压基础上进行调整，重新调整后恢复仪表状态； ⑦拆除精密压力表，回装 4DEG303SP，打开仪表阀投用仪表，确认断流信号状态：断水； ⑧联系运行开启及关闭 4DEG305VN，通水及断水信号触发正常。 2）故障原因分析：仪表定值存在漂移，仪表定值调整需在 730 kPa 静压基础上进行调整，大气压力情况下调整定值会存在漂移
相关知识	DEG 冷冻机上装的水量差压控制器只起断水保护开关作用，不能测量和控制水流量； DEG 冷冻机组冷冻水侧断水保护整定值为 35 kPa； DEG 冷冻机组冷却水侧断水保护整定值为 27 kPa
参考资料信息	维修二处仪控：完工报告《FQ4-MA03-RCWO-00871066/01 4DEG303SP 在 4DEG301GF 冷却水断水时未触发冷却水断水保护报警，需查找分析原因》； WR/WOT：00360424/00871066-01（紧急工单）
编　　者	运行二处一值：谷铁　　时间：2019 年 02 月 15 日

2.1.15　3DEG002MO 电机存在异音

异常缺陷名称	3DEG002MO 电机存在异音
发生时间	2018 年 02 月 09 日中班
机组状态	RP 模式，电功率 836 MWe

续 表

异常缺陷现象	现场巡检发现 3DEG002MO 有异音
风险或潜在后果	可能导致电机损坏
干预行动	已采取的行动措施： 1) 安排现场对电机轴承进行点温监测，出现异常升高时及时反馈； 2) 做好泵切换停运的准备； 3) oncall 维修电气检查处理
原因分析	电机轴承缺油
消缺行动	仪控处理反馈： 1) 检查处理过程： ①用点温仪测量电机轴承温度已稳定，驱端：46.2 ℃，非驱端有风扇罩无需测量； ②将加油嘴油帽拧开并进行清洁； ③对电机驱端和非驱端第一次分别加(LGWA2)油脂 8 枪和 8 枪； ④20 min 后用点温仪测量，驱端：47.0 ℃； ⑤对电机驱端和非驱端第二次分别加(LGWA2)油脂 8 枪和 8 枪； ⑥20 min 后用点温仪测量，驱端：48.1 ℃； ⑦对电机驱端和非驱端第三次分别加(LGWA2)油脂 5 枪和 3 枪； ⑧20 min 后用点温仪测量，驱端：49.8 ℃，温度已稳定； ⑨用听音棒监听电机运行声音正常； ⑩对残留油脂进行清洁，盖好加油嘴帽； ⑪工作结束，清理现场。 2) 故障原因分析：电机轴承缺油
相关知识	根据 DEG 泵的 EOMM 手册对电机的要求：电动机运行时，轴承温度应不高于 95 ℃。 电机运行时有杂音，不正常的故障原因和处理方法分别如下： ①轴承磨损，有故障：检修或更换新轴承； ②定、转子铁芯松动：检查振动原因，重新压紧铁芯进行处理； ③电压太高或不平衡：测量电源电压，检查电压太高或不平衡的原因，并进行处理； ④轴承缺少润滑脂：清洗轴承，添加润滑脂，使其充满轴承室容积的 1/2~2/3； ⑤风扇碰风罩或风道阻塞：修理风扇和风罩，使其尺寸正确，清理风道； ⑥气隙不均匀，定子转子相擦：调整气隙，提高装配质量

续　表

参考资料信息	维修二处电气：完工报告《FQ3-MA02-RCWO-00848064/01 3DEG002MO 电机存在异音，怀疑轴承缺油，请尽快处理》； WR/WOT：00347689/00848064-01，工作许可证：20183PI06962（对 3DEG002MO 电动机添加润滑油脂）； DEG 冷水机组设备运行维修手册（EOMM）	
编　　者	运行二处一值：谷铁	时间：2019 年 02 月 18 日

2.1.16　主控出现 3DEG201GF 综合故障报警，就地核实为导叶开度断线报警

异常缺陷名称	主控出现 3DEG201GF 综合故障报警，就地核实为导叶开度断线报警
发生时间	2017 年 07 月 02 日中班
机组状态	RP 模式，电功率 836 MWe
异常缺陷现象	主控出现 3DEG201GF 综合故障报警，就地核实为导叶开度断线报警
风险或潜在后果	产生 3DEG201GF 综合故障报警，导致导叶无法自动控制
干预行动	已采取的行动措施： 安排现场将导叶开度打手动，导叶开度置为 28%； 建议后续行动： 运行现场加强对冷冻出温的监视，必要时手动调节导叶开度
原因分析	3DEG201GF 控制柜内电缆接线松动
消缺行动	仪控处理反馈： 1）检查处理过程： ①验证隔离边界，确认设备位号与工作包一致，与运行沟通说明工作内容与风险； ②检查 3DEG201GF 控制柜内导叶开度信号电缆的接线情况并进行绝缘检查； ③对控制柜内电缆接线进行紧固，手动多次开关导叶，断线报警无闪发情况； ④工作结束，清理现场； 2）故障原因分析：3DEG201GF 控制柜内电缆接线松动

续 表

相关知识	冷冻机组的压缩机进口导叶调节机构的作用： 制冷量控制是用装在压缩机进口处导叶的开度大小来控制压缩机吸入制冷剂蒸气的流量，从而控制制冷机的制冷量。该可调导叶根据需保持冷水出水温度恒定，由微机控制系统通过采集的温度变化信号输出指令，控制电动执行器的机械旋转方向，通过连杆和齿轮来实现导叶的开、闭动作，亦可手动操作，最终实现对制冷量的调节
参考资料信息	维修二处仪控：完工报告《FQ3-MA03-RCWO-00647860/01 主控出现 3DEG201GF 综合故障报警，就地核实为导叶开度断线报警，请处理》； WR/WOT：00264629/00647860-01(计划工单)； DEG 冷水机组设备运行维修手册(EOMM)
编　　者	运行二处一值：谷铁　　　时间：2019 年 02 月 18 日

2.1.17　3DEG101GF 反复出现导叶开度断线故障报警，导叶自动跳至手动并关闭

异常缺陷名称	3DEG101GF 反复出现 3DEG001KA(101GF 冷水机组综合故障)，就地核实为导叶开度断线故障报警，导叶自动跳至手动并关闭
发生时间	2019 年 02 月 07 日夜班、早班、中班
机组状态	RP 模式，电功率 836 MWe
异常缺陷现象	夜班出现 3DEG 系统综合报警(导叶开度断线)，现场人员核实系统参数在正常范围以后复位了报警； 早班 07:38 再次触发 3DEG001KA(101GF 冷水机组综合故障)，就地核实为导叶开度断线故障，复位后报警消失，该报警会导致导叶自动切至手动控制，目前已将导叶恢复至自动。oncall 维修电气检查反馈，需要对导叶进行检查，工作过程中可能导致导叶误关，需准备方案按计划处理。 中班 22 时 30 分再次触发 101GF 综合故障报警，导叶转为手动全关，经现操检查发现存在导叶断线故障报警，报警复位后已经消报，导叶恢复正常
风险或潜在后果	导致导叶会自动跳至手动并关闭

续　表

干预行动	1)已采取的行动措施： ①复位报警后，观察系统参数在正常范围后，恢复导叶自动； ②oncall 电气检查，由于工作过程中可能导致导叶误关，电气准备方案按计划处理； ③加强 3DEG101GF 的巡检，做好切换 DEG 冷冻机组的准备； 2)建议后续行动： 运行现场加强对冷冻出温的监视，必要时将导叶切手动调节开度
原因分析	执行机构电位器零位和满位漂移
消缺行动	电气处理反馈： 1)工作过程： ①验证隔离边界，确认设备位置，召开工前会； ②对 3DEG101MZ 导叶执行机构进行清洁，确认外观良好； ③打开 3DEG101MZ 控制接线盒及电机接线端子盒，进行验电，确认无电； ④对电动执行机构 3DEG101MZ 控制回路进行检查，无异常，紧固端子接线，插件牢固可靠，接线与图纸一致； ⑤用万用表测量 3DEG101MZ 导叶执行机构电机直阻，阻值为：419.36 Ω，用 500 V 兆欧表测量电机相—地绝缘阻值，阻值为：>550 MΩ(标准>0.5 MΩ)，结果合格； ⑥将信号发生器串接入反馈回路中，确认接线正确，无松动； ⑦将控制开关合闸，确认导叶执行机构在全关位置，导叶开度为“0%”关反馈电流为 4.152 mA，将关反馈电流调至3.936 mA，导叶开度为“0%”；将执行机构打到全开位置，导叶开度为“98.6%”开反馈电流为 19.873 mA，将开反馈电流调至20.027 mA，导叶开度为“100.3%”； ⑧反复开关阀 3 次，无报警出现； ⑨恢复电动执行机构接线罩，将设备恢复初始状态，工作结束； 2)故障原因分析：执行机构电位器零位和满位漂移
相关知识	冷冻机组的压缩机进口导叶调节机构的作用： 制冷量控制是用装在压缩机进口处导叶的开度大小来控制压缩机吸入制冷剂蒸气的流量，从而控制制冷机的制冷量。该可调导叶根据需保持冷水出水温度恒定，由微机控制系统通过采集的温度变化信号输出指令，控制电动执行器的机械旋转方向，通过连杆和齿轮来实现导叶的开、闭动作，亦可手动操作，最终实现对制冷量的调节

续　表

参考资料信息	维修二处电气：EAM 中工单 01145783-01 完工报告； WR/WOT：00502739/01145783-01（计划工单） DEG 冷水机组设备运行维修手册（EOMM）	
编　　者	运行二处一值：谷铁	时间：2019 年 02 月 18 日

2.1.18　主控频繁触发报警 4DEG004KA（301GF 冷水机组综合故障），现场检查为 A37 导叶开度断线报警

异常缺陷名称	主控频繁触发报警 4DEG004KA（301GF 冷水机组综合故障），现场检查为 A37 导叶开度断线报警
发生时间	2018 年 04 月 15 日中班、4 月 16 日早班
机组状态	RP 模式，满功率
异常缺陷现象	15 日 19:56 主控出现 4DEG004KA　301GF 冷水机组综合故障 现场检查为 A37 导叶开度断线报警，导叶处于手动位置，复位后报警消失，通过手动控制导叶未再出现报警，现已将导叶恢复自动； 16 日早班闪发报警 2 次，现场复位后报警消失
风险或潜在后果	导致冷冻机导叶切换到手动控制
干预行动	1）已采取的行动措施： ①安排现场检查发现存在导叶开度断线报警； ②现场复位报警后，恢复导叶自动控制； ③联系维修电气检查，电气反馈处理该问题工作方案会产生 DEG1 的 IO，鉴于当班期间 IO 数量控制要求，且当前报警复位，后续按计划安排处理； 2）建议后续行动： 运行现场加强对冷冻出温的监视，必要时将导叶切手动调节开度
原因分析	电动执行机构开反馈电流波动
消缺行动	电气处理反馈： 1）工作过程： ①领取工作许可证，确认设备位号；

续　表

消缺行动	②确认 4LHB116JA 处于断开/上锁状态、4LHB116JE 处于闭合/上锁状态、4LLD521JA 处于闭合状态； ③断开 4DEG301AR 进线电源开关，用万用表验证无电，对柜内接线进行检查，紧固，确认牢固； ④确认 4DEG301GF 导叶执行机构 4DEG301MZ 初始状态在全关位置，打开 4DEG301MZ 接线罩，用万用表验证无电，并对接线进行紧固； ⑤用信号发生器串联到 4DEG301AR 柜 4DEG301MZ 的开度反馈回路中，并做好拆接线记录； ⑥闭合 4DEG301AR 控制电源，导叶阀在全关的状态电流值为 4.49 mA，观察半小时后电流无突变，用信号发生器验证导叶断线报警电流值为 3.17 mA 以下，当电流值为 3.19 mA 以上时，导叶断线报警消失； ⑦与业主班组进一步讨论，确认需要更换导叶执行机构； ⑧对新备件进行检查，确认与现场执行机构型号一致； ⑨断开 4DEG301AR 电源进线开关，拆除 4DEG301MZ 接线，做好拆接线记录，并分相包扎； ⑩联系机械人员配合拆除导叶连杆，并做好标记； ⑪确认备件电动执行机构在全关位置，开度指示为 0，在 SHUT 方向，将备件执行机构进行安装，但不连接连杆，根据拆接线记录恢复接线，确认接线正确、牢固； ⑫手动操作执行机构，在执行机构全关和全开位置调整机械限位，使机械限位滞后电限位约 2.5°的角距离，并锁紧螺母； ⑬确认执行机构在全关位置，闭合 4DEG301AR 电源，缓慢开启和关闭阀门两次，确认机械导叶全关和全开位置一致； ⑭断开 4DEG301AR 电源开关，回装执行机构与导叶的连杆，确认牢固，手动操作执行机构，全程平稳； ⑮将信号发生器串联至导叶执行机构的开度反馈回路中，闭合控制电源，将阀门全开，开到位时间为 140 s，结果合格(标准 140~150 s)，全开后的电流反馈为 20.1 mA，控制屏显示全开，状态正确； ⑯将导叶执行机构全关，关到位时间为 140 s，结果合格(标准 140~150 s)，全关后的电流反馈为 4.7 mA，控制屏显示全关，状态正确； ⑰断开 4DEG301AR 电源，拆除接线，将设备恢复至初始状态，工作结束； 2)故障原因分析：电动执行机构开反馈电流波动

续　表

相关知识	冷冻机组的压缩机进口导叶调节机构的作用： 制冷量控制是用装在压缩机进口处导叶的开度大小来控制压缩机吸入制冷剂蒸气的流量，从而控制制冷机的制冷量。该可调导叶根据需保持冷水出水温度恒定，由微机控制系统通过采集的温度变化信号输出指令，控制电动执行器的机械旋转方向，通过连杆和齿轮来实现导叶的开、闭动作，亦可手动操作，最终实现对制冷量的调节
参考资料信息	维修二处电气：完工报告《FQ4-MA02-RCWO-00902647/01 对主控频繁触发报警 4DEG004KA 现场检查为 A37 导叶开度断线报警进行排查》； WR/WOT：00375563/00902647-01（计划工单）； DEG 冷水机组设备运行维修手册（EOMM）
编　　者	运行二处一值：谷铁　　时间：2019 年 02 月 18 日

2.1.19　3DEG301GF 出现导叶开度断线报警

异常缺陷名称	3DEG301GF 出现导叶开度断线报警
发生时间	2016 年 09 月 21 日早班
机组状态	RP 模式，核功率 8.5%Pn
异常缺陷现象	早班 3DEG301GF 出现导叶开度断线报警
风险或潜在后果	出现导叶开度断线报警，导叶切到手动控制
干预行动	已采取的行动措施： 1）安排现场检查确认报警，复位故障报警，恢复导叶自动控制； 2）提 WR 按计划处理
原因分析	3DEG301MZ 执行机构故障
消缺行动	电气处理反馈： 1）检修过程（工单 00371353-01）： ①确认冷水机组 3DEG301GF 设备处于停运状态； ②对冷水机组控制箱 3DEG001AR 内部端子接线进行紧固； ③对电动阀 3DEG322VQ 接线进行检查，确认接线正确，接触良好无松动；

续　表

消缺行动	④送上控制电源使用信号发生器对 3DEG301MZ 阀门输出信号进行测量，阀门处于全关位置，电流显示 42.39 mA(理论值全关显示4 mA，全开显示 20 mA)； ⑤调节 3DEG301MZ 阀门电位器，输出电流无变化； ⑥用信号发生器模拟 4~20 mA 信号，3DEG301AR 显示屏阀门开度指示正常； ⑦经过分析确认阀门执行机构损坏； ⑧经与业主沟通，确认建(02)工单更换 3DEG301MZ 执行机构； ⑨工作结束，清理现场。 2)检修过程(工单 00371353-02)： ①确认冷水机组 3DEG301GF 设备处于停运状态，3LHB116JA、3LLD521JA 处于断开位置； ②确认检修设备所在位置并做好安全防护措施； ③打开 3DEG301MZ 接线盒，验证无电，拆除外部电缆，并做好拆接线记录，发现线号 101MZ-80 线芯未用线鼻子压接，并使用合格线鼻子压接好； ④拆下电动执行机构，使用合格备件进行更换，按照拆接线记录恢复接线，确认 3DEG301MZ 内部无异物，恢复接线盒； ⑤联系运行人员进行启机验证，3DEG301GF 工作正常，无报警； ⑥工作结束，清理现场，将设备恢复至初始状态。 3)故障原因分析：3DEG301MZ 执行机构故障
相关知识	冷冻机组的压缩机进口导叶调节机构的作用： 制冷量控制是用装在压缩机进口处导叶的开度大小来控制压缩机吸入制冷剂蒸气的流量，从而控制制冷机的制冷量。该可调导叶根据需保持冷水出水温度恒定，由微机控制系统通过采集的温度变化信号输出指令，控制电动执行器的机械旋转方向，通过连杆和齿轮来实现导叶的开、闭动作，亦可手动操作，最终实现对制冷量的调节
参考资料信息	维修二处电气：完工报告《FQ3-MA02-RCWO-00371353/01 3DEG301GF 导叶断线报警验证》、完工报告《FQ3-MA02-RCWO-00371353/02 冷水机组 3DEG301GF 更换 3DEG301MZ 内部电动执行机构》； WR/WOT：00173767/00371353-01、00371353-02(计划工单)； DEG 冷水机组设备运行维修手册(EOMM)
编　　者	运行二处一值：谷铁　　　时间：2019 年 03 月 11 日

2.1.20 重新启动3DEG201GF过程中，因供油油温高无法启动

异常缺陷名称	3DEG201GF跳闸后，重新启动3DEG201GF过程中，出现供油油温高和供油压差低报警跳闸
发生时间	2016年05月30日早班
机组状态	调试启动阶段
异常缺陷现象	9:40时3DEG201GF跳闸，现场查看报警为RRI阀门联锁跳闸。后接主控令，启动3DEG201GF，在启动过程中，出现供油油温高和供油压差低报警跳闸。oncall机械和仪控到现场后，待油温下降到正常温度时，再次启动，供油油温快速升高，手动停运冷冻机组，机械继续处理。现3DEG101GF运行，导叶开度：21.5%，冷冻水出温15.0 ℃
风险或潜在后果	导致冷冻机组无法重启
干预行动	已采取的行动措施： 1）现场检查确认故障报警； 2）切换到3DEG101GF运行； 3）oncall机械和仪控检查处理
原因分析	润滑油冷却回路制冷剂滤网堵塞，润滑油无法正常冷却
消缺行动	机械处理反馈： 1）检修过程： ①领取工作许可证，与运行交流工作信息； ②现场确认设备标牌正确； ③关闭3DEG216/218VQ； ④拆卸3DEG201FI盖板，清洗冷媒滤芯； ⑤滤芯堵塞较严重； ⑥更换新滤芯，回装盖板，螺栓锁紧力矩10 N·m； ⑦清理现场，结束工作； ⑧临时摘牌起机验证，冷水机组运行正常，润滑油温度46.7 ℃； 2）故障原因分析：润滑油冷却回路制冷剂滤网堵塞，润滑油无法正常冷却

续 表

相关知识	油温的调整： 制冷机运行中用油温调节阀(3DEG127VQ/227VQ/327VQ)将供油温度调节在 35~55 ℃范围内。油温调节阀(3DEG127VQ/227VQ/327VQ)的开度在现场调试时根据机组运行的工况已整定好，在机组运行的过程中，随工况的变化，供油温度一般会出现波动，若在允许的 35~55 ℃范围内，现场一般不再作调整；若供油温度超出正常范围则有必要进行调节。供油温度过高，到 57 ℃时报警，62 ℃冷冻机停止运行。 油温调节阀(3DEG127VQ/227VQ/327VQ)是调节供给油冷却器的冷媒液的量来调节油温，用手动调节时，关小油温调节阀，冷却效果将急剧降低，油温将上升；若开大油温调节阀(3DEG127VQ/227VQ/327VQ)，油温将降低。 制冷机停机期间，保持油箱中油温在 50~55 ℃之间。电加热器在制冷机运行中自动切断加热，而当制冷机停机后又自动进入加热状态。 机组初次安装投运时或机组长期断电停机后应提前 12 h 使油加热器投入工作(机组通电后油加热器就自动投入工作)，将油温保持在 45~55 ℃之间。启动前最好先启动油泵运行 2~3 min，使油箱内油温分布均匀
参考资料信息	维修二处机械：完工报告《FQ3-MA01-RCWO-00283506/01 3DEG201GF 油温高无法启动》； WR/WOT：00136154/00283506-01(紧急工单)； DEG 冷水机组设备运行维修手册(EOMM)
编　　者	运行二处一值：谷铁　　　时间：2019 年 03 月 11 日

2.1.21 1DEG101GF 启动后主控 KIC 上电流指示 1DEG101MI_ 1 为 XXX

异常缺陷名称	1DEG101GF 启动后主控 KIC 上电流指示 1DEG101MI_ 1 为 XXX
发生时间	2014 年 12 月 05 日中班
机组状态	RP 模式，满功率
异常缺陷现象	1DEG101GF 启动后主控 KIC 上电流指示 1DEG101MI_ 1 为 XXX，但 OM 框中有示数

续 表

风险或潜在后果	导致无法通过 1DEG101MI_ 1 监测 1DEG101GF 运行电流
干预行动	已采取的行动措施： 安排现场加强监视 1DEG101GF 的各项运行参数
原因分析	DCS 一、二层数据不一致
消缺行动	机械处理反馈： 1）检修步骤： ①现场验证工作边界，确认设备位置与设备标牌； ②输入工作站密码，登陆工作站； ③登陆软件工程师权限，进入 ICC； ④找到洋红色的模块，进行 DELETE&UNDELETE 操作； ⑤退出 ICC，恢复工作站初始权限； 2）故障原因分析：一、二层数据不一致
相关知识	1/2DEG 冷冻机驱动电机额定电流为 58 A（3/4DEG 驱动电机额定电流为 51.4 A），电机电流与导叶间的控制联锁关系如下： 1）主电动机达到满转速后约 30 s，进口导叶自动打开，并按所需冷冻水出水温度自动调节制冷量。刚开机时由于冷冻水进口温度比较高，机组内制冷剂吸入流量大，负荷大。若进口导叶尚未开到 100%开度，主电动机就已达到额定电流时，导叶开的动作将会自动停止；若在此状态下负荷再增大至额定电流的 105%时，将会实现强制关闭导叶的动作，以防止主电动机超负荷； 2）当主电动机的电流降至额定值的 95%以下时，导叶再恢复自动开大动作，直至达到所需冷冻水出水温度及制冷量； 3）当用手动“开”导叶时，主电机负荷限制仍然在起作用，主电动机一旦达到额定电流，这时若还在继续手动操作“开”，导叶也不会再继续打开，这时应停止“开”操作，应等主电动机的电流降至额定值的 95%以下以后，再继续做“开”操作
参考资料信息	维修一处仪控：完工报告《FQ1-MA03-RCWO-00074389/01 1DEG-101GF 启动后主控 KIC 上电流指示 1DEG101MI_ 1 为 XXX》； WR/WOT：00028949/00074389-01（计划工单）； 其他类似异常缺陷： 2015 年 6 月 25 日紧急工单“1DEG101GF 启动后电流在 KIC 上显示为 XXXX（00118751-01）”。 故障原因分析：一二层通讯问题；

续　表

参考资料信息	详情请见维修一处：完工报告《FQ1-MA03-RCWO-00118751/01 1DEG101GF 启动后电流在 KIC 上显示为 XXXX》	
编　　者	运行二处一值：谷铁	时间：2019 年 03 月 11 日

2.1.22　4DEG101GF 维修后试验供油温度高

异常缺陷名称	4DEG101GF 维修后试验供油温度高
发生时间	2019 年 12 月 29 日早班
机组状态	RP 模式，满功率
异常缺陷现象	启动 4DEG101GF 的过程中，约 1 min 后，因供油温度高跳闸。中班启动 4DEG101GF 后再次出现油温高报警，油温升至 60 ℃，根据机械工作负责人要求就地手动停机，机械就地尝试手动启动冷媒泵无反应
风险或潜在后果	导致 4DEG101GF 不可用，产生 IO2：DEG1
干预行动	已采取的行动措施： 1）oncall 机械和仪控检查处理； 2）经仪控冷媒泵控制回路短接后，成功启动冷媒泵和 4DEG101GF； 3）经观察两天 4DEG101GF 运行未见异常，拆除冷媒泵控制回路短接，重新启动 4DEG101GF 验证，冷冻机运行正常未见异常
原因分析	1）4DEG101GF 维修后试验起机阶段，冷水机组主机启动时油箱内油位偏高，冷水机组启动负荷过大（约 83%），轴承温升快； 2）冬季冷却水温度低，起机阶段冷凝压力低于最低要求 470 kPa，其与蒸发器之间压差（冷媒压差）小，润滑油冷却器冷却用冷媒量不足无法稳定油温； 3）该冷水机组冷媒泵 4DEG102PO 未参与起机阶段润滑油辅助冷却
消缺行动	机械处理反馈： 1）油温高原因： ①4DEG101GF 维修后试验起机阶段，冷水机组主机启动时油箱内油位偏高，冷水机组启动负荷过大（约 83%），轴承温升快；

续 表

消缺行动	②冬季冷却水温度低，起机阶段冷凝压力低于最低要求470 kPa，其与蒸发器之间压差(冷媒压差)小，润滑油冷却器冷却用冷媒量不足无法稳定油温； ③该冷水机组冷媒泵 4DEG102PO 未参与起机阶段润滑油辅助冷却； 2)处理措施： ①排出油箱内适量润滑油； ②起机阶段强制启动冷媒泵辅助冷却润滑油，对润滑油供油压差调节阀及油温调节阀进行适度调整； 3)处理结果： 进行 3 次起机验证(其中两次未启动冷媒泵)，机组可顺利启动，运行正常
相关知识	油温的调整： 制冷机运行中用油温调节阀(4DEG127VQ/227VQ/327VQ)将供油温度调节在 35～55 ℃范围内。油温调节阀(4DEG127VQ/227VQ/327VQ)的开度在现场调试时根据机组运行的工况已整定好，在机组运行的过程中，随工况的变化，供油温度一般会出现波动，若在允许的35～55 ℃范围内，现场一般不再作调整；若供油温度超出正常范围则有必要进行调节。供油温度过高，到 57 ℃时报警，62 ℃冷冻机停止运行。 油温调节阀(4DEG127VQ/227VQ/327VQ)是调节供给油冷却器的冷媒液的量来调节油温，用手动调节时，关小油温调节阀，冷却效果将急剧降低，油温将上升；若开大油温调节阀(4DEG127VQ/227VQ/327VQ)，油温将降低。 制冷机停机期间，保持油箱中油温在 50～55 ℃之间。电加热器在制冷机运行中自动切断加热，而当制冷机停机后又自动进入加热状态。 机组初次安装投运时或机组长期断电停机后应提前 12 h 使油加热器投入工作(机组通电后油加热器就自动投入工作)，将油温保持在 45～55 ℃之间。启动前最好先启动油泵运行 2～3 min，使油箱内油温分布均匀
参考资料信息	维修二处机械：“4DEG101GF 维修后试验供油温度高原因反馈”邮件； 运行二处 eSOMS 日志； DEG 冷水机组设备运行维修手册(EOMM)
编　　者	运行二处一值：谷铁　　　时间：2020 年 01 月 16 日

2.1.23　3DEG201GF 因供油温度高保护跳闸，无法启动

异常缺陷名称	3DEG201GF 因供油温度高保护跳闸，无法启动
发生时间	2020 年 04 月 29 日中班
机组状态	RP 模式，满功率
异常缺陷现象	中班启动 3DEG201GF 时，启动后就地出现供油温度高报警导致 3DEG201GF 跳闸，现场油温最高约 81 ℃
风险或潜在后果	降低冷冻水机组可靠性，产生 DEG1 的第二组 IO：DEG1
干预行动	已采取的行动措施： 1)安排现场检查冷冻机故障跳闸原因为供油温度高报警导致 3DEG201GF 跳闸，油温最高达到 81 ℃； 2)安排现场检查 3DEG201RF 油冷却器在线是否存在异常(检查 3DEG203VH/204VH 在线)，未见异常； 3)oncall 维修机械检查处理； 4)检查供油压差是否存在异常，供油压差稍偏低，机械调整 3DEG202VH 后，供油压差恢复正常后，但仍然会出现供油温度高跳机
原因分析	3DEG201GF 导叶 0 位与导叶执行器不一致，冷水机组主机启动时导叶未完全闭合，机组启动负荷过大(约 79%)，轴承温升快
消缺行动	机械处理反馈： 1)已采取措施： ①仪控检查机组冷媒泵并确认工作正常； ②电气专业检查导叶执行机构驱动马达并对其重新校对； ③对润滑油供油压差调节阀及油温调节阀进行适度调整后，启动 3DEG201GF 成功； 2)原因分析： ①直接原因：3DEG201GF 起机阶段供油温度升至 62 ℃，冷水机组保护停机； ②根本原因：3DEG201GF 导叶 0 位与导叶执行器不一致，冷水机组主机启动时导叶未完全闭合，机组启动负荷过大(约 79%)，轴承温升快； ③促成原因：供油压差及油温调节阀调节不当，未在供油温度上升初始阶段及时调整油压及油温调节阀

续 表

相关知识	制冷机运行中用油温调节阀(3DEG127VQ/227VQ/327VQ)将供油温度调节在35~55 ℃范围内。油温调节阀(3DEG127VQ/227VQ/327VQ)的开度在现场调试时根据机组运行的工况已整定好，在机组运行的过程中，随工况的变化，供油温度一般会出现波动，若在允许的35~55 ℃范围内，现场一般不再作调整；若供油温度超出正常范围则有必要进行调节。供油温度过高，到57 ℃时报警，62 ℃冷冻机停止运行。 油温调节阀(3DEG127VQ/227VQ/327VQ)是调节供给油冷却器的冷媒液的量来调节油温，用手动调节时，关小油温调节阀，冷却效果将降低，油温将上升；若开大油温调节阀(3DEG127VQ/227VQ/327VQ)，油温将降低。 制冷机停机期间，保持油箱中油温在50~55 ℃之间。电加热器在制冷机运行中自动切断加热，而当制冷机停机后又自动进入加热状态。 机组初次安装投运时或机组长期断电停机后应提前12 h使油加热器投入工作(机组通电后油加热器就自动投入工作)，将油温保持在45~55 ℃之间。启动前最好先启动油泵运行2~3 min，使油箱内油温分布均匀
参考资料信息	维修二处：维修二处日常维修日报20200506； 核安全处：福清核电1~4号机组核安全周报(2020年4月27日~2020年5月3日)； WR/WOT：00725578/01577395-01(计划工单)
编　者	运行二处一值：谷铁　　时间：2020年05月07日

2.1.24 DEG系统设备异常缺陷处理总结：

DEG常见异常缺陷(病历)原因和处理方法总结：

缺陷/异常名称	故障可能原因	处理方法
DEG冷冻机组导叶开度断线报警	1)电动执行机构开反馈电流波动； 2)执行机构电位器零位和满位漂移； 3)控制柜内电缆接线松动	运行干预主要步骤： 1)检查确认导叶切到手动控制； 2)检查冷冻机组蒸发压力、出水温度等参数； 3)联系维修专业检查处理； 4)复位故障报警，确认参数在正常范围内，恢复导叶自动控制

续 表

缺陷/异常名称	故障可能原因	处理方法
电机运行时有杂音，不正常	1)轴承磨损，有故障； 2)定、转子铁芯松动； 3)电压太高或不平衡； 4)轴承缺少润滑脂； 5)风扇碰风罩或风道阻塞； 6)气隙不均匀，定子转子相擦	1)检修或更换新轴承； 2)检查振动原因，重新压紧铁芯进行处理； 3)测量电源电压，检查电压太高或不平衡的原因，并进行处理； 4)清洗轴承，添加润滑脂，使其充满轴承室容积的1/2~2/3； 5)修理风扇和风罩，使其尺寸正确，清理风道； 6)调整气隙，提高装配质量
蒸发压力过低	1)冷水量不足； 2)冷负荷少、冷水温度低； 3)节流孔板故障； 4)蒸发器的传热管因水垢等污染而使传热恶化； 5)冷媒量不足(最常见的原因)	1)检查冷水回路，使冷水量达到额定水量； 2)检查自动起停装置的整定温度； 3)检查节流孔板是否畅通； 4)清扫传热管； 5)补充冷媒至所需量
断水	1)冷水量不足； 2)差压计故障	1)检查冷水泵及冷水回路，调至正常流量； 2)检修差压计
油压差过低	1)油过滤器堵塞； 2)油压调节阀(泄油阀)开度过大； 3)油泵的输出油量减少； 4)压缩机轴承磨损； 5)油压传感器失灵； 6)润滑油中混入的制冷剂过多(由于启动时油起泡而使油压过低)	1)更换油过滤芯； 2)关小油压调节阀使油压升至额定油压； 3)解体检查； 4)更换轴承； 5)检查油压压力传感器，必要时更换； 6)制冷机停车后务必将油加热器投入，保持给定油温(确认油加热器有无断线，油加热器温度控制的整定值是否正确)

续 表

缺陷/异常名称	故障可能原因	处理方法
油温过高	1）油冷却器冷却能力降低； 2）因冷媒过滤器网堵塞而使油冷却器冷却用制冷剂的供给量不足； 3）压缩机轴承磨损	1）调整油温调节阀； 2）清扫冷媒过滤器网； 3）解体后修理或更换轴承

2.2 上充泵房应急通风系统(DVH)

2.2.1 执行定期试验 FQ2-DVH-T-004 时按下 2JDT523TO 后，2DVN260VAF 未按预期关闭

异常缺陷名称	执行定期试验 FQ2-DVH-T-004 时按下 2JDT523TO 后，2DVN260VAF 未按预期关闭
发生时间	2017 年 09 月 11 日中班
机组状态	RP 模式，满功率
异常缺陷现象	执行定期试验 FQ2-DVH-T-004 期间，按下 2JDT523TO 后，2DVN-260VAF 未按预期关闭
风险或潜在后果	1)当相应房间发生火灾时，2DVN260VAF 无法正常关闭，会导致火势蔓延； 2)导致 QSR 定期试验不合格
干预行动	已采取的行动措施： 1)现场检查 2DVN260VAF 阀门执行机构未见明显异常； 2)联系仪控对电磁阀进行检查
原因分析	传动装置高温熔断锁片断裂，挤压传动连杆导致故障触发
消缺行动	仪控处理反馈： 1)检修过程： ①现场确认设备位置，开工前通知主控，就地检查确认电磁阀外观完好，防火阀无明显卡涩，对 2DVN260VAF 通道及功能进行强制验证，确认通道正常，但电磁阀通电后未能正常关闭 2DVN260VAF 防火阀，对电磁阀进行检查，发现线路老化，更换电磁阀； ②对 2DVN260VAF 传动装置检查过程中，发现就地高温熔断片断裂，导致阀板复位后，手动关闭阀门的机构卡住，反馈业主，领取高温熔断片备件； ③对高温熔断片进行更换，强制 2DVN260VAF 动作正常，解除强制，恢复设备初始状态； ④运行人员重新执行 FQ2-DVH-T-004 试验，结果合格； 2)故障原因分析：传动装置高温熔断锁片断裂，挤压传动连杆导致故障触发

续 表

相关知识	2JDT523TO 按下将联锁关闭阀门 2DVN263VAF、2DVN260VAF、2DVN456VAF、2DVN271VAF、2DVH006VAF、2DVH010VAF、2DVH014VAF
参考资料信息	维修一处仪控：完工报告《FQ2-MA03-RCWO-00704583/01 执行 FQ2-DVH-T-004 试验时，按下 2JDT523TO 后，2DVN260VAF 未按预期关闭，怀疑 2DVN260VAF 电磁阀故障》； WR/WOT：00288979/00704583-01（紧急工单）； 运行一处 eSOMS 日志
编　　者	运行二处一值：张美强 | 时间：2020 年 01 月 08 日

2.2.2 执行 FQ1-DVH-T-004 过程时，按下 1JDT524TO 后，1DVH011VAF 显示为故障红色，未正常关闭

异常缺陷名称	执行 FQ1-DVH-T-004 过程时，按下 1JDT524TO 后，1DVH011VAF 显示为故障红色，未正常关闭
发生时间	2018 年 01 月 20 日早班
机组状态	RP 模式，满功率
异常缺陷现象	执行 FQ1-DVH-T-004 过程时，按下 1JDT524TO 后，KIC 中 1DVH011VAF 显示为故障红色，现场检查阀门未正常关闭
风险或潜在后果	1）防火阀无法自动关闭，导致定期试验不合格； 2）当火灾出现时，防火阀无法自动关闭，将可能引起火灾蔓延
干预行动	已采取的行动措施： 1）安排现场检查确认阀门的实际妆容，发现阀门未正常关闭； 2）oncall 电气检查处理
原因分析	电磁铁吸力不足，使得电磁阀推杆吸入距离过短，防火阀未正常关闭
消缺行动	电气处理反馈： 1）工作过程： ①到现场验证隔离边界、召开工前会； ②现场联系机械人员拆除 1DVH027VAN、1DVH028VAN 重力卸压阀；

续　表

消缺行动	③打开电磁阀盒盖，测量电磁阀线圈阻值 1DVH011VAF：61.5 Ω、1DVH015VAF：62.5 Ω，对地绝缘均>55 MΩ； ④调整电磁阀推杆位置，联系运行人员给关命令，电磁阀推杆吸入距离过短，防火阀未正常关闭； ⑤确认电磁铁吸力不足，领取同型号备件并更换； ⑥联系运行人员做实验验证，确认防火阀能正常关闭，缺陷消除； ⑦确认工作现场已清理，召开工后会，归还工作许可证，填写完工报告； 2）故障原因分析：电磁铁吸力不足	
相关知识	KIC 上的 1SFZ524KG 置于 CLOSE 或是 9JDT016CR 上的 1JDT524TO 按下时，防火阀 1DVH007/011/015VAF 和 1DVN454/163/171VAF 将自动关闭	
参考资料信息	维修一处电气：EAM 中工单 00835434-01 的完工报告； WR/WOT：00337896/00835434-01（紧急工单）	
编　　者	运行二处一值：张美强	时间：2020 年 01 月 08 日

2.2.3　巡盘发现 2DVH010VAF 未知原因关闭

异常缺陷名称	巡盘发现 2DVH010VAF 未知原因关闭
发生时间	2018 年 06 月 13 日早班
机组状态	RP 模式，电功率 1078 MWe
异常缺陷现象	巡盘发现 2DVH010VAF 未知原因关闭
风险或潜在后果	导致 2RCV002PO 房间应急通风部分丧失，产生第一组事件 IO1：DVH1
干预行动	已采取的行动措施： 1）安排现场检查确认 2DVH010VAF 现场阀门处于关闭状态； 2）主控确认无火警联锁关闭阀门的信号触发情况； 3）oncall 电气检查处理
原因分析	长期使用后，防火阀 2DVH010VAF 温感器熔断片焊接强度下降，熔断片断裂，使叶片挂钩脱开，导致防火阀关闭

续　表

消缺行动	电气处理反馈： 1)工作过程： ①联系脚手架人员搭设脚手架； ②联系机械人员拆除重力卸压阀 2DVH025VAN； ③测量电磁阀线圈直阻为 62.9 Ω，对地绝缘为 50 MΩ； ④防火阀 2DVH010VAF 本体挂钩组件正常、无变形，温感器上熔断片断裂； ⑤领取熔断片备件并更换； ⑥打开防火阀，用橡胶锤较大幅度敲击防火阀周边，防火阀保持开启状态，未关闭； ⑦联系运行人员现场验收，确认缺陷已消除； ⑧联系机械人员恢复重力卸压阀 2DVH025VAN； ⑨工作完成，清理工作现场，归还工作许可证，填写完工报告； 2)故障原因分析：长期使用后，防火阀 2DVH010VAF 温感器熔断片焊接强度下降，熔断片断裂，使叶片挂钩脱开，导致防火阀关闭
相关知识	KIC 上的 1SFZ523KG 置于 CLOSE 或是 9JDT016CR 上的 1JDT523TO 按下时，防火阀 1DVH006/010/014VAF、1DVN160/163/171/454VAF 将自动关闭
参考资料信息	维修一处电气：EAM 中工单 00944441-01 的完工报告； WR/WOT：00400884/00944441-01(紧急工单)
编　者	运行二处一值：张美强　　　时间：2020 年 01 月 08 日

2.3 设备冷却水房间通风系统(DVI)

执行 SFZ 试验过程中，两次按下 2JDT527TO，2DVI012VAF 均无法关闭

异常缺陷名称	执行 SFZ 试验过程中，两次按下 2JDT527TO，2DVI012VAF 均无法关闭
发生时间	2018 年 08 月 04 日中班
机组状态	RP 模式，电功率 1072 MWe
异常缺陷现象	执行预大修试验（Q)FQ2-SFZ-T-008：防火挡板关闭能力及关闭指示灯试验规程，试验过程中两次按下 2JDT527TO，2DVI012VAF 均无法关闭
风险或潜在后果	导致防火阀 2DVI012VAF 在火警触发时无法正常关闭，将存在导致火势蔓延的风险。处理 2DVI012VAF 时需要停运 2DVI001ZV、002ZV、003ZV、004ZV 四台风机，导致 2RRI 设备间丧失通风，将产生第二组 IO：DVI1
干预行动	已采取的行动措施： 1)运行现场检查 2DVI012VAF 外观未见明显异常； 2)oncall 电气检查处理； 3)配合工作负责人停运 2DVI 系统风机，并按技术规范要求安排现场加强关注 2RRI 设备间温度； 4)缺陷消除后，解除隔离，重新执行 FQ2-SFZ-T-008 和恢复 2DVI 系统运行
原因分析	2DVI012VAF 风阀长期处于开启状态，执行机构内部弹簧失效导致无法自动关闭
消缺行动	电气处理反馈： 1)检查内容：检查发现 2DVI012VAF 风阀结构损坏； 2)处理措施：对 2DVI012VAF 风阀进行更换； 3)处理结果：更换后手动操作风阀，风阀能够正常关闭。运行人员执行例行试验，验证 2DVI012VAF 风阀能够正常电动开关； 4)故障原因分析：2DVI012VAF 风阀长期处于开启状态，执行机构内部弹簧失效导致无法自动关闭

续 表

相关知识	2JDT527TO 按下将联锁关闭阀门 2DVI012VAF、2DVI017VAF、2DVI019VAF	
参考资料信息	运行一处 ESOMS 日志； 维修一处电气：EAM 中工单 00986986-01、00987297-01 的完工报告； WR/WOT：00424492/00986986-01（紧急工单）、00424555/00987297-01（计划工单）	
编　　者	运行二处一值：张美强	时间：2019 年 11 月 08 日

2.4 核燃料厂房通风系统(DVK)

2.4.1 2DVK202MV(2DVK002ZV 轴承非驱动端振动)频繁闪发振动高报警

异常缺陷名称	2DVK202MV(2DVK002ZV 轴承非驱动端振动)频繁闪发振动高报警	
发生时间	2019 年 05 月 31 日中班	
机组状态	RP 模式，电功率 836 MWe	
异常缺陷现象	主控频繁闪发 2DVK102KA(2DVK002ZV 振动和温度综合报警)，就地核实为 2DVK202MV 振动高，联系机械检查确认风机振动真实高	
风险或潜在后果	导致 2DVK002ZV 风机轴承振动高，轴承存在磨损的风险	
干预行动	已采取的行动措施： 1)安排现场检查核实，确认为 2DVK202MV 振动高，要求现场加强监视风机轴承温度上涨情况，有异常及时反馈； 2)立即将 2DVK002/004ZV 切换至 2DVK001/003ZV 运行； 3)oncall 机械检查处理	
原因分析	基础垫铁发生了位移	
消缺行动	机械处理反馈： 1)检查内容：在线调整基础垫铁； 2)处理结果：运行 4 h 无闪发振动高报警，最高振动 2.8 mm/s，满足运行要求； 3)故障原因分析：基础垫铁发生了位移	
相关知识	2DVK202MV 振动值大于 5.5 mm/s 时产生高报，大于 6.3 mm/s 时产生高高报，均触发 2DVK102KA(2DVK002ZV 振动和温度综合报警)	
参考资料信息	维修一处机械：2DVK202MV 频繁闪发振动高报警处理反馈； WR/WOT：00562151/01253490-01(紧急工单)	
编　　者	运行二处一值：高鹏威	时间：2019 年 09 月 16 日

2.4.2 3DVK001SZ 湿度高报警一直触发，检查发现 3DVK005RS 未自动启动

异常缺陷名称	3DVK001SZ 湿度高报警一直触发，检查发现 3DVK005RS 未自动启动	
发生时间	2016 年 01 月 02 日中班	
机组状态	机组调试阶段	
异常缺陷现象	主控 KIC 中碘吸附器湿度高报警灯 3DVK001SZ 一直触发，但 3DVK005RS 未自动启动	
风险或潜在后果	可能导致碘吸附器湿度高而失效	
干预行动	已采取的行动措施： 1)安排现场检查 3DVK005RS 上游的供电开关为推入送电状态； 2)安排现场使用 3DVK001CC 复位，3DVK005RS 仍未启动	
原因分析	1)3LKL261JA 抽屉柜内元器件故障； 2)3DVK005RS 为上升沿信号触发启动，重新触发上升沿信号之后，3DVK005RS 正常启动	
消缺行动	电气处理反馈： 1)检修过程： ①对 3LKL261JA 抽屉柜内部接线及元器件进行检查时发现 3DVKC0251-2 号芯线脱落； ②对 3DVKC0251-2 号芯线进行端接，插入试验盒，按下合闸按钮，合闸指示灯亮；按下分闸按钮，分闸指示灯亮； ③请运行人员验收，分闸合闸都正常； ④3DVK001CC 复位后加热器仍未启动，经仪控检查核实 3DVK005RS 为上升沿信号触发启动，重新触发上升沿信号之后，3DVK005RS 正常启动； 2)故障原因分析：①3LKL261JA 抽屉柜内元器件故障；②3DVK005RS为上升沿信号触发启动，重新触发上升沿信号之后，3DVK005RS 正常启动	
相关知识	电加热器温度 DVK005ST 不高(<50 ℃)& 碘吸附器管线内温度 DVK001ST 不高(<80 ℃)，则电加热器 DVK005RS 将自动启动	
参考资料信息	维修二处电气：EAM 中工单 00206658-01 完工报告； 3DVK 系统逻辑图； ESOMS 日志(2016 年 01 月 02 日)； WR/WOT：00094181/00206658-01(紧急工单)	
编　　者	运行二处一值：高鹏威	时间：2019 年 03 月 18 日

2.5 核辅助厂房通风系统(DVN)

2.5.1 9DVN614MV 频繁闪发报警

异常缺陷名称	9DVN614MV 频繁闪发报警
发生时间	2018 年 07 月 18 日中班
机组状态	1 号机组：RP 模式，满功率；2 号机组：RP 模式，满功率
异常缺陷现象	主控闪发 2DVN103KA(2DVN003ZV 温度和振动综合故障报警)，现场查看为 9DVN614MV(003ZV 非驱动端振动值)瞬间振动达到 6 mm/s以上，几秒后回落到正常值
风险或潜在后果	报警频繁闪发，影响 2DVN003ZV 温度和振动的监视
干预行动	已采取的行动措施： 1)安排现场检查确认 2DVN003ZV 监控柜上的温度和振动变化趋势，确认轴承温度正常，并加强监视； 2)oncall 仪控检查处理； 3)做好切换到备用列风机的准备
原因分析	电缆线长时间甩动导致航空插头尾部松动、航空插头焊点断开，引起报警闪发
消缺行动	仪控处理反馈： 1)检修措施及步骤： ①现场确认 9DVN614MV 振动探头设备位置； ②拆下探头，检查航空插头，航空插头尾部松动，旋开发现探头焊点处有两根线(红白)断开； ③拆下航空插头以及对应一截电缆，带回实验室进行修复，完成后回装，确认温度显示正常，为 21.3 ℃； ④2DVN003ZV 启动后，观察 9DVN614MV 对应值在面板显示正常，无异常报警； 2)故障原因分析：电缆线长时间甩动导致航空插头尾部松动、航空插头焊点断开，引起报警闪发
相关知识	2DVN003MO 或 2DVN003ZV 振动值超标(高报 2DVN612、613、614MV≥5.5 mm/s)，2DVN003MO 或 2DVN003ZV 振动值超标(高高报 2DVN612、613、614MV≥6.3 mm/s)时，将触发 2DVN103KA(2DVN003ZV 温度和振动综合故障报警)

续 表

参考资料信息	维修一处仪控：EAM 中工单 00974101-01 的完工报告； 运行一处 eSOMS 日志； WR/WOT：00416523/00974101-01（紧急工单）	
编　者	运行二处一值：石亿虎	时间：2019 年 03 月 18 日

2.5.2　8DVN457VAF 意外关闭导致主控出现上充泵房温度高报警

异常缺陷名称	8DVN457VAF 意外关闭导致主控出现上充泵房温度高报警
发生时间	2016 年 12 月 30 早班
机组状态	RP 模式，满功率
异常缺陷现象	主控出现上充泵房温度高报警，主控出现报警后通知现场检查上充泵房的通风情况，现场检查发现上充泵房风量与平时相比明显减小，经进一步在线检查，发现 8DVN457VAF 手柄和执行机构的连接螺栓松脱，导致该风阀实际为关闭，但由于电机触点仍在开启位置，主控仍然显示该阀门为开启
风险或潜在后果	上充泵房房间温度升高，若应急通风机未正常启动，将可能引起上充泵的轴承振动、轴承温度和油温升高，影响上充泵安全运行，不利于机组的安全
干预行动	已采取的行动措施： 1）立即安排现场确认上充泵房通风情况，确认上充泵运行参数未见异常； 2）确保启动 3DVH 风机为上充泵房提供通风； 3）联系维修将该螺栓重新紧固连接，而后开启 8DVN457VAF，上充泵房温度逐渐回落
原因分析	1）直接原因：手柄和执行机构的连接螺栓脱扣导致风阀意外关闭； 2）根本原因：手柄和执行机构的连接螺栓不够可靠
消缺行动	电气处理反馈： 正常时内部电机带动执行机构，通过连接螺栓驱动手柄使风阀动作。但由于连接螺栓脱扣，手柄和执行机构分离，使得电机仍停留在开限位，而阀门实际处于关闭状态

续　表

相关知识	上充泵房温度上升到 46 ℃时，对应系列的 DVH 风机将自动启动	
参考资料信息	每日一条安全信息——8DVN457VAF 意外关闭导致主控出现上充泵房温度高报警	
编　者	运行二处一值：石亿虎	时间：2019 年 03 月 18 日

2.5.3　4DVN011ZV 故障跳闸

异常缺陷名称	4DVN011ZV 故障跳闸
发生时间	2019 年 05 月 23 日中班
机组状态	3 号机组：RP 模式，电功率 836 MWe；4 号机组：RP 模式，电功率 836 MWe
异常缺陷现象	23:01 主控出现 4LLA009KA（LLC 总故障报警），经核查为 4LLC2101JA 故障报警灯亮，风机停运。复位后报警消失后再次出现
风险或潜在后果	影响 NB223 房间暖风的供应的可靠性，需关注 8NB223 房间温度和 4DVN012AE 运行情况，技术规范要求硼酸补充回路（REA 硼酸回路）温度必须大于 22 ℃
干预行动	已采取的行动措施： 1）安排现场将 4LLC2101JA（4DVN011ZV 供电开关）和 4LLC2111JA（4DVN011RS 供电开关）拉出； 2）安排现场关注 8NB223 房间温度和 4DVN012AE 运行情况
原因分析	1）双封轴承油量减少导致轴承卡涩； 2）风叶断裂，导致电机被卡住
消缺行动	电气处理反馈： 1）检修过程： ①打开 4DVN011ZV 接线盒，确认无异物，进行验电，确认无电； ②将 4DVN011ZV 拆除，并做好拆接线记录，经检查确认风机叶轮断裂损坏； ③对电机进行解体，同时空载试验，确认无异常； ④联系焊工对风机风扇叶轮进行修复，同时对风机风扇叶轮做 PT 检测及 RT 检测分析，检测结果合格；

续　表

消缺行动	⑤按照拆接线记录对 4DVN011ZV 进行回装，确认接线正确无松动； ⑥更换工作许可证，对 4DVN011ZV 进行送电试验，风机运行正常； ⑦测得风机电流 A 相：1.70A，B 相：1.79A，C 相：1.71A，测量电机振动为：1.4 mm/s，结果合格； ⑧工作完成后，归还工作许可证； 2）故障原因分析：①双封轴承油量减少导致轴承卡涩；②风叶断裂，导致电机被卡住
相关知识	NB223 房间有 4DVN011AE 和 4DVN012AE 两台暖风机组，两台暖风机组的控制定值均为 23 ℃
参考资料信息	维修二处电气：EAM 中工单 01241755-01 的完工报告、维修二处维修日报 20190530； 运行二处 4 号机组 eSOMS 日志； WR/WOT：00557775/01241755-01（紧急工单）
编　　者	运行二处一值：石亿虎　　时间：2020 年 04 月 08 日

2.5.4　9DVN002ZV 现场停运，主控 KIC 显示运行状态

异常缺陷名称	9DVN002ZV 现场停运，主控 KIC 显示运行状态
发生时间	2014 年 05 月 23 日夜班
机组状态	1 号机组：调试启动阶段；2 号机组：调试建设阶段
异常缺陷现象	9DVN002ZV 现场实际为停运状态，主控 KIC 显示运行状态
风险或潜在后果	主控 KIC 中无法准确监视 9DVN002ZV 的运行状态
干预行动	已采取的行动措施： 1）安排现场在 KSN 上和就地风机控制柜以及就地听音确认 9DVN002ZV 为停运状态； 2）安排现场检查 9DVN002ZV 供电开关状态，尝试拉出开关重新送电； 3）oncall 电气检查处理

续 表

原因分析	检查发现 9DVN002ZV 上游电源抽屉 9LKI1161JA 内接触器辅助触点脱落，导致风机状态反馈不正常	
消缺行动	电气处理反馈： 1)检修措施及步骤： ①现场检查发现 9DVN002ZV 停运，拆除 9LKI1161JA 抽屉 001BN 端子排上的 4、5、6 号端子接线，测量发现 4、5 号端子导通，4、6 号端子不通，与正常状态相反； ②将抽屉抽出，打开抽屉面板，发现接触器一侧的辅助触点卡槽损坏，辅助触点脱落，从而导致端子的状态错误； ③调整辅助触点位置，将两个接触器辅助触点固定在接触器另一侧，测量发现 001BN 的 4、5 号端子断开，4、6 号端子接通，状态正常； ④将 001BN 端子排上的 4、5、6 号端子接线恢复，抽屉 9LKI1161JA 合闸，联系运行人员，确认 KIC 上显示 9DVN002ZV 停运，状态正常； ⑤清理工作现场，归还工作许可证； 2)故障原因分析：检查发现 9DVN002ZV 上游电源抽屉 9LKI1161JA 内接触器辅助触点脱落，导致风机状态反馈不正常	
相关知识	9DVN002ZV 为核辅助厂房通风系统(DVN)正常送风机	
参考资料信息	维修一处电气：EAM 中工单 00013051-01 的完工报告； 运行一处 1 号机组 eSOMS 日志； WR/WOT：00010348/00013051-01(紧急工单)	
编　　者	运行二处一值：石亿虎	时间：2020 年 04 月 08 日

2.5.5 2LKJ2181JA 故障导致 2DVN008ZV 主控 KIC 中显示为洋红色

异常缺陷名称	2LKJ2181JA 故障导致 2DVN008ZV 主控 KIC 中显示为洋红色
发生时间	2014 年 12 月 28 日早班
机组状态	1 号机组：RP 模式，满功率(DVN 系统设备由 1 号机管辖)
异常缺陷现象	2LKJ2181JA 故障导致 2DVN008ZV 主控 KIC 中显示为洋红色
风险或潜在后果	2DVN008ZV 不可用，产生双机组第二组 IO

续 表

干预行动	已采取的行动措施： oncall 维修电气检查	
原因分析	2LKJ2181JA 抽屉内 003SM 微动开关卡涩导致触点无法断开	
消缺行动	电气处理反馈： 1）工作过程： ①办理紧急维修工作指令单； ②现场召开工前会，讨论风险分析； ③与主控沟通后将 2LKJ2181JA 抽屉抽出； ④检查发现抽屉内 003SM 微动开关卡涩导致触点无法断开； ⑤现场对 003SM 紧固螺栓进行调整，调整后 003SM 触点动作正常； ⑥由运行人员将 2LKJ2181JA 送电，主控启动下游风机后 KIC 上洋红色报警消除； ⑦清理现场，填写完工报告。 2）故障原因分析：2LKJ2181JA 抽屉内 003SM 微动开关卡涩导致触点无法断开	
相关知识	2DVN008ZV 为核辅助厂房通风系统（DVN）碘排风机	
参考资料信息	维修一处电气：EAM 中工单 00081470-01 的完工报告； WR/WOT：00031261/00081470-01（紧急工单）	
编　　者	运行二处一值：王敏	时间：2019 年 04 月 11 日

2.6 安全注入和安全壳喷淋泵电机房通风系统(DVS)

2.6.1 1DVS002ZV 启动后，KIC 上显示洋红色

异常缺陷名称	1DVS002ZV 启动后，KIC 上显示洋红色	
发生时间	2015 年 10 月 30 日中班	
机组状态	1 号机组大修，机组 RCD 模式	
异常缺陷现象	1DVS002ZV 启动后，KIC 上显示洋红色	
风险或潜在后果	影响主控 KIC 监视 1DVS002ZV 的运行状态	
干预行动	已采取的行动措施： 1)安排现场检查 1DVS002ZV 供电开关是否存在异常； 2)联系仪控检查处理，仪控检查反馈风机开关限位都存在，怀疑电气开关限位问题转由电气处理	
原因分析	微动开关异常，导致风机开关限位都存在	
消缺行动	电气处理反馈： 1)工作过程： ①开工前验明无电； ②现场检查发现微动开关 001SM 与 003SM 之间的联动片缺失； ③核对备件对 001SM 和 003SM 整体更换； ④更换完毕，联系运行进行在线验证； ⑤1DVS002ZV 启停正常，报警消除； 2)故障原因分析：微动开关异常，导致风机开关限位都存在	
相关知识	DVS001/002ZV 为安全注入和安全壳喷淋泵通风系统送风机，为低压安注泵和安喷泵电机房间提供通风	
参考资料信息	WR/WOT：00080043/00168928-01(紧急工单)	
编　　者	运行二处一值：张美强	时间：2019 年 06 月 20 日

2.6.2 3DVS004ZV 主控 KIC 中显示洋红色

异常缺陷名称	3DVS004ZV 主控 KIC 中显示洋红色
发生时间	2016 年 04 月 13 日中班

续　表

机组状态	机组调试启动阶段
异常缺陷现象	主控 KIC 巡盘发现 3DVS004ZV 在 KIC 中显示洋红色
风险或潜在后果	影响主控 KIC 监视 3DVS004ZV 的运行状态
干预行动	已采取的行动措施： 1）安排现场检查 3DVS004ZV 开关状态，未见明显异常； 2）oncall 仪控检查，仪控反馈是由于电气柜上的信号未反馈到 DCS，转电气专业处理
原因分析	3LKL271JA 排查 TP 信号未送至 DCS，导致 3DVS004ZV 主控显示洋红色，经确认为 3LKL271JA 二次插线松动所致
消缺行动	电气处理反馈： 1）缺陷描述：3LKL271JA 排查 TP 信号未送至 DCS 原因，导致 3DVS004ZV 主控显示洋红色； 2）检修过程： ①与主控沟通了解情况后开紧急工作票； ②验证设备位号和隔离边界； ③检查 3LKL271JA 各部件、开关接线有无松动； ④发现 3LKL271JA 二次插线松动，并紧固； ⑤与当班值长沟通确认主控显示洋红色已消失； ⑥工作结束清理现场，归还工作许可证； 3）故障原因分析：3LKL271JA 二次插线松动
相关知识	DVS003/004ZV 为安全注入和安全壳喷淋泵通风系统排风机，为低压安注泵和安喷泵电机房间提供通风
参考资料信息	维修二处电气：EAM 中工单 00261630-01 的完工报告； 运行二处 3 号机 eSOMS 日志； WR/WOT：00122488/00261630-01（紧急工单）
编　　者	运行二处一值：张美强　　时间：2019 年 06 月 20 日

2.7 安全壳喷淋系统(EAS)

2.7.1 2EAS003PO 在 KIC 上无法手动启动

异常缺陷名称	2EAS003PO(EAS 化学添加剂混合泵)在 KIC 上无法手动启动
发生时间	2018 年 03 月 31 日中班
机组状态	RP 模式，满功率
异常缺陷现象	执行(Q)FQ2-EAS-T-004：氢氧化钠混合泵 003PO 性能试验规程时，连续两次都无法在 KIC 中手动启动 2EAS003PO，查询趋势发现其自动启动均正常，第三次手动启动成功
风险或潜在后果	影响 2EAS003PO 运行可靠性
干预行动	已采取的行动措施： 1)现场确认 2EAS003PO 供电正常； 2)联系仪控分析处理，再次尝试启动成功
原因分析	当手动启动 2EAS003PO 时，因 2EAS003PO 的运行反馈 RP 信号与计时器配合上存在问题。泵运行反馈 RP 信号为 1 时，计时块偶发不会及时清零的问题(根据分析，一般会在 2 s 之后成功清零)，此时产生 2EAS003PO 的停命令，导致 2EAS003PO 启动后又停运
消缺行动	仪控处理反馈： 1)工作过程： ①在工程师站下装脚本，修改 2EAS003PO_ L6 内部逻辑； ②临时修改 2EAS003PO 启停延时时间，手动启停该泵，验证该泵能正常手动、自动启停； ③恢复 2EAS003PO 启停延时时间，工作完成； 2)故障原因分析：当手动启动 2EAS003PO 时，因 2EAS003PO 的运行反馈 RP 信号与计时器配合上存在问题。泵运行反馈 RP 信号为 1 时，计时块偶发不会及时清零的问题(根据分析，一般会在2 s之后成功清零)，此时产生 2EAS003PO 的停命令，导致 2EAS003PO 启动后又停运
相关知识	EAS003PO 每 8 h 启动一次，运行 20 min 对 EAS001BA 内部碱液进行搅混

续 表

参考资料信息	维修一处仪控：EAM 中工单 00882997-01 的完工报告； 运行一处 2 号机组 eSOMS 日志； WR/WOT：00368865/ 00882997-01（计划工单）	
编　　者	运行二处一值：朱克勤	时间：2019 年 05 月 22 日

2.7.2　2EAS013VB 阀门故障无法开启

异常缺陷名称	2EAS013VB（地坑至 EAS001PO 隔离阀）阀门故障无法开启
发生时间	2017 年 07 月 17 日早班
机组状态	RP 模式，满功率
异常缺陷现象	执行（Q）FQ2-RPA-T-035：通过 RPA378KC 进行安全壳喷淋再循环信号试验规程时，2EAS013VB 接收到开启信号后实际并未开启，超时后主控显示大红色故障
风险或潜在后果	2EAS013VB 故障无法开启，影响 EAS 系统 A 列的可用性，导致产生随机 IO1：EAS1
干预行动	已采取的行动措施： 1）安排现场确认 2EAS013VB 实际未开启，检查阀门供电开关； 2）暂停试验，oncall 电气和仪控人员检查处理
原因分析	2EAS013VB 上游开关 2LLC3121JA 内三极负荷开关 001JS 内齿轮断裂，主回路无法接通，导致电动阀收到开阀信号后无法打开
消缺行动	电气处理反馈： 1）故障描述：电动阀 2EAS013VB 接收到开启信号后实际并未开启，超时后主控显示大红色故障； 2）原因分析：2EAS013VB 上游开关 2LLC3121JA 内三极负荷开关 001JS 内齿轮断裂，主回路无法接通，导致电动阀收到开阀信号后无法打开； 3）处理过程： ①仪控人员配合发出强制开阀命令，电气盘柜侧可以接收到信号，通道正常； ②测量电动执行机构电机绝缘、直阻均正常； ③将开关 2LLC3121JA 置于试验位，用试验盒开阀，可以听到接触器吸合声音，判断抽屉控制回路正常；

续　表

消缺行动	④检查 2LLC3121JA 抽屉，发现三极负荷开关 001JS 内齿轮断裂，领取备件更换； ⑤联系运行人员试验，电动阀开阀后主控显示洋红色，联系仪控人员检查处理后故障消除，开关阀均正常	
相关知识	通过 RPA378KC 进行安全壳喷淋再循环信号试验规程，将 RPA378KC 置于试验位置时，EAS013VB 将自动开启，EAS001VB 将自动关闭	
参考资料信息	维修一处维修日报：每日重要维修工作及值长关注项反馈(2017 年 7 月 18 日)； EAM 中工单 00657612-01 的完工报告； 运行一处 2 号机 ESOMS 日志； WR/WOT：00269495/00657612-01(紧急工单)	
编　　者	运行二处一值：朱克勤	时间：2019 年 05 月 22 日

2.7.3　执行 FQ4-RPA-T-030 试验，流量表 4EAS007MD 波动较大闪发低报 4EAS412KA(A 系列喷淋水流量低低)

异常缺陷名称	执行 FQ4-RPA-T-030 试验，流量表 4EAS007MD 波动较大闪发低报 4EAS412KA(A 系列喷淋水流量低低)
发生时间	2018 年 10 月 12 日中班
机组状态	RP 模式，满功率
异常缺陷现象	中班(Q)FQ4-RPA-T-030：用 RPA621KC 进行安全壳喷淋信号(1)逻辑试验规程，试验过程中启动了 4EAS001PO 泵，流量表 4EAS007MD 波动较大，经常闪发低报 4EAS412KA(A 系列喷淋水流量低低)，1 min5 次左右，平均值 340 m^3/h，就地仪表 350 m^3/h 左右，远远大于低报定值 293 m^3/h，仪表两次充水排气后还是波动
风险或潜在后果	导致无法准确监视读取 4EAS001PO 运行的流量，影响定期试验的结果判定

续　表

干预行动	已采取的行动措施： 1）现场检查现场 EAS 管道未见明显振动，4EAS007MD 在线未见异常； 2）安排现场核实就地流量表 4EAS005LD 读数情况； 3）主控检查 4EAS001PO 泵电流未见明显波动； 4）联系仪控检查处理 4EAS007MD
原因分析	由于仪表正负压的平衡罐有气体，平衡罐的气体压缩和膨胀，引起进入平衡罐的水的流量波动，液体通过三通阀进入流量表的流量产生影响，4EAS007MD 流量测量产生波动
消缺行动	仪控处理反馈： 13 日中班再次试验前使用工具打开平衡罐排气管堵头，开启排气阀，出水后阀门关闭，回装堵头。试验时 4EAS007MD（见图 1）流量表一直比较稳定，未触发喷淋水流量低低报警。 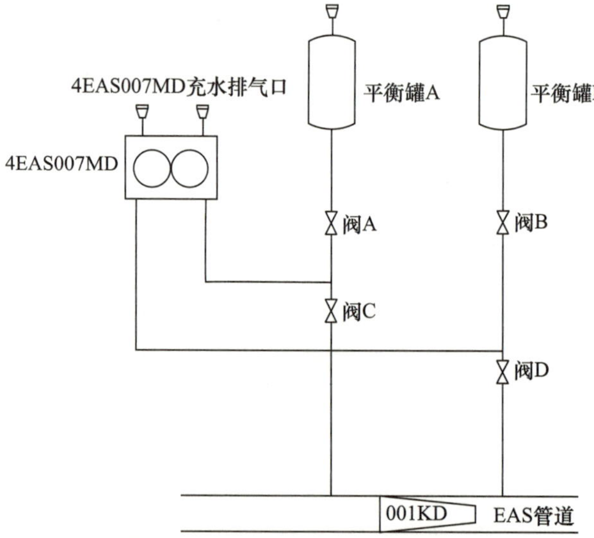 **图 1　4EAS007MD 示意图**

续 表

相关知识	平衡罐的作用是事故工况的时候防止仪表管线里面的水被抽走，正常情况平衡罐是不应该有气的，若管线里面有气，因仪表平衡罐比仪表及流量管线要高，所以在管道里面的气会聚集在这个平衡罐里，所以泵启动时会造成流量表波动。 由于关闭平衡罐的平衡阀可能导致事故工况时仪表管线里面的水被抽走，以及分析到由于平衡罐里面有气体才导致每次试验时 2EAS007MD 流量表波动，试验前可考虑对平衡罐充水排气	
参考资料信息	运行二处：《运行二处内部经验反馈——执行 FQ4-RPA-T-030 试验，流量表波动处理经验反馈》； 运行二处 ESOMS 日志	
编　　者	运行二处一值：朱克勤	时间：2019 年 05 月 22 日

2.7.4 碱罐 3EAS001BA 液位计 3EAS001LN 存在逐渐降低趋势，现场无明显碱泄漏情况

异常缺陷名称	碱罐 3EAS001BA 液位计 3EAS001LN 存在逐渐降低趋势，现场无明显碱泄漏情况
发生时间	2020 年 05 月 17 日夜班
机组状态	RP 模式，电功率 1074 MWe
异常缺陷现象	夜班巡检 3EAS001BA 液位 4.11 m，此前 05 月 15 日早班巡检为 4.20 m，05 月 16 日早班 4.15 m，05 月 16 日中班 4.11 m，存在逐渐降低趋势，已降到液位 4.09 m，现场排查未发现明显漏点
风险或潜在后果	导致 3EAS001LN 液位显示失真，无法准确反映 3EAS001BA 罐内的碱液量
干预行动	已采取的行动措施： 1）安排现场对 3EAS001BA 碱液回路查漏，未见异常泄漏情况； 2）联系维修仪控检查处理，反馈运工做好补充碱液的准备

续 表

<table>
<tr><td>原因分析</td><td colspan="2">3EAS001LN 为表压仪表，仪表顶部存在一个通气孔(如图 1 所示，绝压表不存在此孔)，当通气孔堵塞时会对压力表测量精度产生影响。针对此次问题，经专业检查确认根本原因为仪表顶部的通气孔未打开，从而造成此次 3EAS001LN 压力逐渐降低</td></tr>
<tr><td>消缺行动</td><td colspan="2">仪控处理反馈：
1)处理进展：经现场就地检查，仪表顶部的通气孔堵塞，通气后仪表指针显示恢复正常；
2)设备可用性评价：仪表状态正常可用；
3)处理措施：拆除 3EAS001LN 通气孔橡胶塞，观察仪表读数恢复正常并稳定；
4)故障原因分析：3EAS001LN 为表压仪表表，仪表顶部存在一个通气孔(如图 1 所示，绝压表不存在此孔)，当通气孔堵塞时会对压力表测量精度产生影响。针对此次问题，经检查确认根本原因为仪表顶部的通气孔未打开，从而造成此次 3EAS001LN 压力逐渐降低。

图 1　3EAS001LN 液位计通气孔</td></tr>
<tr><td>相关知识</td><td colspan="2">EAS001LN 只显示 EAS001BA 液位，不参与逻辑控制和报警</td></tr>
<tr><td>参考资料信息</td><td colspan="2">维修二处：日常维修日报 20200518；
WR/WOT：00733977(简易维修)</td></tr>
<tr><td>编　　者</td><td>运行二处一值：朱克勤</td><td>时间：2020 年 05 月 20 日</td></tr>
</table>

2.8 安全壳大气监测系统(ETY)

2.8.1 2ETY035KA(碘吸附器电加热器温度高)无法消除

异常缺陷名称	2ETY035KA(碘吸附器电加热器温度高)无法消除	
发生时间	2015 年 06 月 11 日早班	
机组状态	机组调试启动阶段	
异常缺陷现象	执行 2ETY 排放的过程中，2ETY035KA(碘吸附器电加热器温度高)出现后电加热器跳闸，但该报警始终存在	
风险或潜在后果	导致 2ETY035KA(碘吸附器电加热器温度高)报警一直触发	
干预行动	已采取的行动措施： 1)查看和执行报警卡； 2)oncall 仪控检查处理仪表故障	
原因分析	检查 2ETY001ST 高报触发，发现开关上的微动开关无法复位，而导致 2ETY035KA 高报一直触发	
消缺行动	仪控处理反馈： 1)检修措施及步骤： ①现场检查 2ETY001ST 高报触发，发现开关上的微动开关无法复位，而导致 2ETY035KA 高报一直触发； ②核实备件校验合格后对 2ETY001ST 进行更换； ③通知运行人员进行验证报警消除； 2)故障原因分析：检查 2ETY001ST 高报触发，发现开关上的微动开关无法复位，而导致 2ETY035KA 高报一直触发	
相关知识	2ETY001ST≥70 ℃时，触发碘吸附器电加热器温度高	
参考资料信息	维修一处仪控：EAM 中工单 00114939-01 的完工报告； 运行一处 1 号机组 ESOMS 日志； WR/WOT：00055198/00114939-01(紧急工单)	
编　　者	运行二处一值：林赐彦	时间：2019 年 05 月 22 日

2.8.2 3ETY007VA 无法正常开启

异常缺陷名称	3ETY007VA 无法正常开启
发生时间	2018 年 11 月 14 日夜班
机组状态	RP 模式，满功率
异常缺陷现象	执行 FQ3-ETY-C-001(通过 A 列进行 ETY 排放，降低安全壳压力)时 3ETY007VA 手轮不受力，阀门无法全开
风险或潜在后果	影响 3ETY007VA 开关的可靠性，影响通过 A 列进行 ETY 排放降低安全壳压力工作的开展
干预行动	已采取的行动措施： 1)现场尝试将手轮执行机构往里推入后，手轮可以重新受力，阀门能正常全开； 2)oncall 机械检查处理
原因分析	3ETY007VA 手轮挡圈脱落，导致阀门手轮脱开，影响阀门开启功能
消缺行动	机械处理反馈： 1)处理进展：机械专业已对手轮进行临时紧固并验证阀门可正常操作。目前已完成同类阀门的排查，均未发现类似现象。完成垫块增加临时措施，确保阀门可用性； 2)原因分析：明确根本原因为手轮挡圈脱落，导致阀门手轮脱开，影响阀门开启功能
相关知识	ETY007VA(A 列)或 ETY008VA(B 列)，这两个阀门比较特殊，若该阀门开限位已经触发，现场再继续操作该阀门，会导致阀门关闭
参考资料信息	维修二处仪控：EAM 中工单 01057389 的完工报告； 运行二处 3 号机 ESOMS 日志； 运行二处值长日报(2018 年 11 月 14 日—11 月 21 日)； WR/WOT：00464318/01057389(计划工单)
编　　者	运行二处一值：林赐彦　　时间：2019 年 05 月 22 日

2.8.3　4ETY043VA 气动执行机构下隔膜法兰螺栓力矩偏小漏气，导致 4SAR001MD 流量异常上涨

异常缺陷名称	4ETY043VA 气动执行机构下隔膜法兰螺栓力矩偏小漏气，导致 4SAR001MD(反应堆厂房压缩空气流量计)流量异常上涨
发生时间	2018 年 03 月 10 日中班
机组状态	RP 模式，满功率
异常缺陷现象	巡盘发现 4SAR001MD 流量从 3 月 10 日 23 点 22 分开始突然上涨至 28.50 N·m^3/h，期间最高至 31.70 N·m^3/h，在 28.5~31.70 N·m^3/h 区间波动
风险或潜在后果	1)当 4SAR001MD 大于 45 N·m^3/h 时，将进入事故规程《FQ4-OP02-AC-ISAR2 安全壳内的压缩空气系统故障》; 2)4SAR001MD 真实增加将导致 4RX 壳内压力上涨速率增加，可能将威胁 4 号机组安全壳的严密性
干预行动	1)已采取的行动措施: ①查看安全壳压力表 4ETY503MP 及 4ETY101MP~104MP 压力上涨趋势，暂未发现明显拐点，可能因时间较短未明显引起安全壳压力上涨，需要保持持续关注; ②排查近期相关操作，暂未发现可能引起 4SAR001MD 流量上涨的操作; ③安排运行人员对 4SAR001MD 下游至 4RX 厂房壳外部分进行排查，暂未发现明显压空泄漏异常; ④当班值根据《FQ4-SAR-C-001 4SAR 进岛查漏典型操作票》，通过 KIC 画面检查各壳内气动阀暂未发现异常，将保持持续监视; ⑤oncall 维修仪控同事，对 4SAR001MD 仪表校表; ⑥oncall 维修机械同事、维修仪控同事，准备检漏液，人员就位后再次进行壳外部分外漏检查; ⑦oncall 保健物理同事，做好进岛查漏准备; ⑧熟悉事故规程《FQ4-OP02-AC-ISAR2 安全壳内的压缩空气系统故障》; 2)建议后续行动: ①主控室密切监视 4SAR001MD 及 4ETY503MP 及4ETY101MP~104MP; ②维修仪控对 4SAR001MD 校表，维修机械、仪控协同对壳外 4SAR 管线查外漏;

续　表

干预行动	③根据校表及壳外查漏结果讨论进岛排查方案； ④化学人员做好安全壳布样准备，以便后续可能开展的对安全壳降压
原因分析	1)经进入核岛进行 SAR 查漏，漏点定位到 4ETY043VA 阀门气缸存在大量漏气； 2)4ETY043VA 气动执行机构下隔膜法兰螺栓力矩偏小
消缺行动	机械处理反馈： 1)处理进展：4ETY043VA 下膜片法兰螺栓全部紧固至 30 N·M，开关动作验证 4ETY043VA(动作时间满足监督要求)。阀门开启后，用检漏液检查，阀门没有泄漏，4SAR001MD 流量恢复到正常值范围内(约 7~10 N·m^3/h)； 2)故障原因分析：4ETY043VA 气动执行机构下隔膜法兰螺栓力矩偏小
相关知识	1)进入 4 号机核岛厂房开展 4ETY043VA 处理工作时，进出反应堆厂房人员气闸门，需要使用特殊规定； 2)开关动作验证 4ETY043VA 时，将影响 4KRT008/009MA 的可用性，需提前联系辐射防护配合停运，4KRT009MA 不可用时需记录相应的 IO，工作结束后恢复 4KRT008/009MA 运行
参考资料信息	运行二处：4 号机异常反馈——4SAR001MD 异常上涨； 运行二处 4 号机 ESOMS 日志； 运行二处值长日报(2018 年 03 月 12 日—03 月 13 日)； WR/WOT：00359399/00869279-01(计划工单)
编　　者	运行二处一值：林赐彦　　　时间：2019 年 05 月 02 日

2.8.4　4ETY001ZV 在 KIC 中显示为保护停运，无启动允许

异常缺陷名称	4ETY001ZV 在 KIC 中显示为保护停运，无启动允许
发生时间	2017 年 10 月 27 日中班
机组状态	RP 模式，满功率

续　表

异常缺陷现象	15:59 分主控出现 4KCO054KA 安全列 A 列机柜故障报警，联系仪控检查反馈机柜失电继电器发出的报警，实际没有失电，怀疑接线存在松动而产生的报警。主控巡盘时发现 4ETY001ZV 无启动允许，KIC 中显示为保护停运(黄色)，与正常停运状态的 4ETY002ZV 显示不一致，点击 4ETY001ZV 对话框，无启动允许信号	
风险或潜在后果	4ETY001ZV 无启动允许信号，将导致风机无法在主控启动，将降低安全设备的可用性。经咨询维修专业以及向安工确认，该风机无法在主控启动，但可以在配电盘上通过试验盒启动，其安全功能可以保证，故不需记录 ETY1 的第一组 IO	
干预行动	已采取的行动措施： 1)查看 4ETY001ZV 逻辑图，分析异常原因； 2)联系仪控人员分析异常原因	
原因分析	1)4KCO054KA 报警产生的原因：现场检查 4KCS119AR 机柜 TB3 端子排上的 1P(-)点位触片与线鼻子接触不良，检查紧固性正常，但摇动线缆会偶发机柜报警； 2)4KCS119AR 检测 48 V 直流供电的报警回路存在异常，导致机柜 48 V 电压失去的报警触发，实际上机柜双路 48 V 供电正常。因 4KCS119AR 发出失电信号，进而闭锁 4ETY001ZV 的启动	
消缺行动	仪控处理反馈： 1)处理结果：4KCO054KA 安全列 A 列机柜故障报警处理完毕，报警消失，4ETY001ZV 恢复了启动允许信号； 2)故障原因：4KCS119AR 中监测 48 V 直流供电的报警回路存在异常，导致机柜 48 V 电压失去的报警触发，而实际机柜双路 48 V 供电均正常；现场检查 4KCS119AR 机柜 TB3 端子排上的 1P(-)点位触片与线鼻子接触不良，检查紧固性正常，但摇动线缆会偶发机柜报警； 3)处理措施：对 4KCS119AR 机柜 TB3 端子排上的 1P(-)点位接线重新调整、紧固，摇动线缆试验未再次出现报警	
相关知识	KCS119AR 和 KCP415AR 失电信号将闭锁 ETY001ZV 启动	
参考资料信息	运行二处：4 号机异常反馈——4KCO064KA 安全列 B 列机柜故障。 维修二处仪控：完工报告《FQ4-MA03-RCWO-00737552/01 主控出现 4KCO054KA“安全列 A 列机柜故障”，需处理》； WR/WOT：00304559/00737552-01(紧急工单)	
编　　者	运行二处一值：林赐彦	时间：2019 年 05 月 11 日

2.9 电厂辐射监测系统(KRT)

2.9.1 3号主控出现3KRT011KA8(036MA触发监测通道故障报警)，就地无法复位

异常缺陷名称	3号主控出现3KRT011KA8(036MA触发监测通道故障报警)，就地无法复位
发生时间	2017年07月22日夜班
机组状态	3号机组：RP模式，满功率；4号机组：RP模式，核功率9.85%Pn
异常缺陷现象	4:42分3号主控出现3KRT011KA8(036MA触发监测通道故障)报警，并闪发3KRT047KA(036MA扫描式风管气体β活度2级报警)
风险或潜在后果	经辐射防护人员现场核实3KRT036MA故障不可用(双机组IO)，产生KRT9的第二组IO
干预行动	已采取的行动措施： 1)查看和执行报警卡； 2)联系辐射防护检查确认3KRT036MA故障情况； 3)反馈4号机组主控，3KRT036MA不可用产生双机组IO2：KRT9； 4)要求辐射防护检查确认4KRT036MA运行正常； 5)oncall维修仪控检查处理
原因分析	3KRT036MA继电器板的光电耦合器故障，导致启动取样泵运行的信号消失，取样泵停运，取样回路中压力异常，导致LPDU显示工作故障、气路故障
消缺行动	仪控处理反馈： 1)处理进展：3KRT036MA取样泵运行正常，设备运行正常。 2)缺陷描述：主控显示3KRT036MA故障、二级报警，就地设备无法复位。 3)原因分析：3KRT036MA继电器板故障，导致取样泵停运，触发设备工作故障报警、气路故障报警。3KRT036MA继电器板的光电耦合器故障，导致启动取样泵运行的信号消失，取样泵停运，取样回路中压力异常，导致LPDU显示工作故障、气路故障。 4)处理措施： ①检查取样泵控制信号，发现无启动取样泵信号送至电气箱； ②检查取样泵控制信号回路，LPDU未发出启泵信号，确定为LPDU控制信号异常；

续 表

消缺行动	③检查 LPDU 内继电器板电路，电路板线路正常，判断为光电耦合器故障，导致启泵信号中断； ④更换 LPDU 内继电器板的光电耦合器芯片。更换完成后重启 LPDU，取样泵启动。取样泵及设备各部分正常运行，设备恢复至正常运行状态； ⑤观察设备正常运行 3 h 后，与主控沟通，归还工作票，IO 消除
相关知识	1）KRT036MA 用于 DVN、DVK、DVW 系统通风管道空气 β 比活度的监测； 2）KRT036MA测量对象来自多个房间（3KRT036MA 有 8 个取样支路，4KRT036MA 有 7 个取样支路），以 3KRT036MA 为例，8 个取样支路对应 8 个房间，依靠各支路的电磁阀循环打开来扫描不同的房间，同一时间只有一个支路在工作中。假设当前工作在 A 支路，那么只有 A 支路的电磁阀是打开的，其他支路电磁阀关闭，工作 5 min 后，A 支路电磁阀关闭，B 支路电磁阀打开，再过 5 min，B 支路关闭，C 支路打开……依次类推
参考资料信息	维修二处仪控：oncall 反馈——3KRT036MA 故障报警处理；WR/WOT：00271513/00660345-01（紧急工单），工作许可证：3PT22630（扫描式 β 气体活度监测道）
编　　者	运行二处一值：谷铁　　　　时间：2019 年 02 月 16 日

2.9.2 4KRT011KA8（036MA 监测通道故障报警）

异常缺陷名称	4KRT011KA8（036MA 监测通道故障报警）
发生时间	2018 年 03 月 26 日中班
机组状态	3 号机组：RP 模式，满功率；4 号机组：RP 模式，满功率
异常缺陷现象	21:54 主控 KIC 中出现 4KRT011KA8（036MA 监测通道故障报警），安排辐射防护就地检查反馈 4KRT036CR 上显示“气路故障”报警
风险或潜在后果	4KRT036MA 故障不可用（双机组 IO），产生第二组 IO：KRT9
干预行动	已采取的行动措施： 1）查看和执行报警卡； 2）联系辐射防护检查确认 4KRT036MA 故障情况；

续 表

干预行动	3）反馈 3 号机组主控，4KRT036MA 不可用产生双机组 IO2：KRT9； 4）要求辐射防护检查确认 3KRT036MA 运行正常； 5）oncall 维修电气检查处理取样泵未转动问题
原因分析	取样泵 4KRT036PO 石墨叶轮断裂导致，电机空转，导致监测通道故障
消缺行动	电气处理反馈： 1）处理进展：4KRT036PO 和 4KRT036MA 已重新启动，就地检查运行正常。 2）工作过程： ①联系辐射防护人员将泵上游电源断开； ②打开 4KRT036PO 接线盒进行验电并进行检查，绕组直流电阻为 30.4 Ω，绕组对地绝缘阻值为 275 MΩ，电容 10 μF 电气特性正常，手盘电机风扇无法盘动； ③打开 4KRT036PO 泵体端盖，发现 3 片石墨刮板破碎，碎片间隙已将泵体间隙填满，对碎片取出并清理泵腔，更换新的石墨刮板和滤芯； ④联系辐射防护现场启机验证后，设备运转正常； ⑤工作结束，归还工作许可证； 3）故障原因分析：取样泵 4KRT036PO 石墨叶轮断裂
相关知识	1）KRT036MA 用于 DVN、DVK、DVW 系统通风管道空气 β 比活度的监测； 2）KRT036MA测量对象来自多个房间（3KRT036MA 有 8 个取样支路，4KRT036MA 有 7 个取样支路），以 3KRT036MA 为例，8 个取样支路对应 8 个房间，依靠各支路的电磁阀循环打开来扫描不同的房间，同一时间只有一个支路在工作中。假设当前工作在 A 支路，那么只有 A 支路的电磁阀是打开的，其他支路电磁阀关闭，工作 5 min 后，A 支路电磁阀关闭，B 支路电磁阀打开，再过 5 min，B 支路关闭，C 支路打开……依次类推
参考资料信息	维修二处电气：EAM 中工单 00879110-01 的完工报告； WR/WOT：00366332/00879110-01（紧急工单）； 其他类似异常缺陷： 2017 年 10 月 27 日也出现过 1KRT036MA 的取样泵无法启动（00737096-01），产生双机组 IO2

续　表

参考资料信息	故障原因：电机本体石墨片损坏。更换同型号石墨片，并对泵体进行清洁，清洁完成后进行回装，联系辐射防护人员配合启动后运行正常； 详情见维修一处电气完工报告《FQ1-MA02-RCWO-00737096/01 1KRT036MA 的取样泵无法启动，电气检查为石墨垫片断裂，需更换》	
编　　者	运行二处一值：谷铁	时间：2019 年 02 月 16 日

2.9.3　主控 KIC 出现 4KRT011KA8(036MA 监测通道故障报警)

异常缺陷名称	主控 KIC 出现 4KRT011KA8(036MA 监测通道故障报警)
发生时间	2018 年 05 月 12 日中班
机组状态	3 号机组：RP 模式，满功率；4 号机组：RP 模式，满功率
异常缺陷现象	17:27 分主控出现 4KRT011KA8(036MA 监测通道故障报警)，经辐射防护现场核实，就地控制柜上出现"电磁阀故障报警"，后现场进行复位。在复位过程中，主控出现 4KRT047KA 036MA-扫描式风管气体 β 活度 2 级报警，辐射防护现场反馈为复位过程中控制柜上出现"传输故障"，导致与 DCS 通讯中断，复位后，两个报警均消失
风险或潜在后果	4KRT036MA 故障不可用(双机组 IO)，产生 KRT9 的第二组 IO
干预行动	已采取的行动措施： 1)查看和执行报警卡； 2)联系辐射防护检查确认 4KRT036MA 故障情况； 3)反馈 3 号机组主控，4KRT036MA 不可用产生双机组 IO2：KRT9； 4)要求辐射防护检查确认 3KRT036MA 运行正常，并加强监视
原因分析	4KRT036MA 检测通道的第六道电磁阀故障损坏
消缺行动	仪控处理反馈： 1)处理过程： ①在 4KRT036CR 上将通道至于禁止位置； ②打开 4KRT036AR 依次检查每一道电磁阀接线，确认稳固； ③检查第六道电磁阀，发现损坏并更换备件； ④在 4KRT036CR 上将设备复位，确认设备恢复正常运行状态； 2)故障原因分析：4KRT036MA 检测通道的第六道电磁阀故障损坏

续 表

相关知识	1）KRT036MA 用于 DVN、DVK、DVW 系统通风管道空气 β 比活度的监测； 2）KRT036MA测量对象来自多个房间（3KRT036MA 有 8 个取样支路，4KRT036MA 有 7 个取样支路），以 3KRT036MA 为例，8 个取样支路对应 8 个房间，依靠各支路的电磁阀循环打开来扫描不同的房间，同一时间只有一个支路在工作中。假设当前工作在 A 支路，那么只有 A 支路的电磁阀是打开的，其他支路电磁阀关闭，工作 5 min 后，A 支路电磁阀关闭，B 支路电磁阀打开，再过 5 min，B 支路关闭，C 支路打开……依次类推
参考资料信息	维修二处仪控；完工报告《FQ4-MA03-RCWO-00922040/01 维修一级：4KRT036MA 监测通道故障报警，需仪控检查处理》； WR/WOT：00386953/00922040-01（计划工单）； 其他类似异常缺陷： 1）2017 年 07 月 03 日，缺陷描述：3:36 主控闪发 2KRT011KA8 监测通道报警，辐射防护人员现场检查后反馈无异常（WR/WOT：00264880/00648132-01）。 故障原因分析：怀疑第二道电磁阀性能下降。 详情见完工报告：《FQ2-MA03-RCWO-00648132/01 主控出现 2KRT036MA 监测通道故障报警，需更换第二道电磁阀，检查端子排接线和电气连接性》。 2）2017 年 02 月 07 日，开工工单“4KRT036MA 电磁阀故障处理（WOT：00503537-01）”。 故障原因分析：电磁阀线缆松动。 详情请见完工报告：《FQ4-MA03-RCWO-00503537/01 4KRT-036MA 电磁阀故障处理》； 3）2016 年 08 月 20 日，缺陷描述：4KRT036MA 仪表故障，就地查看 LPDU，第二道报电磁阀故障，设备报气路故障（WOT：00325755-01）。 故障原因分析：电磁阀控制信号线松动。 详情请见完工报告：《FQ4-MA03-RCWO-00325755/01 4KRT-036MA 故障》。 4）2015 年 11 月 28 日，缺陷描述：1KRT036MA 现场检查仪表运行状态，第 3、4、5 测量道出现电磁阀故障及气路故障，其他通道无异常（WR/WOT：00084750/00178024-01）。

续 表

参考资料信息	故障原因分析：设备进行断电、停泵、启泵等状态变换时，会使通道出现气路故障及电磁阀故障。 详情见完工报告：《FQ1-MA03-RCWO-00178024/01 1KRT036MA 现场存在气路故障以及电磁阀故障报警，需要仪控人员检查并处理》。 5)缺陷现象：2016 年 11 月 09 日 22 点，查看就地仪表，2KRT036MA 就地 LPDU 报第四路电磁阀故障和气路故障，通道显示值为：1.11×10^{4} Bq/m^{3}，取样泵正常运行；2016 年 11 月 10 日 3 点左右，2KRT036MA 又复现故障报警，就地查看仪表，仍报第四路电磁阀故障和气路故障，更换继电器板上的控制芯片，2KRT036MA 工作正常；2016 年 11 月 10 日 9 点左右，2KRT036MA 再次报故障报警，就地查看仪表，报第一路电磁阀故障和气路故障；WOT：00405506-01。 故障原因分析： ①继电器板上面的电磁继电器性能不稳定，致使 2KRT036MA 报电磁阀故障，该路电磁阀+9 无法使用，使 2KRT036MA 伴随产生气路故障； ②开关量板上的电磁耦合器故障，导致取样泵需要复位才能重启； ③第一路电磁阀在工作时存在异常发热情况，可能导致通道报电磁阀故障； 详情见完工报告：《FQ2-MA03-RCWO-00405506/01 主控触发 2KRT036MA 监测通道故障报警，需检查处理》	
编　　者	运行二处一值：谷铁	时间：2019 年 02 月 16 日

2.9.4 3 号主控触发 3KRT011KA8(036MA 监测通道故障报警)

异常缺陷名称	3 号主控触发 3KRT011KA8(036MA 监测通道故障报警)
发生时间	2017 年 10 月 24 日中班
机组状态	3 号机组：RP 模式，电功率 836 MWe；4 号机组：RP 模式，满功率 1089 MWe
异常缺陷现象	18:38，3 号主控触发 3KRT011KA8(036MA 监测通道故障报警)
风险或潜在后果	3KRT036MA 故障不可用，产生双机组 IO2：KRT9

续 表

干预行动	已采取的行动措施： 1）查看和执行报警卡； 2）安排辐射防护就地检查确认 3KRT036MA 报警情况； 3）安排现场检查 3KRT036MA 上游供电未见异常； 4）反馈 4 号机组主控，3KRT036MA 故障不可用，产生双机组 IO2：KRT9，并请加强关注 4KRT036MA 的运行情况； 5）oncall 仪控检查处理
原因分析	3KRT036PO 内石墨刮片碎裂，导致 3KRT036PO 停运，3KRT036MA 取样流量低（气路故障），进而触发 3KRT036MA 故障报警
消缺行动	仪控处理反馈： 1）缺陷描述：3 号机组突发 3KRT036MA 故障报警； 2）原因分析：3KRT036PO 内石墨刮片碎裂，导致 3KRT036PO 停运，3KRT036MA 取样流量低（气路故障），进而触发 3KRT036MA 故障报警； 3）处理措施：维修仪控、电气人员通力配合对电机进行检查，发现电机冷却风叶轮上的石墨片碎裂，然后对电机进行清理，更换合格的石墨刮片及滤芯，回装电机，启动 3KRT036PO，投运 3KRT036MA，分别调节 8 个取样管路的流量至 2.5 m^3/h，确认其恢复正常后及时还票； 4）后续行动：主动与电气人员协商，确定定期更换 3/4KRT036PO 石墨刮片 PM 工作的周期，全面提升 KRT 设备可靠性，确保机组安全稳定运行； 5）影响评估：功率运行模式下，3KRT036MA 或 4KRT036MA 故障将触发 KRT9（双机组 IO2），其运行可靠性是机组安全稳定运行的重要保证
相关知识	1）KRT036MA 用于 DVN、DVK、DVW 系统通风管道空气 β 比活度的监测； 2）KRT036MA测量对象来自多个房间（3KRT036MA 有 8 个取样支路，4KRT036MA 有 7 个取样支路），以 3KRT036MA 为例，8 个取样支路对应 8 个房间，依靠各支路的电磁阀循环打开来扫描不同的房间，同一时间只有一个支路在工作中。假设当前工作在 A 支路，那么只有 A 支路的电磁阀是打开的，其他支路电磁阀关闭，工作 5 min 后，A 支路电磁阀关闭，B 支路电磁阀打开，再过 5 min，B 支路关闭，C 支路打开……依次类推

续　表

参考资料信息	维修二处仪控：oncall 反馈——关于 3 号机组突发 3KRT036MA 故障报警； WR/WOT：00303136/00734094-01(紧急工单)	
编　　者	运行二处一值：谷铁	时间：2019 年 02 月 19 日

2.9.5　主控出现 1KRT036MA 监测通道故障、二级报警

异常缺陷名称	主控出现 1KRT036MA 监测通道故障、二级报警
发生时间	2017 年 09 月 25 日早班
机组状态	1 号机组：RP 模式，满功率；2 号机组：RP 模式，满功率
异常缺陷现象	自 2017 年 9 月 25 日，1KRT036MA 出现监测通道故障、二级报警，一段时间后自动消失。后续多次出现该故障情况： 1)9 月 25 日 08:47，主控出现 1KRT011KA8/047KA，辐射防护人员现场检查 1KRT036MA 通道传输故障； 2)9 月 30 日夜班，再次出现 1KRT047KA/001KA8 报警； 3)10 月 19 日夜班，主控出现 1KRT011KA8(036MA 监测通道故障报警)，1KRT047KA(扫描式风管气体贝塔活度 2 级报警)。辐射防护现场检查发现显示 1KRT036MA 传输通道故障报警。中班 20:29 主控再次出现 1KRT011KA8，036MA 监测通道故障报警；1KRT047KA，扫描式风管气体贝塔活度 2 级报警，联系辐射防护检查就地读数显示正常，传输故障灯亮，20:49 报警消除； 4)10 月 29 日夜班和中班再次多次闪发出现 1KRT047KA/001KA8 报警
风险或潜在后果	导致 1KRT036MA 不可用，产生双机组第二组 IO：KRT9
干预行动	已采取的行动措施： 1)查看和执行报警卡； 2)安排辐射防护就地检查，确认存在 1KRT036MA 传输通道故障报警； 3)安排现场检查 1KRT036MA 上游供电未见异常； 4)反馈 2 号机组主控，1KRT036MA 故障不可用产生双机组 IO2：KRT9； 5)oncall 仪控检查处理

续　表

<table>
<tr><td>原因分析</td><td colspan="2">1KRT036MA 与 DCS 通讯不稳定，出现数据包丢包情况，如多次通讯都出现丢包情况则会造成通讯失效，触发质量位报警</td></tr>
<tr><td>消缺行动</td><td colspan="2">仪控处理反馈：
1）处理措施：
①为解决 1KRT036MA 持续闪发或触发监测通道故障、二级报警的故障，特制定《FQ1-KRT-TD-117044　1KRT036MA 通讯参数修改工作方案》，通过修改 lKRT103BC 下游设备的通讯参数（包括 lKRT007MA \ 010MA \ 015MA \ 016MA \ 020MA \ 036MA）提高 FBM230 卡件与就地设备之间的通讯频率，从而在通讯中断后能够尽快恢复通讯；
②而后为了改善 1KRT036MA 与 DCS 通讯的质量，根据现场测试以及各部门讨论研究，结合现场实际情况，编制了《FQ1-KRT-TGCMDD-0004　1KRT036MA 通讯方式变更详细设计方案》，技改 1KRT036MA 通讯方式，采用 1KRT036MA 与 DCS 直接通讯的方式（原需经 lKRT103BC）。
2）原因分析：经现场处理经验判断，初步判断是由于 lKRT103BC 通讯网络阻抗不匹配，同时 lKRT036MA 通讯抗干扰能力较弱，导致目前通讯网络中出现大量乱码、丢包情况，导致 lKRT036MA 与 DCS 卡件失去通讯，触发质量位报警</td></tr>
<tr><td>相关知识</td><td colspan="2">1）KRT036MA 用于 DVN、DVK、DVW 系统通风管道空气 β 比活度的监测；
2）KRT036MA测量对象来自多个房间（3KRT036MA 有 8 个取样支路，4KRT036MA 有 7 个取样支路），以 3KRT036MA 为例，8 个取样支路对应 8 个房间，依靠各支路的电磁阀循环打开来扫描不同的房间，同一时间只有一个支路在工作中。假设当前工作在 A 支路，那么只有 A 支路的电磁阀是打开的，其他支路电磁阀关闭，工作 5 min 后，A 支路电磁阀关闭，B 支路电磁阀打开，再过 5 min，B 支路关闭，C 支路打开……依次类推</td></tr>
<tr><td>参考资料信息</td><td colspan="2">维修一处仪控：《FQ1-KRT-TGCMDD-0004　1KRT036MA 通讯方式变更详细设计方案》《FQ1-KRT-TD-117044 1KRT036MA 通讯参数修改工作方案》；
运行一处值长日报（2017 年 9 月 25 日—12 月 30 日）
WR/WOT：00300857/00730851-01、00738204-01、00750581-01、00763681-01、00770137-01</td></tr>
<tr><td>编　　者</td><td>运行二处一值：谷铁</td><td>时间：2019 年 02 月 16 日</td></tr>
</table>

2.9.6 主控 KIC 出现 1KRT011KA1“036MA 监测通道故障报警”(气路堵塞)

异常缺陷名称	1KRT011KA1“036MA 监测通道故障报警”(气路堵塞)
发生时间	2017 年 03 月 29 日早班
机组状态	1 号机组：RP 模式，满功率；2 号机组：RP 模式，电功率 882 MWe
异常缺陷现象	1 号主控 14:29 分出现 1KRT011KA1“036MA 监测通道故障报警”，辐射防护值班人员现场检查 1KRT036MA，发现其电磁阀故障
风险或潜在后果	导致 1KRT036MA 不可用，产生双机组第二组 IO：KRT9
干预行动	已采取的行动措施： 1)查看和执行报警卡； 2)安排辐射防护就地检查，确认 1KRT036MA 存在电磁阀故障； 3)安排现场检查 1KRT036MA 上游供电未见异常； 4)反馈 2 号机组主控，1KRT036MA 故障不可用产生双机组 IO2：KRT9； 5)oncall 仪控检查处理
原因分析	取样管路的第三道气路中滤纸被吸至管路口，将气路堵塞
消缺行动	仪控处理反馈： 1)检修措施及步骤： ①现场检查 1KRT036MA 通道发现有气路故障和第三道电磁阀故障； ②检查第三道气路的滤纸，发现滤纸被吸至管路口，将气路堵塞； ③更换第三道气路的滤纸； ④复位 1KRT036MA，观察通道运行 1 h，通道运行正常； 2)故障原因分析： 取样管路的第三道气路中滤纸被吸至管路口，将气路堵塞
相关知识	1)KRT036MA 用于 DVN、DVK、DVW 系统通风管道空气 β 比活度的监测；

续 表

相关知识	2）KRT036MA 测量对象来自多个房间（3KRT036MA 有 8 个取样支路，4KRT036MA 有 7 个取样支路），以 3KRT036MA 为例，8 个取样支路对应 8 个房间，依靠各支路的电磁阀循环打开来扫描不同的房间，同一时间只有一个支路在工作中。假设当前工作在 A 支路，那么只有 A 支路的电磁阀是打开的，其他支路电磁阀关闭，工作 5 min 后，A 支路电磁阀关闭，B 支路电磁阀打开，再过 5 min，B 支路关闭，C 支路打开……依次类推
参考资料信息	维修一处仪控：完工报告《FQ1-MA03-RCWO-00541012/01 1KRT036MA 故障，检查原因并处理》； WR/WOT：00230134/00541012-01（紧急工单）。 其他类似异常缺陷： 1）2017 年 04 月 03 日，缺陷描述：2KRT036MA 触发监测通道故障报警（WOT：00542409-01）。 故障原因分析：取样管路的第一道气路中滤纸被吸至管路口，将气路堵塞。 详情请见完工报告：《FQ2-MA03-RCWO-00542409/01 2KRT-036MA 触发监测通道故障报警，需检查电磁阀和过滤盒》。 2）2017 年 05 月 29 日，开工工单描述：主控出现 2KRT036MA 监测通道故障报警，现场查看为电磁阀故障和气路故障，需检查电磁阀、过滤盒和通道流量（WOT：00572501-01）。 故障原因分析：第二道过滤盒内滤纸被回吸，堵住进气管道，造成通道电磁阀故障。 详情请见完工报告：《FQ2-MA03-RCWO-00572501/01 主控出现 2KRT036MA 监测通道故障报警，现场查看为电磁阀故障和气路故障，需检查电磁阀、过滤盒和通道流量》
编　　者	运行二处一值：谷铁　｜　时间：2019 年 02 月 16 日

2.9.7　主控触发 3KRT011KA8　3KRT036MA 监测通道故障报警

异常缺陷名称	主控触发 3KRT011KA8　3KRT036MA 监测通道故障报警
发生时间	2017 年 06 月 06 日早班
机组状态	3 号机组：RP 模式，满功率；4 号机组：机组调试启动阶段（首次装料前，一回路水位：未充水；压力：大气压）

续　表

异常缺陷现象	主控 15: 36 触发 3KRT011KA8　3KRT036MA 监测通道故障报警，辐射防护人员检查就地存在电磁阀故障和气路故障报警，3KRT036MA 不可用
风险或潜在后果	导致 3KRT036MA 故障不可用，产生 IO2
干预行动	已采取的行动措施： 1）查看和执行报警卡； 2）安排辐射防护就地检查，确认 3KRT036MA 存在电磁阀故障和气路故障报警； 3）安排现场检查 3KRT036MA 上游供电未见异常； 4）反馈 4 号机组主控，3KRT036MA 故障不可用，请加强关注 4KRT036MA 的运行情况； 5）oncall 仪控检查处理
原因分析	3KRT036CR 就地处理箱内部继电器板（第 1 监测道）控制电路信号输出故障
消缺行动	仪控处理反馈： 1）检修措施及步骤： ①复位就地处理箱，手动切换监测道，第 1 监测道工作时，出现电磁阀故障报警； ②检查第 1 监测道电磁阀，将第 1 道电磁阀更换至备用道（第 9 道），电磁阀动作正常，判定电磁阀正常； ③重新紧固端子排上各端子及排线，重启设备，手动切换到第 1 监测道，设备仍旧报电磁阀故障； ④检查电磁阀至 3KRT036CR 就地处理箱内部继电器板控制倍号和反馈信号接线，接线正常，但是当电磁阀切换至第 1 监测道时，继电器极无电磁阀反馈倍号； ⑤更换继电器板，上电测试，所有监测道切换正常，第 1 监测道电磁阀故障消除； 2）故障原因分析：3KRT036CR 就地处理箱内部继电器板（第 1 监测道）控制电路信号输出故障
相关知识	1）KRT036MA 用于 DVN、DVK、DVW 系统通风管道空气 β 比活度的监测；

续　表

相关知识	2)KRT036MA 测量对象来自多个房间(3KRT036MA 有 8 个取样支路，4KRT036MA 有 7 个取样支路)，以 3KRT036MA 为例，8 个取样支路对应 8 个房间，依靠各支路的电磁阀循环打开来扫描不同的房间，同一时间只有一个支路在工作中。假设当前工作在 A 支路，那么只有 A 支路的电磁阀是打开的，其他支路电磁阀关闭，工作 5 min 后，A 支路电磁阀关闭，B 支路电磁阀打开，再过 5 min，B 支路关闭，C 支路打开……依次类推
参考资料信息	维修二处仪控：完工报告《FQ3-MA03-RCWO-00580102/01 3KRT036MA 故障，需处理》； WR/WOT：00255442/00580102-01(紧急工单)

编　　者	运行二处一值：谷铁	时间：2019 年 02 月 19 日

2.9.8　主控触发 3KRT011KA8(3KRT036MA 监测通道故障报警)

异常缺陷名称	主控触发 3KRT011KA8(3KRT036MA 监测通道故障报警)
发生时间	2017 年 06 月 18 日中班
机组状态	3 号机组：NS/RRA 模式；4 号机组处于调试启动阶段，RCS 模式
异常缺陷现象	18:23 分，主控产生 3KRT011KA8 报警，经保健物理人员核实 3KRT036MA 不可用
风险或潜在后果	3KRT036MA 不可用，产生第二组 IO：KRT5，与已存在的 3KRT026MA 不可用叠加，产生第二组 IO：KRT12
干预行动	已采取的行动措施： 1)查看和执行报警卡； 2)安排辐射防护就地检查确认 3KRT036MA 报警情况； 3)安排现场检查 3KRT036MA 上游供电未见异常； 4)反馈 4 号机组主控，3KRT036MA 故障不可用，产生双机组 IO2，并请加强关注 4KRT036MA 的运行情况； 5)oncall 仪控检查处理； 6)记录 IO2：KRT5 和 KRT12

续　表

<table>
<tr><td>原因分析</td><td colspan="2">3KRT036MA 监测道 1～8 道取样管道状态参数错误，导致设备工作故障、气路故障，电磁阀故障，设备无法正常取样，从而导致报警</td></tr>
<tr><td>消缺行动</td><td colspan="2">仪控处理反馈：
1）检修过程：
①重启就地设备，设备故障报警未消除，1～8 道取样管路依次持续发生工作故障、气路故障、电磁阀故障；
②将 3KRT036MA 切换至手动挡，切换每个监测道进行观察，依次显示工作故障、气路故障、电磁阀故障；
③检查继电器板，手动切换每个监测道进行观察，各监测道继电器未动作，重新紧固继电器线缆、电磁阀线缆；
④用参数检查设备通道状态，发现 1～8 监测道参数状态代码均为 0（0 为屏蔽状态），重新写入参数，将参数 0 改为 1（1 为启用状态），并将设备切换至自动挡，复位设备写入参数；
⑤观察 3KRT036MA 每个监测道运行状态，监测道故障消失，每 5 min切换下一个监测道正常测量，设备运行恢复正常；
2）故障原因分析：3KRT036MA 监测道 1～8 道取样管道状态参数错误，导致设备工作故障、气路故障，电磁阀故障，设备无法正常取样，从而导致报警</td></tr>
<tr><td>相关知识</td><td colspan="2">1）KRT036MA 用于 DVN、DVK、DVW 系统通风管道空气 β 比活度的监测；
2）KRT036MA 测量对象来自多个房间（3KRT036MA 有 8 个取样支路，4KRT036MA 有 7 个取样支路），以 3KRT036MA 为例，8 个取样支路对应 8 个房间，依靠各支路的电磁阀循环打开来扫描不同的房间，同一时间只有一个支路在工作中。假设当前工作在 A 支路，那么只有 A 支路的电磁阀是打开的，其他支路电磁阀关闭，工作 5 min 后，A 支路电磁阀关闭，B 支路电磁阀打开，再过 5 min，B 支路关闭，C 支路打开……依次类推</td></tr>
<tr><td>参考资料信息</td><td colspan="2">维修二处仪控：完工报告《FQ3-MA03-RCWO-00618212/01 3KRT036MA 故障》；
WR/WOT：00259680/00618212-01（紧急工单）</td></tr>
<tr><td>编　　者</td><td>运行二处一值：谷铁</td><td>时间：2019 年 02 月 19 日</td></tr>
</table>

2.9.9 4KRT036MA 流量波动

异常缺陷名称	4KRT036MA 流量波动
发生时间	2016 年 12 月 14 日中班
机组状态	3 号机组：RP 模式，满功率；4 号机组：调试启动阶段，尚未装料
异常缺陷现象	4KRT036MA 流量存在波动
风险或潜在后果	工作时导致 4KRT036MA 不可用，因 4 号机组处于调试尚未装料阶段，无 IO2，对于 3 号机产生第二组 IO：KRT9
干预行动	已采取的行动措施： 1）反馈 3 号机组，4KRT036MA 不可用对于 3 号机组产生 IO2：KRT9，并请 3 号机组主控和辐射防护加强关注 3KRT036MA 运行情况； 2）要求仪控检查处理
原因分析	取样管路 4、5、6 三道流量偏低约 1.0 m^3/h 左右，调节流量调节阀，流量变化明显，管路未堵塞。1、2、3、7 四道流量在 2.1～2.5 m^3/h 之间，当切换取样管道取样时，因不同道之间流量偏差过大，造成取样泵进气口前端压力变化过大，从而导致取样管路的流量计指针一直波动
消缺行动	仪控处理反馈： 1）检修措施及步骤： ①开工前，通知主控人员记机组 IO； ②确认现场设备标牌和位置； ③调节 4KRT036MA 取样柜内流量调节阀，确认流量恢复正常； ④工作结束，确认 4KRT036MA 流量波动消除，确认设备恢复正常，通知主控人员消除机组 IO； 2）故障原因分析：取样管路 4、5、6 三道流量偏低约 1.0 m^3/h 左右，调节流量调节阀，流量变化明显，管路未堵塞。1、2、3、7 四道流量在 2.1～2.5 m^3/h 之间，当切换取样管道取样时，因不同道之间流量偏差过大，造成取样泵进气口前端压力变化过大，从而导致取样管路的流量计指针一直波动
相关知识	1）KRT036MA 用于 DVN、DVK、DVW 系统通风管道空气 β 比活度的监测；

续 表

相关知识	2)KRT036MA测量对象来自多个房间(3KRT036MA 有 8 个取样支路，4KRT036MA 有 7 个取样支路)，以 3KRT036MA 为例，8 个取样支路对应 8 个房间，依靠各支路的电磁阀循环打开来扫描不同的房间，同一时间只有一个支路在工作中。假设当前工作在 A 支路，那么只有 A 支路的电磁阀是打开的，其他支路电磁阀关闭，工作 5 min 后，A 支路电磁阀关闭，B 支路电磁阀打开，再过 5 min，B 支路关闭，C 支路打开……依次类推	
参考资料信息	维修二处仪控：完工报告《FQ4-MA03-RCWO-00437661/01 4KRT036MA 流量波动，需调节流量调节阀处理》； WR/WOT：00196317/00437661-01(紧急工单)	
编　　者	运行二处一值：谷铁	时间：2019 年 02 月 19 日

2.9.10 4KRT036MA 流量计故障

异常缺陷名称	4KRT036MA 流量计故障
发生时间	2017 年 02 月 23 日
机组状态	3 号机组：RP 模式，满功率；4 号机组：机组处于调试阶段，未装料
异常缺陷现象	仪控巡检时发现 4KRT036MA 流量计故障
风险或潜在后果	工作时导致 4KRT036MA 不可用，因 4 号机处于调试尚未装料阶段，无 IO2，对于 3 号机产生第二组 IO：KRT9
干预行动	已采取的行动措施： 1)反馈 3 号机组，4KRT036MA 不可用对于 3 号机组产生 IO2：KRT9，并请 3 号机组主控和辐射防护加强关注 3KRT036MA 运行情况； 2)要求仪控检查处理
原因分析	流量计浮子卡涩
消缺行动	仪控处理反馈： 1)检修措施及步骤： ①检查设备就地设备运行状态； ②在 4KRT036CR 上将通道置于禁止状态；

续　表

消缺行动	③将通道置于手动状态； ④输入命令，停止泵运行； ⑤拆开流量计进行检查； ⑥对流量计内浮子进行清理，保证浮子活动自如； ⑦恢复流量计； ⑧恢复通道运行； 2)故障原因分析：流量计浮子卡涩
相关知识	1)KRT036MA用于DVN、DVK、DVW系统通风管道空气β比活度的监测； 2)KRT036MA测量对象来自多个房间(3KRT036MA有8个取样支路，4KRT036MA有7个取样支路)，以3KRT036MA为例，8个取样支路对应8个房间，依靠各支路的电磁阀循环打开来扫描不同的房间，同一时间只有一个支路在工作中。假设当前工作在A支路，那么只有A支路的电磁阀是打开的，其他支路电磁阀关闭，工作5 min后，A支路电磁阀关闭，B支路电磁阀打开，再过5 min，B支路关闭，C支路打开……依次类推
参考资料信息	维修二处仪控：完工报告《FQ4-MA03-RCWO-00516981/01 巡检时发现4KRT036MA流量计故障，需处理》； WR/WOT：00217392/00516981-01(计划工单)
编　　者	运行二处一值：谷铁　　　　时间：2019年02月19日

2.9.11　4KRT036MA出现三次监测通道故障报警，显示传输通路故障，且无法复位

异常缺陷名称	4KRT036MA出现三次监测通道故障报警，显示传输通路故障，且无法复位
发生时间	2017年05月08日中班
机组状态	3号机组：RP模式，836 MWe；4号机组：调试启动阶段，未装料
异常缺陷现象	19:03开始，4KRT036MA出现三次监测通道故障报警，显示传输通路故障，辐射防护人员无法复位

续 表

风险或潜在后果	4KRT036MA 不可用，3 号机组需要记录 IO2：KRT9
干预行动	已采取的行动措施： 1）查看和执行报警卡； 2）安排辐射防护就地检查确认 4KRT036MA 报警情况； 3）安排现场检查 4KRT036MA 上游供电未见异常； 4）反馈 3 号机组主控，4KRT036MA 故障不可用，3 号机组产生 IO2：KRT9，并请加强关注 3KRT036MA 的运行情况； 5）oncall 仪控检查处理
原因分析	4KRT036MA 继电器板性能不稳定或电磁阀信号转接板与继电器板之间的接线接触不良
消缺行动	仪控处理反馈： 1）检修措施及步骤： ①开工前通知主控操作人员记机组 IO； ②检查发现 4KRT036MA 就地显示处理箱报气路故障，第 7 道电磁阀故障； ③将设备切换至手动模式，切换至第 7 监测道检查发现第 7 监测道电磁阀无异常； ④对继电器板、电磁阀信号转接板与继电器板之间的排线重新插拔，设备重新上电，设备恢复正常； ⑤通知主控消除机组 IO； 2）故障原因分析：4KRT036MA 继电器板性能不稳定或电磁阀信号转接板与继电器板之间的接线接触不良
相关知识	1）KRT036MA 用于 DVN、DVK、DVW 系统通风管道空气 β 比活度的监测； 2）KRT036MA测量对象来自多个房间（3KRT036MA 有 8 个取样支路，4KRT036MA 有 7 个取样支路），以 3KRT036MA 为例，8 个取样支路对应 8 个房间，依靠各支路的电磁阀循环打开来扫描不同的房间，同一时间只有一个支路在工作中。假设当前工作在 A 支路，那么只有 A 支路的电磁阀是打开的，其他支路电磁阀关闭，工作 5 min 后，A 支路电磁阀关闭，B 支路电磁阀打开，再过 5 min，B 支路关闭，C 支路打开……依次类推

续　表

参考资料信息	维修二处仪控：完工报告《FQ4-MA03-RCWO-00565552/01 05 月 08 日中班 4KRT036MA 出现三次监测通道故障报警，显示传输通路故障，辐射防护人员无法复位》； WR/WOT：00244627/00565552-01（紧急工单）	
编　　者	运行二处一值：谷铁	时间：2019 年 02 月 19 日

2.9.12　主控触发 1KRT011KA8：lKRT036MA 监测通运故障报警

异常缺陷名称	1 号主控触发 1KRT011KA8：lKRT036MA 监测通运故障报警
发生时间	2016 年 02 月 27 日夜班
机组状态	1 号机组：RP 模式，热功率 128 MWt，电功率 0 MWe；2 号机组：RP 模式，满功率
异常缺陷现象	1 号主控触发 1KRT011KA8：lKRT036MA 监测通运故障报警
风险或潜在后果	lKRT036MA 故障不可用，需要记录双机组 IO2：KRT9
干预行动	已采取的行动措施： 1）查看和执行报警卡； 2）安排辐射防护就地检查确认 1KRT036MA 报警情况； 3）安排现场检查 1KRT036MA 上游供电未见异常； 4）反馈 2 号机组主控，1KRT036MA 故障不可用，产生双机组 IO2：KRT9，并请加强关注 2KRT036MA 的运行情况； 5）oncall 仪控检查处理
原因分析	取样泵内过滤芯安装位置不对，无法抽取取样气，流量计显示流量为 0，通道出现气路故障
消缺行动	仪控处理反馈： 1）检修措施及步骤： ①就地检查 LPDU 的故障为“气路故障故障”，取样柜内流量表显示为 0； ②将 LPDU 复位，20 min 后触发故障报警，“气路故障”灯亮，取样柜内“负压报警”灯亮； ③检查取样柜内各阀门状态，无异常，检查取样泵上取样软管连接位置，无问题；

续　表

消缺行动	④关闭上游取样管路阀门，打开取样管路上的气溶胶过滤装置，使取样泵直接抽取当前房间气体，流量计读数为 0，打开下游排气管路对空阀，阀门排气口感应不到流动气体； ⑤判断取样泵故障，联系电气专业工作人员，他们经过检查发现，取样泵内过滤芯安装位置不对，导致取样泵无法抽取气体，流量计读数为 0； ⑥调整过滤芯位置，重启取样泵，复位 LPDU，流量计工作正常，真空度表工作正常； ⑦观察 45 min，仪表运行正常； 2）故障原因分析：取样泵内过滤芯安装位置不对，无法抽取取样气，流量计显示流量为 0，通道出现气路故障
相关知识	1）KRT036MA 用于 DVN、DVK、DVW 系统通风管道空气 β 比活度的监测； 2）KRT036MA测量对象来自多个房间（3KRT036MA 有 8 个取样支路，4KRT036MA 有 7 个取样支路），以 3KRT036MA 为例，8 个取样支路对应 8 个房间，依靠各支路的电磁阀循环打开来扫描不同的房间，同一时间只有一个支路在工作中。假设当前工作在 A 支路，那么只有 A 支路的电磁阀是打开的，其他支路电磁阀关闭，工作 5 min 后，A 支路电磁阀关闭，B 支路电磁阀打开，再过 5 min，B 支路关闭，C 支路打开……依次类推
参考资料信息	维修一处仪控和电气：完工报告《FQ1-MA03-RCWO-00224582/01 1# 主控触发 1KRT011KA8：1KRT036MA 监测通道故障报警，需要检查处理》； WR/WOT：00108852/00224582-01（紧急工单）
编　　者	运行二处一值：谷铁　　时间：2019 年 02 月 19 日

2.9.13　KIC 中出现 1KRT011KA8（036MA 监测通道故障报警）

异常缺陷名称	KIC 中出现 1KRT011KA8（036MA 监测通道故障报警）
发生时间	2016 年 01 月 23 日早班
机组状态	1 号机组：RP 模式，电功率 870 MWe；2 号机组：RP 模式，满功率

续 表

异常缺陷现象	15:36 主控出现报警：1KRT011KA8(036MA 监测通道故障报警)，经辐射防护人员核实，1KRT036MA 运行故障，1KRT036MA 不可用
风险或潜在后果	lKRT036MA 故障不可用，需要记录双机组 IO2：KRT9
干预行动	已采取的行动措施： 1)查看和执行报警卡； 2)安排辐射防护就地检查确认 1KRT036MA 报警情况； 3)安排现场检查 1KRT036MA 上游供电未见异常； 4)反馈 2 号机组主控，1KRT036MA 故障不可用，产生双机组 IO2：KRT9，并请加强关注 2KRT036MA 的运行情况； 5)oncall 仪控检查处理
原因分析	单道板松动，接触不良，接收不到探头送来的信号，导致触发故障报警
消缺行动	仪控处理反馈： 1)检修措施及步骤： ①就地检查 LPDU 的故障为“工作故障”，显示“FAIL”； ②将 LPDU 复位，5 min 左右后触发故障报警，显示“FAIL”“工作故障”灯亮； ③判断故障原因为 LPDU 没收到探头送出的信号，更换探头，故障未消失，检查端子排连接探头的信号线，无故障，检查单道板，发现有松动，紧回后仪表恢复正常； ④观察 24 h，通道正常运行； 2)故障原因分析：单道板松动，接触不良，接收不到探头送来的信号，导致触发故障报警
相关知识	1)KRT036MA 用于 DVN、DVK、DVW 系统通风管道空气 β 比活度的监测； 2)KRT036MA 测量对象来自多个房间(3KRT036MA 有 8 个取样支路，4KRT036MA 有 7 个取样支路)，以 3KRT036MA 为例，8 个取样支路对应 8 个房间，依靠各支路的电磁阀循环打开来扫描不同的房间，同一时间只有一个支路在工作中。假设当前工作在 A 支路，那么只有 A 支路的电磁阀是打开的，其他支路电磁阀关闭，工作 5 min 后，A 支路电磁阀关闭，B 支路电磁阀打开，再过 5 min，B 支路关闭，C 支路打开……依次类推

续　表

参考资料信息	维修一处仪控：完工报告《FQ1-MA03-RCWO-00212838/01 主控出现 1KRT036MA 监测故障报警，需要仪控人员检查处理》； WR/WOT：00100229/000212838-01(紧急工单)	
编　　者	运行二处一值：谷铁	时间：2019 年 02 月 19 日

2.9.14　3KRT007MA 就地 BC 箱主板故障引起 3KRT036MA 闪发故障报警

异常缺陷名称	3KRT007MA 就地 BC 箱主板故障引起 3KRT036MA 闪发故障报警
发生时间	2016 年 05 月 07 日中班
机组状态	3 号机组：MCS 模式(一回路水位：10. 3 m；压力：大气压)；4 号机组：机组尚未开始调试
异常缺陷现象	3KRT036MA 频繁闪发故障报警和 2 级报警，每次闪发约不到1 min 后消失
风险或潜在后果	3KRT036MA 不可用，产生 IO2：KRT5
干预行动	已采取的行动措施： 1)查看和执行报警卡； 2)安排辐射防护就地检查确认 3KRT036MA 报警情况； 3)安排现场检查 3KRT036MA 上游供电未见异常； 4)记录 3KRT036MA 不可用产生 KRT5，同时要求辐射防护加强关注 4KRT036MA 的运行情况； 5)oncall 仪控检查处理
原因分析	3KRT007MA 就地 BC 箱通讯主板故障导致 3KRT103BC 箱通讯异常，从而引起 3KRT036MA 闪发故障报警
消缺行动	仪控处理反馈： 1)检修措施及步骤： ①就地 3KRT036MA 通道软件打禁止； ②检查 3KRT036MA 就地运行状态，状态正常； ③确认 3KRT007MA 就地 BC 箱通讯主板故障导致 3KRT103BC 箱通讯异常，从而引起 3KRT036MA 闪发故障报警； ④更换 3KRT007MA 就地 BC 箱通讯主板；

续 表

消缺行动	⑤恢复 3KRT007 至正常运行状态，解除 3KRT036MA 通道软件禁止； ⑥主控同时观察 3KRT007MA、3KRT036MA 报警情况，24 h 内 3KRT007MA、3KRT036MA 未发生报警； ⑦3KRT036MA 闪发故障报警消除。 2)故障原因分析：3KRT007MA 就地 BC 箱通讯主板故障导致 3KRT103BC 箱通讯异常，从而引起 3KRT036MA 闪发故障报警	
相关知识	1)KRT036MA 用于 DVN、DVK、DVW 系统通风管道空气 β 比活度的监测； 2)KRT036MA 测量对象来自多个房间(3KRT036MA 有 8 个取样支路，4KRT036MA 有 7 个取样支路)，以 3KRT036MA 为例，8 个取样支路对应 8 个房间，依靠各支路的电磁阀循环打开来扫描不同的房间，同一时间只有一个支路在工作中。假设当前工作在 A 支路，那么只有 A 支路的电磁阀是打开的，其他支路电磁阀关闭，工作 5 min 后，A 支路电磁阀关闭，B 支路电磁阀打开，再过 5 min，B 支路关闭，C 支路打开……依次类推	
参考资料信息	维修二处仪控：完工报告《FQ3-MA03-RCWO-00275962/01 3KRT036MA 闪发故障报警》； WR/WOT：00129692/00275962-01(紧急工单)	
编　　者	运行二处一值：谷铁	时间：2019 年 02 月 19 日

2.9.15 3KRT036MA 电气箱运行指示灯不亮

异常缺陷名称	3KRT036MA 电气箱运行指示灯不亮
发生时间	2016 年 08 月 18 日早班
机组状态	3 号机组：RP 模式，核功率 1.6%Pn；4 号机组：机组调试阶段，尚未装料
异常缺陷现象	3KRT036CR 电气箱运行指示灯不亮，仪控持计划票 3PT08122 开工处理
风险或潜在后果	工作中停运 3KRT036PO 时，3KRT036MA 故障不可用，产生 IO2：KRT9

续　表

干预行动	已采取的行动措施： 记录 3KRT036MA 不可用产生 KRT9，同时要求辐射防护加强关注 4KRT036MA 的运行情况	
原因分析	运行指示灯钨丝烧断	
消缺行动	仪控处理反馈： 1）检修措施及步骤： ①用万用表测量 3KRT236CR 运行灯两端电压为 48 V，电压正常； ②停运 3KRT036PO，将 3KRT236CR 断电； ③检查 3KRT236CR 运行灯，发现内部灯泡钨丝烧断； ④更换灯泡后重启设备，运行灯恢复正常； 2）故障原因分析：运行指示灯钨丝烧断	
相关知识	1）KRT036MA 用于 DVN、DVK、DVW 系统通风管道空气 β 比活度的监测； 2）KRT036MA 测量对象来自多个房间（3KRT036MA 有 8 个取样支路，4KRT036MA 有 7 个取样支路），以 3KRT036MA 为例，8 个取样支路对应 8 个房间，依靠各支路的电磁阀循环打开来扫描不同的房间，同一时间只有一个支路在工作中。假设当前工作在 A 支路，那么只有 A 支路的电磁阀是打开的，其他支路电磁阀关闭，工作 5 min 后，A 支路电磁阀关闭，B 支路电磁阀打开，再过 5 min，B 支路关闭，C 支路打开……依次类推	
参考资料信息	维修二处仪控：完工报告《FQ3-MA03-RCWO-00317022/01 3KRT036MA 电气箱运行指示灯不亮》； WR/WOT：00160121/00317022-01（计划工单），工作许可证：3PT08122（3KRT036MA 电气箱运行指示灯不亮）； 其他类似异常缺陷： 2016 年 8 月 18 日，工作许可证 4PT08102［4KRT036MA 电气箱运行灯不亮（WOT：00315498-01）］。 故障原因：运行指示灯钨丝烧断。 详情请见完工报告：《FQ4-MA03-RCWO-00315498/01 4KRT036MA 电气箱运行灯不亮》	
编　　者	运行二处一值：谷铁	时间：2019 年 02 月 19 日

2.9.16 2KRT032MA(2 号蒸汽发生器泄漏率)异常上升

异常缺陷名称	2KRT032MA(2 号蒸汽发生器泄漏率)异常上升
发生时间	2015 年 09 月 21 日早班
机组状态	RP 模式，机组调试试验阶段
异常缺陷现象	2KRT032MA(2 号蒸汽发生器泄漏率)从 0.4 L/h 上涨到 1.6 L/h
风险或潜在后果	SG 传热管可能存在泄漏，若仪表故障，则影响 2 号蒸汽发生器泄漏率的监视
干预行动	已采取的行动措施： 1)安排辐射防护人员现场检查确认仪表故障情况； 2)主控建立 2KRT032MA 趋势进行监视，检查 2 号蒸发器的放射性监测仪表 2KRT002MA 和 2KRT042MA 未见异常上升； 3)oncall 仪控检查处理； 4)经核实由于探头处主蒸汽管道的保温层被拆除，导致探头环境温度上升所致，立即安排维修服务人员恢复保温层，回装保温层后，2KRT032MA 仪表示数回落，恢复正常
原因分析	2KRT032MA 探头处主蒸汽管道的保温层被拆除，导致探头工作环境温度突升，导致 2KRT032MA 泄漏率升高
消缺行动	仪控处理反馈： 1)故障描述：2KRT032MA(2 号蒸汽发生器泄漏率)从 0.4 L/h 上涨到 1.6 L/h。 2)处理过程： ①检查 2KRT032MA 的 LPDU 工作状态正常，泄漏率为 1.6 L/h，比正常值 0.5 L/h 高； ②检查仪表参数，参考峰，都正常； ③前往探测器所在房间，发现探测器附近蒸汽发生器管道保温层有拆除，用红外测温仪测得探测器表面温度最低处在 45 ℃，最高处达到 75 ℃，探测器的正常工作温度在 30 ℃左右，用便携式 γ 剂量率表测得探测器附近环境本底为 0.1 μGy/h，属于正常环境本底范围； ④判断因为蒸汽发生器管道保温层的拆除引起探测器温度升高，导致泄漏率上升； ⑤通知主控，带运行人员确认现场，随后主控安排工作人员回装蒸汽发生器保温层；

续　表

消缺行动	⑥工作人员回装蒸汽发生器保温层后，泄漏率降低，观察一段时间，泄漏率稳定在 0.5 L/h，工作结束。 3)故障原因分析：2KRT032MA 探头处主蒸汽管道的保温层被拆除，导致探头工作环境温度突升，导致 2KRT032MA 泄漏率升高。另外 2 台 SG 对应 VVP 管道保温层也有被拆除，但是探头附近的保温层完好，探头环境温度没有突变，因此测量值稳定，没有上涨
相关知识	用于测量蒸汽发生器中 N-16(KRT032MA/033MA/034MA)和惰性气体 γ 活度(KRT042MA/KRT043MA/044MA)，以发现 SG 一次侧向二次侧的泄漏，这些监测通道同 PAMS2 系统连接，并同 KRT002、003、004MA 互为冗余
参考资料信息	维修一处仪控：“2KRT032MA(2 号蒸汽发生器泄漏率)从 0.4 L/h 上涨到 1.6 L/h”处理反馈； 运行一处 2 号机组 ESOMS 日志
编　　者	运行二处一值：谷铁　　时间：2019 年 02 月 16 日

2.9.17　4KRT011KA1(005MA 监测通道故障报警)频繁闪发

异常缺陷名称	4KRT011KA1(005MA 监测通道故障报警)频繁闪发
发生时间	2018 年 04 月 10 日中班—11 日夜班
机组状态	RP 模式，满功率
异常缺陷现象	10 日中班 4KRT011KA1(005MA 监测通道故障报警)频繁闪发，辐射防护反馈就地流量正常，但是流量失效报警频繁触发。 11 日夜班多次闪发 4KRT011KA1(005MA 监测通道故障报警)，辐射防护人员就地检查确认仪表故障，并 oncall 仪控进厂处理
风险或潜在后果	影响 4RRI 系统 A 列设冷水放射性监测的可靠性
干预行动	已采取的行动措施： 1)查看和执行报警卡； 2)安排辐射防护人员现场检查确认仪表故障情况，反馈现场仪表运行正常，未见异常； 3)主控确认 4RRI001BA 液位正常，未见异常上涨情况； 4)oncall 仪控检查处理； 5)记录和执行 IO2：KRT11

续　表

原因分析	仪控检查反馈流量计 KRT005SD 端子接线松动，紧固处理后，报警不再触发
消缺行动	仪控处理反馈： 1）检修措施及步骤： ①在 4KRT005CR 箱上将就地设备禁止； ②重新对设备进行本底测量，确认设备本底参数满足要求； ③检查 4KRT005CR 箱内内部低压供电，确认设备低压供电满足要求； ④拆除设备通讯电锁，将就地设备断电，检查 4KRT005CR 箱内各端子接钱，确认各端子接线紧固； ⑤在 4KRT005CR 内对设备重新上电； ⑥对设备进行电检试验，确认设备电检试验结果满足要求； ⑦拆下并检查 4KRT005SD 流量计，发现流量计内端子接线松动，对端子接线重接紧固，确认接线牢固； ⑧更换流量计继电器板； ⑨对流量计及探测器腔室进行冲洗； ⑩连接设备通讯电缆，恢复设备至初始状态，确认就地设备恢复正常； 2）故障原因分析：仪控检查反馈流量计 KRT005SD 端子接线松动，紧固处理后，报警不再触发
相关知识	KRT005MA/006MA 用来监测核岛设备冷却水系统（RRI）A 列/B 列中的 γ 放射性活度，以及时发现一回路辅助系统各类承压边界的完整性——屏障监测。 KRT005MA/006MA 通道流量失效报警信号一旦出现就不会自行消失，取样水流恢复正常后仪表会自动进入测量状态，但失效信号必需要人员到 KRT 机柜手动解除。正常运行中（未进行设冷的任何操作）。若出现 KRT005、006MA 失效报警，需通知辐射防护人员检查仪表的运行情况，核实是否通道失水，尝试解除失效报警信号，若可解除，则一般不是 KRT 仪表自身的问题，多为水流波动或其他因素导致，可继续运行观察或检查。部分 RRI 阀门的操作也会引起 KRT 流量失效报警。KRT005MA/006MA 流量计相关工作注意事项： 1）开展 KRT005MA 流量计及探测器腔室进行冲洗工作时。在清洗结束后，重新投运仪表时，RRI 头箱液位将会有少量下降，需要关注设冷头箱液位，避免现场去 RPE 的疏水阀未关严，引起设冷头箱液位持续的下降。

续　表

相关知识	2)进行冲洗结束后，提醒工作负责人注意 SED 的阀门以关严，避免 SED 阀门未关严，导致 KRT005MA 长期充满 SED 水，无法监测 RRI 水的放射性，而产生运行事件。 某电厂运行事件：2014 年 03 月 18 日现场巡视发现 D2RRI608VN(D2KRT006MA 的 SED 冲洗隔离阀)未完全关到位，约有 20%左右开度。因 D2RRI 系统 B 列为停运状态，系统压力低于 9SED 系统压力，导致冲洗水通过 D2KRT006MA 导致其不可用。通知主控并经主控同意后，按规程将 D2RRI608VN 全关到位。汇报值长、安工，期间机组记 IO2	
参考资料信息	运行二处：《FQ-OP2-XLJC-010 KRT 相关知识培训教材》； 维修二处仪控：完工报告《FQ4-MA03-RCWO-00892552/01 4KRT005MA 监测道闪发故障报警处理》； WR/WOT：00371587/00892552-01(紧急工单)	
编　　者	运行二处一值：谷铁	时间：2019 年 02 月 16 日

2.9.18　4KRT013KA8(KRT033MA 监测通道故障报警)

异常缺陷名称	4KRT013KA8(KRT033MA 监测通道故障报警)
发生时间	2018 年 11 月 24 日早班
机组状态	RP 模式，电功率 836 MWe
异常缺陷现象	11:04，主控 KIC 出现 4KRT013KA8(KRT033MA 监测通道故障报警)，主控立即查看 4KRT033MA 和 4KRT043MA 趋势未见明显变化，后经辐射防护和仪控检查反馈现场仪表计数率低报警，设备不可用。15:12 仪控处理消除 4KRT033MA 故障报警，恢复可用
风险或潜在后果	1)报警出现前，机组已存在 3 个第二组 IO(JDT2，EAS2，JP * 1)，4KRT033MA 不可用产生 IO2：KRT5，因 4KRT033MA 和 KRT043MA 均位于 4KRT033BC 中，仪控和辐射防护确认 4KRT043MA 同时也不可用，4KRT043MA 不可用产生一个 IO2：PAMS2。 故 11:04 开始 4 号机组累积 5 个第二组 IO，根据运行技术规范，要求开始 24H 后撤计时。当班值在 4KRT033MA 报警触发后，立即要求现场停止正在执行 FQ8-JPT-T-002 试验并进行雨淋阀的恢复操作，11:18 辅变雨淋阀恢复可用，消除 JP * 第二组 IO，累积 IO 数量减为 4 个。退出技术规范后撤计时。

续 表

风险或潜在后果	2)4KRT033MA(和 4KRT043MA)不可用，影响 3 号蒸汽发生器中 N-16 和惰性气体 γ 活度以及 SG 一次侧向二次侧的泄漏检测
干预行动	已采取的行动措施： 1)查看和执行报警卡，检查 3 号蒸汽发生器放射性监测仪表 4KRT033MA(4KRT043MA)，以及 4KRT003MA； 2)安排现场检查确认 4KRT033MA 机柜 4KRT004AR 的上游供电正常； 3)联系辐射防护检查 4KRT033MA(4KRT043MA)异常情况，确认 4KRT003MA 以及 4KRT007MA 仪表正常并加强巡视，避免同时不可用产生第一组 IO； 4)要求隔离办清查和确保无 4KRT003MA 以及 4KRT007MA 仪表相关的工作，避免因维修工作 4KRT003MA 和或 4KRT007MA 不可用与 4KRT033MA 不可用叠加产生第一组 IO； 5)考虑 IO 数量控制，立即暂停 FQ8-JPT-002 辅变 8LGR002TA 消防系统定期试验规程，执行雨淋阀恢复操作，消除存在的第二组 IO：JP * 1，并通知 3 号机不要产生双机组 IO2。 6)立即 oncall 仪控检查处理故障仪表； 7)反馈安工：从 11:04 至 11:18，4 号机组累积 5 个第二组 IO，根据运行技术规范，开始 24 h 后撤计时。11:18 消除 JP * 1 第二组 IO，累积 IO 数量减为 4 个。退出技术规范后撤计时
原因分析	4KRT033MA 参考峰漂移导致报警触发
消缺行动	仪控处理反馈： 1)故障描述：主控 KIC 出现 4KRT033MA 故障报警； 2)原因分析：4KRT033MA 参考峰漂移； 3)处理过程： ①查看 MOD 文件，发现历史事件中触发故障报警信息为“低计数”； ②查看 LPU 历史趋势，设备计数正常； ③对 LPU 进行电测试；测试结果合格； ④将就地设备置于“禁止”状态，重启设备发现 LPU 触发“参考峰计数超出范围”故障导致设备无法找到参考峰； ⑤检查设备的探测器能谱，发现参考峰 398 ch，超出正常范围(250~300 ch)；

续　表

消缺行动	⑥逐步将探测器高压由 750 V 调整至 724 V，参考峰调整为 261 ch，达到正常范围，故障报警消除； ⑦故障报警消除后持续观察 40 min，参考峰稳定在 261 ch 左右，无故障报警； ⑧对设备进行重启，重启后设备正常找到“参考峰”，并稳定在 261 ch左右，与主控沟通，IO 消除，持票观察未见异常后归还工作许可证； 4)后续行动：如 4KRT033MA 后续继续发生故障报警，则对探测器进行能量刻度，若刻度结果不满足要求则更换探测器
相关知识	4KRT033MA 和 4KRT043MA 均位于 4KRT033BC 中，当 4KRT033MA 不可用时，可能同时 4KRT043MA 也不可用，在 RP 模式，4KRT043MA 不可用将产生一个 IO2：PAMS2
参考资料信息	运行二处：4 号机组异常反馈——主控触发 4KRT013KA8 KRT033MA 监测通道故障报警； 维修二处仪控；oncall 反馈——4KRT033MA 通道故障报警处理反馈； WR/WOT：00469058/01064510-01(紧急工单)
编　　者	运行二处一值：谷铁　　时间：2019 年 02 月 16 日

2.9.19　3KRT007MA 出现通道故障报警

异常缺陷名称	3KRT007MA 出现通道故障报警
发生时间	2018 年 08 月 15 日早班
机组状态	RP 模式，电功率 1040 MWe
异常缺陷现象	07:23 主控触发 3KRT011KA3(3KRT007MA 监测通道故障报警)，现场查看取样泵 3KRT007PO 停运
风险或潜在后果	3KRT007MA 监测通道故障，不可用，产生 IO2：KRT4
干预行动	已采取的行动措施： 1)查看和执行报警卡； 2)联系辐射防护检查确认故障情况； 3)记录 IO2：KRT4； 4)要求辐射防护监视确认 3KRT002MA、003MA、004MA 通道和 KRT032MA、033MA、034MA 通道正常可用，并避免安排相关的工作，避免同时不可用时产生第一组 IO1

续 表

原因分析	探头浸水
消缺行动	仪控处理反馈： 1)检修工作步骤： ①检查 3KRT007PO 运行状态，确认泵正常； ②检查 3KRT007MA 探测器，发现探测器浸水，更换探测器； ③检查 3KRT007MA 就地 LPDU，确认正常； ④启动职样泵，确认设备恢复正常； 2)故障原因分析：探头浸水
相关知识	KRT007MA 用于监测 CVI 冷凝器抽真空系统排气中的 β 和 γ 放射性活度。 由于机组启动时 CVI 系统排气中气体湿度较大，灰尘较多，为了保护 KRT007MA 探测器，需要对取样气体进行干燥处理后再进行测量。 原设计中干燥器无法提供足够的干燥能力，由于积水过多或灰尘堵塞冷凝水排水孔导致干燥器故障后，多次导致 KRT007MA 探测器进水损坏。 技改后在取样测量回路前端增加机械式干燥装置(汽水分离器)，大大增加了汽水分离装置的稳定性和冷凝水的存储能力，提高设备干燥能力，减少故障率
参考资料信息	维修二处仪控：完工报告《FQ3-MA03-RCWO-00992569/01 3KRT007MA 出现通道故障报警，需处理》； 维修二处仪控：《FQ4-KRT-DDM-003807 4KRT007MA 增加机械式干燥装置变更详细设计方案》； WR/WOT：00428360/00992569-01(紧急工单)
编　　者	运行二处一值：谷铁　　　时间：2019 年 02 月 16 日

2.9.20　主控闪发 3KRT013KA9(3KRT034MA 通道故障报警)

异常缺陷名称	主控闪发 3KRT013KA9(3KRT034MA 通道故障报警)
发生时间	2017 年 08 月 12 日中班
机组状态	RP 模式，满功率
异常缺陷现象	主控多次闪发 3KRT034MA 通道故障报警

续　表

风险或潜在后果	影响 3KRT034MA 的可靠性，处理过程中会闭锁 3KRT034MA，导致其不可用，产生 IO2：KRT5	
干预行动	已采取的行动措施： 1）查看和执行报警卡； 2）联系辐射防护检查确认故障情况； 3）oncall 仪控检查处理； 4）要求辐射防护检查确认 3KRT044MA 的运行情况，同时监视 3KRT007MA 通道和同一 SG 的 3KRT004MA 通道正常可用，并避免安排相关的工作，以避免产生第一组 IO； 5）主控关注 3KRT007MA 通道和 3KRT004MA 通道的运行情况，若有异常及时反馈处理	
原因分析	3KRT034MA 参考峰漂移，导致找不到参考峰，从而触发故障报警	
消缺行动	仪控处理反馈： 1）处理进展：恢复 3KRT034MA 通道正常运行； 2）原因分析：3KRT034MA 参考峰漂移，导致找不到参考峰，从而触发故障报警； 3）根本原因：参考峰漂移； 4）处理过程： ①查看设备 MOD 文件，闪发故障报警原因均为参考峰分辨率超出范围，参考峰找不到； ②查看当前参考峰位 252 ch，（正常范围：250～300 ch），上次能量刻度完成后参考峰位 275 ch，参考峰位已经漂移 23 ch； ③检查探测接地，绝缘（大于 11 GΩ）满足探测器运行要求； ④用放射源对探测器重新能量刻度，调整设备参考峰位至 286 ch； ⑤观察设备正常运行，与主控沟通，归还工作票，IO 消除	
相关知识	KRT032MA/033MA/034MA（VVP 管线放射性）参考峰的正常范围为 250～300 ch	
参考资料信息	维修二处仪控：oncall 反馈——主控闪发 3KRT013KA9（3KRT034MA 通道故障报警）； WR/WOT：00279526/0072374-01（紧急工单）	
编　　者	运行二处一值：谷铁	时间：2019 年 02 月 16 日

2.9.21 主控频繁触发 3KRT014KA2、3KRT039KA 报警

异常缺陷名称	主控频繁触发 3KRT014KA2（005MA 监测通道 1 级报警）和 3KRT039KA 报警处理(005MA 设备冷却水 A 列 γ 活度 2 级报警)
发生时间	2017 年 01 月 18 日 夜班
机组状态	RP 模式，满功率
异常缺陷现象	06:45 分开始主控三次闪发 3KRT014KA2(005MA 监测通道 1 级报警)和 3KRT039KA 报警处理(005MA 设备冷却水 A 列 γ 活度 2 级报警)
风险或潜在后果	3KRT005MA 故障不可用，产生 IO2：KRT11
干预行动	已采取的行动措施： 1)查看核岛设备冷却水系统(RRI)A 列设冷头箱液位无变化； 2)辐射防护现场检查仪表无故障； 3)联系仪控进厂检查处理，并联系化学对设冷 A 列放射性取样，化学取样结果<0.03 MBq/t，放射性合格
原因分析	探测器进水导致探测器故障
消缺行动	仪控处理反馈： 1)检修过程： ①测量 LPDU 内部±12 V 电压正常； ②检查 LPDU 内部端子和接线无异常； ③检查设备接地无异常，探测器连接电缆无异常； ④设备断电、打开铅室，发现铅室进水，探测器进水； ⑤将铅室水排尽，除锈，确保铅室内干燥清洁； ⑥使用备件探测器更换。完成后恢复供电； ⑦设备运行 2 h 后数据无异常； 2)原因分析：现场检查发现就地设备数据波动较大，会超过 1、2 级报警阈值。检查就地处理箱内部电缆端接、电压、接地情况均正常，使用信号发生器模拟输入信号未见输出异常。发现探测器所在铅室有积水，闪发报警原因可能由于探测器进水导致； 3)机组影响评估：一路 RRI 水的放射性测量通道不可用，产生第二组 IO
相关知识	KRT005MA/006MA 用来监测核岛设备冷却水系统(RRI)A 列/B 列中的 γ 放射性活度，以及时发现一回路辅助系统各类承压边界的完整性——屏障监测

续 表

相关知识	KRT005MA/006MA 通道流量失效报警信号一旦出现就不会自行消失，取样水流恢复正常后仪表会自动进入测量状态，但失效信号必需要人员到 KRT 机柜手动解除。正常运行中(未进行设冷的任何操作)。若出现 KRT005、006MA 失效报警，需通知辐射防护人员检查仪表的运行情况，核实是否通道失水，尝试解除失效报警信号，若可解除，则一般不是 KRT 仪表自身的问题，多为水流波动或其他因素导致，可继续运行观察或检查。部分 RRI 阀门的操作也会引起 KRT 流量失效报警	
参考资料信息	维修二处仪控：完工报告《FQ3-MA03-RCWO-00488628/01 主控触发 3KRT005MA 监测通道一级和设备冷却水 A 列伽马活度 2 级报警》； 维修二处仪控：oncall 反馈——3KRT014KA2、3KRT039KA 报警处理的紧急工作反馈； WR/WOT：00207084/00488628-01(紧急工单)	
编　　者	运行二处一值：谷铁	时间：2019 年 02 月 16 日

2.9.22 主控 KIC 出现 4KRT011KAB(4KRT008MA 监测通道故障报警)

异常缺陷名称	主控 KIC 出现 4KRT011KAB(4KRT008MA 监测通道故障报警)
发生时间	2019 年 02 月 16 日早班
机组状态	RP 模式，满功率
异常缺陷现象	11:03 主控 KIC 出现 4KRT011KAB(4KRT008MA 监测通道故障报警)
风险或潜在后果	1)4KRT008PO 如果损坏需要隔离检修，隔离时需要同时停运 4KRT009MA，将导致 4KRT009MA 不可用，产生 IO2：KRT8； 2)因 ETY 布样点在 4KRT008MA 所在管路中，4KRT008PO 停运不可用，管路中气体流量低，将导致 ETY 布样时不具有代表性，影响 4ETY 布样工作的开展。报警出现时安全壳内压力已达到 104.3 kPa·a，已对 4ETY 提取样申请，待布样。若故障长时间无法消除，将影响 4 号机安全壳内气体有效取样，若安全壳内的相对压力超过 6 kPa 时，将产生 IO2：EPP1，相对压力超过 10 kPa时，将产生 IO1：EPP2

续 表

干预行动	已采取的行动措施： 1）主控查看和执行报警卡，立即查看 4KRT008MA 趋势未见明显变化； 2）安排现场检查确认 4KRT008MA 机柜 4KRT018AR 的上游供电正常； 3）联系辐射防护检查 4KRT008MA 故障情况，辐射防护反馈 4KRT008MA 取样流量低，就地发现 4KRT008MA 取样泵 4KRT008PO 有焦煳味； 4）主控要求辐射防护立即停运取样泵 4KRT008PO； 5）因 4KRT009MA 与 4KRT008MA 从同一取样母管引流，主控立即联系辐射防护人员检查 4KRT009MA，确认 4KRT009MA 运行正常； 6）安排辐射防护就地检查 4KRT008PO 管路在线未见异常； 7）主控立即 oncall 维修电气与仪控就地检查处理，并要求维修电气同时核实泵备件。 建议后续行动： 运行关注 4 号机组安全壳压力上涨趋势，跟踪 4KRT008PO 处理进展，在 4KRT008PO 恢复可用后，及时联系化学流出物人员开展 4ETY 布样工作，以便后续通过 4ETY 排放降低安全壳内压力
原因分析	1）可能原因分析： ①电机启动电容故障，导致泵处理不足，发烫； ②泵轴承磨损； ③取样管路存在堵塞； 2）经检查处理确认故障原因：4KRT008PO 泵曲轴弯曲变形
消缺行动	电气处理反馈： 1）处理进展：恢复 4KRT008PO 正常运行，恢复 4KRT008MA 可用； 2）处理措施： ①测量电机直阻、电机绝缘电阻，合格； ②测量电容容量为 7.9 μF（标称容量为 10 μF，误差±5%），不合格，对电容进行更换； ③重新启动 4KRT008PO，异音很大，立即停运； ④检查 4KRT008PO 泵曲轴弯曲变形，对泵进行整体更换后，启动 4KRT008PO，测量运行电流为 1.5 A；泵运行正常，恢复 4KRT008MA 可用； 3）故障原因分析：4KRT008PO 泵曲轴弯曲变形

续　表

相关知识	ETY 布样点在 4KRT008MA 所在管路中，4KRT008PO 停运不可用时，管路中气体流量低，将导致 ETY 布样时不具有代表性，影响 4ETY 布样的工作开展	
参考资料信息	运行二处：4 号机异常反馈——4KRT011KAB 4KRT008MA 监测通道故障报警； 维修二处电气：EAM 中工单 01150451-01 的完工报告； WR/WOT：00506472/01150451-01（紧急工单），工作许可证：4PW04571(4KRT008PO 泵损坏，需更换)	
编　　者	运行二处一值：谷铁	时间：2019 年 03 月 18 日

2.9.23　8KRT902MA 回路取样流量 8KRT902SD 流量低

异常缺陷名称	8KRT902MA 回路取样流量 8KRT902SD 流量低
发生时间	2017 年 07 月 21 日夜班
机组状态	3 号机组：RP 模式，满功率(管理废液排放的机组为 3 号机组)
异常缺陷现象	8SEL003BA 排放过程中 8KRT902MA 触发流量低故障，8KRT902MA 由于取样流量波动而跳闸
风险或潜在后果	8KRT902MA 故障不可用，产生第二组 IO2，8SEL001BA/002BA/003BA 无法排放
干预行动	已采取的行动措施： 1)维修反馈仪控检查了 8KRT902SD 未见异常； 2)机械对 KRT902PO 取样泵的叶轮检查未见异常，对泵进出口管线冲洗排气，暂未发现由明显堵塞情况； 3)由于 8SEL 接收和排放压力大，经和维修仪控、辐射防护讨论，仪控建议(经辐射防护同意)：将 8KRT902MA 的取样回水由原来的回到 8SEL049VE 前(即开启 8SEL118VE)，改到排放到 8SEL001PS 中(开 8SEL121VE 关闭 8SEL118VE)，这样有利于提升 8KRT902SD 的流量； 4)辐射防护投运 8KRT902MA 后，辐射防护和维修人员现场观察 8SEL003BA 排放投运 8KRT902MA 后 8KRT902SD 流量从 0.25 m^3/h缓慢降到下限 0.16 m^3/h，流量较回水到 8SEL049VE 前时波动小。反馈 8KRT902PO 启动前后对 8KRT902SD 流量影响不大，怀疑 8KRT902PO 出力可能存在问题； 建议后续行动： 维修分析故障根本原因和消除缺陷

续 表

<table>
<tr><td>原因分析</td><td>8KRT902MA 取样管路入口至取样腔室存在异物堵塞，导致流量计流量偏低</td></tr>
<tr><td>消缺行动</td><td>机械处理反馈：
1）缺陷描述：8KRT902MA（见图 1）取样流量低，怀疑取样泵出力不足或管线堵塞；
2）处理措施：
①取样泵的排查：
a. 泵进出口管线冲洗排气。
i. 开 8SEL117VE、关 8SEL118VE、开 8SEL121VE，启泵及停泵状态下，8SEL121VE 流量正常。证明 8SEL117VE 至 8SEL121VE 管线之间没有堵塞；
ii. 关 8SEL117VE、开 8SEL118VE、开 8SEL121VE，8SEL121VE 流量正常。证明 8SEL118VE 没有堵塞。
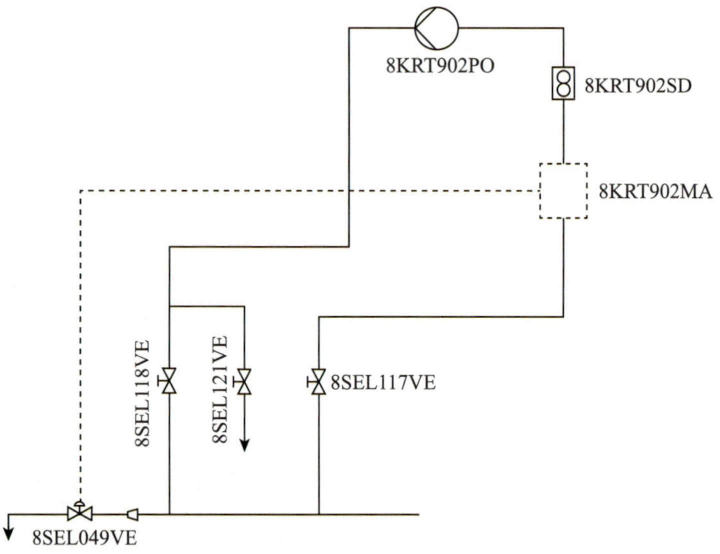

图 1　8KRT902MA 取样回路
b. 3KRT902PO 取样泵的叶轮检查
i. 检查叶轮的表面情况，表面光洁、未发现划痕；
ii. 检查叶轮的转动情况，未发现卡涩、异音；
iii. 检查叶轮的入口及出口，未发现异物堵塞情况。
c. 经过仪控及辐射防护人员见证，已完成 3KRT902PO 取样泵的回装。
d. 经启泵验证，取样泵未见异常。</td></tr>
</table>

续　表

消缺行动	②管线堵塞情况排查： a. 经排查发现取样管路入口管线内发现有较多黄色塑料片异物，并进行清理； b. 在冲洗 8SEL001BA/002BA/003BA 时，发现存在异物，并进行清理； 3) 改进措施：经比对同行电厂安装差异，已实施技改在 8KRT902MA 的取样口管线上增加滤网，避免小异物堵塞取样口导致流量低跳泵事件再次发生	
相关知识	8KRT902MA 的取样流量小于 1 L/min 或大于 15 L/min 时，将触发 8KRT902MA 监测通道故障报警。8KRT902MA 监测通道故障[包括流量异常、带有取样回路的监测通道(8KRT902MA)泵停运、电子线路故障、失电等原因引起]或二级报警时，联锁关闭 8SEL049VE	
参考资料信息	运行二处：运行异常反馈——8KRT902MA 回路取样流量 8KRT902SD 流量低问题	
编　　者	运行二处一值：谷铁	时间：2019 年 02 月 16 日

2.9.24　执行 8SEL 排放操作投运 8KRT902MA 流量计时，发现取样流量低

异常缺陷名称	执行 8SEL 排放操作投运 8KRT902MA 流量计时，发现取样流量低
发生时间	2018 年 08 月 15 日早班
机组状态	3 号机组：RP 模式，满功率(管理废液排放的机组为 3 号机组)
异常缺陷现象	辐射防护在投运 8KRT902MA 时，反馈取样流量偏低，将 8KRT902MA 退出运行后，发现 8KRT902MD 指针发生卡涩
风险或潜在后果	导致 8KRT902MA 不可用，产生 IO2：KRT5，不能进行 8SEL 排放
干预行动	已采取的行动措施： 1)暂停 8SEL 排放，记录 8KRT902MA 不可产生第二组 IO：KRT5； 2)安排运行人员现场检查排放在线未见异常，泵运行出口压力正常； 3)联系仪控检查处理
原因分析	流量计浮子内部吸附大量铁屑，造成流量计卡涩

续 表

消缺行动	仪控处理反馈： 1)检修措施及步骤： ①由主控操作人员将 8KRT902KC、8KRT904KC 置于“TEST”状态； ②检查 8KRT902MA 流量计并清理； ③对 8KRT902MA 取样管路进行冲洗； ④使用 SEP 水进行验证，确认启动取样泵区域流量达到 0.60 m^3/h 以上； ⑤恢复通道至初始状态； ⑥由运行人员在 KIC 上将 8KRT902KC、8KRT904KC 置于“NORMAL”位； 2)故障原因分析：流量计浮子内部吸附大量铁屑，造成流量计卡涩
相关知识	8KRT902MA 的取样流量小于 1 L/min 或大于 15 L/min 时，将触发 8KRT902MA 监测通道故障报警。8KRT902MA 监测通道故障[包括流量异常、带有取样回路的监测通道(8KRT902MA)泵停运、电子线路故障、失电等原因引起]或二级报警时，联锁关闭 8SEL049VE
参考资料信息	维修二处仪控：完工报告《FQ8-MA03-RCWO-00992583/01 8KRT902MA 流量计卡涩处理》； WR/WOT：00428226/00992583-01；工作许可证：8PT28881(8KRT902MA 流量计卡涩处理)； 其他类似异常缺陷： 2018 年 08 月 26 日，开工工作：8KRT902MA 流量计卡涩，需处理(WOT：00994636-01)。 故障原因分析：流量计浮子内部吸附大量铁屑造成流量计卡涩。 详情见完工报告《FQ8-MA03-RCWO-00994636/01 维修一级：8KRT902MA 流量计卡涩，需处理》
编　　者	运行二处一值：谷铁　　　　时间：2019 年 02 月 16 日

2.9.25 8SEL 排放时 8KRT902MA 因取样流量偏低跳闸

异常缺陷名称	8SEL 排放时 8KRT902MA 因取样流量偏低跳闸
发生时间	2018 年 07 月 04 日早班
机组状态	3 号机组：RP 模式，满功率(管理废液排放的机组为 3 号机组)

续　表

异常缺陷现象	8SEL001BA 排放时，两次触发取样流量偏低导致 8KRT902MA 跳闸
风险或潜在后果	导致 8KRT902MA 不可用，产生 IO2：KRT5，不能进行 8SEL 排放
干预行动	已采取的行动措施： 1)暂停 8SEL001BA 排放，联系辐射防护检查 8KRT902MA 在线情况和故障情况； 2)安排运行现场检查 8SEL001BA 排放在线情况未见异常，泵运行出口压力正常； 3)联系仪控检查处理
原因分析	取样管路中有杂质堵塞
消缺行动	仪控处理反馈： 1)检修措施及步骤： ①将 8KRT902KC、8KRT904KC 置于"TEST" 位； ② 关闭 8SEL117VE、118VE，打开 8SEL119VE，打开 8SEP9940VT 冲洗管路； ③打开 8SEL121VE，关闭 8SEL119VE 冲洗 5 min 后关闭 8SEP9940VT、8SEL121VE； ④将 8KRT902PO 启动，检查流量； ⑤流量正常后，将 8KRT902KC、8KRT904KC 置于"NORMAL" 位。 2)故障原因分析：取样管路中有杂质堵塞
相关知识	8KRT902MA 的取样流量小于 1 L/min 或大于 15 L/min 时，将触发 8KRT902MA 监测通道故障报警。8KRT902MA 监测通道故障[包括流量异常、带有取样回路的监测通道(8KRT902MA)泵停运、电子线路故障、失电等原因引起]或二级报警时，联锁关闭 8SEL049VE
参考资料信息	维修二处仪控：完工报告《FQ8-MA03-RCWO-00961528/01 8KRT902MA 在 8SEL001BA 排放时多次取样流量偏低，需要检查处理》； WR/WOT：00409488/ 00961528-01。工作许可证：8PT21240 (8KRT902MA 取样流量低，需检查处理)； 其他类似异常缺陷： 1)2018 年 07 月 09 日，开工工单：8KRT902MA 取样流量低导致 8SELOOIBA 排放保护停止(WOT：00968025/01)。 故障原因分析：取样管路中存在异物。 详情见完工报告《FQ8-MA03-RCWO-00968025/01 2018. 07. 09 22: 07 8KRT902MA 取样流量低导致 8SEL001BA 排放保护停止》。

续 表

参考资料信息	2)2018 年 07 月 13 日，开工工单：8KRT902MA 取样流量偏低处理（WOT：00970236-01）。 故障原因分析：取样管路中有杂质堵塞； 详情见完工报告《FQ8-MA03-RCWO-00970236/01 8KRT902MA 取样流量偏低，需要检查处理》。 3)2018 年 07 月 17 日，开工工单：8KRT902MA 取样流量偏低，需要进行处理(WOT：00972426-01)。 故障原因分析；职样管路里存在异物堵塞管路，导致流量过低。 详见完工报告《 FQ8-MA03-RCWO-00972426/01 8KRT902MA 取样流量偏低，需要进行处理》。 4)2018 年 12 月 10 日夜班，缺陷描述：8SEL002BA 排放时，出现 3 次 8KRT902MA 取样流量低(排放过程中，流量缓慢波动降低)(WR/WOT：00475751/01074290-01)。 故障原因分析：8KRT902MA 取样腔室集聚较多罐体内壁脱落涂层，导致流量下降。 详见 EAM 中工单 01074290-01 的完工报告	
编　　者	运行二处一值：谷铁	时间：2019 年 02 月 16 日

2. 9. 26　4KRT005MA 停运且置闭锁，再供电后自动投运

异常缺陷名称	4KRT005MA 停运且置闭锁，再供电后自动投运
发生时间	2018 年 08 月 10 日 中班
机组状态	RCD，一回路低低水位
异常缺陷现象	中班执行的文件包《4D401-64 RRI A 列在线与充水排气》中，要求通知辐射防护工作人员投运 4KRT005MA(设备冷却水 γ 放射性活度监测道)，当班值联系辐射防护工作人员投运 4KRT005MA，辐射防护工作人员检查反馈现场仪表为投运状态。 此前 08 月 10 日夜班为实施 4KRT001AR 再供电工作，执行《FQ4-KRT-C-024 4KRT001AR 停役典型操作票》执行该典操时，停运闭锁了 4KRT005MA，此期间未进行投运 4KRT005MA 的操作
风险或潜在后果	仪表非预期投运
干预行动	已采取的行动措施： 1)向辐射防护以及仪控人员核实确认仪表非预期投运原因； 2)编写相关经验反馈进行学习

续　表

原因分析	当只进行软闭锁的 MA 断电后重新送电时，MA 将自动解锁投运。所以当 4KRT001AR 再供电实施后恢复供电时，处于软闭锁的 4KRT005MA 自动解锁投运
消缺行动	仪控处理反馈： 1）问题描述：4KRT005MA 停运且置闭锁，再供电后自动投运； 2）原因分析： KRT 仪表（MA）的闭锁存在软闭锁和硬闭锁两种。 ①硬闭锁，KIC 或是 SVDU 中将相应 MA 的 KC 置于 TEST 位置、辐射防护就地将 MA 的 BC 箱内的选择旋钮置于禁止位置都属于硬闭锁，见图 1。 BC 箱内的选择旋钮置于禁止位置后，MA 的报警和联锁动作均不会触发。 KC 置 TEST 位置将闭锁联锁动作，但 MA 仍能触发报警发送到主控 KIC。 就地 BC 箱置闭锁位置： 以 4KRT004MA 为列，4KRT004MA 的 BC 箱 4KRT004BC 如下左图所示，选择旋钮如图 1 所示。 a. 闭锁时将三个旋钮拨向禁止位； b. 解锁时分别拨向失效、警告、高报。  **图 1　就地控制箱上置“禁止”位置** ②软闭锁一般在 KRT 的数字化就地处理箱（LPDU）上按下 SUPV 按钮对 MA 进行闭锁，见图 2。

续 表

消缺行动	4KRT009MA未软闭锁前  4KRT009MA软闭锁后 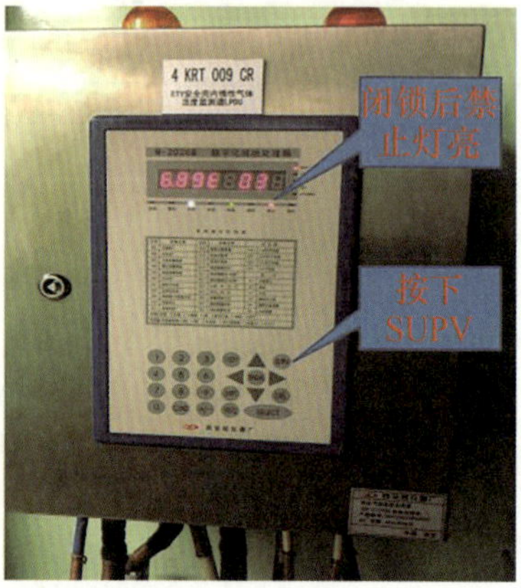 **图 2　就地处理箱上置闭锁示意图** 软闭锁，可以闭锁 MA 的报警和联锁动作。但当只进行软闭锁的 MA 断电后重新送电时，MA 将自动解锁投运。 所以当 4KRT001AR 再供电实施后恢复供电时，处于软闭锁的 4KRT005MA 自动解锁投运
相关知识	1)就地 BC 箱闭锁 MA 仪表时，通过将选择旋钮置于禁止位置时，MA 的报警和联锁动作均不会触发； 2)KC 置 TEST 位置将闭锁 MA 的联锁动作，MA 的一级、二级触发报警仍可发送到主控 KIC； 3)软闭锁，可以闭锁 MA 的报警和联锁动作。但当仪表只进行软闭锁的 MA 断电后重新送电时，MA 将自动解锁投运，此时存在 MA 自动投运触发高高报，触发联锁动作的风险； 4)硬闭锁不会存在 MA 重新恢复送电后自动解锁投运的情况； 5)只触发报警无联锁动作的 MA，一般只实施软闭锁。存在联锁动作的 MA，在实施闭锁时均会实施硬闭锁
参考资料信息	运行二处：《运行二处内部经验反馈——KRT 仪表的闭锁方式》
编　　者	运行二处一值：谷铁　　　时间：2019 年 02 月 16 日

2.9.27　主控触发 4KRT017MA&4KRT021MA 监测通道故障报警

异常缺陷名称	主控触发 4KRT017MA&4KRT021MA 监测通道故障报警
发生时间	2018 年 08 月 15 日中班

续　表

机组状态	RCD 模式
异常缺陷现象	主控同时触发 4KRT011KA6：016MA 监测通道故障报警、4KRT011KA7：020MA 监测通道故障报警、4KRT013KAB：4KRT017MA 监测通道故障报警和 4KRT013KAC：4KRT021MA 监测通道故障报警
风险或潜在后果	触发报警，影响仪表监测的可靠性。仪控和辐射防护共同确认 4KRT017/021MA 为可用状态，二级报警可正常触发
干预行动	已采取的行动措施： 1)联系辐射防护就地检查 4KRT017/021MA 运行正常； 2)联系仪控检查，经检查报警触发的原因为：将 B 列 4KCS132AR 机柜断电后导致 8DVN002MD 流量信号送 KRT 的 4DVNKRT-AD016_ 01_ BSx 失效导致； 3)联系仪控和辐射防护共同检查确认 4KRT017/021MA 为可用状态，二级报警可正常触发，不需记录 IO； 4)4KCS132AR 机柜恢复供电后，主控 4KRT011KA6：016MA 监测通道故障报警、4KRT011KA7：020MA 监测通道故障报警、4KRT013KAB：4KRT017MA 监测通道故障报警和 4KRT013KAC：4KRT021MA 监测通道故障报警消失
原因分析	仪控执行 DCS 机柜 B 列设备清灰和打力矩工作，将 B 列 4KCS-132AR 机柜断电后导致 8DVN002MD 流量信号送 KRT 的 4DVN-KRTAD016_ 01_ BSx 失效，从而导致主控触发 4KRT011KA6：016MA 监测通道故障报警、4KRT011KA7：020MA 监测通道故障报警、4KRT013KAB：4KRT017MA 监测通道故障报警和 4KRT013KAC：4KRT021MA 监测通道故障报警
消缺行动	仪控处理反馈： 1)原因反馈：4KCS132AR 机柜断电会导致 8DVN002MD 流量信号送 KRT 的 4DVNKRTAD016_ 01_ BSx 失效，从而会导致 4 号主控触发 4KRT011KA6：016MA 监测通道故障报警、4KRT011KA7：020MA 监测通道故障报警、4KRT013KAB：4KRT017MA 监测通道故障报警和 4KRT013KAC：4KRT021MA 监测通道故障报警； 2)影响分析：4KRT017/021MA 实际为可用状态，二级报警可正常触发，不需记录 IO

续 表

相关知识	8DVN001MD 由 3KCS033AR 供电，8DVN002MD 由 4KCS023AR 供电，3KCS033AR 和 4KCS023AR 均为三路供电，来自 LNB(两路)、LNE(一路)； 8DVN001MD 的信号：就地流量表先送到 3KCS033AR，一路信号送进卡件里进行处理(3DVN001MD)，另一路信号经过 3KCS035CR 隔离后送至 4KCS033AR(4DVN001MD)；3KCS131AR 中输出的信号(3DVN001MD_ BSxBUP)和 3KCS132AR 中输出的信号(3DVN002MD_ BSxBUP)是送到 3 号 BUP 上显示； 8DVN002MD 的信号：就地流量表先送到 4KCS023AR，一路信号送进卡件里进行处理(4DVN002MD)，另一路信号经过 4KCS025CR 隔离后送至 3KCS023AR(3DVN002MD)；4KCS131AR 中输出的信号(4DVN001MD_ BSxBUP)和 4KCS132AR 中输出的信号(4DVN002MD_ BSxBUP)是送到 4 号 BUP 上显示； 3KCS107AR 机柜断电会导致 8DVN001MD 流量信号送 KRT 的 3DVNKRTAD016_ O1_ ASx 失效，从而会导致 3 号主控触发 3KRT011KA6：016MA 监测通道故障报警、3KRT011KA7：020MA 监测通道故障报警、3KRT013KAB：3KRT017MA 监测通道故障报警和 3KRT013KAC：3KRT021MA 监测通道故障报警，此时 3KRT017/021MA 为可用状态，二级报警可正常触发，不需记录 IO。3KCS107AR 为三路供电，来自 LNE/LNG/LMA。 4KCS132AR 机柜断电会导致 8DVN002MD 流量信号送 KRT 的 4DVNKRTAD016_ O1_ BSx 失效，从而会导致 4 号主控触发 4KRT011KA6：016MA 监测通道故障报警、4KRT011KA7：020MA 监测通道故障报警、4KRT013KAB：4KRT017MA 监测通道故障报警和 4KRT013KAC：4KRT021MA 监测通道故障报警，此时 4KRT017/021MA 为可用状态，二级报警可正常触发，不需记录 IO； 3/4KCS131AR 为双路供电，来自 LNG/LMA； 3/4KCS132AR 为双路供电，来自 LNH/LMB	
参考资料信息	运行二处：运行二处内部经验反馈——主控触发 4KRT017/021MA 监测通道故障报警的经验反馈	
编　　者	运行二处一值：谷铁	时间：2019 年 02 月 16 日

2.9.28　8KRT505PO 故障无法启动

异常缺陷名称	8KRT505PO 无法启动，导致 8KRT505MA 不可用
发生时间	2016 年 09 月 30 日早班
机组状态	3 号机组：RP 模式，核功率 87%，电功率 911 MWe；4 号机组：机组调试阶段，尚未装料
异常缺陷现象	执行解隔离 8PW11686(缺陷处理：8RRI090VN 安全阀压力整定及密封试验)后，重新恢复启动 8KRT505PO 时，发现泵无法启动
风险或潜在后果	1)8KRT505PO 无法启动，导致无法监测 8SVA001BA 冷凝水的 γ 活度，产生 IO2：KRT10； 2)当 8KRT505PO 故障不可用时，8SVA001BA 液位高时，需要开疏水阀向 8RPE001PS 排水(8RPE001PS 向 8TEU003/004BA 排水)，增加三废系统的处理负担
干预行动	已采取的行动措施： 1)安排现场检查 8KRT505PO 上游供电情况，未见异常； 2)确认 8SVA001PO/002PO 处于手动，密切监视 8SVA001BA 液位，液位高时，可通过开疏水阀排水到 8RPE001PS 中； 3)oncall 仪控检查处理
原因分析	8KRT705CR 箱内开关量线缆松动
消缺行动	仪控处理反馈： 1)检修措施及步骤： ①查看 8KRT505MA 软件参数设置，参数设置正确； ②检查 8KRT505MA 就地处理箱内部端子接线，端子接线正常； ③检查通道流量计指针，指针灵活无卡涩现象； ④检查 8KRT705CR 箱内部端子接线，发现开关量接线松动，用端子螺丝刀对其进行紧固； ⑤紧固完成后，按下 8KRT705CR 箱上启动按钮，泵正常启动，观察流量计流量处于正常范围之内； ⑥观察通道运行 1 h，确认泵运行正常，无跳泵情况出现，且 8KRT505MA 运行正常。 2)故障原因分析：8KRT705CR 箱内开关量线缆松动
相关知识	8KRT505MA 用于 8SVA001BA 内辅助蒸汽冷凝水 γ 比活度的监测，8KRT505PO 为 8KRT505MA 取样回路取样泵；

续 表

相关知识	当 8KRT505PO 不可用时，8SVA001BA 内的冷凝水不能通过 8SVA001PO/002PO 排到 3/4STR 除氧器。可以将 8SVA001PO/002PO 置于手动，监视液位，并联系化学取样合格后再排放到 3/4STR。或是直接改变在线将 8SVA001BA 内的冷凝水排放到 8RPE001PS，最终进入到地面废水接收罐 8TEU003/004BA	
参考资料信息	维修二处仪控：完工报告《FQ8-MA03-RCWO-00382711/01 8KRT505PO 无法启动，导致 8KRT505MA 不可用》； WR/WOT：00176386/00382711-01（紧急工单），工作许可证：8PT12100(8KTR505PO 无法启动，导致 8KRT505MA 不可用)	
编　　者	运行二处一值：谷铁	时间：2019 年 03 月 11 日

2.9.29　主控出现 9KRT502KA3 9KRT505MA 监测通道故障

异常缺陷名称	主控出现 9KRT502KA3 9KRT505MA 监测通道故障
发生时间	2016 年 04 月 13 日中班
机组状态	1 号机组：RP 模式，电功率 846 MWe；2 号机组：RP 模式，电功率 845 MWe
异常缺陷现象	主控出现 9KRT502KA3　9KRT505MA 监测通道故障
风险或潜在后果	1)9KRT505MA 不可用，导致无法监测 9SVA001BA 冷凝水的 γ 活度，产生双机组 IO2：KRT10； 2)当 9KRT505MA 故障不可用时，9SVA001BA 液位高时，需要开疏水阀向 9RPE001PS 排水(9RPE001PS 向 9TEU003/004BA 排水)，增加三废系统的处理负担
干预行动	已采取的行动措施： 1)安排现场检查 9KRT505PO 上游供电情况，未见异常； 2)确认 9SVA001PO/002PO 处于手动，密切监视 9SVA001BA 液位，液位高时，可通过开疏水阀排水到 9RPE001PS 中； 3)反馈 2 号机组，9KRT505MA 不可用，将产生双机组 IO2：KRT10； 4)oncall 仪控检查处理
原因分析	因储水罐液位低或流量波动过大，导致流量失效从而使取样泵停运，而取样泵异常停运后，未按下电气柜 9KRT705CR 内复位键，无法正常投运

续　表

消缺行动	仪控处理反馈： 1）检修措施及步骤： ①现场检查 9KRT505MA 失效灯亮，流量计上下限值均正常且无流量，储水罐液当前液位为：1 m； ②打开电气柜 9KRT705CR，启动取样泵，取样泵无法运行； ③按下电气柜 9KRT705CR 内强制启动取样泵按钮，取样泵能运行，确认取样泵无异常，松开强制启动按钮； ④按下电气柜 9KRT705CR 内 RESET 按钮后，启动取样泵 9KRT505PO，取样泵正常运行； ⑤持续观察 9KRT505MA：LPDU 正常运行，流量计流量稳定为：0.4 m^3/h。 2）故障原因分析：因储水罐液位低或流量波动过大，导致流量失效从而使取样泵停运，而取样泵异常停运后，未按下电气柜 9KRT705CR 内复位键，无法正常投运
相关知识	9KRT505MA 用于 9SVA001BA 内辅助蒸汽冷凝水 γ 比活度的监测，9KRT505PO 为 9KRT505MA 取样回路取样泵。 当 9KRT505PO 不可用时，9SVA001BA 内的冷凝水不能通过 9SVA001PO/002PO 排到 1/2STR 除氧器。可以将 9SVA001PO/002PO 置于手动，监视液位，并联系化学取样合格后再排放到 1/2STR。或是直接改变在线将 9SVA001BA 内的冷凝水排放到 9RPE001PS，最终进入到地面废水接收罐 9TEU003/004BA。 9KRT505PO 跳闸后，重新投运时需要按下电气柜 9KRT705CR 内复位键复位后，方可正常投运
参考资料信息	维修二处仪控：完工报告《FQ9-MA03-RCWO-00261634/01 主控出现 9KRT502KA3 9KRT505MA 监测通道故障，需处理》； WR/WOT：00122487/00261634-01（紧急工单）； 其他类似异常缺陷： 1）2016 年 10 月 18 日，开工工作：1-PW-00738—1KRT018CR 将 1LLC323JA 1KRT018CR 替换 LRT 开关，经 1LRT039CR 中转由 1LKB441JA 控制，该隔离有断开上锁 1KRT018AR 上游供电，导致 9KRT505MA 同时失电，恢复时 9KRT505MA 时，取样泵 9KRT505PO 无法投运（WR/WOT：00078062/00151972-01）。 故障分析：电气箱 9KRT705CR 其上游电源箱 lKRT018AR 因其他工作曾经断电，导致 9KRT505MA 取样泵异常停运；再次投运 9KRT505MA 取样泵时，需要按下电气箱 9KRT705CR 内空气开关上的 RESET 按钮。

续 表

参考资料信息	详情请见：完工报告《FQ1-MA03-RCWO-00151972/01 检查9KRT505MA取样本的电气箱9KRT705CR》。 2)2015年04月29日，开工工单：在9SVA001BA液位正常时，9KRT505PO异常跳泵导致9KRT505MA流量失流报警(WOT：00105035-01)。 故障原因分析：仪表实际取样流量值距离流量计设定流量下限值较近，导致上游液位有波动时，可能导致取样流量低于流量下限值而导致仪表失效停泵。 详情见完工报告：《FQ9-MA03-RCWO-00105035/01 在9SVA-001BA液位正常时，9KRT505PO异常跳泵导致9KRT505MA流量失流报警》。 3)2017年01月18日，开工工单：查找9KRT505MA取样泵9KRT505PO无故停运的原因(WOT：00486389-01)。 故障原因分析：取样流量偏低，流量波动时会超出流量下限值，导致停泵。 详情见完工报告：《FQ9-MA03-RCWO-00486389/01 查找9KRT-505MA取样泵9KRT505PO无故停运的原因》	
编　　者	运行二处一值：谷铁	时间：2019年03月11日

2.9.30 8KRT505MA在停运状态下产生一级、二级报警

异常缺陷名称	8KRT505MA在停运状态下产生一级、二级报警
发生时间	2016年09月21日早班
机组状态	RP模式，核功率8.5%FP
异常缺陷现象	8PW10913(8KRT505MA取样泵电机轴承振动异音，需处理)隔离实施中，8KRT505MA在泵停运状态下产生一级、二级报警
风险或潜在后果	报警误触发
干预行动	已采取的行动措施： 1)安排辐射防护检查确认8KRT505MA故障报警情况； 2)通知工作许可证8PW10913的工作负责人暂停工作； 3)oncall仪控检查处理
原因分析	8KRT505MA探头信号电缆头松动，产生信号干扰

续 表

消缺行动	仪控处理反馈： 1)检修措施及步骤： ①检查 8KRT505CR 报警阈值，一级为 1×10^5 Bq/m^3，二级为 4×10^5 Bq/m^3，报警阈值正确； ②检查灵敏度值为 1.08×10^{-4}，灵敏度正确； ③检查 LPDU 接地，确认处于良好状态； ④检查设备供电，高压为 809 V，且±12 V、5 V 电压均正常； ⑤检查设备数据处理单元，做模拟量测试，测量值正常，数据处理单元处于正常工作状态； ⑥在 LPDU 上运行本底测试命令，本底值为 4 Hz≤10 Hz，处于正常范围内； ⑦检查 8KRT505MA 探头信号电缆，发现其松动，重新端接； ⑧观察设备运行 1 h，无报警现象； 2)故障原因分析：8KRT505MA 探头信号电缆头松动，产生信号干扰
相关知识	8KRT505MA 用于 8SVA001BA 内辅助蒸汽冷凝水 γ 比活度的监测，8KRT505PO 为 8KRT505MA 取样回路取样泵。 当 8KRT505PO 不可用时，8SVA001BA 内的冷凝水不能通过 8SVA001PO/002PO 排到 3/4STR 除氧器。可以将 8SVA001PO/002PO 置于手动，监视液位，并联系化学取样合格后再排放到 3/4STR。或是直接改变在线将 8SVA001BA 内的冷凝水排放到 8RPE001PS，最终进入到地面废水接收罐 TEU003/004BA
参考资料信息	维修二处仪控：完工报告《FQ8-MA03-RCWO-00365519/01 8KRT505MA 在停运状态下产生一级、二级报警，需检查原因》；WR/WOT：00173609/00365519-01(紧急工单)
编　者	运行二处一值：谷铁　　　时间：2019 年 03 月 11 日

2.9.31 9KRT505MA 取样泵运行时噪音大

异常缺陷名称	9KRT505MA 取样泵运行时噪音大
发生时间	2015 年 08 月 13 日早班
机组状态	1 号机组：RP 模式，电功率 920 MWe；2 号机组：RP 模式，30% FP 功率平台

续　表

异常缺陷现象	现场巡检发现 9KRT505PO 运行过程中有明显异音
风险或潜在后果	1）9KRT505PO 停运后，9KRT505MA 不可用，导致无法监测 9SVA001BA 冷凝水的 γ 活度，产生双机组 IO2：KRT10； 2）当 9KRT505MA 故障不可用时，9SVA001BA 液位高时，需要开疏水阀向 9RPE001PS 排水（9RPE001PS 向 9TEU003/004BA 排水），增加三废系统的处理负担
干预行动	已采取的行动措施： 1）安排现场检查 9KRT505PO 上游供电情况，未见电压电流异常波动； 2）为避免泵损坏，手动停运泵 9KRT505PO； 3）确认 9SVA001PO/002PO 处于手动，密切监视 9SVA001BA 液位，液位高时，可通过开疏水阀排水到 9RPE001PS 中； 4）反馈 2 号机组，9KRT505MA 不可用，将产生双机组 IO2：KRT10； 5）oncall 仪控检查处理
原因分析	取样泵 9KRT505PO 异常，取样管线及测量腔室有沉淀物淤积导致取样流量值偏低
消缺行动	仪控处理反馈： 1）检修措施及步骤： ①现场确认仪表工作状态：9KRT505MA 运行正常，但取样泵 9KRT505PO 运行时声音偏高，仪表流量计显示流量值低于其最低刻度值 0.16 m^3/h，但未低于其报警下限； ②查看仪表取样管线各阀门，均无异常，9SVA001BA 储罐液位正常； ③在 9KRT505CR 将仪表置于禁止状态，停运取样泵 9KRT-505PO，使用除盐水正向、反向冲洗取样管线及测量腔室，冲洗流出物较浑浊，说明取样管线及测量腔室有沉淀物淤积，待流出物透明后，关闭除盐水，并将取样管线各阀门恢复； ④将取样泵投运后，取样流量值上涨至 0.25 m^3/h，但仍低于其他电厂该通道取样流量 0.4 m^3/h，取样泵声音依旧异常； ⑤将取样泵停运后断电，隔离取样泵上下游阀门后更换取样泵，上电后投运取样泵，取样流量又恢复至冲洗前较低水平，怀疑取样管线中存留空气导致取样泵无法取样到测量介质； ⑥停运取样泵后，使用除盐水对取样管线进行冲洗后，重新恢复取样管线，启动取样泵后，流量值上涨至 0.4 m^3/h，与其他电站该通道取样流量值一致；

续 表

消缺行动	⑦确认仪表 9KRT505MA 工作正常，在 9KRT505CR 将仪表解除禁止状态。 2）故障原因分析：取样泵 9KRT505PO 异常，取样管线及测量腔室有沉淀物淤积导致取样流量值偏低
相关知识	9KRT505MA 用于 9SVA001BA 内辅助蒸汽冷凝水 γ 比活度的监测，9KRT505PO 为 9KRT505MA 取样回路取样泵。 当 9KRT505PO 不可用时，9SVA001BA 内的冷凝水不能通过 9SVA001PO/002PO 排到 1/2STR 除氧器。可以将 9SVA001PO/002PO 置于手动，监视液位，并联系化学取样合格后再排放到 1/2STR。或是直接改变在线将 9SVA001BA 内的冷凝水排放到 9RPE001PS，最终进入到地面废水接收罐 9TEU003/004BA
参考资料信息	维修二处仪控：《FQ9-MA03-RCWO-00133451/01 处理 9KRT505MA 取样泵 9KRT505PO 运行过程中有异音》； WR/WOT：00066661/00133451-01（紧急工单）
编　　者	运行二处一值：谷铁　　　　时间：2019 年 03 月 11 日

2.9.32 8KRT505MA 取样泵无法启动

异常缺陷名称	8KRT505MA 取样泵无法启动，导致通道无法监测
发生时间	2016 年 03 月 10 日早班
机组状态	3 号机组：机组调试阶段，首次装料前；4 号机组：机组调试建设阶段
异常缺陷现象	8KRT505MA 取样泵无法启动
风险或潜在后果	导致 8KRT505MA 不可用
干预行动	已采取的行动措施： 1）安排现场检查 8KRT505PO 上游供电情况，未见异常； 2）确认 8SVA001PO/002PO 处于手动，密切监视 8SVA001BA 液位，液位高时，可通过开疏水阀排水到 8RPE001PS 中； 3）oncall 仪控检查处理
原因分析	取样管路堵塞，造成流量计计数偏低从而引起停泵
消缺行动	仪控处理反馈： 1）检修措施及步骤： ①检查取样泵电源，供电均正常；

续 表

消缺行动	②检查取样回路阀门状态正常； ③启动取样泵，查看流量显示值低于流量计设备下限值，从而停泵信号无法消除； ④对取样管路进行分段冲洗检查，经过检查发现 8KRT505PO 至 8SVA236VL 间堵塞； ⑤机械将 8KRT505PO 至 8SVA236VL 间管道切割开； ⑥在切割开处，进行冲洗，发现套管处管道流量偏低，确认套管管道外径偏小； ⑦修改 8SVA004LT 安装位置，延长扩大管，增加流体流道； ⑧恢复 8KRT505MA 取样管路阀门至正常状态。 2)故障原因分析：取样管路堵塞，造成流量计计数偏低从而引起停泵
相关知识	9KRT505MA 用于 9SVA001BA 内辅助蒸汽冷凝水 γ 比活度的监测，9KRT505PO 为 9KRT505MA 取样回路取样泵。 当 9KRT505PO 不可用时，9SVA001BA 内的冷凝水不能通过 9SVA001PO/002PO 排到 1/2STR 除氧器。可以将 9SVA001PO/002PO 置于手动，监视液位，并联系化学取样合格后再排放到 1/2STR。或是直接改变在线将 9SVA001BA 内的冷凝水排放到 9RPE001PS，最终进入到地面废水接收罐 9TEU003/004BA
参考资料信息	维修二处仪控：完工报告《FQ8-MA03-RCWO-00239975/03 8KRT505MA 取样泵无法启动，导致通道无法监测》； WR/WOT：00112991/239975-03(计划工单)； 其他类似异常缺陷： 2017 年 07 月 12 日，开工工单：8KRT505MA 流量计流量异常处理(WOT：00650627-01)。 故障原因分析：管道内残留气体未排空。 详情见完工报告：《FQ8-MA03-RCWO-00650627/01 8KRT505MA 流量计流量异常处理》
编　　者	运行二处一值：谷铁　　　　时间：2019 年 03 月 11 日

2.9.33 4KRT041MA 取样泵异常跳闸

异常缺陷名称	4KRT041MA 取样泵异常跳闸
发生时间	2019 年 08 月 30 日中班

续　表

机组状态	MCS 模式
异常缺陷现象	18:56:33 主控触发 4KR041MA 监测通道故障报警。主控立即联系辐射防护就地检查发现仪表取样泵 4KRT041PO 异常跳闸，系统在线检查工常。 经主控安排后，辐射防护人员按照就地操作单准备重新启动取样泵。4KRT041PO 仪表取样流量、显示均恢复正常，无异常报警（时间为 19:15:23）。 21:03 分再次触发 4KRT041MA 故障报警，取样泵 4KRT041PO 未知原因跳闸。4 号机组当前 MCS 模式且 EBA 投运，产生 IO1：EBA1
风险或潜在后果	1）4KRT041MA 测量 EBA 系统空气取样活度，其故障在 MCS 模式 EBA 投运时下产生 IO1：EBA1+IO2：KRT4； 2）初始机组已存在限制条件（设备闸门开启运输物资），IO 叠加要求后撤时间为 1 h； 3）EBA 系统为保持安全壳换气通风设置，保证内部人员的工作条件。如关闭则将影响厂房内通风和即将进行的主系统排气操作
干预行动	已采取的行动措施： 1）初始机组存在限制条件（设备闸门开启运输物资），IO 叠加要求后撤时间为 1 h。当班值紧急退出 4EBA 运行，消除 IO1：EBA1。4EBA 退出后将对即将开始的主系统充水后的排气操作（主线）造成影响； 2）联系辐射防护值班人员现场检查确认异常情况和在线情况，要求辐射防护重新启动 4KRT041PO，恢复 4KRT041MA 可用； 3）oncall 维修仪控人员检查并处理取样泵异常跳闸原因； 4）安排主控和现场熟悉《FQ4-D12-C-004 EBA 系统停运、恢复 DVN EVR 至正常运行方式》（EBA1 的条款要求 8h 内隔离 EBA 贯穿件）； 5）确保机组安全壳 0 m、8 m 气闸门保持联锁状态
原因分析	4KRT041MA 滤纸破损
消缺行动	仪控处理反馈： 1）检修措施及步骤： ①检查发现 4KRT041MA 滤纸破损； ②更换新滤纸，调节流量至 2.40 m^3/h； ③设备恢复正常，故障消除； ④工作结束后，清理现场； 2）故障原因分析：4KRT041MA 滤纸破损

续 表

相关知识	KRT041MA 用于监测 EBA 系统空气活度的变化，并自动启动隔离装置，隔离 EBA、RPE 系统。 3/4KRT041MA 触发二级报警时，将联锁 3/4RPE002VY/017VP/027VP/055VE 关闭，3/4RPE001PO/002PO/003PO/004PO/014PO 停运，EBA001VA/003VA/013VA/015VA 关闭。 KRT041MA 从 EBA 系统壳外管路抽气取样进行测量，抽气管路相关的 EBA 阀门为 EBA013VA、014VA、015VA、016VA。这几个阀门若被关闭(即便任意一个)，都会导致 KRT041MA 取样泵停运且通道出现流量失效故障报警(3KRT003AR 机柜故障报警、4KRT004AR 机柜故障报警)。失效报警信号一旦出现就不会自行消失，必须要人员到 KRT 机柜手动解除	
参考资料信息	运行二处：4 号机组异常反馈——MCS 模式下 4KRT041MA 取样泵异常跳闸； WR/WOT：00609338/01347266-01（紧急工单），工作许可证：20194PT25860(4KRT041MA 跳泵，需处理)； 维修二处仪控：EAM 中工单 01347266-01 的完工报告	
编　　者	运行二处一值：谷铁	时间：2020 年 01 月 10 日

2.9.34　主控触发 1KRT015KA(008MA 反应堆厂房 N-13 活度 1 级报警)、1KRT038KA(008MA 反应堆厂房 N-13 活度 2 级报警)、1KRT011KAB(008MA 监测通道故障报警)

异常缺陷名称	主控触发 1KRT015KA(008MA 反应堆厂房 N-13 活度 1 级报警)、1KRT038KA(008MA 反应堆厂房 N-13 活度 2 级报警)、1KRT011KAB(008MA 监测通道故障报警)
发生时间	2018 年 01 月 04 日中班
机组状态	RP 模式，满功率
异常缺陷现象	主控触发 1KRT015KA(008MA 反应堆厂房 N-13 活度 1 级报警)、1KRT038KA(008MA 反应堆厂房 N-13 活度 2 级报警)、1KRT011KAB(008MA 监测通道故障报警)，主控 KIC 中 1KRT008MA 显示×××
风险或潜在后果	1)1KRT008PO 故障需要隔离检修，隔离时可能需要同时停运 1KRT009MA，将导致 1KRT009MA 不可用，产生 IO2：KRT8；

续　表

风险或潜在后果	2）因 ETY 布样点在 1KRT008MA 所在管路中，1KRT008PO 停运不可用，管路中气体流量低，将导致 ETY 布样时不具有代表性，影响 1ETY 布样工作的开展。报警出现时 1 号机安全壳内压力已达到 104 kPa. a，已对 1ETY 提取样申请，待布样。若故障长时间无法消除，将影响 1 号机安全壳内气体有效取样，若安全壳内的相对压力超过 6 kPa 时，将产生 IO2：EPP1，相对压力超过 10 kPa 时，将产生 IO1：EPP2
干预行动	已采取的行动措施： 1）主控查看和执行报警卡，立即查看 1KRT008MA 趋势变化，KIC 中 1KRT008MA 显示×××； 2）安排现场检查确认 1KRT008MA 机柜 1KRT018AR 的上游供电正常； 3）联系辐射防护检查 1KRT008MA 故障情况，确认取样泵 1KRT008PO 停运； 4）因 1KRT009MA 与 1KRT008MA 从同一取样母管引流，主控立即联系辐射防护人员检查 1KRT009MA，确认 1KRT009MA 运行正常； 5）安排辐射防护和运行现场就地检查 1KRT008PO 管路在线，未见异常； 6）主控立即 oncall 维修电气与仪控就地检查处理，并要求维修电气同时核实泵备件。 建议后续行动： 运行关注 1 号机组安全壳压力上涨趋势，跟踪 1KRT008PO 处理进展，在 1KRT008PO 恢复可用后，及时联系化学流出物人员开展 1ETY 布样工作，以便后续通过 1ETY 排放降低安全壳内压力
原因分析	1KRT008PO 石墨叶片损坏
消缺行动	仪控处理反馈： 1）故障描述：主控触发 1KRT015KA 报警、1KRT038KA 报警、1KRT011KAR 报警； 2）原因分析：现场检查为 1KRT008PO 石墨叶片损坏； 3）处理过程： ①现场检查为 1KRT008PO 石墨叶片损坏； ②开紧急票对 1KRT008PO 进行整机更换
相关知识	ETY 布样点在 1KRT008MA 所在管路中，1KRT008PO 停运不可用时，管路中气体流量低，将导致 ETY 布样时不具有代表性，影响 1ETY 布样的工作开展

续 表

参考资料信息	维修一处仪控：维修日报(2018年01月05日)； WR/WOT：00330720/00815892-01（紧急工单）、00330948/00815985-01(紧急工单)、00816099-01(紧急工单)	
编　者	运行二处一值：谷铁	时间：2019年03月11日

2.9.35 8KRT902MA投运时，发现无流量，导致无法正常投运

异常缺陷名称	8KRT902MA投运时，发现无流量，导致无法正常投运
发生时间	2018年05月04日早班
机组状态	3号机组：RP模式，满功率(管理废液排放的机组为3号机组)
异常缺陷现象	准备执行8SEL002BA排放，投运8KRT902MA时，仪表无取样流量
风险或潜在后果	导致8KRT902MA监测道不可用，产生第二组IO：KRT3，无法进行8SEL废液排放
干预行动	已采取的行动措施： 1）暂停8SEL002BA排放工作，要求辐射防护检查确认8KRT902MA在线情况和故障情况； 2)安排运行现场检查8SEL002BA排放在线情况未见异常，泵运行出口压力正常； 3)联系仪控检查处理
原因分析	1)8KRT902MA取样管路入口至取样腔室存在异物堵塞，导致流量计流量偏低； 2)8KRT902MA取样管路入口处上游SEL管路中水量较少，监测道投运后，SEL管路中水被排空
消缺行动	仪控处理反馈： 1)处理进展：8KRT902MA监测道流量计流量恢复正常，当前值为0.6 m^3/h(流量范围：0.06~0.9 m^3/h)，设备运行状态正常； 2)原因分析： ①8KRT902MA取样管路入口至取样腔室存在异物堵塞，导致流量计流量偏低； ②8KRT902MA取样管路入口处上游SEL管路中水量较少，监测道投运后，SEL管路中水被排空；

续　表

消缺行动	3)缺陷影响分析：导致 8KRT902MA 监测道不可用，产生第二组 IO：KRT3； 4)后续行动： ①与运行及辐射防护人员沟通，密切关注 8KRT902MA 流量计流量变化； ②在 8KRT902MA 投运前关注 SEL 管道液体情况
相关知识	8KRT902MA 的取样流量小于 1 L/min 或大于 15 L/min 时，将触发 8KRT902MA 监测通道故障报警。8KRT902MA 监测通道故障(包括流量异常、带有取样回路的监测通道(8KRT902MA)泵停运、电子线路故障、失电等原因引起)或二级报警时，联锁关闭 8SEL049VE
参考资料信息	维修二处仪控：oncall 反馈——8KRT902MA 无流量故障处理； WR/WOT：00383188/00912681-01(紧急工单)； 其他类似异常缺陷： 1)2018 年 7 月 9 日，开工工单：8KRT902MA 取样流量低导致 8SELOOIBA 排放保护停止(WOT：00968025/01)。 故障原因分析：取样管路中存在异物。 详情见完工报告《FQ8-MA03-RCWO-00968025/01 2018.7.9 22:07 8KRT902MA 取样流量低导致 8SEL001BA 排放保护停止》。 2)2018 年 07 月 13 日，开工工单：8KRT902MA 取样流量偏低处理(WOT：00970236-01)。 故障原因分析：取样管路中有杂质堵塞； 详情见完工报告《FQ8-MA03-RCWO-00970236/01 8KRT902MA 取样流量偏低，需要检查处理》。 3)2018 年 07 月 17 日，开工工单：8KRT902MA 取样流量偏低，需要进行处理(WOT：00972426-01)。 故障原因分析；职样管路里存在异物堵塞管路，导致流量过低。 详见完工报告《 FQ8-MA03-RCWO-00972426/01 8KRT902MA 取样流量偏低，需要进行处理》。 4)2018 年 12 月 10 日夜班，缺陷描述：8SEL002BA 排放时，出现 3 次 8KRT902MA 取样流量低(排放过程中，流量缓慢波动降低)(WR/WOT：00475751/01074290-01) 故障原因分析：8KRT902MA 取样腔室集聚较多罐体内壁脱落涂层，导致流量下降。 详见 EAM 中工单 01074290-01 的完工报告
编　　者	运行二处一值：谷铁　　　　时间：2019 年 02 月 16 日

2.9.36 KRT 系统设备异常缺陷处理总结

(1)KRT 报警出现后，处理思路

1)查看报警卡，执行要求的操作，确认 KRT 仪表供电是否正常；

2)联系辐射防护检查确认仪表故障情况；

3)查看核实技术规范中是否有该仪表对应的条款，若有则执行技术规范要求采取的措施；

4)查看模拟图/逻辑图确认该表报警是否存在相关的设备逻辑动作，若有核实设备(阀门或泵、风机)动作情况；

5)联系维修专业检查处理；

注：KRT 仪表的供电可以参考《FQ-OP2-XLJC-010 KRT 相关知识》、KRT 电气一次图。

(2)KRT 系统异常缺陷涉及的相关知识

1)工艺系统水过滤器更换辐射控制标准(依据《FQW-RP02-GS-003++辐射防护技术管理标准与限值》)

①RCV001FI

日常期间，KRT010MA 达到二级报警阈值时进行更换。大修期间更换标准为 120 mSv/h，其中氧化净化前 6 h 内更换标准为 40 mSv/h。

②RCV003/004FI

日常期间，接触剂量率水平达 150mSv/h 时，要求运行对 RCV003/004FI 进行切换，固废处理人员进行更换；大修氧化净化前，周测量点的接触剂量率水平达 100mSv/h 时，要求运行对 RCV003/004FI 进行切换，固废人员进行更换。

③TEP001FI

1/3KRT015MA 达到二级报警阈值时进行更换。

④TEP002FI

2/4KRT015MA 达到二级报警阈值时进行更换。

⑤PTR005FI

接触剂量率水平达 80mSv/h 时进行更换。

⑥REA011FI

NA213/NB223 房间内过道处的环境剂量率水平达 100 μSv/h 时进行更换。

2)KRT 仪表(MA)故障处理和维修工作时进行仪表逻辑闭锁的方式

KRT 仪表(MA)的闭锁存在软闭锁和硬闭锁两种：

硬闭锁：KIC 或是 SVDU 中将相应 MA 的 KC 置于 TEST 位置、辐射防护就地将 MA 的 BC 箱内的选择旋钮置于禁止位置都属于硬闭锁。BC 箱内的选择旋钮置于禁止位置的硬闭锁将闭锁 MA 的报警和联锁动作。DCS 中使用 KC 置 TEST 位置将闭锁联锁动作，但 MA 仍能触发报警发送到主控 KIC。

软闭锁：一般在 KRT 的数字化就地处理箱(LPDU)上按下 SUPV 按钮对 MA 进行闭

锁，也闭锁 MA 的报警和联锁动作。

只进行软闭锁的 MA 断电后重新送电时，MA 将自动解锁投运。硬闭锁将不会存在 MA 重新恢复送电后自动解锁投运的情况。一般涉及联动的 MA 仪表在闭锁时，均采用硬闭锁，且一般都有置 TEST 位置的 KC。

(3) KRT 系统技术规范易违反点

IO 工作先核实采取的措施是否可行：

案例 1：2018 年 2 月 5 日 1 号机组处于 MCS 模式，因 R 厂房执行探伤，工作人员要求闭锁 1KRT009MA。运行人员查阅技术规范后发现，当 1KRT009MA 因工作需闭锁时(KRT 系统的第 2 组 IO)，在“所采取的措施”中有一条是：执行 EBA 和/或 ETY 相应事件的技术规范。在 EBA 系统的 IO 描述：安全壳内放射性高的隔离装置不可用且 EBA 安全壳隔离阀处于开启状态，为第 1 组 IO。由于此时 EBA 投运，若按照工作人员要求闭锁 1KRT009MA，会人为产生第一组 IO：EBA1，导致产生运行事件。

案例 2：2017 年 12 月 28 日凌晨，301 大修装料前提条件检查已完毕，具备装料条件，即将进入 RCS 模式，3 号机组电辅泵、汽动泵对接焊焊缝缺陷返修处理射线探伤负责人电话要求根据探伤许可证(WOT：782022-01)对 3KRT008MA、3KRT009MA 进行闭锁，当班值经过核实确认，在 RCS 模式下，直接闭锁 3KRT009MA 会产生 EBA 和 ETY 的第一组 IO，导致运行事件发生，后和主线计划沟通，停止 ASG 焊缝探伤以便进行装料，后完善安措并由计划安排至 29 日凌晨停止装料后再探伤。

故开展 KRT 相关的工作，存在导致 KRT 仪表不可用而产生 IO 前，需要做到以下几点，则可以避免违反技术规范：

①先核实 IO 要求采取的措施是否可行、可满足，再去执行产生 IO 的工作。

②对于技术规范条款中，涉及采取的措施“被破坏”，提前预告哪些限制条件或是 IO 不能产生。

③先核实当前机组 IO 数量限制，在满足数量限制要求后再去执行产生 IO 的工作。

(4) KRT 系统运行相关资料

《FQ-OP2-XLJC-010 KRT 相关知识》。

(5) KRT 系统辐射防护相关资料

《FQW-RP02-GS-003++辐射防护技术管理标准与限值》。

2.10 LOCA 监测系统(LSS)

2.10.1 4 号机组 LOCA 监测系统(LSS)梯形图显示异常

异常缺陷名称	4 号机组 LOCA 监测系统(LSS)梯形图显示异常
发生时间	2017 年 12 月 10 日早班
机组状态	RP 模式，满功率
异常缺陷现象	仪控工作人员执行 4LSS 系统 C21 报警试验时，在试验执行结束后，主控 4LSS 屏幕梯形图画无法显示完整梯形图，无法显示梯形图边界线，实时数据显示无异常。3 号机正执行 8RIS011PO 对 3 号机组中压安注箱充水工作
风险或潜在后果	梯形图边界丧失，影响主控准确有效的监控 ΔI
干预行动	已采取的行动措施： 1) 主控室手动跟踪运行状态变化，15 min 记录一次运行点数据； 2) 停止 8RIS011PO 对 3 号机组中压安注箱充水工作，消除限制条件。 限制条件消除后，尝试重启 4LSS 系统软件，查看软件是否恢复正常，若软件重启失败，执行 4LSS 系统机柜更换工作(IO1 工作)
原因分析	LOCA 监测软件键盘参数采集子程序运行异常，无法正常获取键盘参数值，导致系统无法标定梯形图边界，从而造成梯形图画面显示异常
消缺行动	仪控处理反馈： 1) 处理过程： ①仪控尝试重启 4LSS 系统软件，软件重启失败； ②重启 4LSS 系统主机，主机重启后，4LSS 系统软件重启成功，系统恢复正常。 2) 故障原因分析：LOCA 监测软件键盘参数采集子程序运行异常，无法正常获取键盘参数值，导致系统无法标定梯形图边界，从而造成梯形图画面显示异常
相关知识	1) 4LSS 屏幕梯形图画无法显示完整梯形图，实时数据显示无异常。不用记录 IO2； 2) 4LSS 系统软件卡涩，无法显示实时数据时，需要记录 IO2：RPN9；

续 表

相关知识	3)重启计算机主机需要记录IO1：RPN10； 4)执行C21报警试验前，确认机组上无第一组IO或未使用限制条件	
参考资料信息	运行二处：4号机组异常反馈——执行4LSS系统C21报警试验后4LSS系统梯形图显示异常。WR/WOT：00318018/00768181-01(紧急工单)，工作许可证：4PT42783(4号机组LOCA监测机柜故障检查与处理)	
编　　者	运行二处一值：谷铁	时间：2019年02月16日

2.10.2 4号机组LOCA监测系统(LSS)梯形图显示异常

异常缺陷名称	4号机组LOCA监测系统(LSS)梯形图显示异常
发生时间	2018年01月05日 中班
机组状态	RP模式，电功率693 MWe
异常缺陷现象	中班仪控人员执行4LSS参数修改，将100%FP对应的轴向功率偏差参考线由-4%修改为-3.25%。参数导入后，梯形图无边界显示，但其他参数可以实时跟踪，已与安工确认当前不需要记录IO
风险或潜在后果	梯形图边界丧失，影响主控准确有效的监控ΔI
干预行动	已采取的行动措施： 1)要求仪控分析故障原因并采取措施消除故障； 2)考虑LOCA计算机重启将产生第一组IO，故在消除缺陷前尽量不安排存在第一组IO的工作
原因分析	根据现场采集信息，初步分析画面异常原因为：LOCA监测软件键盘参数采集子程序运行异常，无法正常获取键盘参数值，导致系统无法标定梯形图边界，从而造成梯形图画面显示异常
消缺行动	仪控处理反馈： 1)处理进展：经当班值同意，将3、4号机组LSS系统机柜工控机进行了对换(因12月05日4号机组LSS故障时紧急拆借3号机组工控机，而3号机组使用4号机组修复后的工控机，此次更换将工控机恢复至原对应机组)，对换完成后3、4号机组LSS系统机柜均已恢复可用，重新导入物理参数后，3、4号机组LSS系统各项参数显示正常。

续 表

消缺行动	2）缺陷描述：4 号机组在执行 LSS 参数调整工作时，出现梯形图显示异常问题。 3）工作过程： ①确认 4RPN006AR 设备位号，打开 4RPN006AR 机柜门； ②确认 C21 信号处于闭锁位置； ③在 LOCA 监测软件上切换权限至工程师； ④退出软件，关闭 LOCA 计算机； ⑤互换 3LSS 主机箱与 4LSS 主机箱，重启 LOCA 计算机机箱，并重新登录软件； ⑥确认软件恢复正常，重新下装键盘参数及磁盘参数，确认各项参数画面显示正常； ⑦工作结束，关闭机柜门。 4）原因分析： ①根据现场采集信息，初步分析画面异常原因为：LOCA 监测软件键盘参数采集子程序运行异常，无法正常获取键盘参数值，导致系统无法标定梯形图边界，从而造成梯形图画面显示异常，目前厂家尚未给出解决方法； ②本次问题与 12 月 10 日出现的“执行 4LSS 系统 C21 报警试验后 4LSS 系统梯形图显示异常”情况相同，该问题可能与机组号和设备不对应导致程序识别异常有关，此次已处理	
相关知识	1）4LSS 屏幕梯形图画无法显示完整梯形图，实时数据显示无异常。不用记录 IO2； 2）4LSS 系统软件卡涩，无法显示实时数据时，需要记录 IO2：RPN9； 3）重启计算机主机需要记录 IO1：RPN10； 4）执行 C21 报警试验前，确认机组上无第一组 IO 或未使用限制条件	
参考资料信息	维修二处仪控：oncall 反馈——4 号机组 LOCA 监测系统（LSS）梯形图显示异常问题处理反馈； WR/WOT：00331151/00816120-01（紧急工单）	
编　　者	运行二处一值：谷铁	时间：2019 年 02 月 16 日

2.10.3 4号机组LOCA监测系统(LSS)通讯故障

异常缺陷名称	4号机组LOCA监测系统(LSS)通讯故障
发生时间	2018年01月11日夜班
机组状态	RP模式，满功率
异常缺陷现象	夜班4:35左右，4LSS计算机出现4RPN436KA(LSS故障)报警，当班值查看主控室LSS计算机画面和4RPN006AR内的LSS画面发现LSS参数不变化，BUP盘热功率大表参数不变化，在4RPN006AR内有系统故障灯亮。其余未发现其他异常
风险或潜在后果	导致4LSS系统软件卡死，软件卡死崩溃重启产生第一组IO1：RPN10
干预行动	已采取的行动措施： 1)查看和执行报警卡，检查LSS计算机画面和4RPN006AR内的LSS画面发现LSS参数不变化BUP盘热功率大表参数不变化，参阅FQ4-RPN-I-001故障规程有关章节和运行技术规范中的相关规定； 2)oncall维修仪控进厂检查。经与维修仪控电话确认，通讯故障仅导致LSS监测功能不可用，主机仍可用； 3)立即安排现场人员到KME读取4号机组堆芯热功率，每10 min记录一个参数； 4)主控室根据物理提供的“离线运行点跟踪”表格，每15 min跟踪一次RPN参数； 5)根据物理提供资料进入物理燃料技术支持系统监视ΔI的变化
原因分析	系统报错软件退出，重新登录后出现通讯故障，确认为通讯端口异常，由正常端口COM3跳转至COM9
消缺行动	仪控处理反馈： 1)处理进展：已通过软件重启并配置软件通讯端口消除报警，目前系统已恢复正常。 2)缺陷描述：运行人员在监盘过程中发现4LSS监视界面出现系统错误提示，在点击确认后软件意外退出，重启软件后出现通信故障报警。 3)原因分析： ①4LSS系统软件卡死崩溃，与前两次故障类似(C21试验时点击试验按钮软件异常、参数修改后界面参数显示异常)，为软件故障；

续 表

消缺行动	②经与厂家沟通，软件重启后通讯故障的原因为软件意外退出会导致通讯端口被初始化，恢复至默认值，需对软件端口进行重新选择与配置	
相关知识	3/4 号机组 LSS 系统的数据处理和显示在一个处理器和一个软件实现(其中 1/2 号机组含有两个处理器，一个用于数据处理，一个用于显示)，故 4LSS 系统软件卡死崩溃重启需要记录 IO1，梯形图画面异常不用记录 IO，主机故障或主机重启则需要记录 IO1：RPN10	
参考资料信息	运行二处：4 号机异常反馈——LSS 计算机出现通讯故障报警； 维修二处仪控：oncall 反馈——4 号机组 LOCA 监测系统(LSS)通讯故障处理反馈，完工报告《FQ4-MA03-RCWO-00823447/01 4RPN006AR 故障》； WR/WOT：00333411/00823447-01(紧急工单)	
编　　者	运行二处一值：谷铁	时间：2019 年 02 月 16 日

2.10.4　主控 LOCA 监测系统(LSS)显示器突然黑屏

异常缺陷名称	主控 LOCA 监测系统(LSS)显示器突然黑屏
发生时间	2017 年 12 月 05 日中班
机组状态	RP 模式，满功率
异常缺陷现象	22 点 02 分主控 LSS 显示器突然黑屏，无输入信号；查看计算机房间 4RPN006AR 内显示器也是黑屏，无输入信号，开始检查时 4RPN006AR 电源指示灯亮，后由于空开不明原因跳闸，4RPN006AR 电源指示灯不亮
风险或潜在后果	1)两个 LSS 显示器均不可用，记录 IO2：RPN9； 2)LSS 计算机不可用，记录 IO1：RPN10
干预行动	已采取的行动措施： 1)执行技术规范要求采取的措施，从 KIC 上读取 RPN 系统必要的参数值，手动跟踪运行状态； 2)已 oncall 仪控、物理、安工、运工立即进厂，汇报值班处领导，通知生产计划联系降功率保驾人员进厂； 3)主控做好降功率典型操作票和后撤 D 规程的准备

续 表

原因分析	4LOCA 监测机柜工控机主机箱电源模块损坏，确认模块内一块压敏电阻击穿
消缺行动	仪控处理反馈： 1) 处理进展：经当班值同意，紧急拆借 3 号机组 LOCA 机柜工控机对 4 号故障设备进行更换，更换完成后 LOCA 监测机柜成功重启，LSS 系统恢复可用，重新导入参数后，热功率大表及堆芯监视画面显示正常。 2) 缺陷描述：4 号机组主控 LOCA 监测系统远程显示器突然黑屏，就地检查发现工控机电源指示灯闪烁，机柜电源空开自动跳闸，LSS 系统失电不可用。 3) 工作过程： ①4RPN006AR 机柜的防雷接地装置故障，导致电源开关跳闸，实施 TSD 后，拆除防雷接地装置，重新合闸，上游开关仍然跳闸； ②4LSS 系统主机电源合闸后，导致空开跳闸，判断为工控机主机箱内部故障，导致进线电源短路。定位出 4LSS 系统主机故障，经紧急拆借 3 号机组 LSS 系统主机作为备件。(3 号机组正在大修，对 LSS 系统没有要求，设备可以作为紧急备件使用)； ③实施安全措施闭锁 C21 信号； ④更换备件后，物理人员已准备好光盘和文件，更新 LSS 键盘和磁盘参数，4LSS 系统恢复可用； ⑤解除 C21 闭锁信号。 4) 故障原因排查分析：4LSS 系统恢复后，仪控拆卸了故障主机上百个螺丝、解体十多个部件后，将问题定位到了主机内电源模块内一个压敏电阻被击穿
相关知识	1) LSS 故障后相关经验： ①机组大表中的堆芯稳态热功率取自 LSS 系统数据，当 LSS 故障的时候，以 KME 数据为准，具体计算操作方法见“KME 操作手册”文件； ②为满足技术规范要求：从 KIC 上读取 RPN 系统必要的参数值，手动跟踪运行状态。需要使用“离线运行点跟踪”EXCEL 表格(每月堆芯功率分布试验后，会修改 ΔI_{ref})，或在燃料物理技术支持系统查看 ΔI；

续 表

相关知识	③技术规范要求：如果功率>15%FP，6 h 内降负荷到这一功率水平之下，同时要求根据 ΔI 范围使负荷缓慢地(0.3% FP/min)下降到后撤功率水平，具体降功率时间点参考《FQY-5OP-TPEP-0003 3/4 号机组 LSS 系统故障应急预案》中 LSS 故障后降功率方案； ④更换备件前，需要闭锁 C21 信号，状态恢复后解除 C21 信号； ⑤现场需要准备一份主机备件和光盘数据，作为应急维修时使用，维修编写生效 LSS 故障紧急维修预案； 2)LSS 故障涉及的技术规范： ①4LSS 屏幕梯形图画无法显示完整梯形图，实时数据显示无异常。不用记录 IO2； ②4LSS 系统软件卡涩，无法显示实时数据时，需要记录 IO2：RPN9； ③重启计算机主机需要记录 IO1：RPN10； ④执行 C21 报警试验前，确认记录上无第一组 IO 或未使用限制条件	
参考资料信息	运行二处：运行二处内部经验反馈——4LSS 系统故障处理运行经验反馈； 运行二处值长日报(2017 年 12 月 09 日)； 维修二处仪控：EAM 中工单 00768181-01 的完工报告； WR/WOT：00318018/00768181-01（紧急工单），工作许可证：4PT42783(4 号机组 LOCA 监测机柜故障检查与处理)	
编　　者	运行二处一值：谷铁	时间：2019 年 02 月 16 日

2.10.5 主控频繁闪发 4RPN436KA(LSS 故障)报警

异常缺陷名称	主控频繁闪发 4RPN436KA(LSS 故障)报警
发生时间	2019 年 02 月 12 日夜班
机组状态	RP 模式，核功率 2.5%FP~3% FP
异常缺陷现象	降负荷至 2.5%FP~3%FP 过程中，主控出现 4RPN436KA(LSS 故障)报警
风险或潜在后果	报警频繁触发影响主控操纵员监盘，可能导致 LOCA 监测系统画面异常卡顿

续　表

<table>
<tr><td>干预行动</td><td colspan="2">已采取的行动措施：
1)联系仪控和堆物理人员检查确认；
2)为避免频繁闪发报警，核功率按照 3%FP～3.5%FP 控制</td></tr>
<tr><td>原因分析</td><td colspan="2">低功率下，当 RPN 功率量程各通道的 6 段节电流之和小于 0.5 V(对应电流为 10 μA)时，导致系统中有关节电流的计算将被认为无效，从而产生 LSS 系统故障报警(RPN436KA)</td></tr>
<tr><td>消缺行动</td><td colspan="2">仪控处理反馈：
1)缺陷描述：4 机组低功率状态下闪发 4RPN436KA(LSS 系统故障)报警。
2)报警原因：
经与设计沟通，根据 LSS 系统设计原理，其中有关节电流计算的设计中有以下限制要求：
(SH1+SH2+SH3+SB1+SB2+SB3)>0.5 V
注：RPN 功率量程各通道的 6 段节电流之和须大于 0.5 V(对应电流为 10 μA)
如果不满足以上条件，系统中有关节电流的计算将被认为无效，从而产生 LSS 系统故障报警(RPN436KA)。
而根据通道功率水平计算公式，
$P=G\times K\times[KH\times(SH1+SH2+SH3)/3+KB\times(SB1+SB2+SB3)/3]$
注：G(电流-功率转换系数)为常数，设置为 1×10^{6}(单位：A/%FP)
K、KH、KB 为功率刻度系数，每月通过堆芯功率分布测量试验校核确定。
当满足以上条件时，核功率须达到一定的功率水平(通常 3%FP 左右，具体数值与当前功率刻度系数有关)。
3)报警影响：该报警由机组工况变化引起，属于正常现象，不属于设备缺陷，不影响设备可用性</td></tr>
<tr><td>相关知识</td><td colspan="2">低功率下，当 RPN 功率量程各通道的 6 段节电流之和小于 0.5 V(对应电流为 10 μA)时，将导致系统中有关节电流的计算将被认为无效，从而产生 LSS 系统故障报警(RPN436KA)。可以适当控制核功率大于约 3%FP，以消除 LSS 系统故障报警(RPN436KA)</td></tr>
<tr><td>参考资料信息</td><td colspan="2">维修二处仪控：关于 4 号机组闪发 4RPN436KA(LSS 系统故障)报警的问题反馈</td></tr>
<tr><td>编　　者</td><td>运行二处一值：谷铁</td><td>时间：2019 年 03 月 16 日</td></tr>
</table>

2.10.6　4 号机低功率工况下 LOCA 监测系统卡顿

异常缺陷名称	4 号机低功率工况下 LOCA 监测系统卡顿
发生时间	2019 年 02 月 18 日早班
机组状态	RP 模式，核功率 7.64%FP，尚未并网
异常缺陷现象	接班时当班值发现 4 号主控的 LOCA 监测系统画面异常卡顿，数据刷新缓慢，且报警画面存在大量报警信息，无法清除
风险或潜在后果	严重影响早班即将进行的 4 号机调停后的升功率期间的相关参数的监测，产生第一组 IO：RPN10
干预行动	已采取的行动措施： 1）执行《FQ4-OP00-TD-17012 4 号机组 LSS 系统故障应急预案》； 2）oncall 仪控过来检查处理，仪控反馈只能通过重启 LOCA 监测系统来进行处理，LOCA 监测系统重启，需要记录 RPN10 的 IO1，仪控开票重启系统之后，系统恢复正常，不再卡顿
原因分析	4LSS 系统监视软件缓存报警数据过多，导致系统处理器负荷过大
消缺行动	仪控处理反馈： 1）故障原因分析：经检查 LSS 系统在线监视软件报警信息缓存过多，未及时清除确认，导致软件运行内存不足，操作卡顿。而产生的报警主要是低功率状态下频繁出现的 4RPN436KA（LSS 系统故障）和 LLS 系统 ERR 画面报警，其报警的原因如下： 根据 LSS 系统设计原理，其中有关节电流计算的设计中有以下限制要求：$(SH1+SH2+SH3+SB1+SB2+SB3)>0.5$ V 注：RPN 功率量程各通道的 6 段节电流之和须大于 0.5 V（对应电流为 10 μA） 如果不满足以上条件，系统中有关节电流的计算将被认为无效，从而产生 LSS 系统故障报警（RPN436KA）。 而根据通道功率水平计算公式， $P=G\times K\times[KH\times(SH1+SH2+SH3)/3+KB\times(SB1+SB2+SB3)/3]$ 注：G（电流-功率转换系数）为常数，设置为 1×10^6（单位：A/%FP） K、KH、KB 为功率刻度系数，每月通过堆芯功率分布测量试验校核确定。 当满足以上条件时，核功率须达到一定的功率水平（通常 3%FP 左右，具体数值与当前功率刻度系数有关）。

续　表

消缺行动	2)工作处理过程： ①与主控沟通，确认C21信号已闭锁； ②确认设备位号，打开4RPN006AR机柜门； ③检查确认设备硬件运行无异常； ④进入LOCA监测软件，切换至工程师权限退出软件； ⑤重新启动计算机； ⑥系统重启后，使用工程师权限登陆软件界面； ⑦重新配置通讯端口，确认系统通讯故障报警消失； ⑧确认系统所有画面切换流畅，且状态显示正常； ⑨关闭机柜门，归还工作许可证，汇报工作完成情况	
相关知识	1)低功率下LOCA监测系统报警较多，需及时确认； 2)1/2号机组LSS系统显示和计算单元是分开的，有两个服务器，显示卡顿，重启显示服务器就行，计算服务器还在运行，只算第二组IO，3/4号机组LSS系统重启服务器需要记录第一组IO	
参考资料信息	运行二处：《运行二处内部经验反馈——低功率下LOCA监测系统卡顿经验反馈》； 维修二处仪控：EAM中工单01151826-01的完工报告； WR/WOT：00507183/01151826-01(紧急工单)	
编　　者	运行二处一值：谷铁	时间：2019年03月16日

2.10.7　1号机组出现1RPN436KA(LSS故障或C21试验)报警，LOCA机显示以太网故障

异常缺陷名称	1号机组出现1RPN436KA(LSS故障或C21试验)报警，LOCA机显示以太网故障
发生时间	2018年05月27日中班
机组状态	RP模式，满功率
异常缺陷现象	16:43，1号机组出现1RPN436KA报警(LSS故障或C21试验)，与此同时LOCA监测系统显示器1KIC601WS-000HV的ERR画面报警显示栏中出现LSS故障(RPN436KA)和机架以太网络模块故障报警，并且报警无法复位消除。 检查LOCA计算机1KIC601WS-000HV的SYS画面(主要设备运行状态显示页)中的PLC部分第二个模块显示为红色，正常运行时显示为绿色

续 表

异常缺陷现象	仪控间检查 1RPN006AR 并对比 2RPN006AR，发现柜内对应模块 2 红灯亮、系统故障灯亮、电源指示灯灭。后经仪控澄清，模块 2 红灯是电池状态，电源灯不亮已有历史缺陷，见图 1。 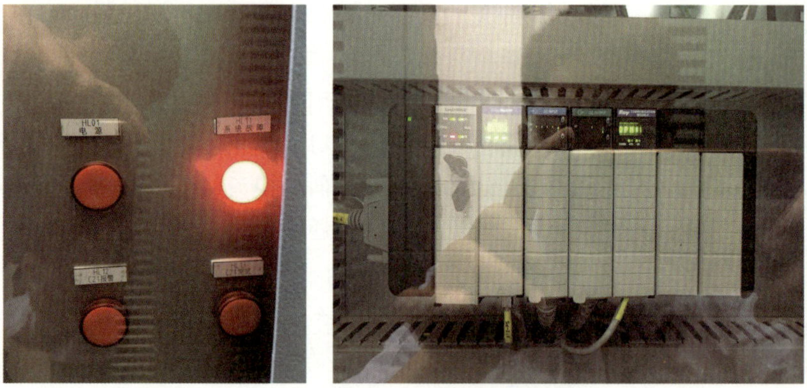 **图 1　1RPN006AR 上故障报警情况** 此报警为 1 号机组首次出现，且出现报警时，主控 LOCA 监测显示器上梯形图放大功能无法正常使用，ΔI 运行点不能变大，但是坐标轴系可以变大，且 ΔI 运行点不会实时自动变化，画面切换时 ΔI 运行点会变化，其他画面中的所有运行参数正常变化
风险或潜在后果	1 号机组出现 1RPN436KA 报警（LSS 故障或 C21 试验），堆芯跟踪模块故障不可用，LSS 显示器不可用，产生随机 IO2（RPN9：堆芯跟踪模块（CFM）不可用或两个显示器均不可用）
干预行动	已采取的行动措施： 1）立即查看和执行报警卡； 2）执行故障规程《FQ1-RPN-I-001 核仪表系统运行故障》； 3）立即 oncall 仪控人员到厂，通知物理人员、安工，汇报处领导； 4）执行《FQX-OP00-TD-18002 1/2 号机组 LSS 系统故障应急预案》； 5）根据技术规范要求跟踪堆芯 RPN 参数，每 15 min 记录一次参数，并将 1RPN003HXT 进行打印备用； 6）LSS 系统故障，大表中的堆芯稳态热功率显示不准确，安排一名操纵员前往 L604 熟悉 KME 系统相关操作，以便实时跟踪计算堆芯热功率值； 7）仪控人员到厂后重新启动软件，KIC 及 LOCA 计算机 1KIC601WS-000HV 报警均消失； ΔI 运行点恢复正常。经仪控人员检查初步分析是 LOCA 系统跟踪模块故障导致，IO 记录 RPN9

续　表

原因分析	上位机底层软件存在 BUG，导致 LOCA 上位机软件异常崩溃	
消缺行动	仪控处理反馈： 1）工作过程： ①验证隔离边界，确认设备位置，检查初始条件，确认 PLC 工作正常； ②打开 1RPN006AR 柜门； ③重启 LOCA 检测软件，软件运行恢复正常； ④查看轴向功率偏差等参数，确认无异常； ⑤工作结束，向运行人员报告工作完成情况； 2）故障原因分析：上位机底层软件存在 BUG，导致 LOCA 上位机软件异常崩溃	
相关知识	PLC 模块 1~6 的功能及对应故障： 1）电源冗余模块，1 个电源模块对系统功能无影响，2 个电源模块同时故障会导致 LOCA 处理部分与堆芯跟踪模块均不可用； 2）CPU 模块，故障会导致 LOCA 处理部分与堆芯跟踪模块均不可用； 3）以太网模块，该模块用于与上位机通讯，故障会导致堆芯跟踪模块均不可用； 4）DI 模块，故障对系统本身功能无影响，仅影响 C21 测试信号功能； 5）DO 模块，故障会导致 C21 信号无法触发或异常触发 C21 信号； 6）MODBUS 通讯模块，该模块与 DCS 进行通讯，故障会导致 LOCA 处理部分与堆芯跟踪模块均不可用。 另 LOCA 计算机 1KIC601WS-000HV 的 SYS 画面中除 PLC 部分外的其余设备统称为跟踪模块。 通过对以上不同功能模块故障快速判断故障的原因，从而决定后续的处理措施	
参考资料信息	运行一处李宝佳：运行一处内部经验反馈——LOCA 监测系统跟踪模块不可用的异常处理； 维修一处仪控：EAM 中 00933087-01 的完工报告； WR/WOT：00393545/00933087-01（紧急工单），1PT17996（重启 1LSS 系统软件）	
编　　者	运行二处一值：谷铁	时间：2019 年 03 月 16 日

2.10.8 2LSS 系统显示器卡顿、无法操作，工控机硬件重启不成功

异常缺陷名称	2LSS 系统显示器卡顿、无法操作，工控机硬件重启不成功
发生时间	2019 年 03 月 06 日中班
机组状态	RP 模式，电功率 836 MWe
异常缺陷现象	2 号主控 18:17，触发 2RPN436KA(LSS 故障或 C21 试验)报警，主控查看 LOCA 监测系统计算机显示器画面卡顿，数据不刷新，鼠标动作缓慢随后间歇性无法动作。主控根据 1/2 号机组 LSS 系统故障应急预案查看 2RPN006AR 中 PLC 运行状态指示灯指示正常，但柜内显示器故障现象与主控室显示器一致，判断 LOCA 处理计算机可用，堆芯跟踪模块 CFM 或两台显示器不可用，记录 RPN9。仪控人员到场后，主控重启软件进程，仪控人员重启工控机，均无法重新启动系统。当前仪控人员正在领取备件，准备对工控机主机进行更换
风险或潜在后果	堆芯跟踪模块 CFM 或两台显示器不可用，记录 RPN9
干预行动	1)已采取的行动措施： ①根据 1/2 号机组 LSS 系统故障应急预案密切监视 LOCA 系统 PLC 运行状态，与专业共同确认当前 LOCA 处理计算机运行正常； ②oncall 仪控、设备管理、物理、安工进厂； ③根据 RPN9 条款要求，执行要求采取的措施，每 15 min 从 KIC 上读取 RPN 系统必要参数手动跟踪堆芯运行状态； ④主控根据预案软件重启进程，仪控人员硬件重启工控机，均无法重新启动系统； 2)建议后续行动： ①维修部门分析制订方案、消除缺陷； ②近期 LOCA 计算机连续出现故障，本次故障后多次重启失败，首次更换工控机处理缺陷，维修人员反馈工控机备件仅此一台。请设备管理处和维修一处分析故障原因，采取措施提高 LOCA 计算机设备可靠性
原因分析	工控机硬件性能不足
消缺行动	仪控处理反馈： 1)处理进展：更换工控机备件后，2LSS 系统 LOCA 处理计算机已恢复正常，RPN9 的 IO2 已消除；

续　表

消缺行动	2）工作过程： ①召开工前会，详述风险分析，着重强调检修仅影响 2RPN006AR 工控机（仅 IO2：RPN9，要求 7 天内检修完成），工作期间保持对 PLC 状态正常的确认； ②闭锁 C21 下游动作； ③尝试调出任务管理器失败，无法退出 2LSS 应用软件； ④点击 2LSS 工控机“重启”按钮； ⑤重启后工控机无法进入操作系统； ⑥确认已镜像安装现场备份系统的工控机备件能够正常运行； ⑦更换工控机备件； ⑧备件启动后，出于谨慎考虑，执行《FQX-RPN-T-I002：LSS 系统参数调整（磁盘参数）》重新下装 2LLS 最新磁盘参数； ⑨核实 2LSS 系统键盘参数正确； ⑩由于软件界面切换存在卡顿，对 2LSS 软件历史数据文件进行清理； ⑪与运行、物理、设备管理共同确认，目前 2LSS 软件状态正常，特别是报警界面正常，且可正常获取历史趋势； ⑫确认当前数据点处于运行图正常范围； ⑬确认 C21 未触发，解除对 C21 下游动作的闭锁； ⑭向主管人员报告工作完成情况； 3）故障原因分析：工控机硬件性能不足	
相关知识	1/2 号机组 LSS 系统显示和计算单元是分开的，有两个服务器，显示卡顿，重启显示服务器就行，计算服务器还在运行，只算第二组 IO，3/4 号机 LSS 系统重启服务器需要记录第一组 IO	
参考资料信息	运行一处：2 号机组异常反馈——2LSS 系统显示器卡顿、无法操作，工控机硬件重启不成功； 维修一处仪控：EAM 中工单 01163150-01 的完工报告； WR/WOT：00515603/01163150-01（紧急工单），20192PT06133（2RPN006AR 工作站重启）	
编　　者	运行二处一值：谷铁	时间：2019 年 03 月 16 日

2.10.9 执行 2LSS 系统 C21 信号试验时，无法触发 2RPN429KA(LSS 报警 C21)报警

异常缺陷名称	执行 2LSS 系统 C21 信号试验时，无法触发 2RPN429KA(LSS 报警 C21)报警	
发生时间	2015 年 09 月 15 日早班	
机组状态	NS/SG 模式	
异常缺陷现象	执行 2LSS 系统 C21 信号试验时，无法触发 2RPN429KA(LSS 报警 C21)报警	
风险或潜在后果	无法触发 2RPN429KA(LSS 报警 C21)报警，机组上行后，存在 C21 保护无法触发危及反应堆安全的风险	
干预行动	已采取的行动措施： 1)查看 KIC 画面检查确认 C21 信号未被闭锁； 2)联系仪控检查处理	
原因分析	LSS 机柜的 PLC 通讯模块出现故障	
消缺行动	仪控处理反馈： 1)工作过程： ①重新触发 C21 信号 DCS 通讯模块相关情况，发现并无相关异常； ②检查 LSS 机柜发现机柜的 PLC 通讯模块出现故障； ③对 PLC 通讯模块进行热插拔； ④重新触发 C21 信号，发现 KIC 上能够正常触发 RPN429KA 报警； ⑤通知主控室工作完成； 2)故障原因分析：LSS 机柜的 PLC 通讯模块出现故障	
相关知识	当至少两个功率量程通道轴向功率偏差 ΔI 超出反应堆运行梯形图左、右限时(处在 50% FP 以下的右侧除外)或就地 LSS 机柜(RPN006AR)上有 C21 试验，将触发 C21 信号	
参考资料信息	维修一处仪控：完工报告《FQ2-MA03-RCWO-00141774/01 2LSS C21 信号试验无法触发 KIC 报警问题处理》； WR/WOT：00072692/00141774-01(紧急工单)	
编　　者	运行二处一值：谷铁	时间：2019 年 02 月 16 日

2.11 反应堆水池和乏燃料水池冷却和处理系统(PTR)

2.11.1 4PTR001PO 主控显示有自动停命令，无法启动

异常缺陷名称	4PTR001PO 主控显示有自动停命令，无法启动
发生时间	2017 年 03 月 11 日夜班
机组状态	机组调试阶段，尚未装料
异常缺陷现象	执行燃料装载井打循环在线时，发现 4PTR001PO 有保护停信号，无法启动
风险或潜在后果	导致泵无法启动，影响实施燃料装载井打循环工作的开展
干预行动	已采取的行动措施： 1) 分析和检查泵保护停信号，初步怀疑 4PTR027SP 仪表故障； 2) oncall 仪控检查处理
原因分析	4PTR027SP 仪表漂表
消缺行动	仪控处理反馈： 1) 检修过程： ①验证隔离边界，确认设备位号与工作票一致； ②与主控沟通，说明工作内容及工作中存在的风险； ③流程图与现场根阀 4PTR027VSP 不一致，经运行核实，为 4PTR027VSP； ④关闭 4PTR027VSP，拆除 4PTR027SP 的航空插头，并做好绝缘包裹，使用万用表测量，仪表当前的状态为低报； ⑤缓慢拆除仪表引压管，并用废液收集袋收集废液，使用压缩空气罐吹扫仪表接头，确认无残液，连接压力校验仪，对 4PTR027SP 进行校验并做好记录，计算仪表允许误差，仪表不合格； ⑥调整仪表后，重新使用压力校验仪对仪表进行校验，并记录数据，计算仪表允许误差，判定仪表合格； ⑦拆除压力校验仪，回装仪表引压管，打开 4PTR027VSP，恢复仪表初始状态； ⑧工作完毕，归还工作许可证； 2) 故障原因分析：4PTR027SP 仪表漂表
相关知识	4PTR027SP 保护停泵定值 85 kPa，消报定值 135 kPa

续　表

参考资料信息	维修二处仪控：EAM 中工单的完工报告； WR/WOT：00223181/00530468-01(紧急工单)	
编　　者	运行二处一值：谷铁	时间：2020 年 01 月 13 日

2.11.2　就地按下 2PTR001PO 启动按钮 2PTR001TO 后，泵未启动，主控显示大红色

异常缺陷名称	就地按下 2PTR001PO 启动按钮 2PTR001TO 后，泵未启动，主控显示大红色
发生时间	2015 年 06 月 24 日早班
机组状态	机组调试启动阶段
异常缺陷现象	通过 2PTR002PO 对 2PTR001BA 进行循环时，就地按下 2PTR001PO 启动按钮 2PTR001TO 后，泵未启动，主控显示大红色
风险或潜在后果	影响 2PTR002PO 对 2PTR001BA 打循环工作的开展
干预行动	已采取的行动措施： 1)安排运行现场检查泵供电是否正常，未见明显异常； 2)oncall 电气检查处理
原因分析	泵供电开关抽屉柜端子排接线松动
消缺行动	电气处理反馈： 1)故障现象：就地按下 2PTR001PO 启动按钮 2PTR001TO 后，泵未启动，主控显示大红色； 2)检修过程： ①到现场验证隔离，工作前验电； ②检查抽屉柜时，发现端子排接线松动，将抽屉拉出，将接线紧固； ③将抽屉拉出，将接线紧固，重新送入抽屉，报警仍存在； ④联系运行，就地按下启动按钮，测量启动信号未到达，联系仪控配合进行处理； ⑤仪控将该报警复位后，联系运行重新启动该泵，泵运行正常，验证合格； ⑥归还工作许可证； 3)故障原因分析：泵供电开关抽屉柜端子排接线松动

续　表

相关知识	1）PTR001PO 可在就地控制柜 PTR001AR、003AR、005AR 上启动和停运。在 PTR001AR 上有选择开关：001CC。001CC 有两个档位：PTR001PO 由 PTR001AR 控制或由 PTR003 和 005AR 控制； 2）当泵入口压力 PTR027SP 低（小于 85 kPa）时泵跳闸同时在主控和 001AR 上出现报警，2PTR027SP 消报定值为 135 kPa	
参考资料信息	维修二处仪控：EAM 中工单的完工报告； WR/WOT：00057463/00117166-01（紧急工单）	
编　　者	运行二处一值：谷铁	时间：2020 年 01 月 13 日

2.11.3　4PTR023VB 逆止阀卡涩导致 RRA 系统满水备用时余热排出泵出口压力低

异常缺陷名称	4PTR023VB 逆止阀卡涩导致 RRA 系统满水备用时余热排出泵出口压力低
发生时间	2018 年 10 月 16 日夜班
机组状态	RP 模式，满功率
异常缺陷现象	巡盘时发现余热排出泵出口压力 4RRA004MP 显示为 0.05 MPa，经对比相同机组模式下的 3 号机组显示 0.19 MPa。由于 RRA 系统退出运行后由乏池通过 4PTR021VB、4PTR023VB 保持满水状态，压力应显示 0.19 MPa。目前怀疑 4PTR023VB 逆止阀卡涩导致（当前 1 号机组存在同样缺陷）
风险或潜在后果	导致 RRA 系统在退出运行后，导致乏池未能通过 PTR 系统与 RRA 系统连接管线来使 RRA 保持满水状态
干预行动	已采取的行动措施： 1）主控对比相同机组模式下的 3 号机组余排泵出口压力显示 0.19 MPa，初步怀疑 4PTR023VB 逆止阀卡涩或是仪表 4RRA004MP 故障，经查 4RRA004MP 趋势未见明显异常； 2）联系机械准备检查处理方案
原因分析	4PTR023VB 逆止阀卡涩，导致乏池未能通过 PTR 系统与 RRA 系统连接管线来使 RRA 保持满水状态
消缺行动	机械处理反馈： 1）处理进展：10 月 23 日早班进入核岛敲击逆止阀 4PTR023VB 后，余热排出泵出口压力恢复正常（4RRA004MP 示数显示 0.19 MPa）；

续　表

消缺行动	2)工作过程： ①确认设备位号，辐射防护人员确认环境剂量率； ②执行 4PTR023VB 逆止阀卡涩处理方案； ③服务人员拆除保温； ④对止回阀进行敲击； ⑤与主控确认 4RRA004MP 压力显示读数正常，工作结束； 3)故障原因分析：4PTR023VB 逆止阀卡涩，导致乏池未能通过 PTR 系统与 RRA 系统连接管线来使 RRA 保持满水状态
相关知识	RRA 系统退出运行后由乏池通过 4PTR021VB、4PTR023VB 保持满水备用状态
参考资料信息	维修二处机械：EAM 中工单 01037271-01 的完工报告； WR/WOT：00452116/01037271-01(计划工单)
编　　者	运行二处一值：谷铁　　　时间：2020 年 01 月 13 日

2.11.4　3PTR001PO 运行时，出口逆止阀处存在管道敲击声

异常缺陷名称	3PTR001PO 运行时，出口逆止阀处存在管道敲击声
发生时间	2016 年 08 月 25 日
机组状态	机组调试启动阶段
异常缺陷现象	在开大 3PTR007VB 开度，调节 3PTR 冷却流量过程中，当 3PTR001MD 在 361.5 m^3/h 左右时，现场管道有类似水锤声，约每 20 s 一下。当 3PTR001MD 流量调低到 310 m^3/h 左右时水锤声消失
风险或潜在后果	导致泵出口管道内存在水锤敲击声，存在引起泵流量压力波动的风险和泵逆止阀损坏的风险
干预行动	已采取的行动措施： 1)降低 3PTR001PO 流量调低到 310 m^3/h 左右时水锤声消失； 2)oncall 设备管理人员现场检查处理
原因分析	当 PTR 泵流量在(310~360 m^3/h)区间时，由于该流量可能无法使泵出口止回阀全开，此时阀瓣在腔室内处于浮动状态，随着流量的波动，不断地撞击阀体限位凸台，产生异音(既有撞击限位凸台的声音，也包含阀瓣与摇臂之间的摩擦声音)

续　表

消缺行动	设备管理处理反馈： 1)影响评估：由于当前3号机组乏池没有装载核燃料，PTR系统流量略低于设计值不影响乏池冷却，不会影响核安全功能，但阀门未全开，需要注意泵出口压力，需要时恢复流量到要求值； 2)故障原因分析：当PTR泵流量在(310~360 m^3/h)区间时，由于该流量可能无法使泵出口止回阀全开，此时阀瓣在腔室内处于浮动状态，随着流量的波动，不断地撞击阀体限位凸台撞，产生异音	
相关知识	每台PTR冷却循环泵的正常流量在冷却乏燃料水池时为421.5 m^3/h(以361.5 m^3/h的流量保证其冷却，同时以60 m^3/h的流量进行净化，而且冷却和净化都是连续运行的)，在作为RRA系统应急备用时为300 m^3/h	
参考资料信息	设备管理处：《3PTR004VB/005VB阀门可用性评价报告》	
编　　者	运行二处一值：谷铁	时间：2020年01月13日

2.12 控制棒驱动机构电源系统(RAM)

2.12.1 1RAM002MO 启动瞬间，触发接地保护，上游开关误动作误动作跳闸

异常缺陷名称	1RAM002MO 启动瞬间，触发接地保护，上游开关误动作误动作跳闸
发生时间	2014 年 07 月 12 日早班
机组状态	NS/SG 模式
异常缺陷现象	1RAM002MO 启动瞬间，触发接地保护，上游开关误动作误动作跳闸
风险或潜在后果	导致 1RAM002MO 启动失败
干预行动	已采取的行动措施： 1)安排现场检查 1RAM002PO 上游供电开关，发现 1LKB3161JA 跳开； 2)oncall 维修电气检查处理
原因分析	1)M40 型漏电保护继电器说明书，明确要求“电机启动电流大于 6 倍额定电流时需调整漏保时间、增大 CT 或增加屏蔽磁环”； 2)因 1RCP004RS 负荷投用(300A 电流 PWM 斩波频繁启停)，造成 1RAM002MO 上游开关抽屉 1LKB3161JA 内漏保 CT 受到电磁干扰误动作
消缺行动	电气处理反馈： 1)处理过程： ①取得工作许可证，召开工前会，确认工作范围及工作对象，相关风险分析； ②维修电气人员到达现场，分析故障原因，电机三相对地绝缘良好，相间阻值平衡稳定良好，电气逻辑正常； ③初步判断 1RAM002MO RESYS M40 型漏电保护继电器误动作； ④经与值长协商在 3 A 定值 10 s 延时的工况下，重新起机试验，起机 10 s 后 1RAM002MO 上游开关再次因漏电保护继电器动作跳闸(额定电流 256 A；启动电流约 1400 A)； ⑤维修电气人员，在现场仔细观察、分析，发现 1RAM002MO 上游开关抽屉 1LKB3161JA 旁有 1RCP004RS 负荷投用，该负荷的电流特性是 0~300 A 每隔 1 s 左右频繁启停；

续　表

消缺行动	⑥电气人员分析，因 1RCP004RS 负荷投用(300A 电流 PWM 斩波频繁启停)，造成 1RAM002MO 上游开关抽屉 1LKB3161JA 内漏保 CT 受到电磁干扰，误动作； ⑦再次与值长协商，将 1RCP004RS 负荷电流调整为零，再次启动 1RAM002MO，顺利启动后，投用用 1RCP004RS； ⑧与值长确认功能再鉴定正常后，清理现场，归还工作票，人员离场； 2)故障原因分析： ①M40 型漏电保护继电器说明书，明确要求"电机启动电流大于 6 倍额定电流时需调整漏保时间、增大 CT 或增加屏蔽磁环"； ②因 1RCP004RS 负荷投用(300A 电流 PWM 斩波频繁启停)，造成 1RAM002MO 上游开关抽屉 1LKB3161JA 内漏保 CT 受到电磁干扰误动作	
相关知识	RAM 保护跳闸信号可分作电动机进线断路器(LKA1161JA、LKB3161JA)保护跳闸和发电机出口断路器(RAM401JA、RAM601JA)保护跳闸。 当任意 RAM 电动发电机机组 1 跳闸信号触发时，电动机进线断路器保护跳闸，以 LKA1161JA 为例：机组 1 跳闸信号包括以下信号： ①机组 1 励磁期间(403JA 合闸期间)发生励磁故障(401XI)； ②差动保护跳闸(402XI)； ③短路过流保护(403XI)； ④逆功率保护(401XW)； ⑤RAM401JA 过流保护跳闸； ⑥RAM402TL 发出 RAM401JA 合闸信号(置于"ON"，信号记忆，当 RAM402TL 置于"OFF"时信号复位)时 LKA1161JA 故障。 以 RAM401JA 为例，发电机出口断路器保护跳闸信号如下： ①机组 1 跳闸信号(同上)； ②LKA1161JA 在分闸状态； ③公共出线低频信号(501XU)	
参考资料信息	维修一处电气：EAM 中工单 00017395-01 的完工报告； WR/WOT：00014163/00017395-01(紧急工单)	
编　　者	运行二处一值：谷铁	时间：2020 年 01 月 13 日

2.12.2 提升 G2 控制棒组时，主控出现 3RAM301KA 公共故障报警，现场有接地故障报警

异常缺陷名称	提升 G2 控制棒组时，主控出现 3RAM301KA 公共故障报警，现场有接地故障报警
发生时间	2016 年 07 月 02 日夜班
机组状态	机组调试启动阶段
异常缺陷现象	3:35，主控配合仪控人员提升控制棒组 G2 至 225 步期间，出现卡棒，同时出现 3RAM301KA 报警，经现场核实为 3RAM512LA 母线接地故障，经复归不成功，后联系电气及仪控人员核实原因，经仪控人员断开 G2 棒组电源，现场复归报警消失
风险或潜在后果	1）卡件接地故障，导致机柜上游空开 3RGL006TB、622/623JA 跳闸； 2）导致 G2 棒组无法上升和下插
干预行动	已采取的行动措施： 1）查看和执行报警卡，按照报警卡执行复位操作，未能消除故障； 2）暂停控制棒操作，安排现场检查核实 RAM 机柜故障报警情况，确认存在 3RAM512LA 接地故障； 3）安排现场检查 G2 棒组机柜 RGL022AR/023AR 故障报警情况； 4）oncall 电气检查处理
原因分析	主电源卡件内部接线老化导致接地
消缺行动	仪控处理反馈： 1）工作过程： ①仪控人员检查机柜初始状态，确认机柜已上电且没有异常； ②在 RGL023AR 电源柜面板将开关打至“双重保持”位置； ③断开故障主电源卡件对应的 260 V 空开 KS4； ④拔出故障主电源卡件，更换备件； ⑤闭合 260V 空开 KS4； ⑥在 RGL023AR 电源柜面板将开关打至“正常”位置，并按故障清除； ⑦与运行确认接地报警消除，且无其他异常报警； ⑧工作结束，清理现场，归还工作许可证； 2）故障原因分析：主电源卡件内部接线老化导致接地
相关知识	G2 棒组对应的控制机柜为 RGL022AR（G2-1 棒组）、RGL023AR（G2-2 棒组）

续　表

参考资料信息	维修二处仪控：EAM 中工单 00302018-01 的完工报告； WR/WOT：00148564/00302018-01（紧急工单）	
编　　者	运行二处一值：谷铁	时间：2020 年 01 月 13 日

2.12.3　主控触发 1RAM201KA（RAM 2 号机组故障）报警，确认发现 1RAM002AP 故障跳闸

异常缺陷名称	主控触发 1RAM201KA（RAM 2 号机组故障）报警，确认发现 1RAM002AP 故障跳闸
发生时间	2015 年 06 月 16 日中班
机组状态	RP 模式，满功率
异常缺陷现象	18:12:56，1 号主控触发 1RAM201KA（RAM 2 号机组故障）报警，立即确认发现 1RAM002AP 故障跳闸，现场确认 1RAM601JA 跳闸，上游电源 1LKB3161JA 跳闸。立即安排现场检查 1RAM001AP 运行且供电正常，确认 1RAM002AP 跳闸
风险或潜在后果	导致 1RAM002AP 跳闸
干预行动	已采取的行动措施： 1）立即查看和执行报警卡，确认 1RAM002AP 故障跳闸； 2）安排现场检查确认 1RAM001AP 运行情况正常； 3）oncall 维修电气检查处理
原因分析	1RAM002AP 的其中一个正极碳刷磨损超过可用范围，导致励磁电流低于继电器整定值，机组跳闸
消缺行动	电气处理过程： 1）检修过程： ①确认设备位置及隔离条件正确； ②检查面板，上面显示 601XI 励磁故障； ③对 1RAM002AP 内碳刷进行检查，发现正极碳刷磨损过多，仅剩 16 mm，低于设计参考值 17 mm； ④对 1RAM002AP 内 4 个碳刷进行更换； ⑤清理现场，归还工作许可证； ⑥运行人员进行启机，并机成功；

续　表

消缺行动	2）故障原因分析：1RAM002AP 的其中一个正极碳刷磨损超过可用范围，导致励磁电流低于继电器整定值，机组跳闸
相关知识	RAM 保护跳闸信号可分作电动机进线断路器（LKA1161JA、LKB3161JA）保护跳闸和发电机出口断路器（RAM401JA、RAM601JA）保护跳闸。 当任意 RAM 电动发电机机组 1 跳闸信号触发时，电动机进线断路器保护跳闸，以 LKA1161JA 为例：机组 1 跳闸信号包括以下信号： ①机组 1 励磁期间（403JA 合闸期间）发生励磁故障（401XI）； ②差动保护跳闸（402XI）； ③短路过流保护（403XI）； ④逆功率保护（401XW）； ⑤RAM401JA 过流保护跳闸； ⑥RAM402TL 发出 RAM401JA 合闸信号（置于“ON”，信号记忆，当 RAM402TL 置于“OFF”时信号复位）时 LKA1161JA 故障。 以 RAM401JA 为例，发电机出口断路器保护跳闸信号如下： ①机组 1 跳闸信号（同上）； ②LKA1161JA 在分闸状态； ③公共出线低频信号（501XU）
参考资料信息	维修一处电气：EAM 中工单 00115849-01 的完工报告； WR/WOT：00056208/00115849-01（紧急工单）
编　　者	运行二处一值：谷铁　　时间：2020 年 01 月 13 日

2.12.4　主控出现 1RAM101KA（1 号机组故障），现场 1RAM401JS 跳闸

异常缺陷名称	主控出现 1RAM101KA（1 号机组故障），现场 1RAM401JS 跳闸
发生时间	2016 年 07 月 01 日夜班
机组状态	RP 模式，满功率
异常缺陷现象	07:28，1 号主控出现 1RAM101KA RAM 1 号机组故障报警，主控及现场检查 1RAM001AP 和 1RAM002AP 运行正常。现场检查 1RAM001TB 上出现 1RAM415LA 故障灯亮（401JS 断开），查询逻辑图为 1RAM401JS 故障，现场查看发现 1RAM 401JS 跳闸
风险或潜在后果	1RAM 401JS 跳闸，导致信号采集小开关、RGL402ID 综合监测表、401XU 低电压继电器、RGL401XW 逆功率继电器失电

续 表

干预行动	已采取的行动措施： 1）查看和执行报警卡，主控和现场检查 1RAM001AP 运行正常； 2）现场检查 1RAM001TB 上故障情况，发现 1RAM415LA 故障灯亮，1RAM401JS 跳闸断开； 3）oncall 电气检查处理
原因分析	低电压继电器 1RAM401XU C、N 相短路导致上游开关 1RAM401JS 跳闸
消缺行动	电气处理过程： 1）检修过程： ①取得工作许可证，核对设备位置、编码并验证隔离； ②召开工前会，交代工作内容，风险分析与预防措施，建立工作区域； ③按工作方案《FQ1-MA-TD-E16018 1RAM101KA（RAM 1 号机组故障）报警处理方案》执行； ④检查 1RAM401JS 下游设备 401TU、402TU、403TU、402ID、401XW 及其接线端子处无烧焦、变色、煳味等异常情况； ⑤测量 1RAM401XU C、N 两相直阻为 28 Ω，远小于正常值 0.69 MΩ，判断损坏，对其进行更换； ⑥拆除变压器 1RAM401TU、402TU、403TU 一次、二次侧接线，测量各端子对地绝缘，均大于 550 MΩ； ⑦测量变压器 1RAM401TU、402TU、403TU 一次、二次侧直阻，均正常，具体数据见工作方案； ⑧测量 401JS 下游电缆各相对地绝缘，均大于 550 MΩ； ⑨拆除继电器 1ARM401XU、401XW 上的接线，测量变压器二次侧电缆绝缘，均大于 550 MΩ； ⑩恢复拆除的接线； ⑪检查并紧固 1RAM401JS、401TU、402TU、403TU、402ID、401XU、401XW 上的所有接线端子； ⑫检查发现 1RAM401JS B 相导通情况不良，合闸时直阻在 10~20 之间波动，正常值 2 欧左右，故对其更换； ⑬联系运行人员启动 1RAM001AP，机组运行正常，确认主控室报警 1RAM101KA 已消除； ⑭清理工作现场，归还工作许可证； 2）故障原因分析：低电压继电器 1RAM401XU C、N 相短路导致上游开关 1RAM401JS 跳闸

续 表

相关知识	1)1RAM401JS 为信号采集小开关，为 1RAM402ID 综合监测表、1RAM401XU 低电压继电器、1RAM401XW 逆功率继电器提供采样电压； 2)RAM401JS/601JS 断开，会使得 402XI/602XI、403XI/603XI、401XW/601XW 失电，可能导致 RAM401JA/RAM601JA 跳闸
参考资料信息	维修一处电气：EAM 中工单 00301724-01 的完工报告、《FQ1-MA-TD-E16018 1RAM101KA(RAM 1 号机组故障)报警处理方案》；WR/WOT：00148249/00301724-01(紧急工单)
编　　者	运行二处一值：谷铁　　时间：2020 年 01 月 13 日

2. 12. 5　4RAM002AP 带载并车过程中电机低频保护动作

异常缺陷名称	4RAM002AP 带载并车过程中电机低频保护动作
发生时间	2019 年 09 月 01 日中班
机组状态	NS/RRA 模式
异常缺陷现象	4 号机根据 4D11 规程执行 FQ4-RAM-C-001(先启动 4RAM001AP，再启动 4RAM002AP 手动带载并车)操作票，4RAM001AP 启动后，在启动 4RAM002AP 同步并车的过程中出现 4RAM002MO 低频保护动作，该保护导致 4RAM002AP 无法正常并车
风险或潜在后果	1)影响 4RAM002AP 同步并车，4RAM 电机无备用； 2)目前 4 号机控制棒已提至 5 步，单台 RAM 电机运行失去备用，有停堆落棒风险； 3)影响仪控执行冷态控制棒再鉴定及试验，根据主规程仪控试验执行完成前，主回路升温不得超过 90 ℃，进而影响主回路升温主线
干预行动	已采取的行动措施： 1)暂停带载并车操作和仪控执行冷态控制棒再鉴定及试验； 2)安排现场检查 4RAM002MO 各项运行参数(频率、电压等参数)； 3)oncall 设备管理、维修专业就地检查； 4)维修电气检查后将 4RAM002AP 暂停运行
原因分析	低频保护继电器本身故障或者无法躲过电机启动过程导致报警无法复归

续　表

消缺行动	电气处理过程： 1）工作过程： ①检查 601XH 端子接线紧固情况及绝缘均无异常； ②更换同型号低频继电器； ③在 4RAM003TB 的 607BN 的 1、3、5、7 号端子接上录波器； ④运行配合启动 4RAM002AP；录取电压波形； ⑤检查 601XH 的三个指示灯持续闪烁，即继电器不能正常工作； ⑥断开 4RAM005TB 内 601JS； ⑦10 s 后重新合上 4RAM005TB 内 601JS，此时 601XH 工作正常； ⑧运行对 4RAM002AP 同步并车正常； 2）故障原因分析：低频保护继电器本身故障或者无法躲过电机启动过程导致报警无法复归	
相关知识	RAM 单机组低频保护动作，只跳该机组相应的出口断路器，低频保护误动作影响范围只限该机组。如果母线出现低频，则两台机组的低频保护均动作，分别跳开出口断路器。 低频保护技术改造相关内容： 1）每台 RAM 发电机设置单独的低频保护，低频保护动作只跳闸相应的发电机出口断路器； 2）低频保护采样点设置在发电机出口断路器之后，通过 RAM406/606JS 进行采样； 3）低频保护只在发电机出口断路器合闸情况下才起作用； 4）低频保护动作之后，保护信号自保持，该信号通过机组故障信号统一送到 DCS，同时通过控制柜指示灯指示； 5）保护、报警信号通过故障复位按钮复位； 6）指示灯可通过灯试按钮测试； 7）出口断路器 RAM401/601JA 断开情况下，闭锁低频保护；断路器合上之后延时投入低频保护，防止保护误动； 8）信号采集开关 RAM406/606JS 断开情况下，闭锁低频保护；信号采集开关合上之后延时投入低频保护，防止保护误动	
参考资料信息	运行二处：4 号机组异常反馈——4RAM002AP 带载并车过程中电机低频保护动作； 维修二处电气：EAM 中工单 01348274-01 的完工报告；WR/WOT：00610032/01348274-01（紧急工单）	
编　　者	运行二处一值：谷铁	时间：2020 年 01 月 13 日

2.12.6 2RAM001AP 电动发电机就地有功、无功显示为零

异常缺陷名称	2RAM001AP 电动发电机就地有功、无功显示为零
发生时间	2016 年 07 月 26 日中班
机组状态	RP 模式，电功率 1070 MWe
异常缺陷现象	巡检发现 2RAM001AP 电动发电机运行时就地有功、无功显示为零
风险或潜在后果	无法监视 2RAM001AP 电动发电机的有功、无功功率
干预行动	已采取的行动措施： 1）主控检查 2RAM001AP 和 2RAM001MO 进线和出线开关处于正常闭合状态； 2）主控检查 KIC 画面中 2RAM001AP 和 2RAM001MO 各项温度和振动趋势稳定； 3）安排现场进入发电机参数画面中查看发电机视在功率、频率、功率因数、励磁电压、励磁电流、相间电压、相电流等参数是否正常； 4）oncall 电气检查处理
原因分析	2RAM004TB 中端子排 006BN 中部分端子接线松动，CT 采集的电流信号未正确送至多功能显示表计 402ID，导致 2RAM001AP 发电机发电机就地有功、无功显示异常
消缺行动	电气处理过程： 1）工作过程： ①召开工前会，交代工作内容，风险分析与预防措施，建立工作区域； ②按工作方案《FQ2-MA-TD-E16025 2RAM001AP 就地有功无功显示为 0 故障处理方案》执行； ③对 2RAM001TB 多功能显示表计 402ID 至 2RAM004TB 中 CT 侧回路进行检查； ④检查 2RAM001TB 中多功能显示表计 402ID、端子排 403BN、三相过流继电器 403XI、逆功率继电器 401XW、差动保护继电器 402XI 外观及接线，未发现明显异常； ⑤断开 403BN 两端接线连接，检查 403BN 至表计侧回路，未发现异常，检查 403BN 至 CT 侧回路，发现回路阻值较大，存在异常；

续 表

消缺行动	⑥检查 2RAM004TB 中端子排 006BN 至 CT 侧，发现 006BN 中部分接线端子存在松动，接触不良，对 006BN 中接线端子进行紧固处理； ⑦测量各相 CT 线圈直阻，三相直阻平衡，检查 CT 线圈接地侧，确认接地良好； ⑧在 403BN 上外加 1 A 三相电流信号，观察 402ID 三相电流显示均约 180 A(CT 变比 900/5)，显示正常； ⑨清理工作现场，归还工作许可证； 2)故障原因分析：2RAM004TB 中端子排 006BN 中部分端子接线松动，CT 采集的电流信号未正确送至多功能显示表计 402ID，导致 2RAM001AP 发电机发电机就地有功、无功显示异常	
相关知识	在 RAM001TB 上的 411HV 液晶触摸显示屏上点击“发电机参数”进入发电机参数画面，可以查看视在功率、有功功率、无功功率、频率、功率因数、励磁电压、励磁电流、相间电压、各相电流等参数	
参考资料信息	维修二处电气：EAM 中工单 00313222-01 的完工报告。 WR/WOT：00157146/00313222-01(紧急工单)	
编　　者	运行二处一值：谷铁	时间：2020 年 01 月 13 日

2.12.7 1RAM002MO 投运后，主控 KIC 画面上 1RAM021MT 显示正常，但是 1RAM022MT 显示“××××”

异常缺陷名称	1RAM002MO 投运后，主控 KIC 画面上 1RAM002MO 驱动端轴承振动显示正常，1RAM021MT 显示正常，但是 1RAM022MT 显示“××××”
发生时间	2014 年 07 月 13 日夜班
机组状态	机组调试启动阶段，NS/RRA 模式
异常缺陷现象	1RAM002MO 投运后，主控 KIC 画面上 1RAM002MO 驱动端轴承振动和非驱动端轴承温度 1RAM021MT 均显示正常，但是 1RAM022MT(1RAM002MO 驱动端轴承温度)显示“××××”
风险或潜在后果	导致无法在 KIC 中监视 1RAM002MO 驱动端轴承温度
干预行动	已采取的行动措施： 1)主控查看 1RAM002MO 驱动端轴承振动和非驱动端轴承温度 1RAM021MT 均显示正常；

续　表

干预行动	2)主控查看 1RAM022MT 变化趋势，确认 1RAM022MT 故障情况； 3)提工作申请(WR)按计划处理
原因分析	该型热电阻接口采用航空插头，针脚与插口见接触不良。1RAM022MT 航空插头接触不良，导致 DCS 收到信号超出量程范围，故显示“××××”
消缺行动	电气处理过程： 1)工作过程： ①组织工前会，确定角色分工； ②拆下故障的热电阻，更换备件，适度紧固，在 KIC 上检查 022MT 显示为 20.5 ℃； ③请运行人员验收，归还工作许可证，并签字确认； 2)故障原因分析：该型热电阻接口采用航空插头，针脚与插口见接触不良。1RAM022MT 航空插头接触不良，导致 DCS 收到信号超出量程范围，故显示“××××”
相关知识	1)当 RAM002MO 驱动端轴承温度 RAM022MT≥90 ℃时，将产生 RAM022KA 002MO 驱动端轴承温度高报警； 2)当 RAM002MO 驱动端轴承温度 RAM022MT≥105 ℃时，将产生 RAM042KA 002MO 驱动端轴承温度高高报警； 3)RAM002MO 驱动端轴承温度异常升高的可能原因有： ①轴承欠润滑； ②轴承过润滑； ③轴承腐蚀变形； ④传感器故障； ⑤润滑油不合格； ⑥润滑通道污染
参考资料信息	维修二处电气：EAM 中工单 00017718-02 的完工报告； WR/WOT：00014231/00017718-02(计划工单)
编　　者	运行二处一值：谷铁　　时间：2020 年 01 月 13 日

2.13 反应堆冷却剂系统(RCP)

2.13.1 主泵转速表 3RCP360MC 和轴位移仪表 3RCP352MM 短时异常波动

异常缺陷名称	主泵转速表 3RCP360MC 和轴位移仪表 3RCP352MM 短时异常波动
发生时间	2017 年 09 月 19 日
机组状态	RP 模式
异常缺陷现象	主泵转速表 3RCP360MC 和轴位移仪表 3RCP352MM 短时异常波动
风险或潜在后果	影响主泵停运时顶轴油泵的自动启动以及轴封应急注入阀门的自动动作
干预行动	1)已采取的行动措施： oncall 维修仪控； 2)建议后续行动： 301 大修期间对 VC6000 中 SOLT3 卡件进行更换
原因分析	VC6000 中 SOLT3 采集卡件故障
消缺行动	仪控处理反馈： 1)处理进展： 301 大修期间对 VC6000 中 SOLT3 卡件进行更换后恢复正常； 2)故障原因分析： 经检查与 3RCP360MC 同一时间消失的信号还有 3RCP352MM。由当前状态(均由 VC6000 中 SOLT3 卡件采集信号，当前均示数稳定，无异常情况)分析，VC6000 中 SOLT3 采集卡件故障可能性较大，探头及放大器单元无相关问题； 3)检修步骤： ①对 3RCP800AR 内 VC6000 进行断电处理； ②拆下 VC6000 前面板固定螺丝，将 VC6000 拆下并用记号笔进行标记； ③将 VC6000 备件放进支架内，并将前面板螺丝进行紧固； ④使用 VC6000 专用组态电脑对 VC6000 软件组态进行下装
相关知识	主泵零转速表逻辑： 1) RCP160MC 或 RCP260MC 或 RCP360MC 高高 1750 r/min 触发 RCP000KA；

续 表

相关知识	2)RCP160/260/360MC 高高 1750 r/min 与上对应的 RCP140/240/340MY 高高 1750 r/min 触发 RCP981/983/985KA，导致对应主泵停运； 3) RCP001/002/003PO 启动 8 s 后且 1 h 内，若 RCP160/260/360MC 小于 200 r/min，导致对应主泵停运； 4)RCP160/260/360MC 任一仪表低至 200 r/min 会自动开启对应主泵的再循环阀 RCP912/942/972VP； 5) RCP160/260/360MC 任一仪表低至 1200 r/min 与上 RCP160/260/360MC 不为 0 r/min，启动对应主泵顶轴油泵 RCP011/021/031PO； 6)[RCP160/260/360MC 高于 1400 r/min 或 RCP160/260/360MC 低至 0 r/min]与上无 RCP011/021/031PO 启动命令，允许在 KIC 上手动停运对应主泵顶轴油泵 RCP011/021/031PO； 7)RCP160/260/360MC 任一仪表低至 0 r/min 与上[主泵高压泄漏流量高 3 延时 4 s(RCV036MD&RCV037MD/RCV038MD&RCV-039MD/RCV040MD&RCV041MD 高至 1.35 m^3/h 延时 4 s)或主泵轴封流量低 4 延时 30 s(RCV021MD&RCV121MD/RCV022MD& RCV 122MD/RCV023MD&RCV123MD 低至 1.2 m^3/h 延时 30 s)]导致对应主泵高压泄漏隔离阀 RCP901/931/961VP 关闭； 8)RCP160/260/360MC 任一仪表低至 0 r/min 延时 60 s 与上对应主泵低压泄漏隔离阀 RCP902/932/962VP 开启状态，允许对应主泵停车密封氮气释放阀 RCP908/938/968VZ 关闭； 9)RCP160/260/360MC 任一仪表低至 0 r/min 延时 60 s 与上对应主泵高压泄漏隔离阀 RCP901/903/961VP 关闭与上对应主泵低压泄漏隔离阀 RCP902/932/962VP 关闭时，允许手动关闭对应主泵轴封注入阀 RCP911/941/971VP	
参考资料信息	维修二处维修日报 20170919； WOT：00710939-01	
编　　者	运行二处一值：石亿虎	时间：2019 年 03 月 11 日

2.13.2 4RCP341MC 转速探测器转速频繁大幅度波动

异常缺陷名称	4RCP341MC 转速探测器转速频繁大幅度波动
发生时间	2017 年 10 月 23 日

续　表

机组状态	RP 模式
异常缺陷现象	4RCP341MC 转速探测器转速频繁大幅度波动
风险或潜在后果	影响主泵运行，有停堆停机风险
干预行动	已采取的行动措施： oncall 维修仪控检查
原因分析	4RCP340MY 的 2 号探头 4RCP341MC 损坏，导致 4RCP003PO 转速剧烈波动，频繁触发 4RCP003PO 转速低/低低报警
消缺行动	仪控处理反馈： 1) 故障现象： 4RCP003PO 转速探头 4RCP340MY 转速波动，闪发转速高、转速低及转速低低报警； 2) 处理进展： 设计上，主泵核级转速信号由测量传感器经同轴电缆和核岛贯穿件，送至转速处理机架，通过卡件处理，将测量频率信号转换为4~20 mA 标准电流信号后送至 DCS。因此能够导致转速信号波动的原因包括：传感器、贯穿件、处理机箱、DCS 卡件以及各设备与信号电缆之间的接头故障。为准确定位故障点，需对上述原因进行逐一排查。经排查后确认为转速处理机箱故障。  更换国产转速处理机箱： ①由于 4RCP340MC 作为主用信号，自 1 月 28 日短时波动后一直保持稳定；同时，考虑机箱更换过程，需尽量减少信号临时强制时间，故此未对该通道信号执行录波操作。 ②1 月 31 日，完成在线更换核级转速处理机箱，根据管理晚会上相关专业决定，将 4RCP340MC 设置为主用通道保持运行，至今未出现信号异常。 ③转速处理机箱位于 4LNC 配电盘房间 W643 的 4KCS833AR 机柜内，3 号主泵的转速选择开关 310CC 指的是传感器选择旋钮，1 代表 4RCP340MC，2 代表 4RCP341MC。

续 表

消缺行动	 图1　自带转速处理机箱  图2　国产转速处理机箱 3)检修步骤： ①强制 4RCP340MY_ X31(用于修正 RPN 中子通量变化率高信号)的转速值为 0(强制后产生变化率高报警，需尽快复位)； ②强制 4RCP340MY_ X32(用于产生 RPR 质量位信号)的转速值为 0(会产生单通道主泵转速 L/LL 信号及报警)； ③强制 4RCP340MY_ QQ_ 32＊12 强制为 0(即将 340MY 送 IP 的质量位强制为触发，将导致 340MY 参与的所有 RPR 保护降级，可导致 RPR 超温/超功率 ΔT、P7& 主泵转速 L/LL 的保护逻辑降级)； ④强制 4RCP340MY_ QQ_ 32＊22 强制为 0(目的同 3)； ⑤强制 4RCP340MY_ QQ_ 32＊42 强制为 0(目的同 3)； ⑥强制 4RCP_ SH01C 强制为 0(目的同 3)； ⑦强制去 IA 信号为当前值(用于主泵超速保护和显示)； ⑧执行 4RCP340MY 机架更换； ⑨恢复强制信号
相关知识	根据仪控分析，强制后主控将产生如下报警： ①4RPR136KA：功率量程中子注量率变化率高(三通道)； ②4RPR163KA：三号环路冷却剂泵转速低低； ③4RPR160/163KA 主泵转速低、低低报警； ④4RPN436KA：LSS 故障报警； ⑤4RPR780KA 质量位报警； ⑥4 RPR 170 KA 超温 ΔT 报警。 但是实际完成强制后，3、4、5 报警未触发。核实原因如下： ①4RPN436KA，LSS 故障报警未触发，因送去的信号被强制正常，故不触发； ②4RPR780KA 质量位报警未触发，经再次核实，其产生的机理是在 IA 平台做的，不是从 TRICON 平台直接触发，因当前主泵转速强制为 0，未超量程，因此未触发质量位报警； ③4 RPR 170 KA 超温 ΔT 报警未触发，转速强制为 0 后超温 ΔT 整定值变为 108%，距离触发上有一定距离。

续　表

相关知识	未出现超温、超功率 ΔT 和预报警的原因： 主泵转速修改为 0 r/min 后，超温 ΔT 定值：从 144%变为 108%；超功率 ΔT 定值：从 108%变为 145%。ΔT 实际值为 101%。因此，并不会导致超温超功率 ΔT 动作。但因为此时已将保护的质量位强制，实际上是处于逻辑降级状态。相当于 3 环路的超温、超功率 ΔT 均为触发状态。 经了解，同行电厂执行类似工作时，未强制超温、超功率 ΔT 的质量位触发。考虑到执行 RCP140/240/340MY 实际不会触发超温 Δ 信号(实际动作值有一定距离)，执行该信号强制反而增加因超温、超功率 ΔT 触发导致误动风险。建议后续执行类似工作不再强制质量位信号触发。且不强制质量位信号不会影响 P7& 主泵转速 L/LL 的保护。 2015 年 10 月，某电厂 1 号机组也出现过类似的转速波动情况，经咨询同行电厂及相关专家，根据故障模式推断为处理机箱内信号调理回路存在异常，闪发故障导致测量信号的波动。经更换国产转速处理机箱后，故障消除，运行至今情况良好	
参考资料信息	维修二处维修日报 20170919； WOT：00844191-01	
编　　者	运行二处一值：石亿虎	时间：2019 年 03 月 11 日

2.13.3　主控室闪发 4RCP902KA 报警

异常缺陷名称	主控室闪发 4RCP902KA 报警
发生时间	2018 年 01 月 12 日
机组状态	RP 模式
异常缺陷现象	主控室闪发 4RCP902KA 报警，查看历史趋势发现 4RCP603MN 液位指示在 01:59:53 秒从 33.47%突然高漂至 100%，在 01:59:58 秒液位指示恢复至 27%并持续稳定下来
风险或潜在后果	4RCP603MN 参与 4RCP001PO 泄漏油泵 4RCP012/13PO 启停逻辑，影响主泵正常运行
干预行动	1)已采取的行动措施： 关注泄漏油泵 4RCP012/13PO 运行。

续 表

干预行动	2）建议后续行动： 实施 TCA 将主泵下部油箱的备用油位探头 4RCP604MN 替代 4RCP603MN 的相关联锁逻辑，待完成对 4RCP603MN 维修处理后，解除 TCA	
原因分析	怀疑仪表存在偶发性故障	
消缺行动	仪控处理反馈——处理进展： 1）实施 TCA，已将 4RCP603MN/604MN 的主控 KIC 显示与现场仪表互换，当前仍然为 4RCP603MN（主控 KIC 显示参数）参与逻辑控制； 2）2018 年 8 月 2 日 401 大修仪控实施工单检查检修 4RCP603MN 后恢复正常	
相关知识	RCP012PO 启停逻辑： 1）手动启动：KIC 画面点击泵体手动启动； 2）自动启动： ①下部油箱油位（RCP603MN）大于 35% + RCP001KG 已切至 012PO； ②RCP013PO 运行 300 s 后下部油箱油位（RCP603MN）仍然大于 35%； 3）手动停运： KIC 画面点击泵体手动停运； 4）自动停运：以下任一信号出现时，RCP012PO 将自动跳闸。 ①RCP012PO 运行 300 s 后，轴承箱油位仍然大于 35%； ②下部油 箱油位低于 20%； ③RCP012PO 运行 10 s 后，泄漏油泵出口流量小于 500 L/h； ④上部油箱油位（RCP605MN）低于 20%； ⑤上部油箱油位（RCP605MN）高于 80%； ⑥下部油箱油位（RCP603MN）低于 15%； ⑦下部油箱油位（RCP603MN）高于 75%	
参考资料信息	维修二处维修日报 20180112； WOT：00824259-01	
编　者	运行二处一值：石亿虎	时间：2019 年 03 月 11 日

2.13.4　3RPE001BA 和 3RCP002BA 压力偏低

异常缺陷名称	3RPE001BA 和 3RCP002BA 压力偏低	
发生时间	2018 年 01 月 22 日	
机组状态	RP 模式	
异常缺陷现象	3RPE001BA 和 3RCP002BA 压力偏低	
风险或潜在后果	导致 3RCP002BA/3RPE001BA 无足够氮气覆盖的情况下接收一回路的含氢废水，有氢气爆炸的风险	
干预行动	已采取的行动措施： oncall 维修机械对 3RAZ031VZ 进行检查	
原因分析	3RAZ031VZ 失去正常调节能力。阀门指挥器无法全关，怀疑指挥器存在内漏	
消缺行动	1）机械处理反馈——处理进展： 2018 年 1 月 23 日机械反馈经检查初步判断为阀门本体供气管线上的阀芯内漏，当前无法处理，建 02 工单进行跟踪； 2018 年 2 月 10 日机械对 3RAZ031VZ 解体检查后发现引压管线内有较多铁锈灰尘，检查过滤器滤芯铁锈较多怀疑堵塞，可能是前期管道内有水导致生锈。经与运行沟通后对 RAZ 管道进行吹扫。吹扫后调节 3RAZ031VZ 下游压力至 0.025 MPa.g，后 3RPE001BA 和 3RCP002BA 压力稳定； 2）运行处理反馈： 2018 年 2 月 13 日对 RAZ 管道进行吹扫，3RAZ403VZ 下游吹扫出大量黑色粉末状物质	
相关知识	N/A	
参考资料信息	维修二处维修日报 20180123； WOT：00846929-01	
编　　者	运行二处一值：石亿虎	时间：2019 年 03 月 11 日

2.13.5　压力容器参考水位压差 3RCP094/095MN 无法读取

异常缺陷名称	压力容器参考水位压差 3RCP094/095MN 无法读取
发生时间	2018 年 04 月 24 日
机组状态	RP 模式

续　表

异常缺陷现象	压力容器参考水位压差 3RCP094/095MN 无法读取，ICCMS SU 工作站上监视软件故障无法启动
风险或潜在后果	大修期间可能影响压力容器水位监视
干预行动	已采取的行动措施： oncall 维修仪控检查
原因分析	软件与 ICCMS 机柜通讯协议证书过期失效
消缺行动	仪控处理反馈——处理进展： 软件与 ICCMS 机柜通讯协议证书过期失效。（EOMM 手册中给出的证书有效期为 15 年）由于 EOMM 手册提供的问题解决信息有限，目前现场暂无法处理，需等待外方厂家技术支持。目前已就该问题与法国厂家进行了联系，初步分析原因为软件通讯协议证书过期失效导致 SU 单元无法与系统建立通讯。 2018 年 4 月 29 日依据厂家给出的方案完成软件通讯协议证书激活，SU 单元工作恢复正常，缺陷消除
相关知识	RIC SU 单元作为 RIC 系统终端显示单元，主要作用包括系统运行状态监视、内部数据显示及错误诊断等功能，其不参与系统逻辑运算及控制等功能。RIC SU 单元软件故障将影响系统部分数据显示的查看（主要包括水位计算相关的宽窄量程及参考量程差压表 RCP090-095MN 及错误诊断功能，不会对系统正常运行造成该影响）
参考资料信息	维修二处维修日报 20180429
编　　者	运行二处一值：石亿虎 　　　　时间：2019 年 03 月 11 日

2.13.6　主控数次出现 4RCP910KA（RCP002PO 轴承箱油位低）报警

异常缺陷名称	主控数次出现 4RCP910KA（RCP002PO 轴承箱油位低）报警
发生时间	2018 年 05 月 06 日
机组状态	RP 模式
异常缺陷现象	4 号主控数次出现 4RCP910KA（RCP002PO 轴承箱油位低）报警，查看历史趋势，4RCP701MN 在轴承箱油位低于 92% 时会突降到 87% 左右，随着上轴承箱油位溢流至轴承箱，4RCP701MN 油位又恢复正常液位显示

续 表

风险或潜在后果	泄漏油泵不会自动启动，影响主泵安全运行。 1)4RCP701MN 油位低存在跳闸主泵进而使反应堆停堆的风险： 4RCP701MN 与 4RCP702MN 同时出发低低报警(75%)将引起主泵跳闸，因为两个液位计属于同一型号，且本体故障产生报警的偶然性较大，如轴承箱油位继续下降，有产生跳变至 75%以下的可能，增加了意外停泵的风险； 2)主泵泄漏油泵的手动启动不影响正常运行： 主泵泄漏油泵正常运行期间处于下部集油槽油位自动控制状态，其启动的目的是将下部集油槽液体泵入上部集油槽，通过重力作用流入轴承箱，导致轴承箱油位上升。在下部集油槽油位未高至自动启动泄漏油泵的定值前，也可以手动启动。前提是保障下部集油槽油位在正常运行限值范围内。如出现轴承箱油位低报警，可通过手动启动泄漏油泵建立油流，是轴承箱油位上升，尽早消除报警
干预行动	1)已采取的行动措施： ①oncall 维修仪控检查； ②结合主泵轴承箱油流机理，通过将泄漏油泵 4RCP023PO 手动启动，将下部集油槽油输送到上部集油槽，油再进入轴承油箱，使得 4RCP701MN 上升到 93. 44%，报警消除。以此方式可尽快消除轴承箱油位低报警，消除不安全的隐患； 2)建议后续行动： 保持监视，如发生其他液位区间范围的液位突变情况，反馈仪控人员，组织主泵设备工程师和运行人员讨论下一步的行动项，考虑是否进行相关的信号闭锁
原因分析	4RCP701MN 的异常从 2018 年 04 月 29 日开始出现后，常触发 4RCP910KA 4RCP003PO 轴承箱油位低报警，仪控检查根据 4RCP701MN 测量原理(干簧管式液位计，通过磁性浮球控制干簧管内分布电阻的通、断产生变化电阻信号)和分析 4RCP701MN 变化曲线，基本确认主控触发 4RCP910KA 为 4RCP701MN 仪表本体细小偏差引起，报警存在一定偶然性。需在 401 大修期间对故障油位计 4RCP701MN 进行更换(当前因主泵处于运行状态，4RCP701MN 位于主泵间区域无法到达)

续 表

消缺行动	仪控处理反馈： 1）处理进展： ①在 KDO 中添加 4RCP701MN 的点位，更加准确地记录液位突变的历史趋势； ②大修期间对故障油位计进行更换后缺陷消除； 2）检修步骤： ①拆下 4RCP701MN，用已校验的备用油位计进行更换； ②用磁铁刷 4RCP701MN 磁翻板，确认与现场液位一致
相关知识	1）4RCP701MN 低报出现约维持 10 min，该时间较长，存在安全隐患，需尽快消除； 2）主泵泄漏油泵手动启动的条件为下部集油槽油位在规定要求的限值内，此次在约 35%启动，下部集油槽液位下降到约 28%时，手动停运，而后 4RCP910KA 报警消除； 3）必须避免 4RCP701MN/702MN 同时触发低低报警（75%），以防止主泵跳闸
参考资料信息	维修二处维修日报 20180506； WOT：00909723-01
编　　者	运行二处一值：石亿虎　　时间：2019 年 03 月 11 日

2.13.7　4RCP002PO 轴位移探头 4RCP252MM 剧烈波动，频繁触发轴位移高高报警

异常缺陷名称	4RCP002PO 轴位移探头 4RCP252MM 剧烈波动，频繁触发轴位移高高报警
发生时间	2018 年 10 月 27 日
机组状态	RP 模式
异常缺陷现象	4 号主控开始频繁闪发 4RCP002MO 轴位移高和高高报警（4RCP609KAF、4RCP610KAF），查看画面发现 4RCP252MM 仪表频繁波动
风险或潜在后果	威胁主泵安全运行，干扰主控监盘

续　表

干预行动	1)已采取的行动措施: ①oncall 维修仪控检查; ②主控加强主泵轴位移和轴承温度的监视; 2)建议后续行动: ①执行临时 TCA，屏蔽 4RCP252MM 轴向位移高报警，避免干扰主泵监测; ②推动 RCP 主泵轴向位移尽快完成换型改造，选用合适的耐辐照产品; ③SPV 设备工程师保持对主泵运行状态进行密切观察; ④密切关注 4RCP253MM 以及主泵其他参数变化趋势情况
原因分析	4RCP252MM 变化趋势基本与 4RCP250 \ 251 \ 253MM 一致，但是显示数值明显偏高，分析判断为探头前置器故障，导致处理后信号被放大
消缺行动	仪控处理反馈: 1)处理进展: ①已完成 4RCP252MM 机柜侧排查，直流电压在 10.4～10.7 V 高频变化，说明探头前置器输出异常; ②经专业处室分析，4RCP252MM 目前波动异常确定为岛内仪表故障，4RCP002PO 可保持运行; ③对 4RCP252MM 实施 TCA，将 4RCP252MM 强制为 200 μm (H1 报定值为 250 μm，H2 报定值为 380 μm)，以便消除主控报警; ④经各专业决策，在 4RCP252MM 仪表修复前，执行如下干预原则: a. 4RCP253MM(2 号主泵电机轴位移)，处于正常工作状态时，4RCP002PO 可以保持运行; b. 4RCP253MM 出现持续升高，达到停泵值(380 μm)，如下判断: i. 观察 4RCP250MM \ 4RCP 251MM(2 号主泵泵轴位移)均值是否持续升高，如均值达到 250 μm 且至少保持 10 s。 ii. 观察 4RCP002MI(2 号主泵电流值)是否出现波动，波动范围是否超过±10 A 且至少保持 10 s。 iii. 观察 4RCP713MT/4RCP743MT(2 号主泵径向轴承温度)是否出现持续升高，如温度持续快速升高超过 5 ℃。

续　表

消缺行动	iv. 观察 4RCP711MT(2 号主泵主推力轴承度)是否出现持续升高，如温度持续快速升高超过 5 ℃。 上述条件之一满足，需立即手动停运 4RCP002PO； ⑤大修期间对 4RCP252MM 更换备件后消除缺陷。 2)检修步骤： ①打开 4RCP250CR，测量 23、24 端子输出电压为-8.71 V，经多次调整及检查放大器后，仍不满足要求； ②与系统负责人沟通更换备件后，确认输出电压为-12.67 V，满足验收要求(-11～-13 V)； ③固定并检查电机轴向位移传感器的同轴电缆及信号接头牢固可靠。 3)故障原因分析： 4RCP252MM 探头信号线长期与高温设备表面接触，其绝缘皮破损
相关知识	主泵轴位移偏高的可能原因： 1)轴中心线没有对齐； 2)旋转部件不平衡或故障； 3)某个轴承或推力轴承已损坏； 4)主泵轴密封损坏； 5)联轴器故障
参考资料信息	维修二处维修日报 20181030； WOT：01045671-01
编　　者	运行二处一值：石亿虎　　　　时间：2019 年 03 月 11 日

2.13.8　3 号主泵转速表 3RCP360MC 读数显示波动并逐步降低

异常缺陷名称	3 号主泵转速表 3RCP360MC 读数显示波动并逐步降低
发生时间	2016 年 05 月 30 日中班
机组状态	热停模式
异常缺陷现象	13:00，3 号机组 3 号主泵转速表 3RCP360MC 读数显示波动并逐步降低；16: 003RCP360MC 低漂至 1200 r/min，主泵顶轴油泵 3RCP031PO 启动，此时一回路处于热停模式，主泵主瓦受力，顶轴油泵启动后建立强迫油循环，主瓦温度计 3RCP811MT，3RCP812MT 降低约 10 ℃

续 表

风险或潜在后果	1)3RCP360MC 转速表参与控制的设备及保护信号包括顶轴油泵 3RCP031PO、3RCP968VZ、3RCP971VP、3RCP961VP、3RCP972VP，并且参与主泵卡转子及超速跳泵保护信号； 2)3RCP360MC 故障主要风险在于影响顶轴油泵自动启动信号，正常情况下，主泵停运信号或主泵转速低于 1200 r/min(3RCP360MC)将自动启动顶轴油泵，并且这两个信号都需要与上 3RCP360MC 的非零转速信号才能生效，即 3RCP360MC 故障可能导致顶轴油泵自动启动信号全部失效
干预行动	已采取的行动措施： oncall 仪控检查仪表
原因分析	经各专业讨论，3RCP360MC 失效原因为： 固定转速传感器的顶盖较薄(厚度 5 mm)，在一回路温度、压力、主泵状态等因素影响下发生较大变形位移，造成转速测量值偏低。导致两种转速探头(核级和零转速)无法进行正确调整。一般在冷态时调整正确，在热态时位移形变过大导致无法正常工作。 ①变形主要还是角度变化，不是平行上移； ②零转速探头齿轮宽 10 mm； ③探头的偏移量大致为：零转速探头 7~8 mm。 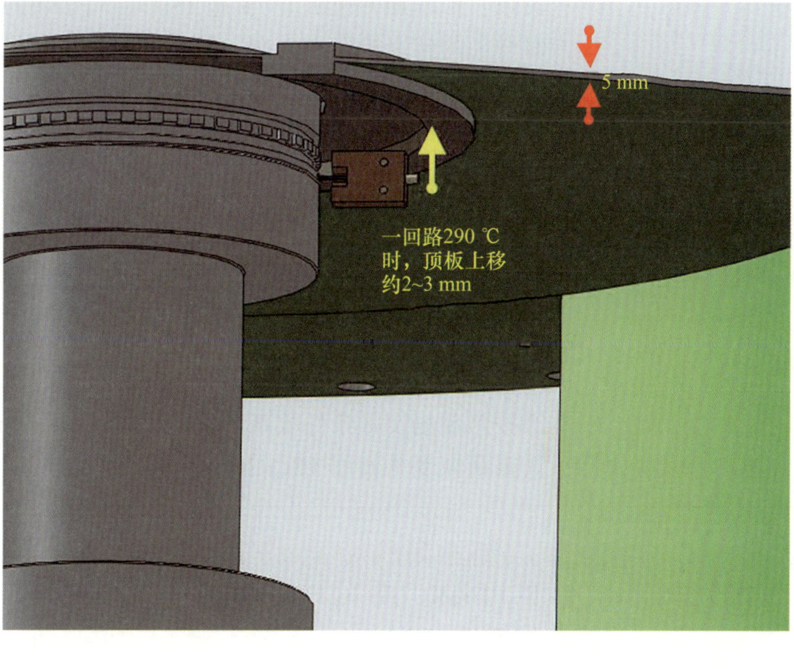

续　表

<table>
<tr><td>原因分析</td><td>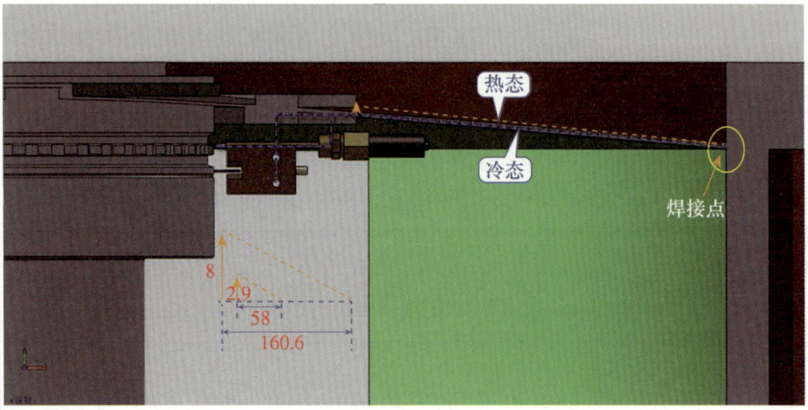
</td></tr>
<tr><td>消缺行动</td><td>仪控处理反馈：
1)处理进展：
①实施 TCA，将 3RCP340MY 测量数值引入 3RCP360MC；
②当前 3RCP340MY 引入 3RCP360MC，相当于 3 号主泵只有一个转速信号可用。为了避免 3RCP340MY 失效造成 RCP60 试验失败，拟增加转速机架(实施 TSD)，将 3RCP341MC 信号引入临时增加的转速机架中，在一层中显示。转速机架备件厂内没有，正在向秦山还有厂家核实备件；
③拟增加的 TSD 方案：在 3KCS833AR 中临时增加转速机架，将 3RCP340MC2 信号引入临时增加的转速机架中，增加 3KCS833AR 至 3KDO941AR 临时电缆将 3RCP340MC2 信号送至 3KDO941AR 中处理，在一层中显示；
④后在停泵窗口检修后缺陷消除。
2)检修步骤：
①松开 3RCP360MC 探头；
②按照现场实际条件重新调整 3RCP360MC 的位置；
③重新恢复并紧固 3RCP360MC 探头</td></tr>
<tr><td>相关知识</td><td>主泵零转速表逻辑：
1) RCP160MC 或 RCP260MC 或 RCP360MC 高高 1750 r/min 触发 RCP000KA；</td></tr>
</table>

续　表

相关知识	2)RCP160/260/360MC 高高 1750 r/min 与上对应的 RCP140/240/340MY 高高 1750 r/min 触发 RCP981/983/985KA，导致对应主泵停运； 3) RCP001/002/003PO 启动 8 s 后且 1 h 内，若 RCP160/260/360MC 小于 200 r/min，导致对应主泵停运； 4)RCP160/260/360MC 任一仪表低至 200 r/min 会自动开启对应主泵的再循环阀 RCP912/942/972VP； 5) RCP160/260/360MC 任一仪表低至 1200 r/min 与上 RCP160/260/360MC 不为 0 r/min，启动对应主泵顶轴油泵 RCP011/021/031PO； 6)［RCP160/260/360MC 高于 1400 r/min 或 RCP160/260/360MC 低至 0 r/min］与上无 RCP011/021/031PO 启动命令，允许在 KIC 上手动停运对应主泵顶轴油泵 RCP011/021/031PO； 7)RCP160/260/360MC 任一仪表低至 0 r/min 与上［主泵高压泄漏流量高 3 延时 4 s(RCV036MD&RCV037MD/RCV038MD&RCV-039MD/RCV040MD&RCV041MD 高至 1.35 m^3/h 延时 4 s)或主泵轴封流量低 4 延时 30 s(RCV021MD&RCV121MD/RCV022MD& RCV 122MD/RCV023MD&RCV123MD 低至 1.2 m^3/h 延时 30 s)］导致对应主泵高压泄漏隔离阀 RCP901/931/961VP 关闭； 8)RCP160/260/360MC 任一仪表低至 0 r/min 延时 60 s 与上对应主泵低压泄漏隔离阀 RCP902/932/962VP 开启状态，允许对应主泵停车密封氮气释放阀 RCP908/938/968VZ 关闭； 9)RCP160/260/360MC 任一仪表低至 0 r/min 延时 60 s 与上对应主泵高压泄漏隔离阀 RCP901/903/961VP 关闭与上对应主泵低压泄漏隔离阀 RCP902/932/962VP 关闭时，允许手动关闭对应主泵轴封注入阀 RCP911/941/971VP
参考资料信息	运行二处内部经验反馈——3RCP360MC 故障及处理方案经验反馈(20160603)； 运行二处内部经验反馈——3 号主泵转速表 3RCP360MC 故障处理经验反馈(2016.06.01)； WOT：00284127-01
编　　者	运行二处一值：石亿虎　　　　时间：2019 年 03 月 11 日

2.13.9 4RCP260MC 转速波动

异常缺陷名称	4RCP260MC 转速波动
发生时间	2017 年 11 月 07 日早班
机组状态	RP 模式
异常缺陷现象	2017 年 11 月 7 日 13:50 开始，4RCP260MC 转速表出现波动，最低波动到 1 327.5 r/min
风险或潜在后果	1)L1 信号(低于 1200 r/min)误触发会导致 2 号主泵顶轴油泵 4RCP021PO 误启动； 2)L2 信号(低于 200 r/min)误触发会导致 2 号主泵再循环管线 4RCP942VP 误开启； 3)影响主泵超速保护功能(1750 r/min)
干预行动	已采取的行动措施： oncall 维修仪控检查
原因分析	针对 4RCP260MC 当前波动趋势分析，当前 4RCP260MC 波动为无规则波动且波动区间较小基本可排除处理卡件 4RCP800AR 内 VC6000 问题。根据 3/4 号机组调试期间经验，4RCP260MC 当前波动原因为测量探头安装支架受顶盖热形变影响，导致探头与测量齿之间的正对面积处于测量临界值(要求探头正对测量齿面积大于 60%)，导致测量处理过程中部分信号质量下降不能被准确探测从而造成了探头出现无规律、小范围波动情况。冷态期间调整会依据经验值对探头位置进行经验处理(不正对测量齿使探头，对准测量齿下方)，但运行期间依然会因为固定转速传感器的顶盖发生不确定性形变进而导致探头测量失效
消缺行动	仪控处理反馈： 1)处理进展： ①已实施 TCA，对主泵转速低顶轴油泵自动启动信号从 4RCP240MY 引入，保证顶轴油泵自动启动功能，4RCP002PO 故障停运时，操纵员需确认 4RCP021PO 处于运行状态； ②已实施 TCA，4RCP942VP 自动开启信号从 4RCP240MY 引入； ③后在大修期间执行 4RCP260MC 检查调整后消除缺陷。

续　表

消缺行动	2)检修步骤： ①执行主泵转速传感器检查，在主泵联轴器腔内 4RCP260MC 传感器前端圆形没有正对着主泵轴齿轮的凸出部分，使用0.06 mm厚度以下的塞尺模拟主泵联轴器腔内 4RCP260MC 传感器前端圆形正对着主泵轴齿轮的凸出部分； ②打开 4RCP250CR，在 4RCP250CR 内测量 4RCP260MC 对应放大器的 SIG 和 COM 端的直流电压，结果合格； ③检查传感器前端圆形面积对应的泵轴齿轮面积小于 60%，不满足要求； ④松开传感器与联轴器腔室上盖板螺丝，调整贯穿垫片使传感器的朝向满足要求，拧紧传感器与联轴器腔室上盖板螺丝； ⑤重新测量 4RCP260MC 对应放大器的 SIG 和 COM 端的直流电压，结果合格； ⑥回装 4RCP250CR 箱面板，工作结束。 运行处理反馈： 由于主泵超速保护逻辑是 2 取 2，4RCP260MC 转速偏低，自动停泵信号可能不会触发，主控触发 4RCP000KA 时，需要立即查看 4RCP001HXT 画面，检查 4RCP240MY 转速，若转速超出 1750 r/min，在 4RCP009HXT 画面检查 4RCP002PO 泵振动、温度等参数，若主泵振动或温度参数异常上升根据报警规程要求停运 4RCP002PO。 4RCP260MC 转速降低至 500 r/min 以下时，召集仪控、机械、安工和设备管理人员开会，讨论 4RCP260MC 转速降低为零无法自动启动顶轴油泵的风险和应对措施。该条针对顶轴油泵自动启动信号还需要满足 RCP260MC 转速为非 0 的信号，所以如果 4RCP260MC 转速为 0，则会导致顶轴油泵不能自动启动，该情况如果出现在主泵意外停运时风险很大。仪控反馈如果探头与测量齿之间的正对面积为 0 的话，4RCP260MC 转速会显示为 0，但是从结构来说不太可能出现该情况。另外，4RCP260MC 转速低 3 信号(865XU2)无法通过引入 4RCP240MY 信号作为逻辑判断信号，因信号设计的特殊性 4RCP260MC 转速低 3 信号(865XU2)为逻辑量信号(非 0 即 1)
相关知识	主泵零转速表波动经验反馈要点： 1)实施 TCA，对主泵转速低顶轴油泵自动启动信号从 4RCP240MY 引入，保证顶轴油泵自动启动功能，4RCP002PO 故障停运时，操纵员需确认 4RCP021PO 处于运行状态；

续　表

相关知识	2）实施 TCA，4RCP942VP 自动开启信号从 4RCP240MY 引入； 3）主泵超速保护可能无法实现，加强对泵运行参数监视	
参考资料信息	运行二处内部经验反馈——4RCP260MC 转速波动处理经验反馈； WOT：00746971-01	
编　　者	运行二处一值：石亿虎	时间：2019 年 03 月 11 日

2.13.10　4RCP240MY 转速卡件故障处理经验反馈

异常缺陷名称	4RCP240MY 转速卡件故障
发生时间	2017 年 07 月 08 日早班
机组状态	NS/SG 模式
异常缺陷现象	17 点 36 分，KIC 突发以下报警： 1）4RPR159KA　二号环路冷却剂泵转速低； 2）4RPR162KA　二号环路冷却剂泵转速低低； 22 点 39 分，上述报警消失。 1）查看主泵画面，发现 4RCP240MY 值陡降至 10 r/min，后在 5～50 r/min 之间波动； 2）4RCP260MC 转速正常，主泵其他参数无异常； 3）翻看 4RPR010HXT 画面，发现 2 环主泵转速低保护 4RPR159KS 灯已点亮，2 环主泵转速低低保护 4RPR162KS 灯已点亮； 4）翻看 4RPR009HXT，发现 2 环超温 DATA T 4RPR169KS 已触发，2 环超功率 DATA T 4RPR165KS 已触发
风险或潜在后果	1）4RPR162KS：2 环主泵转速低低，若再出现其他环路主泵转速表故障和 P7 信号，会触发停堆保护和启动 ASG 汽动泵； 2）4RPR159KS：2 环主泵转速低，若再出现其他环路主泵转速表故障和 P7 信号，会触发机组甩厂用电； 以上两个 KS，由于触发保护需要其他另外 2 个信号参与，故障处理相对不紧急； 3）4RPR169KS：此信号表明 2 环超温 DATA T 已触发，若另外一个环路超温 DATA T 也触发，会直接导致反应堆停堆； 4）4RPR165KS：此信号表明 2 环超功率 ΔT 已触发，若另外一个环路超功率 ΔT 也触发，会直接导致反应堆停堆； 以上 KS，由于触发保护仅需要其他另外 1 个环路信号参与，故障处理非常紧急

续 表

干预行动	已采取的行动措施： 1)当班值和仪控人员讨论后，决定先由仪控人员将 4RCP240MY 输出强制为正常值，避免其他环路主泵转速表故障触发反应堆停堆(若另一主泵转速表故障，会直接由 2 个环路超温 ΔT、超功率 ΔT 导致反应堆停堆)； 2)仪控强制 4RCP240MY 正常后，另开票更换 4RCP240MY 故障核级转速处理机架； 3)机架更换后，由仪控人员取消 4RCP240MY 强制信号，恢复 2 环主泵转速参与的所有保护
原因分析	仪控间机柜 4RCP240MC、4RCP241MC 均没有异常，为 4RCP240-MY 核级转速机架处理单元损坏
消缺行动	仪控处理反馈——处理进展： 仪控开票更换 4RCP240MY 故障核级转速处理机架后消除缺陷
相关知识	主泵正常转速表逻辑： 1)RCP140/240/340MY 任一仪表高高 1750 r/min 触发 RCP000KA 报警； 2)RCP140/240/340MY 三取二低(3 个环路中至少有 2 个环路<1393 r/min)与上 P7 信号产生孤岛运行信号，自动跳开 500 kV 断路器； 3)RCP140/240/340MY 三取二低(3 个环路中至少有 2 个环路<1365 r/min)与上 P7 信号导致主泵停运信号、反应堆停堆信号、ASG 汽动泵启动信号； 4)RCP140/240/340MY 高至 1750 r/min 与上对应 RCP160/260/360MC 高高 1750 r/min 导致对应主泵停运，同时产生 RCP981KA 报警； 5)超温、超功率 ΔT 保护停堆的逻辑为三取二，参与超温、超功率 ΔT 运算的仪表通道信号都进行质量位判断，质量位“坏”会导致所属通道保护动作触发。对于超温、超功率 ΔT 保护通道，当出现两个通道的仪表质量位“坏”时，将触发 2/3 停堆。实际 ΔT 大于超温 ΔT 或超功率 ΔT 保护定值，3 个环路中至少有 2 个环路)触发反应堆停堆； 6)功率量程(Ⅰ/Ⅱ/Ⅲ三个通道)中子注量率变化率高信号需要用加上主泵转速校正信号和平均温度校正信号，P10 非自动闭锁校正，在任何时候均可以手动通过 3RPN420 /421/422CC 闭锁校正信号；RPN040MA 通道的中子注量率变化率高信号未使用校正，因此当 RCP140/240/340MY 故障时可能触发 RPR134/135/136KA 报警

续 表

参考资料信息	运行二处内部经验反馈——4RCP240MY 转速卡件故障处理经验反馈(2017 年 07 月 08 日)	
编　　者	运行二处一值：石亿虎	时间：2019 年 03 月 11 日

2.13.11　4RCP104BA 液位 4RCP085MN 波动

异常缺陷名称	4RCP104BA 液位 4RCP085MN 波动
发生时间	2018 年 05 月 04 日
机组状态	RP 模式
异常缺陷现象	2018 年 05 月 04 日 02:38 主控触发 4RCP688KA(RCP104BA 水位高)报警，4RCP104BA 液位 4RCP085MN 在 H1 报警定值 17%上下波动。02:41 报警消失，之后 4RCP085MN 数值缓慢下降，最终恢复至初始液位 -0.57%。期间压力容器密封泄漏探测仪表 4RCP021MP 和 4RCP001MT 读数没有变化
风险或潜在后果	影响机组稳定运行
干预行动	已采取的行动措施： 1) 根据报警卡，执行 FQ4-RCP-I-006 查看画面 4RCP021MP 和 4RCP001MT 读数没有变化，判断反应堆密封环没有泄漏； 2) 4RCP085MN 正负压侧与 4RPE001BA 联通，随着 4RPE001BA 液位降低，4RPE001BA 的压力陡降，4RCP085MN 出现陡升，随着 4RPE001BA 的压力上升，4RCP085MN 逐渐下降。正常 4RPE001BA 压力 0.130 MPa.a，4RPE001BA 排水时压力下降至 0.118 MPa.a，此次 4RPE001BA 压力最低降至 0.101 MPa.a； 3) 联系仪控反馈正常情况下 4RCP085MN 压差式变送器的正、负腔室受同一个压力时，稳定后不会影响 MN 的读数。4RCP085MN 的正压腔在 4RCP104BA 的底部，负压腔在 4RCP104BA 的顶部，同时正压侧有水封，在压力变化时负压腔对压力变化较明显，所以在 4RPE001BA 压力降低时，4RCP085MN 负压腔压力变化较快，正负压侧压差变大，液位升高； 4) 4RCP104BA 的顶部直接连通 4RPE001BA，而 4RCP085MN 为差压式仪表，其波动与 4RPE001BA 压力波动有关。随着 4RPE001BA 排水时液位降低，4RPE001BA 的压力降低，4RCP085MN 出现上升；随着 4RPE001BA 的压力上升，4RCP085MN 逐渐下降；

续　表

干预行动	5）4RPE001BA 排水时需关注 4RCP085MN 液位变化。在 4RCP085MN 液位升高时注意压力容器密封泄漏探测仪表 4RCP021MP 和 4RCP001MT 读数。 建议后续行动： 由于 4RCP085MN 波动范围较大，最大约 15%。已提 WR：0038-3299，要求仪控在大修窗口对该仪表进行检查
原因分析	4RCP085MN 高漂
消缺行动	仪控处理反馈： 1）处理进展： 仪控对 4RCP085MN 进行校验，结果不合格，对仪表进行调整后校验合格，缺陷消除。 2）检修步骤： ①打开 4RCP085MN 仪表盖，逐根拆除仪表接线，并做好拆接线记录及绝缘包裹； ②关闭 4RCP085MN 仪表正负压侧仪表阀，禁止打开平衡阀； ③拧开正压侧排污口，拧开变送器排气堵头，排尽仪表废液后拧紧排气堵头； ④松开负压侧排气堵头使负压对空，拧开负压侧冷凝罐堵头，排出冷凝液，并用废液收集袋收集，排尽后恢复冷凝罐堵头； ⑤松开正压侧校验接口连接压力校验仪，均匀选取 5 点后开始对仪表进行上下行程校验； ⑥缓慢升压及降压，记录仪表输出电流值，根据校验数据判断仪表是否合格，若不合格则对仪表进行调整； ⑦仪表校验合格后回装校验接口并紧固； ⑧根据接线记录恢复仪表接线，查看主控仪表显示正常
相关知识	若反应堆压力壳内侧密封环真实泄漏到 RCP104BA 回收箱，可以从下列报警之一探测到： 1）RCP104BA 液位高报警信号（RCP688KA 由 RCP085MN 发出）； 2）压力壳密封泄漏检测温度高报警信号（RCP401KA 由 RCP001MT 发出）。 外侧密封环的泄漏由 RCP021MP 监测和直观检查
参考资料信息	运行二处：《运行二处内部经验反馈——4RCP104BA 液位 4RCP085MN 波动的经验反馈》
编　　者	运行二处一值：石亿虎　　　时间：2019 年 03 月 11 日

2.13.12 4RCP240/340MY 转速表同时异常波动

异常缺陷名称	4RCP240/340MY 转速表同时异常波动
发生时间	2018 年 07 月 20 日中班
机组状态	NS/RRA 模式，一回路压力 2.5 MPa.g，三台主泵运行，未停堆，SA/SB/SC 棒位于 225 步，其余控制棒位于 5 步
异常缺陷现象	主控频发触发 4RPR159KA（二号环路冷却剂泵转速低）和 4RPR162KA（二号环路冷却剂泵转速低低）报警，检查 RCP 画面发现 2 号主泵转速表 4RCP240MY 异常波动，2 号主泵顶轴油泵自动启动，2 号主泵再循环阀 4RCP942VP 自动开启，导致 2 号主泵轴封注入流量下降，触发 2 号主泵轴封水流量低报警，检查 RPR 画面发现 4RPR159KS（二号环路冷却剂泵转速低）和 4RPR162KS（二号环路冷却剂泵转速低低）报警频繁触发。 主控立刻 oncall 维修机械、仪控、设备管理和运工共同讨论处理策略，期间主控同时频繁触发 4RPR160KA（三号环路冷却剂泵转速低）和 4RPR163KA（三号环路冷却剂泵转速低低）报警，检查 RCP 画面发现 3 号主泵转速表 4RCP340MY 同时异常波动，检查 RPR 画面发现 4RPR160KS（三号环路冷却剂泵转速低）和 4RPR163KS（三号环路冷却剂泵转速低低）报警频繁触发。 相关背景： 2017 年 11 月 7 日，4RCP260MC 转速表开始出现波动，已实施 TCA：将主泵转速低顶轴油泵自动启动信号和再循环阀 4RCP942VP 自动开启信号由 4RCP240MY 引入； 2018 年 7 月 18 日，4RCP240MY 转速表波动，检查 4RCP240MY 的 2 号探头 4RCP241MC 故障，已在 4RCP240MY 转速机架上在线切换至备用的 1 号探头 4RCP240MC
风险或潜在后果	1）4RPR162/163KS：2/3 环主泵转速低低，3 取 2 与 P7 信号，直接触发停堆保护和启动 ASG 汽动泵；（以上两个 KS，由于当时机组处于 NS/RRA 模式，P7 信号不存在，因此相应的风险不存在）； 2）4RPR159/160KS：2/3 环主泵转速低，3 取 2 与 P7 信号，直接触发机组甩厂用电；（以上两个 KS，由于当时机组处于 NS/RRA 模式，P7 信号不存在，因此相应的风险不存在）； 3）两块主泵转速表 4RCP240/340MY 同时异常波动，若处理不及时，转速表触发质量位，会导致超温/超功率 ΔT 停堆；

续　表

风险或潜在后果	4)2.5 MPa.g平台，顶轴油泵长期运行，将会导致主泵副推力瓦受压更大，使副推力瓦温度升高，会导致主泵损坏； 5)非预期的主泵停运，会导致一回路压力和温度波动，存在一回路压力和温度超出梯形图风险，将违反技术规范，产生运行事件，特别是停运2号主泵，会导致RRA流量异常增大，其他电厂有过类似经验反馈； 6)4RCP240MC和4RCP241MC转速表同时故障，根据技术规范，将会产生IO2：RPR1，要求1个月内完成修复； 7)4RCP240MY和4RCP340MY转速表同时故障，根据技术规范，将会产生IO1：RPR6，要求必须在1天内恢复至不超过一个测量通道不可用
干预行动	已采取的行动措施： 1)主动增加轴封流量，并安排专人监视主泵运行参数，尤其是2/3号主泵副推力瓦温度，以及做好随时停运主泵的准备； 2)联系维修机械、仪控、设备管理、安工和和运工共同讨论处理方案； 3)考虑到两块转速表同时波动，先将3号主泵转速表4RCP340MY由4RCP340MC切换至4RCP341MC运行，并持续观察转速稳定未发现异常波动，消除IO1：RPR6； 4)鉴于2号主泵转速表4RCP260MC转速稳定，同时取消2号主泵转速低顶轴油泵自动启动信号和4RCP942VP自动开启信号从4RCP240MY引入的TCA，停运2号主泵顶轴油泵4RCP021PO和关闭再循环阀4RCP942VP； 5)确认3台主泵运行正常后，组织维修仪控后续对4RCP240MY机架进行更换处理，消除IO2：RPR1
原因分析	转速仪表机架故障
消缺行动	仪控处理反馈： 1)故障现象：经更换4RCP240/340MY转速机架、就地探头及其BNC接头以及机架侧的BNC接头后消除故障； 2)检修步骤： ①拆除4RCP240/241MC、4RCP340/341MC； ②重做4RCP240/241MC、4RCP340/341MC的BNC接头； ③回装4RCP240/241MC、4RCP340/341MC备件到支架上，并调校安装位置； ④更换4RCP240/340MY转速机架

续 表

相关知识	1)主泵转速表出现异常波动时，需要立即联系维修仪控人员进行处理，同时召集设备管理、安工和运工讨论处理方案； 2)主泵转速表波动若产生功率量程中子注量率变化率高报警时，若转速表 10 min 内保持稳定，当班值需安排人员手动复位中子注量率变化率高报警； 3)主泵转速表出现异常波动时，需停止 RPN、RPR 相关工作，并制定详细的风险预案； 4)涉及参与机组停堆、停机保护信号相关仪表的故障，未明确处理方案的情况下，需当班值请示值班处领导，及时发起生产运行决策，便于充分地识别风险，制定完善的纠正措施和处理方案
参考资料信息	运行二处：《运行二处内部经验反馈——4RCP240/340MY 转速表同时异常波动经验反馈》
编　　者	运行二处一值：石亿虎　　　　时间：2019 年 03 月 11 日

2.13.13　2RCP360MC 质量位短时触发

异常缺陷名称	2RCP360MC 质量位短时触发
发生时间	2018 年 08 月 17 日早班
机组状态	RP 模式，满功率
异常缺陷现象	08:32:23 和 9:36:20，2 号主控先后两次闪发 2RCP000KA(主泵跳闸信号单通道触发)报警，持续时间约 2.5 s，查看趋势 2RCP360MC 在此期间显示洋红色，初步判断 2RCP360MC 质量位短时触发。期间，2RCP031PO(3 号主泵顶轴油泵)自动启动，2RCP972VP(2RCP003PO 应急密封注入隔离阀)自动开启，3 号主泵轴封注入流量由 2.3 m^3/h 增大至 2.8 m^3/h。主控手动关闭 2RCP972VP 时 2RCP972VP 显示半开半关故障大红色，无法关闭，就地试验盒也无法关闭
风险或潜在后果	1) 2RCP360MC 参与主泵跳泵逻辑，若质量位触发同时 2RCP140MY 故障，将导致 3 号主泵跳泵，导致停机停堆； 2)2RCP972VP 无法关闭导致轴封注入流量分流，影响主泵正常轴封注入； 3) 当前 3 号主泵轴位移高报警闪发频率明显增高，查看趋势 2RCP350/351MM 读数有所增大，目前稳定于略低于报警值 250 μm

续　表

干预行动	已采取的行动措施： 1）手动停运 2RCP031PO（3 号主泵顶轴油泵）； 2）oncall 机械、电气、仪控专业人员检查确认 2RCP972VP 无法关闭原因并处理； 3）联系保健物理处评估 2RCP972VP 现场环境剂量率，做好进岛手动操作 2RCP972VP 的准备； 4）根据设备管理建议调高主泵轴封注入流量（1/2 号主泵轴封注入流量调高至 2.45 m^3/h），调高流量后 3 号主泵轴位移略有降低； 5）设备管理专业工程师初步评价当前状态 2RCP003PO 可以保持运行； 6）oncall 仪控专业人员检查 2RCP360MC 短时触发质量位的原因并处理
原因分析	1）2RCP972VP 阀门故障原因为阀门电动装置力矩开关不可靠，阀门关闭过程中存在抖动现象，同时阀门在关行程三分之一处存在轻微卡涩，导致阀门无法正常关闭。专业初步判断 2RCP972VP 无法正常关闭的原因为电动头过力矩保护动作导致； 2）维修仪控专业初步判断岛内偶发故障导致 2RCP360MC 闪发质量位
消缺行动	仪控处理反馈： 1）处理进展： ①通过短接关力矩限位方式使阀门关闭。针对该问题在 203 大修时进行了彻底检查处理； ②针对 2RCP360MC 闪发质量位问题，实施 TCA，使用 2RCP340MY 转速信号替代故障 2RCP360MC； ③2RCP360MC 闪发质量位问题大修期间更换了 2RCP360MC 放大器，并对转速表的仪表输出电压进行调整后，消除缺陷； 2）检修步骤： ①打开 2RCP350CR，拆下 2RCP360MC 前置放大器接线，并做好接线记录； ②测量 2RCP360MC 的电压为-11.01 V，拆下 2RCP360MC 的放大器，更换新的备件后，测量 2RCP360MC 的电压为-16.83 V； ③进行传感器检查的调整； ④打开 2RCP350CR，测量 2RCP360MC 的电压为-12.61 V，不满足验收标准-10～-8 V，重新进行调整后输出电压为-9.51 V，满足验收标准

续 表

相关知识	主泵零转速表逻辑： 1) RCP160MC 或 RCP260MC 或 RCP360MC 高高 1750 r/min 触发 RCP000KA； 2) RCP160/260/360MC 高高 1750 r/min 与上对应的 RCP140/240/340MY 高高 1750 r/min 触发 RCP981/983/985KA，导致对应主泵停运； 3) RCP001/002/003PO 启动 8 s 后且 1 h 内，若 RCP160/260/360MC 小于 200 r/min，导致对应主泵停运； 4) RCP160/260/360MC 任一仪表低至 200 r/min 会自动开启对应主泵的再循环阀 RCP912/942/972VP； 5) RCP160/260/360MC 任一仪表低至 1200 r/min 与上 RCP160/260/360MC 不为 0 r/min，启动对应主泵顶轴油泵 RCP011/021/031PO； 6)【RCP160/260/360MC 高于 1400 r/min 或 RCP160/260/360MC 低至 0 r/min】与上无 RCP011/021/031PO 启动命令，允许在 KIC 上手动停运对应主泵顶轴油泵 RCP011/021/031PO； 7) RCP160/260/360MC 任一仪表低至 0 r/min 与上【主泵高压泄漏流量高 3 延时 4 s（RCV036MD&RCV037MD/RCV038MD&-RCV039MD/RCV040MD&RCV041MD 高至 1.35 m^3/h 延时 4 s）或主泵轴封流量低 4 延时 30 s（RCV021MD&RCV121MD/RCV022MD & RCV 122MD/RCV023MD&RCV123MD 低至1.2 m^3/h延时 30 s）】导致对应主泵高压泄漏隔离阀 RCP901/931/961VP 关闭； 8) RCP160/260/360MC 任一仪表低至 0 r/min 延时 60 s 与上对应主泵低压泄漏隔离阀 RCP902/932/962VP 开启状态，允许对应主泵停车密封氮气释放阀 RCP908/938/968VZ 关闭； 9) RCP160/260/360MC 任一仪表低至 0 r/min 延时 60 s 与上对应主泵高压泄漏隔离阀 RCP901/903/961VP 关闭与上对应主泵低压泄漏隔离阀 RCP902/932/962VP 关闭时，允许手动关闭对应主泵轴封注入阀 RCP911/941/971VP
参考资料信息	1、2 号机组值长日报（2018 年 08 月 18 日）； WOT：00995177-01、00791028-01
编　　者	运行二处一值：石亿虎　　　时间：2019 年 03 月 11 日

2.13.14 4RCP803VP 阀门附近出现蒸汽泄漏

异常缺陷名称	4RCP803VP 阀门附近出现蒸汽泄漏
发生时间	2018 年 09 月 15 日夜班
机组状态	401 大修机组上行，热停堆状态，稳压器压力 15.4 MPa，温度 345.1 ℃
异常缺陷现象	09 月 15 日 1 点，4JDT402PP 触发 R588 房间探头有报警，现场检查发现该探头位置下方有蒸汽
风险或潜在后果	1）若泄漏继续扩大，超过 230 L/h，将会产生第一组 IO：RCP1，要求 8 h 内机组后撤至 NS/RRA 模式； 2）阀门一端与稳压器相连，开工前需做好工业安全防护措施； 3）蒸汽有一定放射性，开工前需做好辐射防护措施； 4）泄漏点和泄漏量暂不明，排查和处理工业安全和辐射安全风险很大
干预行动	已采取的行动措施： 1）联系辐射防护测量 R588 房间蒸汽放射性，测量结果为 1.2 Bq/cm^2，含有放射性； 2）联系保健物理在 R588 房间入口处设置隔离警示，防止其他人员误入； 3）经现场核实，初步确认为 4RCP803VP 仪表根阀有泄漏； 4）检查 KIC 画面，4RCP008MN、006MP 显示正常，未发现其他异常； 5）测量一回路泄漏率，泄漏率为 32.56 L/h，未见明显扩大
原因分析	阀门密封焊长期运行产生裂缝与砂眼
消缺行动	机械处理反馈——处理进展： 1）维修编制《4RCP803VP 缺陷核实处理方案》（FQ4-MA01-TD-18079）； 2）运行配合将一回路降压至 12.5 MPa； 3）运行人员关闭 4RCP803VP，阀门处无蒸汽漏出； 4）保温人员拆除保温； 5）运行人员微开阀门，阀门密封焊位置存在 3 处漏点； 6）带压堵漏人员对漏点捻缝处理后已不漏汽
相关知识	4RCP803VP 为 RCP008MN、006MP 的水位压力测量低点隔离阀

续　表

参考资料信息	维修二处机械：EAM 中工单 01009054-01 的完工报告； WR/WOT：00441085/01009054-01	
编　　者	运行二处一值：石亿虎	时间：2019 年 03 月 11 日

2.13.15　1RCP003RS/061RS 稳压器电加热器投运时，上游供电开关出现跳闸

异常缺陷名称	1RCP003RS/061RS 稳压器电加热器投运时，上游供电开关出现跳闸
发生时间	2019 年 10 月 28 日中班
机组状态	大修 NS/SG 模式(一回路由 80 ℃向 115 ℃升温过程中)
异常缺陷现象	1 号机组一回路由 80 ℃向 115 ℃升温过程中，先后出现 1RCP-003RS 故障(主控显示洋红色，现场检查 1LKA3181JA 跳闸，故障灯亮)、1RCP006RS 故障(主控显示洋红色，现场检查 1RCP061RS 上游开关 1LLD2181JA 跳闸，故障灯亮)
风险或潜在后果	导致 1RCP003RS/061RS 故障不可用，影响一回路升温操作
干预行动	已采取的行动措施： 1)发现主控 KIC 中电加热器显示洋红色后，安排现场检查电加热器上游供电开关，发现 1LKA3181JA(1RCP003RS 供电开关)跳闸且故障灯亮，1LLD2181JA(1RCP061RS 供电开关)跳闸且故障灯亮； 2)oncall 维修电气检查处理
原因分析	一回路升温升压过程中加热器运行电流接近电源开关热跳闸电流，导致开关热脱口动作。开关容量选型偏小。 1)1RCP061RS 电加热器馈线抽屉内断路器容量选型偏小，抽屉内断路器型 T3N250 125 A。1RCP061RS 运行电流为 114 A(现场测量相同功率不同的电加热器运行电流为 107 A 至 114 A，此故障加热器运行电流相比其他略大)。运行过程中随温度升高断路器会降容，导致断路器热保护动作； 2)1RCP003RS 上游 1LKA3181JA 抽屉内断路器选型过小，过热保护动作。1RCP003RS 为比例式电加热器长期运行，断路器有明显过热痕迹。但此开关选型为 T5N400 400 A，正常运行电流为 320 A(根据稳压器压力变化调功)。长期运行过程中随温度升高断路器会降容并产生热积累，导致断路器热保护动作(无调功输出时抽屉内断路器温度达 45 ℃，运行中会高于这个温度)

续 表

消缺行动	1)电气处理反馈： ①工作过程(WOT：01388183-01，1RCP003RS 故障检查)： a. 办理紧急维修工作指令单，取得工作许可证，确认设备位置及先决条件； b. 现场对 1LKA3181JA 进行检查抽屉主回路接线无异常； c. 对 1LKA3181JA 检查主断路器的 C 相接线处有轻微过热； d. 测量 1RCP003RS 加热器绝缘直阻如下： 1RCP321JA：AB：4.13 Ω AC：4.10 Ω BC：4.08 Ω 1RCP341JA：AB：4.04 Ω AC：4.04 Ω BC：4.00 Ω 1RCP361JA：AB：4.00 Ω AC：4.03 Ω BC：4.01 Ω 绝缘均为 > 550 MΩ，绝缘直阻为合格； e. 绝缘直阻无异常后送电检查电流如下： 1RCP321JA：A：102.7 A，B：104.8 A，C：106.5 A， 1RCP341JA：A：104.6 A，B：三相线靠得太近，无测量，C：107.8 A， 1RCP361JA：A：105.3 A，B：107.5 A，C：107.6 A； f. 检查 1LKA3181JA 测得主断路器电流三相为 A：314.5 A，B：318.9 A，317.0 A； g. 对主断路器 C 线有变色最新领取同型号断路器进行更换； h. 对主断路器进行更换后送电启动设备，设备正常运行； i. 清理工作现场，此工作无需召开工后会，归还工作许可证，填写完工报告。 ②检查结果：抽屉内主断路器的 C 相接线处有轻微过热，接触面不均匀导致性能下降。 ③工作过程(WOT：01388354-01，1RCP061RS 故障检查)： a. 先决条件检查，现场确认编码，建立检修区域，召开工前会； b. 根据工作申请步骤对 1RCP006RS 馈线跳闸抽屉 1RCP6161JA 及下游加热器 1RCP061RS 绝缘直阻进行检查； c. 测量加热器直阻：AB-4.00 Ω、AC-4.01 Ω、BC-4.01 Ω，三相对地绝缘>550 MΩ，测量数据确认加热器无异常； d. 检查抽屉内主回路接线及各元器件，发现抽屉内主断路器的 B 相接线处有轻微过热痕迹； e. 领取同型号断路器进行更换，更换后确认接线紧固，操作断路器分合闸无异常；

续 表

消缺行动	f. 检查确认抽屉内其他接线及元器件无异常，恢复抽屉，联系运行送电验证； g. 送电后测量三相电流：A-112.4 A，B-114.8 A，C-115.0 A，三相电流平衡稳定，反馈运行后同意持票观察； h. 观察 2 天后确认设备运行无异常，工作结束，清理工作现场，工完料净场地清，此工作未召开工后会，归还工作许可证。 ④检查结果：抽屉内主断路器的 B 相接线处有轻微过热，接触面不均匀导致性能下降。 ⑤故障原因分析：一回路升温升压过程中加热器运行电流接近电源开关热跳闸电流，导致开关热脱口动作。开关容量选型偏小。 a. 1RCP061RS 电加热器馈线抽屉内断路器容量选型偏小，抽屉内断路器型 T3N250 125A。1RCP061RS 运行电流为 114A（现场测量相同功率不同的电加热器运行电流为 107A 至 114A，此故障加热器运行电流相比其他略大）。运行过程中随温度升高断路器会降容，导致断路器热保护动作。 b. 1RCP003RS 上游 1LKA3181JA 抽屉内断路器选型过小，过热保护动作。1RCP003RS 为比例式电加热器长期运行，断路器有明显过热痕迹。但此开关选型为 T5N400 400A，正常运行电流为 320 A（根据稳压器压力变化调功）。长期运行过程中随温度升高断路器会降容并产生热积累，导致断路器热保护动作（无调功输出时抽屉内断路器温度达 45 ℃，运行中会高于这个温度）。 2）安工建议反馈： 1RCP003/006RS 稳压器电加热器故障，影响一回路的压力和温度控制，针对抽屉内断路器容量偏低导致的偏差做好其他机组的排查和经验反馈
相关知识	1）RCP003RS 的控制逻辑 手动启动：KIC 画面将 RCP003RS 打手动并手动启动+PZR 水位大于-4.63 m； 自动启动：根据 PZR 补偿压差来调节 RCP003RS 的功率（补偿压差范围在-0.1~0.1 MPa 之间）； 手动停运：在 KIC 画面将 RCP003RS 打手动并手动停运； 自动停运：PZR 水位低于-4.63 m； 2）RCP006RS 的控制逻辑： 手动启动：在 KIC 或 BUP 上，将 RCP006RS 打手动并手动启动。

续　表

相关知识	自动启动：①RCP006RS 处于自动状态+PZR 水位比整定值高 5%； ②RCP006RS 处于自动状态+PZR 补偿压力小于-0.17 MPa+PZR 水位大于-4.63 m。 手动停运：在 KIC 或 BUP 上，现将 006RS 打手动，再手动停运。 自动停运：①PZR 水位低于-4.63 m； ②RCP006RS 处于自动状态+PZR 水位比整定值高 5%信号不存在+PZR 补偿压力小于-0.1 MPa	
参考资料信息	核安全处：《1~4 号机组核安全周报(2019 年 10 月 28 日—11 月 3 日)》； WR/WOT：00640143/01388183-01（紧急工单）、00640145/01388354-01(紧急工单)	
编　　者	运行二处一值：林赐彦	时间：2020 年 01 月 02 日

2.14 化学容积系统(RCV)

2.14.1 2RCV059VY 阀门严重漏氢处理

异常缺陷名称	2RCV059VY 阀门严重漏氢处理
发生时间	2016 年 12 月 19 日夜班
机组状态	NS/SG 模式
异常缺陷现象	12 月 19 日中班对 2RCV002BA 供氢管线(NX 区域)进行查漏(背景：0SHY 压力异常降低)。现场利用氢表查漏过程中发现 2RCV059VY 阀杆处漏氢，氢表已达满量程
风险或潜在后果	1)2RCV059VY 氢气泄漏可能产生氢爆，造成设备及人身伤亡。另外，其所在厂房空间较小，增加了氢爆概率； 2)2RCV059VY 氢气泄漏将使耗氢量增加，可能导致 0SHY 管网压力过低； 3)吹扫氮气窒息风险； 4)吹扫不彻底，氧气进入 RCV002BA
干预行动	已采取的行动措施： 1)利用 2RCV503VY，接临时软管至该层大厅空旷区域，并控制工作区，吹扫过程中实时监测排气成分。完成后恢复隔离边界，并保持 2RCV503VY 开启； 2)氮气置换氧气：维修更换工作结束后，利用 2RCV503VY 接临时软管至该层大厅空旷区域，并控制工作区，通过氮气置换维修过程中可能进入的氧气，吹扫过程中实时监测排气成分。完成后恢复相关阀门初始状态并再次检查隔离边界； 3)管线投运后需关注容控箱压力及一回路溶氢量，后续现象显示置换后管道内的氮气量并未对相关参数造成影响
原因分析	阀门膜头和密封环损坏
消缺行动	机械处理反馈： 1)检修步骤： ①配合运行安装吹扫管线； ②拆卸阀门，并持续测氢； ③解体阀门更换损坏的膜头及密封环后回装；

续　表

消缺行动	④运行验证合格并拆除吹扫管线； 2)故障原因分析：阀门膜头老化破损	
相关知识	氮气置换氢气时，2RCV057VY 与 2RCV059VY 之间的死管段无法吹尽。但由于该段管道现场实际布置非常短，因此可通过以下方法解决：氮氢置换完成(临时软管出口未检测到氢气)并恢复边界后通知维修人员开工，将 2RCV059VY 拆除后立即搬运至大厅空旷区域进行薄膜更换，死管段内少量氢气可通过房间通风及防火门的临时开启保证其有效扩散	
参考资料信息	维修二处机械：EAM 中工单 00446757-01 的完工报告； WR/WOT：00197869/00446757-01(紧急工单)	
编　　者	运行二处一值：姚嘉俊	时间：2019 年 03 月 31 日

2.14.2　1RCV012MN 漂表缺陷处理

异常缺陷名称	1RCV012MN 漂表缺陷处理
发生时间	2018 年 04 月 28 日早班
机组状态	RP 模式
异常缺陷现象	4 月 28 日早班，堆操发现自动补给停运，但容控箱液位显示 1.28 m，不符合逻辑 1.3 m 停运自动补给，随后调取趋势发现 1RCV012MN 发生波动，随后低漂，最低至 1.09 m 后，自动补给启动，1RCV012MN 上升至 1.30 m，自动补给停运，随后多次低漂，自动补给频繁启动
风险或潜在后果	1RCV002BA 满水
干预行动	已采取的行动措施： 1)自动补给频繁启动，若由于自动补给导致容控箱液位异常上升，可能导致 1RCV011/012MN 仪表全部进水，确定容控箱液位到达 1.7 m 前，手动停止自动补给，以便监视容控箱； 2)oncall 维修仪控处理
原因分析	1RCV012MN 仪表引压管坡度不足导致负压侧引压管线积水，造成仪表漂表

续 表

消缺行动	仪控处理反馈： 1）检修步骤： ①在 DCS 中将 1RCV011MN、012MN 下游逻辑信号闭锁，运行配合将 1RCV030VP 切换至手动； ②拆除仪表接线，使用劲仪测量仪表电流信号； ③检查引压管线坡度； ④对负压侧管线坡度进行调整； ⑤投用仪表，恢复接线； ⑥恢复闭锁信号，运行配合对 1RCV030VP 切换至自动； 2）故障原因分析：负压侧管线有水，负压侧管线坡度错误
相关知识	RCV012MN 参与逻辑： 1）RCV012MN 低 3 会导致容控箱出口隔离 RCV0034VP 关闭，RCV375VP 关闭，打开 RIS013VP，使上充泵从 PTR001BA 取水； 2）RCV012MN 低 1 时，若主控切至 KPR 则会导致 REA003PO/004PO 启动； 3）RCV012MN 高 1 会导致 RCV401KA2/401AA 报警触发； 4）RCV012MN 高 2 会使 RCV030VP 导向 TEP； 5）RCV012MN 控制 REA 启动自动补给，当容控箱液位低至 1.12 m 时，启动 REA 自动补给，当容控箱液位升高至 1.3 m 时，停运自动补给； 6）RCV012MN 低 2 会导致 RCV401KA1 触发
参考资料信息	维修二处仪控：EAM 中工单 00909100-01 的完工报告； WR/WOT：00381189/00909100-01
编　　者	运行二处一值：姚嘉俊　　　时间：2019 年 03 月 31 日

2.14.3 3RCV012AF 冷却风扇异常停止

异常缺陷名称	3RCV012AF 冷却风扇异常停止
发生时间	2019 年 09 月 27 日中班
机组状态	RP 模式
异常缺陷现象	3RCV002PO 突发液压马达停转，导致冷却风扇 3RCV012AF 无法运行，上充泵油温失去有效控制，查看 KIC 画面 3RCV226MT 最大值已达 68 ℃

续　表

风险或潜在后果	导致 3RCV002PO 不可用，产生 IO
干预行动	已采取的行动措施： oncall 维修机械和设备管理检查处理
原因分析	根据前期经验反馈，出现该现象的可能原因如下： 1）液压马达花键磨损打滑，导致对风扇传动失效； 2）双联油泵高压泵与低压泵轴连接块磨损，高压泵停转，无法为液压马达供油
消缺行动	机械处理反馈： 1）处理进展： 为确保故障一次消除，对双联油泵及液压马达进行更换，此次更换新型号液压马达，无花键结构。新液压马达已在 4RCV003PO 上验证一个循环，402 大修期间解体检查未见异常磨损情况。经过更换后，起泵验证确认上充泵运行稳定，油温趋势平稳，判定维修后试验合格。 2）检修步骤： 双联油泵更换： ①拆卸双联油泵进出口油管路； ②拆卸双联油泵底座与齿轮箱的连接螺栓； ③连同底座取下双联油泵； ④拆卸双联油泵联轴器，拆卸双联油泵与底座连接螺栓，取下底座； ⑤对新双联油泵中间连轴块进行检查，适当补充润滑脂后重新组装； ⑥将新双联油泵安装到底座上，回装联轴器（注意第 7 步，控制联轴器安装高度）； ⑦将新双联油泵连同底座安装到齿轮箱上（需控制好联轴器安装高度，防止其与齿轮箱侧联轴器挤压碰磨，可先松开联轴器紧定螺钉，试装后再紧固紧定蝶、钉）； ⑧回装双联油泵油管。 液压马达更换： ①拆卸液压马达进出口管线及溢流管线，从空冷器上取下液压马达及风扇组件； ②将风扇从液压马达上取下； ③拆卸温控阀端部丝堵，检查阀笼安装位置是否正确，确认无误后回装丝堵；

续　表

消缺行动	④将风扇安装到新液压马达上，紧固轴头螺栓，并锁好止动垫片； ⑤回装液压马达及风扇组件至空冷器，回装液压马达进出口油管，回装溢流管线(注意需更换新液压马达配装的新尺寸转接头)； ⑥盘动风扇，检查风扇转动灵活性
相关知识	双联油泵的功能是保持上充泵润滑油系统的循环并为液压马达提供驱动油，内部联轴块磨损导致高压泵失去动力，无法为液压马达提供驱动油，冷却风扇停运从而造成 3RCV002PO 不可用。相似缺陷曾出现在 4RCV003PO 上，经更换双联油泵后完成处理。402 大修期间对 4 号机组 3 台上充泵的双联油泵进行检查，均发现不同程度磨损
参考资料信息	维修二处机械：EAM 中工单 01363715-01 的完工报告
编　　者	运行二处一值：林赐彦　　　时间：2019 年 12 月 31 日

2. 14. 4　主控触发 3RCV810KA(3RCV003PO 振动高报警)

异常缺陷名称	主控触发 3RCV810KA(3RCV003PO 振动高报警)
发生时间	2019 年 03 月 14 日早班
机组状态	RP 模式
异常缺陷现象	22:30 主控触发 3RCV810KA(3RCV003PO 振动高报警)，查看趋势发现 4 块振动表均上涨
风险或潜在后果	3RCV003PO 跳闸，产生机组瞬态
干预行动	已采取的行动措施： 1)将 3RCV003PO 切换至 3RCV001PO，并将 3RCV002PO 置于备用； 2)oncall 维修机械和设备管理处理，并请化学对 3RCV003PO 油脂取样
原因分析	3RCV003PO 联轴器齿套缺润滑脂
消缺行动	机械处理反馈： 1)处理进展： 机械对 3RCV003PO 加脂、更换轴承室油、地脚螺栓复核后重新起泵，性能对 3RCV003PO 测振显示参数正常；

续　表

消缺行动	2) 检修步骤： ①办理工作许可证及 RWP； ②拆除泵侧及电机侧联轴器保护罩，对联轴器齿套进行加脂(EP1)，加脂至旧油从另一端孔排出； ③盘查检查无异常，回装两端联轴器保护罩； ④拆除驱动端轴承室排油丝堵，用新的润滑油 VG46 冲洗轴承室，回装排油丝堵，给轴承室添加润滑油 VG46 至正常位置； ⑤复查泵地脚螺栓力矩，无异常	
相关知识	泵在刚启动时如果出现 3RCV810KA，是正常现象。10 s 后泵正常运转后报警信号应消失	
参考资料信息	维修二处机械：EAM 中工单 01167401-01 的完工报告	
编　　者	运行二处一值：林赐彦	时间：2019 年 12 月 31 日

2.14.5　1RCV030VP 无法将容控箱液位调整至 1.47 m

异常缺陷名称	1RCV030VP 无法将容控箱液位调整至 1.47 m
发生时间	2018 年 03 月 22 日夜班
机组状态	RP 模式
异常缺陷现象	1RCV030VP 无法将容控箱液位调节至 1.47 m，维修反馈：阀门特性不合格，给 50%开度，就地只到 35%左右；给 100%开度，就地只开度 75%左右
风险或潜在后果	无法正常调节 1RCV030VP 至 TEP 的开度，导致 1RCV002BA 液位调节异常
干预行动	已采取的行动措施： 关注 1RCV002BA 液位，必要时手动控制
原因分析	1RCV030VP 定位器及 EP 定值飘移
消缺行动	仪控处理反馈——检修步骤： 1) 做好拆线记录后拆除 1RCV030VP 定位器接线； 2) 对 1RCV030VP 进行特性检查，发现定位器及 EP 定值飘移，重新调整后合格；

续 表

消缺行动	3)将 1RCV030VP 恢复至初始状态，请运行人员配合确认阀门动作正常
相关知识	RCV012MN 达到 2.01 m，RCV030VP“全开”指向硼回收系统(TEP)，当水位下降至 1.93 m 时，该指令消失；当 RCV011MN 在 1.47~1.68 m 时，RCV030VP 调节开度使 RCV002BA 液位调整至 1.47 m
参考资料信息	维修一处仪控：EAM 中工单 00876447-01 的完工报告
编　　者	运行二处一值：林赐彦　　　时间：2019 年 12 月 31 日

2.14.6 1RCV012MN 液位显示波动大

异常缺陷名称	容控箱充水过程中 1RCV012MN 波动大
发生时间	2018 年 02 月 26 日夜班
机组状态	RCD 模式
异常缺陷现象	进行 RCV 在线，容控箱充水期间 1RCV012MN 液位显示波动大
风险或潜在后果	1RCV012MN 液位显示波动，液位低至 0.87 m 时将导致上充泵入口部分切换至 PTR
干预行动	已采取的行动措施： 严密监视 1RCV012MN 液位变化，oncall 维修仪控处理
原因分析	1RCV012MN 仪表阀内漏
消缺行动	仪控处理反馈——检修步骤： 1)在 1E 工作站中将 1RCV012MN 相关信号打为手动； 2)关闭仪表根阀，排空废液收集罐，排空仪表管线内的残液； 3)拆除旧的仪表阀，封堵仪表管口，更换新的仪表阀，回装卡套并紧固； 4)打开仪表根阀对仪表进行充水排气，并使用压缩空气罐对仪表负压侧进行吹扫； 5)恢复仪表初始状态，恢复 1RCV012MN 相关信号； 6)观察数小时后度数稳定无波动，工作结束

续　表

相关知识	RCV012MN 参与逻辑： 1）RCV012MN 低 3 会导致容控箱出口隔离 RCV0034VP 关闭，RCV375VP 关闭，打开 RIS013VP，使上充泵从 PTR001BA 取水； 2）RCV012MN 低 1 时，若主控切至 KPR 则会导致 REA003PO/004PO 启动； 3）RCV012MN 高 1 会导致 RCV401KA2/401AA 报警触发； 4）RCV012MN 高 2 会使 RCV030VP 导向 TEP； 5）RCV012MN 控制 REA 启动自动补给，当容控箱液位低至 1.12 m 时，启动 REA 自动补给，当容控箱液位升高至 1.3 m 时，停运自动补给； 6）RCV012MN 低 2 会导致 RCV401KA1 触发
参考资料信息	维修一处：EAM 中工单 00862676-01 的完工报告
编　　者	运行二处一值：林赐彦　　　时间：2019 年 12 月 31 日

2.14.7　2RCV002MT 成锯齿形波动

异常缺陷名称	2RCV002MT 成锯齿形波动
发生时间	2017 年 11 月 05 日早班
机组状态	RP 模式
异常缺陷现象	主控巡检发现 2RCV002MT 一直在波动（成锯齿状），怀疑 2RRI155VN 调节性能不佳；对比 1 号机 1RCV002MT 变化平稳
风险或潜在后果	下泄管线温度波动，导致管道热应力
干预行动	已采取的行动措施： oncall 维修仪控检查
原因分析	2RRI155VN 调节性能不佳
消缺行动	仪控处理反馈——检修步骤： 1）找到 2521UC：2RCV_ N5：402RG； 2）记录调整前的 PID 参数_ P：100，I：1； 3）开始调节该阀门的 PID 控制参数；调整后 P：150，I：5； 4）观察该阀门的调节性能；

续 表

消缺行动	5) 调节稳定后，将正确的 PID 参数写入软件，完成工作。 注：2RRI155VN 在 DCS 中有最小最大开度设置，PID 调节过程中不会导致阀门全开或者全关；如果下泄温度超过 50 ℃，需操纵员手动干预 2RRI155VN 开度	
相关知识	2017 年 10 月 25 日，1RCV002MT 温度在 32～38 ℃之间周期性波动，同样对 PID 参数进行了调整，调整前 $P=150$，$I=1$，调整后 $P=150$，$I=5$，调整后持票观察两天，1RCV002MT 不再出现周期性变化	
参考资料信息	维修一处：EAM 中工单 00796752-01 完工报告	
编　　者	运行二处一值：林赐彦	时间：2019 年 12 月 31 日

2.15 反应堆硼和水补给系统(REA)

2.15.1 4REA自动补给无法正常投用，触发4REA500KA：硼流量异常报警

异常缺陷名称	4REA自动补给无法正常投用，触发4REA500KA：硼流量异常报警
发生时间	2018年04月19日中班
机组状态	RP模式，满功率
异常缺陷现象	[19:22:25]执行一回路除锂操作，将4RCV030VP手动导向TEP； [19:27:25]容控箱液位低于1.12 m，4REA自动补给启动； [19:27:55]主控触发4REA500KA：硼流量异常报警，4REA自动补给跳闸。将自动补给重新投运后，再次触发报警导致自动补给跳闸。4REA065VB硼流量设定值为0.85 m^3/h
风险或潜在后果	容控箱液位低于1.12 m时，自动补给无法正常投运
干预行动	已采取的行动措施： 1)暂停一回路除锂工作，立刻将4RCV030VP恢复自动； 2)采用手动补给抬高容控箱液位至1.4 m； 3)oncall仪控进厂检查处理； 4)检查发现4REA065VB阀门动作正常； 5)经仪控调节阀门4REA065VB PID参数后，当班值配合启动手动补给，未出现4REA500KA报警
原因分析	1)4号机组临近寿期末，当前一回路硼浓度较低，硼补给设定值较小(当时4REA065VB硼流量设定值为0.85 m^3/h)，导致阀门4REA065VB PID参数无法配合当前硼浓度调节，从而触发4REA500KA：硼流量异常报警，进而导致4REA自动补给跳闸。 2)4REA500KA报警原因是自动补给硼酸实际流量小于理论流量0.3 m^3/h导致4REA607XU触发，延时30 s，产生4REA500KA硼流量异常报警。其中4REA607XU具有回差，回差为0.15 m^3/h，若4REA065VB硼流量设定值为0.85 m^3/h时，只有当实际流量超过1 m^3/h，4REA607XU才会复位，根据阀门动作情况分析判断PID参数是否需要调整

续 表

消缺行动	仪控处理反馈： 1)处理进展：4REA065VB 调节功能正常，4REA 自动补给功能可正常投用。 2)原因分析：4 号机组临近寿期末，当前硼浓度较低，硼补给设定值较小，导致阀门 PID 参数无法配合当前硼浓度调节。 3)处理措施： ①运行配合投手动硼补给，仪控对阀门本体进行目视检查，排除阀门卡涩问题； ②调整阀门 PID 参数，根据定值计算对 I 参数进行调整，运行配合验证阀门调节性能满足当前机组状态需求； ③持票观察，待系统性能稳定后还票。 4)后续行动： ①保持观察，随着硼浓度变化观察阀门调节情况，适当优化阀门 PID 参数； ②调研同行电厂 4REA065VB PID 参数及回差设置情况
相关知识	1)对一回路进行除锂操作时，在将 RCV030VP 手动导向 TEP 头箱的过程中，操纵员要时刻关注容控箱的液位变化，在液位降低至 1.12 m 时关注 REA 自动补给是否正常投运。尤其是机组临近寿期末，由于一回路硼浓度较低，硼补给设定值较小，导致阀门 REA065VB PID 参数无法配合当前硼浓度调节，从而会触发 REA500KA：硼流量异常报警，导致 REA 自动补给跳闸。[对一回路进行除锂操作时，要将 RCV030VP 手动导向 TEP 头箱 10 min，上充流量+轴封流量约 10 m^3/h，10 min 内容控箱的液位将下降约(10/6)×1000/34.64=48 cm]。 2)在寿期末，对一回路进行除锂操作时，当容控箱液位下降至 1.12 m之前，可采用手动补给的方式抬高容控箱液位，防止液位将至 1.12 m 时自动补给无法正常投运导致容控箱液位进一步下降
参考资料信息	维修二处仪控：oncall 反馈——4REA 自动补给无法正常投用报硼浓度异常问题处理反馈。 维修二处仪控：完工报告《FQ4-MA03-RCWO-00904218/01　4 号主控触发 4REA500KA 硼流量异常报警，当前 4REA 自动补给跳闸，当前 4REA065VB 硼流量设定值为 0.85 m^3/h》；

续　表

参考资料信息	WR/WOT：00377220/00904218-01(紧急工单)； 运行二处：《运行二处内部经验反馈——4REA 自动补给异常停运处理的经验反馈》	
编　　者	运行二处一值：高文超	时间：2019 年 02 月 11 日

2.15.2　4REA 系统自动补给模式未正常投入

异常缺陷名称	4REA 系统自动补给模式未正常投入
发生时间	2018 年 08 月 20 日早班
机组状态	RCD 模式
异常缺陷现象	当班值发现 4REA 系统自动补给模式未投入即 4REA019KS 处于灯灭状态。为保持 4RCV002BA 容控箱液位，执行自动补给投入操作。执行过程中，4REA065VB 显示手动控制状态，将该阀切换至自动后自动补给模式自动退出，无法投入
风险或潜在后果	若一直无法投入自动补给则只能通过硼化来控制容控箱水位
干预行动	已采取的行动措施： 通过硼化启动硼酸泵控制容控箱水位
原因分析	4REA065VB 处于手动控制状态，导致自动补给未能正常投入
消缺行动	运行处理反馈： 经分析逻辑图后，怀疑 4REA065VB 所处模式不正确，经将 4REA065VB 恢复到自动模式下自动控制，重新输入硼酸流量设定值(即便硼酸流量不变)，恢复自动补给正常投入
相关知识	REA065VB 存在自动和手动两种模式： "自动"模式下又有"自动控制"和"手动控制"两种方式，"自动控制"时根据设定的硼酸流量自动调节阀门开度，而"手动控制"则由主控给出开度信号。"手动"模式下有"打开"和"关闭"两种方式。 若 REA065VB 不是在自动模式，则自动补给功能失效。自动补给和手动补给启动时 REA065VB 必须选择在自动控制(SP CTRL)，否则无法启动。

续 表

相关知识	在 4REA065VB 切换至自动模式下的手动控制后，为恢复自动补给需要重新切换至自动控制状态。在投入自动补给过程中，在 4REA065VB 自动控制下必须重新输入硼酸流量设定值(即便硼酸流量不变)，自动补给才能正常投入	
参考资料信息	运行二处：《运行二处内部经验反馈——4REA065VB 手动控制后投入自动补给》	
编　　者	运行二处一值：高文超	时间：2019 年 02 月 11 日

2.15.3　4REA 系统自动补给模式无法投运

异常缺陷名称	4REA 系统自动补给模式无法投运
发生时间	2018 年 08 月 14 日早班
机组状态	RCD 模式
异常缺陷现象	主控巡画面发现 REA 自动补给自动退出，且无法投运，主控出现 4REA509KA(硼酸补给浓度异常)报警。根据经验反馈怀疑是 4REA065VB 切至手动原因导致，该状态在自动补给或者硼化未启动时无法查看，所以将 4REA003PO 置手动后启动硼化模式，确认 4REA065VB 在手动状态，但将其切换到自动后，发现还是无法投运自动补给
风险或潜在后果	导致 4REA 自动补给无法投入
干预行动	已采取的行动措施： 1)查看和执行报警卡，应用 FQ3-REA-I-001 反应堆冷却剂补给异常处理规程； 2)查看模拟图和逻辑图分析故障原因； 3)重新设置硼补给流量，恢复自动补给
原因分析	经仪控分析是由于 4LNE 停电导致 4REN012MG 硼表不可用，显示×××，导致触发质量位。 1)硼酸补给浓度异常报警产生原因： ①补给水硼浓度 C_{BA} 比一回路硼浓度 C_{BM} 低 200ppm； ②补给水硼浓度 C_{BA}<2000ppm；

续　表

原因分析	2）一回路硼浓度 C_{BM}： 一回路硼浓度 C_{BM} 由 4REN012MG 测量得出，如果硼表隔离或硼表不可用或硼表超量程，则 C_{BM} 取自不可用前一时刻的值，本次硼表不可用前硼表显示的为 2500ppm，所以 $C_{BM}=2500$ppm； 3）补给水硼浓度 C_{BA}： 补给水硼浓度计算公式：$C_{BA}=(C_{bo}\times Q_b)/(Q_b+Q_e)$； 初始值：$C_{bo}=7326$ppm，$Q_e=20\ m^3/h$，$Q_b=0\ m^3/h$ 注：KIC 上 4REA065VB 流量设定值显示为 8 m^3/h，但由于 4REA059MD 流量显示异常导致 4REA065VB 切换手动，导致 4REA065VB 流量设定值跟随实际值变为 0 m^3/h。计算结果：$C_{BA}=0$ppm。 满足 $C_{BM}-C_{BA}=2500\text{ppm}-0=2500\text{ppm}>200\text{ppm}$； 满足 $C_{BA}=0<2000$ppm； 所以导致硼补给流量异常，导致自动补给和稀释无法投运
消缺行动	运行处理反馈： 1）处理措施：重新设置硼补给流量，恢复自动补给。 2）原因分析： ①计算硼补给流量最小值：$C_{BA}=(C_{bo}\times Q_b)/(Q_b+Q_e)$； $C_{bo}=7326$ppm； $Q_e=20\ m^3/h$； C_{BA} 按照 2000ppm 来计算，反向计算 $Q_b=7.51\ m^3/h$。 所以 4REA065VB 设定值不能小于 7.51 m^3/h，否则无法投运自动补给。 ②验证过程： 4REA065VB 设定值设为 7.6 m^3/h 后，投运自动补给，能正常投运； 4REA065VB 设定值设为 7.5 m^3/h 后，投运自动补给，无法投运自动补给，并触发 4REA509KA（硼酸补给浓度异常）报警
相关知识	1）硼酸补给浓度异常报警产生原因： 补给水硼浓度 C_{BA} 比一回路硼浓度 C_{BM} 低 200ppm，且补给水硼浓度 $C_{BA}<2000$ppm； 2）对 4REA059MD 工作或者对 4REA065VB 工作会导致 4REA065VB 切换至手动状态，此时 4REA065VB 设定值跟随实际值，切回自动后需要重新设置定值；

续 表

相关知识	3）当一回路硼浓度大于2200ppm时，4REA065VB设定值不能低于7.51 m³/h，否则自动补给无法投运；当一回路硼浓度低于2200ppm时，一回路实际硼浓度减去200ppm的计算值反向计算最小设定值。例如：当一回路硼浓度为700ppm时，反向计算最小硼浓度为1.46 m³/h	
参考资料信息	运行二处：《401大修——运行二处内部经验反馈——自动补给无法投运的原因分析和处理》	
编　　者	运行二处一值：高文超	时间：2019年01月10日

2.15.4　3REA072MN较3REA052MN和就地液位计低0.42 m

异常缺陷名称	3REA072MN较3REA052MN和就地液位计低0.42 m
发生时间	2017年09月17日夜班
机组状态	RP模式，满功率
异常缺陷现象	3REA072MN较3REA052MN和就地液位计低0.42 m，3: 32分3REA072MN又变成与3REA052MN一致
风险或潜在后果	导致PAMS仪表3REA072MN测量失真，无法准确监测3REA004BA液位，3REA072MN不可用时产生第二组IO2：PAMS1
干预行动	已采取的行动措施： 1）查看就地液位计、3REA072MN和3REA052MN进行对比，查看3REA072MN和3REA052MN的趋势变化情况，初步怀疑3REA072MN故障； 2）oncall仪控检查处理
原因分析	3REA072MN仪表负压侧少量积水
消缺行动	仪控处理反馈： 1）检修过程： ①确认设备位号与工作许可证一致，开工前与主控沟通并说明风险； ②关闭3REA072MN仪表阀，拆除3REA072MN电缆快速插头，拆除仪表引压管发现负压侧少量积水，并对仪表进行清理及做好废液收集；

续 表

消缺行动	③连接压力校验仪与 3REA072MN 仪表连接，升降压对仪表进行校验，根据校验数据判断，仪表零点发生偏移，重新调整后仪表检验合格； ④拆除压力校验仪，恢复仪表引压管，恢复电缆快速插头； ⑤打开仪表隔离阀，投用 3REA072MN 仪表，电话与主控沟通确认仪表无波动现象； ⑥工作结束，清理现场； 2)故障原因分析：3REA072MN 仪表负压侧少量积水	
相关知识	定期试验规程要求 3REA072MN 和 3REA052MN 的各测量值与平均值的偏差小于 5%(测量值-平均值)/平均值<5%	
参考资料信息	维修二处仪控：完工报告《FQ3-MA03-RCWO-00709433/01 3REA072MN 漂表，请检查处理》； WR/WOT：00290579/00709433-01(紧急工单)	
编　　者	运行二处一值：高文超	时间：2019 年 01 月 10 日

2.15.5　8REA074MN 主控显示 0.5~5 m 剧烈波动

异常缺陷名称	8REA074MN 主控显示 0.5~5 m 剧烈波动
发生时间	2016 年 08 月 12 日中班
机组状态	机组调试启动阶段
异常缺陷现象	巡盘发现 8REA074MN[8REA003BA 液位计(PAMS 仪表)]主控显示 0.5~5 m 剧烈波动
风险或潜在后果	导致产生 IO2：PAMS1
干预行动	已采取的行动措施： 1)查看就地液位计和 8REA074MN、8REA054MN 读数进行对比，查看 8REA074MN 的读数趋势变化情况，初步确认 8REA074MN 故障； 2)oncall 仪控检查处理
原因分析	8REA074MN 隔离卡件损坏
消缺行动	仪控处理反馈： 1)检修过程： ①取得工作许可证；

续 表

消缺行动	②工作前与主控沟通； ③确认设备位号； ④拆除旧的隔离卡件； ⑤更换上新的隔离卡件； ⑥观察趋势，确认 8REA074MN 已能正常工作； ⑦工作结束，清理现场； 2)故障原因分析：8REA074MN 隔离卡件损坏
相关知识	定期试验规程要求 8REA054MN 和 8REA074MN 的各测量值与平均值的偏差小于 5%(测量值-平均值)/平均值<5%
参考资料信息	维修二处仪控：EAM 中工单 00320998-01 的完工报告； WR/WOT：00162305/00320998-01(紧急工单)
编　　者	运行二处一值：高文超　　　时间：2019 年 04 月 23 日

2.15.6　2REA003PO 自动启动运行后，不能自动停运

异常缺陷名称	2REA003PO 自动启动运行后，不能自动停运
发生时间	2016 年 07 月 08 日中班
机组状态	RP 模式，电功率 1075 MWe
异常缺陷现象	通过 2REA003PO 硼化降功率，2REA003PO 自动启动运行后，不能自动停运，主控画面上显示大红，其供电开关 2LLN281JA 显示 ON，泵本体运行
风险或潜在后果	导致 2REA003PO 无法正常停运
干预行动	已采取的行动措施： 1)安排现场查看泵本体，确认泵处于运行状态； 2)手动停运 2REA003PO 将其置于手动，将 2REA004PO 置于自动； 3)oncall 电气检查处理
原因分析	供电开关内停运继电器 002XR 故障损坏
消缺行动	电气处理反馈： 1)工作过程： ①办理工作票，现场核对设备名称、编码；

续　表

消缺行动	②确认工作边界，召开工前会，开工验电； ③检查发现抽屉 002XR 停运继电器不动作，进行更换； ④联系运行人员进行确认，因启动时没有命令信号，联系仪控处理后设备运行正常； ⑤清理工作现场，归还工作票，填写完工报告； 2）故障原因分析：供电开关内停运继电器 002XR 故障损坏	
相关知识	2REA003PO/004PO 为 2 号机硼和水补给系统的硼酸泵，正常自动补给时，2REA003PO/004PO 一台泵置于手动位置，一台泵置于自动位置	
参考资料信息	维修一处电气：EAM 中工单 00304600-01 的完工报告； WR/WOT：00150689/00304600-01（紧急工单）	
编　　者	运行二处一值：高文超	时间：2019 年 04 月 23 日

2.16 核取样系统(REN)

2.16.1 3REN010MG 钠表频繁大幅波动

异常缺陷名称	3REN010MG 钠表频繁大幅波动	
发生时间	2016 年 09 月 15 日中班	
机组状态	RP 模式	
异常缺陷现象	主控操作员发现 3REN010MG 突然频繁大幅波动	
风险或潜在后果	无法准确识别仪表是否正确工作，影响相关参数监视	
干预行动	已采取的行动措施： 1)安排现场检查在线和取样流量，未见明显异常； 2)主控查看蒸发器排污水 APG 的其他取样参数，未见明显异常； 3)联系化学人员进行故障通道处理	
原因分析	3REN010MG 故障漂表	
消缺行动	化学处理反馈——故障原因分析： 经检查，由于处理 REN 取样管线堵塞问题，一环的取样管线被隔离，导致该通道钠表无法正常监测，钠表读数会异常上升，待 15 min 后，钠表切换到能正常测量的通道，钠表读数又会恢复正常	
相关知识	3REN 系统只设计了 1 块钠表(即 3REN010MG)，为满足测量 3 台蒸发器下排污钠含量，同时设计了一个三通道切换装置。每隔 15 min 钠表自动切换一个通道。正常情况下，3 台蒸发器下排污钠含量相差不大，因此主控该仪表的显示数值基本上比较稳定。但如果某条取样管线被隔离，导致该通道钠表无法正常监测，钠表读数会异常上升，待 15 min 后，钠表切换到能正常测量的通道，钠表读数又会恢复正常，主控该仪表的显示数值此时应呈周期性波动的现象	
参考资料信息	运行二处：《运行二处内部经验反馈——3REN010MG 钠表频繁大幅波动经验反馈》	
编　　者	运行二处一值：姚嘉俊	时间：2019 年 03 月 23 日

2.16.2　3REN194VL 阀门存在外漏冒蒸汽

异常缺陷名称	3REN194VL 阀门存在外漏冒蒸汽
发生时间	2020 年 05 月 13 日中班
机组状态	RP 模式
异常缺陷现象	现场巡检发现 3REN194VL 阀门存在外漏且冒蒸汽，约 6 滴/s，拆开保温发现，3REN194VL 阀门中法兰漏气
风险或潜在后果	1)3REN194VL 为安全壳隔离阀，阀门外漏蒸汽，影响安全壳隔离功能的可靠性； 2)影响 1 号蒸汽发生器 APG 排污水取样，该阀门若隔离，将导致 1 号蒸汽发生器取样中断，化学技术规范要求，APG 排污水(P>25%Pn 的 RP 模式)Na 离子需每日手动取样分析一次
干预行动	已采取的行动措施： 1)现场核实蒸汽泄漏情况，并核实蒸汽对附近设备运行的影响，发现蒸汽泄漏威胁阀门旁边的电缆安全，联系机械和仪控进行评估和用防火布进行临时遮蔽； 2)联系机械检查确认泄漏位置情况，维修支持人员配合拆除保温，发现阀门中法兰漏气； 3)机械进行紧固处理无效，要求机械重新准备工作方案进行处理
原因分析	根据解体检查情况，确定本次外漏原因为设备制造厂安装问题造成，阀盖与阀笼连接不到位(错位约 1 mm)，进而影响中法兰垫片压缩量(理论压缩量 1.5 mm)，导致阀门外漏
消缺行动	机械处理反馈： 1)处理进展结果：对阀门进行解体检修，并对垫片进行了更换，维修后试验各项数据合格正常，验证已无外漏； 2)处理措施： ①在线紧固无法消除缺陷，现场已用防火布进行防护，防止周边设备损伤； ②准备工作方案对 3REN194VL 机械解体检修，并对垫片进行了更换，维修后试验各项数据合格正常，临时签出解除隔离验证已无外漏； ③对我厂规程进行了排查，规程中对于此环节有明确要求，在阀笼回转时要旋转 45°，以确保阀笼和阀盖装配到位。已发起 CR202011891 进行经验反馈学习。

续 表

消缺行动	3)故障原因分析：根据解体检查情况，确定本次外漏原因为设备制造厂安装问题造成，阀盖与阀笼连接不到位(错位约 1 mm)，进而影响中法兰垫片压缩量(理论压缩量 1.5 mm)，导致阀门外漏	
相关知识	化学技术规范要求，APG 系统(P>25%Pn 的 RP 模式)，如果一台或更多在线钠表不可用，手动分析 1/日[1/日，每日一次，相邻两个执行日的最长间隔(连续两次使用裕度的最长间隔)>36 h]	
参考资料信息	运行二处：3 号机组运行信息周报(2020. 05. 09—2020. 05. 14)； 维修二处：维修二处日常维修日报 20200515—20200517； WR/WOT：00732155/01587408-01(紧急工单)、01587408-02(计划工单)	
编　　者	运行二处一值：高文超	时间：2020 年 05 月 19 日

2.17 棒控棒位系统(RGL)

2.17.1 4号主控触发4RGL001、005、006、009KA报警

异常缺陷名称	4号主控触发4RGL001、005、006、009KA报警
发生时间	2018年04月26日早班
机组状态	RP模式，满功率
异常缺陷现象	14点35分，4号主控触发4RGL001KA(RGL运行故障)、4RGL-005KA(RCS运行故障)，4RGL006KA(RGL故障)、4RGL009KA(PWE运行故障)报警
风险或潜在后果	可能影响RGL棒组棒位显示，影响RGL系统的可用性
干预行动	已采取的行动措施： 1)当班值执行FQ4-RGL-I-001，将R棒、G棒置于手动状态； 2)现场检查发现4RGL026AR(对应SD2棒组)机柜故障灯亮； 3)oncall仪控检查处理，经复位后报警消除； 4)报警消除后，根据事故规程将R棒、G棒恢复至自动状态
原因分析	4RGL026AR SD2-4触发保持为零报警。经现场检查确认保持线圈电流正常，初步分析可能原因是检测电流信号闪发异常
消缺行动	仪控处理反馈： 1)处理进展：4RGL001/005/006/009KA报警已消除。 2)工作过程： ①确认故障卡件机柜； ②打开4RGL026AR机柜柜门； ③测量SD2-4 SC线圈电流正常； ④按下"故障清除按钮"，确认SC线圈电流正常，确认报警以消除； ⑤关闭机柜柜门； ⑥归还工作许可证。 3)原因分析： ①4RGL026AR SD2-4触发保持为零报警； ②经现场检查确认保持线圈电流正常，初步分析可能原因是检测电流信号闪发异常。

续 表

消缺行动	4)处理措施： 按下机柜“故障清除按钮”，报警消除
相关知识	4RGL026AR 为 SD2 棒组的就地棒控电源机柜
参考资料信息	运行二处：4 号机组异常反馈——4 号主控触发 4RGL001、005、006、009KA； 维修二处仪控：4RGL001/005/006/009KA 报警 oncall 反馈邮件，EAM 中工单 00908045-01 的完工报告； WR/WOT：00380182/00908045-01(紧急工单)
编　　者	运行二处一值：谷铁　　　时间：2019 年 04 月 23 日

2.17.2　3 号主控触发 3RGL001、005、006、009KA 报警

异常缺陷名称	3RGL001/005/006/009KA 报警
发生时间	2018 年 03 月 03 日夜班
机组状态	RP 模式，满功率
异常缺陷现象	夜班主控触发 3RGL001KA(RGL 运行故障)/005KA(RCS 运行故障)/006KA(RGL 运行故障)/009KA(PWE 运行故障)报警，现场检查 3RGL023AR 上出现故障报警
风险或潜在后果	可能影响 RGL 棒组棒位显示，影响 RGL 系统的可用性
干预行动	已采取的行动措施： 1)主控立即查看 RGL 系统所有控制棒，棒位均正常。根据报警卡执行 FQ4-RGL-I-001，将 R 棒和 G 棒打手动； 2)安排现场检查发现 3RGL023AR(对应 G2 棒组)柜上紧急灯和双重保持灯亮； 3)oncall 仪控进厂检查； 4)R 棒置于手动后，无法进行温度自动控制，确认无影响一回路温度变化的工作开展，确认当前 3STR 无出力，避免大量使用辅助蒸汽时，引起一回路温度波动的情况出现； 5)主控密切监视一回路平均温度，核功率，电功率，控制棒棒位指示变化情况，加强对二回路负荷监控

续 表

原因分析	3RGL023AR 机柜 G2. 2-2 SC 棒束调节卡件输出偏小，触发 SC 小电流过小报警导致 G2. 2 棒组控制棒双重保持	
消缺行动	仪控处理反馈： 1）处理进展：3RGL001/005/006/009KA 报警消除，系统工作正常； 2）缺陷描述：主控出现 3RGL001/005/006/009KA 报警，就地检查为 3RGL023AR 机柜 G2. 2-2 出现 SC 小电流过小报警触发双重保持报警； 3）原因分析：报警触发原因是 3RGL023AR 机柜 G2. 2-2 SC 棒束调节卡件输出偏小，触发 SC 小电流过小报警导致 G2. 2 棒组控制棒双重保持； 4）处理措施：仪控维修人员按照工作方案对故障调节卡件进行更换，卡件工作正常，报警已消除	
相关知识	控制棒被双夹持，控制棒无法正常动作，潜在风险后果： 1）机组临界过程中出现控制棒双保持，可能导致临界失败； 2）机组调试瞬态试验期间，如果出现控制棒双保持，可能导致机组非计划停机停堆事件。造成 3RGL 系统在控制棒动棒期间多次出现双保持导致控制棒无法正常动作的原因为，在动棒过程中产生了控制棒驱动机构线圈电流报警，触发 RGL 系统紧急故障	
参考资料信息	维修二处仪控：3RGL001/005/006/009KA 报警处理反馈 oncall 反馈邮件； WR/WOT：00355751/00865001-01（紧急工单）	
编　　者	运行二处一值：谷铁	时间：2019 年 04 月 23 日

2.17.3　1 号主控触发 1RGL001、005、006、009KA 报警

异常缺陷名称	1 号主控触发 1RGL001、005、006、009KA 报警
发生时间	2017 年 11 月 03 日夜班
机组状态	RP 模式，满功率

续 表

异常缺陷现象	01:14，1 号主控触发：1RGL001KA RGL 运行故障、1RGL005KA RCS 运行故障、1RGL006KA RGL 运行故障、1RGL009KA PWE 运行故障报警。联系电气现场检查发现 1RGL021AR 故障灯亮。在仪控间查看 1RGL030HC（RGL 远程工作站），发现 1RGL021AR（N12 棒组）的 HMI power racks 模块显示红色报警
风险或潜在后果	根据 IRGL001 故障规程，已将 R 棒和 G 棒置手动，且 N12 棒组故障初步判断已触发双保持。 ①若机组出现重大瞬态，可能导致 G 棒组不能自动动作； ②N12 棒组存在落棒停堆风险。 更换过程的风险：由于要对保持线圈的 MDP 模块进行更换，先要对整个子组 4 个棒束的保持线圈进行断电，导致控制棒保持线圈失电。由于当前已触发双夹持，传递线圈也带电，传递销爪可以保持控制棒位置不变。若更换过程中传递线圈再出现故障将导致控制棒落棒，有停堆风险。控制风险的措施： ①断电前要确认双夹持已确定触发和传递线圈已带电； ②控制仪控人员更换 MDP 卡件的时间（20 min 左右）。 当前状态的双夹持为自动触发的，仪控可通过机柜上的操作机构手动触发双夹持，保证双夹持可靠触发。 通过分析，仪控人员采取两种方法共同确认传递线圈带电： ①通过查看模块上的指示灯可以确认传递线圈带电； ②使用万用表测量传递线圈电源输出模块输出电压正常
干预行动	已采取的行动措施： 1）主控立即查看 RGL 系统所有控制棒，棒位均正常。根据报警卡执行 FQ1-RGL-I-001，将 R 棒和 G 棒打手动； 2）安排现场检查发现 1RGL021AR（对应 N1-2 棒组）柜上紧急灯和双重保持灯亮； 3）oncall 仪控进厂检查； 4）R 棒置于手动后，无法进行温度自动控制，确认无影响一回路温度变化的工作开展，确认当前 1STR 无出力，避免大量使用辅助蒸汽时，引起一回路温度波动的情况出现； 5）主控密切监视一回路平均温度，核功率，电功率，控制棒棒位指示变化情况，加强对二回路负荷监控

续 表

原因分析	经检查分析为1RGL021AR(N12子组电源柜)第1束棒保持MDP模块(驱动机构线圈供电模块)电流检测单元故障，产生“小电流偏低”电流故障报警，触发子组进入双保持状态
消缺行动	仪控处理反馈： 1)检查结果： ①开启1RGL021AR柜门检查发现为N1.2的第一个棒束触发双夹持(保持线圈和传递线圈同时得电)； ②1RGL021AR第1棒束保持MDP检测单元输出电压2.000 V，偏离正常范围，触发N12子组进入双保持状态；其余MDP输出正常； 2)处理措施：执行《FQX-RGL-M-I506：RGL系统电源柜MDP卡件的更换》，进行故障MDP卡件拆卸更换； 3)故障原因分析：1RGL021AR第1棒束保持MDP模块检测单元输出电压在2.000 V附近跳变，偏离正常范围，触发N12子组进入双保持状态；其余MDP正常。1RGL021AR所有棒束保持MDP整流单元输出正常，故判定报警MDP电流检测单元故障
相关知识	1)供电关系：动力电RAM—MDP卡件—控制棒线圈。 2)MDP的控制电为LNE和LMA，失去控制电会出发双保持。 3)控制棒被双夹持，控制棒无法正常动作，潜在风险后果： ①机组临界过程中出现控制棒双保持，可能导致临界失败； ②机组调试瞬态试验期间，如果出现控制棒双保持，可能导致机组非计划停机停堆事件。 造成3RGL系统在控制棒动棒期间多次出现双保持导致控制棒无法正常动作的原因为，在动棒过程中产生了控制棒驱动机构线圈电流报警，触发RGL系统紧急故障
参考资料信息	运行一处：《运行一处内部经验反馈——1RGL001/005/006/009KA的处理》。 维修一处：EAM中工单00744405-01的完工报告； WR/WOT：00306982/00744405-01(紧急工单)
编　者	运行二处一值：谷铁　　时间：2019年04月23日

2.17.4 4号主控触发4RGL001、005、006、009KA报警

异常缺陷名称	4号主控触发4RGL001、005、006、009KA报警
发生时间	2018年01月16日中班
机组状态	RP模式，满功率
异常缺陷现象	22:57:02时，4号主控KIC中出现：4RGL001KA RGL运行故障、4RGL005KA RCS运行故障、4RGL006KA RGL运行故障、4RGL009KA PWE运行故障报警，主控室查看R棒组和G棒组棒位指示指示正常，一回路平均温度稳定
风险或潜在后果	影响控制棒的可靠性，影响控制棒自动动作
干预行动	已采取的行动措施： 1）查看和执行报警卡，主控立即查看RGL系统所有控制棒，棒位均正常。根据报警卡执行FQ4-RGL-I-001，将R棒和G棒打手动； 2）安排现场检查发现4RGL024AR（对应G1棒组）柜上紧急灯和双重保持灯亮； 3）oncall仪控进厂检查，仪控在仪控间（L749）查看4RGL030HC（RGL远程工作站），通过从“棒位系统”画面进入“报警窗”画面，在进入“RCS故障树”画面，在故障树画面中点击RGL009KA下方的查看，进入“电源柜紧急故障”画面，可看到G1棒“紧急故障”红色亮； 4）R棒置于手动，无法进行温度自动控制，确认无影响一回路温度变化的工作，确认当前4STR无出力，SVA管网由2STR处理，确认一单元不要进行突然引起4STR出力增大的工作； 5）主控密切监视一回路平均温度，核功率，电功率，控制棒棒位指示变化情况，加强对二回路负荷监控； 6）仪控人员按照《FQY-MA-TD-I16002+3、4号机组RGL系统卡件更换》，执行第4节 调节卡件更换，消除故障
原因分析	通过故障现象，仪控现场开启4RGL024AR柜门检查发现为G1棒的第2束棒触发双夹持（保持线圈和传递线圈同时得电）。经检查分析为4RGL024AR（G1子组电源柜）G1-2棒束保持线圈（SC）调节卡件输出不稳定触发保持线圈（SC）小电流过小报警，触发子组进入双保持状态

续　表

消缺行动	仪控处理反馈： 1）缺陷描述：对主控触发4RGL001/005/006/009KA报警，G1-2棒束SC小电流过小报警触发双重保持报警； 2）处理进展：4RGL001/005/006/009KA报警已消除； 3）原因分析：报警触发原因是4RGL024AR G1-2棒束SC调节卡件输出偏小，触发SC小电流过小报警导致G1棒组控制棒双重保持； 4）处理措施：仪控维修人员按照工作方案对故障调节卡件进行更换，卡件工作正常，报警已消除	
相关知识	1）出现RGL故障报警后，运行人员可到RGL机柜核实对应的报警机柜及故障卡件，有助于仪控人员未到场时快速定位故障卡件； 2）就地查找到RGL相关的AR箱出现报警时，可以参考《FQ4-RGL-T-002电厂正常运行期间不用的棒束完好可用性核对试验规程》中棒组和AR箱信息，对比知悉哪个棒组故障导致； 3）R棒、G棒置于手动期间，主控密切监视一回路平均温度，核功率，电功率，控制棒棒位指示变化情况，加强对二回路负荷监控，避免有可能引起机组负荷变化、温度变化的工作开展； 4）控制棒被双夹持，控制棒无法正常动作，潜在风险后果： ①机组临界过程中出现控制棒双保持，可能导致临界失败； ②机组调试瞬态试验期间，如果出现控制棒双保持，可能导致机组非计划停机停堆事件。造成3RGL系统在控制棒动棒期间多次出现双保持导致控制棒无法正常动作的原因为，在动棒过程中产生了控制棒驱动机构线圈电流报警，触发RGL系统紧急故障	
参考资料信息	运行二处：4号机异常反馈——4号主控触发4RGL001、005、006、009KA报警； 运行二处：运行二处内部经验反馈：4RGL001/005/006/009KA的处理经验反馈； 维修二处仪控：oncall反馈——对主控触发4RGL001/005/006KA/009KA报警进行处理； WR/WOT：336140/00829042-01（紧急工单）	
编　　者	运行二处一值：谷铁	时间：2019年04月23日

2.17.5 主控闪发3RGL022KA(SD棒组故障)

异常缺陷名称	主控闪发3RGL022KA(SD棒组故障)
发生时间	2018年01月22日夜班和早班
机组状态	RP模式，满功率
异常缺陷现象	4:30:01，闪发3RGL022KA：SD棒组故障报警，查看趋势为3RGL045MM从224变为136，后恢复到224； 14:28:52，再次闪发3RGL022KA SD棒组故障，查看趋势，发现3RGL045MM测量棒位瞬间掉落至136，而后又恢复
风险或潜在后果	影响SD棒位监测的可靠性，卡件更换过程中，RGL棒位显示不可用将产生第二组IO
干预行动	已采取的行动措施： 1)主控立即查看和执行报警卡，发现SD的棒位显示3RGL045MM从224变为136，后恢复到224，其他棒位显示均正常。根据报警卡执行FQ3-RGL-I-001； 2)检查RIC画面堆芯温度趋势，未见明显异常情况，检查轴向功率变化趋势、堆芯热功率、反应堆功率均未见明显变化； 3)oncall仪控检查处理
原因分析	报警触发原因是格莱码D码异常造成棒位由224步跳变至136又恢复为224，分析是格莱码处理器卡件(MCP22)异常，使格莱码值输出异常造成测量棒位异常变化
消缺行动	仪控处理反馈： 1)工作过程： ①打开3RGL006AR，确认SD1-1卡件位置； ②测量MCP22格莱码阈值(A：4.331，B：4.322，C：5.251，D：5.382，E：7.54，单位V)； ③断开MCP10卡件电源； ④检查SD1-1 D码输出接线，无异常； ⑤更换MCP22卡件； ⑥闭合MCP10卡件电源； ⑦调整MCP22格莱码阈值(A：4.331，B：4.322，C：5.251，D：5.382，E：7.54，单位V)； ⑧确认SD1-1棒位显示正常； ⑨关闭机柜门，确认报警消失。

续　表

消缺行动	2)原因分析：报警触发原因是格莱码 D 码异常造成棒位由 224 步跳变至 136 又恢复为 224，分析是格莱码处理器卡件(MCP22)异常，使格莱码值输出异常造成测量棒位异常变化；该现象为第一次出现，与之前主电流控制器(MCP10)短时失电造成棒位变为 0 不一样	
相关知识	棒位探测器基本工作原理： 测量线圈分 5 组，每组内相邻测量线圈反相串联，控制棒由底部(上图左侧)逐步提升到顶部(上图右侧)的过程中，每组测量线圈两端的感应电压将出现"低(电压)、高(电压)、低、高、低、高……"。端电压送往测量柜，处理卡件为每组测量线圈各设置一个电压阈值，当端电压超过阈值时，此测量线圈被编码为 1；当低于阈值时，被编码为 0。在控制棒提升过程中，每组测量线圈的编码将出现"0、1、0、1、0、1……"。依照各组测量线圈的分布，编码将出现"格莱码"形式分布，将其以 8 步精度转换为机械棒位。 子组内测量棒位存在偏差的原因：测量线圈的阈值设置是在调试期间完成的，其验收准则是控制棒在某 8 个机械步区间内+5、+6、+7 步，测量棒位显示 8 步均为合格。所以子组内两棒束间测量棒位可能存在 8 步偏差且不会任何触发棒位故障	
参考资料信息	维修二处仪控：3RGL022KA SD 棒组故障处理反馈； WR/WOT：00338310/0836333-01(计划工单)	
编　　者	运行二处一值：谷铁	时间：2019 年 04 月 23 日

2.17.6　3 号主控频繁闪发 3RGL001KA、3RGL002KA、3RGL006KA 报警

异常缺陷名称	3 号主控频繁闪发 3RGL001KA、3RGL002KA、3RGL006KA 报警
发生时间	2018 年 01 月 24 日早班
机组状态	RP 模式，满功率
异常缺陷现象	11 时 26 分开始，3 号主控频繁闪发 3RGL001KA(RGL 运行故障)、3RGL002KA(RPI 故障)、3RGL006KA(RGL 运行故障)报警
风险或潜在后果	1)经仪控人员初步检查为 SC-3 棒束棒位探测器圆边线圈供电电流不稳定，高漂导致，因目前 SC-3 棒束在堆顶，电流高漂对棒位显示无影响，若电流低漂，则可能导致棒位显示比实际值偏低； 2)更换卡件过程中导致棒位显示不可用，产生第二组 IO

续 表

干预行动	已采取的行动措施： 1)查看和执行报警卡，按报警卡执行 IRGL001； 2)安排现场检查棒控电源柜(3RGL011AR~3RGL026AR)、棒控逻辑柜(3RGL001AR)、棒位测量柜(3RGL009AR)或棒位处理柜(3RGL010AR)设备是否存在故障报警信息； 3)oncall 维修仪控人员检查处理
原因分析	报警频繁闪发的原因是 SC-3 棒束主电流控制器电流在 2.90 V 至 3.85 V 之间波动，触发电流高报警(阈值设置 3.80 V)
消缺行动	仪控处理反馈： 1)处理进展：3 号主控闪发 3RGL001KA、3RGL002KA、3RGL006KA 报警已消除。 2)缺陷描述：3 号主控频繁闪发 3RGL001KA、3RGL002KA、3RGL006KA 报警。 3)原因分析：报警频繁闪发的原因是 SC-3 棒束主电流控制器电流在 2.90 V 至 3.85 V 之间波动，触发电流高报警(阈值设置 3.80 V)。 4)处理措施：已对故障卡件进行更换，卡件工作正常。 5)检修步骤： ①确认并记录 SC-3 棒束的测量棒位为 224； ②将 SC-3 棒束主电流卡件断电，棒位指示为 160； ③拔出故障卡件，将主电流控制器转接件插入； ④连接备件，对备件参数进行调整； ⑤拔出转接件，将备件插入卡槽； ⑥给主电流控制器上电，检查确认输出电流为 3.050 V； ⑦确认 SC-3 棒束的测量棒位恢复为 224
相关知识	3RGL006KA 报警产生的可能原因：棒控电源柜(3RGL011AR~3RGL026AR)、棒控逻辑柜(3RGL001AR)、棒位测量柜(3RGL009AR)或棒位处理柜(3RGL010AR)设备发生下列故障：①3RCS 运行故障；②3RPI 运行故障
参考资料信息	维修二处仪控：3 号主控频繁闪发 3RGL001KA、3RGL002KA、3RGL006KA 报警处理反馈； WR/WOT：00339820/00837432-01(紧急工单)
编　　者	运行二处一值：谷铁　　　时间：2019 年 04 月 23 日

2.17.7 3号主控闪发3RGL001、002、006KA报警

异常缺陷名称	3号主控闪发3RGL001、002、006KA报警处理反馈
发生时间	2019年01月14日中班
机组状态	RP模式，电功率760 MWe
异常缺陷现象	主控闪发3RGL001、002、006KA报警，持续时间约1 s
风险或潜在后果	1)可能影响对应棒组(SD1-1)的显示，不影响棒组控制； 2)更换卡件过程中将导致棒位显示不可用产生第二组IO
干预行动	已采取的行动措施： 1)查看和执行报警卡，按报警卡执行IRGL001； 2)安排现场检查棒控电源柜(3RGL011AR~3RGL026AR)、棒控逻辑柜(3RGL001AR)、棒位测量柜(3RGL009AR)或棒位处理柜(3RGL010AR)设备是否存在故障报警信息； 3)oncall维修仪控人员检查处理
原因分析	就地进行机柜检查，原因为3RGL006AR内SD1-1棒束MCP10卡件闪发故障
消缺行动	仪控处理反馈： 1)缺陷描述：主控闪发3RGL001、002、006KA报警，持续时间约1 s； 2)处理进展：3RGL001、002、006KA报警为闪发，目前已消除； 3)原因分析：就地进行机柜检查，原因为3RGL006AR内SD1-1棒束MCP10卡件闪发故障； 4)影响分析：该报警为棒位系统报警且为闪发，不影响控制棒束动作和棒位监视； 5)检修步骤： ①打开3RGL006AR机柜门； ②记录SA1-1初始棒位为224，主电流值3.050 V； ③断开MCP10电源； ④对故障MCP10卡件进行更换，并上电； ⑤将SA1-1的MCP10主电流值调到3.050 V； ⑥确认SA1-1棒位显示正常； ⑦记录SD1-1初始棒位为224，主电流值3.100 V； ⑧断开MCP10电源； ⑨对故障MCP10卡件进行更换，并上电； ⑩将SD1-1的MCP10主电流值调到3.050 V； ⑪确认SD1-1棒位显示正常； ⑫关闭机柜门，归还工作许可证

续　表

相关知识	3RGL006KA 报警产生的可能原因：棒控电源柜(3RGL011AR～3RGL026AR)、棒控逻辑柜(3RGL001AR)、棒位测量柜(3RGL009AR)或棒位处理柜(3RGL010AR)设备发生下列故障：①3RCS 运行故障；②3RPI 运行故障	
参考资料信息	维修二处仪控：3 号主控闪发 3RGL001KA、3RGL002KA、3RGL-006KA 报警处理反馈； WR/WOT：00494611/01111750-01(计划工单)	
编　　者	运行二处一值：谷铁	时间：2019 年 04 月 23 日

2.17.8　4 号主控触发 4RGL001、002、006KA 报警

异常缺陷名称	4 号主控触发 4RGL001、002、006KA 报警
发生时间	2018 年 07 月 19 日中班
机组状态	NS/RRA 模式
异常缺陷现象	20:00，主控出现 4RGL001KA(RGL 运行故障)/002KA(RPI 故障)/006KA(RGL 运行故障)报警
风险或潜在后果	N2.1-1 测量棒位错误的显示为 0，影响棒位监视
干预行动	已采取的行动措施： 1)查看和执行报警卡，按报警卡执行 IRGL001； 2)安排现场检查棒控电源柜(4RGL011AR～4RGL026AR)、棒控逻辑柜(4RGL001AR)、棒位测量柜(4RGL009AR)或棒位处理柜(4RGL010AR)设备是否存在故障报警信息； 3)oncall 维修仪控人员检查处理
原因分析	就地进行机柜检查，原因为 N2.1-1 棒束触发“测量通道失效”，N2.1-1 测量棒位显示为 0，实际控制棒束在 5 步。N2.1-1 棒束的格莱码处理器卡件(MCP22)故障导致格莱码显示为 0。该报警仅影响 N2.1-1 棒束测量棒位显示，不影响控制棒束正常动作
消缺行动	仪控处理反馈： 1)缺陷描述：主控触发 4RGL001、002、006KA 报警。 2)处理进展结果：4RGL001、002、006KA 报警已消除。

续　表

消缺行动	3)原因分析：就地进行机柜检查，原因为 N2.1-1 棒束触发“测量通道失效”，N2.1-1 测量棒位显示为 0，实际控制棒束在 5 步。N2.1-1 棒束的格莱码处理器卡件(MCP22)故障导致格莱码显示为 0。该报警仅影响 N2.1-1 棒束测量棒位显示，不影响控制棒束正常动作。 4)处理措施：对 N2.1-1 棒束的格莱码处理器卡件(MCP22)进行更换，N2.1-1 棒束测量棒位恢复正常显示。 5)检修步骤： ①打开 4RGL006AR，确认 N2.1-1 卡件位置； ②测量 MCP22 格莱码阈值(A：4.109，B：4.274，C：5.217，D：5.644，E：7.40，单位 V)； ③断开 MCP10 卡件电电源； ④松开 MCP22 卡件固定螺丝，拨出卡件； ⑤更换 MCP22 卡件的备件； ⑥闭合 MCP10 卡件电源； ⑦调整 MCP22 格莱码阈值(A：4.112，B：4.274，C：5.221，D：5.644，E：7.40，单位 V)； ⑧确认 N2.1-1 棒束的棒位显示异常； ⑨关闭机柜门，确认 RGl 系统无其他异常
相关知识	1)棒位探测器基本工作原理： 测量线圈分 5 组，每组内相邻测量线圈反相串联，控制棒由底部(上图左侧)逐步提升到顶部(上图右侧)的过程中，每组测量线圈两端的感应电压将出现“低(电压)、高(电压)、低、高、低、高……”。端电压送往测量柜，处理卡件为每组测量线圈各设置一个电压阈值，当端电压超过阈值时，此测量线圈被编码为 1；当低于阈值时，被编码为 0。在控制棒提升过程中，每组测量线圈的编码将出现“0、1、0、1、0、1……”。依照各组测量线圈的分布，编码将出现“格莱码”形式分布，将其以 8 步精度转换为机械棒位。 子组内测量棒位存在偏差的原因：测量线圈的阈值设置是在调试期间完成的，其验收准则是控制棒在某 8 个机械步区间内+5、+6、+7 步，测量棒位显示 8 步均为合格。所以子组内两棒束间测量棒位可能存在 8 步偏差且不会任何触发棒位故障。

续 表

相关知识	2)4RGL006KA 报警产生的可能原因： 棒控电源柜(4RGL011AR～4RGL026AR)、棒控逻辑柜(4RGL001AR)、棒位测量柜(4RGL009AR)或棒位处理柜(4RGL010AR)设备发生下列故障：①4RCS 运行故障；②4RPI 运行故障	
参考资料信息	维修二处仪控：oncall 反馈——4 号主控触发 4RGL001、002、006KA 报警处理反馈； WR/WOT：00416721/00974175-01(紧急工单)	
编　　者	运行二处一值：谷铁	时间：2019 年 04 月 23 日

2.17.9　3 号主控触发 3RGL015KA(G1 棒组故障)报警

异常缺陷名称	3 号主控触发 3RGL015KA(G1 棒组故障)报警
发生时间	2018 年 05 月 29 日早班
机组状态	RP 模式，满功率
异常缺陷现象	14:25～14:30 时间段内，主控频繁闪发 3RGL015KA(G1 棒组故障)，3RGL051MM 在 224 步到 136 步之前频繁波动
风险或潜在后果	1)影响棒位监视； 2)若 G 棒组真实故障可能导致功率畸变或停堆
干预行动	已采取的行动措施： 1)查看和执行报警卡，按报警卡执行 IRGL001； 2)按报警卡主控检查 G1 棒组失步报警灯触发情况； 3)主控检查功率量程四个通道未见异常波动，检查 RIC 画面堆芯热电偶温度未见异常畸变，监视一回路平均温度，核功率，电功率，LSS 系统均无明显异常； 4)oncall 维修仪控人员检查
原因分析	1)G1-3 棒束的主电流卡件偶发电流高报警； 2)初步原因分析，G1-3 主电流卡件输出电流异常波动，超出报警阈值导致报警

续　表

消缺行动	仪控处理反馈： 1)处理进展： 3RGL015KA 报警为闪发，已对故障主电流卡件进行更换，报警已消失。 2)原因分析： ①G1-3 棒束的主电流卡件偶发电流高报警； ②初步原因分析，G1-3 主电流卡件输出电流异常波动，超出报警阈值导致报警。 3)处理措施： 对故障主电流卡件 3RGL008AR G1-3 棒束的 MCP10 卡件进行更换。 4)影响评估： G1-3 棒束的主电流卡件故障可能导致该束棒棒位指示异常，但不影响控制棒束正常动作	
相关知识	3RGL015KA(G1 棒组故障)报警触发的可能原因有：①棒束—棒组失步；②棒束—棒束失步；③棒束在低位	
参考资料信息	运行二处：3 号机异常反馈——3 号主控触发 3RGL015KA(G1 棒组故障)报警； 维修二处仪控：oncall 反馈——3 号主控触发 3RGL015KA(G1 棒组故障)报警； WR/WOT：00394585/00935009-01(紧急工单)	
编　　者	运行二处一值：谷铁	时间：2019 年 02 月 11 日

2.17.10　主控闪发 4RGL001、002、006、008KA 报警

异常缺陷名称	4RGL001、002、006、008KA 报警
发生时间	2018 年 09 月 23 日早班
机组状态	NS/SG 模式(401 大修)
异常缺陷现象	主控闪发一次 4RGL001KA(RGL 故障)、002KA(RPI 运行故障)、006KA(RGL 运行故障)、008KA(RPI 报警)报警，仪控检查为 RGL 内部 PLC 网络其中一路闪发故障导致(001.002.006 报警都为综合报警)

续 表

风险或潜在后果	1)RGL 内部 PLC 网络其中一路故障对 RGL 系统正常运行无影响； 2)若出现 PLC 网络双路故障，主控 KIC 画面失去给定棒位、需求棒位、控制棒运行模式的相关 KS 和棒组选择的相关 KS 的监视，但是对控制棒自动模式下无影响
干预行动	已采取的行动措施： 1)查看和执行报警卡，按报警卡执行 IRGL001； 2)安排现场检查棒控电源柜(4RGL011AR～4RGL026AR)、棒控逻辑柜(4RGL001AR)、棒位测量柜(4RGL009AR)或棒位处理柜(4RGL010AR)设备是否存在故障报警信息； 3)oncall 维修仪控人员检查处理
原因分析	RGL 内部 PLC 网络其中一路闪发故障导致(001. 002. 006 报警都为综合报警)
消缺行动	仪控处理反馈： 1)风险分析： ①RGL 内部 PLC 网络其中一路故障对 RGL 系统正常运行无影响； ②若出现 PLC 网络双路故障，主控 KIC 画面失去给定棒位、需求棒位、控制棒运行模式的相关 KS 和棒组选择的相关 KS 的监视，但是对控制棒自动模式下无影响。 2)处理进展： 2018 年 9 月 27 日 4 号机大修期间工作负责人持票 4PT33362(维修一级：对 4RGL 闪发内网通讯故障进行检查处理)已处理完成，缺陷已消除。 3)检修步骤： ①运行人员配合将控制棒落到堆底； ②对处理柜的通讯设备和同轴电缆进行检查和处理； ③对逻辑柜的通讯设备和同轴电缆进行检查和处理； ④对电源柜的通讯设备和同轴电缆进行检查和处理； ⑤由运行人员将控制棒提回原位
相关知识	1)4RGL006KA(RGL 运行故障)报警产生的可能原因： 棒控电源柜(4RGL011AR～4RGL026AR)、棒控逻辑柜(4RGL001AR)、棒位测量柜(4RGL009AR)或棒位处理柜(4RGL010AR)设备发生下列故障：①4RCS 运行故障；②4RPI 运行故障；

续　表

相关知识	2）4RGL008KA（RPI 报警）产生的可能原因： 棒位测量柜（4RGL009AR）或棒位处理柜（4RGL010AR）等设备发生下列故障： ①处理柜电源故障； ②测量柜通风故障； ③网关 1 故障或网关 2 故障； ④处理柜与 4RGL 系统网络间的交换机故障； ⑤网关与 4DCS 系统间的交换机故障	
参考资料信息	维修二处仪控：EAM 中工单 01024027-01 的完工报告； WR/WOT：00444053/01024027-01（计划工单），工作许可证：4PT33362（维修一级：对 4RGL 闪发内网通讯故障进行检查处理）	
编　者	运行二处一值：谷铁	时间：2019 年 04 月 23 日

2.17.11　4 号机组 RGL 至 DCS 通讯故障导致 RGL 系统在 KIC 画面失去手动控制和监视

异常缺陷名称	4 号机组 RGL 至 DCS 通讯故障导致 RGL 系统在 KIC 画面失去手动控制和监视运行事件
发生时间	2017 年 07 月 20 日早班
机组状态	RP 模式，核功率 1%FP，电功率 0 MW
异常缺陷现象	7:40，4 号机组操纵员发现 4KIC 中 RGL 画面模块显示洋红色，4RGL 系统在 KIC 上失去手动控制和监视功能。维修仪控人员接到主控室 oncall 后迅速响应，经分析判断，确认为 4RGL 到 4DCS 通讯模块 FBM233 卡件故障，导致 4 号机组 4RGL 到 4DCS 通讯中断，超出《福建福清核电 3、4 号机组运行技术规范》“反应堆功率运行模式（RP）”下“RGL 系统用于和 DCS 通信的 GW 单元必须可用”的规定
风险或潜在后果	4RGL 系统在 KIC 上失去控制和监视功能，主控室失去对控制棒的手动控制和棒位监视
干预行动	已采取的行动措施： 1）安排现场检查棒控电源柜（4RGL011AR～4RGL026AR）、棒控逻辑柜（4RGL001AR）、棒位测量柜（4RGL009AR）或棒位处理柜（4RGL010AR）设备是否存在故障报警信息； 2）oncall 维修仪控人员检查

续 表

原因分析	1) 直接原因：DCS 中的 V5090B 下游通讯协议驱动模块 FBM233 卡件偶发失效故障； 2) 根本原因：RGL-DCS 通讯设备功能的技术管理不到位，对于首次进行互联的设备测试深度不足
消缺行动	仪控处理反馈： 1) 故障现象：4RGL 系统 KIC 画面全部显示洋红色。 2) 处理进展：缺陷已完成处理，4RGL 系统 KIC 画面显示恢复正常。 3) 故障原因分析： 4RGL 至 4DCS 通讯中断，中断点发生在 4KCP509AR 的 FBM233 卡件，故障原因为软件驱动功能异常。 4) 处理措施： 对 4KCP509AR 中的 FBM233 卡件重新执行软件下装操作并上线后，通讯功能恢复正常。 5) 后续行动： ①给厂家发出函件，分析发生通讯中断的软硬件根本原因； ②根据同行反馈，使用相同 DCS 以及 RGL 设备的厂家发生过类似的通讯中断问题，目前该问题为我厂初次发生，跟踪其他核电的处理方式和处理效果
相关知识	4RGL-DCS 通讯故障的核安全影响与运行技术规范条款分析： 4RGL-DCS 通讯故障发生后，电厂立即对故障进行响应处理以及查找根本原因，同时召集运行处，维修仪控，核安全处，设备管理处等部门讨论分析此次事件对核安全的影响，通过分析可得知，故障对核安全的影响是安全可控的。另外通过分析得知，运行技术规范对 RGL-DCS 系统通讯的相关规定不清晰，存在一定的不合理，同时电厂仍然严格要求报为运行事件，并按照最严格的要求执行一系列的纠正措施。具体分析如下： 1) 控制棒处于手动控制时，RGL-DCS 通讯中断，控制棒失去手动控制功能。如果机组需要快速后撤，不能通过快速插棒来实现，但此时机组可以硼化后撤； 2) 控制棒处于自动控制时，RGL-DCS 通讯中断，控制棒棒位变化可以自动跟随汽机负荷变化。如果出现汽机甩负荷的情况，此时控制棒可以跟随快速插棒；

续　表

相关知识	3）事故情况下，RGL-DCS通讯中断，自动或手动的紧急停堆，控制棒可以落入堆芯，不影响机组状态的控制以及事故规程的执行。 在RGL与DCS通讯中断时，RGL系统仍能保持通讯中断前的状态，仅失去控制棒的手动控制和棒位监视。控制棒失去手动控制功能时，可以通过硼化或稀释的手段控制反应性；KIC画面失去各状态灯和棒位监视功能时，可以通过BUP盘和仪控工程师站查看棒位显示情况。 综上所述，RGL与DCS通讯故障对核安全的功能影响是安全可控的。 另一方面，当机组发生KIC系统不可用事件时，记为IO1事件，KIC不可用的过程中，整个KIC系统中包括RGL画面在内的所有设备显示与手动操作功能均不可用；RGL-DCS通讯失效发生时，KIC系统中仅限于RGL相关的显示与手动操作不可用。RGL-DCS通讯故障的影响范围远低于KIC失效对机组的影响，但因技术规范缺少详细规定不能按照IO方式管理。 目前《福清3、4号机组运行技术规范》中对RGL与DCS通讯可用性的规范描述不清晰，仅规定了RGL系统一个网关(GW)不可用的IO事件及所采取措施，未说明RGL与DCS通讯丧失的情况下的IO事件及所需采取的措施。 综合以上分析：运行技术规范对RGL-DCS系统通讯的相关规定不清晰，存在一定的不合理，也不利于及时有效执行技术规范，拟核实同行电厂的RGL到DCS通讯在运行技术规范要求情况，同时针对福清核电3、4号机组RGL到DCS通讯功能对运行技术规范影响情况将向设计发函澄清，进一步明确这类情形的技术规范适用要求或增加明确的规定
参考资料信息	WR/WOT：00270726/00659372-01(紧急工单)； 维修二处仪控：4号机组RGL至DCS通讯故障导致RGL系统在KIC画面失去手动控制和监视运行事件，4RGL系统KIC画面全部显示洋红色问题反馈
编　　者	运行二处一值：谷铁 ｜ 时间：2019年02月11日

2.17.12　主控室触发4RGL012KA、4RGL013KA报警

异常缺陷名称	主控室触发4RGL012KA、4RGL013KA报警
发生时间	2018年05月09日中班

续 表

机组状态	RP 模式，满功率
异常缺陷现象	18:08 时，开始主控室多次出现 4RGL013KA（N1 棒组故障）、4RGL012KA（N2 棒组故障）报警，查看画面显示 N2.2、N1.1、N1.2 分别有一束控制棒棒位指示（4RGL008MM/020MM/024MM）测量棒位多次由 224 步变为 216 步，持续数分钟后恢复
风险或潜在后果	1）影响 N1、N2 棒组的棒位监视； 2）产生 IO2：RGL5（堆功率大于 50%Pn，一个棒位指示器故障）
干预行动	已采取的行动措施： 1）查看和执行报警卡，按报警卡要求执行故障规程 IRGL001； 2）主控按报警卡检查 KIC 画面 N1 棒组、N2 失步报警灯触发情况和控制棒棒位指示情况，发现 N2.2、N1.1、N1.2 分别有一束控制棒棒位指示（4RGL008MM/020MM/024MM）测量棒位多次由 224 步变为 216 步； 3）主控检查功率量程四个通道未见异常波动，检查 RIC 画面堆芯热电偶温度未见异常畸变，监视一回路平均温度，核功率，电功率，LSS 系统均无明显异常； 4）oncall 维修仪控人员检查； 5）oncall 维修仪控人员检查，物理人员做堆内通量测量
原因分析	经检查确认 4RGL009AR 内端子 A01BN-4 接线接触不良
消缺行动	仪控处理反馈： 1）检查结果：经检查确认 4RGL012KA、4RGL013KA 报警原因为控制棒束 N2.2-4、N1.1-4、N1.2-4 的测量棒位由 224 步变为 216 步，造成棒组失步导致棒组故障报警，控制棒束实际并未真实动作。经现场检查，初步确认棒位显示异常原因为 4RGL009AR（测量柜）内一根接线接触不良导致。 2）处理进展： 4RGL012KA、4RGL013KA 报警已消除，4 号机组 RGL 系统棒位显示无异常，系统运行正常。 3）处理措施： ①对 4RGL009AR 内相应接线进行紧固； ②配合执行 4 号机组功率分布测量试验，试验结果合格。 4）故障原因分析：经检查确认 4RGL009AR 内端子 A01BN-4 接线接触不良

续　表

相关知识	4RGL013KA（N1 棒组故障）、4RGL012KA（N2 棒组故障）报警触发的可能原因有：①棒束—棒组失步；②棒束—棒束失步；③棒束在低位	
参考资料信息	维修二处仪控：oncall 反馈—— 4 号主控室触发 4RGL012KA、4RGL013KA 报警； WR/WOT：00385809/00915965-01（计划工单）	
编　　者	运行二处一值：谷铁	时间：2019 年 02 月 11 日

2.17.13　3 号主控触发 3RGL001KA、3RGL005KA、3RGL006KA、3RGL007KA、3RGL009KA 报警

异常缺陷名称	3 号主控触发 3RGL001KA、3RGL005KA、3RGL006KA、3RGL007KA、3RGL009KA 报警
发生时间	2018 年 05 月 11 日早班
机组状态	RP 模式，满功率
异常缺陷现象	8:09，3 号主控触发 3RGL001KA（RGL 故障）、3RGL005KA（RCS 运行故障），3RGL006KA（RGL 运行故障）、3RGL007KA（RCS 故障）、3RGL009KA（PWE 运行故障）报警
风险或潜在后果	导致停堆棒组、R 棒组手自动均无法动作
干预行动	已采取的行动措施： 1）查看和执行报警卡，主控立即查看 RGL 系统所有控制棒，棒位均正常。根据报警卡执行 FQ3-RGL-I-001，将 R 棒和 G 棒打手动； 2）安排现场检查发现 3RGL011AR（SA1 棒组）柜上双重保持灯亮； 3）R 棒置于手动后，无法进行温度自动控制，确认无影响一回路温度变化的工作，注意控制好一回路温度，不要进行可能引起一回路温度和负荷变化的操作，确认当前 3STR 无出力； 4）主控密切监视一回路平均温度，核功率，电功率，控制棒棒位指示变化情况，加强对二回路负荷监控； 5）oncall 仪控检查处理
原因分析	电源柜 3RGL011AR（SA1 棒组）PLC 的 CPU 故障，触发紧急故障报警，导致 SA1 棒组双重保持

续 表

消缺行动	仪控处理反馈： 1）处理进展结果： 将 3RGL011AR 的 SA1 棒组进行强制双重保持，同时对 SA1 棒组紧急故障进行了故障禁止操作，解除了 SA1 棒组紧急故障对其他棒组的影响，将 R 棒组恢复自动模式。 2）处理措施： ①经当班值批准，将 SA1 棒组强制为双重保持状态，同时对 SA1 棒组紧急故障进行了故障禁止操作，解除了 SA1 棒组紧急故障对其他棒组的影响，恢复 R 棒组自动模式； ②编制工作方案，对故障 CPU 进行了更换，缺陷消除。 3）检修过程： ①打开 3RGL011AR 机柜门； ②将电源柜上方“强制双重保持”开关置于强制双重保持位； ③将电源柜上方“故障禁止”开关置于禁止位； ④关闭 3RGL011AR 机柜门，工作完成。 4）故障原因分析：电源柜 3RGL011AR（SA1 棒组）PLC 的 CPU 故障，触发紧急故障报警，导致 SA1 棒组双重保持
相关知识	控制棒被双夹持，控制棒无法正常动作，潜在风险后果： 1）机组临界过程中出现控制棒双保持，可能导致临界失败； 2）机组调试瞬态试验期间，如果出现控制棒双保持，可能导致机组非计划停机停堆事件。 造成 3RGL 系统在控制棒动棒期间多次出现双保持导致控制棒无法正常动作的原因为，在动棒过程中产生了控制棒驱动机构线圈电流报警，触发 RGL 系统紧急故障
参考资料信息	维修二处仪控：oncall 反馈——3 号主控触发 3RGL001KA（RGL 故障）、3RGL005KA（RCS 运行故障）、3RGL006KA（RGL 运行故障）、3RGL007KA（RCS 故障）、3RGL009KA（PWE 运行故障）报警处理，EAM 中工单 00918814-01 的完工报告； WR/WOT：00386498/00918814-01（紧急工单）
编　　者	运行二处一值：谷铁　　　　时间：2019 年 02 月 11 日

2.17.14　4 号主控闪发 4RGL001KA 报警处理反馈

异常缺陷名称	4 号主控闪发 4RGL001KA RGL 运行故障报警
发生时间	2018 年 07 月 06 日早班

续 表

机组状态	RP 模式，电功率 1067 MW	
异常缺陷现象	14:51 主控闪发 4RGL001KA RGL 运行故障报警，检查 4RGL 画面控制棒运行正常	
风险或潜在后果	影响 RGL 系统控制的可靠性	
干预行动	已采取的行动措施： 1）查看和执行报警卡，安排现场检查棒控棒位系统设备（逻辑柜 4RGL001AR，测量柜 4RGL009AR，处理柜 4RGL010AR，电源柜 4RGL011AR～4RGL026AR）报警情况，未见明显异常； 2）oncall 仪控检查处理	
原因分析	就地检查报警日志，原因为“R 棒组自动棒速低”触发逻辑柜非紧急故障，主控触发 RGL001KA 报警。R 棒组自动棒速范围是 8～72 步/分，对应 4～20 mA 模拟量电流信号。当前 R 棒组未动作，自动棒速为 8 步/分，对应模拟量信号处于 4 mA 左右波动，波动超出报警阈值触发报警	
消缺行动	仪控处理反馈： 1）缺陷描述：主控闪发 4RGL001KA 报警，持续时间 1 s； 2）处理进展结果：4RGL001KA 报警已消除； 3）故障原因分析：就地检查报警日志，原因为“R 棒组自动棒速低”触发逻辑柜非紧急故障，主控触发 RGL001KA 报警。R 棒组自动棒速范围是 8～72 步/分，对应 4～20 mA 模拟量电流信号。当前 R 棒组未动作，自动棒速为 8 步/分，对应模拟量信号处于 4 mA 左右波动，波动超出报警阈值触发报警	
相关知识	4RGL001KA RGL 运行故障报警：棒控棒位系统设备（逻辑柜 4RGL001AR，测量柜 4RGL009AR，处理柜 4RGL010AR，电源柜 4RGL011AR～4RGL026AR）发生故障或失电	
参考资料信息	维修二处仪控：oncall 反馈——4 号主控闪发 4RGL001KA 报警处理反馈	
编　　者	运行二处一值：谷铁	时间：2019 年 02 月 11 日

2.17.15 3LHP 柴油机定期试验期间，N2.2-1 触发 SC 小电流过大报警产生双重保持

异常缺陷名称	3LHP 柴油机定期试验期间，N2.2-1 触发 SC 小电流过大报警产生双重保持
发生时间	2016 年 11 月 08 日早班
机组状态	RP 模式，满功率
异常缺陷现象	11:25，主控出现 3RGL001/005/006/009KA 报警，N2.2 棒组双保持
风险或潜在后果	控制棒被双夹持，控制棒无法正常动作
干预行动	已采取的行动措施： 1)查看和执行报警卡，主控立即查看 RGL 系统所有控制棒，棒位均正常。根据报警卡执行 FQ3-RGL-I-001，将 R 棒和 G 棒打手动； 2)安排现场检查发现 3RGL019AR(N2.2 棒组)柜上双重保持灯亮； 3)R 棒置于手动后，无法进行温度自动控制，确认无影响一回路温度变化的工作，注意控制好一回路温度，不要进行可能引起一回路温度和负荷变化的操作，确认当前 3STR 无出力； 4)主控密切监视一回路平均温度，核功率，电功率，控制棒棒位指示变化情况，加强对二回路负荷监控； 5)oncall 仪控检查处理
原因分析	3 号机组在执行 3LHP 柴油发电机低功率试验时母线供电切换瞬间触发了 3RGL N2.2-1 棒 SC 线圈小电流过大报警，控制棒双保持。初步分析为供电切换瞬间 LMA 母线短时失电，引起 3RGL 电源柜中控制电源卡件(A/B 电源)输出产生波动，该波动对 SC 线圈所属的调节、检测卡件造成干扰，从而误触发 SC 小电流过大报警
消缺行动	仪控处理反馈： 1)处理进展结果：报警已消除，RGL 系统恢复正常。 2)处理措施：对报警进行了清除、复位。 3)工作过程： ①打开 3RGL019AR 机柜柜门； ②确认报警棒束为 N2.2-1； ③按下“故障清除”按钮，对报警进行消除； ④确认报警消除，关闭机柜柜门； ⑤通知主控工作完成。

续　表

消缺行动	4)故障原因分析：3 号机组在执行 3LHP 柴油发电机低功率试验时母线供电切换瞬间触发了 3RGL N2.2-1 棒 SC 线圈小电流过大报警，控制棒双保持。初步分析为供电切换瞬间 LMA 母线短时失电，引起 3RGL 电源柜中控制电源卡件(A/B 电源)输出产生波动，该波动对 SC 线圈所属的调节、检测卡件造成干扰，从而误触发 SC 小电流过大报警。 5)后续行动：对电流报警的产生原因做进一步分析，找出根本原因。 6)机组影响评估：出现控制棒双保持，影响控制棒动作
相关知识	控制棒被双夹持，控制棒无法正常动作，潜在风险后果： 1)机组临界过程中出现控制棒双保持，可能导致临界失败； 2)机组调试瞬态试验期间，如果出现控制棒双保持，可能导致机组非计划停机停堆事件。造成 3RGL 系统在控制棒动棒期间多次出现双保持导致控制棒无法正常动作的原因为，在动棒过程中产生了控制棒驱动机构线圈电流报警，触发 RGL 系统紧急故障
参考资料信息	维修二处仪控：3LHP 柴油机定期试验期间触发 3RGL 电流报警的问题处理情况反馈，EAM 中工单 00405037-01 的完工报告；WR/WOT：00185716/00405037-01(紧急工单)
编　　者	运行二处一值：谷铁　　时间：2019 年 02 月 11 日

2.17.16　3 号机组达临界过程中，触发报警、控制棒双保持

异常缺陷名称	3 号机组达临界过程中，触发报警、控制棒双保持
发生时间	2016 年 10 月 14 日中班
机组状态	达临界过程中
异常缺陷现象	当班期间执行达临界操作，期间提升功率棒组(270～290 步之间)触发控制棒双保持报警(3RGL001、005、006、009KA)
风险或潜在后果	控制棒被双夹持，控制棒无法正常动作，无法执行达临界操作

续　表

干预行动	已采取的行动措施： 1）主控暂停控制棒的操作，查看和执行报警卡，按报警卡执行故障规程 IRGL001； 2）安排现场检查棒控电源柜（3RGL011AR～3RGL026AR）、棒控逻辑柜（3RGL001AR）、棒位测量柜（3RGL009AR）或棒位处理柜（3RGL010AR）设备是否存在故障报警信息； 3）oncall 仪控检查处理
原因分析	3 号机组重新达临界过程中，G2. 1-3 由第 5 提 6 步时出现 SC 大电流过小报警，测量 SC 线圈反馈的大电流正常；初步分析 SC 检测 1 卡件误产生大电流检测时序，出现 SC 大电流过小报警
消缺行动	仪控处理反馈： 1）处理措施：更换了新的 SC 检测 1 卡件，工作正常。 2）工作过程： ①通知主控工作开始，打开机柜柜门； ②将强制双重开关打到“强制双重保持”模式，确认双重保持触发； ③对故障卡件进行 SC 反馈电流测量，电流正常； ④对卡件进行拔插； ⑤将强制双重保持开关打到“正常”位置，按下故障清除按钮，对报警清除； ⑥通知主控操纵员，提升 2 步控制棒； ⑦故障报警再次出现，将强制双重开关打到“强制双重保持”模式，确认双重保持触发； ⑧对故障 SC 检测 1 卡件进行更换； ⑨将强制双重保持开关打到“正常”位置，按下故障清除按钮，对报警清除； ⑩通知主控操纵员，提升 2 步控制棒； ⑪机柜状态正常，未出现报警； ⑫通知主控工作完成。 3）机组影响评估：出现控制棒双保持，影响控制棒动作。 4）故障原因分析：3 号机组重新达临界过程中，G2. 1-3 由第 5 提 6 步时出现 SC 大电流过小报警，测量 SC 线圈反馈的大电流正常；初步分析 SC 检测 1 卡件误产生大电流检测时序，出现 SC 大电流过小报警

续 表

相关知识	控制棒被双夹持，控制棒无法正常动作，潜在风险后果： 1）机组临界过程中出现控制棒双保持，可能导致临界失败； 2）机组调试瞬态试验期间，如果出现控制棒双保持，可能导致机组非计划停机停堆事件。造成 3RGL 系统在控制棒动棒期间多次出现双保持导致控制棒无法正常动作的原因为，在动棒过程中产生了控制棒驱动机构线圈电流报警，触发 RGL 系统紧急故障	
参考资料信息	维修二处仪控：3 号机组达临界过程中，触发报警、控制棒双保持处理反馈； WR/WOT：00179712/00390271-01（紧急工单）	
编　　者	运行二处一值：谷铁	时间：2019 年 02 月 11 日

2.17.17 控制棒提 5 步过程中，触发控制棒双保持报警

异常缺陷名称	控制棒提 5 步过程中，触发控制棒双保持报警
发生时间	2016 年 10 月 12 日夜班
机组状态	机组调试启动阶段，紧急停堆试验后控制棒提 5 步过程中
异常缺陷现象	停堆试验后提升控制棒 N2 棒组至 5 步过程中，KIC 中触发 3RGL001KA \ 3RGL009KA \ 3RGL006KA \ 3RGL005KA 报警，控制棒双保持
风险或潜在后果	导致控制棒无法操作，无法提升到 5 步
干预行动	已采取的行动措施： 1）主控暂停控制棒的操作，查看和执行报警卡，按报警卡执行故障规程 IRGL001； 2）安排现场检查棒控电源柜（3RGL011AR～3RGL026AR）、棒控逻辑柜（3RGL001AR）、棒位测量柜（3RGL009AR）或棒位处理柜（3RGL010AR）设备是否存在故障报警信息； 3）oncall 仪控检查处理
原因分析	3 号机组紧急停堆后，重新提棒时，N2.2-2 由第 2 提 3 步时出现 SC 大电流过小报警，测量电流发现大电流为 1.58 V；检查发现 SC 定值卡件"定大"背后的小电路板焊接质量低，存在搭接情况

续　表

消缺行动	仪控处理反馈： 1)处理措施： 更换了新的 SC 定值卡件，工作正常。 2)工作过程： ①打开 3RGL019AR，出现 3RGL001、007、034KA 报警； ②确认出现电流故障的是 N2. 2-2 棒束； ③使用万用表测量 SC 线圈大电流反馈是 1. 58 V； ④按下 PLC 复位按钮使 N2 棒组控制棒落入堆底； ⑤对故障卡件进行拔插后，测量 SC 线圈大电流反馈仍是 1. 58 V，卡件故障； ⑥使用 SC 定值卡件备件更换故障卡件； ⑦对更换卡件的参数进行调整； ⑧通知主控工作完成。 3)故障原因分析：N2. 2-2 棒束出现 SC 大电流过小报警。 4)后续行动：对故障卡件进行返厂分析。 5)机组影响评估：出现控制棒双保持，影响控制棒动作
相关知识	控制棒被双夹持，控制棒无法正常动作，潜在风险后果： 1)机组临界过程中出现控制棒双保持，可能导致临界失败； 2)机组调试瞬态试验期间，如果出现控制棒双保持，可能导致机组非计划停机停堆事件。 造成 3RGL 系统在控制棒动棒期间多次出现双保持导致控制棒无法正常动作的原因为，在动棒过程中产生了控制棒驱动机构线圈电流报警，触发 RGL 系统紧急故障
参考资料信息	维修二处仪控：控制棒提 5 步过程中，触发报警和控制棒双保持的处理反馈； WR/WOT：00178995/00389209-01(紧急工单)
编　　者	运行二处一值：谷铁　　　　时间：2019 年 02 月 11 日

2. 17. 18　主控闪发 3RGL001KA RGL 运行故障和 3RGL007KA RCS 故障报警

异常缺陷名称	主控闪发 3RGL001KA RGL 运行故障和 3RGL007KA RCS 故障报警
发生时间	2016 年 12 月 03 日中班
机组状态	RP 模式，满功率
异常缺陷现象	22:15，KIC 闪发 3RGL001KA(RGL 运行故障)/3RGL007KA(RCS 故障)

续　表

风险或潜在后果	影响 RGL 系统运行的可靠性
干预行动	已采取的行动措施： 1）查看和执行报警卡，检查棒控棒位系统设备（逻辑柜 3RGL001AR，测量柜 3RGL009AR，处理柜 3RGL010AR，电源柜 3RGL011AR～3RGL026AR）是否发生故障或失电，未见异常； 2）oncall 仪控检查处理
原因分析	1）直接原因： RGL 棒控逻辑柜 PLC 检测到来自 CCS 机柜的 R 棒自动棒速低于 8 步/min时产生 RGL 棒控系统非紧急报警（RGL001/007KA）。当 R 棒静止不动时，理论上 CCS 送出的 R 棒自动棒速信号为 4 mA，RGL PLC 侧识别为 8 步/min，而由于模拟量信号传输存在一定的误差和波动，实际上会出现小于 4 mA 的情况，即 RGL PLC 侧采集到了小于 8 步/min 的值，此时 PLC 中的判断逻辑即认为异常，从而产生非紧急报警。 2）根本原因： RGL PLC 软件中 R 棒自动棒速低检测逻辑设计不完善，未考虑模拟量信号存在一定误差的情况，检测判断条件设置不合理
消缺行动	仪控处理反馈： 1）影响评估：闪发非紧急报警，对 RGL 系统运行无影响。 2）故障原因分析： ①直接原因：RGL 棒控逻辑柜 PLC 检测到来自 CCS 机柜的 R 棒自动棒速低于 8 步/min 时产生 RGL 棒控系统非紧急报警（RGL001/007KA）。当 R 棒静止不动时，理论上 CCS 送出的 R 棒自动棒速信号为 4 mA，RGL PLC 侧识别为 8 步/min，而由于模拟量信号传输存在一定的误差和波动，实际上会出现小于 4 mA的情况，即 RGL PLC 侧采集到了小于 8 步/min 的值，此时 PLC 中的判断逻辑即认为异常，从而产生非紧急报警； ②根本原因：RGL PLC 软件中 R 棒自动棒速低检测逻辑设计不完善，未考虑模拟量信号存在一定误差的情况，检测判断条件设置不合理
相关知识	1）3RGL 001KA（RGL 运行故障）报警触发的可能原因： 棒控棒位系统设备（逻辑柜 3RGL001AR，测量柜 3RGL009AR，处理柜 3RGL010AR，电源柜 3RGL011AR～3RGL026AR）发生故障或失电。

续　表

相关知识	2)3RGL007KA(RCS 故障)报警触发的可能原因： 棒控电源柜(3RGL011AR～3RGL026AR)或棒控逻辑柜(3RGL001AR)等设备发生下列故障： ①电源柜或逻辑柜电源故障； ②电源柜非紧急故障； ③CCS 命令故障； ④测量值超范围； ⑤定值故障； ⑥P4 信号故障
参考资料信息	维修二处仪控：oncall 反馈：3RGL001/007KA 报警闪发检查处理
编　　者	运行二处一值：谷铁　　时间：2019 年 02 月 11 日

2.17.19　主控触发 4RGL001KA RGL 运行故障和 4RGL007KA RCS 故障报警

异常缺陷名称	主控触发 4RGL001KA RGL 运行故障和 4RGL007KA RCS 故障报警
发生时间	2017 年 12 月 31 日夜班
机组状态	RP 模式，满功率
异常缺陷现象	04:09:03 时，主控出现“4RGL001KA RGL 运行故障”和“4RGL007KA RCS 故障”
风险或潜在后果	影响 4RGL 控制棒系统的可靠性
干预行动	已采取的行动措施： 1)主控室根据报警卡使用 I RGL 001 规程检查 4RGL 各 KIC 画面，发现 4RGL701KS(RGL fault)灯亮、4RGL707KS(RCS alarm)灯亮，未见其他异常； 2)主控检查当时时刻一回路温度、核功率等各项参数均未见异常； 3)按报警卡提示安排就地检查巡视 4RGL 机柜，发现 4RGL017AR 柜内 A/B 电源卡件报故障； 4)立即 oncall 维修仪控沟通报警现象及 RGL 状态，初步怀疑 4RGL017AR 柜内 A/B 电源卡件报故障
原因分析	报警触发原因是 4RGL017AR　MC1 机箱一块 AB 电源卡件报故障，正常为两块电源卡件冗余供电，另一块电源卡件工作正常，对控制棒的正常动作无影响；对故障卡件经进一步检查分析为 A/B 电源卡件 PCB 板内 D2 模块故障

续　表

消缺行动	仪控处理反馈： 1)处理进展结果： 主控 4RGL001/007KA 报警，已消除。 2)处理措施： 仪控维修人员按照工作方案对故障 AB 电源卡件进行更换，更换工作已完成。 3)故障原因分析：报警触发原因是 4RGL017AR　MC1 机箱一块 AB 电源卡件报故障，正常为两块电源卡件冗余供电，另一块电源卡件工作正常，对控制棒的正常动作无影响；对故障卡件经进一步检查分析为 A/B 电源卡件 PCB 板内 D2 模块故障	
相关知识	1)RGL 001KA(RGL 运行故障)报警触发的可能原因： 棒控棒位系统设备(逻辑柜 RGL001AR，测量柜 RGL009AR，处理柜 RGL010AR，电源柜 RGL011AR～RGL026AR)发生故障或失电。 2)RGL007KA(RCS 故障)报警触发的可能原因： 棒控电源柜(RGL011AR～RGL026AR) 或棒控逻辑柜(RGL001AR)等设备发生下列故障： ①电源柜或逻辑柜电源故障； ②电源柜非紧急故障； ③CCS 命令故障； ④测量值超范围； ⑤定值故障； ⑥P4 信号故障	
参考资料信息	运行二处：4 号机组异常反馈——主控触发 4RGL001KA RGL 运行故障和 4RGL007KA RCS 故障报警； 维修二处仪控：oncall 反馈——主控触发 4RGL001KA RGL 运行故障和 4RGL007KA　RCS 故障报警检查处理； WR/WOT：00328763/00812018-01(紧急工单)	
编　　者	运行二处一值：谷铁	时间：2019 年 02 月 11 日

2.17.20　主控触发 4RGL001KA RGL 运行故障和 4RGL007KA RCS 故障报警

异常缺陷名称	主控出现 4RGL001KA RGL 运行故障和 4RGL007KA RCS 故障报警
发生时间	2017 年 11 月 30 日中班

续 表

机组状态	RP 模式，满功率
异常缺陷现象	22 点 39 分 4 号机组主控室 KIC 中出现 4RGL001KA(RGL 运行故障)/007KA(RCS 故障)
风险或潜在后果	影响 RGL 系统运行的可靠性
干预行动	已采取的行动措施： 1)主控室根据报警卡使用 I RGL 001 规程检查 RGL KIC 画面，未见其余异常； 2)检查棒控棒位系统设备(逻辑柜 4RGL001AR，测量柜 4RGL009AR，处理柜 4RGL010AR，电源柜 4RGL011AR ~ 4RGL026AR)是否发生故障或失电，发现 4RGL024AR 机柜上存在故障灯亮； 3)立即 oncall 维修仪控沟通报警现象及 RGL 状态，初步反馈报警不会影响控制棒移动； 4)主控室密切监视 RGL 主控室画面及机组状态
原因分析	报警触发原因是 4RGL024AR LC4 机箱一块 AB 电源卡件报故障，4RGL007KA 报警为非紧急故障，对控制棒的正常动作无影响
消缺行动	仪控处理反馈： 1)处理进展： 主控 4RGL001/007KA 报警，已消除。 2)处理措施： 仪控维修人员按照工作方案对故障 AB 电源卡件进行更换，更换工作已完成。 3)工作过程： ①打开 4RGL024AR，确认故障卡件位置； ②将机柜进入强制双重保持模式； ③使用万用表确认 4RGL024AR 所有棒束进入双重保持； ④拔出故障卡件并进行更换； ⑤确认更换卡件工作正常； ⑥解除强制双重保持模式，关闭机柜柜门。 4)故障原因分析：4RGL024AR LC4 机箱一块 AB 电源卡件报故障，4RGL007KA 报警为非紧急故障，对控制棒的正常动作无影响。 5)后续行动： 分析 AB 电源卡件故障原因

续　表

相关知识	1)4RGL 001KA(RGL 运行故障)报警触发的可能原因： 棒控棒位系统设备(逻辑柜 4RGL001AR，测量柜 4RGL009AR，处理柜 4RGL010AR，电源柜 4RGL011AR～4RGL026AR)发生故障或失电。 2)4RGL007KA(RCS 故障)报警触发的可能原因： 棒控电源柜(4RGL011AR ～ 4RGL026AR) 或棒控逻辑柜(4RGL001AR)等设备发生下列故障： ①电源柜或逻辑柜电源故障； ②电源柜非紧急故障； ③CCS 命令故障； ④测量值超范围； ⑤定值故障； ⑥P4 信号故障	
参考资料信息	运行二处：4 号机异常反馈——主控触发 4RGL001KA(RGL 运行故障)/007KA(RCS 故障)报警； 维修二处仪控：oncall 反馈—— 4RGL001KA(RGL 运行故障)/007KA(RCS 故障)报警处理； WR/WOT：00316239/00765577-01(紧急工单)	
编　　者	运行二处一值：谷铁	时间：2019 年 02 月 11 日

2.17.21　主控出现“4RGL001KA RGL 运行故障”和“4RGL007KA RCS 故障”报警

异常缺陷名称	主控出现 4RGL001KA RGL 运行故障和 4RGL007KA RCS 故障报警
发生时间	2018 年 06 月 04 日中班
机组状态	RP 模式，满功率
异常缺陷现象	21:47:29 主控出现“4RGL001KA RGL 运行故障”和“4RGL007KA RCS 故障”
风险或潜在后果	影响 4RGL 控制棒系统的可靠性，可能引起棒束不能正常移动
干预行动	1)已采取的行动措施： ①主控室根据报警卡使用 I RGL 001 规程将 G 棒和 R 棒组切手动；检查 4RGL 各 KIC 画面，发现 4RGL701KS(RGL fault)灯亮、4RGL707KS 灯亮，未见其他异常；

续 表

干预行动	②主控检查当时时刻一回路温度、核功率等各项参数均未见异常； ③按报警卡提示安排就地检查 4RGL 机柜，发现 4RGL016AR 上非紧急故障灯亮和 A/B 电源卡件故障灯亮。参考 RGL-T-002 规程，RGL016AR 对应 R1 棒组； ④立即 oncall 维修仪控沟通报警现象及 RGL 状态，初步怀疑 4RGL016AR 柜内 A/B 电源卡件报故障。 2）建议后续行动： ①仪控进厂消除缺陷； ②运行继续并密切监视 RGL 主控室画面及机组状态，如出现需要控制棒动作瞬态及时将 R 棒/G 棒恢复自动； ③此报警 2017 年 11 月 30 日和 2017 年 12 月 31 日也曾出现，建议仪控分析故障根本原因并消除故障，避免重复故障缺陷发生
原因分析	4RGL016AR 中 SC-3 机箱的 AB 电源卡件故障
消缺行动	仪控处理反馈： 1）处理进展： 4RGL001/007KA（非紧急故障）报警消失，4RGL016AR 机柜工作正常。 2）处理措施： 仪控维修人员按照工作方案对故障 AB 电源卡件进行更换，更换工作已完成。 3）工作过程： ①确认故障卡件位置，打开机柜柜门； ②将机柜进入强制双重保持模式； ③将故障 A/B 电源卡件拔出； ④更换新 A/B 电源卡件，确认备件工作正常； ⑤解除强制双重保持； ⑥关闭机柜柜门。 4）故障原因分析：4RGL016AR 机柜 SC3 机箱 A/B 电源卡件故障。 5）后续行动： 将故障卡件寄回厂家进行故障原因分析
相关知识	1）4RGL 001KA（RGL 运行故障）报警触发的可能原因： 棒控棒位系统设备（逻辑柜 4RGL001AR，测量柜 4RGL009AR，处理柜 4RGL010AR，电源柜 4RGL011AR～4RGL026AR）发生故障或失电。

续　表

相关知识	2)4RGL007KA(RCS 故障)报警触发的可能原因： 棒控电源柜(4RGL011AR ~ 4RGL026AR)或棒控逻辑柜(4RGL001AR)等设备发生下列故障： ①电源柜或逻辑柜电源故障； ②电源柜非紧急故障； ③CCS 命令故障； ④测量值超范围； ⑤定值故障； ⑥P4 信号故障
参考资料信息	运行二处：4 号机异常反馈——主控出现“4RGL001KA RGL 运行故障”和“4RGL007KA RCS 故障”； 维修二处仪控：oncall 反馈——4 号主控触发 4RGL001/007KA(非紧急故障)报警处理； WR/WOT：00396832/00938462-01(紧急工单)
编　　者	运行二处一值：谷铁　　　　时间：2019 年 02 月 11 日

2.17.22　主控 KIC 出现 4RGL001KA RGL 运行故障和 4RGL007KA RCS 故障报警

异常缺陷名称	主控 KIC 出现 4RGL001KA RGL 运行故障和 4RGL007KA RCS 故障报警
发生时间	2018 年 12 月 20 日早班
机组状态	RP 模式，满功率
异常缺陷现象	15:20:06 主控出现“4RGL001KA RGL 运行故障”“4RGL007KA RCS 故障”
风险或潜在后果	影响 4RGL 控制棒系统的可靠性，可能引起棒束不能正常移动
干预行动	1)已采取的行动措施： ①主控室根据报警卡使用 I RGL 001 规程将 G 棒和 R 棒组切手动；检查 4RGL 各 KIC 画面，发现 4RGL701KS(RGL fault)灯亮、4RGL707KS 灯亮，未见其他异常； ②主控检查当时时刻一回路温度、核功率等各项参数均未见异常； ③按报警卡提示安排就地检查 4RGL 机柜，发现 4RGL014AR(对应 SB2 棒组)非紧急故障灯亮和 A/B 电源卡件故障灯亮；

续 表

干预行动	④立即 oncall 维修仪控沟通报警现象及 RGL 状态； ⑤仪控领取备件，开紧急票进行卡件备件更换后，消除报警； ⑥主控恢复 R 棒和 G 棒自动。 2)建议后续行动： 此报警在 2017 年 11 月 30 日和 2017 年 12 月 31 日、2018 年 06 月 04 日曾多次出现，建议仪控分析故障根本原因，避免重复故障缺陷发生
原因分析	现场检查报警原因为 4RGL014AR 机柜内一块 A/B 电源卡件故障。该报警为非紧急故障报警，对 RGL 系统运行暂时无影响。A/B 电源卡件为冗余配置，一块故障不影响整个系统运行，不影响控制棒的动作
消缺行动	仪控处理反馈： 1)处理进展： ①仪控领取备件，开紧急票进行卡件备件更换后，消除报警； ②主控恢复 R 棒和 G 棒自动。 2)工作过程： ①打开 4RGL014AR 机柜门，定位故障卡件位置； ②将 4RGL014AR 置于“强制双重保持”位置； ③更换 AB 电源卡件； ④确认报警消失； ⑤解除机柜“强制双重保持”状态； ⑥关闭机柜门，清理现场。 3)故障原因分析：现场检查报警原因为 4RGL014AR 机柜内一块 A/B 电源卡件故障。该报警为非紧急故障报警，对 RGL 系统运行暂时无影响。A/B 电源卡件为冗余配置，一块故障不影响整个系统运行，不影响控制棒的动作
相关知识	1)4RGL 001KA(RGL 运行故障)报警触发的可能原因： 棒控棒位系统设备(逻辑柜 4RGL001AR，测量柜 4RGL009AR，处理柜 4RGL010AR，电源柜 4RGL011AR～4RGL026AR)发生故障或失电。 2)4RGL007KA(RCS 故障)报警触发的可能原因： 棒控电源柜(4RGL011AR ～ 4RGL026AR)或棒控逻辑柜(4RGL001AR)等设备发生下列故障： ①电源柜或逻辑柜电源故障；

续　表

相关知识	②电源柜非紧急故障； ③CCS 命令故障； ④测量值超范围； ⑤定值故障； ⑥P4 信号故障	
参考资料信息	运行二处：4 号机组异常反馈——主控 KIC 出现"4RGL001KA RGL 运行故障""4RGL007KA RCS 故障"； WR/WOT：00480651/01080956-01（紧急工单）	
编　　者	运行二处一值：谷铁	时间：2019 年 02 月 11 日

2.17.23　2 号主控 KIC 触发 2RGL410KA（CCS 运行故障）报警

异常缺陷名称	2 号主控 KIC 触发 2RGL410KA（CCS 运行故障）报警
发生时间	2018 年 08 月 19 日中班
机组状态	RP 模式，满功率
异常缺陷现象	20:15:57，2 号主控触发 2RGL410KA（CCS 运行故障），KIC 画面中 2RGL410KS 灯亮，RGL 各组控制棒未见异常动作，现场检查 2RGL301AR（反应堆功率控制（CCS）机柜）上故障灯亮，柜门未异常开启
风险或潜在后果	根据报警规程，报警触发原因可能为 CCS 机柜柜门开启（经现场查看已初步排除）、电源故障或 CCS 机柜模块丢失。经咨询仪控专业人员，CCS 机柜电源及模块为双冗余设计，若单路故障，则冗余度降低，不直接影响 RGL 系统运行；若双路电源或模块故障，则可能导致部分控制棒组无法正常动作（不会直接导致落棒）
干预行动	已采取的行动措施： 1）查看和执行报警卡； 2）主控检查 RGL 系统画面，现场查看 CCS 机柜确认故障情况，发现 2RGL301AR 故障灯亮； 3）oncall 仪控人员进厂检查处理； 4）主控密切监视 2RGL 系统运行情况，避免可能导致控制棒动作的操作

续　表

原因分析	反应堆控制柜 2RGL301AR 控制平台自诊断发现错误。后续自诊断未再次出现异常，触发报警以提示用户，对 2RGL 系统可用性无影响，无需处理
消缺行动	仪控处理反馈： 1）检查内容：使用 Tricon 诊断软件读取平台日志。 2）进展结果：报警触发 2 h 后消失，对 2RGL 系统可用性无影响，无需处理。 3）故障原因分析：反应堆控制柜 2RGL301AR 控制平台自诊断发现错误。后续自诊断未再次出现异常，触发报警以提示用户，对 2RGL 系统可用性无影响
相关知识	RGL 系统卡件自诊断报警，2 h 后将自动消失
参考资料信息	维修一处仪控：维修日报反馈“2 号主控触发 2RGL410KA（CCS 运行故障）”； 运行一处：2 号机组异常反馈——2 号主控触发 2RGL410KA（CCS 运行故障）； WR/WOT：00430185/00994653-01（紧急工单）。 其他类似异常缺陷： 2019 年 02 月 16 日夜班 05:18 主控触发报警 4RGL410KA　CCS 运行故障，现场检查 4RGL301AR 报警灯亮。oncall 维修仪控进厂，仪控反馈为卡件自诊断故障，2 h 后报警消失。当前该报警已于 2 h后（7:18）消失
编　　者	运行二处一值：谷铁　　　　时间：2019 年 02 月 11 日

2.17.24　执行 FQ1-RGL-T-002 插入 G2 棒后 1RGL010MM 未按预期变化

异常缺陷名称	执行 FQ1-RGL-T-002 插入 G2 棒后 1RGL010MM 未按预期变化
发生时间	2018 年 10 月 12 日早班
机组状态	RP 模式，满功率
异常缺陷现象	执行 FQ1-RGL-T-002，在插入 G2 棒组后，1RGL010MM 未按预期变化，仍保持在 224 步，同时 1RGL024KS 异常亮起

续 表

风险或潜在后果	1)可能影响 G2 棒棒位监视； 2)可能影响 G2 棒动作； 3)经仪控检查确认为 G21-2 棒束的棒位指示器故障。产生随机 IO2：RGL5
干预行动	1)已采取的行动措施： ①停止 FQ1-RGL-T-002 试验，并将 1RGL 系统恢复至正常状态； ②仪控对 G21-2 棒束进行棒位测量通道试验、并通过格雷码发生器模拟测量棒位； ③运行配合逐步插入 G2 棒组(共插入 6 步)，随后恢复正常运行状态，期间 1RGL010MM 正常变化； ④运行继续执行 FQ1-RGL-T-002 插入 G2 棒组部分，确认 1RGL010MM 可正常变化。 2)建议后续行动： ①仪控分析故障原因，核实棒位测量系统岛外设备的备件，并准备工单在大修期间对棒位测量系统进行彻底检查； ②运行和仪控共同编制故障处理方案
原因分析	棒位系统存在使 G21-2 测量棒位 A 码不能由 1 翻转为 0 因素，可能原因包括：1RGL009AR 机柜 G21-2 棒束 MCP23 模块、格雷码信号传输通道、1RGL010AR 机柜 PLC 涉及 G21-2 的 DI 模块等
消缺行动	仪控处理反馈： 1)处理进展结果：控制棒动作正常，测量棒位显示正常。 2)检查内容： ①G21-2 棒束测量棒位编码模块 MCP23 执行校 0/校 1 试验，确认棒位传输通道正常传输 0、1 信号； ②使用格雷码发生器模拟 G21-2 全行程测量棒位，确认棒位不同格雷码信号传输没有相互干扰； ③运行插棒期间，测量 G21-2 棒位探测器感应电压，确认其发生变化，确认控制棒未机械性卡棒； ④运行继续插棒，当 G21-2 下插到 221 步时，测量棒位由 224 跳变为 216，符合预期； ⑤运行提棒至 225 步，确认测量棒位显示 224 步； ⑥运行继续执行动棒试验，试验结果符合预期。 3)故障原因： 棒位系统存在使 G21-2 测量棒位 A 码不能由 1 翻转为 0 因素，可能原因包括：1RGL009AR 机柜 G21-2 棒束 MCP23 模块、格雷码信号传输通道、1RGL010AR 机柜 PLC 涉及 G21-2 的 DI 模块等

续　表

相关知识	棒位探测器基本工作原理： 测量线圈分 5 组，每组内相邻测量线圈反相串联，控制棒由底部(上图左侧)逐步提升到顶部(上图右侧)的过程中，每组测量线圈两端的感应电压将出现“低(电压)、高(电压)、低、高、低、高……”。端电压送往测量柜，处理卡件为每组测量线圈各设置一个电压阈值，当端电压超过阈值时，此测量线圈被编码为 1；当低于阈值时，被编码为 0。在控制棒提升过程中，每组测量线圈的编码将出现“0、1、0、1、0、1……”。依照各组测量线圈的分布，编码将出现“格莱码”形式分布，将其以 8 步精度转换为机械棒位。 子组内测量棒位存在偏差的原因：测量线圈的阈值设置是在调试期间完成的，其验收准则是控制棒在某 8 个机械步区间内+5、+6、+7 步，测量棒位显示 8 步均为合格。所以子组内两棒束间测量棒位可能存在 8 步偏差且不会任何触发棒位故障
参考资料信息	运行一处：1 号机组异常反馈——执行 FQ1-RGL-T-002 插入 G2 棒后 1RGL010MM 未按预期变化； 维修一处仪控：维修日报反馈(插入 G2 棒组后，1RGL010MM 未按预期变化)； WR/WOT：00450963/01035488-01(紧急工单)
编　　者	运行二处一值：谷铁　　　　时间：2019 年 02 月 11 日

2.17.25　执行 FQ1-RGL-T-002 试验时插入 N1 棒后，1RGL017MM 未按预期变化

异常缺陷名称	执行 FQ1-RGL-T-002 试验时插入 N1 棒后，1RGL017MM 未按预期变化
发生时间	2018 年 12 月 07 日早班
机组状态	RP 模式，满功率
异常缺陷现象	早班执行 FQ1-RGL-T-002 试验时，在动作插入 N1 棒组时，1RGL017MM 未按预期变化，仍保持在 224 步
风险或潜在后果	1)如果控制棒真实卡棒或失步，则机组面临降功率后撤风险； 2)导致 QSR 试验失败，无法顺利完成

续 表

干预行动	1)已采取的行动措施: ①暂停试验，检查一回路温度、热功率、核功率四个通道以及RIC堆芯热电偶变化趋势，以判断N1棒组是否真实下插; ②oncall仪控检查。 2)建议后续行动: ①鉴于缺陷多次出现，请仪控优化保驾方案：提前准备缺陷处理工单，并排入计划与FQ1-RGL-T-002一起执行，以减少缺陷处理的前期准备时间; ②仪控分析缺陷产生的根本原因并消除; ③保驾人员增加物理人员及处理缺陷人员
原因分析	棒位系统存在使N11-1测量棒位A码不能由1翻转为0的因素，可能原因包括：1RGL009AR机柜N11-1棒束MCP23模块、格雷码信号传输通道、1RGL010AR机柜PLC涉及N11-1的DI模块等
消缺行动	仪控处理反馈: 1)工作过程: ①运行将N1棒组下插12步，N11-1仍显示224步(预期216步或208步)，进一步确认存在棒位异常 ②根据工作预案《FQX-RGL-TD-I18041 MI设备故障处理预案(RGL测量棒位偏离预期异常)》进行下列排查; ③N11-1棒束测量棒位编码模块MCP23执行校0/校1试验，确认棒位传输通道正常传输0、1信号; ④运行插棒前，测量N11-1棒位探测器感应电压及阈值电压，确认当前格雷码符合预期; ⑤运行插棒期间，测量N11-1棒位探测器感应电压，确认其发生变化，确认控制棒未机械性卡棒; ⑥运行继续插棒至215步，测量N11-1棒位探测器感应电压及阈值，符合预期测量棒位216步，故障消除; ⑦运行提棒至225步，确认测量棒位显示224步; ⑧行继续执行动棒试验，试验结果符合预期; ⑨归还工作许可证，请运行人员验收; 2)故障原因分析：棒位系统存在使N11-1测量棒位A码不能由1翻转为0的因素，可能原因包括：1RGL009AR机柜N11-1棒束MCP23模块、格雷码信号传输通道、1RGL010AR机柜PLC涉及N11-1的DI模块等

续 表

相关知识	棒位探测器基本工作原理： 测量线圈分5组，每组内相邻测量线圈反相串联，控制棒由底部(上图左侧)逐步提升到顶部(上图右侧)的过程中，每组测量线圈两端的感应电压将出现“低(电压)、高(电压)、低、高、低、高……”。端电压送往测量柜，处理卡件为每组测量线圈各设置一个电压阈值，当端电压超过阈值时，此测量线圈被编码为1；当低于阈值时，被编码为0。在控制棒提升过程中，每组测量线圈的编码将出现“0、1、0、1、0、1……”。依照各组测量线圈的分布，编码将出现“格莱码”形式分布，将其以8步精度转换为机械棒位。 子组内测量棒位存在偏差的原因：测量线圈的阈值设置是在调试期间完成的，其验收准则是控制棒在某8个机械步区间内+5、+6、+7步，测量棒位显示8步均为合格。所以子组内两棒束间测量棒位可能存在8步偏差且不会任何触发棒位故障
参考资料信息	运行一处：1号机组异常反馈——执行FQ1-RGL-T-002插入N1棒后1RGL017MM未按预期变化； WR/WOT：00474861/01073186-01(紧急工单)
编　　者	运行二处一值：谷铁 | 时间：2019年02月11日

2.17.26　执行FQ4-RGL-T-002试验时N2棒组通过“失步校正1”方式下插10步和提升10步后，4RGL016QM显示为-1

异常缺陷名称	执行FQ4-RGL-T-002试验时N2棒组通过“失步校正1”方式下插10步和提升10步后，4RGL016QM显示为-1
发生时间	2017年10月16日早班
机组状态	RP模式，满功率
异常缺陷现象	执行定期试验FQ4-RGL-T-002时，N2棒组通过“失步校正1”方式下插10步和提升10步后，4RGL016QM显示为-1。而正常提升回原位置后，4RGL016QM应显示为0。仪控人员就地核实N2棒组下插和提升10步后，磨损步计步器显示累加了20步，实际已恢复至原棒位，且4RGL001AR内的失步计数器对应的SU显示为0
风险或潜在后果	影响定期试验FQ4-RGL-T-002的顺利开展

续　表

干预行动	已采取的行动措施： 1)暂停试验，恢复到初始状态； 2)oncall 仪控人员检查处理
原因分析	N2 棒组通过“失步校正 1”方式下插 10 步和提升 10 步后，4RGL016QM 显示为-1 时，核实 DCS 一层和 RGL SU 工作站上 4RGL016QM 均显示为 0，初步分析原因是 KIC 中 4RGL016QM 信号采集扫描时间(2S)较长，偶发未采集到-1 至 0 的变化
消缺行动	仪控处理反馈： 1)缺陷描述：执行 FQ4-RGL-T-002 试验时 N2 棒组通过“失步校正 1”方式下插 10 步和提升 10 步后，4RGL016QM 显示为-1； 2)原因分析：N2 棒组通过“失步校正 1”方式下插 10 步和提升 10 步后，4RGL016QM 显示为-1 时，核实 DCS 一层和 RGL SU 工作站上 4RGL016QM 均显示为 0，初步分析原因是 KIC 中 4RGL016QM 信号采集扫描时间(2S)较长，偶发未采集到-1 至 0 的变化。 3)处理措施：在 DCS 一层对 4RGL016QM 强制一个变化状态，使 KIC 显示恢复正常；后续将修改 4RGL016QM 信号采集扫描时间，并在 KIC 更新窗口实施(WOT：00729387-01)。 4)工作过程： ①确认 KIC 数据包修改完成； ②对数据包进行下装； ③确认下装完成； ④确认 4RGL016QM 配置参数已经生效； ⑤工作结束，清理现场
相关知识	棒位探测器基本工作原理： 测量线圈分 5 组，每组内相邻测量线圈反相串联，控制棒由底部(上图左侧)逐步提升到顶部(上图右侧)的过程中，每组测量线圈两端的感应电压将出现“低(电压)、高(电压)、低、高、低、高……”。端电压送往测量柜，处理卡件为每组测量线圈各设置一个电压阈值，当端电压超过阈值时，此测量线圈被编码为 1；当低于阈值时，被编码为 0。在控制棒提升过程中，每组测量线圈的编码将出现“0、1、0、1、0、1……”。依照各组测量线圈的分布，编码将出现“格莱码”形式分布，将其以 8 步精度转换为机械棒位。子组内测量棒位存在偏差的原因：测量线圈的阈值设置是在调试期间完成的，其验收准则是控制棒在某 8 个机械步区间内+5、+6、+7 步，测量棒位显示 8 步均为合格。所以子组内两棒束间测量棒位可能存在 8 步偏差且不会任何触发棒位故障

续 表

参考资料信息	维修二处仪控：关于 N2 棒组通过“失步校正 1”方式下插 10 步和提升 10 步后，4RGL016QM 显示为-1 问题的反馈； WR/WOT：00299808/00729387-01（计划工单）	
编　　者	运行二处一值：谷铁	时间：2019 年 02 月 11 日

2.17.27　3 号主控闪发 3RGL001、002、006KA 报警

异常缺陷名称	3 号主控闪发 3RGL001、002、006KA 报警处理反馈
发生时间	2019 年 01 月 17 日 早班和中班
机组状态	RP 模式，电功率 750 MWe
异常缺陷现象	主控闪发 3RGL001、002、006KA 报警，持续时间约 1 s
风险或潜在后果	1）报警为闪发，不影响控制棒束动作和棒位监视； 2）卡件更换时将可能影响控制棒棒位监视，产生第二组 IO
干预行动	已采取的行动措施： 1）查看和执行报警卡，检查 RGL 系统 KIC 画面，查看控制棒棒位及运行状态未见异常； 2）oncall 仪控检查处理
原因分析	就地进行机柜检查，原因为 3RGL006AR 内 SD1-1 棒束 MCP10 卡件闪发故障
消缺行动	仪控处理反馈： 1）缺陷描述：主控闪发 3RGL001、002、006KA 报警，持续时间约 1 s； 2）处理进展：3RGL001、002、006KA 报警为闪发，目前已消除； 3）原因分析：就地进行机柜检查，原因为 3RGL006AR 内 SD1-1 棒束 MCP10 卡件输出不稳定，闪发故障； 4）处理措施：由于更换卡件过程中产生第二组 IO，目前无执行窗口。经与主控沟通走日常工单流程处理，已提 WOT：01111750-01； 5）影响分析：该报警为棒位系统报警且为闪发，不影响控制棒束动作和棒位监视；

续　表

消缺行动	6）工作过程（WOT：01111750-01）： ①打开 3RGL006AR 机柜门； ②记录 SA1-1 初始棒位为 224，主电流值 3.050 V； ③断开 MCP10 电源； ④对故障 MCP10 卡件进行更换，并上电； ⑤将 SA1-1 的 MCP10 主电流值调到 3.050 V； ⑥确认 SA1-1 棒位显示正常； ⑦记录 SD1-1 初始棒位为 224，主电流值 3.100 V； ⑧断开 MCP10 电源； ⑨对故障 MCP10 卡件进行更换，并上电； ⑩将 SD1-1 的 MCP10 主电流值调到 3.050 V； ⑪确认 SD1-1 棒位显示正常； ⑫关闭机柜门	
相关知识	3RGL006KA 报警产生的可能原因：棒控电源柜（3RGL011AR ~ 3RGL026AR）、棒控逻辑柜（3RGL001AR）、棒位测量柜（3RGL009AR）或棒位处理柜（3RGL010AR）设备发生下列故障：①3RCS 运行故障；②3RPI 运行故障	
参考资料信息	维修二处仪控：oncall 反馈——3RGL001、002、006KA 报警闪发；WR/WOT：00494611/01111750-01（计划工单）	
编　　者	运行二处一值：谷铁	时间：2019 年 03 月 19 日

2.17.28　2 号主控触发 2RGL001KA（RGL 运行故障）、2RGL007KA（RCS 故障）、2RGL031KA（RCS 设备电源故障）

异常缺陷名称	2 号主控触发 2RGL001KA（RGL 运行故障）、2RGL007KA（RCS 故障）、2RGL031KA（RCS 设备电源故障）
发生时间	2017 年 12 月 20 日早班
机组状态	RP 模式，满功率
异常缺陷现象	14：38：20，2 号主控触发 2RGL001KA（RGL 运行故障）、2RGL007KA（RCS 故障）、2RGL031KA（RCS 设备电源故障）
风险或潜在后果	1）当前 RGL 报警存在，需待专业定位故障以判断影响； 2）R 棒组及 G 棒组处于手动控制状态，机组出现瞬态情况时无法及时跟踪，需要持续监视一回路温度偏差及堆机功率变化情况

续　表

干预行动	1)已采取的行动措施： ①立即进行 2RGL 画面及参数巡视，显示无异常； ②立即联系仪控人员现场检查； ③执行 RGL 报警卡，并按照报警卡要求执行 FQ2-RGL-I-001，将 R 棒组与 G 棒组置于手动控制状态； 2)建议后续行动： ①仪控查明故障情况并开票处理； ②在仪控查明故障后判断是否影响 R/G 棒组动作后再确定是否及时恢复自动
原因分析	故障原因为 2RGL022AR 内 015BN 端子 200 接线松动
消缺行动	仪控处理反馈： 1)处理进展结果：紧固松动接线后，故障报警消除。 2)工作过程： ①对 2RGL 系统电源柜进行检查，确认仅 2RGL022AR“电源故障”继电器指示灯熄灭，其余电源柜均无异常； ②取得工作去可证：PT 票，与运行人员交流信息； ③组织工前会，明确角色分工，着重分析误操作风险、设备误碰风险及其预防措施； ④确认 2RGL022AR 设备位置，确认设备标牌与端子位置，建立检修场所； ⑤测量 2RGL022AR“电源故障”继电器 001XR 端子端电压为0 V，说明故障根源在信号上游通道； ⑥检查信号端子接线，发现上游 015BN 端子排 200 端子松动； ⑦紧固该接线端子后，报警消失； ⑧拉动接线，确认报警未因此触发； ⑨保持观察到 12 月 21 日下午，报警未再次出现。 3)故障原因分析：2RGL 系统电源柜 PLC 实时监测机柜供电状况，若发生供电丧失等异常，PLC 发出指令通过 DO 卡将“电源故障”继电器输出触点断开。2RGL 系统 16 个电源柜 2RGL011AR、2RGL012AR……2RGL026AR 的“电源故障”继电器输出触点串联，送往逻辑柜 2RGL001AR。逻辑柜 PLC 采集“电源故障”报警信号，若检测到回路断开，则发出电源柜“电源故障”报警。2RGL 系统所有电源柜本身均未发出电源故障指示，但逻辑柜收到电源故障综合报警，说明故障可能出现在报警信号回路。报警持续触发时，检查报警信号回路，确诊原因为 2RGL022AR“电源故障”端子松动

续 表

相关知识	1)2RGL 001KA(RGL 运行故障)报警触发的可能原因： 棒控棒位系统设备(逻辑柜 2RGL001AR，测量柜 2RGL009AR，处理柜 2RGL010AR，电源柜 2RGL011AR～2RGL026AR)发生故障或失电。 2)2RGL007KA(RCS 故障)报警触发的可能原因： 棒控电源柜(2RGL011AR ～ 2RGL026AR) 或棒控逻辑柜(2RGL001AR)等设备发生下列故障： ①电源柜或逻辑柜电源故障； ②电源柜非紧急故障； ③CCS 命令故障； ④测量值超范围； ⑤定值故障； ⑥P4 信号故障	
参考资料信息	维修一处：EAM 中工单 00771278-01 的完工报告； WR/WOT：00319455/00771278-01(计划工单)	
编　　者	运行二处一值：谷铁	时间：2019 年 03 月 10 日

2.17.29 主控出现“4RGL001KA RGL 运行故障”“4RGL005KA RCS 运行故障”“4RGL006KA RGL 运行故障”“4RGL009KA PWE 运行故障”

异常缺陷名称	主控出现“4RGL001KA RGL 运行故障”“4RGL005KA RCS 运行故障”“4RGL006KA RGL 运行故障”“4RGL009KA PWE 运行故障”
发生时间	2019 年 02 月 15 日中班
机组状态	RP 模式，未并网，核功率：6.74%FP
异常缺陷现象	23:01:40 时，主控出现“4RGL001KA RGL 运行故障”“4RGL005KA RCS 运行故障”“4RGL006KA RGL 运行故障”“4RGL009KA PWE 运行故障”
风险或潜在后果	影响 4RGL 控制棒系统的可靠性，导致控制棒不能正常动作
干预行动	1)已采取的行动措施： ①查看和执行报警卡，按报警卡执行 IRGL001，确认 R 棒和 G 棒处于手动，检查 4RGL 各 KIC 画面，发现 4RGL701KS(RGL fault)灯亮，未见其他异常；

续 表

干预行动	②安排现场检查棒控电源柜(4RGL011AR～4RGL026AR)、棒控逻辑柜(4RGL001AR)、棒位测量柜(4RGL009AR)或棒位处理柜(4RGL010AR)设备是否存在故障报警信息，发现4RGL025AR(对应SD1棒组)双重保持和紧急故障灯亮； ③由于R棒无法正常动作，确认无影响一回路温度变化的工作，注意控制好一回路温度，不要进行可能引起一回路温度和负荷变化的操作； ④主控密切监视一回路平均温度，核功率，电功率，控制棒棒位指示变化情况，加强对二回路负荷监控； ⑤立即oncall维修仪控进厂检查。 2)建议后续行动： ①建议仪控分析故障根本原因，避免重复故障缺陷发生； ②运行继续并密切监视RGL主控室画面及机组状态
原因分析	4RGL025AR机柜内SD1-2棒组SC调节卡件闪发异常，导致电流偏小触发“小电流过小”和“保传为零”报警
消缺行动	仪控处理反馈： 1)处理进展结果：对SC调节卡件进行更换后报警消除。 2)工作过程： ①确认故障位置为4RGL025AR SD1-2棒束SC机箱； ②将机柜人机接口面板的双重保持开关由“正常”打到“强制双重保持”位置； ③确认MC和SC机箱调节输出值在2.25～2.45 V范围内； ④依次将故障调节卡件所在机箱内的两块A/B电源卡拔出； ⑤拔出故障调节卡件，插入调节卡件备件； ⑥将更换的调节卡件所在机箱内的两块A/B电源卡插回，确认“正常”指示灯亮； ⑦确认“定大”和“定小”阈值设置正确； ⑧将双重保持开关由“强制双重保持”打到“正常”位置； ⑨按“故障清除”按钮，确认机柜无其他异常报警； ⑩关闭机柜柜门，清理现场； ⑪归还工作许可证。 3)故障原因分析：4RGL025AR机柜内SD1-2棒组SC调节卡件短时异常导致电流偏小触发“小电流过小”和“保传为零”报警

续　表

相关知识	控制棒被双夹持，控制棒无法正常动作，潜在风险后果： 1）机组临界过程中出现控制棒双保持，可能导致临界失败； 2）机组调试瞬态试验期间，如果出现控制棒双保持，可能导致机组非计划停机停堆事件。造成3RGL系统在控制棒动棒期间多次出现双保持导致控制棒无法正常动作的原因为，在动棒过程中产生了控制棒驱动机构线圈电流报警，触发RGL系统紧急故障
参考资料信息	运行二处：4号机异常反馈——主控触发4RGL001、005、006、009KA报警； 维修二处仪控：4RGL001/005/006/009KA RGL棒控系统紧急故障报警处理情况反馈； WR/WOT：00506344/01150355-01（紧急工单）
编　　者	运行二处一值：谷铁　　　　时间：2019年03月19日

2.17.30　主控出现“4RGL001KA RGL运行故障”“4RGL005KA RCS运行故障”“4RGL006KA RGL运行故障”“4RGL009KA PWE运行故障”

异常缺陷名称	主控出现“4RGL001KA RGL运行故障”“4RGL005KA RCS运行故障”“4RGL006KA RGL运行故障”“4RGL009KA PWE运行故障”
发生时间	2019年02月17日早班
机组状态	RP模式，未并网，核功率：7.78%FP
异常缺陷现象	08:56:33主控再次触发“4RGL001KA RGL运行故障”“4RGL005KA RCS运行故障”“4RGL006KA RGL运行故障”“4RGL009KA PWE运行故障”报警。就地核实4RGL025AR（对应SD1棒组）中SC检测2卡件存在双重保持，电流故障和小电流过小的报警
风险或潜在后果	影响4RGL控制棒系统的可靠性，可能引起棒束不能正常移动
干预行动	1）已采取的行动措施： ①查看和执行报警卡，按报警卡执行IRGL001，确认R棒和G棒处于手动，检查4RGL各KIC画面，发现4RGL701KS（RGL fault）灯亮，未见其他异常； ②安排现场检查棒控电源柜（4RGL011AR~4RGL026AR）、棒控逻辑柜（RGL001AR）、棒位测量柜（4RGL009AR）或棒位处理柜（4RGL010AR）设备是否存在故障报警信息，发现4RGL025AR（对应SD1棒组）双重保持和紧急故障灯亮；

续　表

干预行动	③由于 R 棒无法正常动作，确认无影响一回路温度变化的工作，注意控制好一回路温度，不要进行可能引起一回路温度和负荷变化的操作； ④主控密切监视一回路平均温度，核功率，电功率，控制棒棒位指示变化情况，加强对二回路负荷监控； ⑤立即 oncall 维修仪控进厂检查。 2）建议后续行动： 由于此报警两天内重复发生两次，建议仪控专业查找根本原因并消除缺陷
原因分析	4RGL025AR 机柜内 SD1-2 棒组触发 SC 小电流过小报警。现场对 SC 小电流测量发现，目前小电流正常，因此，确认为 SC 小电流曾短时变小后又恢复正常。初步分析 SC 线圈电流回路上相关卡件及机箱可能存在异常
消缺行动	仪控处理反馈： 1）处理措施： ①已对相关卡件进行了更换（调节卡、定值卡、检测 2），更换后系统运行正常； ②对卡件接口、机箱接口、机箱内部接线等进行了目视检查，未发现异常； 2）处理结果：报警已消除，控制棒已解除双保持。 3）工作过程： ①确认故障位置为 4RGL025AR SD1-2 棒束 SC 机箱； ②将机柜人机接口面板的双重保持开关由“正常”打到“强制双重保持”位置； ③确认 MC 和 SC 机箱调节输出值在 2. 25~2. 45 V 范围内； ④依次将故障调节卡件所在机箱内的两块 A/B 电源卡拔出； ⑤依次对调节卡件、定值卡件和 SC 检测 2 卡件进行更换； ⑥将更换的调节卡件所在机箱内的两块 A/B 电源卡插回，确认“正常”指示灯亮； ⑦确认“定大”和“定小”阈值设置正确； ⑧确认检测 2 卡件报警阈值设置正确； ⑨将双重保持开关由“强制双重保持”打到“正常”位置； ⑩按“故障清除”按钮，确认机柜无其他异常报警； ⑪关闭机柜柜门，清理现场。

续　表

消缺行动	4)故障原因分析：4RGL025AR 机柜内 SD1-2 棒组触发 SC 小电流过小报警。现场对 SC 小电流测量发现，目前小电流正常，因此，确认为 SC 小电流曾短时变小后又恢复正常。初步分析 SC 线圈电流回路上相关卡件及机箱可能存在异常。 5)影响分析：SD1 棒组紧急故障报警将闭锁 SA/SB/SC/SD 棒组正常动作，对 R 棒和功率棒组无影响。因此，仅对机组启停期间停堆棒组提插造成影响，对机组升功率、正常功率运行期间 R 棒和功率棒组自动运行无影响
相关知识	控制棒被双夹持，控制棒无法正常动作，潜在风险后果： 1)机组临界过程中出现控制棒双保持，可能导致临界失败； 2)机组调试瞬态试验期间，如果出现控制棒双保持，可能导致机组非计划停机停堆事件。造成 RGL 系统在控制棒动棒期间多次出现双保持导致控制棒无法正常动作的原因为，在动棒过程中产生了控制棒驱动机构线圈电流报警，触发 RGL 系统紧急故障
参考资料信息	运行二处：4 号机异常反馈——主控触发 4RGL001、005、006、009KA 报警； 维修二处仪控：4RGL001/005/006/009KA 报警处理情况反馈； WR/WOT：00506742/01150993-01(紧急工单)
编　　者	运行二处一值：谷铁　　　时间：2019 年 02 月 11 日

2.17.31　R1 子组“传递线圈”的机架微动开关意外动作导致落棒的非计划停堆

异常缺陷名称	R1 子组“传递线圈”的机架微动开关意外动作导致落棒的非计划停堆事件
发生时间	2015 年 01 月 03 日夜班
机组状态	机组处于 RP 模式，反应堆堆功率 98.14%FP，一回路平均温度 309.3 ℃，稳压器压力 15.41 MPa
异常缺陷现象	01:15，主控室触发 1RGL009、005、006、001KA 报警(分别为：PWE 运行故障、RCS 运行故障、RGL 运行故障、RGL 故障)； 主控随即 oncall 维修人员到现场进行处理，经检查确认，在01:15，R1 子组提升过程中，1RGL016AR(R1 子组)报“运行故障”，故障点为 R1 第 4 束棒 CRDM 保持线圈(SG)的电源卡件(MDP)；

续　表

异常缺陷现象	维修人员开紧急票进行缺陷处理，按照标准工作指令执行 RGL 电源柜 MDP 卡件更换工作。更换过程中，需要将 CRDM 保持线圈断电，此时 R1 子组控制棒束由传递勾爪夹持住； 04:23，在拔保持线圈的 MDP 卡件时，相邻的传递线圈机架的微动开关故障动作，传递线圈也失电，R1 子组 CRDM 钩爪完全打开，R1 子组落棒，触发“功率量程中子注量率变化率高”紧急停堆信号，停堆断路器打开，所有控制棒落至堆底，运行人员执行事故诊断通用规程 FQ1-OP02-AC-DEC（事故诊断通用规程）、反应堆停堆事故规程 FQ1-OP02-AC-I1（反应堆停堆），稳定机组状态； 05:07，运行人员复位停堆信号
风险或潜在后果	导致反应堆紧急停堆
干预行动	1）已采取的行动措施： ①运行人员执行事故诊断通用规程 FQ1-OP02-AC-DEC（事故诊断通用规程）； ②执行反应堆停堆事故规程 FQ1-OP02-AC-I1（反应堆停堆），稳定机组状态； ③运行人员复位停堆信号。 2）建议后续行动： 要求仪控查明故障原因，消除故障后，反应堆重新达临界
原因分析	在 R1 子组“双保持”状态下，RGL 电源柜保持机箱和传递机箱相当于冗余的设备。传递机箱微动开关故障时，作为冗余的保持机箱因正在进行维修工作而不可用，继而导致 R1 子组落棒。 1）直接原因： R1 子组传递线圈机箱后部微动开关故障动作。 2）根本原因： ①作为 RGL 电源柜关键部件的微动开关设计不合理，机箱背部的微动开关金属压片在长期受力后容易变形； ②CRDM 线圈失电逻辑设计不合理，RGL 电源柜微动开关四取一动作误动概率较高。 3）促成原因： ①维修人员在更换 RGL 电源柜卡件过程中预防措施不到位，未检查微动开关状态； ②缺少微动开关的预防性维修项目； ③在设备安装调试中，未设置对 RGL 电源柜的微动开关检查工作

续　表

消缺行动	仪控处理反馈： 1)故障原因分析： 经对比测试及分析，1RGL016AR 电源柜传递机箱后部微动开关金属压片设计选型不合理，长期受压容易变形，经过一段时间的运行，该微动开关触点处于闭合到打开临界位置，最终在设备维修活动中，机箱的振动促使微动开关动作，使夹持控制棒的传递机箱断电，最终导致了 R1 子组控制棒落棒停堆。 2)处理进展： ①已完成对故障的微动开关进行更换； ②完成向 RGL 设备生产厂家确认设置 4 个微动开关的必要性和优化方案，经和厂家、同行电厂讨论确定已取消机箱背部的微动开关，将 CRDM 线圈失电逻辑改为二取二动作； ③针对 RGL 微动开关故障，对 2 号机组电源柜微动开关进行检查，(3、4 号机组 RGL 设备供货商不同，电源柜没有微动开关)； ④完成对 1 号机组所有 RGL 电源柜的微动开关进行检查及处理	
相关知识	R1 子组传递机箱前后部各有 2 个微动开关	
参考资料信息	核安全处：《R1 子组“传递线圈”的机架微动开关意外动作导致落棒的非计划停堆事件报告》	
编　　者	运行二处一值：谷铁	时间：2019 年 02 月 11 日

2.17.32　主控频繁闪发 4RGL008KA RPI 报警

异常缺陷名称	主控频繁闪发 4RGL008KA RPI 报警
发生时间	2019 年 03 月 03 日早班
机组状态	RP 模式，电功率 836 MWe
异常缺陷现象	11:50 开始，主控频繁闪发“4RGL008KA RPI 报警”，12:40 结束，总计闪发 7 次报警。就地检查 4RGL 机柜，发现 4RGL010AR 控制柜存在如下异常：报警触发时双机冗余失效黄灯亮，从机未同步运行黄灯亮，CPU2(RPE 柜)红灯亮
风险或潜在后果	1)影响 4RGL 控制棒系统的可靠性，仪控电话反馈，备用 PLC 柜可能存在故障，具体待现场检查后确定原因； 2)若主用 PLC 柜故障，影响 RGL 系统测量棒位显示，将会产生 IO1：RGL6，要求 24 h 内机组开始向 NS/SG 模式后撤

续 表

干预行动	已采取的行动措施： 1)主控室根据报警卡和故障规程，检查4RGL各KIC画面，发现报警时4RGL708KS灯亮，未见其他异常； 2)主控检查当时时刻一回路温度、核功率等各项参数均未见异常； 3)安排就地检查4RGL机柜，发现4RGL010AR控制柜存在如下异常：报警触发时双机冗余失效黄灯亮，从机未同步运行黄灯亮，CPU2(RPE柜)红灯亮； 4)立即oncall维修仪控检查处理
原因分析	主控频繁闪发报警是由于4RGL处理柜4RGL010AR从机PLC的CPU多次重新加载导致，当前从机CPU已重新加载成功，从机工作正常，报警消失
消缺行动	仪控处理反馈： 1)报警现象：11:50开始，主控频繁闪发“4RGL008KA RPI报警”，12:40结束，总计闪发7次报警，报警原因为“从机未运行”。 2)原因分析：主控频繁闪发报警是由于4RGL处理柜4RGL010AR从机PLC的CPU故障多次重新加载导致，当前从机CPU已重新加载成功，从机工作正常，报警消失。 3)处理措施：报警已消失，由于更换从CPU过程中存在主CPU同时故障后主控KIC丧失全部测量棒位监视而产生IO1的风险，先继续保持观察，同步核实备件和制定相应工作方案。计划4号机组调停热停窗口再进行CPU更换(WOT：01161494-01)。 4)工作过程(WOT：01161494-01)： ①取得工作许可证，并与主控沟通； ②召开工前会； ③确认备件版本为20.055与现场一致； ④断开PLC电源，拔出故障CPU卡件； ⑤将备件CPU插回； ⑥将故障CPU的SD卡取出重新装入新的CPU； ⑦将PLC重新上电，新CPU工作正常； ⑧与主控确认报警消失，系统运行正常； ⑨工作结束，清理现场。 5)后续行动： ①核实并准备备件； ②准备工单； ③编写CPU更换方案。

续　表

消缺行动	6)影响分析：RGL 处理柜 PLC 为冗余配置，从机未运行说明冗余丧失，PLC 变为单路运行，仍能保证整个 RGL 系统的正常运行
相关知识	4RGL008KA(RPI 报警)触发的可能原因： 棒位测量柜(4RGL009AR)或棒位处理柜(4RGL010AR)等设备发生下列故障： 1)处理柜电源故障； 2)测量柜通风故障； 3)网关 1 故障或网关 2 故障； 4)处理柜与 4RGL 系统网络间的交换机故障； 5)网关与 4DCS 系统间的交换机故障
参考资料信息	运行二处：4 号机组异常反馈——主控频繁闪发 4RGL008KA RPI 报警； 维修二处仪控：oncall 反馈——主控频繁闪发“4RGL008KA RPI 报警”情况反馈； WR/WOT：00514021/01161494-01(紧急工单)。 其他类似异常缺陷： 2019 年 04 月 22 日夜班 06: 25: 28 主控出现 4RGL008KA(RPI 报警)，约 43 s 后报警消失，检查棒位无异常，就地检查机柜无异常。仪控检查反馈怀疑该报警原因为：4RCL 处理柜 4RGL010AR 机柜从机 PLC 的 CPU 加载失败，当前从机 CPU 已重新加载成功，从机工作正常，报警消失
编　　者	运行二处一值：谷铁　　　　时间：2019 年 05 月 16 日

2.17.33　主控频繁闪发 4RGL008KA RPI 报警

异常缺陷名称	主控频繁闪发 4RGL008KA RPI 报警
发生时间	2019 年 05 月 09 日早班
机组状态	RP 模式，电功率 836 MW
异常缺陷现象	12: 34 开始，主控连续闪发 3 次“4RGL008KA RPI 报警”，每次持续约 40 s
风险或潜在后果	1)影响 4RGL 控制棒系统的可靠性，仪控反馈待现场检查后确定原因； 2)若主用和备用 PLC 柜同时故障，影响 RGL 系统测量棒位显示，将会产生 IO1：RGL6，要求 24 h 内机组开始向 NS/SG 模式后撤

续 表

干预行动	1)已采取的行动措施： ①主控室根据报警卡和故障规程，检查 4RGL 各 KIC 画面，发现报警时 4RGL708KS 灯亮，未见其他异常； ②主控检查一回路温度、核功率等各项参数均未见异常； ③报警触发时，仪控间 4RGL 系统 SU 工作站上报警列表显示从机未运行，报警消除后，显示从机运行正常； ④由于报警短时闪发，就地检查 4RGL 机柜，未见明显异常，就地显示从机运行正常； ⑤立即 oncall 维修仪控进厂检查。 2)建议后续行动： ①建议维修仪控分析故障根本原因并消除缺陷，避免重复故障缺陷发生； ②运行密切监视 4RGL 系统画面及机组状态
原因分析	根据故障现象，初步分析可能原因为：①从机 CPU 的 SD 卡故障；②主机上通讯冗余模块故障；③从机上通讯冗余模块故障；④通讯冗余模块接线异常
消缺行动	仪控处理反馈： 1)05 月 09 日反馈： ①故障描述：2019 年 05 月 09 日 12：34 开始，主控闪发“4RGL008KA　RPI 报警”3 次，每次持续约 40 s。 ②报警信息：查看 RGL 工程师站 SU 上报警信息显示：4RGL 处理柜(4RGL010AR)从机 PLC 闪发 CPU 加载失败。 ③故障原因分析： 根据故障现象，初步分析可能原因为：a. 从机 PLC 的 CPU 故障；b. 从机 PLC 机架故障；c. 从机 CPU 的 SD 卡故障；d. 冗余模块故障；e. 冗余模块接线异常。 ④上次(2019. 03. 08)处理情况及处理结果： 2019 年 03 月 03 日主控频繁闪发“4RGL008KA RPI 报警”，从 03 日到 08 日期间处理柜从机 PLC 的 CPU 多次重新加载导致报警频繁闪发，后该闪发报警变为持续报警。在 03 月 08 日 4 号机组调停期间对 4RGL010AR 处理柜从机 PLC 的 CPU 和机架进行了更换，报警消失，经过 4 天持票观察报警未再出现后归还工作票。

续 表

消缺行动	⑤后续行动： 根据上次故障处理情况及此次故障现象，可排除原因 a. 和 b.，需要对原因 c. d. e. 进行排查和分析，具体行动如下： i. 编制故障排查及处理方案。 原因 c. d. e. 的排查过程可能导致主从 CPU 同时丧失，造成主控室失去 RGL 监视和手动控制功能。因此，该故障排查需在机组热停及以下模式下开展。 ii. 经核实，SD 卡、冗余模块等备件均有库存。 ⑥影响分析： i. PLC CPU 为冗余配置，从机 CPU 闪发异常对 RGL 系统运行无影响。 ii. 若主机和从机 CPU 同时故障，则将导致 RGL 主控室监视及手动控制功能丧失，控制棒自动控制功能不受影响。 2)05 月 10 日反馈： 会议讨论结果(运工、安工、仪控开会对后续排查工作进行了讨论)： 当前存在以下几个原因可能导致报警产生：①从机 CPU 的 SD 卡故障；②主机上通讯冗余模块故障；③从机上通讯冗余模块故障；④通讯冗余模块接线异常。 其中，原因①②④的排查将导致主从 PLC 同时丧失，造成主控室失去 RGL 监视和手动控制功能，暂时不执行。原因③的排查将导致从 PLC 丧失，但不影响 RGL 正常运行，当前机组功率运行期间可执行。 具体行动如下： ①准备工单、工作方案计划下周对从机 PLC 的冗余模块进行检查与更换； ②准备工单、工作方案在合适的窗口对其余故障原因进行排查与处理。 3)05 月 19 日反馈： ①采取的措施： a. 已组织运行、安工召开专题讨论会，分析了可能原因及排查处理计划； b. 已完成 CPU、PLC 机架更换，排除 CPU 和机架故障； c. 完成从机冗余模块更换，保持观察； ②处理进展结果：完成从机冗余模块更换，冗余模块更换后未出现闪发报警情况，设备运行正常；设备可用性评价：闪发报警未再出现，缺陷暂时消除，RGL 系统设备可用

续 表

相关知识	4RGL008KA(RPI 报警)触发的可能原因： 棒位测量柜(4RGL009AR)或棒位处理柜(4RGL010AR)等设备发生下列故障： 1)处理柜电源故障； 2)测量柜通风故障； 3)网关 1 故障或网关 2 故障； 4)处理柜与 4RGL 系统网络间的交换机故障； 5)网关与 4DCS 系统间的交换机故障	
参考资料信息	运行二处：4 号机组异常反馈——主控频繁闪发 4RGL008KA RPI 报警； 维修二处仪控：答复“4 号机组异常反馈——主控频繁闪发 4RGL008KA RPI 报警”，维修日报(2019 年 05 月 19 日—20 日)； WR/WOT：00549541/01226351-01(计划工单)	
编　　者	运行二处一值：谷铁	时间：2019 年 06 月 17 日

2.17.34　1RGL001/005/006/009KA 报警触发

异常缺陷名称	1RGL001/005/006/009KA 报警触发
发生时间	2019 年 03 月 19 日早班
机组状态	RP 模式，满功率
异常缺陷现象	12:07:37 时，1 号主控触发 1RGL001KA(RGL 运行故障)、1RGL005KA(RCS 运行故障)、1RGL006KA(RGL 运行故障)、1RGL009KA(PWE 运行故障)报警，立即查看 RGL 系统所有控制棒，棒位均正常
风险或潜在后果	SD1 棒组已触发双保持，SD1 棒组存在落棒停堆风险。本循环首次出现
干预行动	1)已采取的行动措施： ①执行报警规程进入 I RGL 001 故障规程； ②在仪控间查看 1RGL030HC(RGL 远程工作站)，发现 1RGL025AR(SD1 棒组)的 HMI power racks 模块显示红色报警。 ③oncall 仪控检查确认缺陷。 2)建议后续行动： ①由于 ALSYN 闪发故障，优先进行复位操作，若复位后报警再次出现，则根据仪控相应方案进行卡件更换；

续 表

干预行动	②运行密切监视 RGL 的运行情况； ③请仪控人员分析根本原因
原因分析	综合分析 ALSYN 与 MDP 报警信息，初步判定始发故障为 1RGL025AR 保持机箱 ALSYN 模块本身故障或上游电源异常，导致其输出电压丧失，产生主控报警并触发 SD1 子组双夹持。由于 ALSYN 输出给 4 块 MDP 的控制电失去，MDP 晶闸管无法进行整流，其输出给 CRDM 线圈的电流逐渐降低。而后短时内 ALSYN 自行恢复，MDP 重新得电后自检发出“设定值故障”“内部故障”，同时监测到“小电流低”发出“电流故障”
消缺行动	仪控处理反馈： 1）检查内容： ①手动强制双保持； ②测量 1RGL025AR 保持、传递机箱 MDP 输出处于正常范围，说明报警 MDP 功能正常，确认 SD1 子组驱动机构的双夹持状态正常； ③结合 ALSYN 输出电压故障，4 块 MDP 报警由 ALSYN 送出的控制电丧失导致，并非自身故障； ④复位报警信号，ALSYN 与 MDP 报警信号均能被清除，说明 ALSYN 与 MDP 已从故障状态恢复正常，报警信息为故障时刻锁存； ⑤再次测量 1RGL025AR 保持、传递机箱 MDP 输出电压，确认处于正常范围； ⑥解锁手动强制双保持，复位报警信号； ⑦观察设备无故障指示，确认设备恢复正常； ⑧应当班值长要求，ALSYN 更换需进入日常计划排程。 2）处理进展结果：1RGL025AR 保持机箱 ALSYN、MDP 报警消除，子组控制棒恢复正常状态，主控 1RGL 运行故障报警消失。 3）故障原因：1RGL025AR 保持机箱 ALSYN 闪发故障，其输出电压丧失，触发 SD1 子组双夹持。由于 ALSYN 送出给 4 块 MDP 的控制电失去，MDP 晶闸管无法进行整流，输出给 CRDM 线圈的电流逐渐降低。而后短时内 ALSYN 自行恢复，MDP 重新得电后，自检发出“设定值故障”“内部故障”，同时监测到“小电流低”发出“电流故障”

续 表

相关知识	控制棒被双夹持，控制棒无法正常动作，潜在风险后果： 1)机组临界过程中出现控制棒双保持，可能导致临界失败； 2)机组调试瞬态试验期间，如果出现控制棒双保持，可能导致机组非计划停机停堆事件。造成3RGL系统在控制棒动棒期间多次出现双保持导致控制棒无法正常动作的原因为，在动棒过程中产生了控制棒驱动机构线圈电流报警，触发RGL系统紧急故障	
参考资料信息	运行一处：1号机组异常反馈——1RGL001/005/006/009KA报警触发； 2019年3月19日—20日值长日报和维修日报； WR/WOT：00522232/01174852-01(计划工单)	
编　　者	运行二处一值：谷铁	时间：2019年06月17日

2.17.35　2RGL009AR-A 失电故障

异常缺陷名称	2RGL009AR-A 失电故障
发生时间	2019年10月29日早班
机组状态	RP模式，满功率
异常缺陷现象	17:17:54主控同时出现2RGL001/006KA(RGL运行故障，红报)，2RGL002KA(RPI故障，红报)，2RGL012/013/014/015/016/017/018/019/022KA(N2/N1/G2/G1/SA/SB/SC/SD/R棒组故障，黄报)，2RGL008KA(RPI报警，黄报)报警，19束控制棒束显示插入堆底。 主控根据电功率、热功率、RIC、轴向功率分布及一回路温度压力等参数确认控制棒未下落，初步判断为显示故障
风险或潜在后果	产生IO1：RGL6，导致无法监视N2/N1/G2/G1/SA/SB/SC/SD/R棒组中部分棒束的棒位
干预行动	已采取的行动措施： 1)根据电功率、热功率、RIC、轴向功率分布及一回路温度压力等参数确认控制棒未下落，初步判断为显示故障； 2)执行报警卡并进入FQ1-RGL-I-001故障规程； 3)根据运行技术规范和安工讨论，记录RP模式第一组IO：RGL6；

续 表

干预行动	4)根据缓解措施要求，oncall 技术支持人员进行堆芯通量测量； 5)oncall 仪控人员检查，确认只影响显示，不影响控制；现场检查初步确认为 2LGR009AR-A 机柜失电；仪控人员开票查找故障点并着手故障处理； 6)运行加强对 2RGL、2RIC、2RPN、2LSS 及 RCP 系统各项参数的监视，同时严格执行技术规范缓解措施。2 号机不安排第一组 IO 的计划工作，1 号机组禁止进行产生双机组 IO1 工作
原因分析	2RGL009AR-A 机柜内部接线图，机柜通过 4，5 号接点往下游棒位监测系统送电，其中 27 号端子接线由于导线过细，导致积热烧毁，监测回路失电。下游共 19 束分棒束失去监测，主控画面上显示 19 束棒束棒位插到 0 步状态。 根据检查结果，原因确定如下： 1)直接原因：第 27 号端子接线高温熔断； 2)根本原因：2RGL009AR 供电端子接触电阻偏大，供电端子设计/选型不合理(线径偏小端接太密，高温在局部区域集聚)； 3)促成原因：并联的分流供电跨接线未端接
消缺行动	仪控处理反馈： 1)检修步骤： ①根据故障设备信息，准备工器具、文件(测量柜接线图、紧急维修工作指令单与紧急维修工作步骤单)，获值长批准； ②组织工前会，明确角色分工，着重分析 IO1 缓解措施、防触电措施； ③将 2RGL009AR-A 柜全部 19 个 MCP11 置于 OFF 位置； ④检查发现 BNAa 101BN 第 27 号(外)接线熔断，其与第 5 号端子接通，为机柜单相交流供电线中的一条； ⑤同时注意到 27 号接线周边接线、线皮、端子存在高温熔化痕迹； ⑥断开 2RGL009AR-A 柜断路器 2RGL051JA； ⑦发现图纸中并联的分流供电跨接线(应由 5 接 6，4 接 7)实际未端接，所以仅 27 号接线熔断即导致机箱失电； ⑧更换存在高温老化痕迹的接线与端子； ⑨按照测量柜接线图核实接线连接正确，确认供电回路火线端子、零线端子、地线端子各自接通，且端接牢靠； ⑩确认供电回路中火线、零线、地线间互相不存在短接；

续 表

消缺行动	⑪检查确认熔丝 37、38、39、40 均未熔断； ⑫闭合 2RGL009AR-A 柜断路器 2RGL051JA； ⑬机柜风扇启动并正常运转； ⑭将 2RGL009AR-A 柜全部 19 个 MCP11 置于 ON 位置，且“正常运行”指示灯稳定常亮； ⑮2RGL009AR-A 柜涉及的 19 个测量棒位均恢复正常棒位，RGL 报警信号消失； ⑯使用红外热成像仪确认供电接线及端子不存在明显异常高温； ⑰异物检查无异常，确认恢复设备到正常运行状态。 2）故障原因分析： 根据电功率、热功率、RIC 热电偶温度、轴向功率分布及一回路温度压力等参数确认控制棒未下落，初步判断为测量棒位缺陷。 从故障现象分析，2RGL009AR-A 柜“电源正常”指示灯亮，说明机柜 220 V 供电正常供入；“正常运行”指示灯灭、风扇停转，说明柜内电源分配线路存在断路。 根据检查结果，原因确定如下： 直接原因：第 27 号端子接线高温熔断。 根本原因：2RGL009AR 供电端子接触电阻偏大，供电端子设计/选型不合理（线径偏小端接太密，高温在局部区域集聚）。 促成原因：并联的分流供电跨接线未端接
相关知识	1）对于一个分棒组内有两个棒位指示器故障根据技术规范记录 IO1：RGL6，同时注意通知相邻机组不要进行双机组 IO1 工作。 2）对于多束控制棒同时插入堆底，及时根据机组核热功率等参数判断是否为指示故障。 3）对于各分棒组大部分为第一束棒插入堆底，控制柜失电的可能性较大，及时安排现场检查机柜电源状态。 4）RGL6 的第一组 IO 需要“每 8 h 或者相应的控制棒移动超过 8 步时，需要进行一次堆芯通量测量，监测故障控制棒棒位；”，提前通知物理准备测量工具，堆芯通量图测量需要物理，仪控人员配合，同时需要化学对一回路取样确认硼浓度，总耗时在 1 h 左右，考虑可能出现的故障，建议在 IO 时间累计 4 h 即开始进行堆芯通量测量

续　表

参考资料信息	运行一处：2 号机组异常反馈——2RGL009AR-A 失电故障(第一组 IO，RGL6)； 维修一处仪控：EAM 中工单 01389550-01 的完工报告； WR/WOT：00640926/01389550-01(紧急工单)	
编　　者	运行二处一值：谷铁	时间：2020 年 01 月 13 日

2.17.36　1RGL001/005/006/007/009/031KA 报警触发

异常缺陷名称	1RGL001/005/006/007/009/031KA 报警触发
发生时间	2019 年 06 月 04 日夜班
机组状态	NS/SG 模式
异常缺陷现象	01: 20: 41，1 号主控触发 1RGL001KA(RGL 运行故障)、1RGL005KA(RCS 运行故障)、1RGL006KA(RGL 运行故障)、1RGL007KA(RCS 故障)、1RGL009KA(PWE 运行故障)、1RGL031KA(RCS 设备电源故障)，查看 RGL 控制棒状态正常，S 棒组在 225 步，R 棒组和 G 棒组位于 5 步手动状态
风险或潜在后果	控制棒被双夹持，控制棒无法正常动作
干预行动	已采取的行动措施： 1)查看和执行报警卡，按报警卡执行 IRGL001； 2)安排现场检查棒控电源柜、棒控逻辑柜、棒位测量柜或棒位处理柜设备是否存在故障报警信息； 3)主控检查当时时刻一回路温度、核功率等各项参数均未见异常； 4)立即 oncall 维修仪控进厂检查； 5)仪控检查，初步确认为 R2 子组输出电压瞬发故障，R2 子组触发夹持线圈和传递线圈双保持状态
原因分析	综合 ALSYN 与 MDP 报警信息，判定始发因素为 1RGL017AR 提升机箱 ALSYN 模块本身偶发故障或干扰所致，导致其中一路输出电压(由于 MDP 未出现"设定值故障"与"内部故障"报警，极可能是用于 MDP 电流检测那一路)异常，触发 R2 子组双保持并产生主控报警。由于 ALSYN 输出给 4 块 MDP 的电流检测控制电失去，MDP 晶闸管电流检测单元发出"电流故障"，但"零电流偏低"不可信

续　表

消缺行动	仪控处理反馈： 1）检修步骤： ①对 1RGL017AR 故障现象进行分析，分析故障时刻锁存的模块面板信息：提升机箱 ALSYN 报输出电压故障 output voltage fault，说明由 ALSYN 产生并送往 MDP 的控制电供电至少丧失过一路；提升机箱 4 块 MDP 同时报零电流偏大“电流故障 Current fault”，但 4 块 MDP 实测输出均处于正常范围，结合 ALSYN 输出电压故障，说明 MDP 报警极可能由 ALSYN 送来的控制电丧失导致，并非自身故障。根据 20190319 处理 1RGL017AR 保持 ALSYN 相同缺陷及外部经验反馈，计划暂先复位报警信号，后续若再出现报警则更换该 ALSYN 模块。 ②准备紧急维修工作指令单，值长同意暂先复位报警信号，暂不执行更换 ALSYN 工作。 ③取得工作许可证：PT 票。 ④组织工前会，明确角色分工。 ⑤测量 1RGL017AR 提升机箱 MDP 输出电压处于正常范围，说明报警 MDP 实际功能正常。 ⑥结合 ALSYN 输出电压故障，MDP 报警由 ALSYN 送来的控制电丧失导致，并非 MDP 自身故障。 ⑦手动复位报警信号，ALSYN 与 MDP 报警信号均能被清除，说明 ALSYN 与 MDP 已从故障状态恢复正常，而模块的报警信息是故障时刻锁存的。 ⑧再次测量 1RGL017AR 提升机箱 MDP 输出电压，确认处于正常范围。 ⑨观察设备无故障指示，确认设备恢复正常。 ⑩工作结束，清理现场，异物检查无问题。 2）故障原因分析：综合 ALSYN 与 MDP 报警信息，判定始发因素为 1RGL017AR 提升机箱 ALSYN 模块本身偶发故障或干扰所致，导致其中一路输出电压（由于 MDP 未出现“设定值故障”与“内部故障”报警，极可能是用于 MDP 电流检测那一路）异常，触发 R2 子组双保持并产生主控报警。由于 ALSYN 输出给 4 块 MDP 的电流检测控制电失去，MDP 晶闸管电流检测单元发出“电流故障”，但“零电流偏低”不可信
相关知识	控制棒被双夹持，控制棒无法正常动作，潜在风险后果： 1）机组临界过程中出现控制棒双保持，可能导致临界失败；

续 表

相关知识	2)机组调试瞬态试验期间，如果出现控制棒双保持，可能导致机组非计划停机停堆事件。造成3RGL系统在控制棒动棒期间多次出现双保持导致控制棒无法正常动作的原因为，在动棒过程中产生了控制棒驱动机构线圈电流报警，触发RGL系统紧急故障	
参考资料信息	WR/WOT：00563665/01255241-01(紧急工单)； 运行一处：1号机组异常反馈——1RGL001/005/006/007/009/031KA报警触发	
编　　者	运行二处一值：谷铁	时间：2020年01月13日

2.17.37 1RGL001/005/006/009KA 报警触发

异常缺陷名称	1RGL001/005/006/009KA报警触发
发生时间	2019年06月06日早班
机组状态	RP模式，热功率45 MW，发电机未并网，电功率0 MWe
异常缺陷现象	12:13:17时，触发1RGL001KA(RGL运行故障)、1RGL005KA(RCS运行故障)、1RGL006KA(RGL运行故障)和1RGL009KA(PWE运行故障)，当时正在执行手动将R棒由5步提至55步的操作，而实际上R1子组AP/DP变为6、R2子组DP变为6(AP未变)则不再变化
风险或潜在后果	控制棒被双夹持，控制棒无法正常动作。产生IO1：RGL1
干预行动	已采取的行动措施： 1)查看和执行报警卡，按照报警卡进入FQ1-RGL-I-001故障规程； 2)查阅运行技术规范，记录NS/SG模式第一组IO：RGL1； 3)安排现场检查棒控电源柜、棒控逻辑柜、棒位测量柜或棒位处理柜设备是否存在故障报警信息； 4)因控制棒无法正常动作，确认无影响一回路温度变化的工作，注意控制好一回路温度，不要进行可能引起一回路温度和负荷变化的操作； 5)oncall仪控检查，初步确认为1RGL017AR提升线圈ALSYN模块故障，经由仪控复位后，将R棒插回至5步，消除第一组IO； 6)仪控开票对1RGL017AR提升线圈的ALSYN模块进行了更换，重新提R棒，报警未再出现

续 表

原因分析	1RGL017AR 保持机箱 ALSYN 模块输出故障(用于供给 MDP 模块监测 CRDM 线圈电流的那一路控制电丧失，而用于 MDP 整流的控制电供给正常)，导致提升 MDP 电流监测结果偏离预定范围(虽然实际线圈电流正常)，MDP 发出电流故障，触发 R2 子组双保持
消缺行动	仪控处理反馈： 1)处理进展： 仪控开票对 1RGL017AR 提升线圈的 ALSYN 模块进行了更换，重新提 R 棒，报警未再出现。 2)检修步骤： ①对 1RGL017AR 提升机箱故障分析结果，根据 20190604 处理 1RGL017AR 提升机箱 ALSYN 相同缺陷仅复位报警信号，决定对提升机箱(主要是该 ALSYN 模块)性能进行测试确认故障原因，后再进行 ALSYN 模块备件更换。 ②准备紧急维修工作指令单，值长同意以上维修方案。 ③取得工作许可证：PT 票。 ④组织工前会，明确角色分工，重点分析风险及其预防措施。 ⑤按照维修规程《FQX-RGL-M-I505_ RGL 系统电源柜性能测试程序》执行 1RGL017AR 提升机箱测试，发现 4 块 MDP 大、小、零电流整流输出正常，但电流监测单元指示为零电流，偏离设定范围导致触发双保持。 ⑥结合提升 ALSYN 模块发出输出电压故障，且 ALSYN 上游两路输入供电正常，确定 ALSYN 模块故障，且其导致 MDP 电流故障，MDP 自身并未故障。 ⑦按照维修规程《FQX-RGL-M-I504_ RGL 系统电源柜 ALSYN 模块的更换》更换故障的提升 ALSYN 模块。 ⑧再次按照《FQX-RGL-M-I505_ RGL 系统电源柜性能测试程序》执行提升机箱测试，符合规程预期。 ⑨后续临界动棒证明设备运行正常。 ⑩工作结束，清理现场，异物检查无问题。 3)故障原因分析：1RGL017AR 保持机箱 ALSYN 模块输出故障(用于供给 MDP 模块监测 CRDM 线圈电流的那一路控制电丧失，而用于 MDP 整流的控制电供给正常)，导致提升 MDP 电流监测结果偏离预定范围(虽然实际线圈电流正常)，MDP 发出电流故障，触发 R2 子组双保持

续　表

相关知识	控制棒被双夹持，控制棒无法正常动作，潜在风险后果： 1)机组临界过程中出现控制棒双保持，可能导致临界失败； 2)机组调试瞬态试验期间，如果出现控制棒双保持，可能导致机组非计划停机停堆事件。造成3RGL系统在控制棒动棒期间多次出现双保持导致控制棒无法正常动作的原因为，在动棒过程中产生了控制棒驱动机构线圈电流报警，触发RGL系统紧急故障	
参考资料信息	运行一处陈刚：1号机组异常反馈——1RGL001/005/006/009KA报警触发； WR/WOT：00565098/01256736-01(紧急工单)	
编　　者	运行二处一值：谷铁	时间：2020年01月13日

2.17.38　主控触发1RGL001/005/006/009KA报警

异常缺陷名称	主控触发1RGL001/005/006/009KA报警
发生时间	2019年11月15日早班
机组状态	RP模式，满功率
异常缺陷现象	20：29：58，1号主控触发1RGL001KA(RGL运行故障)、1RGL005KA(RCS运行故障)、1RGL006KA(RGL运行故障)、1RGL009KA(PWE运行故障)，查看1RGL控制棒状态正常，S/R/G棒组在225步，机组其他参数均正常
风险或潜在后果	控制棒被双夹持，控制棒无法正常动作
干预行动	1)已采取的行动措施： ①执行报警卡，按照报警卡进入FQ1-RGL-I-001故障规程； ②安排现场检查棒控电源柜、棒控逻辑柜、棒位测量柜或棒位处理柜设备是否存在故障报警信息，现场检查发现1RGL019AR上故障灯亮，对应N22子组； ③根据故障规程将G棒组置于手动状态； ④oncall仪控检查，初步判断N22子组输出电压瞬发故障，目前N22子组触发夹持线圈和传递线圈双保持状态(需进一步分析确认)。

续　表

干预行动	2)建议后续行动： ①仪控准备开票检查 N22 子组当前电压，确认无异常后复位报警； ②如果复位后报警仍存在，则可能是卡件故障，需进一步分析并进行卡件更换； ③类似故障在 1~2 号机组多次出现，请专业分析根本原因
原因分析	线圈端电压偏高代表着 MDP 真实输出偏高，表明缺陷直接原因为：MDP 内部整流电路硬件存在故障。故障 MDP 目视检查无异常，根本原因需进一步分析
消缺行动	仪控处理反馈： 1)故障现象：1RGL019AR(N22 子组电源柜)保持机箱第 4 棒束 MDP 模块指示“小电流偏高”电流故障，触发 N22 子组电源柜运行故障，主控出现 1RGL001/005/006/009KA 综合报警。 2)检修步骤： 以下检修内容均针对 1RGL019AR： ①手动强制双保持。 ②测量 1RGL019AR 保持第 4 棒束 MDP 输出 4.468 V(小幅波动)，高于正常范围(2.25~2.45 V)，其余 MDP 正常。 ③测量 1RGL019AR 第 4 棒束保持线圈端电压约 172.1 V(小幅波动)，明显高于其他正常棒束(经验值约 63 V)。 ④综上确认报警 MDP 整流电路硬件故障。 ⑤执行维修规程《FQX-RGL-M-I509》对 MDP 备件进行参数下装与检查。 ⑥执行维修规程《FQX-RGL-M-I506》更换故障 MDP 模块。 ⑦执行维修规程《FQX-RGL-M-I505》对 MDP 备件进行稳态输出测试，确认正常。 3)处理进展：1RGL019AR 保持机箱 MDP 报警消除，N22 子组控制棒恢复正常状态，主控 1RGL 报警消失。 4)故障原因分析：线圈端电压偏高代表着 MDP 真实输出偏高，表明缺陷直接原因为：MDP 内部整流电路硬件存在故障。故障 MDP 目视检查无异常，根本原因需进一步分析

续　表

相关知识	MDP 模块(见图 1)按照 PLC 指令产生激励电流供给控制棒驱动机构线圈，实现钩爪的啮合、摆出、提升与释放，进而带动控制棒驱动杆(其下端与控制棒连接)的保持、提升/下插与落棒。ALSYN 模块为 MDP 提供用于整流、实际电流监测的多路控制供电，同时为 MDP 提供三相 260 V 的相位参考信号 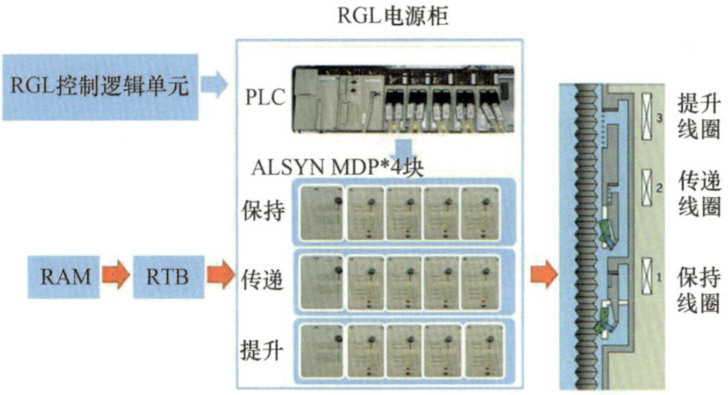 图 1　MDP 模块示意图	
参考资料信息	运行一处：1 号机组异常反馈——主控触发 1RGL001/005/006/009KA； 维修一处：答复：1 号机组异常反馈——主控触发 1RGL001/005/006/009KA(1RGL019AR 保持机箱第 4 棒束 MDP“小电流偏高”电流故障报警)； WR/WOT：00649704/01412478-01(紧急工单)	
编　　者	运行二处一值：谷铁	时间：2020 年 01 月 13 日

2.17.39　RGL 系统设备异常缺陷处理总结

(1)RGL 报警出现后，处理思路

1)查看报警卡，根据报警卡执行 I RGL 001 规程将 G 棒和或 R 棒组切手动；

2)检查 RGL 各 KIC 画面，检查出现的故障 KS 灯情况信息；

3)主控检查棒位、一回路温度、核功率等各项参数是否存在变化；

4)安排就地检查具体的 RGL 机柜报警信息并反馈仪控，以便仪控做好故障处理的准备工作。

5)若出现控制棒卡棒，副值长执行《FQ3/4-RGL-I-002 控制棒卡棒应急预案》指导操纵员按照《FQ3/4-RGL-I-001 控制棒系统故障规程》执行相关操作。卡棒相关技术知识可参考教材《手把手教你校棒》。

6）若机组 20% Pn 功率下出现控制棒双保持故障，可以参考《FQ3/4-OP00-TD-16002/17001 3/4 号机组控制棒动作闭锁应急预案》，进行机组状态控制；

7）在 R 棒和 G 棒置于手动后，加强对二回路负荷监控，避免有可能引起机组负荷变化、温度变化的工作开展，必要时可以通过硼化来进行控制反应性的上涨。如当前机组 STR 出力，需要尽量避免有大量用蒸汽的操作进而引起 RGL 温度的变化。

（2）控制棒被双夹持故障总结

控制棒被双夹持，控制棒将无法正常动作，潜在风险后果：

1）机组临界过程中出现控制棒双保持，可能导致临界失败；

2）机组调试瞬态试验期间，如果出现控制棒双保持，可能导致机组非计划停机停堆事件。

造成 3RGL 系统在控制棒动棒期间多次出现双保持导致控制棒无法正常动作的原因为，在动棒过程中产生了控制棒驱动机构线圈电流报警，触发 RGL 系统紧急故障。

电流报警及初步原因分析统计见表 1。

表 1　双保持报警类型和原因

报警类型	报警原因	处理措施
SC 线圈小电流过大	SC 定值卡件电路参数与主回路特性不匹配，导致 SC 线圈大电流到小电流转换过程中波形鼓包幅值超出报警阈值。	调整 SC 定值卡件中施密特比较器下限的关断参数，使鼓包幅值在报警范围内；同时参考 1、2 号机组经验并经设计院同意，将 SC 小电流过大报警阈值由 5.2 A 调整到 5.5 A
	SC 定值卡件故障，内部施密电路未工作 SC	更换故障卡件
LC 零电流过大报警	干扰导致误报警	1. 剪断电流测量导线 2. 检测 2 卡件中增加滤波电容
	电流报警及检测时间冲突	修改 LC 零电流检测结束时间
MC 保传为零故障	主电源卡件接线错误	纠正接线
MC 线圈大电流过大	MC 检测 1 卡件内部芯片故障，导致误报警	更换故障卡件
SC 定值同时出现小电流和零电流	SC 定值卡件内 4028 译码器故障，导致定值输出混乱	更换故障卡件

(3)控制棒组和就地 RGL 系统棒控电源机柜对照表(以 4 号机为例)

控制棒组	棒控电源机柜
SA1	4 RGL 011 AR
SA2	4 RGL 012 AR
SB1	4 RGL 013 AR
SB2	4 RGL 014 AR
SC	4 RGL 015 AR
SD1	4 RGL 025 AR
SD2	4 RGL 026 AR
R1	4 RGL 016 AR
R2	4 RGL 017 AR
N2-1	4 RGL 018 AR
N2-2	4 RGL 019 AR
N1-1	4 RGL 020 AR
N1-2	4 RGL 021 AR
G2-1	4 RGL 022 AR
G2-2	4 RGL 023 AR
G1	4 RGL 024 AR

(4)仪控相关资料

《FQY-MA-TD-I16002　3、4 号机组 RGL 系统卡件更换》《FQX/Y-RGL-TD-I18041_MIK　设备故障处理预案(RGL 测量棒位偏离预期异常)》。

(5)运行相关程序

《FQ3/4-OP00-TD-16002/17001　3/4 号机组控制棒动作闭锁应急预案》《FQ3/4-RGL-I-001 控制棒系统故障规程》《FQ3/4-RGL-I-002 控制棒卡棒应急预案》。

2.18 堆芯测量系统(RIC)

2.18.1 4号主控触发4RIC714KA堆芯冷却监测系统故障(B系列)报警

异常缺陷名称	4号主控触发4RIC714KA堆芯冷却监测系统故障(B系列)报警
发生时间	2018年11月20日早班
机组状态	RP模式，满功率
异常缺陷现象	13:00分4号主控触发4RIC714KA堆芯冷却监测系统故障(B系列)，就地检查4RIC012AR故障灯亮，主控检查RIC/RCP系统参数无异常
风险或潜在后果	1)该卡件功能为监视ICCMS系统其他所有运行卡件的运行状态，不影响ICCMS正常运行； 2)该监视用卡件故障降低系统对卡件正常的监视功能
干预行动	1)已采取的行动措施： ①查看和执行报警卡：现场检查确认4RIC012AR故障灯亮，现场暂未发现其他异常； ②主控对各相关画面进行检查，确认RIC堆芯热电偶、RCP压力、温度、液位等相关参数均正常； ③在BUP上4RIC002PP中检查ICCMS存在以下故障： a. 系统看门狗故障(此为堆芯监测系统装置运行状态监测综合故障报警)； b. 卡件插入故障； ④oncall维修仪控现场检查，初步检查判断为4RIC012AR内SDM4插入监视卡件损坏，需进行更换。 2)建议后续行动： 维修二处尽快核实备件，推动缺陷处理并分析故障产生的根本原因
原因分析	4RIC012AR(堆芯冷却监测B列机柜)中插入监视卡件(SDM4)故障
消缺行动	仪控处理反馈： 1)当前进展： 4RIC714KA报警已消除，RIC系统运行恢复正常。 2)处理措施：经就地检查核实，确认系统报警由插入监视卡件(SDM4)故障引起，经当班值同意，领取备件，申请紧急工作许可证对故障卡件进行了更换，更换完成后，报警消除，系统恢复正常运行。

续　表

消缺行动	3）检修步骤： ①打开4RIC012AR机柜门，定位故障卡件，用绝缘胶带做好标记； ②拔下故障卡件，插入新卡件； ③按下SM1按钮进行复位； ④确认报警消失，关闭机柜门	
相关知识	4RIC714KA堆芯冷却监测系统故障（B系列）报警触发的可能原因： 1）电源故障。 2）4RIC012AR（堆芯冷却监测机柜）的自检装置探测到故障。 ①至少一个模拟或逻辑输入信号失效； ②机柜硬件检测到故障； ③系统RTE检测到故障。 3）定期试验	
参考资料信息	维修二处仪控：oncall反馈——4号主控触发4RIC714KA堆芯冷却监测系统故障（B系列）报警问题处理反馈； WR/WOT：00466995/01061995-01（紧急工单）	
编　　者	运行二处一值：谷铁	时间：2019年04月23日

2.18.2　3号主控触发3RIC713KA堆芯冷却监测系统故障（A系列）报警

异常缺陷名称	3号主控触发3RIC713KA堆芯冷却监测系统故障（A系列）报警
发生时间	2019年06月20日中班
机组状态	RP模式，满功率
异常缺陷现象	22:17分3号主控触发3RIC713KA堆芯冷却监测系统故障（A系列）报警，主控检查KIC中3RIC002HXT中3RIC351KS灯亮（011AR system fault），3RIC001HXT中3RIC030KM显示×××，BUP上3RIC713AA　堆芯冷却监测系统故障（A系列）故障灯亮
风险或潜在后果	影响3RIC030KM和3RIC030MT的监视功能
干预行动	1）已采取的行动措施： ①执行报警卡：安排现场检查3RIC011AR； ②主控检查后备盘ICCMS显示屏A列3RIC101HV中ICCMS状态，发现ICCMS系统总故障报警灯亮，系统故障报警灯亮，系统故障列表中“至少一个模拟（逻辑）输入无效”灯亮，3RIC030MT显示大红色（208 ℃，故障前为335 ℃）；

续 表

干预行动	③检查在 3RIC001HXT/002HXT 和 3RIC101HV/201HV 中除 3RIC030KM/030MT 外其他 RIC 堆芯热电偶、RCP 压力、温度、液位等相关参数均正常； ④查看 3RIC030KM 趋势发现从 22: 17 分后显示洋红色； ⑤oncall 维修仪控进厂检查。 2) 建议后续行动： ①请维修二处检查处理并分析故障产生的根本原因； ②主控加强 3RIC101HV/201HV 和 3RIC001HXT/002HXT 中其他参数的监视
原因分析	3RIC030MT 热电偶所在测量通道的温度处理卡件 STT1 内部故障引起，卡件无法正常进行信号转换，导致 3RIC030MT 最终的温度显示超量程，主控显示洋红无效
消缺行动	仪控处理反馈： 1) 处理进展： 经与当班值沟通，已于今日早上领取备件对故障卡件进行更换处理，目前 3RIC030KM 通道示数恢复正常，3RIC713KA/713AA 报警均已消除。 2) 故障原因分析： 经现场检查确认，主控触发 3RIC713KA 报警为 3RIC030MT 热电偶所在测量通道的温度处理卡件 STT1 内部故障引起，卡件无法正常进行信号转换，导致 3RIC030MT 最终的温度显示超量程，主控显示洋红无效。此次故障为 3 号机组首次出现，与此前由于 SDM4 卡件故障导致的 RIC713KA 报警原因不同。 3) 故障影响： RIC 系统堆芯热电偶测量通道彼此独立，单个通道处理卡件故障，不会影响其他通道的温度显示及水位计算，不会造成堆芯冷却监视系统的 A/B 列不可用。 4) 检修步骤： ①打开 3RIC011AR 机柜门，核实并标识故障卡件位置； ②使用一字螺丝刀依次拆下故障卡件电源及输入输出端子接线，并拆下故障卡件； ③安装新备件卡件，恢复卡件电源及输入接线； ④使用 Laptop 电脑将通道温度卡件参数配置文件下装至新备件卡件中；

续　表

消缺行动	⑤恢复新温度卡件所有接线，确认温度显示恢复正常； ⑥通知主控验收，确认报警消失； ⑦收拾工器具，清理现场，关闭机柜门
相关知识	3RIC713KA 堆芯冷却监测系统故障(A 系列)报警触发的可能原因： 1)电源故障。 2)3RIC011AR(堆芯冷却监测机柜)的自检装置探测到故障： ①至少一个模拟或逻辑输入信号失效； ②机柜硬件检测到故障； ③系统 RTE 检测到故障。 3)定期试验
参考资料信息	WR/WOT：00564847/01256414-01(紧急工单) 运行二处：3 号机组异常反馈——3 号主控出现报警 3RIC713KA 堆芯冷却监测系统故障(A 系列)邮件； 维修二处仪控：oncall 反馈——3RIC713KA 堆芯冷却监测系统故障(A 系列)报警处理反馈邮件
编　　者	运行二处一值：谷铁　｜　时间：2020 年 01 月 06 日

2.18.3　4 号主控触发 4RIC713KA 堆芯温度监测机柜故障(A 列)报警

异常缺陷名称	4 号主控触发 4RIC713KA 堆芯温度监测机柜故障(A 列)报警
发生时间	2018 年 09 月 14 日早班
机组状态	NS/SG 模式
异常缺陷现象	13:56 分 KIC 触发 4RIC713KA 报警 堆芯冷却监测系统故障(A 系列)
风险或潜在后果	影响 4RIC030KM 和 4RIC030MT 的监视功能
干预行动	已采取的行动措施： 1)查看和执行报警卡：安排现场检查 4RIC011AR 报警情况； 2)oncall 维修仪控进厂检查
原因分析	4RIC011AR 机柜内一块报警检测卡件(SDM4)故障

续 表

消缺行动	仪控处理反馈： 1)影响分析： SDM4 卡件主要功能为机柜硬件故障报警检测，该卡件不参与 RIC 系统堆芯温度及水位的采集、计算和监测功能。因此，该卡件故障不会影响 RIC 系统堆芯温度及水位系统的正常运行监测，不会导致 RIC 系统堆芯温度监测功能丧失，不产生 IO。 2)处理措施： 申请紧急工作票，使用备件进行更换处理。 3)检修步骤： ①打开 4RIC011AR 机柜门，定位故障卡件，用绝缘胶带做好标记； ②拔下故障卡件，插入新卡件； ③先按下 SM2，再 SM1 按钮进行复位； ④确认报警消失，关闭机柜门	
相关知识	4RIC713KA 堆芯冷却监测系统故障(A 系列)报警触发的可能原因： 1)电源故障。 2)4RIC011AR(堆芯冷却监测机柜)的自检装置探测到故障。 ①至少一个模拟或逻辑输入信号失效； ②机柜硬件检测到故障； ③系统 RTE 检测到故障。 3)定期试验	
参考资料信息	维修二处仪控：“4RIC713KA 报警说明”邮件； 维修二处仪控：完工报告《FQ4-MA03-RCWO-01008697/01　主控触发 4RIC713KA 堆芯冷却监测故障(A 系列)》； WR/WOT：00440941/ 01008697-01(紧急工单)	
编　　者	运行二处一值：谷铁	时间：2019 年 06 月 06 日

2.18.4 3 号主控出现报警 3RIC900KA、3RIC901KA、3RIC902KA

异常缺陷名称	3 号主控出现报警 3RIC900KA、3RIC901KA、3RIC902KA
发生时间	2019 年 01 月 24 日夜班
机组状态	RP 模式，电功率 1089 MWe

续　表

异常缺陷现象	04:19，主控出现报警 3RIC900KA：堆芯中子通量测量系统故障；3RIC901KA：指套管泄漏故障；3RIC902KA：密封组件泄漏故障。查看 3RIC 画面除上述 KA 报警对应的 KS 灯亮外，未见其余异常。3RIC 房间及堆腔房间地坑液位高报警均未触发
风险或潜在后果	1）影响使用 RIC 进行堆芯中子通量测量； 2）如存在真实泄漏，根据报警卡，机组需要停堆处理
干预行动	1）已采取的行动措施： ①主控立即查看报警卡，查看 3RIC 画面除上述 KA 报警对应的 KS 灯亮外，未见其余异常； ②查询 3RPE011PS 液位上涨趋势，3RPE011PS 液位上涨趋势未见加速； ③oncall 仪控人员检查故障原因； ④多次计算一回路泄漏率，泄漏率最小 17.44 L/h，最大 84.18 L/h（由于取点不同及时长关系存在差别），与正常计算结果基本一致； ⑤目前 3RIC 中子测量 1、4 通道不可用，为防止剩余 3 个通道使用过程出现故障导致 3RIC 不可用，100%功率平台堆芯功率分布测量和 RPN 系数修改暂不执行。 2）建议后续行动： 请维修仪控核实和分析报警原因，并制定处理方案
原因分析	3RIC001AR 测控机箱 010HC（1~4 通道）底板变压器故障
消缺行动	1）仪控处理反馈： ①故障原因分析： 经现场检查分析，确定 3RIC900KA、3RIC901KA 及 3RIC902KA 报警是由 3RIC001AR 柜内 1 号测控机箱（对应控制中子测量的 1 和 4 通道）故障导致机箱失去 220 V 供电引起（福清现场首次出现），机箱失去供电后，与上位机通讯丧失，从而触发了 RIC 系统中子通量测量系统的以上全部报警，并非真实出现泄漏报警。 ②故障影响：RIC 系统中子测量通道 2、3、5 通道功能正常可用，可满足堆芯中子通量测量的最低需求，暂不影响 100%FP 堆芯功率分布测量试验的执行。

续 表

消缺行动	③处理进展： a. 目前已完成故障处理方案的编制及工器具、机箱备件的准备工作； b. 因处理过程中需要对 3RIC001AR 机柜断电和软件重启操作，经安工评估，由于《机组运行技术规范要求》中对 RIC 系统在机组功率高于 50%FP 时的可用性存在相关要求，该工作存在违反运行技术规范的风险，暂不执行。针对运行技术规范中 RIC 系统可用性的相关要求，安工反馈已咨询设计院，目前等待设计院的正式澄清回函。后续将根据回函内容确定缺陷的处理方向。 （备注：24 日下午，经安工确认后，不需要记录 IO 后，对故障机箱的更换，当前 3 号主控已经不存在 RIC 相关报警，已确认当前 3RIC 系统已经恢复正常） ④检修步骤： a. 确认机组号及设备位号，建立隔离检修区域； b. 退出 3RIC001AR 机柜控制软件，关闭工控机，并依次断开机柜 48 V 和 220 V 供电开关； c. 打开机柜后门，依次解开 RIC010HC 机箱信号、电源线及接地线，并小心将机箱抽出； d. 将新备件机箱安装至原机架上，并按照电缆编号依次恢复各接线； e. 依次恢复机柜 220 V 和 48 V 供电开关，机柜重新上电； f. 启动控制软件，进行自检，确认系统状态正常。 2）核安全工程师反馈： 在 RP 模式下试验裕度内 RIC 系统短时间的全部不可用不需要记录 IO，但若产生 RPN 相关事件且无法执行相应缓解措施则视为违反运行技术规范
相关知识	1）3RIC900KA（堆芯中子通量测量系统故障）报警触发的可能原因有： ①在做中子通量图时，从 DCS 获得不完整数据； ②堆芯中子通量测量计算机供电丧失； ③用于泄漏探测的 48 V DC 电源丧失。 2）3RIC901KA（指套管泄漏故障）报警触发的可能原因有： ①RIC 指套管泄漏； ②传感器故障。

续　表

相关知识	3)3RIC902KA(密封组件泄漏故障)报警触发的可能原因有： ①RIC 密封组件泄漏； ②传感器故障
参考资料信息	运行二处：3 号机组异常反馈——3 号主控出现报警 3RIC900KA、3RIC901KA、3RIC902KA； 维修二处仪控：“3RIC900KA、3RIC901KA 及 3RIC902KA 报警现场检查结果和进展汇报”邮件； WR/WOT：00496951/01125124-01(紧急工单)
编　　者	运行二处一值：谷铁　　　时间：2019 年 09 月 16 日

2.18.5　主控触发 1RIC714KA 堆芯冷却监测系统故障——B 列报警

异常缺陷名称	主控触发 1RIC714KA 堆芯冷却监测系统故障——B 列报警
发生时间	2018 年 01 月 25 日中班
机组状态	RP 模式，电功率 1010 MWe
异常缺陷现象	主控触发 1RIC714KA 报警，查看画面为 1RIC007MT 显示“×××”
风险或潜在后果	影响 1RIC007MT 的显示，无法读取和监视温度
干预行动	已采取的行动措施： 1)查看和执行报警卡：安排现场检查 1RIC012AR 报警情况； 2)oncall 维修仪控进厂检查
原因分析	热电偶接头接触不良，功率运行期间由于振动的原因致使接触部位出现闪断现象，变送器偶尔会检测到回路存在断路，强制输出为超量程
消缺行动	仪控处理反馈： 1)故障原因分析： ①岛内连接板和热电偶柱上的热电偶接头松动； ②上述接头内部针脚和芯线焊点脆弱，受到较大的震动就容易引起焊点处不牢，造成回路电阻波动； ③热电偶本身故障。 2)故障原因确认(大修进岛检查确认)： 热电偶接头接触不良，功率运行期间由于振动的原因致使接触部位出现闪断现象，变送器偶尔会检测到回路存在断路，强制输出为超量程。

续 表

消缺行动	3)工作过程(大修检查工单 00840183-01)： ①先决条件检查：热电偶未解列前进行； ②验证隔离边界，确认设备位置，检查初始条件，并根据需要建立检修场所； ③连接板处检查和敲击接头，回路阻值没有变化； ④大盖处敲击接头发现回路阻值存在约有 100 多欧姆的阻值跳变； ⑤大盖上断开热电偶和补偿导线接头，直接敲击热电偶接头并测试阻值变化情况，发现有跳变； ⑥工作结束，清理现场，检查确认标牌完整，向运行人员报告工作完成情况。 4)工作过程(大修更换温度变送器工单 00843818-01)： ①验证隔离边界，确认设备位置，检查初始条件，并根据需要建立检修场所； ②将 1RIC007MT 原温度变送器电源线和输入输出线拆开； ③插入新的带故障自动恢复功能的温度变送器，并将 1RIC007MT 的输入输出线和电源线接入； ④工作结束，清理现场，检查确认标牌完整，向运行人员报告工作完成情况； ⑤请运行人员验收，并归还工作许可证
相关知识	1RIC714KA 堆芯冷却监测系统故障(B 系列)报警触发的可能原因： 1)电源故障。 2)1RIC012AR(堆芯冷却监测机柜)的自检装置探测到故障。 ①至少一个模拟或逻辑输入信号失效； ②机柜硬件检测到故障； ③系统 RTE 检测到故障。 3)定期试验
参考资料信息	维修一处仪控：完工报告《FQ1-MA03-RCWO-00839035/01 主控出现 1RIC714KA 报警，查看画面 1RIC007MT 主控显示"×××"，需检查处理》； 维修一处仪控：完工报告《FQ1-MA03-RCWO-00840183/01 (103 大修)排查并处理 1RIC007MT 故障显示"×××"问题》； WR/WOT：00340609/00839035-01(紧急工单)、00341036/00840183-01(大修计划工单)、00344103/00843818-01(大修计划工单)
编　　者	运行二处一值：谷铁　　　　时间：2019 年 06 月 06 日

2.18.6 主控触发 2RIC713KA：堆芯冷却系统故障(A 列)报警

异常缺陷名称	主控触发 2RIC713KA：堆芯冷却系统故障(A 列)报警
发生时间	2018 年 02 月 04 日早班
机组状态	RP 模式，满功率
异常缺陷现象	主控触发 2RIC713KA：堆芯冷却系统故障(A 列)，就地检查 2RIC011AR 故障灯亮
风险或潜在后果	报警暂不影响 RIC 可用性
干预行动	已采取的行动措施： 1)查看和执行报警卡，就地检查 2RIC011AR 故障灯亮； 2)oncall 仪控检查处理
原因分析	2RIC011AR 柜内 220VAC 转 24 VDC 电源模块 SPS4 故障
消缺行动	仪控处理反馈——检修步骤： 1)先决条件检查：①反应堆功率处于稳定状态。②与值长确认 RPR、RGL、SIP 系统无相关工作同时开展； 2)打开 2RIC011AR 机柜门，检查其他 SPS4 电源转换模块指示灯正常点亮，确认故障 SPS4 电源转换模块指示灯熄灭； 3)断开故障电源模块上游供电开关 F201； 4)使用十字螺丝刀拧松电源转换模块面板上的螺丝，更换故障电源转换模块； 5)闭合供电开关 F201； 6)等待供电模块自检完成，新电源转换模块正常工作，其他模块状态正常； 7)工作结束，清理现场，向运行人员报告工作完成情况
相关知识	2RIC713KA 堆芯冷却监测系统故障(A 系列)报警触发的可能原因： 1)电源故障。 2)2RIC011AR(堆芯冷却监测机柜)的自检装置探测到故障。 ①至少一个模拟或逻辑输入信号失效； ②机柜硬件检测到故障； ③系统 RTE 检测到故障。 3)定期试验

续 表

参考资料信息	WR/WOT：00345110/00845272-01(紧急工单)； 维修一处仪控：完工报告《FQ2-MA03-RCWO-00845272/01 主控触发 2RIC713KA：堆芯冷却系统故障（A 列），就地检查 2RIC011AR 故障灯亮，需检查处理》	
编　　者	运行二处一值：谷铁	时间：2019 年 06 月 06 日

2. 18. 7　主控闪发 1RIC 713KA 堆芯冷却监测系统故障(A 列)报警

异常缺陷名称	主控闪发 1RIC 713KA 堆芯冷却监测系统故障(A 列)报警
发生时间	2018 年 03 月 14 日早班
机组状态	大修，一回路满水位
异常缺陷现象	04: 56: 46 和 04: 56: 53 主控闪发 1RIC 713KA 堆芯冷却监测系统故障(A 列)，检查发现 1RIC008KM 波动了两次，最低波动至 231 ℃
风险或潜在后果	导致 1RIC008KM 温度波动
干预行动	已采取的行动措施： oncall 仪控检查处理
原因分析	1RIC008KM 闪发偏低至 231 ℃左右，与区域内其他热电偶温度超差 39. 3 ℃，导致机柜报 1RIC713KA 报警。通过检查怀疑机柜温度变送器或者下游模拟量输入卡件存在异常
消缺行动	仪控处理反馈——检修步骤： 1)视检查机柜内 1RIC008MT 热电偶进线端子，接线正常； 2)拆除 1RIC008MT 热电偶进线端子，用万用表测量上游进线电阻，数值保持 426. 4 Ω 稳定不动； 3)测量 1RIC008MT 对应温度补偿热电阻，数值保持 110. 9 Ω 稳定不动； 4)拆除 1RIC008MT 温度变送器的输入输出接线，拆除 1RIC713AA 输出线； 5)将这三组线接入记录仪，调整记录仪等待抓取波形； 6)机组从热停升至满功率后未再出现闪发现象； 7)将 1RIC008MT 温度变送器接线回装； 8)在 KIC 二层上检查 1RIC008MT 温度为 328 ℃，没有异常； 9)工作结束，清理现场，检查确认标牌完整，向运行人员报告工作完成情况

续 表

相关知识	1RIC713KA 堆芯冷却监测系统故障(A 系列)报警触发的可能原因： 1)电源故障。 2)1RIC011AR(堆芯冷却监测机柜)的自检装置探测到故障。 ①至少一个模拟或逻辑输入信号失效； ②机柜硬件检测到故障； ③系统 RTE 检测到故障。 3)定期试验	
参考资料信息	WR/WOT：00360471/00871075-01(紧急工单)； 维修一处仪控：完工报告《FQ1-MA03-RCWO-00871075/01 主控闪发 1RIC713KA：堆芯冷却监测系统故障(A 列)，怀疑为 1RIC008KM 波动导致，需检查处理》	
编 者	运行二处一值：谷铁	时间：2019 年 06 月 06 日

2.18.8 主控出现 3RIC714KA 堆芯冷却监测系统故障(B 系列)报警

异常缺陷名称	主控出现 3RIC714KA 堆芯冷却监测系统故障(B 系列)报警
发生时间	2018 年 07 月 20 日早班
机组状态	RP 模式，电功率 1069 MWe
异常缺陷现象	6:23，3 号主控出现 3RIC714KA 堆芯冷却监测系统故障(B 系列)报警，KIC 查看 3RIC002HXT 中 3RIC012AR 系统故障(012AR system fault)灯 3RIC451KS 灯亮；BUP 盘台 ICCMS B 列显示看门狗故障、插件插入故障
风险或潜在后果	仪控检查后确认报警原因为对硬件进行监测的卡件出现问题，对系统功能无影响，无备件，走计划处理
干预行动	已采取的行动措施： oncall 仪控检查处理
原因分析	3RIC012AR 机柜 SDM4 卡件故障(内部贴片式 200 mA 保险熔断，导致上游 24 V 供电无法下发)
消缺行动	仪控处理反馈——检修步骤： 1)打开 3RIC012AR 机柜柜门，核实待换卡件 SDM4 所在位置：+. EB029，并用绝缘胶带做好标记；

续 表

消缺行动	2)佩戴防静电手环，用十字螺丝刀拧下机架卡件紧固锁，拔出SDM4 卡件，并妥善放置； 3)打开备件 SDM4 卡件产品封装袋，核实卡件名称及对应的安装卡槽； 4)将新版卡件插入对应卡槽，并确认安装到位； 5)安装完毕后，检查机柜故障指示灯，指示灯熄灭，报警清除，3RIC012AR 机柜状态恢复正常
相关知识	3RIC714KA 堆芯冷却监测系统故障(B 系列)报警触发的可能原因： 1)电源故障。 2)3RIC012AR(堆芯冷却监测机柜)的自检装置探测到故障。 ①至少一个模拟或逻辑输入信号失效； ②机柜硬件检测到故障； ③系统 RTE 检测到故障。 3)定期试验
参考资料信息	维修二处仪控：完工报告《FQ3-MA03-RCWO-00975370/01 维修一级：3RIC012AR 机柜 SDM4 卡件更换与处理》； WR/WOT：00416816/00975370-01(计划工单)
编　　者	运行二处一值：谷铁　　　　时间：2019 年 06 月 06 日

2.18.9 1RIC001AR 与 DCS 通讯故障

异常缺陷名称	1RIC001AR 与 DCS 通讯故障
发生时间	2017 年 11 月 20 日
机组状态	RP 模式，满功率
异常缺陷现象	1RIC001AR 与 DCS 通讯故障
风险或潜在后果	仪控检查后确认报警原因为对硬件进行监测的卡件出现问题，对系统功能无影响
干预行动	已采取的行动措施： oncall 仪控检查处理
原因分析	1KCP511AR 机柜内与 1RIC 中子注量率系统通讯的 FBM230 模块工作异常，通讯连接丧失

续 表

消缺行动	仪控处理反馈： 1）检修步骤： ①验证隔离边界，确认设备位置，检查初始条件，并根据需要建立检修场所； ②在 1RIC001AR 监测软件上核实与 DCS 通讯的状态显示为“X”，代表与 DCS 通讯失败； ③打开 1KCP511AR 机柜前门，找到工作对象，确认故障 FBM230 模块编号是 D51103； ④使用长柄螺丝刀拧松 D51103 通讯模块上下部的两个螺丝，拔出通讯模块； ⑤10 s 后重新插入通讯模块，拧紧上下部螺丝，等待自动重启完成； ⑥检查模块上第一组通讯指示灯 TX 和 RX 闪亮，代表通讯恢复； ⑦在 1RIC001AR 上重启监测软件并自检，确认 1RIC001AR 与 DCS 通讯恢复； ⑧工作结束，清理现场，检查确认标牌完整，向运行人员报告工作完成情况。 2）故障原因分析：1KCP511AR 机柜内与 1RIC 中子注量率系统通讯的 FBM230 模块工作异常，通讯连接丧失	
相关知识	1）1RIC001AR 与 DCS 之间收发数据通过 1KCP511AR 中的一块编号为 D51103 的现场总线模块 FB230 实现，通讯机理为：进行通量图绘制的过程中，1RIC001AR 向 DCS 发送数据传输请求后，DCS 才向 1RIC001AR 传输机组运行数据。 2）现场总线组件（FBM）是现场传感器/执行器与控制处理机的接口。部分 FBM 具有梯形图逻辑控制功能，是一种智能化的 IO 组件，FBM 对现场设备使用的电气输入/输出信号进行适当转换使得通过现场总线能与这些装置通讯。现场组件可与控制处理机 CP 或运行 I/A Series 综合控制软件的个人计算机连接，各种 FBM 与工厂中通常遇到的各种现场信号相匹配	
参考资料信息	维修一处仪控：完工报告《FQ1-MA03-RCWO-00759195/01 1RIC001AR 与 DCS 通讯故障，需重新热插拔对应 FBM 通讯模块》； 维修一处仪控：《1RIC001AR 机柜与 DCS 通讯故障处理》； WR/WOT：00312510/00759195-01（紧急工单）	
编　　者	运行二处一值：谷铁	时间：2019 年 06 月 06 日

2.18.10 主控出现 1RIC714KA(堆芯冷却监测系统故障 B 系列)报警

异常缺陷名称	主控出现 1RIC714KA(堆芯冷却监测系统故障 B 系列)报警
发生时间	2017 年 06 月 02 日早班
机组状态	RP 模式，满功率
异常缺陷现象	主控出现 1RIC714KA(堆芯冷却监测系统故障 B 系列)，仪控检查确认为 1RIC012AR 内电源板卡故障(有两路电源，另外一路供电正常)
风险或潜在后果	堆芯冷却监测系统故障 B 系列存在丧失的风险
干预行动	已采取的行动措施： oncall 仪控检查处理
原因分析	1RIC012AR 机柜 220VAC/24 VDC 转换模块 SPS4 故障
消缺行动	仪控处理反馈——检修步骤： 1)先决条件检查：其他冗余 SPS4 卡件供电正常； 2)查看图纸确认该故障 SPS4 卡件上游供电开关为 F102； 3)断开上游供电开关 F102，查看其他 SPS4 卡件状况，确认无异常； 4)用一字螺丝刀拧松故障 SPS4 卡件上的 4 个固定螺丝； 5)拔出故障 SPS4 卡件； 6)将新的 SPS4 卡件插入对应的卡槽中，拧紧 4 个固定螺丝； 7)合上上游供电开关 F102，查看机柜状态，确认所有 SPS4 卡件状态指示灯亮，机柜报警灯熄灭，机柜无异常； 8)工作结束，清理现场，检查确认标牌完整，向运行人员报告工作完成情况
相关知识	1RIC714KA 堆芯冷却监测系统故障(B 系列)报警触发的可能原因： 1)电源故障。 2)1RIC012AR(堆芯冷却监测机柜)的自检装置探测到故障。 ①至少一个模拟或逻辑输入信号失效； ②机柜硬件检测到故障； ③系统 RTE 检测到故障。 3)定期试验
参考资料信息	WR/WOT：00254147/00578585-01(紧急工单)； 维修一处仪控：完工报告《FQ1-MA03-RCWO-00578585/01 主控出现 1RIC714KA(堆芯冷却监测系统故障 B 系列)，需检查处理》
编　　者	运行二处一值：谷铁　　时间：2019 年 06 月 06 日

2.18.11 主控触发 3RIC714KA 堆芯冷却监测系统故障(B 系列)

异常缺陷名称	主控触发 3RIC714KA 堆芯冷却监测系统故障(B 系列)
发生时间	2019 年 08 月 11 日夜班
机组状态	RP 模式，满功率
异常缺陷现象	02:13，主控触发 3RIC714KA 堆芯冷却监测系统故障(B 系列)，BUP 盘上 RIC714AA(堆芯冷却监测系统故障 B 系列)指示灯亮
风险或潜在后果	1)相关缺陷不影响堆芯参数的监测，对核安全功能无影响； 2)当 3RIC012AR 内出现其他综合故障时，如柜门打开、电源故障、机架温度高和风扇故障等时，将无法正常触发报警
干预行动	已采取的行动措施： 1)主控检查 KIC 画面和 QDS，堆芯水位、堆芯温度和堆芯过冷裕度等参数均显示正常； 2)查看报警卡，要求现场在 ICCMS 系统的 SU 上查看导致故障的原因； 3)oncall 仪控人员现场检查，发现 3RIC012AR 内用于综合故障检测的卡件故障，需要进行更换
原因分析	3RIC012AR 机柜 SDM4 卡件故障(内部贴片式 200 mA 保险熔断，导致上游 24 V 供电无法下发)
消缺行动	仪控处理反馈——检修步骤： 1)打开 3RIC012AR 机柜柜门，核实待换卡件 SDM4 所在位置：+.EB029，并用绝缘胶带做好标记； 2)佩戴防静电手环，用十字螺丝刀拧下机架卡件紧固锁，拔出 SDM4 卡件，并妥善放置； 3)打开备件 SDM4 卡件产品封装袋，核实卡件名称及对应的安装卡槽； 4)将新版卡件插入对应卡槽，并确认安装到位； 5)安装完毕后，检查机柜故障指示灯，指示灯熄灭，报警清除，3RIC012AR 机柜状态恢复正常； 6)工作结束，清理现场

续 表

相关知识	3RIC714KA 堆芯冷却监测系统故障(B 系列)报警触发的可能原因： 1)电源故障。 2)3RIC012AR(堆芯冷却监测机柜)的自检装置探测到故障。 ①至少一个模拟或逻辑输入信号失效； ②机柜硬件检测到故障； ③系统 RTE 检测到故障。 3)定期试验
参考资料信息	运行二处：3 号机组异常反馈——主控触发 3RIC714KA 堆芯冷却监测系统故障(B 系列)；WR/WOT：00599286/01306896-01(计划工单)
编　　者	运行二处一值：谷铁　　时间：2020 年 01 月 26 日

2.18.12　KIC 画面 4RIC009MT 故障 XXX

异常缺陷名称	KIC 画面 4RIC009MT 故障 XXX
发生时间	2019 年 05 月 16 日中班
机组状态	RP 模式，电功率 836 MWe
异常缺陷现象	17:07，4 号主控出现 4RIC714KA 堆芯冷却监测系统-B 列故障，主控检查发现 KIC 画面 4RIC009MT 故障 XXX，后备盘 QDS 上查看 4RIC009MT 显示 55.1 ℃
风险或潜在后果	导致 4RIC009MT 无法准确监视堆芯温度
干预行动	已采取的行动措施： 1)查看和执行报警卡，按报警卡定位 4RIC012AR 至少一个模拟和逻辑输入信号失效，通过画面基本定位 4RIC009MT 故障。同时，主控对 RIC 相关参数(饱和裕度、Tricmax 和 Tricavg)进行检查，未见异常； 2)oncall 仪控人员进行检查，确认该报警为 4RIC009MT 故障所致，现场检查后初步分析岛外接线或卡件故障和岛内接线或探头故障两种可能； 3)主控查阅技术规范在 RP 模式下，只有每列 19 个热电偶失去 10 个，认为该列饱和裕度监测通道不可用，需要记录 CCMS1

续 表

原因分析	温度处理卡件 STT1 故障
消缺行动	仪控处理反馈： 1)工作过程： ①打开 4RIC012AR 机柜门，断开 FB502：X4 端子； ②检查 X4 端子(Z14，B14)接线紧固，无异常； ③使用万用表电阻挡测量 X4 端子(Z14，B14)两端回路电阻，测量结果为 936 Ω，结果正常； ④使用万用表电压档测量 X4 端子(Z14，B14)两端回路电压，测量结果为 11 mV，结果正常； ⑤确定温度处理卡件 STT1 故障，领取备件进行更换； ⑥使用 Laptop 电脑读取并下载正常通道温度卡件参数配置文件，并下装至备件卡件中； ⑦恢复新温度卡件所有接线，确认温度显示恢复正常； ⑧通知主控验收，确认报警消失，关闭机柜门，工作完成。 2)故障原因分析：温度处理卡件 STT1 故障
相关知识	1)仪表故障(测量值与平均值相差超过 20 ℃)，故障仪表将被剔除，不影响 RIC 饱和裕度、最大值、平均值显示。 2)4RIC009MT 故障，KIC 中显示×××，QDS 显示 55.1 ℃(55.1 ℃类似于仪表故障的缺省值，非 4RIC009MT 故障的实际测量值)。 3)RIC 系统的堆芯热电偶每列 19 个热电偶失去 10 个，认为该列饱和裕度监测通道不可用，需要记录 CCMS1。 注意 4RIC002MT 属于 B 列设备，但不在 19 个 MT 中，19 个 MT 包括： 4RIC004-006-007-009-011-013-015-017-019-021-023-025-027-029-031-033-036-038-040MT。 A 列设备，4RIC035MT 不在其中，19 个 MT 包括： 4RIC001-003-005-008-010-012-014-016-018-020-022-024-026-028-030-032-034-037-039MT。 4RIC002MT 和 4RIC035MT 用于测量压力容器上封头温度
参考资料信息	运行二处：《运行二处内部经验反馈——4RIC009MT 故障处理经验反馈》； WR/WOT：00553604/01232530 -01(计划工单)
编　　者	运行二处一值：谷铁　　　时间：2020 年 01 月 19 日

2.19 安全注入系统(RIS)

2.19.1 8RIS011PO 现场检查盘根泄漏量 5~6 滴/s

异常缺陷名称	8RIS011PO 现场检查盘根泄漏量 5~6 滴/s
发生时间	2016 年 12 月 26 日夜班
机组状态	RP 模式
异常缺陷现象	8RIS011PO 现场检查盘根泄漏量 5~6 滴/s。量杯测量大约 0.9~1.2 L/h(厂家提供的泵运行时泄漏量标准要求≤1 L/h)
风险或潜在后果	8RIS011PO 不可用
干预行动	已采取的行动措施： oncall 维修机械检查，设备管理对水压试验性可用性进行评估
原因分析	盘根已硬化，与轴接触面已磨光滑，无法起到密封作用
消缺行动	机械处理反馈： 2016 年 12 月 26 日初步分析判断： 1)根据当前泄漏量及近期 4 号机组水压试验期间泵的运行情况，判断目前状态不影响泵的使用； 2)经咨询厂家并结合现场经验，泵停运时盘根泄漏量会存在增大情况，但厂家无法给出精确的增大数值。 下一步行动： 1)进一步核实泵停运期间的泄漏量标准，并测量现场实际泄漏量。 2)准备进行盘根更换工作(前期已经进行过在线紧固)。 2016 年 12 月 28 日进展： 泄漏量测量目前为 640 ml/h，根据《GB/T9234 机动往复泵》要求小于等于 1000 ml/h 的标准，目前设备具备可用性。维修已组织设备管理、运行进行分析，目前可能的原因是设备从安全到运行的时间过长(厂家给定寿命 3000 h)，还未进行更换填料的工作。另一可能原因为设备有短时 1 min 无润滑运行(泵出口止回阀卡涩)，填料有磨损。目前信息还在进一步收集中，后续维修与设备管理做好填料更换准备和原因查找的工作。 2016 年 12 月 29 日进展： 所需备件清单已发设备管理处走日常采购流程，今日上午测得盘根泄漏量 425 ml/h(25+25+375)(标准值不超过 1 L/h)，已发起状态报告。

续　表

消缺行动	2016 年 12 月 30 日到进展： 测得盘根泄漏量 350 ml/h(24+26+250)(标准值不超过 1 L/h)，泄漏量呈下降趋势，后续持续观察。 2016 年 12 月 31 日到 2017 年 01 月 04 日进展： 测得盘根泄漏量分别为 146 ml/h(22+24+100)，泄漏量呈下降趋势，后续持续观察。110 ml/h(30+30+50)，100 ml/h(34+34+32)，105 ml/h(27+28+50)，小至 100 ml/h，远低于标准 1000 ml/h，泄漏量趋于稳定，后续定期观察。2017 年 02 月 01 日完成水压试验泵漏水较严重柱塞的盘根更换工作。(发现盘根已硬化，与轴接触面已磨光滑，无法起到密封作用)最后由运行安排启泵在线调整盘根压量
相关知识	根据会议纪要《8 号机组水压试验泵盘根泄漏专项讨论会》，厂家函件描述，设备工程师分析认为在水压试验泵停运状态下，调整填料压盖至泄漏量<2 L/h 时，可判断填料有足够的冷却和润滑，且调整工作不影响盘根的正常功能和结构完整性。在泄漏量>2 L/h时，应 oncall 维修机械调节填料压盖
参考资料信息	维修二处维修日报 2016-12-26 至 2017-02-01
编　　者	运行二处一值：石亿虎　　　时间：2019 年 03 月 11 日

2.19.2　3RIS129VP 存在泄漏，漏量 3~4 s 一滴

异常缺陷名称	3RIS129VP 存在泄漏，漏量 3~4 s 一滴
发生时间	2018 年 04 月 07 日早班
机组状态	RP 模式
异常缺陷现象	3RIS129VP 存在泄漏，漏量 3~4 s 一滴
风险或潜在后果	如泄漏扩大，可能影响 3RIS002PO 功能
干预行动	已采取的行动措施： oncall 维修机械检查
原因分析	阀门起跳压力为 2.2 MPa，密封压力为 2.09 MPa，泵启动瞬时压力可能达到或接近起跳压力，同时根据起泵时泄漏观察情况，判断为起泵瞬间阀门微起造成泄漏，当前仍有少量泄漏怀疑为密封面回座不严、卡有杂质或磕伤(观察 4 号机组试验，起泵出口压力瞬间最高达到 2.0 MPa 而 4RIS129VP 无泄漏，3RIS129VP 为个例情况)

续 表

消缺行动	机械处理反馈： 4-7：在执行定期试验时泵下游压力短时超过安全阀定值起跳导致。当前安全阀出口约 30 s 一滴的微漏(可能原因为起跳后密封面杂质或回座不严)，经评估该缺陷不影响设备的安全功能。4 月 10 日泄漏量变为 10 滴/min，不影响阀门安全功能及系统运行，准备工单进行在线手柄检查及敲击和泄漏率测量，根据在线处理后情况决定后续处理措施。 处理措施：根据由易到难的步骤依次执行 1)检查手柄、敲击回座(896515-01 已完成。泄漏未消除，处理后泄漏率为 1 滴/min。 2)手动强制起跳冲洗密封面(工单 896515-02 已批准，手动起跳冲洗方案已生效，待下次执行定期试验 FQ3-RPE-T-013 系统带压时咨询运行预计约 6 月 10 日，出票执行冲洗工作)。 3)解体检修，进行阀门密封面研磨，并重新校验(工单 896515-03，待 02 工单冲洗完成后根据结果排计划出票，已有解体检查及安全阀校验规程)。 6-1：在定期试验 FQ3-RPE-T-013 系统带压下在线观察内漏约 38 min一滴，泄漏情况极其微小，不影响阀门安全功能，不影响安注 B 列可用性，继续保持观察，大修窗口执行工单 00458131-01 进行解体及校验
相关知识	《3RIS129VP 安全阀压力整定及密封性试验》中要求安全阀的整定压力值为：(2.20±0.07) MPa.g，密封性试验压力值为：(2.09±0.06) MPa.g(反向打压介质为气体，压力为 0.03 MPa.g，打压时间为 15 min，以阀盖检漏孔无气泡冒出为合格)
参考资料信息	WOT：00896515-01/02/03、00458131-01； 维修二处维修日报 20180417
编　　者	运行二处一值：石亿虎　｜　时间：2019 年 12 月 03 日

2.19.3 KIC 开启 4RIS168VP 时阀门显示洋红色

异常缺陷名称	KIC 开启 4RIS168VP 时阀门显示洋红色
发生时间	2018 年 02 月 19 日中班
机组状态	RP 模式，电功率 836 MWe

续 表

异常缺陷现象	18点39分，执行《FQ4-RPB-T-015：用RPB370KC进行安全注入逻辑试验规程》时，在主控室KIC开启4RIS168VP时阀门显示洋红色
风险或潜在后果	4号机组产生随机第一组IO，RIS1：低压安注系统一列不可用。要求三天内开始向MCS模式后撤
干预行动	已采取的行动措施： 1)现场配电盘检查4RIS168VP开关指示灯均亮，就地检查4RIS168VP关限位未脱开(但已不受力)，未碰到开限位； 2)联系维修仪控检查一层未收到4RIS168VP的开关反馈，初步判断4RIS168VP微开； 3)因4RIS168VP可能已微开，上游4RIS166VP此前执行试验规程时关闭，保持其处于关闭状态，以避免4PTR001BA串水至安全壳地坑，同时主控室密切监视4PTR001BA的液位； 4)oncall维修电气、机械、仪控检查及讨论处理方案
原因分析	4RIS168VP关限位S7触点闭合保持时间偏短，阀门开启时力矩动作加S7触点断开导致阀门停止开启
消缺行动	电气处理反馈： 1)故障原因分析： 电动执行机构旁路限位S7时间稍短，导致力矩动作。 2)检修步骤： ①与主控沟通，开紧急票处理； ②取得工作票，召开工前会，建立检修场地； ③对电动执行机构进行检查，发现为力矩动作，判断原因为旁路时间较短； ④对电动执行机构旁路限位进行调整，调整旁路时间2 s左右(原来旁路时间约为1 s，调整后旁路时间约为总行程的10%)； ⑤同时机械专业配合对阀杆进行润滑； ⑥与主控沟通，由主控操作3次，阀门均运行常； ⑦工作结束，清理场地，归还工作许可证
相关知识	执行该试验时，PTR001BA水箱硼水会通过低压安注泵排水至安全壳地坑。为此，在开启RIS168VP之前，关闭手动隔离阀1RIS166VP，以避免PTR001BA经过LHSI泵向安全壳地坑排水

续 表

参考资料信息	WR/WOT：00350823/00857751-01(紧急工单) 运行二处：4号机异常反馈——4RIS168VP主控显示洋红色，就地关限位开关已触发故障 维修二处电气：EAM中00857751-01完工报告，oncall反馈——4号机异常反馈——4RIS168VP主控显示洋红色，就地关限位开关已触发故障	
编　　者	运行二处一值：石亿虎	时间：2019年03月11日

2.19.4　在4号主控BUP上进行试灯试验时发现4RIS590LA灯不亮

异常缺陷名称	在4号主控BUP上进行试灯试验时发现4RIS590LA灯不亮	
发生时间	2018年02月08日早班	
机组状态	RP模式，满功率	
异常缺陷现象	在4号主控BUP上进行试灯试验(FQ4-KSC-T-001试验)时发现4RIS590LA灯不亮	
风险或潜在后果	影响BUP盘上RIS系统设备状态的监视	
干预行动	已采取的行动措施： oncall维修仪控检查处理	
原因分析	后备盘4KSC703PP中3. NC. A端子排127a端子正电源短接片松动	
消缺行动	仪控处理反馈： 1)处理进展： 4号机组BUP上4RIS590LA试灯正常，故障已消除。 2)检修步骤： ①将后备盘切换到试验模式，按下试灯按钮，确认4RIS590LA软件信号触发，确认为硬件问题。 ②逐段检查4RIS5901LA接线和端子，发现3. NC. A端子排127a. 128a处信号触发不正常。发现127a端子正电源短接片松动。进行紧固后进行试灯，4RIS590LA正常点亮	
相关知识	N/A	
参考资料信息	维修二处仪控：4号主控BUP上4RIS590LA试灯不亮处理反馈； WR/WOT：00347030/00847524-01(紧急工单)	
编　　者	运行二处一值：谷铁	时间：2019年02月11日

2.19.5 2RIS021PO 故障停运，上游开关 2LLE4101JA 故障跳闸

<table>
<tr><td>异常缺陷名称</td><td>2RIS021PO 故障停运，上游开关 2LLE4101JA 故障跳闸</td></tr>
<tr><td>发生时间</td><td>2019 年 11 月 20 日中班</td></tr>
<tr><td>机组状态</td><td>RP 模式，满功率</td></tr>
<tr><td>异常缺陷现象</td><td>2 号机组 21:02 触发 2LLA011KA(LLE 总故障)，2RIS435KA(硼酸再循环回路流量低)；
主控查看 2RIS 画面，发现 2RIS021PO 故障跳闸，现场查看 2RIS021PO 上游开关 2LLE4101JA 开关显示 OFF，白色故障等亮(见图 1)。

图 1 2LLE4101JA 开关故障显示</td></tr>
<tr><td>风险或潜在后果</td><td>1)产生随机第一组 IO：RIS8，要求 24 h 内机组开始向 NS/SG 模式后撤，硼浓度为冷停堆所要求的硼浓度；将 2RIS021PO 切换到 2RIS022PO 运行后，机组由随机 IO1：RIS8(两台 RIS 7000ppm 再循环泵不可用)转为随机 IO2：RIS7(RIS 7000ppm 再循环泵一台不可用(021PO 或 022PO))，检修必须在一个月内完成；
2)2RIS021PO 停运导致硼酸再循环回路停运，有硼结晶风险；
3)2RIS021PO 上游开关 2LLE4101JA 故障跳闸，导致 2RIS022 PO 和 2LLD1121JA 作为临时 SPV 管理</td></tr>
<tr><td>干预行动</td><td>已采取的行动措施：
1)现场检查 2LLE4101JA 开关状态；
2)执行 2RIS021PO 切换到 2RIS022PO 操作，将 IO1：RIS8 转为 IO2：RIS7；</td></tr>
</table>

续 表

干预行动	3)oncall 电气人员检查处理； 4)2RIS022 PO 和 2LLD1121JA 按临时 SPV 管理控制，加强巡检	
原因分析	2LLE4101JA 监测熔断器 001FU 状态的微动开关故障，常开触点闭合，导致跳闸继电器 001XD 得电，主回路跳闸，2RIS021PO 停运	
消缺行动	电气处理反馈： 1)检修步骤： ①检查确认 2LLE4101JA 抽屉出线紧固，无变色、过热情况； ②测量下游负荷绝缘>550 MΩ，三相直阻均为 1.9 Ω，数据合格； ③检查确认抽屉主回路、一次接插件接线紧固，无变色、过热情况； ④检查抽屉主回路熔丝 001FU 导通情况正常； ⑤检查确认热继电器未动作； ⑥测量监测熔断器 001FU 状态的微动开关常开触点闭合，常闭触点断开，状态异常，确认损坏； ⑦更换同型号微动开关； ⑧联系运行将 2LLE4101JA 推入合闸； ⑨2RIS021PO，测量三相运行电流均正常，无报警。 2)处理进展： 2LLE4101JA 抽屉推入合闸后故障灯不亮，报警消除，2RIS021PO 恢复可用。 3)后续行动： 升版细化规程《FQX-LTB-M-E001 核岛 380 V 低压配电盘预防性维修》，增加检查监测熔断器的微动开关触点状态的工作内容	
相关知识	N/A	
参考资料信息	WR/WOT：00652055/01419017-01(紧急工单)； 运行一处：2 号机组异常反馈——2RIS021PO 上游开关 2LLE4101JA 故障跳闸； 维修一处电气：答复：2 号机组异常反馈——2RIS021PO 上游开关 2LLE4101JA 故障跳闸	
编　　者	运行二处一值：谷铁	时间：2020 年 01 月 11 日

2.19.6　8RIS011PO 再鉴定过程中主控出现 8RIS423KA(试验泵及辅助装置主故障)

异常缺陷名称	8RIS011PO 再鉴定过程中主控出现 8RIS423KA(试验泵及辅助装置主故障)	
发生时间	2017 年 11 月 26 日中班	
机组状态	RP 模式，满功率	
异常缺陷现象	执行 FQ4-LLS-T-002：柴油发电机和水压试验泵无密封注水带负荷启动和运行试验规程对 8RIS011PO 再鉴定时，合上 8LLS023JA 后，就地 8LLS001AR 上 8LLS579LA(综合故障报警)灯亮，且无法复位，主控存在 8RIS423KA(试验泵及辅助装置主故障)	
风险或潜在后果	影响 8RIS011PO 的可用性，产生 IO1：RIS5	
干预行动	已采取的行动措施： oncall 电气检查处理	
原因分析	控制柜 PLC 输入点错误	
消缺行动	电气处理反馈——处理措施： 经与主控沟通，电气人员对水压试验泵控制柜内部的 PLC 进行核实，通过对 PLC 各输入点进行测量查找，发现控制柜内部的空冷风机断路器 003JS 的辅助触点接触不良，导致其信号未正常送入 PLC，触发综合故障报警并无法复位。经过对 003JS 的辅助触点修复后，报警复位消失，水压试验泵正常启动，电气人员保驾至试验结束无异常	
相关知识	出现 8RIS423KA 可能原因是下列设备一个(或多个)热保护继电器动作： 1)润滑油泵 8RIS111MO：8RIS001XS； 2)试验泵 8RIS112MO：8RIS001UF； 3)空冷风机 8RIS113MO：8RIS003XS。 报警将导致下列设备自动停运： 1)润滑油泵 8RIS111MO； 2)试验泵 8RIS112MO； 3)空冷风机 8RIS113MO	
参考资料信息	维修二处电气：“8RIS011PO 再鉴定过程中主控出现 8RIS423KA”故障反馈	
编　　者	运行二处一值：谷铁	时间：2020 年 01 月 11 日

2.19.7 3RIS013VP 全开 30 s 后在 KIC 画面中显示故障大红色

异常缺陷名称	3RIS013VP 全开 30 s 后在 KIC 画面中显示故障大红色
发生时间	2018 年 02 月 09 日早班
机组状态	RP 模式，电功率 836 MWe
异常缺陷现象	早班执行 FQ3-RPB-T-016 用 RPB371KC 进行安全注入逻辑试验规程时，按照规程执行过程中 3RIS013VP 全开 30 s 后变成大红色(开启故障)，3RCV034/375VP 未按照逻辑正常关闭
风险或潜在后果	导致 FQ3-RPB-T-016 用 RPB371KC 进行安全注入逻辑试验规程试验失败
干预行动	已采取的行动措施： 1)现场检查配电盘无异常，OPEN 灯亮； 2)就地检查 3RIS013VP 全开，无异常； 3)联系电气和仪控人员检查发现 3RIS013VP 机械限位器未触发，电气人员处理后，重新执行试验，试验结果满意
原因分析	1)电气限位(FO/FC)送配电盘和 KIC 进行显示，机械限位(SM3/SM5)参与逻辑控制； 2)3RPB371KC 打试验位后，3RIS013VP 开启，全开 30 s 后变大红色(开启故障)。原因为 3RIS013VP 在接到 3RPB371KC 打试验位开启指令后开启，在电动头内部的全开限位(电气限位)触发后停止开启，但是此时机械全开限位 SM3 未触发。(即逻辑图中电动头内部的 FO 触发，但是 SM3 未触发)。在 DCS 内部会判断开启故障阀门变大红色； 3)由于 3RIS013VP 的机械全开限位 SM3 未触发，故 3RCV034/375VP 不会关闭； 4)电气人员通过调整 3RIS013VP 电动头内部的电气限位开关，来调整阀门行程，使阀门的机械限位 SM3 触发，试验顺利完成
消缺行动	机械处理反馈： 1)检修步骤： ①对 3RIS013VP 阀门外部机械开限位进行调整； ②与主控沟通，主控开关阀门两次，限位均能正常触发； ③确认阀门正常，主控无报警； ④工作结束，清理现场。 2)故障原因分析：阀门本体限位未触发

续 表

<table>
<tr><td>相关知识</td><td colspan="2">RIS013VP 的控制逻辑：
1)手动开启信号：
①KIC—013VP 置于 OPEN
②BUP—005TL 置于 OPEN
2)手动关闭信号：
①KIC—013VP 置于 CLOSE
②BUP—005TL 置于 CLOSE
3)自动开启信号：
①安注信号 SI，RPR 触发，1E 级
②PTR001BA 液位高于 L2(5.9 m)，且以下任一条件满足：
a. ADP 保护信号触发
b. RPN 源量程中子通量高紧停堆
c. 容控箱 RCV001BA 液位低 3(RCV011MN，0.87 m)
d. RRA 自动补给信号
4)自动关闭信号
PTR001BA 液位 L2(5.9 m)，1E 级+安注再循环未手动复位。
说明：RRA 自动补给信号只引起 RIS 系统 B 列动作。
5)参与其他设备的控制逻辑：
①RCV375VP 自动关闭信号：
a. RIS013VP 开启+RRA 自动补水信号；
b. RIS013VP 开启+B 列 SI 信号；
c. RIS013VP 开启+B 列源量程中子通量高信号；
d. RIS013VP 开启+B 列 ADP 信号；
e. RIS013VP 开启+VCT 水位低 3。
②RCV034VP 的自动关闭信号：
a. RIS013VP 全开+(VCT 液位低 3(012MN-0.87 m)或 B 列防误稀释信号 ADP 或 B 列 SI 或 RCV034VP 全开时 B 列源量程中子通量高或 RRA 自动补水信号)；
b. KIC 中将 RPB371KC 置于 TEST+RIS013VP 全开</td></tr>
<tr><td>参考资料信息</td><td colspan="2">维修二处机械：EAM 中工单 00847947-01 的完工报告；
WR/WOT：00347453/00847947-01(紧急工单)</td></tr>
<tr><td>编　　者</td><td>运行二处一值：谷铁</td><td>时间：2020 年 01 月 11 日</td></tr>
</table>

2.19.8　执行 FQ3-LLS-T-002，8RIS011PO 启动后无出力

异常缺陷名称	执行 FQ3-LLS-T-002 柴油发电机和水压试验泵无密封注水带负荷启动和运行试验规程，8RIS011PO 启动后无出力
发生时间	2019 年 05 月 07 日早班
机组状态	RP 模式，热功率 116 MWt，未并网
异常缺陷现象	当班值执行 FQ3-LLS-T-002，就地启动 8RIS011PO 后发现现场压力表压力仅有 0.4 MPa，远未达到要求值 12 MPa，怀疑 8RIS011PO 启动后无出力
风险或潜在后果	8RIS011PO 在 RP 模式下为核安全设备，设备不可用需要记录双机组随机 IO1：RIS5，3、4 号机组需要在 3 天内后撤至 NS/RRA 模式
干预行动	已采取的行动措施： 1）组织现场保驾人员进行检查后，停运 8RIS011PO，将设备置于安全可控状态； 2）安排现场重新检查在线，确认在线正确； 3）主控通过分析，初步怀疑为 8RIS011PO 入口管线积气或入口逆止阀 3RIS267VB 卡涩导致； 4）根据分析的原因，主控联系维修机械配合对 8RIS011PO 入口管道进行冲水排气，并对 3RIS267VB 进行敲击； 5）维修机械对 8RIS011PO 入口管道初次进行冲水排气，发现无水流出；对 3RIS267VB 进行敲击后，有顺畅水流流出； 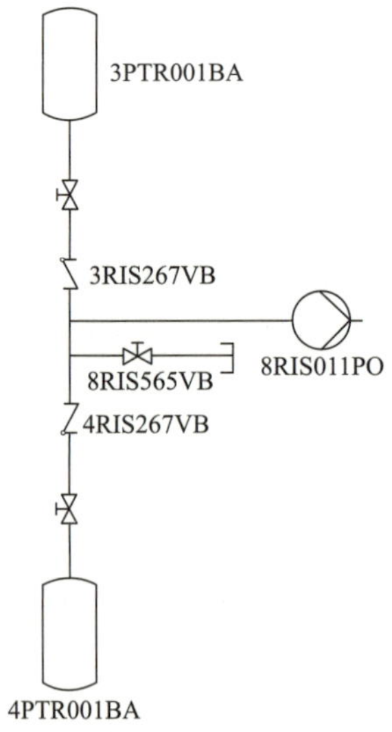 **图 1　8RIS011PO 流程示意图**

续　表

干预行动	6)重新组织启动水压试验泵 8RIS011PO，8RIS011PO 出口压力正常，继续执行定期试验，试验结果满意。 建议后续行动： 1)通过异常现象及处理过程，确认为 3RIS267VB 存在硼结晶卡涩导致水压试验泵入口无流量； 2)水压试验泵入口既可以从 3PTR001BA 取水，也可以从 4PTR001BA 取水，水压试验泵入口无流量，可以推断 4RIS267VB 也同样存在硼结晶卡涩问题； 3)后续 3、4 号机组试验时，建议先安排对 3/4RIS267VB 进行敲击，敲击完成后再进行试验； 4)考虑对 3/4RIS267VB 增加硼伴热装置，避免可能出现的硼结晶，当班值提出技改； 5)请设备管理处考虑对 3/4RIS267VB 进行换型，避免共模故障
原因分析	8RIS011PO 入口管线积气或入口逆止阀 3RIS267VB 卡涩导致
消缺行动	机械处理反馈： 2019 年 5 月 8 日，经机械、运行、设备管理、核安工会议讨论分析关于水压试验泵 8RIS011PO 启动无出力情况讨论汇报如下： 1)现象描述 ①2019 年 5 月 7 日早班，当班值执行 FQ3-LLS-T-002，就地启动 8RIS011PO 后发现现场压力表压力仅有 0.4 MPa，远未达到要求值 12 MPa，怀疑 8RIS011PO 启动后无出力； ②经主控、设备管理、维修分析怀疑上游止回阀未打开，讨论决定拆除 8RIS565VB 下游盲板检查是否有水流出，如无水则敲击止回阀； ③现场拆除 8RIS565VB 下游盲板，打开阀门后，有带压气体混合少量水喷出不到 1 min，后无水流出； ④经敲击止回阀，8RIS565VB 下游盲板出现顺畅来水； ⑤重新启动水压试验泵 8RIS011PO，8RIS011PO 出口压力正常，试验结果满意； ⑥停泵后，泵入口安全阀有约 10 s 的开启关闭声音。 2)原因分析：吸入口逆止阀(3/4RIS267VB)未开启。 注：RIS267VB 此阀门为大连大高生产的 DN50 口径升降式止回阀，启闭压差为 0.03 MPa(即进出口存在 0.03 MPa 压差下会开启)，入口为 PTR 水箱静压(15 m 水位)，此阀安装位置约 5 m，即入口压力约为 0.1 MPa。

续 表

消缺行动	3）阀门未开启的原因分析： ①进出口高压差造成站黏性低压无法打开：打开 8RIS565VB 盲板后有带压气体喷出，且停泵时可听见逆止阀出口安全阀明显起跳（起跳压力 1 MPa）声音，逆止阀出口有近 1 MPa 压力（泵运行时可能更高）。泵出口的小流量管线直接与入口管道相连，入口仅有约 0.1 MPa，怀疑在反向压力下逆止阀密封面出现粘黏性，导致无法在出口泄压后入口 0.1 MPa 压力下打开，可能性较大； ②泵入口管线存在气体：打开盲板不到 1 min 气体排出，管道确实存在气体，可能为盘根泄漏引入管道气体或管线长期泄压过程中逐渐引入。由于止回阀后非水介质，起泵后无法吸水形成负压从而打开止回阀，可能性较大； ③结构性卡涉：阀瓣歪斜与阀体卡涩，打开 8RIS565VB 盲板，出口无流水，即说明阀门未开启且密封性良好，阀门密封性好即阀瓣落座垂直，于阀体卡涩可能性较小； ④硼结晶卡涩：经咨询化学介质为 PTR 水箱来水，硼浓度为 2000+ppm，在常温下不会形成结晶，故此原因可能性极小。 综上所述：起泵后止回阀未打开导致泵出口无压力的可能原因为：泵小流量管线与泵入口管线直接相连，导致泵入口管道中存在大量气体导致起泵后无法吸水减小逆止阀出口压力导致逆止阀未打开，且止回阀进出口逆向高压差造成阀瓣粘黏性导致出口泄压后入口低压下未自动打开。 4）同行经验反馈：海南核电也发生过同类问题，与本次情况比较类似，分析原因为管道气体校多，起泵前对管道进行排气。 5）后续处理措施计划 ①在 8RIS565VB 出口安装压力表测量逆止阀出口压力； ②完成工单准备，在大修对 3/4RIS267VB 进行解体，检查确认硼结晶和卡涩情况； ③根据下次定期试验入口管线测量结果确定是否增加试验前泵的充水排气和试验后泄压方式； ④考虑试验增加机械保驾人员，检查逆止阀开启情况
相关知识	止回阀 RIS267VB 为 DN50 口径升降式止回阀，启闭压差为 0.03 MPa（即进出口存在 0.03 MPa 压差下会开启）

续　表

参考资料信息	运行二处：3号机组异常反馈——水压试验泵8RIS011PO首次启动无出力，对其入口管道逆止阀进行敲击后再次启动正常； 维修二处机械：水压试验泵8RIS011PO启动无出力情况会议讨论汇报	
编　　者	运行二处一值：谷铁	时间：2019年06月11日

2.19.9　2RIS021PO上游开关2LLE4101JA故障跳闸

异常缺陷名称	2RIS021PO上游开关2LLE4101JA故障跳闸
发生时间	2019年11月20日中班
机组状态	RP模式，满功率
异常缺陷现象	21:02，主控触发2LLA011KA（LLE总故障），2RIS435KA（硼酸再循环回路流量低），查看KIC画面发现硼酸再循环泵2RIS021PO故障停运
风险或潜在后果	2RIS021PO故障跳闸停运，而2RIS022PO此时处于备用停运状态，导致两台RIS7000ppm再循环泵不可用，产生随机IO1：RIS8
干预行动	已采取的行动措施： 1）查看和执行报警卡，主控查看处于运行的2RIS021PO故障跳闸； 2）安排现场检查2RIS021PO上游电源2LLE4101JA，确认开关故障跳闸； 3）安排现场将2RIS021PO切换到2RIS022PO运行，2RIS022PO运行后，消除第一组IO：RIS8。故障的2RIS021PO不可用仍存在第二组IO2：RIS7； 4）oncall维修电气人员检查处理
原因分析	2LLE4101JA监测熔断器001FU状态的微动开关故障，常开触点闭合，导致跳闸继电器001XD得电，主回路跳闸，2RIS021PO停运
消缺行动	电气处理反馈： 1）缺陷描述：2LLE4101JA（下游负荷2RIS021PO）抽屉停运指示灯亮，故障灯亮。 2）故障原因：监测熔断器001FU状态的微动开关故障，常开触点闭合，导致跳闸继电器001XD得电，主回路跳闸，2RIS021PO停运。

续 表

消缺行动	3)处理措施： ①检查确认 2LLE4101JA 抽屉出线紧固，无变色、过热情况； ②测量下游负荷绝缘>550 MΩ，三相直阻均为 1.9 Ω，数据合格； ③检查确认抽屉主回路、一次接插件接线紧固，无变色、过热情况； ④检查抽屉主回路熔丝 001FU 导通情况正常； ⑤检查确认热继电器未动作； ⑥测量监测熔断器 001FU 状态的微动开关常开触点闭合，常闭触点断开，状态异常，确认损坏； ⑦更换同型号微动开关； ⑧联系运行将 2LLE4101JA 推入合闸； ⑨启动 2RIS021PO，测量三相运行电流均正常，无报警
相关知识	RIS021PO 硼酸再循环泵的控制逻辑： 无自动启停信号。 手动启动信号：就地机柜上 RIS053CC 置于 START； 手动停运信号：就地机柜上 RIS053CC 置于 STOP
参考资料信息	核安全处：《1~4 号机组核安全周报(2019 年 11 月 18 日—11 月 24 日)》； 维修一处电气：EAM 中工单 01419017-01 的完工报告； WR/WOT：00652055/01419017-01(紧急工单)
编　　者	运行二处一值：谷铁　　　时间：2020 年 01 月 11 日

2.20 核岛排气和疏水系统(RPE)

2.20.1 4RPE027VP/002VY/017VP/055VE 阀门关闭，同时 4KCP500KA 闪发 1 s 后消失

异常缺陷名称	4RPE027VP/002VY/017VP/055VE 阀门关闭，同时 4KCP500KA 闪发 1 s 后消失
发生时间	2018 年 02 月 01 日中班
机组状态	RP 模式，满功率
异常缺陷现象	20:56，主控闪发 4KCP500KA(NC 机柜供电故障)1 s 后消失。随后主控操纵员巡检画面发现 4RPE027VP/002VY/017VP/055VE 阀门关闭(暂未发现其他设备异常)，主控 KIC 显示故障大红色。与仪控沟通后，暂重点怀疑 4KCP523AR 向上述设备供电故障可能性大。运行就地检查该机柜未发现异常和故障灯亮
风险或潜在后果	上述阀门关闭造成 4RPE 安全壳内水箱无法向外部排水、排气
干预行动	已采取的行动措施： 1)估算 4RPE RX 相关水罐上涨趋势，确保状态可控； 2)oncall 维修仪控检查处理； 3)要求仪控提供 4KCP523AR 相关设备清单，以评估对机组状态的影响； 4)主控密切关注 RPE 系统报警和水位上涨趋势情况
原因分析	1)4RPE027VP/002VY/017VP/055VE 阀门电磁阀失去上游 4KCP-523AR 机柜内部 48 V 供电； 2)4KCP523AR 机柜内 TP-FP-2 48 VDC 第三个刀闸保险损坏，导致机柜内 TBT18BN 下游负载(仅包含 4RPE027VP/002VY/017VP/055VE 的 4 个阀门命令及 RPE 就地指示灯)失去控制电源，导致阀门意外关闭
消缺行动	仪控处理反馈： 1)故障现象：4 号主控出现 4RPE027VP/002VY/017VP/055VE 阀门关闭、同时 4KCP500KA 闪发 1 s 后消失。 2)处理进展：4RPE027VP/002VY/017VP/055VE 故障已消除，阀门状态及功能已恢复正常。 3)检修步骤： ①更换 4KCP523AR 内 TP-FP-2 48 VDC 第三个刀闸保险后 4RPE027VP/017VP/055VE 阀门恢复正常；

续 表

消缺行动	②通过在 DCS 一层强制复位 4RPE002VY 阀门故障，主控验证 4RPE002VY 阀门功能正常。 4)故障原因分析： ① 4RPE027VP/002VY/017VP/055VE 阀门电磁阀失去上游 4KCP523AR 机柜内部 48 V 供电； ②4KCP523AR 机柜内 TP-FP-2 48 VDC 第三个刀闸保险损坏，导致机柜内 TBT18BN 下游负载(仅包含 4RPE027VP/002VY/017VP/055VE 的 4 个阀门命令及 RPE 就地指示灯)失去控制电源，导致阀门意外关闭
相关知识	1)KCP500KA 为 NC 机柜供电故障报警，可能的原因有： ①NC 机柜失去 220 V 电源； ②NC 机柜失去外部 48 V 电源。 2)4KCP523AR 机柜内 Q18BN 下游负荷为 4RPE027VP/002VY/017VP/055VE，失电时阀门将关闭
参考资料信息	维修二处仪控：oncall 反馈——4RPE027VP/002VY/017VP/055VE 阀门关闭、同时 4KCP500KA 闪发 1 s 后消失； 运行二处：4 号机异常反馈——4RPE027VP/002VY/017VP/055VE 阀门关闭、同时 4KCP500KA 闪发 1 s 后消失； WR/WOT：344171/00844065-01(紧急工单)
编　　者	运行二处一值：谷铁　　　　时间：2019 年 02 月 11 日

2.20.2 4RPE017/027VP、002VY、055VE 阀门关闭且显示大红色

异常缺陷名称	4RPE017/027VP、002VY、055VE 阀门关闭且显示大红色
发生时间	2018 年 03 月 04 日
机组状态	RP 模式，满功率
异常缺陷现象	主控巡检发现 4RPE017/027VP、002VY、055VE 阀门关闭且显示大红色，初步怀疑这些阀的控制电失去导致
风险或潜在后果	阀门关闭造成 4RPE 安全壳内水箱无法向外部排水、排气
干预行动	已采取的行动措施： 1)估算 4RPE RX 相关水罐上涨趋势，确保状态可控； 2)oncall 维修仪控检查处理； 3)要求仪控提供 4KCP523AR 相关设备清单，以评估对机组状态的影响；

续　表

干预行动	4)主控密切关注 RPE 系统报警和水位上涨趋势情况	
原因分析	1)4RPE027VP/002VY/017VP/055VE 阀门电磁阀失去上游 4KCP523AR 机柜内部 48 V 供电； 2)4KCP523AR 机柜内 TP-FP-2 48 VDC 第四个刀闸保险损坏，导致阀门无法正常开启	
消缺行动	仪控处理反馈： 1)处理进展： 4RPE027VP/002VY/017VP/055VE 故障已消除，阀门状态及功能已恢复正常。 2)检修步骤： ①更换 4KCP523AR 内 TP-FP-2 48 VDC 第四个刀闸保险后 4RPE027VP/002VY/017VP/055VE 阀门状态恢复正常； ②主控验证 4RPE027VP/002VY/017VP/055VE 动作正常	
相关知识	4KCP523AR 机柜内 Q18BN 下游负荷为 4RPE027VP/002VY/017VP/055VE，失电时阀门将关闭	
参考资料信息	维修二处仪控：oncall 反馈——4RPE027VP/002VY/017VP/055VE 阀门开故障问题处理； WR/WOT：00356183/00865520-01(紧急工单)	
编　　者	运行二处一值：谷铁	时间：2019 年 02 月 11 日

2.20.3　3RPE221VE 内漏造成 3RPE015PS 地坑存在放射性

异常缺陷名称	3RPE015PS 放射性异常上涨
发生时间	2018 年 09 月 12 日早班
机组状态	RP 模式，电功率 836 MWe
异常缺陷现象	辐射防护反馈 3RPE015PS 本底剂量 0.132 μSv/h，目前剂量 0.678 μSv/h，白区剂量范围为 0~2.5 μSv/h，超过 2.5 μSv/h，需联系辐射防护设立临时控制区。根据现场初步测量显示为 3RPE015PS 进水管线无放射性，仅排水管线有，怀疑为管线反水导致，具体需结合化学取样结果进行分析。 3RPE015PS 化学取样结果：总放 6.37 MBq/t，硼浓度为 156ppm，pH 值为 8.90，怀疑 3RPE011PO 出口逆止阀 3RPE221VE 以及 3RPE319VE 不严

续 表

风险或潜在后果	造成非辐射控制区的地坑存在放射性污染
干预行动	1)已采取的行动措施： ①对 3RPE015PS 进行隔离，并张贴电离辐射标识； ②开发状态报告进行根本原因分析，彻底解决该问题。 2)建议后续行动： 对 3RPE222VE 进行设计变更，让其与 3RPE011PO 建立逻辑关系：“当 3RPE011PO 启动时，3RPE222VE 开启；当 3RPE011PO 停运后时，3RPE222VE 自动关闭”
原因分析	经过分析原因为 3RPE221VE 内漏，放射性管线的水返流至 3RPE015PS。地坑内的杂质附着在逆止阀密封面，长期运行所致(阀芯，阀座有磨损)，造成逆止阀密封不严，造成放射性介质返流
消缺行动	机械处理反馈： 1)检修步骤： ①拆除阀门阀盖，取出阀内件，做好防异物措施； ②检查，清洗各零部件及密封面，发现阀芯阀座有磨损缺陷； ③对阀芯阀座进行手工研磨，研磨后对其进行了蓝油试验，蓝油试验合格； ④清洗阀腔，进行清洁度与异物检查，确认腔内清洁无异物； ⑤回装阀门，阀门中法兰力矩为 140 N·M； ⑥工作结束，清理现场，归还工作许可证。 2)故障原因分析：3RPE221VE 内漏，放射性管线的水返流至 3RPE015PS。地坑内的杂质附着在逆止阀密封面，长期运行所致(阀芯，阀座有磨损)，造成逆止阀密封不严，造成放射性介质返流
相关知识	3RPE015PS 地坑泵 3RPE011PO 的控制逻辑： 1)自动启动：就地控制柜上 211CC 置于 AUTO 位置 & 地坑高液位开关 3RPE138SN 触发液位高，3RPE011PO 自动启动； 2)手动启动：就地控制柜上 211CC 置于 MANU 位置 & 就地控制柜上按下启动按钮 211TO，3RPE011PO 启动； 3)自动停运：地坑低液位开关 3RPE137SN 触发液位低信号，3RPE011PO 自动停运(无论泵处于自动还是手动)； 4)手动停运：就地控制柜上 211CC 置于 MANU 位置 & 就地控制柜上按下停运按钮 261TO，3RPE011PO 停运

续 表

参考资料信息	维修二处机械：完工报告《FQ3-MA01-RCWO-01008693/01 3RPE221VE 存在内漏，需解体检查》； WR/WOT：00440916/01008693-01(计划工单)	
编　　者	运行二处一值：谷铁	时间：2019 年 02 月 11 日

2.20.4 4RPE005PO 运行时出力不足

异常缺陷名称	4K050 房间，4RPE008PS 液位 H2，发现 4RPE005PO 运行时出力不足
发生时间	2018 年 08 月 01 日夜班
机组状态	RCD 模式
异常缺陷现象	4K050 房间，4RPE008PS 液位 H2，发现 4RPE005PO 运行时出力不足
风险或潜在后果	4RPE005PO 运行时出力不足，无法对 4RPE008PS 有效排水，长时间运行可能导致泵损坏
干预行动	已采取的行动措施： 1)oncall 电气检查处理； 2)按工作负责人建议启动 4RPE005PO 前，适当摇晃泵体，让泵充满水，使泵正常启动运行
原因分析	泵体内存有空气，由于空气的密度很低，旋转后产生的离心力小，因而叶轮中心处所形成的低压不足以将地坑内的液体吸入泵内，进而导致启动离心泵时出力不足，泵无法正常运行输送液体
消缺行动	机械处理反馈： 1)检修步骤： ①召开工前会，确认检修设备位号，建立检修区域； ②验电，确认无电，测量 4RPE005PO 直流电阻，测得 U-V：3.1 Ω，V-W：3.1 Ω，W-U：3.1 Ω，不平衡度为 0，合格； ③测量 4RPE005PO 绝缘电阻，测得 V.U.W-地：140 MΩ，合格； ④对泵坑进行检查，确认无异物，目视泵体无堵塞； ⑤联系运行人员启动 4RPE005PO，适当摇晃泵体，确认泵排水正常，验收合格。 2)故障原因分析：泵体内有空气

续 表

相关知识	1)4RPE005PO 自动启动信号：4RPE145SN 液位高 1 触发 & 就地控制柜上 205CC 置于自动 & 没有 4KRT051MA、052MA、053MA、054MA 的二级报警； 2)离心泵启动时，若泵内存有空气，由于空气密度很低，旋转后产生的离心力小，因而叶轮中心区所形成的低压不足以将储槽内的液体吸入泵内，虽启动离心泵也不能输送液体，此种现象称为气缚。表示离心泵无自吸能力，所以必须在启动前向壳内灌满液体。 为防止气缚现象的发生，离心泵启动前要用外来的液体将泵壳内空间灌满。这一步操作称为灌泵。为防止灌入泵壳内的液体因重力流入低位槽内，在泵吸入管路的入口处装有止逆阀(底阀)；如果泵的位置低于槽内液面，则启动时无需灌泵
参考资料信息	维修二处电气：完工报告《FQ4-MA02-RCWO-00982740/01 4RPE005PO 不出力，请处理》；WR/WOT：00422731/982740-01(紧急工单)，工作许可证：4PT26310 4RPE005PO 出力不足
编　　者	运行二处一值：谷铁　　　　时间：2019 年 02 月 11 日

2.20.5　3RPE028PO 无法自动启动

异常缺陷名称	3RPE028PO 无法自动启动
发生时间	2018 年 09 月 02 日夜班
机组状态	RP 模式，电功率 836 MWe
异常缺陷现象	执行隔离 3PW31006(3PTR020VB 安全阀压力整定) 机械人员将 3PTR521VB 下游堵头拆掉并接软管排往 3RPE006CU，核岛现场反馈 3RPE006CU 液位已经较高(H1)，但是 3RPE028PO 未自动启动，同时主控触发 3LKL 母线触发总体故障报警，3RPE028PO 电源 3LKL2131JA 合闸指示未亮起
风险或潜在后果	导致 3RPE028PO 无法自动启动，无法对 3RPE006CU 来水进行排放
干预行动	已采取的行动措施： 1)确认 3RPE006CU 无来水，不再上涨，避免满溢； 2)oncall 电气检查处理
原因分析	3LKL2131JA 主接触器坏

续　表

消缺行动	机械处理反馈： 1)检修步骤： ①脱开 3LKL2131JA 对下游负荷负荷 3RPE028PO 进行绝缘和直阻测量，测得直阻数据如下：AB：3.7 Ω　AC：3.7 Ω　BC：3.7 Ω，测得绝缘：A.B.C-PE：117 MΩ 合格(绝缘电阻大于 0.5 MΩ)； ②对抽屉进行检查发现 003JA 空开跳闸，对其下游控制元件进行检查发现 001JA 直阻为 0，属接触器线匝间短路，领取新备件更换后验证正常电机运行电流平衡。 2)故障原因分析：3LKL2131JA 主接触器坏
相关知识	RPE028PO 主要逻辑： 1)手动启动：手动控制+就地启动； 2)自动启动：自动控制+地坑液位“高”； 3)手动停运：手动控制+就地停运； 4)自动停运： ①“STOP ORDER”信号； ②地坑液位“低”
参考资料信息	维修二处电气：完工报告《FQ3-MA02-RCWO-01001819/01 3RPE028PO 无法自动启动》； WR/WOT：00435779/01001819-01(紧急工单)
编　　者	运行二处一值：谷铁　　　时间：2019 年 02 月 11 日

2.20.6　主控开启 1RPE387VP 时，阀门无法开启显示大红色

异常缺陷名称	执行(Q)FQ1-RPE-T-001：在主控室验证气动阀可操作性试验规程，主控开启 1RPE387VP 时，阀门无法开启显示大红色
发生时间	2018 年 01 月 16 日中班
机组状态	RP 模式，满功率
异常缺陷现象	执行(Q)FQ1-RPE-T-001：在主控室验证气动阀可操作性试验规程，主控手动开启 1RPE387VP(RPE009/013PS 再注入管线隔离阀)时，阀门无法开启显示大红色

续　表

风险或潜在后果	1RPE387VP 不可用，在安全壳完整性部分丧失的事故情况下，将影响反应堆厂房外地坑水重新打回反应堆厂房，产生随机 GEN8
干预行动	已采取的行动措施： 1）oncall 机械和仪控检查处理； 2）1RPE387VP 不可用，记录 GEN8
原因分析	开限位未压实
消缺行动	仪控处理反馈： 1）检修步骤： ①现场确认 1RPE387VP 设备位置，通知主控开工； ②现场检查限位开关功能正常，限位开关状态与现场阀门实际状态一致，与主控沟通手动触发开限位消除 KIC 显示故障； ③由主控操作阀门，发现现场阀门全开，但开限位未正常触发，对开限位进行调整后，主控配合多次开关阀门正常。 2）故障原因分析：开限位未压实
相关知识	X/YRPE375/386/387/388VP9/8RPE381/382VP 阀门在 U2 事故规程中要求开启，用于安全壳完整性部分丧失的情况下将反应堆厂房外地坑水重新打回反应堆厂房。当其开启功能不可用时，需要记录 GEN8（从 RP 模式至 RCS 模式下适用）
参考资料信息	维修一处仪控：完工报告《FQ1-MA03-RCWO-00828543/01　主控开启 1RPE387VP 时，阀门无法开启显示大红色，需检查处理》； WR/WOT：00336119/00828543-01（紧急工单）
编　　者	运行二处一值：谷铁　　　时间：2019 年 02 月 11 日

2.20.7　2RPE011PO 处于自动位在 2RPE015PS 高液位时未启动，打手动后按启动也无法启动

异常缺陷名称	2RPE011PO 处于自动位在 2RPE015PS 高液位时未启动，打手动后按启动也无法启动
发生时间	2018 年 01 月 11 日夜班
机组状态	RP 模式，电功率 226 MWe

续　表

异常缺陷现象	2RPE015PS 液位已快溢出，2RPE011PO 处于自动位在 2RPE015PS 高液位时未启动，打手动后按启动也无法启动。 注：2RPE011PO 已多次发生相似异常，上次发生在 2018 年 1 月 8 日中班，需更换相关浮球开关
风险或潜在后果	导致 2RPE011PO 无法启动，2RPE015PS 有满溢分风险
干预行动	已采取的行动措施： 1）现场尝试将泵置于手动，按启动按钮后泵未能启动； 2）oncall 仪控检查处理
原因分析	2RPE137/138/139SN 三个液位开关翻转触发不灵敏
消缺行动	仪控处理反馈： 1）检修步骤： ①现场确认设备位置，并通知主控开工，确认 2RPE011PO 置于手动状态； ②检查 2RPE137/138/139SN，发现三个液位开关均有翻转触发不灵敏现象； ③联系系统工程师，更换 2RPE137/138/139SN，并对定值及位置进行调整，确认开关可以正常触发； ④恢复设备至初始状态，请运行人员配合分别在手自动模式下模拟开关触发，2RPE011PO 均可以正常启停，验证合格。 2）故障原因分析：2RPE137/138/139SN 三个液位开关翻转触发不灵敏
相关知识	2RPE015PS 地坑泵 2RPE011PO 的控制逻辑： 1）自动启动：就地控制柜上 211CC 置于 AUTO 位置 & 地坑高液位开关 2RPE138SN 触发液位高，2RPE011PO 自动启动； 2）手动启动：就地控制柜上 211CC 置于 MANU 位置 & 就地控制柜上按下启动按钮 211TO，2RPE011PO 启动； 3）自动停运：地坑低液位开关 2RPE137SN 触发液位低信号，2RPE011PO 自动停运（无论泵处于自动还是手动）； 4）手动停运：就地控制柜上 211CC 置于 MANU 位置 & 就地控制柜上按下停运按钮 261TO，2RPE011PO 停运

续 表

参考资料信息	维修一处仪控：完工报告《FQ2-MA03-RCWO-00823675/01 2RPE011PO 处于自动位在 2RPE015PS 高液位时未启动，打手动后按启动也无法启动，对浮子进行检查》； WR/WOT：00333436/00823675-01(计划工单)	
编　　者	运行二处一值：谷铁	时间：2019 年 02 月 11 日

2.20.8　1LKJ481JA（1RPE033PO）送电后，故障灯亮

异常缺陷名称	1LKJ481JA（1RPE033PO）送电后，故障灯亮
发生时间	2018 年 02 月 24 日夜班
机组状态	机组大修
异常缺陷现象	夜班对 1LKJ481JA（1RPE033PO)送电后，开关故障灯亮
风险或潜在后果	导致泵故障不可用
干预行动	已采取的行动措施： 1)拉出开关，尝试重新送电，故障灯仍存在； 2)oncall 电气检查处理
原因分析	1RPE033PO 由于长时间未运行，泵轴结晶，启动时造成泵卡死，运行电流瞬间升高，导致 C 相熔丝烧毁，热继电器动作
消缺行动	电气处理反馈： 1)检修步骤： ①与主控沟通占用 1LKJ481JA 并抽出放置检修场地； ②检查发现热继电器过载保护动作，C 相熔丝烧毁； ③复位热继电器，检查抽屉一次回路与二次回路接线完好，无烧灼痕迹； ④检查各元器件完好，接线紧固，抽屉一次触头完好，无烧灼痕迹； ⑤领取同型号熔丝备件，对 C 相熔丝进行更换； ⑥测量 1RPE033PO 电机对地绝缘为 340 MΩ，直阻 A-B：12.0 Ω，A-C：11.9 Ω，B-C：11.9 Ω 测量结果合格； ⑦运行配合将 1LKJ481JA 推至 I 位，抽屉绿灯亮，白灯灭，抽屉无故障，主控显示抽屉状态与就地一致； ⑧运行验收合格，归还工作许可证。

续　表

消缺行动	2)故障原因分析：1RPE033PO 由于长时间未运行，泵轴结晶，启动时造成泵卡死，运行电流瞬间升高，导致 C 相熔丝烧毁，热继电器动作	
相关知识	KX 厂房地坑 RPE022PS 疏水泵 RPE033PO 的控制逻辑： RPE033PO 启动信号： ①RPE022PS 坑高液位开关 RPE181SN 液位高触发或就地控制箱上手动启动命令； ②泵没有运行 2.5 min； ③RPE022PS 坑低液位开关 RPE191SN 液位低没有触发； ④没有手动停运命令； ⑤没有 KRT051MA、052MA/053MA/054MA 之一触发的放射性高 2 报警。 同时存在上述信号时，泵将启动，否则泵将停运	
参考资料信息	维修二处电气：完工报告《FQ1-MA02-RCWO-00860710/01 1LKJ481JA(1RPE033PO)送电后，故障灯亮》； WR/WOT：00352383/00860710-01(计划工单)	
编　　者	运行二处一值：谷铁	时间：2019 年 02 月 11 日

2.20.9　4RPE024PO 出力不足

异常缺陷名称	4RPE024PO 出力不足
发生时间	2018 年 06 月 06 日早班
机组状态	3 号机组：RP 模式，满功率；4 号机组：RP 模式，满功率
异常缺陷现象	4RPE024PO 启动之后 8RPE002PS 地坑液位下降很缓慢，泵出口压力 8RPE223LP 读数只有 0.04 MPa(查看系统手册泵的压头为 0.33 MPa)
风险或潜在后果	导致 4RPE024PO 不可用，产生双机组 GEN8
干预行动	已采取的行动措施： 1)安排现场检查泵出口压力，发现 8RPE223LP 读数只有 0.04 MPa(查看系统手册泵的压头为 0.33 MPa)； 2)安排现场手动停运泵；

续 表

干预行动	3）考虑地坑内暂无大量来水，且坑内另一泵 3RPE023PO 可用，提工作申请 WR 按计划处理
原因分析	泵本体进水口有白布缠绕，导致出力不足
消缺行动	机械处理反馈： 检查结果：开票 4PW19123（维修一级：4RPE024PO 出力不足，需检查泵体出口管线。WOT：00940766-01），检查泵体出口管线无负压和堵塞等现象。 电气处理反馈： 1）工作过程： ①测量 4RPE024PO 绕阻绝缘和直流电阻、不平衡度合格； ②将 4RPE024PO 提起，对泵本体进行检查，发现泵进水口处有一块白布缠绕，将白布取出，确认泵体无其他异物，确认叶轮可以转动； ③联系运行人员配合启动 4RPE024PO，泵运行正常，出水正常，水位下降明显，经运行人员验收合格。 2）故障原因分析：泵本体进水口有白布缠绕，导致出力不足
相关知识	X/YRPE005/006/007/008/009/010PO、RPE017/023PO、RPE018/024PO 泵在 U2 事故规程中要求可用，用于安全壳完整性部分丧失的情况下将反应堆厂房外地坑水重新打回反应堆厂房。当其功能不可用时，需要记录 GEN8（从 RP 模式至 RCS 模式下适用）
参考资料信息	维修二处电气：完工报告《FQ4-MA02-RCWO-00943787/01 4RPE024PO 出力不足，需检查泵体》； 维修二处机械：EAM 中工单 00940766-01 的完工报告； WR/WOT：00400287/00943787-01（计划工单）
编　　者	运行二处一值：谷铁 | 时间：2019 年 02 月 11 日

2.20.10　1RPE006PO 频繁启停

异常缺陷名称	1RPE006PO 频繁启停
发生时间	2018 年 02 月 26 日中班
机组状态	RCD 模式
异常缺陷现象	1RPE006PO 频繁启停

续 表

风险或潜在后果	可能导致泵损坏
干预行动	已采取的行动措施： 1）及时手动停运泵，避免频繁启停损坏泵，泵停运后，主控和现场加强监视 1RPE012PS 坑内液位； 2）oncall 仪控检查处理
原因分析	1RPE173SN 浮球及电缆紧压 1RPE172SN 浮球顶部，导致水位上升时，加快 1RPE172SN 倾斜联锁启泵
消缺行动	仪控处理反馈： 1）检修步骤： ①打开浮子罩，发现 HH 报 1RPE173SN 浮球压住 1RPE172SN 浮球顶部，对其调整，归位线槽； ②松开固定端，根据定值手册对 1RPE171SN \ 172SN 浮子高度进行检查，并对其进行调整； ③紧固固定浮子； ④工作结束，清理现场。 2）故障原因分析：1RPE173SN 浮球及电缆紧压 1RPE172SN 浮球顶部，导致水位上升时，加快 1RPE172SN 倾斜联锁启泵
相关知识	RPE006PO 启停逻辑： 1）手动启动： ①就地控制+手动控制+就地启动； ②MIMIC PANEL 控制+KIC-启动； ③MIMIC PANEL 控制+BUP-启动。 2）自动启动： 就地控制+自动控制+非“BK SUMPS HI. ACTY 2nd STEP”+地坑液位“高”。 3）手动停运： ①就地控制+手动控制+就地停运； ②MIMIC PANEL 控制+KIC-停运； ③MIMIC PANEL 控制+BUP-停运。 4）自动停运： ①就地控制+自动控制+“BK SUMPS HI. ACTY 2nd STEP”信号； ②地坑液位“低”； ③地坑液位“低 2”。

续 表

参考资料信息	维修一处仪控：完工报告《FQ1-MA03-RCWO-00861917/01 1RPE006PO 频繁启停，请检查》； WR/WOT：00353540/00861917-01（紧急工单）	
编　　者	运行二处一值：谷铁	时间：2019 年 02 月 11 日

2.20.11　1RPE007PO 在手动模式下启动后无法停运

异常缺陷名称	1RPE007PO 在手动模式下启动后无法停运
发生时间	2018 年 02 月 22 日中班
机组状态	大修，一回路已排空
异常缺陷现象	1RPE007PO 在手动模式下启动后无法停运
风险或潜在后果	导致泵无法停运，存在故障损坏的风险
干预行动	已采取的行动措施： 将泵电源拉出
原因分析	1）1RPE147SN 定值往小偏移，向上调整 5 cm； 2）1RPE148SN 接线松动，信号无法上传
消缺行动	仪控处理反馈： 1）检修步骤： ①现场核实 1RPE007PO 设备位置，开工前通知主控； ②现场确认 1RPE007PO 处于手动位置； ③将 1RPE147/148/149/150SN 取出，翻转开关，现场确认 1RPE147/149/150SN 动作正常、1RPE148SN 接线松动，重新紧固后确认 1RPE148SN 动作正常； ④对 1RPE147/148/149/150SN 开关定值进行检查，确认 1RPE148/149/150SN 定值合格、1RPE147SN 定值往小偏移，向上调整 5 cm 后合格； ⑤对 1RPE147/148/149/150SN 安装位置进行检查，确认开关无设备阻挡，可以正常翻转； ⑥请主控配合手动启动 1RPE007PO，现场确认 1RPE007PO 可以自动停运。 2）故障原因分析： ①1RPE147SN 定值往小偏移，向上调整 5 cm； ②1RPE148SN 接线松动，信号无法上传

续　表

相关知识	RPE007PO 启停逻辑： 1）手动启动： ①就地控制+手动控制+就地启动； ②MIMIC PANEL 控制+KIC-启动； ③MIMIC PANEL 控制+BUP-启动。 2）自动启动： 就地控制+自动控制+非"BK SUMPS HI. ACTY 2nd STEP"+地坑液位"高"。 3）手动停运： ①就地控制+手动控制+就地停运； ②MIMIC PANEL 控制+KIC-停运； ③MIMIC PANEL 控制+BUP-停运。 4）自动停运： ①就地控制+自动控制+"BK SUMPS HI. ACTY 2nd STEP"信号； ②地坑液位"低"； ③地坑液位"低 2"
参考资料信息	维修一处仪控：完工报告《FQ1-MA03-RCWO-00859903/01 1RPE007PO 在手动模式下启动后无法停运，需处理》； WR/WOT：00351875/00859903-01（计划工单）
编　　者	运行二处一值：谷铁　　时间：2019 年 02 月 11 日

2.20.12　2RPE018PO 在地坑液位低时无法自动停运，泵上游电源跳闸后出现 LKJ 总故障报警

异常缺陷名称	2RPE018PO 在地坑液位低时无法自动停运
发生时间	2017 年 07 月 13 日早班
机组状态	1 号机组：RP 模式，满功率；2 号机组：RP 模式，满功率
异常缺陷现象	11:37，9RPE001PS H1 触发 2RPE018PO 启动，H1 消失后（L1 一直存在）泵无法自动停运。11：58，2RPE018PO 显示洋红色，就地打自动泵无法停运，打手动后一段时间泵上游电源跳闸。同时 LKJ 总故障报警出现，现场检查 2LKJ421JA 故障，已将开关拉出。查看趋势，怀疑 9RPE001PS 液位低信号 2RPE102SN 一直持续触发，导致 2RPE018PO 启动后无法收到停运脉冲信号导致无法手自动停运

续 表

风险或潜在后果	导致 2RPE018PO 不可用，产生双机组 GEN8
干预行动	已采取的行动措施： 1）泵上游电源跳闸后，就地拉出泵电源开关； 2）2RPE018PO 不可用后，通知 1 号机组记录 GEN8； 3）oncall 仪控检查处理 2RPE102SN； 4）oncall 电气检查处理 2LKJ42lJA 故障报警
原因分析	2RPE102SN 卡涩损坏，导致 2RPE018PO 潜水泵在液位低时无法自动停运，进而引起 2LKJ421JA 热继电器动作报警
消缺行动	仪控处理反馈： 检修步骤： （检查处理 2RPE018PO 在地坑液位低时无法自动停运，WR/WOT：00268318/00654943-01）： 1）确认 2RPE018PO 已打至手动，验证隔离边界； 2）拆下旧的 2RPE102SN，更换新的合格的备件； 3）经过运行再次启动 2RPE018PO 后，在地坑液位低时可以自动停运。 电气处理反馈： 1）检修步骤： （检查处理 2LKJ421JA 故障报警，WR/WOT：00268357/006-54932-01）： ①检查 2LKJ42lJA 抽屉柜发现热继电器已经动作； ②检查 2RPE018PO 潜水泵测得三相直流电阻 U-V：3.4 Ω，V-W：3.4 Ω，U-W：3.4 Ω、三相对地绝缘电阻 40.1 MΩ、潜水泵完好无异常； ③运行反馈抽屉柜出现报警是因为潜水泵抽水到低液位时无法自动停运、导致热继电器动作； ④对 2LKJ42lJA 抽屉柜热继电器进行复位、抽屉柜报警消除； ⑤仪控人员配合将低液位信号故障消除后、2RPE018PO 潜水泵能够自动启停。 2）故障原因分析：2RPE102SN 卡涩损坏，导致 2RPE018PO 潜水泵在液位低时无法自动停运，进而引起 2LKJ421JA 热继电器动作报警

续 表

相关知识	X/YRPE005/006/007/008/009/010PO、RPE017/023PO、RPE018/024PO 泵在 U2 事故规程中要求可用，用于安全壳完整性部分丧失的情况下将反应堆厂房外地坑水重新打回反应堆厂房。当其功能不可用时，需要记录 GEN8(从 RP 模式至 RCS 模式下适用)	
参考资料信息	维修一处仪控：完工报告《FQ2-MA03-RCWO-00654943/01 2RPE018PO 在地坑液位低时无法自动停运，需检查处理》； 维修一处电气；完工报告《FQ2-MA02-RCWO-00654932/01 2LKJ421JA 有故障报警需检查吃提柜以及下游 2RPE018PO》； WR/WOT：00268318/00654943-01(紧急工单)、00268357/654932-01(紧急工单)，工作许可证：2PT21758(2LKJ42lJA 有故障报警需检查抽屉柜及下游 2RPE018PO)	
编　　者	运行二处一值：谷铁	时间：2019 年 01 月 10 日

2. 20. 13　2RPE011PO 手动和自动均无法启动

异常缺陷名称	2RPE011PO 手动和自动均无法启动
发生时间	2017 年 11 月 24 日夜班
机组状态	RP 模式，满功率
异常缺陷现象	2RPE011PO 手动和自动均无法启动
风险或潜在后果	导致 2RPE011PO 不可用，2RPE015PS 坑无法排水有满溢的风险
干预行动	已采取的行动措施： oncall 电气检查处理
原因分析	仪控低液位信号浮子卡涩
消缺行动	电气处理反馈： 1)检修步骤： ①测量泵电机直阻和绝缘均正常； ②检查开关柜无异常； ③检查发现仪控低液位信号浮子一直处于通的状态，怀疑浮子卡涩； ④摇动浮子后，低液位信号浮子状态显示正常，将情况反馈业主和主控； ⑤联系运行现场启动设备，泵自动和于动启停均正常。 2)故障原因分析：仪控低液位信号浮子卡涩

续 表

相关知识	2RPE015PS 地坑泵 2RPE011PO 的控制逻辑： 1）自动启动：就地控制柜上 211CC 置于 AUTO 位置 & 地坑高液位开关 2RPE138SN 触发液位高，2RPE011PO 自动启动； 2）手动启动：就地控制柜上 211CC 置于 MANU 位置 & 就地控制柜上按下启动按钮 211TO，2RPE011PO 启动； 3）自动停运：地坑低液位开关 2RPE137SN 触发液位低信号，2RPE011PO 自动停运（无论泵处于自动还是手动）； 4）手动停运：就地控制柜上 211CC 置于 MANU 位置 & 就地控制柜上按下停运按钮 261TO，2RPE011PO 停运
参考资料信息	WR/WOT：00325819/00796268-01（紧急工单），工作许可证：2PT44618（2RPE011PO 手动和自动均无法启动）； 维修一处电气：完工报告《FQ2-MA02-RCWO-00796268/01 2RPE011PO 无法启动》
编　　者	运行二处一值：谷铁　　　　时间：2019 年 01 月 10 日

2.20.14　1RPE011PO 自动启动后无法自停

异常缺陷名称	1RPE011PO 自动启动后无法自停
发生时间	2017 年 07 月 02 日早班
机组状态	RP 模式，电功率 845 MWe
异常缺陷现象	1RPE011PO 自动启动后无法自停
风险或潜在后果	导致 1RPE011PO 自动启动后无法自停，泵存在损坏的风险
干预行动	已采取的行动措施： 1）考虑暂时有来水较多，暂未手动停运泵； 2）oncall 仪控检查处理
原因分析	1RPE137SN 浮子卡涩，导致开关低液位未触发
消缺行动	仪控处理反馈： 1）检修步骤： ①验证隔离边界，确认 1RPE011PO 处于就地控制和停运状态； ②检查 1RPE137SN 发现，浮子有卡涩现象，多次缓慢翻转浮子均有卡涩现象； ③领取新备件，对 1RPE137SN 进行更换；

续 表

消缺行动	④更换完成后，翻转 1RPE137SN，浮子正常动作； ⑤将 1RPE138SN 进行翻转，浮子正常动作； ⑥将 1RPE139SN 进行翻转，浮子正常动作； ⑦请运行人员将 1RPE011PO 在 1RPE011CR 上打自动； ⑧经过长时间观察 1RPE011PO 在液位高时启动，在液位低时停运； ⑨结束工作，结票。 2)故障原因分析：1RPE137SN 浮子卡涩，导致开关低液位未触发	
相关知识	1RPE015PS 地坑泵 1RPE011PO 的控制逻辑： 1)自动启动：就地控制柜上 211CC 置于 AUTO 位置 & 地坑高液位开关 1RPE138SN 触发液位高，1RPE011PO 自动启动； 2)手动启动：就地控制柜上 211CC 置于 MANU 位置 & 就地控制柜上按下启动按钮 211TO，1RPE011PO 启动； 3)自动停运：地坑低液位开关 1RPE137SN 触发液位低信号，1RPE011PO 自动停运(无论泵处于自动还是手动)； 4)手动停运：就地控制柜上 211CC 置于 MANU 位置 & 就地控制柜上按下停运按钮 261TO，1RPE011PO 停运	
参考资料信息	维修一处仪控：完工报告《FQ1-MA03-RCWO-00647512/01 1RPE011PO 自动启动后无法自停》； WR/WOT：00264558/00647512-01(紧急工单)	
编　　者	运行二处一值：谷铁	时间：2019 年 01 月 10 日

2.20.15 2RPE035PO 就地手动无法启动，在上游电源开关上用试验盒也无法启动

异常缺陷名称	2RPE035PO 就地手动无法启动，在上游电源开关上用试验盒也无法启动
发生时间	2017 年 05 月 23 日夜班
机组状态	RP 模式，满功率
异常缺陷现象	2RPE023PS 坑内排水泵 2RPE035PO 就地手动无法启动，在上游电源开关上用试验盒也无法启动
风险或潜在后果	2RPE023PS 的积水较多，2RPE035PO 不可用影响正常排水

续　表

干预行动	已采取的行动措施： 1)现场在泵供电开关上使用试验盒尝试启动，也无法启动； 2)提工作申请 WR 按计划处理
原因分析	2RPE035PO 低液位浮子卡涩
消缺行动	电气处理反馈： 1)检修步骤： ①现场检查 2LKJ4111JA 抽屉内接线紧固，各元器件正常，测量电机直阻三相均为 13.4 Ω，绝缘为 197 MΩ，电机正常； ②现场发现 2RPE035PO 低液位浮子卡涩，手动抖动低液位浮子，复位浮子正常状态，电机正常启动； ③联系运行人员打手动状态电机启停正常。 2)故障原因分析：2RPE035PO 低液位浮子卡涩
相关知识	KX 厂房地坑 RPE022PS 疏水泵 RPE035PO 的控制逻辑： RPE035PO 启动信号： ①RPE023PS 坑高液位开关 RPE183SN 液位高触发或就地控制箱上手动启动命令； ②泵没有运行 2.5 min； ③RPE023PS 坑低液位开关 RPE193SN 液位低没有触发； ④没有手动停运命令； ⑤没有 KRT051MA、052MA、053MA、054MA 之一触发的放射性高 2 报警。 同时存在上述信号时，泵将启动，否则泵将停运
参考资料信息	WR/WOT：00249828/00571928-01(计划工单)； 维修一处电气：完工报告《FQ2-MA02-RCWO-00571928/01 2RPE-035PO 就地手动无法启动，在上游电源开关上用试验盒也无法启动，需检查泵绝缘直阻》
编　　者	运行二处一值：谷铁　　　时间：2019 年 01 月 10 日

2.20.16　4RPE011PO 启动后无出力

异常缺陷名称	4RPE011PO 启动后无出力
发生时间	2018 年 11 月 26 日中班

续 表

机组状态	RP 模式，满功率
异常缺陷现象	现场巡检发现 4RPE015PS 满溢，其地坑泵 4RPE011PO 启动但是出口压力为 0，现场确认地坑泵无出力后且 4RPE015PS 无异常来水后，将 4RPE011PO 停运，防止泵长时间运行而有损坏的风险
风险或潜在后果	4RPE011PO 启动但无出力，导致 4RPE015PS 满溢，同时泵存在损坏的风险
干预行动	已采取的行动措施： 1）现场检查 4RPE015PS 上游房间 ET244/247/250 房间有无异常跑冒滴漏，同时检查 015PS 下游排水在线正常； 2）oncall 维修电气检查泵无出力原因并处理，辐射防护和化学检查 015PS 废液有无放射性； 3）经检查，4RPE015PS 下游排水在线正常，4ET244 房间喷淋喷头下方有积水，喷头在滴水，现场关紧喷头后，不再滴水； 4）辐射防护测量 4RPE015PS 地坑周围环境剂量率正常，化学取样 4RPE015PS 废水无放射性； 5）联系核清洁将地面上废水清理至 4RPE015PS 内
原因分析	泵内部憋气，导致无法正常吸水和输送液体
消缺行动	电气处理反馈： 1）处理进展：维修电气现场在就地控制柜上把 4RPE011PO 打手动后，多次手动启停该排水泵后，泵正常启动运行，4RPE015PS 水位正常降低； 2）故障原因分析：泵内部憋气，导致无法正常吸水和输送液体
相关知识	1）4RPE015PS 如因坑内排水泵故障导致地坑满溢，需及时让化学取样确定废水无放射性，溢到地面的废水需重新排入该地坑内； 2）据电气反馈 RPE 地坑泵有时会由于泵在排水到较低液位后停运，此时出口逆止阀如不回座，导致泵内部憋气。在下次泵自动启动时，泵体可能出现抖动和泵无出力的情况。解决办法是现场在就地控制柜上手动启动地坑泵，运行 3～5 min 后再停运，启停数次后，将泵体气排出，地坑泵即可正常运行； 3）离心泵启动时，若泵内存有空气，由于空气密度很低，旋转后产生的离心力小，因而叶轮中心区所形成的低压不足以将储槽内的液体吸入泵内，虽启动离心泵也不能输送液体，此种现象称为气缚。表示离心泵无自吸能力，所以必须在启动前向壳内灌满液体；

续 表

相关知识	为防止气缚现象的发生，离心泵启动前要用外来的液体将泵壳内空间灌满。这一步操作称为灌泵。为防止灌入泵壳内的液体因重力流入低位槽内，在泵吸入管路的入口处装有止逆阀(底阀)；如果泵的位置低于槽内液面，则启动时无需灌泵； 4)4RPE015PS 地坑泵 4RPE011PO 的控制逻辑： ①自动启动：就地控制柜上 211CC 置于 AUTO 位置 & 就地坑高液位开关 4RPE138SN 触发液位高，4RPE011PO 自动启动； ②手动启动：就地控制柜上 211CC 置于 MANU 位置 & 就地控制柜上按下启动按钮 211TO，4RPE011PO 启动； ③自动停运：地坑低液位开关 4RPE137SN 触发液位低信号，4RPE011PO 自动停运(无论泵处于自动还是手动)； ④手动停运：就地控制柜上 211CC 置于 MANU 位置 & 就地控制柜上按下停运按钮 261TO，4RPE011PO 停运
参考资料信息	运行二处：《运行二处内部经验反馈——处理 4RPE011PO 启动后无出力的经验反馈》
编　　者	运行二处一值：谷铁　　　　时间：2019 年 01 月 10 日

2.20.17　3RPE010PO 就地手动启动后无法停运

异常缺陷名称	3RPE010PO 就地手动启动后无法停运
发生时间	2016 月 11 月 02 日中班
机组状态	RP 模式，满功率
异常缺陷现象	中班对 3PW18678 进行解隔离，对 3RPE010PO 出口软管漏水问题处理情况进行验证。在 3RPE014PS 液位 L 的情况下就地手动启动 3REP010PO，泵正常启动，随后液位 LL 信号触发，但就地无法停运 3RPE010PO。现场将 3RPE010PO 重新置于自动控制，但是 3RPE010PO 仍无法自动停运。现场在 3RPE010PO 上游电源 3LKE2121JA 上用试验盒停运 3RPE010PO，3RPE010PO 正常停运
风险或潜在后果	导致 3RPE010PO 无法手动、自动停运，存在损坏泵的风险
干预行动	已采取的行动措施： 使用试验盒停运 3RPE010PO

续 表

原因分析	1)就地手动启动 3RPE010PO 前，地坑液位 L 信号已经存在，其产生的脉冲信号已消失，RS 触发器输出为停运信号； 2)就地手动启动 3RPE010PO，启动信号产生的脉冲信号使 RS 触发器翻转，输出为启动信号； 3)液位 LL 时，相应的保护停运信号因为已有一个液位 L 的保护停运信号存在，故无法再次产生脉冲信号； 4)手动停运 3RPE010PO，同样因为已有保护停运信号在，而无法再次触发停运脉冲信号	
消缺行动	N/A	
相关知识	1)非紧急情况，不要在液位 L 的情况下启动 3RPE010PO。 推广来说，在非紧急情况，不要在已有启动信号的情况下停运 3REP010PO，也不要在已有停运信号的情况下启动 3RPE010PO。 2)紧急情况下，可以使用试验盒在电气盘柜上启动/停运 3RPE010PO。 该情况同样适用于 3RPE005/006/007/008/009PO、3RPE-017PO/4RPE018PO、3RPE023PO/4RPE024PO。 3)RPE 泵保护启动/保护停运逻辑特点： ①保护启动/停运信号通过产生的脉冲信号参与控制，一旦启动/停运信号产生，在其消失前无法重新产生新的脉冲信号。即使是有新的启动/停运逻辑也不行。即控制器的输出不仅取决于当前输入信号，还取决于之前的输入信号； ②控制的输出信号与输入信号出现的先后顺序有关； ③极端情况下，可能出现输入只有停运信号但控制器输出为启动信号的情况。 4)3RPE010PO 在 DCS 一层的控制逻辑： ①KSC 模式下，KIC 手动启动/停运信号为正常启动/停运信号，优先级相对比较低； ②其他启动/停运信号为保护启动/停运信号，优先级相对比较高； ③保护启动信号和保护停运信号之间优先级是相同的，在两个信号同时存在时，其输出具有一定的特殊性	
参考资料信息	运行二处：《运行二处内部经验反馈——3RPE010PO 就地手动启动后无法停运的经验反馈》	
编　　者	运行二处一值：谷铁	时间：2019 年 01 月 10 日

2.21 反应堆功率测量系统(RPN)

2.21.1 4号机执行调试试验强制C21信号时C21信号未触发

异常缺陷名称	4号机执行调试试验强制C21信号时C21信号未触发
发生时间	2017年08月06日
机组状态	调试启动阶段，RP模式(热功率1447 MWt，电功率461 MWe)
异常缺陷现象	TP4GTA55快速甩负荷试验过程中C21信号无法手动触发
风险或潜在后果	影响C21甩负荷功能的可靠性
干预行动	已采取的行动措施： LSS上及时定报警，防止占用内存
原因分析	经咨询厂家软件设计人员，分析原因为：4LSS系统LOCA监测计算程序因内部实时和历史累计数据过多，占用大量运行内存，导致LOCA监测计算程序中C21手动触发功能模块反应迟钝，出现无响应情况。重启LOCA监测计算程序，释放内存容量，手动触发C21功能恢复正常
消缺行动	仪控处理反馈： 1)处理进展： ①在4LSS系统机柜侧检查并确认程序人机界面数据实时刷新，数据结果符合当前机组状态，判断LSS系统逻辑运算正常，能够实时跟踪机组状态。 ②经主控同意，由操纵员将C21信号闭锁，仪控执行定期试验规程《FQY-RPN-T-I001 LSS系统C21报警试验》，验证LSS系统C21报警触发通道是否正常，因试验过程中点击C21手动触发按钮后，程序界面无响应，试验结果失败，初步分析原因为LOCA监测计算程序中C21信号手动触发功能模块异常。 ③经安工与当班值同意，仪控对4LSS机柜LOCA监测计算程序进行重启，重启完成后，再次执行定期试验规程验证LSS系统C21报警触发通道，试验结果合格，C21手动触发功能恢复正常。 ④试验结束，确认系统状态正常，通知主控解除C21信号闭锁，继续执行TP4GTA55快速甩负荷试验，手动触发C21信号正常，试验结果合格。

续　表

风险或潜在后果	泄漏导致带载三废负荷的设冷列头箱液位持续下降，危及 RRI 用户安全
干预行动	已采取的行动措施： 1)立即对 3RRI001BA 进行补水操作，头箱液位上升，补水流量可以补偿泄漏量； 2)安排主控和隔离办核实当天是否存在影响 RRI 液位的疏水阀、取样阀、排气阀操作的工作或是存在误碰阀门引起液位下降的工作； 3)安排现场检查当前存在漏水缺陷的 8RRI356VN 未见明显漏水情况； 4)安排现场核查 3RRI 系统 A 列安全用户的疏水阀、取样阀、排气阀未见泄漏情况； 5)当班值参考执行《FQ3-RRI-I-001 缓冲箱水位在补水运行时缓慢下降处理规程》，将两列间公共用户切换到 3RRI 系统 B 列带载，发现切换后 3RRI 系统 B 列头箱 3RRI002BA 液位开始下降，确认公共用户存在泄漏； 6)当班值将公共用户的三废负荷设冷侧切换到 4 号机 RRI 系统 B 列带载，发现 4RRI 系统 B 列头箱液位开始出现下降趋势，3RRI 系统头箱无下降趋势，可确认三废负荷的设冷侧存在泄漏； 7)通知化学加强和关注对 3RRI 系统磷酸三钠取样
原因分析	经排查 3RRI 头箱液位降低原因为 8RRI450VN(8TEP001EV 疏水阀)未关严，当前已关闭，初步怀疑阀门被误碰(一字阀锁紧装置失效，存在被误碰动作的风险)
消缺行动	运行处理反馈：见干预行动
相关知识	类似异常缺陷： 1)2019 年 02 月 20 日，巡盘发现 1RRI001BA 液位有下降，2 h 下降 0.05 m，立即安排现场排查，发现 1RRI395VN(疏水阀)在关闭状态下跑水，对应房间 NE260 有积水。现场检查 1RRI395VN 有关闭过头的迹象(90°球阀)，汇报主控后将阀门稍往开启的方向回正一点，跑水现象消失。经初步核实，RRI 液位下降开始的时间现场无相关工作，人员走动误碰导致阀门关闭过头可能性较高； 2)oncall 机械检查，发现 1RRI395VN 锁紧装置失效，考虑到该阀门的现场布置容易被误碰，开紧急工作许可证对锁紧装置进行了处理

续 表

参考资料信息	运行二处：3 号机组异常反馈——3RRI001BA 液位异常下降	
编　　者	运行二处一值：姚嘉俊	时间：2019 年 02 月 11 日

2.24.3　3 号主泵电机空气冷却器出口 RRI 金属软管 4RRI024FL 漏水引起 4JPI007BA 液位缓慢升高

<table>
<tr><td>异常缺陷名称</td><td>3 号主泵电机空气冷却器出口 RRI 金属软管 4RRI024FL 漏水引起 4JPI007BA 液位缓慢升高</td></tr>
<tr><td>发生时间</td><td>2019 年 02 月 23 日中班</td></tr>
<tr><td>机组状态</td><td>RP 模式，满功率</td></tr>
<tr><td>异常缺陷现象</td><td>21: 21，触发 4JPI025KA（RCP 泵房间的水进入废液箱），4JPI007BA 液位自 02 月 17 日 5: 20，开始从 232 mm 缓慢上涨，02 月19 日 19: 00 上涨速率变快，当前 4JPI007BA 液位 300. 10 mm，经计算当前进水速率约 1. 24 L/h(见图 1)
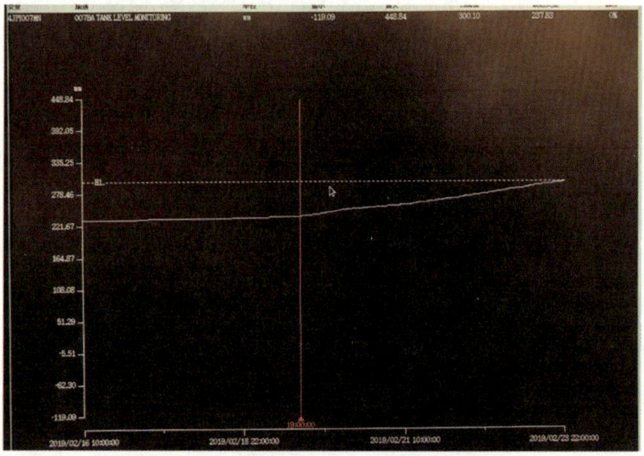

图 1　4JPI007BA 液位上涨趋势</td></tr>
<tr><td>风险或潜在后果</td><td>1)若漏点为主泵的 RRI 管线，则将影响主泵安全运行；
2)若主泵消防在后续窗口真实启动，油水混合物将无法顺畅排到 4JPI007BA，或通过溢流管线导致 8TEU005/006BA 进油；
3)如按照当前的速率，约 96. 7 天后，4JPI007BA 液位将达到主控满量程(1900 mm)</td></tr>
</table>

续　表

干预行动	已采取的行动措施： 1）检查主泵消防未动作，且 RX 内 JPI 为干管，漏水可能性较小；oncall 拆除了 4JPI055VE 下游的堵头，查看了 4JPI101VE 下游的水量和压力，基本排出了壳外 JPI 通过 JPI101VE-4JPI070VE-4JPI028/029/030VE-进入 4JPI007BA 的可能。另外主泵一级消防的 4JPI001/002/003BA 也未出现液位和 CO2 流量报警，因此，JPI 消防泄漏的可能性可排除。 2）考虑到 2 号机组及同行电厂出现过 RCP 测温旁路阀门泄漏蒸汽冷凝后导致 JPI007BA 液位上升的经验反馈，对近几日的一回路泄漏率的趋势进行了检查，一回路泄漏率总体较小，而且 4JPI007BA 的增加量也较小，基本无法判断。另外，一回路测温旁路阀门均打过倒密封，泄漏可能性较小，但不排除。 3）4RRI002BA（运行列）液位持续下降以及 RRI001BA（切列前）下降存在加速点与 4JPI007BA 快速增加时间点存在一定的吻合，因此怀疑 4RRI 壳内（主泵房间）可能存在泄漏。 4）通过 4 号主控的 DTL 在打开主泵房间的摄像头的灯后进行仔细查看，未发现明显漏点。 5）期间泄压箱液位稳定无变化，运行保持关注 4JPI007BA 上涨情况。 注：①经进岛取样发现 4JPI007BA 内含有磷酸三钠，且浓度高于设冷水，确定为设冷水泄漏； ②通过 R 厂房 20 m 摄像机查看，发现 4RCP003PO 电机空气冷却器出口 RRI 金属软管 4RRI024FL 处存在持续滴漏水。 建议后续行动： 1）运行继续关注 4JPI007BA 液位变化趋势，每值计算一回路泄漏率，关注 RRI 头箱泄漏率； 2）专业做好进岛查漏准备
原因分析	金属软管泄漏原因：软管与支架接触，管道振动过大，导致金属编织网损坏，内部波纹管破裂
消缺行动	机械处理反馈： 1）金属软管泄漏原因： 软管与支架接触，管道振动过大，导致金属编织网损坏，内部波纹管破裂。 2）调停期间工作安排： ①分三组进行排查，排查后还要对漏点位置其他设备进行影响评估；

续 表

消缺行动	②ETY 吹扫结束后对有备件的破损金属软管进行更换； ③对于无备件损坏的金属软管，经专题会讨论进行技术评估后引流至集水箱。 3)最终处理： ①排查岛内其他金属软管有无破损； ②对 4RRI024FL 进行更换； ③对三个环路主泵金属软管加装防护措施	
相关知识	4JPI007BA 为 RCP 三台泵所共用，回收火灾后的油和水排放物。4JPI007BA 位于 R 厂房-3.4 m。其来水管线有三根，分别接至 3 台主泵正下方地漏(每台主泵有两个地漏)，无其他水源。分析 JPI007BA 可能来水有如下三种：消防水、工艺水、设备冷却水、房间冷凝水	
参考资料信息	WR/WOT：00511053/01157007-01(计划工单) 2019 年 03 月 03 日—2019 年 03 月 09 日值长日报，异常反馈 其他核电类似异常缺陷： 某核电出现过主泵设备水泄漏引起 2JPI007BA 液位上涨：2015 年 11 月 12 日下午 13:00，2 号机组正在满功率运行，2 号主控室发现设冷水系统波动箱液位缓慢下降，几乎与此同时，安全壳消防水废水收集箱液位缓慢上涨。安全壳消防水废水收集箱来源的三台主泵所在房间。主控室是在检查了主系统泄漏率正常，检查其他系统运行正常，初步认为是主泵设冷水泄漏。 2 号主控室操纵员在 2 号主泵的监视画面上发现一丝异常，在昏暗画面的角落里，2 号主泵空冷器的侧面设冷水管道隐约有流水，经过大家仔细确认之后，确认是 2 号主泵电机空冷器回水管上一个放气阀后漏水。泄漏点处于离地面 5 m 左右的厂房半空中。晚上 20:10 分，运行人员和辐射防护人员、检修人员、经过前期充分准备后运维人员和辐射防护人员进入了 2 号机组反应堆厂房，进去之后直接进入 2 号主泵房间，在辐射防护人员确认过剂量可以接受之后，进入了 2 号主泵房间远离反应堆侧，经过目测确认阀门由于长期振动，导致螺纹连接处松动。检修人员立即沿着支吊架爬上主泵电机上方，在离地面 5 m 左右的平台上拧紧阀门，装上堵头。随后主控人员检查确认设冷水的波动箱液位停止下降	
编　　者	运行二处一值：杨少东	时间：2019 年 03 月 21 日

2.24.4 热海水返流引起 RRI 系统设冷水温上涨，进而引起主泵副推力瓦温度高

异常缺陷名称	TP3CRF52 试验导致热海水返流引起 RRI 系统设冷水温上涨，进而引起主泵副推力瓦温度高
发生时间	2016 年 09 月 26 日早班—26 日中班
机组状态	机组调试启动阶段，RP 模式，50%FP 功率平台
异常缺陷现象	早班运行值配合执行调试试验 TP3CRF52 在 50%FP 平台下停运一台 CRF 泵(3CRF002PO)，试验结束后进行恢复操作。由于正值交接班，3CRF002PO 的重新启动工作交由下值继续执行，此时凝汽器水室真空泵 3CRF601PO 正在运行。中班接班后，由于参与 TP3GCT51 试验工前会的需要，当班值未能在启泵条件满足后第一时间启动 3CRF002PO。 16:50，3 号主控 3 台主泵相继出现主泵副推力轴承温度高报警，并仍在快速上涨(此时机组 50%功率平台运行)。当班值操纵员发现后立即核实系统参数，发现运行列(3RRI004PO)设冷水热交换器出口设冷水温度 37.2 ℃，对应列 SEC 贝捕后温度 36.58 ℃。进一步查看历史趋势发现从 16:10 左右，海水温度从 27.3 ℃开始快速上涨
风险或潜在后果	导致 3 号机组 3 台主泵相继出现主泵副推力轴承温度高报警，主泵推力轴承存在损坏的风险
干预行动	已采取的行动措施： 1)值内决策先启动一台 B 列 SEC 泵，发现 B 列海水温度无下降，电话与 1 号机组沟通，海水温度无异常； 2)主控随后决策启动 A 列 SEC 泵 3SEC001PO，泵启动后海水温度 27.6 ℃，主控决策立即执行设冷切列，切换完成后主泵轴承及电机相关温度渐渐恢复正常
原因分析	CRF 的 A、B 列冷却海水在 CC 跌落井处汇集，经由 CC 跌落井排往大海，CC 跌落井堤坝标高约-2 m。而凝汽器钛管最大高度接近-7 m(具体标高不详，根据现场情况假设)，两者存在 5 m 左右的高度差。故当一台 CRF 泵停运后，停运列会因为虹吸效应而产生倒流，海水从 CC 跌落井逆流至停运泵的吸入口处。

续 表

原因分析	根据 S 规程，停运一台 CRF 泵后，虹吸破坏阀会自动开启避免上述虹吸效应；而再次启泵前要关闭虹吸破坏阀。因虹吸效应已破坏，再次启泵前，仅关闭虹吸破坏阀不足以建立虹吸(因此时停运列出口至 CC 跌落井这段管道充满空气)，所以再次启泵前，需要凝汽器水室真空泵抽真空以协助虹吸的建立，使准备再次启动的停运列管道内充满海水。 可见，再次启动停运列之前，因为虹吸效应，CC 跌落井处的热水(运行列出口海水)会沿着管道逆向流至停运列的 CRF 泵吸入口处。但及时启泵，建立正常流量后，上述虹吸效应再次消失，热水不会倒流至泵的取水口。 此次执行完 TP3CRF52 试验后，由于启动凝汽器水室真空泵 3CRF601PO 较长时间未启动 3CRF002PO，虹吸效应一直存在，导致热水持续流向 B 列取水口。而 B 列 SEC 泵与 CRF002PO 共享取水口，故热水被运行的 3SEC002PO 吸入导致 SEC 出口温度高，进而导致 RRI 出口温度高，造成下游负荷得不到有效冷却	
消缺行动	运行处理反馈：见干预行动	
相关知识	1)优化 TP3CRF52 凝汽器半侧解列试验规程，试验前确认运行的 SEC 泵与即将停运的循泵不同列；或者停泵后隔离对应海水侧阀门，待准备启动前再开启； 2)在循泵启动规程中加入重要提示，准备再次启动循泵之前，启动水室真空泵和启动循泵操作要连续执行，避免虹吸形成导致热水返流； 3)安全列设备严格保持分列运行，防止出现共模失效(如果当时 SEC A、B 列联通阀开启，则后果非常严重，3、4 号机组 SEC 联通阀 2016 年 9 月 24 日关闭)	
参考资料信息	运行二处一值：《运行二处内部经验反馈——快速通道—配合执行 TP3CRF52 试验导致热水返流经验反馈》	
编　　者	运行二处一值：林赐彦	时间：2020 年 01 月 10 日

2.24.5 执行安全壳喷淋信号逻辑试验时，3RRI002PO 未按预期启动

异常缺陷名称	执行安全壳喷淋信号逻辑试验时，3RRI002PO 未按预期启动
发生时间	2019 年 04 月 25 日早班

续 表

机组状态	RP 模式，满功率
异常缺陷现象	早班执行 QSR 定期试验 FQ3-RPB-T-030 用 RPB621KC 进行安全壳喷淋信号（1）逻辑试验规程时，3RRI002PO 未按预期启动，3RRI002PO 在主控显示大红色停止位，该现象证明 3RRI002PO 已经收到启动信号但是未正常启动，初步分析怀疑为电气开关存在故障
风险或潜在后果	1）导致 FQ3-RPB-T-030 用 RPB621KC 进行安全壳喷淋信号（1）逻辑试验规程不满足验收准则，试验不合格，如不及时消除缺陷，该试验有超期风险； 2）3RRI002PO 不可用，产生第二组 IO：RRI1； 3）3RRI004PO 成为临时 SPV 设备
干预行动	已采取的行动措施： 1）将 3RRI002PO 置于试验位置，可以正常启停，排除仪控方面问题； 2）将 3RRI002PO 上游电源 3LHB113JA 拉出后重新送电，主控手动启动 3RRI002PO，依然无法启动； 3）暂停试验，并恢复到初始状态，消除因试验产生的第一组 IO； 4）对 3RRI004PO 走临时 SPV 设备流程； 5）oncall 电气到现场检查
原因分析	1）直接原因：配电柜本体底盘小车内摇动丝杆配套机械机构未动作到位，导致 S6 位置开关的合闸辅助触点未有效动作，导致合闸回路无法导通； 2）根本原因：中压开关接触器 S6 开关支撑方式不当，采用单方向椭圆孔双螺栓固定，操作机构压板长期按压累积导致 S6 开关固定位置偏移，开关动作不到位是缺陷发生的根本原因； 3）促成原因：S6 开关状态分合动作状态缺少监测是促成原因
消缺行动	电气处理反馈： 1）处理措施：经现场检查，接触器开关合闸回路未导通，无法正常启动。现场重新推入接触器小车至工作位置后，重新启动电机成功。 2）直接原因：配电柜本体底盘小车内摇动丝杆配套机械机构未动作到位，导致 S6 位置开关的合闸辅助触点未有效动作，导致合闸回路无法导通。

续　表

消缺行动	3）根本原因：中压开关接触器 S6 开关支撑方式不当，采用单方向椭圆孔双螺栓固定，操作机构压板长期按压累积导致 S6 开关固定位置偏移，开关动作不到位是缺陷发生的根本原因。 4）促成原因：S6 开关状态分合动作状态缺少监测是促成原因。 5）技改实施方案： ①优化改进原 S6 开关支撑方式：从原来的单侧两个螺栓的固定方式修改为双侧三个螺栓的固定方式； ②接触器 S6 开关动作状态信号引入报警监测回路，实现开关状态直观可视
相关知识	核级中压开关接触器分检修位置、试验位置和工作位置，其状态切换通过手车操作手柄顺逆时针动作底盘小车前进后退实现。手车底盘内有一整套位置状态机械联锁结构，配合电气控制回路来实现小车的分合闸等操作，包括摇动螺旋丝杆、定位锁销、压板、S6 位置开关、相关联锁部件、航空插头等。 接触器手车通过操作手柄顺时针旋转从检修位置转运行位置，手车丝杆转动压板平衡向前推进，到达工作位置压板下落，下压 S6 位置开关顶部弹簧压片使 S6 辅助触点闭合，见图 1，接触器启动回路导通，S6 开关可靠动作触发合闸信号是接触器合闸的必要条件。 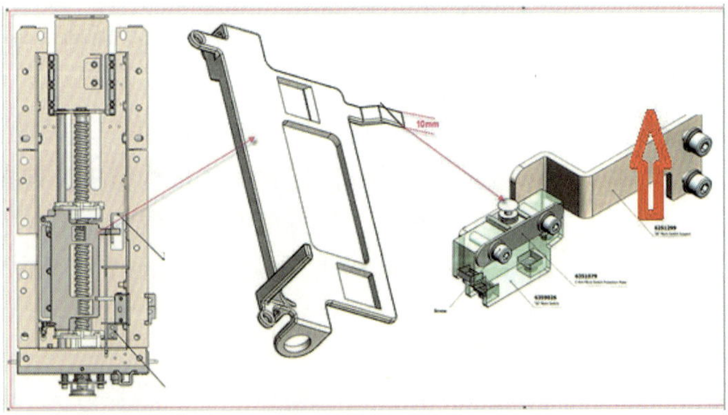 **图 1　接触器手车底盘动作示意图** 控制回路：接触器控制回路图（包含启动回路），远方下达启动命令或就地启动命令 004XR 继电器自保持得电后，启动回路得电，接触器合闸

续　表

<table>
<tr><td>相关知识</td><td colspan="2">变更 1：接触器 S6 开关支撑方式优化
接触器手车 S6 固定板进行了设计优化，升级后的固定板采用双边三孔固定(参见截图)，采用双边三孔的 S6 固定板，受力由“线”升级为“三角形”，如图，由此提供更为牢固的受力，紧固度进一步提高。新增固定位置需在接触器手车底盘侧面新增一个椭圆形固定孔(描述规格尺寸)，如图 2：接触器 S6 开关支撑方式优化所示。
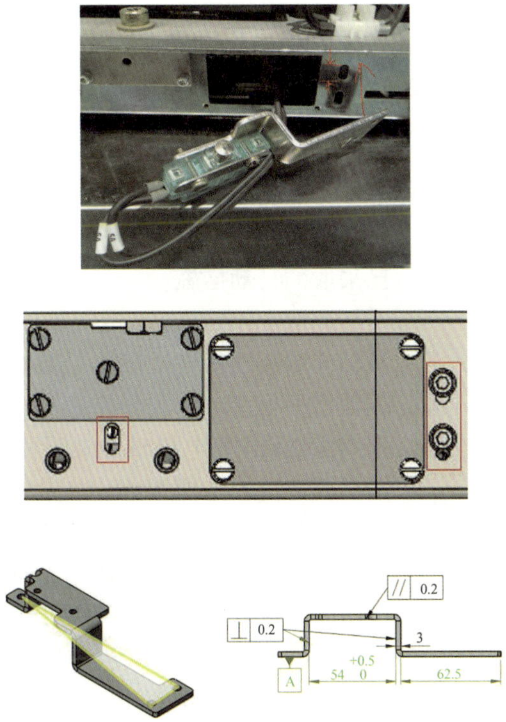

图 2　接触器 S6 开关支撑方式优化
变更 2：接触器 S6 开关动作状态信号引入报警监测回路
通过调整接触器板块 DU 模块和 S6 开关位置，单独引出 S6 开关接点信号，通过航空插针备用回路将开关动作状态引入报警回路</td></tr>
<tr><td>参考资料信息</td><td colspan="2">维修二处电气：《中压开关接触器柜合闸启动失败小车缺陷分析》；设备管理处：《 FQ3-LHB-TGCMDD-0001　3 号机组核安全相关中压配电接触器 S6 开关可靠性提升物项替代升级方案》《FQW-EQ-JY-190099 1~4 号机组中压配电接触器柜 S6 开关缺陷问题讨论会议纪要》</td></tr>
<tr><td>编　　者</td><td>运行二处一值：谷铁</td><td>时间：2019 年 05 月 03 日</td></tr>
</table>

2.25 控制棒驱动机构通风系统(RRM)

2.25.1 4RRM003ZV 电机轴承伸缩端振动(4RRM505MV)频繁闪发振动高

异常缺陷名称	4RRM003ZV 电机轴承伸缩端振动(4RRM505MV)频繁闪发振动高
发生时间	2018 年 05 月 02 日夜班
机组状态	RP 模式
异常缺陷现象	4RRM003ZV 电机轴承伸缩端振动(4RRM505MV)于 05: 10 开始从 2. 8 mm/s 上涨，此后多次达到 5. 5 mm/s 触发 4RRM003ZV 电机轴承伸缩端振动高报警，最高振动 5. 79 mm/s
风险或潜在后果	风机设备损坏
干预行动	1)已采取的行动措施： 主控调取 4RRM003ZV 电机轴伸端、非轴伸端历史振动趋势：电机轴伸端振动值波动较大，且多次闪发超过报警值，非轴伸端振动值平稳，未出现异常变化，两端轴承温度稳定无变化，根据 4RRM001ZV 电机轴伸端闪发振动高报的处理经验，初步判断电机轴伸端测振探头 4RRM505MV 松动或测振回路中的转换模块故障的概率较大，4RRM003ZV 电机轴伸端振动值闪发高报的问题不影响设备的可用性。目前 4RRM003ZV 电机驱动端振动值已回落至报警值以下，风机可保持正常运行。 2)建议后续行动： ①切换到 4RRM001ZV 运行； ②维修电气、仪控完成工单准备。在调停窗口或大修窗口下，维修电气对 4RRM003ZV 电动机振动情况进行检查处理；维修仪控对 4RRM505MV 测振探头及转换模块进行检查处理
原因分析	振动探头性能不稳定
消缺行动	维修电气处理反馈： 401 大修期间对 4RRM003MV 风机测振，振动值正常，建 WOT-2 工单对 4RRM505MV 振动探头及转换模块检查。 维修仪控处理反馈： 1)401 大修期间，检查 4RRM505MV 振动探头，探头安装紧固，信号电缆航空插头未固定到位，重新进行固定；

续　表

消缺行动	2)打开 4RRM103CR，对 4RRM505MV 转换模块 D1 信号端子进行紧固，更换振动探头及转换模块。 3)4RRM003ZV 主控显示振动正常	
相关知识	若振动值超过 7.2 mm/s(国标中对带减振器电机的振动限值)则建议切换风机	
参考资料信息	WR：00382267/WOT：00911304； 完工报告：FQ4-MA02-RCWO-00911304/01、FQ4-MA02-RCWO-00911304/02； 历史相似缺陷：2017/10/17 中班 4RRM001ZV 电机振动探头 4RRM502MV 频繁闪发高和高高报警，振动最高达到 7.21 mm/s(高高报警定值 6.30 mm/s)，大修期间更换 4RRM502MV 振动探头及转换模块	
编　　者	运行二处一值：陈金龙	时间：2019 年 03 月 11 日

2.25.2　3 号主控触发 3RRM002ZV 电机轴承非轴伸端振动高高报警同时触发 3R530 房间火警

异常缺陷名称	3 号主控触发 3RRM002ZV 电机轴承非轴伸端振动高高报警同时触发 3R530 房间火警
发生时间	2020 年 02 月 23 日早班
机组状态	RP 模式，55%功率，大修后首次升功率
异常缺陷现象	3 号主控触发 3RRM002ZV 电机轴承非轴伸端振动高高报警同时触发 3R530 房间火警。风机停运后 3RRM002ZV 非驱动端温度 3RRM504MT 持续升高，最高升高到 78.8 ℃，随后缓慢下降。进岛核实，现场无明火及浓烟，3RRM002MO 目视无明显异常
风险或潜在后果	1)RRM 通风为控制棒驱动机构提供冷却，若 RRM 通风全部或部分失去导致控制棒驱动机构失去足够冷却，可能导致机组后撤； 2)3RRM004ZV 按临时 SPV 设备管控； 3)若 3R 厂房发生明火火灾，根据 EAL 机组可能需要进入应急状态

续 表

干预行动	已采取的行动措施： 1)确认 3R530 正是 3RRM002ZV 所在的房间； 2)启动 3RRM004ZV，停运 3RRM002ZV，同时将 3RRM002ZV 电源断开； 3)启动消防二级干预队到 8 m 气闸门待命，同时通知厂区三级消防队在 17 号汇合点待命； 4)通知维修机械开启气闸门人员在 8 m 气闸门待命； 5)通知维修电气人员到厂准备对 3RRM002ZV 进行处理； 6)联系辐射防护人员走紧急进入 R 厂房流程； 7)机组暂停升功率(根据功率运行期间进入 R 厂房的辐射防护规定，需要保持反应堆功率稳定)
原因分析	1)电机出厂时非驱动端轴承装配错误。电机非驱动端应为圆柱滚子轴承，厂家错误选配了深沟球轴承，径向负荷承载能力较原设计圆柱滚子轴承下降一半以上，同时由于深沟球轴承内、外圈之间允许轴向位移量较小，无法补偿电机轴系正常热膨胀产生的轴向位移，运行期间轴系热膨胀量无法释放，导致电机两端深沟球轴承同时承受额外轴向力； 2)因非驱动端深沟球轴承需同时承受径、轴向叠加载荷，运行工况较驱动端深沟球轴承更加恶劣，电机运行期间非驱动端轴承外圈滚道面外侧与内圈滚道面内侧成为受力面，轴承运行持续偏离允许设计工况，无法保证正常润滑及散热要求，最终造成非驱动端轴承损坏，转子抱死
消缺行动	维修电气处理反馈： 1)对电动机非驱动端进行解体检查，发现电机非驱动端轴承已损坏； 2)领用备件完成电机更换，维修后试验合格
相关知识	若振动值超过 7.2 mm/s(国标中对带减振器电机的振动限值)则建议切换风机
参考资料信息	3 号机组异常反馈，维修日报； 完工报告：01530118-01
编　　者	运行二处一值：张美强
	时间：2020 年 03 月 09 日

2.26 放射性废水回收系统(SRE)

8SRE001PO 手动和自动均无法启动

异常缺陷名称	8SRE001PO 手动和自动均无法启动
发生时间	2017 年 02 月 24 日中班
机组状态	RP 模式，满功率
异常缺陷现象	8SRE001PO 手动和自动均无法启动
风险或潜在后果	泵无法启动，导致 8SRE001BA 无法打循环，无法排放
干预行动	已采取的行动措施： 1) 安排就地检查泵上游供电情况，未见异常； 2) oncall 电气检查处理
原因分析	8SRE201AR 柜内 001JS 隔离开关 B、C 相熔芯熔断
消缺行动	维修电气处理反馈： 1) 检修过程： ①与运行人员沟通，取得工作许可证； ②确认设备位置，验证离边界； ③对 8SRE201AR 进行检查发现柜内 001JS 隔离开关 B、C 相熔芯熔断； ④领取备件进行更换，测量 8SRE001PO 电机直阻 A-B：0.56 Ω，B-C：0.56 Ω，A-C：0.57 Ω，绝缘大于 550 MΩ，结果合格； ⑤对 8SRE001PO 上游电源进行合闸，因液位已达到高高报警，8SRE001PO 自动启动排水，工作正常； ⑥与主控沟通，归还工作票。 2) 故障原因分析：8SRE201AR 柜内 001JS 隔离开关 B、C 相熔芯熔断
相关知识	8SRE001PO 的控制逻辑： 1) 8SRE001BA 液位高或 8SRE201AR 上 001TO 置于 ON 时，8SRE001PO 启动； 2) 8SRE001BA 液位低或 8SRE201AR 上 002TO 置于 OFF 时，8SRE001PO 停运

续 表

参考资料信息	WR/WOT：00217943/00517578-01(紧急工单)； 维修二处 EAM 中工单 00517578-01 的完工报告	
编　　者	运行二处一值：林赐彦	时间：2019 年 03 月 16 日

2.27 放射性废气处理系统(TEG)

2.27.1 8TEG系统就地含氧量高消除后，主控8TEG527KA(氧浓度高)报警一直存在

异常缺陷名称	8TEG系统就地含氧量高消除后，主控8TEG527KA(氧浓度高)报警一直存在	
发生时间	2016年03月17日	
机组状态	RP模式	
异常缺陷现象	8TEG系统就地含氧量高消除后，主控8TEG527KA(氧浓度高)报警一直存在	
风险或潜在后果	干扰主控对8TEG系统含氧量监视	
干预行动	已采取的行动措施： oncall维修仪控检查处理	
原因分析	仪表报警触发信号有误，仪表主板输出的报警开关量信号线接线错误	
消缺行动	维修仪控处理反馈： 在运行将氧分析值降低至1.5%以下，主控报警仍然存在，检查就地仪表高报继电器灯亮，怀疑仪表报警触发信号有误，经检查是仪表主板输出的报警开关量信号线接线错误，重新接线后，验证报警功能正常	
相关知识	TEG氧含量浓度高报警定值为1.5%、氧含量高高报警定值为3.5%	
参考资料信息	WOT：00241799-01	
编　　者	运行二处一值：朱克勤	时间：2019年03月16日

2.27.2　3TEG001CO 启动后无出力，8TEG001BA 压力不降低

异常缺陷名称	3TEG001CO 启动后无出力，8TEG001BA 压力不降低	
发生时间	2016 年 07 月 22 日	
机组状态	RP 模式	
异常缺陷现象	3TEG001CO 启动后无出力，8TEG001BA 压力不降低	
风险或潜在后果	影响 TEG 系统废气压缩接收到衰变箱	
干预行动	已采取的行动措施： 1）确认 4TEG002CO 的可用性，做好切换的准备； 2）监视 8TEG001BA 的压力； 3）oncall 维修机械检查处理	
原因分析	3TEG001CO 隔膜油缸内缺油	
消缺行动	维修机械处理反馈： 1）检查发现 3TEG001CO 曲轴箱内润滑油过多，经确认为压缩机隔膜腔内油全回到曲轴箱所致； 2）启动 3TEG001CO，检查压缩机油压为 0.45 MPa，满足运行要求； 3）打开补偿油泵出口活接排气，发现曲轴箱内的油仍无法正常注入隔膜腔内。 4）维修人员给 3TEG001CO 隔膜腔进行补油后启动压缩机工作正常	
相关知识	正常运行时，一台压缩机选“正常”位置，另一台选“备用”位置，缓冲箱压力达到 0.25 bar 时，置“正常”的压缩机自启动，缓冲箱压力达到 0.30 bar 时，置“备用”的压缩机自启动	
参考资料信息	WOT：00309432-01/02	
编　　者	运行二处一值：朱克勤	时间：2019 年 03 月 16 日

2.27.3　主控闪发 9TEG001BA 氧浓度高报警

异常缺陷名称	主控闪发 9TEG001BA 氧浓度高报警
发生时间	2016 年 12 月 23 日
机组状态	1 号机组：RP 模式，满功率；2 号机组：RP 模式，满功率
异常缺陷现象	主控闪发 9TEG001BA 氧浓度高报警

续 表

风险或潜在后果	1) TEG001BA 氧浓度若真实超过限制，存在氢爆风险； 2) 仪表故障影响对于氧浓度的监视
干预行动	已采取的行动措施： 对 TEG001BA 取样氧浓度
原因分析	9TEG001MG 仪表电极氧膜脏污
消缺行动	化学仪表处理反馈： 1) 化学检查 9TEG001MG，接线未发现松动； 2) 拆卸电极，发现仪表电极氧膜脏污； 3) 更换新的氧膜，并对仪表进行校验合格，重新投运仪表，恢复正常
相关知识	1) 氧表测试的原理是利用电化学的原理实现对氧含量的测量，气体透过膜进入到电解池中，并溶解到电解液里。在阴极上发生了反应以后，会产生可测量的电流。这个电流与进入电解池中的气体的量成比例。 2) 氧表测量范围：0%~5%，高报 1.5%；高高报 3.5%。当废气中氧的含量大于 1.5% 时，KSN 上会有 507KA 报警，KIC 上有 527KA 报警；当氧的含量大于 3.5%时 KSN 上会有 505KA 报警，KIC 上有 528KA 报警；当发生系统故障时，KSN 上会有 506KA 报警，KIC 上有 529KA 报警
参考资料信息	WOT：00451323-01
编　　者	运行二处一值：朱克勤　　　时间：2019 年 03 月 16 日

2.27.4 3TEG 加热器(3TEG001RS)频繁异常启停

异常缺陷名称	3TEG 加热器(3TEG001RS)频繁异常启停
发生时间	2016 年 10 月 24 日
机组状态	机组调试启动阶段
异常缺陷现象	3TEG 加热器(3TEG001RS)频繁异常启停
风险或潜在后果	1) 湿度正常时将错误启动加热器，并持续长时间运行，进而可能导致加热器损坏； 2) 湿度高于定值时加热器不能启动，使排放气体不能达到排放要求，对下游设备和环境造成影响

续 表

干预行动	已采取的行动措施： 联系仪控检查
原因分析	3TEG001SZ 接线错误，仪表接线应该接仪表的常开触点，但实际接了常闭触点，导致 3TEG001RS 异常启动
消缺行动	仪控处理反馈： 对已移交的 3、4 号机组同类湿度开关(3TEG、4TEG、4DVN 共 13 块)进行检查，一共发现 7 块湿度开关接线错误，均进行了纠正。TEG 系统控制电缆端接清单中该湿度开关端接标准为 5C，标准中就地端接标识应为 3、30、31，实际仪表侧端接标识为 1、2、3
相关知识	当 3TEG001SZ 探测到湿度大于 40%时，若满足 3TEG001ZV 运行且 3TEG001RS 无温度高报警，则 3TEG001RS 自动启动
参考资料信息	FQ3-TEG-DZ-001 废气处理系统(3TEG)定值手册
编　　者	运行二处一值：林赐彦　　　　时间：2019 年 03 月 16 日

2.27.5 FQ8-DVN-T-002 后 8TEG503KA(含氧子系统故障报警)无法消除

异常缺陷名称	FQ8-DVN-T-002 后 8TEG503KA(含氧子系统故障报警)无法消除
发生时间	2018 年 12 月 25 日
机组状态	RP 模式
异常缺陷现象	1) DVN 风机第一次全停后，主控室出现 8TEG503KA：含氧子系统故障报警； 2) DVN 系统试验执行完毕，DVN 系统风机恢复正常运行后，8TEG503KA 报警依然存在，就地查看 8DVN001AR 上 4TEG050LA 灯亮
风险或潜在后果	影响主控报警监视
干预行动	已采取的行动措施： 主控要求就地将 4TEG022CC(4TEG002ZV 控制 CC)打至停运位置，4TEG050LA 灯灭，8TEG503KA 报警消失
原因分析	1) DVN 风机全停后，3TEG001ZV 保护停运，同时 4TEG002ZV 触发应急启动命令 4TEG002ZV 应急启动命令进一步触发应急启动记忆；

续　表

原因分析	2)4TEG002ZV 应急启动记忆存在，且 3TEG001ZV 和 4TEG002ZV 都未启动，则触发报警。DVN 风机恢复运行后，3TEG001ZV 自动启动恢复运行状态，但是 4TEG002ZV 的启动记忆自保持。4TEG002ZV 启动记忆与 4TEG001ZV 在运行状态，触发报警。且 8DVN001AR 上 4TEG050LA 灯亮； 3)就地通过 4TEG022CC 置于停运位置复位 4TEG002ZV 的启动记忆	
消缺行动	N/A	
相关知识	见原因分析	
参考资料信息	FQ8-TEG-LD-262000_ 废气处理系统(TEG)逻辑图 SHEET：9、17、47	
编　　者	运行二处一值：林赐彦	时间：2019 年 03 月 16 日

2.27.6　1TEG001ZV 轴承油密封故障

异常缺陷名称	1TEG001ZV 轴承油密封故障
发生时间	2018 年 06 月 12 日
机组状态	RP 模式
异常缺陷现象	现场巡检发现 1TEG001ZV 运行噪音异常增大，且轴承处有甩油，轴承温度超过 100 ℃
风险或潜在后果	1)风机轴封磨损，将导致设备损坏； 2)厂房漏油有火灾风险
干预行动	已采取的行动措施： 1)根据《FQ9-TEG-C-019 TEG 含氧风机切换操作票》进行风机切换操作； 2)完成风机切换并保持风机及其加热器开关 1LKJ261JA、9DNN9948JA 断开状态； 3)主控立即 oncall 机械人员前来检查； 4)记录第二组随机 IO：DVN1，同时通知 2 号主控室记录相应的 IO

续　表

原因分析	轴承保持架毁损，油封掉落导致轴承甩油，风机运行噪音异常增大	
消缺行动	维修机械处理反馈： 机械人员确认风机非驱动端轴承保持架已经损毁，导致油封掉落，开票进行轴承整体更换	
相关知识	N/A	
参考资料信息	WR：00400058	
编　　者	运行二处一值：林赐彦	时间：2019 年 03 月 16 日

2.28 硼回收系统(TEP)

2.28.1 9TEP014PO 在吸入口压力低报警触发 5 s 后未能保护跳闸

异常缺陷名称	9TEP014PO 在吸入口压力低报警触发 5 s 后未能保护跳闸
发生时间	2015 年 07 月 24 日
机组状态	NA
异常缺陷现象	9TEP014PO 在吸入口压力低报警触发 5 s 后未能保护跳闸
风险或潜在后果	9TEP014PO 存在损坏风险
干预行动	已采取的行动措施： 手动停运 9TEP014PO
原因分析	KSN 二层中 9TEP014PO 启动信号为长信号，导致自动停运信号无法下发
消缺行动	维修仪控处理反馈： 1)检查 9TEP014PO 的停运逻辑，发现其启动信号一直触发为 1； 2)根据 FD 图及 LD 图，修改 KSN 二层 9TEP014PO 的 OOM 画面参数； 3)修改完毕后保存，进行启动验证，经运行人员验证后，确认其逻辑完整正确
相关知识	9TEP014PO 入口压力开关 9TEP663SP 动作定值为 3 kPa，触发 9TEP014PO 停运
参考资料信息	WOT：00125665-01
编　　者	运行二处一值：朱克勤　　时间：2019 年 03 月 16 日

2.28.2 1TEP425VA 在 9TEP001DZ 启动过程中频繁出现洋红色，导致 9TEP001DZ 无法转状态

异常缺陷名称	1TEP425VA 在 9TEP001DZ 启动过程中频繁出现洋红色，导致 9TEP001DZ 无法转状态
发生时间	2016 年 11 月 30 日

续　表

机组状态	NA	
异常缺陷现象	1TEP425VA 在 9TEP001DZ 启动过程中频繁出现洋红色	
风险或潜在后果	导致 9TEP001DZ 无法转状态	
干预行动	已采取的行动措施： 联系仪控检查处理	
原因分析	阀门开关限位接触不紧密	
消缺行动	维修仪控处理反馈： 1) 现场检查发现阀门开限位触点位置不到位，需调整； 2) 对阀门开限位位置进行调整，确认调整合格，异常消失	
相关知识	N/A	
参考资料信息	WOT：423826-01	
编　　者	运行二处一值：朱克勤	时间：2019 年 03 月 16 日

2.28.3　1TEP425VA 在 9TEP001DZ 启动过程中频繁出现洋红色，导致 9TEP001DZ 无法转状态

异常缺陷名称	1TEP425VA 在 9TEP001DZ 启动过程中频繁出现洋红色，导致 9TEP001DZ 无法转状态
发生时间	2016 年 11 月 30 日
机组状态	NA
异常缺陷现象	1TEP425VA 在 9TEP001DZ 启动过程中频繁出现洋红色
风险或潜在后果	导致 9TEP001DZ 无法转状态
干预行动	已采取的行动措施： 联系仪控检查处理
原因分析	阀门开关限位接触不紧密
消缺行动	维修仪控处理反馈： 1) 现场检查发现阀门开限位触点位置不到位，需调整； 2) 对阀门开限位位置进行调整，确认调整合格，异常消失

续 表

相关知识	N/A	
参考资料信息	WOT：423826-01	
编　　者	运行二处一值：朱克勤	时间：2019 年 03 月 16 日

2.28.4 8TEP013BA 液位异常上涨

异常缺陷名称	8TEP013BA 液位异常上涨
发生时间	2017 年 12 月 22 日夜班
机组状态	RCD 模式
异常缺陷现象	KSN 画面上显示 8TEP013BA 液位 8TEP405MN 缓慢上涨，8TEP013BA 疏水阀 8TEP351VL 自动开启至全开后，液位仍持续上涨。就地检查下游阀门 8TEP353VL 和 8TEP571VL 均为开启状态，排除在线不正确导致无法疏水。（当前 8TEP001EV 处于状态 6，且其加热蒸汽因处理 8TEP343VV 调节不佳问题被隔离，此状态下无 SVA 蒸汽，故 8TEP013BA 应无凝结水，液位不应上涨）
风险或潜在后果	若 8TEP013BA 液位真实不明上涨，则有可能疏水管线存在堵塞，影响蒸发器正常运行
干预行动	已采取的行动措施： 1）8TEP001EV 近几日有启动至状态 5 进行蒸发操作，未发现有 8TEP013BA 液位异常现象，初步可排出疏水管线堵塞的可能；当前加热蒸汽隔离，随着 8TEP013BA 被环境空气冷却，汽侧空间的蒸汽会冷凝，在汽侧空间形成负压，继而导致差压式液位计 8TEP405MN 显示失真的可能性很大，通过开启 8TEP403VV 与 DVN 连通消除负压； 2）8TEP403VV 在 8TEP001EV 启动过程中需要开启，且 SVA 正常无放射性，故开启 8TEP403VV 与 DVN 连通风险可控；由于 8TEP351VL 已全开，8TEP013BA 实际可能已经排空，与 8SVA001BA 内气体连通。故开启 8TEP403VV 前，需确认 8SVA001BA 无放射性，联系辐射防护确认 8KRT505MA 运行正常，且示数正常后，确认 8SVA001BA 无放射性； 3）KSN 上开启 8TEP403VV，使 8TEP013BA 汽侧空间与 DVN 连通后，8TEP405MN 显示恢复正常

续 表

原因分析	8TEP013BA 汽侧空间形成负压导致液位计显示失真
消缺行动	N/A
相关知识	开启 8TEP403VV 前，需确认 8SVA001BA 无放射性，防止意外的放射性排放
参考资料信息	N/A
编　　者	运行二处一值：林赐彦　　　时间：2019 年 03 月 16 日

2.28.5 9TEP001EV 液位异常上涨

异常缺陷名称	9TEP001EV 液位异常上涨
发生时间	2018 年 08 月 03 日
机组状态	RP 模式
异常缺陷现象	9TEP001EV 液位异常上涨关闭上游 SED 供水总阀 9SED255VD 后，液位保持不变。而 9SED255VD 下游有三路向 9TEP001EV 提供 SED 水的管线，对应阀门分别为 9TEP405VD、9TEP393VD 和 9TEP329VD，无法确定是哪一路有漏
风险或潜在后果	达到 550 mm 后蒸发器会跳至状态 0，使蒸发器无法保持在热备用状态
干预行动	已采取的行动措施： 1) 9TEP405VD 所在管线管径较大，且 9TEP405VD 为气动阀，相对而言阀门关闭不严造成内漏的可能较大；9TEP393VD 也是气动阀，但 9TEP329VD 所在的管线管径较小，内漏的可能性较小。9TEP329VD 为手动阀，内漏的可能性较小。综上，决定先按照 9TEP405VD、9TEP393VD、9TEP329VD 的顺序进行逐一验证； 2) 查漏前 9TEP001EV 液位较高，故先对 9TEP001EV 进行排水，以避免 9TEP001EV 因液位高高跳至状态 0； 3) 之后保持 9SED255VD 关闭，将 9TEP405VD 手动破坏中性点关闭，保持 9TEP393VD 和 9TEP329VD 在原状态，而后开启 9SED255VD，并观察 9TEP001EV 的液位。观察 30 min 后，9TEP001EV 液位无上涨，确定内漏阀门为 9TEP405VD

续　表

原因分析	9TEP405VD 内漏导致蒸发器液位上涨	
消缺行动	N/A	
相关知识	9TEP001EV 达到 550 mm 后蒸发器会跳至状态 0，使蒸发器无法保持在热备用状态	
参考资料信息	WR：424282	
编　　者	运行二处一值：林赐彦	时间：2019 年 03 月 16 日

2.28.6　TEP 系统设备异常缺陷处理总结

TEP 系统出现的缺陷中最多的是阀门限位问题，因阀门限位没有正常出发导致上位机上显示为洋红色。若遇到类似的缺陷，可现场先简单查看阀门限位是否有效触发，再通知仪控人员处理。TEP 系统中有的气动阀还容易出现供气管线的问题，若阀门无法正常动作，正常的思路是检查阀门供气管线压力是否正常，同时检查阀门的动作条件是否允许，是否存在动作闭锁信号；若都不能解决问题，再通知维修人员处理。

2.29 放射性废液处理系统(TEU)

2.29.1 KSN 上远程开启 8TEU083VB 后显示洋红色

异常缺陷名称	KSN 上远程开启 8TEU083VB 后显示洋红色	
发生时间	2018 年 08 月 13 日	
机组状态	RP 模式	
异常缺陷现象	KSN 上远程开启 8TEU083VB 后显示洋红色，需要检查处理	
风险或潜在后果	8TEU083VB 无法正常操作该阀门	
干预行动	已采取的行动措施： oncall 维修仪控检查	
原因分析	8TEU083VB 阀门卡涩，原因为阀门阀瓣球体有结晶，导致阀门球体卡涩	
消缺行动	维修机械处理反馈： 1)拆除 8TEU083VB 阀门气动头，检查执行机构和阀门，气动头动作正常，发现阀门卡死； 2)解体清洗检查各零部件，发现球体上有少量结晶，导致阀门卡涩； 3)更换必换件及易损件，用专用工具回装球体	
相关知识	三废工艺系统易发生硼结晶继而导致阀门无法动作	
参考资料信息	WOT：991684-01(检查工单)、994594-01(解体处理工单)； 类似的缺陷：阀门因机械卡涩导致无法动作； 2016.12.22　WOT：451831-01(检查工单)、199232-01(解体处理工单)	
编　　者	运行二处一值：朱克勤	时间：2019 年 02 月 11 日

2.29.2 9TEU001EV 在状态 5 时，9TEU253VL 会频繁大幅度开关动作

异常缺陷名称	9TEU001EV 在状态 5 时，9TEU253VL 会频繁大幅度开关动作
发生时间	2018 年 03 月 13 日

续　表

机组状态	RP 模式
异常缺陷现象	9TEU001EV 在状态 5 时，9TEU253VL 会频繁大幅度开关动作，怀疑 9TEU102MN 漂表
风险或潜在后果	TEU014BA 液位波动过大将影响 TEU 蒸发器在状态 5 正常运行
干预行动	已采取的行动措施： oncall 维修仪控检查
原因分析	9TEU102MN 零点漂移
消缺行动	维修机械处理反馈： 1)现场确认 9TEU001EV 在状态 6，确认 9TEU253VL 在手动关闭状态； 2)对 9TEU102MN 进行零点校验并调整合格； 3)投运仪表对其充水排气，恢复初始状态，显示正常
相关知识	当蒸发器处于状态 5 时，出现冷凝罐 8TEU014BA 低液位(-142 mm)，8TEU102MN 测量后发出蒸发器都会跳到状态 6
参考资料信息	WOT：00559480-01
编　　者	运行二处一值：朱克勤　　　时间：2019 年 02 月 11 日

2.29.3　8TEU001EV 由状态 6 和状态 0 启动频繁跳闸

异常缺陷名称	8TEU001EV 由状态 6 和状态 0 启动频繁跳闸
发生时间	2018 年 08 月 04 日
机组状态	RP 模式
异常缺陷现象	1)2018 年 08 月 04 日夜班，由状态 6 启动 8TEU001EV 继续对 8TEU016BA 进行蒸发。在启动 8TEU001EV 蒸发时蒸发器状态突然返回状态 0，此后重新从状态 0 启动蒸发器，发现 8TEU006PO 启动 2~3 min 跳闸，蒸发器也随即返回状态 0。而此时 8TEU001EV 硼浓度为 33618×10^{-6}、钠硼比为 0.244； 2)主控根据现场 8TEU006PO 在运行后 2~3 min 后停运现象以及状态 6 返回状态 0 的现象，查阅逻辑图，发现最有可能的逻辑为 8TEU108SP 触发
风险或潜在后果	蒸发器跳闸至状态 0 导致浓硼温度降低，有硼结晶风险

续　表

干预行动	已采取的行动措施： 1）oncall 仪控人员进行校表； 2）主控分析：由于 8TEU108SP 触发，8TEU006PO 每次可运行 125 s，可将由状态 0 启动至状态 2 左右，并引入 SVA 蒸汽，在这段时间可以将对 8TEU001EV 进行加热。根据前期启动经验确认每次启动 8TEU111MT 会上涨 3～5 ℃。因频繁启动蒸发器对设备不利，且消耗现场人力，故 oncall 仪控人员对 8TEU108SP 强制为 0，并将蒸发器启动至状态 5
原因分析	8TEU108SP 低漂
消缺行动	维修仪控处理反馈： 仪控人员将 8TEU108SP 信号强制为 0 后，早班值顺利启动 8TEU001EV 至状态 5，而后 8TEU111MT 也回升至 100 ℃以上。而校表工作涉及 RWP 办理和现场铅皮的移动，耗费时间较长，整个校验工作从工作负责人到达主控办理许可证直至工作完工几乎需要 5 h 左右。校验结果证明 8TEU108SP 低漂至 0.13 MPa
相关知识	1）在出现 8TEU006PO 运行 2 min 左右跳泵的情况时，基本可以确定 8TEU108SP 触发； 2）在 8TEV001EV 硼浓度较高时，且状态跳至状态 0 时，需重点 8TEU111MT 的关注，避免浓硼结晶，联系化学给出结晶温度； 3）如果是 8TEU108SP 问题，建议同时 oncall 校表和强制信号人员，在故障消除前或信号强制前，使用上述不断启动的方式，避免浓硼结晶
参考资料信息	WR：424307
编　　者	运行二处一值：林赐彦　｜　时间：2019 年 02 月 11 日

2.29.4　8TEU101MN 漂表导致 TEU 蒸发器启动过程中跳状态

异常缺陷名称	8TEU101MN 漂表导致 TEU 蒸发器启动过程中跳状态
发生时间	2019 年 03 月 02 日
机组状态	RP 模式

续　表

异常缺陷现象	在执行《FQ8-TEU-C-019 TEU 蒸发器从状态 0(停运)启动到状态 5(生产)操作票》至蒸发器在状态 2 时，8TEU104MT 达到 100 ℃左右，8TEU103MT 温度开始上升时(蒸汽开始进入 8TEU 001CS)，出现 8TEU101MN 大幅波动，最终触发 8TEU 101MN 高二报警(延时 10 s)蒸发器返回到状态 0。 分析认为可能为 8TEU101MN 平衡罐补水不足造成，随即对 8TEU101MN 平衡罐进行充水，并再次启动蒸发器，第二次启动蒸发器后，至状态 2 升温过程中和第一次启动出现状况相同，开始有蒸汽进入 8TEU001CS 时，8TEU101MN 大幅波动，最终触发 8TEU101MN 高二报警(延时 10 s)蒸发器返回到状态 0	
风险或潜在后果	蒸发器跳闸至状态 0 影响废液处理，且有硼结晶风险	
干预行动	已采取的行动措施： oncall 仪控对 8TEU101MN 进行充水排气	
原因分析	8TEU101MN 正压侧无水导致仪表大幅波动。 8TEU101MN 正压侧无水原因分析可能存在两种原因： 1)由于 8TEU101MN 进行检修，仪表管侧水进行了排空，检修完毕后未对仪表管进行充水排气。(后经与相关负责人确认，正压侧检修完毕后确实未进行充水排气，由于 8TEP007PO 检修工作未完成)； 2)由于 8TEP007PO 检修工作，对泵前后管道进行了排空，导致液位计正压侧仪表管内液体被抽出，仪控检修 8TEU101MN 工作完结较早，故检修完毕未对仪表管进行充水排气	
消缺行动	维修仪控处理反馈： 对蒸发器进行状态摆放，仪控现场打开 8TEU101MN 正压侧，有几滴水流出后，再无液体流出，判断为仪表正压侧没水含气造成液位计大幅波动。随即仪控利用手压式水泵用 SED 水对 8TEU101MN 正压侧进行充水排气	
相关知识	当 TEU 蒸发器不存在状态“3”或状态“5”置位信号，且同时 8TEU001CS 液位高高延时 10 s 时，TEU 蒸发器跳至状态“0”	
参考资料信息	FQ8-TEU-LD-262000_ 废液处理系统(TEU)逻辑图	
编　　者	运行二处一值：林赐彦	时间：2019 年 02 月 11 日

2.29.5 9TEU251VV 在蒸发器从状态 0 启动时无法开启

异常缺陷名称	9TEU251VV 在蒸发器从状态 0 启动时无法开启	
发生时间	2018 年 03 月 31 日	
机组状态	RP 模式	
异常缺陷现象	执行 9TEU001EV 从状态 0 启动到状态 6 的过程中，在状态 1 到状态 2 时，9TEU251VV 无法自动开启，现场手动也打不开	
风险或潜在后果	TEU 蒸发器无法进 SVA 蒸汽，导致蒸发器无法启动	
干预行动	已采取的行动措施： 1) oncall 机械专业检查； 2) 关闭上游手动阀 9TEU250VV	
原因分析	阀门 9TEU250VV 上下游压差过大导致阀门开启困难。在状态 0 时，9TEU251VV 下游温度降低，蒸汽冷凝，就地压力表显 9TEU015LP 示为负压，上游为 SVA 母管蒸汽，压力 0.4 MPa	
消缺行动	维修机械处理反馈： 机械拆除 9TEU314VL 下游盲板，服务拆除管道保温（拆除部分即可）降温，开启 9TEU314VL 泄压	
相关知识	9TEU251VV 下游温度降低，蒸汽冷凝导致压力降低	
参考资料信息	N/A	
编　　者	运行二处一值：林赐彦	时间：2019 年 02 月 11 日